KB179487

후야오방 문선
胡耀邦文選

후야오방 문선
胡耀邦文選

초판 1쇄 인쇄 2019년 2월 28일
초판 1쇄 발행 2019년 3월 6일
지 은 이 중공중앙문헌편집위원회
옮 긴 이 김승일(金勝一)
발 행 인 김승일(金勝一)
디 자 인 Dain
펴 낸 곳 경지출판사

출판등록 제2015-000026호
주소 경기도 파주시 산남로 85-8
Tel : 031-957-3890~1 Fax : 031-957-3889 e-mail : zinggumdari@hanmail.net

ISBN 979 - 11 - 88783 - 90- 8 03820

胡耀邦

출판 설명

　본 문선은 1952년 5월부터 1986년 10월까지 후야오방(胡耀邦) 동지가 발표한 중요한 저술 총 77편을 수록했습니다. 문장·연설문·보고서·담화·서면지시·서신·제사(題詞) 등이 포함된 문선의 상당 부분은 처음 공개되는 내용입니다.

　후야오방 동지의 저술은 사회주의 혁명과 건설 사업, 개혁개방과 사회주의 현대화, 중국 특색의 사회주의 사업을 추진하기 위한 그의 남다른 기여와 중요한 사상관점을 집중적으로 보여주고 있습니다.

　본 문선 편집과정에서 일부 원고와 역사적 사실에 대해 약간의 수정을 거쳤고, 일부 연설문과 담화기록에 대해서도 필요한 만큼 정리했음을 밝혀두었습니다. 한편 편집 과정에서 일부 해제(題解)와 주석을 첨부했는데, 독자들에게 도움이 되길 바랍니다.

중공중앙문헌편집위원회

2015년 10월

후야오방 문선

胡耀邦文選

중공중앙문헌편집위원회 지음·김승일(金勝一) 옮김

경지출판사

CONTENTS

혁명 간부의 기풍문제
(1952년 5월 15일)   ···14

여러 전선에서의 청년단 임무
(1953년 6월 24일)   ···19

가장 위대한 목표를 향해 나아가도록 중국 청년을 이끌어야 한다
(1956년 9월 24일)   ···32

청년노동자는 기술을 습득을 위해 노력해야 한다
(1958년 4월 12일)   ···43

예비대의 임무
(1959년 10월 18일)   ···46

위대한 농업전선 투쟁에서 새로운 세대를 육성해야 한다
(1960년 11월 22일)   ···50

청년연합회 위원회에 대한 요구와 희망
(1962년 4월 27일)   ···61

계획과 생산을 충분히 하여 생산의 고조를 촉진시켜야 한다
(1963년 3월 4일)   ···72

대담하게 업무와 생산을 추진해야 한다
(1965년 2월 12일)   ···83

잡지 『중국과학』은 중국의 과학수준을 진정으로 대변해야 한다
(1975년 8월 2일)   ···90

과학연구 수준을 반드시 끌어올려야 한다

(1975년 10월)   ···94

당면한 국가 관리에 대한 약간의 건의사항

(1976년 10월 10일)   ···103

마르크스 · 레닌주의를 핵심내용으로 하여 간부의

사상을 무장시켜야 한다

(1977년 8월 29일)   ···104

이론은 실제와 연계시켜야 한다

(1977년 11월 29일)   ···110

억울한 사건 · 허위로 조작한 사건 · 오심사건에 대한 평가

(1978년 4월-1979년 12월)   ···116

실천을 견지하는 것은 진리를 점검하는 유일한 기준이다

(1978년 5월-1979년 3월)   ···124

간부에 대한 정책을 실행하는 관건은 실사구시를 하는데 있다.

(1978년 9월 25일)   ···131

지식인에게 단합 · 교육 · 개조 방침을 언급하지 않는 이유

(1978년 10월 31일)   ···141

중앙업무회의 서북소조에서 한 발언

(1978년 11월 26일)   ···147

이론업무 학습토론회의 머리말

(1979년 1월 18일)   ···150

CONTENTS

지식인에 대한 정책을 실행하는 데에 관한 평어
(1979년 1월-1982년 12월)　　　　　　　　　　　…168
사상을 해방시키는 첫 단계는 실사구시를 하는 것이다
(1979년 3월 10일, 18일)　　　　　　　　　　　…177
전국 조직업무 좌담회에서의 연설
(1979년 10월 5일)　　　　　　　　　　　　　…182
현 단계에서 경제업무에 존재하는 몇 가지 문제
(1979년 10월 9일)　　　　　　　　　　　　　…201
자신을 어떤 안목으로 보아야 하나
(1980년 2월 12일, 13일)　　　　　　　　　　　…222
문학의 소재 범위는 풍부하다
(1980년 2월 12일, 13일)　　　　　　　　　　　…231
과학사업을 적극적으로 발전시켜야 한다
(1980년 3월 23일)　　　　　　　　　　　　　…237
베이징 교외 고찰업무에서의 담화
(1980년 4월 26일, 27일)　　　　　　　　　　　…249
향후 2년간 조직업무에서의 몇 가지 대사
(1980년 5월 18일, 19일)　　　　　　　　　　　…256
당과 당 외 친구의 관계를 밀접히 하는 데에 관한 평어
(1980년 6월-1985년 1월)　　　　　　　　　　　…274

마오쩌둥 동지와 그의 사상을 어떻게 정확하게 대해야 하는가?

(1980년 7월 11일, 12일)　　　　　　　　　　　…277

사상정치 업무에 적극적으로 임해야 한다

(1980년 10월 15일)　　　　　　　　　　　…288

철저한 유물주의자가 되어야 한다

(1980년 11월 23일)　　　　　　　　　　　…304

당의 기풍을 잘 이끌어 나가는 데에 관한 약간의 문제

(1980년 11월 26일)　　　　　　　　　　　…322

중국공산당 제11기 6중전회 폐막식에서의 연설

(1981년 6월 29일)　　　　　　　　　　　…342

중국공산당 설립 60주년 경축대회에서의 연설

(1981년 7월 1일)　　　　　　　　　　　…348

사상전선 문제에 대한 약간의 건의

(1981년 8월 3일)　　　　　　　　　　　…374

해방군은 선두주자 역할을 해야 한다

(1981년 9월 24일)　　　　　　　　　　　…389

노신 탄생 100주년 기념대회에서의 연설

(1981년 9월 25일)　　　　　　　　　　　…400

수도 각계 및 신해혁명 70주년 기념대회에서의 연설

(1981년 10월 8일)　　　　　　　　　　　…413

CONTENTS

사회주의 정신문명 건설은 사회의 치안기풍, 당의 기풍부터
확고히 건립해야 한다
(1981년 12월 15일)   ···425

이분법을 견지하고, 한 단계 더 업그레이드 시켜야 한다
(1981년 12월 27일)   ···430

전국 통일전선 업무회의에서 한 연설
(1982년 1월 5일)   ···441

대외 경제관계 문제에 대하여
(1982년 1월 14일)   ···461

당의 간부제도 개혁
(1982년 1월 21일)   ···484

입지가 확고하고, 명석하며 성과가 있는
마르크스주의자가 되어야 한다
(1982년 2월 13일)   ···494

화뤄겅(華羅庚)에게 보낸 편지
(1982년 4월 1일)   ···507

사상정치업무 문제에 관하여
(1982년 4월 24일)   ···509

중국공산당 11기 7중전회 폐막식에서 한 연설
(1982년 8월 6일)   ···532

사회주의 현대화 건설의 새로운 국면을 전면적으로 개척해야 한다

(1982년 9월 1일) ⋯536

여러분들은 우리를 능가해야 한다

(1982년 12월 31일) ⋯598

4개 현대화 건설과 개혁 문제

(1983년 1월 20일) ⋯605

마르크스주의의 위대한 진리의 빛은

우리 앞길을 밝게 비춰줄 것이다

(1983년 3월 13일) ⋯630

단합을 강화하고 승리의 여세를 몰아 전진하자

(1983년 5월 20일) ⋯657

중국 국내와 대외 관계에 관한 10가지 문제

(1983년 8월 15일) ⋯661

영광스럽거나 수치스럽거나

(1983년 8월 30일) ⋯669

농촌 상품경제에 대한 적극적인 발전 및 보호

(1983년 12월 22일) ⋯672

최고의 추억

(1983년 12월 26일) ⋯676

CONTENTS

당을 정비하는데 무엇을 확고히 해야 하는가?

(1984년 1월 17일) ···683

전 당은 해외교포 관련 업무를 중시해야 한다

(1984년 4월 20일) ···689

중국의 독립자주적인 대외정책의 실질

(1984년 5월 18일) ···699

선전(深圳) 경제 특구를 위한 제사(題詞)

(1984년 5월 23일) ···703

'재인식'이 필요한 시기

(1984년 6월 20일) ···704

국부와 전체, 이론과 실제, 영도와 피 영도의 관계를 처리해야 한다

(1984년 12월 2일) ···710

당의 언론 업무에 대하여

(1985년 2월 8일) ···722

위대한 사업에서 문학예술의 역할을 중요시해야 한다

(1985년 4월 11일) ···749

형세 · 이상 · 기율 · 기풍

(1985년 7월 15일) ···757

현시대 젊은 지식인이 성장하는 길

(1985년 8월 11일) ···778

단합하여 분투하는 웅대한 구상을 다시 펼치자

(1985년 9월 18일) ⋯785

장시(江西) 공청(共靑) 간식장(墾殖場) 동지에게 보내는 편지

(1985년 10월 15일) ⋯791

중일 우호관계를 발전시키는 데에 관한 4가지 건의

(1985년 10월 18일) ⋯793

중앙기구는 전국의 본보기 역할을 해야 한다

(1986년 1월 9일) ⋯796

당의 기풍을 바로 잡아야 한다

(1986년 3월 15일) ⋯805

당내의 두 가지 상이한 모순을 정확하게 처리하는 데에 관한 문제

(1986년 4월 9일) ⋯811

중국의 미래 동향을 인식하는 열쇠

(1986년 6월 11일) ⋯817

정치체제 개혁은 사회주의 제도의 자체 보완과정이다

(1986년 8월 18일) ⋯824

중국이 거둔 성과 및 직면한 3대 임무

(1986년 10월 14일) ⋯826

참고 ⋯829

혁명 간부의 기풍문제*

(1952년 5월 15일)

기풍문제를 왜 언급해야 합니까?

이유는 3가지입니다.

첫째, 기풍은 혁명대오 건설에서 아주 중요한 문제입니다. 그렇기 때문에 레닌 · 스탈린 · 마오쩌둥(毛澤東) 동지 등은 모두 혁명대오 건설에서 기풍문제를 거듭 강조해왔던 것입니다.

둘째, 토지개혁¹의 고된 경험을 거친 동지들이 바야흐로 새로운 일자리에 뛰어들게 됩니다. 그러면 인민정부와 당의 훌륭한 간부가 되어야 하는 문제가 뒤따르게 됩니다. 그러므로 기풍문제는 자체적으로 반드시 잘 처리되어야만 하는 부분입니다.

셋째, 소자산계급 출신인 동지들이 많습니다. 이러한 성격으로 인해 혁명에 참가한 후로 그들에게서 결점이나 문제점들이 불가피하게 나타났습니다. 특히 소자산계급 출신의 지식인들에게서 이러한 현상은 더더욱 두드러졌습니다. 마오쩌둥 동지는 "낡은 사회 출신인 그들에게 주관주의와 개인주의의 두 가지 기본적인 단점이 있다"고 말했습니다. 그래서 제가 기풍문제

---

* 이 글은 후야오방 동지가 촨베이(川北) 지역에서 열린 토지개혁 업무단 간부회의에서 발표한 연설문의 요점이다. 당시 후야오방 동지는 중공의 촨베이 지역위원회 서기, 촨베이 행정공서의 주임, 촨베이 군구의 정치위원을 맡고 있었다.

에 대해 언급하는 이유는 이러한 단점을 극복하는데 도움이 될 것이라고 생각하기 때문입니다.

그러면 혁명 간부의 기풍이라는 것은 무엇입니까?

기본적으로는 이론과 실제의 결합, 대중과의 긴밀한 연계, 비판과 자아비판 등 3가지 기풍이 여기에 포함됩니다.

1. 이론과 실제가 결합한 기풍

이론과 실제의 상호 결합이라는 것은 무엇입니까? 주로 아래와 같은 4가지를 말합니다.

(1) 상급에서의 정책과 방침을 스스로의 구체적인 실제 상황과 결부시키는 것입니다. 혹은 상급에서의 정책과 방침을 스스로 구체적인 상황에 융합시킴으로써 구체적인 상황에 따라 상급에서의 정책과 방침을 실시하는 것이라고도 말할 수 있습니다. 그렇게 하지 않으면 이론과 실제가 동떨어져서 주관주의적인 착오를 범하게 되기 때문입니다.

(2) 모든 부분에서 실사구시를 추구해야 합니다. 옳으면 옳다고 하고, 아니면 아니라고 하며, 맞으면 맞고, 틀리면 틀렸다고 하며, 무거우면 무겁다고 하고, 가벼우면 가볍다고 해야 합니다. 또 좋으면 좋다고 하고, 나쁘면 나쁘다고 하며, 크면 크다고 하고, 작으면 작다고 하며, 많으면 많다고 하고, 적으면 적다고 해야 합니다. 시시각각 백성을 위한 혁명을 염두에 두어야지, 개인의 잇속을 차리거나 거짓말을 해서는 절대 안 됩니다. 무릇 거짓말을 하는 자라면 반드시 엎어질 날이 오게 마련입니다.

(3) 세밀한 조사연구를 상시화하고, 열심히 머리를 써야 합니다. 위에서 언

급한 두 가지 부분을 실천에 옮기려면, 조사연구를 떠나서는 안 됩니다. 일을 잘 해내려면 반드시 조사연구를 상시화해 실제 상황을 제대로 파악해야 합니다. 마오쩌동 동지는 "'눈 감고 참새를 잡으려 한다 거나', '장님이 물고기를 잡으려 한다 거나'혹은 대충 대충하고, 쓸데없이 부풀리거나, 별로 아는 게 없음에도 불구하고 현실에 만족하는 것과 같은 아주 나쁜 기풍은 마르크스 · 레닌주의의 기본적인 사상을 위배하는 기풍이다. 이러한 기풍이 아직도 우리당의 다수 동지들에게 존재한다"[2]고 말했습니다. 또 만약 "실제상황을 조사하지 않는다면 공상과 망동의 깊은 수렁에 빠지게 된다"[3]고 말하기도 했습니다. 따라서 모든 업무는 조사연구를 떠나서는 안 되고, 경솔해서도 안 됩니다. 또 사사건건 이유를 캐묻고, 실제에 부합하는 지의 여부를 곰곰이 생각해 보아야지 무턱대고 맹목적으로 따라서는 절대로 안 되는 것입니다.

(4) 실제업무에 대한 참여와 학습을 서로 결부시켜야 합니다. 실제 업무를 통해서는 빠른 시일 내에 단련을 받을 수 있고, 마르크스 · 레닌주의도 더 효과적으로 체험할 수 있습니다. 따라서 그 과정에서 추호의 허위와 자만이 있어서는 안 되고, 오직 성실과 겸손한 태도만을 가져야 합니다. 또 근무를 하면서도 이론과 정책을 배워야 하고, 업무 외에도 문화를 꾸준히 학습해야만 합니다.

2. 대중과 긴밀히 연계하는 기풍

대중과 긴밀히 연계하는 기풍이라는 것은 무엇입니까? 대중과는 어떻게 연계해야 한다는 것입니까? 이를 위해서는 주로 아래와 같은 8가지가 포함됩니다.

(1) 우리의 정책이 반드시 인민대중들의 최대 이익에 부합되도록 해야 합니다. 최선을 다해 인민을 위해 봉사해야지 잠시라도 대중과 동떨어져서는 안 되며, 매사에 대중을 마음에 두고 대중들의 이익을 우선 자리에 놓아야 합니다. 임무를 완수하는 것은 기본이고 그와 더불어 정책도 실행해야만 훌륭한 간부라고 할 수 있습니다. 잘난 체하면서 스스로 정책을 정한다면 반드시 큰 착오를 범하게 됩니다. 지방과 직장의 정책은 결코 중앙의 정신을 위배해서는 안 됩니다.

(2) 대중들의 생활에 늘 관심을 가져야 합니다. 그래야만 대중들이 진정으로 당 주위에 똘똘 뭉쳐 당을 진심으로 옹호할 수가 있습니다. 그렇지 않으면 속 빈 강정이나 '외톨이'신세가 되어버리고 맙니다.

(3) 대중들과 서로 어우러지고 그들의 장점을 따라 배워야 합니다. 대중의 경험을 종합해서 일리가 있는 이치와 방법으로 종합한 후 다시 대중들에게 알려주어야만 합니다. "꼴사납게 어깨에 힘을 주지 말고 기꺼이 초등학생처럼 순수해야 한다"[4]는 마오쩌둥 동지의 말을 명심해야 합니다.

(4) 모든 부분에서 대중들의 자발적인 행동이 아닌 강압적인 명령 하에서 이뤄져서는 안 됩니다. 또 대중들의 실제 수요에 의해서가 아닌 개인의 염원을 출발점으로 해서도 안 됩니다. 무릇 명령을 내리려는 생각은 잘못된 것입니다. 따라서 강압적인 명령을 내리려는 자들은 반드시 실패의 쓴맛을 보게 될 것입니다.

(5) 다수인의 목소리에 늘 귀를 기울여야 합니다. 다수인의 사정을 보살피지 않는다면 대중과 동떨어지게 됩니다.

(6) 중간계층의 업무에 주의를 기울여야 합니다. 중국은 위아래 양쪽 계층(階層)의 규모는 작고, 중간 계층 규모가 방대한 사회입니다. 이러한 실정이다 보니 그 어떤 정당이라도 만약 중간계층의 이익을 무시하고 그들의 마땅한 이

익을 보장해주지 않는다면 절대로 성공할 수가 없습니다.

(7) 삶이 어려운 자들을 우대해야 합니다. 지방마다, 기관마다 선진일꾼, 중간부류의 일꾼, 그리고 가난한 일꾼이 있습니다. 마오쩌둥 동지는 이렇게 말했습니다. "공산당원들은 어려운 자들을 경시하거나 얕잡아 볼 것이 아니라, 그들과 가까이 하여 단합시키고 설득시켜 그들이 진보할 수 있도록 격려해주어야 한다."[5]

(8) 민주적 기풍을 고양시키고 대중들의 의견에 귀를 기울여야 합니다.

3. 비판과 자아비판의 기풍

비판과 자아비판을 논하지 않는다면 혁명동지들이 경각성을 늦추게 되고, 진보할 수도 없습니다. 따라서 마오쩌둥과 스탈린은 비판과 자아비판이야말로 혁명이 진보할 수 있는 원동력이라고 말하기도 했습니다.

비판자들은 "병을 고쳐 사람을 구하고, 선의를 베풀어 남을 돕는 마음가짐"으로 "아는 것은 남김없이 다 말하고" 도리를 가지고 설득을 해야지, 절대로 비난으로 문제를 해결하려고 해서는 안 됩니다. 비판받는 자들은 "선의로 제기한 의견이라면 정확하지 않더라도 죄가 없고, 듣는 사람 또한 상대방이 말한 잘못이나 결점이 없다고 하더라도 그 말로 경계를 삼아야 하며", "잘못이 있으면 고치고, 없으면 더욱 발전하는 마음가짐"으로 비판을 허심탄회하게 받아들이고 잘못을 바로잡아야 합니다.

마지막으로 동지들이 위에서 언급한 몇몇 기풍을 본받고 견지해야 하는 한편, 열심히 일하고 부지런히 학습하여 인민의 훌륭한 간부가 될 수 있기를 진심으로 기대합니다.

여러 전선에서의 청년단 임무*

(1953년 6월 24일)

중국의 경제건설 첫 5개년 계획이 올해부터 실시단계에 들어갑니다. 우리 당과 마오쩌둥 동지는 전국 인민들에게 국가 공업화를 실현하고 사회주의 사회를 위해 분투하는 단계로 과도해야 하는 새로운 역사적 임무를 제기했습니다. 마오쩌둥 동지는 "공업이 없다면 든든한 국방뿐만 아니라 인민들의 복지도 국가의 부강도 있을 수 없다"[7]고 했습니다.

우리는 이것이 새롭고 위대하고 영광스러우면서도 보다 복잡하고 힘든 역사적 임무라는 점을 잘 알고 있습니다. 이 임무를 원만히 완수하려면 나라 차원에서 인민사업에 충성을 다하는 현대 과학기술 인재를 대량 육성시켜야 합니다.

전국 총인구의 80% 이상을 차지하는 만 14~25세의 중국 청년은 조국 건설을 하는데 방대한 힘이 되는 일꾼들입니다. 무궁무진한 지혜를 가진 청년들은 중국 인재 육성의 주요한 내원이기도 합니다.

1952년 8월 소집된 제1기 3중전회[8]에서 당 중앙과 마오쩌둥 동지는 전국

---

* 이는 후야오방 동지가 중국 신민주주의청년단 제2차 전국대표대회에서 발표한 업무보고의 일부이다. 당시 후야오방 동지가 중국 신민주주의청년단 중앙위원회 서기처 서기 직무를 맡고 있었다. 1957년 5월 중국 신민주주의청년단에서 제3차 전국대표대회를 소집하고 중국 공산주의청년단으로 개칭하였다. 공청단 중앙 제1차 전원회의에서 후야오방 동지가 공청단 중앙 서기처 제1서기로 당선되었다.

의 청년들이 조국의 건설에 적극적으로 뛰어들고 앞장설 것을 호소했습니다. 마오쩌둥 동지는 중국 청년은 용감하고 적극적이라며, 이러한 용감함과 적극성이 조국 건설에 무궁무진한 에너지가 되고 있다고 했습니다. 그러나 용감함과 적극성만으로는 나라를 잘 건설할 수 없다면서 보다 많은 지식을 습해야만 위의 목표를 실현할 수 있다고 강조했습니다.

따라서 새로운 건설시기에 청년단은 당의 영도 하에 그리고 마오쩌둥 동지의 가르침 아래, 중국 청년운동의 우수한 전통을 본받고 고양시키는 한편, 조국 건설에 최선을 다하고, 조국을 건설하기 위해 부지런히 배우도록 전국의 여러 민족청년을 단합시켜야 합니다. 조국 건설이라는 위대한 투쟁에서 당에 협조하고 공산주의사상으로 단원(團員)과 청년을 교육시킴으로써 조국을 사랑하고 인민에게 충성을 다하며, 지식이 있고 기율을 지키며 용감하고 성실하며 활력이 넘쳐나 그 어떤 어려움도 두려워하지 않는 젊은 세대로 육성시켜야 합니다. 그리고 우리의 위대한 수령 마오쩌둥 동지가 가리키는 방향을 따라 국가의 공업화를 실현하고 사회주의 사회를 위해 분투하는 단계로 점차 넘어가야 합니다. 이것이야말로 우리의 영광스럽고 거대한 임무입니다.

현재 청년단이 여러 전선에서 실행해야 할 임무를 구체적으로 설명하면 다음과 같습니다.

첫째는 공업 전선에서의 임무입니다.

공업 건설은 중국경제 건설의 중심 임무입니다. 공업이 발전함에 따라 위대한 노동자계급의 행렬에 뛰어드는 중국 청년들이 갈수록 많아지고 있습니다. 현재 이들은 중국의 공업건설에서 방대한 예비역량으로 거듭나고 있습니다. 우리당 노동자운동의 총 방침은 최선을 다해 노동자들의 적극성과 창조성을 불러일으켜 국가의 경제계획을 완수하고, 더 나아가 초과 달성하기 위해 노력하는 것입니다. 그리고 노동생산율과 상품의 질 향상에 힘쓰는 것 외에, 최대한 절약하고 원가를 낮추기 위해 최선을 다해야 합니다. 또한 생산 확대를 바탕으로, 노동자들의 물질과 문화생활 수준을 점차 향상시켜야 합니다. 공장·광산·교통운수와 인프라 건설 참여 과정에서 청년단은 위의 방침을 성실하게 실행해야 합니다.

총 방침을 실행하기 위해 공장과 광산·기업, 그리고 인프라 건설 부서에 종사하는 청년단 조직은, 당의 영도 하에 착실하게 업무를 추진해야 합니다. 또 공회(工會)와 긴밀하게 협력해 단원들의 열정을 불러일으키는 한편, 모든 청년노동자들이 노동 경합에 적극적으로 참여하도록 이끌어야 합니다. 청년 단원들은 또 마땅히 노동 경합에 적극적으로 뛰어들어야 합니다. 청년단의 간부는 작업장·소조·공사장을 직접 방문해 청년들과 긴밀한 연계를 가지고, 그들의 업무상황과 사상정서를 자주 살펴야 할 뿐만 아니라, 그들이 어려운 문제를 풀어나갈 수 있도록 도움을 주어야 합니다. 그리고 그들이 각성하도록 계발(啓發, 일깨워져서 발전하는 것 – 역자 주)하는데 도움을 주고, 선전적이면서도 실행가능한 개인에 대한 보장 조건을 제정해 줌으로써 국가의 계획이 그들의 구체적인 분투 목표가 되게 해야 합니다.

과거에도 그랬듯이 앞으로도 노동경합 과정에서 수많은 청년 선진 생산자들이 우후죽순처럼 용솟음쳐 나올 수 있게 해야 합니다. 용감한 사상을 지닌 그들은 모든 어려움을 극복하고 창조적인 노동으로 낡은 기술을 타파해 새로운 기술을 창조케 하는 것 외에도 여러 가지 합리적인 건의를 제기하게 될 것입니다. 따라서 그들을 제때에 발견해 지지해 주고 육성시키는 것이 바로 우리의 책임입니다.

우리는 수많은 청년노동자 가운데서 선진일꾼을 존중하는 기풍을 형성시킴으로써 이들의 애국주의적인 노동태도와 선진 경험을 따라 배울 수 있도록 이끌어 주어야 합니다. 그래야만이 청년노동자들이 노동을 사랑할 수 있도록 교육시킬 수 있고, 중간 수준을 갖추었거나 뒤쳐져 있는 청년들이 선진일꾼의 수준을 추월할 수 있도록 이끌어 줄 수 있는 것입니다. 노동경합의 과정에서 우리는 청년 공정 기술일꾼과 청년 직원들의 적극성을 불러일으키는데 주의를 기울여야 하는 한편, 그들이 노동자들과의 연계를 긴밀할 수 있도록 하여 함께 생산을 이끌어 나갈 수 있게 도움을 주어야 할 것입니다.

청년단은 공장과 광산기업, 그리고 인프라 건설 부서에서의 노동기율을 강화하는데 특별히 심혈을 기울이도록 해주어야 합니다. 산만한 노동기율과 공공재산을 아끼지 않는 행위는 생산계획 임무를 완수하는데 나쁜 영향을 미칠 뿐만 아니라, 청년노동자들의 공산주의 인식과 도덕을 쌓는 데에도 걸림돌이 되고 맙니다. 청년단은 당의 영도 하에 단원과 청년노동자를 상대로 노동기율과 국가 재산에 대한 보호교육을 상시화 하여 노동기율을 파괴하는 자에 대해서는 적당한 비판과 투쟁을 하도록 해야 합니다. 이는 청년들의 적극성을 불러일으키고 그들을 교육시키는 것이 중요한 업무라는 것을 말해주는 것입니다.

청년노동자들이 기술을 습득하고 문화를 학습하도록 조직함으로써 그들을 하루빨리 숙련공으로 육성시켜야 합니다. 이는 국가의 절박한 수요이자 노동자들의 강렬한 요구이기도 합니다. 우리는 그들이 실제 실행과정에서 기술을 습득할 수 있도록 조건을 마련해 주어야 합니다. 아울러 생산 발전의 수요와 청년노동자들의 기술, 문화 수준을 바탕으로, 그들이 근무시간 외에 기술과 문화를 학습하는데 참여할 수 있도록 다양한 학습반을 조직해 주어야 합니다.

청년단 조직은 청년들의 기술과 문화의 학습상황을 상시적으로 이해하여 그들이 학습에서의 어려움을 해결하는데 도움을 주고, 그들이 조국건설에 이바지하기 위해 열심히 학습할 수 있도록 격려해 주어야 합니다. 청년노동자들이 사부(師傅)·노동자·기술자에게 허심탄회하게 배우도록 가르쳐야 합니다. 만약 청년들이 지식과 경험이 풍부한 자를 존중할 줄 모른다면 이는 자신들이 진보할 수 있는 루트를 막아버리게 된다는 점을 반드시 깨달아야 합니다.

청년노동자들의 생활복지에 관심을 기울이는 것은 우리의 가장 기본적인 책임입니다. 청년단 조직은 청년노동자들이 생산 과정에서의 안전제도를 엄격히 지키도록 반드시 가르치고 노동과 생활조건을 개선하는데 필요하거나 실행 가능한 건의와 조치를 적극적으로 지지해 주어야 합니다. 또 청년들이 올바른 생활태도를 가지도록 가르치고 운동에 적극적으로 참여하도록 이끌어 주어야 합니다. 그리고 구락부와 문화궁을 충분히 활용해 대중적인 오락문화 행사를 펼치도록 해주어야 합니다.

둘째는 농업 전선에서의 임무입니다.

중국은 공업생산을 발전시킴과 아울러 농업생산 수준을 꾸준히 그리고 더 높은 단계로 향상시켜야 합니다. 당은 우리에게 "공업건설이 활기차게 진행되고 있는 가운데 무릇 농업생산을 경시하는 시각은 모두가 편면적(片面的, 강행하려는 규정이 한쪽으로만 유리한 쪽으로 작용한다는 것을 말함 - 역자 주)이다"9, "농업생산을 반드시 착실하게 추진해야 한다. 농촌에서 가장 중요한 작업이 바로 농업생산이며, 기타 작업은 모두 농업생산을 위해 봉사해야 한다"10, "농민들이 점차 자발적인 태도와 서로에게 이익이 되는 원칙에 따라 다양한 형식의 상호 협력 노동과 생산협력을 조직하도록 이끌어야 한다"11는 점을 제시했습니다. 당시 제시한 위의 임무에 따라 농촌의 5백만여 명의 단원을 동원하고, 농촌청년을 단합시켜 더 많은 식량과 공업원료를 생산하고 농민들의 생활을 개선시키기 위해 분투해야 합니다.

위의 목표를 이루기 위해서는 무릇 농촌단(農村團) 조직이라면 농업생산을 모든 업무의 중심으로 간주하고, 청년농민들이 애국 증산운동에 뛰어들도록 적극 동원해야 합니다. 당의 영도 하에 청년들이 생산과정에서 부딪치는 문제에 대해서는 항상 의견을 나누고 보수공사를 하고 품종을 개량하고 경작기술을 개량하고 홍수와 가뭄을 방지하고 병충해를 예방 퇴치하는 등 생산에 유리한 일이라면, 모두 청년들이 팔을 걷고 뛰어들 수 있도록 이끌어주어야 합니다. 반면 무릇 생산을 방해하는 일이라면 제때에 저지하고 단호히 반대해야 합니다.

단원들이 아무런 걱정 없이 농업생산에 뛰어들고 사랑하도록 가르침으로써 국민경제에서 농업생산이 차지하고 있는 중요한 위치를 그들에게 각인시켜 주어야 합니다. 농촌단원들은 농업생산을 착실히 해야 할 뿐만 아니라 실제 행동으로 청년들에게 영향을 미치고 이끌어주어야 합니다.

농촌단 조직은 단원들이 당의 농업생산 호조(互助) 협력정책을 습득하고 정확히 실행할 수 있도록 가르쳐야 합니다. 우리는 한편으로 가정과 대중들을 상대로 상호 협력하는 것이야말로 농민들이 공동 부유의 길로 나아가기 위해 반드시 거쳐야 하는 길이라는 점을 널리 알려, '조직'이 자발적으로 이뤄지게 해야 합니다. 다른 한편으로는 농업생산을 위한 상호 협력을 추진하는 과정에서 소농경제의 특점뿐만 아니라 개별농민의 사정도 돌보면서 다 같이 발전할 수 있도록 이끌어야지, 성급한 마음에 무턱대고 일을 추진하지 말아야 한다는 점을 시시각각 명기해야 합니다.

이미 호조협력에 참여한 조직의 단원들을 상대로 "공산당원과 청년단원들은 호조협력의 원칙을 바탕으로 생산에 적극 뛰어들고 기율을 지키는 등 농민들의 본보기가 되어야지, 호조 소조와 합작사에서 자기 몫이 아닌 그 어떤 재물도 탐내어 차지해서는 안 된다"[12]는 당 중앙의 지시를 엄격히 지키도록 교육시켜야 합니다.

　농촌 단조직은 단원과 청년을 조직해 현지의 실제상황과 가능한 조건에서 출발해 농업기술 학습에 노력하고 현지의 경험 있는 농민과 노동 모범자들에게 증산 경험과 자연재해를 이겨내는 경험을 배우도록 이끌어야 합니다. 자원(資源)의 상황에 따라, 그리고 생산을 방해하지 않는 원칙 하에서 단원과 청년들이 민간학교와 문맹퇴치 팀에 참여해 문화와 과학지식을 배우고 농촌상황에 어울리는 오락 문화행사를 펼치도록 이끌어야 합니다.

　셋째는 학교에서의 청년단 임무입니다.

　학교 내 청년단의 규모가 130만여 명에 달했습니다. 이는 당이 학생을 단합시키는데 필요한 핵심역량으로 부상됐다는 것을 말해줍니다. 당과 정부가 학교에 대해 "정돈하고 공고히 하며 중점을 발전시키고 품질을 보장하며 안정적으로 발전시키는 방침을 취한다"는 기초 위에서 당과 인민정부에 협조해 학교업무를 잘 이끌어 나가게 함으로써, 학생들이 덕과 재능을 겸비하고 신체가 튼튼한 건설인재로 자라나도록 이끌어야 합니다.

　위의 목표를 이루기 위해서는 학교의 단(團)조직들이 우선 학교의 교학기율을 지키고 교학계획을 완수하고 학업에 노력할 수 있도록 단원들을 이끄는 등의 실제행동으로 학생들의 학업에 영향을 미치고 도움을 주어야 합니다. 다음으로 학생들이 학습과정에서 스스로 사고하는 능력과 실사구시적인 기풍을 발전시키도록 제창하고, 학생들 가운데서 서로 다른 인식에 대해서는 충분한 논의를 거치는 과정을 통해 도리를 명확히 하고 진보를 추구함으로써 그들이 지식을 관장하고 진리를 추구하는 기풍을 양성할 수 있도록 도움을 주어야 합니다. 마지막에 학교의 통일적인 계획과 정상적인 학업에 영향을 미치지 않는 전제하에서 학생들이 자발적으로 필요한 사회활동과 학교 내 관련 공공복리 업무에 참여하도록 이끎으로써, 공공사무 노동과 대중들을 연계시킬 수 있는 자질을 육성시켜야 합니다.

청년단은 교원들의 사업을 존중하고 관심을 두어야 하는 것은 물론 필요한 도움도 주어야 합니다. 현재 여러 학교를 보면 청년 교원이 상당한 비율을 차지하고 있습니다. 그들은 교육사업의 새로 탄생한 역량입니다. 교원 중의 청년단원들은 기타 청년교원과 교원이 교학하는 가운데서 적극적인 역할을 발휘할 수 있도록 이끌어야 합니다.

위대한 조국의 품속에서 수 천만 명에 달하는 소년 아동들이 자라고 있습니다. 그들은 중국 인민의 위대한 혁명과 건설 사업을 이어갈 후계자들입니다. 당과 인민정부는 그들을 신체와 사상이 건강한 새로운 세대로 육성시켜 미래 새 생활의 건설자로 자라나게 해야 합니다. 당의 위탁을 받고 설립한 청년단이 설립한 소년아동대(少年兒童隊) 조직의 현재 규모가 7백 만 명에 달합니다. 이 조직은 소년아동들의 애국사상을 고취시키고 그들의 학습 흥미를 불러일으키는 것 외에도, 노동을 사랑하도록 계발시키고 학습에서의 주도성과 법칙성을 키우는 등 여러 면에서 훌륭한 역할을 발휘했습니다.

우리는 마땅히 소년아동대에 적극적인 도움을 주는 한편 그들에 대한 영도도 강화해야 합니다. 우리는 마치 친 형제처럼, 친 자매처럼 항상 소년아동을 염려해야 합니다. 현재 소년아동대의 일부 활동은 이들의 특점에 어울리지 않는 현상이 존재합니다. 따라서 그들이 지나친 사회업무를 부담하게 되는 문제가 뒤따르고 있는데 이는 마땅히 바로잡아야 할 부분입니다. 어린이들의 심신건강에 치명적인 상해를 주는 낡은 사회에서 전해져 내려온 악습에 대해서는 효과적인 방법을 총동원해 비판하고 투쟁해야 합니다.

소년아동의 고상한 품성을 양성시킴에 있어 교원과 보도원은 영광스러운 책임을 짊어지고 있습니다. 그들은 마땅히 맡은 업무를 꾸준히 개진하고 소년아동들의 생리와 심리조건에 따라 인내심을 갖고 소년아동이 다양하게 발전할 수 있도록 도와주어야 합니다. 또한 소년아동들의 우수한 본보기가 되어 그들이 고상한 도덕품성을 지닌 새 세대로 자라날 수 있도록 가르쳐야 합니다. 단 조직은 초등학교 교원과 보도원의 업무에 관심을 기울이고 그들의 성과를 찬양하는 한편, 그들의 합리적인 요구도 만족시키기 위해 노력해야 합니다.

넷째는 국가기관과 인민단체에서 청년단의 임무입니다.

국기기관과 인민단체에 종사하는 직원 가운데서 약 절반은 청년과 청년단원입니다. 그중 청년단원이 백만 명에 달합니다. 그들은 직무가 서로 다를 뿐 모두 위대한 조국을 건설하는 영광스러운 노동에 속합니다. 단 조직의 책임은 청년직원을 단합시키고 맡은 업무를 열심히 사랑하도록 가르치는 것입니다. 또 마르크스 · 레닌주의와 마오쩌둥 동지의 저술을 학습해 이론 · 정책과 업무수준을 꾸준히 향상시키고 양호한 조직성과 법칙성을 양성시키도록 해주어야 합니다. 그리고 업무 관련 임무를 정확하게 완수하고 공공생활에 적극적으로 참여하는 한편, 청렴하고 소박하며 대중과 연계하는 업무의 기풍을 고양시키고 인민대중들의 이익을 위해 최선을 다해 봉사하도록 가르쳐야 합니다.

중국의 선진적인 문학과 예술창작은 청년들이 조국을 건설하기 위해 분투하도록 가르치는 유력한 무기입니다. 우수한 문예창작을 특히 선호하고 있는 중국청년들은 이러한 창작을 통해 힘을 얻고 있습니다. 문학과 예술계 종사자들이 중국의 위대한 현실생활을 더 많이 반영하는 한편, 조국을 보위하고 건설하는 영웅들의 이미지를 더 생동적으로 부각시키며 우리당의 위대함을 더 깊이 있게 묘사하기를 기대하는 것이 우리의 간절한 바람입니다. 문학 · 예술전선의 청년단원들은 마르크스 · 레닌주의를 학습하기 위해 노력해야 할 뿐만 아니라, 문학예술과 관련되는 마르크스 · 레닌주의 이론과 마오쩌둥 동지의 유명한 저술인 「옌안(延安) 문예 좌담회에서의 연설」을 학습해야 합니다. 아울러 자신의 창작이 보다 높은 사상성과 예술성을 갖출 수 있도록 대중 속으로 들어가 그들과 어우러져야 합니다.

스포츠는 청년들의 심신건강을 향상시키며 청년세대를 강건하고 용감하고 의지가 굳센 조국의 건설자와 보위자로 육성시킬 수 있는 적극적인 수단입니다. 청년들은 지식이 있어야 하지만 신체도 튼튼해야 합니다. 따라서 열심히 학습해야 할 뿐만 아니라 신체 단련에도 게을리 하지 말아야 합니다. 아울러 스포츠는 청년들이 가장 즐기는 문화생활이기도 합니다. 스포츠로 인해 청년들의 생활이 보다 풍부해지고 다채로워지고 있습니다. 따라서 청년단 조직은 청년들이 여러 가지 스포츠와 운동 경합에 참여하도록 동원하는 한편, 그들이 대중적인 스포츠 행사를 펼치는데도 적극적으로 협조하고 지지해 주어야 합니다.

다섯째는 청년 통일전선의 강화에서 청년단의 임무입니다.

위대하고도 힘든 조국건설 임무에 앞서 우리는 전국의 청년을 더욱 단합시켜 조국을 건설하는 여러 직장에서 충분히 역할을 발휘하도록 해야 합니다. 중국청년의 애국 통일전선은 중국 인민민주주의 통일전선의 구성부분으로 공업과 농업분야의 노동청년과 혁명 지식청년을 기반으로 하며, 전국의 청년을 단합시켜 중국공산당의 영도 하에 전국의 인민과 함께 국가의 공업화를 실현하고, 사회주의로 과도하기 위해 노력하도록 해야 합니다.

청년단은 당의 통일전선 정책을 성실하게 학습하고 실행해야 하는 한편, 현재 여러 민족의 청년·상공업계의 청년·종교계의 청년·청년 과학기술 종사자, 그리고 사회 기타 무소속 청년과의 연계가 원활하지 못한 단점을 극복해야 합니다. 청년단은 민주청년연합회[13]의 업무를 적극적으로 지지해 주어야 합니다.

우리의 위대한 조국은 다민족 국가인 만큼 여러 민족지역에서 청년들의 업무를 한층 강화시켜야 합니다. 우리는 여러 민족 가운데서 청년간부에 대한 양성을 중시해야 합니다. 여러 민족의 특점, 그리고 청년들이 선호하는 방식에 따라 당과 정부가 민족지역에서 여러 가지 정책을 착실히 실행해온 장점을 잘 활용하여 계속해서 여러 민족 청년들의 애국주의 교육을 강화시켜야 합니다. 또한 여러 민족의 청년들을 단합시키고 조직해야 합니다. 이러한 기초 위에서 '단 조직'을 보다 신중하게 건설하고 발전시켜야 합니다.

현재 중국 역사상 전에 없는 보통선거 운동이 이미 시작되었습니다. 이 때문에 중국 인민민주주의 통일전선이 더욱 공고해지고 발전될 것으로 예상됩니다. 청년단 조직은 전국의 여러 민족 · 여러 계층 · 여러 당파, 그리고 여러 종교 신앙을 가진 청년들을 단합시켜 전국적인 범위 내에서 실시되고 있는 선거운동에 적극적으로 참여하도록 이끌어 주어야 합니다. 그리고 인민에게 충성을 다하고 조국을 위해 봉사하며 대중들과 긴밀히 연계하고 우리에게 필요한 자를 인민의 대표로 선발되는 것을 지지해 주어야 합니다. 아울러 일반 청년과도 긴밀하게 연계하고, 인민의 이익과 청년들의 절실한 요구에 관심을 두는 자를 선발해야 합니다. 그리고 청년들이 옹호하는 자를 청년대표로 선발해 각급 인민대표대회에 참석하도록 함으로써 청년들이 국가 정치건설에서의 역할을 더 충분히 발휘하도록 해야 합니다.

여섯째는 국방건설에서 청년단의 임무입니다.

위대한 조국의 안보와 전 세계의 지속적인 평화를 지키기 위해 중국은 국방건설에 박차를 가하고 있습니다. 조국 보위의 앞장에 서 있는 영광스러운 중국인민지원군과 중국인민해방군은 조국의 건설사업이 순조롭게 진행될 수 있도록 추진하는 보위자입니다. 전국의 청년들은 그들을 진심으로 존중하고 사랑하고 있습니다. 우리는 계속해서 중국인민지원군과 중국인민해방군을 본보기로 삼아 따라 배우고 그들의 영웅적인 업적을 통해 조국을 보위하려는 청년들의 견강한 의지를 꾸준히 증강시켜야 합니다. 중국인민지원군과 중국인민해방군 중의 청년단은 당의 가르침을 받고 조국을 위해 뛰어난 공헌을 했습니다.

그들이야말로 전국의 청년단 조직의 모범이 아니겠습니까? 중국 인민지원군과 중국인민해방군의 청년전사와 단원들은 계속해서 노력해 자신들의 정치수준을 꾸준히 향상시키고 기율을 준수하는 모범이 되어야 합니다. 또 군사기술을 부지런히 배우고 문화수준을 향상시키는 것 외에도 신체를 튼튼히 단련시킴으로써 현대화한 국방군을 건설하고 위대한 조국을 보위하기 위해 분투토록 해야 합니다. 위대한 조국을 보위한다는 것은 우리의 행복한 생활을 보위하고 더 나은 미래를 보위한다는 뜻입니다. 중국 청년들은 이러한 신성한 책임을 용감하게 짊어져야 합니다.

일곱째는 국제 사무에서 중국 청년의 임무입니다.

청년단은 중국사회주의 청년단[14]설립 이후 국제주의 전통을 계승했고, 국제 친구들을 단합시켜야 한다는 마오쩌둥 동지의 지시를 단호히 실행했으며, 세계평화를 애호하는 청년들과의 국제적 단합을 강화하기 위해 꾸준히 노력해왔습니다. 또 소련을 위수로 한 평화 민주진영을 공고히 하고, 극동과 세계의 평화를 보위하는데 이바지했습니다. 중국청년들은 세계민주청년연맹의 충실한 지지자로서 여러 가지 행사에 적극적으로 참여했습니다. 이전에 우리는 세계민주청년연맹 대표단의 중국방문을 열렬히 환영했었습니다. 우리는 곧 소집될 제3회 세계청년대표대회와 제4회 세계청년 및 학생평화 우의축제에 참석할 준비에 박차를 가하고 있으며, 이러한 행사를 통해 세계의 청년을 단합시켜 평화를 보위하고 아름다운 미래를 쟁취하기 위해 투쟁하는데 크게 기여할 것이라 굳게 믿습니다.

지난 4년 동안 중국청년들은 세계 여러 나라 청년들과의 우의를 돈독히 해왔습니다. 전에 우리는 소련 청년대표단과 소련 청년예술가들의 중국방문과 공연을 열렬히 환영한 바 있고, 또 청년대표단과 학생대표단 등을 소련에 파견해 참관하도록 한 적도 했습니다. 이밖에 청년대표들은 여러 인민민주국가를 방문했고, 또 이들 나라의 청년대표대회 혹은 청년대회에 참석하기도 했습니다.

현재 우리는 60개 국가의 100여 개 청년단체와 연계를 갖고 있습니다. 우리의 청년 대표들은 20개 국가를 방문했거나 그 나라에서 열린 회의에 참석한 바 있습니다. 우리가 45개 국가 청년대표의 중국방문과 참관을 초청했거나 접대한 적이 있습니다. 이러한 행사들은 세계 평화를 보위하는 투쟁에서 중국청년과 세계 여러 나라 청년들의 우의와 단결을 한층 강화하는데 이바지하기 위함이었습니다.

가장 위대한 목표를 향해 나아가도록 중국청년을 이끌어야 한다[*]

(1956년 9월 24일)

저는 류샤오치(劉少奇)·저우언라이(周恩來)·덩샤오핑(鄧小平) 동지가 중앙위원회를 대표해 작성한 여러 가지 보고서[15]를 전적으로 옹호합니다. 저는 청년단의 각급 조직과 청년들이 흥미진진하게 위의 보고서를 학습하고, 우리당이 전국의 인민을 이끌어 두 가지 위대한 혁명승리를 거둔 풍부한 역사적 경험과 중국을 위대한 사회주의 국가로 건설하기 위해 필요한 이론 및 정책을 학습할 것이라 믿습니다.

당 중앙의 보고서는 중국청년에 대해 아주 높이 평가했을 뿐만 아니라, 청년단에 보다 높은 요구를 제기했습니다. 이는 전국의 청년과 단 조직에는 엄청난 격려가 아닐 수 없습니다. 청년단 조직을 재건한지도 어언 8년이 지났습니다. 지난 8년 동안 전국의 청년들이 많은 일을 한 것은 사실이지만 청년단 영도 차원에서 볼 때 우리가 해결한 문제는 고작 한 개 문제하고 반쪽짜리 문제뿐입니다. 그 한 가지도 이미 건립한 전국성적인 청년단을 말합니다. 반쪽짜리 문제는 이제야 청년의 특점에 따라 업무를 진행하는 방법을 초보적으로 모색한 것을 말합니다.

---

* 이 글은 후야오방 동지가 중국공산당 제8차 전국대표대회 상에서 한 발언이다.

정확한 청년단 건립노선을 견지하자 :
청년단을 편협한 청년조직으로 만드는 것뿐만 아니라 일반적인 대중
단체로 강등시키는 것도 반대한다.

우리당은 청년운동 과정에서 청년들을 단합시키고 교육시킬 수 있는 핵심
조직을 건립해야 한다고 줄곧 여겨왔습니다. 전에 우리당이 영도한 혁명청
년조직은 청년을 이끌어 혁명 사업에 크게 기여했습니다. 하지만 조직문제
에서 우리는 두 가지 상이한 교훈을 얻었습니다. 국내 전쟁 시기 공산주의청
년단은 선진성만을 강조하고 대중성을 경시했습니다.

그 결과 폐쇄주의가 나타나 제2당으로 되었습니다. 항일전쟁 후기의 청년
항일단체의 경우 핵심이 될 만한 선진조직이 없어 결국 산만하고 무기력한
상태를 초래했습니다. 따라서 당 중앙은 1949년 청년단 건립 결의[16]에서 현
재의 청년단은 반드시 당의 영도 하의 선진적인 청년대중 조직이 되어야 한
다고 규정했습니다. 몇 년간 우리는 줄곧 이 같은 정확한 청년단 건립노선
을 견지했습니다. 청년단을 편협한 청년조직으로 전락시키는 것뿐만 아니
라 일반적인 대중단체로 강등시키는 것도 반대했습니다. 청년단은 건강하
게 발전해왔고 진보적인 사상을 지닌 단원이 다수였으며 사업도 생동감 있
게 이뤄졌습니다.

올해 6월말까지 남녀 단원 수가 이미 2천만 명에 이르렀습니다. 이는 전
국 청년의 약 17%를 차지하는 수준입니다. 70만 개의 기층조직이 농촌 · 공
장 · 학교 · 국가기관과 무장부대 등 제반 분야에 폭넓게 분포되어 있습니
다. 8년간 215만 명에 달하는 단원이 중국공산당에 가입했습니다. 이로부
터 청년단이 이미 우리당의 믿음직한 예비 인력으로 되었을 뿐만 아니라, 전
국의 청년이 꾸준히 발전하도록 이끄는 거대한 힘으로 되었다고 해도 과언

이 아니라 사실이라는 점을 알 수 있습니다. 이러한 사상과 조직을 기반으로, 그리고 중국사회주의 개조가 이미 결정적인 승리를 거둔 시점에 신민주주의청년단을 공산주의청년단으로 개칭하는 것은 청년들의 염원에 완전히 부합되는 것입니다.

이번 대회에서 우리당은 당과 공산주의청년단의 관계를 새 당헌(黨章)에 써넣었습니다. 이는 청년단이 사상과 조직사업에서, 그리고 공산주의사상으로 청년을 교육하는 과정에서 당의 관심을 더 많이 받게 될 것임을 암시합니다. 당의 관심은 단원들이 자아사상의 각오를 향상시키기 위해 노력하고 사회주의 사업에 더욱 적극적으로 뛰어들도록 고무시킬 것입니다. 또한 사업에서의 단점을 없애고 착오를 바로잡기 위한 당의 투쟁에 더 적극적으로 협조하도록 추진할 것입니다.

청년의 특점에 어울리는 방법을 적용해 사회주의 사업에 이롭고 청년들의 적극성을 불러일으킬 수 있는 독립운동을 함께 전개하도록 해야 한다.

8년간 우리당은 전국적인 청년단을 건립했을 뿐만 아니라 청년단을 무대로 청년들을 광범위하게 단합시켜 국가와 사회 차원의 정치생활·경제생활·문화생활에 적극적으로 참가하도록 했습니다. 동시에 청년들이 선호하는 방법을 선택해 다양한 독립운동을 전개했습니다. 이러한 운동은 문맹퇴치, 공산주의 도덕교육, 여가 학습조직, 오락문화 행사조직, 스포츠 행사조직 등을 비롯해 청년들이 지식을 풍부히 하고 신체를 단련시키는 데 도움이 되는 활동이었습니다. 이밖에 생산량 증가와 절약운동도 전개했습니다. 예를 들면, 지난해 가을과 겨울 그리고 올 봄에 1억2천만 명에 달하는 청소년이 식수조림에 참가해 다양한 종류의 나무를 3천7백만여 무(畝)에 심었는데, 그중 다수 지역의 생존율이 모두 예년보다 높았습니다. 또 예를 들면 지난해 겨울과 올 봄에는 전국에서 7천만 명에 달하는 농촌의 청년들이 거름을 모으는 운동에 참가해 총 4천여 억 킬로그램을 모았습니다. 같은 시기 전국적으로 십여 만 명에 달하는 남녀 청년들이 변강(邊疆, 변경)의 건설 사업에 뛰어들었고, 여러 단위(團委)에 신청했지만 아직 허락을 받지 못한 청년도 약 백여 만 명에 달하고 있습니다.

공장·광산기업과 교통운수 부서에 9천5백 개의 청년 선진반과 선진조가 생겨났고, 인프라 건설 분야에 7천5백 개의 청년돌격대가 육성됐습니다. 남녀 단원 수가 언제나 일반 정액을 초과했는데, 많을 때는 심지어 5·6배에 달하기도 했습니다. 지난해 몇몇 성은 회수활동을 통해 10만6천 톤의 고철을 회수한 사례도 있습니다. 올해 건축자재 절약활동을 전개한 이후 6월부터 9월까지 여러 지역의 청년들은 5천7백 톤의 철강재와 1만8천 톤의 시멘트를 절약했습니다.

이러한 활동을 통해 청년들의 사회주의 적극성을 불러일으켰고, 청년단과 대중의 관계를 긴밀히 했을 뿐만 아니라 청년단 간부들의 업무수행 능력도 단련시켰습니다. 이는 당과 마오쩌둥 동지가 지시한 "청년들의 특점에 따라 독립운동을 전개하자"[17]는 방침이 아주 정확한 것임을 충분히 입증했습니다. 이는 오랜 세월 동안 청년단이 해결하지 못한 문제에 해결방도를 제시한 셈입니다.

그러나 이러한 활동에 적지 않은 문제와 단점도 뒤따랐습니다. 일부 활동은 관련 부서와 충분히 논의하지 못한 상태여서 그들의 지지를 얻지 못하였기 때문에 의견이 다를 때도 가끔 있었습니다. 어떤 때는 지나치게 높은 요구를 제기하거나 급하게 요구를 제기하는 데다, 아래로 전달되는 과정에서 또 여러 가지 임무가 추가됨으로써 일부는 추진되지 못하거나 심지어 억압적인 현상이 나타나기도 했습니다. 가끔은 우리가 청년들의 선봉대 역할을 지나치게 강조하고 그들이 일을 '도맡아 할 것'을 요구함으로써 일부 청년들이 지나치게 힘든 상황이 초래됐습니다. 이 때문에 청장년, 그리고 노인 간의 관계가 조화롭지 못한 경우도 있었습니다.

이러한 단점들이 바로 위에서 해결하지 못했다고 언급한 반쪽짜리 문제입니다. 일부 동지들은 남의 의견에 귀를 기울이지 않고 자신들의 단점도 똑바로 보지 못하고 있는데 이는 잘못된 것입니다. 이밖에 일부 동지들은 비판만 받으면 옳고 그름을 떠나 '바로 손을 떼고는'문을 닫고 검토합니다. 심지어 "일을 적게 할수록 착오를 적게 범한다"는 '경험'을 얻었다고도 하는데 이것은 잘못된 것입니다.

청년은 인민대중의 구성원이자 혁명운동의 방면군(方面軍)이기도 합니다. 때문에 청년운동은 방향과 정책방침 차원에서 반드시 혁명운동과 보조를 맞춰야 합니다. 그리고 청년운동은 또 인민운동의 특수한 부분이기도 합니다. 청년들은 정력이 왕성하고 흥미와 좋아하는 것도 광범위합니다. 게다가 청년시절은 사상적으로 모순이 가장 많은 시기인 만큼 소년들에게 발생하지 않았던 문제가 그들에게서 나타날 수 있으며, 성인들에게서 이미 해결한 문제를 그들에게서는 아직 해결하지 못했을 수 있습니다. 그렇기 때문에 청년단은 일반적인 방법으로 청년을 이끌어서는 안 되고, 청년들의 특점에 어울리는 일부 방법을 모색해 청년들의 사회주의 적극성을 불러일으키고 청년들의 다양한 진보에 관한 요구를 만족시켜야 합니다.

더욱이 청년간부들이 업무과정에서 능력이 한층 업그레이드 되도록 이끌어야 합니다. 사회주의 사업에 이롭고 청년의 특점에 어울리는 독립운동을 전개하는 것과 당을 상대로 독립성 모순을 갖는 것은 완전히 다른 개념입니다. 그러니 독립활동과 독립성 모순을 갖는 것, 그리고 선봉 역할과 '선봉주의'를 혼돈해서는 안 됩니다.

공산주의사상으로 청년을 무장시켜야 하며, 어려움에 대한 극복과 근검절약을 통해 나라를 건립하는 집체영웅주의사상을 제창하며, 설득교육의 방법을 통해 청년들의 적극성과 주동성을 불러일으켜야 한다

당 중앙의 보고서는 모든 적극적인 요소를 동원해 중국을 위대한 사회주의 국가로 건설할 것을 제기했습니다. 이는 청년들이 위대한 투쟁에서 더 많은 노력을 기울이고 더 많이 기여할 것을 요구하고 있습니다. 이 문제에 대해 우리는 곧 소집될 제3차 청년단 전국대표대회에서 광범위하게 논의할 예정입니다. 여기서 우리는 청년의 사상교육과 여가학습 문제에 대해서만 중점적으로 논의할 계획입니다.

우리당 청년교육의 첫 번째 임무는 청년들의 공산주의에 대한 각오를 끌어올리는 것입니다. 최근 몇 년간 당은 꾸준히 청년들을 교육해 오고 있습니다. 조국을 사랑하고 인민의 공동사업을 사랑하고, 사회주의를 위해 근면성실하게 노동하고, 인민의 이익에 손해를 주는 현상에 대해 단호하게 투쟁하고, 친 형제자매처럼 여러 민족의 인민을 대하도록 해야 하고, 국제 사회주의 대 가정을 사랑하고, 전 세계 인민들과 함께 인류의 발전 사업을 위해 함께 분투할 것을 요구하는 등 다양한 부분이 포함되었습니다. 이러한 교육으로 말미암아 중국 청년의 공산주의사상과 도덕 기풍이 빠르게 성장했습니다. 현재 "모든 것은 사회를 위하자", "조국이 필요한 곳이라면 어디든지 가자", "어려움을 두려워하지 않고 용감하게 전진하자"는 사상은 이미 청년들의 행동구호로 되어 있습니다. 현재 중국 청년들의 정신상태가 근본적으로 바뀌었습니다.

외국 자산계급의 기자들도 이에 놀라움을 금치 못하면서 "공산주의가 이미 중국 청년들 가운데서 가장 큰 힘을 얻었다", "이들은 자랑할 만한 드높은 열정을 갖고 있다", "자신 · 조국, 그리고 세계의 미래에 자신감을 갖고 있는 그들의 모습을 득의양양하게 표현할 수 있다"고 말했습니다. 이처럼 분발하고 적극적인 사상을 지닌 중국 청년들과 비교할 때 자본주의 국가는 전혀 다른 모습입니다. 예를 들면 미국 정부에서 발표한 소식에 따르면 그들이 주장하는 이른바 가장 '문명'한 나라에서 1년에 2백만 명 규모의 18세 이하 청소년이 절도 · 강탈 · 계획적인 살인으로 체포되고 있는 것으로 알려졌습니다.

그렇다고 중국 청년들의 정신이 전혀 흠잡을 데 없이 완벽하다거나 청년에 대한 공산주의 교육이 더 할 나위 없이 훌륭하다고 말할 수는 없기 때문에 '득의양양'해서는 안 됩니다. 여러 가지 몰락계급의 사상이 여전히 청년들에 영향을 미치고 있고, 사회주의 건설이 힘든 투쟁이니 만큼 우리는 공산주의 사상으로 청년을 무장시켜야 하고, 청년들 가운데서 어려움을 극복하고 근검절약해 나라를 건립하는 집체 영웅주의 사상을 제창해야 하며, 설득교육의 방법을 잘 활용해 청년들의 적극성을 고양시켜야 합니다. 이 또한 우리 당이 과도시기의 청년에 대해 사상교육을 진행하는 근본 방침이기도 합니다.

하지만 일부 동지들이 위의 방침을 제대로 깨닫지 못한 탓에 실제 업무과정에서 두 가지 문제점이 나타났습니다. 첫째는, 경계선을 정확히 구분하지 못하고 있다는 것입니다. 집체이익을 위배하지 않는 개인의 흥미나 애호하는 것을 배척하거나 심지어 청년들의 활력 있고 꿈이 있고 호기심이 많고 사상이 활발한 장점마저 구정물 취급하며 개인주의와 함께 쏟아버렸습니다. 둘째는, 방법이 간단하고 서둘러 목적을 달성하려고 하는 것입니다. 뒤처져 있는 청년에 대해 우리 동지들은 그들이 하루 빨리 발전할 것을 바라고 있습니다.

만약 안 될 경우에는 "뒤처진 청년들이 발전하면 소금에 절인 생선도 수영할 수 있겠다"며 비관적인 결론을 내리곤 했습니다. 그리고 운동을 하고 영화를 보고 노래를 부르고 휴식을 취하는 등 청년들의 온갖 행동에 대해 지나치게 간섭하고 일일이 배치해주었습니다. 그들의 입장에서는 선의로 청년들이 빨리 성장할 수 있기를 간절히 원하는 마음에서 내린 결정이었지만, 청년들이 이해를 못하는 가운데 이루어진 것이 아니기 때문에 이러한 방법은 오히려 청년들의 적극성을 떨어뜨리는 후과를 낳았습니다.

우리는 반드시 당 중앙의 지시에 따라 보다 생동적인 사상 업무를 통해 대중과 동떨어진 단점을 극복하고 기율성과 창조성을 결부시켜야 합니다. 집체주의를 기반으로, 청년들의 독립적인 생활력을 육성시키고 청년들이 좋아하는 것, 특장(特長, 특별히 뛰어난 장점 – 역자 주)과 주동적인 사상을 충분히 발휘시키도록 해야 합니다.

청년들이 사회주의 건설 요령과 현대의 문화·과학·기술지식을 배우는데 다양한 형식으로 도움을 주어야 한다

교육에는 또 다른 중요한 문제가 존재합니다. 바로 청년들을 이끌어 사회주의 건설 요령을 실제로 배우게 함으로써 그들이 공산주의사상과 건강한 의지·성격, 그리고 건장한 신체뿐만 아니라 현대의 문화·기술·과학지식도 소유하게 하는 것입니다.

현재 중국의 중학생과 대학생이 6백여 만 명, 초등학생이 5천 7백만 명에 달합니다. 증가하는 속도가 아주 빠르다고 볼 수 있습니다. 하지만 중국의 청년 가운데서 다수가 아직은 문맹상태를 벗어나지 못했고, 청년노동자의 기술수준이 생산 설계 요구보다 1.5등급에서 2.5등급 정도 떨어져 있는데다, 대학생 수가 아직은 아주 적은 실정입니다. 우리는 학교교육을 계획적으로 확대함과 아울러 특히 여가시간을 통한 교육발전에 심혈을 기울여야 합니다.

그러나 여가교육처럼 중요한 사업에 대해 우리는 아직 열심히 이끌어 나가지 못하고 있습니다. 문화과학의 수준 향상의 중요성이나 문화과학 수준 향상이 승리 이후 청년들의 가장 절박한 요구라는 점을 깊이 깨닫지 못하고 있는 것입니다. 현재 이 세대의 청년들은 향후 공산주의 건설 사업에 참여할 중견 역량입니다. 만약 현재 확고한 지식기반을 다지지 못한다면 그때 가서 더 큰 난관에 봉착하게 될 것입니다.

850만 명 재직 청년들을 볼 때, 당 중앙에서 지식인 문제와 관련한 회의를 소집한 후로 그들의 문화와 과학기술 학습의 적극성이 고조되었으며, 경험 · 지식 · 기술이 있는 직원들에게서 허심탄회하게 배우는 기풍도 어느 정도 형성됐습니다. 이는 좋은 소식입니다. 하지만 그들은 필요한 도서자료도 마련해주고, 여가 연수도 조직해 줄 수 있기를 희망합니다. 특히 겸직 현상을 줄이거나 회의 차수를 다소 줄여 그들에게 연수시간을 마련해 줄 수 있기를 바랍니다. 지난 몇 년간 우리는 그들의 연수에 도움을 주기 위해 정규적인 여가학교 · 함수(函授)학교 · 여가학습반 · 학습소조 등 4가지 효과적인 형식을 수립했습니다. 현 단계에서 첫 2개 형식은 천천히 추진하는 수밖에 없지만, 뒤에 두 가지 형식은 반드시 실제로 보급하여 중국의 젊은 과학기술 역량이 빠르게 확대되는데 도움이 되도록 해 주어야 할 것입니다.

여가교육에서의 또 다른 중대한 임무는 바로 문맹퇴치입니다. 우리의 최신 조사 결과 문맹퇴치 업무를 잘 이끌어 나가자면 지역과 시기는 물론 개개인의 사정에 맞게 적당한 방법을 정하는 원칙을 따라야 하는 것으로 나타났습니다. 농촌상황을 볼 때, 농민(남녀 포함) 모두가 청년시기를 지나 가정을 이루고 자녀를 키우면서 가사노동도 점차 많아졌습니다. 이는 반드시 학습에 영향을 미치게 되기 때문에 적극적으로 학습하고 퇴치가 쉬운 청년문맹을 하루 빨리 퇴치해야지 억지로 청장년 문맹까지 함께 퇴치하려 해서는 안 됩니다.

그러면 다수의 청년들이 우선 문맹에서 벗어남에 따라 기타 부류의 문맹을 퇴치하는데도 시간이 단축될 수 있습니다. 이밖에 구체적인 영도를 강화해야 합니다. 그러려면 통일적으로 시간을 배치해 생산과 회의가 학습과 서로 모순되지 않도록 해야 합니다. 만약 이럴 수만 있다면 7년 내에 청년 문맹퇴치 목표도 충분히 실행 가능하다고 봅니다.

이러한 부분은 청년단이 자체의 전투력으로 끌어올릴 것을 요구합니다. 전투력을 끌어올리는 관건은 자체 학습을 강화하는 것입니다. 현재 청년단에 8만여 명의 전직 간부가 있는데, 그중 80%가 중국이 승리를 거둔 후에 육성되었습니다. 이들은 열정이 있고 업무에 적극적이고 당의 영도에도 복종하지만, 젊고 단련이 적고 경험이 부족한 경향이 있어 사상에 편면성이 있기 마련입니다. 이 또한 우리의 평소 업무과정에서 늘 단점과 착오가 생기는 중요한 이유이기도 합니다. 이러한 어려움에서 벗어나려면 반드시 마르크스·레닌주의에 대한 이해 수준을 끌어올리기 위해 노력해야 하고, 당의 투쟁경험과 당의 정책, 그리고 본 업종과 관련되는 과학지식 등을 모두 익숙하게 학습해야 할 뿐만 아니라, 청년들의 상황도 여러모로 알아보아야 합니다. 아울러 각급 당위(黨委)가 예전처럼 애호와 육성 차원에서 출발해 우리에게 보다 엄격한 요구를 제기하고 더 엄격하게 촉구되기를 희망합니다.

여러분! 현재 우리당은 자신감을 안고 위대한 미래를 바라보고 있습니다. 사회주의 새 인물 육성은 사회주의 새 경제발전처럼 과도시기에 처한 우리당의 근본적인 성질을 띤 임무이자 밀접하게 관련되는 임무이기도 합니다. 우리는 공산당이 차세대에 관심을 더 많이 돌림과 더불어 위대한 목표인 사회주의와 공산주의를 향해 나아가도록 그들을 이끌 것이라 믿어 의심치 않습니다.

청년노동자는 기술 습득을 위해 노력해야 한다*

(1958년 4월 12일)

우리의 위대한 이상과 포부를 실현하기 위해 청년노동자마다 기술을 익히는데 게을리 하지 말아야 합니다. 현재 우리는 자연을 상대로 전쟁을 선포했습니다. 기술이 바로 자연을 정복하는 무기입니다. 총이 없으면 적을 무너뜨릴 수 없고, 기술이 없으면 자연을 정복할 수 없습니다.

그러나 기술을 습득한다는 것은 무엇일까요? 익숙한 조작(操作) 기능은 물론 필요한 기술 이론 지식도 있어야 한다는 것을 말합니다. 하지만 현재 다수의 청년노동자들에게 있어 기술 습득의 중점을 마땅히 익숙하게 기능할 수 있도록 훈련해야 한다는 것으로 정해야 합니다. 일부 동지들은 종사하고 있는 업종의 기계·설비·도구의 구조나 성능, 그리고 기타 일부 과학지식만 알면 기술을 습득한 것이라고 생각합니다. 하지만 이는 편면적인 생각입니다. 또 일부 동지들은 한 개 혹은 몇 개 제조 절차의 조작과정을 습득했다고 해서 숙련공이 되었다고 생각하기도 하는데 이 또한 편면적인 견해입니다.

무릇 기계·설비·도구는 사용자가 없다면 모두 쓸모없는 물건이 되고 만다는 점을 알아야 할 것입니다. 만약 숙련공이 다루지 않는다면 효능을 충분히 발휘할 수 없게 되니까 말입니다. 이러한 의미에서 볼 때 조작을 한다는

---

* 이 글은 후야오방 동지가 전국의 청년노동자 대표대회에서 발표한 「인간은 우리의 위대한 사업을 결정하는 요소」라는 보고서의 일부 내용이다.

것은 기술을 익숙하게 다룰 줄 안다는 것이고, 숙련된 조작은 기술 혁신의 전제 조건이라고 할 수 있는 것입니다.

조작을 배우기 위해 힘쓰고 숙련도를 점점 올리며 가장 짧은 시간 내에 기술 숙련공이 되는 것은, 중국의 청년노동자에게 가장 절박하고 중대한 의미가 있는 일입니다. 그래야만 중국의 새로운 공장과 광산이 빠르게 확대되고, 이를 통해 새로운 설비가 꾸준히 증설될 수 있으므로 더 많은 생산이 가능하게 되어 수요를 만족시킬 수 있기 때문입니다. 또 그래야만 기존 생산설비의 잠재력을 최대한 방출시키고 노동 강도를 줄이는 한편, 불량품 생산을 줄이고 기술이 익숙하지 않음으로 인해 초래된 기계설비에 대한 파괴현상도 줄일 수 있는 것입니다.

익숙한 조작이 일반적인 잡역부나 막일꾼에게도 똑같이 중요한 일입니다. 선진 기계나 새로운 설비가 없기 때문에 익숙하게 조작할 필요성이 없다고 말하는 자들도 있습니다. 이러한 설도 똑같이 잘못된 것입니다. 조작 기능이 익숙할수록 생산도구의 개혁을 더 빨리 추진할 수 있다는 점을 알아야 합니다. 다수의 생산도구는 익숙한 조작을 기반으로 생산 및 발전된 것입니다. 함께 여러 가지 조작기술의 숙련도를 향상시키기 위해 노력한다면, 보편적인 도구 개량과 혁신을 중심으로 하는 군중성적인 운동이 나타나게 될 것입니다.

숙련공이 되기까지 아주 어려운 것은 아닐까요? 우리에게 있어 어려움도 있겠지만 사실 그렇게 어려운 것만은 아닙니다. 어렵다고 생각하는 것은 비교적 긴 시간을 들여 학습하고 대가를 치러야 하기 때문입니다. 익숙한 조작은 수천수만 번에 달하는 힘든 연습을 통해야만 가능한 일입니다. 연습만 게을리 하지 않는다면 반드시 익숙해지기 마련이고, 익숙해진다면 반드시 뛰어난 기교가 생기게 될 것입니다. 어렵다고 말하는 것은 열심히 최선을 다해 학습하려는 마음이 없다는 것으로, 그렇게 하면 배울 수 있는 것이 아무 것게 되는 것입니다.

공청단 조직은 청년노동자들이 기술에서 빠르게 성장할 수 있도록 큰 관심을 기울여야 합니다. 기존에 우리는 다양한 효과적인 방법을 사용했고, 이러한 방법은 앞으로도 계속 사용할 예정입니다. 중국 청년노동자를 각오가 있고 조직이 있고 기율이 있는 세대로 육성하는 것은 임무의 일부분에 불과합니다. 중국 청년노동자를 기술이 있고 문화가 있고 현대 과학지식을 갖춘 세대로 육성하는 것은 우리의 또 다른 임무입니다. 위의 두 가지 부분의 업무를 잘 처리해야만 청년노동자를 상대로 공청단이 마땅히 짊어져야 하는 책임에 최선을 다했다고 말할 수 있습니다.

예비대의 임무*

(1959년 10월 18일)

사랑하는 소년대원 여러분!

예비대 건립 10주년을 경축하는 대회에서 공청단 중앙을 대표하여 진심으로 안부를 전하는 바입니다!

10년 전 여러분들은 어머니의 품에 안겨 있던 갓난아이거나 혹은 어머니 뱃속의 태아였을 것입니다. 현재 붉은 넥타이를 맨 여러분들은 소년아동선봉대가 되었고, 조국과 마오쩌둥 동지의 훌륭한 아이로 성장했습니다. 이는 축하하지 않으면 안 되는 일입니다.

중국의 인민 앞에 놓인 극히 위대한 사업이 바로 사회주의와 공산주의를 건설하는 것이라는 점을 잘 알고 있을 것입니다. 이 사업을 실현하려면 강건한 전사가 있어야 하고, 대오를 잘 이끌어 나가야 할 인재가 육성되어야 합니다.

조국에서 사회주의와 공산주의를 건설하기 위해 여러 가지 대오를 조직했다는 점을 모두 잘 알고 있을 것입니다. 오늘 이 자리에서는 3개 대오만 언급하겠습니다. 첫 번째 대오는 위대하고도 영광스러운 중국공산당입니다. 이는 중국 인민을 영도해 사회주의와 공산주의를 건설하는 선봉대입니다. 두

---

* 이 글은 후야오방 동지가 베이징(北京) 소년선봉대 건립 10주년 대회에서 발표한 연설문이다.

번째 대오는, 전투사상을 지닌 공산주의청년단입니다. 지칠 줄 모르고 그 어떤 어려움도 두려워하지 않는 청년단은 사회주의와 공산주의를 건설하기 위해 용감하게 분투하는 돌격대입니다. 세 번째 대오는, 바로 소년 선봉대입니다. 이 대오는 사회주의와 공산주의를 건설하기 위해 적극적으로 준비하는 예비대라고 생각합니다.

소년 선봉대를 사회주의와 공산주의를 건설하는 예비대라고 부르는 데는 그럴만한 이유가 있습니다. 아직 나이가 아주 어리기 때문입니다. 그러나 현재 나이가 어리다고 자신을 얕보아서는 안 된다고 봅니다. 소년 선봉대는 "현재는 아이지만 앞으로는 어른으로 자라날 것이다. 지금은 사회주의와 공산주의를 건설하는 예비대 대원이지만 내일은 사회주의와 공산주의를 건설하는 돌격대 대원으로 자라날 것이고, 후일에는 사회주의와 공산주의를 건설하는 선봉대 대원으로 성장하기 위해 노력할 것이다"라는 생각을 가져야 합니다.

자신을 얕보이지 않기 위해서는 소년 선봉대들이 현 시점의 임무가 무엇인지를 알았으면 좋겠습니다. 현 시점의 임무는 바로 당과 마오쩌동 동지가 늘 호소하는 것처럼 열심히 학습하고 나날이 발전하는 것입니다.

어떻게 해야 열심히 학습했다고 볼 수 있을까요? 또 무엇을 열심히 배워야 할까요? 첫째는 지식을 학습하고, 둘째는 노동을 배우며, 셋째는 인민을 위해 봉사하는 공산주의사상을 학습해야 하는 것입니다.

사회주의와 공산주의의 건설은 인류 역사상 전에 없는 위대한 사업인 만큼 인류 역사상 가장 복잡한 공정이 될 것이며, 앞으로는 더 복잡하고 힘들어질 것입니다. 그렇다면 갈수록 복잡해지는 공정에서 어떻게 스스로의 힘을 비축할 수 있을까요? 지름길은 없습니다. 방법은 오로지 체계적인 학습과정에서 지식을 습득하는 것만이 유일한 방도입니다. 어릴 때 낡은 사회에서 공부활 기회를 박탈당한 우리 세대의 많은 사람들은 사회주의 건설과정에서 상당한 어려움을 겪고 있습니다. 하지만 지금은 다릅니다. 당과 국가가 소년 선봉대에 훌륭한 학습조건을 마련해주었기 때문에 학교에서 마음대로 공부할 수 있게 되었습니다. 우리나라에 현재 8천 6백만 명에 달하는 어린이들이 학교에서 글을 배우고 있습니다. 여러분들이 당과 국가의 기대를 저버리지 않고 어릴 때부터 열심히 학습하고 독서하는 습관을 양성하길 바랍니다. 이를 통해 얻은 풍부한 지식으로 자신의 두뇌를 무장하길 바랍니다.

그러나 지식만으로는 안 됩니다. 사회주의와 공산주의 건설을 위해 노동을 하려는 의향과 결심도 있어야 합니다. 여러분들도 알고 있듯이 전 세계 공산주의 선도자인 마르크스 · 엥겔스 · 레닌 · 스탈린과 우리의 마오쩌둥 동지는 모두 어릴 때부터 강도가 낮은 단시간의 노동에 참가해 노동습관을 키우면서 심신 발육을 촉진시킬 것을 주장해왔습니다. 몇 년간 특히 최근 2년간은 당과 마오쩌둥 동지의 호소에 호응하기 위해 일부 자아 서비스 차원의 노동을 했습니다.

가정에서 가사노동을 했을 뿐만 아니라, 학교에서 만든 소형 공장과 소형 농장의 노동에도 참여하고, 스스로의 능력에 따라 사회의 공익 노동에도 참여했습니다. 소년 선봉대가 위의 노동에 참여함으로 인해 우리의 적들은 불쾌함을 드러내고 있습니다. 심지어 그들은 "신중국은 어린이들마저 노동에 참여해야 하는가?" 하며 비아냥거리고 있습니다. 우리는 어떻게 대답해야 할까요? 저의 생각은 이렇습니다. "우리는 어릴 때부터 노동에 참가하고 있는데, 이것을 우리는 아주 영광스러운 일이라고 생각한다!"고 말입니다.

제국주의자들 · 지주들, 그리고 자본가들은 노동을 하지 않고 침략과 착취에만 의존해 살아가고 있습니다. 그러니 그들은 전혀 당당하지 못하고 한낱 비겁한 기생충에 불과합니다. 우리는 또 이렇게 대답할 것입니다. "신중국의 소년 아동은 영원히 노동을 사랑하며, 성실하고 민첩한 두 손을 갖추기 위해 노력할 것이다. 부모형제를 따라 그리고 부모형제의 바통을 이어받아 사회주의와 공산주의를 더 빠른 시일 내에 더욱 좋게 발전시키기 위해 최선을 다할 것이다"라고 말입니다.

그렇다고 열심히 글공부를 하고 노동을 사랑하기만 하면 되는 것은 아닙니다. 인민을 위해 봉사하려는 공산주의사상도 가져야 합니다. 중국의 첫 번째 5개년 계획이 시작되던 해에 소년선봉대가 5개년 계획 행사를 적극적으로 전개했습니다. 두 번째 5개년 계획이 시작되던 해 소년선봉대는 4가지를 위한 제거[18]와 현대 중국 표준어 학습을 적극적으로 전개했습니다. 우리나라의 소년 아동들은 늘 조국과 인민을 위해 좋은 일을 해야 한다는 구호를 외치고 있습니다. 자신이 아닌 조국과 인민을 위하고, 개인 이익이 아닌 조국과 인민의 이익을 시시각각 염두에 두고 있는 것입니다. 이것이 바로 위대한 공산주의사상이 아니겠습니까?

소선대원들마다 이러한 사상을 육성하고, 이러한 고상한 감정을 키워 중국 인민의 위대한 사업에서 가장 믿음직한 후계자로 자라나기를 진심으로 바랍니다.

당과 마오쩌둥 동지의 영도 하에 아름다운 미래가 우리를 향해 손짓하고 있습니다. 사랑하는 소선대원들이여! 마지막으로 소년선봉대의 구호로 물음을 제기하고자 합니다.

"여러분들은 결심이 섰습니까? 자신감이 있습니까? 지향하는 바가 있습니까? 공산주의 사업을 위해 분투할 수 있기를 시시각각 대기하고 있습니까?"

위대한 농업전선 투쟁에서 새로운 세대를 육성해야 한다*

(1960년 11월 22일)

마오쩌둥 동지는 "농촌은 광활한 천지인만큼 이곳에서는 큰일을 해낼 수 있다"[19]라고 말했습니다. 청년들은 농업전선을 사회주의 건설을 위해 이바지하는 광활한 천지로, 자아혁명의 세계관을 확립하고 발전시키는 광활한 천지로, 그리고 전면적인 발전을 실현하고 단련을 받을 수 있는 광활한 천지로 간주되고 있습니다.

그렇다면 왜 농업생산 제1선을 사회주의 건설을 위해 힘을 이바지해야 하는 광활한 천지라고 했을까요?

주지하다시피 착취제도를 폐지한 사회주의 사회는 국민경제와 문화교육의 꾸준한 발전과 인민의 부유한 생활에 다양한 루트를 제공해주었습니다. 이러한 조건 하에서 우리는 농업생산을 적극적으로 발전시켜 충족한 생활재료와 원료를 제공받을 수 있을 뿐만 아니라 공업·교통·상업과 문화과학 사업을 빠르고도 전면적으로 발전시킬 수가 있었습니다. 따라서 위의 사업을 전면적으로 더욱 발전시키려면 모두 상당한 인력이 뒷받침되어야 합니다.

만약 농민이 생산한 농산물이 자체의 수요만 만족시킬 수 있다거나 사회

---

* 이 글은 후야오방 동지가 1960년 11월 22일 『인민일보(人民日報)』에 발표한 글에서 발췌한 내용이다.

에 소량의 농산물만 제공해 준다면 아주 적은 규모의 인력을 동원해 기타 사업에 종사시킬 수 있습니다. 그렇다면 기타 사업은 발전할 수 없거나 발전이 아주 더딜 수밖에 없는 것입니다. 그래서 마르크스는 이렇게 말했습니다. "노동자 개인의 수요를 뛰어넘는 노동 생산율은 모든 사회의 기반이다."[20]여기서 말하는 '모든 사회의 기반'이라는 것은 자연히 사회주의와 공산주의도 포함됩니다. 현재 중국공업의 40% 원료 가운데서 경공업의 80% 원료는 농업에서 제공되고 있습니다. 중공업 특히 경공업의 가장 광활한 시장도 농촌에 있습니다. 국가재정 수입의 50% 이상도 간접적으로나 직접적으로 농업에 의존하고 있습니다.

기계 설비를 바꿀 수 있는 중요한 수출상품도 다수가 농산물입니다. 농업 생산의 발전은 중국에 있어 특수하고도 중요한 의미를 갖기 때문에 마오쩌둥 동지는 우리에게 농업은 국민경제의 기반이고, 식량은 기초 중에서도 가장 기초적인 존재라고 알려주었습니다. 모든 힘을 총동원해 농업전선을 강화한다면 농업의 지속적인 발전을 추진할 수 있을 뿐만 아니라, 공업과 전반 국민경제의 지속적인 굴기도 추진할 수 있을 것입니다.

최근 몇 년간 중국의 경험은 사회주의 건설의 빠른 속도로의 발전 여부가 농업의 고속발전 여부에 달려있다는 점을 표명했습니다. 때문에 현재 우리 당은 일련의 조치를 취해 농업전선을 강화하고 농촌에서의 사회주의 생산관계를 한층 조절하는 등 농업 생산력 발전에 적응하고 추진하기 위해 노력해왔습니다. 이는 사회주의 건설을 추진함에 있어 아주 중요한 절차입니다. 따라서 우리는 농업생산 제1선이 아주 영광스럽고 전도가 있는 일자리이자 청년들이 사회주의 건설을 위해 크게 기여할 수 있는 일자리라고 말할 수 있는 것입니다.

농업 제1선을 강화하고 농업의 적극적인 발전을 추진하는 것은 현재 당의 혁명 조치일 뿐만 아니라, 당의 장기적인 전략방침이기도 합니다. 왜 이렇게 말할 수 있는 것일까요? 우선 중국은 6억5천만 명의 인구를 소유하고 있는 빈곤 대국이기 때문입니다. 이러한 대국에서 근본적으로 농업의 면모를 개변시킨다는 것은 아주 복잡하고도 힘들며 장기적인 임무입니다. 따라서 쉽게 농업문제를 깨끗하게 해결할 수 있을 것이라는 생각은 실제에 어긋나는 것입니다. 사회생산에서 농업은 가장 방대한 원료 부서에 속하기 때문에 운영 범위도 아주 넓습니다.

예를 들면 농업, 임업, 목축업, 부업, 어업 외에도 양식, 면화, 기름, 마, 사, 차, 엿, 채소, 담배, 과일, 약재, 잡다한 상품 등 다양한 분야가 포함됩니다. 이러한 분야가 전면적인 발전을 가져오고 사회의 수요를 충분히 만족시키려면 소수 인력의 경영 종사에만 의존할 수 없을 뿐만 아니라 더욱이 단시간 내에 실현할 수 있다고 기대하지도 말아야 합니다. 더구나 인민들의 생활수요가 꾸준히 늘어나고 가공 부서가 끊임없이 발전함에 따라 농업, 임업, 목축업, 부업, 어업 등 분야에서의 원료생산 범위가 반드시 꾸준히 늘어나야 하고, 갈수록 많은 새로운 원료생산 부서가 꾸준히 생겨나야만 합니다. 이는 대규모의 새로운 노동력을 수용해 이 부류의 생산에 종사하는 것이 필요하다는 것을 말해주는 것입니다.

마오쩌동 동지가 중국 농업발전의 위대한 미래를 논증하면서 이렇게 말했습니다. "사회주의는 낡은 사회에서 노동자와 생산 물자뿐만 아니라, 그때 이용할 수 없었던 자연계도 해방시켰다. 인민 군중은 무한한 창조력을 가지고 있다. 스스로의 힘을 발휘할 수 있는 지방과 부서로 뛰어들어 생산을 심도 있게 발전시켜 나아가게 했으며, 자신을 위해 날로 늘어가는 복지사업을 창조하도록 그들을 조직할 수가 있다."[21] 이처럼 대자연, 그리고 농업을 심도 있게 발전시켜 나아가게 하는 것 외에, 이로써 형성된 사회생산의 꾸준한 발전과정은 무궁무진할 것으로 예상됩니다. 이러한 예상으로부터 상당히 긴 시간 동안 대규모 인력이나 체력이 왕성한 자들이 농업전선에 뛰어들어 그곳에서 분투할 것을 필요로 한다는 점을 알 수 있는 것입니다.

현재 중국은 농업의 기계화를 전면적으로 실현하지 못한 만큼 다수 지역은 여전히 수작업을 하고 있습니다. 따라서 농업전선에 대량의 노동력이 필요하기 때문에 강한 노동력을 농업생산 제1선에 집중시켜야 합니다. 이는 현재 농업생산력 발전을 보장함에 있어서 가장 중요한 혁명적인 조치입니다. 향후 농업의 기계화를 실현한다면 농업전선에 그렇게 많은 인력이 필요하지 않게 될 것입니다.

우리가 공업장비를 바탕으로 기계화·수리화(水利化)·전기화(電氣化)를 실현하는 것은 현재 중국 농업생산이 발전할 수 있는 근본적인 출로입니다. 몇 년간 중국 농업의 기계화 수준이 해마다 향상되고 있는 가운데 올해 연말까지 농촌에 총 8만1천 대에 달하는 트랙터를 보유하게 될 것입니다. 레닌은 "트랙터는 낡은 농업 유형을 철저히 타파하고 경작지 면적을 확대할 수 있는 가장 중요한 수단이다."[22]라고 말했습니다.

트랙터가 있으면 농사일이 많이 쉬워집니다. 경작지를 예로 들어보겠습니다. 1인당 하루에 3분(1분은 66.67㎡에 해당)을, 소는 한 마리가 3무(1무는 666.67㎡에 해당)를 경작할 수 있는 반면, 트랙터 한 대는 130무를 경작할 수 있습니다. 마오쩌둥 동지가 제기한 4년 내 소규모로 해결하고, 7년 내 중등 규모로 해결하고, 10년 내 크게 해결하자"[23]는 농업기계화 계획에 따라 지난해부터 10년을 거치면 무릇 기계를 사용할만한 경작지에서는 모두 기계화를 실현할 수 있을 전망입니다. 그때 가서 만약 백만 대에 달하는 트랙터를 보유하고 있다고 가정할 때, 기계 경작이 가능한 전국의 경작지는 10~15일이면 경작을 마칠 수 있습니다. 당의 정확한 노선·방침과 정책이 뒷받침 해주는데다 기계화까지 실현된다면, 농업 노동 생산율은 대폭 향상될 수 있을 뿐만 아니라, 현재 5억 명의 밥 먹는 문제를 해결해야 하는 후진적인 국면을 근본적인 차원에서 바꿀 수 있을 것으로 보입니다. 그러면 자연히 대량의 노동력이 방출됩니다. 그러나 그때가 된다고 해도 농촌 노동력에서 소수가 공업과 기타 부서로 전향되는 것 외에 다수인들의 출로는 도시진출이 아니라 농업을 더 큰 규모로 발전시키고 농업의 너비와 깊이를 확대하는 것입니다.

중국 농촌의 청년은 농업발전의 위대한 앞날과 농업의 위대한 승리를 쟁취하는 과정에서의 영광스러운 사명을 깨닫고 청춘과 힘을 아름답고도 장엄한 사업을 위해 이바지해야 합니다. 현재 수많은 청년들이 자발적으로 도시에서 농촌으로 내려가고 있습니다. 그들의 이러한 움직임은 농촌의 청년이 오래도록 농업을 위해 이바지하려는 의향을 굳건히 하게 했을 뿐만 아니라, 향후 도시 청년이 계속해서 농촌으로 내려가는 데도 본보기 역할을 했습니다. 중국 도시에서 해마다 수백만 명에 달하는 소년들이 새로운 청년노동력으로 성장하고 있습니다.

공업전선에 일정한 인력이 필요한 것은 사실이지만, 향후 비교적 긴 시간 동안 농업 종사자가 공업 종사자보다 많을 것입니다. 게다가 공업의 합리적인 배치를 발전시키고 근본적인 차원에서 도시와 농촌의 격차를 없애야 하는 필요성에 따라 공업 분야도 농촌에서 업무를 봐야 하는 경우가 더 많아질 것입니다. 때문에 향후 해마다 대량의 도시청년이 농촌으로 내려갈 것으로 보입니다. 대학생뿐만 아니라 중학생들도 가야 합니다. 그들의 가장 광활한 천지가 바로 농촌입니다. 청년들은 늘 당과 인민에게 충성을 다해야 한다고 말하지 않습니까? 농촌으로 내려가고 농업생산 제1선으로 내려가는 것이야말로 충심을 보여주는 가장 중요한 표현이라고 봅니다.

농업 건설이라는 위대한 투쟁에 참여하면, 청년의 혁명 세계관을 확립하고 발전시킬 수 있다고 말하는 이유는 무엇일까요?

혁명의 이상은 혁명 청년의 영혼입니다. 위대한 이상이 있으면 위대한 물질적인 힘이 생성됩니다. 우리의 이상은 바로 위대한 조국을 현대공업·현대농업·현대과학문화를 갖춘 사회주의 강국으로 건설하는 것입니다. 몇 년이 지난 후 사회에 상품이 풍부해졌을 때, 인민들의 공산주의사상에 대한 각오와 도덕적 품성이 크게 향상되었을 때, 전민을 상대로 한 교육이 보급 및 향상되었을 때, 사회주의시기에 부득이하게 낡은 사회에서 전해져 내려온 공·농간의 격차, 도농 간의 격차, 정신구동과 체력노동 간의 격차가 점차 사라졌을 때, 이러한 격차를 반영하는 불평등한 자산계급의 법권 잔여가 점차 사라졌을 때, 국가 직능이 외부 적들의 침략에만 대항하고 내부에 대해서는 별로 역할을 발휘하지 못할 때, 우리는 사회주의 사회를 각자 제 역할을 발휘하고 수요에 따라 분배하는 공산주의 시대로 이끌어 나가야 합니다.

공산주의는 인류 최고의 이상입니다. 바로 이러한 이상의 고무 하에 중국의 수천수만에 달하는 혁명 선구자들이 용감하게 투쟁하고 앞 사람이 쓰러지면 뒷사람이 그 뒤를 이어 계속 나아가면서 역사의 발전을 추진했을 뿐만 아니라, 사회주의 혁명과 사회주의 건설의 새 시기를 개척했던 것입니다. 현재 젊은 세대 앞에 놓인 역사적 사명은 바로 그들의 사업을 계승해 꾸준히 분투함으로써 중국에서 근본적으로 공산주의를 실현시키는 것입니다.

위대한 이상을 빛나는 현실로 바꾸려면 움직여야 하고 실천해야 합니다. 실천이 없는 한 아무리 좋은 이상이라도 그저 공상에 지나칠 뿐입니다. 현재 혁명 실천의 가장 돌출적인 임무는 혁명사상을 충분히 고양시키고 모든 힘을 총동원해 농업을 건설하는 위대한 투쟁에 참여하는 것입니다. 진정한 혁명가라면 반드시 고상한 혁명 이상뿐만 아니라 실제로 일하려는 사상, 그리고 위대한 이상과 포부가 있어야 하고, 더욱이 이러한 웅대한 포부를 현재의 실제 투쟁과 결부시키는 자일 것입니다. 이는 마오쩌둥 동지 시대의 청년 영웅의 본색이자 무산계급 세계관의 생동적인 체현이기도 합니다.

농업은 중국 국민경제에서 아주 중요한 비율을 차지하고, 농민은 중국 인구의 80% 이상을 차지하는데, 이는 중국사회의 돌출적이고도 중요한 특징입니다. 우리 당과 마오쩌둥 동지는 예로부터 농민문제가 중국혁명과 건설의 가장 기본적인 문제라고 강조해왔습니다. 때문에 중국혁명 청년이라면 농민문제를 알지 못하고 농촌상황을 상세하게 조사 및 연구하지 않으며, 직접 농촌사회를 개조하는 사업에 뛰어들지 않는다면, 중국사회 현실의 본질을 구체적이고도 깊이 있게 깨달을 수 없을 뿐만 아니라, 중국혁명과 건설발전의 객관적인 규칙도 인식할 수 없습니다. 그러니 자연히 혁명 세계관 문제도 정확하게 해결할 수가 없게 됩니다. 아울러 농업건설이 아주 복잡하고 여러 가지 모순이 많기 때문에 꾸준히 개조하고 투쟁할 것을 요구합니다.

사람들은 투쟁을 거쳐 객관사물 혹은 사물의 한 측면을 알게 됩니다. 그리고 재차의 실천을 통해 또 다른 객관사물 혹은 사물의 다른 측면을 이해하게 됩니다. 이처럼 꾸준한 실천을 통해 사물의 여러 측면을 점차 알아감으로써 객관사물의 발전 규칙을 이해하고 스스로의 입장을 견고히 하는 한편, 인식 능력을 꾸준히 확대하고 더 힘든 투쟁에 종사하려는 신념을 증강시키게 되는 것입니다. 여러분들이 익숙히 알고 있는 싱옌즈(邢燕子)[24] 등 선진청년들은 용감한 행동으로 반복적인 실천과정에서 혁명 이상을 풍부히 하고 현실을 변혁시키는 능력을 향상시켰을 뿐만 아니라, 농촌 사회주의 건설 사업에 중요한 공헌을 했습니다. 혁명 대오에서 수천수만에 달하는 핵심 인재는 바로 이렇게 단련된 것입니다. 그들은 간단하게 책을 학습하는 데만 그친 것이 아니라, 객관세계를 개조하는 실천 가운데서 자체의 주관세계를 개조하고 혁명 세계관을 다짐으로써 풍부한 투쟁경험을 가진 마르크스주의의 굳건한 전사로 성장했습니다. 우리의 청년은 마땅히 이러한 길을 걸어야 합니다.

농업전선에 뛰어들면 청년들의 군중에 대한 관점과 집체주의 혁명 품격을 증강시킬 수 있습니다. 농업건설은 농민과 인민, 더 나아가 후대 자손에게까지 복을 가져다주는 숭고한 사업입니다. 혁명가가 세상에서 살아가는 이유는 무엇일까요? 바로 인민과 사회에게 복을 가져다주기 위해 평생을 바치는 것입니다. 오늘날의 농업건설은 당과 인민이 직면한 절박하고도 중요한 임무입니다.

수백만에 달하는 인민과 청년이 당의 통일적인 지휘 하에 농업생산 제1선에 뛰어들었습니다. 이 자체가 우리들 자체의 운명을 5억 명의 농민과 인민의 가장 크고 장구한 이익과 한데 연결시켰다는 점을 말해줍니다. 이는 위대한 집체주의 행동입니다. 여기서 진행하는 건설마다, 그리고 전개하는 투쟁마다 모두 인민공사에 물질적 재부를 가져다주었을 뿐만 아니라, 인민공사에 대한 혈육의 정을 다지는 성과를 이루게 했습니다. 이곳에서 우리는 농민들과 동고동락하고 함께 생산하고 함께 전쟁에 뛰어드는 과정에서 노동인민의 우수한 품격의 영향을 꾸준히 받게 될 뿐만 아니라, 농민들과 뜻을 같이 하게 되며 대중들의 생활에 관심을 기울이고 공공사업에 열정을 쏟게 됩니다. 이러한 부분은 농업을 사랑하는 청년들의 감정을 육성시키고 증강시키게 할 수가 있어 청년공산주의사상이 더욱 고조될 것으로 예상됩니다.

농업전선은 힘든 전선입니다. 이 길에서 청년들의 강인한 혁명 의지력을 연마할 수 있고, 고군분투하는 혁명사상을 육성할 수 있습니다. 농업건설 과정에서는 다양하게 힘든 노동을 해야 합니다. 예를 들면, 황폐한 모래사장을 기름진 밭으로 개조하고, 산을 개척하고, 대지를 녹화시켜야 합니다. 이곳을 개조하고 나면 또 다른 곳을 개조해야 합니다. 이러한 개조과정에는 늘 낡은 사물의 완고한 저항에 부딪히기도 합니다. 그러나 비분강개한 호한(好漢)들이 모두 강요를 받게 되자 양산(梁山)에 올라간 것처럼, 혁명에서 보여준 재능은 모두 투쟁을 거쳐서야 비로소 생겨나는 것입니다. 대자연을 개조하는 노동에서 사람들은 앞으로 나아갈 수 있는 길을 뚫어 자신들의 주도권을 쟁취하려면 꼬리에 꼬리를 물고 나타나는 어려움을 해결하고 걸림돌을 제거해야 합니다.

이러한 투쟁을 거쳐야만 과감하게 투쟁하고 승리하려는 사람들의 혁명사상을 불러일으킬 수 있고, 목적을 이루지 않으면 결코 물러서지 않는 영웅적인 기개와 강국을 건설하려는 웅대한 포부를 가질 수 있는 것입니다. 이러한 고군분투하는 사상은 우리 혁명사업의 대대로 전해져 내려오는 진귀한 보배입니다. 우리 당은 힘든 투쟁에서 오랜 단련을 거쳐 강해진 당이고 우리의 혁명역사도 고군분투를 거쳐 형성된 역사입니다. 지난 혁명투쟁과정에서 혁명 인민들은 어려움과 투쟁하는 과정을 거쳐 단련해낸 백절불굴의 사상, 용감하고도 완강한 투지, 고군분투한 혁명사상은 영원히 찬란한 빛을 발할 것이라고 생각합니다.

마오쩌둥 동지는 우리에게 그 어느 국가, 그 어느 사회, 그 어느 혁명의 역사적 단계를 막론하고 모두가 어려움에 직면하기 마련인데, 단지 성질에 차이가 있을 뿐이라고 말했습니다. 예전과 비교해 현재의 어려움이 많이 줄어들었지만 다양한 어려움이 여전히 존재하는 것은 사실입니다. 오늘날 우리는 혁명의 우수한 전통과 고군분투하는 사상을 고양시켜 열심히 일하고 자력갱생함으로써 사회주의 건설을 촉진시켜야 합니다. 이미 해방사상과 혁명사상으로 무장된 중국인민과 청년들에게 있어 그 어떤 어려움도 종이호랑이에 불과합니다. 모두 아시다시피 최근 2년간 우리는 20세기 이후 중국이 직면한 최대 자연재해를 연속해서 이겨냈습니다. 바람을 타고 험한 파도를 헤쳐 나가는 사상을 갖고 우리는 농업전선에서 더 많고 더 위대한 승리를 거두었습니다. 마오쩌둥 동지는 "낡은 사회를 타파하는데 익숙해야 할 뿐만 아니라, 새로운 세계를 건설하는 데도 능숙해야 한다."[25]고 말했습니다.

농업생산은 범위가 넓고 복잡합니다. 이 전선에서 청년들은 생산을 위해 투쟁하면서 지식을 풍부히 할 수 있고 재능을 향상시킬 수가 있습니다. 예를 들면 우리는 다양한 자연조건 하에 '8자 헌법'[26]을 관철시키고, 토양을 향해 그리고 홍수·가뭄·병충해 등 자연재해를 향해 전쟁을 선포해야 합니다. 여기에는 수많은 학문이 숨겨져 있습니다. 우리는 농작물과 다양한 가축의 복잡한 성장 규칙을 이해해야 하고, 농업·임업·목축업·부업·어업의 높은 생산량을 얻어내는 비법을 탐구해야 하는 것 외에도, 수많은 현대 과학의 지식을 농업생산에 응용해야 합니다. 그리고 산·땅·물·식물·동물 등을 모두 관리해야 합니다. 이토록 복잡한 항목, 그리고 이토록 풍부한 내용은 청년들이 실제 지식과 경험을 배울 수 있는 최고의 수업이자 청년의 전면적인 성장을 추진할 수 있는 중요한 요소이기도 합니다. 전에는 농촌에서 하루 종일 흙과 뒹굴어야 해서 배울 것이 없다고 말하는 사람들도 있었지만, 사실 이는 잘못된 생각입니다.

자연히 이토록 풍부한 농업생산 지식과 경험은 손쉽게 얻을 수 있는 것이 아닙니다. 이를 얻으려면 반드시 농업생산에 뛰어들어 열심히 배우고 끈질기게 학습해야 합니다. 우리는 마땅히 책에서 배운 지식과 실천을 효과적으로 결부시키고 생산실천에서의 학습을 위주로 해야 합니다. 실천에서 진리가 생긴다는 말도 있습니다. 모든 위대한 자연과학과 농업과학 학설은 모두 반복적인 실천에서 종합해낸 것이며, 성과를 거둔 자연과학자와 농업전문가는 모두 부지런한 정신과 체력이 노동과정에서 단련된 것입니다.

몇 년 동안 중국 청년들 가운데서 중대한 성과를 거둔 흙 전문가들이 우후죽순처럼 나타났습니다. 사실 그들은 아주 평범한 농민 출신들입니다. 이들은 문화수준이 높지 않지만 부지런히 일하고 생산과 결부시켜 열심히 연구를 했을 뿐만 아니라, 계속되는 실패에서도 백절불굴의 투지로 생산투쟁에서 뛰어난 성적을 거두었습니다. 당의 영도 하에 청년들이 농업생산 전선에서 성실하게 일하고 위대한 조국이 수천 년을 거쳐 쌓은 농업생산에서의 풍부한 경험을 고양 및 발전시킴과 아울러 중국의 농업 발전을 할 수 있는 자연조건을 충분히 활용한다면 몇 년 후 우리의 세대들 가운데서는 반드시 위대한 농업과학이 창조될 것이고, 수많은 뛰어난 농업 과학자 · 육종학자 · 원예학자 · 병충해학자, 그리고 임업 · 어업 · 목축업 등 제반 분야에서의 전문가가 나타날 것입니다.

이들은 현대과학과 중국의 풍부한 농업생산 경험으로 무장된 신형 과학기술 전문가들입니다. 그들은 반드시 수많은 옛 사람들이 이루지 못했던 성과를 거둘 수 있을 것입니다.

생산 실천에 직접적으로 종사하는 것은 정신과 체력 노동 간의 격차를 없애는데 아주 중요한 의미를 갖습니다. 당면한 조건에서 농업생산에 종사하는 것은 주로 체력 노동을 가리킵니다. 이러한 힘든 체력노동이 뒷받침되지 않는다면, 농업생산의 후진적인 면모를 바꿀 수가 없습니다. 체력노동은 인류의 생존과 발전의 근본적인 조건인 만큼 영원히 없어지지 않는 것입니다. 현재 우리가 농업전선으로 내려가면, 노동과 여가 학습을 병행하면서 과학기술과 문화수준을 향상시킬 수 있습니다. 우리는 이러한 과정을 거쳐 사회주의 각오와 문화사상을 가진 노동자로 자라나야 할 것입니다.

청년연합회 위원회에 대한 요구와 희망*

(1962년 4월 27일)

지난 주 저와 자오화(照華)[27]동지가 일부 동지들과 만나 요구사항을 물어 보았습니다. 그 당시 그들은 3가지 요구와 한 가지 희망사항을 제기했습니다. 오늘 이 자리에서 나도 3가지 요구와 한 가지 희망사항을 제기해 '등가 교환'을 할 생각입니다.

우선 3가지 요구를 말하겠습니다. 간단히 말하면 첫째는 용기이고, 둘째는 대담함이고, 셋째는 진지함입니다.

첫째는 용감해야 합니다. 무엇을 용감하게 해야 할까요? 비로 용감하게 실제상황을 반영하고 의견을 발표하는 것입니다.

실제상황을 반영하고 의견을 발표하는 것은 어떤 성질의 문제일까요? 우리나라에서 정상적이고 건강하고, 없어서는 안 될 인민민주생활의 아주 중요한 내용입니다.

올 1월 우리 당은 중앙업무확대회의[28]를 소집하고 이번에 또 인민대표대회[29]를 소집했습니다. 위의 회의에서 마오쩌둥·류사오치·주은래 동지는 이 문제를 재차 언급했습니다. 마오쩌둥 동지는 당의 중앙업무확대회의에서 당원 특히 당원간부들에게 "일부 동지들이 마르크스·레닌이 말한 민주

---

* 후야오방 동지가 중화 전국의 청년연합회 제4기 위원회 제1차 회의에서 발표한 연설문이다.

집중제에 대해 잘 모르고 있는 듯합니다……그들은 대중들이 얘기할까, 대중들이 비판할까를 두려워하고 있습니다……두려워하지 말아야 한다고 생각합니다. 두려울 것이 뭐가 있겠습니까?……우리 업무 가운데서 옳고 그름, 정확하고 잘못된 문제 모두가 인민 내부의 모순에 속합니다. 인민 내부의 모순을 해결하는 과정에서 비난하거나 주먹을 휘둘러서는 안 되며, 더욱이 칼과 총을 사용해서도 안 됩니다. 오로지 논의하고 이치를 따지고 비판과 자아비판을 결부한 방법을 사용해야 합니다. 한 마디로 민주만이 대중들이 의견을 발표하도록 이끄는 방법이다"[30]라고 말했습니다. 동지들은 주은래 동지가 인민대표대회에서 발표한 정부 업무보고를 읽었을 것입니다. 그중 여러 민주당파와 인민단체를 언급할 때 이렇게 말했습니다. "정부는 마땅히 여러 기구를 통해 상황을 알아보고 문제를 발견해 기구 성원들의 유익한 의견을 받아들이고 정부의 업무를 개진해야 한다."[31]이 얼마나 명확하고 긍정적인 말입니까!

그래서 저는 위의 문제를 여러분들에게 제기할 의무와 권리가 있다고 생각합니다. 왜냐하면, 이유는 두 가지입니다. 첫째, 저는 일반 당원이 아니라 청년들과의 연계 업무를 책임진 당원간부이기 때문입니다. 우리당에는 청년 대중들과 연계되는 수많은 당원간부들이 있는데 제가 바로 그중의 일원입니다. 둘째, 여러분은 일반 대중이 아니라 전국의 청년연합회의 회원입니다. 상황을 반영하고 의견을 발표하는 것은 여러분들의 정당한 권리이자 마땅히 수행해야 할 의무라고 할 수 있지 않겠습니까?

상황을 반영하고 의견을 발표함에 있어 어떤 문제에 주의해야 할까요? 내 생각으로는 두 가지입니다. 첫째는 조직이 있어야 합니다. 조직이라는 것은 무엇일까? 바로 소속 단위의 행정과 당 조직, 소속된 당파와 단체 혹은 소속된 상급 행정과 당파, 그리고 단체와 중앙에 이르기까지 상황을 반영하고 의견을 발표하는 것입니다. 길거리에서 시위를 하거나 큰 소리로 떠들지 말아야 하며, 더욱이 외국대사관에 가서 상황을 반영해서는 안 됩니다. 그리고 '장 위원장(蔣委員長)'에게 상황을 반영해서도 안 됩니다. 그러면 적들에게 유리할 뿐이기 때문입니다. 우리나라의 경우 국가나 인민 모두가 조직이 있습니다. 이는 우리에게 힘이 있는 중요한 요소입니다. 둘째는 최대한 진실을 말해야 한다는 겁니다. 여기서 '최대한'이라는 단어를 붙인 이유는 100% 진실한 요구가 불가능한 일이기 때문에 고의적인 왜곡이 아닌 대체적인 진실을 요구하는 것이기 때문입니다. 의견을 발표하는 과정에서 무릇 조직에 있는 한 옳고 그름을 떠나 모두 의견을 발표할 수 있습니다. 발표하기 전에는 의견의 정확성 여부를 알지 못합니다. 발표한 후에야 '신선 회의(神仙會)'를 소집하는 방법으로 서로 자유롭게 의견을 나눌 수 있기 때문입니다. 위의 두 가지 방법이 뒷받침 되어 있는데다 첫 번째 방법을 주로 한다면 우리는 여전히 우리당이 주장하는 것에 꼬투리를 잡지 말고 몽둥이를 휘두르지 말고 억지로 오명을 뒤집어씌우지 않는 3불(三不)주의'를 단호히 실행할 수 있을 것입니다. 단호하게 할 수 있나요? 위의 두 가지를 실현한다면 단호해 할 수 것이라고 생각합니다.

또 다른 우려는 없을까요? 저는 이제 없다고 봅니다. 일부 동지들은 아직도 인상이 나빠질까봐 그리고 뒤끝이 있을까봐 약간 두려워하기도 합니다. 일부 동지들은 중앙은 그렇지 않겠지만 일부 지방에서는 그럴 수도 있다고 말하기도 했습니다. 이에 대해서는 지금 이 자리에서 "무릇 기구와 단위에서 절대 기억하지 않을 것이다"라고 일단은 장담하지 못하겠습니다. 그러나 이른바 인상의 좋고 나쁨, 뒤끝 여부에 대해서는 더 구체적으로 분석해 보아야 한다고 생각합니다.

일부 사람들의 인상이 나쁜 것인지, 아니면 다수 사람들의 인상이 나쁜 것인지? 이밖에 장부를 기록하는데도 문제가 따릅니다. 잘 된 장부인지 아니면 뒤죽박죽인 장부인지, 공로가 있는 장부인지, 아니면 빚진 장부인지 등의 문제입니다. 이번에 많은 위원들이 훌륭한 의견들을 다양하게 발표했습니다. 여기서 조목조목 얘기하지는 않겠지만, 아직도 우리가 진일보 조사하고 연구해야 할 문제들이 많기 때문에 현재 답변을 줄 수가 없습니다. 중앙에서 얘기하고 우리는 그 지시를 따랐기 때문에 우려를 없앨 수 있다고 봅니다. 인민을 위해 더 많이 봉사하고 사회주의를 위해 더 많은 힘을 이바지하려면 여러분들이 용감하게 상황을 반영하고 의견을 발표해야 합니다. 이러한 수준까지 요구해도 될까요? 우리 마음을 알아주는 진정한 친구로 사귀면 어떨까요?

둘째는 대담해야 합니다. 대담함이라는 것은 어떤 의미입니까? 대담하게 대중들과 연계를 갖고 단합할 수 있는 모든 사람들을 동원하는 것입니다.

대중들과 연계하고 단합할 수 있는 모든 사람을 동원시켜야 한다는 것은 마오쩌둥 동지가 수십 년간 반복적으로 한 얘기입니다. 어떤 때는 "대중들과 긴밀히 연계해야 한다"고 했고, 어떤 때는 "대중들과 광범위하게 연계를 가져야 한다"고 말했습니다. 단결할 수 있는 모든 사람을 동원하는 것은 우리당이 마오쩌둥 동지의 정확한 영도를 확립한 이후부터 줄곧 언급된 내용입니다.

'단결할 수 있는 모든 사람'은 누구를 가리키는 것입니까? 마오쩌둥 동지는「인민 내부의 모순을 정확히 처리하는 데에 관한 문제」에서 사회주의 시대의 인민의 범주를 언급한 적이 있습니다. 선진적인 인민대중은 당연히 단결시키기가 좋습니다. 우리가 말하는 '단결할 수 있는 모든 사람'은 주로 후진(後陣) 인민대중을 가리킵니다. 즉 착오를 범했던 사람들, 그리고 가령 큰 착오를 범했다고 할지라도 고칠 의향이 있는 자나 적대 계급에서 분화되어

나온 자들이 이 부류에 속합니다.

이 부분의 문제를 잘 처리한다고 해도 우리가 단결할 수 있는 범위는 얼마나 확대될 수 있을까요? 90% 이상까지 확대가 가능하다고 봅니다. 90% 이상은 여전히 절대적인 숫자가 아닙니다. 여기서 말하는 90% 이상은 한 개의 단위를 기준으로 하는 것이 아니라 전국이나, 한 개 성을 범위로 얘기하는 것입니다. 구체적인 개개 단위로 놓고 볼 때 99%가 될 수도 있고 100%가 될 수도 있습니다.

이러한 수준에 이르게 하려면 무엇에 의존해야 할까요? 어떻게 해야 그들을 단합시킬 수 있을까요? 그들의 의견에 인내심을 갖고 귀를 기울여야 합니다. 그들의 의견에 일부 정확한 부분과 합리적인 요구는 없을까요? 그들이 부족하다고 하여, 그리고 과거에 잘못을 저질렀다고 하여 그들의 의견에 정확한 부분이 없다고 생각하면 안 됩니다. 정확한 부분도 있을 수 있기 때문에 구체적으로 분석한 후 정확하면 받아들여야 합니다. 그렇다면 어떻게 그들을 도와주어야 할까요? 그들의 합리적인 의견을 받아들이고 최대한 만족시켜주는 것입니다. 아울러 그들이 잘못된 생각을 바로잡도록 설득하고 그들의 사상 각오를 향상시켜야 합니다.

우리의 단합은 기반이 있고 원칙이 있습니다. 자오화 동지는 청년연합회 보고서에서 "조국을 사랑하고 중국공산당과 사회주의를 옹호하는 것은 우리가 단합할 수 있는 정치적 기반"이라고 말했습니다. 이를 기반으로 해서 그들을 도와주고 한걸음씩 향상시켜 가야 합니다. 가끔은 그들이 잘못된 생각이나 행위를 바로잡도록 설득해야 하고, 가끔은 그들에게 시간을 주면서 인내심 있게 기다려야 합니다.

대중들과의 연계는 우리나라에 큰 도움이 됩니다. 다수인을 단합시킬 수 있을 뿐만 아니라, 대중들과 연계를 갖고 다수인을 단합시키는 과정에서 개

개인의 수준을 끌어올릴 수 있기 때문입니다. 후진 부류의 사람과 착오를 범한 사람을 설득시키자면 도리가 필요합니다. 간단한 폭력적인 방법이나 억압적인 방법 혹은 격리하는 방법은 모두 무능한 표현입니다. 설득할 줄 모른다면 자신이 얼마만큼 능력이 향상되었다고 말할 수가 없습니다.

최근 몇 년간 우리는 마르크스주의 원리를 배웠습니다. 사회와 자연을 개조하는 과정에서 사람을 개조하는 방법을 배워야 하고 남을 개조하는 과정에서 자신도 개조해야 한다는 점입니다. 이러한 수준에 이르는 과정에서의 우선적인 조건은 바로 가까이 할 수 있는 모든 사람들과 가까이 하는 것입니다. 가까이하거나 '연관'이 있을까 두려워하고 그들과 격리하는 것이 아니라 대담하게 가까이 해야 합니다.

전국의 청년연합회 위원에는 11개 관련 분야의 인사들이 포함되어 있습니다. 그러니 얼마나 많은 사람과 접촉할 수 있고, 얼마나 많은 문제를 이해할 수 있으며, 또 얼마나 많은 일을 할 수 있을까요? 정확한 태도 · 방법 · 목적 하에서 그들과 가까이하고 그들을 도와주고 그들이 업그레이드할 수 있도록 이끄는 것은 오히려 입장이 확고한 표현이자 정확한 입장이며 사회주의를 위해 봉사하는 것입니다.

셋째, 열심히 해야 합니다. 그렇다면 뭘 열심히 해야 할까요? 열심히 서로 소통하고 각급 청년연합회의 업무를 잘 이끌어 나가야 하는 것을 말합니다.

청년연합회의 조직은 각성과 대중도시에 모두 분포되어 있습니다. 전국에 총 9천여 명, 약 1만 명에 이르는 위원이 있습니다. 여러분, '만(萬)'자는 깊은 의미가 담겨 있습니다. 그렇다면 '만'자가 들어간 성구에 어떤 것들이 있을까요? '만중일심(萬衆一心)', '만자천홍(萬紫千紅)', '만산홍편(萬山紅遍)', '만마분등(萬馬奔騰)'……우리는 만중일심으로 이 일을 해내야 합니다. 1959년에 열린 청년연합회 제3기 2차 회의에서 저는 3가지를 언급했습니다. 첫째, 학습과 토론을 조직하고, 둘째, 사회 업무를 추진하며, 셋째, 연계를 강화하고 상황을 반영해야 한다는 것 등입니다.

이번에 자오화 동지의 보고서는 4가지를 언급해 제가 제출했던 보고서보다 더 완벽하다고 생각합니다. 그래서 저는 그가 언급한 4가지를 찬성합니다. 저는 이 자리에서 셋째와 넷째를 중점적으로 얘기하겠습니다.

셋째는 여러 분야 청년의 의견과 요구에 귀를 기울이고 단결 범위를 한층 확대하는 것입니다. 다양한 활동과 친구 사귀기를 통해 여러 분야의 청년들과 연계를 강화하고 그들의 사상·학습·생활에 관심을 기울이는 것 외에, 그들이 일부 구체적인 문제를 해결할 수 있도록 해당 부문에 협조하는 것입니다. 아주 중요한 이 조항을 구체적으로 잘 제기했다고 생각합니다.

넷째는, 해당 부문에 협조하여 도시에서 학습을 이어가지 못하는 청소년에 대한 업무를 잘 이끌어 나가도록 합니다. 그들에 대한 사상정치교육을 강화하고 여러 가지 효과적인 형식을 동원해 그들이 스스로 배워나갈 수 있도록 적극적으로 조직해야 합니다. 하향조건을 갖춘 청년들이 농업생산에 참여할 수 있도록 격려하고 농업전선을 강화해야 합니다.'이 조항도 아주 중요합니다. 주은래 동지가 정협회의에서 청년단을 상대로 이 부분을 중점적으로 얘기한 바 있습니다. 특히 향후 몇 년간은 조정시기이기 때문에 배움을 이어가지 못하고 도시에서 취직하지 못하는 청년들이 늘어날 것으로 보입니다. 때문에 이 자리에 참석하신 각급 단위의 간부, 그리고 청년연합회, 단위(團委)에서는 이 문제를 해결할 수 있는 방법을 모색해야 합니다.

지속적인 학업과 취직에 어려움을 겪고 있는 도시청년들을 도울 수 있는 방법은 어떤 것이 있을까요?

현재로서 생각해 낸 방법은 아래와 같은 4가지입니다.

첫째, 우리는 해마다 징병을 합니다. 징병과 제대가 동시적으로 이뤄집니다. 향후 징병은 우선 대중도시에서 이뤄지며, 고등학교를 졸업했지만 대학에 입학하지 못한 학생을 주요 대상으로 할 것입니다. 올해 8·9월에 추진할 예정이니 지금부터 적절하게 홍보를 하되 자발적인 원칙을 기반으로 해야 합니다.

둘째, 도시의 여러 업종에 수많은 장인들이 아주 많고 유명한 예술가들도 많습니다. 따라서 그들이 일부 제자를 받아들이는 것을 허락할 수 있게 해야 합니다. 일부 동지들은 최근 몇 년간 너무 엄격하게 관리해 일부 기예의 장인들은 후계자가 없다고 말하기도 했습니다. 그러니 적절하게 풀어주어야 합니다.

셋째, 독학을 할 수 있게 해야 합니다. 자오화 동지의 보고서에서는 특별히 이 문제를 언급했습니다. 일부 과외 학교, 독학 소조를 조직하고 형식을 다양하게 할 수 있어야 한다는 것입니다. 문화·공예·서비스업·음악 아니면 마지(馬季)[32]동지의 만담 등 다양한 업종을 배울 수 있게 해야 합니다. 똑같아야 한다고 강압적으로 요구하지 말고 다양하게 발전토록 해야 합니다. 정부의 통일적인 영도 하에 청년연합회·청년회에서 모두 추진한다면 일은 많이 쉬워질 것입니다. 특히 도시에 청소년의 규모가 방대하기에 맞벌이 가정의 부담은 아주 큽니다. 아이들이 학교에 다니는 반나절은 조직이 있는 사회주의 사회이지만, 휴식하는 반나절은 '자유세계'·'무법세상'입니다. 이 일을 잘 처리하기 위해서는 돈을 좀 쓰더라도 괜찮습니다. 과연 돈을 얼마나 내야 할까요? 개인적인 소견으로는 얼마 내지 않아도 되고 주택 한 곳만 있으면 될 것 같습니다. 이 문제를 제대로 해결한다면 맞벌이 부부도 우리에게 고마움을 느낄 것입니다. 이는 맞벌이 부부의 생활과 연관되는 큰 문제인 만큼 우리는 만전을 기해야 합니다.

넷째, 농촌으로 내려가고 산으로 올라가는 것 외에 국유기업 근로자들의 창업도 환영합니다. 도시에서 배움을 이어가지 못하는 청년과 길거리에서 배회하는 청년들 가운데서 일부 청년들이 농촌으로 내려가는 걸 환영하면 어떨까요? 도시의 일부 청년들이 하향을 아주 두려워한다고 들었습니다. 상하이 상공업계 인사들도 마찬가지입니다.

여러분은 홍보를 잘 해야 합니다. "지역을 잘 선택하고 완전히 자발적인 행위에 맡기는 방침"을 실행하며, 홍보만 하고 부추기지는 않으며, 환영만 하고 압력을 가하지 않는다면 그들도 두려워하지 않을 것입니다. 지역을 잘 선택하고 완전히 자발적인 행위에 맡기는 원칙을 실행한다면, 가겠다는 자들이 분명이 있을 것이라고 생각합니다. 그러나 홍보를 잘 하지 못한데다 태도마저 좋지 않다면, 내려가려는 자가 몇 되지 않을 뿐만 아니라 더욱이 명성마저 나빠질 것입니다. 때문에 여러 지역에서는 사전회의를 소집해 소식을 정확하게 전달함으로써 불안감을 미연에 막아야 합니다. 방침과 정책을 정확히 얘기하고 방법은 하나 뿐이 아니라 여러 가지 방법이 있다는 것을 알려 모두 합리적이라고 생각하게 해야 합니다.

귀국한 교포들은 조국을 사랑하는 자들입니다. 그들은 수 천리 밖에서 다시 조국의 품으로 돌아왔습니다. 멀리에서 온 그들 역시 조국의 발전에 힘을 보탤 수 있지 않을까요? 조국의 사회주의 건설에 참여하러 왔으니 당연히 조국에 도움이 됩니다. 현재 여러 지역의 학교에서 공부하고 있는 귀국한 교포청년이 5만 여 명에 달합니다.

우리는 열정적으로 그들을 환영하고 도와주고 보살펴주어야 합니다. 특히 그들의 습관을 존중해주어야 합니다. 후난(湖南) 사람들은 고추를 먹고, 산시(山西) 사람은 식초를 즐기고, 산동(山東) 사람은 파를 좋아하는 것처럼 그들의 생활습관에는 다양한 특점이 있습니다. 그러나 이러한 부분은 전혀 문제가 되지 않습니다.

이상의 3가지 요구를 제기했는데 과연 실행 가능할 것일까요? 요구하는 기준이 높지는 않은가요? 여러분들이 제기한 요구에 우리는 모두 승낙하겠습니다. 그렇다면 우리의 요구에 대해서도 여러분들이 승낙해줄 수는 없는 것입니까? 그리고 한 가지 바람도 있습니다. 바로 마르크스·레닌 사상을 배우고 믿고 활용하는 것입니다.

여기서 말한 마르크스·레닌 사상에는 당연히 마오쩌동 사상도 포함됩니다. 마오쩌동 사상은 살아있는 마르크스·레닌주의이자, 마르크스·레닌주의의 발전이기 때문입니다.

여기도 한 가지 문제가 뒤따를 수 있습니다. 이 자리에는 종교계 인사들이 대거 참석했습니다. 마르크스·레닌 사상을 배우고 믿고 활용해야 한다는 것이 종교 신앙의 자유를 허락하지 않는다는 말입니까? 종교에 대한 종교계 인사들의 신앙을 우리는 절대로 반대하지 않습니다. 하지만 종교를 신앙함과 동시에 마르크스·레닌주의를 믿으면 안 될까요? 당연히 믿지 않아도 됩니다. 이건 다만 희망일 뿐이고, 다수인을 상대로 한 것이지 반드시 수행해야 하는 임무는 아닙니다.

최근 몇 년간 마르크스·레닌주의 학습 열풍이 고조되고 있습니다. 이는 좋은 현상입니다. 하지만 학습 과정에서 이러한 3가지 상황이 나타나지는 않을까요? 첫째는 열심히 배우고 진심으로 믿고 활용하는 경우. 둘째는 마음이 확정되지 못하고 약간 의심하며 활용하지 않는 경우. 셋째는 배우지 않고 믿지도 않으며 마음대로 가져다 활용하는 경우. 이러한 3가지 상황은 마르크스·엥겔스·레닌·스탈린과 마오쩌동 동지의 저술에서 몇몇 명사를 뽑아서는 여기저기 마음대로 끼워 맞추는 것인데, 사실상 마르크스·레닌주의 사상의 실질에 대해서는 잘 알지 못하고 믿지도 않습니다.

우리가 마르크스·레닌주의와 마오쩌동 저술을 학습함에 있어 목표를 가져야 합니다. 마르크스 · 레닌주의는 형세를 정확하게 분석하고, 사물을 구체적으로 관찰시킬 수 있으며, 시비를 판단하고 문제를 해결할 수 있기 때문에 유용하다고 생각됩니다. 당연히 우리가 마르크스 · 레닌주의 사상에 정통하기에는 어려움이 많습니다. 하지만 그 사상의 기본적인 부분을 이해하는 것이 그렇게 어려운 것도 아닙니다.

여기서 말하는 마르크스 · 레닌주의 기본 부분은 기본적인 사상방법을 가리킵니다. 마르크스 · 레닌주의의 가장 기본적인 사상방법은 무엇일까요? 첫째는 유물주의이고, 둘째는 변증법적 관점입니다. 양자를 합치면 유물주의 변증법 관점 혹은 변증법적 유물주의 관점이라고 할 수 있습니다.

사물을 대하는 과정에서 적용하는 유물주의라는 것은 무엇일까요? 근본적으로 역사상 결정적인 역할을 하는 부분은 신선이나 황제가 아니라, 사회생산력 발전을 요구하는 기반 위에서의 계급 역량의 대조이고, 무장무력의 대조가 아니라 인력과 마음의 힘의 대조이며, 일시적인 역할을 발휘하는 요소가 아니라 장기적으로 역할을 발휘하는 요소이며, 이미 표현된 힘이 아니라 아직은 충분히 방출되지 않은 진정으로 강대한 생명력을 가진 잠재적인 힘이라고 생각됩니다.

우리가 사물을 관찰하는데 필요한 변증법적인 관점이라는 것은 무엇일까요? 모든 사물을 관찰함에 있어서 현상이나 국부(局部) · 지류(支流)뿐만 아니라, 그 본질이나 실질 그리고 주류도 봐야 한다고 생각합니다. 저는 마르크스주의자들이 위의 두 가지 기본 관점으로 모든 문제를 보고 있다고 생각합니다.

계획과 생산을 충분히 하여 생산의 고조를 촉진시켜야 한다[*]

(1963년 3월 4일)

당면한 형세를 정확히 예측해야 한다

사회주의 교육운동[33]의 위대한 의의에 대해 충분히 예측해야 합니다. 하지만 운동이 이미 거둔 성적에 대해 지나치게 높게 예측하지 말아야 하며, 성적에 안주하여 자만해서는 더욱 안 됩니다.

지나치게 높게 예측하지 말아야 하는 이유는 아래와 같습니다. (1) 운동 발전의 불균형 문제입니다. 일부 지역은 잘 추진했고, 일부 지역은 그렇지 못하며, 또 일부 지역은 아직도 추진하지 못하고 있습니다. (2) 운동 과정에서 수많은 문제를 남겼기 때문에, 우리가 계속해서 진일보적으로 세밀하게 처리하는 것이 필요합니다.

대중들의 적극성을 불러일으킨다면, 올해의 생산을 어떻게 잘 이끌어 나가고 집체 경영을 어떻게 열심히 추진할 것인지에 관한 문제는 우리에게 더많고 높은 희망과 요구를 제기해 주었습니다. 이는 각급 당위에 장엄한 임무를 제기한 셈입니다. 이미 불러일으킨 대중들의 정치적 열정과 노동 열정을 소중히 여기고 제때에, 열심히 그리고 정확하게 이러한 열정을 올해의 생

---

[*] 이 글은 후야오방 동지가 중공 후난(湖南)성 샹탄(湘潭)지방위원회 확대회의에서의 연설문 요점이다. 당시 후야오방 동지가 중공 후난성위 서기 겸 샹탄지위 제1서기를 맡고 있었다.

산 확대에 쏟아 부어 정치 · 경제 · 조치 · 제도 차원에서 집체경제를 발전시켜야 합니다.

다음 단계에서는 무엇을 관장해야 알 것인가?

현재 대중들이 생산 확대와 집체경제의 발전에 대해 가장 큰 관심을 갖고 있으니 우리는 대중들 속으로 들어가 그들과 함께 "올해의 생산 배치를 잘 실행했는지?", "노동력 과잉현상이 나타나면 어떻게 할 것인지?", "생산 출로에 대한 생각은 주도면밀하게 했는지?", "어떤 면에서 실제적인 어려움이 있고, 이를 어떻게 해결할 것인지?", "집체생산에 어떤 우려가 있고 또 어떤 의견이 있는지?" 등에 대해 자세히 연구하고 논의해야 할 것입니다. 이 같은 생산계획과 경영관리 문제는 발등에 떨어진 불로, 시급히 해결해야 하는 돌출적인 모순이 되었습니다.

이 자리에서 거듭 강조하는 바입니다. 우리는 왜 다음 단계에 생산계획과 경영관리를 중점적으로 잘 처리해야만 하는 것일까요? 다음 단계와 전 단계는 어떤 연관이 있을까요? 전 단계에서 우리는 두 가지 모순을 해결하기 위해 총력을 기울였습니다.

현재 우리가 이 모순을 해결했고, 대중들의 적극성이 고조되었으며, 사회 생산력도 발전했습니다. 그러나 기존의 경영범위와 관리방법이 이러한 새로운 상황에 적응하지 못하고 있는 실정입니다. 기존의 경영범위가 좁고 관리방법도 시대에 뒤떨어졌기 때문입니다. 옛 모순을 해결하니 또 새로운 모순이 생겨나고 있는데, 우리는 이를 해결해야만 합니다.

현재 봄갈이 생산이 이미 시작되었습니다. 우리가 위의 모순을 중점적으로 해결하는 것은 생산 고조를 불러일으키는데 아주 절박한 의미가 있습니다. 대중들이 생산계획에 관심을 기울이지 않는다거나 심지어 두려워한다고 말하는 자도 있습니다. 이는 잘못된 견해입니다. 조사도 분석도 거치지 않은 설이기 때문입니다. 대중들이 진정으로 두려워하는 건 우리가 무턱대고 지휘하는 것입니다. 그들은 오히려 우리가 생산 확대 관련 아이디어를 제공하는 걸 환영합니다. 대중들은 '생산계획'이라는 단어가 생소할 수 있지만, 올해 생산에 좋은 계획이 있기를 바라는 건 분명합니다.

대중들이 경영관리에 대한 의견이 많고 문제가 너무 복잡해 처리하기 어렵다고 말하는 사람도 있습니다. 옳은 말이기도 하지만 틀린 부분도 있습니다. 옳다고 하는 것은 우리가 이 문제를 단숨에 깨끗이 해결할 수 없기 때문입니다. 틀리다고 하는 것은 궁극적으로는 이 문제를 에둘러 지나갈 수 없기 때문입니다. 이 문제를 아직은 깨끗이 해결하지 못했고 이 문제가 대중들의 적극성을 떨어뜨리는 중요한 요소이기 때문에 여러분들이 대중들과 함께 이 문제를 자세히 연구하고 해결할 것을 요구하고 있습니다.

그렇기 때문에 다음 단계에는 대체 무엇을 명확하게 하여야 할 것인가요? 우리는 계획과 경영을 충분히 하여 생산 고조를 형성 및 추진해야 한다는데 의견을 모았습니다.

여기에 이 같은 몇 개의 문제가 뒤따릅니다.

(1) 중점문제는 각급 기관에서 모두 계획을 추진하고 있으니 각급 기관에서는 현재 동시적으로 함께 명확히 해야만 하는 것일까요? 아닙니다. 그렇게 한다면 명확히 할 수가 없습니다. 우리는 주로 생산대(生産隊)를 통해서 명확히 추진해야 한다고 생각합니다. 생산대는 기반입니다. 생산대의 생산계획과 경영관리를 명확히 한다면 대대나 공사(公社)의 업무 추진도 수월해

질 것입니다.

(2) 결합문제는 생산계획과 경영관리만 고려해서는 안 됩니다. 위에서 말했듯이 일부 지방의 사회주의 교육운동이 아직은 제대로 이뤄지지 못했고, 아직 해결해야 할 남겨진 문제가 많습니다. 그리고 다수 지방의 일부 빈곤한 가정의 식량 배급도 이미 문제가 되고 있습니다. 만약 이 문제를 해결하지 못한다면 일부 대중들은 생산계획과 경영관리에 관심을 기울이지 않게 될 것입니다. 따라서 다음 단계에는 빈곤한 가정의 생활을 조치해야 하고, 뒤쳐진 대대를 상대로 사회주의 교육운동을 추진하는 것 외에 사회주의 교육운동에서 잔류된 문제도 처리해야 합니다.

(3) 방법문제는 우리가 상급 기관에 보고하기 위한 목적이 아니라, 대중의 이익을 수호하고 생산을 추진하기 위해 생산대(生産隊)를 도와 계획하고 관리하고 있는 것입니다. 따라서 생산대로 들어가 위의 두 가지 일을 추진할 때, 아래와 같은 원칙을 반드시 지켜야 합니다.

첫째는 생산을 추진하기 위해 생산에서의 가장 큰 걸림돌을 먼저 해결해야 하고, 둘째는 대중노선을 견지하고 대중들과 반복적으로 의견을 나눠야 합니다. 대중들이 자발적으로 참여하여 창조해내는 것이야말로 가장 믿음직한 내용입니다.

(4) 시간문제는 시간이 짧으면 깊이 있게, 그리고 자세하게 할 수가 없습니다. 사회주의 교육운동의 경험을 축적하려면 충족한 시간이 있어야 하고, 최선을 다해야 하기 때문에 약 2개월은 필요할 듯합니다. 정확하게 추진한 후에는 인내심을 갖고 근본적인 차원에서부터 해결할 결심을 내려야 합니다. 절대로 딴 마음을 가져서는 안 되고 갈팡질팡해서도 안 됩니다.

(5) 선후문제는 사회주의 교육운동이 아직 끝나지 않은 지방과 아직은 추진해야 하는 곳에서는 여전히 사회주의 교육운동을 중심으로 해야 합니다.

제대로 추진된 후에 다시 전환해야 합니다.

생산계획을 어떻게 총 노선사상에서 체현해 낼 것인가?

지방위원회에서 제기한 방침으로 모두가 이 문제를 주목하고 있습니다. 대중들 속으로 들어간 후에는 그들도 이 문제에 큰 관심을 기울일 것입니다.

몇 년간 중앙과 마오쩌둥 동지는 아주 정확한 방침과 구호를 많이 제기했습니다. 실행 과정에서 일부 결점과 착오가 나타났고, 일부 간부와 대중들 가운데서 오해가 생겨나기도 했지만, 이는 우리가 인내심을 갖고 분명히 해야 할 부분입니다.

생산계획 과정에서 어떻게 총 노선사상을 체현시켜야 할 것입니까? 노력을 통해 올해 할 수 있는 일은 반드시 최선을 다해 추진하는 것입니다. 무릇 향후의 발전에 중요한 의미가 있는 것은 사실이지만, 올해에는 많은 정력을 쏟지 못하는 일에 대해서 대중을 설득하고 일정한 힘을 동원하여 조건을 마련해 주어야 합니다. 무릇 대중들과 반복적인 논의를 거쳤고 대중들이 단호히 반대하는데다 해낼 수 없는 일이라면, 무리하게 추진할 필요가 없는 것입니다.

이러한 원칙에 따라 생산계획에 대해 전반적인 요구를 제기했습니다. 바로 양식 생산량 확대에 최선을 다함과 동시에 여러 가지 경영을 될수록 발전시키는 것이 그것입니다.

구체적인 내용은 다음과 같습니다.

(1) 양식 생산의 확대를 적극 추진합니다.

(2) 지역의 상황에 맞춰 일부 경제작물을 적극적으로 발전시킵니다.

(3) 부업을 열심히 발전시킵니다.

(4) 돼지산업을 적극 발전시킵니다.

(5) 내년과 후년의 적극적인 삼림 경영을 위해 조건을 마련합니다.

올해 양식생산 확대에 유리한 조건이 지난해보다 많아졌지만, 대중들과 함께 지역의 상황에 어울리는 생산량 증가 방법을 더 많이 모색해야 합니다. 여러 생산대의 기반이 서로 다르기 때문에, 올해 생산량의 증가폭에 상당한 차이가 있을 것으로 보입니다. 따라서 지표보다는 조치를 서로 비교해야 합니다.

우리 지역을 보면, 경제작물 항목이 적기는커녕 오히려 아주 많습니다. 생산대마다 자체적 토질특징 · 기술특장 · 전통습관이 있습니다. 이는 우리가 대중들 속으로 들어가 구체적으로 조사한 후 자세하게 연구함과 동시에 종자 공급과 기타 문제를 제때에 해결해 주어야 합니다.

부업은 계획 중에 있는 큰 항목으로 의미가 아주 큽니다. 그렇지만 사원들 가운데서 의견이 통일되지 않고 논쟁이 비교적 많은 문제이기도 합니다. 여기서 집체경제 발전에서의 부유한 가구(가정이 부유한 간부도 포함)와 가난한 하층 중농의 모순이 집중적으로 반영됐습니다. 우선 빈농과 가난한 하층 중농의 적극성을 불러일으킴과 동시에 부유한 가구를 잘 설득해야 합니다. 부업의 출로가 더 많고 특점도 많아 반드시 하나씩 실행해야 합니다. 경영범위 뿐만 아니라 관리방법도 실행해야 합니다.

집체 부업의 발전을 실현해야 할 뿐만 아니라 가정부업이 계속해서 적극적인 역할을 발휘하도록 해야 합니다. 돼지산업이 이 지역 농업경제에서 아주 중요한 지위를 차지하고 있습니다. 개인적인 사육을 ‘계속해서 격려함과 동시에 국가 소유이면서 개인적인 사육 방법을 취해 집체 사육을 계획적으로 발전시켜야 합니다.

내년과 후년의 적극적인 삼림 경영목표를 위해 조건을 마련해 두어야 합니다. 샤스위(沙石峪)·양징디(羊井底)·마오톈(毛田)처럼 단호한 결심과 완강한 의지력을 가져야 함은 물론 자체적으로 구체적인 절차도 마련해야 합니다. 구체적인 절차에서 가장 핵심적인 고리가 바로 묘포부터 시작하는 것입니다. 생산대가 계획을 잘하도록 어떻게 구체적으로 도와주어야 할까요? 차근차근 추진하고 그 과정에서 훈련을 진행하는 것 외에 특정지역에서 얻은 경험이나 성과를 전 지역에 확대시키거나 전면적으로 보급하는 방법이 효과적이라고 봅니다.

경영관리에서 사원이 가장 관심을 갖는 문제를 확실하게 해결해야 한다

집체생산의 경영관리는 아주 복잡한 학문입니다. 제가 이 부분에 대해 아직은 문외한이기 때문에 정확하게 해석할 처지는 안 됩니다.

경영관리 문제를 가볍게 다루거나 혹은 완전하게 파악하지 못한 상황에서 급히 획일적인 경영관리 방법을 적용시키는 것보다는, 사원이 가장 관심을 두는 몇 가지 문제를 제때에 해결해 줄 것을 주장하고 싶습니다.

그렇다면 사원들이 가장 관심을 두는 문제는 무엇일까요? 여러 지역의 자료에 따르면 현재 아래와 같은 3가지 문제로 종합할 수 있습니다.

첫째는 노동력이 남아돌고 다투어 노동력을 제공하는 문제입니다. 이 부분에서는 이미 인쇄하여 발급한 마오쩌둥 동지의 관련 지시에 따를 것을 요구합니다. 구체적으로는 생산대의 경영범위 확대를 지도하고, 정성들여 꼼꼼히 경작하는 것을 제창하며, 생산의 깊이와 너비를 향해 나아가는 것을 말합니다. 둘째는 일부 지방과 사원들이 기술 품질을 경시하는 문제입니다. 기술 품질의 저하는 늘 다양한 원인으로 인해 초래되기 때문에, 반드시 구체적으로 조사하고 분석해야 합니다. 정액이 불합리하면 당연히 기술 품질에 영향을 미치게 됩니다. 정액이 합리적이지만 제대로 실행하지 못해도 마땅한 보수를 받지 못하기 때문에 여전히 기술 품질에 영향을 미칩니다. 간부들에게 공평무사한 사상이 없으면 사원들의 기술 품질에 영향을 미칠 수 있습니다. 또 간부들이 생산에만 앞장서면서 기술 품질이 떨어져 있는 일부 사원을 감싸고 타이르지 않고 비판하지 않는다면, 다른 사람들의 기술 품질에도 영향을 미치게 될 것입니다.

필요한 분공 없이 아무 일에서나 벌떼처럼 다 같이 행동한다면, 이 또한 기술 품질에 영향을 미치기 마련입니다. 하지만 분공이 너무 세밀한 경우나 적절하지 않은 분공으로 인해 힘이 분산될 경우 경작기술에서 서로 협력하고 도움을 주는데 불리하기 때문에 이도 기술품질에 영향을 미칠 수밖에 없습니다.

몇 년 전에는 상호 협력을 지나치게 강조한 나머지 등가 교환, 노동에 따른 분배를 경시했습니다. 그리하여 심각한 인력 낭비와 확실치 않은 책임, 품질 저하 등의 현상이 나타났습니다. 최근 2년간 책임제를 실행하면서부터 일정한 효과를 거두었습니다. 하지만 지나치게 책임제를 강조한 탓에 다양한 형식의 개별 경영 열풍만을 키웠습니다. 정확한 방법은 협력과 분공의 통일을 견지하는 한편, 통일적인 영도 하의 집체 혹은 개인적 책임제를 견지하는 것입니다. 당연히 기술품질은 단순히 제도만으로 전부 해결할 문제가 아닙니다. 필요하고 합리적인 제도는 물론 건강한 정치사상 업무도 뒷받침되어야 합니다. 노동관리는 아주 복잡한 문제입니다. 이 문제를 완벽하게 연구하기 위해 5월 전에 현마다 3개 대대의 '참새'를 해부해 지방위원회에 바칠 것을 건의하는 바입니다.

셋째는 재무를 공개하는 문제입니다. 저는 다수 지역의 대중들이 이 문제에 가장 관심을 가지고 있다고 생각합니다. 이번의 '짐을 내려놓는'사실도 이 문제를 역으로 입증했습니다. 우리는 마땅히 이러한 문제를 고민해 보아야 합니다. 다수의 대중들은 땀을 더 많이 흘리는 것을 결코 두려워하지 않습니다. 그들이 가장 마음 아파하는 부분은 땀을 많이 흘렸지만 보수를 적게 받는 것입니다. 우리는 이 문제에 경각심을 높이고 다양한 방법을 동원해 민주적 재테크를 확실히 함으로써 생산대에서 월(月)을 단위로 장부를 공개하도록 힘써야 합니다.

다음 단계의 업무에서 우리의 업무 기풍을 계속해서 개진해 나가야 한다

대다수 지역 그리고 수많은 간부들이 우리당의 우수한 기풍을 본받았고, 또 이를 이어나가고 있습니다. 이번 운동에서 위의 우수한 기풍이 한층 고양되었는데 이는 큰 성과가 아닐 수 없습니다.

그러나 일부 지역, 일부 간부들에게 여전히 나쁜 기풍이 존재하는 건 사실입니다. 주로 아래와 같은 3가지 부분에서 나타나고 있습니다.

첫째는 대중노선에 관한 문제인데, 우리의 일부 동지들은 숫자나 지방 간부들의 보고, 그리고 분할 도급형식을 지나치게 숭배합니다. 이러한 지나친 숭배는 늘 실제상황을 이해하는데 걸림돌로 되었기 때문에, 대중 특히 일반 대중들의 목소리를 들을 수 없는 것은 물론 일부 간부들이 함부로 행동하는 현상이 초래되기도 했습니다. 따라서 이 문제에 경각성을 높여야 합니다. 지방간부들의 보고를 들어야 할 뿐만 아니라 대중 속으로 들어가 그들과 서로 마음도 나누어야 합니다. 그리고 지방에서 보고한 숫자를 모두 말살하지 말고 직접 일부 이해가 필요한 객관적인 진실을 고찰함으로써 어떤 상황인지를 명확히 파악해야 합니다. 그리고 분할 도급형식을 계속해서 추진하는 것 외에도 서로 교환해 검사하고 절차 있게 각 체계의 상시적인 업무를 추진해야 합니다.

둘째는 실사구시에 관한 문제인데, 이는 우리 당의 아주 우수한 전통입니다. 몇 년 전 실시한 여러 운동들의 일부 시비의 경계선을 제때에 분명하게 구분하지 않았기 때문에, 일부 간부들에게 착각을 가져다주었습니다. 우리는 마땅히 적극적으로 이를 바로잡아야 합니다. 무리하게 추진하지 말아야 하는 일이라면 절대로 견지해서는 안 되고, 상급에 반영해야 하는 부분이라면 반드시 제때에 보고해야 합니다. 진실을 얘기하고 성실한 사람들이 되는 것은 당과 인민의 근본적인 이익에 부합되기 때문에, 결국에는 손해를 보는 일이 아니고 궁극적으로는 당과 인민의 신임을 얻게 된다는 점을 간부들이 굳게 믿도록 해야 합니다.

셋째는 혁명의 패기에 관한 문제인데 최근 몇 년간의 어려움은 수많은 훌륭한 간부를 단련시켰고, 일부 간부들은 힘든 경험을 이겨내지 못해 결국 합격점을 얻어내지 못했습니다. 일부 지방과 부서에서 사회주의 교육을 받기는 했지만 나쁜 기풍이 여전히 그대로인 상황에 있다는 점을 반드시 중시해야 합니다. 업무나 학습에는 별로 관심을 보이지 않다가도 먹고 마시고 노는데는 엄청난 열정을 보입니다. 적들이나 어려움에는 두려움을 느끼지만, 대중이나 동지들을 대할 때는 또 태도가 기고만장하게 됩니다. 남들에게는 마르크스·레닌주의 사상을 적용하고, 자신에게는 자유주의를 적용하는 것입니다. 상급은 민주적으로 대하고 하급에 대해서는 독재를 하려 합니다. 이러한 부분은 모두 혁명 입장·혁명 의지·혁명 기율과 연관되는 중대한 문제입니다. 이러한 현상은 절대 방임하지 말고 과감하게 폭로하고 비판해야 합니다. 자신에게 엄격히 요구하고, 적들을 증오하고, 당을 사랑하고, 혁명 사업에는 충성을 다해야 할 것입니다.

대담하게 업무와 생산을 실천해야 한다*

(1965년 2월 12일)

1. 집중적으로 생산에 치중하고, '23조'²³를 원동력으로 해야 합니다. '23조'를 열심히 학습하고 정확하게 논의해야 합니다. 하지만 한 번의 학습토론으로 훌륭하게 마칠 수 없기 때문에 앞으로 해마다 2·3차례는 토론회를 열어야 합니다. 따라서 이번에는 학습·토론을 길게 할 필요가 없습니다. 모든 건 생산서비스를 위하고 대풍작을 이루게 하기 위한다는 점을 중심으로 해야 하며, 대풍작 쟁취라는 원칙 하에서 사상을 통일시켜야 합니다. 수매 임무를 줄인 것은 숨을 돌리기 위함이 아니라 생산을 하루빨리 끌어올리기 위해서입니다. 업무의 질을 점검하는 가장 중요한 기준은 생산의 질이 좋고 나쁨입니다. 현(縣)·사(社)·대(隊)는 모두 생산 면에서 든든한 실력을 갖춰야 합니다. 이번에 현의 간부회의에서 생산문제를 집중적으로 논의해야 합니다. 현·사·대는 목표가 명확해야 하며, 올해의 대폭 증산을 위해 최선을 다해야 합니다.

2. 생산 면에서는 "양손을 맞잡고 두 마리 토끼를 잡아야 합니다." 관중(關中)에서는 양식과 면화생산에서 모두 풍작을 거둬야 합니다. 산남(陝南)에서는

---

* 이 글은 후야오방 동지가 산시(陝西) 안캉(安康)지역의 안캉, 닝산(寧陜), 한인(漢陰), 핑리(平利), 쉰양(旬陽), 쓰취안(石泉), 바이허(白河) 등 7개 현을 시찰했을 때의 연설문 요점이다. 당시 후야오방 동지는 중공중앙 산베이국 제3서기, 중공 산시성위 제1서기 대리를 맡고 있었다.

83

양식과 산지 산물과 토산품의 생산에 박차를 가해 양식과 산지 산물과 토산품 생산에서 풍작을 거둬야 합니다.

3. 각급 당위에서는 연말 결산을 잘 하고 핵심을 포착하는 미래지향적인 안목을 가져야 합니다.

지나치게 예전의 오래된 문제에 집착하지 말고, 과거의 일 자체를 따지지 말아야 합니다. 현재에 착안점을 두고 미래지향적인 안목으로 앞을 내다봐야 합니다.

방침과 정책을 자주 논의하고, 방향성 문제에 늘 관심을 가져야 합니다. 사상지도와 조치 실행에 주목하고, 사소한 문제는 지나쳐야 합니다.

착오를 범한 간부들을 처리하는데 급급해 하지 말고, 우선 그들을 생산직에 파견해 1년간 그들의 행동표현을 관찰하면서 공을 세워 잘못을 보충할 기회를 주어야 합니다. 그들이 실제 업무과정에서의 잘못을 바로잡을 수 있도록 해야 합니다. 제대로 바로잡았으면 처분을 면제해주거나 경감해줄 수 있습니다. 처분은 수단이지 목적이 아닙니다. 사람을 교육하고 개조하는 것이 목적이기 때문입니다.

공직과 당적을 모두 박탈하는 '쌍개(雙開)'[35]는 중단하고, 잘못 박탈했으면 자발적으로 돌려주어야 합니다. 체포 행위도 멈춰야 합니다. 활동을 파괴하는 현행 '반 혁명가'가 아니라면 체포하지 말아야 합니다. 현행 '반 혁명가' 가운데서 반동 표어를 쓴 자들이라도 대회를 열어 비판케 하고 투쟁할지언정 체포해서는 안 됩니다. 이미 체포되어 근무지를 떠난 간부들에 대해서도 실형을 내리지 말아야 합니다.

4. 현재 다수 간부들의 사상이 해방되지 못하고 줄곧 개인문제만을 중시합니다. 또 마음이 안정되지 못하고 걱정만 하거나 감히 손도 대지 못하고 있거나, 심지어 우거지상으로 안절부절 못하면서 어깨가 축 처져 있습니다. 간

부들이 큰 뜻을 품고 원기를 불어넣는 한편, 앞으로 나아가고 대담하게 업무와 생산을 실행해 갈 수 있도록 타일러야 합니다.

일부 동지들을 보면 정치적으로 안목이 짧고, 생산하는 데서도 생각이 짧으며, 경제업무에서는 발전하지 못하도록 억누르고 있습니다. 이러한 상황을 단호히 바꿔야 합니다. 정치적으로 관대하게 대하고 생산에서는 넓게 생각하고, 경제업무는 영리하게 추진해야 합니다.

5. 이번의 간부회의에서 간부를 상대로 '손 씻고 목욕하고', '짐을 내려놓을 것'을 호소할 수 있고, 그렇게 하지 않을 수도 있습니다. 그 누군가에 대한 투쟁 · 비판 · 처분은 하지 말아야 합니다. 많이 먹고 많이 차지하고 공사를 구분하지 않는 것 외에도 관료주의 · 억압적인 명령 · 일반적인 남녀관계, 그리고 가정을 도와 소규모의 장사를 하는 것 등 6가지에 대해 이미 정돈했다면 더 이상은 할 필요가 없습니다. 기타 중대한 착오를 범했을 경우에는 설명을 해야 하지만, 공을 세워 잘못을 보충할 수 있도록 허락해야 합니다.

간부회의는 고립적으로 조용히 개최할 것이 아니라, 생산을 잘 이끌어 나가는 공사와 생산대대의 서기를 초청하여 회의에서 업무보고를 하게 한 후 함께 논의해야 합니다. 실제업무에서 논의를 거쳐 '23조'를 실제로 학습해야 하며, 회의 시간은 될수록 짧아야 합니다.

6. 올해 가을걷이 이후 여러 현에서 생산 평가를 진행합니다. 사와 대를 단위로 생산량을 통계낸 후, 화학비료 · 우경 · 양종(良種) · 농약 · 농기구 등을 장려합니다. 규모가 작은 현은 2만 위안, 중등 규모의 현에서는 3, 4만 위안, 규모가 큰 현에서는 5만 위안 정도를 생산량이 높은 사와 대 그리고 간부들에게 장려금으로 지불할 것입니다.

7. 올해부터 안캉(安康)지역은 산을 적극적으로 다스리고 개발해야 합니다. 어떤 토산물과 특산품을 주로 생산할 것인지에 대해 조사하고 먼저 확실

하게 시행할 분야도 명확히 해야 합니다. 바이허(白河)현은 현지의 실정에 맞춰 "동유·피지·도롱이풀·누에와 뽕잎·토마토와 호두"의 생산을 확고히 하는 등의 목표를 명확히 했습니다. 현마다 현지의 실정에 맞는 토산물과 특산품 항목을 발전시킬 것을 제기해야 합니다.

묘포 생산을 중점적으로 실행토록 해야 합니다. 향후 조림을 통일적으로 '육모조림'이라 부릅니다. 집체 조림 가운데서 묘포를 우선적으로 추진하며 대대마다 한 무(畝)씩 맡아 경영합니다. 품종이 다양해 대중들이 선호하였으며, 배분에 참여하고 개개인에게까지 책임을 지게 하는 것 외에도 해마다 중점적으로 관리한다면 전망이 아주 밝을 것으로 예상됩니다. 모종을 재배하려면 종자·기술·관리 등 3박자가 맞아야 합니다.

현마다 부서기와 부현장이 여러 가지 경영을 전문적으로 맡도록 하고 생산대대·생산대에게는 부업을 관리하는 부대대장을 임용해야 합니다.

우리는 생산을 발전시키고 산간지역의 면모를 일신시킬 지향 목표가 있어야 합니다. 3년·5년·10년의 계획을 수립하고 한걸음씩 산간지역의 백성들을 부유의 길로 이끌어가야 합니다. 우리는 이렇게 해야 할 끈기와 포부가 있어야 합니다.

8. 안캉지역은 농업분야에서 아래와 같은 몇 가지 증산조치를 취해야 합니다.

(1) 계단식 밭을 수리해야 합니다. 바이허현 넝수이(冷水)구 따쌍(大雙)공사 신좡(新莊)대대의 리타이건(李太根) 지부서기는 석감(石坎, 돌과 나무)을 치우고 계단식 밭을 수리한 덕분에 대대 양식 생산량을 3년 만에 2배로 끌어올렸습니다. 계단식 밭을 수리하는 데는 폭탄, 드릴 로드가 필요한데, 수토를 유지하는데 쓸 경비로 이 문제를 해결할 수 있습니다.

(2) 농작물 배치를 조정해야 합니다. 누에콩·완두·야생 완두의 재배 규

모를 늘리는 반면, 다모작하는 밀의 면적을 줄이고, 논의 비옥도를 끌어올려 벼의 단위당 수확고를 높여야 합니다.

(3) 생산대의 제분소 개업을 허락해 돼지산업의 발전을 추진해야 합니다. 돼지가 가구당 한 마리씩 보장된 후에는 집체적 양돈 발전에 주목해야 합니다. 아니면 발전이 뒤떨어질 수가 있습니다. 집체 양돈은 공유제도 하에서의 개인 사육방식을 취할 수 있으며, 주로 가난한 하층 중농 중에서도 극히 어려운 가정에 배분해 주거나, 전문소조를 조직하여 사육할 수도 있습니다. 하지만 이 일을 계획 있게 추진하고 사원 간의 논의를 거쳐야지, 절대 남의 장단에 맞춰 춤을 춰서는 안 됩니다.

(4) 안캉지역은 면화생산이 분산되어 있는 곳입니다. 올해 3천 단(擔)을 수매했는데 이는 전 성 수매 임무의 1000분의 2에 해당되는 규모입니다. 이러한 지역의 면화생산을 발전시키기 위해서는 수매 임무를 면제해주고, 농업세의 납부만 요구해야 합니다. 기존에 국가에서 공급하던 솜은 현 상태를 유지합니다.

9. 재해구조에서는 평균주의를 극복해야 합니다. 다년간의 조사에 따르면, 농촌에서 가장 어려운 가구가 2%, 보통 수준의 가난한 가구가 15%를 차지합니다. 가장 어려운 2% 가구의 어려움을 해결한다면 죽는 자는 없을 것입니다. 구제 자금이 절대 '후춧가루를 뿌리는 식'으로 되어서는 안 됩니다.

10. 도로를 수리하는 데서 국가로부터의 투자만 믿고 '터무니없이 값을 부르거나'하는 등의 정신 상태와 사상방법은 결코 적절치 않습니다. 교통건설은 안캉지역의 경제건설에서 중요하면서도 핵심적인 문제 중의 하나입니다. 따라서 반드시 대중의 힘을 동원해야 하며, 사회에서 조직하고 국가에서 보조하는 방식으로 진행되어야 합니다. 안캉지역은 3년 내에 500km의 운송도로 건설을 고려할 수 있습니다. 국가에서 폭탄과 드릴 로드를 공급함과 동

시에 도로 수리에 참여하는 대중들에게 하루 당 0.75kg의 양식에, 0.2위안의 부식비를 보조해 주었습니다. 농번기에는 농사를 짓고 농한기에는 농전의 기본 건설과 교통건설을 진행하는 조치를 취할 수 있습니다.

11. 안강지역은 수력자원이 풍부한 만큼 수력을 충분히 이용해 발전(發電)할 수 있습니다. 수력발전소 건설은 배수로를 뚫는 방법을 실행할 수 있는데, 그러면 좋은 점이 많습니다. 첫째, 향후 전쟁으로 인해 파괴되는 걸 방지할 수 있어 파괴될 위험이 없습니다. 둘째, 경작지가 수몰되지 않습니다. 수력발전소를 수리함에 있어 높은 댐 프로젝트를 추진하지 않는 것을 원칙으로 해야 합니다.

12. 상업과 경제 관련 업무를 현명하게 추진합니다. 정책연구에 주의를 기울여야 하고, 생산 발전에 유리하도록 해야 합니다. 상업 관련 업무를 보면 다수 지방이 대중과 동떨어지면서 발전을 이어가지 못하고 있습니다. 일부 토산물과 특산품의 가격은 생산을 발전시키는데 불리해 생산발전에 심각한 영향을 미치고 있습니다. 일부 간부들은 대중과 거리를 두면서 그들의 요구에 전혀 귀를 기울이지 않습니다. 재래시장 무역을 적극적으로 개방하고 조직하려면 정상적인 단거리 운송을 허락해야 합니다. 투기와 대중들의 상호 연결 유무를 차별성 있게 대해야 합니다. 이 부분의 업무를 제대로 추진하지 못한다면 큰 착오를 범하게 되는 것입니다.

토산물과 특산품 경영에서 아래와 같은 변화를 주면 어떠할까요? 단일 종목별 가격계산 대신 종합 가격계산제도를 실행하는 것입니다. 급별로 나누어 계산하고 공동으로 손익(성과 전문 2급의 이윤 계획을 취소함)을 부담합니다. 행정계획에 따라 수매임무를 배려하고 경제계획에 따라 물류의 방향을 확정합니다. 이밖에 일부 급수를 나누는 제품, 예를 들면 차나무 씨 등에 대해서는 높은 가격으로 수매하는 정책을 실시하고, 국가에서 일정한 보조금을 지불하는 형식을 취할 수 있습니다.

13. 농촌의 분배과정에서 번잡한 철학을 강조하지 말아야 합니다. 기본 양식에 장려금을 발급하는 제도를 실행할지 아니면 노동량에 따라 배분한 후 일정하게 보살핌을 줄지는 사원들이 공동으로 논의한 후 결정하되 다수인의 의견에 따라야 합니다. 다수인들이 후자를 주장하면 그 방법대로 해야 합니다. 이 방법을 실행할 때 노동력이 뛰어난 사원들은 '노동량에 따른 배분'을 강조하고, '보살핌'이라는 요소를 경시해서는 안 됩니다. 이럴 때 현·사·지부는 '보살핌'이라는 단어에 더 주목해야 합니다. 그러면 균형을 이뤄 문제가 생기지 않습니다. 만약 다수의 사원들이 기본 양식에 장려금을 발급하는 제도를 주장한다면, 기본 양식의 기준을 지나치게 높게 정하지 말아야 합니다. 그렇게 하지 않으면 대중들의 집체생산에 대한 적극성을 불러일으키는데 불리합니다. 하지만 위의 어떤 방법을 실행하든지간에 생활이 가장 어려운 2% 가정의 어려움은 완전히 해결하기 어렵습니다. 따라서 대중노선을 견지하고 구제자금을 생활이 가장 어려운 가정에 사용토록 해야 합니다.

14. 경제업무에 대한 당위원회의 영도를 강화해야 합니다. 상당한 지방 당위원회들에서 기존에 간부 처분 등의 문제를 많이 논의한 반면, 경제건설 문제는 거의 논의하지 않았습니다. 향후 각급의 당위원회는 경제업무 관련 상황과 방침 및 정책을 자주 논의해 당위원회의 영도 하에서 경제 업무의 통일을 실현해야 합니다. 대권이 남의 수중에 들어가서는 안 되기 때문입니다.

15. 간부들이 이론, 정책, 과학기술과 문화를 꾸준히 학습하도록 이끌어야 합니다. 선진지역과 선진일꾼들이 학습하도록 이끌어야 하고, 여러 지역마다 본받을만한 모범이 있어야 합니다.

잡지 『중국과학』은 중국의 과학수준을 진정으로 대변해야 한다*

(1975년 8월 2일)

중앙은 저와 리창(李昌)[36]·왕광위(王光偉)[37]동지를 파견했습니다. 우리는 중앙의 정신에 따라 3개월에 걸쳐 과학원을 상대로 정돈할 예정입니다. 정돈이라는 말만 들어도 일부 사람들은 바로 긴장해 하면서 강도 높은 비판이 있을 것이라 생각합니다. 중앙의 부주석[38] 두 분은 정돈을 사상·조직·정치 차원의 정돈이라고 말했습니다.

우선 『중국과학(中國科學)』의 문제를 얘기해보겠습니다. 『중국과학』에 실린 정치적 논문이 너무 많아도 안 됩니다. 그러나 분명히 있기는 있어야 합니다. 다만 자연과학과 결부시키고 마르크스주의 사상을 활용해야 합니다. 우선 자연변증법을 이용해 자연과학을 논술해야지 단순히 『홍기(紅旗)』의 문장을 그대로 옮겨서는 안 됩니다. 이러한 상황이라면 『중국과학』이 왜 필요하겠습니까? "정치적 논문을 발표하지 않는 것은 잘못된 것이다"라는 이러한 설도 정확하지는 않습니다.

『중국과학』에 실린 사상정치 노선은 올바르지 않고, 마르크스주의 사상을

---

* 이는 후야오방 동지가 잡지 『중국과학』 편집부에서 열린 좌담회에서의 연설문 중 일부이다. 1975년 7월 후야오방 동지가 중국과학원 업무를 주재했다. 같은 해 10월 중국과학원 당 핵심 소조 제1 부소장직을 맡았다.

『중국과학』의 글에 체계적으로 녹여내지 못했다고 생각합니다. "공·농·병과 이탈되었다"라는 말도 있는데, '공·농·병 이탈'이라는 것은 무슨 의미일까요? '3가지 이탈'[39]은 당연히 나쁩니다. 하지만 열심히 연구하고 정확하게 해야 합니다. 여러분들에게는 『중국과학』이나 『과학실험(科學實驗)』이 있지 않습니까? 그러니 나눠서 그 성격을 명확히 해야 합니다. 당연히 실제와 동떨어진 이론이어서는 안 됩니다. 공·농·병에 관련된 글을 싣지 않은 것에 대해서도 분석해야 합니다. 마오쩌동 동지는 이러한 말을 했습니다. "외국의 과학 원리를 배워야 한다. 이러한 원리를 배우는 것은 중국의 것을 연구하는 데 활용하기 위해서이다."[40] 자연과학 분야에서도 노력해야 합니다. 독창성을 가져야 할 뿐만 아니라, 근대 외국의 과학지식과 과학방법을 활용해 중국의 근대 유산을 정리해야 합니다. 이러한 정리 사업은 중국만의 학파를 형성하기까지 지속되어야 합니다.

"『중국과학』은 주로 대외적인 독자를 상대로 했다"는 말도 잘못된 것입니다. 저는 우선 중국인을 상대로 해야 한다고 생각합니다. 마오쩌동 동지는 "그들에게는 하느님이 있지만 우리는 우리 스스로의 일에만 몰두해야 한다"고 말한 바 있습니다. 대외적으로 홍보하는 목적은 무엇일까요? 전문가가 알아보고 그 가운데서 유익한 정보를 얻어야 할 뿐만 아니라 문외한도 알아볼 수 있어야 합니다.

우리는 배운 지식을 인민과 사회주의 그리고 중국과학사업의 번영을 위해 봉사하는데 활용해야 합니다. 지식이 없으면 열심히 배워야 합니다. 일부 구호는 어떻게 해서 생겨났는지 모르지만 늘 따르는 자가 있고 꼬임에 빠지곤 합니다. 이러한 경험은 아주 많지만 일부 사람들은 여전히 각성하지 못하고 있습니다. 독자들이 한 잡지의 60~70%를 이해하고 나머지 30~40%를 이해하지 못한다면 그나마 괜찮은 편입니다. 만약 90% 이상의 글을 이해하지 못한다면 굳이 돈을 들여 사볼 필요가 있겠습니까? 사회과학은 다릅니다. 만약 사회과학과 관련된 글을 공산당원이나 비공산당원 누구나를 막론하고 모두 이해하지 못한다면 어찌 사회과학이라 하겠습니까? 이해하지를 못하니 어찌 용기를 북돋울 수 있겠습니까?

레닌이 창간한 잡지 『국가와 혁명(國家與革命)』의 내용은 모두 이해할 수가 있습니다. 상하이(上海)에서 잡지 『자연변증법(自然辯證法)』을 만들려 하고, 교육부에서 『쟁명(爭鳴)』을 만들고 싶어 한다면 허락해주어야 합니다. 우리는 꾸준히 『중국과학』을 간행하면 됩니다. 백가쟁명이라는 말도 있지 않습니까? 그렇게 하려면 여러분들에게 상당한 압력이 될 것입니다. 『중국과학』은 명성이 널리 알려져 있고, 브랜드도 쟁쟁합니다. 『중국과학』은 발전해야 합니다. 명실상부한 과학 잡지로 거듭나려면 그것도 대폭 개진해야만 합니다. 그럼 어떻게 개진해야만 할 것입니까? 우선 품질을 대폭 향상시켜야 합니다. 중국의 과학수준을 진정으로 대변할 수 있도록 품질을 끌어올려 명실상부한 『중국과학』이 되게 해야 합니다.

마오쩌동 동지는 "외국의 것을 받아들여 중국의 것으로 변화시킴으로써"[41] 중국만의 학파를 형성해야 한다고 말했습니다. 다시 말해서 자연변증법, 유물주의 사상으로 자연규칙과 인류의 역사를 탐색해야만 한다는 것입니다. 상하이의 잡지 『자연변증법』과 교육부에서 출간하는 『쟁명』의 경험을 받아들여야 합니다. 지금은 준비를 해야 하는 단계이고, 품질 향상의 목표가 무엇이고 핵심은 무엇인지 먼저 고민해 보아야 합니다.

중국과학기술은 규모가 방대한 전선이나 다름없습니다. 그러니 훌륭한 간행물이 뒷받침되지 못한다면 과학전선의 수준을 제대로 반영할 수 없는 것입니다. 오늘 이러한 문제를 언급한 것은 중앙에 보고하기 위해서입니다. 상황을 이해하고 정책을 실행하는 것 외에 지도부 문제도 확실히 해야 합니다.

아직도 조정해야 하고 강화해야 하는 문제가 많이 남아 있습니다. 여러분들이 만든 간행물을 논의하려면 9 · 10월은 되어야 할 것 같고, 아무리 빨라도 9월 말은 되어야 한다고 생각합니다.

과학연구 수준을 반드시 끌어올려야 한다*

(1975년 10월)

1

현재 우리의 주요한 임무는 무엇입니까? 바로 과학연구입니다. 올해도 그 모양이고 내년에도 여전히 그 모양 그대로라면 어찌 되겠습니까?

최근 몇 년간 일부는 맹목적으로 자력갱생을 주장하고 있습니다. 자력갱생은 해야 하지만 단 맹목적으로 추구해서는 안 됩니다. 남들이 갖고 있는 걸 우리가 왜 굳이 처음부터 시작하겠습니까? 예를 들면, 전자연구소에서 전자학에 관한 외국의 최신 이론을 볼 수 있지 않습니까? 인터넷 자료는 구할 수 있지 않겠습니까? 보고 나면 배우지 않겠습니까? 이러한 자료들이 갖춰져 있는데 왜 받아들이지 않고 맹목적으로 원부(院部)에다 방향과 임무를 정하도록 요구하고 있는 것입니까?

장기적인 논쟁의 방향과 임무는 원에서 책임을 져야 하고, 여러분들도 책임을 져야 합니다. 그렇다면 방향과 임무는 어떻게 정해야 할 것입니까? 전자연구소라면 마땅히 전자학을 연구해야 합니다. 중앙은 과학원에게 과학연구를 요구하고 있습니다. 그러니 방향이나 임무에 대해 논쟁을 할 필요조

---

* 이는 중국과학원 관련 기구와 관련된 회의에서 후야오방 동지가 발표한 제4차 연설로, 연설문에서 일부 녹취한 내용이다.

차 없는 것이 아닌가요? 우선 과학원의 각급 지도자들은 이 부분을 언급하지 않았으면 좋겠습니다. 참으로 어리석은 말이기 때문입니다.

선진적인 이론을 소개하는 외국의 간행물을 우리는 보고 배울 것입니까, 아니면 보지 못한 척 할 것입니까? 국내외에 우리보다 더 뛰어난 과학들이 더 있겠습니까? 없겠습니까? 최고 수준의 전문가는 또 얼마나 되겠습니까? 여러분들이 이에 관한 리스트를 만들어보십시오. 이 자리에 참석한 동지들 가운데 일부는 과학원에서 20여 년간 연구 사업에 종사했거나 대학교도 나왔습니다. 그러니 마땅히 마오쩌둥 동지의 호소에 부응하여 사상적으로 건전하고 기술적으로 우수성을 유지하면서 앞으로 발전해 나가야 합니다. 과학연구 기구의 동지들은 이 부분에 주의하지 않거나 혹은 사상의 건전함만 중시하고 기술의 우수성을 경시했는데, 이는 우리가 앞으로 새겨야 할 교훈입니다. 따라서 전자연구소의 대학 졸업생 젊은 동지들이 사상적으로 건전하고 기술적으로 우수성을 유지하라는 호소에 부응하여 열심히 노력하도록 이끌어야 합니다. 절대 경계심을 늦추고 소홀이 해서는 안 되고 역사적으로 도태되어서도 안 됩니다!

역사는 우리가 4개의 현대화를 향해 발전할 것을 요구하고 있습니다. 만약 역사의 발걸음을 따라잡지 못하고, 앞으로 발전해 나가지 못한 채 그저 모퉁이에 숨어서 남이나 탓하고 논쟁만 일삼는다면 역사에서 도태될 것이 아니겠습니까? 과학원의 정치 사업이라는 것은 궁극적으로 과학연구의 수준을 향상시키는 것이 아닌가요?

지도부의 문제는 당연히 해결해야 합니다. 그러나 이도 과학연구의 수준 향상이라는 근본적인 목표를 위한 것이 아니겠습니까? 우리가 정돈에 힘쓰던지 아니면 지도부를 정돈하든지 간에 어떤 것을 막론하고 단순히 정돈과 조정에만 그치는 것이 아니라, 과학연구의 수준을 향상시키기 위한 조치로써 추진해야 합니다. 우리의 궁극적인 목표가 바로 과학연구를 발전시키는 것입니다.

과학연구의 수준 향상을 떠난 정돈은 외딴 길에 들어서기 마련입니다. 이 부분에 대해 명확히 해야 합니다. 그러니 8급 태풍으로는 안 되고 12급 수준의 초강력 태풍이 휘몰아 쳐야 한다고 생각합니다. 과학연구의 수준 향상을 실현하지 못한다면 정돈은 예정 목표치에 이르렀다고 할 수 없습니다. 현재는 전자과학의 기초이론 수준을 향상시키고, 시험제작 중인 새 제품의 임무를 받아들여 제대로 발전시킬 수 있는 방법을 모색해야 합니다. 이론 연구와 첨단제품의 시험제작 등 두 마리 토끼를 모두 잡아야 합니다.

이론이 뒤쳐져 있다는 점은 인정해야 합니다. 30명 정도로 구성된 기초이론 연구실을 새롭게 만들면 어떻겠습니까? 1,100여 명 가운데서 2.7%~5%의 일꾼을 뽑는다면, 시험 제작 임무를 약화시키는 것일까요? 저는 그렇지 않다고 생각합니다. 한번 도전해보지 않겠습니까? 이렇게 발표하고 나면 어떤 풍파가 일어날지 모릅니다. 반대하거나 비아냥거리거나 혹은 선택된 30여 명이 자만하는 등의 상황이 나타날 수 있습니다. 과학의 최고봉에 오르려면 험난함을 두려워하지 말아야 한다는 말도 있지 않습니까? 약간의 풍파가 뭐가 그렇게 두렵습니까?

우리는 중앙에 마오쩌둥 동지의 과학연구 노선을 실행하는 방법을 보고했습니다. 그 과정에서 두 마리 토끼를 모두 잡을 수 있습니다. 여러분들도 마찬가지입니다. 한 손으로는 기초이론을, 다른 한 손으로는 신기술의 연구 및 제조를 실행할 수 있습니다. 이는 우리가 나아갈 방향입니다. 의견이 다르다고 하여 밀어내지 말고 오히려 보살피고 마음을 모아야 합니다.

그들을 절대로 다치게 해서는 안 됩니다. 기존의 다른 인식이 누구의 옳고 그름을 지나치게 논쟁 꺼리로 만들 가능성은 있습니다. 기초이론 연구는 마오쩌동 동지의 다년간의 지시인만큼 이 방향은 올바른 길이라고 생각됩니다. 우리는 반드시 과학연구의 수준을 향상시켜야만 합니다.

(1975년 10월 7일 중국과학원 전자연구소 당위원회 성원들과의 담화)

2

　여러분의 업무는 환경보호를 위한 연구입니다. 이는 신흥 과학으로, 전 세계가 모두 이 문제를 연구하고 있습니다. 여러분은 이 분야에서의 중국 제1대 개척자이자 선봉대입니다. 그런 점에서 여러분은 영광스러운 임무를 맡은 것입니다. 세계적으로 사물이라면 개척 초기에는 어려움이 많게 마련입니다. 왜냐하면 무에서 유를 창조해야 하기 때문입니다. 학과에는 어려움이 많습니다. 우리는 모를 수 있습니다. 그러나 여러분들에게는 153명의 대학생이 있어 우리보다 아는 부분이 더 많을 것입니다.

　학과에서도 점진적으로 발전하여 점차 많이 알아가야 합니다. 여러분들의 첫 임무가 바로 열심히 학습하고 이러한 신흥 과학에 정통하기 위해 노력하는 것입니다. 남들에게 뒤지지 말아야 할 뿐만 아니라, 특히 남들을 추월해야 합니다. 이는 아주 중요한 임무입니다. 환경화학연구소의 동지들은 우선 이 임무를 알아야 합니다. 학과 외에도 주택·실험실·탁아소 등 다양한 부분에 어려움이 많습니다. 개척자는 모든 것을 자신들의 힘으로 해내야 합니다. 생활조건 마저 스스로 개척해야 한다는 점을 동지들은 알았으면 합니다.

　임무는 영광스럽지만 그만큼 뒤따르는 어려움도 아주 많습니다. 우리의 후손, 그리고 역사는 개척자를 절대로 잊지 않을 것입니다. 현대인들이 징강산(井岡山)을 기억하고 있는 것처럼 말입니다. 여러분들이 개척한 환경화학연구소는 9억 명에 달하는 백성을 보호하는 강력한 기지입니다. 이 일이 작은 일일까요? 아니면 큰일일까요? 저는 큰일이라고 생각합니다. 여러분들은 누구를 보호하고 있는 것입니까? 사회주의·공산주의 노동에 뛰어들 수 있도록 전국의 인민들을 보호해주고 있는 것입니다. 여러분들은 이 임무를 알아야 합니다.

여러분들 중에는 30여 세의 장년이 다수여서 21세기 초까지는 끄떡없을 것입니다. 그때가 되면 우리나라에 얼마나 많은 환경보호연구소와 환경보호기구가 필요하겠습니까? 차세대 환경보호 기구는 모두 여러분들이 '씨'를 뿌려야 하는 실정입니다. 그러나 현재 '씨'가 아주 적습니다. 오직 한 곳뿐이니까 말입니다. 여러분들이 사회주의를 위해 힘을 이바지할 시간은 아직 많이 남아 있습니다. 그러니 잠시의 어려움과 소소한 이익에 눈이 어두워 사회주의를 위해 힘을 이바지해야 하는 웅대한 포부를 버려서는 안 됩니다. 향후 수십 년 동안 여러분들은 사회주의 조국의 9억 명 백성을 위해야 하는 영광스러운 임무를 맡고 있습니다. 현재 여러분들은 환경보호 업무의 개척자이자 향후의 씨를 뿌리는 사람이기도 합니다. 여러분들이 마음을 단단히 먹고 노력에 노력을 경주하기를 진심으로 바랍니다.

(1975년 10월 12일 중국과학원 환경화학연구소대회에서의 연설문)

3

이번에 사상 정돈을 추진하는 이유는 무엇일까요? 과학연구 사상노선이 올바르지 않기 때문입니다. 현재 과학연구를 파괴하고 걸림돌이 되는 사상과 정치 업무가 상당합니다. 행정관리 업무·정치사상 업무는 과학연구 발전을 위해 봉사하고 힘이 되기는커녕 오히려 걸림돌이 되거나 심지어 과학연구를 파괴하고 있습니다. 언젠가는 우리 동지들이 "제가 파괴한 것이구나!"라며 깜짝 놀라게 해야 합니다.

과학원은 어떤 곳입니까? 과학연구를 하는 기구입니다. 마오쩌동 동지가 제시한 기본노선을 지켜야 하고 사회주의 방향에 따라 과학연구 업무를 발전시켜야 합니다. 기타 업무는 모두 과학연구 업무 발전을 보장해주는 역할을 해야 합니다.

이 문제를 제대로 정통하지 못한 채 누가 중요하고 대체 누가 누구를 관리하는지를 논쟁한다는 것은 일부 고위간부 자제들이 서로 자기 아버지 관직의 높고 낮음을 비교하는 것과 같은 맥락입니다. 어린 아이가 이러한 문제를 논쟁한다면 가히 용서할 수 있습니다. 그러나 소위 연구소 당원들이 이 문제를 논쟁한다면 공산당원의 수준을 어느 정도까지 떨어뜨리는 것이라고 볼 수 있겠습니까? 업무 · 정치 · 행정 등 3개 부서에는 사회주의 과학기술을 번영시키고 해마다 새로운 성과를 이룰 수 있도록 보장해야 하는 공동의 목표가 있습니다. 이 부분에 대해서는 반드시 명확히 해야 합니다. 중앙의 지시에 따라 제가 전달하러 온 것이 바로 이러한 사상입니다. 그렇다면 이러한 상황이 호전되었을까요? 현재도 논쟁하고 있으니 아직 갈 길이 멀고도 멀다고 하겠습니다.

현재 첫 업무가 바로 간부의 정책 실행문제를 빠르게 해결하는 것입니다. 미루면 안 되고 하루빨리 완성하고 해결해야 합니다. 심사를 받는 동지들에 대해서는 실사구시적으로 결론을 내리고 계속 미루지 말아야 합니다. 만약 인식 차원의 잘못이고, 역사에서의 보편적인 문제라고 한다면 정확하게 자백한 다음 그냥 넘어가도 무방하다고 봅니다. 그렇지만 인식 차원의 문제는 반성문을 쓰게 하고서 넘어가야 합니다. 계속해서 남의 꼬투리를 잡고 있을 필요는 없다는 뜻입니다. 정책 실행과정에서 결론을 내야 할 뿐만 아니라, 결론을 실행해야 하고, 업무배치를 비롯한 업무를 실행해야 합니다. 업무를 제대로 배치하고, 기본적으로 적절해야만 완전히 실행했다고 말할 수 있을 것입니다.

정돈에는 6개 부분이 포함되는데 그중 정책 실행이 첫 번째 부분입니다. 만약 한 부분에 3개월의 시간이 소요된다고 가정할 때 6개 부분은 18개월이 필요하니까 내년 연말까지 계속되어야 합니다. 늙은 소가 망가진 차를 끄는 식이면 어찌 되겠습니까? 촉각을 다투어야 한다는 것이 어떤 의미일까요? 말로만 촉각을 다투지 실제로는 별로 급해하지도 않고 있습니다. 정치가는 큰일을 맡고 있고 원대한 목표를 실현해야 합니다.

우리는 54년간 이를 추진해왔습니다. 그 중 앞의 28년이라는 시간을 들여 3개의 큰 산[42]을 무너뜨렸습니다. 해방 후 26년간은 사회주의 기반을 마련하는데 소요했습니다. 현재 세 번째의 위대한 목표를 추진하고 있습니다. 바로 사회주의 방향을 따라 본 세기 말에 4개의 현대화를 실현하는 것입니다. 4개의 현대화에 과학원의 한 종목이 포함되었고, 3개 혁명운동[43]에 우리의 한 항목이 포함되어 있습니다. 하나는 4분의 1이고, 또 다른 하나는 3분의 1이니 조급증이 날 수 밖에 없습니다. 여러분들의 마음은 어떠합니까? 4개의 현대화를 실현시키지 못한다면, 언젠가는 우리 모두 끝이 날 것이고 결국 자손 후대의 손가락질을 받게 될 것입니다. 본전을 까먹는다는 말도 있는데 여기서 무엇을 본전이라고 말하는 것일까요? 3개의 큰 산을 무너뜨린 것이 바로 본전입니다.

종합적으로 행정과 정치사상의 업무는 모두 4개의 현대화를 둘러싸고 진행되어야 합니다. 현재 이 부분을 강조해야만 합니다. 이 부분에 대해 정확히 깨닫고 나면 나머지는 추진하기가 쉽습니다. 정돈 · 정책 실행 · 정치사상의 업무는 오로지 하나의 목표를 위해 봉사해야 하며, 과학연구의 수준을 향상시키기 위해 어려움을 해결하고 조건을 마련해야 하는 것입니다.

(1975년 10월 15일 중국과학원 유전연구소 당위 보고서 청취 때의 연설문)

사회주의 과학기술 사업에 적극적으로 뛰어들려면 동지들이 웅대한 혁명 포부를 가질 것을 요구합니다. 우리의 전선에서는 어떤 웅대한 포부를 품어야 할까요? 금세기 말 과학기술에서 세계 수준을 추월하고, 세계 과학기술의 선두적인 지위에 올라서야 합니다. 여러분들은 앞으로 달리면서 남들을 추월해야 합니다. 여러분들은 "세계의 선두적인 지위에 올라섰다"며 허풍을 쳐서는 안 됩니다.

최근 우리는 중앙의 마오쩌동 주석에게 보고 요강[44]을 올려 보냈습니다. 보고 요강의 앞부분에 이러한 구절이 있습니다. 사회주의 발전 요구나 국제 선진수준과 비교할 때 우리는 아직도 세계 수준과의 격차가 상당합니다. 논의하는 과정에서 중앙의 동지들은 "격차가 상당하다"는 말은 솔직하지도 겸손하지도 않은 표현이라고 말했습니다. 그래서 훗날 우리는 "격차가 아주 크다"로 변경했습니다.

지난 26년간 마오쩌동 노선의 지휘 하에 간부 · 노동자 · 과학기술자들이 거둔 큰 성과를 부인한 것이 아니라는 점을 이 자리에서 명확히 하고 싶습니다. 하지만 덩샤오핑 동지는 실사구시적으로 하되 허풍을 치지 말고 뒤쳐졌으면 뒤쳐진 대로 그 사실을 받아들여야 한다는 점을 마오쩌동 동지가 우리에게 많이 얘기해왔다고 말했습니다. 뒤쳐졌으면 우리는 어떻게 해야 할 것입니까? 뒤쳐졌다고 그대로 손을 놓고 가만히 있어야 할 것입니까? 아닙니다. 두 주먹을 불끈 쥐고 업무에 뛰어들어 따라잡아야 합니다. 서약서에는 이렇게 쓰여 있습니다. 청년들은 과학연구 전선에서의 신병들입니다. 이 자리에 참석한 여러분은 신병입니까? 그렇습니다. 여러분들은 나에게 "당신도 신병입니까?"하고 물을 권리가 있습니다. 그렇습니다. 나도 신병입니다. 오래된 신병입니다. 이 자리에 참석하신 일부 동지들은 노병들이라 우리보다 훨씬 많은 일을 해왔습니다. 그럼 신병은 어떻게 해야 할까요? 배우고 열심히 노력해야 합니다. 나보다 재능이 많고 아는 것이 많은 사람이라면 마오쩌둥 동지의 지도대로 겸손하고 허심탄회하게 배워야지 절대 모르면서 아는 척 해서는 안 됩니다. 자국의 것뿐만이 아니라 외국의 것도 열심히 탐구해야 합니다.

학습하고 남의 우수한 부분을 탐구하면서 혁신을 추진해야 합니다. 즉 학습·탐구·혁신이라는 3박자를 모두 갖춰야 합니다. 마음을 먹고 수십 년 간 추진한다면 성공하지 못할 리가 없지 않겠습니까? 사상적으로 건전하고 기술적으로 우수성을 갖추는 것은 당과 마오쩌둥 동지 그리고 전국 인민이 우리에게 바라는 요구입니다. 누구든지 절대 허풍을 쳐서는 안 됩니다. 나 자신도 모르면서 몽둥이로 남을 때리려고 한다면 그것은 범죄를 저지르는 것이나 다름없습니다. 향후 수십 년 간 노년과 청장년 간의 경주(競走)를 조직하면 어떨까요? 경주는 "과학기술 탐구 혁명경주"라고 정하고 그때는 나도 참가할 것입니다. 혁명은 장난이 아닙니다. 반드시 모든 사람이 한마음이 되어야 하고, 사회주의 과학기술 사업을 적극적으로 추진해 과학기술 수준을 향상시켜야 합니다.

(1975년 10월 24일 중국과학원 단위원회 홍군 장정 승리 40주년 기념대회에서 한 연설문이다.)

당면한 국가 관리에 대한 약간의 건의사항*

(1976년 10월 10일)

예로부터 식견이 탁월한 사람들은 "대란이 발발한 후 반드시 민의를 따라야 한다"고 주장해왔습니다. 민의가 최고라는 것입니다. 이처럼 식견이 탁월한 도리를 바탕으로 저는 현재 3가지 대사가 특히 중요하다고 생각합니다.

1. 덩샤오핑[45]동지에 대한 비판 중지는 민의에 따른 것입니다.

2. 억울하게 누명을 쓰고 감옥에 간 사건을 다시 판결한다면 인민들은 크게 기뻐할 것입니다.

3. 생산을 적극적으로 추진한다면 백성들은 더할 나위 없이 기뻐할 것입니다.

---

* 1976년 10월 8일 예젠잉(葉劍英)의 아들 예쉬안닝(葉選寧)이 아버지를 대표해 후야오방 동지를 문안하고 린뱌오와 '4인방'을 무너뜨린 소식을 전함과 동시에 당면한 국가 관리에 대해 건의했습니다. 10일 예쉬안닝이 재차 후야오방 동지를 문안하러 갔을 때, 후야오방 동지가 건의사항에 대해 얘기했고, 예젠잉에게 전달해 줄 것을 예쉬안닝에게 부탁했다.

마르크스 · 레닌주의를 핵심내용으로 하여 간부의 사상을 무장시켜야 합니다*

(1977년 8월 29일)

이론 학습반 교학을 어떻게 해야 할까요? 이 문제는 앞으로 더 논의할 수 있습니다. 아래와 같은 3개 단계를 거쳐 실행할 수 있다고 생각합니다.

첫 번째 단계인 전 6개월은 1 · 2부와 함께 마르크스 · 레닌주의와 마오쩌둥 사상의 기본원리를 학습합니다. 저는 전당의 이론대오가 마르크스 · 레닌주의, 마오쩌둥 사상의 기본원리, 우리가 지정한 도서 목록을 일일이 배울 것을 건의합니다. 왜 그래야만 할까요?

그것은 전당 이론대오의 기본 상황에서 출발해 내린 건의이기 때문입니다. 현재 전당의 이론대오를 보면 오래된 동지나 새로운 동지들 모두가 있습니다. 그중에서도 새내기들이 더 많을 뿐만 아니라 최근 몇 년간 빠른 성장세를 보이고 있습니다. 근무지를 떠났거나, 전문가이거나 아니면 근무지를 떠나지 않았거나, 아마추어이거나를 막론하고 현재 그 규모가 얼마나 되는지 파악할 수 없는 실정입니다.

대체적으로 1백만 명에서 3백만 명 사이로 추정됩니다. 새롭게 발전한 이론대오는 모두 린뱌오와 '3인방'이 실세일 때 형성된 것이기 때문에, 모두 린

---

* 이는 후야오방 동지가 중공중앙 당교 3부 수강생 기본상황과 교학의견 보고서를 청취한 후의 담화 내용 일부분임. 당시 후야오방 동지는 중공중앙 당교 부교장 직을 맡고 있었다.

뱌오와 '3인방'이 이론수단을 통제하는 환경에서 형성된 것입니다. 그렇기 때문에 오랜 동지나 새 동지를 막론하고 모두 마르크스 · 레닌주의 기본이론의 재교육을 받아야 하는 문제에 직면해 있습니다. 알아듣기 쉽게 말하면 이론대오를 이론 · 사상 · 조직 차원에서 정돈해야 한다는 뜻입니다. 이론대오 정돈은 주로 사상 차원을 가리키며, 사상을 자발적으로 깨끗이 하는 것을 말합니다. 이는 아주 중요한 임무입니다. 우리의 이론대오는 린뱌오와 '3인방'의 영향을 받지 않을 수 없습니다. 예를 들면, 일부는 마르크스 · 레닌주의 이론문제를 진정으로 연구하고 열심히 사고하지 않은 채 오히려 나쁜 것만 배우고 남의 말이나 글을 보고나서는 "총부리를 누구한테로 돌렸는가?" 하는 것만 생각하면서 이를 문제 삼아 꼬투리를 잡고 매질하고 억지로 오명을 덮어씌우곤 합니다.

이 과정에서 그들은 자신들의 사고력과 사상방법을 총동원합니다. 겉으로는 혁명사상으로 충만해 있고, 그들이야말로 마오쩌둥 사상을 수호하는 것처럼 보입니다. 그러나 이러한 문제 제기방법과 사고방법은 완전히 린뱌오와 '3인방'의 방식입니다.

왜 이러한 현상이 생긴 것일까요? 린뱌오와 '3인방'을 본받았고 그들 덕분에 발전할 수 있었기 때문입니다. 린뱌오와 '3인방'이 바로 이러한 것들에 의존해 의논하는 가운데 '벼락부자'가 된 것이 아닌가요? 일부 사람들은 이러한 방법을 배우고는 마치 보배를 얻은 것처럼 오로지 그것만 생각합니다. 그러면 얼마나 멀리 갈 수 있는 것일까요? 분명한 것은 멀리 가지 못하고 남에게 겁을 주지도 못한다는 것입니다. 이러한 수단들이 린뱌오와 '3인방'이 실세일 때에는 효과가 있었겠지만 지금은 전혀 쓸모가 없어졌습니다.

일부 사람들은 이론연구 태도가 산만하고 형이상학적인 경향이 있습니다. 예를 들면 일부 사람들은 노동량에 따른 배분으로 자산계급이 생겼다고 주장하면서 생산대에서 조사한 결과 노동량에 따른 배분에 의해 농민이 2백 위안을 얻었는데, 이를 생산대에 빌려준 대가로 해마다 일정한 금액의 보너스를 받는 것은 착취이고 자산계급자라고 말했습니다. 이러한 이유는 며칠 전 누군가 했던 비유와 같습니다. 그는 이렇게 말했습니다. "한 사람이 반혁명일 수도 아닐 수도 있습니다. 노동량에 따른 배분으로 얻은 30위안으로 칼을 구입해 사람을 찔러 죽였습니다. 누군가 조사를 내려가서는 노동량에 따른 배분으로 인해 살인범이 생겨날 수 있다고 말했습니다." 이러한 조사결과가 참으로 황당하고 우스꽝스럽지 않습니까? 이건 분명히 어린아이적인 사유논리입니다.

'3인방'의 해독(害毒)에 젖는 현상은 가히 이해가 갑니다. 그렇기 때문에 우리는 자발적으로 사상을 정리할 것을 주장합니다. 반면에 누구나 할 것 없이 통과시켜서는 안 된다고 생각합니다. 자발적인 정리와 누구나 할 것 없이 통과시키는 것은 서로 다른 일입니다. 무엇을 하던지 모두 방법을 모색해야 하고, 혁명에도 책략이 있어야 하며 원칙성을 책략성과 서로 결부시켜야 합니다.

교학계획에서 정한 책 목록은 백만 자도 되지 않습니다. 이는 수강생마다 반드시 읽어야 하는 마르크스·레닌주의의 기본 원리입니다. 우리는 이러한 기본원리를 무기로 삼아 린뱌오와 '3인방'을 엄하게 비판하고 자체 사상을 깨끗이 해야 합니다. 이는 공산당이 반드시 행해야 하는 과목이라고 생각합니다.

저는 관련된 교학계획이 중앙의 심사와 보완을 거친 후 전국 현 이상 지도간부들이 열심히 학습했으면 합니다. 마르크스주의 핵심사상으로 현 이상의 지도간부를 무장시키고 사상에서의 독과 찌꺼기를 없앴으면 하는 바람입니다. 만약 찌꺼기가 없다면 마르크스·레닌주의의 기본원리를 더 깊이 이해할 수 있습니다. 이는 마르크스·레닌주의 이론을 재교육하는데 가장 중요한 부분입니다.

두 번째 단계는 마르크스·레닌주의와 마오쩌동 사상의 기본원리를 학습하고 나서 그 후의 6개월 중 3, 4개월을 이용해 여러 분야에서 마오쩌동 동지의 사상체계를 집중적으로 학습하고 연구하는 것입니다. 이 계획은 덩샤오핑 동지가 10기 3중전회에서 마오쩌동 사상체계[46]를 완전히 정확하게 학습하고 관장하고 운용할 것을 제기한 후에 새롭게 추가된 부분입니다. 이는 덩샤오핑 동지의 생각이지 제가 생각해낸 것은 아닙니다. 덩샤오핑 동지의 연설은 아주 중요하고 시기도 적절했습니다. 따라서 당교 교학업무에서 큰 문제를 해결했습니다. 현재 전 당과 전 군은 모두 마오쩌동 동지의 사상체계를 학습하고 있습니다.

우리가 만든 것은 당교인 만큼 마땅히 더 학습하고 연구해야 합니다. 기존의 교학계획에서는 '학습'만 제기했다가 훗날 '연구'를 추가했습니다. 전 당 내 관련 연구자가 얼마인지는 정확히 모릅니다. 덩샤오핑 동지가 당교에게 성실하게 연구하고 여러 분야와 여러 부분에서의 마오쩌동 사상체계를 정리할 것을 여러 번 독촉했습니다. 이는 영광스럽고 힘든 임무이자 창조적인 노동이기는 하지만, 절대로 그대로 옮겨 써서는 안 됩니다. 6개월 시간으로는 해낸다고 자신할 수가 없습니다. 따라서 대중노선을 견지해 모두 함께 힘을 합쳐야 합니다. 소수인의 지도는 필요하지만 그들에게만 의지해서도 안 됩니다. 위 업무는 3부와 교연실(教研室)에서 추진해주기를 희망합니다.

3부는 이 부분에 힘을 집중시켜야 합니다. 이는 교학(教學, 가르치는 일과 배우는 일)을 지도하고 조직하는데 중요한 업무입니다. 더욱이 어려운 싸움인 만큼 여러분들이 많은 심혈을 기울이기를 희망합니다.

세 번째 단계 : 약 45일을 이용해 이론대오의 기풍을 바로잡아야 합니다.

마르크스 · 레닌주의와 마오쩌둥 사상의 기본원리를 학습하고 일부 중요한 분야에서의 마오쩌둥 동지의 사상체계를 명확히 한 후, 기존의 이론이나 사상기풍 차원에서 마르크스 · 레닌주의와 마오쩌둥 사상에 따라 모 주석의 노선 · 방침 · 정책을 전면적이고도 정확하게 관철하고 실행했는지를 되돌아보아야 합니다. 실사구시적으로 이론교육과 홍보업무를 추진해야 할까요? 아니면 허풍을 떨고 빈말만 하면서 마르크스 · 레닌주의 관련 어구에서 각자 필요한 부분만 선택해서 학습해야 할 까요?

중국공산당 제11차 대표대회에서 저는 이러한 문제를 제기했습니다. "때리고 부수고 빼앗는 위해성이 큰 것인지?"아니면 "허풍을 떨고 아부하고 사기를 치는 위해성이 더 클 것인지?"를 물어보았습니다. 현재 "때리고 부수고 빼앗는 것"에 대해서는 극도로 미워하고 있는 반면 "허풍을 떨고 아부하고 사기를 치는 것"에 대해서는 별다른 악감정을 느끼지 못하고 있는 상황입니다. 저는 이러한 부분이 사회주의 사업에 가져다주는 위해성이 아주 심각하다고 생각합니다.

이들은 마치 한 쌍의 난형난제와 같은 존재입니다. 그동안 허풍을 떨고 아부하고 사기를 치는 현상이 기풍이 되어왔습니다. 참관한다는 허울 하에 여행을 하고, 가는 곳마다 식사자리가 마련되는 현상이 비일비재합니다. 또 좋은 면만 보여주고 어두운 면은 아예 감춰버립니다. '사탕폭탄'으로 고위층을 공격해 그들이 '좋은 말만 하고', '돌아간 후 행운을 가져다줌으로써'자신들의 직위를 보장하고자 했습니다. 하지만 신문에서는 이 부분의 문제에 대해 아직은 폭로하지 못하고 있습니다. 이러한 기풍은 과학적이고 실사구시적인 태도를 위배한 것입니다. 따라서 이론학습반을 정돈해야 합니다.

다음으로는 습작방법도 연구해야 합니다. 언어와 글은 논리에 부합되어야 하고 문법에 신경을 씀으로써 도리를 알 수 있게 해야 합니다. 왜 굳이 "3개의 세계[47]로 나누어야만 하는가?"하고 질문하는 자들이 있습니다. 이러한 질문에 대해 다수인들은 정확한 답변을 내놓지 못하고 그저 "이건 마오 주석이 한 말씀이기 때문입니다", "이것은 정확합니다"라는 등의 대답만 할뿐, 이치를 가지고 설득을 하지 못하고 있습니다. 이론 업무에서 이치로써 남을 설득하지 못한다면 어찌 이론 업무라 할 수 있겠습니까?

결론적으로 첫 번째와 세 번째의 단계는 전공을 구분하지 않습니다. 두 번째 단계는 전공을 구분하지 않는 대신 소조를 나누어 치중하는 측면을 연구할 수 있습니다. 소조마다 연구를 한 후에 논문이나 상세한 강요를 작성해 지부 및 학교 내에서 서로 의견을 나눌 수 있습니다. 그리하면 함께 수준을 향상시키고 공동으로 이해를 깊이 하는 목표에 도달할 수가 있습니다.

교학과정에서 한쪽으로 치우치는 현상이 나타나는 것을 막아야 합니다. 첫째, 기본원리에 대한 학습이나 원작을 터득하는데 힘을 들이지 않고는 지름길을 선택하고 어록만 학습하면서 제2, 제3의 자료만 중시하는 경우가 있는데, 이는 경험주의에 치우치는 사례입니다. 둘째, 책만 보고 고증을 하면서 번잡한 철학만 고집하고 실제와 연계시키지 않는다면 이는 교조주의에 치우치는 사례입니다. 위의 두 가지 경우를 모두 방지해야 합니다.

이론은 실제와 연계시켜야 한다*

(1977년 11월 29일)

교학 지도과정에서 특별히 주의해야 하는 문제는 무엇일까요? 주로 아래와 같은 두 가지라고 생각됩니다.

첫째는 지도받는 대상들이 정치·경제학과 관련된 마르크스·레닌주의의 기본원리, 그리고 정치·경제학과 관련된 마르크스·엥겔스·레닌·스탈린·마오쩌둥 기본원리의 일부를 터득할 수 있도록 여러분들이 최선을 다해 도와주어야 합니다. 그렇다면 여기서 관건은 "어떻게 그들이 이해할 수 있도록 도움을 줄 것입니까?"하는 문제입니다. 이는 우리들이 그렇게 할 수 있는 수준이 되어야 하고, 기교가 있어야 할뿐만 아니라 용기도 있어야 합니다. 특히 깊은 내용을 알기 쉽게 그들에게 해석해 주어야 합니다. 철학과를 지도할 때 다수의 동지들이 마르크스·레닌주의의 기본원리가 개념에서 개념에 이르고, 책에서 책에 이른다고 하는 의견을 제기하곤 했습니다. 그리고 또 다른 의견이 있지만 감히 얘기하지 못하고 있다고도 했습니다.

통속적인 언어로, 깊은 내용을 알기 쉽게 마르크스주의 기본을 표현할 수 있는 방법은 없을까요? 간부 특히 공·농·병 간부들이 정확하게 깨우칠 수 있는 방법은 없을까요? 등의 내용이었습니다. 스탈린, 특히 마오쩌둥 동지

---

* 이는 후야오방 동지가 중공중앙 당교 정치경제학 교연실 좌담회에서 발표한 연설문이다.

가 마르크스 · 레닌주의의 다수 원리를 알기 쉽게 잘 표현했다고 생각합니다. 금년 5 · 6월에 허베이(河北) 성위 당교의 한 동지가 당사 교연실로 전근을 왔습니다. 저는 그에게 "공사 간부들에게 유물론을 어떻게 강의하는가?" 하고 물었습니다. 그랬더니 그는 "유물이 무엇이고, 유물주의 인식론이 무엇입니까?"하고 되물었습니다. 우리는 아래와 같은 4마디 구절로 종합할 수가 있습니다. 즉 "세계는 물질적인 것이고, 물질은 운동을 하며, 운동은 규칙이 있고, 규칙은 인식을 할 수 있다"고 말입니다. 그럴 듯한 종합적 설명이라고 할 수 있지 않겠습니까?

이번 기에는 정치 · 경제학과에서 마르크스, 엥겔스의 원작을 선택했습니다. 아주 어려운 내용입니다. 따라서 이 부분의 내용을 해석할 때는 통속적인 언어로 대담하게 강의할 수 있기를 희망합니다. 이러한 어려움을 언젠가는 이겨내야 합니다. 그렇지 않고서는 어떻게 마르크스 · 레닌주의의 원작을 대중들에게 가르칠 수 있겠습니까? 하지만 통속적인 언어로 원작의 뜻을 그대로 옮겨 오라는 뜻이 아니고, 원작의 중요하고 핵심적인 관점을 반복적으로 뚜렷하게 해석해야 한다는 것입니다. 저는 이러한 것을 말하는 것이지 별로 중요하지 않은 어구를 얘기하는 것은 아닙니다.

둘째는 이론을 실제와 연계시키는 문제입니다. 사회주의 사회의 일련의 문제를 사고하고 논의하고 연구하고 답하도록 이끄는 한편, 논의와 연구를 거쳐 해방 이후 특히 소유제 개혁 이후의 중대한 실제 문제에 답하도록 해야 한다고 생각합니다. 만약 정확히 해답할 수 없는 부분이 있다면, 많은 사람들이 함께 논의할 수 있는 기회를 만들어야 합니다. 예를 들면 사회주의 시기의 상층건축(사적 유물론에서, 사회 제도 · 법률 · 정치 · 종교 · 철학 등으로 존재하는 여러 가지 사회적 의식 형태 - 역자 주)과 경제 기반과의 관계가 그것입니다. 상층건축에는 어떤 부분이 포함되는 것일까요? 마르크스나 엥겔스는 어떻게 말했을까요? 사회주의 건설을 추진한지 28년이 된 현재, 상층건축에는 무엇이 포함되어 있을까요? 실제 업무에서는 이러한 문제에 부딪히게 되는 것입니다.

예를 들면, 생산관계의 문제가 그것입니다. 마르크스주의가 주장하는 생산관계는 무엇일까요? 생산관계에는 무엇이 포함되어 있을까요? 현재 우리의 생산관계가 생산력을 발전시킬 수 있는 수준에 부합되고 있을까요? 이로부터 현재 농촌 인민공사의 3급 소유제나 생산소대(小隊)를 기본 핵산(核算)단위로 하던 데서 생산대대를 기본 핵산단위로 전환하는 조건은 무엇인지를 논의했습니다. 이를 함부로 고쳐서는 안 됩니다. 이번에는 생산력을 어떤 수준에까지 발전시켜야 하는지를 정확히 연구해야 합니다.

첫째, 기계가 있어야 하고, 둘째, 축적이 있어야 하고, 셋째, 사상적으로 제고되어야 합니다. 위의 3가지 조건에서 한 가지라도 갖추지 못한 채 급히 기본 핵산단위를 바꾸려고 한다면 어찌 되겠습니까? 먼저 조건부터 마련해야 합니다. 대대를 기본 핵산단위로 하면 혁명이고, 소대를 기본 핵산단위로 하면 혁명이 아니라고 생각하는 사람들도 있습니다. 이것은 분명한 주관 유심주의의 표현입니다. 자본주의 꼬리를 스스로 남겼다고도 말하는데 이는 너무 극단적인 생각입니다.

스스로 남긴 것이 현재의 조건이나 생산력 수준 하에서 진보적인 역할은 없었던 것일까요? 하나는 3급 소유제이고, 하나는 스스로 남긴 것이고, 또 하나는 가정의 부업입니다. 가정의 부업이라는 것은 무엇입니까? 자본주의 꼬리라고는 더욱더 말할 수 없는데, 이는 노동력 잠재력의 발휘와 관련되는 문제이고, 하나의 생산력이기 때문입니다. 이러한 것들은 모두 마르크스주의의 이론을 적용해서 해석해야 합니다. 사회주의 생산관계에서의 이러한 문제에 대해서는 마르크스주의의 정치·경제학 원리의 높이로 끌어올려 긍정적인 답변을 내놓아야 합니다.

또 예를 들면, 사회주의시기의 상품 생산, 사회주의 제도 하의 통화, 은행과 시장문제에서 통화가 어떤 역할을 발휘하고 있는지, 상품 생산은 어떻게 되고 있는지. 이러한 문제에 대해 마르크스주의 원리로써 대담하게 정확히 논의한 후 이론적인 답변을 내놓아야 합니다. 이번에 여러분들은 『자본론(資本論)』 제4장을 선택했습니다. 한 농민이 물건을 사기 위해 매매하는 과정에서 착취가 생겨날 수 있을까요? 달걀 몇 알, 대추 0.5kg, 신발 한 켤레를 들고 시장에 팔러 나갔습니다. 소량의 소금을 사기 위해서였습니다. 필요한 생활필수품으로 바꾸려는 것이었습니다.

현재 자유 시장은 오랜 세월 동안 이어져왔기 때문에 없어질 수가 없습니다. 그렇기 때문에 오로지 관리와 지도를 강화하는 수밖에 없다고 생각합니다. 대담하게 이론 차원에서 정확히 대답해야 합니다. 전반적으로 볼 때 국정이나 실제상황을 떠나서는 마르크스주의를 논할 수가 없습니다. 논의와 연구를 기반으로 마르크스 원리를 활용해 대답해야 하며, 20여 년간 특히 최근 10년간의 경제생활에서의 중대한 문제, 린뱌오와 '3인방'에 의해 뒤바뀌어진 문제를 바로잡는데 최선을 다해야 할 것입니다.

정치경제학 교연실(教研室)에서 "이론과 실제를 어떻게 더욱 잘 결부시킬 것인가?"하는 문제는 15일이 아니라 더 오랜 시간이 필요한 문제입니다. 정치경제학은 실제와 연계시켜야 하고 독서를 당대 세계와 당대 중국의 경제생활을 이해하는 것과 긴밀하게 연계시켜야 합니다. 당대 세계의 경제생활에서 가장 뚜렷한 문제는 바로 현대 과학기술의 발전이 나날이 새로워지고 있다는 것입니다. 이는 당대 세계생활에서 가장 문제이자 가장 두드러진 문제이기도 합니다.

그 10년은 내전을 치른 10년이라고 말할 수 있습니다. 10년 동안 세계에서는 새로운 사물이 얼마나 우후죽순처럼 나타났습니까? 일본의 생산력은 3.5 배나 늘어났고, 일본 강철회사의 연간 생산량은 3천 5백만 톤에 달해 중국보다 약 3분의 1이상의 큰 규모를 자랑하고 있습니다. 루마니아의 강철 생산량은 1천 3백만 톤에 달합니다. 인구가 중국보다 훨씬 적지만 수만 톤에 달하는 화물선을 만들 수가 있습니다. 린뱌오와 '3인방'이 1만 톤급 화물선을 빌려 출항한다고 해도 신문의 톱기사 뉴스로 보도되어 화물선을 대형선이라고 하면서 기록을 세웠다고들 하는데, 그야말로 우물 안의 개구리가 아닌가요?[48] 오늘 힘 빠지는 말을 좀 했지만, 제 의견은 아래와 같습니다.

첫째, 세계의 현대 과학기술을 늘 이해하고 세계 현대 과학기술 자료를 보아야 합니다. 정치경제학을 다루는 자들이 현대의 과학기술을 떠나서는 그 분야를 제대로 논할 수가 없습니다.

둘째, 전국의 공업·농업·과학·문화 등 분야의 실제상황을 이해해야 합니다. 기존에 우리는 잘못된 생각을 하고 있었습니다. 실제와 접촉한다는 것은 짐을 들고 농촌으로 내려가는 것이라고 생각했던 것입니다. 한번 공장으로 내려가면 2·3년씩 있었는데 이를 정착이라고 했습니다. 한 평생에 2·3년이 몇 번이나 있겠습니까? 당연히 이것도 방법이긴 합니다. 마오쩌둥 동지가 말 타고 꽃구경을 하고, 말에서 내려 꽃구경하고, 그곳에 자리를 잡고 살아가는 3가지 방법을 제시했습니다. 재료에 대한 접촉은 현대화의 한 방법입니다. 그러나 이보다 더 새로운 방법도 있습니다. 바로 텔레비전을 시청하는 것인데, 즐기는 과정에서 재료를 이해할 수 있습니다. 이처럼 다양한 방법을 동원해 실제를 이해해야 합니다.

셋째, 정치경제학 이론계의 사상 실제도 이해해야 합니다. 여러 공업부서·농업부서·이론계에서 어떤 문제를 연구하고 있고 어떤 문제를 제기했는지, 그리고 사상적 경향과 동향은 또 어떠했는지? 이 부분에 대한 실제상황도 이해해야만 합니다.

넷째, 역사적인 실제와도 연계시켜야 합니다. 10여 년이 역사인 것처럼 어제도·오늘의 한 시간 이전도 마찬가지로 역사입니다. 어제·그저께의 중국은 어떤 모습이었을까요? 예를 들면, 현재 당사를 연구하는 과정에서 당의 10여 년간 역사를 어떻게 얘기해야 하는 지와도 관련된 문제에 부딪히게 되는 겁니다. 우리의 역사도 실제나 다름없는 것입니다.

최선을 다해 실제문제를 이해하지 않는다면 정치경제학은 텅 비게 됩니다. 새로운 사물을 접촉하고 새로운 문제를 연구한다면, 다양한 문제에 부딪히고 여러 가지 좌절도 겪게 됩니다. 하지만 그래도 괜찮습니다. 무릇 우리가 연구하는 과제가 보도되지 않았고, 당교 밖에서 함부로 논의되지 않는다면, 착오를 범한 것이 아니라 단지 연구와 논의에 불과했을 뿐이기 때문입니다. 교연실에서 이미 정한 결론이 아니라면 누구도 뭐라고 비난하지 못하는 것입니다.

억울한 사건 · 허위로 조작한 사건 · 오심사건에 대한 평가

(1978년 4월-1979년 12월)

1

(1) 이 편지는 우리가 지난 몇 개월 동안 그가 제소한 것을 실제로 해결하지 못했다고 언급했습니다. 그러므로 우리의 업무효율을 향상시켜야 할 듯합니다. (2) 반우파[49] 가운데서 완전히 틀린 사건은 대담하게 처리해야 합니다. 완전히 틀렸거나 20년간 표현이 좋은 자들에 대해서는 당적(식별 · 시정이라는 명칭은 사용하지 않음)을 회복시켜 주어야 한다고 생각합니다. 따라서 이러한 사건부터 착수해야 한다는 것을 고려할 수가 있습니다. 그리고 어떻게 해야 할지 바로 연구를 시작해야 합니다.

(1978년 4월 7일 반우파 운동에서 당적 해제문제를 두고 보내온 편지에 대한 평어)

2

야금부(冶金部) 동지들과 먼저 상의하여 진실한 상황을 이해한 후 "중국조직부가 고려하여 처리해야 한다"는 덩 부주석[50]의 비시(批示)정신에 따라 처리할지를 고려해야 합니다. 개인적인 생각은 이러합니다. 정리업무를 안정적으로 추진하는 것은 정확한 처사입니다. 착오를 범하거나 심지어 심각한 착오를 범한 동지들에 대해서는 사상 차원에서 문제를 해결해야 합니다. 그리고 업무에 적합하지 않는 동지들에 대해서는 전근을 시키거나 농촌으로 내려 보낼 수 있습니다. 이러한 처리는 다수인의 마음을 안정시키고 우리 당의 훌륭한 전통과 기풍도 회복시킬 수 있습니다. 하지만 예전에 잘못된 판결을 내린 억울한 사건과 오심사건은 반드시 하루빨리 바로잡아야 합니다.

시간이 오래 지날수록 더욱 피동적 상황에 빠지게 됩니다.

오심사건과 억울한 사건을 책임지고 처리했고, 현재도 여전히 일자리를 맡고 있는 동지들의 사상문제를 절실하게 해결해야 합니다. 이 부분과 관련된 업무가 일부 지방에서는 진전이 더딘데 일부 동지들의 사상에 문제가 있기 때문입니다.

상의한 후 앞으로 어떻게 해야 할지 방안을 제기해야 합니다.

일정한 수준(예를 들면 2개월 동안)에까지 달했다면 안강(鞍鋼) 당위에서 성위·야금부·우리에게 보고서를 올렸으면 좋겠습니다. 그래야만 우리가 다시 중앙 동지들에게 전달할 수 있기 때문입니다.

(1978년 4월 28일 안산(鞍山)시 청사운동(淸査運動)에서 존재하는 문제를 반영하는 자료에 대한 평어)

3

우리의 당 내 정치생활은 린뱌오(林彪)와 '3인방'의 간섭과 파괴로 인해 비정상적으로 흘러가고 있습니다. 현재 이러한 독을 깨끗이 제거하지 못했습니다. 무릇 특수한 상황(예를 들면 나라를 배반하고 적에게 투항하거나 음모를 꾸미고 반란을 일으키거나 살인하는 것 등)이 아니라면 당원에 대한 처분 특히 당적 박탈은 반드시 당 조직의 논의를 거쳐서 결정해야 하며, 본인도 반드시 현장에 도착해야 합니다. 그 누구도 개인적으로 결정할 권한은 없습니다. 당내의 정상적인 생활은 반드시 회복되어야 합니다. 아니면 당내의 옳고 그름은 영원히 정확히 구분하기가 힘듭니다. 그리고 법이나 규율을 어긴 수많은 행위는 제대로 방지할 수 없게 됩니다. 이 사실은 『조공통신(組工通訊)』[51]에서 서로 의견을 나눠야 합니다.

(1978년 9월 5일 「중앙 조사부 천쓰청(陳士誠) 동지의 기소 재료 개요」에 대한 평어)

4

민원판공실의 동지들이 억울한 사건 · 허위로 조작한 사건 · 오심사건 등을 제대로 밝혀내서 죄명을 벗겨내 주었습니다. 얼마나 좋은 역할을 하고 있는 것입니까? 여러분들의 편지는 제때에 그것도 아주 잘 썼습니다. 억울한 사건이나 오심사건으로 명확히 확정한 사건, 합리적인 요구와 건의를 적은 편지에 대해서는 될수록 소속 당위에 편지를 전하거나 본인에게 편지를 보냈으면 합니다. 그러나 편지를 잘 쓰는 것도 쉽지는 않습니다. 그러려면 학습해야 하고 힘을 들여야 합니다.

진보는 열심히 학습하고 성실하게 일하는 과정을 거쳐 얻게 되는 것입니다. 만약 보기만 하고, 돌아보기만 하고, 대충 지나간다면 어찌 크게 진보발전을 할 수 있겠습니까?

(1978년 9월 29일 대중이 보내온 편지에 대한 평어)

5

이 편지는 천윈(陳雲)동지에게 먼저 보이고 그분의 의견을 청취한 후 다시 상부에 보고해야 되지 않을까 합니다. 이밖에 간부심사국(幹審局)에서 작성한 일부 재조사 보고서가 명확하지도 뚜렷하지도 않다는 느낌을 받았습니다. 이러한 문서작성은 학문이 필요한 만큼 늘 꾸준히 연구하고 열심히 해야 합니다. 그 누구라도 단번에 문제의 원인과 후과, 그리고 핵심을 볼 수 있게 해야 합니다.

(1978년 10월 6일 중공 중앙 조직부 간부심사국에서 올린 왕허서우(王鶴壽)[52]문제를 재조사하는 데에 관한 보고서에 대한 평어)

6

대담하게 업무를 추진하고 여러 지역에서 우리가 전달한 사건을 열심히 해결할 수 있도록 더 많은 방법을 모색해야 합니다. 가장 핵심적인 문제는 전 당이 진정으로 빠르게 그리고 책임감을 가지고 열심히 사건을 처리할 수 있도록 이끄는 것입니다. 공산당원은 실제 의미가 있는 일을 해야 하고 또 이러한 일을 많이 해야 합니다. 그저 겉으로 흉내만 내고 헛된 허명만 추구해서는 특히 안 됩니다. 이 부분에 대해서는 여러분들이 꾸준히 방법을 모색하기 바랍니다.

(1978년 11월 3일 중공중앙 조직부 모 간부가 작성한 보고서에 대한 평어)

7

노 간부국(老幹局)·간부심사국 여러분! 누구에게 기타 문제가 있는지 저는 잘 모릅니다. 특별히 중대한 문제가 아니라면 단지 업무상의 착오나 심지어 엄중한 착오일지라도 더는 추궁하지 말고 그 외의 결론을 내리지 말았으면 합니다. 이미 저 세상 사람이 되었고 당을 위해 수십 년 힘과 정열을 쏟아부었는데, 죽기 전에도 억울함을 벗지 못한 채 세상을 떠났다면 더욱이 취모구자(吹毛求疵, 흠을 찾으려고 털을 불어 헤친다는 뜻으로, 억지로 남의 작은 허물을 들추어냄을 비유적으로 이르는 말 – 역자 주)하지 말아야 합니다.

만약 누군가 중대한 정치적 문제를 범했다면 그건 별도로 논의해야 하는 문제입니다. 즉시 소속단위와 연계를 취함과 동시에 될수록 본인 가족에게 연락을 하고 일부 문제는 바로 해결해야 합니다. 중앙에서 문건을 발송한 후 빠르게 유골 안장(安葬)의식을 치러야 합니다. 그리고 유골 안장 의식에서 추모사와 참석자를 작성하는 것이 가장 중요합니다.

이러한 일은 빨리 해결할수록 좋습니다. 추진이 더디거나 냉담하면 질책을 불러오기 마련입니다.

(1978년 12월 6일 '61명 살인사건'[53]에서 '문화대혁명'시기 사망한 12명 동지의 사후처리 업무에 관한 중공중앙 조직부 간부심사국의 보고서에 대한 평어)

랴오뭐사(廖沫沙)[54]동지는 전 베이징시위 간부였습니다. 따라서 재조사 결론은 베이징(北京)시에서 내리는 것이 합당하고, 중국공산당 중앙 조직부에서 도움을 주는 방법을 취하는 것이 좋습니다. 재조사할 때는 중앙 전문 판공실(中專辦)에게 원시 심사 자료를 요청해도 되고, 필요 없으면 요청하지 않아도 됩니다. 지난 1년간 중앙 조직부에서 재조사한 수많은 사건은 모두 중앙 전문 판공실에 원시자료를 요청하지 않았습니다. 원시 심사 자료에 정확하지 않은 구절이 상당했기 때문에 만약 이러한 자료를 보게 된다면 오히려 더 미궁에 빠질 수도 있기 때문입니다.

모든 재조사에서 원칙과 직결되는 주요 문제에 착안점을 둬야지 절대 미세한 부분에 힘을 들이지 말아야 합니다. 그렇게 하지 않으면 오래 미뤄지면서 결국 해결되지 못하고 맙니다. 랴오뭐사에 대한 재조사는 어렵지 않다고 봅니다. 실사구시적으로 조사한다면 7~14일 내에 해결할 수 있을 것이라 생각합니다.

지금 즉시 그의 생활에 대한 대우를 개선해주고 그에 대한 업무배치도 고려할 것을 주장합니다. 최근 몇 년간 베이징 시에서 간부정책을 실행하고 오심사건과 억울한 사건을 바로잡는 업무가 큰 발전을 가져왔습니다. 이는 긍정해 주어야 할 부분입니다. 그러나 일부 지방과 단위에서 적절하지 않게 '꼬리'를 남기고 있는데, 이러한 문제는 극복해야만 합니다.

(1978년 12월 8일 랴오뭐사가 보내온 편지에 대한 평어)

9

예핑(野蘋)[55]동지는 책임지고 중국 인민해방군 총정치부 관련 동지, 그리고 나와 논의한 후 인정상·도의상 모두 맞는 방법을 선택해 해결하기 바랍니다. 지(季)[56]동지는 고생을 많이 했습니다. 이 부분에 대해서는 유감을 표합니다. 지 동지의 제소에서 일부 요구와 견해를 제기했는데 이도 이해가 됩니다. 하지만 지 동지의 의견에 전부 따를지는 조직에서 신중하게 고려해야 할 문제입니다. 총 정치부는 과거 지 동지에 대한 처리가 합당하지 않다고 여기고 결정을 철회한다고 명확히 선포했습니다.

이는 철저하게 바로잡은 것이라고 생각됩니다. 당연히 만약 결론을 더 구체적으로 언급함과 동시에 지 동지와 서로 의견을 나누면서 처리했다면 더 주도면밀하게 처리할 수 있었을지도 모릅니다. 문화대혁명부터의 중대한 사건에 대해서는 보편적으로 억울한 사건, 허위로 날조된 사건, 오심사건이라 부릅니다.

이는 린뱌오와 '3인방'이 만들어낸 것이기 때문에, 전 당이 찬성할 뿐만 아니라 인심을 얻는 일이기도 합니다. 문화대혁명 이전의 오심사건에 대해서는 억울한 사건, 허위로 날조된 사건, 오심사건이라 하지 않고 완전히 틀렸다거나 지나쳤다거나 사실에 부합되지 않는다는 식으로 주장하면서 철회하고 바로잡고 있습니다. 예를 들면 우파에 대해 만약 현재의 안목으로 본다면 그해 우파분자로 지목된 일부 동지의 사건을 억울한 사건이라 말할 수 있겠지만, 우리는 이렇게 말하지 않고 있습니다.

그 당시의 역사적 상황과 조건이 있기 때문에 만약 억울한 사건이라는 명의를 사용하고 평반(平反, 사건을 다시 조사하여 처음보다 공평하게 판결하는 것 – 역자 주)이라는 단어를 사용한다면, 역사에 대한 구체적인 분석을 벗어난 행위이기 때문에, 전 당이 찬성하지 않을 뿐만 아니라, 상황이 더욱 악화될 것입니다.

이 점에 대해서는 반드시 지 동지와 명확히 얘기해야 합니다. 이러한 원칙 하에 만약 지 동지에 대한 총정치부의 결정을 약간 수정하는 것을 저는 찬성합니다. 예를 들면, 기록문서 가운데 지 동지의 자료가 여전히 들어있는데 이 부분은 없앴으면 합니다. 이 부분에서는 지 동지를 전적으로 지지합니다. 어떻게 하면 제대로 처리할 수 있을지 여러분들이 마음을 열고 서로 논의한 후 결정해주기 바랍니다.

(1979년 5월 8일 지톄종(季鐵中) 제소편지에 대한 평어)

10

중국공산당 중앙 조직부 여러분! 여러 지역에 통지를 내려 류(劉) 사건[57]으로 억울함을 당한 동지를 위해 사전에 평반하는 것이 좋을 듯합니다. 그래야만 일에 부딪혔을 때 피동에 처하는 상황을 피할 수 있습니다.

(1979년 12월 22일 중국사회과학원 토막소식에 게재된 「대중들이 편지를 보내 류사오치 동지에 대해 공개적으로 억울함을 벗기고 명예를 회복해줄 것을 요구했다」는 글에 대한 평어)

실천을 견지하는 것은 진리를 점검하는 유일한 기준이다[*]

(1978년 5월-1979년 3월)

1

학술 논쟁을 정치적 차원으로 끌어올리는 기풍을 이제라도 바로잡지 않아서야 어찌 되겠습니까?

진리는 밝힐수록 더 명확해지는 법입니다. 전반적으로 볼 때 역사의 수레 바퀴가 계속 앞으로 나아가기 때문에 막으려고 해도 막을 수가 없습니다. 이 토록 큰 재난을 겪고 난 우리 민족이 향후 20년에 이 같은 재난을 되풀이 할 지, 아니면 엄청난 굴기를 실현할 수 있을지를 과학적으로 예견할 수 있을까요? 반면 교육이 이토록 깊이 침투되어 있으니 퇴보하기 마련이고, 다수 민족이 실현하지 못할 것이라고 생각됩니다. 이도 일부 사람들의 의지에 따라 이전되는 것이 아닙니다. 사회는 늘 퇴보과정을 거쳐 나중에 비약적인 발전을 실현했습니다. 그렇다면 그 가운데 어떤 규칙이 있는 것일까요?

이러한 변증법에 대한 견해를 설명하는 글이 반드시 있어야 합니다. 린뱌오와 '3인방'의 박해는 오히려 백성들을 각성시켰습니다. 이는 결코 돈으로도 살 수 없는 것입니다. 이러한 각성이 있음으로 하여 향후의 큰 발전을 가

---

[*] 이는 후야오방 동지가 「실천은 진리를 점검하는 유일한 기준(實踐是檢驗真理的唯一標準)」이라는 글을 발표한 후의 5번째 담화 및 연설에서 발췌한 글이다.

져올 수 있었기 때문에, 이는 린뱌오와 '3인방'의 반면적인 공로라고 할 수 있습니다. 역사 흐름은 결코 막을 수 없습니다. 이 부분에 대해서는 명확히 해 두어야 할 필요성이 있습니다. 사상적 선구자는 기존의 조건 하에서 일부 호소하는 역할이나 역사적 계몽가의 역할을 발휘할 수 있습니다. 현재 많은 풍파가 있다고 하지 않습니까? 우리는 진보사상으로 이를 확실히 하고 고금중외의 역사가 어떻게 발전했는지부터 말해야 합니다.

(1978년 5월 13일 중공중앙 당교, 「인민일보」관련 동지들과의 담화)

2

우리가 말하는 마오쩌동 사상의 체계는 보편적인 원리이지 개별적인 원리나 결론이 아닙니다. 그리고 일부는 업무지시이고 일부는 구체적인 문제입니다. 따라서 이는 같은 문제가 아닙니다. 2천여 만 자나 되는 『마르크스·엥겔스전집(馬克思恩格斯全集)』은 전부 보편적인 규칙인 것만은 아닙니다. 보편적인 규칙을 설명하려면 많은 부분이 필요합니다. 몇 천 마디, 몇 만 마디가 결국 한 마디를 설명하기 위해서입니다. 재료의 성질을 띠면 결코 진리라 할 수 없습니다.

최근 몇 년간 일부 사람들은 실천이 진리를 점검하는 유일한 기준이라는 점을 보고는 깜짝 놀랐고, "하나를 둘로 나누어야 한다"는 보편적인 현상을 듣고는 많이 놀랐습니다. 이 같은 마르크스주의 상식을 잊어버린 동지들이 있는가 하면, 아예 모르는 일부 새 동지들도 있습니다. 마오쩌동 사상이라는 것은 무엇입니까? 기존의 모습을 되찾아야 한다고 생각합니다.

어제 오후 덩샤오핑 동지가 저를 오라고 전화로 알려왔습니다. 3시 30분부터 5시까지 그는 우리의 상황을 물어보더니 몇 가지 문제를 얘기했습니다. 그는 "『이론동태(理論動態)』[59]의 지도부가 훌륭하다. 일부 동지들이 일부 책을 많이 읽고 있는데 흩어지게 하지 말아야 한다. 그는 「실천은 진리를 점검하는 유일한 기준」이라는 글을 전혀 주의하지 못했는데, 훗날 서로 의견이 다르다는 소문을 듣고 다시 한 번 본 적이 있다"고 말했습니다. 그는 이 글이 마르크스주의라고 덧붙였습니다. 그는 또 논쟁은 피할 수 없고 논쟁이 치열한 것은 '2개의 무릇'[60]이 그 근원이라고 말했습니다. 덩 부주석[50]의 이러한 얘기는 우리에게 큰 격려가 되었습니다.

(1978년 7월 23일 『이론동태』 편집부 관련 동지들과의 담화)

3

여러분들은 '실천은 진리를 점검하는 기준'이라는 문제에 대해 제가 대답해 주기를 원하고 있습니다. 그러나 이 문제는 이미 해결되지 않았습니까? 실천은 진리를 점검하는 유일한 기준이라고 제기하는 것이 틀렸나요, 아니면 틀리지 않았나요? 당연히 이것은 틀리지 않았습니다. 그런데 왜 굳이 이 문제를 논의하는가 하면 수많은 동지들이 잘 모르고 있기 때문입니다. 이는 상식적인 문제입니다. 하지만 이러한 상식문제를 잘 모르는 동지들이 많고 실제 업무 중에서도 문제를 해결하지 못하고 있습니다. 일부 동지의 사상 방법이 틀리거나 혹은 사상노선에 문제가 있습니다. 또 실제로부터 출발하지 않고 실제로 파고 들지도 않습니다. 실천 점검을 통해 잘못되었다는 점이 증명되면 바로잡고, 정확하다는 점이 입증되면 견지해야 합니다.

향후 업무를 어떻게 추진해야 할까요? 우리는 실천론을 존중해야 합니다.

일부 사람들은 실천을 경시하면서 "마오쩌동 동지가 얘기한 적이 없다"고만 늘 말합니다. 얘기하지 않은 문제가 많고도 많습니다. 마르크스, 엥겔스도 마찬가지입니다. 마르크스는 자동차에 탑승해본 적이 없기 때문에 고속도로를 알리가 만무합니다. 1886년에야 자동차가 만들어졌는데 마르크스는 1883년에 이미 사망했습니다.

전속력으로 내 달린다는 것이 무슨 의미인지 마르크스는 아마 잘 모를 것이라 생각됩니다. 엥겔스는 비행기를 탑승해보지 못했고, 스탈린은 '데이크론(的確良)'소재의 옷을 입어보지 못했습니다. 마오쩌동 동지가 사망한지 2년이 지났습니다. 이 2년간에 발생한 새로운 문제를 마오쩌동 동지도 겪어보지 못했습니다. 우리도 마찬가지가 아니겠습니까? 우리의 후대, 우리의 자손, 그들이 부딪히게 될 새로운 문제는 우리보다 훨씬 많을 것입니다. 그렇지만 마르크스주의나 마오쩌동 사상은 모두 발전하게 될 것입니다. 따라서 우리는 꾸준히 새로운 문제를 연구해야 합니다. 일부 동지들은 '몽둥이'2개를 휘두르며 사람에게 겁을 줍니다.

문화대혁명을 부정하고 마오쩌동 동지를 부정한다면 중대한 정책에 대한 모략이라고 몰아세웁니다. 이렇게 하는 것이 당신인가요, 아니면 저인가요? 이러한 모략에 가담한지 몇 년인데 아직도 허튼 소리하며 스스로 특출하다고 생각하면서 마르크스·엥겔스·레닌·스탈린·마오쩌동 동지 다음으로 여섯 번째가 자신이라고 자부합니다. 그러면서 계속 남을 가르치려는 태도를 갖고 "천하에서 여섯 번째면 안 되는가?"하고 반문하곤 합니다. 그리고 자신은 천하에서 가장 혁명적인 사상을 가진 사람이라고 생각합니다. 사람은 마음을 비우고 서로 논의해야지 계속 남을 가르치려고 해서는 안 됩니다. 멜대 하나라도 양쪽에서 들어야 하지 않겠습니까?

여러분들은 『타어살가(打漁殺家)』[61]를 본적이 있나요, 없나요? 보았다면 그것은 무엇이던가요? 그것은 바로 하나의 멜대와 같은 것입니다. 여러분! 우리는 마음을 비워야 합니다. 아직 모르는 부분이 너무나 많기 때문입니다. 지금 저는 무대 위에서 격앙된 모습으로 연설하고 있지만 사실 나도 아는 것이 너무나 적고 착오를 많이 범했습니다. '공산당 열풍'이 불 때에 저는 빠지지 않았고, '몽둥이'로 사람을 잘못 때린 적도 여러 번 있었습니다. 정치적 원칙 입장이 너무 강했기 때문이었습니다. 우리 모두 조심하고 마음을 비워야 하며 실천론을 존중하고 실천 점검을 바탕으로 해야 합니다.

실천 점검을 통해 그릇되었다는 점이 입증되면 우리는 고쳐야 하고 정확하다는 점이 증명되면 견지해야 합니다. 절대 안하무인격인 사람이 되어서는 안 됩니다. 우리는 서로 도와주고 감독하는 것 외에 비판과 자아비판도 함께 이어나가야 합니다. 단합 차원에서 볼 때 비판과 자아비판을 거치면 새로운 단합을 실현할 수 있습니다. 우리는 이러한 기풍을 본받아야 합니다. "실천은 진리를 점검하는 유일한 기준"[62]이라는 주제로 한 논의가 아주 훌륭한 역할을 일으킬 뿐만 아니라, 사상 해방과 실제를 향해, 그리고 진정으로 마오쩌둥 사상을 따라 일을 처리함에 엄청난 역할을 발휘한다고 생각합니다.

논의는 아직 끝나지 않았고 앞으로 더욱 깊이 있게 추진되어야 합니다. 이는 상당한 동지들의 사상 방법이 적합하지 않기 때문입니다. 과거나 현재에 적합하다고 하여 앞으로도 반드시 적합하다고 장담할 수는 없습니다. 적합할지의 여부는 스스로 칭할 수 있는 것이 아닙니다. 실천으로 진리를 점검하는 기준에 적합할지라도 앞으로 영원히 그렇다고 장담할 수 있겠습니까? 아닙니다. 여러분들도 앞으로 착오를 범할 수 있습니다. 실천론을 존중한다면 천재론이나 특수론을 주장하지 말아야 합니다. 일부 동지들은 실천론의 대립면이 천재론이라고 말하곤 합니다. 하지만 저는 천재론에 특권론을 추가해야 한다고 생각합니다. 직무가 높다고 하여 진리가 더 많다고 할 수 있겠습니까? 전혀 일리가 없는 말이라고 생각합니다. 등급을 나눠 논하는 등급론은 맹종론에 속하며 맹목적으로 추구하는 것을 제창하는 것입니다. 천재론·특권론·등급론·맹종론이 궁극적으로는 노예론에 속합니다. 따라서 실천을 중히 여기고 무릇 주관세계의 사물이나 모든 사람들은 실천의 점검을 견뎌내야 합니다.

(1978년 11월 28일 중공중앙 당교 3부 제1기 수강생 수료식에서의 연설)

4

실천은 진리를 점검하는 유일한 기준이라는 점에 대해 계속해서 논의해야 합니다. 하지만 새로운 도리가 있어야 계속 논의할 가치가 있다고 봅니다. 이러한 문제는 실제 업무 가운데서 해결해야지 6개월 아니 1년이 지난다 해서 해결할 수 있는 것은 아닙니다. 연대나 특정된 자를 막론하고 실천의 증명을 거쳐 정확한 것이 입증되었다면, 반드시 견지하고, 아니면 반드시 바로잡아야 합니다. 무릇 주관세계의 사물, 모든 사람들은 실천의 점검을 견뎌내야 하며 최근 2년간 큰 착오를 범하지 않은 동지를 비롯해 실천의 결과에 따라 시비를 가려내야 합니다. 우리는 바로 이러한 기준에 따라 일을 처리해야 합니다. 현재 착오를 범하지 않았다고 하여 영원히 착오를 범하지 않는다고 그 누가 장담할 수 있습니까? 아닙니다. 착오를 범했던지 범하지 않았던 지를 막론하고, 연령에 상관없이 모두 실천으로 시비를 가리고 잘잘못을 분명히 가려내야 합니다. 모든 실제업무에서 모두 『실천론(實踐論)』에 따라 일을 처리해야 합니다.

(1978년 12월 31일 중앙 선전 계통 소속단위 영도간부회의에서의 연설)

5

실천은 진리를 점검하는 유일한 기준이라는 점을 계속해서 견지해야 합니다. 따라서 실천의 검증을 거쳐 정확하다는 점이 입증되었다면 반드시 견지하고, 틀렸다는 점이 입증되면 반드시 바로잡는 원칙을 견지해야 합니다. 기존에 잘못 처리한 사건은 반드시 바로잡아야 합니다. 과거에 잘못된 결론을 내린 사건에 대해 책임지고 다시 바로잡으라고 하면 어려움이 있는 것은 확실합니다. 우리가 정책에 대해 실행 조치를 취한지가 얼마나 됐습니까?

당 중앙에서 호소한 것은 적어도 1년 6개월은 됩니다. 그러나 일부 지방은 여전히 속도가 아주 더딥니다. 중앙의 일부 부서도 마찬가지입니다. 그렇다면 왜 실행하지 않고 있는 것일까요? 일부 동지들은 전체적인 입장에서 문제를 바라보는 안목이 없기 때문입니다. 만약 기풍을 바로잡지 않거나, 비판 및 자아비판과 결부시키지 않은 채 진정으로 실천이 진리를 점검하는 유일한 기준이라는 원칙에 따라 일을 처리하려 한다면, 확실히 어려움이 있을 것입니다.

(1979년 3월 17일 중공중앙 당교 제3기 개학대회에서의 연설)

간부에 대한 정책을 실행하는 관건은 실사구시 하는데 있다[*]

(1978년 9월 25일)

간부에 대한 정책을 실행해야 하는 임무는 여전히 중요합니다. 전국에서 대체 얼마나 많은 사람들을 향해 정책을 실행에 옮겨야 하고, 억울한 사건, 오심사건, 허위로 날조된 사건이 얼마나 있는지, 우리는 여러 지역에다 통계 숫치를 요구하지는 않았습니다.

첫째, 짧은 시간에 정확히 통계내기가 어렵기 때문입니다. 둘째, 지방 동지들이 실제문제를 해결하는 정력을 분산시키지 않기 위해서입니다. 이 자리에서 현 상황을 소개하고자 합니다. 텐진(天津)시가 문화대혁명 가운데서 입건해 조사한 간부가 간부 총수의 16%를 차지했습니다. 상하이시의 경우는 18%, 산시(陝西), 간쑤(甘肅)성은 각각 12%를 차지했습니다. 일부 성과 시의 비율은 이보다 조금 많거나 조금 적은 경우가 있었습니다. 만약 15%라고 추정할 때 조사를 받은 전국의 여러 유형의 직장 외 간부가 2백여 만 명에 달했는데, 여기서 직장 내 간부까지 추가한다면 그 규모는 훨씬 더 커질 것입니다. 재조사한 상황에서 볼 때 조사받은 자들 가운데서 정책 실행이 필요한 규모의 비율이 상당했습니다.

린뱌오와 '3인방'이 파시즘 독재정치를 펼치면서 수많은 억울한 사건, 오

---

[*] 전국민원업무대회에서의 후야오방 동지가 한 연설의 일부이다. 당시 후야오방 동지는 중공 중앙 조직부 부장을 맡고 있었다.

심사건, 허위로 날조된 사건들을 만들어냈습니다. 수많은 사건은 그야말로 소름이 끼칠 정도입니다. 린뱌오와 '3인방'을 무너뜨린 후 당 중앙은 간부의 정책실행을 거듭 강조해왔습니다. 전 당은 이를 위해 수많은 일을 해온데다 상당한 성과도 거뒀기 때문에 충분히 인정해주어야 합니다. 그러나 발전 불균형 현상이 심각해 일부 지방은 이제야 겨우 시작했습니다. 상하이는 비교적 잘 이끌어 나가고 있는 도시입니다. 시위의 최근 보고서는 6월말까지 조사받은 간부 가운데서 이미 사건을 종결한 간부가 2만 4천여 명에 달하고 재조사를 대기하고 있는 간부가 6만 명에 달한다고 언급했습니다. 때문에 이미 거둔 성과에 대해 높이 평가해서는 안 됩니다.

내년은 건국 30주년이 되는 해입니다. 내년에는 간부에 대한 정책을 실행하는 업무를 기본적으로 마무리 짓기 위해 노력하기 바랍니다. 업무는 반드시 적극적으로 추진해야 합니다. 그렇다고 해서 너무 다그치면 오히려 대충대충 지나치거나 허위적인 것을 추구하는 경향이 나타날 수 있습니다. 이것이 첫 번째 부분입니다.

일부 지방에서 정책을 잘 실행하고 있지만 어떤 지방에서는 제대로 실행하지 못할 뿐만 아니라, 심지어 실행상황이 엉망진창인 이유는 무엇일까요? 핵심적인 문제는 실사구시에 있습니다.

마오쩌둥 동지는 예로부터 마르크스주의에서 실사구시가 근본적인 문제라며 공산당원은 실사구시를 바탕으로 해야 한다고 우리를 가르쳤습니다. 수십 년 동안 우리당은 실사구시를 바탕으로 업무를 추진했습니다. 민주혁명이나 사회주의를 추진하는 데에는 모두가 실사구시를 바탕으로 했습니다. 언제든지 실사구시를 견지하면 우리의 사업은 발전하고 진보하는 반면, 실사구시를 위배하면 혁명 사업은 좌절당하고 손실을 봐야 했습니다.

'3인방'을 무너뜨린 후 당 중앙은 실사구시의 전통과 기풍을 적극적으로 회복하고 고양시켜야 한다고 거듭해서 전 당에 호소했습니다. 간부에 대한 정책을 실행하는 문제에 대해서는, 열심히 하루빨리 그리고 엄숙하고도 적절하게 처리해야 한다고 반복적으로 우리에게 요구했습니다. 결론을 내려야 하는 문제라면 될수록 빨리 결단을 내리도록 해야 합니다. 린뱌오와 '3인방'이 사람들에게 뒤집어씌운 사실과 어긋나는 모함은 마땅히 하나도 빠짐없이 무너뜨려야 합니다. 억울한 사건은 억울함을 깨끗이 벗겨주고 오심사건은 평반해야 합니다. 전부 틀렸든, 아니면 그중 일부가 틀렸든 모두 바로잡아야 합니다. 노동능력이 있음에도 불구하고 일자리를 배분받지 못했다면 하루빨리 적합한 일자리를 배분해주어야 합니다. 연로하고 몸이 약해 일을 할 수 없는 경우에도 적절하게 배치해 주어야 합니다. 당 중앙은 간부가 우리 당의 귀한 재부라는 마오쩌둥 동지의 지시를 거듭 강조했습니다.

우리는 린뱌오와 '3인방'의 교란과 파괴로 인해 형성된 후과를 반드시 처리해야 하고, 당의 간부에 대한 정책을 전면적이고도 정확하게 실행해야 합니다. 여러분! 당 중앙에서 얼마나 명확하게 얘기했습니까? 방침·정책·방법·요구 어느 것 하나 빠뜨리지 않고 모두 있었습니다. 핵심은 우리가 어떻게 다양하게 실천할 것인가 하는 문제입니다. 현지 일부 사람들은 "문건이 없다", "의도를 알 수 없다", "사상을 모른다"고 말하곤 합니다. 이러한 설에 대해서는 듣기 좋게 말하면 사상이 명확하지 않은 것이고, 듣기 거북하게 말하자면 책임성이 없는 것이라고 할 수 있습니다.

간부에 대한 정책을 실행하는 과정에서 일부 사람들은 왜 자꾸 망설이고 두려워하는 것일까요? 우리 동지들을 보면 하나는 인식문제이고, 다른 하나는 이기적인 생각이 있는 두 가지 상황이 존재합니다. 인식문제는 상대적으로 해결하기 쉬운 반면, 이기적인 생각이 있는 문제는 해결하기가 어렵습니다. 여기서 말하는 이기적인 생각이라는 것은 주로 일부 동지들이 과거에 일부 오심사건을 주재했거나 참여해 일부 동지들에게 상처를 줬고, 현재 이들 잘못을 바로잡을 용기가 부족한 것을 가리킵니다. 그들이 문화대혁명을 부인할까 두렵다고 말하지만, 사실은 자신을 부정할까봐 두려워서입니다. 오심판결을 내리거나 잘못을 저질렀거나 이치적으로 성립되지 않는다고 해도 사실 큰 문제는 아닙니다. 우리당은 예로부터 잘못이 있으면 바로잡으면 되고, 그러면 여전히 훌륭한 동지라는 규정이 있기 때문입니다.

우리 공산당원의 일생은 전투의 일생으로 계급의 적들, 잘못된 노선, 나쁜 사람과의 일, 착오 등과 투쟁해야 합니다. 투쟁 가운데서 단호한 입장과 선명한 기치가 있어야 한다는 점은 추호의 의문을 가질 필요조차 없는 일입니다. 동시에 두뇌가 똑똑해야 하고 정책을 중시해야 하며 방법을 적절하게 활용해야 합니다. 여러 가지 복잡한 원인 탓에 우리는 투쟁과정에 잘못 비판하거나 잘못된 비판을 받는 두 가지 상황에 부딪치기 마련입니다. 잘못된 비판을 받으면 당연히 나쁘겠지만 그래도 단련을 받을 수가 있습니다. 그래서 평반을 해주면 즐거운 마음으로 당을 위해 최선을 다해야 합니다.

만약 과거에 받은 억울함을 마음에 두고 시시콜콜 따진다면 좋은 점은 하나도 없다고 생각합니다. 잘못 비판한 경우라면 바로잡거나 경험과 교훈을 종합해야 합니다. 우리의 동지들이 왜 남을 잘못 비판하는 상황이 종종 나타나는 것일까요? 아래와 같은 몇 가지 상황 때문이라고 봅니다.

첫째, 구체적으로 조사를 하지 않습니다. 둘째, 주관적으로 추측만 하고 경솔하게 행동합니다. 셋째, 한쪽 말만 곧이 듣고 사실여부를 확인하지 않습니다. 넷째, 충동적으로나 감정적으로 행동합니다. 다섯째, 관계가 나쁘면 그 기회를 빌려 복수합니다. 여섯째, '좌'를 선택할지언정 '우'를 택하지 않으며, 비굴하게 아부합니다. 일곱째, 압력에 부딪히면 이겨내지 못하고 원칙을 무시합니다. 여덟째 진상을 잘 몰라 쉽게 사기를 당합니다. 자신이 이 부분에서의 경험교훈을 종합하는 한편, 실사구시 기풍을 비롯해 당과 동지에 대해 책임지는 양호한 사상과 기풍을 육성하는 것은 당의 사업이나 자신에 대해 모두 이점이 많은 것입니다.

우리는 평생에 잘못을 많이 저지릅니다. 혁명을 하고 사업을 하다보면 부득이 잘못을 저지르는 경우가 많습니다. 나도 일을 처리하는 가운데 잘못을 꽤 많이 저질렀습니다. 옌안(延安)시기, 조직업무를 맡으면서 몇몇 간부를 잘못 처리했습니다. 해방초기 촨베이(川北)에서 업무를 보던 시기, 몇몇 사건을 비판했는데 훗날 모두 허위사건 임이 증명됐습니다. 중국 공산주의청년단 중앙위원회에서 업무를 보던 시기, 몇몇 간부에 대한 처리도 합당한 처사가 아니었습니다. 문화대혁명시기에는 한쪽으로 물러났지만, 증명자료를 작성하는 과정에서 2, 3명 동지에 대해 실제와 부합되지 않는 잘못된 말을 한 적도 있습니다.

지금 생각해도 여전히 마음에 걸리는 부분입니다. 혁명가에게는 잘못을 저지르지 않는 것보다 잘못이 있으면 바로잡는 것이 더 중요합니다. 잘못이 있으면 바로잡고 당당하게 평생을 살 수 있지만, 잘못이 있으면서도 바로잡지 않는다면 평생 마음의 가책을 느끼면서 살아야 할 것입니다. 우리 당내에 남을 잘못 처리한 사건들이 많습니다. 하지만 틀렸음에도 불구하고 바로잡으려 하지 않고, 또 자발적으로 잘못된 처리를 받은 동지를 해방시키지 않아, 결국에는 자신도 그 속에 얽매이게 되어 스스로에게 화를 가져다주었습니다. 이 같은 역사적 교훈은 우리가 반드시 기억하고 받아들여야 합니다. 이것이 두 번째 부분입니다.

현재 간부에 대한 정책을 실행해야 할 사람들이 아직도 많고 해결해야 할 문제가 산더미처럼 쌓여 있는데 어떻게 해야 할까요?

일부 동지들은 '4청(四清)'63가운데서의 잘못된 사건을 바로잡으면 안 되는

135

가 하고 물어왔습니다. 이 문제를 8월 1일 궤이저우(貴州) 성위의 지시보고서에 대한 회답에서 중앙은 명확한 지시를 내렸습니다. 현재 실사구시적인 태도로 바로잡아야 합니다. 이는 당의 우수한 전통을 회복하고 고양시키며 당의 정책을 실행하고 간부와 당원의 적극성을 불러일으키는 것 외에 '4ㅊ청'의 성과를 다지는데도 아주 필요합니다. 중앙의 이러한 비시 정신은 전국에 모두 적용됩니다. 우리는 열심히 실행하고 관철시켜야 합니다.

일부 동지들은 '반 우파투쟁'[49]에서 잘못된 판단을 내렸다면 "바로잡을 수 있는가?"하고 물었습니다. 1957년 '반 우파투쟁'에서 당시 일부 지방은 업무를 대충 진행했기 때문에 일부 사람들에 대한 정성(定性) 평가가 합당하지 않았던 것은 분명했습니다. 예를 들면, 진정한 당과 사회주의 반대자가 아니라 영도자에게 의견을 개진하고 당에 진심을 말해야 하며, 농촌의 실제상황을 반영한 훌륭한 동지들이 우파로 잘못 몰렸습니다. 마오쩌둥 동지는 살아생전에 잘못된 판단으로 처리당한 자에 대해서는 반드시 바로잡아야 한다고 거듭 강조했습니다.

여러 가지 원인으로 말미암아 마오쩌둥 동지의 이 같은 지시가 결코 실현되지는 못했습니다. 현재 당 중앙은 이 문제를 높이 중시하면서 올해 11호 문건[64]을 발표한 것에 이어 최근에도 또 55호 문건[65]을 발표했습니다. 문건은 우파의 모자를 벗은 동지에 대한 배치 업무를 잘 이끌어 나가고, 당의 정책을 실행하는 것은 중국 정치생활의 대사라고 언급했습니다. 또 잘못된 판단으로 벌을 받은 자에 대해서는 바로잡는 업무를 추진해야 한다고 덧붙였습니다. 그리고 잘못된 판단으로 벌을 받은 당원에 대해서 새로운 중대한 문제를 발견하지 못했을 경우라면, 마땅히 당적을 회복해주고 단원일 경우 단적(團籍) 제명처분을 철회해야 한다고 강조했습니다. 위와 같은 당의 두 가지 중요한 문서는 반드시 열심히 관철시키고 실행해야 합니다.

중앙의 영도자들이 간부에 대한 실행문제를 두고 여러 번 나를 불러 얘기했고, 전국의 범위에서 일어난 대형사건에 대해서도 언급하면서 재조사를 진행하고, 나아가 실사구적인 태도로 문제를 해결해야 한다고 강조했습니다. 간부에 대한 정책을 실행하는 근거는 무엇일까요? 저는 간부에 대한 과거의 실천이라고 생각합니다. 간부에 대한 성격을 확정하고 처리하는데 정확 여부를 판단하는 근본적인 근거는 바로 '사실'에 있기 때문입니다. 실제상황 조사와 사실 확인이나 분석 및 연구를 거쳤다면 실제에 부합하지 않는 단어, 그리고 정확하지 않은 결론과 처리는 시간과 상황, 그리고 기구와 정한 자가 누구인가를 막론하고 모두 실사구시적인 태도로 바로잡아야 합니다. 종합적으로 볼 때, 모든 사건에서 객관적 사실을 존중해야 합니다. 이것이야말로 철저한 유물주의인 것입니다.

일부 동지들은 간부에 대한 정책을 대규모로 실행하는 과정에서 정책실행을 구실로 잘못이 있어도 바로잡지 않고, 여러 가지 무리한 요구를 제기하는 것 외에도 조직에서 배분한 업무를 두고 값을 흥정하거나 당에 관직 혹은 지위를 요구한다면 어떻게 해야 하는가 하고 문의해 왔습니다. 이러한 상황이 두려운 것은 아닌가요?

저는 결코 두려울 것이 없다고 봅니다. 철저한 유물주의는 두려울 것이 없다고 하지 않습니까? 잘못이나 문제가 있는데도 인정하지 않는다면 실사구시의 태도가 없다고 봐야 합니다. 그런 자를 일방적으로 덮어주고 눈감아 준다면 나도 실사구시적인 태도가 없는 것이 아니겠습니까? 이른바 '꼬리'를 남기는 것도 같은 맥락입니다. 확실히 문제나 잘못이 있다면 이 '꼬리'는 기존부터 가지고 있는 것입니다. 하지만 억지로 없다고 말한다면 이는 실사구시적인 태도가 없는 것이 분명합니다. 반면에 '꼬리'가 없는데 억지로 갖다붙인다면 이도 실사구시 적이지 않습니다.

무리한 요구를 제기하고 심지어 당에 손을 내민다면 이는 전체 국면을 돌보지 않는 태도입니다. 이를 실사구시라고 할 수 있겠습니까? 제가 만약 당신을 감싸준다면 실사구시를 어디에 버린 것일까요? 정책실행 과정에서 나타난 모든 틀린 부분에 대해 과감하게 억제하고 내심하고도 세밀하게 설득 교육을 해야 합니다. 설득해도 듣지 않는다면 비판하고, 그래도 듣지 않는다면 당 조직 내에서 이를 두고 논쟁할 수 있습니다.

궁극적으로 간부에 대한 정책을 실행하는 업무는 당 중앙의 요구에 부합되어야 하며, 반드시 실사구적인 태도를 가져야 합니다. 정확함을 견지하려면 실사구시를 바탕으로 해야 하고, 잘못을 바로잡는 과정에도 실사구시를 바탕으로 해야 합니다. 우리 모두 이러한 태도를 견지한다면 정책 실행과정에서 부딪히게 되는 구체적인 문제들, 예를 들면 재료처리, 노임의 추가 발급, 자녀 배치 등도 모두 어렵지 않게 해결할 수 있을 것입니다. 이것이 세 번째 부분입니다.

그리고 "간부에 대한 정책을 실행해야 하는 임무가 이토록 방대하고 해야 하는 일이 그토록 많은데 비해 인력은 턱없이 부족한데, 이에 대해 어떻게 해야 합니까?"하고 묻는 동지들도 있습니다. 근본적인 출로는 여러분이 함께 움직이고 전당이 앞장서서 사건을 처리해야 합니다. 현재 전국의 현과 현 이상 수준급의 당정기관·군중단체·공업·교통운수·재정·무역· 문화·교육·과학기술·보건·스포츠 등 기구가 수만 개에 달합니다. 만약 1년에 한 기구에서 평균 1·2백 개의 사건을 훌륭히 마무리한다고 가정할 때 전국 범위에서는 그 수가 수백 만 개에 달합니다. 이러한 수준에 이른다면 내년 관련 업무를 기본적으로 마무리할 희망은 아주 크다고 봅니다.

현재 일부 동지들이 감히 처리할 엄두를 내지 못할 뿐만 아니라 어떻게 해야 할지 갈피를 잡지 못하고 있는 것이 문제입니다. 이는 당위, 특히 중앙 각 부위와 성·시·자치구 당위의 대표적인 솔선수범에 의거해야 합니다. 마오쩌동 동지는 무릇 업무에서는 호소와 개별 지도를 결합시켜야 한다고 강조했습니다. 간부에 대한 정책을 실행함에 있어 단순히 회의를 하고 결의를 통과시키고 지시를 내리고 요구를 제기하는 것에만 의존해서는 안 됩니다. 영도자들이 직접 움직여야 하고 일부 오래되고 어려운 사건을 해결하는 등의 본보기를 보여야 아래에서도 따라 배울 수가 있습니다. 원칙을 견지하고 어지러운 세상을 정상으로 바로잡으려는 실사구시의 정신을 본받는 한편, 실제로 깊이 파고들고 조사연구를 진행하며 문제를 해결하는 훌륭한 기풍도 배워야 합니다. 여러분들이 모두 이렇게만 한다면 일을 더 빨리, 더 훌륭하게 처리할 수 있을 것입니다. 이것이 네 번째 부분입니다.

이밖에 사람에 대한 처리 문제를 추가로 언급하고자 합니다.

현재 전당이 철저한 조사를 통해 사건을 최종적으로 결정짓는 단계에 들어섰으며, '이중단속(雙打)'66을 진행하고 있습니다. 이 문제에서 우리는 반드시 마오쩌동 동지가 예로부터 우리에게 가르친 대로, 그리고 당 중앙의 지시에 따라 열심히 잘 해야 합니다. 린뱌오와 '3인방'을 따라 수많은 나쁜 일을 저지른 자들, 특히 잘못을 바로잡으려 하지 않는 자들, 폭력배들, 그리고 심각한 탐오와 절도·투기를 한 자들, 법과 기율을 어긴 자에 대한 백성들의 분노가 하늘을 찌릅니다.

특히 오늘날까지도 안중에 당의 기율과 국법이 없고 여전히 나쁜 짓을 일삼는 자들은 반드시 단호히 폭로하고 엄히 다스려야 합니다. 이러한 자들에 대해서는 절대 마음이 약해져서는 안 됩니다. 그러나 잘못을 저질렀거나 심지어 심각한 잘못을 저지른 간부들일지라도 진심으로 검토하고 최선을 다해 고친다면 너그럽게 처리해야 합니다.

대중들의 의견이 많고 현직 업무에 적합하지 않는 자들의 문제는 인사이동을 통해 해결할 수 있습니다. 상대를 막론하고 모두 증거와 조사연구를 중시하고 강요에 의한 자백을 받아내지 말아야 하며, 그들의 무고한 가족과 자녀까지 연루시키지 말아야 합니다. 우리는 린뱌오와 '3인방'의 잘못된 정책과 방법을 절대로 반복해서는 안 됩니다. 교육범위를 확대하고 타격을 가하는 범위를 축소한다면 안정과 단합의 훌륭한 국면을 공고히 하고 발전시킬 수 있습니다. 이러한 국면이 형성되어야만 '사회주의 현대화 강국 건설 프로세스'를 추진하는 데 믿을만한 보장이 생기게 되는 것입니다.

지식인에게 단합 · 교육 · 개조방침을 언급하지 않는 이유[*]

(1978년 10월 31일)

「지식인 정책을 실행하는 데에 관한 당의 몇 가지 의견」[67]에 대해 논의한 원고는 약간 수정한 후 중앙 조직부의 문건으로 전달할 예정입니다. 실천은 진리를 점검하는 유일한 진리입니다. 정확한 부분이라면 그 누구도 감히 반박하지는 못할 것입니다.

지식인에 대한 단합 · 교육 · 개조 등 당의 방침은 어떤 배경에서 제기했고, 현재는 왜 적합하지 않다고 하는지 그 이유를 저에게 묻는 사람들이 있습니다. 실제상황을 바탕으로 정책을 결정하고, 변화된 상황에 따라서 실사구시 적으로 정책을 수정하는 것은 마르크스주의 정당이 반드시 견지해야 하는 원칙입니다. 이 문제를 정확히 얘기하기 위해서는 중국 지식인의 상황과 지식인을 상대로 한 당의 정책에 대해 역사적인 안목으로 고찰할 필요성이 있습니다.

1939년 우리 당은 "지식인을 대량으로 받아들이는 데에 관한 결정"[68]을 내렸습니다. 왜 그 결정에서 "대량으로 받아들이자"는 방침을 강조했을까? 그때는 우리 혁명대오에 지식인이 극히 적었기 때문이었습니다. 그때 상당수의 홍군 간부는 노동자와 농민 출신이었습니다. 1937년 8로군과 신4군이 적

---

[*] 이는 후야오방 동지가 중공중앙조직부에서 소집된 당의 지식인 정책 실행 좌담회에서 발표한 연설문의 일부분이다.

진의 후방에 깊이 침투했을 때, 우리의 많은 영도간부들은 근거지 건설에 집중하면서 '세금·이자 감소정책'[69]을 실행하는 대신 지식인을 '대량으로 받아들이는 것'을 경시했습니다. 수많은 동지들은 아직도 지식인의 중요성을 깨닫지 못하고 일부는 심지어 지식인을 밀어내거나 의구심을 품기도 했습니다. 이러한 상황을 두고 마오쩌둥 동지는 중공중앙을 위해 "지식인을 받아들이는 데에 관한 결정"을 작성했습니다. 이는 우리당이 '준의(遵義)회의'[70]이후 지식인을 정확하게 대하는 데에 관해 작성한 첫 문건이었습니다.

우리 당은 지식인을 상대로 실행하고 있는 단합·교육·개조 방침은 건국 전후에 중점적으로 제기한 것입니다. 이전 해방구에서 간부대오의 대다수는 노동자와 농민 간부였고, 일부는 소지식인 출신이기도 했습니다. 해방전쟁이 발전함에 따라 우리는 향촌에서 도시로 올라와 국민당이 남긴 대량의 교육홍보기구·학교·문화단체와 사업 및 기업단위를 수용했습니다. 이러한 단위의 수많은 지식인들을 상대로 우리는 어떤 방침과 정책을 취해야할까요? 그들을 받아들여야 할까요, 아니면 버려야 할까요? 그들과 단합해야 할까요? 아니면 포기해야 할까요? 그들을 개조해야 할까요? 아니면 좇아야 할까요? 당 중앙은 "그들을 배척하고 포기할 것이 아니라 단합·교육·개조시킴으로써 신 중국을 위해 봉사할 수 있도록 이끌어야 한다"고 주장했습니다.

이처럼 낡은 사회에서 온 지식인이 약 2백여 만 명에 달합니다. 이들 중 다수가 제국주의·봉건주의·관료자본주의 압박을 받았기 때문에 정도 상에서 차이는 있지만 혁명성은 갖추고 있었습니다. 그러나 그들은 아직 공산당원과 어울려 생활한 적이 없었기에 공산당이 영도하는 혁명사업·정책과 주장, 그리고 인민정부의 영도방법과 업무기풍에 대해서는 잘 모릅니다. 그들의 뇌리에는 아직도 민주주의와 개인주의 사상이 주를 이룹니다. 그들이 신중국의 필요에 적응하고 성심성의껏 인민을 위해 봉사하도록 이끌려면, 반드시 그들을 상대로 교육하고, 그들의 재학습에 도움을 줌으로써 점차 낡은 세계관을 바로잡도록 해야 합니다. 이는 혁명의 수요이자 낡은 사회에서 온 지식인들이 점차 프롤레타리아 계급의 지식인으로 전환할 수 있도록 추진하는 조치이기도 합니다. 지식인을 상대로 한 당의 단합 · 교육 · 개조 방침은 바로 이러한 역사적인 조건에서 제기된 것입니다. 아울러 우리당은 노간부, 특히 노동자와 공인 간부에게 재학습 임무를 제기했습니다.

마오쩌둥 동지는 "우리가 익숙히 알고 있는 분야가 점차 한가해지고 있는 반면, 잘 알지 못하는 분야가 오히려 우리를 압박해오고 있다"[7]고 말했습니다. 우리는 열심히 학습하고 스승을 모셔야 합니다. 한편으로는 노동자와 농민 간부들이 지식인과 단합하고, 다른 한편으로는 노동자와 공인이 지식인들에게서 겸손하게 학습할 것도 호소해야 합니다. 기존의 홍군 간부, 노동자와 농민 간부들이 꾸준히 학습한 덕분에 지식이 많이 풍부해졌습니다. 과거에는 군과 근거지에서 육성해낸 소지식인과 낡은 사회에서 교육을 받은 지식인들이 한데 융합되어 우리 간부대오를 형성했습니다.

건국 후 방대한 규모의 옛 지식인을 수용한 것 외에 이보다 더 많은 규모의 지식인을 육성했습니다. 현재 지식인 대오 규모가 2천여 만 명에 달합니다. 따라서 사회주의 혁명과 건설 사업이 발전함에 따라 우리의 간부와 지식인 대오에는 큰 변화가 생겼습니다.

현재 1천 수백만 명에 달하는 직장 외의 간부는 상황이 예전과 다릅니다. 노동자와 농민 출신의 간부들은 2 · 30년간의 육성을 통해 수준을 양성시켰는데, 설마 예전 의미에서의 노동자 · 농민 간부와 같다는 말입니까? 저는 달라졌다고 봅니다. 다수의 간부들이 2 · 30년 전에는 지식이 거의 없었지만, 현재는 풍부한 지식을 갖게 되어 일정한 분야의 전문가와 학자가 되었습니다. 하오젠시우(郝建秀)[72]는 어떤 동지였을까요? 방직 노동자 출신의 그녀는 훗날 공농속성(工農速成)중학교에 입학했고, 훗날 대학까지 졸업했습니다. 그러므로 그녀를 노동자 출신의 지식인이라고 할 수 있습니다. 해방 초기 사업에 참가한 지식인들도 예전의 모습 그대로가 아닙니다. 그들은 마르크스·레닌주의와 마오쩌둥 사상을 학습하는 과정에서, 그리고 노동자·농민과 융합되는 과정에서, 또 자아 업무를 실천하는 과정에서 세계관을 바꾸기 위해 노력했고 이미 상당한 진보를 가져왔습니다.

이제 더는 공산당의 주장·방침·정책, 그리고 사회주의제도에 대해 아무것도 모르는 지식인이 아닙니다. 그들 중의 다수는 수십 년간 당과 보조를 맞추고 사회주의 사업을 위한 업무에 최선을 다했습니다. 우리가 육성해낸 지식인이 이미 지식인 대오의 다수를 차지합니다. 이처럼 중국 지식인 대오 상황에 일련의 근본적인 변화가 발생했습니다. 따라서 당이 건국 전후로 제기한 낡은 사회에서 온 지식인에 대한 단합·교육·개조 방침이 현재는 적용할 수 없게 되었습니다.

과거에 우리는 마오쩌둥 동지가 언제 지식인을 대규모로 수용하고, 언제 지식인을 상대로 단합·교육·개조해야 한다고 말했는지에 대해 정확히 연구하지 못했습니다. 게다가 린뱌오와 '3인방'의 교란과 파괴로 인하여 지식인을 '더러운 아홉 번째 계층(臭老九)'이라 모함하면서 사람들의 사상을 교란시켰습니다. 때문에 현재 일부 동지들은 아직도 어리석은 인식을 갖고 있어 지식인의 진보를 보지 못할 뿐만 아니라, 지식인에 대한 편견과 혐오를 드러내면서 늘 그들은 안 된다고, 같은 편이 아니라고 생각했습니다.

올해 덩샤오핑 동지는 전국과학대회 개막식에서의 연설[73]을 통해 지식인의 다수가 노동자계급의 일부분이라는 점을 인정했습니다. 일부는 제기하는 논점이 왜 과거와 다른가 하고 의구심을 품기도 했습니다. 그러나 현재는 상황이 변하지 않았습니까? 덩샤오핑 동지는 변화된 상황을 바탕으로 얘기한 것이고, 이는 마오쩌둥 사상을 정확히 견지한 대목이라고 할 수 있습니다.

물론 현재 2천여 만 명의 지식인들 가운데 아직도 사회주의를 적대시하고 반대하는 자가 있는지, 현재 혁명을 반대하는 자가 나타날 수 있는 것은 아닌지 의구심을 가질 것입니다. 저는 당연히 있을 것이라고 생각합니다. 하지만 이는 극히 개별적인 현상입니다. 노동자·농민 출신의 국가 사업일꾼이나 노동자·농민 가운데도 이러한 개별적인 사람이 있을 것입니다. 따라서 이러한 현상이 이상하다고 여길 필요는 없습니다. 이 부분에 대해 우리는 늘 경각성을 높여야 하지만, 다수 지식인들의 진보를 부정해서는 안 되고, 그들 중 다수가 이미 노동자계급의 일원이 되었다는 점도 인정해야만 합니다.

이제 상황이 바뀌었습니다. 따라서 새로운 상황에 따라 당의 방침과 정책을 결정해야 합니다. 이 문제에 대해서는 올해 전국 교육업무회의를 소집한후 홍보하는 글을 작성해 그 이치를 명확히 말하지 않았습니다. 회의 소집후에도 일부 사람들은 사상을 해방시키지 못하고, 여전히 지식인에 대한 단합·교육·개조 등의 방침을 계속해서 내려놓지 못하고 있습니다. 그러면 그들은 왜 보고서에서 "이러한 방침을 전혀 언급하지 않았는가?"하고 질문할 수가 있습니다.

과학교육기구·문화기구와 정당 기관지·간행물은 이 부분에 대해 명확히 하고, 사실을 열거해 도리를 따지면서 분석해야 할 책임이 있습니다. 지난해부터『인민일보』사설 특약 논설위원의 글은 "마르크스의 말은 어떤 상황에서 한 것인지를 보아야지, 무턱대고 함부로 인용해서는 안 된다"고 거듭 강조했습니다. 일부 영도간부들은 학습하지 않고, 신문을 보지 않는 것은 물론, 조사연구도 하지 않고는 현재 상황에 어울리지 않는 낡은 틀에 얽매여 문제를 처리하려고 합니다. 신문에서는 실천이 진리를 점검하는 유일한 기준이라고 언급하고 있는데, 일부 사람들은 왜 이렇게 얘기하는지 도무지 이해를 하지 못하고 있습니다. 일부 동지들이 일을 처리하는 과정에서 '교조주의(本本)'로부터 출발한다고 하지만, 사실 그들에게는 '교조주의'성향이 낮고, 주워들은 소식을 바탕으로 하거나, 일부는 '주관적인 생각'을 기반으로 일을 처리했습니다. 이는 손해가 큰 사상방법입니다. 우리는 실제상황으로부터 출발해 역사와 현황을 조사하고 연구해야 합니다. 단합ㆍ교육ㆍ개조 방침을 강조하려면 반드시 역사와 현황, 과거나 현재의 상황이 어떠했는지를 빠짐없이 조사해야 합니다. 역사나 현황을 모르고 자신의 주장만 고집하는 것은 잘못된 사상방법입니다.

우리는 마오쩌둥 동지가 제창한 이론과 실제를 연계시키는 학풍을 고양시키는 한편, 역사ㆍ현황, 그리고 마르크스ㆍ레닌과 마오쩌둥 저작을 조사하고 연구해야 합니다. 실제로부터 출발해 주도면밀한 조사연구를 거쳐 문제를 정확히 분석하고 해결해야 합니다. 마르크스주의ㆍ진리ㆍ과학, 그리고 실사구시를 바탕으로 해야 합니다. 이를 제외한 다른 것을 바탕으로 하다가는 사기당할 것이 손금 보 듯 뻔한 일입니다.

중앙업무회의 서북소조에서 한 발언*

(1978년 11월 26일)

(1) 반복적인 사전 준비와 확인을 거쳐 당 중앙은 문화대혁명 때부터의 논쟁을 과단성 있게 해결했습니다. 이러한 소식이 전해지면 당원과 백성들의 마음이 진작될 것이고 세계 인민과 우호인사들도 기뻐할 것입니다. 이러한 문제를 분명히 하고 해결한다면, 우리 당의 명망이 크게 높아지고 인민들이 더욱 단합함으로써 전 당과 전국 인민의 정치생활이 건강하게 발전할 수 있도록 적극 추진될 수 있을 것으로 보입니다. 참으로 기쁘고 분발해지고 싶은 소식입니다.

(2) 당 중앙은 어렵게 얻은 좋은 형세를 소중히 여기고 한마음 한뜻이 되어야 한다고 거듭 강조했습니다. 이는 수천 명에 달하는 고위간부들이 더 높은 자각성을 가질 것을 요구합니다. 우리는 마르크스·레닌주의와 마오쩌둥 사상에 따라 업무를 처리하는 마음가짐을 가져야 하고, 4개 현대화를 위해 분투하려는 뜻을 품어야 합니다.

---

* 1978년 11월 10일부터 12월 15일까지 중공중앙이 베이징에서 업무회의를 소집했다. 회의는 전 당의 업무 중점 이전 문제, '문화대혁명' 중에서 남겨진 일부 중대한 문제 해결, 일부 중요한 지도자의 공과시비 문제 등에 대해 열심히 논의했다. 12월 13일 덩샤오핑 동지가 「사상을 해방시키고 실사구시 적이며, 일치하여 단합해 앞을 바라보겠다」라는 제목의 연설을 했다. 이는 곧 소집될 중국공산당 제11기 3중전회의 주제 보고서이기도 했다. 11기 3중전회에서 후야오방 동지가 중공중앙 정치국 위원으로 추가 선출되었다. 그리고 중앙기율검사위원회 제3서기로 선출됐으며, 그 후로는 또 중공중앙 비서장, 중공중앙 선전부 부장 직을 맡았다.

린뱌오와 '3인방'의 반대와 4개 현대화 추진과정에서 수천 명이 한마음 한 뜻을 품는 기반이 좋다고 생각합니다. 하지만 사상·경험과 문화대혁명에 대해 느끼는 바가 서로 다르기 때문에, 사람마다 이런 저런 결함이 있을 수 있고, 편차와 착오를 범할 수 있습니다. 그렇기 때문에 한마음 한뜻이 되기 위해서는 서로 간의 도움과 감독을 제창하는 것 외에도 비판과 자아비판을 진행해야만 합니다.

린뱌오와 '3인방'이 실세였을 때는 동지들에 대해 비판이 아닌 파멸을 주도했고, 자아비판도 자아비방으로 이끌었습니다. 이번 회의를 거쳐 마오쩌둥 동지가 제창한 비판과 자아비판의 기풍을 진정으로 회복했습니다. 향후 이러한 기풍을 유지해 나간다면 한마음 한뜻으로 더욱 똘똘 뭉칠 것이라고 굳게 믿습니다.

(3) 전국 인민은 여전히 안정·단합·4개 현대화의 빠른 실현에 주목하고 있습니다. 인민들이 더 많은 중대한 논쟁을 명확히 할 것을 바라는 것도 이 때문입니다. 당내와 인민들의 서로 다른 견해는 이 같은 전제 하에 통일시킬 수 있을 것이라 생각합니다. 어제 왕런종(王任重)[74]동지는 이 부분에서 문화대혁명과 마오쩌둥 동지를 어떻게 전면적으로 평가하는 가에 관한 문제에 반드시 부딪히게 된다면서 이는 회피하려고 해도 결코 회피할 수 없는 부분이라고 말했습니다. 저는 이러한 견해에 동의할 뿐만 아니라, 중앙에서 주도면밀한 준비를 거친 후 위의 두 가지 문제를 명확히 할 것도 찬성하는 바입니다.

(4) 실천론을 존중해야 합니다. 천재론·특권론·망종론·노예론을 실시하지 말아야 합니다. 실천을 바탕으로 하는 것은 마오쩌둥 동지가 우리에게 남겨준 위대한 정신적 재부입니다. 마오쩌둥 동지는 이를 이론업무라 했습니다. 마오쩌둥 동지가 비록 우리 곁을 떠났지만 실천론을 바탕으로 모든 것

을 고찰하고 점검할 것을 제창합니다. 그래야만 잘못된 길에 들어서고 고생하는 것을 피할 수 있는 것입니다.

이론업무 학습 토론회의 머리말

(1979년 1월 18일)

1. 회의 소집의 계기 및 목적과 방법

당의 "이론업무 학습토론회"[75]가 오늘 시작됐습니다. 이 회의를 소집하게 된 계기와 회의소집 방법을 먼저 소개하고자 합니다.

'3인방'을 무너뜨린 후, 우리의 사상이론 전선은 어지러운 세상을 근본적으로 바로잡는 업무에 직면해 있습니다. 이 업무는 조직의 철저한 조사와 함께 이루어져야 합니다. 2년여 동안 당 중앙의 직접적인 영도 하에 엄청난 투쟁을 거쳐 위대한 성과를 거두었습니다. 린뱌오와 '3인방'의 정신적인 속박에서 벗어날 수 있었던 것은, 바로 마르크스 · 레닌주의와 마오쩌둥 과학사상 체계가 이를 반대하는 사상체계와 용감하게 투쟁했기 때문입니다.

재작년 8월 중국공산당 제11차 전국대표대회의 업무보고서에서 마오쩌둥 사상체계를 완벽하고도 정확하게 깨닫고 이해할 것을 제기했는데, 바로 린뱌오와 '3인방'의 반과학적 · 반 마르크스주의 사상체계를 철저하게 비판하기 위해서입니다. 그러나 여러 가지 서로 다른 상황과 이유로 말미암아 당 내에 특히 사상이론전선에서 당 중앙이 제기한 중대 이론원칙문제에 대한 인식에서 차이가 컸습니다. 일부 동지들은 비록 중앙이 제기한 '완벽 · 정확'해야 한다고 제기한 방법을 찬성하긴 했지만, 인식이 깊지 않거나 심지어 이런 저런 착오적인 관점을 가지고 있었습니다.

지난해 5월은 사상이론전선에서 중대한 발전을 가져왔습니다. 바로 실천이 진리를 점검하는 유일한 기준이라는 점을 두고 논의를 시작한 것입니다. 이번 논의는 전 당과 전국 인민의 사상을 다시 마오쩌둥 동지의 『실천론(實踐論)』을 토대로 하여 통일시키고, 마오쩌둥 동지가 줄곧 강조했던 변증유물론의 인식론 가운데서 실천이 우선이라는 관점과 수많은 인민의 사회 실천만이 진리를 점검하는 척도라는 점을 거듭 천명했다는 데서 그 의미가 남달랐습니다. 이는 비록 마르크스주의의 보편적인 상식이지만 다년간 소홀히 했고 심지어 전도되기까지 했습니다.

이러한 문제에 대해 재차 제기한 것은 린뱌오와 '3인방'의 반과학적인 사상체계의 급소를 찌르는 것이었고, 린뱌오와 '3인방'의 허위 마르크스주의 이론에 대한 총결산을 촉진시켰습니다. 아울러 사람들이 마르크스주의에 대한 근본적인 태도문제를 깊이 건드렸습니다. 이는 중국 사상이론전선에서 풍파를 불러왔습니다. 일부 동지들은 「실천은 진리를 점검하는 유일한 기준」이라는 글을 썼고, 그리고 논의에 참가한 기타 글과 발언에 대해 이를 '항복', "마오쩌둥 사상이 아니다", "중대한 방침에 대한 악의적인 공격"이라고 말하고 있습니다.

지난해 6월 2일 덩샤오핑 동지가 전군 정치 업무회의에서 실사구시 적이고 모든 것은 실제로부터 출발하며, 이론과 실제를 서로 결부시키는 마르크스주의 기본 관점과 기본 방법을 날카롭게 서술하고 나서 실사구시와 실천이 진리를 점검하는 유일한 기준이라는 점을 반대하는 사상을 비판함으로써, 이번 논의를 새로운 수준에까지 끌어올렸습니다. 수많은 성·시·자치구와 군의 영도간부와 이론가들이 모두 적극적으로 이번 논의에 참가했습니다. 간부와 인민대중이 모두 큰 관심을 기울였습니다. 이번 논의는 우리의 실제 업무에 대해 엄청나게 촉진역할을 했습니다. 지난해 9월 『홍기(紅旗)』 잡지사에서 「『실천론』을 되새기다 - 실천 기준을 논하는 것은 마르크스주의 인식론의 토대이다」[76]라는 장문의 글을 작성해 중앙상무위원회에 송달했습니다. 그리하여 예젠잉(葉劍英) 동지가 중앙에서 이론업무 학습토론회를 소집할 것을 건의했습니다. 그는 찬성하지 않는 문제에 대해 털어놓고 충분한 민주적 논의를 기반으로 해서 인식을 통일하고 문제를 해결하려는 생각에서 소집한 것이었습니다.

최근 소집된 중앙업무회의와 3중전회[77]에서는 이번 이론 논의에 수많은 상황을 열거하고 상당한 문제를 제기했을 뿐만 아니라, 일부 동지들에게 비판 의견을 제기하는 등 이론 학습 토론회에 유리한 조건을 마련해 주었습니다. 우리가 이러한 이론업무 학습토론회를 소집하는 최종적인 목표는 무엇이겠습니까?

첫째는 이론 선전 전선의 기본 경험과 교훈을 종합하기 위해서입니다. 경험은 2년·10여년 심지어 30년을 간격으로 종합해도 됩니다. 건국 30년 동안 이론 선전전선을 되돌아보면 훌륭한 경험이 많았지만 교훈도 많았습니다. 이러한 상이한 경험을 서로 종합하고 사상 이론에서의 중대한 원칙문제를 명확히 논의함으로써 궁극적으로는 마르크스·레닌주의와 마오쩌동 사상을 토대로 통일시켜야 합니다.

둘째, 전 당 업무의 중심을 옮긴 후의 이론 선전 업무의 근본적인 임무를 연구해야 합니다. 위의 두 가지 목표는 서로 연계되어 있습니다. 과거의 경험과 교훈을 종합하는 것, 또한 미래지향적인 안목으로 내다보고 향후의 업무를 더 잘 이끌어 나가며, 이론 업무를 더욱 활기차게 전개하기 위해서입니다.

이번 회의도 3중전회와 중앙업무회의의 개최 기풍을 본받아 사상을 해방시키고 머리를 쓰고 허심탄회하게 얘기하고, 당내 민주와 당의 실사구시 · 군중노선, 비판과 자아비판의 훌륭한 전통을 충분히 회복하고 고양시 킴으로써 시비를 명확히 하고, 이론 홍보 대오를 더욱 단결시켜야 합니다.

첫 단계는 중국공산당 중앙 선전부와 중국사회과학원에서 소집합니다. 중 앙과 베이징 이론 홍보기관의 100여 명 동지를 초청함과 동시에 여러 성 · 시 에서도 각각 연락원 한 명씩을 파견합니다. 회의는 오늘부터 26일까지 소집 합니다. 그리고 음력설 연휴로 5일간 휴식합니다. 2월 1일 계속해서 회의를 시작해 2월 12일 전후까지 지속합니다. 며칠 휴식한 후 회의의 두 번째 단계 를 가동합니다. 중앙의 명분을 빌어 10일 정도 회의를 더 소집할 예정입니 다. 여러 성 · 시의 동지를 회의에 초청해 참가인원 수를 4, · 5백 명으로 늘 립니다.

첫 번째 단계는 소조 회의를 주로 하고, 두 번째 단계는 대형 회의를 주로 합니다. 마지막으로 당 중앙 주석과 부주석의 보고서를 청취합니다. 이번 회 의를 순조롭게 마무리할 수 있도록 우리는 11명으로 구성된 영도소조를 조 직했습니다. 그리고 당내에서 사상 이론업무에 종사해온 노 선배, 원로 동지 21명을 초청하고 그들에게 지도를 부탁했습니다. 이밖에 여러 성 · 시 · 자 치구에서도 이론업무 학습토론회를 소집해 위아래가 서로 호응하고 교류하 는 효과를 거둘 수 있기를 바랍니다.

2. 2년간의 사상이론전선 형세에 대한 추측

2년 동안 우리 당이 영도한 린뱌오와 '3인방'폭로 비판투쟁이 정치 · 조직 뿐만 아니라 사상이론전선 차원에서도 똑같이 위대한 성과를 거두었습니 다. 사상계, 이론계, 언론계, 문예계와 과학계에서 린뱌오와 '3인방'에 대한 수많은 반 마르크스주의의 잘못된 이론, 예를 들면 "천재론", "모든 것은 책으로부터 출발한다", "생산력 유일론 비판", "노동력 배분에 따른 자산계급 산생론", "전면적인 독재정치론", "당내의 한 자산계급론", "사회주의시기 '우'만 반대하고 '좌'는 반대할 수 없다는 이론", "유법 투쟁론", "흑선 독재정치론", "3가지 돌출론", "과학 반대는 생산력이라는 이론"등에 대해 깊이 있게 비판해, 그들이 설치한 여러 가지 금지구역을 타파했습니다. 그리고 마르크스 · 레닌주의, 마오쩌동 사상의 예리한 무기를 적용해 그들이 흐트러뜨린 사상 · 이론 · 노선 · 정치차원에서의 옳고 그름을 명확히 했습니다. 전 당과 전국 인민의 사상이 크게 해방됐습니다.

최근 2년간 사상이론 업무의 규모나 투쟁, 그리고 전 당의 이론 수준에 대한 향상 상황을 놓고 볼 때, 모두 건국 이후의 그 어떤 시기를 모두 추월했습니다. 따라서 연안정풍[78] 이후로 이론업무에서 가장 뛰어난 성과를 거둔 2년이라 해도 과언이 아닙니다. 마르크스는 "한 나라에서의 이론 실천 정도는 이론이 그 나라의 수요를 만족시키는 수준에 달려 있다"[79]고 말했습니다. 최근 2년간 이론업무에서 이토록 위대한 성과를 거둘 수 있었던 근본적인 원인은 바로 투쟁과 인민대중 실천의 수요가 있었기 때문입니다.

이론업무에 대한 인민들의 관심도가 현재처럼 드높았던 적은 없었습니다. 실천이 진리를 점검하는 유일한 기준이 문제, 그리고 민주 · 법제 · 노동력에 따른 배분 등 3가지 문제에 대한 논의는 인민대중 특히 청년들이 참여하도록 이끌었습니다. 이론업무가 오늘처럼 진정으로 대중성을 띤 활동으로 되기까지는 역사적으로도 보기 드문 일입니다. 린뱌오와 '3인방'이 형성한 대중 이론대오가 실은 대중을 우롱하는 허위적인 조직이었습니다. 세계적인 범위에서도 중국 백성들처럼 이론문제에 주목하고 흥미를 가진 민족은 흔치 않습니다.

이는 아주 귀한 민족정신이 아닐 수 없습니다. 100여 년 전, 엥겔스가 독일 노동자계급의 이론에 대해 흥미를 언급하면서 이렇게 말했습니다. "이곳에는 지위·이익에 대한 그 어떤 우려가 없고, 상사에게 비호해줄 것을 구걸하려는 생각도 없다."[80] 여러분! 우리 당과 중국 인민 가운데서 형성된 이론 흥미가 바로 이러한 것이 아니겠습니까?

최근 2년 동안 우리의 이론 홍보 대오에 만족스러운 변화가 나타났습니다. 이 대오가 투쟁과정에서 발전을 거듭해 왔는데, 그 진보가 눈에 띄게 아주 컸습니다. 특히 린뱌오와 '3인방'을 폭로·비판하는 위대한 투쟁에서 이론을 실제와 결부시키고, 대중과 긴밀히 연계를 취하며 문제를 열심히 사고하고 소견을 과감하게 얘기하는 맹장들이 대거 나타났습니다. 최근 2년간 사상이론전선이 결코 순탄하지 않고, 몇 차례의 풍랑이 있었다는 점을 보아야 합니다. 이러한 동지들이 투쟁에 앞장서서 돌격하고 있으니 그야말로 사상이론전선에서의 전위대 전사가 아니고 무엇이겠습니까!

그들은 실사적인 태도로 미신을 과감하게 버리고, 여러 가지 비난과 질책을 감내하면서 쏟아져오는 '모자'와 '몽둥이'를 전혀 두려워하지 않았습니다. 그들은 기치가 분명하고 입장이 확고하며, 용감하게 앞으로 나아가는 것 외에도 과감하게 생각하고 말하고 추진했습니다. 이처럼 두려워하지 않는 철저한 유물주의 정신은 아주 귀한 것입니다. 이토록 많은 훌륭한 맹장들이 나타남으로 인해 마르크스 이론 대오의 역량이 증강되었습니다. 그야말로 엄청난 수확입니다. 우리는 그들을 열심히 육성하고 업그레이드시킴으로써 이론 홍보 전선에 더 큰 역할을 발휘할 수 있도록 해야 합니다.

이번 회의에서는 최근 2년간 이론 홍보 업무에서 거둔 위대한 진보와 이론 홍보 대오가 성장해 온 경험을 종합하고자 합니다. 그리고 업무에서의 단점, 그리고 이론 홍보 전선에서 존재하는 심각한 단점과 문제도 보아야 합니다. 현재 이론 홍보 전선에서의 돌출된 문제는 수많은 동지들의 사상이 경직 또는 반 경직 상태에 처해 있다는 것입니다. 일부 동지들은 심지어 대오에서 떨어지고 실사구시 적인 사상노선에서 벗어나 금지구역을 설치하고 금지령을 내리고 있어 사상해방의 걸림돌이 되고 있습니다.

이러한 현상이 생긴 근본적인 원인을 우리는 연구해야 합니다. 실천은 물론 대중을 가볍게 보는 것이 가장 중요한 사상적 문제의 근원이라고 저는 생각합니다. 일부 동지들은 마오쩌동 동지가 가르친 것처럼 대중 속에 들어가 그들에게 의지한다고 하는데, 오히려 하지 않고는 콧대를 높이 세우고 책이나 문서, 그리고 상급의 지시에 따르거나, 심지어 자신의 그룹만 믿고 대중과 전혀 교류하지 않고 있습니다. 이는 당연히 아주 위험한 행동입니다. 이러한 이론업무는 근본을 잃은 것이기 때문에 반드시 비뚤어진 길로 나아가게 될 것입니다.

의식형태는 쉽게 착오를 범하는 전선입니다. 만약 실제와 대중을 이탈한다면 더 쉽게 착오를 범하게 됩니다. 우리는 이론 문제에서의 착오를 인정해야 합니다. 착오를 범한 동지에게 도움을 주고, 착오를 범한 동지들은 또 경험과 교훈을 종합해 발전을 가져오도록 해야 합니다. 우리는 이론 문제에서의 다양한 관점에 대한 논쟁, 이론에 대한 비판과 반대 비판을 제창함으로써 진정으로 민주주의적 학풍을 고양시켜야 합니다.

이론전선 차원에서의 비판과 자아비판은 아주 중요한 문제입니다. 최근 며칠간 『인민일보』에서 「비판과 자아비판의 훌륭한 기풍 고양시켜야」, 「단결하여 앞을 내다보아야 한다」라는 제목의 특약 논설위원 글 2편을 발표했습니다. 이 2편 모두 중앙의 조직부 연구실에서 작성한 것입니다. 이 2편의 글이 담고 있는 관점을 저는 찬성합니다. 저는 문화대혁명 이후 특히 지난해 조직 업무를 맡아서부터 이러한 두 가지 문제에 대해 줄곧 고민해왔습니다.

하나는 중국이라는 대국에서 '무너뜨린다'는 단어의 의미가 어떤 수량 개념을 의미하는 것인지에 대한 고민이었습니다.

마오쩌동 동지가 항상 우리에게 간부의 다수가 훌륭하거나 비교적 훌륭하니 극소수의 간부들만 도태시키면 된다고 가르쳐주었습니다. 현재 직장 외 간부가 1천 7백만 명에 달합니다. 올 연말에는 1천 9백만 명에 달할 것으로 예상되는데, 이는 루마니아의 인구수와 맞먹습니다. 그중 100분의 1을 도태시키면 19만 명이고, 100분의 2를 도태시킨다고 가정하면 38만 명이 됩니다. 그러니 그 규모가 엄청난 것입니다. 여기서 한 가지 문제가 뒤따릅니다. "간부의 다수가 훌륭하다거나 비교적 훌륭하다는 것이 어떤 의미일까?"하는 문제입니다. 100분의 98, 100분의 99, 아니면 100분의 99 이상이라는 의미일까 하는 것입니다. 두 번째 문제는 무릇 간부라면 모두 결함이 있고, 심지어 착오가 있다거나, 혹은 과거에 착오를 범한 적이 없다고 하여 앞으로도 착오를 범하지 않는다고 말할 수 있을까 하는 문제입니다.

이는 성질이 서로 다르지만, 또 서로 간에 연관성이 있는 문제입니다. 하나는 간부의 다수가 훌륭하고, 또 비교적 훌륭한 것이고, 다른 하나는 무릇 간부라면 이런저런 단점 혹은 착오가 있기 마련이라는 것입니다. 다수의 간부들이 훌륭하고 비교적 훌륭하기 때문에, 우리는 과거의 경험과 교훈을 반드시 받아들여 간부 한 명이라도 절대로 쉽게 무너뜨려서는 안 됩니다. 간부들에게 이런저런 단점이나 착오가 있기 때문에, 늘 비판과 자아비판을 진행해야 합니다. 마치 마오쩌동 동지가 가르친 것처럼 세수하듯 매일 씻어야 한다는 것입니다.

마오쩌동 동지가 얘기했던 두 마디 말이 생각합니다. 하나는 1965년 말 펑더화이(彭德懷)[81]동지가 3선[82]에 파견되어 부 총지휘를 맡았을 때, 모 주석이 펑더화이와의 식사자리에서 "앞을 바라보아야 합니다. 당신의 문제는 역사가 결론을 짓도록 맡깁시다. 그러면 진리가 당신의 편이 될 것입니다"라고 말했습니다. 이는 중앙기율검사위원회 회의 때 푸안시우(浦安修)[83] 동지가 얘기한 것입니다. 저는 마오쩌둥 동지가 그 당시 이렇게 얘기했다고 믿습니다.

마오쩌둥 동지가 일정한 시간이 지난 후에는 다시 되돌아와서 일부 문제를 생각할 것입니다. 다른 하나는 1968년 10월 14일 제8기 12중전회[84]에서 직접 들은 것입니다. 그날 오후 1시 경 모 주석이 몇 마디 말을 한 후, 우리에게 "동지들! 문화대혁명을 어떻게 생각합니까?"라고 물었습니다. 그러자 회의장은 쥐죽은 듯 적막이 흘렀고 그 누구도 대답하지 않았습니다. 이어 주석은 "50년, 100년이 지난 후 이 시기는 역사에서의 에피소드가 될 것입니다"고 말했습니다. 그 말을 듣고 나서 저는 그날 저녁 한숨도 자지 못했습니다. 여러 번 모 주석을 찾아뵙고 그 말에 담긴 뜻을 물어보고 싶었습니다. 모 주석의 그 말에 깊은 의미가 담겨 있다고 생각했기 때문입니다. 그날 그는 또 이번에 중앙위원의 다수가 오지 않는다면서 다음번에는 더 많이 올 수 있기를 기대한다고 말했습니다. 그러나 중국공산당 제9차 대표대회의 참석자 수가 많아지기는커녕 오히려 더 줄어들었습니다.

마오쩌둥 동지의 평생 특히 60년대 이후 그의 사상과 문제를 대하는 그의 태도, 그리고 수많은 부분에 대해 우리는 섣불리 판단을 내리지 말아야 합니다. 급히 판단을 내리면 쉽게 손해를 보기 때문입니다. 위의 두 마디 말을 듣고 난 후 감동을 받았지만 생각도 많아졌습니다. 비판과 자아비판을 진행하기란 결코 쉬운 일이 아닙니다. 특히 이론 업무에서의 비판과 자아비판은 정치노선·당성, 그리고 기타 부분의 비판과 달라 자체의 특점이 있기 때문에 명확하게 연구해야 했습니다.

이번 이론업무 학습토론회에서는 옳고 그름을 똑똑히 구분해야 합니다. 그러려면 비판과 자아비판을 진행해야 합니다. 의식형태 분야에서의 비판과 자아비판을 진행하려면 설득력 있게 추진해야 하고, 편파성을 방지하며, 더 많은 시간을 들여 고려할 것을 허락함으로써 이론 차원에서의 비판과 자아비판이 경험 종합의 토대 위에서 더 건강하게 더 나은 방향으로 나아가고, 착오를 범하지 않거나 적게 범하도록 해야 합니다.

몇 년 전 우리 당내에는 일부 이론 몽둥이나 몇몇 이론 악질토호가 있었습니다. 예를 들면 천바입니다(陳伯達)[85], 장춴차오(張春橋)[86], 야오원위안(姚文元)[87], 관펑(關鋒)[88], 치번위(戚本禹)[89], 강성(康生)[90] 등이 그들이었습니다. 그들은 마르크스·레닌주의·마오쩌동 사상을 독점해 임의로 왜곡하고 고쳤을 뿐만 아니라, 타인이 창조적인 연구를 진행하는 것도 반대했습니다. 그들은 특권을 등에 업고 아무런 근거도 없이 인기 작품에 대해 '당을 반대하는 글', '당을 반대하는 소설', '흑화(黑畫)', '흑희(黑戲)' 등의 모자를 뒤집어 씌웠습니다.

이처럼 문화를 박해하고 사상을 속박하는 악질토호의 기풍은 반드시 없애야 합니다. 일부 동지는 "혁명이 바로 비판입니다"라는 말을 깊이 이해하지 못하고 있습니다. 비판은 훌륭한 것을 받아들이고 나쁜 것을 배제시키려는 것입니다. 마르크스·엥겔스·레닌·스탈린·마오쩌동·노신(魯迅) 등은 수많은 사람을 비판했을 뿐만 아니라, 수많은 과학자·철학자와 사상가·문학가도 숭배했습니다. 그들이 수많은 작가를 알지 못하지만, 작품을 논평할 때에는 작가가 한 말의 한 두 마디만 보는 것이 아니라, 전체 작품의 주요한 사상경향을 파악한 후, 훌륭하고 가치가 있거나, 혹은 나쁘거나 독초 같은 부분을 구별했습니다.

우리는 이러한 마르크스주의 학풍을 고양토록 해야 합니다. 그래야만 우리는 백화제방·백가쟁명을 진정으로 실현함으로써 마르크스주의의 이론 업무와 과학문화 사업을 발전시킬 수 있는 것입니다.

3. 위대한 전환과 이론 홍보업무 관련 임무

이번 이론업무 학습토론회는 전 당 업무 중심이 이전되는 시기에 소집된 것이라 이론 홍보업무가 어떻게 위대한 전략적 전환에 적응할 수 있을지를 중점적으로 논의해야 합니다.

전 당의 업무 중심을 옮긴 후의 이론 홍보업무의 근본적인 임무를 아래와 같은 몇 마디로 종합할 수 있을지 생각해보았습니다. 마르크스 · 레닌주의와 마오쩌둥 사상의 보편적 진리를 4개 현대화 실현이라는 위대한 실천과 밀접하게 연결시켜 새 문제를 연구 및 해결함으로써, 사상 이론업무가 실제 업무의 선두에 서고, 마르크스 · 레닌주의와 마오쩌둥 사상이 실천 가운데서 꾸준히 풍부해지고 발전하도록 해 새로운 장정에서 승리를 거둘 수 있도록 이끌어야 합니다.

그 어떤 시기나 전선을 막론하고 모두 마르크스 · 레닌주의와 마오쩌둥 사상의 보편적 진리를 위배해서는 안 됩니다. 우리는 마르크스 · 레닌주의와 마오쩌둥 사상의 기본원리를 단호히 지키고, '좌'혹은 '우'형식으로 나타나는 수정주의 경향에 계속해서 경각성을 높여야 합니다. 현재 우리와 린뱌오와 '3인방'의 극좌 형식으로 나타난 수정주의 간의 투쟁이 아직 끝나지 않았습니다. 따라서 최선을 다 해 사상 이론 차원에서 깊이 있게 린뱌오와 '3인방'을 비판하고, 여러 부분에서의 그들의 독성을 없애야 합니다. 이는 위대한 전환을 실현하는데 필요한 사상조건입니다.

오늘 이론홍보 사업자들에게 아래와 같은 두 가지 임무가 주어졌습니다.

첫째, 앞으로 나아가는 길에서의 사상 걸림돌을 계속해서 제거해야 한다는 것입니다. 사상 이론 차원에서 우리의 앞길을 가로막고 있는 걸림돌을 어떻게 없애야 하는지, 금지구역은 어떤 것들인지, 아직도 어떤 정신적 속박이 있는지, 그리고 마오쩌동 동지가 살아생전 제때에 명확히 서술하지 못한데다 훗날 린뱌오와 '3인방'이 심각하게 왜곡시킨 사상 이론문제, 예를 들면 사회주의 사회의 계급투쟁 등 문제를 논의해야 합니다. 캉성·장췬차오가 초안 작성한 중국공산당 제9차 대표대회의 정치 보고서에는 이론적 착오가 상당히 많았는데, 린뱌오와 '3인방'의 황당무계한 다수의 논리 모두가 여기서 얻은 것입니다. 이러한 이론의 옳고 그름을 정확히 분간하지 못하면, 사상이 속박을 받게 되고 4개 현대화 프로세스 실현의 걸림돌이 될 것입니다. 이 문제에 대해 후차오무(胡喬木)[91]가 각종 의견을 자료집으로 만들어 나누어주었습니다. 아울러 동지들이 이번 회의를 빌어 계속해서 해결해야 하는 문제를 논의하는 한편, 일부 제목에 대해 연구한 동지들은 소견을 충분히 발표하기를 바랍니다.

또 다른 중요한 부분은 위대한 전환 가운데서 꾸준히 나타나는 새로운 문제를 연구하고 해결하는 것입니다. 또 마르크스·레닌주의와 마오쩌동 사상을 새로운 실천과 긴밀히 연결시킴으로써 이론업무가 실제로부터 출발함과 동시에 억만 인민들이 4개 현대화를 실현하는 위대한 실천과정에서 앞장서게 하는 등의 실제업무가 비약적으로 발전할 수 있도록 지도하자는 것입니다. 이는 전 당 업무의 중심이기 이전에 이론 홍보 업무의 근본적인 임무입니다.

우리는 이 문제를 명확히 논의함으로써 이론 홍보 사업일꾼이 사상 차원에서 전환을 가져오고, 4개 현대화의 실제를 바라보아야 합니다. 일례로 사회주의 계획경제를 어떻게 추진하고, 경영관리를 어떻게 이끌어가며, 농업의 발전을 어떻게 가속화할 것인가 하는 등의 문제입니다. 최근 중앙에서 1만 5천 자에 달하는 「농업 발전을 추진하는 것에 관한 약간의 문제에 대한 결정」[92]초안을 작성했습니다. 이 초안을 이론적으로 명확히 밝혔을까요? 특히 중국의 실제 상황에 따라 "어떻게 농업 수준을 하루빨리 향상시킬 것인가?" 하는 문제는 이론과 실제를 결부시켜서 해결해야 합니다. 그러려면 마르크스·레닌주의와 마오쩌둥 사상을 지도사상으로 해서 새로운 상황과 문제를 열심히 연구해 진정으로 이론과 현대화 건설의 실천을 밀접하게 결부시켜야 합니다. 만약 반대로 마르크스·레닌주의와 마오쩌둥 사상을 그저 고귀한 존재로만 생각한다면, 허장성세로 남을 속이기만 하는 격이 되기 때문에 가짜 마르크스주의·반(反)마르크스주의라고 해야 할 것입니다. 최소한 완전한 마르크스주의라고는 할 수 없지 않겠습니까?

우리는 반드시 밀접하게 연결시키기 위해 노력해야 합니다. 당연히 이렇게 하는 것은 쉽지 않고 어려움이 많아 상당한 공을 들여야 합니다. 다수 국가의 무산계급 정당이 이를 실현하지 못했고 따라서 오늘날까지도 혁명에 성공하지 못하고 있습니다. 우리 당과 마오쩌둥 동지는 이를 실현했기 때문에 중국혁명은 성공한 것입니다. 그야말로 이는 대단한 일이었습니다. 린뱌오와 '3인방'은 상호 연결을 파괴하면서 마르크스·레닌주의와 마오쩌둥 사상을 구실로 삼아 마르크스주의를 반대했습니다.

현재 우리는 마오쩌둥 동지의 이론 업무방향을 회복하고 마르크스·레닌주의와 마오쩌둥 사상과 4개 현대화를 긴밀히 결부시키는 방향으로 확고하게 걸어 나가야 합니다. 이는 이론업무의 유일하고도 정확한 방향입니다. 이 방향을 벗어난다면 모두 정당하지 못한 길에 들어서게 될 것입니다. 우리는 여러 가지 걸림돌을 걷어내고 위에서 말한 방향을 따라 가야만 합니다.

이론 업무에서의 유일하고도 정확한 방향을 따라 확고하게 나아갈 수 있는 방법은 없을까요? 최소 아래와 같은 3가지 조건을 갖추어야 한다고 생각합니다.

첫째, 마르크스·레닌과 마오쩌둥 저술을 열심히 읽어야 합니다. 그렇지 않고서는 어떻게 실천과 결부시키고 현대화 건설을 지도할 수 있겠습니까? 이론은 행동의 지침서입니다. 엥겔스는 "한 민족이 과학의 최고봉에 올라서려면 한시라도 이론 사유가 없어서는 안 된다"[93]라고 말했습니다. 4개 현대화 실현은 과학의 최고봉에 올라서는 것이기 때문에 이론 지도가 없이는 절대 안 됩니다. 전 당의 업무 중점을 옮긴 후 이론 업무를 소홀히 할 수 없을 뿐만 아니라 오히려 더욱 중요시해야 합니다.

중국 4개 현대화의 위대한 사업에 정확한 이론적인 지도를 형성하고, 일련의 완전한 노선·방침·정책을 구축함으로써 우리의 사업이 정확한 길을 따라 나아가도록 해야 합니다. 더는 정치 사기꾼에 끌려 잘못된 길에 들어서지 말아야 합니다. 이러한 역사적 교훈을 절대 잊어서는 안 됩니다. 이러한 홍보업무에 종사하는 간부들은 앞장서서 이론을 성실하게 학습하고 마르크스주의에 통달해야 합니다. 6개월 이후 선전부 부장을 비롯해 전 당의 이론 홍보 간부를 상대로 오픈 북 시험을 치를 수 있도록 조직하되 마르크스·레닌주의 기본원리를 시험내용으로 할 것을 건의합니다. 하지만 비서를 시험에 대신 참가시켜서는 안 됩니다.

둘째, 실제를 내다보아야 합니다. 우리의 이론 홍보업무를 형상적으로 얘기하면 마르크스·레닌을 등에 업고 실제를 내다보는 것입니다. 마르크스·레닌주의와 마오쩌동 사상은 우리의 모든 업무를 지도하는 이론적 기반입니다. 이러한 기반은 완전히 믿어야지 한시도 위배해서는 안 됩니다. 하지만 만약 이론이 실제를 이탈하고 실제문제를 해결하지 않는다면, 마르크스·레닌주의를 등진 것이 아니라, 그 위에서 잠을 자는 격이 되고 맙니다. 때문에 이론은 반드시 실제를 바라보아야 합니다. 그렇다면 여기서 말하는 실제라는 것은 무엇일까요? 4개 현대화, 당내 외 간부와 인민대중의 사상, 그리고 과거·현재와 미래의 경험, 교훈이라는 실제를 내다보아야 합니다.

실제 범위는 폭이 훨씬 더 넓습니다. 우리는 한 시기·한 사물만 볼 것이 아니라 장기적이고 꾸준히 노력하면서 실제를 내다보아야 합니다. 마르크스주의 이론의 원천은 책이나 문서, 그리고 상급의 지시가 아닌 실제입니다. 이론이 실제를 떠난다면 뿌리가 없는 나무가 되어 버리고 원천이 없는 물이 되어버리기 때문에, 이론의 생명선을 잃는 격이 됩니다. 그렇기 때문에 우리는 반드시 실제 속에서 마르크스주의 이론의 원천을 받아들여 두뇌를 발전시킴으로써 이론 업무의 영원한 생명력을 보장해야 합니다.

셋째, 반드시 사상을 해방시키고, 마오쩌동 동지가 줄곧 제창해온 우수한 학풍을 앞장서서 이끌어 나가야 합니다. 그 과정에서 완전하고도 정확하게 마르크스·레닌주의와 마오쩌동 사상의 과학체계를 이해하고 통달하는 것 외에 교조주의를 반대하는 것이 가장 근본적인 부분입니다. 경직된 사상 상태에서 벗어나려면 소 생산에 습관화 되어버린 세력, 그리고 여러 가지 관료주의적인 '관리·제한·억압'에서 탈출해 모든 '금지구역'을 타파하고, 온갖 정신적인 속박을 없애는 등 이론 민주를 충분히 고양토록 해야 합니다. 이론 업무의 대중노선을 단호히 실행하고, 린뱌오와 '3인방'의 이론 전제주의, 이론 악질 토호 기풍의 독성을 깨끗이 씻어냄으로써 마르크스주의의 이론 영역이 백화제방 할 수 있도록 이끌어야 합니다.

이론 업무범위는 아주 광활합니다. 따라서 이론업무 종사자들은 용기가 있어야 하고, 미래지향적인 안목을 가져야 할 뿐만 아니라, 실제로부터 출발해 새로운 문제를 제기하고 해결할 수도 있어야 합니다. 그리고 인민의 이익을 위해 진리를 견지하는 과학적인 태도를 형성하는 한편, 개인의 이익을 위해 원칙을 어기는 악랄한 학풍을 반대해야 합니다.

이론 홍보 대오가 위의 3가지 조항을 열심히 실천에 옮긴다면, 이론 업무가 4개 현대화를 향해 나아가는 과정에서 얻게 되는 인민대중들의 풍부한 실천을 따라잡을 수 있을 뿐만 아니라, 앞장서서 중국 현대화 건설 사업이 크게 발전할 수 있도록 지도할 수 있을 것이라 믿습니다.

이론 연구와 이론 홍보업무를 강화해 성과를 내야 합니다. 이론과 실제의 긴밀한 연결을 기반으로 무게감 있는 이론 글과 저술을 펴내야 합니다. 린뱌오와 '3인방'을 무너뜨린 후로 작년과 지난해 모두가 이론을 세우는 글을 작성해 사상 이론 차원에서 잘못된 부분을 근본적으로 바로잡는데 뛰어난 역할을 했습니다. 우리는 꾸준히 노력해 올해에도 무게감 있는 이론적인 글을 작성함과 동시에, 이론 저술에 착수하기 시작함으로써 마르크스ㆍ레닌주의와 마오쩌둥 사상이 실천 가운데서 꾸준히 풍부히 발전되어 사회주의 현대화 건설을 추진할 수 있도록 할 예정입니다.

이론 업무를 착실히 이끌어 나가기 위해서는 언론과 간행물, 그리고 각급 선전부에서는 아래와 같은 두 가지 부분에 유의하길 바랍니다. 첫째, 무게감 있고 영향력 있는 중점 이론 글은 성급히 발표하지 말고, 심사숙고하고 명확하게 연구해야 합니다. 예를 들면, 사회주의 민주에 대한 문장이 바로 그러합니다. 우리는 이 문제에 대해 아직은 완전히 파악하지 못하고 있습니다. 현재 전체적인 사상 경향은 올바르고 4개 현대화를 추진하려는 태도 역시 분명합니다. 그러나 지난해 당내에서는 "모든 부분을 시키는 대로 하는 기풍"이 생겨났습니다.

올해는 민원문제에 약간의 기풍이 머리를 들기 시작했는데, 민원문제에서 주로 나타나고 있습니다. 민원자의 다수는 억울함이 있고, 100분의 98 내지 99에 달하는 사람들의 요구는 합리적인 것입니다. 이는 사람들 요구의 주가 되기 때문입니다. 우리가 업무를 잘 이끌어 나가지 못한 탓에 그들이 고생을 했기 때문에 그들의 문제해결에 우리는 마땅히 도움을 주어야 합니다. 그러나 천분의 일, 만분의 몇에 달하는 자들의 생각과 행위에 합당하지 않는 경우가 있지 않을까요? 일부는 표어를 내걸고 시위행진을 감행합니다. 더욱이 "배고픔과 박해를 반대하고 민주와 자유를 원한다."고 호소하면서 외국인과 결탁하고 얘기를 한다고 하면 4시간입니다. 이러한 상황을 두려워하지 말고 그렇다고 해도 함부로 남을 체포해서는 안 됩니다. 그러나 이 부분을 연구하려 한다면 타인들은 어떻게 생각하겠습니까?

『모택동선집(毛澤東選集)』 제4권에서 민주적 개인주의를 언급했습니다. 이러한 부류의 사상이 민주적 개인주의 경향이 아니겠습니까? 우리 당은 민주 집체주의 혹은 민주 집중주의를 비롯한 인민민주를 제창하고, 민주적 개인주의를 반대합니다. 다양한 개인주의가 있는데 이러한 개인주의는 추상적인 '민주'를 주요 특징으로 합니다. 주로 아래와 같은 4가지에서 표현됩니다.

(1) 헌법과 구체적인 역사적 조건을 떠나 민주 자유를 언급합니다. 헌법의 개별 조항은 수정할 수 없는 것은 아닙니다. 다만 예를 들면 중국은 공산당이 영도하고 사회주의를 견지하며 마르크스 · 레닌주의를 지도사상으로 하는 등의 기본 원칙을 위배해서는 절대로 안 됩니다. 이러한 사람들이 구체적인 역사적 조건을 떠나 민주와 자유를 요구한다면 이는 잘못된 것입니다. (2) 생산 발전을 떠나 생활개선을 진행합니다. (3) 인민의 전체 이익을 떠나 개인 이익을 강조합니다. (4) 마르크스 · 레닌주의의 보편적 원리를 떠나 사상해방을 운운합니다. 이상에서 말한 4가지 다른 점이 있다면, 이를 마르크스 · 레닌주의라고 할 수 있겠습니까? 저는 아니라고 생각합니다. 이러한 것을 무엇이라고 할 수 있겠습니까? 민주 개인주의 경향이라고 할 수 있지 않을까요? 이 부분에 대해서는 연구해볼 필요가 있는 것입니다.

어찌 되었든 간에 아래와 같은 3가지 점은 반드시 견지해야 한다고 생각합니다. 첫째는 사람을 함부로 체포하지 말고, 둘째는 함부로 지명해서 비판하지 않으며, 셋째는 함부로 몽둥이를 휘두르지 않는다는 것입니다. 이 부분에서 우리는 손해를 본 적이 있습니다. 마오쩌둥 동지가 민주 개인주의자는 사상이 나아질 수도, 나빠질 수도 있다고 말한 바가 있습니다. 주즈칭(朱自淸)[94], 원이둬(聞一多)[95]등은 모두 민주 개인주의 자였다가 훗날 진보한 자들이 아닙니까? 일부 청년들은 사상이 적극적이고 과감하게 사고합니다. 그러나 이들을 마르크스주의자와 동일시 할 수는 없습니다. 따라서 과감한 문제에 대한 사고를 마르크스주의와 같다고 해서는 안 됩니다. 마르크스 · 레닌주의로 그들을 이끌고 그들과 이야기를 나누고 그들을 도와야 합니다.

이와 유사한 문제는 잘 연구해야만 하지만, 쉽사리 언론에서 글을 발표하지 말아야 하며, 특히 중점적인 글은 그러합니다. 둘째, 대중노선을 견지하고 많이 심사하고 의견을 제기해야 합니다. 반복적인 사고에 대중노선을 견지한다면 우리는 착오를 적게 범하게 됩니다. 착오는 범하기 마련이지만 그렇게 하고 나면 앞으로 착오를 적게 범할 것입니다.

오늘 제가 제기한 몇 가지 문제는 여러분의 훌륭한 건의를 이끌어 내기 위한 '미끼'일 뿐입니다. 그러니 여러분들이 적극적으로 건의를 발표하길 진심으로 바라며, 위대한 전환 과정에서 소집된 이번 이론업무 학습토론회를 성공적으로 개최하기 위해 노력하기를 희망하는 바입니다.

지식인에 대한 정책을 실행하는 데에 관한 평어

(1979년 1월-1982년 12월)

1

문예계의 단합, 상호 지지와 학습하는 기풍을 적극적으로 제창하고, 문학 예술의 번영을 위해 함께 노력해야 합니다. 큰 포부를 품고 전반적인 국면을 돌보고 엄격히 기율을 지키며 남을 기꺼이 도와주는 가수와 연예인들을 적극적으로 찬양해야 합니다. 계발과 찬양을 주로 하고 비판을 부차적인 수단으로 여김으로써 대다수 동지들은 이러한 분위기 속에서 단결하고 진보하도록 해야 합니다. 이로써 만약 얄팍한 이해타산만을 계산한다는 것이 얼마나 보잘 것 없고, 얼마나 불쌍한 일인가 하는 점을 깨닫도록 해야 합니다.

(1979년 1월 27일 경극 배우가 보내온 편지에 대한 평어)

2

문예계(대체로 과학계와 교육계도 포함됨)에서는 확실하게 그만한 능력에 상응하는 자를 상대로 정책을 실행해야 하지만, 대체로 실행에 옮기지 못하고 있습니다. 중국공산당 중앙 조직부 선전교육간부국에 올 내로 이와 관련된 업무를 확실하게 관장할 것을 부탁합니다. 명망이 있지만 보살펴주는 자가 없는 일부(예를 들면 수 천 명은 될 듯) 노인을 상대로 리스트를 작성한 후 책임 부서를 정하고 끝가지 실행하도록 해야만 문제를 해결할 수 있습니다.

(1979년 2월 26일 아마추어 미술 애호가가 보내온 편지에 대한 평어)

3

문화인을 상대로 한 정책 실행을 중국공산당 조직부 선전홍보국, 중국공산당 중앙선전부문예국·문화부 그리고 문학예술계연합회와 여러 협회에서 모두 직접 관장해야 합니다. 국정 방침을 논하는 자가 많은 반면, 구체적인 업무를 추진하는 자가 극히 드문 것이 현 실정입니다. 곳곳이 다 이러한 상황뿐이고 문제가 산더미처럼 쌓여 있습니다.

선전교육간부국에서 위 기관의 동지들과 연계해서 각자의 역할을 발휘해 줄 것을 부탁하기 바랍니다. "방법이 없다", "능력이 안 된다"는 말은 하지 말아야 합니다. 방법과 능력은 실천 과정에서 형성되는 것입니다. 하나씩 차례로 조사하고 문제를 하나라도 발견하면 그곳의 당 조직과 논의한 후 끝까지 책임지고 해결해야 합니다.

(1979년 10월 13일 소설가가 보내온 편지에 대한 평어)

4

현재 우리 당이 지식인을 상대로 해결해야 해야 하는 문제가 산더미처럼 쌓여 있습니다. 다수의 문제는 중앙에서 결정이나 규정을 내리지 않는 한 그 누구도 해결할 수가 없습니다. 이는 "정확한 길이기 때문에"라는 것은 문제가 되지 않습니다. 중앙에서도 이 일을 적극적으로 추진하고 있습니다. 그러나 여러 지방과 단위에서 해결할 수 있는 문제도 있습니다.

만약 우리가 일부 문제에 대해 이해나 고찰을 하지 않고 또 바로잡거나 비판하지 않는다면 중앙에서 문건이 내려온다고 해도 여전히 실행에 옮기지 않는 지방이 있을 것입니다. 따라서 무릇 사무를 올바르게 처리하려면 중앙의 지시와 규정이 있어야 할 뿐만 아니라, 이를 따르고 적극적으로 실행하는 조직의 태도도 뒷받침되어야 합니다.

이상의 두 가지에서 하나라도 빠지면 안 됩니다. 여기에 중국공산당 중앙조직부 선보교육 간부국의 업무방법에 문제가 뒤따릅니다. 선전교육 간부국에서 많은 업무를 추진했고 업무도 훌륭하게 이끌어 나갔기 때문에 "여기에는……" 라고 하는 문제는 없습니다. 그러나 지식인이 해결해야 할 문제가 많기 때문에 특히 여러분들이 더 많은 사무를 처리할 수 있기를 바라는 바입니다.

일례로, 이 자료에 수많은 일들이 있습니다. 여러분들과 통일 전선부, 중국공산당 중앙선전부, 교육부, 보건부, 문화부 등 간부업무 관리부서와 힘을 합치면 처리할 수 있습니다. 서로 힘을 합치고 자주 상황을 파악하는 것 외에도 직접 처리하고 끝까지 처리해야 합니다. 이러한 방법이 미련한 것처럼 보이지만, 바로 효과를 본다면 널리 알려지면서 각급 간부들이 처리할 수 있도록 영향을 줄 수가 있어, 궁극적으로는 지식인의 정서를 안정시키고 안심시키는데 도움이 될 것입니다. 때문에 저는 아주 훌륭한 업무 방법이라고 늘 인정해왔습니다.

위에서 언급한 여러 부서의 인사업무 관계자들과 힘을 합쳐 60%나 70%의 정력을 들여 중앙급 부서 지식인들이 해결할 수 있는 문제를 해결하고 나머지 정력으로는 각 성·시의 문제를 해결할 것을 건의합니다. 한 달에 5건만을 처리해도 아주 대단한 것입니다. 만약 6개월에 30건을 해결한다면 얼마나 큰 역할을 발휘하겠습니까? 만약 6개월의 효과를 내부 간행물을 매개체로 종합하고 경험을 보급한다면, 얼마나 막강한 힘이 형성될 수 있겠습니까! 위의 부서의 관련 동지들과 자리를 마련해 서로 의견을 나누는 한편 일부 사람들의 구체적인 문제를 해결할 것을 부탁합니다. 그리고 마지막 결과를 알려주었으면 합니다.

(1979년 10월 22일 정협 전국위원회 내부 재료에 대한 평어)

5

현재 우리는 과학기술 간부를 중용함과 아울러 이러한 인재를 바탕으로 근본적인 차원에서 공장과 광산기업의 경영관리를 개선해야 합니다. 각급 조직부서, 경제부서에서는 아직 이 문제를 충분히 이해하지 못하고 있는 실정입니다. 이러한 것은 문제가 해결되지 못했거나 심지어 아직 착수조차 하지 못한 데는 두 가지 이유가 있기 때문입니다.

첫째, 이미 습관에 못이 박혀 있는 세력이 방대하기 때문입니다. 따라서 간부에 적용하는 기준이 여전합니다. 대개 간부를 이해하고 간부를 물색하기 위해서 오래된 자격, 오래된 당원, 오랫동안 당위 서기직을 맡았던 자들 가운데서 선출했습니다. 이 또한 간부업무에서 사상이 경직되어 있다는 점을 표하는 것입니다.

둘째, 지식인 출신의 과학기술 간부에 대해 잘 알지 못하고 직접적으로 고찰하지 않아 마음에 숫자가 없습니다. 이러한 문제를 근본적인 차원에서 해결하기 위한 조치로 저는 중국공산당 중앙 조직부에서 6개월 내에 300개의 대기업과 경제 부서를 직접 고찰함과 아울러 그 중에서 200명의 리스트를 뽑아낸 후 이들을 직접 공장장·이사장직에 임용할 것을 건의합니다.

(1979년 11월 24일 신화사 내부 간행물에 등재된 조사 자료에 대한 평어)

6

중앙 선전부와 톈진(天津)시의 동지들에게 이 재료를 어떻게 처리할 것인지에 대해 논의할 것을 부탁합니다. 일부 문제는 잠시 해결할 수 없는 반면, 일부 문제는 해결이 가능합니다. 100문제 가운데서 5개만 해결해도 됩니다. 현재 여러 갈래의 전선에는 문제가 많아 수많은 실무적인 사람들이 앞장서서 과감하게 처리해야 합니다.

선전부 각 국(局)에서는 대중들과 손잡고 조사연구를 진행하면서 문제를 하나 발견하면 갖은 방법을 동원해 해결하면 됩니다. 보고하거나 지시를 요구할 필요는 없습니다. 자발적으로 업무를 추진하는 것 외에 실사구시 적인 태도를 갖고 당의 정책에 따라 일을 많이 한다면 대중이나 지식인은 물론 간부와 중앙에서도 기뻐할 것입니다. 이렇게 모두 기뻐하는데 어찌 하지 않겠습니까?

(1979년 12월 19일 중앙 톈진시위 내부 자료에 대한 평어)

7

현재 각급 조직부에서 과학기술 인재 특히 중년 인재의 상황에 대해 아는 것이 극히 적습니다. 완전히 어두컴컴한 것은 아니더라도 애매모호한 것만은 사실입니다. 이러한 상황에서는 새 시기의 당의 간부노선이 정확하게 실행될 리가 없습니다.

(1980년 4월 1일 신화사 내부 자료에 대한 평어)

8

새로운 안목, 새로운 기준으로 간부를 선출하는 것은 투쟁이나 다름없습니다. 전 당 조직부서에서 새 관점을 먼저 수립하지 않는 한 일을 제대로 처리할 수 없습니다.

(1980년 4월 6일 신화사 내부 재료에 대한 평어)

9

지식인 관련 정책을 실행하고 과학기술 인재를 간부 영도로 선출해 일부 단위의 나쁜 기풍을 바로잡고 정면과 부(副)면적인 대표 사례를 관장하는 것 외에도 반복적으로 확인하고 실사구시 적으로 추진하고 충분히 이치를 따지는 한편 적극적인 보도 방법으로 전국의 간부와 대중들을 교육해야 합니다. 조금씩 일을 추진하고 닥치는 일만 논한다면 사상 조류를 형성할 수 없습니다. 애매모호하고 옳고 그름을 분명히 하지 않는다면 훌륭한 사상이나 정책의 실행에 반드시 걸림돌이 될 것입니다.

(1980년 5월 12일 한 엔지니어의 상소(上訴) 편지에 대한 평어)

10

지식인 관련정책을 제대로 실행하지 못하고 있습니다. 중국공산당 중앙 조직부에서 통일전선부, 선전부, 교육부, 보건부, 국가과학기술위원회와 힘을 합쳐 하루빨리 실질적으로 처리할 것을 부탁합니다. 현재 우리에게는 큰 이치를 따지는 자나 규정조항을 작성하는 자가 많고 끝없이 논의하는 경우가 많은 반면, 문제를 발견하고 해결하는 경우나 깊이 있게 조사하고 독촉하는 경우는 드뭅니다. 여러 부서에서는 이러한 기풍을 반드시 바로잡아야 합니다.

(1980년 9월 2일 후난(湖南) 모 안과 전문가 관련정책 실행을 요구하는 편지에 대한 평어)

11

지식인이라면 당원·비당원을 떠나서 모두 당과 국가의 간부입니다. 간부의 통일적인 관리규정에 따라 지식인의 업무는 당연히 중앙조직부에서 총체적으로 관장해야 합니다.

중국의 지식인들은 나이가 꽤 있고 상황이 비교적 복잡한데다 역사적으로 형성된 습관이 있어 지식인의 다방면 문제를 잘 처리함에 있어 중앙의 기타 부서도 전가할 수 없는 책임을 지고 있습니다. 예를 들면 당 외의 민주인사, 무장혁명 군관, 종교계 인사, 중앙통일전선부에서는 특히 책임을 더 많이 져야 합니다. 이밖에도 민족 간부, 특히 민족 고위간부, 민족사무위원회, 그리고 작가, 문화인, 중국공산당 중앙 선전부에서 책임을 많이 져야 합니다.

과학기술 인재, 교수, 의사, 국가 과학기술위원회, 교육부, 보건부 외에도 귀국한 교포, 교민 업무 사무실에서도 책임을 많이 짊어져야 합니다. 과거에 그랬듯이 최근 몇 년 간에도 그렇게 했습니다. 문제는 잘 관장하고 열심히 처리한 부서가 있는가 하면 제대로 처리하지 못한 부서도 있습니다. 보편적으로 볼 때 다수는 때로는 엄히 했다가 때로는 완화했는데, 이는 수십 년간을 거쳐 형성된 업무 습관이나 미흡한 업무 제도와 연관이 있습니다. 때문에 업무제도로부터 착수하여 개선에 최선을 다해야 합니다.

연계소조를 건립할 것을 건의합니다. 그리고 이 소조는 중국공산당 중앙조직부의 부부장이 책임지고 다른 부서에서 참가 인원을 파견하면 좋을 듯싶습니다. 정기적(예를 들면 한 주일에 한 번)으로 회의를 소집해 상황을 이해하고 조사를 진행하고 문제를 처리하되 처리할 수 없는 문제는 제때에 상급에 보고해야 합니다.

저는 처리할 수 없는 일이 없고 극복할 수 없는 어려움도 없다고 봅니다. 어려움은 한꺼번에 노임을 향상시킬 수 없다는 것뿐입니다. 그 외에 평판이 철저하지 못한 문제, 업무 배치가 불합리적인 문제, 부부의 장기적인 두 지역에서의 생활, 자녀의 학습과 취업 문제, 주택 문제 등은 도시별로·업종별로 조사하고 고찰하고 독촉만 한다면, 모두 잠재력을 발굴할 수 있고, 조건을 마련해 점차 해결할 수 있다고 생각합니다. 이 부분에서 맹목적으로 중앙에 자금을 요구하고 예산으로 충당해 주어야 한다고 열거해서는 안 됩니다.

지식인의 업무방침 및 정책에 대해 중앙은 이미 전체적인 방안이 있기 때문에 1·2년 내에 지식인 업무회의를 소집할 필요는 없을 듯합니다. 일정한 시간을 간격으로 해서 한데 모여 탁상공론을 펼치고 나서는 모든 일이 원만히 끝났다고 생각할 수 있도록 무의식적으로 우리 동지들에게 영향을 미쳐서는 안 됩니다. 시시각각 그들이 실제로부터 출발해 문제를 해결하고 실제적으로 효율을 추구할 수 있도록 이끌어야 합니다.

(1981년 3월 27일 중공중앙조직부선전교육부 「1980년 지식인 업무상황 관련 보고」에 대한 평어)

12

지식과 지식인을 대함에 있어 우리의 대오에는 수많은 착오적인 관점과 방법이 있습니다. 이러한 부분은 최선을 다해 노력해야만 극복할 수 있습니다. 극복하는 방법은 주로 두 가지입니다.

첫째, 여론 조성으로, 즉 전체 간부와 인민을 상대로 설득교육 업무를 추진하는 것입니다. 수많은 제목을 열거한 후 팀을 나누어 연구하고 명확히 연구한 후 글로 작성합니다. 그리고 글마다 반복적으로 연구함으로써 노동자와 농민, 그리고 지식인들 모두가 이치에 맞는다고 생각하도록 해야 합니다. 사상이 제 궤도에 들어서면 일도 처리하기 훨씬 쉬워집니다.

둘째, 지식인을 상대로 한 정책 실행을 확실하게 관장해야 합니다. 이 부분에서는 보편적인 구호가 아닌 검사와 독촉을 바탕으로 해야 합니다. 꾸준히 검사하고 독촉함으로써 조사해내는 대로 문제를 끝까지 해결해야 합니다. 실행하지 않는 자는 엄숙하게 비판해야 합니다. 곳곳에서 조사를 진행함으로써 결코 책임을 전가할 수 없다는 분위기를 느끼도록 해야 합니다. 그래야만 근본적인 차원에서 기풍을 바로잡을 수 있습니다. 기풍을 바로잡는 데는 특별한 비법이 없습니다. 오로지 끝까지 관장하고 철저하게 추진하는 것뿐입니다.

(1982년 12월 17일 중공중앙조직부선전교육 간부국 책임 동지의 편지에 대한 평어)

사상을 해방시키는 첫 단계는 실사구시를 하는 것이다*

(1979년 3월 10일 · 18일)

'사상 해방'이라는 구호를 제기한 지는 아주 오래되었습니다. 마오쩌둥 동지는 미신을 없애고 사상을 해방시켜야 한다고 말했습니다. 마르크스 · 엥겔스도 이와 비슷한 말을 했습니다. 중국공산당 제11기 3중전회[77]에서 경직된 당내 사상을 겨냥해 중앙 영도간부들은 연설과 공보에서 모두 지속적인 '사상 해방'을 강조했습니다. '사상 해방'은 커녕 사상이 엄청나게 혼잡하다고 말하는 일부 당내 동지들도 있습니다. 그러나 이러한 추측은 지나치다고 생각합니다.

활발한 사상으로 초래된 일부 혼잡함은 결코 피할 수 없는 일이 아니겠습니까? 그러니 이는 엄청나게 혼잡한 국면이 아니라고 봅니다. 사실상 린뱌오와 '3인방'을 무너뜨리기 전부터 대중들의 사상은 이미 상당히 활약적인 모습이었습니다. 톈안먼(天安門) 4 · 5운동[96]에서 대중들의 사상이 큰 활약을 보여주지 않았던가요? 린뱌오와 '3인방'을 무너뜨린 후 사상이 자연스레 활발해지면서 '사상 해방' 추세가 나타났습니다. 3중전회 이후로 사상의 활약과 해방이 새로운 수준에 이르렀습니다. 참으로 기쁜 일입니다. 린뱌오와 '3인방'의 악행을 숙청하고 근본적인 차원에서 문제를 바로잡고 당의 여러 가지

---

* 이는 후야오방 동지가 전국 언론 업무 좌담회에서 발표한 연설문의 일부이다.

정책을 실행하는 것 외에도 대중들이 4개 현대화를 위해 이바지하려는 적극성주동성 · 창조성을 발휘하도록 이끄는 데서 이미 큰 역할을 발휘했거니와 현재도 그 역할이 지속되고 있습니다. 이 부분에 대해서는 충분히 인정해야 합니다. '사상 해방'과 '사상 활약'을 계속해서 제창해야 합니다. 그 과정에서 이런저런 관점이 있거나 혹은 일부 혼잡함이 있다고 해도 사물의 발전규칙에 부합되는 것으로 허둥댈 필요는 없습니다. 영도자들은 진일보적인 연구와 고민을 거쳐 '사상 해방'이 무엇인지를 명확히 해 대규모의 혼잡 현상이 나타나는 것을 막아야 합니다. 이를테면 민주문제가 바로 그러합니다.

민주를 고양시키고 당의 민주적 생활을 건전히 해야 합니다. 이는 확고하게 추진해야 하는 부분입니다. 하지만 민주생활을 제창하고 정확하게 영도함으로써 건강한 길을 따라 나아가고 굽은 길에 들어서는 것을 피해야 합니다.

그러면 '사상 해방'이라는 것은 무엇일까요? 근본적인 차원에서 말할 때 유물주의와 변증법적인 정확한 사상방법이 있어야 한다는 것입니다. 사상을 해방하려면 가장 먼저 실사구시 적인 태도를 가져야 하고, 모든 걸 실제로부터 출발하며 이론과 실제를 긴밀히 연결시켜야 합니다. 현재 사상 업무에서는 각별히 유의해야 할 두 가지 부분이 있습니다.

첫째, 실천을 통해 검증된 부분에서 정확하다면 견지하고 틀렸다면 바로잡아야 합니다. 누가 말하고 결정했든 간에 틀렸으면 바로 잡아야 합니다. 하지만 이 원칙을 언론 홍보업무에 적용할 때는 상이한 상황을 구분하는데 유의해야 합니다. 주로 아래와 같은 3가지 상황이 존재합니다. 첫째는, 홍보가 필요한 부분에 대해서는 고치는 대로 홍보하고, 많이 바로잡으면서 많이 홍보해야 합니다. 둘째는 많이 바로잡고 적게 홍보하고 많이 행동에 옮기고 적게 말하는 것입니다. 셋째는 행동에만 옮기고 언급하지 않는 것입니다. 일부 동지들은 무릇 나쁜 일, 추악한 일을 『미국의 소리(美國之音)』에서 까지 다 알고 있는데, 왜 우리에게만 말 못하게 하는가 하고 반문했습니다. 남들이 얘기하고 라디오방송 전파를 타고 전 세계가 다 알았다고 하여 우리도 반드시 얘기해야 한다는 도리는 없습니다. 그렇게 할 수도 하지 않을 수도 있는 일입니다.

현재 우리는 수많은 일을 바로잡지 못했고, 중앙은 해야 할 일들이 산더미처럼 쌓여 있습니다. 일부 사건에 대한 처리는 아직도 일정한 시간이 필요하기 때문에 조급해 해서는 안 됩니다. 일부는 속도만 추구해서는 안 됩니다. 오히려 의식적으로 천천히 얘기하고 점검한 후 다시 얘기하는 과정을 거쳐야 합니다. '사상해방'은 경직되거나 고정불변을 고집할 것이 아니라, 시간과 지점의 조건에 따라 이전할 것을 요구합니다. 일부 문제는 이미 지나갔으니 더는 얘기할 필요가 없습니다. 예를 들면 '은폐한다'는 말은 앞으로 더 언급하지 말아야 합니다.

린뱌오와 '3인방'을 무너뜨린 후 '폭로', '은폐'와의 투쟁을 진행한 바 있는데 이에 대해서는 찬성합니다. 현재에도 은폐하는 현상이 존재하는데 공개하지 않는 것이 좋습니다. 이밖에도 '노선 대조', '노선 분석', "자본주의를 적극 비판하고 사회주의를 적극 추진하자"는 것 등도 더는 언급하지 말았으면 합니다. 그렇다면 자본주의를 대대적으로 비판해야 한다는 말은 틀렸다는 것입니까? 틀리지는 않았습니다. 그렇다면 자본주의를 비판하지 말아야 한다는 것입니까? 문제는 과거에 자본주의에 대한 우리의 경계선이 명확하지 않은 탓에 자본주의 소속이 확실하지 않아도 비판하는 경우가 있었습니다. 또 예를 들면 과거에 했던 "지식인을 상대로 한 단결·교육·개조"라는 말을 지금은 이렇게 얘기하지 않습니다.

시간이 흐르고 업무가 발전함에 따라 우리는 늘 새로운 구호를 제기하고 있습니다. 과거의 일부 구호가 현 단계의 형세와 어울리지 않거나 적절하지 않다면 적게 언급하거나 아예 언급하지 말아야 합니다. 이 또한 사상 해방입니다. 거듭 강조하자면 실제 업무과정에서 무릇 실천을 통해 검증된 부분일 경우 정확하면 견지하고 그릇되면 바로잡아야 합니다. 그러나 언론 홍보에서 몇몇 바로잡아야 하는 상황과는 구별해야 합니다. 왜냐하면 이것도 한 부분인 것이기 때문입니다.

다른 한 부분인 '사상 해방'의 중점은 미래지향적인 안목으로 문제를 보고, 마르크스 · 레닌주의과 마오쩌둥 사상의 과학적 태도로써 새로운 문제를 연구하고 해결하는 것입니다. 이는 오래된 문제나 지나간 문제를 연구하는 것보다 훨씬 어렵습니다. 왜 이렇게 말하는 것일까요? 방금 나타난 새로운 상황이나 문제를 단번에 명확히 볼 수가 없기 때문입니다. 반면에 오래된 문제는 쉽게 명확히 볼 수가 있습니다. 오래된 문제는 장기간 존재했던 문제이기 때문입니다. 따라서 미래지향적인 안목으로 봐야 한다는 것이 어떤 의미에서 말할 때 뒤돌아보는 것보다 더 어려울 수가 있습니다. 우리는 '사상 해방'에 용기가 필요하다고 말합니다. 이러한 용기는 온갖 어려움을 물리치고 옛 사람들이 부딪히지 못했던 새로운 상황과 문제를 모색하는 정신을 말합니다.

그렇기 때문에 언론 종사자들에게 '사상 해방'의 중심이 새로운 상황을 연구하고 새로운 문제를 해결하는 데로 이전되었다는 점을 말해도 되지 않을까 합니다. 현재 우리 앞에 연구해야 할 일련의 새로운 문제가 놓여 있습니다. 여러 전선에 모두 새로운 문제가 있고 해마다 새로운 문제가 나타나고 있으며, 심지어 매일 새로운 문제가 생겨나고 있습니다. 정치 · 경제 · 문화 · 외교 · 군사 분야에 모두 꾸준히 새로운 문제가 생겨날 수 있습니다. 재작년 당교에서 『이론 동태(理論動態)』[59]를 만들 때, 동지들은 5일에 한 번씩 출간한다면 3개월 후에는 출간할 내용이 없지 않겠느냐고 하면서, 이렇게 되면 어떻게 하겠습니까?"하고 우려를 표하기도 했습니다. 이때 저는 발표할 내용이 많아 전혀 걱정할 필요가 없다고 말했었습니다. 저는 그때 중국공산당 중앙 선전부에서 월요일마다 회의를 소집하고 간행물에 실린 논설 제목을 제출할 것을 얘기한 바 있습니다. 새로운 사물에 대해서는 늘 연구하고 고찰하고 논의하는 태도가 필요합니다. 그저께 덩샤오핑 동지가 보고서[97]를 통해 미래지향적인 안목으로 보는 문제를 아직 해결하지 못했다고 언급했습니다. 미래지향적인 안목으로 보는 것이란 무엇이고, 또 어떻게 보아야 할지를 우리는 고민해 보아야 합니다. 만약 논설로 설득력 있는 도리를 얘기한다면 크게 환영받을 것입니다.

사상 관련 논설 제목은 아주 많습니다. 현재 상황을 보면 논설이 많기는커녕 오히려 적고, 사상 업무가 유력하게 추진되고 있는 것이 아니라, 오히려 추진력이 아주 약한 실정입니다. '사상 해방'과 새로운 문제 확보를 『인민일보』에서 써야 할 뿐만 아니라, 여러 인민단체의 신문, 여러 성과 시의 신문에서도 모두 써야 합니다. 각자 자체의 논설이 있어야 하니까 말입니다.

전국 조직 업무 좌담회에서의 연설

(1979년 10월 5일)

이번 조직업무좌담회는 한 달간이나 개최되었습니다. 오늘은 추석입니다. 여러분을 베이징에서 모시고 명절을 보내고 있습니다. 과거에는 명절이 되면 가족이 더욱 그리워진다고들 말하지만, 현재는 명절마다 당이 더 그리워지고 우리 당 사업이 더욱 생각난다고 말하고 싶습니다. 내일은 10월 6일로 린뱌오와 '3인방'을 무너뜨린 지 3주년이 되는 날입니다. 따라서 이날 농업문제에 관한 중공중앙의 결정을 발표할 예정입니다. 이 시기에 일이 너무 많아 조직업무에 대해서는 심혈을 더 많이 기울이지 못했습니다. 회의 시작 때 송런충(宋任窮)[98] 동지가 이미 얘기했고 내일도 더 얘기할 예정입니다. 저는 아래와 같은 5가지 문제를 얘기하려고 합니다.

첫 번째 문제는 이번 회의에서 도대체 "어떤 성과를 얻었을까?"하는 점입니다.

성공적으로 개최했다는 것이 내 개인적인 소견입니다. 좌담회에서 조직업무와 연관된 중요하고 중대한 문제를 두고 적극적으로 의견을 주고받았습니다. 조사와 논의를 거쳐 몇몇 중요한 문건을 수정하고 제정했습니다. 이 몇몇 문건의 방향이 정확하다고 봅니다. 일부 문건은 문장이 길고 일부 문제를 완벽하고도 주도면밀하게 작성하지 못한 경우도 있습니다. 하지만 이는 부차적인 것으로 문건의 방향만은 정확하다고 할 수 있습니다.

동지들은 또 4중전회의 중요한 문서 논의에 참가하고, 중화인민공화국 성립 30주년 기념대회에서의 예젠잉 동지의 연설[99]을 학습하기도 했습니다. 이는 전 당의 일입니다. 한 자리에 모여 회의를 소집하면 집에서보다는 전 당의 업무를 더 많이 이해할 수 있습니다. 이러한 부분이 바로 수확입니다.

돌아가서는 어떻게 해야 할까요? 송런총 동지의 연설과 회의의 몇몇 문건은 이미 중앙정치국상무위원회, 그리고 여러 성·시·자치구 당위 제1서기에게 전달됐습니다. 이번의 소형 중앙업무회의에서 보고하고 논의할 생각이었지만 시간이 안 될 것 같습니다. 경제문제를 집중적으로 논의해야 하기 때문입니다. 중앙조직부의 몇몇 문건을 중앙에서는 논의할 예정입니다. 어떤 형식으로 지시를 내리고 관련 부서에 전달할 지에 대해서는 중앙정치국에서도 고려할 것입니다.

중앙 통일전선부 문건과 같은 형식으로 하나씩 지시를 내리고 전달할 가능성도 있습니다. 여러분은 문건을 가져갈 수 있습니다. 돌아간 후 중앙조직부에서처럼 이러한 회의를 소집할 지에 대해서는 각 성·시·자치구의 당위에 보고한 후 현지 당위에서 결정을 내려야 합니다. 회의는 빨리 소집해도 되고 조금 늦춰서 소집해서도 됩니다. 그리고 소집 규모에는 상관이 없고 시간이 짧거나 한, 두 가지 문제만 논의해도 무방합니다.

회의규모가 작고 차례로 전달하지 않는다면 문제가 중요하지 않다는 의식을 버려야 합니다. 이는 틀에 얽매여 있고 사상이 경직되어 있는 표현인 것입니다. 실천이 진리를 점검하는 기준이라는 점에 따라, 실사구시적인 태도를 갖고 변증유물주의 관점으로 문제를 보아야 하며, 회의의 성공여부는 문제해결을 기준으로 적용해야 합니다. 아니면 회의의 성공여부를 가늠함에 있어 명확한 마르크스·레닌주의 태도가 없어집니다. 중앙 영도 간부가 접견했다고 해서 최고의 회의라 생각하고, 접견하지 않았다고 하여 제2류에 속하며, 접견하지 않았을 뿐만 아니라 지시를 하지 않고 전달하지 않은 문건이라면 제3류 회의라 생각해서는 안 됩니다. 만약 이렇게 생각한다면 사상노선이 올바르지 않은 표현입니다. 사상노선을 올바르게 하고 단정히 하며 변증유물주의 사상방법을 견지하는 것도 쉽지는 않습니다. 그러나 우리는 이 문제를 반드시 해결해야 하고 이 방향을 따라 확고하게 걸어 나가야 합니다.

두 번째 문제는 덩샤오핑 동지가 말한 조직노선을 아직 해결하지 못한 문제를 어떻게 이해해야 할까 하는 것입니다.

그러면 우리 당의 사상노선은 무엇일까요? 예젠잉 동지는 국경절 30주년 경축대회 연설에서 이렇게 말했습니다. "우리 당은 마오쩌둥 동지의 영도 하에 오랜 세월의 혁명 실천 특히 옌안정풍[78]을 통해 전 당 내에서 변증유물주의 사상노선을 확립했습니다. 이는 모든 것을 실제로부터 출발해서 실사구시적인 태도를 갖고 이론과 실제를 결부시킨 표현이라고 할 수 있습니다." 우리는 가끔 이렇게 말하기도 합니다.

사상을 해방시키고 실천에 옮기며 실사구시적인 태도를 갖고 단합하여 미래지향적인 안목으로 보며 힘을 합쳐 4개 현대화를 추진해야 합니다. 이는 사상노선을 정치노선과 정치임무와 결부시켜 함께 제기한 것입니다. 사상노선을 언급함에 있어 모든 것을 실제로부터 출발하고 실사구시 적인 태도를 가져야 한다는 점을 강조해야 합니다. 이론을 실제와 연결시키는 것이 더 정확하다고 말할 수 있습니다. 간단히 말하자면 네 글자로 된 '실사구시'입니다.

당의 정치노선은 무엇일까요? 예젠잉 동지가 연설에서 이렇게 말했습니다. "현재 우리의 임무는 전국의 여러 민족인민을 단합시키고 온갖 적극적인 요소를 동원하는 것 외에도 한마음 한뜻으로 힘을 합치고 선진대오에 합류하기 위해 열심히 노력하며 빠르고도 효과적으로 현대화한 사회주의 강국을 건설하는 것입니다." 이것이 바로 우리 당의 정치노선입니다. 간단히 말하자면 4개 현대화 실현 즉 4개 현대화를 추진하는 것입니다.

덩샤오핑 동지가 제기한 우리 당의 사상노선, 정치노선이 확립됐습니다. 당의 문건에 체현되었고 명확한 언어로 확정되었기 때문에 당의 규정과 법률의 성질을 갖게 되었습니다. 덩샤오핑 동지가 확립되었다는 점을 주장한다고 하여 전 당이 모두 해결했다고는 할 수 없습니다. 현재 3천여 만 명의 당원과 1천여 만 명의 간부가 있는데 사상적으로 차이가 많습니다. 이중 다수가 옹호자들이라고는 하지만 여전히 애매모호하고 우유부단 심지어 방해하는 정서를 가진 자들도 있습니다. 정확한 노선이 확립되었다고 하여 당원마다, 간부마다 이해하고 습득했다고는 할 수 없습니다. 확립과 해결은 완전히 같은 문제가 아닙니다. 그렇기 때문에 앞으로 더 학습하고 교육해야 합니다.

조직노선을 아직 해결하지 못했지만 조직부서의 업무를 제대로 추진하지 못했다는 뜻은 아닙니다. 린뱌오와 '3인방'을 무너뜨린 후 특히 지난해부터 전체적으로 볼 때 전 당 조직부서의 업무를 훌륭히 이끌어 나갔다고 봅니다. 조직부서의 간부들은 업무에서 일정한 성적을 거두었습니다. 중앙 조직부의 지도부를 개편한 후로 각급 조직부서에서는 많은 업무를 했다고 말할 수 있습니다. 예를 들면 평반을 주관했거나 혹은 수많은 허위 사건, 억울한 사건, 잘못된 사건을 바로잡고 당의 간부정책을 실행했습니다. 또 당위선의 영도 하에 지도부를 개편하고 수많은 훌륭한 간부들을 발굴해 냈습니다. 이밖에 우리는 조직 업무를 근본적인 차원에서 바로잡는 과정에서 일부 방침과 노선 성격을 띤 훌륭한 건의를 제기했습니다. 구체적으로 얘기하면, 『조공통신(組工通訊)』[51]에 대한 전 당의 반영은 강했습니다. 『조공통신』이 조직업무 차원에서 마르크스주의 이론성, 정책성, 방침성 관련 문제를 대량 제기했습니다. 우리도 조직부서 자체의 건설을 강화했습니다. 최근 3년간 조직부서의 간부 조정 범위가 작지는 않았습니다. 조직부서가 당내 그리고 간부들 가운데서는 권위가 있을 뿐만 아니라 간부와 당원이 믿을만한 곳이기도 합니다.

다수 동지들은 현재 조직부서가 '당원의 집', '간부의 집'이 되었다고 반영하고 있어 그만큼 좋은 명성도 얻었습니다. 제가 언급한 부분은 바로 사실을 열거한 것입니다. 3년간 특히 지난해부터 조직부서와 중앙 조직부는 괄목할 만한 성적을 거두었습니다. 이 부분까지 얘기하면 거의 된 것 같습니다. 그러나 조직부서가 이미 당위 부서의 최상급이 되었다거나 모범 부서가 되었다고 말할 수 있을까요? 아직은 멀었다고 봅니다. 자신을 지나치게 높게 평가해도 합당치 않습니다. 사실에 부합되는 평가를 해야 하는 것 또한 실사구시의 표현입니다.

조직노선을 아직 해결하지 못했다는 것은 복잡한 조직업무를 명확하고도 과학적인 언어로 개괄하지 못했다는 뜻입니다. 정치노선, 사상노선처럼 법규 성격을 띤 노선을 전 당 동지들이 이해하고 관장해야 할 뿐만 아니라 그 노선을 따라 앞으로 나아가야 합니다.

우리 당은 새로운 시기에 들어선 지금 조직노선을 어떻게 개괄해야 할까요? 저는 아직 생각을 명확히 하지 못했습니다. 이렇게 말하면 어떨까요? 조직노선은 당의 조직업무, 간부노선이 4개 현대화의 실현을 촉진하고 우리 당의 건설과 간부업무를 바탕으로 당의 정치노선이 실현될 수 있도록 보장하는 것입니다. 최근 몇 년간 우리의 조직업무가 이 방향을 따라 나아가도록 노력을 했었나? 저는 이 방향을 따라 나아가기 위해 노력했다고 봅니다. 하지만 3년 밖에 안 돼 시간이 길지가 않았습니다. 린뱌오와 '3인방'의 우리 당 건설에 대한 파괴는 치명적이었습니다. 정치, 사상, 이론, 조직, 기풍에서의 타격이 엄청났습니다.

당의 정치노선이 실현될 수 있도록 보장하려면 조직노선 업무량이 얼마나 늘어날지 모릅니다. 우리는 이미 대량의 업무를 해왔고 앞으로도 해야 할 업무량이 상당합니다. 우리는 일부 문제를 볼 수 있었지만 주도면밀하고도 효과적인 해결방법을 찾아내지는 못했습니다. 이밖에 일부 문제에 대해서는 발견하기도 하고 방법도 대체로 실행가능해 보이며 홍보도 했지만, 추진할만한 조건은 마련되지 않았습니다. 예를 들면 기구가 방대한 문제입니다. 일부 문제는 해결됐고 또 일부 문제는 기본적으로 해결되었거나 거의 해결됐습니다. 예를 들면 허위사건, 잘못된 사건과 억울한 사건에 대한 평반문제입니다. 따라서 우리는 조직업무 중의 문제에 대해 냉정하게 분석하고 경중완급을 분명히 해야 합니다.

이러한 상황 때문에 어제 덩샤오핑 동지가 성, 시, 자치구 당위 제1서기 회의에서 조직 업무 중 4개 현대화와 밀접하게 연관되어 있는 시급한 일부 문제는 3년의 시간을 들여 해결할 예정이라고 밝혔습니다. 덩샤오핑 동지는 또 조직업무 부분에서 해결해야 하는 문제에서는 정치운동을 해서는 안 됩니다. 예를 들면 정풍, 간부 선출, 당 정비 등은 전당 내에서의 정치운동을 통해 해결할 수 없습니다. 향후에는 이러한 방법을 더는 사용하지 않을 것입니다.

이러한 업무는 4개 현대화 발전과정과 결부시켜 추진해야 합니다. 덩샤오핑 동지는 4개 현대화 실현이 최대 정치라고 말했습니다. 더 정확하게 말한다면 모든 것을 압도하는 정치문제라는 뜻입니다. 홍보, 통일전선, 조직, 기율검사 등 제반 업무에서 전당의 중심 업무를 한쪽으로 밀어내서는 안 될 뿐만 아니라, 4개 현대화 실현과 결부시켜서 추진해야 합니다. 전 당 내에서 이러한 사상을 깨달아야 합니다. 조직노선 차원에서 일부 시급한 문제를 중앙에서 볼 수 있었지만 금년 내로 해결할 수는 없는 만큼 약 3년을 거쳐 점차적으로 해결할 계획입니다. 조직노선, 후계자문제를 상시적인 업무로 추진하는 한편, 1980년이나 1981년에 당 정비운동과 정풍운동, 그리고 후계자 선출

운동을 진행할 생각을 하지 말아야 합니다.

지난 1956년 생산자료 소유제 개조가 기본적으로 마무리된 후에 우리는 경제건설에 온갖 정성을 다 해야 하고 정치와 경제업무를 긴밀히 연결시켜야 했지만, 결론적으로는 그렇게 하지 못했습니다. 1957년 극소수의 자산계급 우파분자들의 공격에 대한 반격은 필요한 것이었지만 투쟁과정에서 극대화 하지 못하는 착오를 범했습니다. 이는 예젠잉 동지가 얘기한 것입니다. 현재 우리 당은 4개 현대화를 떠나지 말아야 한다는 원칙을 확정지은 만큼 특별히 한동안의 시간을 들여 운동을 진행하는 일이 앞으로는 없어야 할 것입니다. 더는 이러한 방법을 취하지 않을 것입니다. 우리는 여기서 교훈을 얻지 않았나요? 동지들 중에는 개별적으로 "여전히 운동이 계속될 수 있을까요?"하고 우려하기도 하는데, 사실 이는 필요 없는 걱정입니다.

덩샤오핑 동지가 말한 조직노선 미해결 문제를 어떻게 이해할지에 대해 동지들은 큰 관심을 기울이고 있습니다. 위에서 언급한 부분에 대해서는 논의를 거친 후 의견을 같이 하는 것이 좋을 듯싶습니다. 돌아가서 다시 각자대로 얘기하는 것을 막기 위해서입니다.

세 번째 문제는 당면한 조직업무의 중점이 무엇일까 하는 점입니다. 한 마디로 조직 업무의 중점을 개괄할 수 있을지 없을지에 대해서 고민해 보길 바랍니다. 즉 전당의 4개 현대화 건설 추진 혹은 당의 정치노선 실현의 확고함, 적극성, 창조성을 끌어올리는데 두어야 합니다.

확고함이라는 것은 4개 현대화를 추진하는데 흔들리거나 우유부단하거나 심지어 의구심을 품어서는 안 된다는 점을 뜻합니다. 만약 이러한 심리상태를 가진다면 4개 현대화를 제대로 추진할 수 있겠습니까? 이러한 상황이 과연 있는 것일까요? 저는 있다고 봅니다. 이러한 상황이 없다면 진리 기준 문제를 논의할 필요성이 있겠습니까? 자위반격전[100]에서 확고부동한 의지가 없다면 싸움에서 어찌 이길 수 있었겠습니까? 일본 침략자를 몰아내고 장제스(蔣介石)와 투쟁할 때도 마찬가지였습니다. 4개 현대화 실현이 이전에 투쟁을 치르던 것보다 더 어려운데, 이토록 의지가 확고하지 못하고 흔들려서야 되겠습니까?

적극성이라는 것은 사회주의 현대화 강국을 건설하는 적극성을 말합니다. 대충대충 하고 잘해도 그만이고 못해도 그만이어서야 되겠습니까? 심사하고 평가하고 장려하고 당의 기율을 집행하는 것 모두가 사람들의 적극성을 끌어올리기 위한 수단이 아닌가요? 우리는 당원들이 4개 현대화 건설에서 모범적인 역할을 발휘할 것을 요구하고 있습니다. 당의 적극성을 발휘하고 당원의 모범역할을 통해 대중의 적극성을 이끌기 위해서입니다.

창조성이라는 것은 바로 창조적으로 업무를 추진하고 과감히 책임지고 창조하거나 발명하는 등 서로 추월하는 국면을 조성하는 것을 말합니다. 출근만 하고 업무를 처리하지 않는 것은 물론 사인만 하고 최종 결정을 내리지 않으며 대소사를 모두 관리하지 않고, 다만 부장, 성장, 서기에게 결정권을 떠넘긴다면 그 자리에 앉아 있을 필요성이 있을까요? 예를 들면 조직부 산하에 노 간부국을 설치하는 것은 노 간부 문제를 해결할만한 방침과 방법을 제기하고 노 간부문제를 책임지고 해결하라는 것입니다. 현재 큰일이나 작은일을 막론하고 위로, 옆으로, 아래로 밀어내고 있습니다. 일부 동지들은 무슨 일이든 지시를 초청하려 하면서 나에게 도맡아 처리하고 '독단적'으로 행동하기를 바랐습니다. 그렇기 때문에 '독단적'인 행동을 비판하는 과정에서 또 다른 상황에 유의해야 합니다. 일부 사람들은 뭐든지 위로 밀어내고 자신은 책임을 지려 하지 않으며 무사하게 지내려고 합니다. 4개 현대화를 추진함에 있어 우리는 반드시 창조성이 있어야 합니다.

연설에서 예젠잉 동지가 영도간부 선출기준을 언급함과 동시에 현 단계 특별히 주의해야 할 3가지 부분을 강조했습니다. 위 3가지 부분에는 간부들에게 당 노선을 실현하는 확고성, 적극성, 창조성을 갖출 것을 요구하는 조항이 포함되어 있습니다.

첫 번째 조항은 당의 정치와 사상노선을 단호히 옹호해야 한다는 내용입니다. 그래도 결연성이 아니라고 할 수 있을까요? 두 번째 조항은 추호의 사심도 없이 오로지 백성들의 이익만을 생각하고 법률과 기율을 엄히 지키며 당성을 견지하고 파벌의식을 뿌리 채 뽑는 내용입니다. 그래야만 적극성을 더 효과적으로 발휘할 수 있습니다. 세 번째 조항은 강한 혁명사업 정신과 드높은 정치 책임감 그리고 업무를 능히 감당할 수 있는 능력이 있어야 한다는 내용입니다. 만약 적극성, 창조성이 없다면 어찌 사업정신을 논할 수 있겠습니까?

현 단계 조직업무의 중점은 4개 현대화를 실현하려는 전당 동지들의 확고성, 적극성, 창조성을 끌어올리는 것입니다. 위의 3가지를 실현하는 것은 결코 쉬운 일이 아닙니다. 이는 긴박하면서도 장기적으로 추진해야 하는 부분입니다. 이는 쓸데없는 말을 통해 실현될 수 있는 것이 아니라, 실사구시적인 태도를 갖고 열심히 일해야만 실행가능한 일입니다. 상당 수 동지들의 단점이 바로 쓸데없는 말만한다는 점입니다. 실제로 일을 추진하지 않는 것은 물론이고 실제 문제도 해결하지 않는다는 것입니다. 어제 덩샤오핑 동지가 공산당은 과감하게 일을 추진하고 문제를 해결해야 한다며 이는 아주 중요한 부분이라고 강조했습니다. 다수 문제는 하루에 해결할 수 있지만 6개월씩 질질 끌 때도 있습니다. 다수의 외국인들은 우리의 일처리 효율이 너무 낮다고 비웃기도 하는데 경각성을 높여야 할 부분입니다.

조직업무의 중점을 4개 현대화를 실현하는 전당의 확고성, 적극성, 창조성을 향상시키는 방향으로 둔다면, 아무리 힘들어도 주도면밀하게 업무를 추진해야 할 것입니다. 이를테면 아래와 같은 내용이 그것입니다.

1. 선전부서와 긴밀하게 협력해 사상교육을 확고히 하는 한편, 예젠잉 동지의 연설을 잘 학습하고, 진리 기준문제에 대한 논의를 잘 이끌어나가야 합니다. 예젠잉 동지의 연설을 학습하려면, 층층이 배치하는 방법보다는 끝까지 추진하려는 태도가 있어야 합니다. 몇 년 전, 린뱌오와 '3인방'이 기풍을 흐렸습니다. 자신들의 안전을 위해 온갖 대소사에서 모두 상급의 지시를 기다렸는데 이는 올바르지 못한 처사였습니다. 3중전회 이후 일부 지방에서는 상급기관에서 학습을 조치해주기를 기다렸습니다.

현재 4중전회도 이미 소집되었는데, 아직도 3중전회⁷⁷ 문건을 제대로 학습하지 못하고 있는 실정입니다. 만약 4중전회의 문건을 학습하는데 조치만을 기다린다면 학습하기도 전에 5중전회가 개최될 수 있습니다. 이러한 패턴이 지속된다면 영원히 뒤쳐져 있을 것입니다. 이는 현대화한 작업방법이 아니라 수공업 작업방법입니다. 그렇게 기다리거나 뒤로 미뤄서는 안 됩니다. 중국은 대국으로 중앙, 성, 지, 현, 구, 사, 대대 등 7개 급별이 있습니다. 루마니아에는 중앙, 현, 향 등 3개 급별뿐입니다.

현재 우리에게는 차례로 기다리고 그대로 본받아야 하는 것 외에도 '자동화'가 아닌 '기계화'만 고집하는 등 상당한 문제가 존재합니다. 당교를 잘 이끌어나가려면 훌륭한 간부를 선출해 당교에서 학습하도록 하는 것 외에 양성반도 잘 운영해 나가야 합니다. 다양한 형식으로 간부를 육성하고 간부의 정치수준과 업무 능력을 향상시킬 수 있도록 도움을 주어야 합니다. 그리고 당원에 대한 교육도 강화해야 합니다.

중국공산당 중앙 선전부와 중앙 조직부의 협력으로 편찬한 당원 교과서를 두고 동지들은 기본적으로 괜찮다는 평가를 내렸습니다. 그러나 앞의 몇 장의 내용이 알아듣기 어려울 뿐만 아니라, 일부 문제는 예젠잉 동지의 연설과도 서로 동떨어져 있다는 등의 문제점도 끄집어냈습니다. 다시 수정해서 발급하면 좋을 듯싶습니다. 앞으로도 계속 수정할 수가 있습니다. 조직 업무를 추진하는 과정에서 언제든지 사상 업무가 최우선이라는 점만은 절대 잊지 말아야 합니다. 조직부서 동지들이 착오를 범한 간부를 비롯한 간부들과 담화하는 것이 바로 사상교육 업무입니다. 여기서는 비판도 교육에 포함됩니다.

2. 당의 기풍을 항상 바로잡고 당의 기율을 엄히 해야 합니다. 이는 조직부서의 아주 중요한 업무입니다. 현재 이와 관련한 논의가 많고 서로 다른 예측도 나오고 있습니다. 일부는 당의 기풍이 나빠 당의 권위가 떨어졌다고 말하고 있습니다. 하지만 반드시 그렇다고만 할 수 없습니다. 3년간 당의 명망이 많이 회복되었지만, 상당한 문제가 존재하는 것도 분명합니다. 일부 동지들은 우리가 당의 기풍과 기율 문제에 대해 너무 엄격하고 지나치게 관심을 두고 있다고 말합니다. 하지만 이러한 생각은 실제에 어긋나는 것입니다.

우리는 이제 방금 시작했기 때문입니다. 당의 기풍이 아주 나쁘다고도 하는데 저는 아니라고 봅니다. 지나치게 당의 기풍과 기율을 관장하고 있다는 설에 대해서도 동의하지 않습니다. 당의 기풍을 바로잡고 당의 기율을 엄히 하는 과정에서 우리는 당의 우수한 전통을 회복하고 고양하려는 확고한 의지를 가져야 합니다. 그러나 방법이 합당해야 하고 내외의 차별화에 주의해야 하며, 예방적 업무를 많이 해야 합니다. 여러 가지 의논을 모두 들어야 하지만 분석도 해야 합니다. 그리고 당의 기풍을 확고부동하게 이끌어 나가기도 해야 합니다.

3. 지도부 문제를 조정하는 과정에서 일부 지방은 지속적인 주의가 필요합니다. 일부 공장과 광산기업, 재정무역회사, 지·현위의 지도부가 아직은 제대로 조정되지 못했다고 저는 생각합니다. 그 비율이 얼마나 될지는 정확히

얘기하기 어렵습니다. 당의 노선이 위의 지방과 단위에서 제대로 관철 및 실행되지 못한다면 4개 현대화를 추진할 수 없고, 문제가 많아질 뿐만 아니라 대중들의 의견도 커질 것입니다.

과거에 우리는 간부를 상대로 해임보다는 많이 교류하고 업무를 변동하는 방법을 취할 것을 건의한 바 있습니다. 한 간부의 능력이 떨어져 실적이 뛰어나지 못하고 대중들의 의견이 산더미처럼 많다면 어떻게 할 것입니까? 인사이동을 하면 됩니다. 파벌의식이 심각한 지방에서는 사람이 많이 모이지 않으면 실행되지 못합니다. 따라서 세 사람이 모이지 않으면 일을 추진하지 못합니다. 따라서 세 사람 중 한 사람을 다른 곳으로 인사이동하면 됩니다. 해임조치를 적게 취하라는 것이지 한 명도 해임해서는 안 된다는 얘기가 아닙니다. 극히 악랄한 자를 제외하고는 보편적으로 인사이동 조치를 취해야 합니다. 전반적으로 볼 때 상황을 차별화 해 서로 다른 방법으로 해결해야 합니다.

현재 젊고 혈기가 왕성한 각급 지도부 후계자를 육성 및 선출하는 것이 가장 큰 일입니다. 국내외를 막론하고 중앙과 성급 지도부 특히 중앙 지도부 성원의 연령이 많아지면서 몇 년 후에도 정치생활을 이어나갈 수 있을지 우려되고 있습니다. 아직은 노 세대들이 건재하니 문제가 없지만 만약 그들이 세상을 떠난다면 중국에 상당한 변화가 생기지 않을까 합니다.

백성들이나 우리와 무역거래를 하는 외국인을 비롯한 국제 친구들 모두는 중국의 정국이 오랫동안 안정되게 유지되는 것에 주목하고 있습니다. 때문에 당 중앙은 후계자 문제의 원만한 해결에 주의할 것을 강조했던 것입니다.

우리 노 세대 동지들은 생명의 위험을 무릅쓰고 투쟁에 뛰어들었으며, 경험이 풍부하고 장점이 아주 많습니다. 따라서 옛 동지를 가볍게 보는 것은 잘못된 행동입니다. 하지만 옛 동지들은 연로하고 힘이 따라가지 못해 체력

적으로 떨어집니다. 따라서 연세가 많은 지위 서기는 자주 기층으로 내려가
돌보기가 힘듭니다. 엄동설한이나 삼복더위에 소형 승용차가 아닌 구 소련
산 가즈(GAZ)-69 짚 차를 타거나 심지어 말을 타고 가야 하기 때문에 어려
운 점이 한 두 가지가 아닙니다. 그러니 연로한 성위서기에게도 이러한 문제
가 존재합니다. 때문에 우리 당의 사업에서는 혈기가 왕성하고 3가지 조건에
부합되는 간부를 선출하는 것이 당 중앙의 중요한 결정이자 조직업무에서
의 첫 번째 임무로써 의미가 크기 때문에 동지들이 깊이 이해하길 바랍니다.

중앙의 동지들은 원로 동지들이 자신들의 임무, 역할, 책임이 무엇인지를
깨닫도록 해야 할 것이라고 말했습니다. 후계자 육성이 원로 동지들의 첫 번
째 임무라는 점을 깨달아야 합니다. 10여 년 전 노 세대의 역사적 책임은 투
쟁의 제1선에 참여하는 것이었습니다. 현재 연로한 그들의 영광스러운 책
임은 제1선의 지휘관을 지지하고 육성하고 돕는 것입니다. 마오쩌둥 동지
가 전에 이러한 말을 했습니다. "제2선으로 물러난 후 제1선에 나선 자들을
지지하고 후계자를 육성하는 것이 자신이 제1선에서 투쟁하는 것보다 의미
가 더 크고 더 중요하다." 이 사상을 아직은 충분히 제대로 홍보하지 못했고,
정치적으로나 물질적으로 노 세대 동지에 대한 관심이 따라가지 못한다고
생각합니다.

특히 일부 행정부서의 동지들은 재직 중인 지도자에게만 관심을 두면서,
주택은 제1인자의 것이 최고이고, 그의 말에 '진리'가 가장 많다고 생각합니
다. 우리는 반드시 이러한 상황을 바로잡아야 합니다. 중앙은 논의를 거쳐 물
질적으로 퇴직 원로 동지를 우대하는 것에 대해 의견을 같이 했습니다. 현
재 우리는 두 가지 부분으로 여론을 조성해야 합니다. 재직 중인 원로 동지
들을 존중해야 합니다.

원로 동지들에게도 제2선으로 물러난 후 제1선의 동지들을 지지하고 육성

하고 그들에게 도움을 주는 것이 얼마나 영광스러운 역사적 임무인지를 얘기해주는 등 원로 동지들을 상대로 여론을 조성해야 합니다. 각급 지도부 후계자를 대량 선출하고 육성하려면 구체적인 실행방법을 찾아내야 합니다. 6개월이 지나도 감감무소식이어서야 어찌 되겠습니까? 중앙 조직부가 1년, 1년 6개월, 혹은 2년 내에 500명 안팎의 50세 전후의 성위와 시위 2인자 및 3인자를 선출하거나 혹은 중앙 부위에서 2인자 및 3인자를 맡을 자의 리스트를 열거할 수 있을지를 건의해봅니다.

현재 중앙에 116개 단위가 있는데, 29개 성, 시, 자치구를 합하면 단위가 총 140~150개에 달합니다. 단위마다 6개월에 한 번 씩 조정, 보충해 2년 혹은 3년 내에 점차 일부 간부를 선출해야 합니다. 성, 시에서는 45세 혹은 42세 좌우의 3백여 명 간부 특히 지급, 시급, 부, 청, 국, 그리고 학교, 공장과 광산을 책임질 수 있는 2인자 및 3인자 리스트를 관장하고 있어야 합니다. 지도간부하면 일부 동지들은 지, 시, 현위의 지도부에만 주목하고, 학교, 공장과 광산, 연구기구는 경시하는데 이는 잘못된 생각입니다. 지위와 시위 조직부에서는 38세와 40세 안팎의 현위 2인자 및 3인자를 맡을 수 있는 간부 약 100여 명의 리스트를 관장해야 합니다. 각급에서는 모두 구체적인 실행방법을 찾아내야지, 그렇지 아니하면 젊은 간부 선출 때 임시적으로 선출하는 경우가 나타나는 것입니다. 이도 수공업 방식인데다 정확하게 선출하기도 어렵습니다.

중앙 여러 부위에서는 예비 명단을 내는 방법을 취해야 합니다. 중앙 선전부에서는 홍보, 문화, 이론, 학교업무를 이끌어 갈 수 있는 2백여 명의 젊은 간부 리스트를 관장해야 합니다. 통일전선에서 관련 업무를 잘 이끌어 나가고 있습니다. 민주 당파의 1인자가 없으면, 2인자가 누구이고 2인자가 없으면 3인자가 누구인지를 명확히 정했습니다. 우리는 통일전선부의 방법을 배워야 합니다. 예를 들면 공업과 교통 운수업 부서는 40세 안팎의 젊은 행정 간부 인재와 과학기술 인재 리스트를 관장해야 합니다.

전 당의 조직부서는 실행 가능한 방법을 취해야 합니다. 지난해 우리는 2, 3백 명에 달하는 청장년 간부의 리스트를 열거했습니다. 그러나 간부정책 실행을 추진하는 과정에서 업무가 과중하기 때문에 이 업무를 제대로 실행하지 못했습니다. 올해 우리는 큰 결심을 내리고 이를 실천해야 합니다. 조직부서는 간부의 상황을 훤히 꿰뚫고 있어야 합니다.

네 번째 문제는 조직업무 과정에서 주의해야 할 몇 가지 문제입니다.

1. 정책 실행을 변함없이 꾸준히 추진해야 합니다. 올해 안에 마무리하기 위해 노력해야 합니다. 일부 지방에서 마무리하지 못한다면 내년 상반기에 마무리할 수 있도록 조치를 취해야 합니다. 요구하는 바가 지나치게 높으면 교육하고 비판해야 합니다. 해결해야 할 문제를 해결한다면 일부러 말썽을 부리는 자에 대해서도 대처할 방법이 생깁니다.

2. 민원 자를 정확히 대해야 합니다. 이는 위에서 논의한 문제와 연관이 있습니다. 얼마 전 신문에 논설위원이 쓴 글[101]이 발표됐는데, 이 글은 일부 지방과 일부 논의에 대해 의견을 제기했습니다. 의견에는 일정한 도리가 있었습니다. 민원 자에 대한 차별화가 따라가지 못했다는 것입니다. 일부 동지들은 민원 자가 대체로 3가지 상황에 속한다고 말했습니다.

첫째, 잘못된 사건을 제대로 해결하지 못한 자, 대체로 약 3분의 1 혹은 그보다 조금 많이 차지합니다. 둘째, 표현이 나쁘거나 일부러 말썽을 부리거나 혹은 딴 속셈이 있는 자들은 소수로 100분의 몇밖에 차지하지 않습니다. 셋째 종류가 가장 많고 그들의 의견에도 일정한 도리가 있습니다. 예를 들면 '4청(四淸)'[63]되갚음이 지나친 현상, 재물을 사원들이 나누는 문제나 제대군인들의 문제 등을 당장 해결해달라고 요구하면 현재로서는 해결할 방법이 없습니다.

이러한 종류의 사람들이 가장 많은데 민원자의 50~70%를 차지합니다. 하지만 현재 나라에는 돈이 없고 해결할 방도가 없기에 유일한 방법은 오로지 그들을 설득하는 것뿐입니다. 이치를 명확히 얘기해 준다면 그들 중 다수는 이해할 것입니다. 개별적으로 확실히 어려운 부분이 있다면 일정하게 보살펴 줄 수도 있습니다. 중앙의 동지들은 이 의견에 동의하고 조직부서의 동지들은 이 문제를 관장해야 합니다. 역사적으로 남겨진 번거로운 문제에 대해 번거로움을 두려워하지 않는 태도로써 문제를 해결해야 합니다.

3. 역사적으로 심각한 착오를 범한 자들은 린뱌오와 '3인방'을 무너뜨리기 전에 심각한 착오를 범했거나 노선 착오를 범했던 자를 뜻합니다. 저는 그들을 교육해 경험에서 얻은 교훈을 받아들이도록 해야 한다고 생각합니다. 만약 더 착오를 범하지 않는다면 더 엄하게 결론을 짓고 처리할 필요는 없다고 봅니다. 3년 전에 착오를 범한 자들에 대해 더 엄하게 처리한다면, 안정과 단합에 전혀 도움이 되지 않습니다. 현 업무에 적응하지 못하는 극소수는 인사이동을 하거나 기층으로 내려 보낼 수 있습니다.

우리는 될수록 이러한 기풍이 조성되는 것을 막고, 끝도 없이 오래된 문제를 결산하는 기풍이 형성되는 것을 피해야 합니다. 현재 착오를 범했거나 앞으로 착오를 범하는 자들에 대해서는 엄하게 처리해야 합니다. 이 또한 마오쩌둥 동지가 늘 주장해온 "과거는 너그럽게 대하고 앞으로는 엄하게 다스려야 한다"는 원칙이기도 합니다.

4. 일부 지방에 파벌 의식이 있다는 견해에 저는 동의합니다. 그러나 이 문제는 구체적으로 분석해야 한다고 생각합니다. 파벌의식이 있는 일부 지방은 자기가 곧 파벌의식이 있다고 말하지 않습니다. 지나치게 말하면 수긍하지 않는다는 것이며, 파벌 의식이 조금 남아 있다고 말하거나, 혹은 파벌 정

서일 뿐이라고 할 수도 있습니다. 그러나 파벌의식이라는 모자를 아무 곳에나 씌우지는 말아야 합니다. 일부는 파벌의식을 비호하거나 정서 혹은 잔재가 남아 있는 것인지도 모릅니다.

구체적인 문제는 구체적으로 분석해야 합니다. 타당하게 분석해야만 문제를 더 효과적으로 해결할 수 있습니다. 문제를 합리적이고 상황에 맞게 분석할수록 해결에 더욱 유리합니다. 예측이 지나치면 오히려 문제해결에 걸림돌이 됩니다. 조금이라도 여지를 두면 사람들이 깨달을 수 있는 기회를 주고 그들이 자아비판을 진행하도록 도움을 줄 수도 있습니다.

만약 능력은 보지도 않고 가까운 사람만 중용하거나 간부를 동일시하지 않는다면 단결에 영향을 미칠 뿐만 아니라, 간부들의 적극성도 떨어뜨릴 수 있기 때문에 열심히 해결해야 합니다. 그 문제에 따른 해결방안을 수립해야 합니다. 이밖에 무골호인이 되는 경향에도 유의해야 합니다. 남의 미움을 사지 않으려고 하는 심리가 보편적이어서 광명정대하게 문제를 얘기하지 못하고 비판해야 할 부분도 비판하지 않습니다. 일부 공장은 경영 상황이 엉망이고 문제도 오랜 시간동안 해결되지 못하고 있습니다. 일부는 '서단벽(西單牆)'[102]에 늘 대자보를 써 붙이면서 자신을 내세우려 하고 있고, 늘 출근하지는 않지만 그들에게 노임은 꼬박꼬박 발급됩니다. 6개월이나 출근하지 않았는데도 여전히 노임이 발급된다면, 이건 너무 비위를 맞추는 것이 아닌가요? 비위 맞추기는 공산당원의 품격과 기풍이 아닙니다.

우리는 이러한 경향을 막아야 합니다. 다른 한편으로 남을 비판할 때는 여지를 두어야 합니다. 그러면 사람을 분발시키고 발전하도록 촉진시켜 주며 도움도 줄 수 있습니다. 이러한 부분이 간부업무 추진과정에서 얻은 경험이라 하겠습니다.

5. 현재 간부 특수화에 대해서도 의논이 분분합니다. 일부는 노 간부와 특

수화를 동일시하고 있는데 이는 잘못된 것입니다. 이러한 말을 하는 자들은 최소한 분석을 하지 않았다고 봅니다. 몇몇 도시에서 많이 전해졌는데 이름까지 모두 밝혀졌습니다. 일부 사람들은 신문이나 당의 문서에서 특수화가 잘못되었다고 주장하고 있습니다. 특수화는 해결해야 할 부분이자 중앙의 방침이며 3중전회 문건에도 언급된 내용입니다. 특수화를 방지하고 극복하려면 입법의 방법을 취하고 일부 규정을 수립해야 합니다.

중앙은 이미 기율검사위원회에 위탁해 규정 초안을 작성하고 있는 상황입니다. 재정부, 건설위원회, 계획위원회가 소규모 좌담회를 통해 현재 일부 기구와 공장의 행정비용 지출 상황이 혼잡하고 규모가 방대할 뿐만 아니라, 참관 방문, 서적과 신문 구독료, 휘발유 요금으로 적지 않은 자금이 들어간다고 밝혔습니다. 한 현에 승용차만 48대가 있다고 합니다. 크리앙삭 차마난 태국 총리는 자전거를 타고 출퇴근을 해 휘발유를 절약하는데 솔선수범하는 역할을 했습니다. 휘발유를 절약하기 위해 유고슬라비아, 루마니아는 우리보다 훨씬 엄하게 관리되고 있습니다.

지출을 절약하는 문제에 대해 중앙은 10월 혹은 11월에 문서에 관한 지시를 내리고 관련 문서를 전달할 예정입니다. 전반적으로 공산당원 및 당 간부는 앞장서서 모범을 보여주어야 하며 절약을 제창하고 당의 우수한 기풍을 고양토록 해야 합니다. 이는 대중과 긴밀히 하는데 아주 중요한 역할을 합니다. 특수화를 방지하지 말아야 한다거나 반대하지 말아야 한다는 의견은 들을 필요가 없습니다. 노 간부를 모두 특수화라 말하는 것도 정확하지 않은 말입니다.

다섯 번째 문제는 조직부서의 간부는 자신에게 엄격할 것을 요구해야 합니다.

조직부서의 간부는 우리 당 간부의 모범이 되어야 하며, 당성 부분에서도 본보기가 되어야 합니다. 당의 노선, 당성, 당의 우수한 기풍을 견지하고 대중과 긴밀한 연계를 취하는 한편, 비판과 자아비판을 진행하는 것이 가장 설득력 있는 표현입니다. 그렇다면 조직부서가 간부를 교육하고 단결시키며 조직부서에 대한 기타 간부들의 신임을 얻을 수 있는 기반은 무엇일까요? 바로 몸소 체험하고 힘써 실천하는 것입니다. 우리는 높은 기준으로 자신에게 엄격하게 할 것을 요구해야 합니다. 조직부서의 간부들이 모두 이 부분을 유의한다면 전 당에서 아주 좋은 역할을 발휘하게 될 것입니다.

이는 우리 당이 수십 년간 조직부서의 간부를 선발함에 있어 적용했던 중요한 기준입니다. 여러분들이 자신을 비롯한 소속 부서에 엄격한 요구와 높은 기준을 제기하는 한편, 이를 업무추진의 가장 기본적인 조건으로 간주하기를 간절히 바라마지 않습니다.

현 단계에서 경제업무에 존재하는 몇 가지 문제*

(1979년 10월 9일)

아래에서 제기하는 4개의 문제는 나의 개인적인 소견입니다.

첫 번째 문제는 경제문제를 논의함에 있어 좋은 방법이 있어야 한다는 것입니다.

이번의 경제문제 논의는 아주 중요한 만큼 마땅히 좋은 논의방법이 있어야 합니다. 이번 한 번으로 논의가 끝이 나는 것은 아닙니다. 11월에 전국 계획회의를 소집하고 재차 논의할 예정입니다. 하지만 이것으로도 끝나지는 않습니다. 내년 2월 전에 중앙업무회의를 소집해 전체적인 해결방안을 정하고 사상을 통일시킬 가능성도 있습니다. 비교적 좋은 논의방법은 무엇일까요? 저는 아래와 같은 4마디로 소견을 종합하고자 합니다. 사상을 해방시키고, 실사구시적인 태도를 갖고, 허와 실을 병행하고, 다양한 전략을 내놓아 합당하게 처리해야 한다는 것입니다.

린뱌오와 '3인방'을 무너뜨린 후 특히 당의 11기 3중전회 이후로 일부 중대한 문제를 논의할 때 바로 이러한 방법을 적용했습니다. 농업관련 문서를 연구하고 초안을 작성하는데 이러한 방법을 활용했습니다. 이번에 예젠잉 동지의 국경절 연설문[99]을 작성할 때도 이 방법을 사용했습니다. 이번에 먼

---

* 이는 후야오방 동지가 성, 시, 구 당위 제1서기 좌담회에서 발표한 발언원고이다.

저 실시할 것은 사상해방입니다. 사상을 해방시키지 않는다면 건국 30주년의 경험, 특히 '문화대혁명'의 경험을 통해 얻은 교훈을 어찌 종합해낼 수 있겠습니까? 감히 종합할 엄두도 못 낸다고 봅니다. 당 중앙이 수많은 중대한 문제를 처리하는 과정에서 바로 이러한 방법을 적용했기 때문에 위망이 갈수록 높아졌고, 백성과 당원들이 갈수록 중앙을 신뢰할 수 있게 되었다고 생각합니다. 경제문제는 더 복잡합니다. 당에서 경제를 과연 끌어올릴 수 있을지, 4개 현대화 건설을 추진할 수 있을지에 대해 인민들의 조급증이 앞서는 건 사실이고 의구심도 없지 않습니다. 우리 간부들의 의견도 서로 같지 않기 때문에 더욱 이러한 방법을 적용해야 합니다. 이것이 바로 제가 얘기하려는 첫 번째 문제입니다.

두 번째 문제는 경제업무의 기본경험이 준 교훈을 실행하자는 것입니다.

20여 년간 경제업무를 추진하는 과정에서 어떤 부분에서 어떤 쓴맛을 보았나요? 혹은 기본적인 경험에서 얻은 교훈은 어떤 부분일까요? 우리가 이 문제를 정확히 파악한다면, 현재 경제업무 발전에서 가장 기본적인 고리가 무엇인지를 알 수가 있습니다. 최근 경제학계의 전문가들이 글을 쓰고 자료를 작성해 고질병이 무엇인지를 논의하고 있습니다. 저는 아주 좋은 생각이라고 봅니다. 하지만 이 문제를 논의함에 있어 의견이 다를 뿐만 아니라 저와 일부 동지들과의 의견도 서로 다릅니다. 나 개인의 소견이지만 20여 년간 경제문제에서 쓴 맛을 본 가장 주요한 교훈은 아래와 같은 3가지라고 생각합니다.

첫째, 우리가 진정으로 힘을 모아 경제건설을 추진하지 않았다는 것입니다. 비록 마오쩌둥 동지가 50년대에 업무 중심을 경제건설로 옮길 것을 제기했지만, 사실상 우리는 꾸준히 계급투쟁을 진행해 주요한 정력을 경제건설에 두어야 하는 방향에서 빗나갔습니다. 중국공산당 11기 3중전회[77]에서는 전 당의 업무 중점을 생산발전으로 옮길 것을 제기했습니다. 또 이것이야말로 최대의 정치이자 며칠 전 덩샤오핑 동지가 얘기한 모든 것을 압도하는 정치라고 강조했습니다. 우리는 이미 이 문제를 당의 문서에 기입해 당의 규정과 법률로 전환시켰으며, 우리의 강령으로 기록해 넣었습니다. 하지만 사실상 문제를 해결했을까요? 각급 당위, 여러 업종, 여러 계열의 전선에서 해결했을까요? 저는 아직 해결하지 못했을 뿐만 아니라, 심지어 해결과는 거리가 아주 멀다고 봅니다. 이 문제를 진정으로 해결하려면 4개 현대화 건설에 빠르게 적응해야 하는 것은 물론, 4개 현대화를 긴밀히 에워싸고 이를 위해 열심히 봉사하고 무조건 복종해야만 합니다.

예젠잉 동지의 이번 국경절 연설은 덩샤오핑 동지의 제의를 거치면서 아래와 같은 부분을 더 보충했습니다. 전국의 여러 민족을 단합시키고, 모든 적극적인 요소를 동원해 한 마음 한뜻으로 그리고 최선을 다해 남보다 앞서려고 노력하는 것 외에도 더 많이 · 더 빨리 · 더 좋게 · 더 절약하면서 현대화한 사회주의 강국을 건설하는 것이 현재 우리 앞에 주어진 임무라는 것을 알아야 한다는 것입니다. 중앙 각 부서의 업무가 이러한 요구에 빠르게 적응했을까요? 다수의 동지들은 최선을 다해 열심히 일하고 있다고 봐야 합니다. 그러나 모든 동지들이 최선을 다해 남보다 앞서려고 노력하고 있으며, 더 많이 · 더 빨리 · 더 좋게 · 더 절약하려 한다고는 말할 수 없습니다. 그리고 모두 4개 현대화에 빠르게 적응했고, 긴밀히 에워싸고 있으며, 열심히 그리고 단호하게 봉사하고 있다고도 장담할 수 없습니다.

전반적으로 볼 때, 재정부서에서 업무를 잘 이끌어 나가고 있기는 하지만, 농부산물 수매 중 일부 지방에서 등급을 낮춰 가격을 내리려는 행위가 존재하고 있어 대중들의 의견이 많은 것도 사실입니다. 상업은 공업과 농업 생산뿐만 아니라 대중들의 생활을 위해서도 봉사해야 합니다. 우리는 지난 수십 년간 이러한 말을 반복해왔습니다. 그러나 실제 업무를 보면 늘 이러한 방침과는 거리가 멀었습니다.

여러 부서의 업무가 4개 현대화 요구에 적응하게 하려면 영도들이 자신이나 소속 부서에게 엄격히 요구하는 방법뿐입니다. 자신이나 소속 부서에게 엄격히 요구하고 내부의 잠재력을 꾸준히 발굴해야 만이 최선을 다해 남보다 앞장서려고 하는 의지의 표현이라고 할 수 있습니다. 어려움은 남에게 주고, 남에게 엄격하게 요구하는 반면, 자신은 쉬운 일만 하려 하고, 자신에 대한 요구를 낮춘다면 어찌 최선을 다해 남보다 앞장서려고 하는 표현이라 할 수 있겠습니까? 또한 현재 소속 부서의 동지들을 비판하지 못하고 그들의 미움을 사지 않으려는 경향이 있습니다. 그러니 비판이라는 무기를 미사일로 삼아 자신의 편이 아닌 남을 견주고 공격하는데 사용해야 합니다.

이러한 경향에 마땅히 각별한 주의를 기울여야 합니다. 당연히 우리가 린뱌오와 '3인방'을 반대하는 과정에서 툭하면 간부를 무너뜨리고 사회적으로 매장시키는 방법을 쓰곤 했습니다. 하지만 소속 부서나 그 동지들에게도 이와 같은 엄격한 요구를 제기해야 합니다. 그래야만 간부들이 잘못을 적게 저지르고, 잘못을 저질러도 비교적 쉽게 바로잡을 수 있는 것입니다. 따칭(大慶)의 성실한 사람이 되고, 성실하게 일을 처리하며, 업무에 대해서는 엄격하게 요구하고, 엄밀한 조직ㆍ엄숙한 태도ㆍ명확한 기율이 있어야 함을 뜻하는 '삼로사엄(三老四嚴)'[103]은, 사상정치 업무를 이끌어 나가고 자신과 소속 부서를 대하는데 보급할만한 경험입니다. '삼로사엄'이야말로 훌륭한 병사를 단련시켜 멋진 전쟁을 치를 수 있는 훌륭한 방법입니다.

모든 힘을 모아 한마음 한뜻으로 4개 현대화를 추진하는 것은 중앙에서 명확히 정한 총체적인 방침으로, 대중들도 열렬하게 옹호하고 있습니다. 그러나 다수의 구체적인 업무에서 전 당이 모두 훌륭하게 위의 방침의 요구를 체현하고 있다고는 말할 수 없습니다. 만약 서로 자기 방식대로 일을 추진한다면 총 노선은 결국 문서에만 지나지 않습니다. 마오쩌둥 동지가 전에 이러한 말을 한 적 있습니다. "그 어떤 부서도 총 노선이나 총 목표를 잊어서도 안 된다." 이처럼 한 마음 한뜻으로, 최선을 다해 남보다 앞서려고 노력해야 할 뿐만 아니라, 더 많이 · 더 빨리 · 더 좋게 · 더 절약하면서 현대화한 사회주의 강국을 건설하는 것이 우리의 총 목표입니다. 당위의 급별이나 부서에 관계없이 무조건 이 총 목표에 복종해야 합니다. 이 총 목표를 떠나서는 그 어떤 부서도 구체적인 업무를 잘 이끌어 나갈 수 없고, 가령 일정한 성과를 가져온다고 해도 언젠가는 착오를 범하게 되어 있습니다.

둘째, 경제건설에서 적절하지 않은 방침을 실행했습니다. 일부 동지들이 상품의 출로가 맞지 않는다는 문제를 제기했는데, 저는 우선 방침이 적절하지 않다고 봅니다. 우리는 늘 객관적인 규칙에 따라 일을 추진해야 한다는 구호를 외쳐왔습니다. 그렇다면 객관적인 규칙이라는 것은 무엇입니까? 완전히 모르는 것도 아닙니다. 조금은 알고 있으니까 말입니다. 그렇다고 정확히 알고 있다고도 말할 수는 없습니다.

현재 언론은 객관적인 경제규칙에 대해 이런저런 해석을 내놓고 있습니다. 그래서 저는 특별히 언론인들에게 객관규칙에 따라 일을 처리해야 한다는 말에 동의한다고 했습니다. 마르크스주의에서 나오는 말이기 때문입니다. 그러나 우리가 말한 것만이 객관규칙에 따라 일을 처리하는 것이고, 남이 말하면 아니라는 느낌을 받게 해서도 안 됩니다. 절대로 이러한 태도를 취해서는 안 됩니다. 우리 모두 객관규칙에 따라 일을 추진하는 것을 학습하고 모색해야 합니다. 레닌은 이러한 말을 했습니다. "프롤레타리아 독재정치는 위대한 어구로 함부로 입에 올려서는 안 된다. 쉽게 해낼 수 있는 부분이 아니기 때문에 경제규칙에 따라 일을 처리하는 방법을 완전히 터득했다고 쉽게 말해서는 안 된다. 우리 모두 객관적인 경제규칙을 열심히 학습하고 모색해야 한다. 이렇게 말해야 실사구시적인 태도이고 도리이기 때문에 사람들도 설득할 수 있는 것이다."

경제 규칙에 따른 일 처리에 관해 스탈린이 한 말에 우리는 각별히 유의해야 합니다. 스탈린은 저서 『소련 사회주의 경제문제(蘇聯社會主義經濟問題)』에서 사회주의 기본 경제규칙에 대해 과학적인 논술을 했습니다. "높은 기술을 바탕으로 사회주의 생산이 꾸준히 성장하고 완벽해지는 방법에 사용함으로써 전 사회의 상시적으로 성장하는 물질과 문화의 수요를 최대한 만족할 수 있도록 보장해야 한다."[104] 스탈린은 당시 소련 한 경제학자의 잘못을 이렇게 비난했습니다. "야로센코 동지가 잊고 있었다. 사람들은 자체의 수요를 만족시키기 위해 생산하는 것이지 맹목적인 생산이 아니라는 점을 그는 잊고 있었다. 사회적 수요의 만족에서 벗어난 생산이 결국에는 쇠락하고 멸망의 길로 나아가게 되어 있다는 점을 말이다."[105]

만약 20년간 경제규칙에 따라 제대로 일을 추진하지 못했다면, 우선 사회주의 기본 경제규칙에 따라 일을 추진하지 못했기 때문이라고 봅니다. 당내의 상당수가 사회주의 생산목표를 명확히 알지 못하고 있거나 수단을 목적으로 간주하고 있습니다. 그리고 일부 수준에서는 단순히 생산을 위한 생산에만 집착하다보니 현재 경제구조의 불합리적인 상황이 심각해지고 기형적으로 발전하고 있는 것입니다. 또한 사회와 대중의 생활 수요와 장기적으로 동떨어져 있어 활력도 잃어버렸습니다.

'3인방'을 무너뜨린 후 만약 경제업무에서 일정한 착오를 범했다고 말한다면 바로 이 문제에서 착오를 범한 것이고, 과거 단순히 생산을 위한 생산만 고집하던 기풍을 본받아 지나치게 강철과 중공업을 발전시켰다는 점입니다. 현재 인프라 건설에 총 1천 7백여 개 항목이 포함되어 있는데, 만약 22

개 추가 유치 항목까지 전부 가동시켜 진정으로 역할을 발휘하도록 한다면, 투자금액이 1천여 억 위안에 달할 것으로 예상됩니다. 일부 동지들은 이보다 더 많을 수 있다고 추측하기도 했습니다. 뿐만 아니라 일부 항목은 한 시기에 효과를 가져 올 수 없는 것은 물론 일부는 오랜 시간이 지나도 효과를 보지 못할 수도 있습니다.

이 문제에서 우리는 비교적 큰 결함이 있다고 봅니다. 오랜 세월 동안 우리는 일을 크게 벌였을 뿐만 아니라, 중공업을 바탕으로 농업과 경공업을 발전시킨 것이 아니라 다시 중공업을 재무장시키곤 했습니다. 천원(陳雲) 동지가 이 문제를 먼저 발견하고는 우리에게 과거의 경험을 바탕으로 축적과 소비 가운데서 비교적 합리적인 '레버리지(leverage, 기업 등이 차입금 등 타인의 자본을 지렛대처럼 이용하여 자기 자본의 이익률을 높이는 것 – 역자 주)'를 선택해 축적과 소비 간의 비율관계를 조절할 것을 요구했습니다. 이 문제에 대한 그의 기여는 엄청납니다.

현재 우리는 경제를 조정하는 가운데서 사회주의 생산목적을 한층 명확히 해야 합니다. 만약 우리가 이 점을 명확히 하지 못해 생산과 사회의 수요가 장기적으로 떨어진다면, 생산은 쇠퇴와 멸망의 길로 나아가게 될 것입니다. 현재 우리는 이미 벌을 받았습니다.

이 점에서 우리는 보이보[106] 동지와 공통으로 여기는 바가 있습니다. 현재 우리는 조정을 진행함에 있어 사회주의 생산이 어떤 구조이고, 어떤 목표가 있는지를 깊이 고려해야 합니다. 구무(穀牧)[107]동지에게서 듣기로는 현재 일부 성에서 외국과 직접 연계를 갖고 기술을 도입하고 있다고 했습니다. 기술도입을 저는 찬성합니다. 그러나 절대로 중형 공업만 발전시켜서는 안 됩니다. 만약 중공업에서도 5만 톤을 생산하는 특수한 강철공장을 세우고 대중들이 절박하게 필요로 하는 질 좋은 소형 공업제품 등을 만든다고 가정합시다. 투자가 적고 효과가 좋다면 당연히 세울 수 있습니다. 그러나 지금은 여러 성이 경공업 차원에서 여러 가지 방법을 생각해야 합니다.

경공업을 활성화시키는 데는 방도가 많습니다. 예를 들면, 현재 최고 품질의 제품은 가구입니다. 가구를 말하면 관련 부서의 동지들은 목재가 없다고 말합니다. 이 한 마디 말로 나의 입을 막아버렸습니다. 그러나 제가 아는 바로는 헤이룽장성(黑龍江)에서 채벌한 목재의 잉여물, 가공 후 잉여물 등 남은 나무 재료들만 충분히 이용해도 베이징 · 상하이 · 톈진 등 3개 도시의 가구를 제조하는데 필요한 목재의 수요를 만족시킬 수 있습니다.

또 예를 들면 가령 윈난(雲南)의 백약(白藥)의 소비가 3~5년 내에 2배 증가된다고 해도, 외화는 계속해서 벌어들일 수 있는 것입니다. 9억 인구가 필요한 여러 가지 소비품 가운데서 농산물을 제외하면 경공업 상품이 대부분입니다. 경공업 상품도 일부 생산재도 제공하고 있습니다. 그렇기 때문에 경공업을 발전시키기 위해 모든 방법을 동원해 출로를 개척하여 지역과 시간에 맞춰 발전시켜야 합니다. 우리는 반드시 이러한 교훈을 받아들여야 합니다.

셋째, 고도로 집중된 관리체제가 생산의 발전을 심각하게 제한했습니다. 중국의 현행 관리체제는 50년대 소련의 제도를 그대로 본받은 것입니다. 오랜 세월동안 문제가 아주 많았습니다. 소련은 60년대부터 고치기 시작했고, 이제 곧 80년대에 들어서게 됩니다. 그러니 우리가 고치지 않아서야 되겠습니까? 우리의 현행체제에서 가장 중요한 문제는 고도의 중앙집권으로 인해 4개 현대화의 필요에 적응하지 못하고 있다는 것입니다. 예로부터 고도의 중앙집권에는 문제가 많았습니다. 하물며 봉건사회에서도 그러했습니다. 그 어떤 시기 · 그 어떤 사물 · 그 어떤 사람이든지를 막론하고 무릇 고도의 집권을 행사해 권리 · 급별을 나누지 않았으면 모두 효과가 나빴습니다.

저는 여러분들이 범문란(範文瀾)[108]의 『중국통사(中國通史)』 속편 제4편제1 · 제2장을 볼 것을 권장합니다. 거기서 북송시기 고도의 중앙집권에 따른 위해성을 언급했습니다. 그리고 쌍웨(尚鉞)[109]의 『중국역사강요(中國歷史綱要)』제5장에서도 이 문제를 언급했습니다. 다수의 동지들이 그 당시 분산이 아닌 집중이 지나쳤다고 말하고 있는데 저는 이에 전적으로 동의합니다. 아울러 마땅히 집중해야 하지만 아직은 집중하지 못한 부분이 무엇인지를 고려해 보아야 한다고 생각합니다. 즉 사상과 정책 차원에서는 분산주의에 경각성을 높여야 하고 관리체제에서는 지나치게 집중되어 있는 현상을 바로잡아야 합니다. 집중과 분산은 마땅히 변증법적인 통일을 이뤄야 하기 때문에 하나라도 빠지면 사물의 발전법칙을 위배하게 됩니다.

관리체제가 지나치게 집중되면 안 되는 이유는 무엇일까요? 우리 사업의 소수인들에게만 의지해서는 안 되기 때문입니다. 경제건설에는 많은 사람들의 힘이 필요하고 각급 조직과 대중들의 적극성이 뒷받침 되어야 합니다. 우리 힘의 근원은 소수인이 아닌 전 당 · 전 군, 그리고 전국 인민에 있습니다. 우리는 대국인만큼 모든 업무에서 특별히 이 문제에 유의해야 합니다.

집중만 있고 분산이 없는 것은 우리 당의 사상노선에 부합되지 않습니다. 이 문제를 명확히 하고 나면 우리는 또 어떻게 해야 할까요? 3중전회 공보에서 언급한 것처럼 역할을 분담하고 급을 나누고 사람을 나누어 책임지게 하는 제도를 실행해야 합니다. 예를 들면 기업의 경우 급을 나눠 관리하는 것을 찬성합니다. 중앙에서 직접 일부분을 관리합니다. 구체적으로 5백 명 아니면 3백 명을 관리할지는 구체적으로 논의하면 되는 부분입니다. 지방에서도 일부 관리해야 하는 것은 물론 모든 책임을 지고 전담해 관리해야 합니다. 둘째, 기업 자주권을 실행해야 합니다. 그리고 계획 · 재정 · 상업 · 물자 등에서도 모두 급을 나누어 관리해야 합니다.

중앙에서는 종합적인 균형을 추진하고 계획적으로 조절해야 합니다. 앞으로 계획을 추진함에 있어 소수 인들이 한 가지 방안을 제기한 후 배치하는 형식이 아니라 위아래가 결합하고 아래로부터 위에 이르는 순서에 따라 점차적으로 균형을 이룰 예정입니다. 저는 체제를 개혁하는 데는 정신을 가다듬고 대중노선을 걸어야 할 뿐만 아니라, 3개월 내지 5개월을 이용해 명확히 연구하되 늦기보다는 빨리 추진하는 것이 알맞다고 봅니다. 더는 망설이고 방황해서는 안 됩니다.

20여 년간 우리가 힘들었던 교훈은 주로 위와 같은 3가지 부분에서 나났다고 생각합니다. 따라서 아래와 같은 몇 가지 문제를 명확히 연구해야 할 것입니다.

1. 속도문제입니다. 재정경제위원회[110]에서 올해와 내년의 경제계획을 논의하는 과정에서 몇몇 동지가 속도 문제에서는 실사구시적인 태도를 취해야 한다는 원칙을 제기했습니다. 저는 이러한 태도를 찬성하는 바입니다. 우리는 마오쩌둥 동지의 지도에 따라 할 수 없는 일을 억지로 추진해서는 안 됩니다. 노력을 해도 할 수 없는 일을 왜 굳이 해야 할까요?

현재 저는 다른 부분에서 한 가지 문제를 제기하려고 합니다. 모두 주지하다시피, 마오쩌둥 동지가 노력을 하면 할 수 있는 일인데도 하지 않는다면 그것은 옳지 않다고 말한 적이 있습니다. 그렇지 않으면 사회주의 우월성이 어디에 있겠습니까? 따라서 속도문제에 대해서는 반드시 실사구시적으로 명확히 연구해야 합니다. 현재 일부 국가와 지역은 오랫동안 고속성장을 이어왔습니다. 일본·남조선(한국)·홍콩의 성장률이 어찌 오래도록 10%이상을 유지할 수 있었을까요? 과연 우리가 근본적인 차원에서 연구를 한 것일까요? 유고슬라비아·루마니아의 고속성장에 대해서는 또 속속들이 연구했을까요?

통계수치로 보면 중국의 속도가 1978년과 1952년을 비교하든지, 아니면

1978년과 1966년을 비교하든지를 막론하고 모두 너무 낮은 수준은 아닙니다. 그러나 사회의 재부가 늘어나는 속도가 더디고 백성들의 생활수준도 크게 나아지지 못했습니다. 왜 그런 것일까요? 중국의 속도를 도대체 어떤 수준으로까지 끌어올릴 수 있을 것입니까? 이러한 부분에 대해서는 열심히 연구해 보아야 합니다.

저는 덩샤오핑 동지의 의견에 찬성합니다. 최근 2년 혹은 3년의 조정을 통해 다양한 조건을 마련함으로써 조정 후의 속도가 더 빨라지도록 해야 합니다. 만약 2, 3년이 지난 후에도 성장률이 8% 이상에 달하지 못한다면 민중들 나아가 전 당을 설득할 수 있는 이유를 준비해야 하지 않을까 합니다. 확실히 8%밖에 안 된다면 초월하지 못하는 명확한 근본적인 이유를 내놓아야 할 것입니다. 현재 우리는 잠재력이 아주 크다고 말합니다. 그러나 속도와 품질만 언급하면 적지 않은 동지들은 자신감이 저하될 뿐만 아니라 걸핏하면 투자나 설비를 요구하고 있으니, 이는 실로 서로 모순되는 부분이 아닌가요? 속도문제에 대해서는 사상을 해방시키고 실사구시적인 태도로 명확히 연구해야 한다고 봅니다.

2. 균형문제입니다. 세계의 모든 사물은 운동과 균형의 통일 속에서 발전합니다. 린뱌오와 '3인방'이 횡행하던 시기, 그들은 우리가 계획하는 것을 허락하지 않았습니다. 가령 계획을 한다고 해도 균형을 이루지 못했기 때문에, 결론적으로 국민경제 비율의 심각한 불균형 현상을 초래했습니다. 현재 우리는 국민경제를 조정함과 아울러 이를 핵심으로 간주하면서 비율관계가 심각하게 기울어져 있는 상황을 점차 바로잡아야 합니다. 이는 아주 필요한 부분입니다. 그렇지 않으면 국민경제가 발전할 수 없고 우리의 사업도 앞으로 나아갈 수 없을 것입니다.

천원 동지가 올 9월 18일에 열린 재정위원회 보고회의에서의 연설을 통해 올해와 내년의 재정수지 상황을 배려할 때, 균형을 유지하고 적자를 없애야 한다고 언급했습니다. 그는 특별히 인프라 건설에서 해마다 적자를 내면 안된다고 하면서 해마다 지폐로 인프라 건설을 추진하다보면 언젠가는 폭발할 날이 온다고 강조했습니다. 저는 천원 동지의 의견을 찬성하지만 아래와 같은 두 가지 상이한 상황이 존재한다는 것을 배제할 수 없습니다.

첫째 상황은 생산이 발전하고 물자가 풍부해지고 시장이 확대됨에 따라 지폐의 추가 인쇄를 통해 통화 유통량과 상품 공급량의 균형을 유지하려는 것은 평상적인 표현입니다. 평소 우리가 말하는 인플레이션과는 다른 개념입니다. 그렇게 하지 않으면 상품유통이 제한을 받게 될 뿐만 아니라 생산의 성장도 저해를 받게 됩니다. 둘째 상황은 은행 대출 혹은 재정 보조의 방법을 통해 판매출로에 어울리고 효과가 빠르고 수익이 많은 상품을 생산할 수 있습니다. 6개월·1년 혹은 더 긴 시간 내에 일부 통화를 더 많이 지불해도 큰 위험이 없다고 봅니다. 이러한 방법대로 추진하다보면 대출을 빠르게 회수할 수 있을 뿐만 아니라, 백성들의 수요를 만족시킬 상품이 더 많아지고 국가 수입도 빠르게 늘어날 수 있을 전망입니다.

한 시기에 일정한 통화를 투입한 후 빠르게 더 많은 통화를 회수할 수 있는 일들이 아주 많습니다. 하지만 기존에 재정과 은행 부서들이 이와 관련해서는 별로 한 일이 없습니다. 이를테면 덩샤오핑 동지가 말한 것처럼 우한(武漢)강철회사에서 12만 5천 톤에 달하는 넓고 얇은 강철판을 압연할 수 있고 해외수출 판로도 있습니다. 그러나 해마다 강철판 1톤을 압연하는데 회사가 40위안의 손해를 보아야 하기 때문에 3만여 톤만의 예약만 받았습니다. 만약 재정부서에서 톤 당 40위안을 보조해준다면 총 5백만 위안이 필요합니다. 강철판 수출가격은 톤 당 3백여 달러이기 때문에, 합하면 3,750여만 달러의 외화를 벌 수 있습니다. 그러나 우리는 아직 이러한 생각을 못하고 있고 감히 엄두도 내지 못하고 있습니다.

이러한 사례가 너무 많습니다. 이는 움직이고 변화발전하며 변증법적인 관점이 아닌 정지되고 고정되고 기계학적인 관점으로 재정수지의 균형과 대출의 균형을 고려한 것입니다. 즉 적극적인 태도가 아닌 소극적인 태도로 균형을 본 것입니다. 우리가 이러한 융통성이 없는 재정 관리와 대출관리 방법을 개진해야만 많은 항목에서 성과를 거둘 수가 있습니다. 당연히 저는 적자재정을 찬성하지 않는다는 점을 명확히 얘기하고 싶습니다. 일반적인 상황에서 수입이 지출보다 많아 약간의 잔액이 있어야 합니다. 정상적인 비율관계를 파괴하면 안 되기 때문입니다.

생산과 판매의 균형문제도 있습니다. 기존에는 생산과 판매 균형이라고 했지만 현재는 구호가 되었으며 판매량에 따라 생산을 정한다고 말하고 있습니다. 이 구호는 마땅히 구체적으로 분석해야 한다고 봅니다. 특히 두 가지 서로 다른 상황을 구분해야 한다고 생각합니다. 한 가지 상황은 상업 부서에서 시장의 상황과 수요를 이해하지 못함에 따라 수매한 상품을 팔지 못할까 두려워하면서 주관적으로 정한 수량을 근거로 생산기업에 주문하는 경우입니다. 공장은 주문량에 따라 생산했고, 생산량이 많아지면 자체적으로 판매하는 것조차 허락하지 않았습니다. 이렇게 '판매량에 따라 생산량을 정하는'규정은 생산과 판매를 모두 억제했기 때문에 마땅히 바로잡아야 합니다.

또 다른 상황은 판매량에 따른 생산량을 확정하는 것입니다. 생산기업에서 시장의 수요, 시장에서의 공급과 수요관계의 변화, 그리고 잘 팔리는 상품과 잘 팔리지 않는 상품, 소비지가 필요로 하는 상품의 품종과 규격을 일일이 파악해야 합니다. 이러한 상황을 정확하게 파악한 후 생산 품종이나 생산량을 확정함으로써 진정으로 생산과 판매의 일치를 실현하고 생산과 판매를 서로 결부시킴으로써 상품의 매진 현상 혹은 상품이 팔리지 않아 재고 현상이 나타나는 것을 막아야 합니다. 이러한 형태의 판매량에 따른 생산 혹은 수요에 따른 생산은 필요한 것입니다. 그러나 현재 다수 기업들에서 이렇게 하지 못하고 있습니다.

세계의 자본가들은 세계의 공급과 수요의 변화를 제때에 파악하는 능력뿐만 아니라 적극적으로 시장을 모색하고 판로를 개척할 수 있는 능력을 갖추었습니다. 이 부분에 대해서 우리는 자본가들을 본보기로 삼아야 합니다. 이는 우리가 경영관리를 개선함에 있어서 아주 중요한 고리입니다. 당연히 이를 실현한다는 것은 결코 쉬운 일이 아닙니다. 우리는 생산과 판매의 관계가 고정불변한 것이 아니라는 점을 알아야 합니다. 따라서 늘 연구하고 조정하고 예측하고 깊이 탐구하여 상품이 하루빨리 사용자의 수요에 적응될 수 있도록 해야지, 생산한 상품이 창고에 재고품으로 쌓이게 해서는 안 됩니다.

그리고 또 물자의 균형문제도 있습니다. 생산이 꾸준히 늘어나고 있는 가운데 물자도 이러한 성장에 따라 균형을 이뤄야 합니다. 지난 몇 년간 '롱 라인'에 따라 물자균형을 이뤄야 할지, 아니면 '숏 라인'에 따라 물자균형을 이뤄야 할지에 대해 반복적으로 논쟁해왔습니다. 이른바 '롱 라인'의 균형이라는 것은 모종의 최다 물자에 따라 균형을 이루고 기타 부분이 모두 이를 기준으로 할 것을 요구하는 것입니다. 그러면 겉으로는 균형을 계획한 것처럼 보이지만, 사실 많은 결함이 생겨나기 마련입니다. 그렇게 되면 결과적으로 벌인 일은 많고 물자를 분산적으로 사용하다보니 정해진 물자를 가장 필요한 곳에 사용할 수 없는 상황이 초래되고 맙니다.

다년간 사람들은 이러한 균형을 이른바 적극적인 균형이라 주장했습니다. 그러나 결론적으로는 불균형 현상이 갈수록 두드러졌던 것입니다. 앞으로는 어떤 일이 있어도 이렇게 해서는 안 됩니다. 더는 곳곳에 결함을 남겨서는 안 됩니다. 이밖에 이른바 '숏 라인'을 기준으로 보는 균형도 있습니다. 이는 최소한의 물자를 바탕으로 하고 다른 사물들이 이를 기준으로 할 것으로 요구하는 것을 말합니다. 물자가 부족한 상황에서 갖은 방법을 동원해 물자 생산을 늘리려고 애를 쓰는 것이 아니라, 하는 일 없이 되는대로 살아가며 천천히 시간만 허비합니다. 균형에 대한 이토록 소극적인 태도는 마땅히 반대해야 하고 바로잡아야 합니다.

균형을 추진함에 있어 반드시 정확한 계산을 바탕으로 롱 라인과 숏 라인이 무엇인지를 명확히 한 후, 숏 라인이 생산을 늘릴 수 있도록 온갖 방법을 총동원하고 절약할 것을 제창해야 합니다. 그리고 필요한 재고량을 활용하고 믿을만한 수입에 의존하여 '숏 라인'을 발전시키고 '롱 라인'에 대해 적절하게 배치할 수도 있습니다. 혹은 수출을 촉진하거나 생산을 줄이는 등의 방법을 활용해 종합적으로 균형을 실현한다면, 한편으로 결구를 남기지 않고 다른 한편으로는 재고가 생기지 않도록 할 수도 있습니다.

천원 동지가 이러한 균형은 긴장상태에서의 균형이라고 말했습니다. 향후 우리는 이러한 균형을 이뤄야 할 뿐만 아니라 이러한 균형만 고집해야 합니다. 그렇다고 소극적인 태도로써 물자균형을 이루려고 하는 것은 아닙니다. 그러나 그렇게 하지 않으면 우리가 물자 균형을 실현하는 데에는 어려움이 많기 때문입니다.

전반적으로 볼 때 저는 균형이 있고 균형에 유의해야 하지만, 균형을 절대화해서는 안 된다고 봅니다. 모든 것은 움직이고 있습니다. 다시 말해서 모든 사물이 꾸준한 운동 속에 있다는 것입니다. 운동은 절대적이고 영원한 것인 반면 균형은 상대적이고 일시적인 것입니다. 따라서 생산과 판매의 관계, 공급과 생산의 관계, 그리고 수입과 지출의 관계를 늘 연구해야 하며, 운동의 관점으로 정지의 관점을 대체해야 합니다. 마오쩌둥 동지는 경제업무를 점차 세밀하게 해야 한다고 말한 바 있습니다. 점차 세밀하게 해야 한다는 것은 갈수록 노련하게 일을 처리하고 과학적으로 깊이 있게 연구해야 한다는 것이지, 갈수록 신비로운 분위기를 조성하고 번잡하게 만들며 남을 얕잡아 보라는 뜻이 아닙니다.

3. 간단한 재생산과 확대 재생산의 문제입니다. 비교적 오랜 세월 동안 사람들은 확대 재생산과 인프라 건설을 동일시했습니다. 인프라 건설에 투자를 해서 확대 재생산을 추진해 온 것입니다. 그러나 이는 낡은 관념입니다. 수십 년간의 농업 확대 재생산을 볼 때 국가 투자가 일정한 역할을 발휘했다는 점은 인정해야 하지만, 농업생산 발전이 완전히 농업 투자에만 의존했다고는 말할 수 없습니다. 최근 2년간 중국의 농업생산 발전은 주로 정책에 따른 농민들의 적극성이 향상된 덕분이지 국가의 인프라 건설 투자에 의존한 것이 아닙니다. 만약 확대 재생산과 국가의 인프라 건설투자를 동일시한다면 어떤 문제가 생길까요? 즉 농민들의 적극성을 경시하게 되는 문제가 생기게 되는 것입니다. 현재 35만 개 공업기업이 있는데 이는 우리가 발전하는데 주요한 진지이자 근거입니다. 도입도 도입이지만 새 공장도 점차 세워야 합니다. 그러나 향후 생산 확대과정에서 기존 공업기업의 잠재력을 발굴하고 기술을 혁신하고 개조하는 방법을 통해 그들의 적극적인 역할을 충분히 발휘시켜야 합니다.

확대 재생산을 하게 되면 인프라 건설 추진을 떠올리게 되는데, 사실 이는 이론적으로 성립되지 않습니다. 마르크스가 자본주의 조건에서의 확대 재생산을 언급할 때 꾸준히 확대되고 있는 생산은 꾸준히 늘어나고 있는 시장이 필요하다고 말한 바 있습니다. 그는 "생산의 매년 확대는 두 가지 이유 덕분이다. 첫째는 생산에 투입하는 자본이 꾸준히 늘어나고, 둘째는 자본의 사용 효율이 꾸준히 향상되었기 때문이다. 재생산과 축적을 이루는 과정에서 소규모의 혁신이 꾸준히 축적되면서 결국 생산의 전반적인 규모가 완전히 바뀌게 된다. 이곳에 혁신이 축적되고 있으며, 생산력 축적의 발전이 이뤄지고 있다."[111]고 말했습니다. 그는 또 재생산이 겪는 주기 가운데서 "자본은 단순히 기존의 규모로 재생산을 실현한 것이 아니라, 규모 확대를 통해 재생산을 실현했다. 따라서 동그라미가 아닌 나선형을 그린 것이다."[112]라고 말했습니다.

한 기업에 있어서 노동자의 정치적 책임감과 생산에 대한 적극성을 불러일으키고 그들의 문화와 과학지식 수준과 기술 숙련도를 끌어올려 노동기구를 개선해야 합니다. 또 기존 설비의 수리와 관리를 강화해 공예 조작과정을 개선하고, 설비의 이용률을 높이는 한편, 원자재에 대한 소모를 낮추고, 품질을 향상시키고 품종을 늘려야 합니다. 그리고 경영관리를 개진하고 규정과 제도 등을 보완해야 합니다. 이밖에 자금을 투입하지 않거나 혹은 많이 투입하지 않고도 기존의 생산력을 충분히 발휘시켜 생산이 꾸준히 확대될 수 있도록 해야 합니다. 이 부분에서는 기업마다 할 일이 많고 발굴할만한 잠재력도 크다고 봅니다.

만약 우리가 일부 선진적인 기술과 필요한 설비를 도입해 기존 기업의 문제점들을 보완하고, 노동자들의 합리적인 건의와 결부시키는 한편 소규모 투자를 늘린다면, 새 공장건설처럼 자금을 많이 절약하는 것은 물론 빠르게 큰 효과를 볼 수도 있습니다. 그러나 다수의 동지들은 결코 이러한 문제를 염두에 두지 않고 있습니다. 재생산 확대라는 말만 나오면 그들은 무턱대고 투자를 요구하고 새 공장을 건설하려 합니다. 듣기 싫게 얘기하면 곰이 옥수수 따는 식으로 한 개를 따고 한 개를 버리는 격입니다.

이 부분에서 초래된 낭비와 손실이 또 얼마입니까? 이러한 정신상태, 그리고 착오적인 방법을 근본적인 차원에서 바로잡지 못한다면, 현대화 건설을 추진하는데 능력을 제대로 발휘할 수가 없습니다. 그러면 4개 현대화 건설도 아예 희망이 없다고 볼 수 있습니다. 따라서 저는 아주 심각한 문제라고 생각되어 반드시 전 당과 모든 노동자들 가운데서 열심히 논의하는 한편, 계획적이고 유력한 조치를 취해 위 문제를 적절하게 처리해야 한다고 생각합니다.

이 문제를 더 구체적으로 설명하기 위해 여러분들에게 일본 친구의 두 가지 견해를 이야기하고자 합니다. 최근 중국사회과학원에서 일본 경영학자 대표단을 초청했습니다. 대표단 성원은 모두 유명한 대학교수였습니다. 그들이 중국의 일부 공장과 광산기업을 고찰한 후 생산 확대에는 새로운 선진 설비도입과 경영관리 혁신이라는 두 가지 방법이 있다고 명확히 말했습니다.

기업의 생산관리를 제대로 혁신하고 강화한다면 오래된 설비도 여전히 큰 역할을 발휘할 수 있어 잠시 새 설비를 도입하지 않는다고 해도 생산 확대 목표에 달할 수 있다는 것입니다. 그들은 일본의 일부 기업 설비가 확실히 선진적이지만 중국보다 못한 설비를 가진 기업도 많다고 말했습니다. 또 중국 기업이 기존 설비를 가지고도 과학적인 관리만 강화한다면 생산력을 향상시킬 잠재력이 아주 크다고 덧붙여서 말했습니다.

대표단의 한 교수가 우리에게 이렇게 건의했습니다. 그는 현재 중국 기업이 관리만 강조하고 경영을 경시하고 있다고 말했습니다. 그는 '경영관리'라는 개념이 완벽하지 않다면서 경영과 관리는 상이한 개념이라고 말했습니다. 따라서 경영과 관리를 통일시켜야 진정한 의미에서의 경영관리가 된다고 덧붙였습니다. 그는 중국에서 소유제를 변화시키지 않는 원칙 하에서 기업의 자주권을 확대하고 대기업을 회사로 바꾸는 것 외에 조립에 힘쓰고 도급 가공을 주로 하는 공장을 많이 설립할 것을 건의했습니다.

일본 교수가 말한 것처럼 하얼빈 측량기 절삭공구 공장, 그리고 상하이 전력 계량기 공장이 만약 일본에 있었다면, 최소한 50개 도급기업에서 이들 회사에 부속품을 가공해 납품할 것이라고 말했습니다. 그는 중국 기업들이 국제경제 무대로 진출해 수시로 외국 동업종 기업의 관련 자료를 모으고, 자체 상품과 외국의 동업종 상품을 서로 비교해 볼 것을 건의했습니다. 이렇게 해야만 경영관리 수준을 한층 끌어올릴 수 있다는 것입니다. 그는 노동자들이 기업 관리에 참여하고, 기업간부들도 노동에 참여해야 한다면서 서로 힘을 합쳐 기존의 규칙과 제도를 개혁하고, 노동자·기업간부·기술자가 상호 협력하여 기업운영상의 문제들을 처리하는 것을 뜻하는 중국의 '두 가지 참여, 1가지 개혁, 3가지 협력'[113] 관리제도가 비교적 훌륭하다고 인정했습니다. 그리고 3급 관리·3급 채산제도도 적용할 만하다고 하면서 이를 바탕으로 과학적인 경영관리 방법을 실행해 중국 특색의 경영관리 체계를 형성해야 한다고 말했습니다.

각국 별로 풍토와 문화역사가 서로 다르기 때문에 경영관리 방법에도 자연히 다른 부분이 많습니다. 일본은 전통적인 경영관리 체제를 기반으로 미국의 과학적인 경영관리 방법을 학습함으로써 점차 자기만의 경영관리 체제를 형성한 것입니다.

저는 일본 친구가 제기한 기업 경영관리 학습과 강화문제가 재생산 확대 문제에 대한 연구와 직접적인 연관이 있다고 봅니다. 그들의 건의에 대해 우리는 충분히 중시할 필요가 있습니다. 금년 4월에 열린 중앙업무회의[114]에서 확정된 내용은 다음과 같습니다. 향후 3년간 경제업무의 주요한 임무, 즉 우리가 늘 언급하는 "조정·개혁·정돈·제고"라는 '8글자'방침입니다. 여기에 기존 기업을 상대로 한 조정, 경영관리 혁신이라는 아주 중요한 내용이 포함되어 있습니다. 아쉽게도 우리는 현재까지도 이 문제에 대해 마땅히 주의를 기울이지 않고 있습니다. 예를 들면, 현재 우리가 업무를 추진하고 계획을 실행함에 있어서 기존 기업의 실제상황에 대해서는 확실히 알지 못하고,

기업의 경영관리 혁신 방법을 모색하는 것 등에 대해서도 별로 주의를 기울이지 않고 있습니다. 이래서야 어찌 최선을 다해 남을 앞지를 수 있는 계획을 수립할 수 있겠습니까? 저는 어렵다고 봅니다.

4. 외자 이용문제입니다. 이 부분에서는 경험 부족으로 손해를 보고 대가를 치렀다고 하지만 남을 탓할 필요는 없습니다. 그래도 우리는 과감하게 외자를 유치해야 합니다. 그러면 외자 유치에서 우리는 어떤 형식을 취해야 할 것입니까? 첫째는 공동경영이고, 둘째는 지역을 정해 공장을 세우도록 한후, 우리가 세금을 징수하는 방법을 취할 수 있도록 해야 할 것입니다. 사실상 이는 레닌이 10월 혁명 이후 언급한 임대 양도제도(租讓制)[115]입니다. 임대양도제도는 간부를 육성할 수 있을 뿐만 아니라 남에게 약간의 이익을 가져다 줄 수도 있습니다. 그러나 우리도 그 과정에서 그들로부터 일부 우수한 부분을 배울 수 있지 않겠습니까? 그러나 협상에서 절대 상대편의 약은 수에 넘어가서는 안 될 것입니다.

5. 내년에는 이러한 구호를 제기했으면 어떨까 합니다. 즉 "농업생산에서 전면적인 대풍작을 거두고, 경공업에서 큰 폭의 성장률을 실현할 수 있도록 노력하자."는 것입니다. 지난해 겨울과 올해 봄, 우리는 비율 불균형과 조정에 대해 언급해왔습니다. 우리가 주장하는 조정은 사실 계속해서 앞으로 나아가고 발전하는 가운데서 상하 파동이 있는 걸 말하는데, '롱 라인'을 하향조절하고, '숏 라인'을 상향조절하려는 것입니다. 그러나 일부 동지들은 정확히 이해하지 못해 무의식중에 부작용이 형성되었는데 올 봄 공업생산이 느슨해지는 현상이 나타났습니다.

우리는 이러한 교훈을 받아들여야 합니다. 농업과 공업 그리고 각 업종에서 모두 최선을 다하고 조정을 단호히 추진해야 합니다. 전근된 기업노동자들이 비록 소수인일지라도 힘을 북돋아주고 그들이 열심히 학습해 능력을 제고하고 다시 도전할 준비를 마칠 수 있도록 격려해 주어야 합니다. 특히 공장의 창고·기계·물자를 잘 보호하도록 해야 합니다. 이 부분을 반드시 엄히 제기해야 합니다. 아니면 이는 범죄를 저지르는 것이나 다름없습니다.

계속해서 조정을 중심으로 함과 동시에 온갖 방법을 동원해 농업생산을 발전시킬 것도 강조해야 한다고 봅니다. 전기는 반드시 사용할 수 있도록 해야 합니다. 전기는 공업생산 뿐만 아니라 농업생산과 백성들의 생활과는 긴밀하게 연관되어 있는 부분입니다. 농업과 경공업을 발전시키려면 첫째 방침을 근거로 추진해 가야 합니다.

여러 성 내에 모두 발전 불균형 문제가 존재하는데 잘 이끌어나가고 있는 성일지라도 뒤떨어진 경우가 있기 때문에, 이러한 부분에 각별한 주의를 기울여야 합니다. 둘째, 비판이나 운동이 아닌 교육방법을 통해 간부의 기풍을 진정으로 바로잡아야 합니다. 농업은 각 지역의 구체적인 실정에 맞게 적절한 대책을 마련하거나, 출로를 많이 고민해야 하는 문제에 부딪히게 되는데, 경공업은 더욱이 이러한 문제에 노출되기 쉽습니다. 현재 중국의 도시인구가 1억 5천만 명에 달합니다. 도시마다 출로를 널리 개척하고 노동대중들의 집체 소유제 경제를 발전시켜야 합니다.

마지막 문제는 경제업무와 관련해 훌륭한 문서를 작성하는 것입니다.

내년 2월과 3월 전에 반드시 사상을 해방시키고, 실제에 부합되며, 허와 실을 동시에 추진하는 것 외에도 설득력 있고 많은 사람을 동원할 수 있는 경제업무 관련 문서를 작성해야 합니다. 주요한 문서만 있으면 여러 해 동안은 문제가 없을 것입니다. 이밖에도 이와 관련된 기타 문서를 작성하고 기타 일부문제에 대해서도 구체적으로 규정해야 합니다. 예를 들면 기업의 자주권과 등급별 관리문제 등이 그것입니다.

자신을 어떤 안목으로 보아야 하나[*]

(1980년 2월 12일, 13일)

저는 중점적으로 자신을 어떻게 보아야 하는지에 대해 말하려고 합니다. 여기서 말하는 자신은 개인이 아니라 광의에서의 자신을 뜻합니다.

첫째, 우리를 영도하고 있는 당을 어떤 안목으로 보아야 할까요? 중국공산당이 우리에게 속하는 것일까요? 아닐까요? 공산당은 우리의 사업을 영도하는 핵심역량이니만큼 자연히 우리의 것입니다. 우리당이 진정으로 위대하고 사랑스러운 존재일까요?

우리당이 착오를 범했고, 각급 조직에도 크고 작은 문제가 있는 것은 사실입니다. 그리고 당내에 자격미달인 당원, 심지어 극소수지만 품행이 아주 나쁜 당원이 있는 것도 부인할 수 없는 현실입니다. 궁극적으로 첫째, 착오를 범했고, 둘째, 문제가 존재하고, 셋째, 자격미달인 당원과 심지어 품행이 아주 나쁜 당원이 있습니다. 모두 사실입니다. 그러나 착오와 잘못을 얼마나 저질렀든 간에 아래와 같은 두 가지는 반드시 인정해야 합니다. 첫째, 만약 우리당이 없었더라면 중국이 혁명에서 승리할 수 있었을까요? 우리당이 없었다면, 중국 인민의 해방, 신중국의 건립은 실현되지 못했을 것입니다.

그 어느 당과 파벌 모두 낡은 중국을 신 중국으로 바꾸지는 못했습니다. 오

---

[*] 이는 후야오방 동지가 시나리오 창작 좌담회 연설에서의 제2부분 내용이다.

로지 중국공산당만이 전국의 여러 민족 인민을 영도해 혁명을 성공으로 이끌었습니다. 둘째, 누군가 중국 인민을 영도해 4개 현대화를 실현한 사회주의 강국을 건설할 수 있었을까요? 그 누구도 그 어느 당에 의존해서는 성공할 수가 없습니다. 오로지 중국공산당의 영도만 믿어야 합니다. 최근 덩샤오핑 동지가 또 당의 영도를 견지하고 당의 영도를 개선해야 한다고 제기했습니다. 문예계 동지를 비롯해 모든 동지들은 당을 알아가는 과정에서 이를 바탕으로 해야 합니다. 정확한 태도로 당을 대했으면 합니다. 우리 당에 착오와 잘못이 얼마나 있었는지, 그 수의 많고 적음을 막론하고 그래도 여전히 위대하고 귀여운 당이 아닙니까? 둘째, 사회를 어떻게 정확하게 보아야 할까요? 프롤레타리아 독재정치를 실시하고 있는 사회주의 국가에 진정으로 우월성이 있는 걸까요? 우리는 이를 통해 자부심을 가져도 될까요? 이는 모든 동지들이 명확히 해야 하는 문제입니다. 중국은 생산이나 문화 부분에서 많이 뒤져 있습니다. 30년간 경제와 문화의 발전이 더딘 이유는 무엇일까요?

첫 번째가 역사적인 원인이라고 생각합니다. 다시 말해서 낡은 중국이 우리에게 남겨준 밑천은 얼마 없는 반면에 부담은 엄청나게 과중하다는 것입니다. 두 번째는 10년간 린뱌오와 '3인방'의 파괴와 동란 때문입니다. 세 번째는 정책 차원에서의 문제 때문입니다. 린뱌오와 '3인방'의 파괴가 아주 심각한 것은 맞지만 그렇다고 해서 오로지 이러한 이유 때문이라고는 주장할 수 없습니다. 오랜 세월동안 잘 어울리지 못했던 정책들도 있었기 때문입니다.

그중 일부는 린뱌오와 '3인방'이 정권을 잡기 전부터 어울리지 않았거나 '좌'적 경향이 있었습니다. 네 번째, 저를 비롯한 일부 동지들의 생산 경험이 부족해서 경제규칙을 제대로 알지 못하거나 아예 몰랐을 뿐만 아니라, 현대 과학기술과 경영관리 등 분야의 지식에 대해서도 잘 알지 못하기 때문입니다. 다섯 번째, 제도에 문제점이 있기 때문입니다. 예를 들면 노동력에 따른 배분과 장려금 발급 등을 도대체 어떻게 추진해야 할까 하는 문제입니다.

2년을 모색했지만 여전히 제대로 된 방법을 모색해 내지 못했습니다. 중국은 경제와 문화가 뒤쳐져 있습니다. 만약 이 부분을 인정하지 않는다면 진정한 공산당원이 아닙니다. 그러나 일부분에서 우리는 그 누구보다도 뛰어난 우월성을 갖고 있습니다. 바로 착취제도를 없애고, 근본적인 차원에서 사람이 사람을 죽이고, 사람이 사람을 압박하는 현상을 없앤 것입니다.

우리는 이 부분에서 마땅히 자부심을 가져야 합니다. 일부 동지들은 오히려 이 근본적인 사실을 잊어버리거나 경시하고 있습니다. 자본주의 국가의 우수한 영화나 소설을 보아도 단순히 형식이 아닌 실질적인 차원에서 자본주의사회가 사람이 사람을 죽이는 본질을 폭로했다는 점을 알 수 있습니다. 저는 영화를 거의 보지 않기 때문에 특별히 우수한 영화를 꼽기는 어렵습니다. 그래도 좋은 영화를 들라면 「백만 파운드(百萬英鎊)」이거나 「유랑자(流浪者)」 등을 들 수 있다고 봅니다. 이들 영화는 비교적 우수한 작품들인데 모두 이 부분을 반영했습니다.

우리는 수십 년의 시간을 들여 착취제도를 없앴으며, 압박받고 모욕을 당하고 멸시를 당하던 국면을 끝냈습니다. 여러분들이 이 부분을 반드시 명기하기 바랍니다. 많은 동지들이 잘 모르고 있겠지만 그럴 만도 합니다. 하지만 나이 많은 노동자와 농민·노 교수·노 과학자·노 문화인들은 잘 알고 있습니다. 예를 들면 현재 이 자리에 참석하신 샤옌(夏衍)[116]은 감수가 남다를 것입니다. 그리고 차오위(曹禺)[117]동지가 쓴 『뇌우(雷雨)』, 『일출(日出)』은 모두 이 부분을 반영했습니다. 이 부분을 우리는 반복적으로 홍보해야 합니다. 자연히 홍보하는 방법도 실사구시적이어야 하고, 역사를 강조해야 합니다. 그리고 공식화·개념화·형식주의를 고집하지 말아야 합니다. 새롭거나 오래된 중국 제도를 홍보하는데 필요한 근본적인 차이점은 역사의 진리를 제시하는데 있습니다. 레닌은 "진리라면 수천수만 번 반복한다 해도 두렵지 않다"고 말했습니다.

셋째, 중국 인구의 절대다수를 차지하는 체력 노동 종사자와 정신 구동 종사자를 어떻게 보아야 할까 하는 문제입니다. 오랜 세월 동안 지식인에 대한 견해가 적절하지 않았습니다. 이들의 이미지를 왜곡하고 '더러운 아홉 번째 계층'이라 불렀습니다. 따라서 정신구동 종사자들이 억울함을 당하게 됐습니다. 린뱌오와 '3인방'을 무너뜨린 후 우리는 이 같은 착오적인 관념을 바로잡았습니다.

신중국의 지식인도 노동인민이고 정신구동 종사자이자 공인계급의 일부입니다. 현재 우리는 과거의 착오적인 견해와 이로 초래된 잘못된 행태를 바로잡고 있는데 어느 정도는 성적을 거둬야 합니다. 그러나 남겨진 문제가 많아 계속해서 바로잡아야 하고 근본적인 차원에서 바로잡고서야 손을 떼야 하는데 여기에는 문제가 되지 않습니다. 여기서 마땅히 강조해야 할 부분은 우리의 이론전선 · 홍보전선 · 문예전선의 동지들은 절대 체력 노동 종사자를 잊어서는 안 된다는 점입니다. 이유는 아래와 같습니다.

첫째, 그들이 중국 인구의 절대다수를 차지하고 있고, 둘째, 과거에 혁명의 주력이었던 그들이 현재는 4개 현대화를 실현하는 주력군이기 때문입니다. 지식인은 노동계급의 구성원인 만큼 당연히 4개 현대화를 실현하는데 주력군의 구성부분일 뿐만 아니라, 특별히 중요하고도 귀한 핵심 역량입니다. 그러나 지식인들의 규모가 너무 작습니다. 이제 겨우 2천여 만 명밖에 안 됩니다. 체력 노동 종사자는 문화수준이 떨어져 있습니다. 과거에 가난한 하층 중농을 상대로 한 재교육을 제창했지만, 현재에 와서 돌이켜 보니 너무 절대적이었던 것 같습니다.

지식인이 농민들에게 배워야 하는 것은 맞습니다. 그러나 농민은 왜 정신구동 종사자들에게서 배우면 안 되는 겁니까? 서로 배울 수 있지 않습니까? 체력 노동 종사자들에게서 배울 것이 없다고 생각하면 안 됩니다. 반대로 체력 노동자들이 다양한 문제에서 우리보다 한 수 위여서 우리들이 따라 배우고 칭송할 만한 존재입니다. 얼마 전 영화『눈물 흔적(淚痕)』을 감상했습니다. 이 영화에서 농민간부와 농민을 잘 표현했다고 생각합니다. 사회주의 조국의 90%가 노동자이고 농민들인데, 이들은 우리 사회의 주인공들입니다. 낡은 사회의 진보 작가들이 아직은 그들을 충분히 그려내지 못했습니다.

자본주의 국가의 노동자와 농민은 아직 발굴해내지 못한 역량이라는 마르크스의 말이 떠오릅니다. 사회주의 국가인 중국의 노동자와 농민의 역량은 이미 발굴되고 드러나고 있거나 점차 이 과정을 실현하고 있는 중입니다. 우리는 문예창작을 통해 그들의 생활과 노동 그리고 정서를 생동적이고도 정확하게 표현할 책임이 있습니다. 넷째, 인민해방군을 어떻게 보아야 합니까? 중국군에 일부 결함이 있는 건 사실입니다. 수백만 명에 달하는 인민해방군 가운데 개별적으로 품행이 단정하지 못한 자도 있습니다. 그러나 전반적으로 볼 때, 중국군에 두 가지 장점이 있습니다.

첫째, 확실히 가장 귀여운 자들이라는 겁니다. 1927년 중국군이 건립됐습니다. 그 후로 수십 년간 그들은 전쟁에 목숨을 걸었습니다. 만약 그들이 없었더라면 중국 인민이 승리하는 영광스러운 역사가 있을 수 없었을 것입니다. 혁명 역사와 인민해방군은 긴밀하게 연결되어 있습니다. 둘째, 4개 현대화 실현은 주로 그들의 보위에 의존해야 합니다. 따라서 그들은 가장 믿음직한 자들이기도 합니다. 그러니 가장 귀여우면서도 가장 믿음직한 존재가 아니겠습니까? 따라서 우리는 우리의 홍보업무와 문예 작품을 창작하는 데서 마땅히 그들을 중요한 위치에 놓아야 합니다.

다섯째, 마오쩌둥 동지와 그의 사상을 어떻게 정확히 보아야 할까요? 과거 마오쩌동 동지에 대한 우리의 일부 견해에 합당하지 않은 부분이 있었습니다. 린뱌오와 '3인방'은 마오쩌동 동지를 신 같은 존재로 추대하고, 그의 저술을 성경으로 받들면서 미신 활동을 진행했습니다. 그들은 이러한 방법으로 마오쩌동 동지와 그의 사상을 반대하면서 유심주의와 형이상학을 주장했습니다. 그때 마오쩌동 동지의 잘못을 조금이라도 들춰서는 절대 안 되었습니다.

그 당시 절대 입 밖에 내서는 안 되는 금기사항이었습니다. 사람인만큼 왜 결함이 없겠습니까? 마오쩌동 동지가 1962년의 7천 명 대회[118]에서 일부 문제에서는 자신도 책임을 져야 한다고 언급한 바 있습니다. 결함이나 착오가 없다고 말한다면, 이는 우리당의 근본적인 학설을 위배하는 착오적인 견해입니다. 3년간 우리는 이 같은 착오를 바로잡느라고 얼마나 많은 힘을 쏟았습니까? 마오쩌동 동지에게도 확실히 착오와 결함이 있다고 제기하자 누군가는 '주자파(走資派)' 복벽을 추진하고 있다고 말하기도 했습니다.

현재는 이렇게 보는 자가 적어졌습니다. 몇 년간의 교육을 거쳐 천천히 사상을 바꿨기 때문입니다. 현재 우리는 오히려 마오쩌동 동지를 완전히 부정해서는 절대 안 된다는 점에 유의해야 합니다. 일부는 마오쩌동 사상이 적합하지 않고 미움을 받고 있다고 말하고 있는데, 이에 우리는 각별히 유의해야 합니다. 마오쩌동 동지에게 이런저런 결함과 착오가 있긴 하지만, 그의 기여가 가장 크다는 점에 대해서는 충분히 인정해야 합니다.

중국공산당 가운데서 그의 기여도를 추월할 자는 단 한 사람도 없습니다. 그는 중국 여러 민족, 그리고 우리당을 위해 위대한 기여를 했습니다. 마오쩌동 사상은 과학입니다. 마오쩌동 사상은 중국공산당과 중국 여러 민족이 수십 년간의 혁명투쟁을 거쳐 쌓은 경험의 결정체입니다. 마오쩌동 사상을 지도사상으로 한 덕분에 혁명에서 승리를 거둘 수 있었습니다. 따라서 그의 일련의 근본적인 원칙이 앞으로도 똑같이 우리의 4개 현대화 건설 실현에 지도역할을 하게 될 것입니다. 마오쩌둥 동지의 저술을 보면 시대에 뒤진 부분이 있긴 하지만, 일반적인 진리로 간주할 수 있는 수많은 부분은 그래도 여전히 시대에 어울립니다. 우리는 마땅히 마오쩌둥의 저술에서 지혜를 받아들여 사업을 앞으로 이끌어 나가야 합니다. 그는 부정해야 할 착오만 부정해야지 과학을 부정해서는 안 되고, 한 사람으로서의 착오를 부정해야지 그 사람이 사업과 과학에 대한 위대한 기여를 부정해서는 안 된다고 말했습니다.

현재 중국에 신앙 위기·자신감 위기·신임 위기가 나타났다는 설이 떠돌고 있습니다. 여러분들은 이 문제를 어떻게 보는지 함께 논의해보고 싶습니다. 혁명이 좌절을 당했을 때 일부 사람들의 사상이 혼란해지고 심지어 동요가 생긴다고 해도 결코 이상한 것은 아닙니다. 만약 위기라고 한다면 이는 그들의 자체 문제이기 때문에, 우리는 그들을 잘 설득하기만 하면 됩니다. 당의 영도에 대한 인민들의 견해나 전반 혁명사업 자체에 있어서 도대체 어떤 위기가 있을지에 대해 저는 이렇게 생각합니다.

만약 위기가 있었다고 말한다면, 1976년 린뱌오와 '3인방'을 무너뜨리기 전에 한 차례 위기가 닥쳤다고 봅니다. 린뱌오와 '3인방'을 무너뜨리면서 우리는 당과 혁명을 구했습니다. 다시 말해 우리가 이 위기에서 벗어난 것입니다. 당연히 현재 우리는 위의 위기에 따른 후유증으로 인해 도처에서 어려움을 겪고 있습니다. 그렇지만 현재까지도 우리는 위기 속에 처해 있는 것일까요? 위기라는 말을 쉽게 입 밖으로 꺼내서는 안 됩니다. 위기라는 것은 곧 무너질 것 같은 상황을 뜻합니다. 우리 당이나 사회주의, 아니면 마르크스주의가 무너지고 곧 끝나간다는 것일까요? 저는 아니라고 봅니다.

현재 우리 당이 위기에 노출된 것이 아니라 오히려 다시 생기를 회복해 활력으로 충만 되어 있다고 말하고 싶습니다. 특히 당의 3중전회 이후, 우리

당 · 우리 국가, 그리고 사회주의와 마르크스주의에 활력이 넘치고 있습니다. 우리는 의식적으로 신문에 "봄이 이미 왔고 대지에 봄이 깃들었다. 봄날이 이미 돌아왔다"라는 제목을 내보냈습니다. 그렇다면 우리 당의 위신이 얼마만큼 떨어지고 전보다 낮아졌다고 말할 수 있을까요? 그렇다고 봅니다. 이렇게 말해도 괜찮다고 생각하는 이유는 실제 상황이 그렇기 때문입니다. 인민들은 우리 당이 저지른 잘못을 보았습니다. 이 덕분에 우리 당 조직 · 공산당원, 그리고 중앙은 더욱 노력하고 분발할 것입니다.

우리 당에서 왜 당풍을 바로잡고 당의 기율을 정돈하는 것 외에, 최근에는 또 당의 영도를 한층 개선할 것을 제기했을까요? 이는 모두 위신이 떨어진 실제 상황을 근거로 해서 제기한 것입니다. 우리가 노력만 한다면 앞으로 몇 년이 지난 후에는 당의 위신을 회복할 수 있을 뿐만 아니라, 전보다 위신을 더 높일 수 있을 것이라 중앙은 믿고 있습니다. (박수) 이는 당연히 우리의 분투 목표입니다. 아직은 실현되지 못했기 때문에 박수를 치거나 혹은 치지 않아도 괜찮습니다. 우리 당에 기개가 있고, 지향이 있는 분들이 있다고 저는 믿고 있습니다. (박수) 지금 치는 박수에는 나도 찬성합니다. 우리 당에 기개가 있고 지향이 있는 분들이 있는 것은 확실한 사실이기 때문에, 우리 당을 더 잘 이끌어 나갈 수 있을 것이라고 생각합니다.

일부 동지들은 당내에 위기가 있다고 늘 말합니다. 어디서 들은 것도 있겠지만, 스스로 그렇게 생각하는 분이나 우려를 하는 분들도 있습니다. 그래도 괜찮습니다. 그럼 어떻게 해야 할까요? 이는 우리의 적극적인 설득과 홍보, 그리고 의견 교환이 필요한 부분입니다. 이밖에 믿음직한 방법은 기다림입니다. 기다림에 능숙한 것은 마르크스주의에 부합되고, 실천을 통해 검증된 부분입니다. 앞으로 3년이 지나면 위기가 있다고 생각하는 분들이 줄어들 것이라고 믿습니다. 그러나 큰 착오를 범하지 않거나, 또 착오를 범했으면 즉시 바로잡아야 하는 기본 조건이 뒷받침 되어야 합니다.

위에서 언급한 5가지는 중국 현 단계 사회의 본질을 이해하는 것과 밀접한 관계가 있는 부분이라고 생각합니다. 문예창작이 사회 본질을 표현해야 한다고 주장하고 있지 않습니까? 사회주의시기의 문예작품이 사회주의 본질을 이탈하거나 경시한다면, 이런저런 결함과 단점이 나타날 것입니다. 그렇다면 사회주의 본질이라는 것은 무엇일까요? 바로 사회발전의 내부 규칙입니다. 우리는 이러한 규칙을 정확하게 반영해야 합니다.

새로운 사물과 낡은 사물의 모순 투쟁뿐만 아니라, 발전추세 그리고 새로운 사회에서 주도적 지위를 차지하는 발전의 힘도 반영해야 합니다. 후진적이고 음침한 부분은 무조건 반영하지 말아야 하는 법은 없습니다. 후진적이고 음침한 부분이라도 대표성과 전형성을 띄었다면 본질의 한 측면으로 반영할 수 있습니다. 그러나 문예 부분에서 볼 때, 오로지 혹은 늘 후진적이고 음침한 부분을 반영한다면 우리 사회의 본질을 충분하고도 정확하게 반영했다고 볼 수 없으며, 사회의 진실과는 어긋나는 것이라고 할 수 있습니다.

1925년 무산계급 문예의 위대한 선구자인 노신은 "문예는 국민사상을 발산한 불꽃이자, 국민 사상과 앞길을 밝히는 등불이기도 하다"[119]라고 말한 바 있습니다. 참으로 맞는 말이라고 생각합니다. 현시대의 불꽃을 어디서 찾아야 할까요? 가장 중요하게는 위에서 언급한 5가지 요소인 당 · 사회주의 제도 · 체력과 정신구동에 참여하는 인민 · 인민해방군 · 우리 사업이 발전할 수 있도록 지도하는 마르크스와 마오쩌둥 사상이라고 생각합니다. 국가와 인민을 반영하는 정신 불꽃이 되어야 할 뿐만 아니라, 정신 등불도 되어 9억여 명에 달하는 인민들이 더 높은 사상의 경지에 이르고, 더 높은 이상과 혁명 품격, 그리고 기풍을 가지도록 이끌어 역사의 발전을 추진해 나가야 합니다. 이 또한 문예창작에서 유의해야 할 문제인 것입니다.

문학의 소재 범위는 풍부하다*

(1980년 2월 12일, 13일)

소재가 아주 광범위하고 풍부하다고 얘기하는 것은 아래와 같은 이유에서입니다.

첫째, 우리는 세계적으로 가장 위대한 나라입니다. 미국은 중국보다 역사가 짧은데다 미국 무산계급은 여태까지 혁명에 성공하지 못했습니다. 소련은 중국보다 국토면적이 넓지만 역사가 우리보다 풍부하지 못합니다. 현재중국의 사업은 아주 웅대할 뿐만 아니라 전에 추진했던 그 어떤 사업보다도더 기세 드높고 위대하게 진행되고 있습니다.

둘째, 중국의 혁명 역사는 오랜 세월동안 힘들게 분투한 역사이자 칭송할만한 역사이기도 합니다. 세계의 주요 제국주의 국가들이 모두 중국을 괴롭혔습니다. 중국혁명은 구민주주의 시기부터 시작되었으니 현재까지 100여년이 흐른 셈입니다.

셋째, 중국의 고대문화에는 귀중하고 고양할만한 부분이 많이 있습니다. 근대 문화도 아주 풍부해 본받을만한 부분이 많이 있습니다.

넷째, 중국은 땅이 넓고 인구가 많은데다 민족도 수십 개이고, 민족마다 자체의 독특한 문화를 갖고 있습니다. 생활이 이토록 다채롭고 역사가 이토록

---

* 후야오방 동지가 시나리오창작 좌담회에서 발표한 연설 내용의 제6번째 부분이다.

찬란하니 우리의 역사와 현실생활을 반영하는 소재가 무궁무진하고 풍부한 것은 당연지사입니다.

그럼 아래에는 어떤 부분의 소재를 더 넓히고 싶어 하는 지에 대해 구체적으로 말하고자 합니다.

첫 번째 부분은, 현재 전국의 여러 민족 인민들이 어떻게 한마음 한뜻으로 4개 현대화 건설을 추진하고 있는지 하는 것입니다. 이는 대서특필할만한 소재입니다. 문예작품이 생활을 지도하려면 생활의 선두에서 달려야 합니다. 전국 여러 민족의 노동자 · 농민 · 전사 · 지식인 · 간부 · 청년 · 여성, 그리고 홍콩 및 마카오 동포와 해내외 교포들이 4개 현대화를 위해 스스럼 없이 헌신하는 정경과 모습, 그리고 그들의 내심세계를 반영해 내야 합니다.

우리의 업무 중점이 이전 된지도 1년이 넘었습니다. 80년대 첫해에 4개 현대화 건설이라는 현실생활을 제대로 반영한 몇 편의 연극 · 영화 · 소설을 창작해내지 못한다면 어찌 얼굴을 들고 다닐 수 있겠습니까? 그러니 어찌 조급증이 나지 않겠습니까? 그러나 우리가 조급해 한다고 해도 소용은 없고 우선 여러분들이 조급한 마음을 가져야 합니다. 4개 현대화 건설을 반영하고 4개 현대화를 향해 용감하게 나아가는 작품을 중시해야 하기 때문입니다. 그렇다면 나쁜 부분을 폭로해야 하는 걸까요? 그렇습니다. 마땅히 그렇게 해야 합니다.

현재 4개 현대화 건설에서 걸림돌이 되고 있는 여러 가지 힘 · 경향 · 잘못된 사상 · 착오적인 행위가 너무 많습니다. 여러분들이 4개 현대화를 향해 나아가는 과정에서 걸림돌로 되고 있는 잘못된 행위와 사상을 엄히 폭로하는 것을 저는 적극적으로 찬성합니다. 스탈린이 전쟁을 치르는 동안 연극 '전선(前線)'을 7번이나 보았다고 합니다. 그가 연극을 칭송하는 부분도 있지만 호를리우와 구소련 작가 코르네츄크의 작품을 폭로하는 부분도 있습니다.

극에 몇몇 후진적인 면을 보여주는 대표적인 사례도 있었지만 모두 적은 아니었습니다. 저자는 그들을 단지 전쟁을 방해하는 걸림돌로 묘사했을 뿐입니다. 현재 우리가 4개 현대화 건설을 추진하는 데에는 걸림돌이 아주 많습니다. 구소련 작가 코르네츄크의 작품과 같은 것들이 우리에게도 있을까요? 있습니다. 그러나 우리는 이를 거짓말, 과대 포장된 얘기, 공허한 빈말을 뜻하는 '자따콩(假大空)'이라고 합니다. 우리의 주도적인 힘이 어떻게 걸림돌을 걷어내고 후진 사상을 극복하는지에 대해 묘사해야 합니다. 이를테면, 어두운 면을 비판하는 것은 4개 현대화 건설에서의 간섭을 배제하기 위한 것이기 때문에 이 부분에 포함시켜 작성해야 합니다. 그래야만 현재의 진실을 반영했다고 볼 수 있습니다.

두 번째 부분은, 우리 당이 영도하는 혁명은 약 60년의 역사를 갖고 있습니다. 이 부분 역사의 내용이 얼마나 풍부하고 우리의 경력도 얼마나 감동적입니까? 우리에게는 7, 8개 단계가 있습니다.

첫째 단계는 1921년부터 1927년까지로 당의 설립과 대혁명 단계입니다. 이때는 우리 당을 설립하고 북벌을 진행한 시기입니다. 북벌군에 '여성대(女生隊)'가 있었는데 현재의 몇몇 연세가 많은 누나들이 바로 북벌시기의 여자 영웅들이 아닌가요? 엽정(葉挺)[120]동지의 강철군을 묘사한 사람이 있었나요? 저는 아주 훌륭한 소재라고 생각합니다.

둘째 단계는 1927년부터 1937년까지로 10년 홍군시기·토지혁명시기입니다. 홍군의 소재를 이미 다 발굴했을까요? 징강산(井岡山) 투쟁도 그렇고 여러 번 원로 동지들과 얘기했었는데 혁명 회억록을 작성할 것을 건의했습니다. 현재 홍군시대의 사람들이 2, 3천 명 밖에 남지 않았습니다.

셋째 단계는 1937년부터 1945년까지로 항일전쟁시기입니다. 기세 드높은 투쟁 이야기가 얼마나 많습니까? 과거 우리가 조일만(趙一曼)[121]에 대한 묘사는 항일연군을 얘기하기 위해서였습니다. 이밖에 일부 작품은 팔로군·신사군·여러 항일근거지와 국민당 통치구에서의 투쟁을 반영했습니다. 그러나 아직은 부족하고 앞으로 더 많이 써야 합니다.

넷째 단계는 1945년부터 1949년까지로 해방전쟁시기입니다. 이 시기를 반영한 작품이 많을까요, 적을까요? 기존에 우리는 3대 전역에 대해 쓸 것을 제기했지만 써내지 못했습니다. 이는 중국 역사상 가장 위대한 전역이자 세계 전쟁사에서도 보기 드문 광경입니다. 4년의 해방전쟁을 거쳐 억만 인민들이 수많은 전쟁을 치르면서 8백만 명에 달하는 적을 궤멸시켰으며, 마오쩌둥 동지의 군사학설은 새로운 절정으로 발전했습니다.

다섯째 단계는 1949년부터 1966년까지로 신 중국 설립 후의 17년을 말합니다. 이 시기를 묘사한 작품이 많은데 다 발굴했다고는 말할 수 없습니다.

여섯째 단계는 1966년부터 1976년까지의 10년을 말합니다. '3인방'을 무너뜨린 후 그 10년을 묘사한 작품이 적지 않은데 더 쓰면 안 되는 것일까요? 저는 더 써도 된다고 생각합니다. 이보다 더 심각하고 더 대표성을 띤 부분을 쓸 수 있다고 봅니다. 단지 폭로에만 그칠 것이 아니라 더 중요한 것은 그 10년간 인민대중들이 린뱌오와 '3인방'과 용감하게 투쟁하는 대표적인 사례를 다룰 수 있지 않은가 하는 것입니다.

일곱째 단계는 1976년부터 현재까지로 3년간 어지러운 세상을 바로잡아 정상으로 되돌리고, 이전 사람의 사업을 계승하여 앞길을 개척했습니다. 게다가 지난해부터 업무의 중점을 이전시키면서 총 8개 단계로 확대했습니다. 60년의 역사 속에는 아직도 발굴해 내지 못한 소재가 얼마나 많겠습니까?

세 번째 부분은, 1840년부터 1919년까지로 80년간의 구민주주의 혁명을 말합니다. 이 시기에는 발굴해낸 소재가 극히 드뭅니다. '임측서(林則徐)', '갑오풍운(甲午風雲)'등 소수의 작품만 있을 뿐입니다. 중대한 사건과 풍운인물이 얼마나 많습니까? 앞으로 지속적인 창작이 필요하다고 생각합니다.

네 번째 부분은, 우리에게는 수천 년에 이르는 오랜 역사뿐만 아니라 노동인민의 투쟁이야기와 전설, 그리고 역사적인 대변화와 대변혁이 아주 많았습니다. 게다가 영웅인물 · 사상가 · 정치가 · 군사 전문가와 역사학자 · 과학자 · 문예가 등도 대거 용솟음쳐 나왔습니다. 이들이 모두 일정한 역사적 역할을 발휘했기 때문에, 우리는 그들을 상대로 역사적 평가를 내려 우리의 사상을 일깨워주고 역사적 경험을 풍부히 해야 합니다.

이상 4가지 부분의 소재 가운데서 현재를 주제로 한 소재를 최우선 자리에 놓아야 하지만 과거를 소재로 하는 것이 결코 떳떳하지 못한 일이라는 느낌을 받게 해서는 안 됩니다.

위에서 언급한 부분은 중국의 역사나 현실적인 사회생활과 관련된 주제입니다. 익숙한 외국생활을 다룬 소재나 국외와의 교류에 관한 소재, 혹은 신화 · 동화 · 우화 · 민간전설 · 공상과학을 주제로 한 소재, 이밖에도 인식이나 교육, 그리고 건강오락 역할을 하는 소재 등의 내용은 실로 풍부합니다.

소재가 이토록 풍부하니 작가들이 사회에 필요한 소재를 익숙히 파악하고 표현할 수 있도록 우리가 그들을 도울 방법은 없을까요? 아래와 같은 조치를 취할 수 있다고 봅니다.

첫째, 작가가 계획 설계를 할 수 있도록 도움을 줍니다. 문화부서 · 전국문학예술계연합회 · 여러 협회, 그리고 각 성과 시의 문화예술 부서에서는 최대한 이와 유사한 성질의 좌담회를 열어야 합니다. 당연히 문예가들의 예술과 공업생산은 다릅니다. 창작은 정신적인 생산이고 이미지 사유이자 개체노동이기도 합니다. 따라서 문예가들이 집중적이고 틀에 박힌 설계를 하도록 강압적으로 요구해서는 안 됩니다. 그리고 일부 영도간부와 실제 업무 추진자들이 문예가들과 함께 늘 좌담회를 열고, 건의 작성법과 생활을 알아가는 법, 글을 쓰는 방법을 논의하는 것 외에도 일부 계획적인 건의를 저자들에게 참고로 제공하고 있는데, 이는 도움이 된다고 봅니다.

둘째, 다양한 역사자료를 제공할 수 있는 방법을 찾아야 합니다. 예를 들면 북벌·토지혁명·항일전쟁·해방전쟁을 소재로 다룬 글을 쓸 때, 역사 자료가 없어서야 어찌 되겠습니까? 올해부터 습작자료실 혹은 문예창작 자료관을 점차 설립할 것을 각급 문학예술계연합회와 협회에 건의합니다. 자료는 빌려갈 수 있고 저자를 모셔와 보게 할 수도 있습니다.

셋째, 홍보부서와 문화부서 혹은 기타 부서들이 현실생활에서 대표성을 띤 인물이나 대표적인 이야기를 체계적으로 소개하는 방법을 통해 창작소재를 제공해야 합니다. 전에는 발품을 팔며 스스로 찾아다녔기 때문에, 여러 어려움이 많았다고 문예가들이 호소했습니다. 지난해 저는 중앙과 각 성·시에 해마다 문예가에게 3·5백 개 창작 소재 자료를 제공할 것을 건의한 바 있습니다. 자료에는 노동모범, 선진 집체, 그리고 일부 특별히 감동적인 이야기 등이 다양하게 포함되어야 합니다.

제가 주장하는 마지막 방법은 문화부·선전부·문학예술계연합회 등 각 협회에서 해마다 좌담회를 열고 창작사상을 논의하는 한편, 창작 경험을 교류하는 것입니다. 이번에는 회의시간이 많이 미뤄졌지만, 앞으로는 상시적으로 회의를 열어야 합니다. 매번마다 비교적 큰 문제를 두고 논의하되 시간이 반드시 길 필요는 없습니다. 다만 자주 교류하고 사상교류를 진행해야 할 것입니다.

과학사업을 적극적으로 발전시켜야 한다*

(1980년 3월 23일)

2년 전 당 중앙이 베이징에서 전국 과학대회를 소집했습니다. 화궈펑(華國鋒)[122]동지 · 덩샤오핑 동지가 대회에서 장편의 연설[73]을 통해 과학과 4개 현대화의 관계를 명확히 하고 과학기술 현대화를 실현하기 위한 중국의 방침과 정책을 제기했습니다. 예젠잉 동지는 대회에 "신주 9억 명이 비약을 꿈꾼다."는 시구를 적었습니다. 2년간 과학연구 사업이 일련의 새로운 성과를 거두었고, 과학대오가 새롭게 장대해졌습니다. 게다가 과학보급 업무가 다시 활기를 되찾고 과학업무에 대한 당과 정부의 영도 수준이 일정하게 개선되었습니다.

당과 인민은 과학기술전선에서 거둔 새로운 성과에 진심으로 기뻐하고 있습니다. 그러나 실사구시적인 태도를 가져야 합니다. 따라서 온갖 문제에 대해 진실을 얘기해야 합니다. 현재 나라 차원에서, 전 민족 모두 과학을 사랑하고 학습하는 열풍을 형성하지 못했습니다. 갈수록 과학 분야에 뛰어드는 동지들이 많아지고 있는 건 사실이지만, 제자리걸음을 하는 자들도 적지 않습니다. 특히 과학업무에 종사하는 수많은 동지들이 이러한 상황에 조급증을 보이고 있습니다. 대체 어떻게 된 일일까요?

---

* 이는 후야오방동지가 중국과학기술협회 제2차 전국 대표대회에서 발표한 연설문이다.

여러분들도 아시다시피, 3년 전 우리는 린뱌오와 '3인방'을 무너뜨리고 전국이 하나가 되어 기뻐했습니다. 따라서 우리 모두 지나치게 낙관적인 태도를 가지게 되었던 것입니다. 한편으로, 린뱌오와 '3인방'의 10년간 파괴로 조성된 악과나 어지러운 세상을 바로잡아 정상으로 되돌리는 과정에서 당이 직면하게 될 걸림돌에 대해 충분히 예측하지 못했습니다. 다른 한편으로, 9억 명 인구에 오랜 세월 빈곤하고 뒤처져있던 대국에서 4개 현대화 건설을 추진하는 과정에서 요구가 지나치게 높았고 조바심도 냈습니다.

과학사업 발전 속도에 대한 가상에서도 마찬가지였습니다. 우리는 바로 활용할 수 있는 에너지, 원료, 재료와 자금뿐만 아니라 기술과 관리인재도 부족합니다. 게다가 일부 자원과 인재는 아직 발견하지 못했거나 적절하게 활용하지 못하고 있습니다. 이러한 상황은 소수 인들의 결심만으로 짧은 시간 내에 바꿀 수는 없는 부분입니다. 바로 이러한 상황을 효과적으로 바꾸기 위해 우리는 조정, 개혁, 정돈, 제고[123]의 방침을 제기한 것입니다. 우리는 실천 가운데서 인식을 꾸준히 제고하고 긴장을 늦추지 말아야 하며 끈질기게 앞으로 나아가야 합니다.

중국공산당 11차 대표대회, 특히 3중전회 이후로 중국사회주의 사업이 활력 있게 발전하고 있습니다. 우리는 린뱌오와 '3인방'의 잔여세력과 사상유독을 없애기 위해 계속해서 노력하고 있으며 당의 여러 가지 정책을 전면적으로 실행하고 당의 업무 중점을 4개 현대화 건설 궤도로 끌어올리기 위해 최선을 다하고 있습니다. 우리는 농업 분야에서 연속 풍작을 거뒀습니다. 국민경제를 조절하기 위해 내온 '8자'방침도 점차 역할을 발휘하기 시작하고 있습니다. 우리 당이 제기한 정치노선, 사상노선과 조직노선이 대중들의 마음속에 깊이 뿌리를 내렸습니다.

중국의 안정과 단합, 활력 있는 정치적 국면이 갈수록 공고해지고 꾸준히 발전되고 있습니다. 한 마디로, 중국은 린뱌오와 '3인방'의 10년 횡행으로 초래된 극도의 혼잡한 국면을 이미 바로잡았고 현재 차근차근 자신만만하게 4개 현대화 목표를 향해 나아가고 있습니다. 이는 우리 당이 엄청난 어려움을 극복하고 거둔 위대한 승리입니다.

우리는 이러한 승리에 만족하지 않을 것이고 당연히 발전의 발걸음도 멈추지 않을 것입니다. 아직도 극복해야 할 어려움이 아주 많다는 점을 우리는 똑똑히 알고 있기 때문입니다. 이러한 상황에서 우리 당은 11기 5중전회를 개최했습니다. 아시다시피, 11기 5중전회에서 일련의 문제를 해결하고 제기했습니다. 이러한 문제를 해결하고 제기하는 과정에서 착안점은 무엇이고 총체적인 지도사상은 무엇입니까? 안정되고 단합된 정치적 국면을 오래도록 유지되고 발전시키기 위해서입니다. 또 당의 노선, 방침, 정책과 당의 집체 영도의 장기적인 연속성과 안정성을 유지하고 80년대에 4개 현대화 건설의 결정적 승리를 거두기 위해서입니다.

그러면 동지들은 우리가 몇 년 동안 얼마나 어려운 환경에서 발전했는지를 알 수 있을 것입니다. 우리 앞에 놓인 모순이 복잡한 만큼 우리가 해결해야 하는 문제도 산더미처럼 많이 쌓여 있습니다. 따라서 우리는 순서에 따라 차례로 문제를 해결해야 합니다. 우선 중요한 문제 가운데서도 해결이 가장 절박한 문제를 해결하다보면 똑같이 중요하지만 뒤로 밀려난 문제들도 있을 것입니다. 이 또한 과학연구와 교육 분야에서 해결해야 하는 중대한 문제를 오늘날까지도 해결하지 못한 주요한 원인이기도 합니다.

우리의 사상노선에 아주 중요한 요구가 있습니다. 바로 새로운 상황을 연구하고 해결하는 것입니다. 가장 절박한 문제가 하나씩 해결됨에 따라 과학과 교육 분야의 문제가 더욱 두드러지게 당과 국민 앞에 드러나는 것도 자연스러운 일입니다. 우리는 시기를 틀어쥐고 절실하게 해결해야 합니다.

과학은 역사의 발전을 추진하는 거대한 힘입니다. 과학이 갈수록 빠르게 거대한 생산력으로 전환되고 있습니다. 선진적인 과학기술이 없다면 4개 현대화가 있을 수 없습니다. 현시대 가장 선진적인 과학기술을 관장하는 것은 국가의 운명과 관계되는 가장 근본적인 문제입니다. 위 도리는 당의 수많은 문서에서 그리고 당 중앙 영도의 발언에서 이미 많이 언급되어왔습니다. 여러분들이 아마 저보다 더 깊이 이해하고 체험했을 것이라 믿습니다. 우리는 앞으로도 간부와 인민을 상대로 이러한 도리를 많이 홍보함과 아울러 더욱 구체적이고 생동감 있게 홍보될 수 있도록 힘써야 합니다. 그러나 이보다도 절실한 조직업무를 통해 '과학을 향해 진군하라'는 당 중앙의 위대한 호소를 억만 인민의 자발적인 행동과 일상생활의 중대한 구성부분으로 전환시키는 것이 더욱 중요하다고 봅니다.

누군가 우리를 실무파라고 말했는데 사실 완전히 옳은 말은 아닙니다. 첫째, 우리 당에 아직은 없지만 그 어떤 파로 분류되어서도 안 됩니다. 우리 당은 단결되고 통일된 선진적인 전투 그룹입니다. 둘째, 우리 당은 실무적일 뿐만 아니라 줄곧 위대한 이상을 벗어나지 않았습니다. 공산당원이라면 위대한 이상이 있고 절실한 조치를 실천으로 옮기는 사람으로 되어야 합니다.

중국 인민이 과학을 향해 한걸음 크게 내딛고 중국의 과학 사업을 발전시키려면 어떤 절실한 조치를 취해야 할까요?

첫 번째 조치는 사회주의 길을 진정으로 견지하고 전문지식과 능력을 갖춘 간부대오를 건립하는 것입니다. 이는 우리 당 조직노선의 주요한 내용이자 4개 현대화를 실현하는데 필요한 가장 믿음직한 보장입니다. 우리에게 이러한 간부대오가 있을까요? 현재 우리에게는 1천 8백만 명에 달하는 간부대오가 있습니다. 그러나 대오가 아직은 이상 수준과 거리가 있고 합격기준 미달자도 있습니다. 첫째는 정치적으로 합격점을 얻지 못하고 둘째는 능력 차원에서 합격점을 얻지 못한 경우입니다. 이른바 정치 차원에서의 불합격이라는 것은 바로 일부 간부들이 당의 노선, 방침, 정책을 완전히 이해하지 못하고 당의 규정과 법률을 열심히 실행하지 않는 것을 말합니다. 현재 우리 당은 일련의 조치를 취해 이 문제를 해결하고 있습니다. 일련의 업무를 거쳐 단련을 받는다면 합격자가 점차 많아질 것이라 믿습니다.

이른바 능력 차원에서의 불합격이라는 것은 전문 지식과 능력의 부족을 말합니다. 당 중앙 영도들은 무릇 간부라면 어떤 직무를 맡고 있든지를 막론하고 모두 일정한 전문지식과 전문능력을 갖춰야 한다고 거듭 강조했습니다. 그렇다면 어떤 방법으로 이 문제를 해결해야 할까요? 아래와 같은 두 가지 방법이라면 가능하다고 봅니다.

첫 번째 방법은, 사회주의 사업을 열애하고 전문지식과 능력을 갖춘 우수한 인재를 대담하게 영도로 선출하는 것입니다. 신 중국 설립이후로 우리는 수백만 명에 달하는 중등전문학교 이상 수준의 인재를 육성했습니다. 이들 중 다수가 젊고 능력이 있을 뿐만 아니라 1, 20년의 단련과 점검을 거쳤기 때문에 정치와 업무 수준이 크게 제고되었습니다. 따라서 이들 중 다수가 현재 직무를 맡고 있는 일부 영도간부들보다 수준이 더 높다고 봅니다. 그러나 이들 중 다수가 책임자 직무에 발탁되지 못했기 때문에 아직은 능력을 최대한 발휘하지 못하고 있습니다.

며칠 전, 당 중앙 당위에서 위 문제를 두고 열심히 논의한 바 있습니다. 일부 지방에서 이 일을 추진하지 못하고 있는 주요한 원인은 상황을 제대로 이해하지 못하고 간부 선발에서 계속 옛 틀에 얽매여 있기 때문이라고 생각합니다. 우리 당내에 지식인에 대한 불신 분위기가 여전합니다. 맹목적으로 복종하지 않고 머리를 쓰며 건의를 자주 제기하는 그들의 우점을 교오와 자만으로 간주하는 경우가 많습니다.

우리는 반드시 이러한 문제를 열심히 해결해야 합니다. 우리는 과학연구 능력을 갖추거나 과학 사업을 열애하지만 영도 능력이 없는 과학연구 인재를 그들에게 어울리는 직무로 보내는 등 그들이 총명과 지혜를 발휘하도록 충분히 조건을 마련해 주어야 하며 그들의 의견과 건의에도 귀를 기울여야 합니다. 그리고 과학기술에 정통하고 또 영도능력이 있는 과학기술 인재를 계획적으로 당, 정부, 경제와 과학교육 사업 분야의 영도 직무로 발탁해야 합니다. 과학계 동지들이 각급 당위에 위 두 가지 유형의 인재를 적극적 추진하기를 희망합니다.

또 다른 방법은 간부들을 모두 동원하여 업무와 연관된 과학기술과 관리 지식을 열심히 학습하도록 하는 것입니다. 여러분들도 아마 기억하고 있을 것입니다. 30년 전 도시에로의 진출을 즈음해서 마오쩌둥 동지가 쓴 「인민민주 독재를 논함(論人民民主專政)」이라는 글에는 "심각한 경제건설 임무가 우리 앞에 놓여 있다. 우리가 익숙히 알고 있는 부분이 점차 한가해지고 우리가 잘 알지 못하는 부분이 점차 우리가 하도록 억압하고 있다. 이것이 바로 어려움이다.", "우리는 반드시 어려움을 극복하고 모르는 부분을 배워야 한다. 무릇 전문가(어떤 사람이든지를 막론하고)라면 우리는 반드시 그들에게서 경제 업무를 배워야 한다.

그들을 스승으로 모시고 겸손한 태도로 열심히 배워야 한다. 모르면 절대 아는 척 해서는 안 된다. 관료의 격식을 차리지 말아야 한다. 몇 개월, 1년, 2년, 3년, 5년 동안 열심히 하다보면, 뭐라도 배울 수 있을 것이다."[124]라고 했습니다. 수천수만에 달하는 간부들이 이 같은 마오쩌둥 동지의 위대한 호소에 적극 호응하여 열심히 학습했습니다. 따라서 사회주의 개조와 건설에서 엄청난 승리를 거둘 수 있었던 것입니다. 이는 우리 당 역사상 처음이 되는 재학습입니다. 현재 우리 앞에 놓인 상황이 그 당시와 아주 유사하지만 임무가 더욱 과중해지고 긴박해졌습니다.

우리 당의 간부는 지향이 있다고 저는 굳게 믿습니다. 우리는 마오쩌둥 동지의 가르침에 따라 우리 당 역사상 두 번째가 되는 대규모의 재학습 열풍을 일으킬 것입니다. 우리 당의 간부들이 현재 우리가 모르는 부분을 반드시 배울 수 있을 것이라는 점을 역사가 재차 표명했습니다.

과학 분야에서 저는 합격자가 아닙니다. 예젠잉 동지가 5중전회의 연설을 빌어 서기처에 아래와 같은 3가지 요구를 제기했습니다. 첫째, 우리가 부지런히 학습할 것을 희망했습니다. 오늘 중앙서기처를 대표해 공식적으로 과학자들에게 초청장을 보내려고 합니다. 우리는 여러분들 중에서 일부 동지를 초청해 좌담회와 심포지엄을 개최할 예정입니다. 여러분을 우리의 스승으로 모실 것입니다.

중국의 과학 사업을 발전시키기 위한 두 번째 조치로는 중국과학기술의 신예부대와 후비군을 적극적으로 육성하는 것입니다.

그렇다면 신예부대와 후비군은 누구를 뜻하는 것일까요? 바로 청소년을 말합니다. 그들을 진정으로 중국과학기술의 신예부대와 후비군으로 육성하려면 중국의 교육문제를 열심히 해결해야 합니다. 중국공산당 5중전회 공보에서는 위의 아주 중요한 문제를 언급해 전국 인민들 가운데서 강한 반향을 불러일으켰습니다.

교육 문제를 처리함에 있어 우리는 두 가지 큰 문제를 잘 고민해 보아야 합니다. 첫째는 1966년부터 1976년까지의 10년간, 8세부터 18세 사이의 청소년이 약 1억 5천 만 명에 달합니다. 이때는 초등학교와 중학교에서 열심히 공부를 해야 하는 나이이지만 "시간을 빼앗겨도 이유가 있다", "백지 답안을 내도 영광스럽다"는 구호를 제기한 린뱌오와 '3인방'의 선동 하에 한 세대 청년들이 그 피해를 입었습니다. 하물며 외국 친구들도 린뱌오와 '3인방'의 파괴로 인하여 이 세대 청년들이 가장 많이, 가장 심각하게 피해를 입었다는 점을 잘 알고 있습니다.

현재 이들은 20세 이상부터 30세 안팎의 청장년들이라 다수는 이미 일자리를 찾았고 극소수만 아직도 학교에서 공부를 하고 있는 실정입니다. 이들 중 다수는 표현이 우수하며 사상적으로 박해를 깊이 받은 자가 극소수입니다. 그들이 사상적으로 받은 박해를 해소하기에는 그리 어렵지 않지만 문화 과학지식에서의 손실을 만회하려면 짧은 시간 내에는 결코 해낼 수 없습니다. 그들이 매일과 같이 번잡하고 과중한 생산 노동 임무를 맡고 있는데다 일부는 이미 가정을 꾸렸기 때문에 가사노동에도 신경을 써야 하기 때문입니다.

우리는 과학기술협회 동지들이 교육 분야, 공회, 공천단, 여성연합회의 동지들과 함께 이 문제를 열심히 연구하기를 희망합니다. 그리고 공장과 광산 기업, 농촌인민공사의 동지들도 이 문제를 열심히 연구해 어떤 효과적이고 편리하고 절실한 방법을 취할 수 있을지를 고민해 보기를 희망합니다. 그리고 사상 각오를 제고할 수 있도록 계속해서 도움을 주는 한편, 계획적이고 절차 있게 그들이 문화와 기술을 향상시키도록 도움을 줌으로써 그들이 진정으로 4개 현대화 건설에 필요한 신세대로 성장할 수 있도록 이끌어야 합니다.

또 다른 하나는 현재 초등학교와 중학교 재학생이 2억 1천 만 명에 달합니다. 그들은 4개 현대화 건설의 후비군입니다. 이들이 오늘에 수업을 듣고 있지만 내일에는 전쟁터로 나아가야 합니다. 현재 수업시간에서의 표현은 앞으로 전쟁에서의 성과와 긴밀하게 연관되어 있습니다. 우리는 미래지향적인 안목으로 멀리 내다보아야 합니다.

현재 초등학교와 중학교 상황은 어떠할까요? 전반적으로 볼 때, 린뱌오와

'3인방'이 횡행할 때보다는 많이 좋아졌습니다. 그러나 아직은 이상적이지 않습니다. 교육 체제와 구조나 아니면 학생 육성 수와 교육의 품질에서 모두 형세의 발전에 따라가지 못하고 있습니다. 교육부서와 학교의 책임자들이 노력하지 않아서가 아니고 교원들이 교학에 게을리 한 것은 더더욱 아닙니다. 반대로 이들은 그 누구보다도 열심히 최선을 다해 노력하고 있습니다. 이들 중 다수 동지들은 평생의 심혈을 기울여 묵묵히 자신의 일생을 교육 사업에 바쳤습니다. 만약 경의를 표해야 된다면 우리는 이러한 진정한 영웅들에게 최대의 경의를 표해야 한다고 생각합니다.

중국의 교육 사업, 특히 초등학교와 중학교 교육 사업을 어떻게 잘 이끌어나갈지에 대해 우리는 전문적인 논의를 해야 합니다. 우리는 교육에 더 많은 심혈을 기울여야 합니다. 그러나 중국은 아직 가난하기 때문에 교육 경비를 대폭 늘릴 수 없습니다. 이는 쉽게 이해가 가는 부분입니다. 그러나 우리는 교육의 여러 중대한 문제에서 뚜렷한 발전을 가져와야 합니다. 이는 반드시 실현해야 하는 부분이자 실행가능한 부분이기도 합니다.

여기서 스승을 존경하고 학생을 사랑하는 문제를 중점적으로 얘기하려고 합니다. 일부 동지들은 위 문제를 단지 학교에서의 스승과 학생간의 관계문제로 간주하고 있습니다. 학생을 사랑한다는 것은 우선 교원의 문제이자 학교 영도와 전체 직원의 문제이기도 합니다. 동시에 전반 사회 성원과도 밀접한 연관이 있습니다.

각급 영도와 교육자, 과학자와 과학기술 보급자들은 학생과 청년 세대에 많은 관심을 돌리고 그들에게 더 나은 교과서와 열독에 어울리는 다양한 독본을 제공해야 합니다. 스승에 대한 존경은 단지 학생만의 문제가 아니라 전반 사회 성원, 학부모 특히 각급 당과 정부 책임자 모두의 일입니다. 각급 당위에서 해마다 간부회의를 여러 차례 개최하면서 왜 교원을 회의에 초청하지 않는가 하고 묻는 자들도 있습니다. 일리가 있는 말입니다. 새 사회에서는 사람마다 청년, 소년과 어린이를 사랑하는 양호한 사회 기풍을 형성해야 하며 누구나 할 것 없이 학교에서 후대 교육에 심혈을 기울이고 있는 교원을 존중해야 합니다.

과학사업을 발전시키기 위한 세 번째 조치로는 과학자와 과학종사자들이 원대한 포부를 펼칠 수 있도록 전당에서 적극적으로 지지해주는 것입니다.

현재 중국에는 수준이 아주 높은 과학기술대오가 있습니다. 이 대오에는 이론가, 발명가, 혁신가, 공정과학기술 전문가, 농학자와 의학 전문가가 포함되어 있습니다. 세계 최고 과학자인 이사광(李四光)[125], 축가정(竺可槙)[126] 모두 이 대오에서 두각을 나타낸 분들입니다.

이는 중화민족의 영광이 아닐 수 없습니다. 그러나 이 대오에 존재하는 옥의 티라면 바로 인원수가 너무 적고 수준이 높지 않은 것입니다. 이 때문에 우리 당은 이 대오에 간절한 희망을 기탁하고 있습니다.

첫째는, 그들이 앞장서서 과학의 최고봉에 올라야 하고, 둘째는, 후계 인재를 열심히 육성하기를 바라고 있는 것입니다. 이는 역사가 중국과학자들에게 부여한 영광스러운 두 가지 임무입니다. 우리의 근본적인 목적은 최고가 되는 사회주의 물질문명과 정신문명을 건설하는 것입니다. 두 가지 문명은 서로 연계되고 촉진되는 존재입니다. 물질적인 재부와 문명은 정신적인 재부와 문명에 기반을 마련해 주었으며 정신적 재부와 문명은 오히려 물질적인 재부와 문명이 발전할 수 있도록 추진역할을 하고 있습니다. 4개 현대화를 실현하는 길에서 사상이론, 과학기술, 문학예술의 3대 정신문명의 최고봉에 오르기 위해 노력해야 합니다. 80년대에 4개 현대화의 결정적인 승리를 거두기 위해서는 성과를 거둔 과학자들이 수많은 과학 분야 종사자를 이끌고 당대 과학기술의 최고봉에 오를 책임이 있습니다.

우리 당은 과학계에서 우수한 기풍을 수립하고 고양하기를 희망합니다. 과학은 미신을 타파하고 용감하게 모색하기 때문에 과학이라고 합니다. 과학은 옛 것을 고수하는 것을 반대하고 낡은 규정이나 악렬한 풍속을 과감하게 타파합니다. 과학자들도 엄격한 과학사상이 있고 진실 추구나 혁신과 독창적인 사상이 있으며 터무니없이 과장하고 실속이 없고 옛 것에 얽매이는 것을 반대하기 때문에 과학자라고 합니다.

과학자들이 꾸준히 발전할 수 있는 것은 그들이 현실에 만족하지 않고 남의 성과를 존중할 줄 알 뿐만 아니라 서로 논의하고 학습하기 때문입니다. 또 노동인민의 실천 가운데서 지혜를 받아들이고 외국의 선진적인 과학기술에서도 우수한 부분을 끌어들이는데 능하기 때문입니다. 중국의 과학계에서 이 같은 우수한 기풍을 널리 고양해 과학 영역이 백화만발하고 영원히 빛나기를 바랍니다.

과학기술협회는 린뱌오와 '3인방'을 무너뜨린 후 여러분들의 노력을 거쳐 활기를 되찾고 점차 발전하고 있습니다. 우리 당과 전국 인민은 이에 모두 기뻐하고 있습니다. 과학기술협회는 과학자와 과학기술조사자들의 자체 조직이자 공회·공청단·여성연합회·문학예술연합회와 똑같이 중요한 군중단체이기도 합니다. 4개 현대화를 향해 나아가는 길에서 과학기술협회는 특히나 중요한 지위를 차지하고 있습니다.

저우페이위안(周培源)[127]동지가 대회에서의 보고서를 통해 향후 한시기 동안 과학기술협회의 분투 강요와 수많은 실행 가능한 조치를 제기했습니다. 아주 훌륭한 보고서라고 생각합니다. 각급 당 조직에서 모두 이 보고서에 충분한 중시를 돌리기를 바랍니다.

과학과 교육을 발전시키고 다양한 분야의 전문가를 적극적으로 육성하며 전민족의 과학문화 수준을 향상시키는 것은 인류의 지력자원을 개발하는 위대한 사업입니다.

4개 현대화 건설이 순조롭게 진행될 수 있을지 여부가 주요하게는 위 자원의 개발에 달려있다고 봅니다. 과학기술협회가 이 부분에서 거대한 역사적 역할을 발휘해야 합니다. 전국 각급 과학기술협회에서 위대한 사업에 새로운 기여를 하기 위해 최선을 다할 것을 희망합니다. 여러 지역의 당 조직에서 과학기술협회의 업무를 적극적으로 지지해줬으면 하는 것이 우리의 바람입니다.

우리 당은 전국의 여러 민족의 의지를 반영하고 대표했으며 4개 현대화를 실현해야 하는 위대한 분투목표를 확정지었습니다. 이 목표는 이미 9억 만명에 달하는 백성들의 마음속에 깊이 뿌리를 내렸습니다. 이처럼 인민들의 마음에 깊이 뿌리를 내린 아름다운 부분이라면 승리를 그 누구도 막을 수 없을 것입니다.

손중산(孫中山) 선생이 위대한 민주혁명 선구자로 역사 무대에 올랐을 때 16자를 쓴 적이 있습니다. "세계의 흐름이 기세 드높이 진행되고 있다. 이를 따르면 번창해지고 거스르면 멸망한다."[128] 그의 탁월한 견식은 수많은 유지 인사들이 중국의 민주혁명사업을 위해 용감하게 헌신하도록 격려했습니다.

현재의 역사 흐름은 쑨 선생 때보다도 훨씬 앞으로 발전한 상황입니다.

우리는 쑨 선생보다 더 멀리 내다볼 이유가 있으며 쑨 선생 시대의 사람들보다 더 잘 헤쳐 나갈 조건도 있습니다. 당연히 우리 앞에 새로운 어려움과 장애물이 놓여 있는 것만은 사실입니다. 그러나 그 어느 위대한 승리를 무사하고 편안하게 그리고 그 어떤 어려움도 없이 쉽게 얻을 수 있겠습니까? 한마음 한 뜻으로 어려움을 극복하면서 앞으로 발전합시다. 우리는 반드시 승리할 것입니다.

베이징 교외 고찰업무에서의 담화

(1980년 4월 26일, 27일)

1

중앙서기처에서 베이징 건설방침을 논의할 때 제기한 건의를 시위에서 논의했는지, 그리고 몇 차례나 논의했는지는 잘 모릅니다. 제가 제기한 4부분[129]의 건의는 함부로 얘기한 것이 아닙니다. 서기처 동지들이 현장에서 즉시 태도를 표명했습니다. 여러분들이 언제 또 중앙에 보고할 것인지 4개 부분으로 나누어 준비하고 부분마다 구체적인 목표와 조치를 취할 것을 건의합니다. 4가지 부분이 확정된 후 구체적으로 실행하되 농촌과 가가호호에 이르기까지 모두 실행되도록 해야 합니다. 머리를 쓰면서 조사연구를 진행하고 도시건설도 잘 이끌어 나가야 합니다. 전국의 도시건설은 베이징을 시작점으로 해야 합니다.

수도의 경우 이미 기름을 사용했다면 석탄으로 바꾸지 말아야 합니다. 코크스 화학공장은 오염의 원천입니다. 그렇게 되면 공업발전의 방향에 대한 문제가 뒤따릅니다. 수도를 어떤 모습으로 발전시켜야 할까요? 지금이라도 생각해 보아야 할 필요가 있지 않을까요? 베이징은 이미 세계적으로 오염이 가장 심각한 도시가 되었습니다. 생산 발전은 반대할 수가 없습니다. 생산을 발전시키지 않는다면 어찌 공산당이라 부르고, 또 어찌 우리를 공산당원이라 하겠습니까? 현재는 우선 도시오염 문제를 해결해야 합니다. 그렇지 않으면 어찌 고도의 문명을 실현한 사회주의라 할 수 있겠습니까? 문제를 예리하게 제기해야 합니다. 수력발전소를 적극적으로 발전시키고 석탄사용을 점차적으로 줄이다가 나중에는 완전히 중지시켜야 합니다. 전기로 밥을 지을 경우 가격이 너무 비싸다면 국가에서 보조금을 주는 방법도 있습니다.

이는 종합적으로 계산해 보아야 하는 부분입니다. 전기가 오염을 줄일 수 있는 반면, 석탄을 사용하면 공기 정화에도 투자해야 합니다. 양자를 비교할 때 어느 쪽이 더 수지가 맞을까요? 환경 정화는 한 부분이 아니라 종합적으로 처리해야 합니다. 소도시 건설문제에서도 그렇습니다. 전국에 1만개 소도시를 배치해도 되는 걸까요? 만약 소도시마다 인구 2만 명을 수용할 수 있다면 총 2억 명을 수용할 수 있습니다. 당연히 이를 실현하려면 수년간의 노력을 기울여야 합니다. 하지만 소도시가 없으면 정치·경제·문화수준을 끌어올릴 수가 없습니다.

2

이집트 카이로의 1년 관광수입은 50억 달러입니다. 만약 베이징에서 관광업을 잘 발전시킨다면 5년이나 10년 후에는 해마다 20억 달러의 관광소득을 올릴 가능성도 있습니다. 그러니 왜 하필 엄청난 자금을 투자해 공업이나 화학공업을 발전시키려 하는 겁니까? 우리는 외국인과 합자해 관광 사업을 발전시킬 수 있습니다. 관광업 발전은 오염문제가 크게 대두하지 않습니다. 관광업을 공업이라 하지 않는 것은 연기가 없는 공업이기 때문입니다.

베이징의 관광업을 잘 발전시켜야 합니다. 근교의 산간지역에 몇몇 큰 공원을 세우거나 점차적인 고속도로 건설을 고려하면 어떨까요? 외국인은 하루에 몇 곳을 다니며 관광합니다. 만리장성은 중국에만 있는 특유한 존재이기 때문에 외국인들은 모두 구경하러 오게 되어 있습니다.

수도에서 안정과 단결에 노력을 기울이지 않고 대중들에게 편리를 도모해주지 않으면 안 됩니다. 서비스·수리·호텔·음식·채소는 모두 안정과 단결, 그리고 대중들의 편리성과 관계됩니다. 베이징의 경우 서비스업 봉사가 뒤쳐져 있습니다. 옷을 만들기가 어렵고 음식점도 턱없이 부족합니다. 현재 전국적으로 서비스업 종사자가 1천 2백 만 명에 달하는데, 몇 년 후 3천 만 명으로 규모를 확대할 수 있는 방법을 모색하는 건 어떨까요?

<h1 style="text-align:center">3</h1>

베이징의 면적은 16,807㎡에 달하는데, 이는 해남도 면적의 절반과 맞먹습니다. 황폐한 산의 녹화를 하루빨리 발전시킬 수 있는 방법은 없을까요? 1946년 사청(沙城)·난커우(南口)를 경유한 적이 있는데 현재까지 녹화가 되지 않아 여전히 옛 모습 그대로입니다.

먼 산간지역을 녹화할 수 있는 방법은 무엇일까요? 단지 묘목을 가꾸고 나무를 심는 것만으로는 안 됩니다. 씨를 뿌리는 방법을 연구해보는 건 어떨까요? 우리의 과학기술을 자세히 조사하고 연구해야 합니다. 빨리 추진하면서도 자금을 적게 투자해야 합니다. 베이징에서 식수는 큰 문제입니다. 5~8년의 시간을 들여 진정으로 녹화를 실현해야 합니다.

옌칭(延慶)은 상당한 품을 들여 입법을 발전시켜야 합니다. 이곳에 산이 많기 때문입니다. 나무를 심으면 기후를 조절하고 수원을 보존할 수 있습니다. 또 수토를 유지하고 바람을 막고 모래를 고정시켜 오염을 줄이고 환경도 미화할 수 있습니다. 수많은 부분이 연관되어 있기 때문에 대사라고 하는 것입니다. 노 세대들이 조국의 녹화 임무를 완성하지 못했는데, 우리도 이를 완수하지 못한다면 안 된다고 마오쩌둥 동지가 말한 바 있습니다.

만약 우리가 새로운 방법을 취하지 않는다면 임무를 완성할 수 없습니다.

녹화는 구역을 나눠 도급한 후 책임제를 실시할 수 있습니다. 가구마다 꽃을 키울 것을 제창해야 합니다. 환경미화를 통해 대중들이 사회 기풍을 바꿀 수 있도록 이끌어야 합니다. 도덕 기풍을 이끄는 과정에서 오로지 비판하고 정돈하는 데만 고집해서는 안 됩니다. 환경이 좋아질수록 도덕품성이 더 훌륭해진다는 점을 기층간부들이 깨닫도록 해야 합니다. 일부 사람들은 치안을 다스림에 있어 교육과 정돈만 강조합니다.

우리는 또 다른 방법으로 사회 치안을 보장할 수 있습니다. 바로 청년들이 꽃과 풀을 심고 TV를 보고 문화를 배우도록 이끄는 것입니다. 예를 들어 차에 카펫을 깔게 되면 함부로 가래를 뱉지 않게 되는 것과 같은 것입니다. 환경이 깨끗해질수록 기율을 더 지키게 될 것입니다. 당연히 사람을 붙잡고 비판하는 것은 필요합니다. 만약 도시를 잘 건설한다면 사회도덕 기풍도 당연히 좋을 것입니다. 소도시를 건설하려는 것도 이 때문입니다. 정치를 하지 않는다고들 말하는데, 이러한 부분이 바로 정치력이 미치지 못하는 부분인 것입니다.

4

농업 소유제와 책임제 문제는 어떻게 됐을까요? 정책을 실행함에 따라 책임제 문제를 해결하게 됐습니다. 지난해 전국에서 양식은 165억kg을 증산했는데 올해는 이 수준에서 100억kg 더 증산할 것으로 예상되며 부업도 한결음 크게 발전할 것으로 보입니다.

'좌'와 '우'의 문제도 반드시 구체적으로 분석해야 합니다. 정책적으로 '좌'의 문제가 있고 대중들의 적극성에 대한 예측이 부족한 것은 '우'의 문제입니다. 지난해 농업 총생산액이 4% 성장했다고들 했는데, 결과적으로는 8% 이상 성장했습니다. 그러나 우리가 양식에만 의존한다고 해서 책임제 문제에서 벗어났다고 할 수 있을까요? 우리나라는 여러 가지 경영에 의존해야 합니다. 지난해에 만약 10여 개의 성을 더 개방했더라면 225억kg의 증산액도 전혀 문제가 없었을 것입니다.

올해 우리는 일부 경작지를 마련해 다종 경영에 종사해야 합니다. 우리가 농업에서 얻은 교훈은 무엇일까요? 사고 폭이 너무 좁고 융통성 없이 너무 지나치게 제약을 한 것입니다. 이것이 바로 기본적인 교훈입니다. 그러니 바로 잡으려 한다면, 이를 바로 잡아야 합니다. 즉 계속해서 양식만 고집할 것이 아니라 다종 경영을 해야 한다는 것입니다.

다종 경영을 할 경우 목축업은 주로 돼지와 양의 사육을 발전시킬 것입니다. 그리고 토지를 정해 경제작물 · 사탕 · 면화 · 마 · 과일 · 누에치기와 뽕나무 가꾸기 · 찻잎 등을 발전시킬 예정입니다. 목축업을 발전시킴에 있어 가장 주요한 문제는 개혁입니다. 그 다음 순서로는 목초를 잘 가꾸어야 합니다.

그 다음에는 꾸준히 개방해야 합니다. 현재 우리의 면화 총생산량이 5천만 담(擔)에도 미치지 못합니다. 양 규모가 5억 마리에 달하면 이는 전국 면화 총생산량의 절반에 맞먹는 수준입니다. 양은 고기 · 모피 · 변 등을 활용할 수 있는 잠재적인 가치가 있어 5천만 담의 면화 가치보다 훨씬 더 높습니다. 우리는 오랫동안 이와 관련해 계산기를 두드리지 않았습니다.

농업의 기본건설이 단지 땅을 평평히 하고 도랑을 파는 것이라고만 이해해서는 안 됩니다. 일부 지방은 올해 팠다가도 내년에 다시 메우곤 했습니다. 냉동 화물 창고는 대농업 인프라 건설입니다. 그러니 생각을 바꿔야 합니다. 초등학교 건설이 농업 인프라 건설에 속할까요? 저는 그렇다고 봅니다. 문화교육·냉장설비·묘포(苗圃)·저수지·종자·비료·메탄가스·조명 모두 농업 인프라 건설에 속합니다.

투자를 서로 비교해 보아야 합니다. 일부는 작은 문제만 해결하면 되는 것처럼 보이지만 사실상 이 작은 문제 해결이 전반적인 국면에 이로운 경우가 있습니다. 또 일부는 전혀 효과가 없는 경우도 있습니다. 수리분야에 대해서는 전체를 부정하려는 것이 아니라 할 수 있는 부분만 하고 투자가 너무 많이 들어가면 잠시 하지 말아야 합니다. 자금을 다종 경영발전에 투입한다면 수익이 늘어나고 효과가 더 빨리 나타날 것입니다. 이 문제를 제기하는 목적은 머리를 쓰기 위한 것입니다. 농업뿐만 아니라 목축업과 여러 가지 업종의 발전을 어떻게 부추기는 지를 보아야 합니다.

중앙서기처는 수십 개 현에서 이를 추진할 예정입니다. 1985년 1인당 수입이 5백 위안에 달했습니다. 30년을 추진했는데도 여전히 이토록 가난하니 힘이 나지 않습니다. 허위 과장은 당연히 버려야 합니다. 총체적으로 생각을 하고 함께 방법을 생각해야 합니다. 10년 내에 베이징 교외의 농민 소득을 16배, 적어도 9배 정도 늘릴 수 있을까요?

부유해지자면, 간부·대중들이 아이디어를 내놓아야 하는 것 외에도 정책이 맞아야 합니다. 상업정책이 맞아야 하며 생산을 어떻게 지지할 수 있을지도 고민해 보아야 합니다. 산시(山西) 옌베이(雁北) 지위 부서기가 이러한 두 가지 문제를 제기했습니다. 하나는 적지 않은 농민가정에 이불과 농기구를 비롯해 아무것도 없다는 것입니다. 다른 하나는 닭이나 오리를 기르는 가정이 많아진 반면 큰 동물을 기르는 가정이 적은데, 이들은 정책이 바뀔까봐 기르지 못하고 있다는 것입니다. 여러분들은 농민들에게 어떤 우려가 있는지를 더 알아보아야 합니다. 극좌 노선을 비판하려면 상대방과 정반대의 방법을 사용하고 대담하게 추진해야 합니다.

생활에서는 장부를 잘 계산해야 합니다. 하나는 수입에 따른 계산이고, 다른 하는 생활기준에 따른 계산입니다. 예를 들면 1인당 1년에 고기나 양식을 얼마나 소비하는지를 계산하는 등 실제 생활수준을 알아보는 것입니다. 우리가 착오를 범하지 않는다는 가정 하에 10년 내 일부 지역에서 전기화를 기본적으로 실현할 가능성이 있습니다. 생활의 전기화는 다름 아닌 전등·전화기·텔레비전·선풍기·냉장고 등이기 때문에 우리의 생활과 밀접한 연관이 있습니다. 중국인은 우유를 마시지 않는 습관이 있다고들 하는데 사실 그렇지만은 않습니다. 우리는 우선 젖을 짜낼 수 있는 산양(山羊)산업을 발전시켜 어린이들에게 이를 제공할 수 있습니다. 전기화와 음식구조 변화에 대해서는 우경의 태도로 예측하지 말아야 하며, '우'의 착오를 범해서도 안 됩니다.

전반적으로 볼 때, 농민들이 부유해지고 공업이 발전하면 세금수입도 생깁니다. 기반은 여전히 인민공사와 생산대대, 그리고 기업과 사업단위입니다. 그들이 부유해지지 않으면 우리도 부유해질 수 없는 것입니다.

향후 2년간 조직업무에서의 몇 가지 대사*

(1980년 5월 18일, 19일)

왜 이러한 문제를 이야기하지 않으면 안 되는가 하면, 올해 전국의 여러 분야의 전선에서 원대한 계획이 세워져야 하기 때문입니다. 현재의 조직업무는 여전히 2년간의 계획대로만 하면 됩니다. 왜 그렇다는 것일까요? 현재부터 제6회 인민대표대회를 소집하기 전까지의 2년 동안 전 당 조직업무에서의 주요한 문제를 기본적으로 해결하면 좋겠다는 생각이 있기 때문입니다. 향후 2년 동안 당의 전반적인 조직업무에서 어떤 대사들을 완성해야 할까요?

저는 초보적으로 아래와 같은 4개의 대사를 완성해야 한다고 생각합니다. 첫째, 각급·각 분야 지도부를 잘 조정하여 4개 현대화의 절박한 요구에 부합되도록 합니다. 둘째, 당의 기풍과 기율을 바로잡아 당의 위신을 대폭 끌어올려야 합니다. 셋째, 각급 지도부의 업무방법을 개진하고 간부들이 사상·정치·업무능력 면에서 더 빨리 성장할 수 있도록 이끌어야 합니다. 넷째, 당 대표대회를 소집하기 위한 여러 가지 준비업무를 착실히 진행해 중국 공산당 제12차 대표대회와 각급 당 대표대회가 건국 이후 최고의 대회로 거듭날 수 있도록 노력해야 합니다.

---

* 이는 후야오방동지가 중공중앙 조직부에서 소집한 우수한 중장년 간부 선발 업무 좌담회에서 발표한 연설문의 요점이다.

먼저 첫 번째 대사를 말해보겠습니다. 기본적으로 중앙·성(시·자치구)·지(地, 시)·현(시), 공사와 각급 그리고 각 분야의 지도부를 잘 조정해 4개 현대화 발전의 절박한 요구에 적응하도록 해야 합니다.

현재 우리는 실제로 4개 현대화를 추진하고 있습니다. 이에 의구심을 품는 자는 단 한 사람도 없습니다. 그러나 국내는 물론 국외에서도 중국의 4개 현대화 건설에 수많은 어려움이 있다고들 말하고 있습니다. 그렇다면 최대의 어려움은 무엇일까요? 바로 지도부가 이상적이지 못한 것이 최대의 어려움이라고 저는 생각합니다. 여러분! 이렇게 말하는 것은 린뱌오와 '3인방'이 횡행하던 시기의 제안과는 다르고, '문화대혁명'이전의 제안과도 다르다는 점에 주목하길 바랍니다. 지도부가 엉망이라는 것이 아니라 이상적이지 못하고 4개 현대화 건설의 요구에 부합되지 않는다고 저는 생각합니다. 이러한 제안이 격려하는 말일까요? 아니면 사기를 떨어뜨리는 말일까요? 내 생각에는 격려하는 말이고, 적극적인 태도로 문제를 해결하는 방법이라고 생각합니다.

그렇다면 이상적인 지도부는 어떤 모습이어야 할까요? 중앙은 지도부 성원이라면 당의 노선을 단호히 실행하고, 사회주의 길을 견지해야 하는 것 외에도 전문지식과 영도능력을 갖추고 혈기왕성하고 활력이 넘쳐야 하는 기본적인 조건을 만족시켜야 한다고 말한 바 있습니다. 사회주의 길을 견지하는 것은 사회주의 방향을 이탈하지 않는다는 것입니다. 여러분들은 남들이 수정주의나 자본주의를 따르고 있다고 함부로 말해서는 안 됩니다. 이렇게 제기를 하면 모두 깜짝 놀랄 것입니다. 사실 일부 지도부를 보면 아직도 파벌의식을 갖고 있으며, 개인주의나 학부모적인 기풍을 갖고 있는데 이러한 문제를 똑바로 보아야 합니다.

전문지식 소유의 이면을 무엇이라 할까요? '만금유(萬金油, 일명 호랑이 연고라 불리는 피부 치료제)'라 하면 기분이 상할 것이기 때문에 '문외한'이라고 해둡시다. 이밖에도 일부 지도부 성원이 게으르고 정신상태가 해이해지는 등 다양한 문제점이 많습니다.

이상적인 상태가 아닌 지도부를 어떻게 조정해야 할까요? 지도부 조정은 삼위일체의 업무 임무라고 생각합니다. 즉 첫째, 젊고 혈기 왕성하며 당의 노선을 견지하고 전문지식과 능력, 그리고 전도유망한 간부를 대담하게 선발해 각급 지도부에 젊은 피를 수혈하는 것입니다. 둘째, 당과 인민에 기여한 연세가 많고 몸이 약한 동지를 적절하게 배치하여 제2선·제3선으로 물러나도록 함으로써, 그들이 만년을 행복하게 보내고 젊은 간부들에게 경험과 교훈을 전수하는 역할을 발휘하도록 하는 것입니다. 셋째, 3년여 간의 고찰을 통해 현 직무를 능히 감당할 수 없다고 생각되는 동지의 업무 조절문제를 정확히 해결하여 그들에게 적합한 직무로 배치함과 아울러 그들이 계속해서 발전해 갈 수 있도록 진정으로 도와주는 것입니다.

위 3가지 임무는 삼위일체인 만큼 그 어느 하나라도 빠져서는 안 됩니다. 때문에 통합적으로 고려하고 전반적으로 배치해 모두가 만족스러운 상황을 구축해야 합니다. 당연히 100% 모두 만족할 수는 없겠지만 90% 이상은 만족시킬 수 있습니다.

삼위일체 임무에서의 첫 조항을 일부지역에서는 이미 실행에 옮겼거나 현재 실행 중입니다. 개별지역에서는 어느 정도 성과도 거뒀습니다. 그러나 보편적으로 보면 아직은 마땅한 중시를 불러일으키지 못했고, 일부 동지들은 여전히 꺼려하는 정서를 가지고 있습니다. 그렇다면 왜 마땅한 중시를 불러일으키지 못했을까요? 이유는 다양합니다. 첫째, 처리해야 하는 여러 가지 문제가 너무 많기 때문입니다. 둘째, 간부의 이해 폭이 너무 좁아 각급 당정의 주요 영도자들 가운데서 찾고 있기 때문입니다. 셋째, 간부 선발과 관련한 주요 조건을 확실하게 파악하지 못했기 때문입니다. 넷째, 방법이 틀렸기 때문입니다. 아직도 수작업 방식에 신비한 색채가 드리워 있어 대담하게 대중노선을 걷지 못하고 있는 수준이며, 그저 최고 간부의 승낙만 기다리는 수준입니다. 다섯째, 사상이 해방되지 못했거나 보수적이거나 경직되어 있기 때문입니다.

지도부가 이성적이지 못하다고 말하는데, 여기에는 중앙 서기처도 포함됩니다. 이는 덩샤오핑 동지가 중앙을 대표해 중국공산당 5중전회에서 언급한 부분입니다. 예젠잉 동지도 같은 생각이었습니다. 중앙서기처가 이상적이지 못하다고 생각하는 이유는 그들이 너무 연로했기 때문입니다. 이 문제에서는 더 할 인사치레 말이 없습니다.

향후 몇 년 내에 4·50대 간부를 선출해 짐을 그들에게 짊어지게 할 수는 없을까요? 편면적이고 고립적으로 사람이나 문제를 보는 형이상학의 관점에서 반드시 벗어나야 합니다. 사상이 활성화된다면 사회주의 길을 견지하고 전문지식과 조직영도 능력을 갖춘 젊고 혈기왕성한 간부들이 우리 앞에 나타날 것입니다. 『조공통신(組工通讯)』[51]은 이 문제를 근본적인 차원에서 자세히 언급해야 합니다. 젊고 혈기왕성한 간부를 선발하는 속도를 촉구해야지 계속 망설여서는 안 됩니다. 구체적인 진도 목표를 정해야 합니다. 즉 올해는 성(省)급에서 잘 추진하고, 2년 후에는 공사 이상의 각급 각 분야의 지도부를 기본적으로 잘 조정하는 목표를 세우자는 것입니다.

향후 직장을 떠난 간부들은 어디에서 올까요? 간부의 조건에 따라 대학전문학교, 중등전문학교의 졸업생과 상당한 문화수준을 갖춘 청년 가운데서 선발해야지 문화수준이 낮은 노동자와 농민 가운데서 선발하지 말아야 합니다. 2, 3년 전에는 해서는 안 되는 말이었습니다. 했다가는 대체 어떤 입장입니까 하고 오히려 추궁당할 것입니다. 어떤 입장일까요? 바로 4개 현대화를 실현하는 입장입니다. 간부를 선발함에 있어 토지개혁[1] 때의 방향과 방법이 이제는 시대에 뒤떨어졌기 때문에 새 시기에는 새로운 관점과 방법을 적용해야 합니다.

삼위일체 임무에서의 두 번째 조항은 연로하고 신체가 약한 수많은 동지를 책임지고 적당하게 배치하는 것입니다. 우리의 각급 당위는 우선 부서를 조직해 연로한 동지들에게서 혐오하는 정서를 비롯한 그 어떤 나쁜 정서도 생기는 것을 막아야 합니다. 연로한 동지들을 '시끄럽고', '흐리멍텅하고', '처리하기 어려운'존재로 생각해서는 안 된다는 것입니다. 우리는 당과 인민의 전반적인 사업에서 출발해 그들이 오래 장수하고, 또 적합한 직무에서 역할을 최대한 발휘하도록 하는 것 외에도 기술과 경험을 전수하는 역할을 하도록 이끌어야 합니다. 정치적으로 그들을 충분히 존중해 주어야 하고, 대우 면에서는 그들을 충분히 보살펴야 합니다. 중앙과 성·시에서 시작해 현에서도 잘 추진해야 합니다.

연로한 동지들을 배치하는 과정에서 사상문제를 제대로 해결하지 못했을 뿐만 아니라 방법도 연구해내지 못했습니다. 전반적으로 연로하고 신체가 약한 동지를 반드시 잘 배려해야 합니다. 제대로 배려하지 못한다면 착오를 범하게 되어 안정과 단합뿐만 아니라 당의 우수한 전통을 회복하고 고양시키는데 영향을 미치게 되고, 심지어는 현재의 중년 간부들에게까지 영향을 미치게 될 것입니다.

노동자를 배치하고 보살핌에 있어 인대상무위원회, 조직부 그리고 현 이상 각급 당위와 중앙, 국가기관 각 부서는 전문 인원을 배치한 후 그들에게 권력을 부여하는 등 반드시 이 일을 잘 처리하도록 해야 합니다. 이 일을 잘 처리하기 위해서는 인력과 자금을 투입해도 좋다고 봅니다.

삼위일체 임무에서의 세 번째 조항은 3년여 간의 검증을 통해 현 직무를 맡을 능력이 되지 않는 상당한 수의 간부를 상대로 한 조정문제를 정확히 해결해 그들을 적합한 직무에 배치함과 동시에 지속적으로 도움을 주는 것입니다. 이처럼 적임자가 아닌 사람들의 규모는 얼마나 될까요? 저는 꽤 된다고 봅니다. 3년여 간의 검증을 거쳐 그들이 확실히 직무를 담당할 능력이 없고, 일을 제대로 처리하지 못한다는 점을 알 수 있었습니다. 대중들이 인정하지 않는데, 계속 기존의 직무에 둔다는 것은 당의 사업은 물론 본인에게도 해가 됩니다. 적임자가 아니라면 어떻게 해야 할까요?

일부는 전근시키고 일부는 지방으로 내려 보내야 합니다. 각 지역과 부서의 인원수가 서로 다르지만, 전반적으로 볼 때 규모는 크지 않습니다. 따라서 몇 개의 단계로 나눌 수가 있습니다. 전근시키고 지방으로 내려 보내는 것은 결코 무너뜨리는 것이 아니고, 함부로 처벌하는 것도 아닙니다. 그러면 또 다른 문제가 생깁니다. 당정기관의 간부 규모가 방대한 문제는 어떻게 해야 할까요? 기구 체제를 어떻게 이끌어 나갈지 현재 중앙에서는 한창 연구 중입니다. 추진한다고 할 때에는 우선 중앙기구부터 착수하고 기관 간부도 감원해야 합니다. 그러나 감원이라고 해서 간부를 쫓아내는 것이 아닙니다.

간부는 보배로운 재부인 만큼 여전히 아껴야 합니다. 주요한 방법은 학습을 통해 능력을 제고시키는 것입니다. 당교나 전문 양성반에서 학습하거나 기층으로 내려가 실제로 작업에 참여하면서 조사 연구하는 등 새롭게 공부할 수 있는 두 가지 새로운 방식이 있습니다. 간부들은 왜 오랜 세월동안 기관에만 있는 것일까요? 주로 55세 이하의 일부 간부들이 기층으로 내려갈 수 있도록 여러분들이 동원해 주었으면 하는 바람입니다. 우리는 결심을 하고 새로운 학습 분위기를 조성해야 합니다.

두 번째 대사는 당의 기풍과 기율을 바로잡아 당의 위신을 대폭 끌어올리는 것입니다.

지난 3년여 간 우리 당의 기풍이 뚜렷하게 호전되었습니다. 최근 한시기 동안 당의 기풍과 기율을 바로잡는 상황에서 몇몇 과정을 겪었습니다. 처음에는 실사구시적인 태도를 제창했습니다가 그 후 사상해방을 제기했으며, 지난해부터는 특수화 반대 구호를 제기했습니다. 중앙은 83호 문서[130]를 발표했으며, 중국공산당 5중전회에서는 또 '당내 정치생활에 관한 약간의 준칙'[131]을 통과시키고, 당헌 수정초안을 인쇄 발행했습니다.

다른 한편으로는 국제적으로 그리고 국내 인민들 가운데서 당의 위신과 명성을 회복하려면 아직 갈 길이 멉니다. 이유는 아래와 같습니다. 1. 린뱌오와 '3인방'의 장기적인 파괴에 따른 영향이 지나치게 심각했습니다. 다수 동지들이 이러한 상황에 대한 예측이 부족했습니다. 2. 일부 연로한 당원들이 당의 기풍과 기율 가운데서 우수한 전통을 잊어버렸거나, 일부 새 당원들은 아직 이를 제대로 알지 못해 옳고 그름을 정확히 분별하지 못하고 있습니다. 3. 우리가 업무를 강력하게 장악하지 못한 것도 중요한 원인이라고 봅니다. 우수한 전통을 회복하고 당의 기풍과 기율을 바로잡으려면 반드시 백절불굴의 의지력이 있어야 합니다. 끝까지 장악한다고 해서 남을 괴롭히라는 것이 아니라, 훌륭하면 칭찬하고 잘못이 있으면 비판하라는 뜻입니다. 이 부분에 대해서는 한 해 아니면 한 달을 단위로 바로잡을 것을 권장합니다. 훌륭한 기풍을 형성하기는 어렵지만 파괴되는 것은 쉽습니다. 때문에 당의 기풍을 하루빨리 바르게 잡는 것이 정치사상 업무에서의 가장 큰 일이라 하겠습니다.

당의 기풍과 기율을 바로 함에 있어 향후 2년간 아래와 같은 4가지 고리를 확고히 해결해야 합니다. 첫째, 억울한 사건, 허위로 조작한 사건과 오심사건을 철저하고도 단호하게 처리하고 해결해야 합니다. 이미 3년간 이렇게 추진해왔습니다. 입법을 고려해볼 수는 없는 것일까요? 만약 이제부터 또 2년이 지나서 어느 급별에서 억울한 사건, 허위로 조작한 사건과 오심사건이 나타나는 것이라면, 그 급별에 따른 1인자와 주관한 영도자에게 책임을 물을 것입니다. 유소기 동지의 억울한 사건은 이미 평반되었습니다. 그러니 평반할 수 없는 이보다 더 큰 억울한 사건이 어찌 없을 수 있겠습니까?

둘째, 무릇 린뱌오와 '3인방'사건에 연루된 자는 모두 적절하게 처리함과 동시에 처리결과가 역사의 고험을 이겨낼 수 있어야 합니다.

셋째, 대중들 가운데서 의견이 가장 많은 부정한 기풍을 바로잡고, 범위를 최대한 축소시킵니다.

넷째, '당내 정치생활에 관한 약간의 준칙'과 당헌 수정 초안에 대한 학습과 교육을 더 넓은 범위에서 깊이 있게 추진함과 동시에 교육을 기반으로 당 정비문제를 고려합니다.

이상의 4가지 고리를 장악하는 것에 관한 몇 가지 건의를 제기하고자 합니다.

우선 억울한 사건, 허위로 조작한 사건과 오심사건에 대해 말하고자 합니다. 3년여 동안 뚜렷한 성적을 거두었지만 이대로 마무리해서는 안 됩니다. 마땅히 평반해야 할 억울한 사건, 허위로 조작한 사건과 오심사건이 아직도 남아있는 지역이 있는가 하면, 아예 손도 대지 않은 지역도 있기 때문입니다. 또 추진이 잘 된 곳일지라도 여전히 남아 있는 문제가 있습니다. 저는 위의 사건에 대해 처리하지 않은 지역 가운데서 몇몇 대표적인 사례를 가져와 엄정하게 처리한 후 '인민일보'에 공개적으로 발표할 것을 기율위원회에 건의했습니다.

각 지역은 몇몇 대표적인 사례를 확보하고 공개적으로 처리할 수 있습니다. 이 문제에서는 사정을 봐 줄 필요가 없습니다. 억울한 사건, 허위로 조작한 사건과 오심사건에 대한 평반은 당심(黨心)·민심과 관계되는 문제입니다. 그러니 이 문제를 해결하지 못한다면 안정과 단결을 실현할 수 없고, 당심과 민심도 결코 이를 인정하지 않을 것입니다. 그래서 우리는 하루빨리 추진해야 합니다. 두 사건에 연루된 자에 대한 문제를 책임지고 열심히 처리해야 합니다. 연루자에 대해 형벌을 내리거나 당적을 취소하는 등의 조치는 최대한 줄이고, 다수인에 대해서는 개조하는 방법으로 소극적인 요소를 적극적인 요소로 전환시켜야 합니다.

착오를 범한 자에 대해서는 역사적인 안목으로 전면적으로 분석하되 특히 일정한 역사적 조건 하에서 분석해야 합니다. 이 문제를 아직까지는 완전히 해결하지 못한 듯합니다. 과거에 있었던 일에 대해 종합적이고도 관용하는 방침을 적용하자는 중앙동지의 건의를 일부 동지들은 왜 반대하는 것일까요? 내 생각에는 아래와 같은 두 가지 이유 때문이라고 봅니다.

첫째, '문화대혁명'가운데서 일부 대중 특히 청소년들이 린뱌오와 '3인방'의 독해를 받아 범죄를 저질렀는데, 이에 대한 역사적이고도 전면적인 분석이 부족합니다. 우리의 방침은 마땅히 여러 해를 넘긴 대중성을 띤 역사적 비극 사건을 처리하는 것이어야 하며, 사람은 최대한 적게 체포해야 합니다. 우리의 동지들은 이 부분을 이해하고 이러한 각오도 있어야 합니다. 전반적인 국면을 돌보려면 당과 인민의 근본적인 이익으로부터 출발해 문제를 고려하고 처리해야 합니다. 이는 우리 공산당원의 마땅한 당성입니다.

둘째, 일부 동지들은 피해자 혹은 그 가족의 요구와 압력에 견뎌내지 못한 것일 수도 있습니다. 우리는 반드시 이러한 동지들을 설득하여 앞을 내다보고 전반적인 국면을 돌보도록 이끌어야 합니다. 특히 연로한 동지들과 문화수준이 높은 동지들은 이 문제에서 흉금을 터놓고 역사적인 안목으로 문제를 보아야 합니다. 그 당시 수많은 청년들이 정치적 경험부족으로 사기를 당했기 때문에 피해자이기도 하다는 점을 깨달아야 합니다. 우리는 그들을 이해하고 용서함과 동시에 교육을 통해서 고통스러운 경험에서 교훈을 받아들이고, 공을 세워 잘못을 보안하는 등 4개 현대화를 위해 기여하도록 이끌어야 합니다. 우리의 책임자 동지들이 앞장서서 본보기를 보여준다면, 아주 훌륭한 시범 역할을 할 수 있을 것이라고 믿습니다.

'3인방'이 죽을죄를 지은 건 맞지만 우리는 한 명도 죽이지 않습니다. 린뱌오와 '3인방'을 따라 죄를 지었던 자들에 대해서는 한 명도 심판하지 않겠다는 뜻이 아닙니다. 처리할 때 최대한 너그럽게 그리고 처분하지 않아도 되는 수준이면 그냥 넘어가 앞으로 몇 년간 지켜볼 수도 있지 않겠느냐는 것입니다. 1978년 중앙 48호 문서에서 언급한 4가지 부류의 사람[132]들에 대해서만 형벌을 내릴 것입니다. 그리고 태도가 좋은지 여부에 대해서도 분석해야 한다고 봅니다.

우리의 정책이 맞는다면 큰 잘못을 저지른 자를 비롯해 착오를 범한 다수의 사람들의 태도를 바뀌게 할 수 있다고 믿습니다. 5, 10년이면 반드시 바뀔 것입니다. 이 부분에 대해서는 확신을 가져야 합니다. 잘못을 바로잡은 동지, 특히 '문화대혁명' 초기에 잘못을 저지른 자, 큰 잘못을 저질렀다가 후에 바로잡은 동지나, 훗날 심각한 잘못을 저지른 자를 비롯해 최근 몇 년간 표현이 좋아진 동지들에 대해서는 진심으로 그들을 환영해 주어야 합니다. 잘못을 저지른 동지를 어떻게 교육하고 그들의 잘못과 어떻게 투쟁해야 할지에 대한 문제는 아직 제대로 해결하지 못했습니다. 일부 문제에 대한 해결방법이 마르크스주의 방법이 아니기 때문입니다. 80년대에 반드시 이 문제를 해결해야 합니다. 종합적으로 위의 두 가지 사건과 연관되는 자에 대해서 일부는 판결을 내리고, 일부는 당적을 취소하고, 일부는 직무를 강등시키고, 일부는 벗어나게 해주고자 합니다.

이번에는 나쁜 기풍을 바로잡는 문제에 대해 말하고자 합니다. 현재 대중들의 의견이 가장 많은 나쁜 기풍이란 무엇일까요? 주로 아래와 같은 몇 가지로 표현된다고 생각합니다. 첫째, 직무의 권리를 이용해 온갖 나쁜 짓을 저지르고, 권세만 믿고 남을 억누르고 남을 모함하고 공갈 협박하는 것 등입니다. 둘째, 권세를 이용해 그룹을 만들고 파벌을 조성합니다. 이 유형의 사람들이 많을 수 있습니다. 셋째, 개인주의를 일삼으면서 당의 이익은 거의 마음에 두지 않습니다. 넷째, 혁명보다는 가족에 연연하여 원칙성을 잃고 가족에게 편리를 도모해줍니다.

어제 우리 집에 풍파가 생겼습니다. 형님이 아들의 일자리를 나에게 부탁했던 것입니다. 그래서 저는 나의 명성에 흠집을 내고 나에게 잘못을 저지르는 행위라고 말했습니다. 사실 나에게 잘못을 저지른 것이 아니라 혁명에 잘못을 저지르는 것이기 때문에 더는 상대를 하지 않았습니다. 새 관리가 취임하면 달달한 사탕을 얻어먹으려는 많은 파리들이 몰려들게 마련입니다. 가족관계는 반드시 혁명관계에 복종해야 합니다. 이러한 유형의 잘못된 관계는 농민 소생산자의 이기적인 행동이자 개인의 이익 밖에 모르는 표현이기도 합니다.

현재 무슨 일을 하던지 연줄을 찾으려고 하는 자들이 많습니다. 하물며 물건을 사고, 돼지를 도살해 파는 데서도 마찬가지입니다. 그래서 저는 가족관계를 혁명관계보다 더 높이 보는 자 가운데서 몇몇을 전형으로 선택해 처벌을 내릴 것을 주장합니다. 다섯째, 업무에 무책임한 탓에 국가의 인력·물력과 재력에서 심각한 낭비를 초래했습니다. 일부는 수백만 위안, 수천만 위안, 심지어 수억 위안을 낭비하고서도 전혀 아까워하지 않습니다. 당의 기풍을 바로잡으려면 위의 몇 가지를 중심으로 훌륭한 자들은 칭찬하고 법과 규율을 어긴 자들에게는 책임을 추궁해야 합니다. 중점은 1980년과 현재에 발생한 사건에 두어야 합니다.

그리고 당원을 상대로 깊이 있는 교육을 폭넓게 진행하는 데에 관한 문제를 말하고자 합니다. '당내 정치생활에 관한 약간의 준칙'을 실행하고 있지만 올해는 철저히 추진할 예정입니다. 현재 '준칙'에 대한 실행상황을 보면 홍보하고 보도하는 규모가 이전보다 작아졌습니다. 5일에 한 번씩 보도하되 줄곧 견지하길 바랍니다. 연구실 동지들이 중앙기율위원회와 중국공산당 선전부에 관련 사항을 전달하기를 희망합니다.

이 부분의 업무는 조직부뿐만 아니라 '인민일보', 각 성, 시, 자치구에서도 모두 추진해야 합니다. 문서가 통과됐다고 하여 끝이라고 생각하면 안 됩니다. 착실하게 실행하고 끝까지 견지해야 합니다.

세 번째 대사는 각급 지도부의 업무방법을 개진하고 간부들의 사상, 정치, 업무능력을 하루빨리 향상시키는 것입니다. 업무방법 개진은 정치 임무를 실현하고 인재를 육성하는 중요한 문제입니다. 영도 방법의 훌륭함 여부는 훌륭한 영도간부를 육성할 수 있을 지와 밀접한 연관이 있습니다. 영도에는 정확한 영도와 착오적인 영도라는 두 가지 유형이 있습니다.

정치노선, 사상노선, 그리고 조직노선이 어울리지 않으면, 당연히 잘못된 영도이지만, 노선이 정확하다고 하여 모두 영도방법이 정확다고도 할 수 없습니다. 현재 당 중앙의 정치노선·사상노선·조직노선이 정확하지만, 우리의 업무방법에 대해 당 내외로 의견이 많고, 외국인들도 많이 논의하고 있습니다. 우리 업무에 관료주의 경향이 있고 효율이 너무 낮은 문제 외에도 질질 끌기만 하고 누군가 책임지려는 자가 없다는 것입니다. 우리는 4개 현대화를 실현해야 하는 임무에 직면해 있습니다. 4개 현대화 자체가 선진적이기 때문에 4개 현대화를 실현함에 있어 선진적이고도 과학적이며 현대화한 업무방법을 취해야 합니다. 아래와 같은 4가지 관계문제를 반드시 잘 해결해야 한다고 생각합니다.

첫째, 사물의 공통성과 특수성에 관계된 문제를 제대로 인식하고 잘 해결해야 합니다. 중국은 대국인만큼 상황도 각각 다릅니다. 따라서 중국의 국정을 이해하는 것이 자못 중요한 문제로 대두했습니다. 무릇 업무마다 기준을 세우고 그 기준에 따라 추진하면서 똑같이 계획하고 진도를 통일시키려 한다면 절대 실행될 수 없습니다. 우리의 일률적인 조치는 그 위력이 엄청납니다. 남방과 북방, 농업지역과 목축업지역, 그리고 소수민족 지역과 한족지역, 발전이 빠른 지방과 느린 지방에는 모두 차이점이 있습니다.

차이점과 불균형 발전을 인정하지 않는다면 이는 주관주의 사상방법이라 하겠습니다. 현재 업무방법을 개진하려면 사상을 크게 해방시켜야 합니다. 이 문제를 정확히 하기 위해서는 인식론 차원에서 이 문제를 논의해야 합니다. 우리들이 문제를 볼 때 보편적인 개념에서 출발해야 할 것입니까? 아니면 실제 상황에서 출발해야 할 것입니까? 사물의 특수성을 인식하는 데로부터 착수해야 할 것인지, 아니면 사물의 보편성을 먼저 인식하는 것으로부터 시작해야 할까요?

레닌은 사물에 대한 구체적인 분석을 마르크스주의의 산 영혼이라고 말한 바 있습니다. 마오쩌둥 동지는 마르크스 · 레닌주의 인식론을 바탕으로, 한 사물을 인식하기 위해서는 먼저 특성과 특점을 파악해야만 그 사물의 본질을 진정으로 알 수 있다며 늘 우리에게 가르쳤습니다.

"이 문제는 중앙에서 지시를 내리지 않았다.", "명확한 문건이 없으면 추진하기 어렵다."는 등의 말을 자주 들어왔습니다. 4개 현대화를 추진하는데 필요한 중앙의 노선 · 방침 · 정책은 명확합니다. 어떻게 관철하고 실행할지에 대해서는 실제상황을 연구한 후에 구체적인 방법을 제시할 수 있지 않을까요? 중앙의 문건만 가지고 틀에 맞춰 행동하면서 스스로는 전혀 조사연구를 하지 않아서는 안 됩니다.

이는 현재 업무 효율이 극히 낮은 주요한 이유이기도 합니다. 4개 현대화의 실현은 보편적인 현상이지만, 한 지방에서 현대화를 어떻게 추진할지에 대한 문제는 특수화 현상에 속합니다. 중앙의 국정방침은 전국의 보편적인 상황에서 출발하기 때문에 중앙의 지시를 실행함에 있어 반드시 자체 지역의 특성과 결부시켜야 합니다.

중앙의 지시만 고집하면서 자체의 특징을 연구하지 않고 현지의 상황에 따라 구체적인 방법을 내놓지 않는다면 당위가 왜 필요하겠습니까? 영도간부라면 우선 그 지역의 특성을 파악한 후 공통성과 특수성을 서로 결부시켜야 합니다. 또 특수성을 연구하고 실제로부터 출발해야만, 소속 지역의 문제를 정확하게 해결할 수 있습니다.

둘째, 통일과 독립, 집중과 분산의 관계를 명확히 해야 합니다. 중국은 땅이 넓은 만큼 통일을 반드시 실현해야 합니다. 그러나 통일시킨다고 하여 모든 것을 꽉 틀어쥐어서야 어찌 되겠습니까? 수십 년간 통일 · 집중만 강조하는 것도 옳지는 않습니다. 통일과 독립, 그리고 집중과 분산을 서로 결부시켜야 합니다. 집중을 실현하는 과정에서 분산을 실시하고 통일을 실현하는 과정에서 독립을 실시해야만 합니다. 사물은 통일적으로 똑같이 발전하는 것이 아닙니다. 모든 것을 통일시킨다면 그것은 사물의 운동 법칙에 어긋나는 것입니다. 통일과 독립, 집중과 분산을 유기적으로 결부시킴과 동시에, 양자 간의 상호관계를 꾸준히 조절해야만 일을 잘 처리할 수 있습니다. 현재 우리는 이 모순을 제대로 해결하지 못했습니다.

서로 논쟁하고 서로 중복되는 일이나 서로의 힘이 저촉되는 문제가 왜 발생하는 것일까요? 분산과 집중을 제대로 실행하지 못했기 때문입니다. 보편적으로는 위에서 통일과 집중을, 아래에서는 독립과 분산을 강조해왔습니다. 그러니 반드시 사상과 관리체제 차원에서 이 문제를 해결해야 합니다.

집중과 분산, 통일과 독립은 변증법적인 관계입니다. 대립적이면서도 통일된 양자 중에 한 쪽을 잃는다면 다른 한 쪽도 존재하지 않습니다. 집중과 통일만 있고 분산과 독립이 없다면 일을 제대로 처리할 수가 없습니다. 이와 반대여도 마찬가지입니다. 체제 개혁은 바로 이러한 변증법적인 관계를 체현해 내야 합니다.

셋째, 조직성, 기율성과 적극성, 창조성 간의 관계를 잘 처리해야 합니다. 우리 당의 조직성과 기율성이 역사적으로는 양호한 편이었습니다. 조직성과 기율성을 강조하는 것은 남의 적극성과 창조성을 방해하거나 배척하려는 것이 아니라, 오히려 그들의 이러한 적극성과 창조성을 충분히 발휘하도록 보완해주기 위해서입니다.

우리가 주장하는 조직성과 기율성은 정치에서의 일치성을 말하며 당헌에 따라 업무를 추진하고 당의 규정과 법률을 엄격히 준수하며 당 중앙의 방침과 노선을 단호히 실행하는 것을 뜻합니다. 이를 바탕으로 여러분들이 적극성·주동성과 창조성을 최대한 불러일으켜야 합니다. 다년간 우리는 조직성과 기율성만 강조해왔지 적극성과 창조성을 어떻게 고양할지에 대해서는 거의 강조하지 않았을 뿐만 아니라, 더욱이 구체적이고 효과적인 조치를 수립하지 못했습니다. 여러 해 동안 적극성·주동성과 창조성 발휘를 제창하지 않았는데 현재는 과감하게 제창해야 합니다.

오늘 오전 서기처에서 인프라 건설 문제를 논의하는 과정에서 인프라 건설과 관련한 사상을 바로잡고 인프라 건설과정에서 기율을 엄격히 할 것을 강조했습니다. 집체 영도라 하여 방침과 정책을 확고히 하는 과정에서 모든 문제를 집체적으로 결정해야 된다는 뜻은 아닙니다. 만약 집체적인 영도와 분공의 책임문제를 제대로 해결하지 못한다면, 조직성·기율성과 적극성, 그리고 창조성을 제대로 결부시킬 수가 없습니다. 그렇다면 사무주의·형식주의 현상이나 바쁘고 혼잡한 현상, 그리고 업무 효율이 낮은 등의 현상을 영원히 해결할 수 없게 됩니다.

넷째, 사상·방침·정책·이론을 연구하는 문제와 실제·실용·사실문제의 관계를 잘 처리해야 합니다. 일본인은 늘 우리 당에 실무파가 있다고 말합니다. 그러나 실무파나 비실무파가 어디 있는지 저는 늘 기회를 찾아 그들에게 답을 주어야 한다고 생각해왔습니다. 2개월 전 과학기술협회대회에서 공개적으로 답변할 기회가 생겼습니다. 저는 우리 당에 비실무파와 실무파의 구별이 없으며, 원대한 이상과 실무적인 사상이 있을 뿐만 아니라, 허와 실을 서로 결부시키고 있다고 말했습니다.

예로부터 마오쩌둥 동지는 사상·방침·정책·이론연구와 실제·실용·사실연구를 서로 결부시켜야 한다고 강조해왔습니다. 마오쩌둥 동지는 비실무는 이론을 연구하고 사상을 논하고 독서를 하는 것이며, 실무는 조사연구를 해 실제문제를 해결하는 것이라고 말했습니다. '연구'와 '고려'만 입에 달고 있으면서 6개월 동안 연구하고도 문제를 해결하지 못해서는 안 되는 것입니다. 사인만 해서도 안 되지만 결정을 내리지 않고 동의하지 않으며 반대하지 않아서도 안 됩니다.

영도방법과 업무방법 개진은 반드시 사상방법에서 근원을 찾아야 합니다.

각급에서 모두 이 문제를 고려해야 하고 1·2년을 들여 이 문제를 제대로 해결해야 합니다.

네 번째 대사는 당 대표대회를 소집하는 데에 관한 각항의 준비업무를 착실히 완수해 중국공산당 제12차 전국대표대회와 각급 당 대표대회가 건국 이후의 최고 성회로 거듭나도록 노력하는 것입니다.

5중전회에서는 올해 6중전회를 소집하고 내년 초 중국공산당 제12차 전국대표대회를 개최하기로 이미 결정했습니다. 우리 당의 최고 영도기구인 전국대표대회는 당의 노선과 방침을 결정하고 당 중앙의 영도기구를 선출하는 것 외에도 전반적인 영향을 미치는 중대한 문제를 결정합니다. 따라서 대표대회를 성공적으로 개최하는 것은 전 당과 전국, 그리고 전 세계에서 기치를 수립하는 것과 같은 의미를 지닙니다.

내년은 중국공산당 설립 60주년이 되는 해입니다. 공산당을 설립해서부터 현재까지 총 11차례에 달하는 대표대회를 소집해왔습니다. 성공적으로 개최된 회의가 있는가 하면, 별 성과를 거두지 못했거나 제대로 소집하지 못한 회의도 있습니다.

중국공산당 제12차 전국대표대회는 반드시 훌륭히 소집해야 하고, 또 마땅히 그렇게 해야 하며, 훌륭하게 소집할 가능성도 충분합니다. 왜냐 하면, 이번 대회가 새로운 역사적 전환점에 들어선 시기에 개최되는 회의이기 때문에, 전 당과 전국 인민, 그리고 전 세계가 주목하고 있기 때문입니다.

훌륭히 소집할 가능성이 있다고 말하는 것은 린뱌오와 '3인방'을 무너뜨린 후 당의 상황에 근본적인 변화가 발생했고, 정치 · 사상 · 조직 등 부분에서 긍정적 · 부정적 경험을 모두 쌓았기 때문입니다. 훌륭한 대표대회라면 어떤 기준이 있을까요? 저는 대체로 아래와 같은 3가지가 있다고 봅니다. 첫째, 제정한 노선이 정확합니다. 둘째, 선출한 지도부가 위망이 있어 전 당의 다수 동지들이 만족하고 옹호합니다. 셋째, 방법이 민주 집중제 원칙을 체현하고, 대중노선을 충분히 걷습니다.

각급 당위는 준비업무를 착실히 이끌어 나가 당 대회가 잘 개최될 수 있도록 보장해야 합니다.

이 임무를 수행함에 있어 조직부서는 중대한 책임을 짊어지고 있습니다. 조직업무 차원에서 볼 때 우선 대표를 잘 선출해 그들이 진정으로 대표성을 띠도록 해야 합니다. 여기서 말하는 대표성은 어느 단위나 부분을 대표하는 걸 말하는 것이 아니라, 진정으로 전 당 다수 동지의 믿음과 찬성을 얻어야 위신과 권위를 세울 수 있다는 점을 뜻합니다.

중국공산당 제12차 대표대회 중앙 위원 선출 기준을 최종적으로 확정짓지 못하고 현재 조율 중에 있습니다. 인원 선출에 대해서도 사전에 논의해야 합니다. 논의는 논의일 뿐이고 결정은 결정이기 때문에 논의 과정에서의 건의를 결정으로 간주해서는 안 됩니다.

여러 성·지(地)·현에서 2년 내에 기본적으로 당 대표대회를 개최할 수 있을까요? 당 대표대회 소집을 통해 당내 민주를 고양하고 당의 생활을 건전히 하며 당 영도의 생동적인 교육을 강화함으로써, 당내 동지에 의존해 당의 영도기구를 감독하고 지도부 건설을 강화하는 한편 영도수준을 향상시키는 목표를 실현해야 합니다.

향후 2년 간 조직전선에서의 4가지 대사에 대해 전면적으로 얘기했는지, 정확하게 얘기했는지에 대해서는 여러분들이 논의하길 바랍니다. 각 조직부서에서 앞장서서 맡은바 임무를 잘 완수하고 지도부를 잘 이끌어 나가야 합니다. 또 사상을 바로잡아야 하며 특히 사상문제에 주의해야 합니다. 일부 조직부서의 동지들이 당의 조직노선을 실행함에 있어 여전히 낡은 틀에 얽매여 있는데 이는 사상을 해방시키지 못한 표현입니다. 사상해방이 어찌 쉬운 일이겠습니까? 사상해방은 끝이 없습니다.

일부 문제에서는 편차가 있을 수 있지만, 전반적으로 볼 때는 계속해서 사상을 해방시키는 과정을 거쳐 뒤지고, 객관적이고, 실제나 새로운 상황에 부합되지 않는 부분을 극복해야 합니다. 조직부서는 이 부분에서 스타트를 잘 끊어야 하며, 새로운 상황에 꾸준히 적응해 새로운 문제를 연구하고 새로운 사물을 받아들여야 할 것입니다.

당과 당 외 친구의 관계를 밀접히 하는 데에 관한 평어

(1980년 6월~1985년 1월)

1

중국 조직부·통일 전선부·민족사무위원회·정협 등에서 당 외 인사의 합리적인 건의를 늘 귀 기울이기를 바랍니다. 그리고 합리적인 건의는 사실을 확인해 처리한 후 건의자에게 알려주었으면 좋겠습니다. 그리하면 당 내외 인사의 관계가 갈수록 긴밀해질 것입니다. 민족 대단결을 강화하고 우리 당의 영도를 개선하는데 적극적인 역할을 발휘할 것으로 예상됩니다.

(1980년 6월 3일 중공중앙 조직부 경제 간부국의 보고서에 대한 평어)

2

당 외 3개 당파에서 중약(中藥)의 발전문제에 대해 수많은 좋은 건의를 제기했는데, 우리는 이러한 건의를 충분히 중시해야 합니다. 당 외에도 훌륭한 분들이 많습니다. 지식이 풍부하고 열정이 넘치는 분들이기 때문에 일부 문제를 발견하고 제기할 수 있는 것입니다. 일부 영도간부들은 오래세월 동안 동일한 업무를 맡고 있어 수많은 문제에 대해 매우 흔한 경우라 생각하거나 생각이 무뎌지거나 하는 경우가 있습니다. 게다가 일부 개인적인 잡념으로 인해 새로운 국면을 개척하지 못할 뿐만 아니라 오히려 문제를 더 혼잡스럽게 만들고 있습니다. 관련 자료를 위 문제들에 관한 전문 책임자에게 전해줌과 동시에 그들이 고귀한 건의를 제기하는 당 외 인사들과 밀접한 연계를 가질 것도 건의하고자 합니다. 중약(中藥) 관련 문제를 어떻게 하면 더 잘 추진해 백성들에게 복을 가져다줄지 고민해 보기를 희망합니다.

(1982년 2월 7일 중국 민주건국회의, 중화전국상공업연합회, 중국농민민주당의 "중약사업을 지원하고 진흥시키는 문제에 관한 건의"에 대한 평어)

3

주요 인물 가운데서 당 외 인사는 거의 없습니다. 당내 인사 중 제1선에서 근무하는 동지들이 너무 많은 반면, 제2선으로 물러난 동지들이 너무 적다. 많은 사람 앞에 나서는 일을 하는 분야나 여러 전선은 당 외 인사와 당내에서 제2선으로 물러난 동지를 널리 받아들여야 합니다. 이는 하나의 원칙이 되어야 하는 만큼 각별히 주의해야 합니다.

(1983년 8월 8일 국가체육위원회의 '제5기 전국 운동회 주석단을 설립하는 데에 관한 지시'에 대한 평어)

4

당 외 인사정책을 실행하려면 지도부를 조직해 1, 2년간 여러 지역을 순회하면서 조사하고 실행해야 합니다. 그러나 지도부는 일반적인 호소 · 지시 · 경험소개를 해서는 안 됩니다. 가령 정확하다고 할지라도 아래의 많은 사람들이 보지 않을 것입니다. 본다고 해도 전달만 할뿐 그 어떤 문제도 해결하지 않을 것입니다. 따라서 이 지도부는 한 가지 일만 하면 됩니다. 바로 당내 외 인사를 상대로 정책을 제대로 실행하지 못한 자를 찾아내는 일을 하는 것입니다. 또 발견하는 대로 소속 당위에서 해결하도록 독촉하고 제대로 실행하지 못하면 절대로 손을 떼서는 안 됩니다.

(1983년 11월 5일, 신화사 모 자료에 대한 평어)

5

교육부서와 과학연구 부서는 당 외 인사들과 항상 논의하면서 그들이 개혁문서와 관련해서 많은 건의를 제기할 것을 요구합니다. 이 부분에 대해서는 절대로 경각성을 늦추어서는 안 됩니다.

(1984년 12월 24일 중공중앙 통일전선부의 모 자료에 대한 평어)

6

당 외 인사에 대한 황당하고 유치한 '좌'적 사상이 다수 지역에 여전히 남아 있다고 봅니다. 저는 일부 지역의 통일전선 부서 · 조직부서, 그리고 이러한 곳에서 근무하는 일부 동지들과 연관이 있다고 생각합니다. 당 정비과정에서 중앙조직부와 중앙 통일전선부는 이를 중대한 문제로 간주해 근원부터 바로잡아야 합니다.

(1985년 1월 11일 중공 중앙 통일전선부 모 자료에 대한 평어)

마오쩌동 동지와 그의 사상을 어떻게 정확하게 대해야 하는가?

(1980년 7월 11일, 12일)

중앙은 일부 동지를 지정해 "건국 이래 당의 약간의 역사적 문제에 대한 결의"[133]에 대한 초안을 작성하고 있습니다. 결의는 마오쩌동 동지와 그의 사상을 어떻게 정확하게 대해야 할지에 대한 문제를 피할 수 없을 뿐만 아니라, 오히려 이 문제를 주축으로 해야 할 가능성도 있습니다.

당 중앙이 마오쩌동 동지와 그의 사상에 대해 엄숙하고도 성실한 태도를 취했는데 이는 아주 정확한 처사라고 저는 생각합니다. 마오쩌동 동지와 그의 사상에 대한 태도가 단지 중국만의 문제가 아니라 세계적인 문제이고, 또 우리 세대의 문제일 뿐만이 아니라 자손 후대에 관계되는 문제이기 때문입니다. 따라서 전 당은 신중에 신중을 기해 엄숙하게 대처해야지 절대 경각성을 늦추어서는 안 됩니다.

중앙 동지들이 마오쩌동 동지와 그의 사상에 대한 과학적인 분석 태도를 보면 맹목적으로 긍정하거나 부정한 것이 아니라, 전 당과 전 인민의 실제상황을 고려해 한 걸음씩 지도했는데 이러한 방법은 안정적이면서도 나무랄 바가 없는 선택이라고 생각합니다.

마오쩌동 동지와 그의 사상이 서로 긴밀하게 연관되어 있지만, 이 두 가지 문제를 언급하기 위해서는 적당하게 차별화시켜야지 완전히 하나로 보아서는 안 됩니다. 중앙의 동지들은 마오쩌동 동지가 우리 당과 중국혁명, 그리고 중국 인민을 위해 가장 위대한 기여를 했다고 늘 말해왔습니다. 이는 함부로 말한 것이 아니라 역사적 사실을 기반으로 한 말입니다. 과거도 그렇고 현재도 그렇지만 앞으로도 계속 이렇게 말할 것입니다. 이 부분에 대해 애매모호한 태도를 가져서는 안 됩니다. 국제공산주의 운동이나 세계적으로 압박받는 민족과 인민에 대해서도 마오쩌둥 동지는 위대한 기여를 했습니다. 이는 사실입니다. 그러니 이에 대해 우리는 더 말하지 않아도 되고 남들이 얘기하도록 해야 합니다.

마오쩌둥 동지는 우리 당 창시자 중의 한 사람입니다. 우리 당은 경험이 없는 어린 당이었습니다. 그러나 풍랑을 거치면서 점차 마르크스주의 이론과 중국혁명의 실천을 긴밀하게 결합시키고 인민대중과 서로 연결시키는 한편, 전국의 여러 민족 인민을 이끌고 끝까지 분투함으로써 백절불굴의 정신으로 승리를 거둔 당으로 점차 거듭났습니다. 이는 마오쩌둥 동지의 정확한 영도와 떼어놓을 수 없는 사실입니다.

가장 먼저 중국혁명의 길을 개척해낸 분이 바로 마오쩌둥 동지인 것입니다. 이는 농촌이 도시를 포위하는 길이자 무장 할거의 길이었습니다. 훗날 이를 바탕으로 일련의 이론, 노선과 책략을 발전시켜 전 당과 전국 인민이 중국의 민주혁명을 승리로 이끌도록 지도했습니다.

마오쩌둥 동지는 기타 동지와 함께 공산당의 절대적인 영도를 받는 혁명군을 결성했으며 수많은 곡절을 거쳐 잘못된 노선을 이겨내고 결국 중국혁명 무장투쟁의 전략적 전술을 형성했습니다. 그가 없었더라면 중국 인민이 무장투쟁을 승리로 이끌기는 아주 어려웠을 것입니다. 극히 어렵고 복잡한 상황에서 마오쩌둥 동지와 기타 동지들은 우리를 이끌어 홍군을 결성하고 장대하게 만들었습니다.

'쭌이(遵義)회의'[70] 이후로 홍군을 영도해 전 세계에 널리 알려진 전략적인 대 이전이었던 장정을 실현시켰습니다. 훗날 독립자주적인 항일 유격전쟁을 견지하도록 영도해 새로운 국면을 개척했습니다. 항일전쟁 승리 후 우리를 이끌고 국민당과 마지막 결전을 진행해 해방전쟁에서 승리를 거두게 했습니다. 전국이 해방된 후 우리 당은 전국 범위에서의 집권당으로써 보다 어렵고 복잡한 국면에 직면하게 됐습니다.

당 중앙과 마오쩌둥 동지의 영도 하에 신중국이 자리를 잡을 수 있었고, 수억 명 인구의 토지개혁[1]을 성공적으로 마무리 지었으며, 반혁명을 진압하고 항미원조(한국전쟁에 참여를 말함 – 역자 주)를 진행했습니다. 또한 사회주의 개조에 승리하면서 점차 사회주의 건설을 시작했습니다.

중국의 국토가 이토록 넓고 상황이 이토록 복잡다변하며 혁명 전환점의 형세가 이토록 신속하게 변화한다는 점을 미리 생각한다면, 중국혁명의 승리를 결코 쉽게 이룰 수 없는 것을 가히 상상할 수 있을 것입니다. 또한 마오쩌둥 동지가 중국 당·중국 인민·중국혁명에 대한 기여는 영원히 없어지지 않을 것이라는 점도 생각할 수가 있습니다.

그러나 이 문제에서 수많은 젊은 당원·단원·청년들은 중국혁명의 힘들고 어려움, 복잡함이나 혁명승리를 결코 쉽게 얻을 수 없다는 점에 대해 깊이 이해하지 못하고 있습니다. 이 부분에 대해서는 충분히 언급해야 합니다. 마오쩌둥 동지의 기여는 여러 부분에서 나타나고 있으며 공적은 영원히 빛날 것입니다.

마르크스주의자는 역사에서의 개개인이나 걸출한 인물들의 역할을 결코 부인하지 않습니다. 엥겔스는 마르크스의 역할에 대해 "우리 오늘의 생활은……그의 이론과 실천 활동 덕분입니다. 그가 없었더라면 우리는 지금도 암흑 속에서 배회했을 것입니다"[134]라고 말했습니다. 중국 인민과 공산당이 중국혁명에 대한 마오쩌둥 동지의 위대한 기여를 논함에 있어 엥겔스가 위에서 한 말을 본받을 수 있다고 생각합니다. 만약 마오쩌동 동지가 없었더라면 우리는 지금도 암흑 속에서 배회했을 것이고, 비록 광명을 얻고 승리를 쟁취했다고 해도 지금보다 훨씬 더 많은 대가를 치러야 했을 것입니다. 이 부분에 대해서 우리는 반드시 충분히 인정해야 합니다.

그렇다면 마오쩌동 동지에게 잘못과 착오가 없는 것일까요? 과거 이 문제를 언급할 때 일부 동지들은 마오쩌동 동지에게 착오가 있을 리 없다고 말했습니다. 이는 가능성의 문제가 아니라 유무의 문제였습니다. 그러나 2년 전 당 중앙은 마오쩌동 동지에게 일부 결점과 착오가 있었다고 지적했습니다. 훗날에는 또 '문화대혁명'에는 마오쩌동 동지의 책임이 있으며, 만년에 일부 착오와 잘못을 저질렀다고 지적하기도 했습니다.

마오쩌동 동지의 실수 혹은 착오에 대해 수많은 동지들은 약간의 역사문제 결의에서 충분히 언급해야 한다고 제기했습니다. 인민을 책임지고 자손 후대를 책임진다는 마음가짐으로 이처럼 해야 한다는 것입니다. 보편적인 착오가 아니기 때문에 충분히 언급한다면 이익이 있을 것입니다. 충분히 언급한다는 것은 딴 마음을 가지고서 말하는 것이 아니라, 무릇 사물과 사람에 대해 모두 실사구시적인 우수한 전통을 고양시켜야 한다는 마오쩌동 동지의 견해를 회복하고, 역사에 책임지는 태도를 보여주기 위함에서입니다. 충분히 언급한다고 해서 문장을 길게 많이 쓰라는 것은 아닙니다. 착오적인 관점의 실질을 명확히 하고, 특히 마오쩌동 동지가 이토록 심각한 실수를 범한 이유를 분석하는 것입니다. 즉 왜 그렇게 해야 했는지에 대한 이유를 더 구체적으로 언급할 것을 주장하자는 것입니다.

마오쩌동 동지의 연세가 많아진 것과 일정한 연관이 있지만, 이는 우리당의 일부 제도를 제대로 추진하지 못한 것과도 연관성이 있습니다. 따라서 현재 우리는 당헌을 수정하고 종신제 폐지문제를 제기했습니다. 덩샤오핑 동지의 최근 연설에 저는 적극적으로 동의합니다. "마오쩌둥 동지는 좋은 말을 많이 했습니다. 그러나 과거의 일부 제도에 문제가 있어 그를 부정적인 방향으로 밀어붙였습니다."[135] 집체 영도가 아닌 개인이 독단적으로 결정하고 종신제를 실시한다면 그 사람을 부정적인 방향으로 밀어갈 수가 있습니다. 이는 그 누군가의 의지에 따라 바꾸는 것이 아니기 때문에, 개인의 사상, 품격, 기풍과 비교할 때 제도문제는 아주 중요한 객관적인 원인이라 생각합니다. 착오가 생긴 사회적·역사적 조건을 분석해서 마오쩌둥 동지의 착오를 단지 우연적이고 고립적인 현상으로 보거나, 심지어 개인의 주관적인 원인으로 간주해서는 더더욱 안 됩니다.

사실 마오쩌둥 동지는 실제와 집체, 그리고 백성과 이탈하지 말 것을 특별히 강조해왔지만, 사실 훗날 자신도 이를 행동에 옮기지는 못했습니다. 이제 와서 보니 한 사람이 실제와 인민 그리고 집체를 이탈한다면 반드시 큰 착오를 범하게 되고 위대한 인물일지라도 심각한 실수를 범하게 되어 있습니다. 참으로 뼈저린 교훈입니다. 교훈을 충분히 얘기하면 전당 동지들에게 이로울 것입니다. 마오쩌둥 동지의 위대한 공적뿐만 아니라 그의 심각한 착오도 충분히 언급해야 합니다. 그러나 반드시 내용을 길게 늘어놓을 필요는 없습니다. 이러한 착오가 생긴 환경과 원인, 사회와 역사, 그리고 사상의 근원을 중점적으로 분석해야 합니다.

궁극적인 목표는 경험교훈을 전당에 알려 당원들마다 엄숙하게 이 문제를 고려하도록 이끄는 것입니다. 사사로운 감정에 얽매여 감정적으로 일을 처리할 것이 아니라, 역사와 인민에 책임지는 태도를 가지도록 이끌어야만 합니다.

특히 마오쩌둥 사상을 어떻게 볼 것인지는 특히 중요합니다. 이는 마오쩌둥 동지를 어떻게 평가할 것인가 하는 것 보다 더 큰 문제이기 때문에, 신중에 신중을 기하고 충분히 분석해야 합니다. 아래와 같은 몇 가지를 분석해야 한다고 저는 생각합니다.

첫째, 마오쩌둥 사상은 역사적으로 형성되었기 때문에 전당이 공동으로 인정하고 있습니다. 1945년 우리당이 개념을 제기하고서부터 현재까지 줄곧 35년간을 언급해왔습니다. 중국혁명의 실제 과정에서 객관적으로 존재하는 실체이며, 중국 인민의 사상이나 세계 상당수 사람들의 사상에, 그리고 세계 여러 가지 문자의 서적에 존재하는 것임을 인정해야 합니다. 이는 객관적인 사실입니다.

둘째, 마오쩌둥 사상이라는 것은 무엇입니까? 최근 일부 동지들은 마오쩌둥 사상이 마르크스·레닌주의의 보편적인 진리를 중국혁명의 구체적인 실천과 결합한 것이니 마오쩌둥 사상을 없애야 한다는 제기도 일리가 있는 것처럼 보인다고 말했습니다. 그러나 저는 타당하지 않다고 생각합니다. 마오쩌둥 사상은 마르크스·레닌주의 보편적인 진리와 중국혁명의 구체적인 실천을 서로 결부시킨 것이라는 설은 맞지만, 편면적이고 구체적이지는 않습니다. 마오쩌둥 사상에 대한 해석도 단순히 개념 차원에만 머물러 있어서는 안 됩니다.

마오쩌둥 사상을 언급함에 있어 아래와 같은 몇 마디를 보충해야 한다고 생각합니다. ① 마오쩌둥 사상은 중국혁명이 승리를 통해 얻어낸 과학적인 종합입니다. 더 정확하게 말하면 중국이 민주혁명과 사회주의 개조를 실현하는 과학적인 종합입니다. 우리당이 마오쩌둥 사상의 지도하에 여러 민족 인민을 영도해 중국의 민주혁명과 사회주의 개조를 성공적으로 이끌면서 사회주의 건설을 시작했습니다. 따라서 마오쩌둥 사상은 중국혁명의 실천을 통해 얻은 과학적인 종합이라고 할 수 있습니다. 전에 스탈린은 공산주의 운동 이론이라는 것은 바로 국제 노동자운동의 경험을 종합한 것이라고 말한 바 있습니다. 그러나 우리는 4중전회, 5중전회 문서에서 마오쩌동 사상이 중국 인민의 투쟁경험의 결정체라고 언급했습니다. ② 한 마디 더 보충하자면, 마오쩌동 사상은 마르크스주의 이론의 보물고에 추가된 새로운 재부라고 할 수 있습니다.

마르크스주의는 발전하고 있습니다. 마르크스주의가 설립되고부터 현재까지 이미 130여 년의 세월이 흘렀습니다. 130여 년 동안 각국의 당은 마르크스주의 보물고에 일부 새로운 부분을 추가시켰습니다. 마오쩌동 동지는 늘 우리에게 작은 나라의 경험을 소홀히 하지 말아야 한다고 가르쳤습니다. 그러나 러시아 당과 중국공산당은 마르크스주의의 보물고를 거쳐 축적한 재부가 확실히 많습니다. 왜냐하면 그들의 투쟁이 복잡했기 때문입니다. 레닌은 수많은 부분을 추가해 레닌주의라고 불렀습니다. 스탈린도 일부를 추가했습니다. 중국공산당과 마오쩌동 동지도 마르크스주의 보물고에 일부를 추가했다고 저는 생각합니다. 그렇기 때문에 이 한 마디를 보충하는 것이 아주 중요한 것입니다.

셋째, 마오쩌동 사상을 어떻게 얻었을까요? 마오쩌동 사상은 하늘에서 떨어지거나 기존부터 그의 머릿속에 있었던 것이 아니라, 중국혁명의 장기적이고 험난하고 굴곡적인 실천을 거쳐 점차 형성된 것이기 때문에, 마오쩌동 사상은 싹트고 형성되고 발전하고 성숙된 과정을 거친 것입니다. 마오쩌동 동지의 혁명 활동 초기에 그 사상이 싹텄고, 제1차 대혁명 실패 후 비교적 긴 시간을 거쳐 형성되었으며, 훗날 점차적인 발전을 거쳐 옌안시기와 건국 전후로 절정에 달했습니다. 새 중국 설립 후에도 계속 발전했고 그 영향력은 약화되지 않았습니다.

1960년대 특히 '문화대혁명'이후 비록 마오쩌동 동지에게서 여전히 빛나는 사상을 꽤 찾아볼 수는 있었지만 착오도 점차 많아졌습니다. 그의 사상이 빛을 잃어가고 심지어 기존에 역설했던 사상과는 정반대인 경우도 있었습니다. 그렇기 때문에 마오쩌둥 사상을 언급할 때는 형성과 발전, 그리고 절정의 과정을 모두 언급해야 합니다. 당연히 마오쩌둥 사상의 형성과 발전은 그의 노력과 놀라운 재능, 지혜, 혁명 의지력, 그리고 풍부한 경력과 박식한 지식, 깊은 사고력, 정확한 사상방법과 노고를 아끼는 않는 정신과 떼어놓을 수 없습니다.

마오쩌둥 동지는 철학, 역사, 정치, 군사, 경제, 문화, 예술, 시가, 서법 등 다양한 분야에서 뛰어난 재능을 가지고 있었으며 수준도 아주 높습니다. 중국 근대와 현대사를 통틀어 마오쩌둥 동지처럼 여러 방면에서 재능을 갖춘 인재를 몇 명이나 꼽을 수 있을까요? 둘째, 마오쩌둥 사상은 전당의 지혜를 모아놓은 총집합입니다. 마오쩌둥 동지의 수많은 사상과 저작은 모두 많은 사람들과의 논의 과정에서 형성되었으며, 일부 공동으로 논의하고 작성하고 수정해서 얻어낸 결과입니다. 그렇기 때문에 마오쩌둥 사상은 단지 그의 개인 지혜의 결정체가 아니라 전당의 지혜가 응결된 전당 지혜의 결정체이며, 중국혁명과 사회주의 건설에서 우리당의 인식과정을 반영한 것입니다. 마오쩌둥 사상은 단지 그의 개인 재능의 표현이 아니라 전당이 분투한 성과입니다. 당연히 마오쩌둥 개인의 놀라운 재능이 최우선이기는 하나, 이러한 안목으로 문제를 본다면 마오쩌둥 사상을 쉽게 부정할 수 없는 것입니다.

넷째, 과연 마오쩌둥 사상에 과학적인 체계가 있는 것일까요? 저는 있다고 봅니다. 다만 현재 우리가 제대로 종합하지 못했을 따름입니다. 과연 마오쩌둥 사상의 과학적인 체계가 무엇인지에 대해 현재로서는 단번에 정확하게 얘기할 수는 없습니다. 그러나 우리에게는 대체로 개괄해야 하는 책임은 있습니다. 예를 들면, 반식민지 반봉건상태의 중국에서 어떻게 혁명을 성공적으로 이끌 지에 대해 마오쩌둥 동지는 일련의 이론·노선·방침을 제기했습니다. 예를 들면 어떻게 혁명에서 성공하고 경제적으로 후진국인 나라가 어떻게 사회주의로의 전환을 실현했으며, 사회주의 개조를 어떻게 실시했는지에 대해 언급했습니다.

우리는 자본주의를 개조하는 문제에서 성공을 거뒀습니다. 경제가 이토록 후진적인 대국에서 무산계급이 정권을 잡은 후 어떻게 사회주의로 과도할지에 관한 문제가 있었는데, 그의 사상이 마르크스주의 이론과 책략을 풍부히 했습니다. 또 예를 들면 당 건설에서 마오쩌동 동지는 마르크스주의 혁명당을 건설하는 데에 대해서도 수많은 새로운 기여를 했으며, 마르크스 · 엥겔스 · 레닌도 제기하지 못한 수많은 새로운 문제와 견해를 제기했을 뿐만 아니라, 성공한 부분도 상당히 많습니다. 또 그는 무장투쟁과 군대건설과 관련된 이론을 마르크스주의에 제공하기도 했습니다.

마오쩌동 동지의 수많은 군사 사상과 저술은 훗날 우리가 진행한 반침략 전쟁에 대해서도 아주 중요한 지도적 의미를 지녔습니다.

위에서 4가지 예를 들었지만 이보다 훨씬 더 많을 것입니다. 마오쩌동 동지의 철학 저작과 철학사상은 우리 당의 노선과 책략을 형성하는데 이론적 기반 역할을 했으며 마르크스주의를 한층 풍부히 했습니다.

다섯째, 마오쩌동 사상이 주로 어디에서 표현되었을까요? 저는 주로『모택동선집(毛澤東選集)』에서 표현되어 있다고 생각합니다. 그리고 우리 당 역사에서 일부 중요한 문서, 예를 들면, 쥔이회의에서의 결정, 제7차 중국공산당 대표대회 등의 문서나 기타 일부 문서에서 보여 지고 있습니다. 유소기 동지와 주은래 동지 등의 중요한 저술에서도 마오쩌동 사상이 체현되어 있다고 말할 수 있습니다.

여섯째, 마땅히 마오쩌동 사상이 발전되었다고 보아야 합니다. 마르크수주의 자체가 발전하고 있다고 할 수 있는데, 이는 역사나 중국사회주의 사업이 발전을 거듭 하고 있기 때문입니다. 지난 4년 동안을 마오쩌동 동지 서거 전의 상황과 비교해 보면 많이 달라졌습니다. 역사가 전진하고 상황이 발전하고 있으니 우리도 마오쩌동 동지의 서책에만 의존할 수는 없습니다. 마오쩌동 사상을 발전시켜야 합니다. 그러나 말하기는 쉬워도 진정으로 행동에 옮기려면 결코 어려움이 많고 쉽지는 않습니다. 연구하지 않고 물어보지도 학습하지도 않는다면 어찌 발전시킬 수 있겠습니까?

일부 동지들은 지나치게 부정하려는 태도를 보이는데 그러면 결코 발전할 수 없습니다. 이 문제에서 사사로운 감정을 앞세우거나 경솔한 태도를 취해서는 안 됩니다. 우리 당은 이론학습을 특별히 강조했습니다. 마오쩌동 동지뿐만 아니라 마르크스, 엥겔스, 레닌, 스탈린의 저술에서 제기한 이론을 모두 꾸준히 복습해야 합니다. 옛 것을 익혀 새 것을 깨달아야한다는 것은 옛사람들이 남긴 좋은 격언입니다.

마르크스주의 선도자들은 학습과 이론을 확실하게 관장하는 것이 얼마나 중요한지 그 의미를 늘 언급해왔습니다. 이론을 혁명 실천과 결합시킨다면 혁명 사업을 빠르게 추진할 수 있습니다. 마르크스주의가 백성들의 마음을 얻는다면 거대한 물질적인 힘으로 전환될 수 있는 것입니다. 이 부분에 대해서는 우리 동지들이 속속들이 알지 못하고 있습니다. 반대로 당내의 적지 않은 동지들이 이론을 소홀히 하거나 이론과 지식을 업신여기기도 합니다. 이러한 문제를 해결하는 데로 주의를 기울여야 합니다. 그러기 위해서는 아래와 같은 몇 가지 조치를 취할 수 있을지 여러분들이 잘 고민해 보기 바랍니다. 목적은 오로지 전당의 동지들이 더 쉽게 마오쩌동 사상을 이해할 수 있도록 하기 위함에 있습니다.

여러 가지 이론과 비교할 때 마르크스주의가 더욱 과학적이고 실천의 점검을 이겨낼 수가 있습니다. 피압박 인민과 피압박 민족의 등탑 같은 존재인 마르크스주의는 우리의 전진 방향을 밝게 비춰주었습니다. 자산계급 학자의 이론과 서적을 보고 조사도 해야 합니다. 현재 일부 동지들은 이론이 퇴폐적이고 생활의 나무는 사철 푸를 것이라는 점을 강조하기를 즐깁니다. 저는 이 말을 착오적으로 이해해서는 안 된다고 생각합니다.

마르크스가 이 말을 인용한 본뜻은 이론을 실행함에 있어 실제와 어긋나서는 안 되고, 생활과 실제를 연계해서 연구해야 한다는 것입니다. 만약 이론이 생활을 정확하게 반영하고 생활의 발전에 따라 변화한다면, 이론이 퇴폐적이라고는 말할 수 없습니다. 이론은 아주 중요합니다. 만약 혁명 이론이 없다면 혁명운동도 있을 수 없기 때문입니다.

여러 해가 지났지만 전당이 이론을 학습하고 추구하는 분위기가 아직은 형성하지 못했습니다. 린뱌오와 '3인방'[136]이 "지름길로 가다"를 언급하면서 100여 종의 어록만 있으면 충분하다고 하면서 근본적인 차원에서 이론을 학습할 것을 취소해 버렸습니다. 따라서 이론을 소홀히 하는 것이 잘못된 행위라는 점을 명확히 할 필요가 있는 것입니다.

사상정치 업무에 적극적으로 임해야 한다[*]

(1980년 10월 15일)

이 회의는 나의 제의 하에 소집되었습니다. 왜 제의했을까요? 현재 사상문제가 많아 사상 정치업무를 적극적으로 확고히 해야 한다고 생각했기 때문입니다. 사상이론과 정치 문제가 아닌 사상정치 업무와 관련된 기타 일부 문제를 이야기하고 싶어서입니다.

첫 번째 문제는 왜 현재 사상문제가 특별히 많을까 하는 것입니다. 사상문제가 이토록 많은데 두려움은 없는 것일까요?

최근 몇 년간 사상문제가 특별히 많다는 제보가 많았습니다. 당내 외 인사와 간부대중들에게도 사상문제가 많았습니다. 왜 특별히 많은 것일까요? 현재 우리가 역사적인 전환점에 처해 있거나 혹은 역사적 전환점이 아직은 지나가지 않았기 때문입니다. 전환시기에는 평소보다 사상문제가 더 많아지기 마련입니다. 역사적인 안목으로 볼 때 전국시기에 사상문제는 아주 많았습니다. 우리당의 역사도 마찬가지입니다. 사상문제가 특별히 많은데다 정확한 정책이 뒷받침되어 있기 때문에 사상이 보다 활약하는 국면을 형성하게 된 것입니다.

그렇다면 사상이 활약적이면 좋은 것입니까, 아니면 나쁜 것입니까? 사상

---

[*] 이는 후야오방 동지가 중앙과 국가기관 사상정치 업무 좌담회에서 발표한 연설문의 요점이다.

의 활약성은 모든 사물처럼 이면성을 갖고 있습니다.

사상이 활약적이라는 것은 좋은 일입니다. 인민대중들이 과감하게 말하고 의견을 발표할 수 있다는 점을 표명하기 때문입니다. 고인 물이 좋은가요? 흐르는 물이 좋은가요? 일부 동지들은 고인 물을 좋아합니다. 이들은 가만히 있고 안정적인 것을 좋아하는데 사실 이는 실제에 부합되지 않는 것입니다. 흐르는 물이라면 다양한 의논을 거치면서 수많은 훌륭한 건의와 주장들이 많이 쏟아져 나올 수 있을 것입니다. 영도기관·집권당·영도간부들은 그 가운데서 오랫동안 듣지 못했던 사실을 듣고 오랫동안 발견하지 못했던 문제를 발견할 수 있습니다.

우리 동지들은 여러분들이 적극성을 최대한 발휘할 것을 희망한다고 늘 말하고 있습니다. 적극성이라는 것은 무엇일까요? 사상정치 차원에서의 적극성이 최고의 적극성이라고 봅니다. 여기서 말하는 사상정치에서의 적극성이라는 것은 당과 사회주의의 적극성을 옹호하고 4개 기본원칙의 견지를 옹호하는 적극성을 뜻하기 때문에 건강한 적극성이라 봅니다. 이는 가장 귀한 적극성입니다. 그렇다면 우리 공산당원과 혁명당의 뛰어난 재주는 무엇일까요? 바로 동지를 단합시켜 대중들의 적극성을 충분히 동원하는 것입니다.

사상이 활약적이면 적극적이고 정확하고도 건강한 요소를 많이 가져다주기 마련입니다. 이는 주도적인 부분입니다. 당연히 일부 소극적이고 착오적이고 해가 되는 부분을 가져다주거나 심지어 짧은 시기 내에 가져다주기도 합니다. 그리고 일부 문제에 대해서는 파괴성적인 영향을 미칠 수도 있습니다. 그래서 우리는 편면적이 아닌 전면적인 안목으로 문제를 보아야 하며, 이 모순으로 저 모순을 덮으려 해서는 안 됩니다.

총체적으로 사상이 활약적이면 좋은 일이니 두려워하지 않아도 됩니다.

그러나 여전히 주의를 기울이고 경각성을 높여 자체 업무를 통해 적극적이고 정확하고 건강한 부분을 발전시키고 추진하는 한편, 소극적이고 착오적이고 해가 되는 부분을 방지하고 막아야 합니다.

두 번째 문제는 사상 업무는 어떤 방침을 취해야 하는가 하는 문제입니다.

상이한 두 가지 방침이 있을 수 있습니다. 우리당은 역사상 착오적인 방침과 정확한 방침을 취한 적이 있습니다. 여기서 말하는 착오적인 방침이란 무엇일까요? 바로 압박하고 가로막고 심지어 억압하는 방침입니다. '문화대혁명'에서 "크게 비판해 길을 개척하자"라는 이론이 형성되었습니다. 그러나 이는 언제든지, 어떤 문제에 대해서든지 모두 비판하라는 뜻은 아니었다. 낡은 세계에 대한 마르크스주의는 비판적입니다. 그러나 '문화대혁명'기간 린뱌오와 '3인방'이 마르크스주의 원리를 왜곡해 비판함으로써 극도로 황당무계한 경지에 이르게 하여 쓴맛을 보았습니다.

그렇다면 정확한 방침은 무엇입니까? 정확한 방침은 소통과 인도의 방침이라 할 수 있을까요? 소통하는 가운데서 인도하고, 인도하는 가운데서 소통하는 것입니다. 소통이라면 누구나 자신의 의견을 말할 수 있고, 여러 사람의 지혜를 널리 모아 더 좋은 효과를 거둘 수가 있습니다. 당 조직 · 인민대표대회 · 정협 · 직공대표대회 · 민족자치 · 민원업무 등 우리의 언론 루트는 그야말로 광범위합니다. 그러니 모두 여러 사람의 지혜를 널리 모아 더 좋은 효과를 거둘 수 있는 것입니다. 나라를 잘 다스리려면 누구나 자신의 의견을 발표하도록 기회를 주고 여러 사람의 지혜를 널리 모아 더 좋은 효과를 거둘 수 있도록 해야 하는 것 외에도 민주를 고양시켜야 하는데 이는 기본적인 정치건설인 것입니다.

현재 우리의 상황을 보면 소통이나 인도하는 수준이 뒤떨어져 있습니다. 감히 소통을 하지 못하고 또 적극적으로 인도도 하지 못하고 있는 실정입니다. 일부 당위의 동지와 영도 간부들은 너무 바빠서 사상 업무에까지 주의를 돌릴 수 없다고 말하기도 합니다. 이러한 생각은 잘못된 것입니다. 경제업무와 사상 업무를 대립시키는 것은 착오적인 생각이기 때문입니다.

8월에 열린 정치국 확대회의 연설에서 덩샤오핑 동지는 당의 업무를 더 효과적으로 추진하고 사상 정치업무를 강화할 것을 강조했습니다. 현재 큰 편차가 생기지 않았다고 당연히 말해야 합니다. 사상 업무는 오로지 강화해야만 하지 약화시켜서는 안 된다는 점을 명확히 알아야 합니다.

세 번째 문제는 어떻게 해야 사상문제를 꾸준히 해결하고 간부와 인민대중의 사상 수준을 꾸준히 끌어올릴 수 있을까 하는 문제입니다.

사상문제 해결은 바로 사람들의 사상수준을 향상시키는 것입니다. 그런데 왜 굳이 '꾸준히'라는 단어를 강조하는 것일까요? 사상문제는 줄곧 존재해왔습니다. 그러니 오래된 문제를 해결하면 새로운 문제가 또 나타나기 때문에 꾸준히 해결해야 한다는 것입니다. 그중 다수의 문제는 해결할 수 있는 반면, 일부 문제는 한꺼번에 해결할 수 없습니다. 해결하지 못한다면 문제를 보류하는 것도 한 가지 해결 방법입니다.

현재 어떤 사상문제가 있는 것일까요? 저는 주로 아래와 같은 6가지 문제가 존재한다고 봅니다.

첫째, 형세를 제대로 모른다는 것입니다. 경제·정치·당·사상·문예·간부 등을 비롯한 국내형세 외에도 국제형세가 포함됩니다. 제대로 알지 못하거나 전면적이고도 정확하게 알지 못한다면 의논이 분분해지고 이런저런 사상문제가 생기기 마련입니다.

둘째, 당 정책을 제대로 모른다는 것입니다. 린뱌오와 '3인방'을 무너뜨린 후, 특히 11기 3중전회 후부터 우리당은 실제에 부합되는 새로운 정책을 실행했습니다. '문화대혁명'기간 정책과 다르고 여러 부분에서는 '문화대혁명'

이전의 정책과도 상이합니다. 예를 들면 경제 · 간부 · 문예 · 홍보 · 통일전선 · 지식인 · 민족 · 종교 · 외교 등 관련 정책이 모두 발전을 가져왔습니다. 잘 모른다면 의구심을 품게 되고 저촉(抵觸, 서로 부딪치거나 모순됨 – 역자 주) 정서가 생겨나거나 심지어 반대하게 되는 것입니다.

셋째, 일부 역사문제에 대한 생각이 아리송하여 정확하게 이해하지 못하고 있다는 것입니다. 역사문제에는 '문화대혁명'이나 마오쩌둥 동지와 그의 사상을 어떻게 보아야 하는지 등의 문제도 포함되어 있습니다. "반고(盘古)가 천지를 개척해 삼황오제(三皇五帝)가 생겨나서부터 현재까지(우리의 '반고'는 준의회의[70]부터 시작됨), 마오쩌둥 동지가 어찌 착오를 범할 수 있단 말입니까? '문화대혁명'에 어찌 잘못이 있다고 말할 수 있겠습니까?

'문화대혁명' 만만세! 누가 뭐라 해도 '문화대혁명'은 너무나 훌륭했습니다. 그러니 어찌 잘못이 있다고 할 수 있겠습니까?" 등 이러한 반응들은 너무 급격하게 생각이 바뀌어야 되고 그 변화가 너무나 크다보니 당연히 사람들은 아리송해서 이해하지 못해서 나온 반응들입니다. 린뱌오와 '3인방'을 무너뜨린 후 4년 동안 중국공산당 중앙위원회 제3차 · 제4차 · 제5차 전체회의를 거쳐 인식을 꾸준히 발전시키고 심화하는 과정을 겪었으며, 그 과정에서 우리는 "건국 이후 당의 약간의 역사문제에 대한 결의"[133]초안을 작성했습니다. 우리는 한 걸음씩 오늘날까지 오게 된 것입니다.

넷째, 영도기구와 일부 영도간부의 기풍에 의견이 있다는 것입니다. 의견마다 적절한 것은 아니지만 다수의 의견은 괜찮았고 그중에서도 일부는 아주 훌륭했습니다.

우리당의 기풍은 옌안시기에 아주 훌륭했습니다. 당연히 그 시기 마오쩌둥 동지는 우리의 얼굴에 '먼지'가 있다고 말했습니다. 현재는 그때보다 문제가 훨씬 복잡하고 많고 심각했습니다.

다섯째, 국가 대사와 각항의 업무에 대해 건의를 해야 한다는 것입니다.

당연히 일부 건의는 실제와 어긋나고 실행될 수 없거나 심지어 공상에 그치기도 합니다, 특히 우리는 가령 이러한 건의일지라도 관료주의 태도를 취해서는 안 됩니다. 그러나 이 중에는 훌륭한 건의도 많이 있습니다. 따라서 우리는 대중들의 건의에 귀를 기울이지 않을 그 어떤 이유도 없습니다.

여섯째, 오래된 억울함이나 새로운 억울함을 비롯해 모두 상소해야 한다는 것입니다. 현재 매일 베이징으로 오는 민원인 수가 평균 4백 명에 달합니다. 온갖 방법을 동원해도 이 숫자가 줄어들지 않고 있습니다. 이중에는 확실히 '딴 속셈이 있는 민원인'들이 있습니다. 요구사항이 불합리하거나, 모함을 하려 하거나, 베이징에 와서 투기를 하려는 사람이 있는가 하면, 아예 나쁜 사람들도 일부 섞여 들어올 때도 있습니다, 그러나 이는 극소수일 뿐입니다. 정책을 제대로 실행하지 못한 탓에 억울함을 당한 사람들이 꽤 많이 있습니다. 따라서 중앙은 억울한 사건, 잘못된 사건과 오심사건을 평반하는 업무가 이미 마무리되었다는 말을 입 밖에 내지 않고 있습니다. 저는 신고하러 오는 자들의 의견에 귀를 기울이고 타당하게 해결해야 한다고 생각합니다.

사상을 해방시키는 문제는 마땅히 대중에 대한 믿음을 바탕으로 해야 합니다. 여러분들은 논의하고 학습해야 합니다. 영도자들도 앞장서서 개별적으로 의견을 나누고 수업을 듣는 한편, 보고서 지도업무를 하는 등 솔선수범하는 모습을 보여주어야 합니다. 당은 여러분들이 이렇게 하도록 동원하고 조직해야 합니다. 중앙의 문서는 여러분의 논의를 불러일으켜야 합니다. 반드시 자세히 한 번 읽어보아야 합니다. 한 번으로 안 되면 두 번 읽으면 되지 않겠습니까!

각급 당위는 직접 사상 업무를 관장해야 합니다. 홍보 부서는 제1선에서 상황을 이해하고 논의하는 것 외에 개별적으로 의견을 나누고 지도해야 합니다. 이렇게 하지 않으면 그것은 실직이나 마찬가지입니다. 덩샤오핑 동지는 정치국 확대회의에서 관료주의 문제를 제기했습니다. 우리의 사상 업무에도 관료주의 경향이 상당히 심각해 예리하게 꼬집어내지 않으면 안 될 상황에 이르렀습니다. 다수의 중앙 문서를 자발적으로 학습하고 논의하는 것 외에 선전 당국의 동지들은 보고서를 작성하고 지도업무를 펼치는 것이 하나의 기풍이 되어야 한다는 통지를 발표해야 한다고 저는 주장합니다.

네 번째 문제는 나쁜 기풍과 단호하게 투쟁해야 할 것인가 하는 문제입니다. 나쁜 기풍과 단호하게 투쟁하는 것은 현재 사상 정치업무에서의 중요한 내용입니다. 현재 "가시는 심지 말고 꽃을 많이 심자"는 여론이 형성되었습니다.

어제 주무즈(朱穆之)[137]동지가 이 문제를 제기했습니다. 관리들끼리 서로 눈감아 주고 서로 헐뜯지 않으면서 화목하게 지내야 합니다. 우리당의 사상에 늘 두 가지 경향이 있었습니다. 우리에게 확실히 '좌'적인 부분이 있고 간부노선이나 사상 업무에 모두 이러한 사상이 있습니다. 의견을 말할 수 없도록 가로막을 뿐만 아니라 조그마한 잘못이라도 저지르면 끝까지 꽉 잡고 처벌을 감행하는데 이러한 부분이 바로 '좌'의 표현입니다. 그러나 우리에게도 '우'나 자유주의의 경향이 있으며, 이제는 비판과 자이비판마저 없애버렸습니다.

우리 당의 나쁜 기풍은 주로 어떤 곳에서 나타나고 있을까요? 규율과 법을 어기는 현상, 특수화와 관료주의가 성행하고 있는 민주를 압박하고 타격과 보복을 일삼는 현상, 탐오 횡령에 공공의 재물을 개인 재물로 만드는 등의 현상이 아주 심각합니다. 중앙에는 어떤 문제가 있을까요? 아마 가장 큰 문제가 관료주의일 것입니다. 일부 동지들이 반 관료주의가 바로 간소화를 진행하는 것이라고 말하는데 저는 반드시 그렇지만은 않다고 봅니다. 간소화는 단지 반 관료주의에서 한 가지 방법일 뿐입니다. 반 관료주의를 실시함에 있어 두 가지 부분이 뒷받침되어야 합니다.

첫째, 제도 차원에서 문제를 해결하는 것이 가장 주요합니다. 그러나 기존에는 이에 대해 중시하는 경향이 따라가지 못했습니다. 둘째, 사상기풍 차원에서 문제를 해결해야 합니다. 사상 기풍을 전환하지 않는다면 관료주의가 여전할 것입니다. 사상 기풍의 전환을 통한 관료주의 극복 문제는 각급 당 조직과 영도간부들이 사상 업무를 착실히 이끌어 나갈 때 중요한 과제로 되고 있습니다. 나쁜 기풍은 반드시 배제시켜야 합니다.

중앙기관은 앞장서서 성과를 이뤄내야 합니다. 우리의 사상 업무에는 두 가지 경향이 있습니다. 하나는 독단적일 뿐만 아니라 걸핏하면 몽둥이를 휘두르고, 정치적 입장에서 문제를 바라보고, 개인이 독단적으로 결정하는 것입니다. 또 다른 하나는 나약하고 힘이 없다는 것입니다. 아직도 기력이 왕성한 원로 동지들이 아주 많다는 점을 여러분들에게 알려주고 싶습니다. 그러나 젊은 시절의 혁명 이상을 이탈(여기서 '배반'이라는 단어를 사용하면 너무 심하다고 봄)한 동지들도 확실히 있습니다. 일부 간부들을 보면 젊은 시절 혁명에 뛰어들었을 때는 사상이 숭고하고 순결했습니다. 당의 사업을 수십 년간 해오면서 오히려 사상이 퇴색했고 심지어 시대에 뒤떨어지게 된 것입니다.

신문은 나쁜 부분을 폭로해야 한다고 생각합니다. 그러나 사람과 일이나 시기를 선택함에 있어 안정과 단합에 유리한 쪽으로 주의를 돌려야 하며, 이러한 문제를 해결하려는 당의 절차에 보조를 맞춰야 합니다. 우리당은 늘 정신을 분발해야 한다고 말하는데 나쁜 것을 비판하는 것도 사실상 정신을 분발시키는 것입니다. 훌륭한 부분을 찬양하든지 나쁜 부분을 비판하든지를 막론하고 궁극적인 목표는 모두 적극적인 요소를 고양시키고 소극적인 요소를 극복하기 위해서입니다.

새로운 조건 하에 사상 정치업무가 어떻게 훌륭한 부분을 찬양하고 나쁜 부분을 비판하는 과정을 거쳐 위의 목표를 이룰지에 대해서는 공을 들여 열심히 연구해야 합니다. 우리당은 60년간 고군분투 해왔습니다. 그러므로 우리는 추호의 흔들림도 없이 사상 정치 업무를 잘 이끌어 나가고 당을 잘 다스려야 합니다.

다섯 번째 문제는 사회의 나쁜 현상과 기풍을 어떻게 효과적으로 줄이거나, 혹은 사회의 나쁜 사람, 나쁜 현상, 나쁜 기풍에 맞서 어떻게 효과적으로 투쟁할 것입니까 하는 문제입니다.

사회에 나쁜 사람이나 현상, 기풍이 여전히 존재하는데 이는 객관적인 사실입니다. 만약 주의하지 않는다면 나쁜 부분이 많아지고 문제를 일으키는 자나 파괴자가 늘어나며 나쁜 현상과 기풍도 점차 퍼지게 될 것입니다. 자연계에 존재하는 나쁜 사물이나 사람들의 생명을 위협하는 바이러스는 생명력이 특히 강하고 감염속도도 아주 빠릅니다. 그렇기 때문에 레닌은 일찍 사회의 나쁜 사물을 전염병에 비유한 바 있습니다.

이러한 현상에 맞서 싸우는 과정에서 정법기관은 아주 중요한 부서이자 진지입니다. 법률은 아주 중요한 무기입니다. 그러나 뒤따르는 문제도 많습니다. 만약 정법 당국의 힘으로만 문제를 해결하려 한다면 반드시 실망하게 될 것입니다. 법률 외에도 사상과 교육 업무, 그리고 기타 관련 업무를 모두 잘 이끌어 나가야 합니다. 우선 뉴스 · 라디오방송 · 출판 · 교육 · 문예업무의 거대한 힘과 역할을 발휘해야 합니다. 어떻게 전 민족의 생기를 불러일으키고 그들이 분발 노력하도록 이끌며, 자신을 사회주의 현대화 사업에서 탁월한 성과를 거둔 전선으로 만들 지에 대한 문제는, 관련 업무 종사자들이 평생의 심혈을 기울여 연구해야 하는 부분입니다.

대량의 업무를 해온 선전 당국을 마땅히 높이 평가해야 합니다.

그러나 우리 업무에 아직도 단점이 있다는 것을 알아야 합니다. 일부 동지들은 뉴스·신문과 간행물이 적극적인 요소를 대폭 고양시키지 못하고 있으며, 일부 지방은 심지어 제3자의 입장에서 말을 하고 있다는 점을 느꼈다고 합니다. 그리고 나도 일부 관련 당국의 책임자들과 이야기를 주고받으면서 젊은이들을 가엾게 여기라고 말했습니다. "저녁 7시·8시·11시까지 길거리에서 카드를 하지 말고 공원을 더 많이 건설할 수는 없는지, 공원 건설에 자금이 얼마나 필요한지."등을 주요 내용으로 했습니다. 오락장소를 많이 건설하면 일자리를 창출할 수 있을 뿐만 아니라, 청년들이 건강한 방향으로 발전할 수 있도록 이끌 수도 있습니다.

예로부터 우리 민족은 아름다운 생활을 동경하고 이상도 갖고 있었습니다. 정당하지 못한 일을 추진할 것이 아니라 분발하여 노력하고 간고하게 분투해야 합니다. 우리는 간고분투하고 분발하여 노력할 수 있는 민족입니다. 이는 전 세계적으로도 인정받은 부분입니다. 우리의 사상 업무와 홍보업무는 민족사상을 불러일으킬 수 있는 방법을 모색하는 것입니다. 이 문제는 아직도 더 열심히 해결해야 합니다. 총체적으로 분발하여 노력하고 과감하게 생각하고 추진하는 한편, 그 어떤 위험도 감수해야 합니다.

여섯 번째 문제, 전 당·전 군·전국의 여러 인민의 대단합 문제를 강화합니다.

이는 현재의 사상 정치업무에서 가장 큰 문제입니다. 단합이 바로 힘이고 승리이자 우리 사업을 보장하는 근본적인 부분입니다. 당연히 이는 마르크스주의를 바탕으로 형성된 단합이자 헌법 준수를 기반으로 형성된 단합입니다. 우리가 말하는 단합은 95% 이상 사람들의 단합을 뜻합니다.

10년의 동란에서 린뱌오와 '3인방'이 우리에게 준 피해는 심각합니다. 이러한 피해는 유형(有形)의 피해 즉 보이는 피해와 무형의 피해 두 가지로 분류됩니다. 유형의 피해는 물질·건축·생산수단·사람들입니다. 그리고 무형의 피해는 유형의 피해보다 더 많고 깊어 가히 추측할 수조차 없을 정도입니다. 무형의 피해에는 사상과 정신 그리고 단합에서의 피해가 포함되는데 주로 아래와 같은 2개 부분에서 나타나는 것입니다.

첫째, 우수한 전통과 기풍을 파괴했습니다. 둘째, 인민 내부 간에 수많은 장벽이 늘어났습니다. 간부들 사이, 간부와 대중들 사이, 상사와 직원 사이, 군과 인민들 사이, 군과 정부 사이, 민족 사이의 상처는 확실히 큽니다. '문화대혁명'시기 서로 간에 형성된 상처를 어떻게 해야 할지를 고민해 보길 바랍니다. 이는 '문화대혁명'에서 착오를 범한 자를 어떻게 처리할 것인 지에 대한 문제와 자연히 연계됩니다. 당연히 착오를 범한 성질이 서로 다릅니다. 이를테면, 주범, 보수적 집단에 대한 재판은 적대적 모순으로, 다수는 인민내부의 모순에 속합니다.

인민 내부의 모순에도 차별이 있습니다. 형세가 나쁠 때일수록 공산당의 무산계급 기개를 견지하고 불굴의 의지를 견지하도록 동지들을 타일러야 합니다. 간부 규모가 1천 8백만 명에 달하는데 이제는 아마 1천 9백만 명에 이를 것입니다. 저는 이들 간부들에게는 3부류의 사람이 있다고 봅니다. 첫째는, 앞장서서 빼앗고 부수는 부류이고, 둘째는, 품질이 아주 악한 부류입니다. 이러한 부류는 반드시 심각하게 검토하고 검토한 후에는 다시 중용하지 말아야 합니다. 셋째는, 최근 몇 년간 특히 중국공산당 제3차 대표대회 이후 중앙의 정확한 노선과 결책(決策, 일을 처리하는 방책을 결정하는 것 - 역자주)에 대해 겉으로는 따르는 척 하고 실은 따르지 않는 부류입니다. 이러한 자들은 반드시 단호히 이직시켜야 합니다. 이들이 폭탄과도 같은 존재이기 때문입니다.

이밖에 저는 '건국 이래 당의 약간의 역사적 문제에 관한 결의'를 학습하는 것 외에 자신의 사상을 정리한 후에는 이 사건을 마무리 지은 것으로 간주하면 되지 않겠나 하고 생각합니다. 열심히 자아비판을 하고 난 후에는 조사하지 않고 검토서를 요구하지 않으며 논의조차 하지 않았으면 합니다.

겉으로는 따르는 척 하고 실은 따르지 않는 자와, 나쁜 기풍이 있고 법과 기율을 심하게 어긴 자들을 상대로 더 엄숙하게 처리해야 한다는 점을 아직 주의하지 못하고 있는 사람들이 많을 것입니다. 역사문제는 적절한 수준에서 완화해도 됩니다. 기존에 표현을 중요시한다는 점은 정확합니다. 이러한 상황이 있지 않겠습니까?

현재의 문제에 주의를 기울이지 않고 대충 지나가며 서로 무사하게 지내기를 바라는 반면 과거의 일부 문제는 꽉 쥐고 놓지 않고 있는 문제 말입니다. 현재 이러한 현상을 바로 잡아야 합니다. '문화대혁명'때는 표현이 아주 좋았다고 할지라도 현재 표현이 아주 나쁘면 반드시 경각성을 높여야 합니다. 그러려면 단합을 강화하는 과정에서 대다수 사람을 단합시키는 것과 소극적이고 파괴적인 요소 특히 현재의 소극적인 요소와 한데 결합시키는 것을 전제로 해야 합니다.

이 문제에서 조직 당국은 중앙에서 언급한 3부류의 후계자 요구 기준을 따라야 합니다. 우선 정치적 표현을 보고, 다음에는 젊고 능력이 있는가를 보아야 하며, 마지막으로 비교적 높은 전문지식을 가지고 있는지도 보아야 합니다. 우리의 각급 당위는 모두 이 문제를 확실히 하고 실제적인 조치를 취하는 한편, 행동으로도 옮겨야 합니다. 현재는 너무 빠르고 급한 것이 아니라 오히려 너무 늦었고 속도도 더딘 편입니다. 대중들이 사전에 미리 준비하도록 기회를 주고 또 그들의 건의에 귀를 기울여야 합니다.

일곱 번째 문제, 지속적인 사상 해방과 경직된 사상을 극복하는 문제입니다. 현재 일부 동지들은 지속적인 사상 해방을 별로 언급하지 않고 있습니다.

저는 사상 업무와 정치 업무에서 지속적으로 사상해방을 강조해야 한다고 생각합니다. 역사뿐만 아니라 상황이 꾸준히 발전하고 있는 만큼 사상도 꾸준히 발전되어야 합니다. 이러한 의미에서 볼 때 지속적인 사상 해방이 필요합니다. 사상해방은 끝이 없습니다. 역사의 발전에 끝이 없기 때문입니다. 마오쩌동 동지가 『실천론(實踐論)』에서 "사람은 왜 착오를 범하는가? 바로 주관과 객관이 서로 분리되고 인식과 실천이 서로 이탈되었기 때문이다"[138]라고 말했습니다. 참으로 훌륭한 말입니다.

우리의 관료주의가 왜 남들보다 심각하고 상급자 동지가 왜 하급자 동지보다 그 수가 더 많은지 우리는 곰곰이 생각해 보아야 합니다. 실제에서 이탈했기 때문입니다. 이 문제는 소속 부서의 당 조직 내에서 한 차례 논의할 필요가 있다고 생각합니다. 마오쩌동 동지는 해마다 4개월은 지방으로 내려가 조사연구 해야 한다고 제기한 바 있습니다. 그러나 현재 우리는 지방으로 잘 내려가지 않습니다. 가령 내려간다고 해도 말 타고 꽃구경하는 식으로 대충 넘기거나 심지어 관광만 하다가 옵니다. 그러면 우리는 인재를 육성할 수 없고 이는 또 지속적인 제자리걸음으로 이어집니다.

루딩이(陸定一)[139]동지는 이와 관련해 "실사구시는 하늘에서 떨어진 것이 아니라 반드시 조사연구와 서로 결부시켜야 한다. 조사하고 연구해야만 실사구시적으로 행동할 수 있다. 조사연구를 기반으로 해서 10개월 동안 몸에 태아를 품고 있는 것과 같다. 주관하는 사상이 추가되지 않은 실사구시라면 실제상황에 대해 기본적인 이해를 해야만 실사구시적으로 행동할 수 있다."라고 아주 훌륭한 말을 했습니다.

중앙기구에서 반드시 지방으로 내려가 조사 연구해야 하는 결정을 내렸으면 하기를 바랍니다. 현재 지방으로 내려가는 기풍이 올바르지 않습니다. 칭하이(青海), 간쑤(甘肅), 닝샤(寧夏) 등 국경지역으로 가려는 자가 극히 드뭅니다. 반면 상하이나 광저우는 가려는 자는 많습니다. 제비가 여름에는 북쪽으로, 겨울에는 남쪽으로 날아가는 것도 실은 올바르지 못한 기풍입니다.

실제와 연계시키지 않고 조사연구를 하지 않는다면 주관주의 문제를 어떻게 해결할 수 있겠습니까? 문외한의 문제는 또 어떻게 해결하겠습니까? 각급 영도간부들은 반드시 지방으로 많이 내려가야 합니다. 이는 서기처에서도 제대로 실천에 옮기지 못하고 있는 부분입니다. 업무가 바빠 자리를 비울 수 없다고 하지만 마오쩌둥 동지가 말한 것처럼 자신이 없어도 지구는 여전히 돌아가게 마련입니다.

조사연구를 해야만 사상을 해방시킬 수 있습니다. 따라서 이 부분을 계속해서 널리 알려야 합니다. 조사연구와 사상해방을 우리 업무와 서로 결부시키면서 말로 하는 데만 그쳐서는 안 됩니다. 조사연구를 하지 않는다면 함부로 말하고 허튼소리를 하는 등의 주관주의를 범하게 됩니다.

지속적인 사상해방을 사상 경직 방지와 서로 결부시켜 제기해야 합니다. 이는 한 문제의 두 가지 부분입니다. 경직되어 있으면 어떻게 사상을 해방시킬 수 있겠습니까? 사상을 해방시킨다면 경직성을 극복할 수 있습니다. 사상 경직은 두 가지 상황에 의해 초래되었습니다.

첫째, 실제상황에 대해 잘 알지 못하고, 둘째, 낡은 경험이나 틀에 지나치게 미련을 두는 경우입니다. 여기서 말하는 낡은 경험에는 과거에 성공한 경험도 포함됩니다. 일부 성공적인 경험에도 더 이상 미련을 두어서는 안 됩니다. 다시 말해, 새로운 상황을 제대로 알지 못하고 오래된 경험만 고집한다면 경직될 수밖에 없습니다. 원로 동지나 젊은 동지를 비롯해 그 누구나 모두 경직될 가능성은 충분히 있습니다. 이 일 아니면 저 일에서 혹은 오늘이 아니면 내일에 모두 경직 현상이 생길 수 있습니다. 왜 그럴까요? 상황이 꾸준히 바뀌고 발전하고 복잡해지기 때문입니다. 그럼 이렇게 말할 수는 있는 것일까요? 제대로 알지 못하는 데다 오래된 틀에 얽매여 분석하지 않으며 신성하고 침범할 수 없는 존재로 생각한다면 모두 경직 현상이 나타날 수 있습니다. 사상계와 이론계에서 사상 해방과 사상 경직문제를 구체적으로 분석해주기를 바랍니다. 또 현재 간부의 사상과 업무상황을 바탕으로 이론적인 차원에서 세밀하고 긍정적인 분석을 진행하기 희망합니다. 사상 경직 문제를 타파하지 않는다면 사상통일, 정책문제 해결, 특히 체제개혁을 절대 순조롭게 진행할 수 없습니다.

진정으로 사상을 해방시키는 것은 결코 쉽지 않습니다. 우리는 다양한 부분에서 꾸준히 주도면밀하게 조사연구하고 사상방법 교육을 진행해야 합니다. 변증유물론 교육은 '표면성'과 '정지성'을 방지하고 극복하는 데에 지속적으로 주의를 기울여야 합니다. 표면성은 일부 현상만 보고 판단이나 결정을 내리는 것을 뜻합니다. '정지성'은 한 부분에만 고정되어 발전의 안목으로 문제를 보지 못하는 현상을 말합니다.

마오쩌둥 동지는 사상의 '표면성'과 '편면성'그리고 '주관성'을 방지하라고 강조했습니다. 저는 현재의 주요한 문제가 '표면성'과 '정지성'에서 나타나는 것이라고 봅니다. 만약 최근 2년간 중앙의 영도 기풍이 다소 호전된다면, 이는 현재 우리가 진행한 조사연구가 마오쩌둥 동지의 '문화대혁명'시기보다 조금 낫기 때문이라고 생각합니다.

다수의 문서는 모두 여러 분야의 의견을 광범위하게 청취하고 수십 번 반복적으로 수정해야 합니다. 지난 4년 동안 우리에게도 실수가 있었던 것은 확실합니다. 저는 군에서 우리가 지난 4년간 걸어온 길에 대해 걸음마다 힘들고 경험이 풍부하다는 말로 종합했습니다. 지난 4년간 우리는 풍부한 경험을 쌓았습니다. 업무를 종합할 때는 현상에만 머무르지 말고 더 높은 차원으로 업그레이드시켜야 합니다.

사상 해방에서 아주 중요한 부분은 바로 경험을 종합하고 건의나 주장을 펼치는 것이지, 단지 사상해방만을 위한 사상해방이 아닙니다.

여덟 번째 문제, 사상정치 업무에서 중앙기구는 솔선수범하여 새로운 성적을 거둬야 합니다.

당 중앙과 국무원을 비롯한 서기처와 각급 부위가 모두 앞장서서 사상 정치업무를 활발하게 이끌어 나간다면 더 뚜렷한 성적을 거둘 수 있을 것입니다. 사상 업무를 약화시키거나 긴장을 풀어서는 안 됩니다. 현재 우리에게 의지가 나약하고 사상이 무디며 마음이 조포(粗暴, 행동이 거칠고 사나운 것 – 역자 주)한 현상이 존재합니다. 반드시 단순하고 조포한 현상을 바로잡고 나약한 상태에서 벗어나야 합니다. 그럼 어떻게 해야 할까요? 기존의 사상 업무를 보면 일부 단위에서는 기층만 관장하는 문제점이 있었습니다. 수십 년간의 실천을 통해 증명되었다시피, 이는 착오적이고 결코 성공할 수 없는 방법입니다. 마땅히 영도계층부터 시작해 실시해야 합니다. "군자는 자신에게 엄격해야 한다."[140]라는 말도 있지 않습니까?

중앙기구는 솔선모범 역할을 하면서 실제 상황과 서로 결부시켜야 합니다. 부서마다, 영도간부마다 자기만의 상이한 실제 상황이 있기 마련입니다. 실제 상황에 맞춰 실사구시적으로 행동하고 사정에 따라 문제를 해결해야 합니다. 이 부분에 대해서는 각 부위 당 조직에서 논의하기를 건의합니다. 논의도 실제와 결부시키고 문제 하나라도 해결하면 그것이 성과가 아니겠습니까?

우리는 우선 이러한 기준으로 자신을 요구해야만 경험을 얻어 이를 지방으로, 기층으로 보급할 수 있는 것입니다. 중앙급 기구에서 2 · 3개월간 추진하다가 전 당의 사상정치 업무회의를 소집하는 데에 대해 고려한다면 더 낫지 않겠나 생각합니다.

철저한 유물주의자가 되어야 한다[*]

(1980년 11월 23일)

철저한 유물주의자가 되는 것은 간부 특히 홍보, 이론, 언론 업무에 종사하는 간부들에 대한 근본적인 요구입니다. 이는 새로운 문제가 아니라 마르크스주의자의 근본적인 입장이고 관점이자 근본적인 방법이 되는 문제이기도 합니다. 1970년 마오쩌동 동지가 뤼산(廬山)회의에서 "유심주의(唯心主義) 선험론(先驗論)이냐, 아니면 유물주의(唯物主義) 반영론(反映論)이냐는 마르크스주의 인식론의 근본적인 문제"[141]라고 언급했습니다.

기존의 실천은 철저한 유물주의냐, 아니면 유심주의냐 하는 문제에 대해 다수의 동지들이 아직 제대로 해결하지 못했다는 점을 거듭 입증했습니다. 일부 동지들을 보면 애초에는 태도가 정확했지만 훗날 유물주의를 위배하고 유심주의를 주장하면서 착오를 범했습니다. 또 일부 동지들을 보면 주관적으로는 유물주의를 주장하지만 실제로는 유심주의로 치우치고 있는 경향도 있습니다.

이유는 무엇일까요? 이유는 많지만 그중에서도 실제나 대중과 긴밀하게 연결시키지 않은 것이 가장 중요한 이유입니다. 실제를 벗어나고 대중을 이탈한다면 기필코 유물주의에서 멀어질 것입니다.

여기서 아래와 같은 5가지 부분으로 철저한 유물주의자가 되는 문제를 언급하고자 합니다.

---

[*] 이는 후야오방 동지가 성 · 시 · 자치구 사상 정치 업무 좌담회에서 발표한 연설문이다.

1. 유물주의 사상으로 상급의 지시를 대하는 방법은?

상급의 지시를 대하는 태도가 정확하지 않습니다. 이는 우리가 늘 유물주의를 이탈해 주관주의 착오를 범하는 중요한 부분입니다.

상급이라는 것은 무엇입니까? 상급 조직 · 상급 기관 · 상급 부서 · 상급 책임자 등 다양합니다. 이러한 개념들이 서로 간에 일정한 연계가 있지만 또 완전히 같은 것은 아닙니다. 당내 생활이 건전하지 못할 때 개인이 조직이나 당위를 대변하면서 민주집중제를 파괴하게 되기 때문에, 상급 책임자 개인을 상급과 동일시하면 안 되고, 개인의 생각을 반드시 실행해야 하는 것으로 간주해서도 안 됩니다.

당연히 모 시기에 일정한 상황에서 당위의 논의를 거치지 않아 결정을 내리지 못하고 있을 때는 개인이 문제점을 발견하여 합당하고도 훌륭한 건의를 제기할 수는 있습니다. 이러한 상황도 자주 볼 수 있습니다. 그러나 보편적으로 많은 사람들의 논의를 거친 건의는 개인의 건의보다 낫고, 집단은 개인보다 지혜를 더 많이 모을 수 있기 때문에, 상급 책임자 개인의 건의를 상급의 결정이나 지시로 간주하는 것은 합당하지 않은 처사입니다.

상급의 지시를 집행해야 할 것입니까? 당연한 도리입니다. 그러나 각급 당위에서 중앙과 상급의 지시를 실천에 옮길 때 본 지역과 단위의 구체적인 상황과 서로 결부시켜야 합니다. 마르크스주의의 기본원칙 중 하나가 바로 마르크스주의의 보편적인 진리를 본국의 구체적인 상황과 서로 결부시키는 것입니다. 이 원칙은 보편적으로 적용됩니다.

언제든지를 막론하고 만약 중앙과 상급의 의견을 본지역과 단위의 구체적인 상황과 결부시키지 않은 채 단지 그대로 옮겨오고 그대로 활용한다면 상급의 건의가 아무리 정확하다고 할지라도 착오가 생길 수 있어 업무를 제대로 추진할 수 없습니다. 중앙은 전국의 일반적인 상황에서 출발하는 입장이라 보편적인 원칙밖에 얘기할 수 없고, 중앙과 상급이라도 모든 것을 충분히 고려해 제대로 배치할 수는 없기 때문입니다.

특히 중국과 같은 대국은 상황이 아주 복잡하고 사물이 꾸준히 발전하고 있어 중앙에서 모든 문제를 주도면밀하게 생각할 수 없는 것입니다. 때문에 제5기 전국인민대표대회 제3차 회의 이후 중앙은 지방을 상대로 4가지 요구를 제기했습니다. 중앙에서 생각지 못한 부분을 지방에서 생각할 수 있고 중앙에서 추진하지 못한 일일지라도 지방에서 제대로 파악했다면 추진할 수 있습니다. 중앙에서 내린 결정일지라도 지방에 적합하지 않은 상황이라면 지방에서 융통성 있게 처리할 수 있습니다. 또 중앙에서 착오적인 결정을 내렸다면 지방에서는 다른 의견을 내놓고 논쟁할 수 있습니다.

즉 생각하고 추진하고 변화하고 논쟁하는 등 4가지입니다. 당연히 조직의 원칙에 따라 위 몇 가지를 모두 상급, 중앙에 제때에 보고하고 회보하는 것 외에도 의견을 주고받거나 보고해 지시를 기다려야 합니다. 아울러 집중해야 하면 반드시 집중시키고 통일적인 지휘에 반드시 복종해야 합니다. 그렇지 않고 자신이 옳다고 생각하고는 자기주장대로 추진하면서 상급과 중앙에 전혀 보고하지 않는다면 반드시 문제가 생길 것입니다. 실제 상황과 긴밀하게 결부시킨 후 상급의 지시를 관철시켜야만 유물주의를 바탕으로 사무를 처리한다고 볼 수 있습니다.

상급이나 중앙은 착오를 범하지 않는가? 중앙의 책임자는 또 착오를 범하지 않는가? 가능성은 충분히 있습니다. 중앙의 결정과 문서, 중앙 동지의 건의에도 특정된 조건에서는 모두 착오가 나타날 수 있습니다.

50년대 말기 이후, 당내에 정상적인 민주 생활이 이뤄지지 못했으며 정확한 비판과 자아비판도 제대로 진행되지 못했습니다. 정확한 사상을 이탈한 중앙의 책임자들이 착오를 범하기 시작했습니다. 오랜 세월 동안, 특히 린뱌오와 '3인방'이 횡행하던 시기, 개인숭배를 고취하면서 개인을 신의 존재로 간주했는데 누구의 말이라면 100% 정확한 것이라 믿었습니다. '구세주'요, "모든 것을 통찰하는 능력을 가졌다"는 것 등은 모두 봉건사회의 우매한 표현입니다. 린뱌오와 '3인방'을 무너뜨린 후에도 우리는 한동안 개인숭배를 고취했는데 그 위해성이 극에 달했습니다.

　이대로라면 첫째, 당의 민주집중제가 근본적으로 있을 수 없고, 둘째, 실사구시적인 태도를 취할 수 없으며, 셋째, 사상을 근본적으로 해방시킬 수 없고, 넷째, 일언당(一言堂, 대중을 무시하는 지도자의 독단적인 태도 - 역자 주), 가장제 등 봉건 전제주의가 불가피하게 나타나게 될 것이며, 나쁜 사람들은 이를 이용해 파시즘을 실시할 것입니다. 때문에 반 마르크스주의 사물인 개인숭배는 반드시 엄숙하게 비판하고 억제해야 합니다. 공산당원은 능력의 강약과 다소의 구별이 있을 뿐 절대적으로 된다거나 안 된다거나 식의 차별이 없습니다. 한 사람에게 능력이 확실하게 있다거나 없다고 말할 수 없게 된 것입니다.

　상당히 긴 시간 동안 적지 않은 지방에서 상급의 지시는 한 글자도 빠짐없이 전달하고 층층이 전달해야 한다는 습관이 형성되었습니다. 본 지역과 단위의 실제 상황과는 전혀 결부시키지 않고 해야 할 일과 구체적인 추진 방법에 대해서는 열심히 논의하지 않았습니다. 전달만 하면 끝났다고 생각했던 것입니다. 이처럼 기계적이고 형식적인 방법을 우리는 단호히 없애야 합니다. 이처럼 봉건성을 띤 개인숭배는 기필코 우리의 사상을 속박해 비정상적인 정치 국면을 초래하게 될 것입니다. 그러면 무책임한 행동이 뒤따르고 창조성이 없어지게 됩니다.

　추진이라는 것은 무엇이고 기다림이라는 것은 무엇이며 의존한다는 것 또한 무엇일까요? 주로는 이러한 상황에서 초래되었습니다. 우리 당의 역사 상 왕명(王明)[142]노선이 주도하던 시기에 이러한 상황이 나타났습니다. 훗날 우리가 바로잡은 덕분에 사상을 바꿀 수가 있었습니다. 그러다가 훗날 또다 시 되살아났습니다. 최근 몇 년간에도 바로잡기 위해 노력해왔지만 현재도 적지 않은 지방에서 지속적으로 성행하고 있습니다. 우리는 반드시 큰 결심 을 내리고 이러한 악렬한 기풍을 바로잡아야 합니다. 그렇지 않으면 생동적 이고 활발한 정치국면을 형성하고 활기찬 창조성을 갖추지 못할 것입니다.

2. 철저한 유물주의 사상으로 자신과 업무를 대하는 방법은?

철저한 유물주의 사상으로 자신을 대하기는 것은 결코 쉽지 않습니다. 마 르크스주의 원리를 바탕으로 할 때 역사에서의 개인 역할은 두 가지로 나타 날 수 있습니다. 우리가 역사 발전 규칙이나 인민대중의 의지에 따라 일을 처 리한다면 정도는 다르겠지만 역사의 발전을 추진할 수 있습니다. 반대로 만 약 우리가 역사의 발전 규칙이나 인민대중의 의지를 위배한다면 역사의 발 전을 일정하게 지연시키거나 걸림돌로 될 수 있습니다.

우리는 개인을 인민대중보다 높이 보아서는 안 되고 역사의 규칙 이외로 개인을 빼내서도 안 됩니다. 개인은 마음대로 역사의 발전을 추진할 수 없습 니다. '유소기, 덩샤오핑 사령부'를 무너뜨려야 한다는 구호를 제기했지만 10 년이 되어도 왜 여전히 무너뜨리지 못했을까요? 이러한 구호가 역사의 발전 규칙에 어긋나고 당심(黨心)과 민심에 어긋났기 때문입니다. 그럼 린뱌오와 '3인방'은 왜 무너질 수 있었던 것일까요?

그들이 역사적 발전 규칙을 위배하고 혼자 동떨어졌으며 마른 풀과 섞은 나무처럼 힘이 없었기 때문에 대포와 총알 하나 낭비하지 않고 그들을 무너뜨릴 수 있었던 것입니다. 린뱌오와 '3인방'이 국가와 백성에 재앙을 가져다 주고 인심을 얻지 못했기 때문에 빛 좋은 개살구 신세가 된지 오래되었습니다. 그들의 죄악은 인민을 일깨웠고 인민은 모두 일어나서 투쟁에 뛰어들었습니다.

톈안먼(天安門)[143]사건은 린뱌오와 '3인방'을 무너뜨리기 위해 강대한 대중 기반을 마련하는 계기가 되었습니다. 때문에 근본적인 차원에서 볼 때 린뱌오와 '3인방'을 무너뜨린 것은 인민대중의 힘이자 역사 발전의 필연적인 추세이고 인민대중들이 역사의 발전을 추진하는 생동적인 표현이기도 합니다. 중앙 동지들은 당심·민심에 순응해 결책을 내리고 린뱌오와 '3인방'을 무너뜨림으로써 우리당의 손실을 줄이고 공을 세웠습니다. 그러나 양자를 뒤바꾸어 놓으면 안 됩니다. 그러면 반 마르크스주의 표현이고 잘못된 것입니다. 역사의 발전규칙과 백성들의 마음이 향하는 것을 첫 자리에 놓아야 한다는 점을 반드시 보아내야 합니다.

다년간 우리는 역사에서의 개인의 역할 문제에 대해 사상적, 이론적으로 상당히 혼잡한 모습을 보였습니다. 현재에 이르러서도 완전히 명확해지지는 못했습니다.

구세주요, 지도자가 우리 고향을 방문하는 것만으로도 크나큰 격려이자 채찍질이고 교육이자 행복이라는 등의 말을 더 이상 하지 말아야 합니다. 일부 동지들은 늘 소 생산 사상의 영향을 받았습니다. 소 생산의 낮은 지위는 그들에게 원대한 안목이 없어 그 누군가의 대표가 필요하다는 점을 결정했습니다. 그들은 늘 대 구세주에 기대면서 자신은 능력이 안 된다고 생각합니다. 소 생산의 편협한 안목과 봉건 미신에 대해 우리는 그들이 점차 이러한 사상의 속박에서 벗어날 수 있도록 이끌어야 합니다.

마르크스주의는 인민대중이 역사의 창조자이자 주인공이라고 여겼습니다. 우리가 역사에서의 개개인의 역할을 정확하게 대한 덕분에 수많은 문제를 명확히 할 수 있었던 것입니다.

이를 테면, 사람이라면 결점과 착오가 있기 마련입니다. 100% 정확한 사람은 없기 때문입니다. 동지들마다 성적을 거두고 장점도 있지만 착오라는 결점이 있는 것도 사실입니다. 성적과 공로는 다소의 구별이 있고 단점과 착오는 성질과 크기의 차이가 있습니다. 그러나 전혀 착오를 범하지 않는 자는 없습니다. 또 예를 들면, 성적을 어떻게 거뒀을까요? 주요하게는 당의 육성 덕분이고 당의 정확한 노선을 실행했기 때문이지만 당연히 개인의 노력과도 갈라놓을 수 없습니다.

착오는 어떻게 나타난 것일까요? 사람들은 착오적인 노선 아래 잘못을 저지르고 있을 뿐만 아니라 정확한 노선 아래에서도 착오를 범하기도 합니다. 이는 개인에게도 일정한 책임이 있습니다. 때문에 일정한 역사적 조건에서 누구나 주동성 문제에 부딪히게 됩니다. 우리는 주동성을 발휘해 자신을 소극적이고 피동적인 존재로 보지 말아야 합니다.

여기에 비판과 자아비판의 문제도 따릅니다. 우리의 업무에는 성적도, 착오도 있어 꾸준히 경험을 종합해야 합니다. 경험을 종합하려면 반드시 비판과 자아비판을 진행해야 합니다. 분명히 그릇되었는데 억지로 옳다고 주장한다면 이를 어찌 진실을 얘기하고 경험을 종합한다고 할 수 있겠습니까? 비판과 자아비판 속에서 두 가지 서로 다른 성질의 모순을 정확하게 구분할 줄 알아야 합니다. 중국에서 주요 모순은 인민 내부 모순입니다.

인민 내부 모순을 제대로 처리하지 못한다면 적대 심리가 생겨 결국 대항의 길로 나아가게 될 것입니다. 얼마 전『중국청년보(中國靑年報)』에 실린 통신「사랑의 힘(愛的力量)」에서 이러한 내용을 다뤘습니다. 자살하려는 두 여

자가 있었는데 우리의 동지들이 제대로, 그리고 진심으로 사상 정치 업무를 함으로써 결국 두 여자의 자살을 막았다는 것입니다. 이 사례는 인내심을 갖고 세밀하게 업무를 처리한다면 다수의 인민 내부 모순을 완화시키고 타당하게 해결할 수 있다는 점을 말해줍니다.

중앙과 지방의 당정 각 부서 간에도 인민 내부 모순이 존재하는데 격화시킬 것이 아니라 비판과 자아비판의 방법을 적용해 해결해야 합니다. 이 문제에 대해 우리는 심각한 역사적 교훈이 있습니다. 일부 모순은 인민 내부 모순으로, 비판과 자아비판을 통해 해결할 수 있는 문제지만 일부 동지들이 격화시키는 방법을 취함으로 늘 심각한 후과를 초래하게 됐던 것입니다.

여기서 짚고 넘어가야 할 부분은 인민 내부 모순이 착오적으로 처리되고 격화의 길로 나아갈 때 우리는 반드시 냉정한 태도를 취해야 합니다. 불난 집에 부채질 할 것이 아니라 인내심을 갖고 의식적으로 마음을 가라앉히면서 '냉정하게 생각하여 처리' 해야 합니다. 예로부터 높은 자리에 있는 사람은 도량이 넓어 남을 잘 용서하고 인내심이 많다는 말도 있지 않습니까. 그러니 상이한 건의에 귀를 기울이면 분명 이익이 될 것입니다.

역사적 경험으로 볼 때, 이러한 상황에 부딪히게 됩니다. 첫째, 한번 무너진다고 하여 다시 일어날 생각마저 버려서는 안 됩니다. 둘째, 성급히 반격을 가하려고 해서도 안 됩니다. 만약 자신이 정확하다고 확신한다면 왜 자꾸 잘못된 방향으로 자신을 밀어내려 하는가요? 만약 자신에게 잘못이 있다고 생각된다면 알고 있으면서도 왜 계속 잘못을 고집하고 있는가요? 우리가 정확하다면 그자들은 우리를 반대할만한 이유가 없고 우리를 무너뜨릴 수도 없습니다. 우리의 잘못을 그자들이 지적할 때 바로 인정하면 얼마나 좋을까요? 그러면 문제도 쉽게 해결할 수 있습니다. 때문에 우리는 비판과 자아비판을 견지하는 한편, 모순 격화의 책임도 지지 않도록 해야 합니다.

3. 철저한 유물주의 사상으로 국가 대사를 대하는 방법은?

중국은 사회주의 국가입니다. 건국 이후로 활기찬 31년이었을까요? 아니면 어지러운 31년이었을까요? 아니면 광명의 31년이었을까요? 아니면 암흑의 31년이었을까요? 전반적으로 볼 때, 역사의 발전추세에 따른다면 활기찬 31년이고 광명의 31년이었다고 할 수 있습니다. 첫째, 사회주의는 새로운 사물입니다. 인류 역사 발전의 길에서 사회주의제도가 산생된 시간이 아직은 짧아 실천 경험도 많이 제한되어 있습니다.

둘째, 중국은 세계 인구의 4분 1 정도가 살고 있는 방대한 국가입니다. 일부 외국 정치가들은 중국의 10억 인구에 대해 만약 우리의 기준을 적용한다면 어떻게 해야 될지조차 모르겠다고 말했습니다. 이는 이들의 솔직한 마음입니다. 따라서 사회주의제도를 보잘것없는 것으로 생각하면 안 됩니다. 사회주의, 공산주의는 인류 역사상 가장 선진적인 제도입니다. 그러니 조금도 동요시켜서는 안 됩니다. 당 내부에 나쁜 사람이 나타나고 영도들이 착오를 범한 외에도 사회주의제도의 우월성이 제때에 훌륭한 역할을 발휘하지 못했기 때문이라고 할 수 밖에 없습니다. 그러나 이 때문에 사회주의제도의 고유한 우월성을 부인해서는 안 됩니다.

우월성을 충분히 발휘하지 못한 것과 우월성이 없다는 것은 상이한 문제이기 때문에 하나로 혼동해서는 안 됩니다. 31년간 우리는 풍성한 성과를 거뒀습니다. 주로 아래와 같은 부분에서 표현됩니다. 첫째, 착취제도를 없애고 사회주의 공유제를 건립함으로써 노동력에 따른 배분을 초보적으로 실현했습니다. 둘째, 사회주의를 건설할만한 방대한 물질적 기반을 마련했습니다. 위 두 가지 성과를 거둠으로 인하여 우리는 발전의 진지를 마련할 수 있게 되었습니다. 착오를 얘기한다고 하여 성과를 못 본 체 해서는 안 됩니다.

우리 당과 국가에 심각한 위기가 나타났던 것은 사실입니다. 위기의 절정은 1976년 톈안먼 사건 이전에 나타났습니다. 린뱌오와 '3인방'을 무너뜨린 후 특히 중국공산당 11기 3중전회를 개최한 후로 우리는 이 위기에서 기본적으로 벗어났습니다. 현재 우리는 이 위기가 가져다준 후유증에서 완전히 벗어나지 못했습니다. 경제적으로 여전히 심각한 문제가 상당하게 존재하는데 효과적인 방법을 취해 열심히 극복해야 합니다.

이는 경제와 홍보 업무를 추진함에 있어 우리가 신중에 또 신중을 가해야 하는 이유입니다. 종합적으로 스스로에 겁을 주지 말아야 할 뿐만 아니라 너무 경각성을 늦추어서도 안 됩니다. 우리는 당과 인민이 절실한 조치를 취해 여러 가지 잠시적인 어려움과 문제를 능히 해결할 수 있으리라 굳게 믿어야 합니다.

현재 우리가 직면한 문제가 복잡하고 업무량도 방대합니다. 나라를 잘 다스리기 위해 우리는 두 가지 조치를 취해야 합니다.

첫째, 국제 경제를 안정적으로 끌어올리기 위해 노력합니다. 인민의 생활수준을 향상시키고 문화교육과 과학사업도 일정하게 발전시켜야 합니다. 이럴 려면 조정·개혁·정돈·향상의 8자 방침을 확고부동하게 실시해야 합니다. 내년에는 조절 강도를 한층 높이고 인프라 건설 규모를 줄이는 등 맹목적인 건설을 막아야 합니다. 경제건설은 중점 임무입니다. 각급 당위·정부·홍보 당국은 경제건설을 위해 확고하게 봉사해야 합니다.

둘째, 정치적으로 안정적이고 단합된 국면을 발전시킵니다. 안정과 단결에 불리한 요소를 없애기 위해 계속해서 노력합니다. 안정과 단합을 실현한다고 하여 아무것도 하지 않거나 옛 틀에 따라 처사한다면 안정을 실현할 수 없습니다. 법률 절차에 따라 확실한 증거가 있는 반 혁명가와 단호히 투쟁하고 린뱌오와 '3인방'의 파벌분자를 영도의 직무에서 전근시켜야 합니다. 그리고 실제로 당과 사회주의를 반대하는 자들의 활동을 연구하고 효과적인 조치를 취해 저지해야 합니다. 역사의 발전에 따라 안정과 단합에 유리한 적극적인 요소를 고양하고 불리한 요소를 없애야 합니다. 적극적인 요소라는 것은 무엇입니까? 예를 들면, 우리 당의 영광스러운 전통을 고양하고 민주 생활을 건전히 하며 법제를 강화하는 등입니다.

소극적인 요소라는 것은 또 무엇입니까? 바로 나쁜 기풍 등입니다. 적극적인 요소를 고양하고 소극적인 요소를 극복하려면 당연히 영도 방법이 있어야 하고 경중완급을 분명히 해야 하며 정확한 조치와 절차 그리고 방법도 뒷받침 되어야 합니다.

4. 철저한 유물주의 사상으로 대중을 대하는 방법은?

노동자, 농민, 지식인의 다수는 우수합니다. 그러니 그 어느 시기에도 이러한 인식을 뚜렷이 해야 합니다. 일부 동지들은 문제가 생긴 자료들만 보고 있는데 이러한 자료들만 자꾸 보다보면 자연히 문제가 아주 많다고 생각하게 되는 것입니다. 그러나 실제는 다릅니다. 우리의 총 인구수와 비교할 때, 나쁜 일을 저지르고 사고를 치는 부류는 극소수에 불과합니다. 마오쩌둥 동지는 사람에게 감성적인 인식과 이성적인 인식의 두 가지 단계가 있다면서 전자를 후자로 끌어올려야지 계속해서 감성적인 인식 단계에 머물러 있어서는 안 된다고 우리를 가르쳤습니다. 그러나 적지 않은 동지들은 일부 표면 현상에 미혹되어 감성적인 인식 단계에 처해 있는 경우가 있습니다.

우리는 문제가 확실히 존재한다는 점을 알아내야 하지만 일부 문제는 단지 곁가지에 불과하고 극소수 사람들의 일이라는 점을 반드시 깨달아야 합니다. 그래야만 우리는 문제에 부딪혀도 허둥대지 않을 수 있습니다. 다수의 문제가 실은 인민 내부 모순이었지만 우리가 업무를 제대로 추진하지 못하거나 제대로 처리하지 못한 탓에 격화되었다고 말해야 합니다. 이 부분에서 우리의 사상 업무 역할이 더욱 중요해졌습니다.

때문에 대중을 상대로 설득하지 않고 대중들의 사상을 끌어올리지 않으며 대중의 발전을 이끌지 않는다면 이는 완전히 잘못된 처사로, 공산당의 직책을 저버린 것이나 다름없습니다.

우리의 직책은 사회와 사람을 개조해 사람들의 각오를 더 높은 수준으로 끌어올리는 것입니다.

우리가 늘 비판하는 관료주의의 뚜렷한 표현은 사무실에서만 업무를 보고 대중을 이탈한 것입니다. 당 조직, 공회조직, 그리고 청년단과 우리의 간부를 동원해 대중들과 어울리지 않고 그들의 마음을 헤아리지 않으며 대중들의 염원과 요구를 반영하지 않는다면 쉽게 관료주의를 범합니다. 이 부분에 대해 레닌이나 마오쩌둥 동지는 많이 언급해왔습니다. 우리는 반드시 대중들과 한데 어우러져 대중을 상대로 더 많이, 더 효과적으로 업무를 추진해야 합니다.

전국의 여러 민족이 한 마음 한 뜻으로 노력하고 간고 분투하도록 이끄는 한편, 그들이 4개 현대화를 실현하고 중국을 개조하려는 웅대한 포부와 기개를 가지도록 불러일으키는 것이 우리 업무의 중심입니다. 이밖에 자신의 이익보다는 공공의 이익을 위하고 남을 위해 봉사하는 양호한 사회적 기풍을 마련할 것도 제창해야 합니다. 우리의 사회제도는 이러한 양호한 사회적 기풍을 조성하기 위한 기반을 마련했습니다. 이러한 사회제도에서 서로 속고 속이는 기풍은 인정을 받지 못합니다. 이러한 현상이 이미 사라졌다고는 말할 수 없습니다. 아직은 여전히 존재하고 앞으로 더 나타날 가능성도 있습니다. 그러나 자본주의 국가보다 훨씬 적은 것만은 확실합니다.

우리는 청년들이 분발노력하고 실사구시적인 태도로, 인민을 위해 더 많이 기여하도록 이끌어야 합니다. 청년들이 미래지향적인 안목을 가지지 못하거나 비현실적으로 이상만 높게 정하는 현상을 막아야 합니다. 젊은 시절에는 확실히 우점이나 약점이 있습니다. 약점은 늘 비현실적으로 이상만 높게 정하거나 실제에 어긋나는 목표를 세우는 등의 면에서 표현됩니다. 그리고 안목이 짧거나 자기만의 좁은 세계만 보는 경향이 있습니다.

적극적인 요소를 고양하고 분발 노력하는 한편, 개인의 이익이 아닌 공공의 이익을 위하면서 활기찬 모습으로 발전해야 합니다. 현재 어지러운 세상을 바로잡아 정상으로 되돌리고 4개 현대화 건설을 추진하는 과정에서 대중과 간부들이 수천수만에 달하는 진실한 감동적인 이야기를 써내려가고 있습니다. 사상 이론계, 간행물 언론계, 문예계는 모두 이 부분을 최대한 많이 반영해야 합니다.

위대한 국가를 건설하는 감격스러운 실제 사례로 인민을 교육하는 것은 아주 생동적인 교과서입니다. 이 부분에서 우리는 아직도 제대로 하지 못하고 있습니다.

우리는 지식인은 물론 문화교육 사업에도 충분히 중시를 돌려야 합니다. 지식인도 아주 중요한 존재입니다. 우리의 국가나 인민을 보면 보편적으로 지식이 부족한데 지식과 지식인은 긴밀하게 연결되어 있습니다. 지식인을 상대로 진행하는 정책 실행 업무를 아직 끝내지 못했고 지식인을 제대로 활용하지 못하고 있습니다. 게다가 그들은 주택, 별거, 노인 등 문제에서 많은 어려움을 겪는데 이도 제대로 해결해주지 못하고 있습니다. 그러나 현재 지식인을 너무 떠받들어 그들의 자만을 초래했다고 말하는 동지들도 있습니다. 이로부터 관련 업무에 대한 저애가 얼마나 클지를 가히 상상할 수 있습니다. 지식인이 이제 막 기를 펴기 시작하자 극소수 동지들이 또 그들을 억누르려하고 있습니다. 그러면 관련 부분 동지를 상대로 제대로 소통을 해야 합니다. 다년간 여러 부분에서 우리는 지식과 지식인에 대해 유물주의나 마르크스주의 사상을 적용하지 않았습니다.

오늘 우리는 지식인을 차별대우하는 현상을 반드시 바로잡고 지식인을 멸시하는 잔여 사상도 극복해야 합니다. 우리는 조치를 취해 반드시 이 문제를 제대로 해결할 결심을 내려야 합니다.

현재 일부 소도시는 아주 낡았습니다. 윈난(雲南)의 바오산(保山)현에 반차오공사(板橋公社)가 있습니다. 양식 단위당 생산량이 높은 이곳은 무 당 생산량이 850kg에 달해 널리 소문난 훌륭한 공사입니다. 기존에 반차오진의 600가구 가운데서 120가구가 수공업과 서비스업에 종사해 아주 흥성한 풍경을 이루었습니다. 그러나 현재는 그때의 상황과는 전혀 비교할 수는 없는 경지에 이르렀습니다.

중국이 항일전쟁·해방전쟁·민주개혁을 차례로 진행하고 훗날 또 '문화대혁명'을 겪으면서 소도시 거주자의 다수가 농업생산에 뛰어들고 그토록 많던 작은 상점이나 가게도 거의 모두 사라졌기 때문입니다. 현재 우리는 상품경제를 발전시켜야 하기 때문에 소도시를 회복하지 않으면 안 됩니다. 농촌으로 내려간 지식인들이 대도시로 진출하지 않는다면 소도시의 문제는 해결하기 어렵습니다. 만약 중국에 대도시와 중등 규모의 도시만 있고 소도시가 없다면 농촌의 정치중심·경제중심·문화중심에 '다리'가 없는 것과 같습니다. 도시에서 발전 방향 문제를 우선 해결해야 합니다.

집체 소유제·서비스업·수공업과 요식업을 적극적으로 발전시켜야 합니다. 사상정치와 사회 기풍에서는 문명·예절·위생·질서와 도덕을 반드시 지켜야 합니다. 일부 업무는 효과적인 방법을 취해 착실하게 진행해야지 아무 생각 없이 달려들어서는 안 됩니다. 소도시에서 사진관·이발관·목욕탕·오락장소를 발전시키면 치안도 나아질 것입니다. 때문에 치안을 중요시한다고 하여 사람을 붙잡는 것만 고집할 것이 아니라 일자리 규모를 확대하고 교육문화와 오락사업을 발전시킴으로써 청년들이 할 일이 있고 공부를 할 수 있으며 놀러 갈 곳도 있는 환경을 조성해 주어야 합니다. 그래야만 사회가 번영하고 안정될 수 있습니다. 현재 중소도시의 업무 상태가 아주 열악한데 이 문제를 반드시 해결하지 않으면 안 됩니다. 시범 지역을 선정해 소도시 건설을 잘 이끌어 나가야 합니다.

5. 철저한 유물주의 사상으로 당의 영도를 대하는 방법은?

사회주의 운명은 당의 영도와 긴밀하게 연결되어 있습니다. 당의 영도를 떠나 사회주의 길을 견지할 것을 언급한다면 이는 불가능한 일입니다. 우리 당은 중화인민공화국의 든든한 기둥 같은 존재입니다. 우리 당만이 중화민족을 이끌어 해방을 실현할 수 있습니다. 이에 대해서는 추호의 의구심도 들지 않습니다. 다른 당도 모두 시도해 보지 않았습니까? 그러나 모두 실패했습니다. 국민당이 바로 그렇습니다.

사회주의 혁명은 반드시 우리 당이 영도해야 합니다. 총체적으로, 1천 8만만 명에 달하는 간부, 3천 8백만 명에 달하는 당원을 놓고 볼 때 노 간부와 새 간부, 노 당원과 새 당원을 막론하고 이들 중 다수는 모두 훌륭합니다. 이에 대해 의구심을 품어서는 안 됩니다. 그러나 주로 린뱌오와 '3인방', 그리고 장칭(江青) 반혁명그룹의 파괴 탓에 당이 크나큰 박해를 받았고, 당의 전투력이 크게 약화된 데다 업무에서 착오가 생기고 당의 사상에 쌓인 먼지가 과거

보다, '문화대혁명' 전보다, 옌안시기보다 더 많아진 것입니다. 상당수가 당원 자격 미달이고 일부는 전혀 당원 자질조차 없어 당의 이미지가 큰 타격을 입게 되었습니다. 이 부분을 보지 않으면 이는 유물주의가 아닙니다. 당의 위신이 떨어져 있는 것은 현실입니다. 때문에 당의 영도를 견지하고 개선해야 합니다. 당의 영도를 개선하지 않는다면 당의 영도를 견지할 수도 없습니다.

당의 60년 역사는 2개의 단계를 거쳤습니다. 28년간 민주혁명을 진행해 정권을 쟁취했고, 31년은 집권당이 정권을 잡고 있었습니다. 집권당이 지하당, 비 집권당과 어떤 근본적인 차별이 있는 걸까요? 당 집권 이후 위험성은 어디에 있는 걸까요? 제대로 못해 퇴화하고 변질되는데 있습니다.

당 집권 이후 대중들에게 명령을 내려서는 안 되고 낡은 사회에 존재하던 통치자나 통치계급처럼 행동해서도 안 됩니다. 당의 퇴화와 변질을 막을 수 있는 중요한 한 갈래는 반드시 당의 영도를 열심히 개선하는 것입니다.

당의 영도를 어떻게 개선할 것인지에 대해서는 연구해야 할 일련의 문제들이 있습니다. 예를 들면, 민주집중제를 강화하고 간부 영도 직무의 종신제를 폐지하는 것 등입니다. 그리고 나쁜 기풍을 단호히 극복하는 것도 포함됩니다. 나쁜 기풍을 극복하는 것은 원칙적인 문제로, 추호도 동요시켜서는 안 됩니다. 당연히 이 업무를 추진하는 과정에서 큰 걸림돌에 부딪힐 수 있습니다. 나쁜 기풍을 바로잡고 극복하는 한편, 방향을 단호히 견지해야지 절대 착각이 생겨서는 안 됩니다. 방법이나 절차를 열심히 연구해야 합니다. 한 시기 나쁜 기풍이 오랫동안 성행했습니다. 나쁜 기풍을 바로잡는 과정에서 아래와 같은 문제에 주의를 돌려야 합니다.

첫째, 「당내 정치생활에 관한 약간의 준칙(关于党内政治生活的若干准则)」[131]을 발표하기 전에 발생한 문제는 너그럽게 처리해야 합니다. 개별적으로 대중들의 분노를 크게 불러온 문제를 제외하고는 더는 조사하지 말아야 합니다.

'준칙'발표 이후, 5중전회 이후로 특히 현재 발생한 문제를 열심히 대하고 엄하게 처리해야 합니다. 둘째, 나쁜 기풍을 조사할 때는 조사 대상이 누구이든지를 막론하고 모두 조사하고 확인해야 합니다. 과거의 경험과 교훈을 볼 때, 난리법석을 떨거나 운동처럼 진행하거나 기풍으로 되게 해서도 안 됩니다.

조사확인은 어떻게 해야 할까요? 당연히 소속기구, 당위를 거쳐야 하고 사실은 반드시 조사 확인해야 합니다. 전에 명확히 하지 못했다면 급히 결론을 내리지 말아야 합니다. 자칫 잘못했다가는 훌륭한 사람에게도 피해를 줄 수 있습니다. 자료를 확인조사하고 소속 단위의 의견을 청구하는 한편, 본인의 의견에도 귀를 기울여야 합니다.

셋째, 중점을 확실히 파악해야 합니다. 나쁜 기풍을 극복하는 것은 모든 사람들의 책임입니다. 나쁜 기풍을 바로잡는 과정에서 당원마다 자각성과 단호성을 가져야 합니다. 우리는 공산당원인 만큼, 당성을 증강시키고 고통과 어려움을 참고 견디면서 우리의 온갖 나쁜 기풍을 바로잡을 결심과 용기 그리고 방법을 모색해야 합니다. 우리 당의 다수는 소생산자 출신입니다. 우리 당내에 나쁜 기풍이 존재하는 사회적 근원이라 말할 수도 있습니다.

농촌과 도시의 생산자들이 민주혁명 시기에 혁명성을 갖고 있었던 것은 확실하지만, 이러한 혁명성을 멸시한 것은 착오적입니다. 그러나 약점이 있는 것도 사실입니다. 예를 들면, 이기적이고 보수적이며 편협한 것 등입니다. 때문에 마오쩌동 동지 · 류사오치 동지들은 당내에서 소생산자 사상을 극복하고 공산당원은 위대한 무산계급의 기개 · 흉금 · 안목이 있어야 한다고 저술에서 거듭 강조했습니다.

우리가 나쁜 기풍과 투쟁할 때, 전선의 동지를 상대로 교육하고 홍보하는 과정에서 적극적인 면에서 계발을 주는 등 당원에게 사상 무기를 마련해 주어야 합니다. 특히 당의 역사상 앞 사람이 넘어지면 뒷사람이 이어 계속 앞으로 나아가 용감하게 희생한 본보기는 아주 많습니다. 과거에도, 지금에도 있지만 앞으로도 계속 나타날 것입니다. 우수한 모범 당원과 간부가 있는 것은 사실입니다. 간행물은 이러한 부분을 많이 홍보해 나쁜 기풍을 일삼는 사람들이 보면 부끄럽다는 생각이 들도록 해야 합니다. 우리는 반드시 적극적인 이미지로 사람을 격려하고 교육하고 낙후된 자를 채찍질해야 합니다.

찬양을 주로 하고 비판도 적당히 해야 합니다. 각급 당위와 당원들은 모두 자발적으로 나쁜 기풍을 바로잡고 당의 전투력을 끌어올려야 합니다. 우리 당의 세포마다 당의 근육이 보다 건강해질 수 있도록 최선을 다해 움직여야 합니다. 이는 우리 당 조직마다, 그리고 당원마다 마땅히 지켜야 할 직책입니다.

당의 기풍을 잘 이끌어 나가는 데에 관한 약간의 문제*

(1980년 11월 26일)

「준칙」을 관철하기 위한 이번 좌담회에서 당의 기풍문제를 어떻게 제대로 이끌어 나갈 것인지에 대해 논의했는데, 저는 아주 시의적절한 일이라고 생각합니다. 아래와 같은 4개 부분으로부터 개인의 소견을 말하고자 합니다.

발언 원고를 준비하고 있을 무렵, 천윈 동지가 제기한 3가지 아주 중요한 건의를 본 적 있습니다.

첫째, 집권당의 기풍문제는 당의 생사존망과 관계되는 문제입니다. 그렇기 때문에 당의 기풍문제는 반드시 확실히 해야 하고 영원히 이끌어 나가야 합니다.

둘째, 기율위원회 업무에 어려움이 있을 것이지만 통일적인 인식을 거치면 해결될 수 있습니다.

셋째, 반드시 실사구시적인 태도를 갖고 문제를 명확히 조사하는 한편, 자료를 조사확인한 후 문제를 처리하고 본인과 면담해야 합니다.

우리와 전 당의 동지들이 높은 관심을 가졌으면 하는 천윈 동지의 이 3가지 중요한 건의는 우리가 잘 해나가야 할 기율검사 업무, 당의 기풍과 관련된 3가지 기본사상, 혹은 3가지 기본원칙이라고 저는 봅니다.

---

* 이는 후야오방 동지가 중앙기율검사위원회에서 소집한 제3차 「당내 정치생활에 관한 약간의 준칙」실행 좌담에서 발표한 연설문이다.

제가 오늘 얘기하려는 4가지 문제는 바로 천원 동지의 3갈래 건의를 바탕으로 전개한 것입니다.

1. 기율검사위원회 업무를 정확히 평가해야 한다.

당의 기율검사위원회는 3중전회[77]에서 다시 결성됐습니다. 3중전회와 그후의 몇 차례 전체회의에서 사상·정치·조직노선을 명확히 했습니다. 당의 기율검사위원회를 재구성한 것은 바로 조직노선을 바로잡기 위한 중요한 조치입니다. 3중전회가 소집되어서부터 현재까지 거의 2년의 시간이 흘렀습니다.

2년 동안 우리 당은 여러 계열의 전선 업무가 비교적 큰 진전을 가져왔고, 기율검사위원회의 업무도 상당한 성적을 거두었습니다. 기율검사위원회의 성적은 어떤 부분에서 표현되는 것일까요? 저는 아래와 같은 3가지 부분에서 나타나는 것이라고 생각합니다. 첫째, 중앙을 대신해 몇 개 중대한 당의 법규를 제정했습니다. 둘째, 역사적으로 큰 몇 개의 시비문제를 해결했습니다. 셋째, 당의 기율을 위반한 일련의 중대한 사건을 조사하고 처리했습니다.

저는 또 3중전회 이후에 우리 당이 기율검사위원회 업무를 새로운 수준으로 끌어올렸다고 봅니다. 당의 기율검사위원회를 회복하고 나서부터 '문화대혁명'이전 당의 기율검사 업무 가운데서 수많은 훌륭한 전통을 계승했을 뿐만 아니라, 고양되었다고 볼 수는 없는 것일까요? 이는 단지 당내 기율을 위반한 사건 조사에만 그치는 것이 아니라 전반적인 차원에서 당의 기풍을 제대로 이끌어 나가고 당의 기율 수호 차원에서 문제를 제기하고 연구하고 해결한 것입니다. 그 덕분에 우리 기율검사위원회 업무는 기존보다 더 깊이

323

있고, 더 높은 차원으로, 그리고 더 자발적으로 진행될 수 있었습니다.

이 시기의 업무에는 실사구시적이고 안정적인 특징이 있습니다. 우리가 비교적 뚜렷한 성적을 거둔 덕분에 당의 기율검사위원회가 당과 인민의 마음속에서 위신과 명성을 세울 수 있었던 것입니다.

그러나 성적을 너무 지나치게 높게 예측해서도 안 됩니다. 그러면 실제에 부합되지 않습니다. 당의 사업 요구나 전 당 동지와 인민대중의 희망에 비하면 우리의 업무에는 아직도 단점이 많습니다.

우리가 이미 많은 일을 해놓은 것이 아니라 오히려 해놓은 일이 너무 적다고 할 수 있습니다. 너무 지나치게 한 것이 아니라 대중들이 말하는 것처럼 추진 과정에서 용기와 의욕이 부족했습니다. 전국적으로 볼 때 기율검사 업무에는 발전 불균형의 문제가 따릅니다. 부서·성·시 사이에도 잘 이끌어 나가거나 그렇지 못한 문제가 있습니다. 왜 이러한 격차가 생기는 것일까요? 이유는 여러 가지입니다. 그러나 그중에서도 용기 있게 추진할 수 있느냐가 가장 중요하다고 봅니다. 기율검사위원회의 업무를 추진하는 과정에는 많은 어려움에 부딪칩니다. 이때 '용기'문제가 뒤따릅니다. 기율검사위원회는 잔혹한 현실에 맞서 누군가의 미움을 사야하고 정의를 주장해야 하는데 그럴 수 있겠습니까?

사실 어지러운 세상을 바로잡는 과정에는 모두 '용기'문제가 뒤따릅니다. 우리 사업의 활력 있는 모습을 되찾으려면 우유부단하거나 대충대충 지나가서야 어찌 어지러운 세상을 바로잡을 수 있겠습니까? 시비를 명확히 하거나 어려움을 극복하던지, 아니면 능력을 키우거나 백성들의 믿음을 얻든지를 막론하고 정신문제가 따르는 것은 확실합니다. 해야 하거나 하려고 생각만 했을 뿐 감히 하지 못한 적은 없지 않았나요? 또 정의를 주장하고 또 그러고 싶지만 두려워했던 적은 있지 않는지요? 말해야 하고 또 그러고 싶지만 감히 입 밖으로 꺼내지 조차 못한 적은 있지 않았는지요?

여러분! 많은 상황에서 왜 '헛발질'현상이 나타나는 것일까요? 분명히 자신이 총대를 메고 해결해야 하는 문제인데도 왜 용기를 내지 않고 다만 중앙의 결정이나 홍두(紅頭, 중앙이나 지도기관에서 공포한 문건 – 역자 주) 문건을 기대하고 있는 것입니까? 우리 전선뿐만 아니라 수많은 전선의 상당 수 동지들에게 정신상태 문제가 존재하기 때문이라고 생각합니다. 그렇기 때문에 업무에서 거둔 성적을 인정함과 동시에 단점도 언급하고 정신 상태와 연결시켜 이러한 문제를 고려해야 할 것입니다.

2. 당의 기풍을 잘 이끌어 나가는 데에 관한 중대한 의미를 깊이 인식해야 한다

당의 기풍이 좋고 나쁨은 당이 기반을 확고히 다지고 존재하고 발전할 수 있을 지와 관계됩니다. 천원 동지는 많이 얘기를 하지는 않았지만 말 한 마디 한 마디 마다 깊이 심사숙고한 후에 한 말입니다. 집정당의 기풍문제는 우리 당의 생사존망에 관계되는 문제라는 천원(陳雲) 동지의 견해에 저는 전적으로 찬성합니다. 그러나 우리 당의 수많은 동지들은 이 문제의 중요성을 인식하지 못하고 심지어 잘못 생각하고 있는 경우도 있습니다. 일부 동지들은 "경제 업무를 관장하는 것도 골머리가 아픈데 어찌 당의 기풍까지도 관장할 수 있겠습니까?"혹은 "안정과 단결이 기반인데 당의 기율을 너무 엄하게 한다면 안정에 걸림돌이 될 수 있지 않겠습니까?"하고 말하는 경우도 있습니다.

이러한 생각 자체는 기율과 당의 기율검사위원회의 업무, 그리고 당의 기풍과 관련되는 업무가 있어도 되고 없어도 되는 존재로 간주하거나, 심지어 경제발전과 안정 및 단결을 추진하는 것과 대립되는 존재로 생각하고 있는 것입니다. 이는 완전히 잘못된 견해입니다. 그래서 당의 역사를 바탕으로 당의 노선, 정책과 당내 생활, 당의 기풍 간의 관계를 얘기해 보고자 하는 것입니다.

우리 당의 수십 년 발전 역사를 볼 때, 대체로 아래와 같은 4개 상황으로 나뉩니다. 첫째, 당의 노선과 정책이 큰 착오를 범한 시기에는 당내 생활이 비정상적이었으며 봉건식의 독단적인 행위가 성행했습니다. 따라서 혁명이 큰 손실을 보고 큰 타격을 입었습니다. 그러나 설사 이 시기에도 당의 기풍은 아주 훌륭했습니다. 간부와 당원은 용감하게 분투하고 앞사람이 쓰러지면 뒷사람이 이어나갔을 뿐만 아니라, 목숨을 두려워하지 않고 백절불굴의 의지력을 보였기 때문에 당은 백성들의 존경을 받았습니다. 이 때문에 혁명이 모두 실패하지 않을 수 있었고, 정확한 노선의 지도하에 다시 생기를 되찾고 발전할 수 있었던 것입니다. 이때는 주로 1927년부터 1935년까지의 시기를 말합니다.

둘째, 노선과 정책이 정확한 덕분에 당내 생활이 정상적으로 돌아갔습니다. 그러나 우리 당의 기풍이 그다지 좋지는 않았습니다. 혹은 일부 간부들의 기풍이 아주 나빴다고 할 수 있습니다. 그렇기 때문에 사상이 일치하지 않고 모순이 아주 많은 것은 물론 대중들과의 관계도 좋지 않았습니다.

이때는 우리가 옌안에 도착한 후인 1940년부터 1943년까지를 말합니다. 그때 마오쩌둥 동지는 당내에 주관주의, 종파주의, 당팔고가 성행한다고 제기했습니다. 이러한 경향이 아주 심각했습니다. 당팔고라는 것은 무엇인가요? 현재의 말로 바꾸면 거짓말, 큰소리, 헛소리를 뜻하는 '가(假, 거짓말)·대(大, 큰소리)·공(空, 헛소리)'입니다. 때문에 그 당시 당 중앙은 큰 결심을 내리고 대규모의 정풍운동을 진행했던 것입니다. 정풍운동을 '세수하고', '위생청결'을 하는 것이라고 부르기도 했습니다. 정풍운동을 거쳐 전 당의 사상 각오를 끌어올리고 기풍을 바로잡음으로써 우리 당이 더욱 활력 있게 발전할 수 있도록 이끌었습니다. 이론과 실제를 연결시키고 대중적으로 긴밀하게 연계하며, 비판과 자아비판을 진행하는 우리 당의 3대 우수한 기풍은 바로 이 시기에 확립된 것입니다. 이 시기에는 기풍이 노선과 정책에 어울리지 못하는 경우도 있었습니다.

셋째, 노선과 정책이 완전히 정확한 시기입니다. 당내의 생활이 훌륭하고 민주 집중제를 추진했으며 당의 기풍도 아주 우수했습니다. 이러한 상황에서 우리 당은 서로 단결하고 생기가 넘쳤기 때문에 대중들 가운데서 믿음이 아주 높았습니다. 노선정책, 당내 생활과 당의 기풍 모두가 우수함으로 인해 혁명이 크게 발전할 수 있었습니다. 이때는 주로 항일전쟁의 대부분 시기와 해방전쟁 시기, 그리고 건국 초기를 말합니다.

넷째, 노선과 정책이 착오적이고 당내 생활이 극히 비정상적인 시기입니다. 특히 당내 생활이 극히 비정상적이었습니다. 나쁜 사람들이 남의 약점을 노리고 심지어 좋은 사람도 누군가의 계략에 빠져 나쁜 일을 저지르는 경우가 있었습니다. 이는 우리 당의 기풍을 심각하게 파괴했습니다. 기회를 엿보고 자신의 이익을 꾀하는 자들이 잘 나가고, 당 내에 맹목적인 작풍이 아주 컸기 때문에 당의 위신이 급격히 떨어졌습니다.

이러한 상황은 '문화대혁명'10년 동안에 나타났다고 저는 생각합니다.

'문화대혁명'10년 동안 당의 기풍은 전에 없이 파괴되었습니다. 이는 아래와 같은 두 가지 문제에서 주로 표현되었습니다. 하나는 개인 숭배주의가 절정에 달해 황당무계한 지경에 이르렀다는 점입니다. 당내에 크고 작은 구세주나 노예가 나타났습니다. 그러니 민주생활, 실사구시, 사상해방은 아예 생각할 수도 없습니다. 다른 하나는 "권리만 있으면 모든 걸 얻을 수 있다"는 식으로, 일부 사람들은 권리만 가지면 나쁜 일을 일삼았습니다.

내년이면 우리 당의 역사가 장장 60년에 달합니다. 우리 당이 걸어온 여정에 위와 같은 4가지 서로 다른 상황이 존재했다고 말할 수 있을까요? 왕허서우(王鶴壽)[52] 동지가 중앙서기처에 전하는 보고서에서 당의 노선과 정책은 당의 정상적인 생활, 훌륭한 당의 기풍과 서로 의존하는 존재라는 개념을 제기했습니다.

당의 60년간 걸어온 여정을 기반으로 한다면 저는 이러한 견해에 찬성합니다. 이러한 견해를 제기하면 좋은 점이 많다고 봅니다. 정확한 정치노선과 정책만으로는 안 되고, 정확한 조직노선과 훌륭한 당의 기풍도 뒷받침되어야 합니다. 이 두 부분을 결합시켜야만 우리 당을 잘 건설할 수가 있습니다. 때문에 정확한 노선과 정책에만 만족하고 당의 생활이나 기풍 건설을 소홀히 한다면 결코 입지가 흔들릴 수 있기 때문에 이는 착오인 것입니다. 역사적 경험으로 보아도 마찬가지입니다.

집정당의 지위 차원에서 얘기해보겠습니다. 마르크스주의 당은 압박을 받고 학살당하고 '토벌'당하던 데서 전국의 정권을 잡는 지위로 탈바꿈하였는데 이는 근본적인 변화입니다. 집권이후 성격이 변한 것은 아닐까요? 역사의 발전은 전 세계 공산주의자, 국제공산주의 운동에 이러한 문제를 제기했습니다. 100여 년간 공산주의 운동의 생동적인 역사가 있을 수 있는 지의 여부에 대한 문제는 추상적인 이론문제가 아니가 실제로 존재하는 문제였습니다.

집권 이후의 형세는 우리 당에 우수한 기풍이 있어야 함을 강조했습니다. 주관주의, 관료주의를 실행하고 대중을 이탈해 특권을 행사한다면 적들에게 탄압당하고 소멸될 것입니다. 뿐만 아니라 환경 자체가 나빠져서 행사할 수 있는 특권이 별로 없고 현재처럼 심각한 관료주의를 실행할 수 없으며, 한 가지 일도 1년씩 지연시키게 될 것입니다. 특히 전쟁시기의 적들이 쳐들어왔을 때 공격해야 할지, 말아야 할지 고민하고 연구만 하다가는 몇 시간이 지나 결국 포로로 잡히거나 아예 목숨을 잃게 되지 않겠습니까? 전국 집정당의 지위를 얻기 전에는 유물론의 반영론을 실시하도록 환경이 우리를 압박했습니다.

집권 이후 혁명의 의지력이 박약한 일부 동지들은 쉽게 사탕폭탄에 넘어가 부패를 일삼았습니다. 착취제도 역사에서 집권자는 모두 인민을 압박하는 통치자로 등극했습니다. 공산당원과 그들의 근본적인 차이점이 바로 얼마나 중요한 영도적 직무를 맡고 있었는지를 막론하고 인민을 위해 봉사하는 공복에서 인민을 부려먹는 권력자나 인민을 압박하는 통치자가 되지 말아야 한다는 점입니다.

당은 사회주의 사업의 지도자입니다. 그러나 당이 어떻게 영도하고, 또 당과 기타 조직의 관계가 어떠한지, 당은 어떻게 강제적인 명령이 아닌 인내성 있고 세밀한 사상정치 업무와 호소, 설득, 교육을 통해 인민대중의 마음을 사로잡았는지, 어떻게 당원의 본보기를 통해 인민대중의 적극성을 불러일으켰는지에 대해 오늘날 많은 시간을 들여 특별히 논의할 수는 없습니다. 실제 업무와 이론 업무에 종사하는 동지들이나 기율검사위원회 동지들이 이러한 문제를 열심히 연구하기를 희망합니다.

집권 이후 공산당을 기타 조직보다 높은 존재로 간주하면서 당이 모든 대권을 장악하고, 사사건건 명령을 내리고, 당원을 인민을 능가하는 통치자로 간주한다면, 이는 완전히 착오적이고 아주 위험한 행동입니다.

폴란드사건[144]은 우리가 각별히 주목해야만 하는 사건입니다. 따라서 당이 압박당하고 학살당하고 '포위토벌'을 당하던 위치에서 집정당의 지위로 근본적인 변화를 실현했지만, 제대로 이끌어 나가지 못한다면 퇴화하고 변질될 가능성이 많다는 점을 우리 동지들은 절대로 경시해서는 안 됩니다. 우리는 이 문제를 충분히 중시해야 합니다.

일부 동지들은 당의 기풍이 바르지 못한 것은 현실 업무를 제대로 추진하지 못한 원인이라는 점을 경시하고 있습니다. 현재 경제의 안정적 성장 업무를 제대로 추진하지 못하고 안정과 단결 업무에도 다양한 문제점들이 존재하는 이유는 무엇일까요? 객관적으로 얘기하면 린뱌오와 '3인방'의 잔여세력과 기타 적대분자가 존재하기 때문입니다.

주관적으로 얘기하면 사상노선이 바르지 못하고 '좌'경 사상을 완전히 극복하지 못했을 뿐만 아니라 당의 기풍이 바르지 못한 문제가 있기 때문입니다. 그러나 경제업무를 제대로 추진하지 못하고 있는 이유를 단지 '좌'경 사상을 극복하지 못한 것으로만 꼽는다면 이는 사실과 어긋나는 것입니다. 이 밖에도 우리는 당의 기풍을 바르게 하고 나쁜 기풍 등 심각한 문제를 절실하게 해결해야만 합니다.

역사적 경험이나 집정당의 지위 변화나 현실상황으로 볼 때, 저는 집정당의 기풍문제는 우리 당의 생사존망과 관계되는 문제라고 하는 천원 동지의 견해에 전적으로 찬성합니다. 전 당 특히 간부들이 먼저 이 문제를 열심히 생각해야 합니다.

3. 당의 기풍을 확고부동하게 제도적으로 이끌어 나가야 한다

당면한 당의 기풍 상황에 대한 '좌담회 기요(논의고)'의 기본적인 예측에 저는 동의합니다. "전 당의 노력을 거쳐 당의 기풍이 이미 상당한 발전을 가져왔습니다. 그러나 건국 초기와 비교할 때 당의 기풍에 근본적인 호전이 나타나지 않았고, 나쁜 기풍이 여전히 아주 심각합니다."라는 예측이 실제 상황에 부합된다고 저는 생각합니다. 중앙서기처회의에서 황커청(黃克誠)[145]동지가 아주 좋은 건의를 제기했습니다. 그는 당내의 나쁜 기풍은 마치 부식제처럼 당 조직을 부식시키고 있다고 말했습니다. 이에 저는 동의합니다. 이것도 '좌담회 기요(논의고)'에서 언급된 내용입니다. 다만 "당의 기풍이 바르지 않아 당과 대중의 관계를 심각하게 파괴하고 당의 위신을 떨어뜨리며 당의 전투력을 약화시키고 사회 기풍을 어지럽혔다."는 문장 중에 '어지럽혔다'는 글귀가 타당하지 않은 듯해서 "사회의 나쁜 기풍이 번지도록 조성했다"로 고치는 것이 더 합당하다고 생각합니다.

우리 당에 훌륭한 3대 기풍이 있는 반면, 나쁜 기풍도 있습니다. 이는 사실입니다. 따라서 나쁜 기풍이라는 개념이 성립되는 것입니다. 나쁜 기풍은 마치 부식제와도 같습니다. 당을 사랑하고 옹호하는 자라면 당원이든지, 아니든지를 막론하고 모두 당의 기풍에 관심을 기울여야 하며, 또 그래야만 하는 권리와 책임도 있습니다. 중국은 공산당이 영도하고 있기 때문에, 왜 중국 공민이 지도자에게는 관심을 두고, 당의 기풍에는 관심을 기울이지 않는가 하는 문제가 존재하는 것입니다. 따라서 노동자, 농민, 지식인을 막론하고 노인이나 청소년 모두 당의 기풍에 관심을 돌릴 권리와 책임이 있습니다.

저는 정당 기관지에서 이 문제를 명확히 언급할 것을 주장합니다. 당연히 천원 동지가 얘기한 것처럼 반드시 실사구시적인 태도로 문제를 명확히 조사하고 자료를 확인하는 것 외에도 본인과 면담하고 일부는 해당부서에도 알려야 합니다. 특히 중요한 것은 당의 고위간부들이 당의 기풍문제에 관심을 돌리고 앞장서서 당의 기풍을 잘 이끌어 나가기 위해 최선을 다해야 한다는 점입니다.

당의 기풍에 관심을 갖는 것은 당성의 표현이고, 그렇지 않으면 당성이 없다거나 당성이 강하지 못한다는 것을 표현하는 것이라 하겠습니다. 이에 대해서는 애매모호하게 말할 필요 없이 첨예하게 문제를 제기해야 합니다.

나쁜 기풍은 어떻게 생긴 것일까요? 착취계급 사상의 영향을 받았다고 해야지 나쁜 기풍이 무산계급 정당에 있는 것처럼 생각해서는 안 됩니다. 무산계급 정당이 착취계급 사상의 영향을 받으면서 착취계급 사상에 물들었기 때문입니다. 현재 일부 당 외 인사들은 이러한 설을 결코 인정하지 않고 있습니다.

그들은 "공산당의 나쁜 기풍이 어찌 남들의 영향을 받았다고 할 수 있겠는가?"하고 반문하고 있습니다. 일부는 "착취계급을 무너뜨린 후 착취계급 사상이 범람해진 것이 아닌가요?"하고 묻기도 합니다. 그러면 우리는 착취계급을 무너뜨렸다고 하여 사회적으로, 사람들의 머릿속에서 착취계급 사상이나 낡은 습관세력을 모조리 없앴다고 할 수 없기 때문이라고 말합니다. 나쁜 기풍이 범람한 최근 10여 년간, 우리 당에 나쁜 무리가 나타나고 린뱌오와 '3인방'이 생겨나면서 이들이 착취계급의 악렬한 사상과 기풍을 받아들여 당내에 퍼뜨렸습니다.

만약 이러한 사고방식대로라면 당의 기풍을 바로잡는 투쟁은 린뱌오와 '3인방'에 대한 숙청의 계속이자 훌륭한 동지들을 린뱌오와 '3인방'과 깨끗하게 경계선을 나누는 표징이기도 합니다. 이처럼 엄숙하고 중대한 문제에서 대충대충 지나가고 등한시 하는 공산당원의 태도를 절대 용납해서는 안 되는 것입니다.

그러면 우리는 나쁜 기풍과 어떻게 투쟁해야 할까요? 천윈 동지의 건의를 바탕으로 저는 두 가지 건의사항을 제기합니다.

첫째, 전 당 범위 내에서 지속적으로 당성, 당규, 당법에 관한 교육을 착실히 진행해 나가야 한다는 겁니다. 그 어느 시기에도 사상교육을 잊어서는 안 됩니다. 중국을 개조한다는 것 자체가 아주 어려운 일입니다. 낡은 중국은 후진 반식민지, 반봉건사회로, 봉건사상, 자산계급사상, 소자산계급 사상뿐만 아니라 낡고 역사의 발전요구에 부합되지 않는 습관세력도 남아 있는데, 이러한 부분은 모두 단시간 내에 없앨 수는 없습니다. 레닌의 말처럼 이는 몇 세대 사람들의 일입니다. 때문에 그 어느 때든지를 막론하고 사상교육을 풀어놓아서는 안 되고, 만약 사상교육을 포기한다면 이는 더욱 착오적인 선택입니다. 그러면 "어떻게 교육해야 할 것입니까?"그러려면 당원들이 당의 영광스러운 전통과 우수한 기풍을 알도록 해야 할 것입니다. 3천 8백 만 명에 달하는 당원 가운데 두 가지 나쁜 상황이 존재합니다.

첫째는, 원노 당원들이 당의 우수한 기풍을 잊어버렸고, 둘째는, 새 당원 가운데서 적지 않은 동지들이 우수한 기풍에 대해 잘 알지 못하고 있다는 것입니다. 그들은 "당신들은 거짓말을 하고 있는 것인 것입니다. 20년 전에도 공무에 충실하고 법을 잘 지키며 성인군자였다는 점을 믿지 않습니다."라고 말했습니다. 그들은 10여 년·20년·30년 전에도 우리 당이 그토록 순결하고 고상했다는 점을 믿지 않고 있습니다. 현재 우리는 새 당원을 상대로 당의 영광스러운 전통을 홍보하고 당의 우수한 기풍에 대한 교육을 진행해야 합니다. 또 '당내 정치생활에 관한 약간의 준칙'을 계속해서 전개하고 당헌도 꾸준히 학습해야 합니다.

실제와 연계시켜 당성, 당규, 당법 교육을 실행하는 과정에서 현재 우리 당내의 우수한 기풍의 전형을 고양시키고, 잘못했으면 바로 고치는 사례를 홍보할 것을 늘 주장해왔습니다. 예를 들면 오늘 『인민일보』 톱기사 소식처럼 말입니다. 허난(河南)성 핑위(平與)현 현위 영도간부들의 주도 하에 직권을 남용해 자녀와 친구, 친척 6백여 명의 일자리를 마련해준 자를 사퇴시킨 내용입니다. 그리고 낡은 풍속과 습관을 버리는 뉴스도 홍보해야 합니다.

현재 우리는 개혁시대에 들어섰습니다. 따라서 낡은 기풍을 바로잡고 새로운 풍모는 제창해야 합니다. 며칠 전 장충(張沖)[146] 정협 부주석이 사망했습니다. 그는 유서에서 화환을 보내지 말라고 당부했습니다. 그래서 그의 추도회에는 화환 한개도 찾아볼 수 없었습니다. 그리고 집체적으로 결혼식을 올리는 낡은 풍속도 바로잡아야 합니다. 그렇기 때문에 우수한 기풍의 전형을 고양시키고 잘못했으면 바로 고치는 사례를 홍보하는 한편, 낡은 풍속과 기풍을 바로잡는 뉴스도 적극적으로 홍보해야 합니다. 이러한 부분은 모두 우리가 나쁜 기풍을 바로잡는 과정에서 적극적인 요소로 작용합니다.

여러 가지 부분으로 나쁜 기풍을 억제하는 자각성을 끌어올려야 합니다. 당의 각급 기율검사 부서는 마땅히 당의 조직부서, 홍보부서, 언론, 텔레비전·라디오와 힘을 합쳐 함께 연구함으로써 당의 기풍을 잘 이끌어 나가기 위한 사상교육 지구전을 펼칠 준비를 해야 합니다. 1년만으로는 될 수 없으니 먼저 5년간 팔을 걷어 부치고 추진해봅시다. "정풍운동을 하면 어떨까요?"하고 묻는 일부 동지들도 있습니다. 이러한 부분은 현재 이 회의에서 결정할 수 없고 중앙에서 심사숙고해야 할 문제입니다.

현재 우리는 옌안시기처럼 2, 3년의 시간을 들여 정풍운동을 할 가능성이 없습니다. 해방 이후 마오쩌동 동지가 소규모의 정풍운동을 진행할 방법을 제기한 바 있습니다. 그러나 당의 기풍을 제대로 이끌어 나가려면 잠깐의 정풍운동에만 의존해서는 성공하기 아주 어려울 것으로 보입니다. 이는 아주 세밀한 업무인 만큼 조직 차원에서 영도 동지들과의 개별 담화를 통해 사상을 해방시키고, 나쁜 기풍이 있는 동지들이 자발적으로 잘못을 바로잡을 수 있도록 깨우침을 주어야 합니다. 주로 당원과 인민대중을 동원해 우리를 상시적으로 감독함으로써 비판과 자아비판의 전통을 다시 회복토록 해야 합니다. 이 부분이 바로 우리 당의 기풍을 잘 이끌어 나가는 대에 관한 첫 번째 건의입니다.

두 번째, 실제와 연결시켜 현재 존재하는 나쁜 기풍과 단호하게 투쟁해야 합니다. 이 부분을 소홀히 하면 안 됩니다. 각급 기율검사위원회에 그럴만한 용기가 있는지, 혁명하려는 담략이 있는지를 보아야 합니다. 「좌담회 기요(논의고)」에서 귀납한 13가지 조항을 한번 보기는 했지만 아직 제대로 연구해 보지는 못했습니다. 저는 간부나 대중들의 불만이 가장 많은 부분 등 가장 중요한 부분을 확고히 해야 한다고 생각합니다. 따라서 위 13가지 조항을 그대로 놔둘지 아니면 약간 줄일지, 일부 조항을 더 명확하게 할지를 여러분들이 더 고민해보길 바랍니다.

중앙서기처 동지들은 매일 최소한 50건 이상의 당의 기풍 관련 자료를 보고 있습니다. 최근 몇 년간의 감수를 바탕으로 저는 아래와 같은 6가지 부분의 문제를 우선 확고히 해야 한다고 생각합니다.

첫째, 중앙의 노선, 방침, 정책에 대해 겉으로는 따르는 척하고 실은 따르지 않는 태도입니다. 여기서 우선 인식문제를 배제해야 합니다. 3중전회 이후로 상당한 동지들이 제대로 이해하지 못한 탓에 저촉하는 정서가 나타났는데, 우리는 이러한 상황을 이해하고 분쟁을 일으키지 말아야 합니다.

발걸음을 따라가면 좋겠지만 인식문제 때문에 따라가지 못한다면 열정적이고도 인내심 있게 도움을 주어야 합니다. 여기서는 당의 노선, 방침과 정책을 전혀 실행하려 하지 않으며 겉으로는 따르는 척 하지만 실은 거스르는 악렬한 행태 탓에 업무에서 중대한 손실을 본 경우를 가리키는 것이지, 한 시기의 인식이 모호한 문제를 가리키는 것이 아닙니다.

둘째, 당과 인민이 부여한 직권을 등에 업고 사사로운 개인의 이익을 도모하고 패거리를 짓거나 자기 사람을 배려한다는 점입니다. 이 부분에 대한 대중들의 의견이 가장 많았습니다.

세 번째, 원칙을 상실하거나 당의 원칙을 전혀 고려하지 않은 채, '관계'나 '인맥'을 동원하고 선물을 주고 뇌물을 수수하는 등 당과 국가의 명성에 손해를 주고 국가와 집체 재산을 탕진한다는 점입니다. 식사를 대접하고 선물을 주는 기풍 성행 수준은 그야말로 놀라울 정도입니다.

관련 자료에 따르면, 어떤 성에서는 올 1~9월까지 한 조항에서만 1천 5백만 위안을 써버린 것으로 나타났습니다. 만약 다른 성도 이러한 수준이라면 전국적으로 3억~4억 위안을 소비하게 되는 셈입니다. 일부 단위에서는 마음대로 야참을 주문합니다. 만약 1인당 야참 한 끼의 가격이 0.3위안이라고 하면 2천만 명이 100일을 먹는다고 가정할 때 그 가격은 수억 위안에 달합니다. 일부 사람들이 외국인들에게서 뇌물을 수수하는데, 이러한 행태는 정말 부끄러워 얼굴조차 들 수 없을 지경입니다.

넷째, 잘못이 있으면 인정하기는 커녕 권력과 권세를 빌어 좋은 사람을 모함하고 보복한다는 점입니다. 현재 이러한 현상이 아주 심각합니다.

다섯째, 일부러 허위를 날조하고 남을 치켜세우며 그들의 비위를 맞추려 한다는 점입니다. 또 윗사람을 기만하고 아랫사람을 속이며 영예를 갈취하고 온갖 방법을 동원해 자신의 이익만을 챙기기도 합니다. 우리 당내의 일부 사람들에게 개인 숭배주의 현상이 있을 뿐만 아니라 당내 일부 사람들은 10여 년간, 심지어 수십 년간 남을 치켜세우고 그들의 비위를 맞추려고 애썼다.

여섯째, 업무에 대해 전혀 책임감이 없습니다. 예를 들면, 계획을 정하고 인프라 건설을 진행하거나 경영관리를 추진함에 있어 극히 무책임한 태도를 취해 국가와 인민들의 이익에 심각한 손실을 가져다주었습니다.

한 시기 내에 힘을 모아 몇 가지 부분을 확고하게 장악해야지 범위를 너무 넓게 잡아서는 안 된다고 저는 생각합니다. 그렇다고 하여 일부 문제를 방치한다는 것이 아니라 먼저 주요한 부분, 대중들의 불만이 가장 많은 부분을 확고히 장악하겠다는 것입니다.

이러한 불만을 처리하는 과정에서 천원 동지는 훌륭한 원칙을 제기했습니다. 반드시 실사구시적인 태도를 갖고 자료를 확인하되 본인과의 면담도 반드시 해야 한다는 것입니다. 반드시 실사구시적인 태도를 가져야 하는데, 10가지에서 한 가지만 실사구시적이지 않아도 그 조항은 빼버려야 합니다. 실사구시적인 태도를 위해서는 조사 확인하고 소속 당위의 건의에 귀를 기울여야 하며, 반드시 본인과 면담을 해야 합니다. 그 후 어떤 부분을 언론에 공개하고, 어떤 부분을 당내에서 처벌을 내리거나 소속단위의 비판으로 마무리 지을 것인 지에 대해 고민해야 합니다.

당의 규정, 법률과 기율을 어긴 자를 처벌하고 나쁜 기풍을 처리함에 있어 한 가지 중요한 원칙이 있습니다. 저는 「준칙」 발표 이후 발생한 사건을 먼저 확실하게 해결해야 하는 것에 대해 찬성합니다. 「좌담회 기요(논의고)」에서는 이렇게 언급했습니다. "나쁜 기풍문제를 처리함에 있어 보편적으로는 「준칙」 발표를 기준으로 합니다. 과거에 너그럽게 처리했다면 앞으로는 엄하게 처리할 것입니다." 저는 무릇 '준칙'발표 이전의 사건이라면 극히 개별적으로 대중들의 분노가 큰 사건을 적절하게 처벌하는 것 외에 더는 조사하지 않은 조항을 넣을 수 없을까 생각해봅니다.

실제 업무에서의 큰 문제와 연관이 있기 때문입니다. 각급 당위와 기율위원회의 실제 업무와 정력을 현재의 문제에 두고 조사할 것이냐? 아니면 여러 사람을 이끌어 지난 문제를 조사할 것이냐 하는 문제입니다. 저는 주요한 정력을 현재의 문제를 조사하는데 두고, 「준칙」 발표 이후의 문제를 조사했으면 하는 바람입니다. 몇 년 전 주자파(走資派, 자본주의를 주창하는 파)로 몰린 자들이 갓 해방 후 자녀문제를 해결하기 위해 인맥을 찾아 일자리를 해결했는데, 이 부류 문제에 대해서는 더 조사하는 않는 것이 좋겠다. '이번이 마지막입니다'라는 규정을 내오려는 것은 아닙니다.

다수의 동지들은 2년 전에야 겨우 해방되었습니다. 2년 전에는 상황이 아주 복잡했습니다. 일부 동지들은 많이 오염되었고, 일부 동지들은 해방 후 실제적인 어려움을 해결해 달라고 요구했습니다.

천원 동지가 왕허서우 동지와 담화하면서 린뱌오와 '3인방의 10년간 횡행으로 수많은 간부들에게 이런저런 문제가 존재한다는 점을 언급했다고 들었습니다. 천원 동지는 "간부들 중에 적지 않은 동지들은 '위그루족 처녀 중에는 땋은 머리채가 많습니다.' 그러니 아무렇게라도 한 가지는 잡을 수 있습니다."고들 말했는데, 이렇게 일괄적으로 몰아가서는 안 되는 것입니다. 따라서 이러한 문제를 처리하기 위해서는 신중에 신중을 기해 생각해야 합니다. 천원 동지가 이러한 문제를 제기한 것은 나쁜 기풍을 단호하게 처리하면서도 신중하게 처리할 것을 희망했기 때문이라고 생각합니다.

착오를 범한 동지들에 대해서는 진심으로 도와주고 그들이 난처한 상황에서 벗어날 수 있도록 조건을 마련해주어야 합니다. 우리가 이러한 방법을 취한다고 하더라도 전 당과 전국 인민의 옹호를 받을 수 있을 것이라고 생각합니다. 그러면 우리가 당의 기풍 업무를 제대로 이끌어나가고 한 걸음씩 앞으로 발전해 나갈 수 있을 것입니다.

4. 우리 당은 웅대한 이미지로 10억 인민들 앞에 나설 수 있을 것이다.

이에 대해 저는 확고한 신념을 갖고 있습니다. 지난해 7월 22일 기율위원회의 회의에서 우리는 이러한 목표를 제기했습니다. 3년으로 안 되면 5년을 이용해 우리 당을 잘 건설함으로써 영광스럽고도 정확한 위대한 당에 힘을 보태자는 것입니다.

'3인방'을 무너뜨린 후 향후의 몇 년간 혹은 10여 년, 20년 후에는 아래와 같은 3가지 시대의 흐름은 막으려도 해도 막을 수 없을 것으로 보입니다.

첫째, 서로 단합해 4개 현대화 건설을 추진해야 합니다. "누군가 대규모로 내전을 발동하고 자본주의파의 길을 걸으며, '가난한 사회주의를 고집할지 언정, 자본주의를 받아들이지는 않을 것이다.'라는 과거의 잘못된 인식을 추진하지는 않을까요?"하는 점입니다. 개별적으로 추진하고 대규모로 추진할 수도 있겠지만, 저는 그렇지 않다고 봅니다. 시대의 흐름은 서로 힘을 합쳐 4개 현대화를 추진하는 것입니다. 민족 분열이나 인민 내부의 분열을 실행하려 한다면 인민들이 허락하지 않을 것입니다.

둘째, 민주와 법제를 건전히 해야 합니다. "린뱌오와 '3인방', 그리고 장칭 반혁명그룹의 인물들이 또 나타나지는 않을까요?"하는 점입니다. 만일 그자들이 부주석 자리에 오르려 한다면 중앙위원회에서 과연 통과시킬까요? 장칭[147]과 같은 유형의 인물을 기수로 떠받들고 강요된 자백으로 죄를 판가름하는 근거로 삼는 경우가 있기는 있을 것입니다. 그러나 대체로는 실행할 수가 없을 것입니다. 간부 · 당원 · 대중들이 모두 사회주의 민주와 법제를 건전하게 할 것을 요구하고 있는 것이 시대의 흐름이기 때문입니다.

셋째, 당의 우수한 전통을 고양시키고, 당의 영도를 개선할 것을 요구하며, 당의 영도를 강화해야 한다는 점입니다. 덩샤오핑 동지가 정치국을 대표해 이러한 발언을 했을 때[148] 당내외의 옹호를 받았습니다. 바로 "당의 영도를 개선하고 강화해야 합니다. 오로지 당의 영도를 개선해야만 당의 영도를 견지할 수 있습니다."라는 내용이었습니다.

위 3가지 시대의 흐름이 한데 어우러져 사회주의의 강대한 중국을 건설하는 전체적인 시대적 흐름을 형성했습니다. 혹은 나라가 번영 부강해지고 백성들이 안정된 생활을 누리고 있다고 말할 수도 있습니다. 인민들은 위의 3가지 시대적 흐름을 갈망하고 있습니다. 이러한 시대적 흐름이 갈수록 강해져 그 누구도 가로막지 못할 것입니다. 역사는 소수인의 의지나 생각대로 발전하는 것이 아닙니다. 또 역사의 발전은 개인의 주관적인 염원에 따라 이전되는 것도 아닙니다. 이는 마르크스주의 개종명의의 제1편 내용에 언급된 내용입니다.

우리 당의 수십 년간의 분투는 우리가 이 부분을 습득하도록 가르쳤습니다. 린뱌오와 '3인방'을 한꺼번에 무너뜨릴 수 있었던 이유는 무엇이었을까요? 중앙의 일부 동지들이 최선을 다해 기여했기 때문입니다. 그러나 일부 동지들이 마오쩌둥 동지보다 영향력이 크고 능력이 있어서가 아니라 린뱌오와 '3인방'이 대중을 이탈하여 속 빈 강정이었기 때문입니다. 대중들이 그들을 반대한지 벌써 몇 년이 되었나요? '보하이(渤海) 2호'처리[149] 방법이 어떻게 옹호를 받을 수 있었나요? 신문에 실리자 백성들이 모두 기뻐했습니다. 현상을 통해 백성들의 의지와 염원을 보아야 합니다. 백성들의 의지와 염원을 대표한 시대적 흐름은 그 누구도 막을 수 없는 것입니다.

그렇기 때문에 저는 상심하지 말아야 할 뿐만 아니라 하는 일이 없어서도 안 된다고 생각합니다. 그리고 요행심리를 가져서도 안 된다고 봅니다. 일부 나쁜 기풍이 있는 동지를 보면 모두 요행심리를 갖고 있습니다.

"아마 대부분은 모를 것이다", "우리 당은 처음부터 이러한 모습이었어. 그러니 보고도 못 본 척 하자!"라는 등의 착오를 범한 일부 사람들을 보면, 모두 역사의 시대적 흐름을 착오적으로 예측했음을 알 수 있습니다.

일부 동지들은 1975년 이전까지는 착오를 범하지 않았다가 1976년에 잘못을 저질렀습니다. 그들은 "1976년에 자신들이 덩샤오핑을 밀어냈으니 어찌 희망이 있겠나?"하고 생각하기도 했습니다. 1976년 '덩샤오핑 비판'[45]은 마지막 관문으로, 그들은 그 시기의 역사적 흐름을 보지 못했습니다. 린뱌오와 '3인방'이 궁극적으로 백성들의 마음을 잃은 이유는 바로 '덩샤오핑 비판투쟁'을 벌였기 때문입니다. '덩샤오핑 비판'이 린뱌오와 '3인방'의 마지막 기반마저 없애버렸습니다. 일부 동지들의 사상방법을 보면 백성들의 힘, 의지와 역사적 흐름을 제대로 보지 못하고 잠시적인 암흑이 오랜 시간 지속될 것이라고 생각하거나, 개인의 역할을 지나치게 과대평가하는 경향이 있었습니다. 이는 우리가 10여 년, 20년간 역사 무대에서의 개인 역할 문제를 정확하게 해석하지 못하고 마르크스주의 기본원리를 위배한 것과 연관이 있습니다.

공산당원이라면 마음이 밝고 눈이 빛나야 합니다. 우리는 선봉대이고 선봉전사인 만큼 역사적 흐름에 앞장서야지, 절대로 역사적 전진에서의 걸림돌이 되어서는 안 됩니다. 당연히 역사를 초월해서도 안 됩니다. 그러면 착오를 범하게 됩니다. 우리는 선봉전사나 선구자 역할을 충분히 발휘해야 합니다. 만약 이러한 안목으로 문제를 보고 생각한다면, 기율검사위원회 업무가 성과를 이룰 것이고, 당과 우리나라, 그리고 민족을 위해 크게 기여할 수 있을 것이라 믿습니다.

중국공산당 제11기 6중전회 폐막식에서의 연설

(1981년 6월 29일)

전체회의가 곧 끝납니다. 여기서 간략하게 3가지 건의를 제기하고자 합니다.

첫째, 최근 몇 년간 가장 크게 기여한 자는 누구입니까?

'3인방'을 무너뜨린 후 정치국과 상무위원회 동지들은 각자의 직무에서 다양하게 기여했습니다. 그러나 더 많이 기여한 자를 꼽으라면 그래도 원로세대의 혁명가라고 봅니다.

상무위원회에서 예젠잉, 덩샤오핑, 리셴녠, 천윈 등 동지의 기여가 매우 큽니다. 덩샤오핑 동지는 특히 경험이 풍부하고 활력이 넘치는 데다 오랜 세월을 거쳐 위망을 세운 덕분에 그의 역할은 보다 더 두드러지게 나타났습니다.

저는 지난해 11월에 열린 정치국회의에서 3중전회가 열리기 전 2년 동안 바로잡은 10가지 대사에 대해 언급한 바가 있습니다. 이러한 대사는 모두 원로 동지들이 제기하고 견지하거나 그들의 적극적인 지지가 있었기 때문에 해낼 수 있었던 일입니다.

3중전회부터 현재까지 2년 6개월 동안에도 12개의 중대한 결정을 열거할 수 있는데, 이것도 거의 원로 동지들이 제기한 것입니다. 원로 동지들은 사전에 서로 의견을 나눈 후 집체적으로 결정을 내렸는데, 역사적 결의 26가지 가운데서 일부 중대하고 주요한 결정을 열거했습니다. 그러나 역할을 발휘한 부분은 생략했습니다. 이 부분은 동지들이 이번 회의를 통해 대체적으로 이해한 부분이기 때문입니다.

우선 이 부분을 얘기하는 것은 건당 초기 원로 혁명가들이 아직은 건재할 뿐만 아니라 당의 영도핵심 가운데서도 기둥역할을 하고 있는데, 이는 우리 당과 전국 인민의 행운이라고 저는 생각하기 때문입니다.

당연히 구체적인 문제에서 그들이 모두 결정을 내리고 아주 완벽하고도 주도면밀하게 얘기할 것을 요구하는 것은 아닙니다. 원로 동지들이 청장년들처럼 번잡한 일상적인 업무를 짊어지라는 것은 더더욱 아닙니다. 다만 그들이 건재하고 장수한 덕분에 당과 국가의 대사가 더 잘 추진되고 있다는 뜻입니다. 가령 12급 태풍이 우리를 강타한다고 해도 끄떡없을 것이라고 저는 믿습니다.

둘째, 두 가지가 변하지 않았습니다.

저는 우리 당의 특정된 역사적 조건에서 현재의 직무를 맡게 되었습니다.

전 당의 다수 동지의 염원에 따라 중앙의 주석은 덩샤오핑 동지가 맡아야 했습니다. 덩샤오핑 동지를 제외하고도 수준이나 능력, 자력과 명망으로 보아 저보다 더 적합한 원로 동지들이 아주 많았습니다. 나이는 저보다 어려도 우리 당의 우수한 간부들이 많이 있다는 말입니다.

현재 이렇게 결정되었으니 당연히 변화가 아주 큰 것입니다. 그러나 저는 대회를 빌어 원로 혁명가들의 역할이 변하지 않았고 나의 수준도 변하지 않았다는 점을 명확히 얘기할 책임이 있다고 봅니다.

앞에서도 이미 언급했지만, 최근 몇 년간 상무위원회에서 예젠잉, 덩샤오핑, 리셴녠, 천윈 등 동지들이 주요한 역할을 했으며, 그중에서도 특히 덩샤오핑 동지의 역할이 보다 두드러지게 나타났습니다. 이는 비밀이 아닙니다. 외국인들마저 다 알고 있는 사실입니다. 덩샤오핑 동지는 현재 중국공산당의 주요한 결책자로 활약하고 있습니다. 어떤 경우에는 '주요한 설계자'라고 그를 부르기도 합니다. 어떻게 부르든지 간에 의미는 같습니다. 현재 중앙의 영도 핵심을 보면, 정치생활이 정상적으로 돌아가고 있어 진정으로 집체 영도를 회복했다고 할 수 있습니다.

현재 중앙의 정치생활이 우리 당 역사상 가장 좋은 시기라고 말하는 몇몇 원로 동지들도 있습니다. 이 의견에 저는 동의합니다. 원로 혁명가들은 여전히 중앙에서 중요한 역할을 하고 있는 핵심 인물들입니다. 이러한 상황을 과연 전 당에 알려야 할까요? 저는 당연히 알려야 하고, 마땅히 그렇게 해야 한다고 생각합니다.

나의 수준도 여전히 그대로입니다. 이 부분은 많은 분들이 명확히 알고 있을 것이라 믿습니다. 한 사람의 직무가 갑자기 승격되었다고 해서 능력도 따라서 제고될 수는 없는 것입니다. 어제도, 오늘도 후야오방은 여전히 그대로입니다. 이러한 문제에서는 자지지명(自知之明)이 있어야 합니다. 그러나 전 당이 이번의 역사적 결의정신에 따라 나를 감독하길 바랍니다. 우선 중앙위원회 위원들에게 감독을 부탁합니다.

셋째, 우리는 어느 곳에다 심혈을 쏟아 부어야 할 것입니까?

최근 몇 년간, 산처럼 쌓인 역사적 잔류 문제를 해결하기 위해 우리는 총력을 기울였습니다. 이번 전체회의에서 통과된 역사적 결의를 작성하기 위해 우리는 또 다시 엄청난 심혈을 기울였습니다. 그래도 그럴만한 가치가 있는 일이라고 생각합니다. 시간이 흐름에 따라 전 당과 전국 인민들이 갈수록 감탄하고 있습니다. 우리의 방법은 아주 정확한 것입니다.

역사적 결의의 발표를 당 내외 절대다수의 동지들이 모두 열렬히 옹호할 것이라고 저는 믿습니다. 그러나 일부 견해와 설명을 이해하지 못하고 이런저런 문제를 제기하는 사람들도 있습니다. 이에 저는 너무 조급해 할 필요가 없다고 봅니다. 일반적인 학습과 논의방법을 통해 1년 좌우의 시간 내에 점차적으로 해결하면 되기 때문입니다.

이러한 방법은 비교적 안정적일 뿐만 아니라 사람들의 사상수준도 크게 향상시킬 수 있습니다. 그러나 일부 나쁜 사람들이 이 기회를 빌려 유언비어를 퍼뜨리고 소란을 피울 것으로 예상되지만, 우리가 경각성을 높이고 정확하게 대처한다면 큰 문제는 없을 것이라고 생각합니다. 현재 유언비어를 퍼뜨리고 여러 가지 혼잡한 상황을 조성하며, 누구를 무너뜨리려고 수작을 부리는 등 수많은 이상한 현상 가운데서 일부가 사회의 나쁜 사람들의 소행인 것을 제외하면 상당수는 우리 간부대오에 속한 누군가의 소행들입니다. 이 부분에 대해 우리는 반드시 명확히 알아내야 합니다.

발견한 후에는 반드시 효과적인 조치를 취해 남아 있는 역사적 문제를 해결해야 합니다. 영도 차원에서는 이미 끝났다고 말할 수 있습니다. 6중전회 공보에서 한 한마디 말에 특별히 유의하길 바랍니다. "이번 회의에서는 당의 지도사상 차원에서 어지러운 세상을 바로잡아 정상으로 되돌리는 역사적 임무를 완수하는 데에 대해 역사서에 기록할 것이다." 다시 말해 당의 지도사상 차원에서는 어지러운 세상을 바로잡아 정상으로 되돌리는 역사적 임무를 이미 완수했다는 것입니다. 그러나 실제 업무는 아직 끝나지 않았고, 어지러운 세상을 바로잡아 정상으로 되돌리는 역사적 임무도 아직 완성하지 못했습니다. 때문에 어지러운 세상을 바로잡아 정상으로 되돌리는 실제 업무와 구체적인 업무를 완수하려면 아직도 2년, 3년, 5년은 더 걸려야 한다고 생각합니다.

현재 우리는 지도사상 차원에서 이미 역사적인 시비문제를 해결했습니다. 그렇다면 현재 영도자들은 어떤 곳에다 심혈을 기울여야 하고, 중앙과 성·시의 동지들은 지도사상에서의 힘을 어떤 곳에 쏟아야 합니까? 우리는 총력을 기울여 국민경제를 어떻게 발전시키고 사회주의 정신문명을 어떻게 효과적으로 건설할지에 대해 고민해야 할 것입니다.

3중전회 이후 몇 가지 중대한 결정을 내리면서 경제형세가 점차적으로 호전되고 있습니다. 농업이 더 빠른 호전을 보이고 있습니다. 그러나 우리의 수많은 업무에는 문제가 여전히 산더미처럼 쌓여있습니다. 우리 당의 기풍, 사회기풍, 사회치안에는 여전히 근본적으로 좋아지지 않고 있습니다. 이 부분의 문제, 다시 말해 물질생산 문제와 정신상태 문제가 서로 연결되어 있는 만큼 절대로 그들을 서로 떼어놓으면서 독립적인 존재로 보아서는 안 된다는 것입니다.

우리의 사업을 진일보적으로 추진하기 위해서는 우선 전체 중앙위원, 후보 중앙위원, 각 성·시·자치구 당위와 중앙, 그리고 국가기관의 각 부서를 상대로 올 하반기부터 함께 중점을 확실하게 파악하여 유형을 나눠 진정으로 몇 가지 문제를 명확히 연구하도록 하는 것 외에도 일부 해결해야 할 문제를 반드시 해결할 것을 요구합니다. 어려움 앞에서 출구를 찾기 어렵다는 생각이 들게 해서는 안 됩니다. 그리고 낡은 틀에 얽매여 꼼짝할 수 없다고 생각해서도 안 됩니다. 그리고 겉모습을 관찰하는 데만 그치고 마음 내키는 대로 판단과 결심을 내린다면 문제를 깊이 있게 해결할 수 없는데 이것 또한 안 되는 일입니다.

2달 전인 4월 20일 항저우에서 천윈 동지가 나를 불러 담화를 나눴습니다. 그는 우리가 짊어져야 하는 임무가 과중하고 인민들이 우리에 대한 요구도 아주 높기 때문에 중요한 문제는 진정으로 그리고 제대로 해결해야 한다고 말한 바 있습니다. 6월 26일 예젠잉 동지가 전체회의에 보내는 편지에서도 "사상을 한층 통일하고 단결을 강화하며 함께 분투하여 경제업무 및 기타 각 항 업무를 잘 이끌어 나갈 것"을 희망했습니다. 저는 천윈 동지와 예젠잉 동지의 견해가 아주 훌륭하다고 생각합니다. 그러나 올 하반기나 내년에 몇 가지 일을 해결할 수 있을지, 혹은 어떤 한 가지나 두 가지 일을 해결해 나갈 수 있을지에 대해서는 아직 명확한 생각이 없습니다. 저는 단지 제기만 했을 뿐이고 여러분들도 많이 고민해 보기를 바랍니다.

중국공산당 설립 60주년 경축대회에서의 연설

(1981년 7월 1일)

여러분!

오늘 우리는 중국공산당 설립 60주년을 경축하기 위해 이 자리에 모였습니다. 이 시각에 우리는 당과 국가가 한창 어지러운 세상을 바로잡아 정상으로 돌리고 앞길을 개척하는 중요한 역사적 시기에 들어섰다는 점을 깊이 깨달았습니다.

어지러운 세상을 바로잡아 정상으로 돌리고 앞길을 개척하자는 것은 바로 '문화대혁명'의 소극적인 후과를 깨끗이 없애고 우리 당이 마오쩌둥 동지와 기타 노 세대 무산계급 혁명가의 영도 하에 개척한 위대한 사업을 계승하여 중국 인민의 사회주의 · 공산주의 광명의 길을 한층 개척하겠다는 뜻입니다.

방금 끝난 중국공산당 11기 6중전회에서 「건국 이후 당의 약간의 역사적 문제에 대한 결의(關於建國以來黨的若干曆史問題的決議)」[133]를 통과시켰습니다. 이 결의는 당의 60년간 전투 여정을 되돌아보고 건국 이후 32년간 당의 기본경험을 종합했으며 일련의 중대한 역사사건을 실사구시적으로 평가했습니다. 또 이러한 사건과 관련된 지도사상의 옳고 그름 그리고 이러한 사건을 초래한 주관적인 요소와 사회적 원인을 분석했으며, 마오쩌둥 동지의 역사적 지위와 사상을 과학적으로 서술하고 우리의 발전 방향을 한층 명확히 했습니다. 이번 전체회의에서는 기타 중대한 결정도 내렸습니다. 이번 전체회의가 우리 당의 또 다른 아주 중요한 회의가 되고 당과 국가가 어지러운 세상을 바로잡아 정상으로 돌려 앞길을 개척하는데 새로운 이정표가 될 것이라는 점은 역사가 증명할 것입니다.

우리 당이 걸어온 여정을 되돌아보면서 중국혁명이 결코 순탄치 않은 길을 걸어왔다는 점을 깊이 깨달았습니다. 중국공산당의 60년은 중국 민족 해방과 인민의 행복을 위해 앞사람이 쓰러지면 뒷사람이 일어서서 용감하게 분투한 60년이었으며, 마르크스레닌주의 보편적 원리와 중국혁명의 구체적인 실제 상황을 반복적인 실천을 거쳐 한데 결부시킨 60년이었으며, 당내에서 착오를 정확하게 바로잡아 광명이 암흑을 이겨낸 60년이었습니다. 때문에 수많은 어려움과 굴곡을 거쳐 일련의 승리를 거둔 60년이라고 할 수 있습니다.

중국공산당의 역사를 민족의 해방과 인민의 행복을 위해 앞사람이 쓰러지면 뒷사람이 일어서서 용감하게 분투한 역사라고 하는 이유는 무엇일까요?

근대 중국역사에서 아편전쟁부터 5.4운동 이전까지 중국 인민은 제국주의와 봉건주의에 저항하기 위해 오랜 세월동안 용감하게 투쟁했습니다. 위대한 혁명가 손중산(孫中山) 선생이 영도한 신해혁명은 청 왕조를 뒤엎어 2천여 년을 지속해온 봉건전제 왕조통치를 끝냈습니다. 그러나 이러한 투쟁들은 결코 진정으로 중국을 구해낼 수 있는 출로를 찾아내지 못했습니다. 러시아 10월 사회주의 혁명과 중국 5.4운동 때에 이르러서야 국제 무산계급의 도움을 받아 마르크스주의와 신흥 중국 노동자운동을 결부시키고서야 중국공산당이 탄생하게 되었습니다. 이때에야 중국혁명은 비로소 새로운 국면을 개척하게 됐던 것입니다.

중국혁명의 적은 유난히 강대하고 잔혹했습니다. 그러나 인간세상에서의 모든 어려움과 고난은 중국 인민과 중국공산당을 무너뜨리지 못했습니다. 우리당은 두려움을 모르는 혁명정신으로 인민을 이끌어 전투에 뛰어들었습니다. 우리는 인민들과 서로 의지하며 살아갔습니다.

우리는 인민에 굳게 의지하고 인민은 우리를 깊이 믿고 따랐습니다. 극히 잔혹한 투쟁 속에서 우리 당은 중국혁명 역사상 가장 선진적이고 강대한 영도 역량으로 부상했으며, 용감하고 전투에 능한 신형의 인민군으로 거듭났습니다. 28년간의 힘든 분투를 거쳐, 북벌전쟁과 토지혁명 전쟁, 항일전쟁과 해방전쟁 등 4차례의 위대한 인민혁명전쟁을 진행한 우리 당은 여러 민족을 영도해 마침내 1949년에 제국주의 · 봉건주의 · 관료자본주의의 반동통치를 뒤엎고 신문주주의 혁명의 위대한 승리를 거뒀으며, 결국 인민민주 독재정치 체제의 중화인민공화국을 건립했습니다.

건국 이후 우리 당은 전국의 여러 민족을 이끌고 계속해서 전진했습니다. 우리는 제국주의, 패권주의의 위협과 파괴, 그리고 무장 도발을 이겨내고 위대한 조국의 독립과 안보를 지켜냈습니다. 우리는 타이완(台灣)성과 기타 일부 섬을 제외한 국가의 통일과 전국의 여러 민족 인민의 대단결, 그리고 전국의 노동자, 농민, 지식인의 대단결을 실현하고 공고히 했습니다. 또한 중국공산당이 영도하고 여러 민주당파가 협력하는, 전체 사회주의 노동자와 사회주의를 옹호하는 애국자, 조국의 통일을 옹호하는 애국자들로 구성된 가장 완정한 통일전선을 결성하고 다졌을 뿐만 아니라, 중국사회가 민주주의에서 사회주의로의 위대한 전환을 성공적으로 실현시켰습니다.

전 당과 전국의 여러 민족의 노력을 거쳐 우리는 생산자료 사유제의 사회주의 개조를 기본적으로 마무리하고 계획적으로 대규모적인 사회주의 경제 건설을 전개함으로써 중국 경제 문화사업의 전에 없는 거대한 발전을 실현했습니다. 우리의 업무에 단점과 착오가 얼마나 있고, 일부 제도에 문제점이 얼마나 있는지 등을 막론하고 우리는 이미 착취제도와 착취계급을 없애고 사회주의 제도를 확립했습니다. 따라서 세계 인구의 4분의 1을 차지하는 중국을 인류 역사상 새로운 사회주의 사회로 진입시켰습니다. 중국 역사상 가장 심각한 사회 변혁인 것만은 확실합니다. 이는 세계 인류 진보적 사업에서의 한차례 가장 깊은 의미를 갖는 비약이기도 합니다. 이는 마르크스주의의 거대한 승리이자 발전인 것입니다.

대조해보면 한 눈에 뚜렷하게 다가옵니다. 중국공산당이 결성되기 전인 아편전쟁부터의 80년간 인민투쟁에서 용감하게 싸우고 탁월한 기여를 한 영웅이 꾸준히 나타났지만 매번 모두 실패했습니다. 그러니 얼마나 많은 유지인사들이 평생토록 한을 품고 살았을 겁니까? 중국공산당이 결성된 후부터 오늘까지 장장 60년이 되었는데 상황이 완전히 뒤바뀌었습니다. 중국 역사가 새로운 세기에 들어서고 중국 인민이 스스로 자체의 운명을 관장했습니다. 세계의 동방에서 중국 인민이 우뚝 일어섰습니다. 중화민족이 억압당하던 시대가 마침내 역사가 되었습니다.

중국공산당 설립 60주년을 기념하는 현 시점에서 우리는 중국 인민혁명의 위대한 성과를 결코 쉽게 얻은 것은 아니라는 점을 깊이 깨닫게 되었습니다. 이는 중국 인민이 중국공산당의 영도 하에 장장 60년간 어렵게 분투해 얻어낸 성과이자 형벌장에서, 전쟁터에서 목숨을 잃은 수천 수백만에 달하는 당원과 당 외 혁명가들의 선혈과 바꿔온 결과입니다.

여러분 자리에서 일어나 60년간 여러 혁명 역사시기에서 중국 인민의 이익을 위해 헌신한 혁명지도자와 혁명 간부, 공산당과 공청단 단원, 그리고 원로 세대 혁명가와 젊은 전사, 당 외 전우와 국제 친구를 비롯한 모든 혁명 선열들에게 깊은 애도를 표합시다!

중국공산당의 역사를 반복적인 실천을 거쳐 마르크스주의 보편적 원리와 중국혁명의 구체적인 실제를 결부시킨 역사라 부르는 이유는 무엇일까요?

우리 당은 처음부터 마르크스 · 레닌주의를 지도사상으로 간주했습니다. 그러나 마르크스주의의 보편적 원리가 그 어떤 나라의 혁명에 모두 적용되는 것은 아닙니다. 특히 중국처럼 반식민지, 반봉건사회의 동방대국 혁명에 기성화 된 공식을 제공할리는 없습니다. 우리당은 유년시기 즉 1920 · 30년대 마르크스주의 교조화와 외국 경험을 신성화하는 유치병에 여러 번 걸렸었습니다. 이러한 병에 걸리게 되면 중국혁명은 어둠 속에서 모색을 해야 하고 심지어 곤경에 빠지게 됩니다.

마오쩌둥 동지의 위대한 기여는 바로 이러한 착오적인 경향과 투쟁하는 과정에서, 그리고 당과 인민의 집단 투쟁과정에서, 일련의 새로운 경험을 종합하고 창조함으로써 중국 상황에 어울리는 과학적인 지도사상인 마오쩌둥 사상을 형성했다는 것입니다. 이러한 과학적인 지도사상을 기반으로 이끌어야 중국혁명이 유리한 위치에서 파죽지세로 위대한 승리를 거듭하여 거둘 수 있는 것입니다.

마오쩌둥 사상은 중국혁명 역사과정에서 형성 및 발전된 것으로 우리 당 지혜의 결정체이자 중국 인민의 위대한 투쟁의 승리에 대한 기록이기도 합니다.

마오쩌둥 사상에서 신민주주의 혁명에 관한 이론, 사회주의 혁명과 사회주의 건설에 관한 이론, 혁명투쟁에 관한 전략과 책략에 관한 이론, 혁명군의 건설과 군사 전략에 관한 이론, 사상정치 업무와 문화 업무에 관한 이론, 당의 건설에 관한 이론 그리고 향후 업무에 더 보편적인 지도적 의미를 지니는 과학에 관한 사상방법 · 업무방법 · 영도방법에 관련된 이론은 독창적인 내용으로 마르크스주의 보물고에 추가해야 할 새로운 재부인 것입니다. 마오쩌둥 사상은 실천을 통해 증명된 정확한 이론 원칙과 경험의 종합으로서, 또

한 중국에서 마르크스주의를 활용 및 발전시킨 사상으로서 과거에나 현재에도 그렇지만 미래에도 여전히 우리 당의 지도사상이 될 것입니다.

역사의 시대적 흐름 앞에 선 위대한 인물들도 착오와 결함이 있듯이 마오쩌둥 동지에게도 착오가 결함이 있었습니다. 주로 만년시기에 문제가 생겼습니다. 오랜 세월 동안 전 당과 전국의 여러 민족의 추대를 받아온 탓에 자신을 지나치게 믿는 경향이 나타났는데 그 후로는 실제와 대중을 갈수록 심각하게 이탈했습니다. 특히 당의 집체 영도를 이탈한 채 타인의 정확한 건의를 거절하거나 심지어 제지했는데, 이렇게 되어 수많은 실수가 나타나지 않을 수가 없습니다. 결국에는 '문화대혁명'이라는 엄중한 착오를 범하면서 당과 인민에게 큰 불행을 가져다줬습니다.

'문화대혁명'이전의 한 시기 동안과 '문화대혁명'이 갓 시작되었을 때, 당은 점차 커지는 마오쩌둥 동지의 착오를 제지하지 못했으며, 오히려 그의 일부 착오적인 주장을 받아들이고 찬성했습니다.

마오쩌둥 동지와 오랜 세월동안 함께 일해 온 전우들, 그리고 함께 분투해 온 학생들도 이에 마땅한 책임이 있다고 생각하고는 그 교훈을 명기할 것이라 결심했습니다.

비록 마오쩌둥 동지가 만년에 심각한 착오를 범했다고는 하지만 중국혁명에 대한 기여와 과오보다 훨씬 더 많습니다. 마오쩌둥 동지는 청년시절부터 중국혁명에 뛰어들었고 이를 위해 한 평생 노력하고 분투했습니다. 그는 우리 당 창시자 중 한 사람입니다. 그는 영광스러운 인민해방군의 주요한 창립자이기도 합니다.

중국혁명이 가장 어려울 때 제일 먼저 혁명의 정확한 길을 찾아내고 정확한 총 전략을 제정하였을 뿐만 아니라, 일련의 정확한 이론과 책략을 형성함으로써 혁명을 승리로 이끌었습니다. 건국 이후, 당 중앙과 마오쩌둥 동지의 영도 하에 신 중국은 빠르게 자리를 잡았을 뿐만 아니라 위대한 사회주의 사업도 개척했습니다. 가령 마오쩌둥 동지가 일생의 마지막 몇 년 동안 아주 중대한 착오를 범했을 때에도 여전히 조국의 독립과 안보에 경각성을 높였으며 세계 형세의 새로운 발전을 정확하게 파악해 당과 인민이 패권주의에서 오는 모든 압력을 이겨낼 수 있도록 지도한 덕분에 대외관계의 새로운 국면을 확립할 수 있었습니다.

오랜 세월의 투쟁에서 전 당 동지들은 마오쩌둥 동지와 그의 사상에서 지혜와 힘을 얻었습니다. 마오쩌둥 동지와 그의 사상은 한 세대 또 한 세대의 지도자와 수많은 간부를 육성하고 전국의 여러 민족을 교육했습니다. 마오쩌둥 동지는 위대한 마르크스주의자이자 위대한 무산계급 혁명가, 이론가와 책략가이고 중화민족 역사에서 가장 위대한 민족영웅이기도 합니다. 그는 세계 피압박 민족의 해방사업과 인류의 진보사업을 위해 크게 기여했습니다. 그의 위대한 공적은 영원하리라 믿습니다.

중국공산당 설립 60주년을 경축하는 이 시점에 우리는 마오쩌둥 동지를 절절히 그리워하고 있습니다. 그와 함께 중국혁명의 승리를 위해, 마오쩌둥 사상의 형성과 발전을 위해 크게 기여한 당의 기타 걸출한 지도자들, 위대한 마르크스주의자 주은래 , 유소기, 주덕 그리고 임필시(任弼时), 동필무(董必武), 펑더화이, 화룡(贺龙), 진의(陈毅), 나영환(罗荣桓), 임백거(林伯渠), 리부춘(李富春), 왕가상(王稼祥), 장문천(张闻天), 도주(陶铸) 등의 동지도 이 시각 너무 그립습니다. 이밖에도 당 창건시기의 중요한 지도자로 활약했던 이대쇠(李大钊), 구추백(瞿秋白), 채화삼(蔡和森), 향경여(向警予), 등중하(邓中夏), 소조정(苏兆征), 팽배(彭湃), 진연년(陈延年), 운대영(恽代英), 조세염(赵世炎), 장태뢰(张太雷), 이립삼(李立三) 등의 동지도 너무 그립습니다. 그리고 일찍 나라를 위해 목숨을 바친 인민해방군의 걸출한 장령인 방지민(方志敏), 유지단(刘志丹), 황공

략(黃公略), 허계진(許継慎), 위발군(韦拔群), 조박생(赵博生), 황진당(董振堂), 단덕창(段德昌), 양정우(杨靖宇), 좌권(左权), 예정(叶挺) 등의 동지도 그립습니다. 오랜 세월동안 우리 당과 함께 투쟁하고 임종 전에는 영광스러운 중국공산당 당원이 되고 본 세기 위대한 여전사였던 송칭링(宋庆龄)동지, 현대 중국 지식계의 탁월한 선구자인 채원배 선생, 중국 무산계급 혁명문화의 위대한 선구자인 노신(鲁迅) 선생도 기려마지 않습니다. 우리 당을 줄곧 지지해온 당 외의 친밀한 전우였던 료중개(廖仲恺), 하향응(何香凝), 등연달(邓演达), 양행불(杨杏佛), 신균유(沈钧儒) 등의 동지도 기립니다. 탁월한 과학문화 전사 추도분(邹韬奋)[150], 문일다(闻一多)[95], 궈머러(郭沫若)[151], 마오둔(茅盾)[152], 이사광(李四光)[125]등 동지와 중국 인민혁명 승리에 크게 기여한 유명한 애국전사인 양호성(杨虎城), 진가경(陈嘉庚), 장치중(张治中), 부작의(傅作义) 등도 기립니다. 이밖에도 중국 인민의 친밀한 친구, 걸출한 국제주의 전사였던 베쑨, 스메들리, 스트롱, Kwarkanath S. Kotnis, 스노우, 아사누마 이네지로(浅沼稲次郎), 마츠므라 겐조(松村謙三) 등의 선생들도 기립니다.

중국공산당의 역사를 당내에서 잘못을 정확하게 바로잡고 광명으로 암흑에 승리하는 역사라고 하는 이유는 무엇일까요?

우리 당이 종사하는 혁명 사업은 중국사회를 근본적인 차원에서 개조하는 위대한 사업이자 옛 사람들이 한 번도 손대지 않았던 새로운 사업이기도 합니다. 혁명의 적은 그토록 강대했고 혁명이 처한 사회조건 또한 극도로 복잡했습니다. 때문에 우리는 혁명투쟁에서 이런저런 착오를 범하거나 심지어 심각한 착오를 범하게 됩니다. 문제는 잘못을 범한 후에 실천의 목소리에 귀를 기울이고 제때에 바로잡기 위해, 전체적이면서도 장기적인 착오와 이미 범했던 엄중한 착오를 다시 범하지 않기 위해 노력하는 것입니다.

우리 당은 낡은 사회 환경에서 나타나고 발전한 것입니다. 혁명의 큰 파도에서 수많은 혁명가들이 우리 대오에 뛰어든 덕분에 우리의 힘이 점차 커질 수 있었습니다. 그러나 극소수의 야심가와 투기자도 일부 섞여 들어갈 수 있는데 이미 결코 피할 수 없는 일입니다. 문제는 우리 당이 사회를 개조함과 동시에 자신을 개조하는데 유의해야 한다는 점입니다. 또 여러 가지 무산계급 사상을 지니고 당에 가입한 사람들을 교육하고 개조하는데 능해야 할 뿐만 아니라 야심가와 모략가에 대해서는 그들의 계략을 간파해 음모가 실현되지 못하도록 막아야 한다는 점입니다.

당이 위대한 힘을 가질 수 있었던 것은 당내에 절대 이런저런 소극적인 현상이 나타나지 않도록 보장할 수 있어서가 아니라 스스로 단점을 극복하고 잘못을 바로잡으며 온갖 반대파의 파괴를 이겨낼 수 있기 때문입니다. 우리 함께 되돌아봅시다, 우리 당이 바로 이렇게 투쟁해오지 않았던가요?

당의 역사에서 진독수(陈独秀)[153] 우경 투항주의의 심각한 착오와 왕명[142] '좌'경 교조주의의 심각한 착오가 발생했습니다. 당의 역사에서 또 장국도(张国焘)[154]와 고강(高岗)[155], 요수석(饶漱石)[156] 등이 당을 분열시키는 음모 사건이 발생했으며 심지어 린뱌오와 '3인방', 그리고 장칭 반혁명그룹도 나타났습니다. 그러나 결코 우리 당을 무너뜨리지는 못했습니다. 린뱌오와 '3인방', 그리고 장칭과 같은 극도로 위험한 야심가, 모략가들이 '문화대혁명'을 이용해 대권을 갈취하고 국가와 백성에 피해를 가져다줌으로써 극히 심각한 후과를 초래했습니다. 그러나 그들은 결국 폭로당하고 당과 인민은 그들을 역사의 쓰레기더미로 쓸어버렸습니다.

이는 역사적 사실이 아닌가요? 여러 가지 파괴를 당했어도 우리 당은 끝나지 않았고 이런저런 좌절을 당하고도 나태해지지도 않았습니다. 오히려 잘못을 극복하고 어두운 부분을 이겨내는 투쟁에서 새롭고 보다 강력한 활력과 생기를 얻었습니다. 우리 당은 결코 실패할 수 없는 존재입니다.

60년의 역사는 우리 당이 마르크스 · 레닌주의, 마오쩌둥 사상으로 무장된 무산계급 정당임이 확실하다는 점을 입증했습니다. 한 마음 한 뜻으로 인민을 위해 봉사하고 인민의 이익을 제외하고는 그 어떤 특수한 이익도 추구하지 않는 당임이 확실합니다. 또한 오랫동안의 경험을 통해 극히 풍부한 경험과 교훈을 얻어 인민을 이끌고 어려움에서 헤쳐 나와 꾸준히 혁명의 승리를 거머쥘 수 있는 능력을 갖춘 당임이 확실합니다. 이토록 위대한 당이 중국 인민 혁명 사업에서의 핵심 지위와 영도 역할은 역사에 의해, 그리고 중국 여러 민족 인민의 이익과 의지에 의해 결정된 것으로, 그 어떤 힘으로도 결코 변화시키거나 동요시킬 수 없습니다.

여러분!

1976년 10월 우리 당이 인민대중의 지지에 힘입어 장칭 반혁명그룹을 한꺼번에 무너뜨리고 혁명과 사회주의국가를 구해냄으로써 중국을 새로운 역사 발전시기로 끌어올렸습니다. 11기 3중전회[77]가 개최되어서부터 우리는 건국 이후 당의 역사상 가장 위대한 전환을 실현했습니다.

11기 3중전회의 가장 큰 의미는 전면적이고 단호하게 대중에 의지하고 심사숙고하며 어지러운 세상을 바로잡아 정상으로 돌리기 시작한 것입니다. 4중전회 · 5중전회 · 6중전회를 거치면서 복잡한 상황과 어려운 조건 속에서도 우리 당은 정신을 가다듬고 긴장하며 업무를 추진함으로써 사상과 정치, 그리고 조직과 사회주의 건설 사업 등 다양한 분야에서 일련의 중대한 결책을 차례로 제기하고 실행했습니다. 이 덕분에 근본적인 차원에서 '좌'경의 착오적인 방향을 바로잡고 새로운 역사적 조건을 기반으로 중국 상황에 어울리는 사회주의 현대화 건설의 정확한 길을 점차 확립할 수 있었던 것입니다.

린뱌오와 '3인방', 그리고 장칭 반혁명그룹을 상대로 한 철저한 조사와 비판을 기반으로 전 당의 전국 업무중심을 이전시키는 일을 실현한 것이 가장 뚜렷한 변화입니다. 중앙에서부터 각급 영도기구는 점차 사회주의 현대화 건설 사업으로 심혈을 기울였습니다. 전반 사회주의 경제문화 건설에서 오랜 세월 존재한 '좌'경 지도사상을 청리하기 시작했으며, 국정에 어울리고 점차적으로 추진하며 실제적인 효과를 추구하고 안정적으로 발전하는 궤도로 점차 들어서고 있습니다. 특히 농촌의 경우 당에서 여러 가지 정책과 다양한 생산 책임제를 실시하고 다종 경영을 발전시킴에 따라 건국 이후로 보기 드문 좋은 형세가 나타났습니다.

사회 정치관계에서 우리 당은 장기간 착오적으로 처리됐던 중대한 문제를 타당하고도 과단성 있게 해결해 안정과 단결에 불리한 일련의 중대한 요소를 제거했으며, '문화대혁명'시기와 같은 사회 동란과 불안을 야기하는 국면을 종결했습니다. 현재 우리는 사회주의 민주와 법제 건설, 그리고 사회주의 정체제도 개혁과 보완에 주력하고 있습니다. 이는 중국의 안정되고 단합된 정치적 국면과 생동적이고 활약적인 정치 국면을 공고히 하고 발전시킬 수 있도록 힘 있게 추진했습니다.

조직 정돈과 기풍 정돈을 거쳐 당내 생활이 정상으로 돌아왔으며 당내 민주를 발전시키고 당과 인민대중과의 연계를 강화시킴에 있어 모두 비교적 뚜렷한 성적을 거뒀습니다. '문화대혁명'에서 심각하게 실추되었던 당의 위신도 점차 회복되고 있는 중입니다.

사상해방 방침을 정확하게 실행하기 위해 우리 당은 사회주의 길을 견지하고, 인민민주 독재정치 즉 무산계급 독채정치를 견지하며, 공산당의 영도와 마르크스·레닌주의, 마오쩌동 사상을 견지하는 데에 대해 거듭 강조했습니다. 위 4가지 기본원칙은 전 당을 단합시키고 전국의 여러 민족을 단합시키는 공동의 정치적 기반이자 사회주의 현대화 건설의 승리를 쟁취하는 근본적인 보장이기도 합니다.

위대한 전환이나 정확한 방침과 정책은 모두 민심과 당심을 따릅니다. 11기 3중전회 이후의 국정방침에 대해 일부 동지들은 "아주 적절하다"고 말합니다. "아주 적절하다"는 표현은 간부와 대중사상의 주된 경향을 대표합니다. 이 또한 11기 3중전회부터 시작된 전환이 유력하고 그 어떤 힘으로도 막을 수 없었던 근본적인 원인 중 하나이기도 합니다.

당연히 우리 앞에 놓인 어려움이 아주 많습니다. 어지러운 세상을 바로잡아 정상으로 되돌리는 임무를 아직 완수하지 못했고, 여러 부분의 업무에도 수많은 문제점들이 존재합니다. 4개 현대화 건설에서 물질조건은 물론 지식과 경험도 많이 부족합니다. 인민의 생활수준이 아직은 낮은 수준에 머물러 있으며, 시급히 해결해야 할 절박한 문제들이 아직도 많이 남았습니다. 당의 영도와 기풍도 앞으로 더 개선해야 합니다. 어려움을 소홀히 하는 것은 잘못된 방법입니다. 우리 앞에 놓인 어려움을 충분히 예측해야만 결국 입지가 든든해질 수 있는 것입니다. 우리는 아직도 갈 길이 멀고 그 길 또한 아주 험난합니다.

태산(泰山)에 오르는 것에 비유하자면 우리는 이미 '중천문(中天門)'에 도착했고, 앞에는 많은 힘을 들여야 지나갈 수 있는 길이 있습니다. 바로 3개의 '18반(十八盤)'입니다. 이 구간을 지나가야만 '남천문(南天門)'에 도착할 수 있습니다. '남천문'에서 앞으로 더 나아가면 비교적 순조롭게 최고봉인 '옥황정(玉皇頂)'에 올라설 수 있습니다. 그곳에 들어서는 것은 마치 우리들이 사회주의 현대화 건설의 웅대한 임무를 실현한 것과 같습니다. '남천문'에 오르기만 하면 두보(杜甫)의 유명한 시구인 "정상에 올라 굽어보면, 뭇 산이 다 작게 보이누나"라는 예술적 경지를 느낄 수 있을 듯합니다.

예전에 있었던 '뭇 산'과 같은 수많은 어려움이 이제는 더욱 작아졌습니다. 반드시 가야하는 길에서 부딪히는 어려움도 비교적 쉽게 해결할 수 있게 되었습니다. 위대한 여정에서 우리는 반드시 '18반'을 이겨내고 '남천문'에 올라 결국에는 '옥황정'에 이를 것이며, 그 후에는 새로운 최고봉을 향해 전진할 것입니다.

여러분!

60년의 역사적 경험을 하나로 종합 한다면 바로 마르크스주의 혁명노선이 있어야 하고, 이 노선을 확립 및 견지할 수 있는 무단계급 정당이 있어야 하는 것입니다. 새로운 역사적 시기에 경제건설을 중심으로 하는 사회주의 현대화 건설의 웅대한 임무에 직면해 있는 우리는 이 임무 완수의 관건은 바로 우리 당에 있다는 점을 깊이 깨달았습니다.

현재 전국의 여러 민족 인민들이 우리 당에 큰 희망을 품고 있고, 전 세계 인민들이 우리 당을 주목하고 있습니다. 새로운 시기에 중국혁명을 제대로 이끌어 어려움을 해결함으로써 농업, 공업, 국방 과학기술의 현대화 건설을 순조롭게 추진하는 한편, 전처럼 그토록 심각한 우여곡절을 겪지 않고 엄청난 대가를 치르지 않고도, 인민이 만족하고 후세들이 칭송할만한 성적을 거둘 수 있느냐의 여부는 완전히 우리 당 동지들의 향후 10년, 20년의 노력에 달려있습니다. 우리는 절대로 인민들의 기대를 저버려서는 안 됩니다.

우리는 높은 자각성을 갖고 우리당을 정치적으로 보다 성숙되고 사상적으로 보다 일치하며 조직적으로 더욱 공고해진 당을 건설함으로써 전국의 여러 민족이 사회주의 현대화 건설에서 견강한 핵심이 될 수 있도록 최선을 다해야 합니다. 그러려면 다음과 같은 몇 가지 사업을 완수해야 합니다.

첫째, 당원이라면 중국 사회주의 현대화 건설 사업을 위해 헌신하고 성심성의껏 인민을 위해 봉사해야 합니다.

성심성의껏 인민을 위해 봉사하는 것은 예로부터 중국공산당의 근본적인 입장이자 우리가 영원히 견지해야 할 취지입니다. 우리 당이 인민을 위해 봉사함에 있어 대중을 당의 주위에 단결시키고 당의 정확한 방침과 정책, 당과 인민대중의 긴밀한 연계, 공산당원의 모범적인 역할, 당의 홍보와 조직업무를 진행함으로써 인민대중들이 자신의 근본 이익을 인식하고 함께 힘을 합쳐 분투하도록 이끄는 것이 가장 근본적인 부분입니다.

인민은 역사의 창조자입니다. 우리 당이 영도하는 인민 혁명사업과 사회주의 건설 사업은 모두 인민의 사업입니다. 인민들 가운데서 공산당원은 언제든지 소수입니다. 그렇기 때문에 우리의 모든 업무는 인민에 의존하고 인민을 믿어야 합니다. 그리고 백성의 지혜를 받아들이고 인민의 창조력을 존중해야 할 뿐만 아니라 인민의 감독도 받아들여야 합니다. 만약 그렇지 않으면 우리는 아무런 성취도 없이 실패만 하게 될 것입니다. 혁명 승리 이후 인민은 국가와 사회의 주인이 됐습니다.

국가 생활에 대한 당의 영도에서 인민들이 주인공 역할을 하도록 지지해 사회주의 새 생활을 건설하는 것이 가장 본질적인 내용입니다.

공산당원이라면 공산주의 사업을 위해 평생을 분투하고 인민의 이익을 위해 자아를 희생하려는 사상을 가지는 것이 가장 중요합니다. 전쟁 연대에 당원들은 전쟁에서 용감하게 앞장섰고 적들의 도살에도 전혀 두려워하지 않았으며, 정의를 위해서라면 목숨도 서슴없이 바쳤습니다. 그 어느 때든지 먼저 고생하고 나중에 향락을 누리려 했습니다. 이러한 부분에서 수천수만의 인민대중들에게 얼마나 큰 교육과 격려의 역할을 했습니까!

오늘의 평화건설 시기에 특히 '문화대혁명'10년 동안 파괴를 당한 후인 현재에는 이러한 혁명사상이 더욱 절박하게 필요로 되고 있습니다. 우리의 우수한 당의 기풍이 비록 린뱌오와 '3인방', 그리고 장칭 반혁명그룹에 의해 심각하게 짓밟혔지만, 인민의 이익을 위해서라면 개인의 이익 심지어 목숨까지 아낌없이 바치는 혁명정신을 유지하고, 고양시키는 우수한 공산당원이 여전히 있습니다. 그들은 인민의 찬양을 받아 마땅합니다. 평화건설 시기에는 혁명사상을 뒷전으로 잊어버리고 대중들과 동고동락하지 않아도 되며 당원의 개인 이익을 대중의 이익보다 높게 생각하는 사상행위가 있어도 된다고 생각하는 경우가 있는데 이는 완전히 착오적인 것입니다. 공산당원이 당성을 더럽히는 행동이나 마찬가지입니다.

집권당의 기풍은 당의 생사존망과 관계되는 문제입니다. 1942년 마오쩌동 동지는 "당의 기풍이 올바르다면 전국 인민을 우리의 본보기로 삼아 따라 배울 것이다. 당 외에 나쁜 기풍을 가진 자들일지라도 그들이 선량한 마음만 가지고 있다면 우리를 따라 배우고 착오를 바로잡아야 한다. 그러면 전 민족에 영향을 미칠 것이다.

공산당원의 대오가 정연하고 발걸음이 일치하며 군사가 우수하고 강대하며 무기가 선진적이라면 제아무리 강대한 적이라도 우리는 그자들을 무찌를 수가 있다."[157]고 말했습니다. 우리는 반드시 큰 결심을 내리고 당과 마오쩌동 동지가 창조한 우수한 당의 기풍을 적극적으로 회복하고 고양시킴과 동시에 전 민족을 이끌고 높은 수준의 사회주의 정신문명을 건설해야 할 것입니다.

둘째, 새로운 역사적 조건에서 마르크스 · 레닌주의와 마오쩌동 사상을 발전시키는데 능해야 합니다.

기존에 우리는 마르크스 · 레닌주의와 마오쩌동 사상의 지도 아래 혁명가건설의 위대한 승리를 거두었습니다. 훗날의 긴 여정에서 우리는 똑같이 마르크스 · 레닌주의와 마오쩌동 사상의 지도를 기반으로 더 위대한 새로운 승리를 거둬야 합니다. 만약 공산당 원에게 대대로 물려주는 보배가 있다고 한다면, 마르크스 · 레닌주의와 마오쩌동 사상이 바로 우리의 가장 중요한 대물림 보배라고 할 수 있습니다. 마르크스 · 레닌주의와 마오쩌동 사상을 견지하고 마르크스주의의 기본원리를 지도로 하는 것은, 예로부터 우리 공산당원이 추호의 동요도 없이 견지하는 기본원칙이었습니다.

마르크스주의는 무산계급 혁명 과학사상의 결정체이자 객관세계를 인식하고 개조함에 있어 가장 강대한 정신적 무기이기도 합니다. 마르크스주의의 기본원리는 반복적인 실천을 거쳐 검증된 진리입니다. 그러나 인류 역사의 모든 진리를 속속들이 파고들어 연구할 수는 없습니다. 마르크스주의 이론은 혁명가들의 행동지침이지 기계적으로 모방하는 경직된 교조가 아닙니다.

마르크스주의에 충실한 혁명가는 그들이 사회생활에 동떨어지고 침체상태에 처하고 경직되거나 시들지 않도록 할 책임이 있으며, 새로운 혁명 경험을 풍부히 해 왕성한 생명력을 유지시킬 책임도 있습니다. 그렇기 때문에 마르크스·레닌주의와 마오쩌둥 사상을 발전시키는 것은 마르크스주의에 대한 공산당원의 근본적인 태도이자 공산당원들이 결코 전가할 수 없는 역사적 직책이기도 합니다. 이는 결코 쉬운 일이 아닙니다. 이러한 중임을 짊어지기 위해 우리는 평생토록 심혈을 쏟고 엄청난 힘을 이바지해야 하며, 마르크스주의의 기본원리를 중국사회주의 현대화 건설의 구체적인 실제와 더욱 잘 결부시켜야 합니다.

계속해서 중국혁명의 역사를 학습하고 연구해야 합니다. 오늘의 중국은 어제의 중국이 발전한 것이기 때문입니다. 그러나 우리는 어제의 중국에 대해 잘 알지 못할 뿐만 아니라 심지어 아는 것이 극히 적습니다. 그래서 우리는 오늘의 중국을 특히 잘 연구해야 합니다. 아름다운 내일을 만들어 나가려면 우선 오늘의 중국에 대해 비교적 정확하게 알아야 하기 때문입니다. 그러나 우리는 중국의 국정이나 사회주의의 객관 규칙에 대해 아는 것이 너무 적습니다.

우리의 사업에 통일적인 분투목표가 있는 반면에 우리의 국가는 땅이 넓고 상황도 천차만별입니다. 이는 우리가 전반적인 국면과 국부적인 부분을 모두 연구해 긴밀하게 연결시킬 것을 요구하고 있습니다. 전반적인 국면이 안중에 없고 통일을 고려하지 않은 채 국부적인 부분만 지도하려 한다면, 전체를 이탈하고 맹목적이고도 목적 없이 추진하는 착오를 범하게 됩니다. 국부적인 부분을 부인하고 특수성을 무시한 채 전반적인 국면만을 지휘하려 한다면, 실제를 이탈한 주관적인 억측에 의한 판단을 할 수 있는 착오를 범하게 됩니다. 중국공산당원이라면 탁월한 견식과 미래지향적인 안목을 가져야 할 뿐만 아니라, 실무적인 사상도 갖춘 혁명자여야 하는 것입니다.

우리는 자력갱생과 자신의 힘으로 문제를 해결할 것, 그리고 직접 겪은 경험을 소중히 여길 것을 강조해왔습니다. 그러나 지나치게 잘난 체하면서 남의 경험을 무시해서는 절대 안 됩니다. 무릇 성공한 경험이던지 실패한 경험이든지를 막론하고 우리는 모두 스스로의 분석을 통해 유익하고 본받을만한 부분을 받아들여야 합니다. 그렇기 때문에 자체의 경험을 연구하고 분석하기 위해 노력함과 동시에 다른 국가, 다른 지역, 타인의 것도 연구하고 분석하기 위해서도 노력해야 합니다.

마르크스주의의 보편적 원리와 중국의 실제를 결부시키려면, 실천, 인식, 재 실천, 재인식의 순환, 반복의 장기적인 과정을 거쳐야 합니다. 새로운 역사시기에 우리는 사상을 해방시키고 실천에서 새로운 상황과 문제를 꾸준히 접촉하고 발견함으로써 풍부한 구체적인 감성지식을 얻어야 합니다. 그리고 사회과학·자연과학의 지식과 방법을 관장할 수 있도록 머리를 씀으로써 감성지식을 이성지식으로 승화시켜 계통적이고도 조리 있게 이론을 인식함과 동시에 실천 가운데서 꾸준히 점검해야 합니다.

이를 실현하려면 우리는 심혈을 기울여야 하고 부지런히 공부하는 한편

전문가에게 조언을 구하고 상이한 건의에 귀를 기울여야 합니다. 아울러 실제로 파고들어 계통적이고도 주도면밀한 연구조사를 거쳐 얻은 직접적인 경험과 간접적인 경험을 잘 융합시켜야 합니다.

우리가 이러한 입장, 관점과 방법을 갖고 학습과 업무에 뛰어든다면 우리 당의 모든 업무를 과학적인 궤도로 끌어올릴 수 있을 것입니다. 또 사회주의 현대화 건설에서 새로운 것을 발견하고 창조해 위대한 사업의 승리와 발전도 보장할 수 있을 것입니다.

셋째, 전 당의 민주생활을 한층 건전히 하고 당의 조직 기율을 엄격히 합니다.

'문화대혁명'의 심각한 착오를 오랜 세월 동안 바로잡지 못했던 근본적인 이유는 바로 우리 당의 정상적인 정치생활이 파괴당하고 당의 민주 집중제 특히 중앙의 집단영도가 파괴됐기 때문입니다. 그 결과 개인숭배나 무정부주의, 극단 개인주의가 성행하게 되었던 것입니다. 이는 린뱌오와 '3인방', 그리고 장칭 반혁명그룹과 일부 나쁜 사람들에게 말 붙일 틈을 주게 되었습니다. 이토록 잔혹하고도 침통한 역사교훈을 전 당의 동지들은 반드시 영원히 명기하고 이를 거울로 삼아야 합니다.

우리는 역사의 유물주의자입니다. 우리는 결코 역사상 걸출한 개인의 중대한 역할이나 무산계급 정당에 대한 당의 걸출한 영도자들의 중대한 역할을 부인하지 않습니다. 그러나 우리 당은 반드시 대중투쟁에서 나타난 재덕을 겸비한 영도만이 집단영도를 실행할 수 있고, 그 어떤 형식의 개인 숭배주의를 반드시 금지해야 한다는 점을 인정하고 있습니다.

여러 갈래 전선에서의 특수한 기여와 우수한 성적을 거둔 동지들에 대해서는 직무의 높고 낮음을 막론하고 당 조직은 모두 표창을 해주어야 하고, 당원과 대중들이 그들을 본보기로 따라 배우도록 격려해야 합니다. 그러나 이러한 홍보는 마땅히 실사구시적이어야 하며 과장이 조금이라도 추가되어서는 안 됩니다.

우리 당의 각급 조직, 지도자와 피지도자 간에 정확한 관계를 형성해야 합니다. 하급은 반드시 상급의 영도를 존중하고 그에 복종해야지 겉으로만 따르는 척 해서는 안 됩니다. 상급은 반드시 하급의 건의에 귀를 기울이고 하급의 직권을 존중하며 그들의 감독 관리를 받아야 합니다. 지도자는 일반 당원처럼 조직생활에 참여하고 당의 기율과 국법을 지키며 당내 외 대중과 연계를 취해야 합니다. 영도 직무를 맡고 있다고 하여, 특수 당원이라고 생각해서는 안 됩니다.

무릇 중대한 문제는 반드시 당위의 집체 논의를 거쳐 결정을 내려야지 개인이 결단을 내려서는 안 됩니다. 당위의 결정은 모든 성원들이 반드시 지켜야 합니다.

각급 당위는 집단 영도와 분공 책임을 명확히 하고 성원마다 맡은 바 업무를 열심히 책임져야 하며 질을 따지고 효율도 추구해야 합니다.

무릇 당원이라면 당 회의에서 당내 그 누구든지를 막론하고 심지어 중앙 지도자에 대해서도 비판할 권리가 있으며, 가령 비판한다고 해도 타격을 받지 않을 것입니다. 각급 당 조직과 전체 당원은 주동성과 독립적으로 책임지는 사상을 충분히 발휘해야 합니다. 그러나 그 어느 당원이라도 당위의 위탁으로 책임진 부서와 단위를 독립적인 왕국으로 간주하면서 당의 이익과 당의 통일적인 분투목표에 손해를 가져다줘서는 안 됩니다.

넘치는 활력, 엄명한 기율은 예로부터 우리 당이 강대한 전투력을 보장할 수 있는 원천이었습니다. 사회주의 현대화 건설을 추진하고 있는 오늘 우리의 업무가 과중하고 그만큼 어려움도 많습니다. 특히 우리는 당의 우수한 전통을 고양시켜야 합니다.

넷째, 우리는 몸에 묻은 먼지를 상시적으로 털어내고 집권하고 있는 조건 하에서 영원히 혁명의 활력을 유지해야 합니다.

우리 당은 3천 9백만 명에 달하는 당원을 소유한 엄청난 규모의 당이자 집권 지위에 있는 당입니다. 따라서 일부 동지들의 자만 정서를 쉽게 불러일으키고 관료주의 나쁜 습관에 물들기 쉽습니다. 우리 앞에 놓인 새로운 상황과 문제가 아주 많아 업무과정에서 단점과 착오가 나타나기 마련입니다. 계급 투쟁은 사회의 일정한 범위 내에서 여전히 존재합니다.

여러 가지 착취계급과 기타 자산계급의 사상이 현재까지 영향을 미치고 있는 데다, 국제 교류에서의 복잡한 상황이 추가되면서 자본주의 · 봉건주의와 소 생산의 나쁜 습관이 늘 우리에게 영향을 미치고 있습니다. 당내 무산계급 사상과 자산계급 사상 간의 모순, 정확한 사상과 착오적인 사상 간의 모순은 공산당원 자아 개조 과정에서 최고의 무기인 비판과 자아비판을 더 효과적으로 활용할 것을 요구하고 있습니다.

공산당원은 원칙문제에서 진리를 견지하고 기치가 뚜렷해야 합니다. 당과 인민의 이익과 관계되는 시비문제에 맞서 당원마다 당성을 견지하고 자체의 태도를 명확히 표명해야 합니다. 원칙을 견지하지 않고 "너도 좋고 나도 좋은 훈훈한 분위기를 형성하는 부패한 기풍은 우리 당의 무산계급 성질에 어긋나는 것입니다.

우리 당의 비판과 자아비판이라는 우수한 전통은 과거의 한 시기 동안 심각하게 파괴되었다가 현재 한창 회복, 고양되고 있을 뿐만 아니라, 일부 새로운 훌륭한 경험도 쌓았습니다. 비판 혹은 자아비판은 모두 실제로부터 출발해야 합니다. 잘못이 있으면 바로잡고 모순을 감추려 하거나 과장하려 하지 말아야 합니다. 비판하기 위해서는 일리가 충분히 있어야 하고, 교육적 의의가 있어야만 동지들이 각오를 높이는데 도움이 되는 것입니다. 주관적으로 억측하고 기세로써 남을 억누르려 해서는 안 됩니다. 잘못을 저지른 동지들이 자발적으로 검사하고 바로잡을 수 있도록 계몽해 주고 억지로 연결시키거나 "위아래로 관계를 맺어서는 안 됩니다."잘못을 저지른 동지들도 잘못을 깨닫고 바로잡을 의향이 있다면, 그들이 과감하게 업무를 추진할 수 있도록 격려해야 합니다. 과거 우리의 주요한 착오는 지나친 투쟁이었습니다. 결론적으로는 부정적인 방향으로 나아가 사람들이 자아비판을 꺼려하고 비판도 감히 하지 못하는 상황을 초래했습니다. 우리는 이러한 건강하지 못한 기풍을 바로잡으려고 합니다.

공산당원들이 비판과 자아비판을 해야 하는 것은 더욱 단합되고 강한 전투력을 갖춘 우리 당을 건설하기 위한 것입니다. 비판과 자아비판의 우수한 전통을 완전히 회복하고 널리 고양시켜야만 우리 당이 쇠퇴의 길로 나아가지 않고 영원히 청춘의 활력으로 넘치게 될 것입니다.

다섯째, 덕과 재능을 겸비하고 젊고 혈기가 왕성한 간부를 선발해 각급 영도 직무에 배치해야 합니다.

투쟁경력으로부터 볼 때 우리 당의 간부대오는 이미 3, 4세대를 거쳤습니다. 이는 우리 사업의 역사가 유구하다는 점을 의미합니다. 현재 여러 전선의 영도 핵심들 다수가 장기간의 혁명투쟁을 거치면서 단련된 원로 간부라는 점이 참 다행입니다. 만약 간부가 당의 보배로운 재부라면 원 동지들은 당의 더욱 귀중한 재산이라 할 수 있습니다.

그러나 자연규칙은 어길 수 없는 일입니다. 다수의 원로 동지들은 몸이 허약해지고 정력도 많이 떨어졌습니다. 우리 사업의 후계자를 발굴하고 우리 당의 방침이 연속성을 유지하기 위해서는 반드시 현재부터 덕과 재능을 겸비하고 젊고 혈기가 왕성한 간부를 선발 및 육성하는데 최선을 다해야 합니다. 그들을 여러 가지 영도업무에 참여시킴으로써 그들이 실제적이고도 효과적인 단련을 받을 수 있도록 해야 합니다. 혁명적이고 전문적이며 지식을 갖춘 젊은 간부대오를 잘 건설하는 것은 당의 앞에 놓인 긴박한 전략적 임무입니다.

이러한 전략적 임무가 주어진 현재의 원로 동지들은 특별히 중대한 사명을 갖고 있습니다.

예젠잉, 덩샤오핑, 천윈, 리셴녠 등 동지들은 원로 동지가 일부 다른 착오를 범하는 것을 가히 이해할 수 있는 일이라고 한다면, 젊은 후계자를 하루빨리 양성하지 않는 것은 결코 용서할 수 없는 역사적인 착오를 범하는 것이라고 강조했습니다. 원로 동지들은 직접 나서서 당의 조직부서와 대중들과 함께 젊은 간부 선발과 육성에 참여하고, 그들을 여러 영도 업무의 제1선으로 이끌어주는 것과 동시에 자신을 번잡한 일상 업무의 압력에서 벗어나도록 해야 합니다.

중요한 문제에서 의견을 발표하고 건의도 제기해야 합니다. 중앙은 전 당의 원로 동지들이 미래지향적인 안목으로 문제를 고려하고 후계자 양성을 극히 중요한 역사적 책임으로 삼아 짊어질 것을 간곡히 희망합니다. 아울러 각급 당 조직과 선발된 젊고 혈기왕성한 동지들이 모두 원로 동지를 존중하고 보살피고 학습하기를 바랍니다.

현재 우리 앞에 재학습이라는 심각한 임무가 놓여 있습니다. 중앙은 전 당 동지 특히 비교적 젊은 동지들이 열심히 노력해서 당성 단련을 증강하고 정치수준을 향상시키기를 희망합니다. 또 자신을 엄격히 요구하고 마르크스·레닌주의와 마오쩌둥 저술을 열심히 학습하는 것 외에도 당·국가와 세계역사를 학습하고 직무별로 업종에 필요한 이론지식과 실제지식, 관리지식과 기술지식을 학습하기를 바랍니다. 학습의 질이 영도 수준과 업무 수준을 결정짓고 사회주의 현대 건설 프로세스에 직접적인 영향을 미치게 됩니다. 낡은 세계를 파괴하는 방법을 잘 학습한 만큼 새로운 세계를 건설하는 방법도 반드시 잘 학습할 수 있을 것이라 믿습니다.

여섯째, 우리는 국제주의를 영원히 견지하고 전 세계 무산계급 인민대중들과 운명을 같이 해야 할 것입니다.

중국공산당원은 예로부터 애국주의와 국제주의를 하나로 융합시켜왔습니다.

우리는 애국주의자입니다. 중국의 민족해방과 인민의 행복을 위하여, 조국의 통일과 부강을 위해 줄곧 최선을 다해 투쟁해왔습니다. 예나 지금이나 우리는 그 어떤 나라의 그 어떤 압력에도 굴복한 적이 없습니다. 어려움이 얼마나 크든지를 막론하고 우리는 단 한 번도 독립자주와 자력갱생의 결심을 확고히 해왔습니다. 비록 현재 중국의 경제·문화가 비교적 뒤쳐져 있지만 패권주의의 무력 위협에서나 그 어떤 강국과 부유한 국가와의 교류에서도 민족 자존심을 줄곧 지켜온 만큼 그 어떤 비굴한 사상행위가 생겨나는 것을 절대 허락하지 않았습니다. 현재 조국의 통일에 타이완이 포함되지 못했습니다. 우리는 타이완 동포를 비롯한 전국 인민과 함께 타이완이 진정으로 조국의 품으로 돌아오고 조국 통일의 신성한 대업을 실현하는 그 날을 위해 분투할 결심을 내렸습니다.

우리는 또 무산계급 국제주의자이기도 합니다. 우리는 예로부터 자신의 운명을 전 세계 인민의 정의로운 투쟁, 인류의 진보사업과 긴밀하게 연결시켰습니다. 우리의 투쟁은 줄곧 세계 인민의 지지를 받아왔으며, 우리도 전 세계 피압박 민족과 피압박 인민의 해방투쟁, 그리고 세계의 평화사업과 인류의 진보사업을 줄곧 지지해왔습니다. 반면에 제국주의와 패권주의, 식민주의와 종족주의는 줄곧 반대했습니다. 사회주의 현대화 건설 사업은 애국주의 사업이자 국제주의 사업이기도 합니다. 사회주의 현대화 건설의 성공은 세계 평화와 인류 진보 사업에 대한 거대한 기여입니다. 이 자리에서 저는 재차 정중하게 선고합니다.

중국공산당원은 영원히 세계의 모든 인류 진보 사업과 민족해방 사업을 위해 투쟁하는 정당·조직과 평등하게 교류하고 우호적으로 협력하여 그들의 유익한 경험을 본보기로 삼고 그 어떤 당의 국내 사무에도 절대 간섭하지 않을 것입니다. 사회주의 중국은 점차 부강해지고 영원히 제3세계에 속할 것이며 영원히 전 세계 인민들과 함께 동고동락할 것입니다. 또 세계의 평화와 각국 인민과의 우호적인 교류에 최선을 다하고 평화공존 5항 원칙[158]을 지키며 세계 여러 나라와 경제, 문화, 과학기술 분야에서의 교류와 협력을 꾸준히 확대할 예정입니다. 이밖에 영원히 자신의 이익을 위해 남의 이익에 피해를 주는 일을 하지 않고 약한 자를 능욕하지 않으며 영원히 패권도 잡지 않을 것입니다.

여러분!

중국공산당 11기 6중전회의의 각항 결정은 오랜 세월의 모색과 전회의 논의를 거쳐 얻어낸 것입니다. 이번 전회의 성과는 마르크스주의의 원칙을 견지하는 것을 기반으로 우리당의 단결을 수호하고 강화하는데 능하고, 우리당의 정치생활이 보다 보완되었다는 점을 충분히 입증하고 있습니다.

국내외 일부 친구들은 우리 당이 과연 단결을 실현할 수 있을지를 우려했고, 일부 나쁜 마음을 품고 있는 자들은 우리 당의 단결을 파괴하고 이간질하는데 희망을 걸기도 했습니다. 현재 사실은 이미 명확한 답을 내놓았습니다. 중국공산당은 마르크스주의 원칙을 기반으로 한데 똘똘 뭉쳐 있기 때문에 그 어떤 힘에도 파괴될 수 없다는 점을 증명했습니다.

여러분!

우리 무산계급은 미래를 관장하는 계급입니다. 우리 당은 원대한 이상과 포부를 가진 당입니다. 우리 당의 위대한 생일을 경축하는 가장 좋은 방법은 바로 역사적 경험을 받아들이는 기초 위에서 단결하여 앞을 내다보고 아직 해결하지 못한 임무에 주의력을 집중시키는 것입니다.

사회주의 현대화 건설은 위대한 혁명입니다. 우리는 과거에 제국주의 압박과 약탈을 당할 대로 당하고 경제와 문화가 후진 동방대국에서 위대한 혁명을 진행했습니다. 중국은 선진적인 자본주의 국가보다 앞서 사회주의 사회에 들어섰습니다. 이는 중국이 처한 특수한 역사적 조건에 의해 결정되었으며, 우리 당의 정확한 영도와 전국 인민이 힘들게 분투한 결과이며 과학적인 사회주의의 발전이자 우리 당과 중국 인민의 영광이기도 합니다. 그러나 이로 인하여 사회주의 사업이 불가피하게 후진 경제와 문화에 따른 일련의 어려움에 부딪혔으며 오랜 세월의 분투를 겪게 되었습니다.

우리는 아직도 외국의 침략, 파괴의 위협 속에 살고 있습니다. 이러한 부분은 전 당, 전 군, 전국의 여러 민족 인민들이 계속해서 혁명정신을 고양하고 혁명 경각성을 높이는 한편, 혁명 의지를 연마해 위대한 혁명의 승리를 쟁취할 것을 요구하고 있습니다.

우리는 사회주의 길에서 심각한 좌절을 당하고 고생도 많이 했습니다. 그러나 착오와 좌절로 인하여 우리는 보다 명석한 두뇌를 가지게 되었으며, 강해지고 성숙되고 더욱 실사구시적인 태도를 갖게 되었습니다. 우리는 좌절과 착오에서 많은 것을 배웠고 앞으로도 계속해서 더 많이 배울 것입니다. 이러한 의미에서 볼 때, 심각한 착오와 좌절은 단지 잠시적인 현상일 뿐입니다. 우리는 수많은 단련과 검증을 거친 간부 대오를 갖고 있으며, 비교적 낙관적인 물질적 기반을 마련하게 됐습니다.

당심, 군심, 민심은 모두 조국의 번창을 강렬하게 요구하고 있으며, 우리의 사회주의제도는 독특한 우월성도 갖고 있습니다. 게다가 우리는 이미 정확한 사상노선과 정치노선, 그리고 조직노선을 확보했는데, 이러한 부분은 모두 장기적으로 역할을 하게 하는 결정적인 요소입니다. 사회주의 사업에 전도가 있고 전국 억만 인민에게도 찬란한 앞날이 기다리고 있다는 것은 확실합니다.

당의 단결, 당과 인민의 단결은 우리 사업이 승리로 나아갈 수 있는 기본조건입니다. 중국공산당 설립 60주년을 경축하는 이 시점에서 우리는 여러 전선에서 용감하게 분투하고 있는 전국 노동자, 농민, 지식인 그리고 조국을 보위하고 있는 강철같은 장성과 영광스러운 인민해방군, 성실하게 일하고 있는 간부, 우리 당의 긴밀한 조수이자 활력으로 넘치는 공청단원, 타이완 동포와 홍콩 마카오 동포, 국외 교포에 진심으로 경의를 표하는 바입니다. 우리 당과 협력해 인민 혁명과 건설 사업을 지지한 민주당파, 당 외 인사와 여러 측 친구들에게도 진심으로 감사의 인사를 전합니다.

중국 인민과 전 세계 인민의 단합은 우리 사업이 승리를 실현할 수 있는 기본조건입니다. 중국공산당 설립 60주년을 경축하는 시점에 우리는 중국과 평등하게 서로 도움을 주는 우호의 나라, 우리 당과 중국 인민에 지원을 보내주신 외국 친구와 동지들에게도 진심으로 감사의 인사를 전합니다!

전 당 동지와 전국의 여러 민족 인민들, 마르크스·레닌주의와 마오쩌동 사상의 위대한 기치 하에 한 마음 한뜻으로, 그리고 백절불굴의 정신으로 중국을 번영·부강하고 고도의 민주화와 문명을 실현하고 현대화한 사회주의 강국을 건설하기 위해, 공산주의의 원대한 이상을 위해 노력하고 분투합시다!

사상전선 문제에 대한 약간의 건의

(1981년 8월 3일)

이번 회의를 소집한 목적

첫 번째 건의 : 이번 회의는 중앙서기처의 결정에 의해 소집되었고 중앙 선전부의 주재로 진행하게 됐습니다. 회의에는 중앙과 국무원의 동지들을 비롯해 각 성·시·자치구의 동지들과 이론계·문예계·언론출판계 동지와 군인 총 320여 명이 참석하게 됐습니다. 이번 회의를 사상전선 문제 좌담회라고도 부릅니다. 어떤 문제를 논의할까요? 바로 덩샤오핑 동지의 7월 17일 연설에 대해 논의할 예정입니다.

중국공산당 11기 6중전회 이후 덩샤오핑 동지는 두 차례 중요한 연설을 했습니다. 한번은 완리(万里)[159], 위치우리(余秋里)[160], 구무(谷牧)[107], 야오이린(姚依林)[161] 등 동지들과 경제전선 관련 문제를 논의했습니다. 이번 담화에 관한 기록은 아직 정리하지 못했지만 저는 빠른 시간에 정리할 것입니다. 이번 담화의 주요 내용은 이러합니다. 적극적으로 방법을 모색해 경제를 발전시켜야 한다는 것입니다.

경제발전에는 노력을 통해 도달할 수 있는 속도가 있어야 합니다. 만약 경제를 발전시키지 못한다면 관계자들은 모두 비난을 받게 될 것입니다. 다른 하나는 7월 17일 중앙 선전부서 책임자들과 사상전선 문제에 대해 나눈 담화입니다. 서기처는 덩샤오핑 동지의 위 두 차례 담화가 아주 중요하다는데 뜻을 같이 했습니다. 경제문제와 사상영도 문제는 올해 하반기 전체적인 국면과 관계되는 문제로서 두 문제 모두 진일보적으로 논의해야 할 필요성이 있습니다. 경제문제는 8 · 9월에 준비할 계획입니다.

서기처 동지들이 조사하러 내려감과 동시에 각 부위 · 성 · 시 · 자치구 당위에서 8월 말 전에 중앙에 보고를 올리도록 요구할 것입니다. 그리고 9월 말이나 10월 초에 중앙기관에서 천 명 규모의 회의를 7일간 소집할 생각입니다. 이번 사상 업무회의를 먼저 소집한 것은 경제업무회의보다 앞서 개최하기 위함에 있습니다. 사상이 먼저 움직이고 빠르면 승리한다고 말할 수 있습니다. 사상 전선은 빨리 움직이는 것이 좋지 않겠습니까?

두 번째 건의 : 7월 17일 덩샤오핑 동지의 주요한 담화 내용은 무엇이겠습니까?

약 2천 7백여 자 되는 덩샤오핑 동지 담화의 기본부분과 핵심은 무엇일까요? 저는 사상 전선에 대한 우리 당의 영도가 연약하고 느슨한 상태에 처해 있어 반드시 바로잡아야 하는 것이 바로 그 핵심이라고 생각합니다. 우리는 반드시 이 주제를 확고하게 인식해야 합니다. 그래야만 문제를 철저하게 연구하고 또 해결할 수 있는 것입니다.

여기서 해석해야 할 부분이 있습니다. 덩샤오핑 동지의 이 연설은 중앙 문서로 하달할 예정이며, 두 차례의 정리와 덩샤오핑 동지의 동의를 거쳐 최종 완성되었다는 점입니다.

덩샤오핑 동지는 "선전부서를 찾아 사상전선 특히 문예 문제를 논의해야 한다. 당이 사상전선과 문예전선을 영도하는 과정에서 뚜렷한 성적을 거두었다. 이 부분은 마땅히 인정해주어야 한다. 업무 과정에서 간소화하거나 조포화(粗暴化)하는 등의 경향이 있는데, 이것을 경시하거나 부정해서는 안 된다. 그러나 현재 이보다 더 주의해야 할 문제는 정신상태가 해이하고 연약하다는 것이다."[162] 이는 사상 영도가 해이하고 연약한 문제를 해결하는 것이 중점이 되어야 한다는 점을 말해주는 것입니다. 최근 덩샤오핑 동지가 중점적으로 문예계 문제를 알아보고 있어 특별히 문예문제와 연계시킨 것입니다. 그러나 그의 담화 취지는 사상 영도가 해이하고 연약한 문제를 해결하는데 있습니다. 따라서 단지 문예전선이나 사상전선에만 국한되어 있는 것만은 아니라는 것입니다.

따라서 이번 회의는 전반적으로 사상 업무 영도에 대한 우리 당의 연약한 문제를 명확히 보기 위한 것이라는 점을 우리는 인지해야 할 것입니다.

첫째, 덩샤오핑 동지가 제기한 사상전선 영도가 해이해졌고 연약한 상태라고 한 것은, 개별 부서, 개별 지방, 개별 단위만의 문제가 아니라 보편성을 띤 전 당의 문제인 것입니다. 만약 사상 영도를 단지 부분적인 문제로 간주한다면 덩샤오핑 동지의 연설 의미를 약화시키는 것이나 다름없습니다. 사상전선은 사상영도를 강화해야 하는데 경제전선이나 군도 모두 사상영도를 강화해야 하는 문제가 뒤따르게 되기 때문입니다.

둘째, 이 문제를 논의하는 것은 우선 그 누구의 책임을 추궁하려는 것이 아니라 사상전선에 대한 영도가 해이하고 연약한 상태를 초래한 원인을 분석하고자 하는 것입니다. 역사, 영도, 주관 등 차원에서의 원인을 분석해 이러한 상태를 극복함으로써 사상영도가 통일되고 견강해질 수 있는 방법을 강구하려는 것이지, 누구의 책임이 더 큰가를 추궁하려는 것이 아닙니다. 그렇지 않고 서로 이기려 하고 승부를 가리려 한다면 어찌 업무를 제대로 이끌어 나갈 수 있겠습니까?

경험 교훈을 종합한 차원에서 볼 때, 책임문제를 논하면 절대 안 되는 것은 아닙니다. 다만 누구의 책임을 추궁하기보다는 원인을 분석하고 방법을 제시하는 것이 더 중요하다는 말입니다. 이러한 태도는 아주 중요합니다. 태도를 바로잡지 못한다면 문제를 논의하는 과정에서 오차가 생길 수 있고 심지어 잘못된 길로 들어설 수도 있습니다. 만약 군이 책임을 추궁하자면 연약한 사상영도를 초래한 책임을 어디에 물어야 할까요?

우선 중앙서기처에 책임을 물어야 합니다. 사상 업무도 중앙서기처에서 영도하기 때문입니다. 따라서 먼저 총서기부터 물어야 합니다. 왜냐하면 총서기가 관리하고 있으니까 말입니다. 그렇지만 중앙서기처에서 모든 책임을 떠안을 수는 없습니다. 중앙서기처만 연약하고 다른 부서가 모두 강한 것이 아니기 때문입니다. 단위마다, 영도간부마다 모두 소속기관이 강한지 연약한지, 아니면 통일되었는지, 해이한지 고민해보아야 할 겁니다. 자신이 그러한 상황 속으로 들어가야 뭐라도 배울 수 있지 않겠습니까?

셋째, 연약하고 해이한 상태를 극복하는 것 외에 강해지고 분발할 수 있는 정확한 방법과 루트를 연구하는 것이 더 중요합니다. 과거에 연약했다고 하여 현재 강해지겠다는 생각으로 대규모로 비판하고 투쟁하고 맹렬하게 추진한다면 이것도 안 되는 것입니다. 만약 연약하고 해이한 상태를 극복해 우리의 영도를 강하게 하는 정확한 루트를 찾아내지 못한다면, 역사적인 착오를 재차 범하게 되고 회의가 끝나기도 전에 '반우파'를 또 진행한다는 소문이 퍼지게 될 것입니다. 이는 잘못된 것입니다.

마오쩌둥 동지가 「인민 내부의 모순을 정확하게 처리하는 데에 관한 문제」에서 제기한 "사상 투쟁은 기타 투쟁과 달라 조포(粗暴)한 강제적인 방법이 아닌 도리를 따지는 방법만 사용할 수 있다. 사상문제는 오로지 논의하고 비판하고 도리를 따지는 방법을 취해야만 정확한 건의를 진정으로 발전시키고 착오적인 의견을 극복해 실제로 문제를 해결할 수 있다."[163]라고 하는 방법을 우리는 반드시 명기해야 합니다. 강해지라고 해서 경솔하게 행동하고 내용보다는 형식에만 치중하며 제멋대로 비판하고 투쟁하라는 뜻이 아닙니다. 그러면 절대 강한 것이 아닙니다.

세 번째 건의 : 사상 비판과 사상 투쟁에서 우리는 역사적 경험을 어떻게 정확하게 대해야 하는가 하는 것입니다.

사상전선의 영도가 해이하고 연약한 상태를 통일적으로 해결하려면 역사적 경험을 정확하게 대해야 합니다.

역사적 경험의 착수점은 무엇일까요? 저는 1957년 2월에 발표된 마오쩌둥 동지의 저술 「인민 내부 모순을 정확하게 처리하는 데에 관한 문제(關於正確處理人民內部矛盾的問題)」부터 얘기할 수 있다고 생각합니다. 이 저술에서 그는 "사상 최초로 사회주의 사회가 모순으로 충만 되어 있는데, 이를 해결하기 위해서는 사회주의 사회가 모순을 폭로하고 해결하는 과정에서 발전을 거듭해야 한다"고 언급했습니다.

마오쩌둥 동지는 또 이 저술에서 사회주의 사회에 존재하는 서로 다른 성질의 두 가지 모순을 상이한 방침과 방법으로 해결해야 한다고 언급했습니다. 그는 또 만약 이 문제를 적당하게 처리한다면 적대적 모순이 비대항적인 모순으로 전환될 수 있으며, 만약 정책이 합당하면 적대계급 성원의 다수를 자력갱생하는 신인으로 개조할 수 있다고 말했습니다. 그러나 만약 적당하게 처리하지 못한다면 인민 내부의 모순을 대항성 모순으로 격화시킬 수 있다고 덧 붙였습니다.

마오쩌둥 동지의 이 저술은 사회주의시기에 마르크스의 보물고에 추가된 새로운 재부로 그의 크나큰 기여를 보여주는 부분이기도 합니다. 이 문제는 11기 3중전회의 결의서에서, 또 마오쩌둥 사상 관련 부분에서 마지막 부분에 모두 언급된 내용입니다. 마오쩌둥 동지는 이 글에서 사상과 정치 차원에서 인민내부의 모순을 해결할 공식을 재차 언급했습니다. 단결해야 한다는 염원에서 출발해 비판 혹은 투쟁을 거쳐 모순을 해결함으로써 새로운 기반에서 새로운 단결을 이루자는 것입니다. 옌안시기의 단결·비판·단결은 비교적 간단했으며, 1957년에 보다 전면적으로 언급했습니다. 개국 초기 마오쩌둥 동지는 "새로운 기반"을 특별히 강조했습니다.

전 당의 동지들은 모두 마오쩌둥 동지의 이 저술이 발하는 빛을 높이 평가하고 있습니다. 개별 단락은 반우파[49]후 추가된 내용이고, 일부 제기법이 저술의 기본 논점인데, 이것이 비록 8대 기본방침[164]과 어긋나기도 하지만 쉽게 식별이 가능해 주요한 가치에는 영향을 미치지 않습니다. 과거에도 그랬듯이, 현재에도 앞으로도 우리에게 지도적 의미를 지닌 마르크스주의 저술이 될 것입니다.

그러나 마오쩌둥 동지가 이러한 사상을 제기한 후 문제가 발생했습니다. 그러면 문제가 무엇이겠습니까? 문제는 우리의 실제 업무과정에서 그의 이러한 정확한 관점을 관철시키지 않았고 마오쩌둥 동지 스스로도 관철시키지 않은 데 있었습니다. 그는 이 관점을 1957년 2월에 제기하고 6월에 발표했습니다.

마오쩌둥 동지가 우리에게 위대한 사상 재부를 남겼지만 실제 업무과정에서 마오쩌둥 동지를 비롯해 많은 동지들이 정확한 원칙을 위배했습니다. 반우파 이후부터 그가 세상을 떠나기까지 약 20년이 바로 그러했습니다. 이 20년간 처음에는 국부적인 문제에서, 그 후에는 전체적인 문제에서 상이한 성질의 모순을 혼동한 채 수많은 인민 내부의 모순을 적대적 모순으로 과장했습니다.

우리 당에서 오랜 세월 동안 행해왔고, 또 효과를 본 이론과 실제의 연계, 대중과의 긴밀한 연계, 비판과 자아비판이라는 3대 우수한 기풍이 파괴된 것입니다. '문화대혁명'기간, 우수한 기풍인 비판과 자아비판을 왜곡해 파벌활동을 하는 구실로나 방패막이로 삼아 이른바 비판(당시에 비판이라 했지만 실은 결석 재판임)을 왕명[142]노선시기보다 더 심각하고도 잔혹한 투쟁으로 격상시켜 무정하게 타격을 가했습니다. 마오쩌동 동지 스스로가 이러한 착오를 범했을 뿐만 아니라, 우리 당의 수많은 동지 혹은 다수의 동지(저를 포함)들이 정도는 다르지만 이러한 착오를 범했던 것입니다.

심각한 잘못을 범한 자가 있는가 하면 경하게 범한 자가 있고, 각성을 빨리 하거나 혹은 조금 늦게 한 자가 있는가 하면, 심지어 현재까지 각성하지 못한 동지들도 있습니다.

때문에 당내 수많은 동지들은 사상투쟁이나 비판과 자아비판을 진행한다고 하면 많은 것을 우려하면서 의구심을 품고 두려워합니다. 가히 이해할 수 있는 부분입니다. 20년간의 주요한 착오가 바로 여기에 있습니다. 그러나 일부 동지들은 다릅니다. 적당한 사상투쟁이나 비판과 자이비판을 진행해야 한다는 말만 들어도 반감을 표하면서 반대하고 배척하곤 합니다. 그들이 남을 비판하고 공격할 수는 있지만 자신이 비판을 받는 일은 결코 용납하지 않았습니다. 그러니 자아비판은 더욱 말도 안 되는 일이었습니다.

이는 완전히 잘못된 것입니다. 이러한 사상은 위험하고 해가 되며 마르크스주의를 이탈하고 4개 기본원칙을 위반한 것입니다. 우리는 이번 회의에서 반드시 이러한 문제를 첨예하게 제기해야 합니다. 우리의 선조부터 마르크스, 엥겔스, 마오쩌동 동지, 그리고 현재의 당 중앙과 무산계급 정당에 이르기까지 비판과 자이비판을 진행하지 않는다면 어떻게 되었겠습니까?

마오쩌동 동지가 「연합정부를 논함(論聯合政府)」이라는 글에서 "착실한 자아비판의 여부는 우리당과 기타 정당을 구별하는 가장 뚜렷한 징표이다. 가옥을 자주 청소하지 않으면 먼지가 쌓인다. 얼굴을 자주 씻지 않으면 때가 끼게 된다. 우리 동지의 사상, 우리 당의 업무에도 먼지가 끼기 때문에 청소해야 한다. '흐르는 물은 썩지 않고, 여닫는 문지방은 좀이 먹지 않는다.'는 것은 꾸준한 운동과정에서 미생물 혹은 기타 생물의 침식을 막아내는 것을 뜻합니다. 그러니 우리도 자주 업무를 검토하고 그 과정에서 민주적인 기풍을 보급하며 비판과 자이비판을 두려워하지 말아야 합니다.……이것이야말로 우리 동지의 사상과 우리 당의 체제에 대한 여러 가지 정치적 먼지와 미생물의 침식을 막아내는 유일하고도 효과적인 방법이다."[165]라고 언급했습니다.

두 번째 효과적인 방법이 또 있을까요? 우리 전 당이 이 문제를 고민해야 합니다. 착오를 범한 자를 체포하는 것으로 문제를 해결할 수 있을까요? 내버려 두거나 혹은 그들을 향해 머리를 조아리는 것으로 문제를 해결할 수 있을까요? 당연히 안 됩니다. 비판과 자이비판을 진행하는 것이 가장 효과적인 방법입니다. 그렇기 때문에 비판과 자아비판이라는 말만 꺼내면 배척하고 반대하고 반감을 품었는데, 이는 마르크스와 4개의 기본원칙을 이탈한 행위입니다. 이 부분에 대해서는 무릇 혁명자라면 반드시 명확히 해야 합니다.

우리에게는 두 가지 역사적 경험이 있습니다. 하나는 정확한 역사적 경험입니다. 3가지 우수한 기풍을 수립하고 견지하는 것입니다. 즉 이론과 실제를 결부시키고 대중과 긴밀한 연계를 취하며 비판과 자이비판을 진행하는 것입니다. 우리가 이러한 3가지 기풍을 견지한 덕분에 우리 당이 꾸준히 흥성하고 발전할 수 있었던 것입니다. 우리 당의 역사를 되돌아보겠습니다. 쮜이(遵義)회의[70]는 비판과 자이비판을 거쳤습니다.

중국공산당 제7차 대표대회를 성공적으로 개최할 수 있었던 것은 기풍을 바로잡고 비판과 자아비판을 진행했기 때문입니다. 린뱌오와 '3인방'을 무너뜨린 후 우리는 3차례 회의를 소집했습니다. 첫 번째는 11기 3중전회[77]입니다. 사람들은 3중전회를 성공적으로 소집했다고 말했습니다. 비판과 자이비판을 거쳤고 필요한 투쟁이 있었기 때문에 어지러운 세상을 정상으로 되돌릴 수 있었던 것입니다. 3중전회에서 비판과 자아비판 그리고 필요한 투쟁을 진행하지 않는다면 양상쿤(楊尙昆)[166]동지를 비롯해 이 자리에 있는 몇몇 동지들은 나오지도 못했을 것입니다.

3중전회를 성공적으로 개최했다고 하는 것은 투쟁을 거쳤기 때문입니다. 두 번째는 지난해 11월과 12월에 열린 정치국 확대회의이고, 세 번째는 11기 6중전회인데 모두 비판과 자아비판을 진행하고 필요한 투쟁을 거쳤습니다. 역사적 결의를 여러 번 수정했고 논의하는 과정에도 비판과 자아비판을 수없이 진행하지 않았던가요?

결의 자체에 가장 심각한 자아비판이 포함되어 있습니다. 그렇기 때문에 첫째, 우리에게 정확한 역사적 경험이 있습니다. 즉 무릇 3가지 기풍을 견지할 때면 우리 당은 흥성하고 발전했습니다. 반면 3가지 기풍을 떠나 흥망과 발전을 논한다면 뿌리를 찾지 못하고 근원도 찾지 못할 것입니다. 이는 역사적 경험입니다.

둘째, 착오적인 역사적 경험입니다. 건국 이후 '문화대혁명'이 가장 대표적입니다. 작은 일을 무한대로 부풀려 처리하거나 함부로 비판하고 투쟁했습니다. 우리는 이제 더는 이러한 상황을 반복해서는 안 되고 또 마땅히 그렇게 해서도 안 된다고 얘기했습니다.

그러나 일부 동지들은 늘 착오적인 역사적 경험만 염두에 두고 정확한 역사적 경험이 있다는 점은 생각조차 하지 못하고 있습니다. 다수 동지들은 우리 당의 우수한 전통을 회복하려고 한다면 실사구시만 생각할 뿐 대중과 긴밀하게 연계를 취하고 비판과 자아비판을 동시에 진행해야 한다는 점을 기억하지 못하고 있습니다.

대중과 긴밀하게 연계를 취하지 않고 대중노선을 견지하지 않으며, 비판 심지어 투쟁을 진행하지 않는다면 실사구시는 그저 공론에 불과할 것입니다. 3가지 우수한 기풍은 갈라놓을 수가 없는 것입니다. '7.1연설'[167](이 시기 연설은 제 개인이 아닌 집체의 창작이며, 서기처·정치국의 논의를 거쳤고 수십 명이 수정에 참여했음)에 이러한 두 마디 말이 있습니다. "우리는 이미 좌절과 착오를 통해 많은 것을 배웠고 앞으로도 계속해서 더 많은 것을 배울 수 있을 것이다."

이 뜻은 적극적인 부분과 소극적인 부분에서 우리는 모두 많은 것을 배웠고 앞으로도 계속해서 많은 것을 배울 것이라는 말입니다. 그러나 아직도 많은 것을 배우지 못했습니다. 예를 들면 중앙의 동지가 다 배웠다거나 후야오방 동지가 이미 다 배웠다고 말해서는 안 된다는 말입니다. 우리는 아직도 배우지 못한 부분이 많습니다. 비판과 자이비판을 정확하게 전개하는 문제를 다수 동지들이 아직은 제대로 학습하지 못했다고 봅니다. 이번에 회의를 소집하는 것도 이 문제를 해결하기 위해서입니다.

네 번째 건의 : 전 당은 반드시 비판과 자아비판의 무기를 빌어 단결을 증강하고 업무를 개진해야 합니다.

사회주의 제도가 방금 설립된 데다 린뱌오와 '3인방'의 심각한 파괴를 당해 현재 문제가 많고 어려움이 크며 임무가 과중합니다. 그런 가운데 인민들은 우리에게 큰 희망을 품고 있습니다. 우리는 중국의 전체적인 상황에 반드시 주의를 돌려야 합니다. 지금 우리 앞에는 두 가지 모순이 놓여 있습니다. 마오쩌둥 동지가 얘기한 것처럼 하나는 적대적 모순 혹은 적대적 성질을 띤 모순인데 이에 대해 절대적으로 경각성을 늦춰서는 안 됩니다.

역사적 결의는 역사적 교훈을 참고로 하고, 실제 상황을 바탕으로 해서 "계급투쟁을 강요한다"와 "아직 계급투쟁이 있다"는 제기법을 취소했습니다. '7.1'연설에서 저는 덩샤오핑 동지의 건의를 바탕으로 "사회주의 민주와 법제를 강화하고 사회주의 정치제도를 개혁하고 보완하기 위해 주력하고 있습니다"라고 제기했습니다.

이 뜻은 인민민주 독재정치를 강화하는 것인데, 여기에는 계급투쟁을 정확히 진행하고 적대 모순을 정확하게 처리하는 문제도 포함됩니다. 이 부분의 문제에 대해서는 이 자리에서 더 언급하지 않겠습니다.

이밖에 또 다른 모순에 직면해 있으며 더 많은 모순에 노출되어 있습니다. 만약 이러한 유형의 모순을 제대로 처리하지 못한다면 덩샤오핑 동지가 연설에서 제기한 것처럼 모순이 격화되어 큰 문제가 초래될 수 있을지도 모릅니다. 제대로 처리하지 못하는 이유는 두 가지입니다. 교육 및 비판을 하지 않거나 전혀 상관하지 않고, 타당하게 비판하거나 교육하지 못해도 이러한 문제가 생기게 됩니다. 전반적으로 볼 때 현재 인민 내부의 모순이 더 많습니다. 이러한 유형의 모순에서 주로 두 가지 부분을 얘기하고자 합니다.

첫째, 중대한 원칙 문제에서, 정치적인 문제에서 유해한 문예작품을 비롯해 착오적인 언론을 공개적으로 퍼뜨리는데 대해 4가지 기본원칙 문제를 견지할지 아니면 의구심을 품고 반대해야 할 것인지 하는 것입니다. 둘째, 파벌 활동이나 관료주의를 견지하고 업무과정에서 무책임한 상황이 나타나며 다양한 부정 기풍이 존재한다는 것입니다.

이 두 가지 부분의 문제는 또 서로 연계되고 영향을 주면서도 서로 엇갈려 있습니다. 지난달 29일 중앙 당교 제6기 졸업생대회에서 제가 짧은 연설을 했습니다. 연설 내용은 이러했습니다. 린뱌오와 '3인방'을 무너뜨린 지 약 5년의 세월이 흘렀습니다. 그러나 당의 기풍, 사회 기풍, 사회 치안에 근본적인 호전이 나타나지 않았습니다. 일부 지방에서 3가지 유형의 동지들이 고립당하고 있습니다.

첫째, 11기 3중전회 이후의 노선을 옹호하는 동지들이 고립을 당했습니다. 둘째, 업무에서 적극성이 높고 뛰어난 성과를 거둔 자들이 고립을 당했습니다. 셋째, 원칙을 과감하게 견지하고 공정한 말을 하거나 착오적인 언론, 나쁜 기풍과 투쟁하는 자들이 고립을 당했습니다. 이러한 3가지 유형의 동지들은 모두 훌륭한 동지들입니다. 그러나 이들이 고립을 당하고 있다는 것은 우리에게 무엇을 알려주는 것일까요?

우리는 우리나라, 우리의 당이나 사회에 아직도 문제가 있고 모순이 상당하며 수많은 소극적인 현상과 요소가 있다는 점을 예리하게 보아야 합니다. 당원의 사상정치 상황에 문제가 있는 것도 주요한 부분을 차지합니다. 이러한 현상에 맞서 우리는 어떻게 해야 할까요? 우리 앞에는 두 갈래의 길 밖에는 없습니다. 하나는 보고도 못 본 척 눈을 감고 처리하지 않는 것이고, 다른 하나는 정신을 차리고 비판을 행하거나 당당하게 비판을 행하는 것입니다. 일리 있게 행하는 것이 인민의 편인데 두려울 것이 뭐가 있겠습니까?

정의는 영원히 우리의 편입니다. 나쁜 기풍, 착오적인 언론은 인민의 이익을 대표할 수 없기 때문에 대중의 기초가 없습니다. 정신을 차리고 당당하게, 그리고 과감하게 비판하고 폭로해야만 우리의 우수한 전통을 회복하고 고양시킬 수 있습니다.

일부가 비판을 찬성하지 않는 것에 대해 물론 반대하고 있는데, 이는 상황과 진실을 알지 못하기 때문이라고 말하는 동지들도 있습니다. 일리가 있기는 하지만 100%는 아닙니다. 무릇 성실한 자, 정중한 자, 착한 자들은 사실을 정확히 이해하고 식별하기 전까지 비판에 대해 침묵하거나 망설일 뿐 무턱대고 반대하지 않기 때문입니다. 그들은 다만 "비판해야만 하나?", "비판해도 괜찮을까?"하면서 한 번 더 고민해보는 것이 좋겠다고 생각할 따름입니다.

예를 들면, 11기 6중전회에서는 마오쩌동 동지를 비롯해 현직을 맡고 있는 일부 영도 동지들도 비판했습니다. 무릇 성실한 자, 정중한 자, 착한 자들이 아직 상황을 제대로 파악하지 못했는데 왜 또 동지를 비판해야 하냐며 고민해 볼 것이라고 말할 수는 있겠지만, 무턱대고 반대는 하지 않을 것입니다.

무릇 무턱대고 비판을 반대하는 자들은 아래와 같은 3가지 유형에 속할 가능성이 높습니다. 첫째, 자기가 최고라고 생각하는 자로 조사를 할 생각이 전혀 없거니와 진실을 명확히 파악할 의향도 없이 자신이 잘났다고 생각하면서, 이미 모든 것을 명확히 그리고 투철하게 보고 있다고 자부하는 자입니다.

둘째, 일부 착오적인 정서를 가진 자인데, 그는 진실을 전혀 모르는 것이 아니라 조금은 알고 있습니다. 그러나 문제를 보거나 생각함에 있어 편견이나 일부 착오적인 정서를 가지고 있습니다.

셋째, 딴 속셈이 있는 자입니다. 이들 3가지 유형은 정확한 비판보다는 이를 주장하는 자에 대한 비판을 찬성합니다. 그들을 비판하는 것은 물론 심지어 그들을 무너뜨리려 합니다. 그렇기 때문에 무턱대고 비판하는 자를 상대로 우리는 조사연구하고 분석을 진행해야 합니다. 중앙 기구, 각 부의 당위 · 성위 · 시위 동지들이 상황과 문제에 대해 조사하고 분석할 것을 저는 주장합니다.

비판을 어떻게 전개할지에 대해서는 우리 당 역사상 훌륭한 경험이 아주 많습니다. 새로운 당헌 수정 초안에서 관련 규정을 내렸고, 중앙에서 통과된 당내 정치생활 제12조 준칙[131]에도 상세한 규정이 있습니다. 규정들은 특별히 정확한 비판과 '몽둥이를 휘두르는 것'과의 경계선을 명확히 했습니다. 저는 현재 규범이 없는 문제는 아니라고 봅니다. 적당하고도 정상적인 사상투쟁을 진행하고 필요한 비판과 자아비판을 전개해야 하는 것이지, 현재 우리 당에 규범이 없다는 말이 아닙니다.

현재는 규범이 있을 뿐만 아니라 그 수도 아주 많습니다. 만약 우리가 아직도 중앙에 규범을 더 세울 것을 요구한다면 이는 타당하지 않다고 봅니다.

린뱌오와 '3인방'을 무너뜨린 이후로 우리는 역사적 경험을 종합하고 규범을 많이 세웠습니다. 현재 우리의 문제는 제대로 실천하지 못하고 우리 당의 정치생활과 조직생활이 건전하지 못하다는데 있습니다. 우리 당이 전국의 모든 곳과 부서에 깊이 침투되었으니 우리 당 조직이 없는 곳이 어디 있겠습니까? 지부와 당원이 곳곳에 분포되어 있습니다.

문제는 우리 당의 생활이 건전하지 않고, 당위가 영도 역할을 발휘하지 못하며, 당위에서 처리한 문제를 논의하지 않는 것 외에도 수많은 문제에서 당위가 앞장서지 않고 대중노선을 견지하지 않는데 있는 것입니다. 비판과 자아비판이라고는 하지만 오차가 생기면 어떻게 할 것입니까? 원칙을 견지하고 대중노선을 걷는다면 오차가 생기지 않고, 최소한 큰 오차는 생기지 않을 것입니다.

얼마 전 중앙에서 허베이(河北) 업무회의를 소집했습니다. 그 당시 허베이에서 2백여 명의 동지들이 왔는데 이도 대중노선을 견지하는 표현입니다. 어느 날인가 민의 조사를 진행한 바 있습니다. 중국공산당 허베이 지방위원회, 시위원회 이상 급 간부들을 상대로 무기명 투표제를 실시해 어떤 동지를 전근시킬지 투표한 후 중앙과 성위에 참고로 제공했습니다. 무기명이 아니라 이름을 명확히 밝혔습니다. 성위와 상무위원회는 투표에 참여하지 않았습니다. 허베이에서 온 동지 201명 가운데서 투표수가 총 181표에 달했습니다.

투표 결과 주로 몇몇 동지(첫째, 직무에서 해임되지 않고, 둘째, 당적에서 퇴출되지 않았으며, 셋째, 처벌받지 않음)들이 전근 리스트에 올랐습니다. 이로부터 대중노선을 견지하면 착오를 범하는 것을 줄일 수 있다는 점을 알 수 있습니다. 그렇기 때문에 저는 현재 규장이 없는 것이 아닌 열심히 실천하지 않은 것이 문제라고 생각합니다.

마오쩌둥 동지는 정확한 비판과 자아비판을 파악하기 어렵지 않다고 말했습니다. 그는 "사람의 결점과 잘못을 지적하여 고치도록 하자'를 취지로 한 정풍운동이 상당한 효력을 일으킨 것은, 운동에서 비판과 자이비판을 왜곡하거나 대충 진행한 것이 아니라, 정확하고도 열심히 진행했기 때문이다."[168]라고 말했습니다. 비판이 왜곡되어서는 안 되고 반드시 정확해야 합니다. 왜곡한다면 도리가 있어도 제대로 해석하지 못할 것입니다. 자아비판은 대충할 것이 아니라 열심히 해야 합니다.

1945년 당시 옌안에 있었던 동지들이라면 아마 왕명[142]은 자아비판을 대충하고 박고(博古)[169]동지는 자아비판을 아주 열심히 했다는 점을 기억하고 있을 것입니다. 한 사람의 검토가 글자 수의 다소에 의해 좌우지되는 것이 아닙니다. 따라서 진실한 마음으로 하는 검토인지 남에게 보여 주기식의 검토인지를 구별해야 합니다. 그렇기 때문에 당위에서 이 일을 영도하고 명확히 하는 한편, 원칙을 견지하고 열심히 실천한다면 우리의 비판과 자이비판을 가히 관장할 수 있을 것입니다.

우리의 비판과 자아비판은 새로운 기반에서 새로운 단결을 실현하기 위함인데 그러기 위해서는 원칙을 견지해야 합니다. 현재는 우선 중앙이나 6중전회와 보조를 맞출 것을 요구해야 합니다. 특히 중앙에서 거듭 표명하고 6중전회에서 재차 강조한 4가지 기본원칙을 견지해야 합니다. 이는 전 당, 전 군과 전국의 여러 민족 인민들이 힘을 모으는 공동적인 기반입니다.

우리는 역사와 현황을 관찰하는 과정에서 6중전회의 결의를 기준으로 해야 합니다. 그렇지 않으면 우리가 어떤 기준으로 비판과 자아비판을 진행하고 또 무엇을 기반으로 단합을 실현할 수 있겠습니까?

해방군은 선두주자 역할을 해야 한다[*]

(1981년 9월 24일)

방면군의 이번 방어훈련은 건국 이후 건군 사상 최대 규모로 진행된 훈련이자 실전을 방불케 하는 현대화한 작전수단으로 패권주의 침략을 막아내는 훈련이었습니다. 특히 충분한 준비를 마치고 열심히 조직한 훈련이자 군사 지휘, 정치 업무, 후근 보장 등 부분에서 풍성한 성과를 거둔 훈련이기도 했습니다. 당 중앙, 국무원과 각 부위의 주요 영도 동지들 가운데서 여건이 허락되는 분들은 모두 관람했고, 각 성·시·자치구에서도 한두 명의 영도를 파견해 관람했는데 모두 만족해했습니다.

훈련지역의 간부와 인민대중들은 이번 훈련을 통해 많은 격려를 받았습니다. 이번 훈련이 크게 성공했습니다. 저는 당 중앙을 대표해 훈련에 참석한 전체 지휘관에게 열렬한 축하의 인사를 전합니다.

여러분들도 아시다시피 중국군은 창건 이후 좁쌀 밥에 약간의 보충만으로 기나긴 시기를 겪었습니다. 전쟁과정에서 우리는 적들의 무기를 포획하면서 장비가 꾸준히 개선되었습니다. 건국 이후 우리는 또 단일 병종이던 육군에서 해군·공군과 기타 기술 병종을 비롯한 종합성적인 군대를 형성했습니다. 그러나 이토록 많은 항공기·탱크·대포와 여러 가지 기술 장비를

---

[*] 이는 후야오방 동지가 전 군 고위 간부 전역 훈련 양성반에서 발표한 연설문이다.

출동시켜 합동훈련을 진행하기는 이번이 처음입니다.

이번 훈련은 중국군이 종합 군대의 협동 작전 능력을 끌어올리고 현대화된 작전수단을 운용해 적과 대항함에 있어 새로운 발걸음을 한 발 더 내디뎠다는 것을 의미한다고 할 수 있습니다.

당연히 현재 중국의 국방 현대화 수준은 높지 않습니다. 그러나 이미 안정적으로 새로운 건설시기에 들어섰습니다. 우리에게는 오랜 세월을 거쳐 쌓은 풍부한 인민 전쟁 관련 경험이 있는 데다 현대화한 전쟁 수단도 갖췄기 때문에, 패권주의자가 우리를 향해 침략전쟁을 발동한다고 해도 우리는 그들을 물리칠 수 있을 것이라 확신합니다.

이번 훈련은 지휘관들의 안목을 넓히고 현대 군사 과학기술 학습 및 관장하는 열정을 불러일으키는데 도움이 될 것입니다. 또한 지방의 동지와 인민대중들이 일부 현대 전쟁 관련 지식을 관장하는데도 도움이 되었고 과학기술과 교육전선의 동지들이 국방건설에 더 주목하도록 이끌 수 있을 것으로 보입니다.

중앙은 경험을 열심히 종합하는 기초 위에서 자료를 정확히 작성하고 영화를 잘 촬영해 국방재료로 사용한다면 간부와 인민대중들이 영광스러운 해방군의 이미지나 힘, 군의 위력과 나라의 위력, 그리고 인민 전쟁의 위대한 힘을 볼 수 있도록 이끌 수 있어, 향후 반침략 전쟁 승리에 대한 그들의 자신감을 향상시킬 수 있습니다.

덩샤오핑 동지가 중앙군사위원회 업무를 주재해서부터 특히 약 1년간 군의 업무에 새롭고도 중대한 발전을 가져왔습니다. 기타 일부 전선의 업무에 비해 군의 발전이 더 빠르고 컸습니다. 이렇게 얘기하는 사실적 근거는 무엇일까요?

첫째, 전 군 지휘관들의 정책 수준이나 당 중앙과 정치적으로 보조를 맞추는 수준이 뚜렷하게 향상됐다는 것입니다. 지난해 11월 모 포병단에 반혁명 사건이 발생했습니다. 덩샤오핑 동지는 이 대표적인 사례를 예를 들어 부대마다 깊이 있는 교육을 진행하도록 요구했습니다. 나쁜 일을 오히려 좋은 일로 전환시킴으로써 부대의 정치사상 건설을 유력하게 추진했던 것입니다.

지난해 농업생산 책임제를 한층 강화하는 데에 관한 중앙의 문서[170]를 하달한 후 부대에서는 전달 교육을 착실히 진행하고 농촌 조사를 진행함으로써 간부 및 전사들이 당의 농촌정책의 정확성, 특히 농업 생산책임제에 대해 깊이 이해하게 되었으며, 이로 이에 대한 우려도 말끔히 해소했습니다. 지난해 12월 중앙업무회의[171]가 끝나자 바로 전 군 정치임무회의를 소집해 정신을 관철시키고 단(團) 이상의 간부를 상대로 보편적인 훈련을 진행하는 한편, 부대를 상대로 4가지 기본원칙 교육을 진행했습니다.

중국공산당 11기 6중전회 이후로 「건국 이래 당의 약간의 역사적 문제에 관한 결의」[133]를 제때에 학습해 전회 정신을 바탕으로 사상을 통일시켰습니다. 일련의 업무에 대해 군은 빠르게 움직이고 엄격하게 훈련했기 때문에 좋은 효과를 거둘 수 있었습니다.

간부 전사들은 현재 당 중앙의 영도가 올바르고 중국공산당 3중전회[77] 이후의 노선·방침·정책이 정확하다는 점을 확신하고 있습니다. 일부 나쁜 심보를 품은 외국인들은 군이 보수파라느니, 11기 3중전회의 노선과 대립된다고 하는데 이는 헛소문을 퍼뜨리고 이간질을 하려는 속셈입니다. 사실이 증명하다시피, 우리 군은 당의 영도에 절대적으로 복종하고 당이 준 임무는 무조건 착실히 완수하며 당이 가리키는 곳에는 반드시 달려갔습니다.

둘째, 조직성과 기율성이 뚜렷하게 강화되었고, 군의 면모와 기풍이 일정하게 진보했습니다.

금년 봄에 덩샤오핑 동지와 중앙 군사위원회에서는 열병식을 진행하는 데에 대해 제기했는데 그 후 빠르게 이 부분의 문제를 해결하였다. 열병식은 단순히 형식주의가 아니라 조직 기율성을 강화하고 군의 면모, 기풍과 기율을 바로잡으며 양호한 기풍을 양성함에 있어 실제적이고도 효과가 탁월한 방법입니다. 이뿐이 아닙니다. 열병식을 통해 정규화 된 훈련과 관리를 추진할 수도 있습니다. 열병식을 진행할 때에는 우선 행동거지가 군인다워야 하며 상태가 해이해져 있으면 안 됩니다.

이번 훈련을 통해 군의 면모가 엄하고 정연하며 기풍이 엄하고 조직이 엄밀하며 행동이 정확하다는 점을 여러분도 보았을 것입니다. 이는 우리 군이 현대화를 추진하려면 반드시 정규화의 길로 나아가야 한다는 점을 설명하고 있습니다.

셋째, 사회주의 정신문명을 건설하는 데에 관한 중앙의 호소에 부응하여 빠르게 움직이면서 뚜렷한 성과를 거두었습니다. 중앙에서 사회주의 정신문명을 건설하는 데에 대해 호소한 이후로 군은 자체적으로 실제와 결부시켜 "4가지가 있고 3가지를 언급하며 두 가지를 두려워하지 않는다"고 하는 요구를 제기했습니다. "4가지가 있다"라는 것은 이상·도덕,·지식·체력이 있어야 하는 것을 말합니다. "3가지를 언급해야 한다"는 것은 군의 면모·예의·기율을 언급하는 것을 말합니다. "두 가지를 두려워하지 않는다"는 것은 어려움과 고난을 두려워하지 않고 피를 흘리고 목숨을 잃는 것조차 두려워하지 않는 것을 뜻합니다.

아주 훌륭한 이 구호는 군의 실제에 부합되어 이미 전 군의 마음속에 깊이 아로새겨졌으며, 이미 행동에 옮겨지고 있습니다. 여러 부대에서도 인민 대중을 위해 수많은 좋은 일을 했고, 뢰봉(雷锋)처럼 남을 위하는 새로운 인물들이 대거 나타났습니다. 올해 여러 성에서는 특대형의 홍수가 발생했는데, 그때마다 군에서 홍수재해방지에 적극 뛰어들어 최선을 다했으며, 인민의 목숨과 재산을 위해 몸을 사리지 않았습니다. 관건적인 시각에 해방군이 든든한 버팀목이 되었고, 도움을 많이 주었다고 대중들은 말했습니다. 조국의 남대문을 지키는 국방 부대, 파카산(法卡山)과 커우린산(扣林山)[172] 전쟁에서 두 가지를 두려워하지 않는 사상을 발휘해 용감하고도 완강하게 전쟁에 뛰어들어 전국 인민의 높은 찬사를 받았습니다. 이번에 농촌에 주둔한 훈련 부대는 대중들과 함께 정신문명 건설 관련 활동을 전개해 좋은 이미지를 남겼습니다.

대중들은 "옛 팔로군이 다시 돌아왔습니다"며 기뻐했습니다. 전 군에서 정신문명 건설을 진행함에 따라 혁명사상을 불러일으켰을 뿐만 아니라 군병 간의 관계를 개선하고 군정·군민 간의 단결을 다지면서 사회기풍을 바로 잡는 등 적극적인 역할을 발휘했습니다.

넷째, 교육 훈련을 엄격하게 하면서 군인으로서의 자질이 모두 향상되었습니다. 우리 군에 대한 린뱌오와 '3인방'의 파괴는 치명적이었습니다. 그중에서도 군의 통상적인 교육훈련이 느슨해진 것이 가장 중요한 부분이었습니다. 중국공산당 11기 3중전회 이후 우리는 엄격하게 훈련하는 우수한 전통을 전면적으로 회복했습니다. 여러 군에서는 모두 군사훈련을 진행하고 있으며, 간부와 전사들은 서로 어울려져 새로운 기술을 학습하고 관장하는 등 어려운 생활을 하고 있습니다.

이번 훈련이 이토록 성공적으로 마칠 수 있었던 것은 수많은 노력이 뒷받침되었기 때문입니다. 만약 정치사상·기풍기율·조직지휘·전술기술·후과에 대한 보장 등을 골고루 강화하지 않았더라면 절대 이뤄낼 수 없는 성과였습니다. 인민대중들은 우리 군의 발전에 모두 기뻐하고 있습니다. 이 부분에서 해방군은 다수의 기구·학교·공장·광산·기업에서 학습하는 본보기가 되었습니다. 종합적으로 군은 중앙의 보조를 따라가고 중앙의 다양한 호소에 적극적으로 부응하여 앞장서서 나아가고 있습니다.

'문화대혁명'에서 린뱌오와 '3인방'에 의해 인민해방군의 이미지가 왜곡되고 어지러워졌는데 현재 점차적으로 회복되고 있습니다. 전 군의 지휘관들은 겸손하고 허심하며 교만함과 성급함을 경계하는 기풍을 유지하고 있고, 당의 노선·방침·정책을 착실히 관철·실행한다면, 사회주의 조국과 현대화 건설의 영광스러운 사명을 더욱 훌륭하게 수호할 수 있을 것입니다.

여러분들은 모두 정세 변화에 주목하고 있지만 이 자리에서 간단하게 몇 마디로 정리하려고 합니다. 종합적인 안목에서 볼 때, 국제 정세가 4개 현대화 건설이나 패권주의를 반대하는 것에 유리하지만, 패권주의가 여전히 중국의 안보와 세계 평화에 위협을 주고 있습니다. 전반적으로 볼 때 국내 정세는 양호합니다.

중국공산당 11기 6중전회 이후로 전국의 정치형세가 한층 더 호전되었고, 당의 위신이 꾸준히 향상되었으며, 6중전회의 정신과 통과된 '결의'가 다수인들의 옹호를 받았습니다. 경제 정세를 보면 비록 몇몇 성이 가뭄과 장마 재해를 입었지만, 올해의 농업생산이 여전히 비교적 큰 성장 폭을 실현하고, 경공업 생산도 상당하게 성장할 것으로 기대하고 있습니다. 그러나 상황이 개선되었다고는 해도 여전히 이상적인 수준에는 이르지 못했습니다.

여러 가지 어려움이 있어 내년과 향후 몇 년 동안 국민경제의 발전이 빠르게 성장할 가능성은 없지만 노력을 거친다면 가히 만족할 만한 수준에 이를 수는 있다고 봅니다. 전 당·전 군·전국의 여러 민족은 한 마음 한 뜻으로 어려움을 극복해 정치와 경제면에서의 호전 상황을 지속적으로 이끌어야 합니다.

우리의 큰 정치 방침은 이미 확정되었습니다. 당연히 앞으로도 계속하여 실천하는 가운데 검증을 해야 하며, 내용을 한층 더 풍부히 하고 발전시켜야 합니다. 현재는 착실하게 업무를 추진하는 것이 가장 중요합니다.

군과 지방의 업무를 모두 착실하게 이끌어 나가고, 절대 허위날조 하는 식의 행위를 해서는 안 됩니다. 이를 위해 간부, 당원, 단원들이 앞장서서 착실하게 일할 것을 요구하는 것이며, 해방군이 선두에 나서기를 희망합니다.

그렇다면 어떤 부분에서 앞장서야 할까요?

첫째, 앞장서서 사상 영도가 해이하고 연약한 상태를 극복하고 사상 정치 업무의 전투성과 효과성을 향상시켜야 합니다.

중국공산당 11기 6중전회 이후로 당 중앙은 경제문제와 사상문제를 확고히 하기 시작했습니다. 이는 전반적인 국면과 관계되는 문제입니다. 얼마 전 중앙은 전국 사상전선 문제 좌담회를 개최해 현재 사상전선을 영도하는 대오의 정신상태가 해이하고 연약한 문제가 존재한다고 지적했습니다. 중앙은 이러한 현상이 존재하는 지방에서는 당의 영도를 강화하고 통일시키는 한편, 시비를 분명히 하고 서로 다른 성질의 모순을 정확히 분석함으로써 제때에 정확한 방법을 취해 여러 가지 착오적인 경향을 극복해야 한다고 요구했습니다. 4가지 기본원칙을 위배하고 자산계급의 자유화된 착오적인 언행을 고집하는 자에 대해서는 정확하고도 엄격한 비판을 행하고 필요하다면 적당하게 투쟁도 행할 수 있습니다.

사상 영도가 해이하고 연약한 문제는 개별 단위나 부서의 문제가 아니라, 이미 상당히 보편화된 현상이 되어 있습니다. 전반적으로 볼 때 군이 괜찮은 편이지만 그렇다고 문제가 없는 것은 아닙니다.

마오쩌둥 동지는 「민족전쟁에서 중국공산당의 지위(中國共産黨在民族戰爭中的地位)」라는 글에서 간부 정책을 언급하면서 간부를 사랑하는 데에 관한 5가지 방법을 제시했습니다. 그중 세 번째가 바로 간부에게 "위탁만 하고 검사를 하지 않음으로 인해 심각한 착오를 범하는 현상이 초래되고, 이렇게 된 후에야 주목하곤 하는데 이는 간부를 사랑하는 방법이 아니다"[173]라고 했습니다.

작은 일을 무한대로 부풀려 처리하고 지나치게 투쟁하는 과거의 행위는 간부를 무너뜨리는 방법이나 다름없습니다. 이는 반드시 기록해 두어야 합니다. 이러한 착오를 절대 다시 범해서는 안 됩니다. 그러나 결함과 착오가 있는 간부를 상대로 제때에 주의를 주고 비판교육을 하지 않는다면 그것도 간부를 무너뜨리는 것과 같습니다. 우리는 반드시 실사구시적으로 비판과 자아비판을 행하여 당의 우수한 기풍이 회복되고 더 널리 고양될 수 있도록 노력해야 할 것입니다.

둘째, 앞장서서 실제를 이해하고 대중·간부와 잘 어우러지며 기층으로 깊숙이 내려가야 합니다.

오랜 세월동안 다수의 문제를 해결하지 못하고 있는데 주요한 원인이 바로 깊이가 없기 때문입니다. 이는 보편성을 띤 문제입니다. 그렇다면 깊이 있게 무엇을 해야 할까요? 겉으로만 하는 척 하는 것이 아니고 영도자에게 보여주기 위한 것도 아닙니다. 상황을 이해해 문제를 해결하기 위해서입니다. 또 그래야만 상황을 이해하고 문제를 해결할 수 있습니다. 예젠잉 동지는 군에게 "제 손금 보듯 훤히 알아야 한다."라는 훌륭한 요구를 제시했습니다.

간부와 기층의 상황에 대해서도 분명하게 알아야 합니다. 그러니 깊숙이 들어가지 않고서야 어찌 속속들이 알 수 있겠습니까? 또 이렇게 하지 않고서는 어찌 문제를 해결할 수 있겠습니까? 이번 훈련의 규모가 이토록 방대하고 상황이 이토록 복잡함에도 불구하고 큰 문제가 발생하지 않은 것은 각급 간부들이 깊이 있게, 그리고 세밀하고도 착실하게 업무를 추진한 덕분이라고 생각합니다. 군 동지들이 이러한 우수한 기풍을 계속해서 유지하고 널리 보급시키기를 희망합니다.

셋째, 앞장서서 업무와 과학기술을 열심히 학습해 본 업종의 전문인재로 거듭나야 합니다.

현대 과학기술이 빠르게 발전하고 있습니다. 역사적인 원인으로 인해 우리의 기초가 박약하고 과학기술 수준이 낮은데, 이는 4개 현대화 건설 요구와 현실적인 모순이 되고 있습니다.

군 간부의 문화과학 수준도 현대화 국방 건설처럼 일정한 격차가 존재합니다. 과거의 상당히 긴 시간 동안 정규적인 학원을 통해 양성된 간부에 대해 마땅히 중시하지 못했는데, 이는 위에서 지적한 격차를 초래한 중요한 이유입니다. 이러한 격차를 줄이기 위해서는 각급에서 다양한 군사학원을 잘 설립하여 각 업종별로 전문 인재를 양성해내야 합니다. 또한 재직자들의 학습을 적극적으로 제창하고 여가 학습제도를 건립하는 한편, 학습 습관을 양성해 배우기를 즐기고 갈수록 진취적인 기풍을 조성해야 합니다.

영도 차원에서 필요한 조건을 마련하기 위해 노력하고 간부들이 과학기술 문화지식을 학습하도록 조직함으로써, 그들이 업무에서 꾸준히 수준을 업그레이드할 수 있도록 이끌어 주어야 합니다. 경제건설이 발전함에 따라 무기장비도 점차 개설될 것입니다. 새로운 무기장비를 갖춘 후에는 그것을 다루는 법도 배워야 합니다. 무기장비 개선과 전문 인재 육성 모두가 중국 국방 건설이 직면한 중요한 임무입니다.

이번 훈련은 현대화한 군을 건설해야 할뿐만 아니라, 현대화 조건 하에 전쟁을 승리로 이끄는데 만약 직무를 담당할만한 수많은 군사 지휘관, 정치 업무 인재와 유능한 후근 인재가 총대를 메지 않는다면 절대 성공할 수 없다는 점을 아주 잘 증명했습니다. 우리는 이 문제에 대해 충분하게 인식함과 동시에 현재부터 문제를 해결하기 위해 적극적으로 착수해야 합니다. 이 문제를 제대로 해결한다면 나라와 군의 현대화 건설 모두가 순조롭게 진행될 수 있을 것으로 기대됩니다.

넷째, 앞장서서 우수한 청장년 간부를 양성하고 선발해야 합니다.

당의 노선을 실행할만한 능력이 있고 의욕이 넘치고, 젊고 힘 있는 간부를 양성하고 선발해 각급 영도적 직무로 보내는 것은 전 당의 절박한 임무이며, 군에서는 더욱 절박한 임무입니다. 왜냐하면 군은 수시로 전쟁 준비를 해야 하기 때문입니다. 군은 이 문제를 확고히 정립한지 오래되었고, 단(団) 이하 간부의 젊음화 문제를 잘 처리했지만, 사(师)급 이상 간부는 평균 연령이 보편적으로 높다는 문제가 여전히 존재합니다.

원로 간부의 배치와 청장년 간부를 선발하여 기술과 경험을 전수해 주면서 도움을 주고 이끌어 주는 원로 간부들이 역할을 해야 하고, 원로 간부들이 점차 제2선으로 물러서는 문제, 청장년 간부들의 인수인계하는 문제 등에서 일련의 방법을 모색하고 제도를 수립함으로써 비교적 짧은 시간 내에 뚜렷한 성적을 거두었습니다.

다섯째, 앞장서서 사회주의 정신문명을 건설해야 합니다.

지난(濟南)군구에서 연설할 때, 저는 인민해방군이 조국을 보위하는 강철 장성이 되어야 하고, 사회주의 정신문명을 건설하는 영광스러운 모범이 되어야 한다고 제시했습니다. 왜 이렇게 얘기했을까요? 그것은 우리 군이 당의 영도 하에 예로부터 숭고한 혁명 이상과 영광스러운 혁명 전통, 그리고 높은 수준의 애국주의 사상을 갖고 있기 때문입니다. 또 예로부터 성심성의껏 인민을 위해 봉사하는 것을 유일한 취지로 했으며, 정강산(井岡山)사상, 옌안사상이 군에 깊이 뿌리를 내렸습니다.

견고한 정치업무가 우리 군의 생명선 역할을 하고 있으며, 엄밀한 조직과 엄격한 기율이 뒷받침되고 있을 뿐만 아니라, 활기차고 단결되고 우애적인 정치적 분위기가 조성되어 있으며, 높은 수준의 집중과 통일이 마련되었습니다. 우리 군은 마치 대형 용광로와 같습니다. 예전에는 수천수만에 달하는 뢰이펑과 같은 인물을 육성해냈었습니다. 예로부터 우리 군은 새로운 사상, 새로운 문화, 새로운 풍모의 전파자 역할을 했습니다. 당 중앙에서 높은 수준의 사회주의 문명건설을 숭고한 목표로 간주하고 있는 만큼, 군은 당연히 이 부분에서 영광스러운 모범이 되어야 할 것입니다.

마오쩌둥 동지는 전국 인민들이 해방군의 우수한 전통과 기풍을 학습해야할 것을 호소한 바 있습니다. 훗날 이 호소가 린뱌오와 '3인방'에 의해 왜곡되고 파괴되었습니다. 1, 2년의 노력을 거쳐 해방군의 이미지가 '문화대혁명'이 전보다 더 훌륭하게 회복되었으면 하는 바람입니다. 현재 중국은 이전의 사업을 계승하여 앞길을 개척하는 새로운 시기에 들어섰습니다.

우리는 6중전회의 호소에 부응하여 사상을 「건국 이래 당의 약간의 역사문제에 대한 결의」 차원으로 통일시키는 한편, 단결을 강화하고 사상을 활성화해야 합니다. 현재 일부 동지들의 사상이 경직되어 아무 일도 처리하지 못하고 있습니다. 우리는 계속해서 맹목적으로 일하는 '좌'적인 착오 사상을 바로잡고 이러한 무작위적인 정신 상태를 적극적으로 극복해야 합니다.

중앙은 오랜 시간 동안 여러 가지 시련을 이겨낸 영광스러운 인민해방군이 당이 준 임무를 반드시 훌륭하게 완수해야 할뿐만 아니라, 스스로 모범역할을 함으로써 여러 전선의 업무를 추진하고 승리로 이끌어나갈 것임을 굳게 믿습니다.

노신 탄생 100주년 기념대회에서의 연설

(1981년 9월 25일)

여러분!

노신은 중국 근대 혁명 사상 위대한 영웅이자 문화전선, 사상전선에서의 위대한 전사이기도 합니다. 노신의 혁명사상과 그가 남긴 극히 풍부한 사상유산은 그가 세상을 떠난 45년간 줄곧 인민들의 존중을 받고 있습니다. 현재 우리가 노신 탄생 100주년 기념대회를 성대하게 소집한 것은 그의 혁명사상을 학습하고 중국 인민을 위한 그의 불후의 공적을 기념하기 위해서입니다.

노신은 중국이 제국주의, 봉건주의, 관료주의 통제에 있던 시기에, 인민들이 잔혹한 노역과 압박을 당하고 민족 재난이 극히 심각한 암흑시대에서 생활했습니다. 신해혁명 전야에 그는 중국을 변화시키려는 목표를 안고 문학과 사상 업무에 종사하기 시작했습니다. 신해혁명의 실패로 인해 그는 곤혹스럽고 고통스러운 생활에 빠졌지만 결코 전진의 발걸음을 멈추지는 않았습니다.

그는 혁명 민주주의자로서 5.4 신문화운동에 적극적으로 참여했습니다. 5.4운동 시기 우익의 일부 자산계급 지식인들의 표현이 소극적이고 퇴보한 연대에 그는 계속해서 탁월한 문예창작과 예리한 사상 비판을 진행하는 등 중국의 진보를 가로막는 모든 낡은 세력에 맞서 줄곧 투쟁을 벌였습니다. 1925년부터 1927년까지 중국공산당이 참여하고 영도한 혁명에 그는 높은 열정을 보였습니다. 혁명이 실패한 후로 그의 사상은 새로운 발전을 가져왔습니다.

중국의 상당한 지식인은 자산계급, 소자산계급의 혁명민주주의로부터 출발해 점차 무산계급 공산주의 전사로 성장했는데 노신이 그중에서 가장 걸출한 대표자입니다. 그의 일생에서 마지막 8 · 9년 동안 중국 역사에 대한 자신의 깊은 인식, 낡은 세력과 투쟁하는 풍부한 경험을 무산계급의 혁명입장과 마르크스주의 과학사상과 긴밀하게 연결시켰습니다. 그의 저술에서 보여지는 전투성 그리고 인민에 대한 교육 역할은 중국 문화사상 전에 없는 수준에 이르렀습니다.

중국공산당이 영도하는 군사와 문화 대오가 국민당 반동파와 생사를 두고 치열한 격투를 벌이고 있을 때 노신은 반혁명문화의 '포위토벌'을 뚫고 지나간 주장(主將)이었습니다. 노신의 일생은 전투의 일생입니다. 그는 진리를 열심히 추구하고 꾸준히 발전을 거듭하면서 줄곧 시대 흐름의 앞장에 섰었습니다.

노신은 오랜 세월의 실제 투쟁과 독립적인 사고를 통해 공산주의 세계관을 받아들였기 때문에 그의 신앙은 아주 확고했습니다. 가장 엄격하고 잔혹한 파시즘의 통치 하에서 그는 공개적으로 "신흥 무산계급자만이 미래가 있다(惟新興的無產者才有將來)"[174]고 선포하고 중국공산당과 그의 영도를 받는 공인, 노동자와 홍군에게서 중국의 희망을 보았다고 소리높이 외쳤습니다.

30년대 항일전쟁 시작 전부터 우리 당은 아주 어려운 시기에 처해 있었습니다. 당이 영도하는 인민 혁명역량이 아주 미약했을 뿐만 아니라 '좌'경의 착오적인 영도 하에 심각한 좌절과 실패를 당했습니다. 바로 이때 노신은 당의 힘을 굳게 믿었으며 생명의 마지막 순간까지 당의 편에서 당을 지지했습니다. 이 얼마나 귀한 혁명사상과 원대한 안목입니까? 노신의 혁명사상은 식견이 좁고 약간의 좌절에도 낙심하는 자들과는 결코 비교할 수 없는 것입니다. 또한 혁명의 실제와는 동떨어진 환상을 품고 있으면서 혁명만 하면 '극락세계'가 나타나야 한다고 생각하거나, 만약 그렇지 못할 경우 혁명가를 비웃고 심지어 욕하는 자들과는 결코 비교할 수 없는 부분입니다.

노신은 혁명의 길이 결코 순탄치 않고, 가시밭길이나 굴곡이 많다는 점을 잘 알고 있었습니다. 그는 예리한 안목으로 시대의 요구에 보조를 맞춰 아무리 큰 어려움이 있어도 단호하게 인민 혁명사업과 운명을 같이 했습니다. 노신은 공산당에 가입하지는 않았지만 이 시대의 진정한 마르크스주의자이자 공산주의자입니다.

노신은 줄곧 투쟁의 총구를 제국주의 · 봉건주의 및 그 앞잡이들에게 겨눴습니다. 적들을 향한 그의 투쟁은 그토록 단호하고 용감할 수가 없었습니다. 혁명 진영과 진보적인 문예계에서 그는 줄곧 단결에 힘쓰고 적들에 저항하기 위해 심혈을 기울였습니다. 우경 투항주의는 물론 그 어떤 형식의 '좌'경 공론이나 '좌경'모험의 착오적인 방침 모두를 반대했습니다. 동지와 전우들의 결함과 착오에 대해서는 공평한 마음가짐으로 훈계를 하고 비판했으며, 눈을 감아주거나 대충 넘어가지 않았습니다. 비록 어떤 경우에는 지나치게 엄격하기도 했지만 모두 선의에서 비롯되고 깊이가 있으며 계발과 교육적 의미가 아주 컸기 때문에 사상을 제고시키는데 이로웠습니다.

노신은 자신에 대한 요구가 아주 엄격했습니다. 그는 "나는 시시각각 타인을 분석한다. 그러나 더 많게는 내 자신을 더 무정하게 파헤치기 위해서이다"[175]라고 말했습니다. 그는 말하는 데만 그친 것이 아니라 이를 행동에 옮겼습니다. 청년 세대를 양성하기 위해 노신은 엄청난 시간과 심혈을 쏟아 부었다. 그는 자신의 언행을 통해 청년을 격려하고 교육함으로써 그들에게 전진할 수 있는 힘과 지혜를 가져다줬던 것입니다.

노신의 주요한 전투 무기는 문예입니다. 문예와 사회관계 문제에서 그는 문예가 개인의 '영감'을 폭발시킨다는 등의 언행을 반박하고 나서 전쟁시대에 전쟁을 떠나 독립한다는 것은 주관적인 상상으로 만들어낸 환상일 따름이라고 주장했습니다. 그는 인민 대중에 속하는 혁명 문예가 실은 인민을 위한 것이고, 사회를 개혁하는 도구이자 나라를 지키는 수족과도 같은 존재라고 강조했습니다.

문예는 정확하고도 유력하게 사회를 묘사함과 동시에 사회에 영향을 미침으로써 혁명이 더욱 깊이 있게 진행되고 전개되며, 사회의 발전을 추진하도록 이끌어야 한다고 덧붙였습니다. 노신은 평생 동안 창작을 통해 작품의 사회적 효과를 극히 중시하고 사상 · 예술 차원에서 최대한 완벽한 작품을 인민들에게 바치기 위해 노력해왔다는 점을 사람들에게 알려주었습니다.

그는 혁명 입장이 확실하지 못한 작가는 늘 혁명을 왜곡하거나 심지어 혁명 문학을 빌어 자신의 착오적인 관점을 피력하려 하고 있는데, 이러한 작품은 혁명에 해가 된다고 예리하게 꼬집었다. 노신은 혁명 문예가 인민 특히 청년에 대해 책임을 져야 한다고 여겼습니다. 만약 착오적인 사상으로 청년을 위험한 길로 인도한다면 이는 절대 용서할 수 없는 죄를 짓는 것이라고 생각했습니다.

노신은 혁명 작가라면 우선은 '혁명가'여야 한다고 주장하면서 이를 가장 근본적인 문제로 간주했습니다. 혁명 작가라면 마땅히 '대중 속의 한 사람'이어야 하고 반드시 혁명과 운명을 같이 하며 혁명의 맥박을 깊이 느끼고 인민 대중과 '희로애락을 함께 하고 서로 잘 통해야 한다." 면서 그래야만 혁명 문예가가 생겨날 수 있다고 강조했습니다.

노신은 문예 비판을 상당히 중시했는데 "문예에는 반드시 비판이 있어야 하고", "악초를 제거해야 하고", "훌륭한 꽃에는 물을 줘야 하는 것"이 문예

비판의 임무라고 생각했습니다. 비판이 없으면 문예는 전진할 수 없습니다. 비판가는 마땅히 옳고 그름을 명확히 가릴 줄 알아야 작가나 인민에게 도움이 될 수 있습니다. 노신은 평생 학습에 게을리 하지 않았으며, 그의 부지런한 학습태도는 그야말로 놀라움을 자아낼 수준이었습니다.

그는 청년들에게 꾸준히 노력해야 한다고 강조하면서 한 해에 몇 편의 글과 몇 권의 간행물을 발표하고는 전에 없는 대업적을 이뤘다고 착각하지 말아야 한다고 간곡하게 충고했습니다. 5.4운동부터 시작해 노신이 세상을 떠나기까지의 18년간 결코 길지 않은 이 기간 동안 극히 어려운 환경 속에서도 인민을 위해 4백만 자를 창작하고 3백만 자에 달하는 높은 수준의 작품을 번역했습니다. 저술의 거의 모두가 현재까지도 여전히 매력이 넘쳐흐르고 후손들에게 깨우침을 주고 있을 뿐만 아니라 세상에 널리 전해질 수 있는 가치도 충분히 담고 있습니다.

노신은 위대한 애국주의자이자 위대한 국제주의자입니다. 그는 국내외의 문화교류를 중시하면서 엄청난 열정으로 외국의 진보적인 문예를 받아들였습니다. 그는 세계의 피압박 민족과 인민의 해방투쟁에 관심을 돌리고 지지했으며, 30년대 국제 반파시즘 투쟁에서 용감하고도 확고한 국제주의 전사로 활약했습니다.

여러분!

노신이 일찍 세상을 떠나면서 우리나라 여러 민족이 중국공산당의 영도하에 세계의 동방에서 천지개벽의 변화를 가져오는 모습을 직접 보지 못했습니다. 참으로 유감스러운 일이 아닐 수 없습니다. 그러나 노신이 사망하기 2년 전 사회주의 새 사회는 반드시 실현될 것이라는 예언을 남겼는데 이제 확실히 그 말을 증명하게 되었습니다.

비록 우리 당이 다년간 수많은 실수를 범해 엄청난 문제를 남기면서 현재까지도 제대로 해결하지 못하고 우리가 전진하는 길에 나타난 여러 가지 걸림돌을 하나씩 극복해 나아가야 하는 숙제는 있지만, 최근 몇 년 동안 전당·전 군·전국의 여러 민족 인민들은 당 중앙이 역사적 경험과 인민의 의지를 바탕으로 확정한 노선·정책·여러 가지 근본적인 조치가 정확하고 또 탁월한 성과를 거뒀다는 점에 대해서는 갈수록 확신하고 있습니다.

따라서 중국을 현대화하고 고도로 민주적이며 문명한 사회주의 강국으로 건설하려는 목표를 반드시 이룰 수 있을 것입니다.

우리의 업무도 해를 거듭할수록 발전하고 진전을 가져오고 있습니다. 올해 상황이 지난해보다 낫다는 점을 보았을 것입니다. 중국공산당 6중전회 결의에 대한 학습과 논의를 거쳐 전 당·전 군·전국의 여러 민족들은 정치적 차원에서 더욱 단합된 모습을 보이고 있습니다. 우리가 조정하고 개혁한 결책들이 점차 실시되고 있으며, 국민경제가 이미 건강하고도 안정적인 발전의 길에 들어섰습니다. 비록 올해 몇몇 성에 비교적 큰 장마와 가뭄 재해가 발생했지만 중국의 농업은 여전히 비교적 큰 폭의 성장을 실현할 수 있을 것으로 기대됩니다.

몇 년간 우리 당은 문예전선의 다수 책임자와 문예 종사자들이 정확한 입장에서 부지런히 노력했기 때문에 문예 업무가 상당한 성적을 거둘 수 있었다고 평가했습니다. 그러나 문예전선이 주류임을 충분히 인정함과 아울러 우리는 문예업무에 건전하지 못하고 소극적이며 인민에게 해가 되는 부분이 있다는 점도 지적했습니다.

재작년 겨울과 지난해 봄, 우리 당은 이와 관련해 일련의 건의를 제기했고 문예계 동지들과도 여러 차례 논의를 거쳐 문예 번영을 실현하기 위한 수많은 건의를 제기했습니다. 아쉽게도 근본 성질을 띤 우리 당의 중요한 건의들이 문예계 동지들의 충분한 주의를 불러일으키지 못했습니다.

문예의 건강한 발전을 추진함에 있어 비판과 자아비판을 정확하게 전개하는 것이 아주 필요합니다. 현재 일부 우수한 작품이 마땅한 찬양을 받지 못하는 것은 물론 일부 나쁜 작품도 유력한 비판과 비난을 받지 못하고 있는 실정입니다.

우수한 작품과 나쁜 작품에 대한 마르크스주의의 과학적인 분석과 논평이 부족합니다. 비록 일부 동지와 친구들은 문예비판의 중요성을 알고 있으면서도 방금 번영을 회복한 문예가 또다시 억압당할까 늘 우려하고 있습니다. 일부 동지와 친구들은 문제를 전면적으로 보지 못하고 있는데, 이는 주로 두 가지가 부족해서입니다.

첫째, 변증법이 다소 부족합니다. 만약 우리가 악초와 아름다운 꽃이 함께 자라도록 놔두고 필요한 투쟁을 하지 않는다면 문예는 혼잡한 국면에 빠질 수밖에 없습니다. 둘째, 우리 당이 이미 문예 비판 업무 중 적극적이고 소극적인 두 부분에서의 경험을 정확하게 종합했다는 점을 충분히 예측하지 못했습니다. 따라서 여러 부분에서 오는 간섭에 늘 주의하면서 없앨 수 있었던 것입니다.

당 중앙은 계속해서 전 당을 지도해 문예계·이론계·출판계·언론계에서 심각한 착오적인 언론을 발표한 자를 상대로 태도를 분석하고, 상이한 상황을 차별화하는 방법을 적용하는 등 정확하게 대할 것입니다.

일부 동지들은 좋은 일을 많이 하고 우수한 작품도 대량 발표했습니다. 그러나 한 시기의 미혹으로 해가 되는 작품을 발표하기도 했습니다. 이 때문에 우리는 그의 성과와 기여를 전부 부정해서는 안 되며 성과를 거두고 기여를 했다고 하여 해가 되는 작품을 발표하는 것을 그대로 내버려둬서도 안 됩니다. 일부 동지들은 과거에 억울함을 당하고 많은 고생을 해왔기 때문에 불만을 품을 수도 있는데 이는 가히 이해가 됩니다. 만약 이 때문에 당과 사회주의제도에 불만을 품고 사회를 관찰한 후 그 마음을 그대로 작품에 드러낸다면 이는 극히 착오적인 처사입니다. 우리는 그들이 유해한 작품을 바로 수정하거나 아예 폐기하도록 설득하고 비판해야 합니다. 우리 당의 실천점검을 통해 착오적인 결의로 인정되었다면 철회하거나 없애야 합니다. 그러니 문예계에서도 얼굴이 깎이는 것이 아니라 오히려 대범한 품격을 나타나는 행동을 참고로 하거나 보급할 수는 없을까요?

이밖에 인민 그리고 나라와 민족이 종사하는 위대한 사업에 대한 정확한 인식이 부족한 탓에 착오적인 창작 방향을 견지하고 있는 작가들도 있습니다. 이 부분의 상황은 약간 복잡합니다. 일부는 개인과 인민대중의 관계 위치를 뒤바꾸어 놓는 경우도 있었습니다. 노신의 말로 비유하자면 현실 속의 인민투쟁과 이탈한 채 마음속에 환상을 갖고 몇 편의 글을 짓고는 혁명을 빌미로 개인의 이익을 취하는 것입니다. 일부는 새로운 사회의 발전과 혁명 여정에서 불가피하게 나타난 착오와 굴곡을 전혀 분석하지 않는 경우도 있습니다.

그들은 "결함이 있는 전사도 결국에는 전사이고 아무리 완벽한 파리라도 결국에는 파리일 뿐이다."라는 노신의 말의 참뜻을 깨닫지 못했습니다. 노신이 말한 것처럼 그들은 힘들다고 하소연하고 불공평함을 늘어놓는 문학을 하고 있을 뿐입니다. 반면에 낡은 중국의 암흑시대에서 생활했던 노신마저도 "현재 이미 사회주의 새 시대에 들어서지 않았는가?"라고 하며 단언하지 않았습니까? 일부는 사회주의제도에 자신감이 떨어져 있습니다.

노신의 말로 형용하면 자신의 국가, 민족과 인민에 자신감이 없는 것입니다. 자신감이 떨어진 상황에서 외국을 믿고 자본주의 국가를 믿는 상황이 나타났습니다. 이처럼 남을 믿으면 결국에는 인민들을 속임수에 빠뜨리고 자신들도 고생을 자처하게 됩니다. 중국 인민들이 이러한 여러 가지 착오적인 창작 방향과 태도를 용납할 수 있을까요? 이러한 환경에서 창작된 작품을 억압적으로 인민대중들에게, 특히 생활경험이 부족한 청소년들에게 보여주려 하고 있습니다. 그러니 우리 모두 용감하게 나서 비판을 하고 억제시킴으로써 인민을 교육하고 단결시킴과 동시에 이러한 착오를 범하도록 '도움'을 준 작가들도 교육해야 하지 않겠습니까?

동지들과 또 다른 유형을 논의해보고 싶습니다. 이러한 사람들은 뼈 속으로부터 새 중국을 증오하고 사회주의와 우리 당에 원한을 품고 있습니다. 새 사회에 이러한 부류도 있을 수 있습니다. 노신이 말한 것처럼 사자 몸에도 해충이 있을 수 있습니다. 본 모습을 숨기고 등 뒤에 칼을 꽂는 자라고도 말할 수 있습니다. 그렇지만 현재의 중국에 이러한 자들이 아주 많고 그들이 방대한 힘을 가지고 있어 앞으로 굴러가고 있는 역사의 수레바퀴를 되돌릴 수 있다는 뜻은 아닙니다. 단지 우리 당은 이러한 부류의 자가 극소수이고 아주 개별적인 현상일자라도 마땅한 경각성을 늦추지 않을 것이고 그 위해성을 소홀히 하지 않을 것이라는 점을 동지들에게 알려주고 싶을 뿐입니다. 이들의 반혁명 죄행에 대해 반드시 법률에 따른 처벌을 내려야 합니다.

우리는 현 단계 문예계와 기타 사상계에 나타난 착오적인 경향에 대한 당의 생각과 그것을 극복할 수 있는 방법을 동지들에게 전해주었습니다. 문예계 동지와 인민들이 찬성할 것이라 믿어마지 않지만 국내외 일부 사람들의 논의도 불가피하게 있을 것입니다. 그중 일부는 야유를 하거나 심지어 욕도 몇 마디 하겠지만 이는 전반적인 국면과 전혀 관계가 없습니다.

노신은 참 훌륭한 말을 했습니다. "예나 지금이나 욕먹어서 무너진 사람은 없다. 무릇 무너진 자들은 욕설이 아니라 벗겨진 가면 때문이다."우리 당은 수십 년간 비난을 받았지만 이 때문에 무너졌는가요? 오히려 요언을 퍼뜨려 대중을 미혹시키는 자들은 결국 폭로당하고 결국 설 자리조차 잃어버렸습니다.

"왜 사상계에서만 비판과 자아비판을 전개하라고 요구하고, 기타 전선에서는 전개하지 않아도 된다고 하는 것입니까? 사상계에만 소극적인 면이 있고 기타 전선에는 없어서일까요?"라고 질문하는 동지들도 일부 있습니다.

이는 오해입니다. 우리당은 여러 전선에서 모두 위대한 성적을 거뒀지만 수많은 문제도 존재한다고 줄곧 여겨왔습니다.

우리의 모든 업무에는 밝은 부분과 어두운 부분이 공존합니다. 밝은 부분이 중요한 것이라고 하지만 그렇다고 어두운 부분을 절대로 경시해서는 안 됩니다.

현재 우리의 업무를 보면 간부·당원과 국가 업무일꾼들 가운데서 사상전선의 일부 사람들에게 자산계급 자유화의 착오적인 사상이 존재하는 것 외에도 기타 전선에 이런저런 소극적인 요소도 존재하고 있습니다. 예를 들면, 당의 각급 영도기구의 일부 영도 간부에게 실제에 어긋나고 대중들을 이탈하는 문제가 존재합니다. 또 문제를 연구하지 않고 해결하지 않으며 늘 틀에 얽매인 채 필요한 개혁에 전혀 관심을 돌리지 않습니다. 게다가 당과 인민이 준 임무에 대해서는 극히 무책임한 관료주의 현상이 존재합니다. 예를 들면 일부 부서, 우선은 일부 경제부서의 일부 동지들에게 전반적인 안목이 없습니다. 무릇 자신의 국부적인 이익과 구미에 맞지 않는 일이라면 보고도 못 본 체 하면서 처리하려 하지 않습니다.

이는 전반적인 이익에 손해를 주는 본위주의의 착오적인 행위에 속합니다. 예를 들면, 일부 공장과 광산, 기업 그리고 농촌 인민공사 간부들이 대중의 이익을 대표한다는 기치를 내걸지만 실은 일부 노동자, 농민의 후진사상을 대표해 국가·집체·개인 삼자 간의 이익을 골고루 고려해야 한다는 당과 국가의 일관된 주장을 위배한 채 기회만 있으면 남의 약점을 이용하거나 구실을 붙여 바가지를 씌우거나 재물을 뜯어내는데, 이는 국가 이익에 손해를 주는 착오적인 행위입니다.

예를 들면, 일부 간부들은 당의 기율과 국법을 무시한 채 마음대로 행동하며 당과 인민이 부여한 직권을 남용해 개인의 사적인 이익을 도모하거나, 심지어 외국인의 재물을 갈취하고 뇌물을 수수하고 있어 국가의 존엄과 인격을 크게 실추시켰습니다. 모든 이러한 소극적인 요소에 대해 우리는 엄정하게 대하고 정확한 방법을 취해 단호하게 극복해야 합니다.

향후의 오랜 세월 동안 사회주의 사회에 다양한 어두운 현상이 존재할 것입니다. 이해가 되지 않는 부분은 아닙니다. 그러나 사회주의 사회는 낡은 사회에서 잔류된 이런저런 화근을 용납할 수 없습니다. 예로부터 우리당은 인민을 동원하고 그들에 의존해 착오적이고 추악한 행위 그리고 여러 가지 나쁜 기풍과 투쟁해왔습니다. 이러한 투쟁은 하루 이틀이나 1, 2년만 진행된 것이 아니라 상시적으로 진행되었습니다. 노신이 제창한 것처럼, 오랜 세월의 끈질긴 투쟁을 바탕으로 했습니다.

정확한 방법은 무엇일까요? 급히 무턱대고 투쟁만 하면 되는 것일까요? 안 됩니다. 꾸물거리면서 되는대로 내버려 둬서도 되겠습니까? 수십 년간의 경험은 예로부터 우리당이 인민 내부에서 실행해 효과를 본 비판과 자아비판의 우수한 기풍을 회복하고 고양시키는 것이 유일한 효과적인 방법이라는 점을 우리에게 알려주고 있습니다. 우리는 이러한 기풍을 점차 회복하고 고양시켜야 합니다. 선 당 내 · 후 당 외, 선 간부 · 후 대중의 순서로 일정한 시간을 거친 후 중국 인민들이 누구나 이러한 무기를 사용하고 또 정확하게 활용할 수 있도록 해야 합니다.

이 무기를 제대로 활용한다면 심각한 착오를 범한 동지들이 훌륭한 동지로 거듭나고 훌륭한 동지들이 더욱 훌륭해질 수 있다고 말하는 동지들도 있습니다. 당연히 맞는 말이지만 이것만으로는 부족합니다. 우리 당은 이러한 부분이 전 당·전 군·전국의 여러 민족 인민들이 자아교육을 실행하는 보배이자 전국의 안정과 단결, 활력 있는 정치국면을 공고히 하고 발전시키는 보배라고 여겼습니다. 또한 여러 민족 인민의 사상 경지를 향상시키고 새 사회주의의 우수한 미덕을 고양시키며 사회주의 정신문명을 건설하는 보배라고 생각했습니다.

예로부터 우리 당은 이 보배를 학습하고 정확하게 운용함에 있어 문예계와 전 사상 전선의 동지들이 극히 중요한 역할을 하고 있다고 여겨왔습니다. 만약 문예계와 모든 사상전선의 병사가 정예화 되고 무기가 첨단기술을 갖춘다면 높은 수준의 사회주의 정신문명의 위대한 역사적 임무를 더 잘 실현하고 건설하는 데 큰 힘이 될 것입니다. 우리당이 문예계와 모든 사상전선의 동지들이 우선 자체 대오의 소극적인 요소를 극복하고 적극적인 요소를 고양시키기를 희망하는 이유는 위와 같은 생각에서입니다. 우리당은 수많은 고난과 시련을 이겨내고 거대한 역사적 기여를 한 중국 사상전선의 혁명대군이 영광스러운 임무를 반드시 수행할 수 있을 것이라 믿습니다.

여러분!

지난해 2월, 시나리오 창작 좌담회에서 사회주의 정신문명 건설 과정에서 사상이론의 최고봉·과학기술의 최고봉·문학예술의 최고봉에 올라야 한다고 말한 바 있습니다. 우리는 결코 순탄하지 않고 굴곡진 길을 따라 걸어가고 있습니다. 머리 위에는 폭풍우가 있고 발아래에는 가파른 비탈이 있을 뿐만 아니라 동지들은 여러 가지 짐과 이런저런 상처를 안고 있습니다. 어려움이 이토록 많은데 과연 사상이론, 과학기술과 문학예술의 고봉에 높아오를 수 있을까요? 대오에서 떨어지거나 이탈하는 자는 없을까요? 지금으로서는 뭐라 답할 수가 없습니다. 그러나 우리 당은 역사적 경험을 바탕으로 볼 때,

당과 인민 그리고 위대한 사업에 충성하는 동지, 착오를 범했지만 바로잡을 의향이 있는 동지를 절대 버리지는 않을 것이라는 점만은 장담할 수 있습니다. 종합적으로 우리가 갈 길은 아직 멀고 험난한 만큼 반드시 손에 손을 잡고 한마음 한뜻으로 전진해야 합니다. 또한 여러 나라의 진보적인 문예사상계와 우호적으로 교류해 그들의 모든 우수한 성과를 받아들이고 세계 평화와 인류의 진보사업을 위해 손잡고 나아가야 합니다.

위대한 혁명가이자 사상전선, 문화전선의 위대한 선구자인 노신 탄생 100주년을 기념하는 이 시점에서 노신의 혁명사상을 고양시키고 사회주의 문화의 번영과 창성, 그리고 건강한 발전을 실현하기 위해 우리 함께 노력하고 분투합시다!

수도 각계 및 신해혁명 70주년 기념대회에서의 연설

(1981년 10월 8일)

동지, 친구 여러분!

만 70년 전의 1911년 손중산 선생을 지도자로 한 혁명당이 오래된 중국에서 청 왕조를 전복시키는 혁명을 일으켰습니다. 이번 혁명은 중국 대지에서 민주공화국의 기치를 수립하고 중화민국을 건립했습니다. 이는 중국 역사상 중대한 의미를 지닌 혁명입니다. 오늘 중국 대륙의 9억 8천 만 동포와 타이완 1천 8백만 동포들이 함께 이 영광스러운 명절을 기념하고 있어 특히 큰 현실적인 의미를 지니고 있는 것입니다.

1840년대부터 중국이 점차 반식민지 반봉건 국가로 전락된 후 중국 인민은 제국주의와 봉건주의를 반대하는 혁명투쟁을 매일과 같이 견지해 왔습니다. 19세기 후반 중국 민족자본주의가 초보적으로 발전되기 시작했고, 자산계급이 신흥 역량으로 역사 무대에 등극했습니다. 자산계급, 소자산계급 민족 민주사상을 지닌 애국지사들이 영도하는 혁명운동은 20세기 초 시대적 흐름의 선봉이 되었습니다. 이러한 혁명운동은 그 당시 전국 인민들이 민족의 독립을 쟁취하고 민주공화국을 건립하려는 염원을 반영했습니다.

청나라 정부가 극도로 부패해 나라가 주권을 잃고 치욕을 당했습니다. 반동 봉건세력의 대표로 전락되었을 뿐만 아니라 이미 뼈 속까지 제국주의가 중국을 통치하는 수단이 되었습니다. 따라서 혁명당은 혁명 무력을 통해 반드시 청나라 정부를 무너뜨려야 한다고 단호히 주장했습니다. 그들의 호소는 인민대중들의 옹호를 받았습니다. 마오쩌동 동지는 중국 인민의 근대 혁명투쟁 역사상 신해혁명은 보다 완전한 의미에서 반제국주의 · 반봉건제도의 민족민주 혁명을 시작한 것이라고 말했습니다. 아주 정확한 평가입니다.

신해혁명은 독립적이고 자유로운 자산계급공화국 건립이라는 예상목표를 실현하지 못하고, 중국이 반식민지 · 반봉건의 지위에서도 벗어나도록 이끌지도 못했습니다.

그러나 신해혁명의 역사적 공적은 결코 영원히 사라지지 않을 것입니다. 신해혁명은 중국에서 수천 년간 통치해온 군주전제제도를 끝냈습니다. 이는 중국사회의 거대한 진보입니다. 그 후 민국 초년에 제국주의가 다시 부활하려는 2차례 복벽(復辟)운동이 모두 빠르게 실패했을 뿐만 아니라 그 어떤 형식의 반동 전제통치도 모두 실패로 끝났습니다.

신해혁명은 제국주의 열강들의 염원을 위배했고 그들이 지지한 청나라 정부를 뒤엎었습니다. 이는 근대사상 최초로 중국혁명이 결코 제국주의가 함부로 지배할 수 없다는 점을 입증했습니다. 그 후부터 무릇 제국주의에 의존하는 반동세력은 무력이 아무리 강대해도 인민들의 반대로 결국 파멸의 길로 나아갔습니다. 신해혁명은 사상 차원에서 대 해방을 가져왔습니다.

수천 년간 결코 침범할 수 없다고 여겼던 신성한 황권도 무너뜨렸으니 그 어떤 반동적 성질을 띠고 있는 뒤진 것을 침범하지 못하거나 개조하지 못하겠습니까? 이는 중국 인민과 그들 가운데의 적극인사들이 계속해서 개척사상을 발휘해 선진적인 사상을 학습하고 중국혁명의 길을 꾸준히 모색하기 위해 용감하게 분투하도록 적극적으로 격려했습니다.

신해혁명이 발발한 8년 뒤에 5.4운동이 터졌습니다. 무산계급이 중국혁명에서 독립적인 정칙 역량으로 모습을 드러냈고 얼마 후 중국공산당을 설립했습니다.

신해혁명이 발발한 13년 뒤 손중산이 국민당을 재편생해 국민당과 공산당의 제1차 협력(제1차 국공합작)을 성사시켰습니다. 이로부터 제국주의 지지를 받고 있는 북양군벌 통치를 종식시키려는 북벌전쟁을 일으켰습니다. 신해혁명이 발발한 26년 뒤 국민당과 공산당은 제2차 협력(제2차 국공합작)을 추진했습니다. 이에 따라 중국의 인민이 장장 8년에 달하는 위대한 항일전쟁을 진행해 승리함으로써 타이완을 중국의 품으로 돌아오게 했습니다.

신해혁명이 발발한 38년 뒤 마오쩌둥 동지를 위수로 한 중국공산당이 전국의 인민을 영도해 신민주주의 혁명의 승리를 거두고 중화인민공화국을 설립했습니다. 이로써 중국의 반식민지 · 반봉건 시대를 근본적으로 끝내고 국가 독립과 인민 민주를 실현함과 아울러 사회주의 길에 들어섰습니다.

중국의 경제와 문화가 아주 뒤떨어진 어려운 조건에서 전국의 여러 민족 인민들의 공동 노력으로 전에 없는 발전을 실현했습니다. 손중산 선생과 신해혁명 지사들이 추구하는 목표가 마침내 현실이 되었을 뿐만 아니라 그 당시의 예상 수준을 훨씬 초월했습니다. 70년의 역사는 신해혁명이 민주혁명의 시작으로 일련의 역사 발전에 길을 개척해주었다는 점을 설명해주고 있습니다. 때문에 우리 공산당과 전국의 여러 민족은 모두 신민주주의와 사회주의 승리를 신해혁명의 연속과 발전으로 간주하고 있으며 신해혁명을 이끈 손중산 선생과 그의 동지들에 숭고한 경의를 표하는 것입니다.

신해혁명시기 수많은 애국지사들이 손중산 선생이 영도하는 혁명대오에 들어가 힘든 투쟁을 진행했으며 일부는 심지어 목숨까지도 기꺼이 바쳤습니다. 그 당시 유명한 인물로는 육호동(陆皓东), 정사량(郑士良), 황흥(黄兴), 장태염(章太炎), 추용(邹容), 진천화(陈天华), 송교인(宋教仁), 주집신(朱执信), 료중개(廖仲恺), 채원배(蔡元培), 호한민(胡汉民), 도성장(陶成章), 추근(秋瑾), 서석린(徐

錫麟), 웅성기(熊成基), 류정암(刘静庵), 첨대비(詹大悲), 장배작(张培爵), 오옥장(吳玉章), 전기병(陈去病), 류아자(柳亚子), 거정(居正), 우우임(于右任), 이열균(李烈钧), 채악(蔡锷), 주덕(朱德), 초달봉(焦达峰), 동필무(董必武), 임백거(林伯渠), 풍옥상(冯玉祥), 속범정(续范亭), 장해약(张奚若), 사도미당(司徒美堂) 등이 있었으며, 이외에도 더 있습니다. 이들중 당시 사망한 선열을 제외하고도 일부는 계속해서 손중산 선생을 따라 민주혁명을 진행했습니다. 그러다가 그중 일부는 공산주의자로 발전하고 일부는 혁명 대오를 떠났습니다.

신해혁명을 위해 공적을 세운 사람들은 영원히 인민의 칭송을 받아 마땅합니다. 그들이 혁명을 위해 목숨까지 바쳐가며 분투한 고상한 정신은 영원히 후인들의 존경을 받고 본보기가 될 가치가 충분합니다.

손중산 선생은 위대한 민족 영웅이고 위대한 애국주의자이자 중국 민주혁명의 위대한 선구자이기도 합니다. 그의 위대한 공적은 역사책에 영원히 간직될 것입니다. 그는 민족 독립과 민주 자유, 그리고 인민들의 행복을 위해 평생 동안 심혈을 기울였습니다. 어두운 중국에서 그가 혁명 민주의 깃발을 내건 역사적 공훈을 중국 여러 민족 인민들은 영원히 기억할 것입니다.

그가 혁명을 이끌어 제국주의를 뒤엎고 민국을 건립함과 동시에 민국시기에 할거하던 반동통치의 주체인 군벌세력과 투쟁을 견지했던 역사적 공훈도 절대 잊지 않을 것입니다. 더욱이 그가 국민당과 공산당을 영도해 제1차 합작을 진행하고 신해혁명시기의 삼민주의를 1924년 국민당 제1차 대표대회 시기의 삼민주의로 발전시킨 역사적 공훈을 영원히 잊지 않을 것입니다.

손중산 선생은 평생 동안 여러 번 성공과 실패를 맛보았고, 수많은 어려움을 겪었지만 늘 백절불굴의 정신을 보여주었습니다. 그는 경험을 꾸준히 종합하고 새로운 사상을 추구하면서 과감하게 역사적 진척과 보조를 맞춰 발전했습니다. 그는 인민투쟁을 거쳐 중국은 반드시 정치 · 경제 · 문화 등 제반 분야에서 비약적인 발전을 실현하고 선진국을 따라잡을 수 있을 것이라고 굳게 믿었습니다. 그는 견고한 의지와 비범한 의지력으로 이상을 실현하기 위해 최선을 다했습니다. 스스로 "나의 지향이 가리키는 곳을 따라 용맹전진 할 것이며, 좌절을 당할수록 더 힘을 내고 더욱 노력할 것이다."[176]라고 말했던 것처럼 말입니다.

이는 위대한 애국자의 영웅적인 기개를 고스란히 보여주는 말이었습니다. 손중산 선생은 한평생 '천하위공(天下爲公)'과 "민유(民有) · 민치(民治) · 민향(民享)"을 홍보하고, "대중을 불러일으키고", "세계와 연합하여 우리 민족을 평등하게 대할 것"을 견지했습니다. 말년에 이르러서도 그는 여전히 국민회의를 소집하고 불평등조약을 폐지하기 위해 병든 몸을 이끌고 북상을 감행했으며, "평화 · 분투 · 중국 구제"라는 장엄한 구호도 제기했습니다. 손중산 선생의 이러한 혁명사상은 그가 남긴 가장 진귀한 유산으로, 우리 민족의 혁명가와 애국자를 영원히 격려할 것입니다. 손중산 선생에 대한 숭배와 그리움은 현재까지도 여전히 중국 대륙과 타이완을 한데 연결시키는 강대한 정신적 유대가 되고 있습니다.

동지, 친구 여러분!

우리의 조국은 이미 전면적으로 사회주의 현대화를 건설하는 역사적 시기에 들어섰습니다. 우리 당의 11기 3중전회에서는 마르크스 · 레닌주의, 마오쩌동 사상의 정치노선, 사상노선과 조직노선을 새롭게 확립했으며, 11기 3중전회에서는 또 「건국 이래 당의 약간의 역사적 문제에 대한 결의」[133]를 발표해 역사 경험에서의 옳고 그름을 분명히 했습니다. 전진하는 목표는 이미 명확해졌고 건설을 향한 로드맵도 이미 확정되었습니다.

현재 우리는 전국의 여러 민족 인민의 단결을 한층 강화하고 사회주의 노동자, 사회주의를 옹호하는 애국자와 조국의 통일을 옹호하는 애국자의 통일전선을 발전시키는 한편, 모든 적극적인 요소를 불러일으켜 한 마음·한 뜻으로 중국을 고도의 민주와 문명을 실현한 현대화된 사회주의 강국으로 건설하기 위해 분투해야 합니다. 현 단계 우리의 대내외 임무는 총 3가지입니다. 4가지 현대화를 실현시키고 세계평화를 수호하며 통일대업을 실현하는 것입니다.

힘을 모아 사회주의 건설을 진행하고 농업과 공업, 국방과 과학기술의 현대화를 실현하는 것은 전국의 여러 민족 인민들의 첫 번째 대사이자 두 번째와 세 번째 대사를 착실히 해나갈 수 있는 근본적인 기반이기도 합니다. 부강하고 웅대한 중국을 세계의 선진적인 행렬에 들어설 수 있도록 이끄는 것은 100여 년간 특히 신해혁명 이래 중국 인민들이 간절히 바라고 실현하기 위해 분투해온 숭고한 이상입니다. 현재 우리는 계획적인 노력을 거쳐 점차 이러한 이상을 실현할 조건과 가능성을 갖추었습니다.

중국의 경제문화가 아직은 비교적 낙후된 상태이지만 그렇다고 모든 부분에서 낙후한 것은 아닙니다. 발전의 길에 어려움이 많지만 유리한 조건도 적지 않습니다. 낙후한 편모는 바꿀 수 있고 어려움도 극복할 수 있습니다. 우리가 계속해서 사상을 해방시키고 실사구시적인 태도를 가지며 정신 차리고 분발하는 한편, 변증유물론에 부합되지 않고 4개 현대화 건설 수요에 어울리지 않는 낡은 틀을 타파하고 여러 업종의 새로운 문제를 연구하는 데 최선을 다한다면 새로운 길을 개척하고 새로운 국면을 열어나갈 수 있을 것입니다.

우리는 계속해 4가지 기본원칙을 견지하고 안정단결, 그리고 활력 있는 정치적 국면을 공고히 하고 발전시킬 수 있을 것입니다. 우리는 4개 현대화를 위해 용감하게 분투하려 하고 사상이 선진적이고 기술이 숙련되었으며 기율이 엄명하고 단결 협력하는 강대한 체력노동과 정신구동 대오를 건설할 계획입니다. 기존의 물질적 기술 기반을 충분히 활용하고 사회주의 제도의 우월성, 우리 민족의 창조정신과 애국주의 정신을 충분히 고양할 예정입니다. 아울러 우리에게 도움이 되는 외국의 모든 과학기술과 관리방법을 최대한 받아들이는 한편, 평등과 상호 이익 창출을 원칙으로 외국과의 경제교류와 경제협력을 발전시킬 예정입니다.

우리의 현대화 건설이라는 웅대한 목표가 반드시 성공적으로 실현될 것이라 믿습니다. 이 문제에서 우리는 신해혁명 이후의 무수한 혁명 선열을 본보기로 삼고, 전국의 여러 민족 가운데서 애국주의와 국제주의 교육을 적극적으로 진행함과 동시에 높은 수준의 민족 자존심과 자부심을 수립해야 합니다. 이는 우리가 사회주의 정신문명을 건설하는 중요한 기반인 만큼 사회주의 물질문명을 건설함에 있어 강대한 원동력이 될 것입니다.

세계 평화의 수호는 우리의 두 번째 대사입니다. 세계 평화를 지키고 세계 전쟁을 방지하는 것은 중국의 현대화사업을 실현함에 있어 필요한 국제적 조건일 뿐만 아니라 중국 여러 민족의 인민들이 전 세계 인류에 대해 마땅히 짊어져야 하는 국제적 의무이기도 합니다. 신 중국이 설립되어 완전한 국가 독립을 실현하면서 우리는 독립 자주적으로 중국의 민족 이익이나 세계 인민의 공동 이익에서 출발해 대외정책을 확정짓고 실행하기 시작했습니다.

우리는 제국주의, 패권주의에서 오는 온갖 침략과 무력 위협을 단호히 반대할 것입니다. 세계 평화를 수호하며 국제정세가 세계 평화에 이롭고 여러 나라 인민에게 유리한 방향으로 발전하도록 추진할 것입니다. 현재 다양한 패권주의가 세계의 여러 곳에서 침략 확장을 진행하고 있습니다. 이는 국제정세의 동란을 가속화 시키고 세계 평화를 파괴하는 근본적인 원인입니다.

우리는 세계 전쟁의 위험이 아주 심각한 문제인 만큼 충분한 주의를 돌려야 한다고 줄곧 여겨왔습니다. 평화를 사랑하는 전 세계의 역량은 반드시 패권주의와 침략확장을 반대하기 위해 단호하고도 유력한 투쟁을 진행해야 합니다. 그래야만 세계전쟁의 발발을 지연시키고 오랜 시간 국제평화를 유지할 수 있습니다. 이러한 목표를 실현하기 위해 우리는 제3세계 나라들이 반드시 같은 부분을 구하고, 차이를 인정하며 서로 협력하는 한편 평등을 기반으로 모든 전쟁과 침략을 반대하는 나라와 협력을 실현하는 데 최선을 다해야 한다고 주장합니다. 우리는 "우리를 평등하게 대하는 세계 여러 민족과 함께 분투할 것"을 여전히 주장하며 전 세계 범위에서 평화공존 5항 원칙[158]을 보편적으로 실행할 것입니다.

우리는 패권세력의 침략 행위에 대해 원칙도 없이 무한대로 양보하는 것을 반대합니다. 더욱이 그 어떤 전쟁에서 남의 목숨을 대가로 자신의 이익을 챙길 생각은 더더욱 없습니다. 우리는 평화를 사랑하는 모든 나라와 인민들에게 패권·침략을 반대하는 투쟁을 진행할 것을 요구하고 있는데 이는 세계 평화를 수호하는 유일한 길입니다. 중국 인민은 견강한 투쟁정신과 강한 생명력을 갖고 있기 때문에 그 어떤 패권주의의 위협과 도전도 전혀 두렵지 않습니다. 중국 인민은 세계 평화를 지키기 위해 마땅한 기여를 할 결심을 내렸습니다.

타이완이 조국의 품으로 돌아와 통일대업을 실현하는 것은 우리의 세 번째 대사입니다. 신해혁명 70주년을 기념하는 즈음에 특히나 사람마다 한 마음이 되었습니다. 타이완이 할양된 50년 후 다시 중국의 품으로 돌아왔습니다. 그러나 그 후 공산당과 국민당의 협상이 결렬되면서 국내 전쟁이 다시 발발했고 타이완이 또 조국 대륙과 장장 32년간이나 떨어져 있었습니다. 이는 우리 민족의 엄청난 불행이 아니겠습니까? 중화 여러 민족이 통일된 국가를 건립한 수천 년간 분열을 반대하고 통일을 수호하는 영광스러운 애국전통을 줄곧 고수해 왔습니다. 역사에서의 국가 분열은 예로부터 잠시 존재했던 현상이었고 백성들의 마음을 얻지 못하는 일이었기 때문에 궁극적으로는 모두 통일을 실현했습니다.

1949년 중국 인민혁명이 성공하면서 조국 대륙에서 수십 년간 국가가 사분오열된 국면을 영원히 종결하고 인민이 꿈에도 바라던 국가 통일을 실현했습니다. 그러나 대륙과 타이완은 아직 통일을 실현하지 못하고 있어 늘 그림자처럼 전국 동포들의 마음속에 그림자를 드리우고 있습니다. 현재에 이르러 중국과 세계정세에는 이미 큰 변화가 발생했습니다. 타이완이 조국 대륙과 분리된 국면을 하루빨리 종결짓는 것은 이미 결코 저항할 수 없는 역사적 흐름이 되었습니다.

1979년 원단(元旦)에 열린 전국인대상무위원회에서 「타이완 동포에 전하는 글(告台灣同胞書)」[177]을 발표해 타이완이 조국의 품으로 돌아옴으로써 조국의 통일대업을 실현하려는 국정 방침을 정중하게 선포했습니다. 그 후 얼마 지나지 않아 우리는 대륙과 타이완 간에 우편과 항공편이 통하고 무역거래를 하는 것 외에도 경제·과학·문화 등 분야에서의 교류를 하루빨리 실현할 것을 주장했습니다. 열흘 전인 국경절 전야 예젠잉 전국 인민대표대회 상임위원회 위원장이 또 연설을 발표해 타이완이 조국의 품으로 돌아와 평화적 통일을 실현하는 방침 정책[178]에 관해 한층 서술했습니다. 예 위원장의 연설은 전 당·전 군·전국의 여러 민족의 공동적인 염원을 대표했습니다. 우리는 절대로 한 입으로 두 말을 하지 않습니다.

타이완의 인민, 홍콩과 마카오의 동포, 그리고 외국에 거주하는 교포들이 조국의 통일대업을 위해 수많은 도움을 주었습니다. 따라서 그들은 예 위원장이 선포한 방침과 정책에 대해 많은 도움을 줄 것입니다. 극동의 평화에 관심을 갖는 전 세계인들도 이러한 방침과 정책에 기쁨을 감추지 못할 것입니다.

타이완 문제는 중국의 내정에 속합니다. 이는 해협 양안의 지도자와 인민들이 해결해야 할 문제입니다. 역사적으로 국민당과 공산당은 이미 두 차례의 협력을 했고 이를 통해 북벌과 항일 대업을 실현했으며 민족의 발전을 유력하게 추진했습니다. 그러니 통일된 국가 건설을 위해 현재 제3차 국공합작을 추진하면 왜 안 되겠습니까? 물론 지난 두 차례의 합작이 지속된 시간은 길지 않았습니다.

공정한 사람이라면 두 차례의 불행한 분열 모두 공산당이 야기시킨 것이 아니라는 점을 인정할 것입니다. 이 자리에서 옛 일을 들추어 누구의 잘잘못을 따지려는 것이 아닙니다. 과거는 단지 과거일 뿐입니다. 과거의 교훈을 본보기로 삼아 앞으로의 협력을 더 잘 해 나가자!

현재 우리가 제기한 건의에서 타이완에 불공평하거나 불안전한 부분은 전혀 없습니다. 만약 타이완에서 마음에 걸리는 부분이 있다면 양자 협상에서 제기해 연구하고 해결할 수 있습니다. 오랜 세월을 거쳐 장벽이 생겼기 때문에 여러 가지 불신이 있을 수 있는데 이해가 되는 부분입니다. 그러나 교류하지 않고 의견을 나누지 않는다면 어찌 장벽을 허물고 서로의 신임을 얻을 수 있겠습니까?

만약 우리가 이 난제를 해결하지 않고 대치하면서 서로의 힘을 소모한다면 무슨 면목으로 손중산 선생과 신해혁명에 목숨 바친 선열, 그리고 해협 양안의 각계 동포와 자손 후대들을 볼 수 있겠습니까? 공산당은 절대 국민당의 방식대로 하지 않을 것이고, '문화대혁명'시기의 도에 넘치는 행위도 영원히 반복되지 않을 것입니다. 이 자리를 빌려 손중산 선생의 능(陵)을 보수했을 뿐만 아니라 봉화(奉化)의 묘를 새롭게 보수하고 뤼산(廬山)의 메이뤼(美廬)를 기존의 모습처럼 복구했습니다. 또 기타 국민당 고위관리의 고향과 친척들도 모두 타당성 있게 배치했습니다. 사람이 늙으면 고향으로 돌아가기 마련입니다. 장징궈(蒋经国)[179] 선생은 고향에 대한 정이 없다고 할 수 있을까요? 어찌 장제스의 영구(靈柩)를 봉화에 있는 장씨 묘지로 이전시키고 싶지 않겠습니까? 오늘 저는 공산당 책임자로서 장징궈, 세동민(谢东闵)[180], 손원쉬안(孙运璇)[181], 장옌쓰(蒋彦士)[182], 까오쿼이위안(高魁元)[183], 장웨이궈(蒋纬国)[184], 린양강(林洋港)[185], 송메이링(宋美龄)[186], 옌자관(严家淦)[187], 장췬(张群)[188], 허잉친(何应钦)[189], 천리푸(陈立夫)[190], 황제(黃杰)[191], 장쉐량(张学良)[192] 외 그리고 기타 분들, 타이완 각계 인사들이 직접 대륙과 고향을 방문하도록 초청할 예정입니다. 마음을 나눌 의향이 있으면 좋겠지만 잠시 그럴 생각이 없다고 해도 여전히 환영할 것입니다.

장징궈 등과 타이완 각계 동포들에게 손실이 되는 일일까요? 지원은 아주 중요합니다. 그러나 가장 중요하고 가장 믿음직스럽고 가장 유력한 힘은 그래도 자국 10억 명에 달하는 애국인사들의 단합입니다. 하늘은 스스로 돕는 자를 돕습니다. 자신의 앞길을 막는 자라면 비현실적인 구호를 아무리 높이 외쳐도 결코 그 누구도 그들을 위험에서 벗어나게 하여 안전해질 수 있도록 도움을 주지 않을 것입니다. 만약 우리가 서로 양해하고 서로 존중하고 장기적으로 협력하며 고난을 함께 한다면, 수천 년 문명 고국이 세계에 우뚝 설 것이기 때문에 손중산 선생도 저세상에서 기뻐할 것입니다.

생전에 손중산 선생은 '평화, 분투, 구국'의 구호를 제기했습니다. 오늘날 우리는 왜 '평화 · 분투 · 중국의 흥기'를 외치지 않는 것입니까? 평화통일 · 중화진흥 · 천추위업을 이루는 것은 생각을 바꾸는 것과 연관이 있습니다. "세계의 흐름에 적응하고 대중의 수요에 어울리게 해야 한다."는 손중산 선생의 유훈을 학습하여, 손에 손잡고 중화민족의 찬란한 새 역사를 열어나가기 위해 함께 분투합시다!

중화민족 대단결 만세!

신해혁명의 열사들이여! 천추에 길이 빛나리!

위대한 혁명 선구자 손중산 선생도 천추에 길이 빛나리!

사회주의 정신문명 건설은 사회의 치안기풍 · 당의 기풍부터 확고히 건립해야 한다*

(1981년 12월 15일)

1982년은 린뱌오와 '3인방'을 무너뜨린 후 여섯 번째 되는 해이고, 11기 3중전회 이후 네 번째 되는 해이자 우리 당이 사상을 지도해 어지러운 세상을 바로잡아 정상으로 올리는 역사적 임무를 완성한 후의 첫 해이기도 합니다. 다시 말해 1982년 우리 당이 더 많은 힘을 모아 사회주의 현대화 건설을 더 훌륭하게 이끌어가는 데 유리한 조건이 더 많아질 것임을 의미합니다. 그렇기 때문에 새로운 한 해의 업무를 전보다 더 훌륭하게 추진하여 사회주의 건설에서 더 큰 발전을 가져오도록 전 당에 요구할 수 있는 것입니다. 사회주의 건설에서 더 큰 발전을 실현해야 한다고 주장하고 있는데, 그 징표와 기준에는 아래와 같은 3가지가 포함됩니다.

첫째, 물질문명과 정신문명 건설을 모두 철저히 함으로써 두 가지 부분으로 만족스러운 새로운 성과를 거둘 수 있게 해야 합니다. 사회주의 정신문명 건설 구호는 우리 당이 6중전회의 결의에서 기록한 것입니다. 아주 훌륭한 구호로 전국 인민에 상당한 호소력이 있고 정치 차원에서 훌륭한 동원역할이 있으며 국제적으로도 상당한 영향력을 갖고 있습니다.

둘째, 경제 차원에서 거품이 없고 착실한 속도를 쟁취하기 위해 노력해야

---

* 이는 후야오방 동지가 성, 시, 구 당위 제1서기 좌담회에서의 발표한 연설문 내용 중 일부를 발췌한 것이다.

합니다.

이는 덩샤오핑 동지가 정치국회의에서 건의한 것입니다. 이러한 제안은 일정한 요구뿐만 아니라 질에 대한 엄격한 요구도 내포되어 있어, 양자를 유기적으로 통일시킨 장점이 있습니다. "거품이 없다"라는 것은 경제적 효과의 향상을 강조하려는 의미입니다. 이는 내년에 순서대로 일련의 중대한 경제 관련 문제를 해결해야 할 것을 우리에게 요구하고 있는 것입니다.

셋째, 정치와 정신문명 건설에서는 사회치안·사회기풍과 당풍이 근본적으로 호전될 수 있도록 노력해야 합니다. 민족 집거지역에서는 민족관계와 민족단결에서 큰 호전을 가져올 수 있도록 최선을 다해야 합니다.

이를 위해서는 일련의 절실하고도 유력한 조치를 취해야 합니다. 저는 주로 아래와 같은 5가지 방법을 실시해볼 필요가 있다고 생각합니다.

첫째, 사회주의 정신문명 건설과정에서 전 당과 사회의 모든 힘, 그리고 다양한 여론수단과 여러 가지 인민단체를 총동원해 강대하고도 지속적인 사회 여론을 조성해야 합니다. 이 부분이 뒷받침되지 못한다면, 사회주의 정신문명 건설은 결코 실현될 수 없습니다. 전쟁 시기 인민군이 '3대 기율', '8가지 주의사항'을 실시함에 있어서 우리는 여론 조성을 하고자 합니다. 여론 조성은 영향력이 커야 할뿐만 아니라 지속되어야 하며 정확한 것을 지지하고 악한 것을 없애야 합니다. 자질구레하고 연약하고 무력한 방법은 전혀 무용지물입니다.

이 자리에서 문예계를 비판하려는 것은 아닙니다. 전반적으로 볼 때 문예계는 확실히 많은 업무를 추진해왔지만, 일부 드라마로 표현되는 "사랑이 최고"라는 견해는 결코 건강하지 못한 정서라는 점에 대해 모두가 의견이 많습니다. 사랑을 드라마 소재로 하는 걸 반대하려는 것은 아닙니다. 그렇다고 하여 연애를 그 무엇보다 중요한 자리에 올려놓아서야 되겠습니까? 문예는 백성을 위하고, 나라를 위하는 원대한 이상을 홍보하기 위해 노력해야 하지 않겠습니까!

여론의 힘을 어떻게 더 효과적으로 활용할지에 대해서는 앞으로 더 연구해 보아야 합니다. 우리 민족이 높은 수준의 사회주의 정신문명을 건설하려면 전 당·전 군·전국의 여러 민족 인민을 상대로 광범위하고도 지속적이며 깊이 있는 교육을 진행하면서 이를 보편화 해 누구나 알 수 있도록 해야 합니다.

둘째, 모든 기관·부대·기업·사업단위·학교·여러 단체 등 총 1억 명 이상이 앞장서서 '오강사미(五講四美)'[194]를 전개할 것을 요구합니다. 조국을 녹화하고 환경을 미화하는 등 사회주의 공익활동을 진행하고 꾸준히 견지해야 합니다. 이것이 바로 낡은 풍속과 습관을 바로잡고 중국을 개조하는 길입니다. 따라서 그 의미가 엄청날 것으로 기대합니다. 전국의 인구가 총 10억 명에 달합니다. 먼저 그중 1억 명을 상대로 꾸준히 변화시킨다면 전 사회의 기풍도 점차 바뀔 것이 아니겠습니까?

셋째, 도시와 농촌의 기층조직을 확실하게 정돈해 기층 당의 정치사상 업무와 정권 업무를 건립 및 강화해야 합니다. 현재 일부 농촌사회의 치안에 문제가 있고 사회기풍도 그다지 좋지 않으며 도박과 미신이 여전히 성행하고 있습니다. 이러한 현상을 초래한 가장 중요한 이유가 바로 기층의 당 조직과 기층의 정권조직이 건전하지 못하기 때문입니다. 따라서 반드시 기층조직을 잘 정돈하여 기층 당의 정치사상 업무와 정권업무를 건립하고 강화해야 합니다.

넷째, 당의 기율검사 부서와 정법(政法) 부서의 업무를 계속해서 강화하고 정책에서 잔류된 문제를 제대로 해결하고 실행하는 한편, 법과 기율을 어긴 행위, 그리고 형사범죄 활동을 모두 제때에 맞춰 단호하게 처리해야 합니다.

어제 덩샤오핑 동지가 광둥(廣東)과 푸젠(福建) 일부 단위와 간부들이 계속해서 밀수와 밀수품 판매 등에 종사하는 현상을 두고 이러한 말을 했습니다. "야오방 동지, 이러한 유형의 사건이 왜 계속해서 처리되지 않고 있는지 깊이 고민해 보아야 하네. 중앙기율검사위원회에서 특별조사를 하여 철저하게 조사하고, 연루된 자의 직무가 높을수록, 그리고 기구의 급이 높을수록 더 엄격하게 조사하고, 더 엄중하게 처벌을 내려야 하네."

당내에서 기율과 법을 어기는 심각한 현상에 대해 단호하게 처리하고 전혀 사정을 봐주지 않는다면 당의 기풍을 제대로 바로잡을 수 있을 것입니다.

다섯째, 상층 건축을 계획적이고도 절차 있게 개조하고 기구를 간소화하며 관료주의를 극복하고 업무 효율을 크게 향상시키기 위해 노력해야 합니다. 이는 정치국 논의를 거쳐 결정된 사안입니다. 이 자리에서 2년 내 시기별로 기구 간소화를 마무리할 수 없을지 여러 동지들의 의견을 수렴하고자 합니다. 중앙기구는 한발 앞서 내년 상반기에, 성과 시 급은 내년 하반기에, 지와 현 급은 후년에 마무리 지었으면 합니다. 비록 시간이 조금 길긴 하지만 급별로 차근차근 실행한다면 굽은 길을 가지 않고 일을 그르치지도 않을 수 있습니다. 반면에 기구를 간소화하지 않고 여기로부터 착수하지 않는다면 결코 관료주의를 극복하지 못할 것입니다.

사회주의 정신문명 건설은 장원하고도 웅대한 전략적 임무인 만큼 해야 할 일이 많습니다. 내년 한해, 사회 치안 · 사회 기풍 · 당풍을 확고히 잡을 예정인데 이는 문제의 핵심 부분이기도 합니다. 위에서 제기한 5가지 방법을 여러분들이 연구해 보시길 바랍니다.

전 당의 동지들은 1982년 업무에서 얻은 새로운 중대한 진전에 따른 의미를 충분히 깨달아야 합니다. 만약 우리가 1982년 물질문명과 정신문명 부분에서 모두 중대한 진전을 가져온다면 우리의 입지가 더욱 굳건해질 것입니다. 내년에서 후년으로 넘어가고 또 65계획의 목표를 따라 나아간다면 한결 더 순조로워질 것입니다.

아울러 이는 타이완의 조국 반환을 추진하고 국제사무를 처리하는데도 중요한 의미를 지닙니다. 강대해지면 발언권도 더 많이 얻을 수 있습니다. 총체적으로 1982년의 전투임무는 중앙·성·시·구의 동지들이 내년의 업무에 대해 통괄적으로 분석하고 열심히 지도할 것을 요구하는 바입니다.

이분법을 견지하고, 한 단계 더 업그레이드시켜야 한다*

(1981년 12월 27일)

저는 응원단입니다. 구기경기의 '응원단', 라디오와 텔레비전의 '응원단', 영화의 '응원단'입니다. 즉 여러분들을 '응원하는 사람입니다.'각급 당위, 각급 홍보부서의 동지들도 '응원단'이 되어서 여러분들에게 힘을 실어주어야 합니다. 스포츠와 문예는 대중성을 갖고 있습니다. 대중성이 있으면 인민들에게 유익하고 그들이 적극적으로 발전하도록 격려하고 이끌 수가 있습니다. 그리고 그들이 즐기는 사업에서는 대중을 조직하고 영도해 온갖 방법으로 발전시켜야 합니다. 그래야만 우리 당이 늘 말하는 대중 관점을 진정으로 지니고 있다고 할 수 있습니다.

4일 후면 1981년이 지나가고 새로운 한 해가 곧 시작됩니다. 올해의 업무를 어떻게 평가하고 새로운 한 해를 어떻게 맞이해야 할까요? "이분법을 견지하고, 한 단계 더 업그레이드 시켜야 한다"는 이 두 마디 말을 여러분들에게 전하고 싶습니다. 만약 새로운 한 해 대련이 필요하다면 이를 대련의 어구로 하면 어떨까요?

그 어떤 때를 막론하고 이분법을 견지해야 한다고 생각합니다. 최근 중앙은 각 성·시·자치구 당위 제1서기 좌담회를 개최하고 올해의 업무를 종합

---

* 이는 후야오방 동지가 전국 극영화 창작대회 대표를 회견할 때의 연설문이다.

했습니다. 이분법으로 문제를 본다면 한편으로는 올해 전 당의 업무가 큰 진전을 가져왔고, 총체적으로 볼 때 형세가 양호하다고 볼 수 있습니다.

그러나 다른 한편으로는 더 잘 할 수 있는 부분을 아직은 제대로 하지 못하고 있음을 알 수 있습니다. 예를 들면 사상정치 업무와 물가 문제 등이 그것입니다. 그렇다면 문예업무는 어떤가요? 동지들은 이분법을 적용해 과학적인 태도와 방법으로 문제를 분석함으로써 내년의 업무에 도움이 되도록 해야 합니다.

최근 몇 년간 영화 분야의 발전이 아주 크고 올해에도 새로운 발전을 가져왔습니다. 이는 마땅히 충분하게 인정해주어야 합니다. 훌륭하고 대체적으로 괜찮은 영화가 주류이며, 다수의 동지들도 모두 노력하고 있습니다. 일부 청장년 감독과 작가, 그리고 일부 청년 배우들이 빠르게 성장하고 있습니다. 전국의 여러 민족 · 노동자 · 농민 · 병사 · 지식인 · 공산당원 · 공청단 · 소선대원들은 남녀노소를 불문하고 도시나 농촌에 관계없이 영화계의 성적과 발전, 동지들의 성실한 노동과 기여에 모두 기뻐하고 환영하면서 이를 마음속 깊이 아로새기고 감사의 마음을 갖고 있습니다. 이러한 경우에 시비를 말하는 공론이 자연히 있게 마련이라고 합니다. 이는 사실이자 마땅히 가져야 할 자신감이기도 합니다.

당연히 사실에는 또 다른 면도 있습니다. 일부 영화의 수준이 낮고 동지들도 열정이 별로 없으며 개별 작품과 개별 동지들이 비교적 심각한 착오를 범하거나 결함이 있다는 것입니다. 주요한 문제는 주로 아래와 같은 두 가지입니다.

첫째, 일부 작품과 일부 동지들이 갖고 있는 정치적 정서가 결코 건강하지 않다는 것입니다.

주로 중국 인민 사회주의 사업의 위대한 성과를 경시하거나 부정하고 혁명과정에서의 실수와 린뱌오와 '3인방', 그리고 장칭 반혁명그룹의 파괴를 전 당과 국가, 그리고 혁명대오와 사회주의제도가 나쁘기 때문에 그렇다고 탓을 한다는 것입니다. 이로 부터 전도가 없거나 전도가 묘연하다는 결론을 내리게 하곤 합니다. 이것이 바로 정치사상 혹은 정치정서가 건강하지 못한 표현이라고 하겠습니다. 착오에 대해 반드시 설득력 있고 엄숙한 비판을 해야 한다는 점에는 추호의 의구심도 들지 않습니다. 여기서 도리를 따져야지 절대로 체면을 봐주거나 해서는 안 됩니다. 본인이 열심히 자아비판을 해야지 결함을 두둔하려고 해서는 절대로 안 됩니다. 주변의 동지·독자·시청자들도 도움을 주어야 합니다. 작가도 각급 당위의 책임자들도 그렇게 해야 합니다. 착오를 범한 중앙정치국 상무위원회·중앙정치국·서기처 동지들을 비판하면 안 되는 것일까요?

당연히 됩니다. 마오쩌둥 동지의 착오도 비판할 수 있는데, 하물며 우리의 착오를 비판하면 어찌 안 되겠습니까? 우리의 위대한 사업을 위해서라면 혁명대오의 그 누구를 막론하고 무릇 착오를 범했으면 모두 비판과 자아비판을 진행해야 합니다. 그러나 반드시 사실을 존중해야 하고 남을 도와주고 과학과 정책에 주의를 돌려야지 무턱대고 비판만 해서도 안 됩니다. 비판하면 적극성을 떨어뜨린다고 말하는 동지들도 있을 것입니다. 그러나 관건은 어떤 성질의 적극성을 보아야 할 것인가를 말하고 싶습니다. 만약 사회주의 사업에 불리한 적극성이라면 파괴해도 되지 않겠습니까? 이러한 파괴는 유익한 적극성을 한층 더 고양시킬 수 있도록 추진하게 됩니다.

둘째, 일부 작품이나 일부 동지들은 사상 경지가 높지 않거나 심지어 아주 낮습니다. 어떤 부분에서 나타나고 있을까요? 주로 사랑과 혁명, 사랑과 사회주의 사업 간의 관계를 정확하게 처리하지 못한 채 결코 적합하지 않은 위치에서 사랑을 강조하는 데서 보여 지고 있습니다.

당연히 사랑은 문학예술의 중요한 소재 중 하나입니다. 쓸 수 있고 또 마땅히 써야 합니다. 지난해 시나리오 좌담회에서 저는 이러한 말을 했습니다. 쓰면 안 된다고 누가 그랬는가? 이는 인류생활의 구성부분이자 사회생활의 중요한 현상입니다. 관건은 사랑을 어떤 위치에 올려놓는가 하는 문제입니다. 공산주의자·혁명가·애국자라면 흉금과 안목이 넓어야 합니다. 위대한 조국과 인민을 사랑하고 사회주의 사업을 사랑하는 것이야말로 진정으로 가장 귀중한 부분입니다.

만약 애모의 감정을 첫째·둘째·셋째로 나눈다면, 첫째가 바로 이러한 부분입니다. 사회주의시기의 문학예술이 신민주주의 혁명시기의 문학예술보다 더 발전해야 합니다. 우리의 문학예술 작품은 우선 누군가를 교육해야 한다는 것입니다. 조국의 사회주의 사업을 사랑하고 인민을 사랑하도록 특히 청년을 가르쳐야 합니다. 근본적인 차원에서 볼 때 건강한 사랑은 마땅히 혁명사업과 일치해야 합니다. 혁명가라면 인민의 이익, 사회주의 사업을 위해서는 필요할 때 개인의 사랑을 희생하고 심지어 목숨까지 내놓을 각오가 있어야 합니다.

사람들은 아직도 페퇴피 샨도르[195]의 유명한 시구를 기억하고 있을 것입니다. "생명은 귀하고 사랑은 더 숭고하지만, 자유를 위해서는 이 둘을 모두 포기할 수 있다!" 19세기 중엽의 민주주의 혁명가가 민족의 독립과 조국 인민의 자유를 위해 이토록 숭고한 사상 경지에까지 이르렀는데, 오늘의 사회주의 문예가 오히려 사랑을 최상으로 하는 정도로까지 퇴보해서야 되겠습니까?

남녀 간의 사랑을 혁명보다 높은 위치에 놓아서야 어찌 되겠습니까. 또 사랑이 가장 높은 위치에 있고, 모든 것이 사랑을 위해 봉사해야 한다고 홍보해서야 되겠습니까. 문예작품은 사람들의 사상 경지를 끌어올리고, 사람들이 조국의 사회주의 현대화 건설 사업에 뛰어들어 헌신하도록 격려해야 하는 것입니다.

이분법을 견지해야만 한 단계 더 업그레이드할 수 있습니다. 내년에는 여러분의 수준뿐만 아니라 전 당의 업무를 비롯한 모든 업종의 업무를 한 단계더 업그레이드시키기 위해 최선을 다해야 합니다. 내년에 100편의 극영화를 만들기 위해 노력할 것이라고 했는데 이는 좋은 일입니다. 그러나 문제도 있습니다. 과연 어떤 품질의 극영화가 100편이나 되는가 하는 것입니다. 양이 100편에 달해야 할 뿐만 아니라 품질도 1981년보다 더 높은 수준에 이르러야 한다고 모두 주장하고 있습니다.

이는 여러분들이 심혈을 더 많이 기울이고 사상과 예술 차원에서, 그리고여러 업무에서 모두 일련의 문제를 열심히 해결하기 위해 노력할 것을 요구하는 것입니다. 경제발전에 관해 덩샤오핑 동지는, 내년에는 확고하고 과장(水分)이 없는 일정한 속도를 유지해야 한다는 말을 했습니다. 참 훌륭한 말입니다. 일정한 양에 대한 요구가 있고, 또 엄격한 품질에 대한 요구도 있어 양과 품질을 한데 통일시켰기 때문입니다. 덩샤오핑 동지의 이 요구가 우리의 영화 업무에도 적용된다고 저는 생각합니다.

만약 우리가 큰 착오를 범하지 않고 과학적인 태도로 최선을 다해 노력을 기울이면서 국민경제의 발전을 꾸준히 추진한다면 인민생활이 개선되는 속도가 점차 조금씩 빨라질 것입니다. 그러나 전반적으로 볼 때, 현재부터 50년 내, 즉 21세기 첫 2 · 30년에 이르러서도 우리의 생활수준이 세계 선진국을 추월하기는 어렵습니다. 역사를 되돌아보겠습니다.

중국은 19세기 중엽부터 반식민지 · 반봉건사회로 점차 전락됐습니다. 100여 년을 거쳐 20세기 중엽에 들어서면서 중국에 사회 대변혁이 진행되었고, 그 후 사회주의 시대에 진입했습니다. 이때부터 또 100여 년이 지난 약 21

세기 중엽에 이르러서야 중국에 또 한 차례의 경제와 사회 면모에 근본적인 변화가 발생해 세계의 앞장에 설 수 있을 것으로 예상됩니다.

중국인이 이 두 세기를 거쳐 많은 고생을 해야 한다는 점은 사회 역사 프로세스에 의해 결정됐습니다. 고생을 하면 또 어떻습니까? 어려움을 벗어날 수 있도록 서로 보살피고 도와주면 되지 않겠습니까? 이 두 세기는 중화민족의 크게 변화하고 전진하는 세기가 될 것입니다.

역사의 이러한 발전과 변화는 동지들이 자발적으로 여러 가지 어려움과 시련을 견뎌내고 역사단계의 고달픔을 거침으로써 우리 민족의 원대한 앞날을 개척할 것을 요구하고 있는 것입니다. 이러한 사상 경지야말로 진정한 사상해방이 아니겠습니까. 이러한 사상의 경지는 혁명 낭만주의이자 혁명 현실주의이기도 합니다. 이러한 것을 현실주의라 하지 않는 것입니까? 향후 반세기 동안 우리는 피나는 노력으로 정치가 안정되고 경제가 번영하며 교육이 발달하고 도덕이 고상한 사회주의 현대화 강국을 건설하는 목표를 실현시켜 중국에 천지개벽의 변화를 가져다주는 것이야말로 혁명 현실주의와 낭만주의를 깊이 있게 융합시키는 것이라고 할 수 있습니다.

사회역사 발전의 본질을 무시하고 인민의 사업과 이상을 보잘 것 없고 쓸모없는 것으로 간주하는 정신상태를 현실주의라 할 수 있겠습니까? 이는 근시주의이자 자연주의자의 표현으로 몰락한 정서라 하겠습니다.

여러분!

사상 경지의 문제에는 근본적인 성질과 시대의 특징이 있습니다. 인민이나 당원과 간부들 가운데서 중국이 어지러운 정세를 바로잡고 가난에서 점차 부유한 길로 나아가며 큰 변화와 큰 발전을 실현할 수 있을 것이라고 굳게 믿고 있는 자들이 많습니다. 게다가 이를 위해 자발적으로 분투하는 자도 갈수록 많아질 것으로 예상됩니다. 현재 일부는 간절히 희망하고 있고 일부는 반신반의하며, 또 극소수는 큰 변화와 발전을 단호히 반대하면서 후퇴를 바라고 있습니다. 이는 반드시 사상정치 업무, 이론업무와 홍보업무, 그리고 문예와 언론, 교육 업무를 통해 우리 당의 정확한 노선과 분투목표가 진정으로 당원·간부·인민이 단호한 의지와 신념으로 억만 여러 민족 인민의 사상·의식·여론, 그리고 그들의 실천이 되게 해야 합니다.

문학예술이 이 목표를 위해 봉사하지 않는다면 그건 전도가 없는 것이라고 보아야 합니다. 만약 문예사업자가 시대 흐름의 앞장에 서지 않고 옆에서 '풍화설월', '남녀의 다정한 모습'만 쓰고, 노래하거나 혹은 시대의 흐름에 뒤떨어져 '처량한 모습'이나 '차마 돌이켜볼 수 없는 모습'을 창작한다면 어찌 전도가 있다고 하겠습니까? 그러니 대립구도를 형성해 어두운 심리와 원한의 언어로 혁명을 왜곡하고 저주한다면 더욱 전도가 없기 때문에 반드시 인민의 혐오를 받게 될 것입니다. 당연히 이는 사회생활의 추악한 현상을 조금도 비판해서는 안 된다는 뜻이 아닙니다. 여러 번 언급했듯이 비판할 수 있고, 또 마땅히 그렇게 해야 합니다. 문제는 어떤 입장에서 서 있고, 사상 경지가 어떤 수준에 이르렀는가 하는 문제입니다. 방금 샤옌(夏衍)[116]동지가 저에게 학습에 관한 문제를 더 얘기하라고 했습니다.

저는 극히 중요한 문제라고 생각합니다. 여러분들이 종사하고 있는 업종뿐만 아니라 전 당과 전국의 여러 민족 모두가 다시 학습해야 하는 문제에 직면해 있습니다. 당연히 사회 분공이 서로 다른 만큼 학습에 대한 요구도 공통점과 차이점이 있기 마련입니다. 문예 종사자는 반드시 마르크스주의와 사회생활, 그리고 문화과학과 역사지식에 몰두해야 합니다.

마르크스주의가 나타난 지 100여 년이 된 만큼 풍부한 문예이론이 포함돼 있습니다. 그러나 마르크스주의에 경전 작가들이 문예 업무의 모든 문제에 대해 이미 답안을 제시한 것은 아닙니다. 오늘 마르크스주의를 학습하는 것은 다름이 아니라 마르크스주의를 통해 입장·관점·방법을 배워 우리의 예술 실천을 지도하기 위해서입니다. 우리는 비교적 높은 사상성과 예술성을 요구하되 양자를 통일시키고 융합시키기 위해 노력해야 합니다. 그래야만 우리는 사상 경지를 크게 향상시키고 자체적인 특유한 방식으로 사회의 진보를 추진할 수가 있습니다. 왕자오원(王朝聞)[196]동지의 『미학개론(美學概論)』과 기타 일부 동지의 미학 저술을 혹시 보셨는지요? 저는 조금 보긴 했지만 마지막까지 보지는 못했습니다.

그 어떤 미학이론 저술이든지를 막론하고 모두 이런저런 결함이 있습니다. 그러나 우리가 미에 관한 일부 개념과 상식을 명확히 함으로써 실수를 적게 범할 수는 있습니다. 현재 일부 동지들이 이론 문제에 대해 중시하는 바가 뒤떨어져 있고, 문예이론 업무 성과도 확실히 미미합니다.

생활에 융합되어 여러 사람과 여러 가지 사회현상을 깊이 있게 관찰하고 체험하고 연구하고 분석하는 것은 문예창작의 전제조건입니다. 이러한 전제를 떠난다면 주관적으로 억측하고 저자의 주관에 따라 근거 없이 조작하게 됩니다. 고리키[197]는 전에 창작에만 급급해 하지 말고 학습해야 한다며 한 청년 저자에게 권고했습니다. 현실은 지난 현실, 현재의 현실, 그리고 대략의 윤곽을 이미 본 미래의 현실 3가지로 분류됩니다.

과학문화와 역사지식을 배우려면 특히 언어에 많은 공을 들여야 합니다.

여러분 특히 청년들이 이 일에 더 많은 관심을 돌렸으면 합니다. "재능이 없으면 멀리 알려지지 못한다."[198]는 이 말은 참으로 일리가 있다고 봅니다. 예술적 재능이 없고 문구가 아름답지 못하다면 사람의 마음을 움직일 수 없다는 뜻입니다. 이는 극히 중요한 경험입니다. 문학은 언어 예술입니다. 예술적 재능이 없으면 반드시 생명력을 잃게 될 것입니다.

여러분! 중국 근대 대문학가인 노신, 곽말약[151], 모순[152], 파금[199], 조우[117], 노사(老舍), 조수리(趙樹理) 등 그 누구를 언어예술의 수장이라고 하지 않을 수 있겠습니까? 그러나 현재 일부 젊은 친구들은 이 문제를 크게 주목하지 못하고 있는 듯합니다. 문학적 수양이 부족한데다가 중국 고대의 산문과 시가, 그리고 대중 언어를 열심히 배우려 하지 않고 있으니 창작해낸 글이 당연히 메마르고 무미건조하기 마련입니다. 그러니 그 누구를 감동시킬 수 있겠습니까? 이러한 상태가 지속되어서야 어찌 되겠습니까?

영화 '지음(知音)'을 언급하는 동지들도 있는데 저는 촬영할 수 있다고 생각합니다. 채악(蔡鍔)[200]이 구 민주 혁명시기에 원세개(袁世凱)[201]를 뒤엎는 투쟁에 참여해 큰 공을 세웠습니다. 소풍선(小鳳仙)도 안목과 담량, 식견이 있는 여성이라 할 수 있습니다. 그러나 영화 프로듀서와 감독들이 소봉선이 채악에게 준 만련(挽聯)을 보았는지는 모르겠습니다. 그 만련의 윗 구절은 "그대가 만 리 남천에 거대한 날개 짓을 하며 하늘로 올라가니, 난 한 갈래의 연기가 되어 그대의 군기를 감쌀 것이라. 나라와 인민을 위해 떠난 그대, 우리 우연의 인연도 여기까지일세."이고, 아래 구절은 "몇 년간 북지에서 굴욕적인 연금생활 때문에 난 순결을 잃었거늘, 그때 그대가 나에게 인간으로서의 자존심과 사랑과 믿음을 주었었다오. 3월 도화의 색깔이 오늘까지 여전하구려."입니다.

여기서 채악의 포부와 투쟁을 언급하면서 소봉선 그리고 그녀와 채악의 관계도 언급했기 때문에 일정한 사상적 깊이와 필채(筆彩)가 있다고 생각됩니다. 이 만련은 한 문인이 소봉선의 이름을 빌려 쓴 것이라고 전해지고 있지만, 글에 담긴 의미는 풍부합니다. 만약 『지음』이 이 만련을 주제로 하거나 이를 타이틀곡으로 재창작한다면 얼마나 좋겠습니까? 이로부터 역사와 문화 수양을 강화해야 한다는 점을 알 수 있을 겁니다. 만약 우리의 작품에 정확한 주제와 감동적인 시나리오뿐만 아니라 풍부하고도 아름다운 언어가 내포되어 있다면 분명히 대중을 가르치고 감화시키는데 큰 도움이 될 것입니다.

국제 영화계에서 영웅을 논해야만 한다는 동지들도 있습니다. 이 문제를 정확히 분석해야지 그렇지 않으면 방향을 잃어버리게 된다고 저는 생각합니다. 현대 국제 스포츠 대회는 경기 스포츠로서, 국제적으로 인정받는 통일된 경기 규칙과 심사기준이 있습니다. 이러한 통일된 규칙과 기준에 따라 강자가 이기고 약자가 도태된다면 자연히 전 세계의 인정을 받을 것이기 때문에 이른바 계급성도 없어집니다. 그러나 문예(영화 포함)는 다릅니다.

강한 계급성과 사회성을 갖춘 의식형태 부서 중 하나입니다. 똑같은 문예 작품일지라도 사회적 지위와 세계관이 다름에 따라 서로 다르거나 심지어 근본적으로 대립되는 평가를 내릴 수 있기 때문입니다. 당연히 상이한 민족과 국가의 문예는 예술형식과 기교에서 마땅히 서로 본보기가 되어야 합니다. 민족 문예에서 무릇 적극적인 성과는 인류문화의 발전에 모두 크게 기여할 것입니다. 그러나 근본적인 차원에서 볼 때, 문예 생명력의 강약 판단은 중국 여러 민족의 발전 수요에 따라 바뀌는지의 여부를 기준으로 해야 합니다.

따라서 현재 문예의 분투 목표는 국제무대에서 겨루는 것이 아니라 중화민족의 백성들의 마음속으로 깊이 들어가 억만 중국 인민이 사회주의 현대화 건설 사업에 뛰어들도록 격려하는 유력한 정신적 무기가 되는 것입니다. 그래야만 중대한 국제적 의미를 나타냈다고 할 수 있습니다. 중국처럼 세계 4분의 1의 인구를 수용하고 있는 위대한 국가에서 문화가 건강하게 발전하고 번영을 실현하며, 높은 수준을 갖춘 민족으로 세계에 군림한다면, 이는 세계문화 발전에 가늠할 수 없는 거대한 기여를 하고, 또 세계문화 발전을 추진하는 큰 힘이 될 것입니다. 이렇게 되는 것은 세계 문화사에서 대서특필해야 하는 대사가 아니겠습니까?

총체적으로 국가의 이익을 위해, 인민의 이익을 위해 우리는 반드시 정신을 단련시켜 노력 분투해야 하며, 장기적이고도 힘든 노력을 할 준비를 해야 합니다. 중국 여자 배구팀이 조국을 위해, 인민을 위해, 그리고 영예를 빛내기 위해 최선을 다하려는 분투정신을 따라 배워야 합니다. 동지들은 짐이 무거워, '압력'이 느껴진다고 하는데 저는 좋은 일이라고 생각합니다. 고층 건물에 상수도가 올라가지 못하는 것은 바로 '압력'이 부족하기 때문입니다. '압력'은 당연히 있어야 합니다. 그러나 '압력'이 너무 크면 안 됩니다. 한 단계 더 업그레이드 하려면 궁극적으로 스스로 발걸음을 내디뎌야 합니다. 이는 조국·인민·당과 사회주의 사업에 대한 우리의 충심이 어떤 수준에 있는가에 달려있는 것입니다.

전국 통일전선 업무회의에서 한 연설

(1982년 1월 5일)

그저께 통일전선부에서 중앙서기처에 회의 소집 상황을 보고했습니다. 이번 회의에서 다양한 문제를 제기했는데, 그중에서도 특히 후줴원(胡厥文), 후즈양(胡子昂) 두 분의 훌륭한 건의[202]를 끌어냈습니다. 그래서 저는 이번 회의가 아주 훌륭했다고 생각합니다.

회의가 끝나기 전에 여덟 분에게 연설을 부탁했습니다. 여기에는 서기처의 동지 네 분[203]에다 다년간 통일전선 업무에 몸을 담았던 리웨이한(李維漢)[204]과 랴오청쯔(廖承志)[205]동지, 그리고 통일전선부의 우란푸(烏蘭夫)[206]와 유란타오(劉瀾濤)[207]동지가 포함됩니다. 유란타오 동지는 이미 연설한 적이 있으니 이번에는 하지 않을 것입니다. 서기처의 네 분이 왜 함께 연설을 하는가 하면, 회의 브리핑에서 아래의 내용이 언급되었기 때문입니다. 즉 "어느 한 성에서는 통일전선부의 회의에 서기가 한 명도 가지 않는 반면, 조직부 회의에는 서기 네 분이 모두 참석했다"는 내용입니다. 그래서 오늘 서기 네 분이 모두 오게 된 것입니다.

서기처의 서기 12명에서 전문직은 6명이고, 그 외는 정부와 군에서 주로 업무를 맡고 있습니다. 전직 서기 가운데서 병이나 일로 참석하지 않은 2명을 제외하고는 모두 참석했습니다. 현재 5명은 이미 아주 훌륭한 건의를 얘기했습니다. 제가 4가지 건의를 제기한 후 마지막에 우란푸 동지가 종합을 할 것입니다.

첫째, 5년 여 동안의 통일전선 업무상황은 도대체 어떠했는가요?

"훌륭했고 성적도 아주 높다"는 추측에 저는 동의합니다. 5년 전과 비교할 때 상황이 근본적으로 개선되었기 때문입니다.

5년 전 10년 내란을 겪고 난 후 마오쩌둥 동지가 우리 당을 위해 제정한 중국혁명의 3가지 보배중 하나인 통일전선이 린뱌오와 '3인방', 그리고 장칭 반혁명그룹의 박해를 받아 산산조각이 났습니다. 이렇게 얘기하는 것은 아직은 완전히 없어지지 않았기 때문입니다. 그렇다면 어찌 조금 남을 수 있었을까요? 공정하게 얘기하자면 마오쩌둥 동지가 보호했고, 특히 주은래 동지가 일부 통일전선의 옛 친구를 보호했기 때문입니다.

5년 동안 특히 3중전회 이후 통일전선은 이미 생기 넘치는 국면을 점차 회복하였고, 동시에 일부에서는 다소의 발전을 가져오기도 했습니다. 많은 당 외의 친구들 마음이 안정되었고(아주 안정된 것은 아님) 애국 열정도 점차 높아졌습니다. 당의 통일전선 정책과 국가의 통일전선 국면에 있어서 타이완 · 홍콩과 마카오의 애국인사, 외국에 거주하는 애국 교포들은 모두 기뻐하고 마음 놓아 했을 뿐만 아니라, 다수의 외국 친구들도 탄복과 감탄을 표시했습니다. 통일전선의 회복과 발전 덕분에 정치 차원에서 한층 단합된 모습을 보였습니다.

통일전선에서의 근본적인 개선은 우리당이 어지러운 세상을 바로잡아 정상으로 돌림에 있어 거둔 큰 성과이자 중앙 주요 영도 동지들이 어지러운 세상을 바로잡아 정상으로 되돌리는 과정에서 얻은 결과이기도 합니다. 또 전당 동지들이 중앙의 방침과 노선을 단호히 실행한 덕분이자 각급 통일전선 부서에서 열심히 노력한 결과이기도 합니다. 몇 년간 덩샤오핑 동지, 예젠잉 동지, 리셴녠 동지들은 국내 당 외 인사와 국외 화교, 화예(華裔, 외국에서 태어나 그 나라의 국적을 취득한 화교의 자녀 – 역자 주)인사를 많이 접대하면서 친구도 많이 사귀었습니다. 천원 동지는 앞에 나서는 경우가 비교적 적었으며, 주로 경제와 당의 건설에 정력을 쏟아 부었습니다. 그러나 그도 통일전선 문제에 대해서는 특별히 관심을 주었습니다.

통일전선 부서의 업무를 평가할 때 만점을 줄 수 있을까요? 저는 그러지 않는 것이 좋다고 봅니다. 그럼 9점, 아니면 9.2점이나 9.3점은 어떨까요? 최근 몇 년간 통일전선 업무를 '지나치게'너무 많이 강화한다는 의견도 들었습니다. 그 뜻은 통일전선 업무가 '우'측 경향을 보이고 있다는 것입니다. 이러한 의견은 완전히 그릇되었다고 저는 생각합니다.

사실상 최근 몇 년간 통일전선 업무를 지나치게 강화한 것이 아니라 오히려 제대로 추진하지 못했고, 너무 많이 한 것이 아니라 오히려 적게 했으며, 완벽하게 해낸 것이 아니라 오히려 완벽함과는 일정한 거리가 있습니다. 그렇기 때문에 마오쩌둥 동지가 제창한 이분법의 과학적인 태도와 방법을 적용해 성적을 인정하고 단점을 지적할 것을 동지들에게 건의합니다. 그래야만 우리는 진정으로 명석한 두뇌로 향후 통일전선 업무를 더 많이, 더 충분히 그리고 더 잘 이끌어 나갈 수 있을 것입니다.

둘째, 우리 당은 마땅히 통일전선 업무를 어떻게 보아야 할까요?

통일전선 업무를 잘 이끌어 나가려면 우선 통일전선 업무가 새로운 역사적 시기에서의 엄청난 중요성을 가지고 있다는 점을 충분히 깨달아야 합니다. 현재 통일전선 업무 종사자를 비롯한 다수의 동지들이 이 부분에 대한 인식이 따라가지 못하고 있습니다. 그러나 만약 우리가 이 문제를 해결하지 않는다면 통일전선 업무를 근본적인 차원에서 추진할 수가 없습니다. 걸림돌이 되기 때문입니다.

오랜 세월의 민주혁명에서 우리 당은 통일전선을 비롯한 3대 보배를 바탕으로 혁명의 철저한 승리를 거두었는데, 이는 이미 역사에 의해 입증되었습니다. 현대화한 사회주의 강국을 건설하는 새로운 역사적 시기에 통일전선이 과연 필요할까요? 또 효과가 있을까요? 중앙은 전 당 동지들에게 새로운 역사적 시기에 그리고 향후 아주 긴 역사시기 내에 통일전선은 여전히 필요하고 중요할 뿐만 아니라 강대한 생명력이 있는 우리 당의 보배라는 점을 명확히 알려주고 특히 강조하고 싶다고 했습니다.

우리는 조국을 건설하고 통일을 실현하며 국제 패권주의를 반대하는 3가지 역사적 임무를 완수해야 한다고 얘기하지 않았던가요? 그러니 통일전선을 떠나면 절대 안 됩니다. 만약 우리가 통일전선을 경시하거나 포기한다면 큰 어려움을 겪게 되고 심지어 심각한 좌절과 실패를 맞보게 될 것입니다. 더 명확하게 말한다면 우리나라에서 계급이 없어지지 않고 무산계급 선봉대인 중국공산당이 없어지지 않는 한 그 어느 때라도 불가피하게 우리 당이 영도하는 통일전선은 계속 존재할 것이라는 점입니다.

랴오청쯔 동지가 "현재 국제 범위에서의 반침략 확장의 통일전선과 국가 범위에서의 애국 통일전선 두 가지가 존재한다."는 아주 훌륭한 말을 했습니다. 후자를 더 보완해서 말하면 전체 사회주의 노동자, 사회주의를 옹호하는 애국자와 조국 통일을 수호하는 애국자와의 통일전선을 말하는 것입니다.

전 당의 동지들은 무산계급의 고군분투나 농민계급이 보태는 힘만으로 우리가 직면한 위대한 임무를 완수할 수 있을 것이라는 환상을 버려야 한다는 점을 반드시 명기해야 합니다. 모험주의는 반드시 실패합니다. 역사와 현실 경험은 우리에게 노동자와 농민의 연합을 바탕으로 단합할 수 있는 모든 힘을 단합시켜야만 우리의 사업이 승리할 수 있다는 점을 거듭 알려주었습니다. 앞으로 상당히 긴 시간 동안 통일전선 업무 대상이 갈수록 늘어나고 범위가 좁아지는 것이 아니라 오히려 점점 더 넓어질 것이라는 여러분들의 견해에 저는 적극 동의합니다.

국가 범위에서의 애국 통일전선을 놓고 볼 때, 우리 당에 어떤 통일전선 대상이 있을까요? 대체로 아래와 같은 10가지 부분으로 열거할 수 있습니다. 첫째, 민주당파, 둘째, 무당파 유명인사 그중에서 주로는 애국인사입니다. 일부는 애국 표현이 많지 않은 자도 있지만 여전히 단합할 수 있는 구사회의 유명인사입니다. 셋째, 당원이 아닌 지식인 간부, 이 부류의 규모가 상당합니다. 넷째, 봉기를 일으켰거나 투항한 전 국민당 군정인사. 다섯째, 전 상공업 종사자. 여섯째, 소수민족의 고위인물, 일곱째, 나라를 사랑하는 종교 수령. 여덟째, 타이완으로 넘어간 자 가운데서 대륙에 남은 가족과 친척. 아홉째, 홍콩과 마카오 친구. 열 번째, 귀국 교포와 외국 교포.

위 10개 부류의 규모는 대체 얼마나 될까요? 아마 수백만, 수천만이 아닌 수억 명에 달할지도 모릅니다. 이토록 방대한 규모의 통일전선 대상을 상대로 우리는 그들에게 단합을 강조함과 동시에 주동적이고 적극적이며 세밀하게 업무를 추진하도록 해야 합니다. 위 10가지 가운데서 첫째부터 다섯째는 주로 통일전선 부서에서 추진하고, 여섯 번째와 일곱 번째는 민족사무위원회와 종교사무국에서 실시하며, 마지막 3개 부분은 랴오청쯔 동지가 주관하는 몇몇 부서에서 책임지도록 해야 합니다.

여러 부서 간에 분공이 명확히 해야 할 뿐만 아니라 서로 협력하고 힘을 합쳐야 합니다. 이를 통일적으로 영도하고 분공해 협력한다고 말합니다.

단지 인원수 규모가 많은 것만 아니라 수억 명에 달하는 통일전선 대상들에게 장점이 아주 많다는 점에도 주의를 돌려야 합니다. 첫째, 그들은 지식이 풍부하고, 둘째, 사회적 연계가 있으며, 셋째, 나라를 위해 이바지하려는 강한 염원이 있습니다. 위 3가지가 주요한 부분일 뿐만 아니라 우리가 결코 경시해서는 안 되는 극히 중요한 부분이라고 저는 생각합니다. 이들 가운데서 일부에게 이런저런 결함이 있고, 심지어 착오도 있다는 건 사실이지만 우리가 전면적으로 평가한다면 이러한 부분이 부차적이고 이미 지나간 과거라는 점을 볼 수 있습니다. 만약 우리가 후자만 강조하고 주요한 부분을 보지 못한다면 대담하게 행동하지 못하고 피동적 위에 처하게 되면서 그들을 단결시키지 못할 것입니다. 그러면 자연히 통일전선의 새로운 국면도 개척할 수 없게 됩니다. 그렇기 때문에 통일전선 업무의 실제 상황에서 볼 때 중앙은 현재도 그렇지만 앞으로도 계속해서 '좌'의 영향을 숙청함으로써, 폐쇄주의 적으로 · 독단적으로 결정을 내리는 착오적 경향을 방지하고 극복해야 합니다.

일부 동지들은 이러한 문제를 제기했습니다. "통일전선 부서에서 상급기관으로서의 갑질하는 기풍은 없는지? 실행하는데 두려워하는 심리는 없는지? 누군가 찾아와 '수정주의' 혹은 '우경'이라는 말을 들을까봐 두려워서 남을 훈계하려는 스타일은 아닌지?" 이러한 문제는 아주 잘 제기했다고 봅니다. 통일전선 부서에서 상급기관으로서의 갑질하는 기풍이 있어서는 안 되고, 통일전선 부서를 당 외 친구의 집으로 만들어나가야 합니다. 절대로 실천하는데 두려워하는 심리가 있어서는 안 되며, 중앙의 정확한 방침과 정책을 단호하게 믿고 실행해야 합니다. 또 남을 훈계하려는 태도를 가지지 말고 평등하게 논의하고 서로 교류하는 식으로 당 외의 친구들을 대해야 합니다.

당과 비당의 관계문제에서 전 당 동지들이 자체 문제를 어떻게 정확히 대해야 할지에 대해 한발 더 나아가 제기해야 합니다. 전반적으로 볼 때 중국혁명에 대한 우리 당의 기여는 중국 근대 혁명운동에서의 그 어떤 정치 역량보다도 더 크게 추월했습니다. 이는 중국혁명에서 결코 반론할 여지조차 없는 역사적인 사실입니다. 만약 이렇게 하지 않으면 우리당이 어찌 영도 자격을 얻고 영도 역할을 할 수 있었겠습니까? 우리당이 이토록 위대하고 영도

지위에 있다고 하여 당원들이 반드시 당 외 인사들보다 특출하거나 뛰어나다고 여겨서는 안 됩니다. 개개인을 놓고 볼 때 상당수의 당원이 당 외 인사보다 출중하다고는 장담할 수 없습니다. 일부 당원들은 심지어 당 외 민주인사에 한참 뒤져있습니다.

공산당원이라 자칭하는 일부 사람들이 지식수준이 낮은 것은 물론 대중과의 연계가 없을 뿐만 아니라 자국이 늘 다른 국가에 뒤져있다는 자괴감에 빠져 있기도 합니다. 최근 베이징시 모 공장에서 공장장을 선출했는데 기존의 공장장이 3표, 당지부 서기가 1표를 얻은 반면, 당원이 아닌 일반 노동자가 뜻밖에 공장장으로 됐습니다. 이로부터 일부 당원들이 대중을 이탈해 대중들의 눈 밖에 났을 뿐만 아니라 스스로를 제대로 파악하지 못하고 있는 상황이 얼마나 심각한 수준인지를 알 수가 있습니다. 그렇기 때문에 우리 동지들은 수억 명의 통일전선 대상뿐만 아니라 자신도 정확하게 보아야 합니다. 그래야만 진정으로 아문(衙門, 관아의 총칭 – 역자 주)의 기풍을 타파하고 두려운 심리를 없애고 남을 훈계하는 태도를 바로잡는 것 외에 온갖 당 외 인사들과 친구를 사귀고 안면만 있던 친구가 진정한 친구로 되고, 속마음을 털어놓고 영광스러움과 수치스러움을 함께 하는 관계로 발전할 수 있는 것입니다.

전 당의 동지들, 그리고 당 외 친구들에게 새로운 역사시기에 당 외 친구들과 진정으로 속마음을 털어놓고 '영광'과 '수치'를 함께 하는 관계로 발전해야 한다는 점을 명확히 제기해야 한다고 저는 생각합니다. 지난 한 시기 동안 우리는 여러 부분에서 당 외 친구에게 미안한 일을 많이 했습니다.

당연히 전 당 동지들이 모두 이러한 도리를 깨닫게 하려면 하루아침에 해낼 수 있는 일은 아닙니다. 그러나 1982년 이전까지 만약 전 당 각급 영도간부 중에서 30%의 동지들만이라도 이러한 도리를 깨닫는다고 가정해보십시다. 우선 통일전선 업무 종사자들이 이 도리를 깨닫는다면 업무를 추진하기가 더 쉬워질 것입니다.

셋째, 현재 국가 범위에서 통일전선 업무 중 몇 가지를 확실히 해야 할까요? 저는 후췌원, 후즈양 두 분이 건의서에서 제기한 건의에 따라 추진하는 과정에서, 아래와 같은 4가지 대사를 확고히 해야 한다고 생각합니다.

첫째, 새로운 시기의 통일전선 업무의 중요성을 홍보해야 합니다.

건의서에는 이러한 홍보와 교육이 '좌'의 독버섯 같은 영향을 숙청하고 통일전선 업무의 효율을 향상시키는 '요점'이라고 했는데, 이는 아주 정확한 표현입니다. 새로운 역사적 조건에서 통일전선의 내용과 의미, 그리고 역할을 어떻게 정확하게 인식할지는 다수의 동지들이 현재까지 해결하지 못한 큰 문제입니다.

그러려면 우리가 사상·이론과 정책 차원에서 전 당 특히 통일전선 업무 종사자의 인식을 향상시켜야 합니다. 여기서 말하는 통일전선 업무 종사자에는 통일전선 부서 외에도 홍보, 문화와 교육부서, 그리고 조직 부서 종사자들이 포함됩니다. 우선 이들의 사상을 무장시키고 이들을 통해 전반적인 국면에 영향을 미쳐야 합니다.

새로운 시기 통일전선 업무에 대한 인식을 어떻게 향상시켜야 할까요? 근본적인 방법은 마르크스·레닌주의, 마오쩌둥 사상의 이론원칙과 당의 역사 경험을 오늘의 새로운 역사적 조건과 당의 새로운 시기에서의 방침 임무와 긴밀히 연결시킨 후 통일전선의 이론과 정책문제의 재교육을 실시하는 것입니다.

여러 부분에서 통일전선 업무를 하는 동지들을 조직해 3중전회 이후의 당의 노선, 방침과 정책을 열심히 학습하고 연구해야 합니다. 그리고 통일전선 문제에 관한 마오쩌둥 동지의 저술도 다시 읽어보아야 합니다. 마오쩌둥 동지는 통일전선 문제에서 마르크스·레닌주의에 대해 크게 기여했습니다.

마오쩌동 동지가 만년에 심각한 착오를 범했다고 하여 그의 과학적인 사상 재부를 경시해서는 절대 안 됩니다. 우리는 마오쩌동 동지의 찬란한 저술 속에서 새로운 지혜와 힘을 받아들여 향후의 통일전선 업무를 발전시켜 나가야 합니다.

당연히 이러한 홍보와 교육을 점차 전개해 나가야지 단숨에 배를 불리려고 해서는 안 됩니다. 1982년에 전 당의 범위에서 통일전선 문제와 관련된 재교육을 실시할 것을 주장하는 건의도 있었는데, 사실 이는 실행되기가 어렵다고 봅니다. 우선 통일전선 업무를 맡은 부서에서 전개한 후, 일부 동지들을 통해 여론을 조성하는 것이 비교적 실행가능한 방법입니다. 이론을 학습하고 정책을 홍보하며 선진 사례를 찬양하고 처리하지 않는 자를 비판한다면 여론 영향이 아주 클 것입니다.

둘째, 여러 민주당파와 상공업연합회 등 인민단체에서 자주적으로 업무를 전개하도록 권리를 주고 그들의 적극성을 충분히 발휘시켜야 합니다.

통일전선 업무 중에서 대중노선을 걷는 과정에서 극히 중요한 부분이자 당 외의 친구들을 단결시켜 사회주의 현대화 건설을 위해 힘을 보태는 데도 극히 중요한 모델입니다.

중국혁명이 곧 항일전쟁 시기의 새로운 형성에 들어설 즈음에 마오쩌동 동지가 때에 맞춰 이렇게 지적했습니다. 반드시 상황에 적응해 대오를 동원하여 전투하는 방식을 바꿔야 하며, 통일전신이라는 무기를 활용해 동원시킬 수 있는 모든 혁명아군을 비롯한 천군만마를 단합시켜야 합니다. 마오쩌동 동지의 이러한 정확한 방침은 우리 당이 위대한 성공을 거둘 수 있도록 이끌었습니다. 항일전쟁 초기 화북과 화중에서의 업무 경험을 종합하면서 유소기 동지는 그때 일부 책임자들이 역사의 비약적인 발전에 적응하지 못하고 제때에 업무방식을 전환하지 못했으며 과감하게 업무를 추진하지 못한 탓에 항일전쟁의 새로운 국면을 개척하지 못했다는 중요한 교훈을 얻어 냈습니다.

현재 사업을 흥기시키는 첫 시작인 만큼 새로운 형세에 적응하고 대오를 동원할 수 있는 새로운 방식을 찾기 위해 노력해야 합니다. 통일전선 부서의 영향력은 제한되어 있습니다. 그러나 새로운 방식을 제대로 활용하고 민주 당파와 기타 통일전선의 성질을 띤 인민단체의 역할을 잘 발휘시킨다면, 우리는 단번에 현재보다 수 배에 달하는 힘을 모아 많은 일을 할 수 있을 것입니다. 예를 들면 두 분이 건의서에서 언급한 것처럼 중국민주건국회, 상공업 연합회에서 함께 주도적인 역할을 발휘하여 당과 정부에서 전 상공업자를 잘 배치하고 활용하도록 협조하는 것이 가장 설득력 있는 훌륭한 사례가 아닌가 싶습니다. 사실은 우리가 과감하게 추진하고 방침 · 정책과 방법 차원에서 적당하게 도움만 준다면 민주당파와 상업공연합회 등 인민단체도 수 많은 좋은 일을 할 능력이 갖췄다는 점을 이미 사실을 통해 거듭 입증되었습니다.

또 예를 들면, 타이완 거주 가족을 동원할 때도 그렇습니다. 그들이 타이완 거주 친척들에게 편지를 쓸 때, 일부 동지들은 도와주겠다면서 간섭하곤 하는데, 편지 첫 마디에 "안녕하세요"라고 씁니다. 그러나 타이완에서는 이런 말을 자주 쓰지 않습니다. 따라서 수십만, 수백만에 달하는 당 외 인사의 총명과 지혜를 발휘하도록 기회를 주는 것은 과학적인 영도방법을 배우고 당 외 친구들과의 관계를 개진하는 것은 큰 문제입니다. 수많은 민주인사들은 성적을 거둘 수 있습니다. 그렇게 된다면 앞으로 마르크스를 만났을 때 기쁜 마음으로 마르크스와 악수를 나누면서 우리는 좋은 친구라고 말할 수 있지 않겠습니까?

궁극적으로는 천군만마를 다루는데 능해야 합니다. 항일전쟁 초기, 당원이 고작 수만 명에 달했습니다. 그러나 방침과 정책이 정확한 덕분에 얼마나 많은 지식인과 애국심을 가진 옛 군관을 동원할 수 있었습니까? 결론적으로는 천군만마가 호탕하게, 그리고 빠르게 새로운 국면을 개척할 수 있었습니다. 이러한 역사적 경험은 우리가 충분히 연구해볼 가치가 있으며 새로운 역사적 조건 하에서 한층 발전시킬 필요가 있는 것입니다.

셋째, 민주당파, 지식인, 봉기를 일으킨 자, 전체 상공업자, 귀국 교포에 대한 정책을 비롯한 다양한 정책 실행을 확실히 해야 합니다.

10년 내란으로 수많은 당원들, 그리고 수많은 친구들이 '반혁명'으로 몰리면서 우리당의 정치적 신용이 치명적인 타격을 입었습니다. 현재 린뱌오와 '3인방'을 무너뜨린 지 이미 5년이라는 세월이 흘렀습니다. 그러나 정책을 실행함에 있어서 여전히 문제점들이 많습니다. 노 간부를 상대로 한 정책 실행이 그나마 괜찮았지만 기타 부분은 비교적 뒤져 있습니다.

우파에 대한 개정이 비교적 빠른 반면, 잔류된 문제도 적지 않았습니다. 일부 지방은 정책 실행이라고 하면 우선 자금과 조건부터 요구했습니다. 사실상 모두 그렇게 어렵거나 모두 자금을 요구하는 것만은 아니었습니다. 예를 들면 직무를 배치함에 있어 통일전선 부서는 건의를 제기할 수 있지 않은가요? 또 예를 들면 결론을 내리고 명예를 회복하는데 무슨 자금이 필요합니까? 일자리를 배치하는데 반드시 자금이 필요한 것은 아닙니다. 집체소유제와 개인소유제를 확대하는 방법이 있지 않은가요? 비교적 어려운 부분은 주택문제입니다.

이 문제는 한 걸음 한 걸음 천천히 해결할 수밖에 없습니다. 정책실행 문제에서 어려움만 호소하는 것이 결코 옳지만은 않다고 저는 생각합니다. 어려움이 그토록 많다면 어찌 일부 성·시에서는 이미 아주 착실하게, 그것도 아주 훌륭하게 실행할 수 있었겠습니까? 마땅히 그들의 훌륭한 경험을 따라 배워야 합니다!

정책실행을 제대로 하지 못한다는 것은 서기처에 책임이 있고, 통일전선 부서와 기타 관련 당국에도 일정한 책임이 있습니다. 상황을 제대로 이해하지 못하고 있으니 자연히 공정하게 말하지 못하는 것입니다. 방금 전 펑총(彭沖)[208]동지가 주은래 동지가 종합한 16자를 언급했습니다. "상황 이해, 정책 관장, 안사 배치, 관계 조정", 참으로 훌륭한 종합입니다. 그러나 현재 통일전선 부서의 일부 동지들은 이 부분에서 위 수준에 이르지 못했습니다. 일부 동지들은 아직도 문을 닫아걸고 언제 '좌'의 착오를 범할지, 언제 '우'의 착오를 범할지 두려워서 천전긍긍하고 있습니다. 이러한 심리를 가지고 어찌 통일전선 업무를 제대로 이끌어 나갈 수 있겠습니까?

이러한 동지들이 마음가짐을 바꾸고 끝없는 고민을 훌훌 털어버림과 동시에 통일전선 업무를 잘 해나가고 도의상 거절하지 말아야 합니다. 여기서 말하는 도의는 사회주의와 공산주의의 뜻이 포함됩니다. 사회주의와 공산주의 사업을 위해서라면 최선을 다해야 합니다. 당연히 사상문제 외에 린뱌오와 '3인방'과 옛정이 남아 있는 일부 사람들에도 경각성을 높여야 합니다.

그들이 알면서도 처리하지 않는다면 이는 또 다른 성질의 문제입니다. 총체적으로 무산계급 정당은 마땅히 신용을 지켜야 합니다. 거듭 강조해왔지만 만약 향후 2년 내에 정책을 여전히 제대로 실행하지 못할 경우 국내외 친구들이 물어본다면 우리는 무슨 면목으로 그들을 대하겠습니까? 제가 한 이 말을 반드시 성·시·자치구 당위에 전달해주길 바랍니다. 중앙 급과 성·시·자치구 급에서 우선 제대로 실행해야 합니다.

당나라 문학가 한유(韓愈)가 조주자사(潮州刺史)로 지낼 때 지은 「제악어문(祭鱷魚文)」의 내용은 이러합니다. 당시 그 지방에 악어 피해가 심각했습니다. 그래서 한유는 악어에게 기한 내에 바다로 돌아가라는 명령을 내렸습니다. 그는 이렇게 말했습니다. "3일 안에 안 가면 5일까지 기다리고, 5일이 되어도 안 가면 7일까지 기다리겠다. 7일이 되어도 가지 않는 것은 가고 싶은 생각이 없는 것이다."

이는 '완고하여 융통성이 없는 표현이므로' 항명으로 처벌해야 합니다. 현재 우리는 한유의 이 말을 적용해도 무방합니다. 우리는 1년에 실행하지 않으면 3년을 기다리고, 3년에 실행하지 않으면 5년을 기다리며, 5년에 실행하지 않으면 7년을 기다릴 것입니다. 여러분 올 한해가 지나면 6년째이고 내년이면 7년째가 됩니다. 7년 동안 실행하지 않는다는 것은 완고하게 명을 어기는 것이나 다름없습니다. 그러니 합리적이지 않습니까? 여기의 문제는 사실 중앙에 대한 태도, 정치적 차원에서 중앙과 일치성을 유지하는 문제와 연관됩니다. 이토록 중요한 원칙문제를 애매모호하게 할 수 있겠습니까?

넷째, 당 외 인사를 반드시 타당성 있게 배치해야 합니다.

금년 12월에 5기 인대 제5차 회의를 소집합니다. 전국 인대 대표의 배치 문제는 그 때가서 논의할 예정입니다. 그러나 각 성·시·자치구의 인대와 정협의 배치·조정, 그리고 각 민주당파와 인민단체의 소속자들은 배치 문제를 적절하게 늘리고 현재부터 점차적으로 조정할 수 있습니다. 향후 당 외 인사에 관한 배치 문제는 통일전선 부서에서 책임지고, 당 외 인사와 논의한 후 건의를 제기해야 합니다. 중앙에서 지방에 이르기까지 각급은 모두 이 방법대로 실행해야 할 것입니다.

여기서 명확히 해야 할 문제는 전국의 각 성·시·자치구를 비롯한 당 외 대표인물들의 경우 비록 연세가 들었다 해도 여전히 열정적이고 건재하다면 그들의 위치를 보류해야지 마음대로 바꿔서는 안 됩니다. 종신제를 폐지하자고 하는 것은 집권당을 상대로 한 것이지 민주당파에도 이를 적용하겠다는 뜻은 아닙니다. 일부 민주인사들의 겸직 현상이 심각한데 이도 적당히 해결해야 합니다. 동시에 당 외의 인사 배치에서도 일부 새로운 인물을 받아들이는데 주의를 돌려야 합니다. 신인들은 너무 젊어서 안 되고 일부 중년을 받아들이는 것은 필요합니다. 올해 안에 만약 전국적으로 5천 명의 당 외 인사를 추가 배치한다면 통일전선의 분위기가 많이 달라질 것이며, 통일전선의 업무도 크게 발전할 것입니다.

여기서 종교와 민족문제를 의식적으로 얘기하지 않았다는 점을 추가로 설명하고 싶습니다. 민족문제에 대해 중앙에서는 이미 여러 차례 지시를 내렸기 때문에, 우란푸·양징런(楊靜仁)[209] 등 동지들의 건의에 귀를 기울이는 것이 좋을 듯싶습니다. 종교문제는 너무 복잡해 단번에 명확히 설명할 수 없고 서기처에서 최근 특별히 논의할 예정입니다.

다섯째, 통일전선 업무 종사자에게는 어떤 희망이 있겠습니까?

희망을 얘기하기 전에 먼저 구체적인 건의를 얘기하고자 합니다.

회의에서 통일전선 부서에 일손이 너무 부족하다고 했습니다. 만약 일손이 너무 부족하다면 인재 유치를 고려할 수 있다고 저는 생각합니다. 어찌됐든 현재 간부가 아주 많으니 기타 부서의 간부 중 일부를 통일전선 부서에 전근시킬 수 있습니다. 편제를 조정하는 문제가 붙긴 하지만 편제를 늘리는 문제는 없습니다.

일부 통일전선 부서의 주요한 영도 간부들이 연로하고 몸이 약하다는 문제를 제기했습니다. 이러한 상황이 나타난 곳에는 적당하게 조정할 수 있고, 나이가 어리고 체력이 튼튼한 동지를 받아들일 수 있습니다. 그러나 여기서 두 가지 문제에 주의를 돌려야 합니다.

하나는 각급 통일전선 부서의 일부 동지들은 수십 년간 당의 통일전선 사업을 위해 묵묵히 수많은 업무를 해왔습니다. 그러니 그들을 잘 보살펴야 합니다. 당위의 여러 부서 가운데서 통일전선은 노 간부가 가장 많은 부서라고 일부 동지들은 말했습니다. 조직부에서 이들 원로 동지를 어떻게 보살필지에 대해 고민해 보길 바랍니다. 수십 년간 통일전선 사업에 충성을 다했는데 결론적으로 쓸쓸하게 떠나보낸다면 얼마나 서운해 하겠습니까. 후자를 격려하는데도 전혀 도움이 되지 않습니다.

둘은 그럼 누구로 대체해야 할까요? 통일전선 업무의 성질에 따라 아래와 같은 3가지 조건에 유의해야 합니다. ① 당내에서 일정한 위망이 있어야 합니다. 그래야만 당 외 인사와 교류하는데 이롭습니다. ② 정책을 알아야 합니다. 정책을 전혀 모르고 줄곧 '좌'를 중시하는 자는 적합하지 않습니다. ③ 통일전선 업무 종사자는 열정이 넘쳐야 합니다. 노 동지들 가운데서는 이러한 동지들이 많습니다. 만약 제2선으로 물러난 성위 서기를 통일 전선부 부장이나 고문으로 다시 모셔 와도 좋지 않겠습니까?

현재 원로 동지들이 덩샤오핑 동지와 천원 동지와 같은 원로 세대 혁명가들을 따라 배울 것을 제창해야 한다고 저는 생각합니다.

첫째, 그들은 자신보다 자질이나 위망이 낮고 능력이 떨어지고 경험이 못한 동지들이 올라올 수 있도록 진심으로 도와주는 한편, 자신은 제2선으로 물러나고 뒤로 배치하며, 이를 당과 인민에 대한 자신의 영광스러운 책임과 즐거운 일로 간주하고 있습니다.

둘째, 소소한 일은 제1선의 동지들이 처리하도록 손을 놓고 대사에서는 제1선에 있는 동지를 도와 건의를 제기하는 것입니다. 위 두 가지를 전 당에서 적극적으로 제창할 만하다고 저는 생각합니다. 현재 일부 원로 동지들이 물러난 후 고문으로 임용된 것은 좋은 일입니다. 그러나 소소한 일만 하고 대사는 전혀 고민하지 않습니다. 또 이런저런 사소한 일에는 고집을 세우고 왜 지시하지 않느냐며 캐묻습니다. 이래서야 어찌 되겠습니까. 전반적으로 위망이 있는 동지들을 제2선으로 물러나게 하고, 젊은 청년들을 제1선으로 승격시키는 것은 당과 나라의 흥망성쇠, 장기적인 안정과 관계되는 근본적인 결정입니다.

통일전선 업무는 전 당에서 해야 한다며 통일 전선부는 단지 참모부일 뿐이라고 얘기하는 동지들도 있습니다. 맞는 말입니다. 그러나 참모부가 무엇인지 명확히 해야 할 필요가 있다고 봅니다. 참모부라는 것은 첫째, 건의를 제기하고, 둘째, 업무를 처리하는 곳입니다.

참모를 낡은 사회의 문객과 건의를 제기하는 자로만 간주해서는 안 됩니다. '문화대혁명'이전 이웨이한 동지가 통일 전선부 업무를 주재했을 때 그가 얘기한 것처럼 확실히 '좌'에 속하는 부분이 있긴 했지만, 그때 통일 전선부는 그래도 성실하게 조사연구하고 경험을 종합하고 계책을 내놓고 방침을 제정하는 등 여러 부분에서 훌륭한 모습을 보였습니다. '좌'에 속하는 부분이라면 명을 받고 일을 처리하는 것인데 앞으로는 더 이상 옛일을 들추지 말았으면 합니다.

현재 통일전선 업무 종사자들에 대한 중요한 바람을 얘기하려고 합니다.

이 회의를 빌어 통일전선 업무 종사자들이 주은래 동지의 훌륭한 사상·기풍과 풍격을 따라 배우기 위해 노력할 것을 제창합니다.

모두 아시다시피 마오쩌동 동지가 중국혁명의 경험을 종합해 우리당에 3대 보배를 제정했습니다. 그중 첫 번째 보배가 바로 통일전선입니다.

실제 투쟁 가운데서 중국 민주혁명 시기와 사회주의 시기 수십 년 동안 우리 당이 영도하는 혁명 통일전선을 건립하고 공고히 하고 발전시키기 위해 가장 큰 기여를 한 자는 다름 아닌 주은래 동지입니다. 주은래 동지는 건당 이래 통일전선 업무에 종사해온 첫 모범이 되기에 전혀 손색이 없습니다. 그는 우리 당과 중국혁명 사업을 위해 수많은 당 외 친구들을 단합시키고 교육했습니다.

그는 국내외 친구들로부터 숭고한 위망(威望, 위세와 명망 – 역자 주)을 얻었으며 우리 당의 영광을 배가시켰습니다. 우리 당이 투쟁과정에서 실수를 범하고 좌절하고 있을 때, 주은래 동지의 숭고한 이미지 덕분에 수많은 친구들이 우리의 많은 실수를 이해하고 용서함으로써 우리 당에 대한 동정과 신념을 증강시켰습니다. 주은래 동지가 평생 중국혁명 통일전선을 위한 위대한 기여, 그가 남긴 영광스러운 이미지와 사상은 영원히 빛날 것입니다. 그렇기 때문에 우리를 비롯한 통일전선 업무 종사자들은 모두 주은래 동지를 따라 배우기 위해 최선을 다해야 합니다.

그렇다면 무엇을 배워야 할까요? 저는 기본적으로 아래와 같은 4가지로 종합했습니다.

첫째, 무산계급이 반드시 전 인류를 해방시킬 것이라 굳게 믿는 주은래 동지의 원대한 안목과 혁명 기개를 따라 배우기 위해 노력해야 합니다.

『공산당선언(共產黨宣言)』에서는 무산계급자가 혁명에서 고작 속박을 잃었지만 거의 전 세계를 얻었다고 언급했습니다. 마르크스는 무산계급은 전 인류를 해방시켜야만 나중에 자신을 해방시킬 수 있다고 말했습니다.

주은래 동지도 이 같은 마르크스주의의 원대한 안목과 혁명 기개가 있고 이를 통일전선 업무를 비롯한 자신이 종사하는 모든 실제 업무에 관철시켰습니다. 따라서 그는 힘들고 굴곡적인 중국혁명의 위대한 투쟁에서도 가장 위험하고 가장 어렵고 가장 복잡한 곳으로 스스럼없이 내려갔으며, 입지가 확고하고 위험을 전혀 두려워하지 않을 뿐만 아니라 추호의 동요와 망설임도 없었던 것입니다. 주은래 동지가 원대한 안목과 혁명적 기개를 갖고 있었던 덕에 그 어떤 복잡한 환경 속에서도 줄곧 숭고한 이상과 결백한 절개를 유지할 수 있었고, 진흙 속에서 나왔으면서도 더러움에 물들지 않을 수 있었습니다. 또한 기백이 넘치고 도량이 넓어 전 인류를 해방시키는 높이에서 동원할 수 있는 모든 사람을 동원하고 단합시킴으로써 사상·정치와 도의 차원에서 위대한 무산계급 혁명가의 사상 위력을 고스란히 보여주었습니다.

둘째, 평등하게 대우하는 주은래 동지의 민주 사상을 따라 배워야 합니다.

그 어떤 강대한 적들 앞에서도 주은래 동지는 기개가 비범한 호한이었으며, 인민과 인민의 친구들 앞에서는 단 한 번도 멋을 부려본 적이 없습니다. 그는 늘 평등하게 대우해 주고 차근차근 잘 일깨워줬으며, 친구들과 논의하는 과정에서 그들의 수준을 업그레이드시켰으며, 심지어 그의 지도를 받고 있음에도 불구하고 그 누구도 전혀 억지로 지도받고 있다는 감이 들지 않도록 했습니다.

영도자의 지위로는 사람들에게 지식과 경험을 가져다 줄 수 없다는 점을 깊이 깨닫고 있었기 때문에 그는 늘 대중을 상대로 널리 친구를 사귀고 대중들과 항상 긴밀한 연락을 취하는 한편, 다양한 방식으로 허심탄회하게 얘기했으며, 대중의 지혜를 받아들여 자신을 제고시켰습니다. 또한 친구들을 열정적으로 도와주고 사람들이 발전할 수 있도록 격려해주었습니다. 이 때문에 주은래 동지는 사상이 경직되지 않고 생명의 마지막 순간까지 활력을 유지할 수 있었던 것입니다.

셋째, 불의를 보면 참지 못하는 주은래 동지의 혁명 풍격을 따라 배워야 합니다.

주은래 동지는 혁명투쟁에서 가장 어려운 임무를 과감하게 떠안았을 뿐만 아니라, 혁명 대오 내부의 시비 문제가 있으면 과감하게 공평하게 주재했습니다. 정확하다고 생각되면 과감하게 자신의 주장을 견지했고, 착오를 범했으면 과감하게 자아비판을 했습니다. 또 남이 착오를 범하면 열정적으로 도와주고, 억울함을 당했으면 억울함을 풀어주기 위해 바른 말을 했으며, 자신의 영도 과정에서 생긴 문제는 과감하게 책임을 짊어지는 등 간부로서의 품격을 적극적으로 보여주었습니다. 당연히 주은래 동지도 '문화대혁명'에서 본의에 어긋나는 말을 하기도 했습니다. 그러나 '문화대혁명'은 극도로 복잡하고도 특수한 조건에 있었기 때문에 주은래 동지가 당과 인민을 보호하기 위해 얼마나 귀중한 기여를 했는지는 전 당 동지들이 모두 깊이 알고 있습니다. 그 어떤 일에서도 정의를 외치고 불의를 보면 참지 않았습니다. 이것이야말로 공산당원이 마땅히 가져야 할 풍격이 아니겠습니까?

넷째, 자기 단속에 엄한 주은래 동지의 고상한 품격을 따라 배워야 합니다.

그는 늘 자신의 단점을 강조하면서 자신에 대한 요구를 아주 엄격히 했습니다. "늙을 때까지 일하고 공부하고 개조해야 한다."는 것은 그가 늘 하는 말이자 스스로 실천에 옮긴 명언이기도 합니다.

이는 우리 전 당 동지들의 좌우명이 되어야 합니다. 그는 몸소 행동으로 가르치는 것을 중시하고, 몸소 체험하고 최선을 다해 실천했으며, 주변의 동지들에 대해서도 줄곧 엄격하게 요구했습니다. 그는 부지런히 일하고 업무를 시작하면 낮과 밤을 가리지 않았습니다. 이러한 날이 수십 년을 하루와 같이 지속되었으며, 심지어 중병을 앓고 나서도 나태해진 적이 단 한 번도 없었습니다. 그의 이러한 사상을 중국 인민들이 영원히 기억하고 있을 뿐만 아니라 수많은 외국친구들도 이에 엄청난 감동을 받았습니다.

이상의 네 가지 만으로 주은래 동지의 위대함을 종합했다고는 생각하지 않습니다. 그러나 주은래 동지를 따라 배워야 할 내용만은 아주 충분하다고 생각합니다.

주은래 동지가 우리 곁은 떠난 지 어언 6년이라는 세월이 흘렀습니다. 방금 전에도 얘기했듯이 통일전선 업무에 대한 그의 거대한 기여와 그의 사상·품성·품격은 영원히 빛날 것입니다. 우리를 비롯한 통일전선 업무 종사자들은 모두 그를 스승으로 모셔야 합니다. 비록 주은래 동지가 우리의 곁을 떠나기는 했지만, 전국 통일전선 부서의 간부들은 주은래 동지가 개척에 참여하고 정성껏 육성해낸 통일전선 사업의 후계자들입니다.

우리는 옛 사람들 앞에서 한 점 부끄러움이 없도록 해야 하며, 그 어떤 나약하고 무능한 사상이 있어서는 안 됩니다. 새로운 역사적 시기에 우리는 통일전선 업무의 새로운 국면을 개척할 자신감을 가지고 있고 능력도 있으며 또 그렇게 할 수 있는 방법도 가지고 있다는 것을 늘 간직하고 있어야 할 것입니다.

대외 경제관계 문제에 대하여*

(1982년 1월 14일)

새로운 국면을 개척해 대외경제 관계의 전면적인 발전을 지도하기 위해 중앙과 국무원은 체계적이고 무게 있는 문서를 작성해야 합니다. 이 문서는 대외경제 관계의 일련의 근본적인 문제를 언급하고 정면과 반면의 역사적 경험과 새로운 경험을 종합해 명확하고도 유력한 방침과 정책을 제기해야 합니다.

현재 몇 가지 건의를 제기합니다.

첫째, 대외경제 관계가 대체 어떤 성질의 문제일까요?

몇 년 전 덩샤오핑 동지가 대외경제 업무는 중국의 4개 현대화 건설과 관계되는 전략적 문제라고 제기했습니다. 이에 저는 전적으로 동의합니다.

앞부분에서 저는 '대외경제 관계'라고 언급했지 '대외무역'이라고는 하지 않았습니다. 대외경제 관계 내용이 대외무역보다 훨씬 넓기 때문입니다. 유명한 마르크스의 『경제학수고(經濟學手稿)(1857-1858년)』의 '머리말'에서는 사회생산의 여러 고리 및 그 관계를 설명한 후 '생산의 국제관계'연구를 제기하고, '국제 분공', '국제 교환', '수출과 수입', '환율'등의 내용[210]을 경제학의 전문 분야로 정립하여 이 관계를 연구해야 한다고 했습니다.

---

* 이는 후야오방 동지가 중공중앙서기처 회의에서 발표한 연설문이다.

아주 중요한 이러한 제시가 현대의 조건 하에서는 경제문제가 한 나라의 현상이 아니라 국제관계와 연결시켜 고찰해야 한다는 점을 간단명료하게 지적했습니다. 현재 중국의 대외경제 관계를 논의함에 있어 우리는 이 같은 마르크스의 중요한 관점을 경시해서는 안 됩니다.

　　극소수 국가를 제외한 당대 세계의 다수 국가는 모두 대외경제 관계 문제를 극히 중요한 위치에 놓고 있습니다. 다수의 국가와 지역, 예를 들면 일본·싱가포르와 홍콩은 심지어 대외경제 관계를 생사존망과 관계되는 중요한 문제로 간주하고 있습니다. 마르크스와 엥겔스는 100여 년 전에 자본주의 세계시장이 형성됨에 따라 여러 민족 간 경제의 상호 교류와 의존도가 기존의 폐쇄적이고 보수적이며 자급자족하던 상태를 점차 대신하게 되었다고 밝혔습니다. 최근 수십 년간 특히 제2차 세계대전 이후 이러한 상황이 전에 없이 발전했습니다. 이는 기본적인 역사적 사실이자 사회발전의 필연적인 추세이기도 합니다. 현재 중국의 대외경제 관계를 논함에 있어 절대 이 부분을 경시해서는 안 됩니다.

　　건국 이후 우리는 대외경제 관계에서 굴곡적인 과정을 겪었기 때문에 큰 발전을 가져오지 못했습니다. 폐쇄적이고 보수적인 태도를 취한 것만 탓할 것이 아닙니다. 그 당시의 역사적 원인이 따로 있었습니다. ① 미국을 위수로 하는 세계의 주요 자본주의 국가들에서 오랜 세월동안 우리를 적대시하고 봉쇄하면서 중국을 상대로 무역금지를 실시했기 때문입니다. ② 60년대부터 소련이 중국과의 경제 계약을 무시한 탓에 소련과 동유럽 일부 국가와의 경제관계가 대폭 축소되었습니다. ③ '문화대혁명'기간 동안 자력갱생 방침을 심각하게 왜곡했기 때문입니다. 자력갱생 방침은 정확했지만 이를 왜곡시켜 대외경제 관계와 대립시켰습니다. 이는 완전히 착오적인 조치입니다.

　　1972년부터 중국의 대외경제 관계 상황이 다소 변화되면서 조금씩 국면을 개척해 나가기 시작했습니다. 린뱌오와 '3인방'을 무너뜨린 후 특히 중국 공산당 11기 3중전회[77]를 개최하고서야 전 당에 대외경제 관계를 적극적으로 발전시키는 데에 관한 문제를 명확히 제기했습니다.

이는 덩샤오핑 동지가 제기한 것으로, 천원과 리셴녠 등의 동지도 모두 찬성했습니다. 미래지향적인 결정이라고 생각합니다. 훗날 1978년부터 1980년까지의 기간 동안 중국은 대외경제 관계가 기존과는 다른 중대한 진전을 가져왔습니다. 그러나 일부 구체적인 문제에서 약간의 오차가 생기기도 했습니다. 이를 본보기로 삼아 우리는 경험을 종합하면서 안정적으로 발걸음을 옮겨야 합니다. 그러나 이 때문에 뒤로 물러나거나 더는 대외 경제관계를 적극적으로 발전시키지 못하는 잘못이 생겨서는 안 됩니다. 경험을 종합하는 것은 사회주의 국가의 대외경제 관계를 더 나은 방향으로 발전시키기 위하는데 있습니다. 그렇지 않을 경우 3중전회의 방침에 부합되지 않습니다. 이제 막 호전되는 기세를 보이고 있는데 어찌 약간의 문제가 발생하였다고 하여 뒤로 물러날 수 있겠습니까?

얼마 전 중앙서기처는 사회주의 현대화 건설에서 국내외 자원을 활용하고 국내외 시장을 개척하며, 국내 건설과 대외 경제관계를 발전시키는 능력을 키워야 한다는데 입을 모았습니다. 이는 대외경제 관계의 전략적인 지위를 한층 명확히 한 셈입니다. 이러한 관점에 따라 우리는 대외경제 관계 문제에서 안목을 한층 넓히고 수준을 향상시켜야 합니다. 현재 우리는 경험을 종합한 것을 바탕으로 체계적인 사고와 지속적인 노력을 거쳐 일련의 정확한 방침, 정책과 조치를 제정함으로써 자국과 국제 상황에 어울리는 중국 대외경제 관계 발전의 길을 모색해내는데 주의를 돌려야 합니다. 그래야만 옛 것을 따르고 보수적인 여러 가지 낡은 관점이나 맹목성과 자각성을 효과적으로 극복하는데 새로운 국면을 개척하고 주도권을 관장할 수 있습니다.

둘째, 대외경제 관계발전을 현대화 건설의 중요한 전략적 문제로 간주하는 이유는 무엇일까요?

사실상 이는 현재 우리가 어떠한 역사적 조건에서, 어떠한 국정에서, 그리고 어떠한 유리하고 불리한 조건에서 현대화를 건설하는 지에 대한 문제를 어떻게 명확히 인식할 것인가 하는 문제입니다.

우리에게 유리한 조건이 아래와 같은 4가지라고 생각합니다.

① 타이완을 제외하고 이미 전국 범위 내에서 사회주의 경제제도와 정치제도를 건립했고, 생산 자료의 개인 소유제를 공유제로 바꾸었습니다. 그리고 착취계급을 자력갱생하는 노동자로 탈바꿈시켰으며, 노동계급과 전체 노동자를 대표하는 국가가 국민 경제의 명맥을 관장하고 있습니다.

② 지도사상 차원에서 이미 어지러운 세상을 바로잡아 정상으로 돌리는 임무를 완수했고, 4가지 현대화를 실현하기 위한 일련의 노선·방침·정책을 형성하기 시작했습니다. 게다가 4개의 현대화 방향을 통제함에 있어 든든한 버팀목 역할을 해 줄 당 중앙도 있습니다.

③ 강대한 국방군 덕분에 우리는 자국 인민을 지키고 평화적인 건설을 실현할 수 있는 능력을 갖추게 되었습니다. 또한 정확한 대외정책을 실행함으로 하여 현재 우리는 세계적으로 엄청난 정치적 신용도 얻었습니다.

④ 우리가 힘을 모아 현대화 건설을 실현하는데 아주 유리한 국제적 조건이 마련되었습니다. 돈을 벌기 위해서나 경제 불황과 위기에서 벗어나기 위해서라도 자본주의 국가는 모두 중국과의 경제 교류를 발전시키려 하고 있습니다.

반면에 우리에게 불리한 조건은 아래와 같은 4가지입니다.

① 비록 일정한 기술을 관장하고 있고, 심지어 일부 분야에서는 선전적인 기술을 자랑하기도 하지만, 전반적으로 볼 때 장비·공예·기술자·기술경

영 수준이 여전히 많이 뒤떨어져 있어 세계 선진수준과는 상당한 거리를 두고 있습니다.

② 현재 상당한 물질적 기반을 마련한데다 해마다 어느 정도는 자금을 축적할 수 있게 되었습니다. 그러나 그 액수가 제한되어 있어 해마다 약 7백억 위안 정도의 고정자산 투자 밖에 이뤄지지 못하고 있습니다. 국내 자금이 모자라는 상황이 상당히 긴 시간 동안 지속될 것으로 예상됩니다.

③ 풍부한 자원도 장점입니다. 그러나 수많은 자원이 아직은 지하에 매장된 채 잠자고 있습니다. 그렇기 때문에 이러한 장점은 그저 잠재적인 장점일 뿐 현실적인 장점은 아닙니다.

④ 인구가 많고 부담이 과중합니다. 비록 노동자원이 풍부하지만 이를 충분히 발휘시킬만한 조건이 결여된 게 사실입니다. 당연히 노동력을 충분히 발휘한다면 짐을 재산으로 탈바꿈시킬 수도 있습니다.

이상의 유리한 조건과 불리한 조건은 오늘날 우리가 대외경제와 관련된 문제를 비롯한 중국의 경제문제를 고려하는 출발점이라고 생각합니다. 이러한 역사적 조건에서 출발하여 우리는 추호의 흔들림도 없이 반드시 분투하고 자력갱생하며 독립 자주적으로 사회주의 현대화 건설을 추진해야 합니다. 10억 인구를 가진 대국에서의 현대화 사업은 자신의 능력을 최대한 발휘할 수 있는 위치에 놓아야 합니다. 이밖에 또 다른 출로가 어디 있겠습니까? 그러나 다른 한편으로는 바로 이러한 역사적 조건에서 출발한다고 하여 절대 과거의 좁은 울타리에 빠져 있거나 자력갱생을 봉쇄하고 교류를 끝내거나 고립적으로 분투하는 것으로 왜곡해서는 안 됩니다.

우리는 자력갱생을 기반으로 시야를 국내에서 국제적인 범위로 넓혀야 합니다. 국내에서 동원할 수 있는 온갖 적극적인 요소를 동원해야 할 뿐만 아니라, 활용할만한 국외의 모든 요소도 대담하게 활용함으로써 나라의 부족함을 보완해야 합니다. 『관자(管子)』의 말을 인용한다면 "천하의 보물을 나를 위하는데 활용한다."[211]와 같은 맥락입니다. 그래야만 대외경제 관계를 기반으로 외국의 자금과 선진기술을 빌어 민족공업을 하루빨리 발전시킬 수 있고, 우리가 직면한 어려움을 더 순조롭게 해결할 수 있습니다. 또한 사회주의 현대화 건설 사업도 더 빠른 발전을 가져오게 할 수가 있습니다. 우리가 얘기하는 대외경제 관계의 전략적 의미가 바로 여기에 있습니다.

대외관계 문제에서 중국의 근대 역사가 제공한 경험과 교훈은 아주 많습니다. 주로 아래와 같은 두 가지 유형입니다. 하나는 맹목적으로 외국의 것을 숭배하고 비굴하게 아첨하는 부류입니다. 그 결과 주권을 잃고 나라에 모욕을 안겨주었으며 인민의 버림을 당했습니다. 자희[212]태후, 위안스카이[201]부터 장제스에 이르기까지 모두 그러합니다. 다른 하나는 봉쇄하고 교류를 끊고는 자만하고 우쭐댔던 것입니다. 그 결과 스스로 낙후해지고 역사에 도태되었습니다. 청나라 말기 무조건 중국을 '천조(天朝)', 외국을 '만이(蠻夷)'라 생각했던 완고파들이 바로 이러한 유형이 아닌가요?

오늘 새로운 역사적 조건에서 일부 당원과 간부를 비롯한 일부 사람들 중 위 두 가지 경향이 여전히 정도는 차이가 나지만 반영되고 있습니다. 이를 역사적 유산이라고 할 수도 있을 듯싶습니다. 일부는 외국인들 앞에서 스스로의 수준이 낮았다고 생각하면서 부끄러워하거나 무릇 외국의 것은 다 좋고 우리의 것은 뭐든지 나쁘다고 생각합니다. 일부는 또 대외개방을 두려워하기도 합니다. 개방하지 않거나 최소한으로 개방해야만 천하가 태평할 수 있다고 생각하기도 합니다. 위 두 가지 경향의 공통점이라면 개도국인 위대한 사회주의 국가가 대외관계에서 새로운 국면을 개척할 수 있을 것이라는 확신이 없는 것입니다.

우선 대외 경제를 비롯한 모든 대외활동에 종사하는 동지들은 전략적으로 대외관계를 깊이 인식해야 합니다. 특히 대외경제 관계의 의미를 더 넓은 범위에서 발전시킴으로써 새로운 국면을 개척해야 합니다. 아울러 여러 가지 소극적인 현상을 방지하고 극복하는 한편, 사회주의 원칙과 공산주의 방향을 견지해야 합니다. 수영을 배워야 하지만 빠져 죽어서도 안 됩니다. 이는 대외업무의 건강한 발전과 건설 사업의 승리를 보장함에 있어 없어서는 안 될 극히 중요한 조건입니다.

셋째, 대외경제 관계에는 일련의 정확한 방침과 정책이 뒷받침되어야 합니다.

다시 말해서 표면적인 현상만 보고 단편적으로 논하고 닥치는 대로 일을 처리할 것이 아니라, 전반적인 국면을 꿰뚫는 체계적인 방법이 있어야 하고, 과학적인 예견도 있어야 합니다. 이를 실현하려면 대외경제 관계의 주요한 문제와 특점을 정확하게 관장해야 합니다,

대외경제 관계의 특점은 무엇일까요?

① 자국인이 아닌 외국 상인들과 교류를 해야 합니다. 자기 사람에게는 기율을 지키라고 얘기할 수 있고, 필요할 때는 복종도 강요할 수 있지만, 외국 상인들에게는 그러면 안 됩니다. 그들에 대해서는 신용을 지켜야 하고, 협의된 내용이나 계약서를 바탕으로 해야 하며, 평등하고 서로에게 이익이 되도록 해야 합니다. 그러니 우리는 대내로 기율을 엄격히 지켜야 할 뿐만 아니라 대외적으로는 융통성 있게 대응해야 합니다.

② 다양한 대상이나 내용과 연관이 있거나 일부 문제에서는 심지어 나라의 전반적인 경제와 사회생활에도 영향을 미칩니다. 이 때문에 각 지방·부서와 단위 모두가 대외 경제활동에서 자기가 옳다고 생각하는 방법만 고집합니다. 외국 상인들에게 기회를 주고 그들이 이익을 챙기게 해서는 안 됩니다. 그리하려면 통일적으로 영도하고 전면적으로 계획해야 합니다. 이러한

전제 하에서만 여러 부분의 주동성과 적극성을 더욱 잘 발휘할 수 있습니다.

위 두 가지 부분을 종합하면 통일적인 영도 · 전면적인 계획 · 영민한 반응 · 엄격한 기율입니다. 위 4가지 요소를 전반적인 업무원칙으로 하면 어떨지 여러분들이 고민해 보길 바랍니다.

대외경제 관계에 포함된 문제가 여러 갈래라서 아주 복잡하지만, 종합해 보면 수출(輸出)과 수입(輸入), 혹은 수출(出口)과 수입(進口)입니다. 위 두 가지 부분은 서로 제약되어 있으면서도 서로 침투되어 있고, 또 서로에게 조건이 되고 있습니다. 그렇기 때문에 대외경제 관계에서 위 두 가지 부분의 관계를 정확히 처리하여 이들을 변증법적으로 연결시키는 것이 핵심 문제입니다.

이를 두고 아래와 같은 6개 부분에서는 중점적으로 논의해 볼만하다고 생각합니다. ① 외국의 자금 유치에 능해야 합니다. ② 외국의 선진적인 과학 기술을 정확하게 받아들여야 합니다. ③ 국제 노동 합작을 적극적으로 발전시켜야 합니다. ④ 국내 상품의 국제시장 진출을 적극적으로 추진해야 합니다. ⑤ 대외경제 지원을 정확하게 관장해야 합니다. ⑥ 대외관계에서 정치와 경제관계를 정확하게 처리해야 합니다. 이와 같은 6개 부분에서 사고방향이 명확하고, 정책이 정확하고, 조치가 유력하다면, 대외경제 관계가 해마다 발전을 가져올 수 있을 것이며, 국내건설에 대한 추진역할도 갈수록 충분히 발휘할 수 있을 것입니다.

넷째, 외국자금을 어떻게 유치해야 할까요?

현재 대외경제 관계에서 아직은 해결하지 못하고 제대로 해결하려면 오랜 시간이 걸리는 돌출한 문제라고 저는 생각합니다.

외자유치를 이토록 중요한 위치에 두고 강조하는 것은 현대화 건설 사업을 추진하는 과정에서 직면한 첫 번째 어려움이 바로 자금부족이기 때문입니다. 현재 우리는 재능이 펼칠 곳이 없는 상황은 아닙니다. 9백 60만㎢가 작은 면적은 아니지 않습니까?

영웅이 자신의 능력을 펼칠 수 있도록 활용할만한 무기가 없는 것이 우리의 실정입니다.

외자유치를 이토록 중요한 위치로 끌어올리고, 자본주의 나라와 지역을 상대로 최대한 자금을 유치하는 것이 우리에게는 오랜 세월동안 해보지 않았던 새로운 일이라 하지 않을 수 없습니다. 사실 소련이 50년 전인 1920·30년대에 레닌의 방침에 따라 극히 어려운 조건에서 영업권 보유제[115]를 실행한 바 있습니다. 영업권 보유제를 실행하는 기업이 최고로 2백여 개에 달하고, 외자이용액이 수천만 루블에 달했습니다. 얼마나 대담한 조치입니까!

현재 중국의 외자 이용방식은 대체로 아래와 같은 3가지 종류입니다. ① 직접투자를 유치하는 경우는 합자경영·합작경영·합작개발·보상무역·가공조립 등이 포함됩니다. ② 외국정부와 국제금융기구에서 제공하는 중장기에 대한 중저 이율 대출, 그리고 여러 가지 명목의 개발기금, 지원기금 등을 쟁취하는 것입니다. ③ 일반적인 상업대출입니다.

이 중에서 단기간에는 직접투자 유치가 가장 중요한 방식이 되어야 한다고 생각합니다. 직접투자 유치는 투자자의 이익과 직접적으로 연관되어 있어 리스크를 함께 부담할 수 있고, 그들의 선진적인 기술과 경영관리 경험을 따라 배울 수 있는 두 가지 장점이 있습니다. 다수 국가의 성공적인 사례는 위 형식의 합자 혹은 합작 경영하는 기업 자체가 경제와 기술의 양성반이라는 점을 입증했습니다.

미국의 대자본가 해머는 그 해 레닌과 만남을 가진 적이 있습니다. 현재 우리와 합작해 산시(山西) 핑써우(平朔)에 노천 석광을 개발할 의향을 보이고 있는데 투자액이 2억 5천만에서 3억 달러로 예상됩니다. 해머와 같은 자본가 백 명 정도와 협력한다고 해도 이는 상당한 숫자입니다.

직접투자를 효과적으로 유치하려면 일련의 진보적인 방침이 뒷받침되어야 합니다. ① 대·중·소형 프로젝트를 함께 추진하되, 중·소형을 주로 해야 빠른 효과를 볼 수 있을 것입니다. ② 외국자본가, 화교자본가와 타이완 자본가를 모두 환영하는 것입니다. ③ 정책을 적절하게 완화해 그들에게도 이익이 돌아가게 하는 것입니다. 이익이 없으면 흡인력도 없어지게 되니 결국 국면을 개척하지 못할 것입니다. 따라서 자신감을 갖고 대담하게 추진해야만 시간을 벌 수 있는 것입니다.

일반 상업대출은 반드시 신중해야 된다는 천원 동지의 건의에 찬성합니다. 대출이니만큼 본금과 이자를 모두 지불해야 하고 국내에서 여러 가지 조건에 부합되어야 하기 때문에 반드시 제한이 많습니다. 당연히 중장기, 중·저 이율 대출 특히 자유외화에 대해서는 약간 대담하게 쟁취해도 되지만, 이에는 반드시 제한성이 있게 마련입니다. 자본가는 궁극적으로 자본가가 아닙니까? 자본가의 목표는 거액의 이윤을 추구하는 것입니다. 동유럽 국가들의 빚이 산더미처럼 쌓이게 된 교훈을 거울로 삼아야 합니다. 앞으로 대출하는 발걸음을 적당하게 늦출 필요가 있습니다. '우혜 대출'이라는 말도 언급하지 않는 것이 좋겠습니다. 어느 정도 '우혜'를 받을 수 있겠습니까? 이자가 약간 낮을 따름이기 때문에, '저이율 대출'정도라고만 생각하면 됩니다.

전반적으로 사상을 해방시키고, 제때에 경험을 종합하는 한편, 대표적인 사례도 육성해야 합니다. 그리하면 하나의 성공 사례가 되어 국부를 이끄는 등 서서히 국면을 개척해 나갈 수 있을 것입니다.

다섯 째, 외국의 선진적인 과학기술을 어떻게 정확하게 받아들여야 할 것입니까?

외국의 선진기술을 들여오는 것은 그 범위가 아주 넓기 때문에 너무 협소하게 이해해서는 안 됩니다. 이 부분의 내용에는 대체로 아래와 같은 5가지 조항이 포함됩니다. ① 선진적인 설비 혹은 부품. ② 신형의 양질 재료. ③ 새로운 원리, 데이터와 비법. ④ 새로운 공예와 과학적인 조작 과정. ⑤ 선진적인 경영관리 방법.

설비를 들여오는 과정에서 약간의 우여곡절이 있긴 했지만, 여전히 구체적으로 분석해 봐야 합니다. 세트 설비를 들여오는 것은 과거에도 그랬지만 앞으로도 여전히 필요한 조치입니다. 기존의 문제라면 세트설비를 지나치게 많이 들여왔거나 혹은 중복해서 들여왔다는 것이고, 설비와 기술을 동시에 사들이지 않은 데다, 스스로 연구하지 않은 탓에 효과적으로 받아들이고 보급하지 못했다는 데 있었습니다. 이러한 교훈을 받아들인다면 한 걸음 한 걸음 앞으로 점차 나아질 것입니다.

신형의 양질의 원자재를 들여옴에 있어서 우리는 먼저 자체적으로 개발해야만 합니다. 특히 전문가와 기술자가 생산과 긴밀하게 연결시켜 새로운 과학기술을 관장함으로써 나라를 위해 체면을 세울 수 있도록 격려해 주어야 합니다. 그러나 건설에 수요 되는 다양한 원자재 특히 신형의 양질 원자재가 장기간 어려움 속에 있을 것이라는 점을 충분히 예측해야 합니다. 신형의 양질의 원자재를 들여오는 것은 불가피하게 오랜 세월동안 추진해야 하는 방침이 되어야 할 것으로 보입니다. 미국 · 일본 · 서독을 비롯해 신기술이 전면적으로 발전된 나라에서도 여전히 이러한 문제에 직면해 있습니다.

선진적인 과학기술 지식과 경영관리 방법을 들여옴에 있어, 남들을 열심히 따라 배우고 최선을 다해 노력하려는 의지가 우리에게는 아직 부족하다는 점을 마땅히 인정해야 합니다. 과학기술 정보를 많이 수집하지 못해 해마다 2~3천만 달러의 과학기술 간행물을 수입하고 외국의 과학기술을 고찰하는데도 1억 달러를 써버리고 있는데, 우리는 그렇게 해서 과연 얼마를 얻었을까요? 간부·지식인·노동자들이 진취적으로 생각해 보아야 합니다. 과학에서 재능을 배우고 전문가를 스승으로 모시는 것이 하나의 행동 구호가 되어야 합니다. 전 당·간부·지식인·노동자 나아가 전 사회와 전 민족들 가운데서 번영을 위해 힘쓰고 열심히 배우는 기풍을 형성하기 위해 노력하는 것이 무엇보다 중요한 대사가 되고 있는 것입니다.

여기에는 국가의 통일적인 영도 하에 중앙 각 부서와 지방에서 외화를 어떻게 효과적으로 활용할 것인가 하는 문제가 따라옵니다. 저는 이러한 자료를 본 적 있습니다. 지난해 간쑤(甘肅)에서 가지고 있던 외화가 1천 5백만 달러에 달했었는데, 그중에서 6백여 만 달러만 남았습니다. 그러나 이 외화마저도 중요한 부분에 투입되지 못했다고 합니다.

소수 지방의 도시와 시에서 일부 급히 필요한 설비와 의료기기를 수입한 것 외에 대부분은 손목시계·자전거·재봉틀 등을 수입하는데 사용했는데, 이마저도 저질 상품이어서 모두 사기를 당했습니다. 이밖에도 뭘 더 수입해야 할지를 잘 몰랐던 것으로 전해지고 있습니다. 힘들게 벌어들인 외화로 급히 필요로 하는 설비·기술·재료를 수입해서 생산을 확대하고 더 많은 외화를 벌어들인 것이 아니라, 스스로 저질 소비품을 수입하는데 낭비해버렸으니, 외국인들이 금쪽같은 외화를 벌어간 셈이 아닌가요? 이러한 상황이 계속되어서야 어찌 감당이 되겠습니까?

여섯 째, 국제 노무 합작을 어떻게 적극적으로 추진할 것인가 하는 문제입니다.

방대한 인구가 우리 앞에 놓여 있는 것이 큰 문제이기는 하지만, 풍부한 노동력은 우리의 최대한 장점이기도 합니다. 현재 노동에 대한 적극성이나 능력을 발휘할만한 곳이 없는 것은 아니나 자금과 원자재가 없다는 것이 중요한 문제입니다. 출로는 어디에 있습니까? 향후 상당히 긴 역사 기간 동안 주요하고도 믿음직한 방법은 2가지가 있습니다. 하나는 농촌의 다종 경영 발전을 추진해 도시에서 일자리 출로를 모색하는 것입니다. 이는 밀집형 노동에 속해 대량의 노동력을 배치하고 상품도 수출할 수 있습니다. 둘은 전 세계를 상대로 국제 노무합작을 적극적으로 발전시키는 것입니다.

중국의 국제 노무합작은 이제 막 걸음마를 타기 시작했습니다. 1981년 대외 도급 프로젝트 총액이 4억 9천여 만 달러, 실제 외화 회수 금액이 1억여 달러에 달하고, 계약에 따라 외국으로 파견한 노동력은 1만 7천여 명에 이르렀습니다. 그러나 중국의 잠재력, 그리고 외국시장의 수요, 특히 기타 일부 개도국과 비교할 때 우리가 한 일은 너무나 적습니다. 중국의 건축업이 대외적으로 프로젝트를 도급 맡아 이미 국제시장에서 상당한 경쟁력을 과시하고 있으며, 아울러 국산 건축자재의 수출도 선도하고 있습니다. 이로부터 국제 노무협력을 잘 이끌어나간다면 큰 성과를 볼 수 있을 것으로 기대가 되는 것입니다.

노무협력은 대외 도급 프로젝트 외에도 아래와 같은 3가지 부분의 내용이 포함되어야 합니다. ① 재료·견본·설계도를 제공해서 하는 가공 즉, 광동의 동지들이 얘기하는 3가지 제공'을 말합니다. ② 대외진출, 즉 외국에 진출해 다양한 기업을 개설하는 것입니다. ③ 관광업을 적극적으로 발전시키는 것입니다. 외국인들은 시안 린통(臨潼)의 병마용이 세계 8대 미스터리 경관의 하나라고 말합니다.

지난해에만 외국인 5만 명이 참관한 것으로 알려졌습니다. 우리는 관광 조건을 개선하는 한편, 관광객들이 선호하는 쇼핑상품의 가격대를 합리적으로 낮추는 등 이익을 적게 취하더라도 생산량 확대 쪽으로 방향을 잡아야 합니다. 이는 일자리를 많이 창출하고 외화도 벌어들일 수 있는 일거양득의 방법이 아닙니까? 국가와 지방이 동시에 교통과 숙박 조건을 개선하는 가장 좋은 방법이기도 합니다.

경제적으로 여유가 있고 적극성이 있는 인민공사와 생산대도 참여할 수 있습니다. 재작년 허난(河南)의 류좡(劉莊)대대는 수십만 위안의 자금이 투자할 곳이 없어 그대로 남아돌았다고 들었는데, 지난해의 집체 경제의 총수입은 그 전해보다도 23% 더 늘어났다고 합니다.

앞으로 꽤 긴 시간동안 국제적으로 최고 경쟁력을 가진 우리의 장점은 바로 노임이 저렴한 노동력일 것이라고 봅니다. 원재료를 제공한 가공은 연해 여러 성과 시에서 적극적으로 전개할 수 있도록 지도합니다. 그러나 완제품은 대외로 수출해야지 국내에서 판매하면 안 됩니다. 그렇지 않으면 이는 원재료를 제공한 가공이 아닙니다.

일곱 번째, 국내제품이 대규모로 국제시장에 진출할 수 있도록 어떻게 추진할 것입니까?

국내제품의 대외 수출은 규모가 지나치게 협소한데 이는 잔혹한 현실입니다. 중국 인구가 세계 인구의 약 4분의 1을 차지합니다. 그러나 1980년 중국의 수출 상품이 세계 시장에서 차지하는 비율이 1%에도 미치지 못한 1000분의 9 수준에 불과해 순위가 28위에 그쳤습니다. 당연히 최근 몇 년간 업무를 잘 이끌어 나가고 있고 발전상황도 아주 빠르지만 지나친 예측을 해서는 안 됩니다.

30여 년간, 수출 규모가 줄곧 작은 원인은 다양합니다. 객관적인 원인도 있고 주관적인 원인도 있습니다. 당연히 주관적인 실수를 지나치게 비난할 필요는 없지만, 잔혹한 사실을 정확히 인식함과 동시에 너무 길지 않은 시간 내에 비교적 큰 발전을 가져오기 위해 노력해야 합니다.

며칠 전 오만의 상황을 다룬 프로그램을 본 적이 있습니다. 그곳의 연간 석유 생산량은 1천 5백만 톤에 달하는데 그중 1천 3·4백만 톤을 수출하고 있습니다. 과거에 오만의 슐탄(왕)은 석유를 팔고 사들인 황금을 땅에 파묻었는데, 이들은 마치 세상물정에 어두운 농촌 지주와 같았습니다. 슐탄이 자리에서 물러난 후 방침을 바꿔 자금을 공장 건설에 투자하고 광산을 개발하고 도로를 수리하고 학교를 설립했습니다. 그 몇 년 동안 발전이 아주 빨랐습니다. 이러한 부분에서 저는 많은 자극을 받았습니다. 우리는 수출과 수입 관계 문제에서 기존의 낡은 틀을 벗어나 새로운 국면을 개척해야 하는 문제가 존재하고 있는 것은 아닐까요?

보편적으로 수출은 대외무역의 기반입니다. 수입만 있고 수출이 없으면 당연히 안 됩니다. 예로부터 몇 가지 균형을 강조해왔는데, 외화 수지 균형도 포함되어 있습니다. 그렇다면 이러한 말은 수출과 수입을 구체적으로 배치하는 과정에서, 매년 얼마를 수입하고 얼마를 수출해야 하는지를 명확하게 정해야 한다는 의미일까요? 저는 그렇게 하면 안 된다고 생각합니다. 여기에는 통합적인 배치 문제가 따르는데, 수출과 수입의 변증법적 관계를 정확히 인식하고 처리하는 문제가 따릅니다. 수출 후의 수입은 그저 한 부분입니다. 다른 한 부분은 수입이 수출을 추진하고 이끌 수 있습니다. 이를테면, 원자재가 부족한 상황에서 원자재를 수입하거나 혹은 제공한 원자재를 가공해야만 수출을 촉진할 수 있는 것입니다.

또 예를 들면 설비와 기술 도입을 통해 제품의 양과 질, 그리고 경쟁력을 끌어올릴 수 있는데 이 또한 수입으로 수출을 선도하는 것입니다. 일본, 기타 여러 국가와 지역의 성공적인 경험은 이 부분을 이미 충분히 설명하고 있지 않나요? 그렇지 않고 수출한 양만큼만 수입을 허락한다면 그들이 과연 생존할 수 있었을까요? 그렇기 때문에 수출로 수입을 이끌고 수입으로 수출을 이끄는 양자 사이에는 변증법적인 관계가 존재하는 것입니다. 이러한 관계는 해를 넘는 운동을 비롯한 운동 과정에서 합리적인 균형을 실현할 수 있고, 합리적인 해결을 볼 수 있는 것입니다.

국내의 상품 수출을 확대하는 방침과 방향은 무엇이겠습니까? 이 문제에 대해서도 우리의 역사적 경험을 종합할 필요성이 있습니다. 기존에 일부 제품의 수출은 상당한 정도에서 국내 소비의 수요를 줄이는데 의존했습니다.

당연히 50년대에는 제품이 얼마 되지 않았기 때문에 이 길을 걸을 수밖에 없었습니다. 그러나 만약 앞으로도 계속 이러한 방법을 따라간다면 그건 합당하지 않다고 봅니다. 고급 상품 수출이나 농산물 수출을 약간 확대해도 됩니다. 그러나 만약 도가 지나치고 이 부분에 큰 희망을 건다면 국내 수요와 첨예한 모순이 생기기 마련입니다. 그러면 불가피하게 국내 인민의 소비를 줄이게 되면서 국내 가공공업의 순조로운 발전을 억제하게 됩니다. 또 국내 상품이 부족하면 인민들의 적극성을 떨어뜨리고, 국내시장이 투기를 통해 폭리를 챙기는 행위에 부채질을 하게 되는 셈입니다.

만약 한 나라에서 오로지 농산물 수출과 대량의 외국 소비 공업품을 수입하는 것에만 의존한다면, 이는 식민지·반식민지 유형의 경제에 속합니다. 미국에서도 농산물을 대량 수출하고 있다고 말하는 일부 동지들이 있을 것입니다. 그러나 이는 문제의 본질을 파악하지 못한 시각이라고 생각합니다. 미국의 농업은 이미 공장식 발전을 거의 실현하여 국내시장의 수요를 훨씬 초월했는데, 이는 제3세계 의 상황과는 완전히 다른 것입니다.

미국 농산물의 대량 수출은 사실상 과잉제품을 덤핑으로 판매하는 것입니다. 반면에 제3세계는 발달한 자본주의 국가에 농산물을 판매하고, 공업 소비품을 구입하고 있습니다. 가격이 일치하지 않은 교환 관계에서 제3세계 나라는 부유한 나라에게 착취를 당하고 손해를 입는 것입니다. 우리는 이 길을 따라가면 안 됩니다. 무턱대로 따라가다가는 착오를 범하게 됩니다.

정확한 방침에 따른다고 한다면 어떻게 해야 할까요? 저는 주로 아래와 같은 4가지 부분에서 노력해야 한다고 생각합니다.

첫째, 광산품 수출을 적극적으로 확대해야 합니다. 석탄과 석유 수출을 약간 확대하고, 유색금속과 희귀한 금속 광산품의 수출도 확대하기 위해 노력해야 합니다. 과거에는 무릇 전략적 물자는 수출하면 안 된다는 말이 있었습니다. 이는 시대에 뒤떨어진 낡은 관념입니다.

슈퍼대국의 전략적 무기는 이미 넘치도록 비축되어 있는데, 전략적 물자를 왜 조금도 수출하지 못하게 하는 것입니까? 이 문제에서도 사상을 해방시켜야 합니다. 당연히 가격을 낮추는 행위를 방지하기 위해 계획적으로 수출을 하게 한 후 유리한 교환조건을 취득해야 합니다. 그러나 먼저 반드시 금지령을 풀어야 합니다.

둘째, 전기 기계 제품의 수출을 적극적으로 늘려야 합니다. 몇 년간 이 부분에서 빠른 진전을 가져왔습니다. 기계와 선박 수출이 대폭 증가되었지만, 잠재력은 아직도 아주 큽니다. 군수 산업과 민용 두 가지 분야에서의 수백만 명의 직원을 비롯한 기계 공업의 노동자를 적극적으로 동원시켜 품질을 향상시키고 기술을 개진하는 등 국제시장을 개척하고 나라와 영예를 빛내기 위해 최선을 다해야 합니다.

셋째, 도자기 · 도화 · 제약 · 복장 · 자수 · 조각 등 수백수천 가지에 달하는 제품을 비롯한 중국의 경 · 방직 제품과 특유의 수공예 제품의 수출을 한층 더 발전시켜야 합니다.

넷째, 찻잎 · 약재 · 축산물 · 유명한 야생 야채 · 궈푸(果腐, 설탕으로 절인 과일) 등을 비롯한 중국의 토산물 수출을 발전시켜야 합니다.

당연히 이밖에도 필요할 때에는 국내외에서 필요로 하는, 공급원이 부족한 인민생활 소비품의 수출도 적당하게 확대해야 합니다. 그러나 중요한 것은 위에서 언급한 4가지를 추진해야 합니다.

수출을 발전시키기 위해 위와 같은 일련의 방침과 방법을 실현하는 것을 찬성합니다. 예를 들면, 수출을 장려하는 정책을 적당히 취하고, 높은 가격이 들어오기를 기다리는 방식을 타파하며 대외로 진출해 판매와 정보, 그리고 서비스 네트워크를 구축해야 합니다. 그리고 상품의 신용을 꾸준히 끌어올리고, 품질과 약속 이행을 강화해야 합니다. 운수와 항구문제를 해결하려면 중앙과 지방이 함께 손을 맞추고 대 · 중 · 소형 항구에서 함께 추진해야 합니다. 통일적으로 조직해 각 부서와 지방의 적극성을 불러일으키고, 소련과 동유럽 국가의 무역 교류 국면을 개척해야 하는 등이 이에 포함됩니다.

여덟 번째, 제3세계를 어떻게 정확하게 지원할 것인가 하는 문제입니다.

제3세계 각국 인민들의 민족독립을 보위하고, 민족경제를 발전시키며, 제국주의 · 패권주의 · 식민주의를 반대하는 정의로운 투쟁을 진행하도록 지원하는 것은 우리가 회피할 수 없는 국제적인 의무입니다. 30년 동안 우리는 이 부분에서 많은 일을 해왔습니다. 비록 실수를 범하고 교훈을 얻긴 했지만, 전반적으로 볼 때 명성은 좋았고 국제사무에서 중대하고도 적극적인 역할을 발휘했습니다.

제3세계의 다수 국가는 모두 우리나라와 우호적인 관계를 유지하고 있으며, 제국주의 · 패권주의 · 식민주의를 반대하는 적극성을 가지고 있습니다. 그러나 그들의 사회와 정치제도, 그리고 경제발전 수준에는 엄청난 차이가 있습니다. 제3세계의 여러 나라가 제국주의와 슈퍼대국을 대하는 태도에서, 그리고 자국 인민을 대하는 태도에서 다양한 차이점을 보이고 있습니다.

우리는 제3세계 나라의 국내 사회 · 경제 · 정치상황과 계급상황을 많이 연구하지 못해 별로 아는 것이 없으며, 심지어 혼돈의 상태에 처해 있다고도 말할 수 있습니다. 몇몇 사회주의 국가를 제외하고는 대 지주, 대 자산계급의 군사적 전제를 실시하는 나라가 있는가 하면, 민족 자산계급이 군사적 전제를 실시하거나 진보적인 자산계급과 소자산계급의 연합 집권을 실시하는 나라도 있습니다. 경제발전 수준을 놓고 볼 때, 제3세계에서 빈곤국과 가장 빈곤한 나라가 다수를 차지합니다. 그러나 극소수는 아주 부유합니다. 인구의 평균 국민생산 총액으로 볼 때 아랍에미레이트 연방·카타르·쿠웨이트가 세계에서 앞자리 3위에 이름을 올리고 있는데, 이들은 모두 제3세계에 속하는 나라들입니다. 이밖에도 적지 않은 제3세계 나라들이 우리보다 훨씬 더 부유합니다. 위와 같은 복잡한 상황을 감안해 경제 지원과 경제교류 방침을 비롯한 제3세계 나라에 대한 지원 방침을 구체적으로 어떻게 실행하고 차별화를 둘 것인지에 대해서 자세하게 연구해야 한다고 생각합니다.

일부 외국인들과의 대화에서 저는 제3세계의 여러 나라들이 우리의 도움을 기대한다는 점을 느꼈습니다. 베네수엘라와 브라질을 비롯해 모두가 중국 공장의 건설을 환영한다고 표시했습니다. 그들은 제1세계와 제2세계의 나라들이 진출해 공장을 건설하고는 자신들을 괴롭히고 심지어 뒤엎으려고 한다면서 중국인에게는 믿음이 간다고 말했습니다. 우리가 이 부분에서 출로를 개척할 수는 없을까요? 최근 몇 년간 인도가 외국에서 제3세계 나라를 주요 대상으로 합자기업을 발전시키고 있는데 좋은 효과를 보고 있다고 들었습니다. 우리도 이 부분에서 더 많은 시도를 해볼 수 있지 않겠습니까?

아홉 번째, 정치와 경제관계 문제를 정확히 인식해야 합니다.

대외경제 활동을 잘 이끌어 나가려면 낡은 틀을 타파하고 정치와 경제관계를 바로잡아야 합니다.

오랜 세월동안 경제가 정치에 복종해야 된다는 관점이 지배적이었습니다. 이러한 의견에 일정한 도리가 없는 것은 아니지만 결코 전면적으로 받아들여서는 안 됩니다. 마르크스주의의 기본 관점에서 볼 때, 경제와 정치는 서로 영향을 주고 작용하는데 궁극적으로는 경제가 정치를 결정합니다. 대외

관계 문제에서도 그러합니다. 만약 대외경제 관계를 잘 이끌어 나가고 꾸준히 발전시킨다면 정치 외교도 순조롭게 이끌어 나갈 수 있을 것입니다. 반면에 대외경제 관계의 어려운 국면을 개척하지 못한다면, 정치 외교도 불가피하게 제한을 받게 되고 활력을 잃어버리게 될 것입니다. 지난해 경제를 조정해야 한다고 제기한 바 있습니다.

일본의 일부 자본가들은 이전보다 장사가 잘 되지 않는다면서 무턱대고 우리를 비난했는데, 훗날 그런 것만은 아니라는 사실을 깨닫고는 더는 비난하지 않았습니다. 다수 국가가 정치적으로 첨예한 대립 구조를 형성하면서도 경제적으로는 여전히 교류를 합니다.

양자의 경제 이익 수요 때문이 아니겠습니까? 자본주의 국가 뿐만 아니라 모든 국가의 정치적 배후에는 중대한 경제이익 문제가 따라다니는데 이는 통상적인 국제 현상입니다. 따라서 모든 외교문제를 다루는 부서, 그리고 그 부서 종사자들은 세계 각국 특히 방문하는 그 나라의 경제와 정치의 온갖 상황을 최대한 이해해야 합니다. 고위인물의 동향뿐만 아니라 그 배경도 이해해야 하고 그 나라의 정치와 문화 그리고 경제와 역사도 연구해야 합니다.

정치와 경제관계 문제에서 강조해야 할 부분이 있습니다. 외국의 온갖 선진 과학문화와 경영관리 지식을 열심히 학습하고 연구해야 한다는 것입니다. 반면에 자산계급의 부패한 사상 영향은 반드시 단호하게 억제시켜야 합니다. 그러나 현재 일부 사람들은 이와는 전혀 반대입니다. 그들의 선진적인 부분에 대해서는 전혀 따라 배우려 하지 않고 연구하려 하지 않으며 아예 묻지도 않습니다. 그러나 자본주의의 부패한 나쁜 부분에 대해서는 보배를 얻은 것처럼 기뻐하며 따릅니다. 이 문제는 반드시 예리하게 제기해 전당과 전국 인민들의 경각성과 주의를 불러일으켜야 합니다.

대외 경제활동과 기율을 엄숙히 지키고 몇 가지 명확한 규정을 수립하여 경제업무 종사자라면 반드시 그 규정을 지키도록 해야 합니다. 그 누구라도 무릇 규정을 어긴다면 모두 당과 공무원 기율, 그리고 국법에 따라 처벌해야 합니다. 애국주의와 국제주의 교육을 강화해 당원·간부·공민들이 대외교류에서 부패한 자본주의 사상을 배척하고, 민족의 존엄과 이익, 그리고 당과 국가의 명예를 지키도록 이끌어야 할 것입니다.

열 번째, 대외경제 관계의 의미를 넓혀야 합니다.

본 세기에 중국사회주의 현대화 건설 사업을 성공적으로 이끌어 나갈 수 있을지는 중앙의 영도자들이 거듭 고민해야 하는 중대한 문제입니다. 우리는 자신감이 있습니다. 그러나 전 당을 볼 때 일부 동지들은 자신감이 떨어져 있고, 심지어 의구심을 품는 자들도 없지 않습니다. 당연히 우리가 현대화 건설을 어떤 수준으로 성공시킬 수 있을지에 대해서 명확히 얘기할 수 있는 자는 없고, 단지 대체적인 윤곽만 예측하고 있을 뿐입니다. 저는 잘 이끌어 나가면 큰 성과를 거둘 수 있고, 아니면 작은 성과라도 거둘 수 있지 않을까 조심스레 예측해봅니다. 여기에 결정적인 의미를 지니는 문제가 있습니다. 바로 우리가 최근 몇 년 내로 국면을 개척할 수 있을지의 여부를 묻는 문제입니다.

국면을 개척해 나가는 것은 결코 쉬운 일이 아닙니다. 항일전쟁 초기 마오쩌둥 동지와 류사오치 동지 모두 국면 개척이라는 네 글자를 유달리 강조했습니다. 류사오치 동지는 무릇 전환점에 들어선 시기에는 "국면을 개척해야 하는 문제가 따른다"는 아주 훌륭한 말을 하였습니다. 역사적 사실은 바로 그러합니다. 중국 근대사를 보면 태평천국이 일어났을 때는 국면을 개척했습니다. 그러나 난징으로 쳐들어가면서 개척했던 국면이 사라졌습니다.

손중산 선생이 굴기하면서 신해혁명이 국면을 개척했지만 그가 세상을 뜨자 또 주춤해지다가 결국 국면이 사라졌습니다. 이러한 역사적 굴곡은 우리에게 역사의 흐름 앞에 선 사람들이 국면을 개척하려면 안목과 기백, 그리고 의지력이 있어야 할 뿐만 아니라 일련의 정확한 전략과 전술이 뒷받침되어야 한다는 점을 알려주고 있습니다. 그렇지 않고서는 국면을 개척할 수 없고, 개척한다고 해도 오래 가지 못하고 근본적인 승리를 거두지 못하거나 심지어 실패하고 맙니다.

현재의 임무, 그리고 경제 차원에서 볼 때 국면 개척이 주로 아래와 같은 4가지 고리에 의해 결정된다고 봅니다.

첫째, 농업 잠재력을 계속해서 발휘할 수 있을지, 특히 다종 경영에서 큰 발전을 가져올 수 있을지의 여부문제입니다.

둘째, 공업 잠재력을 발휘시킬 수 있을지, 특히 기업 정돈을 통해 빠르게 효과를 볼 수 있을지의 여부문제입니다.

셋째, 대외경제 관계에서 빠른 발전을 가져올 수 있을지의 여부문제입니다.

넷째, 국내 재정금융과 상업 유통분야를 더 건강하게 발전시킬 수 있을지의 여부문제입니다.

만약 20년 내에 대외경제 활동면에서 대외무역 규모를 현재의 4배로 확대한다면 1천 6백억 달러에 달합니다. 엄청난 규모로 보이지만 실은 현재 세계 무역액의 4%에 불과합니다.

당나라의 걸출한 정치가이자 이재가였던 육지(陸贄)가 이러한 말을 했습니다. "작은 이익을 아까워하다가 큰 이익을 잃게 되는 일을, 총명한 경영자라면 하지 않는다. 눈앞의 이익만 보고 멀리 있는 이익을 무시하는 것은 일반인마저 아는 수지에 맞지 않는 일이다."[213]

참으로 훌륭한 말입니다. 경제업무 종사자들이 마땅히 이로부터 계시를 받아야 합니다. 식견이 높고 이익을 적게 남기더라도 많이 팔려 하는 진정한 장사꾼인 '염가(廉賈)'들은 작은 이익을 아까워 하다가 큰 이익을 잃는 일을 하지 않습니다. 눈앞의 이익만 보고 멀리 있는 이익을 무시하는 생각과 행동은 일반적인 식견을 가진 자라도 잘못된 것이라는 점을 알고 있습니다. 따라서 전반적인 국면을 보고 사물의 전체와 발전 전망을 내다보면서 전략적인 안목을 가져야지 눈앞의 이익에만 얽매여서는 안 된다는 뜻입니다. 우리는 늘 같은 목표를 향해 마음을 함께 움직여야 한다고 얘기하지 않습니까?

우리 모두 전략적 사상에서 진정으로 통일을 실현한다면 국면을 반드시 개척할 수 있을 것입니다. 당연히 이는 과정이 필요합니다. 이 과정에서 우리는 의견 교류와 조사 연구하는 방법으로 마음을 통일시키고 같은 목표를 향해 나아갈 수 있도록 힘을 합쳐야 합니다. 궁극적으로 우리 모두는 같은 목표를 향해 마음을 모으고 국면을 개척함으로써 조국의 사회주의 현대화 건설 사업을 발전시켜 나가야 할 것입니다.

당의 간부제도 개혁*

(1982년 1월 21일)

중앙기구 간소화에 대해 덩샤오핑 동지가 이미 말했습니다.[214] 저는 한 가지를 더 보충해 아래와 같은 몇 가지를 말하고자 합니다.

무엇보다도 이번에 정치국에서 논의한 문제는 어떤 성질의 문제입니까? 린뱌오와 '3인방'을 무너뜨린 지 이미 5년 3개월이 지났습니다. 5년여 간 우리는 많은 일을 했고 가장 중요하고도 역사적 의미를 지닌 3가지 대사를 완수했습니다. 그리고 현재는 네 번째 일을 준비 중입니다.

그 첫 번째 대사는 린뱌오와 '3인방'을 무너뜨린 것입니다. 작은 일이 아닙니다. 만약 린뱌오와 '3인방'이 5년간 더 횡행했다면 우리는 망했을지도 모릅니다. 두 번째 대사는 11기 3중전회[77]를 개최한 것입니다. 진정한 의미에서 어지러운 세상을 바로잡아 정상으로 올린 것은 3중전회부터 시작되었습니다. 이는 6중전회에서 인정한 사실이자 전 당 모두 인정하는 부분입니다. 세 번째 대사는 지난해 6중전회를 개최해 마오쩌둥 동지의 공로와 착오에 대해 정확한 평가를 내리고 건국 이후 32년간의 기본 경험에 대해 정확하게 종합하는 한편, 당의 지도사상 차원에서 어지러운 세상을 바로잡아 정상으로 돌리는 업무를 완성했습니다. 그리고 중앙지도부를 개혁했는데 이도 대

---

* 이는 후야오방 동지가 중공중앙 직속기구 국장급 이사 간부회의에서 발표한 연설문이다.

사에 속합니다.

지금 우리가 준비 중에 있는 네 번째 대사는 바로 근본적인 차원에서 간부제도를 개혁하는 문제입니다. 간부제도 개혁이 미치는 심원한 의미가 결코 위 3가지 대사의 중요성에 뒤지지는 않습니다. 3중전회 때 이 문제를 고려한 일부 중앙 동지들이 있었습니다. 덩샤오핑·천윈·예젠잉·리셴녠 등의 동지들이 이 문제를 두고 논의를 했었고, 4중전회를 거쳐 5중전회에 이르렀을 때 우리 당이 더는 영도 직무 종신제를 이어가서는 안 된다는 점을 명확히 했습니다.

5중전회 공보에서 영도 직무 종신제 폐지를 제기했는데 전 당의 옹호를 받았고 전 세계적으로 이를 보도했습니다. 영도 직무 종신제 폐지에 따른 의미가 아주 큽니다. 당내의 개인 미신을 뿌리 채 뽑고 당내 정치생활의 정상화를 실현하는데 극히 중요한 영향을 미치게 됩니다. 중국공산당 제12차 전국대표대회에서 통과시킨 당헌도 똑같이 인정을 해주어야 합니다. 당과 국가 영도의 직무 종신제 폐지를 통해 어떤 모순을 해결할 수 있을까요?

첫째, 끝까지 혁명하고 한번 영도는 평생 영도가 되는 모순을 해결해야 합니다. 죽을 때까지 혁명하는 것이지 영도 위치에 있자고 하는 것은 아닙니다. 미신을 타파하고 당의 정치생활을 건전히 하는 의미는 가늠할 수조차 없는 엄청난 의미를 지닙니다. 법률에서의 역할도 소홀히 생각하면 안 됩니다.

둘째, 기구가 중복 설치되고 번잡한 모순을 해결해야 합니다. 이는 해방 이후 30년간 점차 누적된 모순입니다. 일부 동지는 역삼각형을 이루고 있다고 말하기도 합니다. 중앙기구의 당정군군(黨政軍群) 규모가 60만 명에 달하는데 그중 군이 40만 명, 국무원이 15만 명, 중앙 직속 기구가 5만 명에 이릅니다. 전국의 간부가 총 2천 만 명에 달하는데 그야말로 '간부나라'라 해도 과언이 아닙니다.

우리는 오랜 세월동안 소농경제에 종사해왔습니다. 그러니 영도 강화 얘기만 나오면 인원을 추가 파견하고 중복으로 설치했습니다. 한 참고자료에 따르면 일본의 모 공장에 직원이 오직 세 명 뿐이었는데, 만약 우리가 이러한 공장을 받아들인다면 40여 명이 필요하다는 말입니다. 이는 10여 배에 달하는 수준입니다. 영도 직위 강화는 영도방법 개진·지도부 간소화와 변증법적인 통일 관계를 갖고 있습니다. 그러나 영도 강화라 하면 무턱대고 간부만 추가 임용하고 있습니다. 관료주의를 극복하려면 번잡한 기구를 간소화하지 않고서는 절대 해낼 수 없습니다.

셋째, 간부대오의 신구 교체 모순을 해결합니다. 능력과 덕을 겸비한 젊은 간부를 대량 선출하고 원로 동지들을 적절하게 배치해야 합니다.

영도 간부 종신제를 폐지하기 위해 중앙은 여러모로 많은 고민을 했습니다. 기구가 번잡하고 젊은 간부를 선발하는 문제를 2·3년이나 고민해왔기 때문에 이제는 반드시 의사일정에 올려야 할 때가 되었습니다. 그리고 2·3년의 시간을 들여 해결할 생각을 해야 됩니다. 지금부터 중앙을 시작으로 점차 성·지·현·사의 수준으로 점차 추진해야 합니다. 위 두 가지 문제의 효과적인 해결여부는 업무효율 향상과 안정·단합 실현·당 사업의 지속성 등과도 연관됩니다. 가령 정치노선이 정확하다고 할지라도 조직노선이 정확하지 않고 새로 선출된 간부와 구 간부가 제대로 손을 맞추지 않아 교대가 잘 이뤄지지 않고, 간부 노선을 제대로 처리하지 못한다면 똑같이 문제가 발생할 수 있습니다. 반대로 만약 제대로 처리한다면 향후 20년, 30년 사회주의제도가 반드시 흥성하게 발전하고, 우리의 사업과 우리 당이나 국가가 순조롭고도 건강하게 발전할 수 있을 것입니다. 만약 린뱌오와 '3인방'을 무너뜨린 후 3중전회부터 6중전회까지는 어지러운 세상을 바로잡아 정상으로 돌리는 시기였다면, 간부제도의 개혁은 옛 사람들의 사업을 계승하여 앞길을 개척하는 정책에 해당됩니다. 이렇게 하는 주요 목적은 앞길을 개척하기 위해서입니다.

두 번째 문제는 간부제도를 개혁하는 과정에서 직면하게 되는 위에서부터 아래에 이르기까지의 기구 간소화 문제가 그 첫째 문제입니다. 이를 위해서는 중앙에서 앞장서야 합니다. 덩샤오핑 동지는 현재의 규모를 기반으로 한다면 2천만 명이 아니라 많아도 1천 5백 만 명이면 족하다고 했습니다. 그러니 최소한 5백만 명이 많은 셈입니다. 큰 결심을 내리고 국가기구·정부기구·당의 기구·대중단체 기구를 간소화해야 합니다. 간소화한 후에는 또 어떻게 해야 할까요?

우리나라는 반드시 퇴직제도를 실시해야 합니다. 이직 휴양이라 해도 좋고 퇴직이라 해도 좋습니다. 연로한 동지들은 반드시 마음먹고 자리에서 물러나야 합니다. 이것이 첫째입니다. 둘째로 아직은 이직 휴양과 퇴직 연령이 되지 않은 자들을 상대로 어떤 조치를 취해야 할까요? 학교를 세우고 윤번제로 돌아가면서 학습하도록 해야 합니다.

서기처는 중앙 당교에서 다음부터 각 성에서 학습할 인원 모집을 중지하고 중앙기구에서 간소화하여 내려온 간부를 모집해 학습시키기로 결정했습니다. 1천 6백 명의 기숙사생과 1천 4백 명의 통학생 등 총 3천 명을 수용할 수 있습니다.

문화수준이 낮고 필요하지 않으면, 퇴직연령에 달한 간부는 학습하러 가지 않아도 됩니다. 그러나 퇴직연령이 미달이면 반드시 학습하러 가야 합니다. 재능이라는 것은 무엇일까요? 바로 전문화와 지식화입니다.

60세 이하고 문화수준이 일정한 수준에 달하지 못한 간부는 간소화 범위에 포함시켜 2년간 학습시켰다가 다시 결정하기로 해야 합니다. 중앙 당교의 3천명 정액에서 중앙 직속기구에 7,8백 명의 명액을 주는 걸 고려하면 어떨까요? 그리고 일부는 '문화대혁명'에서 착오를 범했고 3중전회 이후에도 표현이 별로지만 린뱌오와 '3인방'과 연결고리가 없다면 간소화 과정에서 그들을 상대로 허심탄회하게 얘기한 후 일부를 뽑아 학습시켜야 합니다. 천윈 동지가 제기한 것처럼 도리를 따져 그들의 얼굴을 봐주지 않는 방법을 취해야 합니다. 문화수준이 너무 낮은 경우거나 대중들이 찬성하지 않는 경우라면 뒤에서 논의할 것이 아니라 공개적으로 떳떳하게 논의해야 한다고 생각합니다. 그러면 효과가 훨씬 좋을 수 있습니다.

서기처는 중앙기구 규모의 5분의 1 혹은 20%를 줄일 수 있을지 여부를 고려하고 있는데 이제 결심을 내리지 않으면 안 되는 지경에 이르렀습니다. 첫째, 중앙기구의 4만여 명을 상대로 인원 감축을 진행해야 합니다. 인원 감축을 첫 번째 문제로 삼아 편제·인원·임무를 확정짓는 3가지 조치를 취해야 합니다. 부와 국에서 구체적으로 어떤 일을 하는지, 우선 위의 3가지를 정해야 합니다. 15일 내인 2월 15일 전에 임무를 완수할 수 있겠습니까? 이번에는 큰 결심을 내려야 합니다. 각 부마다 부장 1명에 부부장 3명입니다. 그러니 부에 관계없이 똑같이 평등하게 대해야 합니다.

덩샤오핑 동지는 부부장을 2명으로 줄이라고 말했습니다. 그러나 서기처의 논의 결과 현재 부부장을 2명으로 줄이기에는 어려움이 있다고 봅니다. 당연히 부부장이 4명인 경우는 세계적으로 찾아볼 수 없는 독특한 케이스입니다. 외국의 경우 1, 2명 정도로 제한하고 있습니다. 국장급 간부는 어떻게 감축해야 할까요? 2명, 아니면 3명으로 줄이되 전반적으로는 3명을 초과하지 않는 것을 원칙으로 해야 합니다. 그렇지 않으면 실제 업무 과정에서 이 사람 저 사람의 사인을 받아야 하니 혼잡한 상황이 나타날 수도 있습니다.

기업과 사업단위에 관계없이 모두 실행해야 합니다. 4만 명에 달하는 중앙기구에서 20%를 감축하려면 8천 명을 줄여야 하는 셈입니다. 경호부대의 인수가 많은 실정이라 중앙은 여러 차례 인원 감축을 언급했습니다. 덩샤오핑 동지는 중난하이(中南海)에 서비스 종사자가 많다면서 기업과 사업단위 모두 편제와 인원, 그리고 임무를 정해야 한다고 말했습니다.

세 번째 문제는 전 당이 덕과 재능을 겸비한데다 젊고 혈기왕성한 간부를 선출하고 지지하는 것을 고려해야 한다는 것입니다. 노 간부들이 이 임무의 주요한 책임을 지고 있습니다. 우리 당이 덕과 재능을 겸비한데다 젊고 혈기왕성한 간부들을 영입할 수 있을지의 여부는 노 간부들이 책임을 얼마나 짊어지느냐가 관건입니다.

지난해 서기처의 평균 연령이 66세였습니다. 현재 부총리의 평균 연령은 67·8세이며, 성위 1인자들 가운데서 70세 이상이 8·9명에 달합니다. 우리 당은 확실히 이러한 문제에 노출되어 있습니다. 만약 천원 동지가 말한 것처럼 천만 명을 영입한다고 가정합시다. 지난 2년간 이 문제에서 우리는 너무나 소심하고 우유부단하게 행동했습니다.

서기처의 경우 평균 연령이 67, 8세입니다. 만약 노 간부 2, 3명을 물러나게 하고 61, 2세 되는 간부를 앉힌다고 가정합시다. 각 부에서 이러한 방법대로 한다면 노화 순환이 진행될 것입니다. 만약 계속 이러한 상황이 지속된다면 2, 3년에 또 바꿔야 하기 때문에 이는 아주 위험한 조치입니다.

중앙기구의 이번 간소화에서 부장, 부부장직의 50%를 60세 이하 사람들에게 맡길 수는 없을까요? 부총리, 각부 부장, 부부장 급에서는 60세 이상을 50%로 통제하고, 60세 이하를 50%로 늘릴 수는 없을까요? 이것도 안 된다면 40%도 됩니다. 30%보다 낮아서야 되겠습니까? 국장급은 55세 이하를 50%로 늘릴 수 없을까요? 주은래 동지가 총리직을 맡았을 때 나이가 51세가 아니었던가요? 덩샤오핑 동지는 영입이 더 중요하다고 말했습니다. 천원 동지는 특별히 서기처에 3대 조항을 적은 글을 보내왔습니다.

첫째, "내보내는 것도 중요하지만 끌어들이는 게 더욱 중요하다." 젊은 층의 비율을 반드시 보장해야 합니다. 젊은이들은 덕과 재능을 겸비해야 하고 젊고 혈기가 왕성해야 합니다. 덕을 가늠함에 있어 주로는 '문화대혁명', 특히 3중전회 이후의 행동을 보아야 합니다. 만약 현재 45세라면 '문화대혁명' 시기에는 30세 정도였습니다.

중앙과 정치적으로 일치성을 유지했는지 여부와 중앙의 노선정책에 딴 마음을 품고 있는지 여부에 대해 중점적으로 고려해야 합니다. 재능은 주로 지식과 전문성을 보아야 합니다. 예를 들면 통일전선 업무를 이끌어 나가려면 전문적인 학문이 필요하고 전문가여야 합니다. 당의 조직과 홍보 등 업무를 실행하는 데도 똑같이 전문지식이 필요합니다.

일부는 훌륭한 동지지만 영도 경험이 없다는 말을 듣기도 합니다. 그러나 이들에게 기회조차 주지 않았으니 어찌 영도 경험을 쌓을 수 있겠습니까? 그리고 지나치게 자만한다고 말하는 자들도 있습니다. 덩샤오핑 동지는 자만에 대해 여러 번 언급했습니다. 그러니 구체적으로 분석해볼 필요가 있습니다. 자만한다고 느껴지는 자에게 담략과 식견이 있을 가능성도 있습니다. 누구에게나 잘 보이려고 애쓰는 자는 덕과 재능이 있다고 말할 것이 아니라 약삭빠르다고 해야 합니다. 젊다고 하여 반드시 혈기가 왕성한 것은 아닙니다. 일부 동지들은 젊지만 체력적으로 따라가지 못합니다. 하루에 10여 시간은커녕 8시간 업무조차 제대로 수행하지 못하고 있습니다. 우리는 혁명전쟁 연대에 하루 이틀 잠을 자지 않아도 끄떡없었습니다. 그때처럼 젊고 혈기가 왕성해야 하며 활력이 넘쳐야 합니다. 젊은 간부를 선발해 당이 활력 넘치게 발전을 이끌어 가야 합니다.

네 번째 문제는 노동자들의 역할을 충분히 발휘시켜야 한다는 것입니다. 이 문제에서는 사상과 정책을 통일시켜야 합니다. 우선 전당에 다수의 원로 동지들이 혁명에 거대한 기여를 했다는 점을 명확히 말해야 합니다. 이러한 얘기조차 하지 않는다면 너무 공평하지 않은 처사라고 봅니다. 세월이 흐르면 누구나 늙고, 누구나 이런저런 문제에 부딪히기 마련입니다. 특히 건국 전의 원로 동지들에 대해서는 충분히 인정해주어야 합니다. 그들이 이런저런 착오를 범하긴 했지만 누구라도 착오는 범하기 마련입니다. 마오쩌동 동지는 혁명이 길수록 착오도 더 많아진다고 말한 바 있습니다.

원로 동지 특히 건국 전 노 동지들의 다수가 공을 세웠고 당과 혁명사업에 많은 기여를 했습니다. 이는 우리가 영원히 잊지 말아야 할 부분입니다. 원로 동지를 존중하고 그들에게 관심을 돌려야 합니다. 그들이 재직했을 때보다 더 존중하고 관심을 가져주어야 합니다. 그렇지 않으면 당의 안정과 단합에 영향을 미치게 됩니다. 기존에는 현직 종사자에게 많은 관심을 기울였지만 앞으로는 이러한 행태를 반드시 바로 잡아야 합니다.

현재 중앙에서 퇴직했거나 제2선으로 물러난 원로 동지들에 대한 정치적 대우와 생활 대우를 낮추지 않고 본 단위에서 책임지도록 하는 방안을 고려하고 있습니다. 만약 이를 어길 경우 소속 단위의 당위에 책임을 물을 예정입니다. 문서를 보고 병원으로 가고 차량을 이용하는 등에 대해 여러모로 모두 관심을 기울여야 합니다.

노 동지의 업무 상황에 대해서는 차별화를 두어야 합니다. 몇몇 서로 다른 상황이 있습니다만 여기서는 주로 건국 전의 원로 동지들을 언급하는 것입니다. 건국 후의 원로 동지들은 나이가 들면 바로 퇴직하기 때문입니다. 건국 전의 원로 동지의 경우, 대혁명시기에 6백여 명, 홍군시기에 지하당을 포함해 1만 8천여 명, 항일전쟁시기에 42만 명, 해방전쟁 시기에 191만 명에 달했습니다. 보시다시피 해방전쟁 시기에 그 수가 최고치를 기록했습니다. 이 문제를 제대로 해결하려면 아래와 같은 몇 가지 방법을 취해야 합니다.

첫째, 업무능력을 완전히 상실하거나 완전히 퇴직해 아무런 직무도 맡고 있지 않은 경우. 예를 들면 류쇼이(劉帥)[215], 차이따제(蔡大姐)[216]는 중국공산당 12차 전국대표대회 대표는 물론 중앙위원직도 맡고 있지 않습니다. 7중전회 때 중앙위원회의 명의로 그들에게 경의를 표하는 편지를 보내 그들의 일생을 평가하고 언론에 공개했습니다. 위 두 분을 시작으로 앞으로는 완전히 업무능력을 상실한 노 동지에 대해 모두 이러한 방법을 적용할 것입니다.

둘째, 업무능력을 거의 상실했을 경우 명예 직무를 배치합니다. 그리고 그 외의 당·국가 혹은 대중단체를 비롯한 기타 실제 업무에서의 직무에서 면제시켜 주는 것입니다. 즉 그들이 아직 일정한 업무능력을 갖고 있을 때 명예 직무를 주자는 뜻입니다.

셋째, 나이가 비교적 많은 경우, 예를 들면 70세가 넘었어도 아직은 체력적으로 따라갈 수는 있지만, 젊고 혈기왕성했던 시기와는 비교할 바가 되지 못하다면 제2선으로 물러나 젊은 동지들에게 기회를 주어야 합니다. 덩샤오핑 동지, 천윈 동지는 확실히 우리가 따라 배워야 할 본보기입니다. 덩샤오핑 동지는 나이가 들어서도 정력이 왕성했습니다. 비록 100%는 아니지만 젊은 시절 못지않은 활력을 보여주었습니다.

우리 당의 주석을 그가 맡아야 했지만 그는 한사코 사양하면서 자질과 위망이 그보다 못하고 경험이 훨씬 적고 수준이 낮은 동지에게 자리를 양보했습니다. 그는 이러한 동지를 올리면서 기쁘다고 했습니다. 참으로 대단하다고 생각합니다. 만약 원로 동지들이 모두 젊은 친구를 추천하고 지지하는 것을 당 사업에 대한 기여와 영광스러운 직책으로 간주한다면 우리 자손들에게는 교육이 될 것입니다.

전반적으로, 첫째 젊은 동지들이 원로 동지를 존중하도록 가르치는 것입니다. 우리는 규정을 세워 청장년들이 얼마나 높은 직무를 맡고 있던 간에 모두 혁명 선배를 존중할 수 있도록 배려해야 합니다. 둘째, 원로 동지들은 젊은 친구를 육성하고 사랑하고 지지하되 먼저 지지하고 난 후에 비판해야 합니다. 원로 동지들은 반드시 이 임무를 짊어져야 합니다. 천윈 동지가 얘기한 것처럼 천만 명에 달하는 젊은 간부를 육성시켜야 합니다. 지방 위원회 이상 주요 영도 간부 규모가 약 3만 명으로 예상되는데, 2, 3년 내에 1만 명을 더 선발한다면 이는 30%에 달하는 수준입니다.

덩샤오핑 동지는 연령대로 놓고 볼 때 현재 서기처의 지도부에 문제가 있다고 하면서 현재는 과도적인 지도부라고 말했습니다. 이는 자연적인 규칙으로 체면을 볼 필요가 없는 부분입니다.

오늘 이 자리에는 건국 전의 원로 동지들이 많이 참석했는데 이번의 기구 간소화에서 이 문제를 근본적으로 깨달아야 합니다. 이 문제를 정부기구 간소화의 우선순위에 놓고 추진해야 합니다. 이 문제를 제대로 해결한다면 우리는 마르크스를 만날 면목이라도 있지 않겠습니까?

공산당을 낭만적인 시각으로 얘기한다면 선견지명을 가진 당이라 부르고 싶습니다. 멀리 내다보는 식견이 있기 때문입니다. 당의 원대한 이익을 위해 원로 동지들이 이 문제를 깨달을 것이라고 저는 굳게 믿습니다. 우리 함께 역사적 의미를 지닌 당의 대사를 성사시키도록 합시다!

입지가 확고하고, 명석하며 성과가 있는 마르크스주의자가 되어야 한다*

(1982년 2월 13일)

중국의 사회주의 현대화 건설은 아주 중요한 시기에 처해 있습니다. 최근 몇 년간 대외경제 관계를 비롯한 여러 가지 건설 업무에서 진정으로 새로운 국면을 개척하는 것은 향후 10여 년, 20년의 발전에 결정적인 의미를 가진다고 봅니다. 얼마 전 중앙 서기처에서 현대화 건설 과정에서 국내와 국외 자원을 활용하고, 국내와 국제 시장을 개척하며, 국내건설 조직과 대외경제 관계 발전 요령을 관장해야 한다고 제기했습니다. 이는 경제 차원에서 대외개방, 대외경제 관계 발전의 전략적 지위를 한층 명확히 한 셈입니다. 이는 동지들이 경제 차원에서 대외개방의 전략적 의미를 깊이 이해하고 더 넓은 분야에서 국면을 개척하기 위해 과감하게 행동할 것을 요구하고 있습니다. 또 대외개방이라는 배경 하에 직면한 새로운 환경의 극단적인 복잡성에 주의를 돌리고 새로운 재능을 배움과 동시에 여러 가지 심각한 위험에 따른 사업의 소극적인 현상을 제때에 발견하고 극복해야 합니다. 우선 당내 특히 당의 간부들 중에 존재하는 여러 가지 소극적인 현상에 주목해야 합니다.

이 두 부분은 어느 하나라도 빠져서는 안 되고 모두 잘 이끌어 나가야 합

---

* 이는 후야오방 동지가 광둥성과 푸젠성 좌담회에서 발표한 연설문의 일부분이다.

니다. 그렇지 않으면 업무에 차질이 생기고 심지어 사업마저 망치게 됩니다. 이렇기 때문에 우리는 더 열심히 경험을 종합해야 합니다. 그러기 위해서는 아래와 같은 몇 가지 점을 확고히 해야 합니다.

1. 의지가 확고하고 머리가 명석하며 성과가 있는 마르크스주의자로 되어야 합니다.

중앙의 「긴급 통지」[217]에서는 밀수품 판매, 탐오와 뇌물수수, 그리고 상당한 규모의 국가와 집체 재산을 개인의 것처럼 점유하거나 권력을 이용해 투기와 사기행각을 벌이는 당원 및 간부, 특히 책임 간부에 대해 엄히 처벌하는 데에 관한 문제를 명확히 제기했습니다. 이 문제가 우리 당의 생사존망, 그리고 국가의 흥망성쇠와 관계되는 극히 중대한 문제라는 점을 모두 명확히 인식해야 한다고 봅니다.

당원과 간부 특히 책임 간부가 경제적으로 범죄행위를 저지르면 우리 당의 위신에 심각하게 먹칠을 하는 것이나 다름없습니다. 만약 이러한 사태를 그대로 방치한다면 우리 당의 위신과 사회주의 사업을 더 심각하게 파괴하고 심지어 60년간 우리 당과 인민이 어렵게 이룩한 모든 혁명성과를 말살하고 말 것입니다. 이토록 엄청난 위험성에 전당 동지들은 반드시 높은 경각성을 가져야 합니다.

'3인방'을 무너뜨린 후의 5년여 간, 특히 중국공산당 11기 3중전회 이후 전당 동지들의 노력을 거쳐 당과 국가를 '문화대혁명'의 10년 내란으로 초래된 심각한 위기에서 구해냈습니다. 덕분에 중국은 흥성하고 발전의 길에 다시 들어설 수 있었습니다. 이는 그 누구도 결코 부정할 수 없는 역사적 사실로 자손 후대들이 영원히 잊지 않을 것입니다. 그렇다면 우리 당과 국가나 사회주의 사업이 전쟁 위험을 제외하고는 그 어떤 심각한 위험에 노출되어 있지 않다는 말입니까? 당연히 아닙니다. 평화 속에도 위험이 여전히 도사리고 있습니다.

　동지들이 얘기한 것처럼 당을 쇠퇴의 길로 내몰고, 평화로 나아가는데 닥칠 위험성이 아직은 제거되지 못했습니다. 경제분야의 위법 불법 활동이 30년 전의 '3가지 반대'[218]와 '5가지 반대'[219]시기보다 훨씬 더 많습니다. 사상문화와 사회 기풍에서 보여준 부패한 자본주의 사상, 봉건주의 잔여 세력의 침략과 맹목적으로 외국의 것을 숭배하는 등의 위험한 현상은 건국 이후 보기 드물 정도로 만연되어 있습니다. 당과 국가의 전도 · 운명과 관계되는 중대한 문제에는 아직도 상당한 위험이 동반되어 있다는 점을 명확히 보아야 합니다. 이것이 바로 가장 먼저 명확히 보아야 하는 부분입니다. 그렇다면 위험성의 근원은 어디일까요?

　우리는 늘 제국주의 · 패권주의 침략과 불순한 음모, 그리고 이미 무너진 린뱌오와 '3인방', 그리고 장칭 반혁명그룹의 잔여세력이 다시 머리를 드는 현상에 경각성을 높여야 한다고 말해왔습니다. 틀린 말이 아니기에 늘 경각성을 높여야 하는 부분입니다. 그러나 우리 당은 노동자계급의 선봉대이자 중국과 같은 대국을 영도하는 당으로써, 당 자체가 건전하다면 여러 가지 '바이러스'의 침식을 효과적으로 억제할 수 있습니다. 또 우리 스스로 무너지지 않고 청렴하며 인민과 함께 한다면 그 어떤 적대세력도 우리를 쉽게 무너뜨릴 수 없으며, 그들의 음모도 결코 성사될 수 없다는 점을 명확히 깨달아야 합니다. 이러한 의미에서 볼 때 중요한 위험은 다름 아닌 우리 당내 소수 인들의 부패와 변질이 근원이라고 할 수 있습니다. 위험성의 근원을 찾아내는 것이 우리가 두 번째로 명확히 해야 할 부분입니다.

　당 자체를 놓고 볼 때 관건이 되는 것은 무엇일까요? 3천 9백만 당원이 모두 관건이라고 할 수 있을까요? 당연히 아닙니다. 당내의 중상층 지도자, 주요 영도간부가 문제의 핵심입니다. 만약 중 · 고위 영도간부가 확고하고도 성과가 있는 마르크스주의자라면 우리 당을 잘 이끌어나갈 수 있고 - 당은 모든 착오를 극복해 나갈 수 있는 능력을 갖추게 됩니다. 1938년 마오쩌동 동지가 「민족 전쟁에서의 중국공산당의 지위(中國共產黨在民族戰爭中的地位)」라는 글에는 이렇게 적고 있습니다. "주요한 영도 책임을 지는 차원에서 볼 때, 만약 우리 당 내에 체계적이고도 실제로 마르크스·레닌주의를 학습한 동지가 백 명에서 2백 명에 달한다면, 당의 전투력이 크게 향상될 뿐만 아니라 일본제국주의와 싸워 이길 날도 점차 가까워질 것이다."[220]

마오쩌동 동지의 이러한 관점은 아주 정확하고도 중요합니다. 그때는 1, 2백 명이라고 했지만, 현재의 역사적 조건이 달라졌으니 아마 1만에서 2만 명은 돼야 하고, 범위는 중앙에서 관리하는 간부를 주요 대상으로 하면 될 것 같습니다. 오늘 만약 의지가 확고하고 두뇌가 명석하며 성과를 거둔 마르크스주의자가 1만에서 2만 명 정도 된다면, 우리 당의 전투력이 크게 향상될 것으로 예상됩니다.

당 건설을 잘 해나간다면 사회주의 현대화 건설 사업이 아무리 어렵다고 해도 반드시 잘 이끌어 나갈 수 있을 것입니다. 반면에 만약 당내 중·고위 간부들이 평화적인 환경에서 부패해지고 점차 변질했음에도 불구하고 제때에 제지하지 않고 방치한다면 위험성은 더 커질 것입니다. 따라서 당내 중·고위 간부들이 관건이라 하지 않을 수 없는 것입니다. 이 또한 명확히 해야 할 세 번째 부분입니다. 확고한 의지와 명석한 두뇌는 긴밀히 연결되어 있습니다. 위험성을 명확하게 파악한 후, 주요한 위험과 핵심적인 부분을 제기해야 합니다. 이러한 부분을 회피하거나 감쌀 것이 아니라 용감하고 적절하게 폭로하고 처리함으로써 힘을 합쳐 위험을 이겨내야 합니다. 이러한 부분이 바로 무산계급 혁명의 확고한 의지를 보여주는 것으로, 마르크스·레닌주의와 마오쩌동 사상을 진정으로 견지하는 표현이라고 할 수 있습니다.

반면에 만약 이와 반대로 모순을 회피하고 감추려하거나 무턱내고 싸운다면 명석한 두뇌나 확고한 의지를 언급할 수 없을 것입니다. 최근 일부 동지들은 현 단계가 우리에게는 험난한 시험이 될 것이라고 말하기도 합니다. 아주 적절한 얘기라고 봅니다. 새로운 역사시기에 최근 몇 년간 집권당의 영도그룹인 우리 당의 중·고위 영도 간부들이 역사적 흐름에 진정으로 순응해 안목을 넓히고 박력 있게 국면을 개척함으로써, 현대화 건설을 통한 위대한 사회주의 강국이 될 수 있는 튼튼한 기반을 마련할 수 있을지 여부가 우리에게 주어져 있는 것입니다. 우리들이 한 일들에 대해 몇 년 후 예를 들면 20년 후 후대들이 평가를 하게 될 것입니다.

　저는 이러한 평가가 주로 아래와 같은 3가지로 종합될 가능성이 있다고 봅니다. 첫째는 우리가 확실히 의지가 확고하고 두뇌가 명석하며 성과를 거뒀다고 인정하는 부류, 둘째, 우리가 무능하며 아주 평범하고 보잘것없는 존재였다고 말하는 부류, 셋째, 무능하고 부패하며 우매한 자들이었다고 말하는 부류입니다. 즉 '성과가 있는 자', '평범한 자', '우매한 자'와 같은 3가지 유형으로 평가받을 수 있다는 것입니다. 우리에 대한 힘든 시험이라는 것은 사실상 중·고위 영도간부에 대한 힘든 시험입니다. 이러한 3가지 유형가운데서 여러분들은 어느 부류에 속하겠습니까?

　2. 당내 특히 일부 책임을 진 당원간부의 부패현상에 대해 엄숙하고도 완고하게 끝까지 투쟁해야 합니다. 최근 몇 년간, 당 중앙은 줄곧 이 문제를 확고히 관장했으며, 원로 세대 혁명가들도 줄곧 이 중대한 문제에 큰 관심을 기울였습니다. 특히 덩샤오핑·천원·예젠잉·리센녠 등의 동지들이 이 문제에 특히 주목했습니다. 왜 그랬을까요? '문화대혁명'의 파괴와 린뱌오와 '3인방', 그리고 장칭 반혁명그룹이 끼친 유독성을 남긴 심각성, 그리고 경제 대외개방에서 우리 당이 직면한 새로운 역사적 조건 때문입니다.

덩샤오핑 동지와 천윈 동지는 우리 당의 기풍이 린뱌오와 '3인방'의 파괴를 가장 심각하게 받았다고 말했습니다. 경제분야에서의 불법 범죄행위에 대한 반대와 타격을 비롯한 모든 나쁜 기풍에 대한 반대를 향후 한시기의 당의 기풍과 기율을 바로잡는 중심 임무 중 하나로 이끌어 나가야 할 것입니다.

현재 우리는 경제에서의 대외개방 뿐만 아니라 멀지 않은 장래에 국가에서 두 가지 사회제도를 용납하는 방식을 통해 타이완을 통일시키고 홍콩과 마카오의 주권을 거두어들이는 문제를 해결할 예정입니다. 이는 새로운 역사적 조건에서 우리가 마땅히 취해야 할 정확한 방침입니다. 그러나 이러한 방침을 실행하는 과정에서의 투쟁은 반드시 아주 심각하고 극히 복잡합니다. 10월 혁명 이후, 레닌이 영업권 보유제도[115]를 실행하던 상황에서 이 부분에 대해 예리하게 지적한 바 있습니다.

그는 한편으로는 영업권 보유제도를 확고하게 추진해야 한다고 주장하면서도 이러한 제도가 평화가 아니라 '전쟁'이라고 말했습니다. 또 '전쟁'이 경제 범위에서 지속 될 것이지만, 우리에게는 보다 유리한 '전쟁'이 될 것이라고 했습니다. 그렇기 때문에 레닌의 관점을 바탕으로 국제 자본과의 교류를 실현하는 것은 완전히 필요한 조치인 것입니다. 그러나 이러한 교류에는 심각한 투쟁이 내포되어 있으며, 교류의 목표는 소비에트국가의 사회주의 경제건설을 추진하기 위하는 데 있습니다. 레프 트로츠키[221]의 관점은 이와 정반대입니다.

그는 국제 자본과의 교류는 반드시 자본주의 세계경제의 통제를 받게 되고, 남의 부속품으로 된다면서 이는 한 나라의 사회주의 건설 가능성을 방해할 가능성이 있다고 말했습니다. 트로츠키의 이러한 관점을 기반으로 할 때 국제 자본과 교류하려면 혁명을 하거나 사회주의를 하면 안 됩니다. 레닌이 정확하고 트로츠키는 착오적이라는 점을 역사가 이미 증명해주었습니다.

오늘도 우리는 레닌주의의 관점에 따라 움직이고 있습니다. 홀로 분투하면서 국제 자본과의 교류를 거절하는 사상은 잘못된 것입니다. 다른 한편으로는 국제 자본과의 교류에서 필요한 투쟁을 가볍게 보거나 포기하는 관점과 행위도 착오적인 것입니다. 한 마디로 교류도 하고 투쟁도 해야 합니다. 문제는 공산당원과 당의 간부들 가운데서 먼저 영도간부가 이러한 투쟁에서 그들에 의해 부패해지고 끌려가지 않느냐 하는 데 있습니다.

건국 이전에 마오쩌둥 동지는 적이 무력으로 우리를 정복하지 못한다고 할지라도 자산계급의 사탕폭탄이 우리 대오에서 의지력이 약한 자를 굴복시킬 수 있을 것이고 말한 바 있습니다. 현재 다수의 원로 동지들은 적들의 무력에 굴복하지 않았을 뿐만 아니라 린뱌오와 '3인방'의 진압에도 결코 무릎을 꿇지 않았습니다. 한 차례는 당 외 반혁명 폭력이고, 다른 한 차례는 당 내 반혁명 폭력인데 모두 이겨내지 않았습니까? 그러나 최근 몇 년간 국제 자본과의 교류에서 전도가 없는 극소수 원로 동지를 비롯한 일부 동지들은 이미 확실히 자본주의 사탕폭탄에 넘어가 자산계급의 포로가 되고 공산주의 사업의 반역자와 탈영병이 되고 말았습니다. 사물 발전의 논리는 이처럼 잔혹하고 무자비합니다. 잠에서 확 깨어나 전 당이 큰 소리로 외쳐야 하지 않겠습니까? 이러한 명확한 사실을 가지고 당원과 간부, 특히 노 당원, 노 간부를 가르쳐야 하지 않을까요?

현재 사탕폭탄에 넘어간 간부들 가운데서 일부는 린뱌오와 '3인방', 그리고 장칭을 따라 '반혁명'에 가담한 '3가지 부류 사람'[222]들입니다.

이외에도 총알에 맞아보았고 린뱌오와 '3인방'에 의해 옥살이를 하면서도 결코 굴복하지 않았지만 이제 와서 자본주의에 의해 부식되어 역사에서 도태된 부류도 있습니다. 예를 들면, 30여 년간 당의 사업을 주관해온 푸젠성의 한 지부 서기가 자본주의에 부식된 후 "공산당을 수십 년간 따라왔는데 오늘에야 속임을 당했다는 걸 알게 되었다."고 말한 것으로 전해지고 있습니다. 분명히 자신이 자본주의의 속임수에 넘어가놓고 거꾸로 공산당의 속임수에 당했다고 말하고 있으니. 이런 자들이 이 정도까지 타락하고 썩어 문드러졌을 줄이야 누가 알았겠습니까? 이로부터 자본주의 사상과 금전의 위해성이 얼마나 큰지를 명확히 볼 수 있습니다.

당연히 더 추가적으로 설명해야 할 부분이 있습니다. 우리가 교류하고 있는 국제 자본과 홍콩·마카오의 상공업자들을 대상으로 분석해야 합니다. 무릇 자본가라면 이윤 창출을 추구하는 것이 당연합니다. 이에 대해서는 추호의 의구심도 품지 않습니다. 그러나 아래와 같은 두 가지 상이한 상황은 차별화해야 합니다.

한 종류는 정당한 수단으로 우리와 장사를 하는 경우입니다. 이러한 상황에 대해 우리는 장사 여부나 조건 협의의 달성 여부를 떠나 모두 두 팔 벌려 환영하고 예의를 갖춰 대할 것입니다. 또한 우리와 협력하는 자본가에 대해서는 모두 평등하고 서로에게 이익을 돌리는 정책 원칙을 실행할 예정입니다. 여기에는 우리가 장사를 할 줄 아느냐 모르냐 하는 문제만 있지 억제와 부식을 반대하는 문제는 없습니다. 그러나 다른 한 종류는, 만약 정당하지 않은 수단, 심지어 국가주권을 침략하는 수단, 예를 들면 밀수·마약판매·수뢰·기만과 자산계급 생활방식의 악의적인 전파 등을 통해 중국 인민의 권리와 이익에 손해를 주고, 당원·간부·공민을 부식시킬 경우 중국 인민의 단호한 견제를 받아야 하고 일부는 법률에 따라 기소를 해야 하는 경우입니다.

정당하지 않은 활동에서 입장을 잃고 타락된 당원·간부·공민, 즉 위에서 말한 사탕폭탄에 넘어간 사람들은 마땅히 비판을 받고 처분을 받거나 심지어 법률에 의한 제재를 받아야 합니다. 이는 지극히 공평하고 합리적인 것이 아니겠습니까?

　이번 투쟁에서 우리의 결심이 어떤 수준인지를 우선 보아야 합니다. 첫째, 둘째가 결심이며, 셋째도 결심인데, 이러한 결심이 어떤 수준인지를 보는 것입니다. 큰 결심을 내리고 이번 투쟁을 끝까지 확고부동하게 견지한다면, 수많은 사람을 구하고 당과 국가에 붙은 부패한 부분을 제때에 떼어내 당의 순결성을 유지함으로써 당의 사업이 본 세기 내에 유력한 보장을 얻을 수 있습니다.

　중앙의 '긴급통지'에 '두 가지 반드시'라는 구절이 있습니다. 밀수와 밀수품 판매, 탐오와 뇌물수수, 국가와 집체의 대규모 재산을 개인 소유로 점하는 등 심각한 위법·불법행위에 대해 반드시 끝까지 제압하고 신속하고도 강도 높게 처리해야 합니다. 상황이 엄중한 범죄를 저지른 간부, 특히 중요한 직무를 맡고 있는 영도 간부가 범죄를 저질렀을 경우에는 반드시 법에 엄히 처벌해야 할 것입니다.

　이밖에 '두 가지 불허'라는 구절도 있습니다. 보고도 못 본체 하거나 알고도 보고하지 않는 것을 불허해야 한다는 것입니다. 그리고 우유부단하고 감싸주는 것도 불허해야 합니다. 중앙은 이러한 결심을 단단히 내렸습니다. 이 일에 따른 의미가 심각하고 너무 중요하기 때문입니다. 그렇지 않으면 당이 일부 부분에서, 앞으로는 더 많은 부분에서 타락하고, 이것이 더 발전하여 결국에는 불치병으로 될 것입니다.

　투쟁의 전개 방법에 대해 '긴급통지'는 명확하게 언급했습니다. 현재 업무 범위가 많고 다수의 지도부를 제대로 조정하지 못했기 때문에, 모든 간부와 대중을 상대로 관련 신고와 적발 조치를 실시하면 안 됩니다. 모함하거나 긴장되고 공포스러운 사회 분위기가 조성되는 등 혼잡한 현상이 나타날 수도 있기 때문입니다. 당연히 대중운동을 전개하지 않는다고 하여 대중노선을 견지하지 않겠다는 얘기는 아닙니다. 무릇 중대한 사건에 대해서는 대중들이 상황을 이해하고 적발 및 신고하도록 동원하고, 사건을 처리하는 데에도 대중들이 논의할 수 있는 조건을 마련해주며, 그들의 건의에 귀를 기울여야 합니다. 중앙서기처는 일반 사건과 중대한 사건에서 후자를, 또 현행사건과 오래된 역사사건에서는 전자를, 일반 간부와 고위 간부에서는 중·고위 간부(그 가족도 포함)와 일부 단위의 집단적인 범법행위를 중점적으로 관리하기로 했습니다. 특히 중요한 현행사건에 대해서는 더 단호하고 더 엄하게 다스려야 합니다. 그렇지 않고서는 나쁜 기풍을 억제시킬 수 없으며, 구호만 요란할 뿐 실천에 옮기지 않는다는 비난을 받게 됩니다.

마음이 약해 엄하게 다스리지 못한다면, 결국에는 더 많은 사람들이 피해를 보게 됩니다. 당연히 처벌함에 있어 법을 위반하거나, 범죄행위, 그리고 업무 중의 실수는 차별화해야 합니다. 심각하게 법과 규율을 위반한 자들이 수백만, 수천만 위안을 다루면서 조금도 개인적으로 나눠 가지지 않는다고 장담할 수 없습니다. 예를 들면 이른바 '밀수 감시팀'은 1인당 수천 위안씩 나누어 갖는데, 이 때 받지 않았다고 퇴출하겠습니까? 법과 규율을 어기는 추세가 이토록 심각한데 개인의 속셈이 없다고 할 수 있을까요? 전반적으로 정책의 경계선 문제는 이미 명확해졌습니다. 당연히 조사의 진전 상황에 따라 꾸준히 연구해야 합니다.

이번에 중대한 투쟁을 전개하고 견지하기 위해서 중앙서기처·중앙 각 부서, 국가 기관 군사위원회 각 부서, 각 성·시·자치구 당위와 각 지·시·주의 당위, 그리고 여러 군구·성 군구 당위는 한시기 동안 이를 중점 업무 중 하나로 간주해야 할 필요성이 있습니다. 각 성의 당·정·군 주요 책임자와 광저우, 푸저우 군구의 주요 책임자가 직접 이 일을 주재해야 합니다. 아울러 우리는 이번 투쟁에서 각급 기율검사위원회를 건전하게 꾸려나가기 위해 노력할 것입니다.

현재 정부기구를 간소화함에 따라 적지 않은 간부들이 이임하게 됩니다. 이중에는 평생 정직하고 청렴하게 지냈고, 당의 사업을 위해 분투한 동지들도 있습니다. 따라서 이중에서 일부를 선출해 기율검사위원회로 보낼 수 있습니다.

중대한 투쟁을 전개하고 견지하려면 홍보 교육도 적극적으로 진행해야 합니다. 홍보교육을 강화하려면 언론은 대표적인 사례를 많이 찾아내야 합니다. 그리하여 이를 홍보하기 위한 당성과 원칙을 강조하며 중국인의 진취성을 향상시키는 전형을 많이 찾아내야 합니다. 그리고 큰 사건을 처리한 상황을 발표하고, 특히 범죄간부들이 어떻게 사탕폭탄에 무너졌는지, 원래는 착하던 간부들이 무엇 때문에 나쁜 간부로 전락되었는지 등을 예리하게 폭로해야 합니다. 일정한 위세가 있어야 강대한 사회 여론을 조성할 수 있습니다. 올해가 첫 해로 중앙 간행물은 이번의 중대한 투쟁을 홍보의 중심 업무 중 하나로 간주해야 한다고 봅니다.

홍보교육을 강화하려면 여러 가지 착오적인 사상을 비판하고 어리석은 관점도 분명히 해야 합니다. 여러 가지 나쁜 일들이 모두 특수 정책과 영민한 조치를 실행한 결과라고 말하는 데 대해 마땅히 답변을 해야 한다고 봅니다. 나쁜 사람·나쁜 일들이 특수한 정책, 영민한 조치와는 전혀 다른 부분이라는 점을 명확히 지적해야 합니다. 특수성은 통일성을, 영민성은 원칙을 상대로 얘기하는 것이며 양자는 서로 결부되어 있습니다.

특수 정책은 통일된 국가정책에서의 특수한 정책입니다. '4가지 견지'나 사회주의 방향을 떠난다면 어찌 특수 정책이라 할 수 있겠습니까? 이를 퇴화와 변질이라 해야 합니다. 영민한 조치라도 단호한 원칙 입장에서만 영민성을 논할 수 있습니다. 공산주의 입장이나 당성과 당의 정책을 버린다면 어찌 영민성을 논할 수 있겠습니까? 이건 투항주의입니다. 이처럼 근본적인 경계선을 명확히 제기하지 않고 착오적인 언론을 비판하고 반박하지 않는다면 의구심을 동요시키는 여러 가지 논조가 퍼지고 범람할 수 있습니다.

저는 이 문제를 당의 기풍 차원으로 끌어올리고 싶습니다. 린뱌오와 '3인방'을 무너뜨린 후의 5년여 동안 올 1월에 발표된 중앙 '긴급통지'에 이르기까지 당의 기풍문제에서 어떻게 이를 관장하고 어떠한 전투 여정을 거쳤는지를 되돌아볼 필요가 있습니다. 여러분도 아시다시피 우리는 우선 '2개의 무릇'[60]을 반대하고 당의 실사구시적인 우수한 전통과 기풍을 회복 및 고양시키고 개인숭배를 반대할 것을 제기했습니다. '2개의 무릇'이나 개인숭배와 개인 홍보 모두 무산계급의 철저한 유물주의 사상이 아니라 무산계급의 당성을 위배한 타락의 사물로 사상과 기풍의 부패 현상에 속합니다.

그 후부터 우리는 4개의 기본 원칙을 견지하고 관료주의와 무정부주의, 극단적인 개인주의를 반대할 것을 제기했습니다. 또 자산계급의 자유화 반대를 제기했으며, 이러한 부분은 사실상 모두 사상·정치·조직 차원에서 여러 가지 부패현상을 극복하는 것에 속합니다. 11기 3중전회 이후, 우리 당은 중앙기율검사위원회를 회복하고 천윈 동지를 지도자로 올렸습니다.

5중전회에서는 또 「당내 정치생활에 관한 약간의 준칙」[131]을 통과시켰습니다.

위의 두 가지를 확고히 관장하는 것은 의미가 아주 큽니다. 특히 '준칙'의 제정은 중앙전회를 거쳐 정식으로 통과된 것이기 때문에, 사실상 당의 기풍 문제에 대해 정중하게, 그리고 체계적으로 전당에 알린 것이나 다름없습니다. 중앙기율위원회가 설립된 후의 몇 년 동안 당의 기풍·기율과 관련된 실제 업무를 정돈함에 있어 또 한 차례의 과정을 겪었습니다. 첫 단계는 특수화를 극구 반대했습니다.

이는 당시 간부와 당원의 요구를 반영했습니다. 우리는 큰 결심을 내리고 고위 간부의 대우에 대한 규정을 제정했습니다. 고위 간부들이 앞장서서 훌륭한 역할을 했습니다. 한 시기 일부 동지들 중에는 "특수화는 고위간부를 상대로 하는 것이고, 고위간부는 모두 중난하이에 있다"고 착각하는 현상이 나타나기도 했습니다. 이러한 착각은 착오적인 것입니다. 그러나 전반적으로 볼 때 1979년부터 1980년까지 진행된 특수화 반대 투쟁은 적극적인 효과를 거두었습니다. 그리고 우리는 전 당 범위에서 당원과 간부 특히 영도간부들이 반드시 당의 노선·방침·정책에 충실할 것을 특별히 강조했습니다. 이는 당시 당내 외 일부 사람들이 당의 노선·방침·정책에 의구심을 품거나 심지어 반대한다는 등 공개적으로 혹은 비공개적으로 논의하는 자가 아주 많았기 때문입니다.

이러한 상황을 겨냥해서 우리는 정치적으로 중앙과 보조를 맞출 것을 강조했습니다. 이로써 정치적으로 당을 심각하게 부식시키고 파괴하는 나쁜 기풍을 효과적으로 억제할 수 있었던 것입니다.

지난해부터 우리는 경제분야에서의 나쁜 기풍을 바로잡기 위해 노력했습니다. 금년 1월 11일에 발표된 중앙의 '긴급통지'에서는 이 문제를 전 당의 중요한 의사일정에 올리는 데에 대해 예리하게 제기했습니다. 전반적으로 몇 년간의 전투 여정은 당 중앙이 당의 기풍과 기율 문제를 줄곧 주목하고 관장했다는 점을 설명합니다. 아울러 사물에도 발전과정이 있다는 점을 알려주고 있습니다. 이는 몇 년간의 발전 과정으로부터 이해할 수 있었습니다.

모순은 폭로되는 과정이 있어야 하고, 업무는 발전과정이 있어야 하기 때문에, 그때그때마다 한 단계씩 해결해 나가야 합니다. 이 또한 사물의 발전 과정이라고 할 수 있는 것입니다.

화뤄겅(華羅庚)에게 보낸 편지

(1982년 4월 1일)

뤄겅[223]동지:

3월 22일에서 보내온 편지를 며칠 전에 이미 보았습니다. 다른 일로 바삐 보내다보니 제때에 답변을 하지 못해 송구스럽습니다.

편지에 언급한 여러 견해들은 모두 훌륭하다고 봅니다. 이미 편지를 팡이(方毅)[224], 리창(李昌)[36], 루자시(盧嘉錫)[225]동지에게 전달했고, 이들에게 편지에서의 견해를 중시할 것을 부탁했습니다.

그러나 향후 업무의 지나친 예산에 대해 약간 걱정되기도 합니다.

수십 년간 여러 사람들이 자연계를 인식하도록 하는 데 바친 당신의 기여는 필경 자연계가 당신에게 선물한 부분을 훨씬 넘어섰을 것이라고 믿습니다. 만약 자연계가 당신에게 더 많은 날을 허락한다면, 나는 당신이 과학을 위해 분투해온 평생의 감동적인 경력을 회억록의 형식으로 작성해 젊은 친구들에게 남겨주기를 간절히 희망합니다. 빼앗겨 잃어버린 친필 원고에서 일부 아주 중요한 관점과 견해를 여기에 틈틈이 추가해 서술할 수는 없을까요? 만약 이렇게 한다면 당신은 과학 분야에서 임무 이상의 기여를 한 셈입니다.

과학은 분야가 아주 많지만, 과학연구는 반드시 뛰어난 재주를 가져야 합니다. 우리와 같은 문외한은 일부 동지들이 계속해서 이론 연구에 몰두해 인류가 아직은 발견하지 못한 새로운 분야와 원리를 탐색하는 것을 결코 반대하지 않습니다. 그러나 더 많은 동지들이 새로운 기술과 공예의 난관을 극복하는 행렬에 뛰어들어 중국의 4개 현대화 건설을 추진하는데 보탬이 돼주기를 바랍니다.

저는 성경을 본 적이 없습니다. 며칠 전 우연하게 성경의 이야기를 인용한 책자 한 권을 발견했습니다. 고대 바빌로니아인들이 하늘로 향하는 탑(통천탑)을 세우기로 마음먹었는데, 이 사실이 하느님의 귀에 들어가 그의 분노를 사게 되었다는 이야기입니다. 하느님은 하늘로 올라가려는 꿈을 가진 사람들 사이의 모순을 격화시켜 통천탑 제조 문제에서 줄곧 논쟁이 끊이질 않게 했습니다. 결국 이 일은 하느님의 바람대로 무산됐습니다.

현재 중국인은 바빌로니아인들이 못 이룬 꿈을 건네받았습니다. 그리고 중국에는 바닐로니아인을 우롱한 하느님이 존재하지 않습니다. 중국의 과학 분야 종사자들이 한 마음 한 뜻으로 힘을 합쳐 이 프로젝트를 위해 아낌없이 헌신할 수는 없을까요? 만약 대답이 긍정적이라면 성공을 기대할 수 있지 않겠습니까?

답변이 너무 길어졌습니다. 기회가 된다면 만나서 얘기했으면 좋겠습니다. 건강하게 지내시길 바랍니다!

후야오방
1982년 4월 1일

사상정치 업무문제에 관하여*

(1982년 4월 24일)

우리 당이 인민대중을 영도하고 단결시켜 위대한 투쟁을 진행하고 꾸준히 승리를 거둘 수 있었던 것은 우리 당이 줄곧 정치사상 업무를 중시해온 것과 떼어놓을 수 없습니다. 건당 이후 우리는 여러 가지 간행물, 서적과 기타 방식을 통해 마르크스·레닌주의를 널리 홍보하고 러시아 10월 혁명의 승리도 널리 알렸습니다. 이는 중국 노동자와 농민 그리고 지식인에게 훌륭한 계몽 역할을 했습니다. 정강산시기. 우리는 우선 홍군 가운데서 정치업무 제도를 건립했습니다.

정치업무의 중심은 바로 혁명사상으로 간부와 전사를 교육하고 그들의 혁명 각오를 불러일으키는 것입니다. 10년간의 토지혁명시기 물질을 비롯해 여러 가지 조건이 후진적인 상황에서도 우리는 적들의 거듭되는 '토벌작전'을 물리쳤고, 홍군 규모와 근거지를 확대해 전에 없는 2만 5천리 장정을 실현했습니다. 우리가 마침내 해냈던 것입니다.

그 후 8년의 항일전쟁과 3년여 간의 해방전쟁을 거쳐 전국적인 승리를 거두었습니다. 무엇이 우리가 승리할 수 있도록 든든한 버팀목 역할을 해주었던 것일까요? 근본적인 차원에서 볼 때 우리 당의 노선, 방침과 정책이 정확

---

* 이는 후야오방 동지가 중앙 홍보 부서 책임자와의 담화 내용이다.

하고, 우리 당이 마르크스 · 레닌주의의 보편적인 원리를 중국혁명의 구체적인 실제와 긴밀하게 연결시킨 덕분입니다. 또 우리 당이 전국 인민의 이익을 대변하고 당원과 전사들이 전국 인민의 해방을 위해 피 흘리고 목숨을 바치는 등 인민대중들이 승리의 투쟁을 진행할 수 있도록 동원하고 이끌 수 있었기 때문입니다. 그 과정에서 사상정치 업무를 통해 인민대중의 혁명 자각성 을 끌어올렸는데 이 또한 우리 당이 실시한 한 가지 주요한 방법이었습니다.

우리 당의 역사적 경험은 우리 사업의 발전과 승리가 정확한 영도와 대중의 자각을 기반으로 건립되었고, 정확한 영도가 있으면 대중의 자각성 이 결정적인 요소로 된다는 점을 입증했습니다. 때문에 우리 당이 사상정치 업무에 능한 것이 기타 정당과 차별화되는 중요한 특징이자 혁명과 건설에서 승리를 거두는 극히 중요한 조건이라고 할 수 있는 것입니다.

현재 우리 당의 사상정치 업무의 여러 부분과 고리가 전보다 많이 뒤져 있는데 이는 당의 우수한 전통을 많이 잊어버렸다고 할 수 있습니다.

사상정치 업무를 경시하거나 이끌어 나갈 줄 모르는 것이 보편적인 현상이 되었습니다. 이렇게 된 데는 여러 가지 이유가 있겠지만 그 중 하나가 바로 건국 이후의 혁명과 건설 실천을 바탕으로 사상정치 업무의 경험을 체계적이고도 심각하게 종합하지 않았기 때문입니다. 열심히 조사연구를 하는 것 외에 사상 업무의 긍정적이고 부정적인 부분의 역사적 경험을 종합해 일련의 정확한 관점과 방법을 수립해야 한다고 생각합니다. 이는 모든 지방과 부서, 그리고 단위 별 당 조직이 마땅히 해야 하는 대사로서 당의 홍보 부서에서 특히 중요하게 다뤄야 할 것입니다.

덩샤오핑 동지가 1981년 7월 담화에서 당의 사상정치 업무가 영도 차원에서 해이하고 연약한 상태가 이어지고 있다고 명확히 꼬집었습니다. 이는 우리의 사상전선에 존재하는 핵심문제를 제기한 것으로 한 마디로 정곡을 찌른 것이나 다름없습니다. 이를 위해 중앙은 특별히 사상전선 문제 좌담회를 소집하기도 했습니다. 훗날 문건을 각 부서와 지방에 하달했고, 전달받은 문건을 바탕으로 그들은 적극적으로 논의를 진행했습니다. 그러나 실제로는 당시 문예창작을 비롯한 몇몇 부분에서 자산계급 자유화 경향문제를 강조한 것 외에 다른 분야에서는 거의 언급하지 못했습니다.

당 중앙이 제기한 요구를 바탕으로 실제와 결부시켜 여러 부분의 문제를 해결한다는 것이 결코 쉽지는 않다는 점을 알 수 있습니다. 중앙의 방침을 자체의 실제 상황에 제대로 끼워 맞추지 못한 것입니다. 지정된 좌석에 앉아야 한다는 말도 있지 않습니까? 일부 동지들은 중앙의 지시를 본 단위의 실제 상황에 연결시키지 못해 업무를 제대로 실행하지 못하고 있습니다.

1982년이 시작되자마자 당 중앙은 사회주의 정신문명 건설에 치중점을 두고 경제 분야의 심각한 범죄행동을 단속하는 한편, 기구 개혁을 실시했습니다. 위의 3가지 문제를 함께 정확히 실행해야만 사상정치 업무에서 해이하고 나약한 상태를 바로잡을 수 있습니다. 사상정치 업무에서는 모든 것을 두루 실천할 것이 아니라 한 시기 동안 한두 가지 문제를 중점적으로 실행해야 합니다. 이 점으로 미뤄볼 때 우리 당의 사상정치 업무에서는 현재 아직도 실제로 실행하지 못한 부분이 있고, 다수 부서와 지방의 영도들에게도 정신상태가 해이하고 나약한 문제가 존재하고 있음을 알 수 있습니다.

최근 몇 년간 다수의 부서와 지방의 업무에 호전적인 양상이 나타나기 시작했지만, 사상정치 업무를 여전히 제대로 실행하지 못하고 있는 실정입니다. 이는 사상정치 업무를 맡은 동지들이 나쁘다는 뜻이 아닙니다. 훌륭한 분들은 여전히 많습니다. 또 동지들의 수준이 낮다는 것이 아닙니다.

상당한 수준을 갖춘 동지들도 꽤 많습니다. 사상전선에서 주요한 문제에 대한 체계적인 종합 경험이 부족하고, 현재 간부와 대중의 사상 및 그 특징에 대한 연구가 철저히 이뤄지지 못하고 있으며, 방법도 적절하지 않은 듯하다는 말입니다. 때문에 전 당은 이 문제를 체계적으로 깊이 있게 고민해 보아야 합니다. 이번에 저는 단지 문제만을 제기하고 개인적인 소견을 발표한 것뿐이니 여러분들이 좀 더 연구해 보길 바랍니다.

우리 당의 사상정치 업무라는 것은 무엇인가?

경험을 종합하기 위해 우리는 먼저 사상정치 업무가 무엇인지를 명확히 해야 합니다.

도리대로라면 이는 문제가 되지 않는 부분입니다. 사상정치 업무의 대상은 사람이며, 나아가 사람의 사상·관점·입장입니다. 우리 당의 사상정치 업무는 사람들의 사상·관점과 정치입장 문제를 해결하고, 간부와 대중들이 현재와 원대한 혁명목표를 실현하기 위해 노력 분투하도록 동원하는 것입니다. 다만 이 문제를 해결함에 있어서 다수의 동지들은 사상이 모호하거나 심지어 어리석은 생각을 갖고 있기 때문에 이 문제를 명확히 하는 것이 자못 중요합니다.

사물 연구에는 방법 문제가 따릅니다. 가장 보편적이고 기본적인 부분으로부터 착수해 사물의 본질을 제시하는 것은 마르크스가 우리에게 가르쳐 준 방법입니다.

마르크스가 자본주의 사회를 연구하는 과정에서 가장 먼저 연구하기 시작한 부분이 바로 가장 간단하고 보편적이며 기본적인 관계인 상품교환입니다. 그가 쓴 『자본론』은 정치경제학의 대표작이 되고 있습니다. 마르크스주의 철학의 역사유물론은 우선 개인의 의식주부터 제기했으며, 따라서 반드시 생산에 종사해야 하고, 나중에는 생산력이 생산관계를, 경제기초가 상층건축을 결정한다는 결론을 얻어냈던 것입니다. 마오쩌둥 동지가 중앙혁명 근거지에서 교조주의와 주관주의를 비판할 때 했던 "사람은 밥을 먹어야 하고, 길은 사람이 걸어야 하며, 길을 걷고 나면 사람은 잠을 자야하고, 총알에 맞은 사람은 죽는다."는 말이 떠오릅니다.

마오쩌둥 동지가 왜 이러한 말을 했을까요? 당시 교조주의자가 홍군에게 하루 밤 사이 1백 20여리를 행군해 적을 제거하라는 명을 내렸기 때문입니다. 이러한 명령이 과연 가능한 일이겠습니까? 그렇기 때문에 마오쩌둥 동지는 이처럼 가장 보편적이고 기본적인 도리로 그들을 반박했는데, 이것이 바로 유물주의로 주관유심주의를 반대한 표현입니다. 과학적인 사회주의 이론은 계급분석부터 시작되었습니다.

여기에는 인류 첫 시작에 계급이 존재했느냐 하는 문제 외에도 계급이 어떻게 형성되고 발전 및 변화했으며, 계급을 어떻게 없애고 무산계급의 공산주의 사회를 어떻게 실현할 것인지가 포함됩니다. 따라서 우리가 사상정치 업무를 강화함에 있어 마르크스주의의 방법을 바탕으로 현상을 통해 사상정치 업무의 가장 기본적이고 본질적인 부분을 명확히 하는 한편 애매모호한 수많은 인식도 명확히 해야 합니다.

예를 들면, 사상정치 업무는 사람들을 조직해 중앙의 문서를 열심히 학습하도록 하는 것입니다. 맞는 답변일까요? 당연히 일정한 도리가 있기는 하지만, 사상정치 업무의 본질에 다가서지는 못했다고 봅니다.

예를 들면, 사상정치 업무는 좋은 사람과 일, 그리고 선진 인물과 선진 사례를 찬양하고 선진 경험을 종합 및 홍보하는 것입니다. 그러나 이 말이 비록 일리가 있는 말이기는 하지만, 이도 똑같이 사상정치 업무의 본질에는 미치지 못했습니다.

예를 들면, 사상정치 업무는 비판과 자아비판을 하는 것입니다. 사상정치 업무를 진행함에 있어서 비판과 자아비판이 중요한 방법이긴 하지만 이도 본질에 닿지 못하기는 여전합니다.

이러한 말들은 서로 다른 각도와 측면에서 사상정치 업무의 일부 중요한 내용과 형식을 지적한 것이기는 하지만, 그러나 사상정치 업무의 가장 본질적인 부분에는 여전히 다가가지 못했습니다. 그렇기 때문에 우리는 사상정치 업무를 연구하고 논의할 필요성이 있는 것입니다. 그래야만 여러분들이 진정으로 사상정치 업무의 본질이 무엇인지, 혹은 목표와 임무가 무엇인지, 그리고 기타 업무, 우선은 경제 업무와의 관계가 어떠한지를 연구하고 논의해야 사상정치 업무에서 애매모호한 인식을 바로잡을 수 있지 않겠습니까?

사상정치 업무의 목표와 임무는 무엇인가?

한 마디로 세계에 대한 사람들의 인식과 개조 능력을 향상시키는 것입니다. 더 구체적으로 얘기하면 혁명사상과 정신, 즉 공산주의사상과 마르크스주의 기본 이론, 그리고 마르크스주의의 보편적인 원리를 중국혁명과 건설에다 구체적인 실천과 결합시킨 마오쩌동 사상으로 당원과 간부, 대중 더 나아가 노동자 계급을 비롯한 온 국민을 교육하여 그들의 혁명 자각성을 불러일으키고 향상시키는 것입니다. 또한 사람들이 정확한 입장과 관점을 확립하고 정확한 사상방법과 업무방법을 관장하도록 하는 한편, 반복적인 실천을 통해 사람들의 인식세계를 개조하는 능력을 끌어올리는 것입니다.

마오쩌동 동지는 『실천론』에서 "무산계급과 혁명인민들이 인식세계를 개조하는 투쟁 임무는 객관 세계를 개조하고 자신의 주관적인 세계, 즉 개인의 인식 능력을 개조하여 주관관계와 객관세계와의 관계를 개조하는 것이다."[226]라고 했습니다.

공산당은 무산계급의 선봉전사로 솔선수범의 역할을 해야 할 뿐만 아니라, 객관세계와 주관세계를 개조하는 임무를 실현하고, 사상정치 업무를 통해 더 많은 인민대중들이 이 임무를 실현할 수 있도록 영향을 주고 이끌어야 하는 것입니다. 우리는 "실천을 통해 진리를 발견하고 입증하고 발전시켜야 한다. 감성적인 인식을 통해 능동적으로 이성적인 인식으로 발전시키고 이성적인 인식을 통해 능동적으로 혁명 실천을 지도함으로써 주관세계와 객관세계를 개조해야 한다."[227]는 도리를 갈수록 많은 사람들이 깨닫도록 해야 합니다.

우리는 이 같은 변증법적 유물론의 인식론을 깨달아야만 합니다. 그래야만 우리 당의 사상정치업무가 세계를 인식하고 개조하는 근본적인 목표와 임무에서 이탈하지 않을 수 있습니다.

객관세계를 인식하는 능력에는 관찰력 · 분석력 · 분별력이 포함됩니다. 결코 쉽게 실현할 수 있는 부분이 아닙니다. 객관세계가 복잡해 그 누구도 단번에 명확히 인식할 수 없는데다, 사회적 실천이 꾸준히 발전하기에 개개인의 인식이 편면화 되기 때문입니다. 이 문제에서 우리는 상당히 오랜 시간 동안 수많은 착오를 범했습니다. 특정한 사람이나 일이 정확하기만 하면 계속 정확하다고 하거나 절대적으로 정확하다고 했는데 사실은 당연히 아닙니다. "객관적인 현실세계의 변화와 운동은 영원히 끝이 없고, 사람들이 실천과정에서 진리에 대한 인식도 영원히 끝이 없다."[228]

온갖 진리는 인류 인식이라는 긴 여정 속에서 모두 상대적인 것입니다. 상대적인 가운데 절대적인 부분이 포함되어 있으며, 절대적인 진리는 무수한 상대적 진리의 종합입니다. 인류의 인식은 상대적인 진리를 통해서야 절대적인 진리에 접근할 수 있습니다. 접근된 경계선과 정도는 역사 조건의 제약을 받기 마련입니다. 때문에 모르는 것이 없거나 모든 것을 할 줄 아는 만능인 사람이 없는 것처럼 절대적으로 정확한 사람도 없습니다.

우리의 사상정치 업무는 혁명과 건설에 대한 당의 이론, 노선과 정책, 투쟁목표와 방침, 방식 및 방법을 당원·간부와 대중에게 홍보함으로써 그들의 혁명 각오를 불러일으키고 자발적으로 당의 정치 영도에 복종하도록 인도하는 것입니다. 그러면 사상과 정치 차원에서 적극적으로 동원해야만 혁명과 건설 임무의 실현을 보장할 수 있는 것입니다.

마오쩌둥 동지가 『지구전을 논함』에서 사상정치 업무의 중요성을 강조하고 특별히 "항일전쟁의 정치 동원"이라는 장을 창작했습니다. 또 "군과 백성은 승리의 근본"이라는 장에서는 "군사제도 혁신은 현대화를 떠나 운운할 수 없으며, 기술조건을 증강시킴에 있어 이를 실현하지 못하고서는 적들을 압록강 너머로 몰아낼 수 없다. 군에는 진보적이고 영민한 전략적 전술이 필요하다. 그렇지 않고서는 승리할 수 없다. 그러나 군의 기반은 병사에 있다. 진보적인 정치사상을 군에 집중시키고 진보적인 정치업무를 통해 이를 실행에 옮기지 않는다면, 장교와 병사의 일치를 진정으로 실현할 수가 없다. 그렇지 않고서는 장교와 병사의 항일전쟁 열정을 최대한 불러일으킬 수 없으며, 모든 기술과 전략이 최고의 기반을 얻을 수 없기 때문에 마땅한 효과도 발휘할 수 없는 것이다."[229] 여기서는 마오쩌둥 동지가 전쟁을 얘기한 것입니다. 그러나 이 원리는 사회주의 물질문명과 정신문명 건설에도 똑같이 적용됩니다.

사회주의를 건설하기 위해 우리는 높은 수준의 물질문명을 건설하고 사회주의제도의 물질적 기술 기반을 꾸준히 발전 및 개진해 가야 할 뿐만 아니라, 공산주의사상을 핵심으로 하는 고도의 정신문명을 건설해야 합니다. 이 또한 사회주의제도의 본질적인 요구입니다. 만약 노동자 · 농민 · 지식인, 그리고 기타 인민대중의 혁명 각오를 향상시키지 않고, 공산주의를 단호하게 신앙하도록 계발하지 않고, 사회주의를 건설하려는 그들의 적극성 · 창조성 · 주동성을 격려하지 않고, 업무에 대한 영예감 · 자부심 · 책임감을 불러일으키지 않으며, 특히 공산당원 · 공청단원 · 간부가 이러한 부분에서 솔선수범하는 역할을 발휘하도록 교육하지 않는다면, 건설 과정에서 많은 어려움을 겪게 될 것이며, 심지어 예정한 목표를 달성하기도 어려울 것입니다. 왜냐하면 공산주의사상이나 비공산주의사상, 자본주의 사상이나 봉건주의 사상을 가진 자들이 있는가 하면, 후진적인 소자산계급의 사상을 가진 자들도 있기 때문입니다.

여러 가지 자산계급 사상이 우리가 당의 노선, 방침과 정책을 정확하게 관철하는 것을 방해하고, 우리가 당이 제기한 임무를 수행하기 위해 백절불굴의 투쟁을 진행하는 것도 방해합니다. 다시 말해서 우리가 객관세계를 개조하고 자신의 주관세계를 개조하는 걸 방해한다는 뜻입니다. 따라서 이러한 자산계급사상을 뽑아버리지 못한다면 혁명은 승리할 수 없고 건설도 실패로 돌아가고 말 것입니다. 사상정치 업무를 이끌어감에 있어 바로 이러한 부분을 없애야 합니다. 이것이 바로 청결운동이자 대청소이기도 합니다. 여러분들이 힘을 합쳐 매일같이 쓸어내고, 쓸어내는 방법도 정확해야만 효과를 볼 수 있습니다.

이로부터 우리 당의 사상정치 업무가 우선은 사람들이 객관세계를 개조하는 데에 관한 신념과 의지와 투지를 단호히 하고 열정을 불러일으켜야 한다는 것을 알 수 있습니다. 이것이 바로 우리가 평소 늘 얘기하는 단호한 과학 신념, 혁명 열정과 강한 의지력, 완강한 투지가 있어야 한다는 말과 같습니다. 만약 사상정치 업무가 세계를 인식하는 단계에만 머물러 있는 채 세계 개조를 언급하지 않고 대중들이 개조하도록 동원하지 않는다면 그저 빈말에 그칠 뿐입니다. 사람들의 혁명 각오를 향상시켜야 한다는 것은 당원·간부·대중의 혁명 신념, 열정과 의욕, 강인함을 향상시켜야 한다는 뜻입니다. 혁명과 건설과정에서 사람들은 꾸준히 이런저런 착오적인 사상을 갖거나 행동을 하기 마련입니다. 예를 들면 지나친 행위, 나약한 행위, 퇴보한 행위 등이 그것입니다.

사상정치 업무 종사자들은 제때에 새로운 상황을 이해하고 새로운 문제를 연구해 효과적으로 또 꾸준히 사람들을 가르치고 도와주는 것 외에도 세계를 인식하고 개조하는 과정에서 나타나는 그들의 잘못된 인식·입장·방법을 수시로 바로잡아 주어야 합니다. 심지어 이 업무를 가장 먼저 추진해 미연에 방지함으로써 싹트기 시작할 때 문제를 해결하거나 문제에 부딪혔을 때 충분한 사상준비를 가지도록 해야 합니다. 이러한 맥락대로라면 반복적인 실천을 통해 인식을 꾸준히 심화할 수 있고, 세계를 개조하는 능력도 꾸준히 향상시킬 수 있습니다.

이것이 바로 우리가 세계 개조를 자신의 임무로 간주하는 당의 사상정치 업무의 근본적인 목표와 임무이기도 합니다. 무릇 사상정치 업무 종사자들은 업무에서의 구체적인 내용·방식·방법을 근본적인 목표·임무와 뒤섞어 얘기해서는 안 됩니다. 사상정치 업무의 구체적인 내용·방식·방법은 다양합니다. 역사적 조건과 주변 환경, 구체적인 상대가 다름에 따라 변화가 생기기 때문입니다. 방식과 방법만 고집하고 일부 개별적이고도 구체적인 내용만 기억한 채 근본적인 목표와 임무를 잊어버린다면 우리의 사상정치 업무는 좋은 효과를 거둘 수 없고 관련 업무 종사자들의 수준도 제고시킬 수 없는 것입니다.

사상정치 업무의 특점은 무엇인가?

업무든, 부서든 모두 자체의 특점이 있으며 사물은 우선 특점을 인식하는 데로부터 시작됩니다. 자체 부서의 특점 그리고 기타 사물과의 관계를 명확히 인식하는 자라면 업무에서 성과를 거둘 수 있을 것입니다. 특정된 업무 대상에서 온 것이 사상정치 업무의 가장 큰 특징입니다. 위에서 말했듯이 사상정치 업무의 상대는 사람이니만큼 사람의 사상, 관점, 입장을 바로잡아야 합니다. 이는 경제업무나 조직부서의 업무와 전혀 다릅니다.

사상정치 업무 범위는 아주 광범합니다. 부서마다, 단위마다 사람이 있고 사람은 사상활동을 하기 마련입니다. 때문에 부서, 단위 할 것 없이 모두 사상정치 업무를 추진해야 합니다. 업무는 사람이 하는 일이기 때문에 노동과 업무 과정에서 이런저런 생각을 하게 됩니다. 그러니 일을 처리할 때마다 사상정치 업무가 뒤따라가야 합니다.

마오쩌동 동지는 사상정치 업무가 경제 업무의 보장이라고 말한 바 있습니다. 더 넓은 의미에서 말하자면 사상정치 업무는 마땅히 온갖 업무를 보장하는 것으로 되어야 합니다. 사상정치 업무를 제대로 하고 사상문제를 제대로 해결한다면 일의 절반은 해결한 셈입니다. 그러니 부서나 단위에서는 업무를 추진하는 과정에서 사상정치 업무를 절대 잊어서는 안 됩니다.

사상정치 업무에서 우선 제기해야 할 부분은 사상인식과 정치입장 문제를 해결한다는 점입니다. 레닌은 마르크스주의가 노동자들 가운데서 자발적으로 형성될 수 없기 때문에 그런 사상을 주입시켜야 한다고 거듭 강조했습니다. 훗날 마오쩌동 동지도 계발해야 하고 교육해야 한다고 거듭 얘기했습니다. 우리는 조국, 인민과 노동, 과학과 사회주의 공덕을 사랑할 것을 제창하고 애국주의와 국제주의, 집단주의와 공산주의 교육을 진행하고, 변증법적 유물주의와 역사 유물주의 세계관 교육을 진행할 것을 요구했습니다. 또 자본주의와 봉건주의 등 부패한 사상을 반대함으로써 사람들이 혁명 이상과 도덕, 그리고 규율을 갖고 주인공사상을 증강하도록 이끌어야 합니다. 이러한 부분들이 사상정치업무에서 가장 보편적인 내용이 아니겠습니까?

마오쩌둥 동지가 「지구전을 논함」이라는 글에서 군 정치업무의 3대 원칙이 바로 장교와 병사, 군과 백성이 마음을 통일시켜 적군을 와해시키는 것이라고 언급했습니다. 여기서 얘기한 실질은 사람과 사람 간의 관계를 정확히 처리해야 한다는 점입니다.

사회주의 물질문명과 정신문명을 건설함에 있어 이러한 유형의 관계를 잘 처리해야 합니다. 예를 들면 노동자와 농민 관계, 노동자·농민 대중과 지식인의 관계, 간부와 대중의 관계, 국내 여러 민족 간의 관계, 중국인과 각국 인민 간의 관계, 중국 무산계급과 외국 자산계급 간의 관계 등입니다. 이중에는 여러 가지 유형의 사람들 간의 정치·경제·사상·문화·사회생활 등 부분에서의 관계를 정확히 처리해야 하는 문제가 포함됩니다.

당연히 여기에는 사상정치 업무부서와 관련된 일 뿐만이 아니라 우리 당과 국가의 일부 기본적인 정책이 연관될 수 있습니다. 그러나 사상정치 업무는 반드시 전국의 여러 민족 인민과 각 계층 인민의 단결에 이롭고 중국 인민과 세계 각국 인민의 단결에 도움이 되어야 합니다. 국내외로 단결된 든든한 국면이 있어야 사회주의 건설 과정에서 여러 가지 어려움을 이겨내고 국내외의 적을 유력하게 반대해 비교적 짧은 시간 내에 적은 대가로 우리의 목표를 달성할 수가 있는 것입니다.

경제 기술 등 물질적인 부분과 비교했을 때 사상 변화는 전혀 다른 규칙을 나타냅니다. 그렇기 때문에 사상정치 업무 추진 과정에서 경제 부서에서 연간 계획이나 5년 계획을 제정하는 것처럼 명확한 지표를 수립할 수 없는 것입니다. 몇 년 전 홍보부서의 동지들에게 그 부서는 1년에 한 번만 회의를 소집해서는 안 된다고 얘기한 바 있습니다. 계획 부서는 1년에 한 번만 회의를 소집하고 올해의 지표가 무엇인지, 자금이 얼마인지, 물자가 얼마인지, 어떻게 균형을 실시한 것인지를 논의하면 됩니다.

조직부서도 대체로 이러한 간격대로 회의를 소집하면 됩니다. 홍보부서에서 만약 1년에 한 번만 회의를 소집하고 대체적으로 몇 가지 임무만 제기한다면 많은 문제는 해결하지 못할 것입니다. 홍보부서는 소형·중형·대형 회의를 비롯해 1년에 많은 회의를 소집하되 규모를 소형으로 제한해야 합니다.

한 문제를 완벽하게 이행하려면 회의를 소집해야 합니다. 관련 동지들을 불러 좌담회를 개최하고 어떻게 인식하고 대할 것인지, 홍보와 교육을 어떻게 진행할 것인지, 어떻게 원칙을 견지하고 분수를 관장할 것인지 등을 연구해 반드시 실제적인 효과를 거두기 위해 애써야 합니다. 종합적으로 현재 발생한 문제에 따라 특히 보편적인 사상 경향을 띤 문제를 발견하면 곧바로 회의를 소집해 분석한 후 몇 가지 조항을 내세워 구체적인 조치를 하달해야 합니다. 일부 업무는 제때에 종합해야 합니다. 예를 들면 전국 범위에서 전개되는 '문명 예절의 달', '오강사미'[194] 등의 활동은 제때에 종합하여 어떤 역할을 발휘했는지, 어떤 전형적인 문제가 있는지, 앞으로 어떻게 해야 하는지를 연구해야 합니다. 각급 홍보 부서에서는 모두 업무 발전과정과 사람들의 사상 변화에 따라 1년에 일부 문제를 정하고 연구 및 해결해야 합니다.

사상정치 업무의 기본원칙은 사람을 교육하고 설득하는 것이지, 강제적이고 억압적인 방법과 행정명령 식의 방법을 취하는 것이 아닙니다.

인민대중의 사상문제, 인식문제에 대해 우리는 인도하는 방식을 견지하고 꽉 막힌 방침을 반대합니다. 인도하고 이끄는 방침은 사상정치 업무에서 정확한 방침입니다. 우리는 인도하는 과정에서 이끌고, 이끄는 과정에서 인도함으로써 양자를 융합해 활용해야 합니다. 소통은 누구나 할 것 없이 자신의 의견을 얘기하고 지혜를 모아 이익을 창출하는 것입니다. 인도는 차근차근 잘 일깨워서 설득교육을 진행하는 것을 말합니다.

우리는 실사구시적인 태도를 갖고 도리로써 누군가를 설득시켜 실제적인 효과를 추구해야 합니다. 대중들 속으로 깊이 들어가고 대중의 사상 상황을 겨냥해 인내심을 갖고 열심히 세밀한 업무를 추진해야 합니다. 사상문제에서 만약 강제나 억압에 의존하려 하거나 대중을 동원하는 과정에서 빈말이나 큰 소리만 치면서 허풍을 치고 기만하려 한다면, 이는 정확한 사상교육 원칙을 비롯해 우리당의 모든 원칙을 완전히 위배한 행위입니다.

사상정치 업무가 사람을 교육하고 설득하고 사람들의 혁명 각오와 인식능력을 향상시키는 것이라면, 당원·대중 자체의 힘 외에도 간부들의 힘도 빌려야 합니다. 때문에 관련 업무를 조직하고 영도하는 홍보 부서·정치 업무 부서에서 먼저 간부를 교육하고 설득하는 등 간부들의 혁명 각오와 인식력을 향상시키기 위해 최선을 다해야 합니다.

『마오쩌둥 선집』전 4권은 중국혁명 이론을 논술하고 여러 단계 업무의 노선·책략·방침·정책을 명확히 했습니다. 교육 상대를 볼 때 가장 먼저 간부에 대해 사상정치 업무를 진행하는 것이며, 간부를 교육하고 설득해 혁명의 도리를 깨닫도록 한 후, 간부를 통해 대중을 교육하고 단결시키고 인도함으로써 혁명의 승리를 거둬야 한다고 언급했습니다.

마오쩌둥 동지가 체계적으로 사상정치 업무와 관련된 글을 작성했던 가장 이른 시간이 바로 1929년의 구톈(古田)회의 결의[230] 때였습니다. 그때 주관주의가 성행하고 자산계급 사상이 범람했습니다. 이 결의로 인해 노동자·농민·홍군이 마르크스·레닌주의를 기반으로 설립될 수 있었으며, 구식 군의 영향도 기본적으로 숙청하게 됐습니다. 이것도 첫째는 간부를 상대로 얘기한 것입니다. 예를 들면 병사를 괴롭히거나 욕하고 구타하거나 할 때 누구를 찾아가 얘기를 할까요? 다름 아닌 간부입니다. 「상하이, 타이위안(太原)이 함락된 후의 항일전쟁 형세와 임무」, 「지구전을 논함」도 우선은 간부를 설득하기 위한 것입니다. 간부의 생각이 풀리고 수준이 향상된다면 일반 노동자·간부·전사를 상대로 한 사상교육 업무도 비교적 쉬워질 것입니다.

우리 당의 사상정치 업무를 잘 추진했을 때가 바로 홍군시기·옌안시기·건국 초기였습니다. 그 후 한동안 '좌'의 착오적인 영향 탓에 사상정치 업무가 일부 영도자들에 의해 일반 노동자와 농민, 전사와 지식인을 겨냥하는 방법으로 바뀌면서 사상정치 업무의 명예에 먹칠을 하게 됐고, 결국 아주 나쁜 결과를 초래했습니다.

일부 간부들은 자신은 생각이 풀렸지만 일반 백성들의 생각이 꽉 막혔다고 생각하고 있습니다. 그러니 혁명 각오와 인식 능력 향상은 일반 대중의 일이지 자신과는 전혀 관계가 없는 일이라고 봅니다. 심지어 일부 영도 간부들은 자신이 일반 간부보다 훨씬 우위라고 생각하면서 개조할 필요가 없다고 여기고 있습니다.

마오쩌둥 동지는 이러한 착오적인 경향을 여러 차례 비판했습니다. 사실은 이와 정반대입니다. 제대로 하지 못한 수많은 업무들, 심지어 문제가 생기고 손실을 본 사례가 발생한 것은 간부·당원의 사상 인식과 입장이나 기풍에 문제가 생겼기 때문입니다. 간부의 사상이 향상되면 착오적인 부분을 극복할 수 있어 일도 제대로 처리할 수 있습니다. 때문에 사상정치 업무를 추진함에 있어 우선 간부의 사상문제를 제대로 해결해야 합니다. 석탄부서의 영도들은 석탄 생산 업무에서의 무조직·무규율 행위를 바로잡기 위해 우선 각급 간부를 상대로 한 개조를 결심했습니다.

첫째, 함께 노동하고, 둘째, 갱 밖에서 일하던 제자들을 모두 갱 속으로 들여보내며, 셋째, 간부들의 사상이 흐리터분한 상태에 있음을 비판했습니다. 마오쩌둥 동지가 늘 "하느님을 감동시켜야 한다"고 말하지 않았습니까? 하느님은 바로 백성입니다. 감동이라는 것은 바로 솔선수범해 집체 생산노동에 참여하고 대중들과 한데 어울려 모범역할을 하는 것 등을 비롯한 사상정치 업무를 추진하는 것을 말합니다.

건국 이후 간부를 상대로 한 교대 훈련, 교육 그리고 간부의 문화·과학·이론 수준을 향상시키는 문제에 대해 첫 몇 년은 비교적 중시했지만, 아쉽게도 계속해서 견지하지 못한 탓에 수많은 좋은 기회를 놓쳤는데 이는 너무나 큰 실수입니다.

현재 당 중앙은 간부의 교육과 훈련 업무를 완수하기 위한 수단으로 간부의 교대 훈련을 보편화하고 간부의 자질을 향상시키기로 결심했습니다. 간부들이 개인의 일보다는 나라의 일, 인민의 일을 더 많이 생각하고 첫 자리에 놓을 것을 호소해야 합니다. 개인주의나 주장하는 자들은 결코 발전성이 없다고 봐야 합니다. 간부들이 업무 이외의 다수 시간을 독서하는데 보내고, 이론·과학·업무 관련 서적을 많이 읽어 문화와 사상수준을 향상시킬 수 있도록 이끌어야 합니다.

사상정치 업무의 특점을 인식하고 관장해야만 정확한 방법을 모색해낼 수 있습니다. 중국의 특점을 인식하지 못한다면 우리 당은 중국혁명은 물론 사회주의 현대화 건설도 승리로 이끌 수 없습니다. 사상정치 업무의 특점을 인식하지 않고서는 사상정치 업무를 개선하고 업무를 활기차게 발전시키며 새로운 진전을 가져오려 한다는 것은 완전히 불가능한 일입니다.

교육자는 반드시 먼저 교육을 받아야 한다.

사상정치 업무가 주로는 교육과 설득 업무이기 때문에 교육자가 반드시 먼저 교육을 받아야 합니다. 사실상 이는 사상정치 업무대오 건설을 어떻게 강화할 것인지와 관련된 문제입니다. 교육자라면 정확한 사상관점과 정치 입장이 있어야 할 뿐만 아니라 정확한 방식과 방법도 있어야 합니다.

교육에는 도리로써 설득하는 교육과 형상화된 교육(주로 문학예술을 가리킴) 두 가지 형식이 포함됩니다. 교육자는 반드시 위의 두 가지 교육형식을 익숙하게 관장함과 동시에 이를 실제 업무과정에서 활용해야 합니다.

현재 도리로써 설득하는 교육현황은 어떠합니까? 이 부분에서는 주로 설득력이 떨어져 있는 것이 문제입니다. 도리를 구체적으로 얘기하지 못하고 선동성이 약해 사람들의 마음을 움직이지 못하고 있습니다. 도리로써 설득하는 교육에는 아래와 같은 두 가지 방식이 포함됩니다.

첫째는 강연·보고·문서전달·담화·논쟁·비판·자아비판 등 구두 차원에서의 교육방식입니다. 둘째는 결의·지시·이론저술·통속적인 도서·논평문장·뉴스언론 등 문자 차원에서의 교육 방식입니다. 다수의 글과 연설에는 두 가지 문제점이 존재합니다. 하나의 보편적인 문제는 전개만할 뿐 분석을 거의 하지 않거나 아예 하지 않는 경우를 말합니다. 늘 어느 한 개념으로부터 어떻게 해야 할지를 추론할 뿐 사실이나 도리는 따지지 않고, 사실을 기반으로 구체적으로 분석하지 않으며, 전개와 논의를 병행하지 않습니다. 레닌과 마오쩌둥 동지는 다릅니다. 우리가 그들의 주요한 저술을 읽고 나면 구체적인 문제를 구체적으로 분석하고 설득력이 특히 강한 특점을 발견할 수 있습니다. 예를 들면 마오쩌둥 동지의 「지구전을 논함」이라는 글이 바로 그러합니다. 우선 중국과 일본 양국의 실제 상황, 장점과 단점을 분석하고 비교한 후 망국론과 속승론(速勝論, 신속하게 승리하는 이론 - 역자 주)이 착오적이라는 점을 제기했는데, 그 과정에서 충분한 사실을 열거하고 도리는 따지는 방법으로 상세하게 분석하고 도리를 밝혔습니다. 다른 하나는 개념을 군더더기 말로 많이 수식하고 개념을 알아듣지 못하도록 복잡하게 만든 경우입니다.

보고 · 연설 · 논문 · 사론 등을 많은 사람들이 왜 듣기 싫어하거나 읽으려 하지 않는 것일까요? 그 이유를 청취자나 독자에게서 찾으려고만 하지 말고 우리 자체에게서 찾아야 합니다. 왜냐하면 대부분 문제를 깊이 있게 분석도, 해석도 하지 못하고, 도리를 명확히 밝히지 못했기 때문입니다.

형상화 교육은 주로 문학예술 분야에 존재하는 문제이다.

일부 작품의 정치적 경향이 나쁘고 사상 감정이 건강하지 못하고 사회적 효과가 별로인 것 외에도 일부 작품은 감화력이 떨어져 사회적으로 거두는 효과도 미미합니다. '문화대혁명'시기 당 중앙은 문예창작에 공식화 · 개념화 문제가 존재한다고 제기한 바 있습니다. 문예의 특점으로 놓고 볼 때 이는 확실히 핵심을 파악한 것입니다. 형상화된 교육에 감화력이 떨어지니 사람들은 보려하지 않거나 보고나서도 사상 감정이나 사상적으로 공명을 불러일으키지 못해 무의식중에 감화하는 역할을 일으키지 못하고 있는 것입니다.

도리로 설득하는 교육에 설득력이 떨어지고 형상화 교육에 감화력이 떨어지고 있다고 말하는 이유는 무엇일까요? 교육자가 위의 두 가지 교육 규칙을 관장하지 못했기 때문입니다. 따라서 모든 직종에서는 우선 사상정치 업무와 직접적으로 관계되는 홍보·문화·교육 등 부서에서 기본방법과 관련한 훈련을 진행할 필요성이 있습니다. 당의 사무든, 사상정치 업무든 모든 직종에는 자체적인 기본지식과 업무 특장이 있어야 합니다. 경제와 기술 업무 종사자만이 전공 문제가 뒤따른다고 생각하면 안 됩니다. 모든 직종의 간부, 특히 영도간부들이 업무지식과 관련된 기본 훈련을 받지 않고, 업무 특장을 갖추지 못하고, 그 분야의 전문가로 되지 못한다면 업무를 잘 이끌어 나갈 수가 없습니다.

교육자는 반드시 먼저 교육을 받아야 합니다. 사상관점과 정치입장에서 볼 때 주로 아래와 같은 3가지 요구가 있습니다.

첫째, 혁명적 각오가 있어야 합니다. 여러 분야의 지식이나 객관사물을 인식함에 있어 특정된 부분에서의 능력이 남보다 한수 위어야 하고, 더 잘 하고 늘 앞장서야 합니다. 사회주의에 자신감을 갖도록 남을 설득하려면 우선 자신부터 자신감을 가져야 합니다. 자신조차 흔들리고 자신감이 떨어진다면 어찌 남의 자신감을 향상시킬 수 있겠습니까?

둘째, 사상정치 업무의 특수한 규칙을 인식하고, 자체 업무의 특점을 익숙히 깨달아야 하며, 실제를 바탕으로 객관적 규칙을 정확하게 활용해 업무를 추진해야 합니다. 이는 업무 문제일 뿐만 아니라 특히 사상정치 수준과 관련되는 문제입니다.

셋째, 스스로 모범이 되어야 합니다. 가르치고 가르침을 받는 것을 서로 결부시켜야 합니다. 이는 훌륭한 얘기입니다. 자신이 그렇게 하지 않고서야 그 누구의 말을 듣겠습니까? 최선을 다해 인민을 위해 봉사한다고 말로만 얘기하면서 실은 그 반의 반에도 마음을 쓰지 않고 있으니 그야말로 영향이 너무 나쁜 것 아닙니까? 현재 일부 사람들이 왜 사상정치 업무를 추진함에 있어 영향력이 없고 효과가 좋지 않을까요? 가장 중요한 이유가 바로 자신이 솔선수범하지 않기 때문입니다. 자신이 솔선수범해야 말에도 무게가 있고 위신이 서는 것입니다. 이는 사상정치 업무를 잘 이끌어 나감에 있어 가장 중요한 조건입니다. 무릇 대중을 동원해야 할 필요가 있는 부분이라면 당원마다 특히 영도책임을 진 당원간부들이 자신이 먼저 솔선수범해야 합니다.

현재 사상전선에서 마땅히 주의해야 할 일부 문제

당 중앙은 정치 · 경제 · 사상 분야에서 계속해서 '좌'적인 부분을 숙청함과 동시에 자산계급 자유화에 큰 관심을 돌리고 열심히 대해야 하며, 봉건주의의 사물을 극복하는데 주의를 돌려야 하며, 절대로 경각성을 늦춰서는 안 된다고 거듭 강조했습니다. 어지러운 세상을 바로잡아 정상으로 돌린 이후로 '좌'적 부분을 이미 숙청했다고 판단하면 오산입니다. 사실상 앞으로 더 많은 힘을 들여 투쟁을 해야 할 것입니다.

'문화대혁명'에서 지나친 '좌'의 경향을 보인 사람들이 현재는 또 지나친 '우'적 경향을 보이고 있는데, 이는 이쪽 극단에서 저쪽 극단으로 간 것입니다. 당연히 이러한 부류는 극소수입니다. 정치 · 경제 · 사상 분야에서, 그리고 업무별로 여러 가지 구체적인 문제에서 어떤 부분이 '좌'에 속하고 어떤 부분이 '우'에 속하는지 사실과 원칙에 맞게 분석한 후 결과에 따라 반대해야지 일률적으로 논해서는 안 됩니다.

대외개방 정책을 실행하면서 수많은 유리한 부분을 받아들였지만, 수많은 '바이러스'도 함께 따라왔습니다. 따라서 우리는 두 마리 토끼를 모두 잡아야 합니다. 한편으로 대외개방 정책을 단호히 실행해야 하는데 이 정책이 정확하기 때문입니다. 그리고 다른 한편으로는 자산계급 사상과 생활방식을 비롯한 자본주의의 부패한 부분을 단호히 저지해야 합니다. '사탕폭탄'은 한 가지 뿐이 아니라 최소한 두 가지는 됩니다. 하나는 금전 · 미녀 · 외국산 등 물질 차원에서의 '사탕폭탄'이고, 다른 하나는 자본주의의 부패한 사상관점 · 문화예술 · 생활방식 등 정신 차원에서의 '사탕폭탄'입니다. 이러한 것들이 사상 차원에서 침식해 우리의 투지를 떨어뜨리고 신앙을 와해시키며, 우리의 사상을 혼잡스럽게 하고 있습니다.

민족마다 선진적인 부분이 있는가 하면 후진적인 부분도 있습니다. 온갖 외국의 것에 대해 우리는 그들의 우수한 부분을 받아들이고 부패하고 후진적인 부분을 단호히 억제하는 이분법을 취해야 합니다. 사회주의와 자본주의는 2개의 세계입니다. 전반적으로 볼 때 우리가 건설하는 사회주의 정신문명은 자본주의보다 훨씬 고상합니다.

우리가 대외개방 정책을 실행하고 있는데 대해 외부에서는 이런저런 여론이 있습니다. 이에 대해서도 우리는 분석하는 태도를 가지고 자신의 마르크스주의 입장 · 관점 · 방법, 그리고 사회주의 원칙을 견지해야지 외계 여론의 지배를 받아서는 안 됩니다.

언론 보도에서도 먼저 외국의 것을 숭배하는 부분에 대해 신문에 게재하지 말아야 합니다. 둘째, 정책에 주의를 돌려야 합니다. 셋째, 사실을 확인하고 과장된 헛된 일을 하지 말아야 합니다. 언론은 자본주의 세계에 대한 보도를 엄숙하고도 신중하게 다뤄야 하고 분석 및 비판의 태도를 가져야 합니다. 절대 미화하려 하거나 단순히 객관적인 보도를 하려고 해서도 안 됩니다.

뉴스는 의식형태에 속하는 것으로 단계성이 있어야 합니다. 앞으로 전 세계가 계급을 없애고 난 후에도 시비곡직이 있을 것인데, 하물며 현재 세계 범위의 계급투쟁이 여전히 아주 첨예하고 복잡하니 말입니다. 자본주의 세계의 과학연구 성과, 선진적인 기술, 합리적인 관리방법에 대해 우리는 보도할 수 있고 학습할 것도 제창할 수 있습니다. 그러나 중국의 국정과 구체적인 상황에 따라 받아들이고 소화한 후에 발전시켜야 합니다. 자본주의의 사회제도, 그리고 부패한 사상관점 등 사회주의와 대립되는 모든 부분에 대해서는 절대 칭송해서는 안 됩니다.

문학예술 특히 영화·연극·소설에 대해서는 차별성을 두지 않고 지나치게 서방의 기교와 수법을 따라 배우는 것을 방지해야 합니다. 서방의 예술 관점에 대해서는 비판적인 태도를 갖지 않고 무조건 받아들여서는 더욱 안 됩니다. 아무 거리낌 없이 제멋대로 공공연하게 자산계급의 독소를 퍼뜨리는 자에 대해서는 우선 비판해야 합니다. 만약 듣지 않으면 그 다음에는 이임시켜야 합니다. 만약 여러 번 타일러도 고치지 않고 잘못을 견지한다면 나중에는 기율에 따라 집행해야 합니다.

의식적으로 사상 차원에서 반동적인 말을 퍼뜨림으로써 사회주의 제도를 비방하고 외국의 것을 무조건 따르는 행위를 격려하는 것 외에 봉건미신을 추앙한다면 사회 여론의 비난을 받아야 하는 것은 물론 심각한 후과를 초래했을 경우 법률의 제재도 받아 마땅합니다. 사회주의를 건설하고 우리나라를 현대화하고 고도로 문명하고 민주적인 사회주의 강국으로 발전시킴에 있어 마르크스주의로 대중들의 마음을 사로잡지 않는다면 무엇에 의지해야 된다는 말입니까?

공산주의를 위해 분투하는 정신적 지주나 견지하는 4개 기본원칙이 무너진다면 중화민족이 무너지지 않고 견딜 수 있겠습니까? 한 민족이 만약 정신상태가 무너진다면 정치·경제·문화가 따라서 무너질 것입니다. 선인들의 실패를 교훈으로 삼아야 하는 사례가 많지 않은가 말입니다. 대외개방 정책의 실시를 기반으로 공산당원과 당의 간부, 특히 중·고위 간부들은 반드시 명석한 두뇌를 가져야 합니다. 그렇게 하려면 마르크스주의를 굳건히 믿고, 공산주의의 순결성을 유지하도록 주의를 돌려야 하며, 무산계급 세계관으로 문제를 관찰하고 처리해야 합니다. 우리는 반드시 애국주의나 인민대중 그리고 무산계급의 입장에 서야지 절대 자산계급 사상의 포로가 되어서는 안 됩니다.

사상정치 업무가 이토록 중요하고 임무 또한 과중한 데다 혁명과 건설의 승리에 절대 빠져서는 안 되는 부분이니 마지막으로 한 가지만 더 강조하고 싶습니다. 우리 당의 각급 조직은 이 업무를 가장 중요한 위치에, 또 당위의 중요한 의사일정에 올려놓고, 사상정치 업무에 대한 영도를 강화하는 한편, 사상정치 업무 대오 건설에 중점을 두어야 합니다. 마오쩌둥 동지는 "부서마다 사상정치 업무에 책임을 져야 한다.

공산당은 물론이고 청년단이나 정부 주관 부서가 관리해야 할 뿐만 아니라 학교의 교장과 교원들도 마땅히 관리에 나서야 한다."[231], "각 지역 당위의 제1서기가 직접 사상문제를 확고히 해야 한다."[232]고 말했습니다. 이 문제에 충분한 중점을 두고 연구한다면 사상정치 업무에 존재하는 해이하고 나약한 상태를 강력하게 극복할 수 있고, 사상정치 업무 대오에 존재하는 여러 가지 문제를 정확하게 해결할 수 있습니다. 더욱이 새로운 세기 당의 임무를 실현하는 과정에서 사상정치 업무를 동원하고 보장하는 역할을 충분히 발휘할 수 있을 것입니다.

중국공산당 11기 7중전회 폐막식에서 한 연설

(1982년 8월 6일)

여러분!

제11기 중앙위원회는 총 7차례 전원회의를 소집했습니다. 이번 중앙위원회는 역사적 임무를 성공적으로 완수했다고 말할 수 있습니다.

5년 전 중국공산당 11기 전국 대표대회의 대표들이 우리를 중국 역사 무대로 올려놓았습니다. 5년간 중국 역사의 발전은 우리 영도그룹의 업무·활동과 긴밀하게 연결되어 있었습니다. 이 시기 우리의 공과 시비는 이미 당과 국가의 역사적 기록에 기재되었고, 당원과 인민의 마음속에 깊이 아로새겨졌습니다. 공정한 도리는 자연히 대중들의 마음속에 있습니다. 우리는 역사가 객관적이고 공정하다는 점이나 당과 인민이 사회실천을 온갖 사물을 점검하는 기준으로 적용할 것이라는 점을 굳게 믿고 있습니다. 따라서 인민들은 영도그룹의 실제에 어울리는 평가를 내리리라 믿습니다.

저는 영도그룹의 일원으로서 이 자리에서 몇 가지를 얘기하려고 합니다.

첫째, 몇 년간, 우리가 큰 성과를 거둘 수 있었던 것은 당의 일련의 중대한 결책이 정확했기 때문입니다. 다수 결책은 우선 당의 몇몇 노 혁명가들이 내렸습니다. 이들은 바로 예젠잉, 덩샤오핑, 리셴녠, 천윈 동지인데, 그중에서도 특히 덩샤오핑 동지의 역할이 컸습니다. 그리고 쉬향첸(徐向前)[233], 예룽전(聶榮臻)[234], 펑전(彭眞)[235], 덩잉차오(鄧穎超)[236]등 여러 원로 동지들도 있습니다. 비록 연세가 많지만 훌륭한 아이디어를 많이 내놓고 공헌도 많습니다. 이 분들의 미래지향적인 안목이 영도그룹에 탁월한 선도역할을 일으켰다는 점을 저는 깊이 느끼고 있습니다.

노 혁명가들이 건재하고 또 혁명그룹 내에서 이토록 중대한 영향을 미칠 수 있는 것은 전 당·전 군·전국의 여러 민족의 행운이자 우리 모두의 행운이기도 합니다. 이 순간 우리 모두 이 분들에게 숭고한 경의를 표하고 만수무강하시기를 기원합시다!

둘째, 영도그룹 내 3백여 명의 동지들 가운데서 극소수를 제외하고는 수년간 당과 인민에게 충성을 다하면서 칭송받아 마땅한 기여를 했습니다. 그 과정이 약간 다르긴 합니다. 일부 동지들은 유달리 노력하여 업무에서 뛰어난 성과를 거뒀습니다. 또 일부 동지들이 한동안 시대의 흐름에 따라가지 못하기도 했지만, 마음을 터 넣고 교훈을 받아들이면서 점차 뒤따라오면서 뛰어난 모습을 보여주기도 했습니다.

일부 동지들은 몇 년 전 이런저런 착오를 범했지만 훗날 자신에게 엄격했으며 공을 세워 잘못을 벌충하면서 새로운 기여를 하기도 했습니다. 이 모든 것을, 그리고 착오를 범한 동지를 비롯해 모든 동지들의 노력을 당은 눈여겨보아왔으며 당원과 인민들도 영원히 잊지 않을 것입니다.

우리가 이처럼 당성 원칙을 견지하고 공정하고도 공평하게 동지들을 대하는 한편, 이러한 입장과 태도로 당의 단합을 지킨다면 우리뿐만 아니라 인민 더 나아가 단합할 수 있는 온갖 힘을 단합시켜 안정되고 단합된 정치적 국면을 공고히 하고 발전시킬 수 있을 것으로 기대됩니다. 더욱이 모든 어려움을 이겨내고 궁극적으로 위대한 사업의 흥망과 발전을 추진할 수 있을 것이라고 믿습니다.

이번 전원회의의 결정에 따라 3주 후 중국공산당 제12차 전국대표대회가 곧 소집됩니다. 제11기 중앙위원, 중앙위원 후보가 총 354명에 달합니다. 이미 사망한 16명과 이미 당적에서 제명했거나 중앙위원 직무를 철회한 2명을 제외한 기타 336명 동지들 가운데서 이미 중국공산당 제12차 전국인민대표대회 대표 및 대표 후보로 선출된 동지가 213명에 달합니다. 이외의 123명 동지는 대표가 아닌 만큼 제12차 전국인민대표대회에 출석하지 않을 것입니다.

새로운 대표대회에서는 우리가 대회에 제출한 업무보고와 당헌의 수정 초안을 심의 및 통과시키고 향후의 전투 강령을 확정함과 동시에 새로운 중앙위원회를 선출 예정입니다. 새로운 대표대회가 소집된 후 어떤 동지들로 새로운 중앙위원회를 구성할지는 현재로서 그 어떤 판단도 내릴 수 없는 상황입니다. 이는 최종 대회의 민주 선거에 의해 결정되기 때문입니다. 그러나 덕과 위망이 높고 연로하고 몸이 허약한 원로 동지들이 중앙 고문위원회로 물러나 새로운 중앙위원회를 지지하고 도와주는 중임을 짊어지게 될 것이라는 점은 가히 짐작할 수 있습니다.

사실상 이미 다수의 원로 동지들이 영도 직무에서 스스로 물러나겠다고 요청해 왔고, 젊고 덕과 재능을 겸비한 청장년 간부들이 제1선에서 업무를 주재하는 것을 지지한다고 말했습니다. 이는 노 세대 혁명가의 가장 중요하고도 영광스러운 역사적 책임을 지는 태도입니다. 아울러 상당수는 일부 전선의 선진 인물들이지만 중앙위원회 위원직을 계속 맡기에는 어려움이 있는 동지들이 더는 중앙위원회 위원직을 맡지 못하게 될 것입니다.

이들 동지의 다수는 계속해서 이미 맡고 있는 업무에 종사할 것이며 직무도 가히 감당할 수 있을 것입니다. 이밖에 극소수의 동지들은 별도로도 배치해야 합니다. 여전히 당의 신임을 얻고 있기 때문입니다. 새로운 대표대회에서 이렇게 하는 것은 완전히 필요하고 합리적이고 실사구시적이며 당과 인민의 근본적인 이익에 부합됩니다. 중앙 당위는 다수의 동지들이 새로운 대표 대회가 내리게 될 정확한 결정을 진심으로 찬성할 것이라고 믿습니다.

당내에서 아래와 같은 두 가지 착오적인 여론을 바로잡지 못했습니다. 하나는 발탁된 후 특히 중앙위원으로 선출된 경우라면 갑자기 능력이 생기거나 천운을 만났다거나 누군가와 관계가 좋다고 말합니다. 다른 하나는 중앙위원직을 더는 맡지 않거나 중앙위원으로 될 조건이 있지만 선출되지 못한 경우라면 누군가의 미움을 사고 영원히 운이 없을 것이라고 말합니다.

위 두 가지 여론은 근본적인 차원에서 잔류된 낡은 사상과 의식의 영향을 받아 생겨난 것입니다. 마오쩌둥 동지는 일찍 중앙위원이 되었다고 하여 안 된 자들보다 반드시 훌륭하다고는 할 수 없고, 되지 않았거나 혹은 더는 중앙위원직을 맡지 않는다고 하여 선출된 자들보다 못하다고 할 수 없다고 거듭 강조했습니다. 진정으로 당과 백성을 위해 생각한다면 당은 그 어떤 동지를 절대 버리지 않을 것이라 우리는 믿어마지 않습니다. 우리 대오를 해이하게 만드는 부패한 관념과 필사적으로 싸웁시다! 우리 모두 분발 노력하여 자신들의 운명을 지배합시다!

회의가 끝나고 나면 대다수의 동지들은 자체 업무로 돌아가야 합니다. 여러분들이 모두 무사하기를 바랍니다. 향후의 업무에서 당과 나라, 그리고 인민을 위해 새로운 기여 해줄 것을 기원합니다!

사회주의 현대화 건설의 새로운 국면을 전면적으로 개척해야 한다*

(1982년 9월 1일)

여러분!

제가 중국공산당 제11기 중앙위원회를 대표하여 제12차 전국대표대회 보고를 하고자 합니다.

1. 역사적 전환과 새로운 위대한 임무

1976년 10월 장칭 반혁명그룹을 무너뜨린 후, 특히 중국공산당 11기 3중전회를 개최한 후에 전 당 · 전 군 · 전국의 여러 민족의 힘든 노력을 거쳐 우리는 지도사상에서 어지러운 세상을 바로잡아 정상으로 돌리는 힘든 임무를 수행했고, 여러 전선의 실제업무에서 중대한 승리를 거둠으로써 역사적인 위대한 전환을 실현했습니다.

이번 대표대회의 사명은 바로 지난 6년간의 역사적 승리를 종합하여 10년 내란에 따른 소극적인 후과를 한층 더 정리하는 한편, 사회주의 현대화 건설의 새로운 국면을 전면적으로 개척하고 계속해서 발전하는 정확한 길

---

* 이는 후야오방 동지가 중국공산당 제12차 전국대표대회에서 발표한 보고서이다.

과 전략적인 절차, 그리고 방침과 정책을 확정 짓자는 것입니다. 당 중앙은 이번 대표대회가 위와 같은 역사적 중임을 짊어질 수 있을 것이라 굳게 믿고 있습니다.

역사적인 위대한 전환의 승리에 어떤 주요한 표징이 있을까요?

우리는 사상적으로 오랫동안 존재한 교조주의와 개인 숭배주의의 속박을 단호히 무너뜨리고 마르크스주의의 실사구시적인 사상노선을 새롭게 확립함으로써 여러 업무분야에서 활기찬 모습을 갖게 되었습니다. 우리는 마오쩌둥 사상의 기존 모습을 회복하고 새로운 역사조건에서 마오쩌둥 사상을 견지하고 발전시켰습니다.

우리는 오랜 세월 지속된 사회 동란을 끝내고 안정과 단합, 그리고 활력이 넘치는 정치국면을 실현했습니다. 사회주의 민주와 법제가 점차 건전해지고, 여러 민족의 평등과 단결하는 면에서 새롭게 강화되고 있으며, 애국통일전선이 한층 확대되고 있습니다. 이러한 정치적 국면이 나타난 현재가 바로 건국 이후 가장 훌륭한 역사적 시기라고 할 수 있습니다.

우리 당과 국가의 각급 지도부가 조정과 정돈을 거쳐 점차 강화되고 있습니다. 전반적으로 볼 때, 당과 인민의 간부들이 당·국가와 관련된 각급 영도권을 관장하고 있습니다.

우리는 과단성 있게 당과 국가의 업무 중점을 경제 건설로 이전시키고 경제업무에 오랜 세월 존재한 '좌'경 착오를 단호히 숙청하는 한편, 조정하고 개혁하고 정돈하고 업그레이드시킨 정확한 방침을 열심히 관철시키고 실행했습니다. 현재 중국 경제가 이미 가장 어려운 시기를 지나 안정적으로 발전하는 건강한 궤도에 들어섰습니다.

우리의 교육과학 문화 업무가 정상적인 궤도에 들어섬과 동시에 일정한 발전을 가져오고 있으며 초보적이긴 하나 번영한 양상을 보이고 있습니다.

당과 지식인들의 관계가 전보다 크게 개선되었습니다. 현재 3대 기본 사회 역량인 노동자·농민·지식인들도 비교적 사이좋게 잘 단결하고 있습니다.

우리는 현대화와 정규적인 혁명군 건설을 위해 최선을 다했습니다. 인민 해방군이 군사훈련과 사상정치 업무를 강화하고 군정·군민관계를 개선하며, 국경과 조국의 안보를 지키고 사회주의 건설에 참여함에 있어 모두 뚜렷한 성과를 거두었습니다. 군의 군사적 자질과 정치적 자질은 새로운 역사적 조건 하에 새로운 발전을 가져왔습니다.

우리 당이 인민을 영도해 역사적인 위대한 전환을 실현하는 과정에서 수많은 어려움을 견뎌내고 개조를 진행했습니다. 당의 기풍을 바로잡기 위해 최선을 다한 덕분에 점차 우수한 전통을 회복했으며, 투쟁하는 가운데서도 보다 성숙되고 견강해지도록 단련을 받았습니다.

지난 6년간의 전투 여정을 되돌아보면, 우리는 결코 평탄치 않은 길을 걸어왔습니다. 10년 내란이 당과 국가에 극히 심각한 상처와 손해를 가져다주었습니다. 승리는 결코 쉽게 이루어지는 것이 아니라 당 중앙이 전 당과 전국의 여러 민족 인민을 이끌고 여러 가지 엄청난 어려움을 이겨냄으로써 얻은 성과입니다.

'문화대혁명'과 그 이전의 '좌'경 착오의 영향이 극히 심각하고 광범했으며, 위해성도 아주 엄중했습니다. 린뱌오와 '3인방', 그리고 장칭 반혁명그룹을 깊이 폭로하고 비판하는 과정에서 반드시 '문화대혁명'과 그 이전의 '좌'경 착오에 대해 한층 더 전면적으로 청리해야 합니다. 그러면 마오쩌둥 동지가 만년에 범한 착오를 언급하지 않을 수 없습니다.

중국혁명에 대해 마오쩌둥 동지는 불멸의 위대한 공헌을 했습니다. 당과 인민들 가운데서 오랜 세월 동안뿐만 아니라 앞으로도 여전히 숭고한 위망을 얻을 수 있기 때문입니다. 마오쩌둥 동지가 범한 착오를 비롯한 우리 당의 착오에 대해 마르크스주의로 자아비판 할 용기가 있는지, 역사적이고도 정확하게 자아비판을 진행할 수 있을지의 여부는 어지러운 세상을 바로잡아 정상으로 돌릴 수 있을지 여부에서 관건적인 문제로 대두하고 있습니다. 장칭 반혁명그룹을 무너뜨렸을 때 우리 당이 '좌'경 착오를 전면적으로 정리하려는 사상준비가 충분히 이뤄지지 않았던 데다, 당시 당 중앙의 주요 책임자들이 일련의 중대한 문제에서 여전히 '좌'적인 착오를 범한 탓에 11기 3중전회가 개최되기 2년 전에 당의 지도사상 차원에서의 시비를 여전히 분명히 정리하지 못했고, 어지러운 세상을 바로잡아 정상으로 돌리는 과정에서 우왕좌왕하는 국면이 나타나게 된 것입니다.

중국공산당 제11차 전국대표대회는 '문화대혁명'의 결속을 선고하고 사회주의 현대화 강국의 건설 임무를 거듭 천명했는데, 이는 대중의 열정을 불러일으킴에 있어 적극적인 역할을 발휘했습니다. 그러나 이번 대회의 정치보고는 여전히 '문화대혁명'의 착오적인 이론·정책·구호를 긍정했는데, 이는 어지러운 세상을 바로잡아 정상으로 돌림에 있어 심각한 걸림돌이 되기 때문에 소극적인 역할을 일으켰습니다.

근본적인 차원에서 장기적인 '좌'경 착오의 심각한 속박에서 벗어나고 당의 지도사상을 바로잡는 것 외에도 마르크스주의의 사고노선과 정치노선, 그리고 조직노선을 거듭 확립한 것이 11기 3중전회[77]의 위대한 역사적 공적이라 하겠습니다. 그 후 당은 여러 부분에서 역사적 경험을 깊이 있게 종합하고 실천 과정에서 제기한 사회주의 건설과 관련된 이론과 정책문제를 과학적으로 천명했습니다. 11기 6중전회에서 통과된 「건국 이후 당의 약간의 역사적 문제에 대한 결의」[133]는 당이 지도사상 차원에서 어지러운 세상을 바로잡아 정상으로 돌리는 업무를 성공적으로 마쳤음을 의미합니다.

당은 간부와 대중의 지혜를 바탕으로, 그리고 다년간의 '좌'경 착오와 마오쩌동 동지의 만년의 착오에 대해 과학적으로 분석하고 비판하는 한편, 당이 오랜 세월의 투쟁에서 형성된 우수한 전통을 단호히 수호하고 마오쩌동 사상의 과학적인 진리와 그의 역사적 위치를 지켰습니다. 그 결과 시비를 분명히 하고 단합을 강화했을 뿐만 아니라 여러 가지 혁명과 건설 사업의 건강한 발전에 근본적인 보장을 제공할 수 있게 되었습니다.

11기 3중전회 이후 당은 일련의 방침과 정책을 제정 및 실시하는 과정에서 객관적인 실제에 어울리기 위해 노력했고, 한 가지 착오적인 경향을 주의하다가 다른 착오적인 경향을 경시하는 것을 방지하기 위해 최선을 다했습니다.

역사의 대전환 시기, 낡은 사상과 습관의 심각한 영향, 새로운 사물에 대한 부족한 경험, 그리고 기타 사회정치 요소의 작용으로 인하여 사상에 쉽게 편면성 문제가 나타났습니다. 최근 몇 년간, 당의 사상해방 방침이나 마오쩌동 동지 그리고 그의 사상에 대한 평가나 사회주의 현 단계의 계급투쟁 형세에 대한 예측 등 중대한 원칙 문제에서 일부 당원과 당의 간부들은 상이한 경향의 착오적인 인식을 갖고 있었습니다. 일부 동지들은 '좌'경 착오의 잘못된 영향에서 완전히 벗어나지 못해 의식적으로나 무의식적으로 "계급투쟁을 근본적인 강령으로 하는 낡은 길"로 다시 돌아가려 했습니다. 또 일부 동지들은 마르크스주의 궤도를 이탈해 당의 영도와 사회주의 길에 의구심을 품거나 심지어 부정하기도 했습니다.

당은 이러한 중대한 원칙 문제에서 줄곧 입장을 견정히 하고, '좌'와 '우'의 경향을 반대하는 사상투쟁을 제때에 그리고 정확하게 전개했습니다. 한편으로 당 중앙은 '문화대혁명'기간에 제기한 "무산계급 독재정치 환경에서의 지속적인 혁명"즉 이른바 "한 계급을 통해 다른 한 계급을 뒤엎으려는 착오적인 이론"을 실행하려는 것을 체계적으로 정리함으로써 계급투쟁이 확대되는 착오가 지속적으로 발생하는 것을 방지하고, 사회주의 민주와 법제 건설을 적극적으로 추진했으며, 당의 통일전선 업무를 회복 및 발전시킬 수 있었습니다. 다른 한편으로 당의 영도를 중심으로 하는 4가지 기본원칙을 거듭 강조하고, 자산계급의 자유화 경향을 비판 및 제지함과 동시에 사회주의 건설을 파괴하는 다양한 범죄활동을 단호히 단속했습니다. 실제 문제를 처리하는 과정에서 될수록 마르크스주의의 과학성과 전면성의 요구를 바탕으로 했습니다. 따라서 우리는 짧은 시간 내에 상당 부분의 복잡한 사상문제와 사회정치 모순을 타당하게 처리할 수 있었던 것입니다.

10년 동안의 내란을 겪은 후 축적된 문제가 비교적 많아 발전시켜야 할지, 아니면 개혁해야 할지 갈피를 잡지 못할 때도 있고, 새로운 업무를 전개하는 과정에서 불가피하게 새로운 문제에도 직면하게 됩니다. 이럴 때일수록 당은 경중완급을 차별화 해 질서 있게 업무를 추진함으로써 여러 가지 문제를 점차적으로 해결해 나가야 합니다. 경제 업무에 대해 말한다면, 11기 3중전회에서는 우선 농업분야를 확실하게 개혁해야 합니다.

과거 오랜 세월동안 지도과정에서 존재한 '좌'경 착오를 중점적으로 극복하고 농촌생산대대의 자주권을 회복 및 확대하는 한편, 자류지(自留地)와 가정 부업 · 집체 부업 · 정기시장에서의 거래를 회복시킴으로써 여러 가지 형식의 조합원 성과별 보수제를 실시했습니다. 양식과 기타 일부 농산물의 수매가격을 끌어올렸을 뿐만 아니라, 그 후 다종 경영의 방침문제를 해결해 농업이 뚜렷한 변화를 가져오면서 점차 번영 발전하는 양상을 보였습니다. 농민들은 오늘처럼 기쁜 날이 몇 년 만에 찾아온 것인지조차 기억하지 못하고 있습니다.

이는 전반적으로 경제 형세 나아가 정세 형세를 호전으로 이끄는데 모두 중요한 역할을 했습니다. 현재 농업상황이 점차 개선되고 있는데다가 공업

구조에서 경중공업의 비율을 조정하는 문제와 중공업의 서비스방향까지 조정한 덕분에 경공업의 빠른 발전을 추진했습니다. 아울러 축적과 소비 비율을 조절하고 지나친 기본건설 규모를 줄였습니다. 이 덕분에 국민경제의 내부 비율은 물론 인민생활도 크게 개선됐습니다. 기타 부분의 문제를 해결하는 과정에서도 위와 같이 중심 고리를 확실히 하여 기타 부분을 이끄는 방법을 적용했습니다.

당이 위의 여러 부분에서 승리를 거둘 수 있었던 근본적인 이유는 마르크스주의 이론과 실제를 서로 결부시킨 과학적인 원리와 마르크스주의의 인민이 창조한 역사적인 과학적 원리를 견지했기 때문입니다. 사실 그렇게 되지 않았습니까? 당은 인민을 믿고 의지하면서 인민의 요구와 역사발전의 흐름에 순응했습니다. 장칭 반혁명그룹을 무너뜨린 후 인민은 당에 높은 기대를 가지고 있습니다. 인민은 어지러운 세상을 바로잡아 정상으로 돌릴 것을 요구하고 있고, 안정과 단합된 국면, 그리고 힘을 모아 사회주의 현대화를 건설하고 사회주의 물질문명과 정신문명 수준을 향상시킬 것도 요구하고 있습니다.

당이 바로 인민들의 이 같은 의지를 집중시켜 정확한 노선·방침·정책을 제정함으로써 조국의 사회주의 사업을 다시 탄탄대로로 이끌 수 있었던 것입니다. 당에 대한 인민의 신임과 지지는 우리 사업이 꾸준한 승리를 거둘 수 있었던 관건적인 요소입니다. 지난 6년간의 전투 여정을 되돌아보면서 자연스레 당이 중국의 민주혁명을 영도하는 과정에서 나타난 두 차례의 역사적인 전환을 떠올리게 됩니다. 하나는 북벌전쟁의 실패부터 토지혁명전쟁 흥기까지이고, 다른 하나는 제5차 '포위토벌'의 실패에서 항일전쟁의 흥기까지입니다.

위 두 차례 전환 가운데서 당과 인민의 역량이 심각하게 파괴되어 혁명이 위기에 처했을 때, 국내외 적들은 우리의 철저한 실패에 입을 모았고, 우리 대오도 흔들리기 시작하면서 비관적인 태도를 가지는 자들이 꽤 있었습니다. 그러나 당은 이토록 큰 어려움에도 결코 무너지지 않았습니다.

마오쩌둥 동지를 대표로 하는 뛰어난 동지들의 영도 하에 당은 상상을 초월하는 혁명 담략과 의지력으로 완강하게 투쟁했고, 중국 특색에 어울리는 혁명도로를 모색해 마침내 위험한 정세를 바로잡았습니다. 덕분에 혁명 사업이 새로운 활기를 얻게 되었고 발전의 새로운 국면도 개척할 수 있게 되었습니다.

이번 전환의 역사적 조건은 지난 두 차례와 비교할 때 큰 차이가 있습니다. 우리 당은 이미 전국 정권의 영도 핵심이 되었고, 우리나라도 오랜 세월의 사회주의 혁명과 건설을 거쳤습니다. 인민의 역량이 이전 날의 혁명전쟁 시기보다 훨씬 강해졌습니다. 비록 사회주의 사업이 '문화대혁명'의 영향을 받아 큰 손해를 보았지만, 여전히 결코 승리할 수 있는 강대한 생명력을 갖고 있습니다.

우리는 비록 마오쩌둥·주은래·유소기·주덕 등 원로 세대의 무산계급 혁명가들을 보냈지만, 그들과 함께 전쟁에 참여했던 수많은 원로 혁명가들이 든든한 기둥역할을 하고 있고, 혁명전쟁에서의 어려움을 이겨낸 수많은 원로 동지와 건국 이후 단련을 받아 성장한 수많은 청장년 동지들이 중견 역할을 하고 있습니다. 당 중앙의 영도 하에 전 당의 노력과 전 당 동지, 그리고 전국 억만 인민들의 단합투쟁을 거쳐 우리는 마침내 또 한 차례의 역사적인 위대한 전환을 실현했습니다.

여러분! 우리가 지난 6년간 거둔 위대한 승리는 널리 알려져 있습니다. 그러나 이미 거둔 승리에 만족해서는 안 되고, 우리 당의 업무에 아직도 결함이나 어려움이 많고 우리의 의지대로 되지 않는 부분이 상당하다는 점을 명확히 보아야 합니다. 우리는 반드시 혁명정신을 불러일으키고 최선을 다해 열심히 노력함으로써 새로운 위대한 승리를 거두기 위해 노력하고 분투해야 합니다.

새로운 역사시기에 중국공산당의 총체적인 임무는 전국의 여러 민족 인민들이 자력갱생하고 분투하도록 단합시키고, 공업·농업·국방·과학기술의 현대화를 점차 실현함으로써 우리나라를 고도의 문명과 민주를 실현한 사회주의 국가로 건설하는 것입니다.

이번 대표대회부터 다음 대표대회가 열리기까지 5년 동안 우리는 위의 총체적인 임무 요구를 바탕으로, 현재의 실제로부터 출발해 사회주의 물질문명과 정신문명 건설을 적극적으로 추진하고 사회주의 민주와 법제를 계속해서 보완하는 한편, 당의 기풍과 조직을 열심히 정돈하고 국가의 재정경제 상황과 사회기풍, 그리고 당 기풍의 근본적인 호전을 실현할 예정입니다. 아울러 우리는 타이완 동포와 홍콩·마카오 동포, 그리고 국내외 교포를 비롯한 전체 애국인사와 함께 조국 통일의 위대한 사업을 추진하기 위해 노력할 것입니다. 또한 전 세계 인민과 함께 제국주의와 패권주의를 반대하고 세계 평화를 수호하기 위해 투쟁할 것입니다. 이것이 바로 새 국면을 전면적으로 개척하는 과정에서 우리 앞에 놓인 위대한 임무인 것입니다.

2. 사회주의 경제의 전면적인 급상승을 추진해야 한다

새 국면을 전면적으로 개척하는 여러 가지 임무 가운데서의 첫 번째가 바로 사회주의 현대화 경제건설을 계속해서 발전시키는 것입니다. 이를 위해 당은 실사구시적인 태도로 중국 경제건설의 전략목표·중점·절차·일련의 정확한 방침을 제정했습니다.

1981년부터 본 세기 말까지 20년 동안, 중국 경제건설의 총체적인 분투 목표는 경제효과를 꾸준히 향상시키는 전제 하에 전국의 공업과 농업의 연간 총 생산액을 4배 끌어올리는 것입니다. 즉 1980년의 7천 1백억 위안에서 2000년의 2조 8천억 위안으로 늘리는 것입니다. 이 목표를 실현한다면, 중국 국민소득 총액과 주요한 공업제품과 농산물 생산량이 세계 앞자리를 차지하고 국민경제의 현대화 과정도 큰 진전을 가져올 것으로 보입니다. 그리고 도농 인민의 수입이 배를 단위로 늘어나고 인민의 물질문화 수준이 중등 수준의 발전을 이룰 수 있을 것으로 전망됩니다.

그때 가도 중국의 인구 당 평균 국민 소득은 여전히 비교적 낮겠지만 지금과 비교해서는 경제실력과 국방실력이 크게 증강될 것입니다. 우리가 적극적으로 분투하고 착실하게 업무를 이끌어 나가며 사회주의제도의 우월성을 한층 발휘한다면 이 웅대한 전략적 목표를 능히 실현할 수 있을 것입니다.

위의 경제발전 목표를 실현함에 있어 농업·에너지·교통·교육·과학 문제를 해결하는 것이 가장 중요합니다.

농업은 중국 국민경제를 발전시키는 기반입니다. 그러니 농업이 발전되면 기타 분야의 발전도 쉬워집니다. 현재 중국의 노동생산율과 제품 총량 가운데서 상품이 차지하는 비율(commodity rate)이 여전히 비교적 낮은 수준입니다. 자연재해에 맞서 싸우는 힘이 아직은 많이 박약하며 특히 사람이 많고 경작지가 적은 모순이 갈수록 두드러지고 있습니다. 향후 반드시 인구성장을 단호히 통제하고 여러 가지 농업자원을 보호하고 생태균형을 유지하는 한편, 농업의 기본건설을 강화하고 농업생산 조건을 개선하고 과학적인 재배를 실시함으로써 제한된 경작지에서 더 많은 양식과 경제작물을 재배해야 합니다. 또한 임업·목업·부업·어업을 전면적으로 발전시켜 공업발전과 인민생활 수준의 향상에 필요한 수요를 만족시켜야 합니다.

현재 에너지와 교통 면에서 긴장된 국면은 중국의 경제발전을 제약하는 중요한 요소입니다. 최근 몇 년간 중국의 에너지 생산 발전이 더뎌진 반면, 에너지 낭비현상은 아주 심각한 수준에 이르렀습니다. 교통운수 능력이 운송량 성장 수요에 적응하지 못하고 우편통신설비도 많이 뒤진 상태입니다. 국민경제가 일정한 속도로 발전할 수 있도록 보장하고 에너지 개발을 촉구하며 에너지 소모를 대폭 줄이는 한편, 교통운송과 우편통신 건설을 적극적으로 추진해야 합니다.

4개 현대화의 핵심은 과학기술의 현대화입니다. 현재 중국의 다수기업의 생산기술과 경영관리가 뒤지고 수많은 직원들이 필요한 과학·문화지식과 실천능력을 갖추지 못했으며, 숙련공과 과학기술자가 매우 부족한 실정입니다. 향후 반드시 계획적으로 대규모의 기술 개조를 추진하고 경제효과가 양호한 여러 가지 기술성과를 널리 보급하는 것 외에 새 기술·새 설비·새 공예·새 자료를 적극적으로 활용해야 합니다. 과학적인 연구를 적용하고 기초과학 연구를 중시함과 동시에 여러 부분의 힘을 모아 핵심 분야의 핵심 과학연구 프로젝트에서 난관을 극복해야 합니다.

경제과학과 관리과학의 연구와 응용을 강화하고 국민경제에 대한 계획·관리수준·기업과 사업의 경영관리 수준을 꾸준히 향상시켜야 합니다. 또한 초급수준의 교육과 중등의 직업교육, 그리고 고등교육을 적극적으로 보급하고, 간부·직원·농민교육·문맹퇴치를 비롯한 도시와 농촌의 각급·각 유형에 대한 교육 사업을 발전시키는 것 외에 다양한 전문 인재를 육성하고 전 민족의 과학문화 수준을 향상시켜야 합니다.

총체적으로 향후 20년간 농업·에너지·교통·교육·과학 등 몇몇 근본적인 고리를 확고히 장악하여 이를 경제발전의 전략적 중점으로 간주해야 합니다. 종합적인 균형의 실현을 기반으로 이러한 문제를 제대로 해결하다면 소비품 생산의 빠른 성장을 실현하고, 전체 공업과 기타 여러 분야의 생산건설 사업의 발전을 이끌 수 있는 것 외에도 인민들의 생활수준을 개선할 수 있을 것으로 기대됩니다.

중국의 경제와 사회발전에서 인구문제가 줄곧 극히 중요한 문제로 대두되었습니다. 계획출산은 중국의 기본국책입니다. 20세기 말에 이르러 중국의 인구를 12억 명 이내로 반드시 통제하는 것이 목표입니다. 현재 중국의 인구는 출산의 고봉기에 들어서 인구성장이 지나치게 빠른 실정입니다. 이는 1인당 소득의 향상에 영향을 미칠 뿐만 아니라 양식과 주택 공급, 교육과 취업에 대한 수요를 만족시키는 데에도 모두 심각한 문제가 되고 있으며, 심지어 사회 안정에 영향을 미칠 가능성도 있습니다. 따라서 계획출산 업무에 대한 강화를 늦춰서는 안 됩니다.

특히 농촌에서는 더욱 그러합니다. 농민을 상대로 깊이 있고도 세밀한 사상교육을 진행해야 합니다. 우리의 업무를 제대로 이끌어 나간다면 인구에 대한 통제 목표도 실현할 수 있을 것입니다.

20년간의 분투목표를 실현하기 위해 2개 단계로 전략적 배치를 진행할 예정입니다. 전 10년은 주로 기반을 다지고 힘을 모아 조건을 마련하는데 투자하고, 후의 10년은 새로운 경제부흥 시기에 들어서도록 힘쓸 것입니다. 이는 당 중앙이 중국의 경제상황과 발전추세를 전면적으로 분석한 후 내린 중요한 결책입니다.

최근 몇 년간의 조정을 거쳐 국민경제가 지속적으로 성장하고 큰 성과를 거두었습니다. 그러나 제반 분야에서의 경제효과가 많이 떨어져 있고, 생산·건설·유통분야에서의 낭비현상은 심각한 상황을 넘어 깜짝 놀랄만한 수준에 이르렀습니다. 단위 사회제품이 소모하는 물자·공업기업의 자금

이윤율 · 중대형 프로젝트의 건설주기 · 상공기업의 유동자금 융통속도 등은 사상 최고 기록에 이르지 못했습니다. 비교할 수 없는 객관적인 요소 외에 지난날의 착오적인 '좌'경 사상으로 초래된 기업의 맹목적적 발전과 경제구조의 불합리성, 그리고 경제 관리체제와 배분제도의 결함, 경제 관리의 혼잡함과 생산기술의 낙후성이 주로 작용했습니다. 1982년 경제효과를 강조함에 따라 상황이 약간 호전되긴 했습니다.

그러나 오랜 세월 축적된 수많은 문제가 그토록 짧은 시간 내에 완전히 해결될 수는 없습니다. 경제발전과 관련된 전략적 배치를 확정지을 때 이러한 기본적인 상황도 반드시 고려해야 합니다.

1981년부터 1985년까지의 6차 5개년 계획기간, 조정 · 개혁 · 정돈 · 향상의 방침을 단호하게 관철 및 실행하는 한편, 절약을 제창하고 낭비를 반대함으로써 모든 경제업무를 경제효과 향상을 중심으로 하는 궤도로 끌어올려야 합니다. 주요한 힘을 모아 여러 부분의 경제구조에 대해 조정하고 현재 있는 기업을 정돈 · 개조 · 연합하며 기업의 기술개조를 치중하여 진행하는 한편, 경제관리 체제에서 이미 실행한 초보적인 개혁을 공고히 하고 보완하는 것 외에도 개혁의 총체적인 방안과 실시하는 절차를 제정할 것을 촉구해야 합니다.

1986년부터 1990년까지의 7차 5개년 계획기간 동안 기업의 기술개조를 폭넓게 진행하고 경제관리 체제에 대한 개혁을 점차 전개하는 한편, 기업조직의 구조와 여러 분야의 경제구조를 합리적으로 배치하는 조치를 계속해서 실행할 예정입니다. 80년대 에너지 · 교통 등 분야에서 일련의 필요한 인프라 건설과 중대한 과학기술 프로젝트에서의 난관을 극복해야 합니다. 그렇기 때문에 국민경제가 빠르게 발전할 가능성은 없습니다. 그러나 우리가 위의 여러 가지 업무를 제대로 수행한다면 현재까지 남겨진 역사문제를 잘 해결할 수 있고, 향후 10년의 경제성장에도 튼튼한 기반을 마련할 수 있을 것으로 보입니다. 90년대, 중국경제가 전면적으로 급상승하고 발전 속도도 80년대보다 훨씬 더 빠를 것으로 기대됩니다. 인민대중을 상대로 이러한 전략적 배치를 충분히 홍보하고 해석한다면, 인민은 우리의 밝은 앞날에 희망을 갖고 사업에 더 많은 땀과 열정을 쏟아 부음으로써 새로운 경제 진흥시기를 맞이하게 될 것입니다.

이번 대표대회부터 다음번 대표대회가 열리기까지 5년간, 우리는 6차 5개년 계획을 마무리 짓고, 7차 5개년 계획을 실행할 예정입니다. 이 시기에 재정경제 상황의 근본적인 호전을 실현하기 위해 노력할 것이라고 말했는데, 이는 위의 전략적 배치에 따라 경제효과를 뚜렷하게 향상시키고 재정과 신탁의 기본적인 균형과 물가의 기본적인 안정을 유지하겠다는 의미입니다. 5년간의 경제업무를 잘 이끌어 나가는 것은 중국경제의 원대한 발전에 대해 아주 중대한 의미가 있는 것만은 확실합니다.

사회주의 경제의 전면적인 급상승을 추진하기 위해 전반 경제업무 중 제5기 인민대표대회 제4차 회의에서 비준한 10개 분야의 경제건설 방침[237]을 계속해서 관철 및 실행하는 한편, 특히 아래와 같은 몇 가지 중요한 원칙문제에 주목해야 합니다.

먼저 자금을 보아 중점적인 건설을 추진하고 인민생활의 수준을 지속적으로 개선해야 합니다.

향후 20년간의 전략적 목표를 실현하려면 반드시 국가 차원에서 필요한 자금을 모아 경중완급을 명확히 한 후 중점적인 건설을 진행해야 합니다. 이를 위해서라면 반드시 여러 부분의 적극성을 불러일으키고 생산을 발전시키기 위해 최선을 다하는 것 외에도 경제효과를 끌어올림으로써 국민 소득의 빠른 성장을 실현하고 자금이 지나치게 분산된 현상을 바꾸어야 합니다.

최근 몇 년간 한편으로는 국가의 재정수입이 다수 줄어들어 절박하게 필요로 하는 중점 건설에 자금이 모자라는 현상이 나타났고, 다른 한편으로는 지방과 기업의 자체 자금이 상당하게 늘어나면서 현지에서 절박하게 필요로 하는 건설을 진행하기 시작했습니다. 이렇게 하면 전국 범위의 전체적인 수요에 어울리기 힘들고 건설에서의 맹목성을 방지하는 것은 물론 극복하기도 어렵습니다. 만약 국가의 중점 건설이 마땅한 보장을 받지 못하고, 에너지 · 교통 등 인프라 건설이 따라가지 못한다면 국민경제가 전반적으로 발전할 수 없고, 여러 국부적인 부분의 발전도 큰 제한을 받게 될 것입니다.

　비록 한 시기 어떤 한 곳에서 일정한 발전을 가져온다고 해도 공급 · 생산 · 판매의 균형을 실현하기 어려울 것이기 때문에 결코 지속될 수가 없습니다. 따라서 우리는 "전국이 통일적으로 움직여야 한다"는 사상을 명확히 수립해야 합니다.

　현행 재정체제를 계속해서 실행하고, 기업의 마땅한 자주권을 보장함과 아울러 상이한 지역과 업종의 실제상황을 바탕으로 하여 중앙과 지방의 재정수입의 배분비율과 기업이윤 할당 비율을 적절하게 조정하는 한편, 지방 · 부서 · 기업에서 자금을 절박하게 필요로 하는 국가 프로젝트에 투자하도록 격려해야 합니다. 당연히 자금을 모으는 과정에서 지방과 기업의 수요는 계속해서 고려해야 합니다. 지방과 기업이 상당한 재력을 갖춰야 그들의 적극성을 불러일으키는데 유리하고, 지방에 어울리는 항목을 진행하는데도 도움이 됩니다. 특히 기업의 기술 개조를 진행하는데 이롭습니다.

　중국의 노동력 자원이 아주 풍부하기 때문에 반드시 노동 축적 확대에 큰 중점을 두어야 합니다. 농촌에서는 수많은 노동력을 동원해 지역과 실정에 맞게 그리고 효과적으로 농업 인프라 건설을 추진해야 합니다. 광산 · 교통과 기타 건설에서도 똑같이 노동 축적의 역할을 중요시해야 합니다.

날로 늘어나는 인민들의 물질문화 수요를 만족시키는 것은 사회주의 생산과 건설의 근본적인 목표입니다. "첫째 밥을 먹고, 둘째 건설해야 하는 것"은 중국의 경제업무를 지도하는 기본원칙입니다. 최근 몇 년간 당과 정부는 엄청난 노력 덕분에 인민의 생활이 뚜렷하게 개선되었습니다. 하지만 전반적으로 볼 때 인민의 생활수준은 여전히 낮은 수준에 머물러 있습니다.

일부 생산량이 낮은 농촌지역과 재해지역 농민들의 생활은 여전히 아주 가난합니다. 따라서 그들이 생산을 발전시키고 수입을 늘릴 수 있도록 적극적으로 부축해야 합니다. 도시 주민의 노임·취업·주택·공공시설 등에서 아직도 해결해야 할 이런저런 문제들이 많습니다. 생산건설과 여러 가지 업무 가운데서 핵심역할을 하는 중년 지식인을 상대로 국가는 이미 절실한 조치를 취해 그들의 생활에 대한 대우와 업무조건을 점차적으로 개선해주기로 결정했습니다.

도시와 농촌 인민들의 생활수준을 개선하려면 결코 없어서는 안 될 건설 자금의 비축과 생산 발전을 바탕으로 해야 합니다. 아니면 인민의 근본적인 이익에 손해를 주게 됩니다. 구체적으로 말하자면, 농민의 수입증가가 농산물 가격 인상이나 수매, 지령구매의 기수 하락과 협상범위 확대에만 의존해서는 안 됩니다. 직원들의 평균 수입 성장 폭은 노동 생산율의 제고 폭보다 낮을 수밖에 없습니다. 생산과 이윤의 실제상황을 고려하지 않고 장려금과 여러 가지 보조금을 마음대로 발급하는 현상을 반드시 저지해야 합니다.

사실상 전국의 노동자와 농민들이 인식을 한층 제고시키는 한편, 노동생산율을 꾸준히 향상시키고, 여러 가지 소모를 줄이고, 다양한 낭비를 없애기 위해 최선을 다해야만 인민들의 생활이 점차적으로 개선될 수 있습니다. 많은 자금을 들이지 않거나, 심지어 아예 자금을 들이지 않고도 대중들이 일상생활에서 부딪히는 여러 가지 문제를 해결하려면, 각급 영도자들이 더 적극적으로 조치를 취하고 최선을 다하는 수밖에 없습니다.

우리 당은 대중들의 생활에 관심을 두는 우수한 전통이 있습니다. 그러니 그 어느 때라도 절대로 경시해서는 안 됩니다.

그 다음으로는 국영경제의 주도적인 지위, 다종 경제형식의 발전과 관련 된 문제입니다.

사회주의 국영경제가 국민경제에서 주도적인 지위를 차지하고 있습니다. 국영경제를 튼튼히 하고 발전시키는 것은 노동대중들의 집체소유제 경제가 사회주의 방향으로 발전하고 개체경제가 사회주의를 위해 봉사할 수 있도 록 보장하는 결정적인 조건입니다. 전체적으로 중국의 생산력 발전 수준이 여전히 낮은 데다 불균형 상태를 유지하고 있어 오랜 세월동안 여러 가지 경 제 형식이 함께 존재할 것을 요구했습니다.

농촌에서의 주요한 경제형식은 노동 인민의 집체소유제인 합작경제입니 다. 현재 도시의 수공업 · 공업 · 건축업 · 운송업 · 상업 · 서비스업을 국영 경제가 도맡아 발전시킬 수는 없는 것이고 또 그렇게 해서도 안 됩니다. 그 중 상당한 부분은 집체적으로 발전시켜야 합니다. 최근 몇 년간 도시 청년과 기타 주민들이 자금을 모아 경영하는 합작경제가 여러 지방에서 발전하기 시작했고 좋은 역할을 했습니다. 당과 정부는 마땅히 지지하고 지도를 해주 어야지 그 어떤 부분에서 배척하거나 타격을 가해서는 안 됩니다.

농촌과 도시에서 모두 개체경제가 국가에서 정한 범위 내에서, 그리고 상 공업 행정관리 하에 적당하게 발전하는 것을 격려하고, 또 이를 공유제 경제 의 필요하고도 유익한 보충으로 간주해야 합니다. 다종 경제형식이 합리적 으로 배치되고 발전해야만 도시와 농촌경제가 번영케 되고 인민들의 생활 에도 편리를 도모해 줄 수 있습니다.

기업과 노동자의 적극성을 불러일으키기 위해 국영기업이나 집체기업 가운데서 반드시 경영관리 책임제를 착실히 실행해야 합니다. 최근 몇 년간 농촌에서 제정한 여러 가지 형식의 생산 책임제가 생산력을 한층 더 발전시켰습니다. 이를 반드시 장기적으로 견지해야 하고 대중들의 실천경험을 종합한 기초 위에서 점차 보완해야지 대중들의 염원을 위배하고 경솔하게 바꾼다거나 옛날로 돌아가려 해서는 안 됩니다. 농업생산의 발전과 농민들의 경영관리 능력이 향상됨에 따라 반드시 새로운 여러 가지 연합경영 요구를 제기하게 됩니다.

생산에 유리하고 자발적이며 서로에게 이익이 되는 원칙에 따라 여러 가지 형식의 경제연합을 추진해야 합니다. 머지않은 훗날 중국 농촌의 지역과 실정에 어울리는 조치를 실시하는데 유리한 장점, 대규모 채용에 유리한 선진적인 생산조치, 형식이 다양하고 보다 보완된 합작경제를 모색해낼 수 있을 것으로 기대됩니다. 최근 상공업 기업에서 경제책임제를 실행하기 시작하면서 어느 정도 효과를 거두었습니다. 상공업은 농업과 엄연히 큰 차이가 있습니다. 그러나 경제 책임제를 실시하고 일부 국영기업을 상대로 이익과 손해 책임제를 실시하는 것은, 마르크스주의 물질 이익 원칙을 관철하는데 유리하고, 노동자의 주인공 책임감을 증강시키고, 생산발전을 추진하는 데에도 유리합니다.

우리는 적극적인 태도를 갖고 경험을 열심히 종합함으로써 상공업 기업의 특점에 어울리고, 또 국가의 통일 영도를 보장하면서도 기업과 직원들의 적극성을 불러일으킬 수 있는 구체적인 제도와 방법을 모색하고 제정해야 합니다.

생산자료 공유제는 중국 경제의 기본 제도로, 절대 파괴해서는 안 됩니다. 현재 일부 농촌에 농전 수리 시설을 파괴하고 삼림을 함부로 채벌하며 집체에서 일정 부분을 떼어내는 것을 취소하는 등의 현상이 나타났습니다. 일부 국영 상공업 기업에는 국가의 통일적인 계획을 위배하고 제멋대로 일괄 배치하며 물자를 차압하고 상부에 납부해야 하는 이윤을 자신에게 남기며 함부로 가격을 올리고 서로 봉쇄하는 것 외에도 탈세·루세 등의 현상이 존재하는데, 비록 소수 인들에 의한 문제라고는 하지만, 공유제 경제를 심각하게 파괴하고, 국가와 인민의 이익에 손해를 가져다준 만큼 반드시 단호히 바로잡아야 합니다.

다음, 계획경제를 주로 하고 시장조절을 보조로 하는 원칙에 관한 문제를 정확히 처리해야 합니다.

중국은 공유제를 기반으로 계획경제를 실시하고 있습니다. 계획적인 생산과 유통은 중국 국민경제의 주체입니다. 아울러 일부 상품에 대한 생산과 유형을 상대로 계획을 하지 않고 시장 조절을 허락합니다. 다시 말해서 서로 다른 시기의 구체적인 상황에 따라 국가에서 통일적으로 일정한 범위를 계획한 후 가치 규칙이 자발적으로 조정역할을 일으키도록 하는 것입니다.

이 부분은 계획적인 생산과 유통에 대한 보완인 만큼 종속적이고 부차적인 존재입니다. 그러나 필요하고 유익한 것이기도 합니다. 국가에서 경제를 통해 계획하고 있는 종합 균형과 시장 조정의 보완 역할은 국민경제가 비율에 따라 조화롭게 발전하도록 보장했습니다. 최근 몇 년간 우리는 경제체제의 일부를 개혁하고 계획 관리에서의 기업의 권한을 확대하는 것 외에도 시장조절 역할에 주의를 기울였습니다. 이러한 조치들은 방향이 정확하고 뚜렷한 효과도 거두었습니다.

그러나 일부 개혁조치가 어울리지 않고 이에 상응하는 관리 업무가 제때에 따라가지 못한 탓에 국가의 통일적인 계획을 방해하는 현상이 다소 늘어났습니다. 이는 국민경제의 정상적인 발전에 불리합니다. 앞으로도 시장조절 역할의 작용을 계속해서 주의해야 하지만 국가 계획의 통일적인 영도를 경시하거나 풀어 놓아서는 안 됩니다.

경제 발전의 집중 통일과 영민한 다양성을 보장하기 위해 계획 관리에서 상황별에 따라 서로 다른 형식을 취해야 합니다. 국영경제 가운데서 국가정책, 민생과 관계되는 생산자료, 소비 자료의 생산과 배분, 특히 경제의 전반적인 국면과 연관되어 있는 핵심기업에 대해서는 반드시 지령성 계획을 실시해야 합니다.

이는 중국사회주의 전민 소유제가 생산 조직과 관리에서의 중요한 구현입니다. 집체 소유제 경제도 수요에 따라 일부 지령성 지표를 하달해야 합니다. 이를 테면 양식과 기타 중요한 농산물에 대한 수매와 지령에 의한 구매입니다. 중국에 여전히 다종 경제형식이 존재하고 사회에 대한 여러 가지 복잡한 수요와 수많은 기업의 생산력에 대해 정확한 계산을 할 수 없는 등의 원인으로 인해 지령성 계획 외에 다수 제품과 기업을 상대로 경제 지렛대를 적용해 지령성 계획을 실현할 수 있도록 보장해야 합니다. 지령성 계획을 실시하든지, 아니면 지도성 계획을 실시하든지를 막론하고 객관사실에 부합되기 위해 노력하고 시장공급 상황의 변화를 늘 연구하는 것 외에도 가치규칙을 자발적으로 활용하고 가격 · 세수 · 신탁 등 경제 지렛대를 적용해 기업이 국가계획의 요구를 실현할 수 있도록 이끌어야 합니다. 그리고 기업에 일정한 자유 재량권을 주어야만 계획이 실행되는 가운데서 제때에 필요한 보충과 보완을 실현할 수 있을 것입니다.

각양각색의 소상품의 경우 생산액이 적고 품종이 다양하며 생산과 공급의 시간성과 지역성이 강하기 때문에 국가는 계획적으로 이를 관리할 필요도 없거니와 그렇게 할 수도 없습니다. 이 부류의 소상품은 기업이 시장의 공급과 수요 변화에 따라 지혜롭게 생산을 배치하도록 할 수 있으며, 국가는 정책 법령과 상공업 행정업무 차원에서 관리를 강화하고, 그들이 일부 중요한 원재료 공급을 해결할 수 있도록 도움을 줄 수 있습니다.

계획경제를 주로 하고 시장조절을 보조로 하는 원칙은 경제체제 개혁에서의 근본성적인 문제입니다. 우리는 지령성 계획, 지도성 계획, 시장조절의 범위와 경계선을 정확히 구분하고 물가의 기본적인 안정을 기반으로 점차 가격체제와 가격 관리방법, 노동제도와 노임제도를 개혁하고 중국 사정에 어울리는 경제관리 체제를 건립함으로써 국민경제의 건강한 발전을 보장해야 합니다.

상업발전의 좋고 나쁨은 공업과 농업생산, 그리고 인민들의 생활에 직접적인 영향을 미칩니다. 중국 경제발전에서 위의 문제의 중요성은 갈수록 두드러지고 있습니다. 현재 상업 서비스망과 시설이 심각하게 부족하고 중간고리가 지나치게 많으며, 시장에 대한 예상이 약하다는 것 등 경영사상과 관리 부분에서 해결해야 할 문제들이 아주 많습니다. 우리는 반드시 상황을 충분히 이해하고 경험을 열심히 종합하는 기초 위에서 상업업무를 개량 발전시키고 유통 루트를 넓히고 늘리는 것 외에 생산을 촉진시키고 인도와 공급에 대한 보장과 경제 번영에서의 상업의 역할을 충분히 발휘하도록 해야 합니다.

마지막으로 자력갱생과 대외경제 기술교류를 확대하는 데에 관한 문제입니다.

대외개방을 실시하고 평등하고 서로에게 이익을 돌리는 원칙에 따라 대외경제 기술교류를 진행하는 것은 중국이 확고하게 이끌어 나가야 할 전략적 방침입니다. 국내 상품의 국제시장 진출을 추진하고 대외무역을 적극적으로 발전시켜야 합니다. 이용 가능한 외국 자금을 최대한 건설에 활용해야 합니다. 이를 위해서는 여러 가지 필요한 준비업무를 잘 해나가야 하며, 없어서는 안 될 국내자금과 각항 부대조치도 잘 배치해야 합니다.

중국 실정에 어울리는 일부 선진기술 특히 기업의 기술개조에 도움이 되는 선진기술을 적극적으로 끌어들인 후 이를 받아들이고 발전시킴으로써 중국의 생산건설 사업을 발전시켜야 합니다.

사회주의 현대화 건설을 진행하려면 우리는 반드시 자력갱생해야 하고 분투할 것을 바탕으로 해야 합니다. 이는 확고히 견지해야 할 부분입니다. 대외경제 기술교류를 확대하는 것은 자력갱생 능력을 증강시키고 민족경제의 발전을 추진하기 위한 것으로, 절대로 민족경제에 손해를 가져다주어서는 안 됩니다.

국내에서 제조하고 공급할 수 있는 설비, 특히 일상 소비품은 절대 맹목적으로 수입하지 말아야 합니다. 통일적인 계획과 정책, 그리고 대내외의 연합을 기반으로 지방·부서·기업에서 대외경제 활동을 전개하는 적극성을 발휘함과 동시에, 국가와 민족의 이익에 손해를 끼치는 행위는 적극 반대해야 합니다. 자본주의 국가와 기업가는 우리와의 경제 기술교류를 이유로 그들의 자본주의 본성이 변하지 않을 것이라는 점을 우리는 반드시 기억해야 합니다. 대외개방 정책을 실행하는 과정에서 자본주의 사상의 침습(侵襲)에 경각성을 높이고 저지하는 한편, 외국의 것을 숭배하는 의식과 행위도 반대해야 합니다.

여러분! 활력 있는 창조성은 사회주의 인민대중들이 스스로 창조해낸 것이라고 말했습니다. 억만 대중의 드높은 노동 열정과 수천수만에 이르는 생산단위의 창조정신이나, 여러 지방·각 부서의 적극적인 분투가 없었더라면 사회주의 건설사업의 번영은 결코 있을 수 없었습니다. 경제업무·온갖 방침·정책·계획·조치는 반드시 일관된 조치를 취해 국가·집체·개인 등 3자의 이익을 골고루 돌보면서 중앙·지방·부서·기업·노동자의 적극성을 충분히 불러일으키고, 과학적으로 조직함으로써 가장 효과적인 역할을 발휘하도록 해야 합니다.

이는 사회주의 경제의 전면적인 급성장을 추진하는 가장 중요한 루트입니다. 전국의 여러 민족 인민들이 한 마음·한 뜻으로 분발 노력한다면 반드시 중국 경제발전의 웅대한 목표를 실현할 수 있을 것이라고 굳게 믿습니다.

3. 수준 높은 사회주의 정신문명을 건설하기 위해 노력해야 한다

전 당의 업무 중점을 현대화 경제건설로 끌어올린 후 당 중앙은 수준 높은 물질문명을 건설하는 한편, 고도의 사회주의 정신문명도 건설하기 위해 노력해야 한다고 거듭 정중하게 제기하는 바입니다. 이는 사회주의를 건설하는 전략적인 방침문제입니다. 사회주의 역사경험과 중국의 현 실정은 위 방침의 견지 여부가 사회주의의 흥망성쇠와 승패를 가름하는 문제라는 점을 우리에게 알려주고 있습니다.

사회주의 건설에서 정신문명과 물질문명은 관계가 아주 긴밀합니다. 마르크스는 세계의 생산활동을 개조하는 가운데서 "생산자도 바뀌면서 새로운 품질을 연마해냈고, 생산을 통해 자신을 발전 및 개조시켜 새로운 역량과 관념을 형성하고 새로운 교류방식과 새로운 수요, 언어를 만들어냈다."[238]고 말했습니다. 마오쩌둥 동지도 무산계급과 혁명 인민이 세계를 개조하는 투쟁에서 두 가지 부분의 임무 즉 "객관세계와 자체의 주관세계 개조"[239]를 제기했습니다. 객관세계에는 자연계와 사회가 포함됩니다. 사회를 개조하는 과정에서 거둔 성과는 새로운 생산관계와 사회정치제도를 수립하고 발전케 하는 것입니다.

자연계를 개조하기 위한 물질적인 성과는 물질문명 및 물질생산의 진보와 물질생활의 개조로 표현됩니다. 객관세계를 개조함과 동시에 사람들의 주관세계도 바뀌고 있고, 사회의 정신생산과 정신생활도 발전시키고 있습니다. 이 부분의 성과가 바로 물질문명으로, 교육, 과학, 문화지식의 발달과 사상, 정치, 도덕수준의 향상에서 나타나는 것입니다.

사회 개조, 사회제도의 진보는 궁극적으로 물질문명과 정신문명의 발전으로 표현됩니다. 중국의 사회주의 사회는 아직 초급 발전단계에 처해 있어 물질문명이 결코 발달하지 못했습니다. 그러나 일정한 수준으로 발전한 현대경제, 현대의 가장 선진적인 계급인 노동자계급 및 그 선봉대인 공산당이 있으면 사회주의 혁명이 성공할 가능성이 있는 것처럼, 사회주의제도를 건립하고 나면 물질문명을 건설함과 동시에 수준 높은 사회주의 정신문명을 건립할 수 있을 것입니다. 물질문명의 건설은 사회주의 정신문명 건설에서 없어서는 안 될 기반입니다. 사회주의 정신문명이 물질문명에 대해 거대한 추진역할을 할 뿐만 아니라 그의 정확한 발전방향도 보장해 줄 것입니다. 두 가지 문명건설은 서로에 대한 조건으로, 또 서로에 대한 목적이 되어 있는 것입니다.

사회주의 정신문명은 사회주의의 중요한 특징이자 사회주의제도 우월성의 중요한 표현이기도 합니다. 그저께 사회주의 특징을 얘기할 때 사람들은 늘 착취제도의 소멸과 생산자료 공유, 노동에 따른 배분, 국민경제의 계획적이고도 비율에 따른 발전, 그리고 노동자계급과 노동인민의 정권을 강조했습니다.

이밖에도 고도로 발달한 생산력과 자본주의보다 더 높은 노동생산율을 사회주의 발전의 필연적인 요구와 최종 결과로 간주할 것을 강조했는데, 이 또한 그의 특징입니다. 이러한 것들이 모두 정확하긴 하지만 완전히 사회주의 특징을 포함하기에는 부족함이 있습니다. 공산주의사상을 핵심으로

하는 사회주의 정신문명은 사회주의에 반드시 있어야 하는 특징입니다. 이러한 정신문명이 뒷받침 되지 못한다면 사회주의를 건설할 수가 없습니다.

　공산주의는 사회주의제도이기 때문에 중국에서 완전히 실현하려면 여러 세대 사람들의 오랜 세월의 노력과 분투를 거쳐야 합니다. 그러나 우선 공산주의는 운동입니다. 마르크스, 엥겔스는 "우리가 일컫는 공산주의라는 현존 상황을 소멸한 현실적인 운동이다."[240]고 말했습니다. 이러한 운동의 궁극적인 목표는 공산주의 사회제도를 실현하는 것입니다. 중국에서의 공산주의사상 전파나 사람들이 궁극적으로 공산주의 이상을 실현하기 위해 진행하는 운동은 일찍이 중국공산당 설립과 신민주주의 혁명을 영도할 때부터 시작되었습니다.

　현재 이 운동은 중국에서 이미 공산주의사회 초급단계인 사회주의사회를 건립하기까지 발전했습니다. 마오쩌둥 동지는 민주혁명시기 사회제도에 대한 중국공산당의 주장은 현재와 미래 두 부분으로 나뉜다고 말했습니다. "현재에서는 신민주주의를, 미래에서는 사회주의를. 이는 유기적으로 구성된 두 부분으로 전반적인 공산주의 사상체계의 지도를 받는다."[241] 또 "공산주의는 무산계급의 전반 사상체계이자 새로운 사회제도이다."[242] "중국의 민주혁명에 공산주의 지도가 없이는 절대 성공할 수 없다. 그러니 혁명의 마지막 단계를 논할 필요는 더 없다."[243]고 말했습니다.

　그렇기 때문에 공산주의사상과 실천은 우리의 현실생활에 존재한지 이미 오래되었습니다. "공산주의는 허황된 환상이다", "공산주의는 실천의 점검을 거치지 않는다"는 관점은 완전히 잘못된 것입니다. 우리의 생활은 공산주의를 포함하고 있어 이를 이탈할 수가 없습니다. 당내 외를 비롯한 수많은 영웅과 모범들은 혁명 이상을 위해 헌신적으로 분투하고 목숨마저 기꺼이 바쳤는데, 그들의 분투가 과연 사회가 그들에게 주는 보수를 바꾸기 위해서였

단 말입니까? 위대한 공산주의 정신이 그들의 행동을 지도했던 것은 아닙니까? 사회주의 사회는 미래 공산주의 고급단계의 목표를 향해 꾸준히 발전하고 있습니다. 이 발전과정은 물질 재부의 성장뿐만 아니라 사람들의 공산주의 각오에 대한 꾸준한 향상과 혁명정신의 고양을 바탕으로 해야 합니다. 당연히 현 단계에서 우리는 반드시 경제와 사회생활에서 노동에 따른 배분제도와 기타 여러 가지 사회주의제도를 견지해야 하고, 사회성원마다 공산주의자가 되어야 한다고 요구해서는 안 됩니다. 그러나 반드시 공산주의사상으로 공산당원과 공청단원, 그리고 선진일꾼을 요구함과 아울러 그들을 통해 대중을 가르치고 영향을 주어야 합니다.

만약 공산주의사상의 지도하에 전 사회에서 사회주의 정신문명을 건설해야 하는 위대한 임무를 경시한다면, 사회주의에 대한 이해가 편면성에 빠지게 되면서 사람들의 주의력이 물질문명 건설에만 국한되거나 심지어 물질이익에 대한 추구에만 제한될 수 있습니다. 그러면 현대화 건설에서 사회주의 방향을 보장할 수 없고, 사회주의 사회가 이상과 목표, 정신 동력과 전투의 의지를 잃어버리게 됩니다. 이는 또 여러 가지 부패요소의 침습을 이겨내지 못하는 경우로 이어지고, 심지어 기형적으로 발전하고 변질되는 나쁜 길에 들어설 수 있습니다. 이는 결코 겁을 주려고 하는 말이 아니라 현재 국내외에서 나타나는 사실로부터 얻어낸 결론입니다.

우리는 반드시 이러한 이론과 정치의 높이에서 사회주의 정신문명을 건설하는 의미와 역할을 인식하는 한편, 최선을 다하기로 결정을 내리고, 물질문명과 정신문명 건설을 추진함으로써 사회주의 사업이 영원한 청춘과 활력을 유지할 수 있도록 해야 합니다.

사회주의 정신문명 건설은 대체로 문화건설과 사상건설로 나뉩니다. 이 두 가지는 서로 침투되고 서로 추진역할을 합니다.

문화건설은 교육, 과학, 문학예술, 언론출판, 라디오·텔레비전, 보건·스포츠, 도서관, 박물관 등 여러 가지 문화사업의 발전과 인민대중들의 지식수준 향상을 뜻합니다. 물질문명을 건설하는 중요한 조건이자 인민대중들의 사상 각오와 도덕수준을 향상시키는 중요한 조건이기도 합니다.

문화건설에는 마땅히 건강하고 유쾌하며 활력 있고 다채로운 대중적인 오락 활동이 포함되어 인민들이 노동을 마친 후 휴식하는 가운데 정신적으로 고상한 취미를 누릴 수 있도록 해야 합니다. 온갖 문화건설은 당연히 공산주의사상의 지도하에 발전해야 합니다. 과거에는 '좌'경 사상과 소 생산 관념의 속박으로 인하여 당내에 보편적으로, 그리고 상당히 긴 시간 동안 교육과 과학문화를 소홀히 하고 지식인을 무시하는 착오적인 관념이 존재했습니다. 이는 중국의 물질문명과 정신문명 건설을 심각하게 방해했습니다.

최근 몇 년간 우리는 이러한 착오적인 관념을 없애기 위해 노력했고, 문화건설을 강화했으며, 문화와 경제 발전이 서로 어울리지 못하는 상황을 점차 변하시킬 결심을 내렸습니다. 우리는 당의 지식인 정책을 실행하기 위해 최선을 다함으로써 전 당과 전 사회가 지식인이 노동자·농민과 똑같이 사회주의를 건설하는 믿음직한 힘이라는 점을 인식하고 최대한 조건을 마련해 지식들이 즐거운 마음으로 불발된 정신력으로 인민을 위해 이바지하도록 해야 합니다. 이 부분에서는 아직도 여러 가지 세밀한 사상 업무와 절실한 조직업무가 필요합니다. 교육을 보급시키는 것은 물질문명과 건설문명을 건설하는 중요한 전제조건입니다. 이 점에 대해 당 중앙과 국무원은 1980년에 벌써 결정을 내린 바 있습니다.

전국은 1990년 전에 다양한 형식으로 초등교육을 보급시키되 경제가 비교적 발달하고 교육기반이 양호한 지역에서는 하루빨리 실현할 수 있도록 노력해야 합니다. 농촌에서는 아주 힘든 임무입니다. 그러나 농업과 농촌의 발전을 위해서라면 또 반드시 수행해야 하는 임무이고, 꾸준히 노력한다면 반드시 실현할 수 있다고 봅니다. 각 급 학교와 교원 특히 전국 농촌 초등학교 교원들의 업무환경이 아주 어렵지만 그들의 사업은 숭고합니다. 그들은 우리 차세대가 지·덕·체에서 골고루 성장할 수 있도록 최선을 다하고 있습니다. 전 사회가 그들의 영광스러운 노동을 존경하고 적극적으로 지지하도록 이끌어 주어야 합니다. 그 외의 여러 가지 문화 사업에 대해서도 각각 발전 계획을 세워 최근 5년부터 10년까지의 분투목표를 제기해야 할 것입니다.

사상건설이 정신문명의 사회주의 성질을 결정짓고 있습니다. 주요한 내용은 노동자계급과 마르크스주의의 세계관, 과학이론이자 공산주의 이상, 신념과 도덕으로 사회주의 공유제와 서로 어울리는 주인공 사상과 집체주의 사상입니다. 또한 사회주의 정치제도와 서로 어울리는 권리의무 관념과 조직기율 관념이고, 인민을 위해 봉사하는 헌신정신과 공산주의 노동태도이며, 사회주의의 애국주의와 국제주의 등입니다. 개괄해서 말하자면 혁명의 이상, 도덕과 기율이 가장 중요합니다. 전 당과 전 사회의 선진일꾼은 선진사상을 꾸준히 전파하고 실제 행동에서 본보기 역할을 발휘함으로써 갈수록 많은 사회 성원들이 이상·도덕·문화가 있고, 기율을 지키는 노동자가 되도록 이끌어야 할 것입니다.

사회 성원의 정신 경계를 끌어올리기 위해 노력해야 할 뿐만 아니라 전 사회 범위에서 사회주의 정신문명을 보여주는 신형 사회관계를 구축하고 발전시켜야 합니다. 이는 국내 여러 민족 간에, 노동자·농민·지식인 간에, 간부와 대중 간에, 군민과 군정 간에, 심지어 전체 인민 내부의 단합일치, 우호와 상호신뢰, 공동분투, 공동전진의 관계를 말합니다.

일찍 레닌은 새로운 형식의 인간과 인간 사이의 사회관계망 구축은 수십년의 업무가 필요하며, 이는 가장 고상한 업무라고 말했습니다. 우리는 장기간의 혁명전통과 이 부분에서 마련한 기반을 바탕으로, 반드시 신형 사회관계를 구축하고 발전시킬 수 있을 것이라고 자신감 있게 말할 수 있습니다.

사회주의 정신문명 건설은 전 당의 임무이자 여러 전선의 공동적인 임무입니다. 당의 사상건설은 전 사회 정신문명 건설의 기둥 같은 존재이자 공산당원이 마땅히 우선적으로 사상, 도덕 부분에서 본보기 역할을 해야 하는 부분입니다. 사상정치 종사자, 여러 가지 문화와 과학종사자, 유치원부터 연구생 학원의 각급 각 유형 학교의 교육 종사자들은 사회주의 정신문명을 건설하는 가운데서 특히 중요한 책임을 지고 있습니다.

특히 이들 중의 공산당원은 인식을 통일시키고 보조를 맞춤으로써 전투력·설득력과 흡인력 있는 사상 업무의 웅대한 대오를 조직하는데 힘을 보태야 합니다. 인민대중, 우선은 간부와 청년들 가운데서 마르크스·레닌주의, 마오쩌둥 사상교육이나 조국 역사 특히 근·현대 역사교육을 강화하고, 당의 강령이나 역사와 혁명전통 교육, 그리고 헌법과 공민의 권리와 의무, 공민도덕에 대한 교육을 강화해야 합니다. 그리고 각 업종에서 직업 책임, 직업도덕과 직업 기율에 대한 교육도 강화해야 합니다.

이러한 교육은 당면하고 있는 실제와 연결시키는 과정에서 생동적이고 활발한 형식과 여러 가지 수단을 활용해야 합니다. 경제전선의 각급 영도 간부들은 정책을 제정하고 집행하는 과정에서, 온갖 업무를 추진하는 과정에서 생산발전은 물론 사회주의 정신문명 건설도 골고루 고려해야 합니다. 우리는 생산건설 과정에서 보다 많고 훌륭한 물질 제품을 생산해야 할 뿐만 아니라 한 세대 또 한 세대의 사회주의 신인을 육성시켜야 합니다.

우리는 그 어떤 부분의 정책과 업무가 사회주의 정신문명 건설을 방해하거나 심지어 파괴하는 것을 결코 용납하지 않을 것입니다. 최근 1, 2년간 전국 인민과 인민해방군 가운데서 정신문명을 건설하는 대중성 활동을 광범위하게 전재했고, 학교에서는 학생 수칙, 기업에는 직원 수칙을, 도시에는 문명 공약을, 농촌에서는 규정과 규약을, 각 업종에서는 직업 공약을 제정함으로써 점차 기뻐할만한 성과를 거두기 시작했습니다. 우리는 전국의 지역마다, 부서마다 위의 업무를 발전시키기 위해 최선을 다하고 견지할 것을 요구하고 있습니다.

향후 5년간, 온갖 가능한 루트를 통해 효과적인 방법을 총동원함으로써 이상교육, 도덕교육, 기율교육을 전국 인민, 우선은 전국 청소년들 가운데서 보급할 수 있도록 노력할 것입니다. 이는 향후 5년간 사회 기풍을 기본적인 차원에서 호전시키기 위한 기본 조치입니다. 향후 당 중앙과 각급 당위는 한 지역, 한 부서, 한 단위의 업무를 조사하는 과정에서 물질문명 건설 상황 외에 정신문명 건설 상황도 함께 조사해야 합니다. 공민마다 마땅한 의무와 사회 공덕, 그리고 직업적인 도덕성을 지켜야 하며, 노동자마다 사회주의 정신문명의 건설자가 되어야 합니다.

사회주의 정신문명 건설은 결코 쉽게 이뤄지지 않습니다. 특히 오늘날에 와서는 더욱 그러합니다. 혁명전쟁 연대와 건국 초기, 비록 물질생활이 현재보다 훨씬 어려운 반면, 당과 인민의 정신 상태는 오히려 아주 양호했습니다. 10년 내란이 인간의 시비, 선악, 미추(美醜)의 기준을 흩뜨려 놓았는데 이러한 부분이 정신에 미친 심각한 후과를 해소하는 것이 물질 부분에 가져다준 후과를 없애는 것보다 훨씬 어렵습니다. 게다가 기타 여러 가지 현실적인 원인으로 말미암아 현재의 사회기풍에는 심각한 문제가 상당히 존재하고 있습니다.

당 중앙은 향후 5년 내에 사회기풍의 근본적인 호전을 실현하고 사회질서를 뚜렷하게 개선하는 한편, 사람들의 노동태도 · 업무태도 · 서비스태도를 보편적으로 향상시키고 사회적인 형사 범죄사건을 뚜렷하게 줄이기로 결심했습니다. 또 남에게 손해를 끼치고 자기 이익만 챙기며 편한 것만 꾀하고 일하기를 싫어하며 '돈만 바라보고'방법과 수단을 가리지 않으며, 향락을 추구하고 선진일꾼을 고립 및 타격하는 나쁜 기풍을 효과적으로 억제시키고 보편적으로 이러한 행동을 기피하도록 했습니다. 그리고 신 중국에서 이미 자취를 감췄다가 최근 다시 되살아나는 추악한 현상을 단호히 없앨 계획입니다. 우리는 건설시기의 새로운 조건과 상황에 어울리기 위해 최선을 다해야 하고 사회주의 정신문명 건설 업무를 착실히 이끌어 나가야 하며, 혁명 사상과 정신으로 대중들이 사회주의를 건설하는 드높은 열정을 불러일으켜야 합니다.

4. 고도의 사회주의 민주를 건설하기 위해 노력해야 한다

사회주의 물질문명과 정신문명을 건설하려면 사회주의 민주를 계속해서 발전시켜 보장과 지지를 제공해야 합니다. 고도의 사회주의 민주 건설은 우리의 근본적인 목표와 임무중 하나입니다.

중국의 국가제도는 인민민주독재정치 제도입니다. 이러한 제도는 한편으로는 다수의 노동자들이 주인공 역할을 하고, 다른 한편으로는 사회주의를 파괴되는 극소수 적대방(상대방의 비속어- 역자 주)을 상대로 독재정치를 실시할 수 있도록 보장할 수 있습니다.

고도의 사회주의 민주를 건설해야만 여러 가지 사업이 인민의 의지, 이익과 수요에 어울리고 인민들이 주인공다운 책임감을 증강할 수 있도록 하여 그들의 주동성과 적극성을 충분히 발휘시킬 수 있습니다. 궁극적으로 그래야만 극소수의 적대방을 상대로 효과적인 독재정치를 실시하고 사회주의 건설이 순조롭게 진행될 수 있도록 보장할 수 있습니다. 사회주의 민주는 자산계급 민주와 비교할 바가 되지 못합니다. 사회주의 민주제도와 민주생활 건설은 장기적이고도 수많은 업무를 바탕으로 해야 합니다. 기존에 우리는 업무를 제대로 하지 못했고, '문화대혁명'에서 또 심각한 파괴를 당했습니다. 최근 몇 년간 중국사회주의 민주가 회복되고 발전되었습니다. 우리는 반드시 민주집중제 원칙에 따라 국가의 정치제도와 영도체제를 개혁하고 보완함으로써 인민이 국가권력을 더 효과적으로 행사하고 국가기관이 사회주의 건설을 더 효과적으로 영도하고 조직할 수 있도록 해야 합니다.

사회주의 민주를 정치생활·경제생활·문화생활·사회생활의 여러 부분에까지 확대하고 여러 기업과 사업단위의 민주관리나 기층 사회생활의 대중 자치로까지 발전시켜야 합니다. 민주는 마땅히 인민대중들이 자아교육을 진행하는 방법으로 되어야 합니다. 사회주의 민주 원칙에 따라 사람과 사람 사이의 평등관계, 개인과 사회 간의 정확한 관계를 구축해야 합니다. 국가와 사회가 공민의 정당한 자유와 관리를 보장하고, 공민은 국가와 사회에 대한 마땅한 의무를 수행해야 합니다.

공민은 자유와 권리를 행사하는 과정에서 국가·사회와 집체의 이익, 그리고 그들의 자유와 권리에 손해를 가져다 줘서는 안 됩니다. 사회주의 민주를 발전시키기 위해 노력하는 과정에서 취한 모든 조치는 반드시 사회주의 제도를 다지고 사회생산과 기타 건설 사업의 발전에 도움이 되어야지, 사회주의를 파괴하는 적대층에 파괴활동의 자유를 줘서는 안 됩니다.

사회주의 민주건설은 반드시 사회주의 법제건설과 긴밀하게 연결시켜 사회주의 민주의 제도화·법률화를 실현해야 합니다. 최근 몇 년간 중국의 법제건설은 아주 뚜렷한 성과를 거두었습니다. 당의 영도 하에 국가는 차례로 형법·형사소송법·민사소송법(시행)·새로운 혼인법 등 일련의 중요한 법률을 제정했습니다. 특히 얼마 후 곧 전국인민대표대회에 제출하여 통과될 새 헌법 초안은 중국공산당 11기 3중전회 이후 중국 민주건설에서 얻은 성과와 이미 확정지은 방침을 바탕으로 중대한 의미를 지닌 수많은 새 규정을 제정했습니다. 위의 헌법이 통과됨으로써 중국사회주의 민주발전과 법제건설이 새로운 단계에 들어설 것으로 기대됩니다.

현재의 문제는 상당한 규모의 대중과 일부 책임간부를 비롯한 상당수의 당원들이 법제건설의 중요성에 대한 인식이 떨어져있으며, 법이 있어도 따르지 않고 법 집행이 엄격하지 않은 현상이 여전히 존재하며, 이미 제정한 법률을 아직은 충분히 준수하지 못하거나 집행하지 못하고 있다는데 있습니다. 이러한 상황을 반드시 변화시켜야 합니다. 향후 우리 당은 인민을 영도해 계속해서 여러 가지 법률을 제정 및 보완하고 정법(政法) 업무에 대한 당의 영도를 강화하는 등 여러 부분에서 정법부서가 법률을 엄격하게 집행할 수 있도록 보장되어야 합니다.

이와 동시에 인민들 가운데서 반복적인 법제 홍보교육을 진행해 초등학교부터 각 급 학교에 이르기까지 법제 교육 관련 커리큘럼을 설치하는 등 공민마다 법을 알고 지킬 수 있도록 최선을 다해야 합니다. 특히 당원들이 앞장서서 헌법과 법률을 지키도록 교육하고 감독해야 합니다. 새로운 당헌에서 "당은 반드시 헌법과 법률 범위 내에서 활동해야 함"과 관련된 규정은 아주 중요한 원칙입니다. 중앙에서 기층에 이르기까지 모든 당 조직과 당원 활동이 국가의 헌법·법률과 서로 저촉해서는 절대 안 됩니다. 당은 인민의 일부입니다.

당이 인민을 영도해 제정한 헌법과 법률은 국가 권력기구의 통과를 거치고 나면 전 당에서 반드시 엄격하게 지켜야 합니다.

국내 여러 민족 간의 평등·단결·호조의 사회주의 민족관계를 한층 더 발전시키는 것은 중국사회주의 민주건설의 중요한 내용입니다. 지난 몇 년 간 당 중앙은 민족문제에서 일련의 중요한 결정을 내리고 '문화대혁명'과 그 이전의 '좌'경 착오를 바로잡는 것 외에도 양호한 민족관계를 회복하는 데서 뚜렷한 성과를 거두었습니다. 새로운 역사시기의 조건과 여러 민족의 구체적인 상황을 바탕으로 당 중앙은 여러 소수민족의 지역경제와 문화발전이나 그들의 지역 자치 권리에 유리하고 여러 민족 단합에 이로운 정책을 각각 제정했는데, 이러한 정책을 한층 보완하고 발전시켜야 합니다.

중국과 같은 다민족 국가에서 민족단결 · 민족평등 · 민족의 공동번영은 국가의 운명과 관계되는 중대한 문제입니다. 우리는 민족문제에 대한 전 당의 인식을 끌어올리고 대민족주의, 특히 대 한족주의 경향과 지방민족주의를 반대하는 등 민족 사무에서의 당의 임무를 수행할 수 있도록 전 당을 이끌어야 합니다.

민주혁명시기 통일전선은 중국혁명이 승리할 수 있었던 중요한 '보배'였으며, 사회주의 건설시기에도 여전히 중요한 역할을 발휘했습니다. 우리 당은 계속해서 "장기적으로 공존하고 서로 감독 관리하며", "속마음을 털어놓고 영예와 모욕을 함께 하는 방침"을 견지하는 것 외에도 여러 민주당파 · 무당파인사 · 소수민족 인사 · 종교계 애국인사와의 협력을 강화할 예정입니다. 타이완 동포와 홍콩 · 마카오 동포를 비롯한 사회주의 노동자, 사회주의를 옹호하는 애국자와 조국 통일을 수호하는 애국자로 구성된 가장 애국적인 통일전선을 강화해야 합니다.

현재 중국에 여전히 존재하고 있는 계급투쟁을 정확히 인식하고 처리하는 것은 가장 인민의 민주권리를 보장하고 극소수의 적대층을 상대로 효과적인 독재정치를 실시하는 핵심문제입니다. 현재 형형색색의 적대층이 경제 · 정치 · 사상문화와 사회생활 차원에서 사회주의제도를 악의적으로 파괴하거나 뒤엎으려는 활동을 진행하고 있습니다. 중국 현 단계의 계급투쟁은 인민과 이들 적대 층과의 투쟁에서 주로 표현됩니다. 착취계급을 소멸시킨 후 중국사회에 존재하는 다수 모순에 계급투쟁 성질이 없어졌기 때문에 계급투쟁이 더는 중국사회의 주요한 모순이 아닙니다. 착취제도와 착취계급을 이미 소멸시킨 사회주의 사회에서 "계급투쟁을 강령으로 한다"는 방침을 제기했는데, 이는 착오적인 것입니다.

우리는 적아모순과 인민내부 모순을 조심스럽게 구별하고 처리함으로써 계급투쟁이 확대되는 착오를 다시는 범하지 않도록 해야 합니다. 그러나 계급투쟁이 중국사회의 일정한 범위에서 장기적으로 존재하는 것은 물론 모종-이 조건에서 격화될 가능성도 있습니다. 역사의 착취제도와 착취계급이 여러 부분에서 남긴 독성을 짧은 시간 내에 깨끗이 제거할 수 없는 데다 중국 통일대업이 아직은 완전히 실현하지 못했고, 여전히 복잡한 국제환경에 노출되어 있어 자본주의 세력과 일부 중국사회주의 사업을 적대시하는 세력이 중국을 침습하고 파괴하고 있기 때문입니다.

중국의 경제와 문화수준이 상대적으로 뒤떨어져 있고, 형성된 시간이 짧은 사회주의제도에 아직은 보완해야 할 곳들이 많아 일부 사회 성원이나 우리 당의 일부 당원들이 변질되는 현상을 근본적으로 막을 수 없고, 극소수 착취자와 여러 적대자의 형성을 단절시킬 수도 없습니다. 따라서 우리는 장기적으로 투쟁할 사상준비를 하고, 인민민주 독재정치 국가의 기능과 마르크스주의의 계급 관점으로 계급투쟁의 성질을 띤 현재 중국의 사회모순과 사회현상을 처리하는 것을 견지해야 합니다. 이는 중국 현 단계의 계급투쟁 문제에 대한 당 중앙의 기본방침이기도 합니다.

현재 우리는 경제 분야에서의 심각한 범죄활동에 타격을 가하는 투쟁을 깊이 있게 진행 중입니다. 사회의 불법자를 제외하고도 자산계급 사상에 부식되어 부패해지고 변질한 당내와 정부, 그리고 군 내부의 극소수 사람들도 이러한 범죄활동을 저지르고 있습니다. 그들은 경제 분야에서 우리의 건설 사업을 심각하게 파괴하고, 사회의 안정을 교란시키며 사회기풍을 어지럽히고 사람들의 사상과 생활을 부식시키고 있습니다. 흰개미처럼 사회주의라는 청사를 위협하고 있는 것입니다. 정치와 문화 분야에도 이 같은 파괴활동이 이어지고 있습니다.

우리는 이러한 활동을 단순하게 일반적인 범죄나 반사회 행위로 간주해서는 안 됩니다. 이러한 범죄활동은 중국이 대외 개방 및 대내 경제를 활성화시키는 새로운 역사적 조건에서의 계급투쟁의 중요한 표현입니다. 그러니 위의 파괴자들에 대해서는 반드시 법에 따라 엄격하게 처벌해야 하는데, 현재는 이미 초보적인 성과는 거두었다고 봅니다. 전 당은 인식을 한층 제고시키고 입장을 단호히 하는 이번의 투쟁을 추호의 망설임도 없이 끝까지 진행해야 합니다. 이는 우리가 사회주의 길을 견지하는 중요한 보장입니다.

사회주의 사업을 발전시키는 새로운 시기에 사상부터 행동에 이르기까지 한편으로는 대외 개방과 대내 경제를 활성화시키는 정책을 견지하고, 다른 한편으로는 경제와 정치문화 분야에서 사회주의에 위협을 주는 심각한 범죄활동에 대해 단호하게 타격을 가해야 합니다. 후자에만 관심을 돌리고 전자에 대해서는 의구심만 품는다면 착오적인 것이고, 전자만 강조하고 후자를 경시한다면 이는 더욱 위험한 것입니다. 이러한 방침에 대해 전 당의 동지들은 일말의 모호한 태도를 지어서는 안 되고, 반드시 명확히 해야 합니다.

중국의 사회주의 건설이 세계가 아직은 불안정하고 중국 안보가 심각한 위협을 받는 형세 하에서 진행되고 있습니다. 그렇기 때문에 우리는 절대 경각성을 늦춰서는 안 되고, 반드시 경제건설을 적극적으로 발전시키는 기초위에서 국방건설을 강화해야 합니다. 우리는 인민해방군 건설을 강화하기 위해 노력함으로써 중국군을 강대하고 현대화 시켜야 하며, 정규화 된 혁명군으로 건설하는 한편, 현대의 전쟁조건 하에서 중국군의 자위능력을 한층 더 향상시키도록 해야 할 것입니다. 우리는 인민군의 우수한 전통을 계속해서 유지하고 고양시키는 것 외에도 군의 사상정치 업무를 강화 및 발전시킴으로써 중국 군 성원마다 고도의 희생정신, 엄격한 조직의 기율성과 혁명기풍을 갖추게 함으로써 중국군을 사회주의 조국을 보위하는 강철같은 장성 (長城)으로서만이 아니라 사회주의 물질문명과 정신문명을 건설하는 중요한 힘으로 육성시켜야 합니다. 민병건설도 계속해서 강화해야 합니다. 중국 인민해방군은 공산당이 건립하고 영도하는 인민군입니다.

전국 인민대표대회에 제출된 새 헌법초안이 논의를 거쳐 통과되면 당 중앙은 국가의 중앙군사위원회를 통해 계속해서 중국의 무장 역량을 영도할 것입니다. 당이 군을 영도함에 있어 오랜 세월 실행가능하고 효과가 있었던 여러 가지 제도는 반드시 계속해서 견지해야 합니다. 이는 전국 인민의 최고 이익에 부합됩니다. 당 중앙의 영도 하에 전 군 지휘관과 전국의 여러 민족 인민들의 노력이 뒷받침된다면 중국 국방이 보다 든든해지고 전국 인민이 전심전력으로 사회주의 건설을 진행하는데 보다 믿음직한 보장을 제공할 수 있을 것이라 믿어마지 않습니다.

5. 독립자주적인 대외정책을 견지해야 한다

중국의 전도는 세계의 전도와 긴밀하게 연결되어 있습니다. 중국혁명과 건설의 승리는 세계가 진보와 광명으로 나갈 수 있도록 유력하게 지지하고 있습니다. 중국혁명과 건설이 승리를 거둘 수 있었던 것은 세계의 광명과 전도를 쟁취하는 여러 나라 인민의 분투와도 떼어놓을 수 없습니다. 중국은 타국과 그 나라 인민의 도움을 받았고, 또 타국과 그 나라의 인민에게 도움을 준적도 있습니다. 건국 초기에 마오쩌둥 동지는 "우리의 총 임무는 전국 인민을 단합시켜 모든 국제친구의 지원을 쟁취하고 위대한 사회주의 국가를 건설하기 위해 분투하며, 국제 평화를 보위하고 인류 진보사업을 발전시키기 위해 분투하는 것"[244]이라고 지적했습니다. 애국주의와 국제주의의 상호 결합은 우리가 예로부터 대외관계를 처리하는 근본적인 출발점이었습니다.

우리는 애국주의자로서 중국의 민족존엄과 민족이익이 그 어떤 침범을 받는 걸 절대로 용납하지 않습니다. 우리가 국제주의자로써 중국의 민족이익을 충분히 실현하려면 전 인류의 이익을 떠날 수 없다는 점을 깊이 알고 있습니다. 우리가 견지하는 독립자주적인 대외정책은 세계평화를 수호하고 인류의 진보를 추진하는 숭고한 국제의무와도 일맥상통합니다.

건국 33년간 중국은 실제 행동으로 그 어떤 대국이나 국가그룹에 결코 기대지 않고, 그 어떤 대국의 압력에도 절대 굴복하지 않을 것이라는 점을 전 세계에 보여주었습니다. 중국의 대외정책은 마르크스·레닌주의, 마오쩌둥 사상의 과학적 이론을 기반으로 하고 있으며, 중국 인민과 세계 인민의 근본적인 이익에서 출발한 것입니다. 원대하고도 전반적인 전략적 근거가 있기 때문에 일시적인 사변(事變)에 끌려가지 않으며, 그 누구의 종용과 도발에도 영향을 받지 않습니다. 우리가 마오쩌둥 동지와 주은래 동지가 제정한 대외정책 기본원칙을 단호히 실행한 덕분에 사회주의 신 중국이 세계에서 신용을 얻어 친구들의 마음을 사로잡고 국제 교류에서의 존엄과 이미지를 유지할 수 있었던 것입니다.

중국은 여러 나라와의 관계 발전에서 줄곧 '주권과 영토완정을 서로 존중하고 서로 침범하지 않으며 서로 내정을 간섭하지 않고 평등하게 서로에게 이익을 돌리고 평화적으로 공존하는' 5항 원칙을 적용했습니다. 중국은 100여 년 동안 침략당하고 압박당한 힘든 경력이 있습니다. 중국 인민은 절대 과거의 굴욕적인 지위로 다시 돌아갈 의향이 없을 뿐만 아니라, 기타 민족을 과거의 그런 굴욕적인 지위에 방치하는 것도 절대 용납하지 않을 것입니다. 중화인민공화국의 설립은 중국이 외국의 침략에 굴복하던 사회적 근원과 중국 대외침략의 사회적 근원을 없앴습니다.

엥겔스는 "그 어떤 민족이라도 아직은 다른 민족을 압박하는 위치에 있을 때 자유 민족이 될 수 없다."[245]고 말했습니다. 이는 절대로 뒤엎을 수 없는 진리입니다. 마르크스주의자는 공산주의가 결국 전 세계적으로 실현될 것이라 믿지만, 혁명은 결코 수출해서는 안 되고 각국 인민들이 스스로 선택한 결과가 되어야 합니다. 이러한 인식으로 말미암아 우리는 줄곧 평화공전 5항 원칙을 견지했습니다. 우리는 그 어느 나라에도 군사를 주둔시키지 않았고 그 어떤 나라의 영토를 조금도 점령하지 않았습니다. 더욱이 그 어떤 나라의 주권을 침범하지 않았고, 불평등한 관계를 그 어떤 나라에도 강요한 적이 없습니다. 어떤 상황에서도 우리는 영원히 패권을 쥐지 않을 것입니다.

평화공존 5항 원칙[158]은 사회주의 국가를 비롯한 모든 국가와의 관계에 적용됩니다. 33년간 우리는 이러한 원칙을 바탕으로 세계 125개 나라와 외교관계를 구축했습니다. 우리는 조선(북한)·루마니아·유고슬라비아 등 우호적인 사회주의 국가와 친밀하게 협력하면서 단합과 우의를 꾸준히 다지고 발전시켰습니다. 우리는 아시아·아프리카·라틴아메리카 등 수많은 개도국과 서로 동정하고 지원하면서 제반 분야에서 협력을 추진했습니다. 중국은 여러 서방국과 비교할 때 사회제도가 서로 다르지만 세계 평화를 수호하려는 공동적인 바람이 있고, 경제문화 협력을 전개함에 있어 공동의 이익과 거대한 잠재력을 가지고 있으며, 다년간 양호한 관계를 유지해왔습니다.

최근 몇 년간 동유럽 여러 나라와의 관계도 어느 정도 발전을 가져왔습니다.

중국과 일본은 이웃나라입니다. 중일 양국 인민은 예로부터 긴밀한 교류와 깊은 우의를 형성해 왔습니다.

약 100년간 일본 군국주의는 중국에 대한 침략전쟁을 거듭 발동해 중국 인민에 심각한 재난을 가져다주었을 뿐만 아니라, 자국의 인민들에게도 큰 피해를 입혔습니다. 그럼에도 중일 양국 인민의 장기적인 공동 노력으로 10년 전에 양국은 마침내 국교 정상화를 실현했습니다. 중일 양국이 발전시킨 평화우호와 평등호리(平等互利), 그리고 장기적으로 이어진 안정된 관계는 양국 인민의 원대한 이익에 부합되고 아시아와 태평양지역의 평화와 안정에도 도움이 되고 있습니다. 일본의 일부 세력들은 오늘날에도 과거 중국과 동남아 기타 지역을 침략했던 역사적 사실을 미화하는 한편, 다양한 활동을 벌여 일본 군국주의를 부활시킬 망령된 계획을 하고 있습니다.

이러한 위험한 상황은 중일 양국 인민과 기타 나라 인민의 높은 경각성을 불러일으키지 않을 수 없습니다. 우리는 일본 인민과 일본 조야의 유지인사들과 함께 양국관계를 방해하는 온갖 요소를 배제함으로써 중일 양국 인민이 대대로 우호적인 관계를 이어나갈 수 있도록 해야 합니다.

중국과 미국이 1979년 수교관계를 수립한 후 양국은 인민의 이익에 부합되는 관계를 발전시켰습니다. 우리는 이러한 관계를 계속해서 발전시킬 것을 희망합니다. 양국 인민과 세계 평화에 모두 이롭기 때문입니다. 그러나 양국관계에는 줄곧 무거운 그림자가 드리워져 있습니다. 비록 미국이 중화인민공화국 정부가 중국의 유일한 합법적인 정부라는 점, 중국은 하나뿐이고 타이완은 중국의 일부분이라는 점을 인정하고 있지만, 양국의 수교 공보[246] 원칙을 위배하는 '타이완과의 관계법'[247]을 통과시키고, 계속해서 타이완에 무기를 판매하면서 타이완을 하나의 독립적인 정치 실체로 간주하고 있습니다. 중국 정부는 이 부분이 중국 주권과 내정을 간섭하는 행위라는 성명을 수차례 발표했습니다. 중미 양국 정부는 약 1년의 협상을 거쳐 얼마 전 연합공보[248]를 발표하고, 미국이 타이완을 상대로 무기를 판매하는 문제에 대해 절차를 나눠 추진하다가 나중에는 철저하게 이 문제를 해결하자는 규정을 타결 지었습니다.

우리는 이러한 규정이 절실하게 이행될 수 있기를 바랍니다. 중미 양국관계는 주권과 영토완정, 내정 상호 불간섭 원칙을 진정으로 지킬 수 있을 때에만 건강한 발전을 실현할 수 있는 것입니다.

약 20년간 소련은 줄곧 중국·소련 국경과 중국·몽골 국경에 군사를 파견해 주둔시켰습니다. 베트남이 캄보디아를 침략하여 점령하고 인도지나와 동남아에서 확장해 나가는 것 외에도 중국 국경에까지 들어와 꾸준히 도발했습니다. 또한 무장 세력을 풀어 중국의 이웃나라인 아프가니스탄을 점했습니다. 이러한 행위는 아시아의 평화와 중국의 안보에 심각한 위협을 가져다주었습니다. 소련 지도자들이 중국과의 관계를 개선해나갈 의향이 있다고 거듭 표명한 사실에 주목할 만합니다. 그러나 말보다는 행동이 중요한 것이 아니겠습니까?

만약 소련 당국에서 진심으로 중국과의 관계를 개선할 의향이 있고, 실제 행동으로 중국 안보에 대한 위협을 해소시킨다면 양국관계는 정상화로 나아갈 가능성이 충분히 있습니다. 양국 인민의 우의는 오랜 세월 이어져왔습니다. 따라서 양국관계가 어떤 상황에 처해 있을지라도 우리는 양국 국민의 우의를 지키고 발전시키기 위해 최선을 다할 것입니다.

현재 제국주의, 패권주의와 식민주의가 세계 각국의 평화공존을 크게 위협하고 있습니다. 낡은 식민주의 체제는 약 100년 전의 식민지·반식민지 국가의 독립으로 인해 점차 와해되었습니다. 그러나 잔여세력을 깨끗이 쓸어내기에는 아직 멀었습니다. 패권주의를 실시하는 슈퍼대국은 세계 인민에 대한 새로운 위협으로 다가오고 있습니다. 슈퍼대국은 전 세계를 독점하려는 목적을 갖고 기타 나라를 월등히 초월하는 군사력으로 세계 범위에서 쟁탈전을 벌이고 있는데 이는 세계 불안과 동란의 주요한 근원이기도 합니다.

패권주의를 반대하고 세계 평화를 수호하는 것은 오늘날 세인들의 가장 중요한 임무입니다. 세계대전의 위험은 슈퍼대국의 쟁탈로 인해 갈수록 심각해지고 있습니다. 그러나 경험이 알려주다시피 세계 인민이 투쟁을 꾸준히 견지한다면 그들의 전략적 배치를 교란시킬 수 있습니다. 만약 세계 인민이 진정으로 단합해 패권주의 · 확장주의와 단호히 싸운다면 세계 평화를 지킬 수가 있습니다.

우리는 슈퍼대국의 군비경쟁을 줄곧 단호히 반대하고, 핵무기 사용금지와 철저한 체기를 주장했으며, 슈퍼대국에서 우선적으로 핵무기와 재래식 무기를 대규모로 줄일 것을 요구해왔습니다. 우리는 슈퍼대국이 준비한 세계 전쟁뿐만 아니라 그들이 도발하거나 지지하는 온갖 국부적인 침략전쟁도 반대합니다. 우리는 침략당한 국가와 인민들의 반침략 전쟁을 줄곧 지지해왔습니다.

조국 통일을 위한 조선인민들의 투쟁을 지지합니다. 우리는 캄보디아 인민들이 민주 캄보디아 연합정부의 영도 하에 베트남 침략에 반대하는 투쟁, 아프가니스탄 인민들이 소련 침략을 반대하는 투쟁, 아프리카 인민들이 남아프리카의 종족주의와 확장주의에 반대하는 투쟁을 진행하는 것을 지지합니다. 이스라엘이 파키스탄과 레바논 인민에 대한 극악무도한 침략 폭행을 강력히 비난합니다. 이스라엘은 미국 패권주의의 지지와 비호 하에 파키스탄을 난폭하게 침범하고 아랍국가에 대해 거듭 침략전쟁을 도발함으로써 중동과 세계 평화에 심각한 위협을 가져다주었습니다. 파키스탄 인민들이 다시 고향으로 돌아와 자체적으로 국가를 건립하기 위한 투쟁을 진행하는 것을 계속해서 지지하고, 아랍 국가 인민들이 이스라엘의 확장주의를 상대로 투쟁하는 것도 적극적으로 지지합니다.

사회주의 중국은 제3세계에 속합니다. 중국과 다수의 제3세계 국가는 비슷한 고난의 경력을 갖고 있고 공동 문제와 임무에 직면해 있습니다. 중국은 제3세계의 기타 나라와 함께 제국주의 · 패권주의 · 식민주의 반대투쟁을 진행하는 것을 신성한 국제의무로 간주하고 있습니다.

전쟁 후 국제무대에서 제3세계의 굴기는 우리 시대의 가장 큰 일입니다. 유엔이 단지 일부 대국의 조정을 받는 표결기계였던 상황을 제3세계가 변화시킴으로써 제국주의 · 패권주의 · 확장주의가 자주 이곳에서 비난을 받았습니다. 라틴아메리카 국가들이 발동한 슈퍼대국 해양패권 반대 투쟁, 석유수출국과 기타 원료 생산국에서 자체의 자연자원 향유와 영구주권 행사를 쟁취하기 위한 투쟁, 비동맹 국가들의 강권정치와 그룹정치 반대 투쟁, 모든 개도국에서 국제 경제의 새 질서를 구축하기 위해 진행한 투쟁은 현시대의 강대한 정의와 시대적 흐름을 형성함으로써 슈퍼대국에서 함부로 세계 운명을 좌우지하던 국면을 다시 쓰게 했습니다.

제3세계가 직면한 첫 번째 공동 임무가 바로 민족 독립과 국가주권을 지키고 민족경제를 적극적으로 발전시키며 경제독립으로 이미 얻은 정치독립을 다지는 것입니다. 이 부분에서 제3세계 각국 간의 상호 지원은 특히 중요한 의미를 갖습니다. 제3세계 각국은 넓은 토지와 엄청난 규모의 인구, 풍부한 자원과 광활한 시장을 갖고 있습니다. 이들 중의 일부 국가는 상당한 자금을 축적했고, 다수의 국가는 독특한 기술을 관장해 민족경제를 발전시킴에 있어 타국에 본보기로 제공할만한 자체적 경험이 있습니다.

우리들의 경제협력은 보편적으로 말하는 '남남협력(南南合作)'[249]으로, 일부 기술과 설비가 수요에 맞음으로 인해 나타나는 효과는 선진국과의 협력에 전혀 뒤지지 않습니다. 이러한 협력은 기존의 불평등한 국제경제 관계를 타파하고 새로운 국제경제 질서를 구축하는 것이 이롭기 때문에 위대한 전략적 의미를 갖습니다.

중국은 개도국입니다. 그러나 우리는 줄곧 우리와 운명을 같이 하는 제3세계 나라를 최선을 다해 지원해왔습니다. 중국 인민은 예로부터 가난하면 싫어하고 부유하면 좋아하며 약자를 괴롭히고 강자를 두려워하는 생각과 행위를 경멸해왔습니다. 우리와 제3세계 나라의 우의는 진실한 것입니다. 서로에게 이익이 되는 협력을 하거나 지원을 하는 방법을 통해 우리는 상대방의 주권을 완전히 존중했고, 그 어떤 부대조건을 단 한 번도 내걸지 않았으며, 그 어떤 특권도 요구하지 않았습니다. 향후 중국의 경제건설이 발전됨에 따라 제3세계 국가와 인민과의 우호 협력을 꾸준히 확대할 예정입니다.

우리는 제3세계 일부 나라들 간에 불화가 발생하고 심지어 무장충돌이 생기는데 대해 엄청난 불안감에 시달리고 있습니다. 이러한 논쟁으로 인해 쌍방은 중대한 손실을 입고 일부는 패권주의가 그 이익을 얻어가는 경우도 있습니다. 우리는 예로부터 제3세계의 단합을 강화하기 위해 노력했으며, 논쟁이 있는 제3세계 국가들에서 협상을 통해 의견을 좁혀가는 방법으로 집안 식구들이 가슴 아파하고, 적들이 즐거워하는 사건이 발생하는 것을 막을 수 있기를 희망해왔습니다.

여기서 중국공산당과 외국 공산당과의 관계문제를 중점적으로 언급하고자 합니다. 우리 당은 마르크스주의를 견지하는 것을 기반으로 독립자주 · 완전 평등 · 상호 존중 · 내정 사무에 대한 상호 불간섭 원칙에 따라 각국 공산당과 기타 노동계급 정당과의 관계를 발전시키고 있습니다.

한 나라 혁명의 성공은 그 나라가 갖고 있는 자체조건 외에도 그 나라의 공산당 노선과 정책이 자국 인민들의 옹호를 받고 있는지의 여부에 달려 있습니다. 각국 당 사이에는 당연히 서로 도움을 주어야 하지만, 그 어떤 외래의 힘에 의해 강제되거나 대신 처리해주거나 대체하는 일이 있어서는 절대로 안 됩니다. 자신의 관점을 남에게 강압적으로 가하고, 다른 나라 당의 내부 사무를 간섭한다면, 그 나라의 혁명 사업이 좌절과 실패를 보게 됩니다. 다른 나라 당의 정책이 본 당과 본국을 위해 봉사하도록 강박하거나 심지어 타국에 무장간섭을 한다면 이건 국제공산주의 운동에 대한 근본적인 파괴입니다.

세계 각국의 공산당은 모두 평등한 관계입니다. 당 규모가 크든지, 작든지, 역사가 길든지 짧든지, 집권당인지 아니든지를 막론하고 모두 존비상하의 구별이 없습니다. 우리는 폐쇄적인 노자당(老子黨)이 우리를 통제하려 해서 애를 먹기도 했습니다. 주지하다시피 독립자주적인 대외정책의 승리는 바로 이러한 통제를 억제한 결과입니다.

우리는 각국 당 사이의 상호 존중을 견지하고 있습니다. 당마다 장점과 결함이 있기 마련입니다. 처한 환경이 다름에 따라 각국 당은 형세와 임무에 대한 견해가 완전히 같을 수 없고 이러한 의견 차이는 우호적인 협상과 상호간의 기다림으로 점차 해결하는 수밖에 없습니다. 우리는 각국 당이 다른 나라 당의 성공적인 경험과 실패의 교훈을 따라 배우는 것을 찬성합니다. 이는 국제 공산주의운동의 흥성과 발달에 이롭습니다.

이러한 원칙을 기본으로 하여 우리 당은 세계의 수많은 공산당과 우호적인 관계를 유지하고 있습니다. 우리는 그들의 지지와 지원에 진심으로 감사드림과 동시에 중국혁명과 건설에 유리한 경험을 열심히 따라 배워야 합니다. 우리는 보다 많은 진보적인 정당·조직과 이 같은 연계를 형성할 수 있기를 기대합니다. 중국 인민은 세계 각국 인민과의 우의를 높이 중시하고 있습니다. 세계 각국 인민과의 이해와 협력을 꾸준히 강화해야만 세계가 광명과 진보로 나아가는 데 근본적인 보장이 될 수 있는 것입니다.

중국은 10억 인구를 가진 대국으로써 세계에 비교적 큰 기여를 했다고 할 수 있고, 세계 사람들도 우리에게 기대를 품고 있는 것은 사실입니다. 그러나 우리가 이미 한 일들이 마땅히 해야 하는 일보다 훨씬 적습니다. 우리는 지금보다 더 노력해 자체 건설을 강화함으로써 세계 평화를 지키고 인류 진보를 추진하기 위해 마땅한 역할을 발휘해야 할 것입니다.

6. 당을 사회주의 현대화 사업을 영도하는 핵심 역량으로 건설해야 한다

사회주의 현대화 건설의 웅대한 사업에서 역사는 중대한 책임을 우리당에 맡겼다. 새시기 당의 건설을 강화하기 위해 우리는 근본적인 의미의 차원에서 중국공산당 제11차 전국대표대회 당헌을 수정했습니다. 당헌을 수정한 원칙은 새 역사시기의 특징과 수요에 적응해 당원을 상대로 보다 엄격한 요구를 제기하고 당 조직의 전투력을 향상시키며 당의 영도를 견지 및 개선하는 것입니다. 우리는 반드시 새 당헌의 요구에 따라 당을 사회주의 현대화 사업을 영도하는 견강한 핵심 역량으로 건설하기 위해 최선을 다해야 합니다.

현재 대회 심의에 제기한 당헌 수정 초안은 중국공산당 제11차 전국대표대회 당헌에 포함된 '좌'의 착오를 없애고 중국공산당 7차 대표대회와 8차 대표대회 당헌의 장점을 고양시키고 발전했습니다. 새로운 당헌 총칙에서 당의 성격과 지도사상이나 현 단계 중국사회의 주요 모순과 당의 총체적인 임무나 국가생활에서의 당의 영도 역할을 어떻게 정확하게 발휘할 것인지에 대해 마르크스주의 규정을 내렸습니다. 새로운 당헌은 당원과 당의 간부를 상대로 사상 · 정치 · 조직 차원에서 요구를 제기했는데, 이는 기존의 당헌 규정보다 훨씬 더 엄격해졌습니다. 당원의 의무에 대해 공적인 명의를 빌어 자기 속만 챙기고 공적인 이익에 손해를 주면서 개인의 이익을 챙겨서는 절대 안 되며 파벌성을 단호히 반대하며 좋은 사람과 좋은 일은 용감하게 지지하고 나쁜 사람과 일은 반대해야 한다는 등의 내용이 포함되었습니다. 또 각급 영도 간부의 기본조건에 대해서는 당의 노선 · 방침 · 정책을 정확하게 실행하고 당내외의 착오적인 경향을 반대하며 영도직책을 능히 감당할 수 있는 전문지식과 조직력이 있어야 하고 당의 원칙을 견지해야 하는 부분을 비롯해 직권 남용 및 무릇 개인의 이익을 도모하는 행위와 투쟁하는 것 등도 포함되는데, 이는 기존의 당헌에 모두 언급되지 않았던 내용들입니다. 역사적 경험과 교훈을 바탕으로 새 당헌은 중앙에서 기층에 이르기까지 각급 조직이 반드시 민주집중제와 집체 영도를 엄격히 지켜야 하는 원칙을 강조하고, "그 어떤 형식의 개인숭배도 금지한다"고 명확히 규정했습니다.

새 당헌이 당의 중앙과 지방조직 체제를 개선하고 당의 기율과 기율검사 기관을 강화하며 기층조직 건설을 강화하는데 대해 수많은 새로운 규정을 내렸습니다. 새 당헌은 이렇게 규정했습니다. 당 중앙에서 주석 직을 설치하지 않고 오로지 총서기직을 설치하며 총서기가 중앙정치국과 정치국상무위원회 회의의 소집을 책임지고 중앙서기처 업무를 주재합니다.

중앙과 성급에 고문위원회를 설치하고 정치경험이 풍부한 원로 동지들이 당의 사업에 대한 참모역할을 발휘하도록 합니다. 당의 각급 기율검사위원회는 동급의 당의 대표대회 선출을 거쳐 태동됨과 동시에 중앙 이하 동급 당위 및 그 성원을 상대로 당헌에서 규정한 범위 내의 감독 관리를 진행하며, 중앙위원회 성원의 당 기율 위반 행위에 대해서는 중앙위원회에 신고할 수 있습니다. 당의 각급 조직은 당의 건설을 반드시 중시하고 당의 홍보와 교육 · 조직 · 기율검사 업무 외에도 대중업무와 통일전선 업무를 자주 논의하고 조사해야 합니다. 이러한 규정은 모두 당의 집체 영도를 강화하고 당의 전투력을 향상시키며 당과 대중의 관계를 강화하는데 이롭습니다. 현재 당헌 수정 초안이 기존의 당헌보다 더 충분하고 완벽하다고 볼 수 있습니다. 당의 역사적 경험과 집체 지혜의 귀중한 결정으로, 새로운 역사시기에 우리 당을 보다 강하게 건설하는 중요한 보장이라 하겠습니다.

새 당헌이 이번 대표대회의 통과를 거친 후 반드시 전 당의 범위 내에서 보편적인 교육을 거쳐 엄격하게 실행되어야 합니다. 매 당원마다 당헌에서 규정한 조건에 진정으로 부합될지, 당원 의무를 충분히 수행할 수 있을지가 합격된 당원이 될 수 있는 지에 대한 근본적인 기준으로 적용됩니다.

이번 당헌 수정 전에 우리 당은 "당내 정치생활에 관한 약간의 준칙"[131]을 제정해 당의 실제생활에서 좋은 역할을 일으켰습니다. 이 준칙은 향후 당헌에 대한 중요한 보완으로 계속해서 그 효력을 발휘할 것입니다. 당의 현황과 새 당헌의 정신에 따라 현재 우리는 당 건설에서 반드시 아래와 같은 몇 가지 문제를 중점적으로 해결해야 합니다.

첫째, 당의 민주 집중제를 건전히 함으로써 당내 정치생활을 정상화로 이끈다.

당의 역사를 되돌아보겠습니다. 건당 이후부터 건국 초기에 이르기까지 당이 심각한 우경과 '좌'경 착오를 범한 몇 년의 시간 외에 우리 당은 그래도 민주집중제 원칙을 비교적 잘 지켰으며 정치생활도 생동적이고 활발한 편이었습니다. 그러나 50년대 후기부터 개인숭배 현상이 점차 머리를 들면서 당과 국가의 정치생활 특히 당 중앙의 정치생활이 갈수록 비정상적으로 나아가면서 결국 10년 내란이 터졌습니다. 심각한 역사 왜곡은 당내 정치생활의 정상 여부를 말해줍니다.

우선 당 중앙과 각급 영도기구의 정치생활이 정상인지의 여부가 당과 국가의 운명과 관계되는 문제입니다. 현재 당 중앙은 조금이나마 위안이 되는 마음을 안고 대회에 보고할 수 있게 되었습니다. 11기 3중전회 이후의 노력을 거쳐 당내 정치생활 특히 당 중앙의 정치생활이 이미 과거 오랜 세월동안 비정상적이던 심각한 상태에서 점차 헤쳐 나와 마르크스주의의 정확한 궤도로 회복했습니다. 그리하여 전반적으로 볼 때, 중앙위원회 · 중앙정치국 · 정치국상무위원회 · 중앙서기처는 업무 가운데서 민주집중제와 집체영도의 원칙을 지킬 수 있게 되었으며, '일언당(一言堂)'혹은 각자의 주장대로 행동하는 현상이 존재하는 것을 더는 허락하지 않게 되었습니다.

중요한 의견차이가 있을 경우 충분히 이치를 설명하는 방법을 통해 비판과 자아비판을 전개한다면 인식과 행동을 통일시키는 차원에 이를 수 있습니다. 현재의 당 중앙은 단합되고 조화로운 영도집체로 복잡한 정세를 좌우할 수 있는 강한 핵심 역량으로 자리매김했습니다. 아울러 다수 지방 당 조직의 정치생활도 뚜렷하게 개선되었습니다.

이 같은 중대한 진보를 긍정하는 한편, 전 당의 여러 조직에 비민주적인 현상과 가장제 기풍이 아직은 남아 있고, 분산주의 · 자유주의 현상이 비교적 심각하다는 점도 보아야 합니다. 이러한 부분은 모두 당의 노선 · 방침 · 정책의 관철과 집행에 걸림돌이 되고 있으며, 당의 전투력을 약화시키고 있습니다.

따라서 전 당의 정치생활을 한층 정상화하려면 반드시 위와 같은 나쁜 현상을 철저하게 극복해야 합니다. 전 당 특히 각급 영도간부들이 민주 집중제 관념을 확고하게 수립해야 합니다. 우선 각급 당위에서 집체 영도를 건립 및 강화하고, 당내 민주를 발전시키기 위해 노력함과 동시에 민주를 기반으로

한 집중과 통일을 보장해야 합니다.

민주집중제를 건전히 하려면 반드시 당의 기율을 강화해야 합니다. 현재 적지 않은 조직에 기율이 해이하고 시비가 분명하지 않으며, 상벌이 명확하지 않음을 비판해야 하며, 비판하지 않고 처벌해야 하는데도 처벌하지 않는 심각한 현상이 존재합니다. 과거에도 있었던 이러한 현상이 10년 내란을 거쳐 더욱 심각해졌으며, 현재 일부 지방에는 뚜렷한 호전을 가져오지 못하고 있습니다. 중앙과 지방 당위, 그리고 각급 당의 기율검사위원회는 최근 몇 년간, 당의 기율을 수호하고, 당의 기풍을 바로잡기 위해 많은 일을 했고, 또 뚜렷한 성과도 거두었지만 일부 상황은 보기만 해도 몸서리 칠 정도로 어려움이 상당했습니다. 만약 이러한 현상이 자연스레 발전하도록 방치한다면 당에 어찌 전투력이 있다고 말할 수 있겠습니까!

전 당의 각급 조직과 전체 당원을 동원시켜 당의 기율을 수호하기 위해 단호히 투쟁해야 합니다. 이번 대표대회 이후 전 당이 한마음·한뜻으로 힘을 합친다면 머지않아 전 당 범위에서 당 기율의 엄숙성을 충분히 회복해 전국 인민의 높은 신임을 얻게 될 것입니다.

둘째, 영도기구와 간부제도를 개혁해 간부대오의 혁명화·지식화·전문화·젊음화를 실현해야 합니다.

당과 국가의 영도체제 및 영도기구의 개혁은 주로 권력이 지나치게 집중되고, 겸직과 보좌직이 지나치게 많으며, 기구가 중복 설치되고, 직책이 분명하지 않으며, 사람이 많은 반면 일이 적고 당정이 분리되지 않는 등 여러 가지 폐단을 해소하는 것 외에도 관료주의를 극복하고 업무 효율을 높여야 합니다.

중앙급 당정기구 개혁의 첫걸음을 이미 기본적으로 완수했고, 각성·시·자치구는 올 하반기 혹은 내년에 전개할 준비를 하고 있습니다. 이는 현대화 건설을 순조롭게 진행하고 사회주의의 길을 견지하는 중요한 정치적 보장으로 의미가 매우 깊습니다.

정부기구에 대한 당의 영도와 기업의 사업단위에 대한 영도문제를 정확히 해결하는 것은 기구 개혁에서 아주 중요한 문제입니다. 당과 정부의 업무, 기업과 사업단위에서의 당의 업무와 행정·생산 업무는 반드시 타당성 있게 분공해서 해야 합니다. 당은 대중에 명을 내리는 권력조직도 행정조직도 생산조직도 아닙니다.

당은 마땅히 여러 부분의 업무와 여러 가지 생산건설 사업을 영도해야 합니다. 이러한 영도는 충분하고 효과적이어야 하며 반드시 업무에 능숙하고 업무와 결합시켜 진행해야 합니다. 그러나 당의 영도는 주로 사상정치와 방침정책의 영도로, 건부에 대한 선발·분배·고찰·감독이지 정부와 기업의 행정업무나 생산지휘와 동일시해서는 안 됩니다. 그래야만 당은 정부와 기업이 독립적이고도 효과적으로 업무를 진행하도록 보장할 수 있으며, 힘을 모아 중요한 정책을 연구 및 제정하고, 정책 집행을 점검함으로써 당내 외 간부와 대중의 사상정치업무를 강화할 수 있습니다.

오랜 세월의 역사적 원인으로 인해 현재 당위 업무에 종사하는 일부 동지들은 구체적인 행정사무가 아니면 할 일이 없다고 생각하고 있는데, 이러한 착오적인 관점 탓에 당의 건설이 피해를 입고 당의 영도 역할이 약화되고 있는 것입니다. 향후 각급 당위는 사회주의 건설 사업에 대한 중대한 정책 방침을 상시적으로 논의하고 연구하는 것 외에도, 간부·당원·대중의 사상·교육문제나 간부의 경향문제와 기율문제, 당 조직의 개선과 발전문제 등도 논의하고 연구해야 합니다. 당정의 분공을 강조할 때 정부업무·경제업무와 관련된 중대한 문제는 여전히 당에서 결책을 내려야 하고, 무릇 정부기구·기업·사업단위에 몸 담고 있는 공산당원은 반드시 당의 영도와 당의 정책 집행에 절대적으로 복종해야 합니다.

간부대오의 혁명화 · 젊음화 · 지식화 · 전문화를 실시하는 것은 당 중앙에서 오래전부터 확정한 방침입니다. 기구 개혁을 거쳐 연로 간부들이 복잡하고도 과중한 제1선 업무의 부담에서 벗어나고 그들의 풍부한 영도경험을 당 · 국가와 사회생활에서 지속적으로 활용하도록 해야 합니다. 그리고 덕과 재능을 겸비한 젊고 혈기왕성한 청장년 간부들이 제때에 영도 직무에 선출되어 신구(新老) 협력과 교체 과정에서 실제적이고도 효과적인 단련을 더 많이 받게 해야 합니다. 또한 각급 지도부에서 새로운 활력과 지혜를 꾸준히 받아들여 왕성한 활력을 유지해야 합니다.

반역으로 가문을 일으킨 자, 파벌사상이 깊이 뿌리내린 자, 부수고 망가뜨리고 빼앗는 자, 3중전회 이후의 중앙노선을 반대하는 자, 그리고 여러 가지 심각한 법과 규율을 어긴 자들이 현재까지도 영도 직무를 맡고 있을 경우 반드시 단호하게 해임시켜야 합니다. 무릇 형률에 저촉하는 자는 반드시 법에 따라 엄하게 처벌해야 하며, 이러한 자들은 당연히 선발 대상이 되어서는 절대로 안 됩니다.

신구 간부의 협력과 교체는 사회주의 사업의 후계자 유무와 관계되는 대사입니다. 그러니 전 당의 동지 특히 원로 동지들이 드높은 혁명 책임감으로 위에서 말한 역사적 임무를 완수하리라고 믿어마지 않습니다.

사회주의 건설에 필요한 대량의 전문 인재를 육성하려면 반드시 간부에 대한 교육과 훈련에 힘써야 합니다. 향후 간부를 임용하고 선발함에 있어 학력과 학습 성적도 업무경력 · 업무성적과 함께 중요한 기준으로 적용해야 합니다.

각급 당교, 정부와 기업의 간부학교, 그리고 지정된 모 고등학교 · 중등전문학교는 사회주의 현대화사업의 필요성과 각자의 분공에 따라 교학 계획을 수정하고 간부를 상대로 한 정규화한 훈련 임무를 짊어져야 합니다. 무릇 편제 내 직원은 모두 조(組)와 시기를 나누어 윤번 훈련에 참석시켜야 합니다. 윤번 훈련을 마친 후 실제 심사와 결부시켜 그들의 업무를 상응하게 조절할 수 있습니다. 보편적인 윤번 훈련은 간부의 자질을 향상시키는 중요한 전략적 조치입니다. 전 당의 동지와 전체 간부들은 현대화 건설의 필요성에 충분히 중점을 두고 적극적으로 학습에 뛰어들어야 합니다.

셋째, 노동자 · 농민 · 지식인 가운데서 당의 업무를 강화하고 당과 대중과의 연계를 밀접하게 해야 합니다. 우리 당은 가장 인민의 이익을 대표했기 때문에 힘이 있는 것입니다. 국가생활에서의 당의 영도지위는 당의 활동과 인민대중의 이해득실 관계의 긴밀한 정도를 결정 짓습니다. 이러한 지위로 인해 당원 특히 당의 간부들이 대중을 이탈하는 위험성도 쉽게 뒤따르게 됩니다. 이는 우리가 당의 대중노선의 우수한 전통을 자발적으로 유지 및 고양시키고, 당과 각 계층 인민의 관계를 긴밀히 할 것을 요구하고 있습니다.

우리 당은 노동자계급 정당으로, 반드시 본 계급의 대중에 의존해야 합니다. 최근 몇 년간 중국의 노동자계급 대오에 신구 교체라는 비교적 큰 변화가 발생했습니다. 수많은 노동자와 당원들이 퇴직하고 수많은 청년들이 노동자계급 대오에 들어온 데다, 일부 노동자 당원이 꾸준히 관리부서로 전근되면서 생산 제1선 당원이 줄어드는 현상과 힘든 노동을 해야 하는 직무일수록 그 직무를 맡는 당원이 줄어드는 현상이 더욱 심각해졌습니다.

이는 당과 산업노동자와의 직접적인 연계를 약화시켰습니다. 현재부터 생산 제1선에서의 당의 업무를 적극적으로 강화하고 조건에 부합되는 당원이 생산 제1선에 투입되도록 동원함과 아울러 당원의 자질을 갖춘 우수한 노동자의 입당을 받아들여야 합니다. 노동조합에서 당의 업무를 적극적으로 강화해 노동조합이 당과 노동자대중을 연결시키는 강대한 유대를 맺도록 해야 합니다. 직원대표대회제도를 열심히 실행하여 이와 노동조합이 사상교육·기업 관리·노동자생활 개선에서 중요한 역할을 발휘하도록 해야 합니다. 8억 농민가운데서 당의 업무를 잘 이끌어 나가는 것은 현대화 건설목표를 실현하는 중요한 조건입니다. 현재 일부 농촌에서는 일부 당원이 당과 대중들의 이익은 전혀 개의치 아니하고 오로지 자체 생산만을 중시하는 현상과 일부 당지부에서 대중에 대한 영도를 포기하는 상황이 벌어졌습니다. 이러한 나쁜 경향은 반드시 바로잡아야 합니다.

각급 당위는 현재의 새로운 상황에 적응해 농촌의 당 기층조직, 그리고 경제·행정·대중단체의 기층조직을 한층 보완하는 한편, 상이한 지역·연령대의 농민을 상대로 한 사상교육을 강화함으로써 농촌의 정치·경제·문화생활이 사회주의 방향에 따라 건강하게 발전하도록 이끌어야 합니다. 우리는 사회주의 현대화 건설의 새로운 국면을 전면적으로 개척하는 과정에서 지식인이 충분히 역할을 발휘할 수 있도록 하는 것을 특별히 중시하는 한편, 그들의 특점을 바탕으로 그들을 상대로 한 사상정치교육을 개선하고 그들 가운데서 입당조건을 갖춘 자들이 입당하도록 적극적으로 이끌어야 합니다.

현재 중국의 청년규모는 2억 명에 달합니다. 이들은 여러 건설 사업에서 가장 활약할 수 있는 역량입니다. 비록 '문화대혁명'으로 인해 그들의 성장이 크게 박해 당했지만, 다수의 청년들이 가지고 있는 정치적 본질은 우수합니다. 최근 몇 년간의 진보가 눈에 띌 정도로 뚜렷하였고, 일부 청년들의 소극적인 현상도 교육을 통하면 가히 바꿀 수 있는 것입니다. 현재 청년 업무 상황이 현실생활 요구에 뒤져 있는 점이 가장 큰 문제입니다.

각급 당 조직과 공청단 조직은 청년들과의 연계를 밀접히 하여 그들과 마음을 나누는 친구가 되어 정치·사상·업무·학습·생활면에서 그들에게 관심을 두면서 도움을 주어야 합니다. 당은 조건에 부합되는 선진 청년을 발견하고 육성시켜 입당하도록 인도함으로써 그들이 당 조직에 유입되어 활력소가 되도록 해야 합니다. 당은 공청단에 대한 영도를 한층 강화하고, 청년의 특점에 따라 업무를 이끌어 나가도록 지지함으로써 당의 조수와 후비군역할을 충분히 발휘하도록 하여 청년들이 실천 과정에서 공산주의를 학습하는 진정한 학교가 되도록 해야 합니다.

여성은 중국 경제건설에서의 중요한 힘이자 사회주의 정신문명 건설에서 특수하게 중요한 역할을 맡고 있습니다. 오래된 편견으로 인해 다수 여성들은 늘 마땅히 중시되지 않고 보호 받지 못했으며, 나아가 교육도 제대로 받지를 못했습니다. 당은 반드시 여성에 대한 업무를 강화해 그들의 특수한 이익을 받는데 관심을 돌리고, 육성을 중시하며 여성 간부를 선출하는 것 외에도 각급 여성연합회에서 자체 임무를 수행하도록 영도하고 지지해 주어야 합니다. 여성연합회는 여성의 이익을 대변하고 여성과 어린이를 교육 및 보호하는 권위성을 가진 대중단체로 자리매김해야 합니다.

넷째, 계획 있고 절차 있게 당 정비 작업에 착수하여 당의 기풍이 근본적으로 호전될 수 있도록 실현해야 합니다.

우리 당은 마르크스주의와 마오쩌둥 사상의 장기적인 교육을 거쳐 성공과 실패를 거듭하는 과정에서 성장한 노동계급 선봉대입니다. 우리 당내에는 중국 노동자계급과 중국 인민의 우수한 자들이 집중되어 있습니다. 비록 '문화대혁명'의 심각한 박해를 받았을지언정 우리 당 대오의 주류는 여전히 순결하고 유력합니다. 최근 몇 년간의 회복과 정돈을 거쳐 당 상황이 크게 개선되었고, 당의 위신도 점차 회복 및 향상되고 있는 중입니다. 최근 몇 년간 여러 전선의 우수한 공산당원들이 대중을 이끌고 당의 노선·방침·정책을 실행하는 한편, 힘들게 분투함으로써 수많은 영웅 업적을 이뤄 냈습니다.

노동과 일자리에서 조국의 안보를 지키고 재해에 맞서며 긴급구조를 펼치는 전투에서, 나쁜 기풍, 범죄활동과의 투쟁에서 공산당원은 모범역할을 해 아름답고도 감동적인 공산주의 승전가를 써 내려가고 있습니다. 당과 인민의 영광스러운 성과는 바로 당의 우수한 핵심 간부들의 영도가 있음으로 해서 거둘 수 있었던 것입니다. 이는 우리 당 상황의 주도적인 부분입니다. 이 부분을 보지 못하거나 심지어 일부러 말살하려 한다면 이는 심각한 착오를 범하는 것입니다. 그러나 10년 내란의 독성을 현재까지도 완전히 씻어내지 못했고 새로운 상황에서 여러 가지 착취계급 사상의 부식역할이 다소 늘어난 탓에 현재 우리 당에 사상과 기풍 그리고 조직이 순결하지 못한 문제가 뒤따르고 있으며, 당의 기풍이 근본적인 차원에서 호전되지 못한 것도 확실합니다. 일부 당 조직이 영도 업무과정에서 해이하고 연약한 현상이 아주 심각하게 존재하고 있습니다. 일부 기층조직에는 마땅한 전투력이 부족하거나 심지어 마비상태에 빠져있습니다.

업무에 전혀 책임감을 느끼지 못하거나 관료주의 경향이 심각하거나 직권을 이용해 사리를 챙기거나 무정부주의와 극단개인주의 행동으로 당의 조직 기율을 파괴하는 일부 당원과 간부도 있습니다. 또 일부는 완고하게 파벌활동을 진행하면서 당의 이익에 심각한 손해를 가져다주었습니다. 개별 당원과 간부는 심지어 탐오하고 뇌물을 수수하고 개인의 사리사욕을 꾀하려고 부정을 저지르는 등 심각한 경제 범죄활동을 행하고 있습니다. 그리고 린뱌오와 '3인방', 그리고 장칭 반혁명그룹의 극소수 잔여세력이 일부 영도 직무를 부당한 수법으로 차지하고 있으면서 기회를 염탐해 말썽을 일으키고 있습니다.

이러한 현상은 당의 위신을 나락으로 떨어뜨렸습니다. 우리는 과장을 절대 용납하지 않지만, 당의 이러한 어두운 부분을 폭로하는 것도 결코 두려워하지 않습니다. 왜냐하면 우리 당은 견강(堅剛)하여 이러한 어두운 부분과 투쟁할 만큼 충분하고도 건강한 힘이 있을 뿐만 아니라, 반드시 승리를 거둘 수 있다는 확신이 있기 때문입니다.

당의 기풍문제는 집권당의 생사존망과 관계됩니다. 당의 기풍을 근본적인 차원에서 호전시키기 위해 중앙은 내년 하반기부터 3년이라는 기간을 이용해 시기를 나누고 분류하는 방식으로 당의 기풍과 당 조직에 대해 전면적인 정돈을 진행할 예정입니다. 이는 우리 당의 가장 큰 대사로, 반드시 신중하게 대하고 주도면밀하게 준비해야 할 뿐만 아니라 계획 있고 절차 있게 추진해야 합니다. 이 업무를 잘 이끌어 나가려면 당내에서 보편적으로 깊이 있게 한 차례 사상교육을 진행해야 합니다. 이 부분이 중심 고리입니다. 중국공산당 제12차 전국대표대회 보고와 새 당헌 학습과 실행을 결부시켜 「건국 이래 당의 약간의 역사문제에 대한 결의」[133]와 「당내 정치생활에 관한 약간의 준칙」을 학습한 뒤, 전 당을 상대로 마르크스·레닌주의와 마오쩌둥 사상의 기본이론 교육, 공산주의 이상과 당의 노선 방침·정책·교육, 당의 기본지식과 공산주의 기준 교육을 진행해야 합니다.

당원마다 당의 성격·지위·역할을 충분히 인식하고 성실하게 인민을 위해 봉사하는 의무만 있고, 직권을 이용해 국가와 대중에게서 "부당한 이익을 챙길 수 있는 권리는 없다"는 점을 깨닫게 하는데 중점을 둬야 합니다. 조직영도 부분에서 영도기관과 영도간부들이 앞장서서 각급의 지도부를 정돈한 후 하급조직과 기층조직을 정돈해야 합니다. 나쁜 사람이 기회를 이용해 좋은 사람을 모함하거나 공격을 가하는 것을 절대 용납하지 않을 것입니다.

옌안 정풍운동[78] 사상을 계승하고 고양시켜야 하며 "과거의 실패를 훗날의 교훈으로 삼고 잘못을 지적하여 고치도록 하며", "사상을 명확히 하고 동지들을 단합시키는 방침"을 바탕으로 착실하게 비판과 자아비판을 진행함과 아울러 적절한 방식으로 당 외 대중들의 의견에도 귀를 기울여야 합니다. 마지막으로 당원의 등록을 진행하는 한편, 새 당헌 규정에 따라 교육을 했음에도 불구하고 여전히 합격점을 얻지 못한 당원을 제명하거나 스스로 탈당하도록 타일러야 합니다. 동시에 각급 당 조직의 영도 상황을 절실하게 개선하고 당의 영도를 강화 및 개선하는 구체적인 방법을 제기해야 합니다.

우리는 이번 당 정비운동을 거쳐 당내의 정치생활을 한층 정상화시키고 나쁜 기풍을 바로잡음으로써 당과 대중의 긴밀한 연계를 크게 강화했습니다. 그러면 우리는 반드시 당의 기풍을 근본적인 차원에서 호전시킬 수 있을 것입니다.

여러분! 중앙위원회는 이미 대회에 전 당이 직면한 각항의 전투임무를 보고했습니다. 저는 이미 향후 5년 내 재정경제 상황과 사회기풍, 그리고 당의 기풍을 근본적인 차원에서 호전시킬 임무를 제기했습니다. 과연 실현할 수 있겠습니까? 대표대회에서 위의 임무를 반드시 완수하고 반드시 실현할 수 있다고 답할 것이라고 중앙은 믿고 있습니다.

이번 대회에서 곧 확정지을 방침과 임무는 중국공산당 11기 3중전회 이후 정확한 노선을 풍부히 하고 발전시키는 것입니다. 그래서 내용이 보다 풍부하고 더 실제에 부합되기 때문에 설득력 있게 전 당과 전국의 여러 민족 인민의 사상을 통일시키고, 우리의 행동을 지도하는 보다 정확한 지침서가 될 것이라고 믿습니다.

이 자리에서 중점적으로 짚고 넘어가야 할 부분이라면, 우리 당이 애국동포와 협력하여 조국통일이라는 신성한 사명을 위해 노력하고 분투해야 한다는 중대한 역사적 임무에 직면해 있다는 점입니다. 타이완은 조국의 신성한 영토이고, 타이완 인민은 우리와 혈육관계가 있는 동포입니다. 타이완이 5천년의 역사를 지니고 10억 인구와 960만㎢의 땅을 가진 위대한 조국의 품으로 돌아오는 것은 전국 인민의 공동 요구이자 역사발전의 필연적인 귀착점으로, 그 어느 당파와 개인도 결코 거스를 수 없는 필연적인 역사의 흐름입니다. 이는 중국의 내정이기 때문에 그 어떤 나라도 간섭할 권리가 없습니다.

타이완 동포와 홍콩·마카오 동포, 그리고 국외 교포들이 시국을 잘 살피고 국가의 전도와 민족의 대의를 중히 여길 것을 국민당 당국에 독촉하기를 바랍니다. 또한 국민당 당국이 잘못된 길을 따라 계속 나아가지 않도록 독촉하여 하루빨리 국공 양당이 협상을 진행함으로써 조국의 평화와 통일대업을 실현할 수 있도록 추진해야 할 것입니다.

사회주의 현대화 건설 사업은 전국의 여러 민족들의 공동 의지와 근본적인 이익을 대변하고 있습니다. 지난 세기의 아편전쟁부터 100여 년이 흐르는 세월 동안 중화민족은 얼마나 많은 고생을 하고 고난을 겪었습니까? 오랜 세월의 역사적 경험은 당심·군심·민심이 사회주의를 기반으로 한 국가 부강의 실현, 그리고 타이완을 비롯한 조국통일이라는 기본적인 요구에 집중할 것입니다. 사회주의 중국의 정국은 안정적입니다.

4개 현대화 건설은 반드시 승리를 거두고 통일을 반드시 실현할 것입니다. 이는 우리의 마음이 향하는 일이자 시국 흐름의 대세입니다. 다수의 대중을 믿고 의존하면서 인민대중과 줄곧 긴밀한 연계를 가지고 인민을 위해 자발적으로 복리를 도모한다면 우리의 사업은 결국 승리하게 될 것입니다.

당연히 우리는 사회주의 현대화 건설과정에 아직도 여러 가지 장애와 어려움이 있다는 점을 명확히 깨달아야 합니다.

'문화대혁명'을 겪으면서 나쁜 당의 기풍과 사회기풍이 그대로 잔류되어 있고, 사회주의 경제·정치·문화를 파괴하는 심각한 범죄활동이 여전히 존재하고 있으며, 방대하고 효율이 낮은 각급 영도기구와 경제체제가 생산력 발전 수요에 충분히 적용하지 못하는 것이 현재 가장 절박하게 해결해야 하는 주요문제입니다. 앞에서 이미 언급했듯이 향후 한시기 동안 체계적으로 기구 개혁과 경제체제 개혁을 마무리 짓고, 사회주의 정신문명을 적극적으로 건설하는 한편, 사회주의 경제와 사회주의 제도를 파괴하는 기타 심각한 범죄활동을 단호히 단속하고, 당의 기풍과 당 조직을 반드시 정돈해야 합니다. 위의 4가지 대사는 사회주의 제도를 견지하고 사회주의 현대화를 실현하는 중요한 보장입니다. 전 당 특히 각급 당위에서는 반드시 중점을 두고 꾸준히 또 열심히 잘 이끌어 나가야 합니다.

우리 동지들은 어려움을 정확히 대해야 합니다. 탄탄대로만 보고 어려운 면을 보지 않거나 심지어 주관적인 염원을 객관적인 사실로 간주한다거나 맹목적으로 무모하게 돌진하는 것은 완전히 틀린 것입니다. 이로 인하여 우리는 손해를 많이 보았습니다. 그런만큼 이 교훈을 늘 마음속으로 기억해야 합니다. 그러나 다른 한편으로는 그 누구라도 어려움이 두려워 뒷걸음질 치거나 당과 대중의 힘을 믿지 않거나 심지어 중앙이 정세를 정확히 분석하고 방침임무를 이미 확정 지었을 때에도 배회하거나 관망하거나 뒤로 물러난다면 이 또한 완전히 잘못된 것입니다.

역사적으로 부딪힌 엄청난 어려움과 비교할 때, 오늘날 우리당의 상황은 크게 달라졌습니다. 홍군이 부득이하게 장정의 길에 올랐을 때, 적아역량의 대비가 그토록 심각한 상황에서도 우리는 승리를 거머쥐었습니다. 이뿐이겠습니까! '문화대혁명'시기 린뱌오와 '3인방', 그리고 장칭 반혁명그룹이 횡행하고 횡포를 부리는 그토록 어지러운 국면도 우리가 바로잡지 않았습니까? 그러니 오늘날 우리가 직면한 그 어떤 어려움이 우리의 앞길을 막을 수 있겠습니까? 드높은 열정으로 사회주의 현대화 건설의 위대한 실천에 뛰어들고 대중과 실제에 깊이 융합되는 것을 바탕으로, 정신을 가다듬고 앞날을 개척하고 강인한 의지력으로 꾸준히 분투하는 것이야말로 마르크스주의자들이 어려움을 대하는 정확한 태도이자 공산당원이 분투하는 과정에서 새로운 국면을 개척하는 혁명 기풍인 것입니다.

여러분! 60여 년간의 당의 역사는 우리에게 당이 중국 인민을 영도하여 하나 하나 어려움을 극복하고 위대한 승리를 거둘 수 있었던 근본적인 이유가 마르크스주의의 보편적인 진리를 중국혁명의 구체적인 실제와 결부시켰기 때문이라는 점을 알려주고 있습니다.

마오쩌둥 동지와 기타 원로 세대 무산계급 혁명가의 가장 위대한 역사적 공훈은 그들이 이러한 결합을 성공적으로 실현시킨 것입니다. 새로운 역사 시기에 중국처럼 기존에 경제문화가 뒤떨어진 나라를 현대화한 사회주의 강국으로 건설한다는 것 자체가 인류 역사상 가장 위대한 창조적인 프로젝트라고 봅니다.

이 사업을 위한 다수의 과제는 예전의 마르크스주의자들이 제기하지 못하고 해결하지 못했으며 그럴 수도 없었던 부분입니다. 이 사업을 추진하는 과정에서 우리 대오의 내부에 있는 사상·정치·업무에서 이런저런 착오가 나타날 수가 있는데, 이는 이상한 부분이 아니고 결코 완전히 피할 수도 없는 부분입니다. 중요한 것은 전 당 특히 각급 당위에서 4개의 기본원칙과 11기 3중전회 이후의 정확한 노선을 견지하는 한편 '문화대혁명'이나 그 이전의 착오적인 이론과 정책으로 돌아가려고 시도하는 '좌'적 경향은 물론 4개 기본원칙의 자산계급 자유화에 의구심을 품고 부정하는 자산계급의 자유화 경향에 반대하는 것입니다.

우리는 마르크스주의와 마오쩌둥 사상의 입장·관점·방법을 단호하게 계승하고 학습하는 한편, 제반 분야의 실제를 파악하고 체계적으로 조사연구를 진행해야 합니다. 또한 착오적인 경향에 대해서는 정확하게 비판교육하고 필요한 투쟁을 할 줄도 알아야 합니다. 우리가 이렇게 할 수 있도록 장기적으로 견지한다면 새로운 역사적 조건에서, 새로운 위대한 실천 과정에서 새로운 경험을 쌓고 새로운 이론을 창조함으로써 마르크스주의와 마오쩌둥 사상을 계속해서 발전시킬 수 있을 것입니다.

여러분!

1920년대부터 수십 년 동안 중국 공산주의 선구자들, 중국인민 가운데서 수많은 영광스러운 혁명전사와 선열들이 피를 흘리고 목숨까지 바치며 용감하게 싸우면서 오늘의 중국과 같은 국면을 마련할 수 있었던 것입니다. 새로운 시기에 선열들의 유지를 받들어 드넓은 조국의 대지에서 전에 없는 위대한 사업을 해나갑시다!

투쟁 경력으로 보면 우리당의 간부대오에는 이미 각각 건당초기·토지혁명시기·항일전쟁과 해방전쟁시기·건국 이후에 혁명에 참가한 4세대 사람들이 있습니다. 이는 우리사업의 역사가 아주 유구하다는 점을 의미합니다. 우리당의 대오는 만리 창장(長江)마냥 굽이굽이 끊임없이 흐르고 영원히 앞으로 나아갈 것입니다. 대표대회는 정치 차원에서 새로운 시기 당의 방침과 임무를 확정짓고, 조직 차원에서 신구(新老) 협력과 교체를 실현하며, 사회주의 현대화 건설의 새로운 국면을 전면적으로 개척하는 대회가 되어 당의 역사에 기록될 것입니다.

우리당이 마르크스·레닌주의와 마오쩌둥 사상의 위대한 기치 하에 긴밀하게 단합하고, 우리당이 전국의 여러 민족·여러 민주당파와 국내외 전체 애국동포, 그리고 우리사업을 지지하는 세계 각국의 진보 역량·우호인사들과 더욱 긴밀하게 단합하여 한마음 한뜻으로 백절불굴의 정신으로 용감하게 나아갈 수 있도록 해야 합니다. 그 어떤 힘도 결코 우리의 앞길을 가로막을 수는 없을 것입니다. 최후의 승리는 반드시 우리의 것입니다!

여러분들은 우리를 능가해야 한다*

(1982년 12월 31일)

오늘 이야기의 주제는 "여러분들은 우리를 능가해야 한다"입니다. 여기서 말하는 '여러분'이라는 것은 314명의 당 중앙 위원과 후보위원만이 아니라 단(團) 전체 간부를 비롯해 여러 전선의 젊은 간부들이 모두 포함되는데, 최소한 그 범위는 5백만 명 이상이 됩니다. '우리'는 노 당원, 노 간부 즉 여러분들이 말하는 원로 세대 외에도 원로 세대 무산계급 혁명가들이 포함됩니다. "여러분들은 우리를 능가해야 한다"는 것은 청년들이 노 세대를 뛰어넘어야 한다는 뜻입니다. 이러한 구호를 제기하는 것은 이 구호가 우리당의 여론이 되게 하기 위해서 입니다. 단 간부는 반드시 어깨에 짊어진 이중 임무를 깨달아야 합니다. 첫 번째 임무는 단원·청년들을 이끌고 단합시키고 교육시킴으로써 4개 현대화를 위해 용감하게 분투하도록 해야 하기 때문입니다. 여러분들이 말하는 것처럼 "4개 현대화를 위해 앞장서도록 해야 한다."는 겁니다. 두 번째 임무는 노 세대를 이어 우리당과 마오쩌둥 동지가 개척한 위대한 사업을 꾸준히 앞으로 이끌고 나가야 한다는 것입니다. 무릇 젊은 이들은 어느 전선에 몸 담고 있는가를 막론하고 위의 두 가지 임무에 대해 충분히 이해해야 합니다.

---

* 이는 후야오방 동지가 중국 공산주의청년단 제11기 중앙위원회 제1차 전원회의에서 발표한 연설문의 요점이다.

이 두 가지 임무 중 특히 두 번째 임무를 설명하기 위해 3개 분분으로 나눠 그 의미를 분석할 예정입니다.

첫째, 여러분들은 마땅히 우리를 능가해야 합니다. 원로 동지, 원로 혁명가들은 결국은 역사무대에서 물러나게 되기 마련입니다. 이는 자연규칙으로서 결코 거스를 수 없는 흐름입니다.

누구라도 역사에서 소실되기 마련이지만 인류는 영원히 존재합니다. 우리가 목표로 삼고 분투하고 있는 사회주의와 공산주의 사업은 결코 끝나지 않습니다. 노 세대들이 개척한 사업, 중국 인민의 혁명사업과 건설 사업이 갈수록 발전하고 강대해질 것이며, 점차 더 고급단계로 나아가게 될 것입니다.

우리들 가운데서 일부는 6차 5개년 계획을, 일부는 7차 5개년 계획을, 또 일부는 기존의 4배 이상으로 임무를 완수할 수 있습니다. 이처럼 4배 이상으로 임무를 완수하려면 누구에 의존해야 할까요? 청장년 간부, 현재 55세 이하 사람들에게 주로 의존해야 합니다. 만약에 4배 이상의 임무를 완수했다면 그 다음 단계에는 무엇을 해야 하겠습니까? 현재 우리는 그렇게 멀리 내다볼 수가 없습니다. 그러나 그때 가면 건설규모가 더 커지고 일도 더 복잡해질 것이라는 점만은 충분히 예견할 수 있습니다. 이를테면 타이완이나 홍콩 귀환 후 어떻게 해야 할까요? 이러한 문제를 해결하려면, 모두 원로 세대들의 높은 지식수준과 영도예술 및 영도재능을 물려받아야 합니다.

혁명가라면 언제라도 실제에 입각해 진리만을 얘기해야 합니다. 젊은 간부들마다 이 부분을 명확히 보고 노 세대들이 언젠가는 역사 무대에서 물러날 수 있다는 점을 보아야 합니다. 또한 자체의 역사적 책임이나 10년 후 혹은 20년 후 짊어지게 될 중임임을 생각해야 합니다.

둘째, 여러분들이 우리보다 강해야 하고 우리를 뛰어넘어야 합니다. 역사의 발전은 젊은이들이 우리보다 강하고 우리를 뛰어넘을 것을 요구하고 있습니다. 젊은이들에게는 어떤 유리한 조건이 있을까요? 여러분들의 학습 조건이 노 세대보다 우월합니다. 3, 40년 전 다수의 동지들은 공부할 조건이 없었고, 자습할 조건도 별로 갖춰지지 않았습니다. 예를 들면 옌안시기, 현재처럼 책이 이토록 많지는 않았습니다. 참고도서가 아주 적었고 교원도 몇 안되었습니다. 현재 학습 조건이 그때보다는 훨씬 우월해졌습니다. 또 예를 들면, 현재 우리 당과 국가의 정치생활이 정상적으로 돌아가고 있습니다. '3불주의(三不主義)'[250]를 진정으로 실시하고 있어 그 누구나 하고 싶은 말을 마음껏 할 수 있게 되었습니다. 오늘 오전에 열린 정치국 회의에서 천원 동지는 이 이치를 거듭 강조했습니다. 그는 의견차이가 마냥 나쁜 것만은 아니라며 우리 사업을 흥망발전으로 이끌 수 있다고 말했습니다.

30대 청년들은 '황폐된 세대'라는 말도 있습니다.

우리는 이 말에 결코 찬성할 수 없습니다. '문화대혁명'을 겪으면서 수많은 청년들이 공부를 하지 못하고 시간을 허비했는데 참으로 안타까운 일입니다. 이것 또한 사실입니다. 이러한 의미에서 말하는 '허비'는 일정한 일리가 있습니다. 그러나 100% 사실이고 일리가 있는 것이라고는 할 수 없습니다.

이 세대 청년들은 10년의 동란 동안 성장했기 때문에 이들 중에서 수많은 사람들이 시기를 놓쳤습니다. 당연히 안타까운 사실이지만 자세히 되돌아보면 10년 동란 탓에 조국 · 인민 · 우리 당이 그토록 심각한 재해를 당하고 손실을 보는 과정을 겪으면서 약간의 도리를 깨달을 수 있을 것이라고 생각됩니다. 이 자체가 아주 훌륭한 정치수업이라고 봅니다. 우리 당이 어지러운 세상을 바로잡아 정상으로 돌리는 위대한 전환을 거친 후 큰 발전의 시기에 들어섰습니다.

역사적으로 발생한 사실을 냉정하게 대해야지 오로지 박해를 당하고 고생한 부분만 생각해서는 안 됩니다. 불쾌하거나 심지어 고통스러운 경력에 대해 우리는 정확한 태도와 관점을 바탕으로 새롭게 인식하고 음미함으로써 그중에서 교훈을 받아들여야 합니다. 그렇다면 나쁜 부분도 훌륭한 부분으로 바뀔 수 있습니다. 그렇기 때문에 현재 이 세대 젊은이들, 20대·30대·40대들은 중국사회나 정치 국면의 큰 변화를 겪어 두 가지 부분의 경험을 두루 갖고 있는데 이는 결코 보기 드문 일입니다. 정확한 부분이 무엇이고 착오적인 부분이 무엇이며 착오를 어떻게 방지하고 정확한 부분을 어떻게 고양할 것인지, 이러한 경험은 천금을 주고도 결코 살 수가 없고, 더욱이 책에서도 배울 수 없는 내용입니다.

'문화대혁명'이 진행되면서 10년이라는 학습 시간을 허비한 반면, 풍부한 정치적 경험을 쌓았다고 볼 수 있는 것입니다.

마르크스주의 관점에 따르면 혁명 실천은 가장 위대한 학교입니다. 젊은 동지들이 겪는 사회의 대변화·대 동란·대 발전 단계 자체가 실천이고 위대한 학교에 입성한 것이나 다름없기 때문입니다. 따라서 여러분들은 우리가 고생만 했다고 생각하지 말아야 합니다. 젊은이들이 고생을 하고 착오를 범한다 해도 반드시 나쁜 것만은 아니고 어느 정도 좋은 점도 있을 것입니다. 일부 부서를 보면 젊은이들이 착오만 범하면 그 후로는 줄곧 그자를 나쁜 사람이라고 간주하고 있습니다.

옛날 마오쩌둥 동지는 늘 우리에게 "착오를 범하는 것은 결코 두렵지 않다"면서 "예방접종을 하면 면역력을 증강할 수 있다"고 가르쳤습니다. 착오를 범하고 난 후 그 잘못을 깨닫고 바로잡는다면 정치적으로 보다 성숙할 수 있고, 그 어느 때보다 더 많은 걸 배울 수 있는 것입니다. 엥겔스가 이러한 명언을 남겼습니다. "스스로의 경험으로부터 학습하고, 스스로가 범한 착오의 후과를 통해 배워야 한다."[251] 우리는 정확한 경험과 착오적인 경험 모두 소홀히 하지 말아야 합니다. 특히 동지들이 착오적인 경험에 주의를 돌리게끔 강조해야 합니다.

우리는 보다 많은 동지들이 "가장 위대한 학교는 바로 혁명실천이다"라는 이치를 깨닫게 해야 합니다. 특히 젊은 친구들이 실천에 뛰어들도록 이끌어 주어야 합니다. 실천 과정에서 허심탄회하고도 세심하게 상황을 살피고 부지런히 사고하고 연구한다면 많은 것을 배우게 될 것입니다. 책을 통해 배운 지식만으로는 부족합니다. 중국의 환경으로부터 볼 때 향후 수십 년간은 중국 인민이 수준을 향상시키고 재능을 키울 수 있는 최적의 시간이 될 것으로 예상됩니다. 당연히 이를 대하는 개개인의 태도나 노력수준도 보아야 하겠지만. 여러분들이 노 세대를 뛰어넘고 초월하고 그들보다 강해질 수 있는 가능성은 충분합니다. 이는 자연규칙이나 역사발전의 추세라는 차원에서 한 말입니다. 우리 당이나 사회주의제도가 청년들에게 상당한 유리한 조건을 제공했던 것입니다.

셋째, 여러분들은 분발 노력하여 진정으로 우리를 초월하고 능가해야 합니다. 현재도 문화수준 등 부분에서 우리보다 나을 수 있습니다. 그러나 전반적으로 볼 때 젊은 친구들은 아직 노 세대보다 못하고 우리를 이미 뛰어넘었다고도 말할 수 없습니다. 우리 세대를 능가하고 뛰어넘고 이기기 위해 이를 악물고 분발 노력해야 합니다. 그렇다면 어떻게 노력해야 할까요? 여러분들의 업무보고서에서 이미 많이 언급됐습니다. 후치리(胡啓立)[252]동지의 축사, 후차오무[91]동지의 문장에서도 모두 언급된 바 있습니다. 단 규약에서는 또 단 간부를 상대로 5항 요구를 제기했습니다. 즉 정치적 입장이 견정해야 하고 열심히 학습해야 하며 업무에 부지런하고 기풍이 착실해야 하며 품덕이 고상해야 한다는 것입니다.

만약 바라는 바를 더 얘기하라면 저는 시시각각 자신의 약점과 결함을 상대로 투쟁해야 한다고 말하고 싶습니다. 동지들마다 약점이 있고 결함이 있고 심지어 착오도 있습니다. 그러나 저는 젊은이들에게 자신을 단속하지 못하고 대중을 업신여기는 보편적인 약점이 있다고 생각합니다.

예로부터 수많은 연장자, 현인들이 청년들에게 남긴 교훈이 있습니다. "젊을 때 열심히 하지 않으면 늙어서 공허함으로 상심이 크다"고 했는데, 이는 바로 위의 이야기를 두고 하는 말입니다. 수십 년간 마오쩌동 동지는 젊은이들에게 늘 교훈 있는 얘기를 했습니다. 그러나 다수의 사람들은 4, 50세가 지난 후에야 자신을 되돌아보면서 젊은 시절에 게으름을 부리며 열심히 살지 않은 걸 뼈저리게 느끼곤 합니다.

이때가 되어서야 비로소 그 당시 자신을 단속하지 못하고 남을 업신여겼던 행동을 후회합니다. 당연히 그렇다고 큰 착오를 범한 건 아닙니다. 젊은이들이 추진력이 있고 아무것도 두려워하지 않으면서 과감하게 말하고 행동에 옮기는 것은 좋은 일입니다. 그러나 자신을 제대로 단속하지 못하고 남을 업신여기지 않도록 주의를 돌려야 합니다.

지난달 서기처에서 좌담회를 열었습니다. 그때 저는 모든 것을 다 알고 할 줄 아는 자는 세상 어디에도 없다고 말했습니다. 또 많은 사람을 단합시켜 함께 업무를 추진하고 소극적인 요소를 적극적인 요소로 전환시키며 당 내외 동지들과 협력해 사업을 추진하는데 능하다면 훌륭한 영도자라 할 수 있다고도 했습니다.

이 문제에서 우리당은 한 사람이 종횡무진 돌진하면 모든 문제를 해결할 수 있을 것이라고 생각했던 교훈이 있습니다. 그래서는 문제를 해결할 수 없습니다. 오로지 여러분들의 적극성을 발휘해 단합의 힘·조직의 힘을 바탕으로 해야만 문제를 잘 처리할 수 있는데, 바로 동지들이 언제든지를 막론하고 모두 스스로에게 엄격하게 요구하고 대중과 긴밀한 연계를 취하는 것이 그 방법입니다. 업무과정에서 많은 어려움에 부딪히게 됩니다.

여러분들이 각자의 위치로 돌아간 후에도 반드시 업무를 잘 이끌어나갈 수 있을 것이라고는 할 수 없습니다. 이러한 상황에 부딪힐지라도 남을 탓하고 환경을 탓할 것이 아니라 방법을 생각해 보았는지 스스로에게 물어보아야 합니다. 스스로가 엄하게 요구한다면 손해를 보거나 속임수에 넘어가지 않습니다. 가령 손해를 보고 속임수에 넘어간다고 해도 그 횟수가 아주 적을 것입니다. 따라서 언제든지 높은 기준으로 스스로에게 요구하고 대중들과 긴밀한 연계를 취하면서 함께 일하고 건설에 뛰어들어야 합니다. 공청단원·단 간부들이 앞장서서 본보기를 보여줬으면 합니다.

현재 정신문명을 제창하고 있는데 이중에 신구관계를 잘 처리해야 하는 큰 문제가 포함되어 있습니다. 젊은이들이 자신을 능가하는데 대해 노 세대들은 기쁜 일로 간주하고 젊은이들은 노 세대를 따라 배우고 능가하는 것을 역사가 부여한 최대의 책임으로 간주해야 합니다. 당연히 이를 말로만 하지 말고 진정으로 행동에 옮겨야 합니다. 제가 말하려는 주요한 내용도 바로 이러한 의미입니다. 여러분들은 할 수 있습니까? 단 중앙위원은 해마다 한 차례 회의를 소집하고 여러분은 방법을 생각해내는 고찰제도를 수립한 후, 해마다 한 차례씩 고찰해야 합니다.

우리의 목표가 이토록 원대하고 이상이 이토록 숭고하니 간부를 상대로 한 검사나 고찰은 아주 당연한 일이라고 저는 생각합니다. 혁명은 경주나 마찬가지입니다. 동지들이 격변의 이 시대에 뒤떨어지지 말기를 바라며, 동지들이 결코 뒤떨어지지 않을 것이라고 믿어마지 않습니다.

4개 현대화 건설과 개혁문제*

(1983년 1월 20일)

문제 제기

(1) 전국 직공사상(職工思想)정치업무회의를 빌어 동지들과 특별히 4개 현대화 건설과 개혁 관계를 논의하고자 합니다.

(2) 최근 몇 년간 덩샤오핑 동지는 줄곧 4개 현대화 건설을 추진하려면 반드시 일련의 개혁을 진행해야 하고, 개혁이 뒷받침되지 않는다면 4개 현대화를 실현할 수 없기에 개혁을 4개 현대화 건설의 전반 과정에서 관철시켜야 한다고 강조해왔습니다. 중앙의 동지들은 이러한 견해를 완전히 찬성할 뿐만 아니라, 이 견해에서 요점만 명료하게 지적해 4개 현대화 건설을 영도하는데 우리 당의 극히 중요한 지도사상으로 적용시켜야 한다고 보고 있습니다.

4개 현대화를 실현하고 사회생산력을 적극적으로 발전시키려면 생산관계와 상층건축 개혁이 서로 잘 배합되어야 합니다. 중앙은 1979년 이후부터 중국공산당 제12차 전국대표대회에 이르기까지 줄곧 국민경제를 조정하고 개혁하고 정돈하고 향상시킬 방침을 제기했는데, 현재도 여전히 이 방침

---

* 이는 후야오방 동지가 전국 직공사상정치업무 회의에서 발표한 연설문이다.

을 실행하고 있습니다. 우리가 여섯 번째 5개년 계획을 완수하거나 초과 완수하려면 여전히 이 방침을 기반으로 해야 합니다. 오늘에는 개혁문제를 중점적으로 언급하려 합니다. 실천이 증명하다시피 조정 · 정돈 · 향상에 모두 개혁이 빠져서는 안 됩니다. 만약 개혁에 대한 결심을 내리지 않는다면 조정 · 정돈 · 향상 방침을 관철시키기가 어렵고, 6차 5개년 계획 실현은 더욱 어려워집니다. 따라서 중국공산당 제12차 전국대표대회 보고서에서는 줄곧 개혁사상을 관철시켜 제목도 "사회주의 현대화 건설의 새 국면 전면 개척"이라고 정했습니다. 만약 과감히 개혁하지 않는다면 어찌 전면 개척의 새 국면을 열 수 있겠습니까? 그러나 상당한 동지들이 우리 사업의 전체 국면의 성패와 관계되는 문제에 대해 충분히 인식하지 못하고, 충분한 사상준비를 하지 못했으며 명확한 긴박감도 없습니다. 따라서 현재부터 이 문제를 특별히 강조해 영도부터 간부에 이르기까지, 당 내부터 당 외에 이르기까지 모두 인식하고 해결하도록 해야 합니다.

(3) 개혁의 중요성에 대한 전당 동지들의 생각을 명확히 하기 위해 우리는 우선 최근 몇 년간의 역사적 경험을 되돌아볼 수 있습니다. 11기 3중전회부터 중국공산당 제12차 전국대표대회에 이르기까지, 우리당이 어떤 지도사상으로 업무를 추진했는지를 되돌아보고, 이를 통해 어지러운 세상을 바로잡아 정상으로 돌리자는 것입니다. 우리가 단호하고도 질서정연하게 추진한 덕분에 4년도 되지 않아 오늘의 국면을 맞이할 수 있게 되었습니다. 만약 어지러운 세상을 바로잡아 정상으로 되돌려 현대화 건설에 필요한 전제조건을 마련해 준다면, 개혁은 낡은 것에 대한 혁신이라고 할 수 있습니다. 따라서 반드시 현대화 건설의 승리에 믿음직한 보장을 제공할 수 있는 것입니다.

(4) 역사경험에서 지혜를 얻으려면 농업개혁을 예로 들어야 합니다. 현재

전 당·전 군과 전국의 여러 민족은 중국농업이 큰 발전을 이룩한 것에 대해 매우 기뻐하고 있습니다. 예전에 가장 골머리를 앓았던 농업이 어찌 오히려 선두를 달리고 있는 걸까요? 농업분야를 크게 개혁하면서 농업 생산력을 해방시킨 것이 가장 큰 이유라고 할 수 있습니다. 이는 20여 년간 한 번도 시도해 본적이 없는 과감한 개혁이었습니다. 이 개혁을 올해 전국 범위 내에서 보급할 수 있게 되었는데, 이렇게 되기까지는 장장 5년의 시간이 걸렸습니다. 현재의 개혁성과는 계속 유지해야 합니다. 당연히 이후로도 계속 발전시키고 보완해야 할 것입니다. 농업개혁 덕분에 승리를 거두고 많은 것을 배웠으니 기타 전선의 개혁도 우리에게 새로운 승리를 안겨주고 영도재능을 부여해 줄 수 있을 것이라 봅니다.

'지속적인 혁명'과 개혁

(5) 우리당은 '문화대혁명'에서 제기한 이른바 "무산계급 독재통치 조건 하에서의 지속적인 혁명"이라는 판단을 단호히 버렸습니다. 이 판단에서 가리킨 "지속적인 혁명"이라는 것은 "한 계급이 다른 한 계급을 뒤엎는 것"을 뜻합니다. 왜 이러한 "지속적인 혁명"을 주장하는 걸까요? 새로운 자산계급이 산생되고 있을 뿐만 아니라 이미 당내에 먼저 생겨났다고 생각하기 때문입니다. 이는 당연히 주관적인 억측에 따른 결론입니다. 사회주의 조건 하에서 이러한 이른바 "한 계급이 다른 한 계급을 뒤엎는 지속적인 혁명"은 경제기반은 물론 정치적 기반도 없다고 말해야 합니다.

(6) 그러나 우리 사회에는 여전히 모순이 존재하고 있습니다. 11기 6중전회에서는 「건국이후 당의 약간의 문제에 대한 결의」[133]를 통해 명확히 제기

했습니다. 사회주의 개조를 기본적으로 완성한 후 날로 늘어나는 인민들의 물질문화 수요와 후진 사회 생산력 간의 모순이 우리가 해결해야 할 주요한 모순입니다. 이는 우리에게 생산관계가 생산력 발전의 일부 부분과 고리에 적응하지 못하고 상층건축이 경제기반의 일부 부분과 고리에 적응하지 못하는 문제를 조정해 생산관계가 생산력과 조화를 이루면서 앞으로 발전하고 상층건축이 경제기반과 조화를 이루면서 발전하도록 할 것으로 요구하는데 그러기 위해서는 개혁이 필요합니다. 서로 다른 결과를 초래한 판단을 명확히 해야 합니다. "무산계급 독재정치 하의 지속 혁명"이라는 판단은 착오적이고 사회에 해가 됩니다. 사회주의 사회가 제반 분야에서 개혁을 추진해야 한다는 판단은 정확하고 필요한 것입니다.

생산관계와 상층건축의 생산력 발전요구에 어울리지 않는 일부 고리를 타파해야 합니다. 생산력 해방과 사회발전 추진의 의미에서 볼 때, 개혁을 하나의 혁명이라 할 수 있고, 심지어 아주 심각한 혁명이라도 할 수 있는 것입니다. 그러나 기존에 가지고 있던 의미에서의 정치혁명은 아닙니다. 여기서의 혁명은 "한 계급이 다른 한 계급을 뒤엎는 것"이 아니고, 이 사회제도를 다른 한 사회제도로 바꾸는 것도 아니기 때문에, 국가와 사회정치 차원에서의 치열한 요동은 필요 없습니다. 철학용어를 빌어 얘기하자면, 마오쩌둥 동지가 늘 말하는 "양적 변화 과정에서의 일부 질적 변화"라는 것입니다.

현재 만약 경제관계·배분관계, 특히 기업의 경영관리 차원에서 말하자면, 이러한 질적 변화의 주요한 실질은 바로 개혁을 추진함으로써 오랜 세월의 역사를 거쳐 형성된 공동분배 즉 '큰 가마 밥'을 먹는 방식을 타파하는 것입니다. 즉 국영기업과 집체기업 단위 소속 일꾼의 직무 종신제와 배분에서의 평균주의 국면을 타파해 노동량에 따른 배분제도를 근본적인 차원에서 실시함으로써 대중들의 사회주의 노동 적극성을 충분히 불러일으키고 사회주의제도의 우월성을 진정으로 발휘하도록 해야 합니다. 또 생산력이 예상치 못한 속도로 새로운 수준까지 올라서 보다 많은 새로운 재부를 창조함으로써 국가와 백성들이 비교적 빠른 시일 내에 부유해지도록 하자는 것입니다. 당연히 이러한 개혁이 기타 부분에까지 점차 확대되어 기타 부분에서도 각자에 필요한 다양한 성질의 개혁을 진행하도록 추진해야 합니다. 종합적으로 중국 특색의 사회주의 건설, 사회생산력의 빠른 발전, 국가의 흥망과 발달, 인민의 부유함과 행복에 유리한지의 여부를 각항 개혁의 옳고 그름을 가늠하는 표징으로 해야 합니다.

(7) 사회주의 건설은 계획방법과 경영관리 체제 등 부분에서 상당히 긴 시간동안 외국 모델의 영향을 받았고, 국내 전쟁과 항일전쟁시기의 분산경제(반 자급자족 경제), 일원화 영도, 군대와 기구에서의 공급제 배분방식의 영향을 받았습니다. 수십 년의 실천이 증명하다시피, 위의 모델이 우리가 전국범위 내에서 사회주의 건설을 추진하는 과정에는 성공할 수 없고, 현재 중국의 국정과도 어울리지 않습니다. 현재 우리는 본 세기말에 분투목표를 실현하기로 확정했는데, 위의 비성공적이고 유해한 모델이 우리의 발목을 심각하게 잡고 있을 뿐만 아니라, 다수 동지들의 두뇌를 쓰지 못하게 하는 바람에 근본적으로 생산력의 발전을 속박했습니다. 개혁을 강하게 밀어붙이지 않는다면 우리의 분투목표는 결국 물거품이 될 위험성이 큰 것입니다.

개혁방침

(8) 개혁의 엄청난 중요성과 긴박성을 명확히 하고 나면 개혁의 총 방침을 확정지을 수 있습니다. 개혁의 총 방침은 사회주의제도의 우월성을 충분히

발휘하기 위해 실제에서 출발하는 태도를 갖고 전면적이고도 체계적으로, 단호하고도 질서 있고 절차 있게, 그리고 당의 영도 하에 바로잡아야 합니다.

(9) 전면적이고 체계적으로 바로잡는 것이란 무엇일까요? 모든 전선·지역·부서·단위들이 4가지 기본원칙을 견지하는 기초 위에서 각자의 특점에 따라 개혁임무를 완수하고 우리의 앞길을 막는 오래된 틀을 없애는 것 외에도 새로운 상황을 연구해야 한다는 것입니다. 또 새로운 문제를 해결하고 새로운 경험을 종합하며 새로운 방법을 모색하는 것입니다. 문제가 개별 사람들에게나 혹은 다른 곳에 있다고 생각하고 자신이나 본 업종은 모두 정확해 하나도 고칠 곳이 없다고 생각한다면 이는 착오인 것입니다.

(10) 단호하고도 질서를 바로잡아야 하고, 절차 있게 고쳐야 하는 이유는 무엇일까요? 대규모 개혁은 국민경제와 상층의 각 부서·경제·기술·관리·자연조건 등 각자의 특징이 다른 상이한 지역·업종·기업과 서로 연관되어 있어 아주 힘들고도 복잡한 공정이 아닐 수 없습니다. 따라서 심사숙고하고 실사구시적인 태도를 바탕으로 순서에 따라 하나씩 해결해 나가야 합니다.

이 부분을 감안해 중앙은 반드시 여러 전선·지역·부서·단위를 통해 차이가 큰 구체적인 상황에 대해 조사연구한 후에 계획적으로 절차 있게 진행하기로 결정했습니다. 무릇 판단이 선 문제에 대해서는 바로 결정을 내리고 과감하게 바로잡아야 합니다. 무릇 상황이 복잡해 제대로 파악하지 못한 문제라면 열심히 조사하고 연구한 후 전형적인 실험을 거쳐야 합니다. 경험을 얻은 후 다시 전국 범위 내에서 바로잡도록 합니다. 대기업·대 기구에서는 이러한 방법이 특히 필요합니다.

1958년 때처럼 제대로 연구하지 않고 추진한 '대약진'의 착오나 열심히 실험하지 않고 무턱대고 대규모로 추진한 '인민공사화'운동의 착오를 방지하도록 주의해야 합니다. 개혁을 홍보하는 업무과정에서 실천에 의해 충분히 입증된 정확하고도 성숙된 경험을 선택해 열심히 홍보해야지, 내용은 도외시하고 형식에만 치중해서는 안 됩니다. 그래야만 쓸모없는 일을 하지 않고 혼란이 생기지 않도록 보장할 수 있는 것입니다. 당연히 이는 기존의 관례만을 고수하자는 뜻은 아닙니다. 우리는 일찍부터 실사구시를 제창했고 머리를 써서 새로운 상황을 연구하고 새로운 문제를 해결할 것을 단호히 제창했는데, 그렇게 하려면 반드시 과감하게 개혁의 총대를 메야 합니다. 일련의 심각한 개혁을 거치지 않고서는 사회주의사업을 발전시킬 수 없고, 사회주의 현대화를 실현하는 것은 더욱 불가능한 일입니다.

기존에는 개혁이라는 말만 나와도 일부 동지들은 "태도가 단호해야 하고 발걸음이 안정적이어야 하며 업무가 세밀해야 한다"고 했습니다. 보편적인 상황에서는 위의 세 마디 말이 정확한 표현입니다. 그러나 일부 동지들은 "발걸음이 안정적이어야 한다"는 말을 편면적으로 이해하고는 우유부단하게 행동하면서 늘 피동적인 행동에 빠지곤 했습니다. 따라서 지난해 12월 소집된 각 성·시·자치구 당위서기 좌담회에서, 우리는 전당이 중앙에서 확정한 방침에 따라 단호하고도 질서 있고 절차 있게, 그리고 당의 영도 하에 추진해야 한다고 강조했던 것입니다.

기구 개혁

(11) 1981년 중앙은 기구개혁을 우선순위에 놓고 약 3년간 3단계를 통해 이번 개혁을 마무리 짓기로 결정했습니다. 지난해 중앙급 기구 개혁이 이미 첫 단계 임무를 완수하고 아직 완수하지 못한 임무는 올해에도 계속해서 해나

갈 것입니다. 올 9월 전으로 성·시·자치구와 성 직할시 및 지급 개혁을 끝내야 합니다. 그리고 올 겨울과 내년에 현과 그 이하 개혁을 마무리 짓겠습니다. 이 계획은 반드시 예정대로 실현되어야 합니다.

(12) 현재 기구에 존재하는 주요한 폐단과 문제점은 기구가 복잡하고 방대하며 서로 미루면서 책임을 지려하지 않는 것 외에도 효율이 극히 낮고 간부 노화현상이 존재하는 것입니다. 때문에 개혁은 반드시 기구를 간소화하고 인원을 감축하고 지도부를 조정하고 직책을 명확히 하며 효율을 향상시키는데 목적을 둬야 합니다. 만약 위의 몇몇 문제에서 뚜렷한 진전을 가져오지 못한다면, 이는 임무를 완성하지 못하고 적어도 제대로 완성하지 못한 것이 됩니다.

(13) 지식과 재능을 겸비한 젊고 혈기왕성하며 과학문화지식과 일정한 조직영도력을 갖추고 과감하게 혁신하는 동지를 대량 선출하여 각급 영도지도부로 보내야 합니다. 또한 상당한 수의 원로 동지들이 제2선으로 물러나도록 격려함과 동시에 그들을 잘 배치하고 보살펴야 합니다. 이는 이번 기구 개혁에서 가장 중요한 요구사항입니다. 지난해 12월 각 성·시·자치구 당위 서기 좌담회에서 이번 개혁을 통해 각급 영도지도부 가운데서 고등학교 특히 전문대학 이상 문화수준을 가진 사람들의 비율을 대폭 끌어올리는 데 대한 의견을 같이 했습니다. 이 부분과 관련된 규정을 반드시 실현해야 합니다.

일부 동지들이 고등학교 특히 전문대학 이상 문화수준을 가진 55세 이하 동지를 각급 영도지도부로 끌어들이는 데에 대해 제대로 이해하지 못하고 있습니다. 따라서 우리는 전당과 대중을 상대로 열심히 설득해야 합니다. 현대화 건설을 영도하려면 비교적 높은 과학문화지식수준이 없이는 가히 중임을 짊어질 수가 없습니다. 수많은 동지들이 바로 이 부분에 대한 인식이 따라가지 못하고 있습니다. 그렇기 때문에 현재 간부를 선발함에 있어 혁명화에 주의를 돌린다는 전제 하에서 영도경험과 문화수준 중 후자를 중점적으로 고려해야 합니다. 그렇다고 전자를 경시해서도 안 되고 경시할 수도 없는 부분입니다. 새로 선발된 문화수준이 비교적 높고 덕과 재능을 겸비한 동지들에게 단번에 영도직무를 맡긴다면, 경험과 위망이 노 동지들에 비해 못할 것이지만, 몇 년 단련을 받고나면 많은 성장이 있을 것입니다.

노 동지들 특히 65세 이상의 노 동지들은 우리(최소한 우리 가운데의 다수를 가리킴)가 90년대까지 계속 업무에 참여하기 어렵다는 점을 반드시 깨달아야 합니다. 따라서 원로 동지들은 젊은이들이 영도직무를 맡을 수 있도록 성심성의껏 지지해주고, 그들이 총명과 지혜를 충분히 발휘할 수 있도록 무대를 마련해주는 것을 자신의 가장 중요한 역사적 사명으로 간주해야 합니다.

그리고 문화수준이 비교적 낮은 상당한 규모의 50세 이하 동지들은 당을 위해 10여 년 아니 수십 년간을 헌신해왔는데, 이들 중에는 정치수준과 업무능력이 뛰어난 사람들이 매우 적습니다. 특히 약점이라면 문화수준이 낮은 것입니다.

우리는 그들을 적극적으로 격려하고 양호한 조건을 마련해 줌으로써 2·3년간 문화지식을 보충 학습하도록 해야 합니다. 그들은 이해력이 뛰어나기 때문에 결심만 내린다면 2·3년 내에 중등 전문학교 이상 수준에는 이를 수 있을 것입니다. 그때 가서 그들에게 다시 업무를 맡긴다면 능력이 현재보다 훨씬 뛰어나 더 큰 역할을 발휘할 수 있을 것으로 기대됩니다.

⑭ 현재 전국적으로 인구가 비교적 많고, 공업이 비교적 발달한 중등수준의 도시가 대량 생겨났는데, 이러한 지역에는 보편적으로 시·지의 급에 모두 지도부가 있어 영도기구가 복잡하고 중복 설치되어 있는 상황입니다. 따라서 경제생활에 도농(都農) 분할·기관 사이의 수직적 관리시스템과 지역 사이의 수평적 관리시스템의 분할이 초래되어, 공·농·상업의 발전에 수

많은 어려움과 번거로움을 가져다주었습니다.

 점차적으로 합병하고 적절한 조건을 마련한 지와 시는 도시에서 경제를 관리하는 권력을 확대하는데 동의했습니다. 시에서 주변 현과 농촌을 영도해 도시를 중심으로 한 경제지역을 구축한다면, 도시에서 공업과 농업생산 및 유통 등에서의 역할을 발휘하는데 도움이 될 것입니다. 최근 상당수의 동지들이 무릇 조건을 확실히 갖춘 경우라면 위의 합병을 올 9월 전으로 해서 시·지의 기구개혁과 함께 완수할 것을 건의했습니다. 이는 확신만 서면 단호히 추진하는 업무방법에 어울리기 때문에 저는 취할만한 방법이라고 생각합니다.

 (15) 농촌 기층의 정부와 기업의 분리를 전국 범위 내에서 시범적으로 실시하고 있습니다. 시범이 증명하다시피 이렇게 한다면 당정업무와 경제업무를 더 잘 이끌어 나갈 수 있습니다. 올 겨울에는 더 큰 범위에서 실시하고 내년 한 해 동안 기본적으로 마무리 짓기 위해 노력하는 것 외에도, 기층 당과 정부 업무를 진정으로 구축해야 합니다. 그렇게만 된다면 우리 업무는 보다 주동성을 갖게 될 것입니다.

경제 개혁

 (16) 11기 3중전회 이후의 4년이 넘는 시간동안 우리는 비교적 체계적으로 당이 중국 인민을 영도해 사회주의 경제건설을 진행하는 경험을 종합하고, 사회주의 경제건설에서 일부 근본적인 문제에 대한 인식을 꾸준히 심화했을 뿐만 아니라, 수많은 실제 업무문제를 해결해 상당한 성적을 거두었습니다. 우리는 중국의 경제업무가 이미 안정적으로 발전하는 정상적인 궤도

에 들어섰다고 봅니다. 이러한 예측은 객관적 사실에 부합되는 것으로 일리가 있습니다. 우리는 몇 년 전부터 경제 분야에서 일련의 개혁을 추진할 것을 제기했지만, 농업을 제외한 기타 부분은 국부적이나 소규모의 개혁을 하거나 일부 중요한 제도에 대해서도 작은 범위 내에서 시범 개혁만 추진했습니다. 이러한 개혁이 적극적인 역할을 발휘했고, 현재 우리가 진일보하게 개혁을 제기할 수 있도록 조건을 마련해 주긴 했지만, 근본적인 성질을 띤 문제를 언급하지 못했기 때문에 국면을 뚜렷하게 전환시키지는 못했습니다.

(17) 오랜 세월동안 다수의 동지들은 현재 사회주의 경제관리 체제의 주요한 문제가 활력이 떨어져 있다고 여겼습니다. 즉 기업에 마땅한 주동성·영민성·진취성이 떨어지고 노동자들은 마땅한 적극성과 책임감이 저하되어 있는 것입니다. 우리는 사회주의사회가 생산자료 공유제를 건립하고, 자본주의 생산의 사회성과 생산재에 대한 개인 독점 간의 모순을 극복했지만, 왜 마땅한 활력을 발휘하지 못하고 있는지를 따져야 합니다. 또 어떻게 되어 중국농업이 기본 생산자료 공유제를 기반으로 경영관리 체제개혁을 실행한 결과 마치 화산이 폭발한 것처럼 엄청난 활력이 솟아났는지, 일부 기술이 빈약하지만 독립 경영을 하고 있는 소기업의 노동생산율이 어떻게 더 높아졌는지, 수도강철그룹과 같은 대기업이 어떻게 경영관리 면에서 개혁만 실행하면 뚜렷한 경제적 효과를 거둘 수 있었는지에 대해서도 깊이 고민해 보아야 합니다.

경제에 활력이 부족한 폐단을 사회주의 공유제로만 잘못을 돌려서는 안된다는 점을 알 수 있습니다. 그 누구라도 이 부분에 의구심을 품는다면 이는 아주 큰 착오를 범하는 것입니다. 문제는 후진적인 경영관리 방식에 있습니다. 경제관리 방식이 후진적인 것은 우선 엄격하게 실행하지 않았거나, 심지어 여러 부분에서 노동력에 따른 배분이라는 것은 사회주의 원칙을 전혀 실행하지 않았기 때문입니다. 즉 개개인의 노동(양과 질 모두 포함)과 자체 노동에 따라 마땅히 받아야 하는 보수나 직책을 다하지 못해 마땅히 얻지 말아야 할 보수 등 3가지를 직접적이고도 공평하게 연결시키지 않았기 때문입니다. 다시 말해 우리가 늘 말하는 권리·책임·이익 3자의 통일을 실현하지 못했기 때문입니다.

그 다음 경영관리 체제에도 경제규칙에 어울리지 않는 부분이 많고, 불필요한 낭비와 소모가 너무 많아 마땅한 효율과 효과를 보지 못하고 있습니다. 불합리한 이윤 상납제도로 인해 위의 결함이 더욱 두드러졌을 뿐만 아니라, 국가재정 수입 증가를 방해했습니다. 그렇기 때문에 우리는 1983년에 가장 먼저 전국적인 범위 내의 상공업 기업을 상대로 이윤을 세금수입으로 전환하는 방법(즉 이른바 이개세[利改稅] 개혁)을 일률적으로 실행함과 동시에 상공업의 경영관리제도를 적극적으로 개혁하기 시작했습니다. 현재 경제업무는 체제개혁과 기술개조라는 두 가지 임무에 직면해 있습니다.

훌륭한 체제가 있어야 기술개조에 보다 나은 조건을 마련해줄 수 있습니다. 반대로 체제가 제대로 돌아가지 못한다면, 기술개조에 내재적 원동력이 부족하기 때문에 훌륭한 과학기술성과를 얻어도 효과적으로 보급하고 응용하지 못합니다. 수십 년간의 상반된 경험이 증명하다시피, 선진적인 사회주의 공유제 경제는 선진적인 방법을 바탕으로 경영되어야 합니다. 이처럼 근본적인 성질을 띤 문제에서 우리는 다년간 인식이 따라가지 못했고 과감하게 개혁이나 혁신을 도모하지 못했습니다.

(18) 최근 몇 년간 일부 지방과 일부 동지들은 농업생산 책임제의 계발을 받아 상공업(여기서 말하는 상업이라는 것은 소매업을 가리킴.) 부분에서 과감하게 일부 여러 가지 형식의 기업경영 책임제를 시범적으로 실시했습니다. 이

러한 경영책임제의 근본적인 요구와 행태를 종합하면 대체로 다종 형식의 도급을 중심으로 하고, 국가·집체·개인 3자의 이익을 서로 결부시키며, 직원 복리와 노동성과를 서로 연결시킨 경영책임제라고 할 수 있습니다. 시범 시행이 증명하다시피 조건이 구비되고 도급이 합리적이라면 생산 상황이 빠르게 변화될 수 있고, 생산 질서와 노동기율이 빠르게 호전될 수 있습니다. 또 기업의 수입을 신속하게 늘려 국가 수입이 대폭 늘어나고 공공시설과 복리사업에 사용하는 자금 원천을 확보할 수 있을 뿐만 아니라 직원의 소득도 다소 늘어날 것입니다.

사람들은 이를 국가에서 큰 부분을 얻고, 기업에서 중간 수준의 부분을 얻고, 직원이 작은 부분을 얻는다고들 말합니다. 이러한 개혁을 추진함에 있어 반드시 지켜야 할 원칙은 바로 소비자들에게 손해를 가져다주면 절대로 안 된다는 것입니다. 근본적인 차원에서 볼 때, 국가와 기업의 소득은 전체 직원과 전국의 여러 민족 인민에게 이익을 가져다주기 위해서인데, 이는 중국 경제제도의 사회주의 성격에 의해 결정된 것입니다. 기업 경영관리 방식의 개혁은 노임제도를 직무노임과 경영의 좋고 나쁨을 기준으로 하여 변화가 있는 변동 노임 방향으로 이끌어 나감으로써 노동력에 따른 배분 원칙을 충분히 체현하고 직원들의 사회주의 각오를 향상시켜 당의 기풍과 사회 기풍을 한 단계 업그레이드시키는데 있습니다.

기업 경영관리 방식에 대한 개혁은 노동·인사·재정·금융·물가·유통, 그리고 계획관리 등 부분에서의 개혁을 추진할 것으로 전망됩니다. 위의 모든 개혁은 제반 분야에서 기업경영의 좋고 나쁨에 관계없이 '큰가마 밥을 먹던 평균분배 상황'을 바로잡아 기업과 직원들에게 '압력'을 가져다줄 것으로 보입니다. 또한 그들이 자신들의 '활력'을 충분히 발휘할 조건도 마련할 수 있게 됩니다. 그러니 이번 개혁은 시대의 흐름에 따른 조치로 절대 거스를 수도, 가로막을 수도 없습니다. 당연히 상공업 등이 농업보다 상황이 더 복잡하기에 동지들이 진정으로, 그리고 차별화를 두면서 분석하고 영도하는 등 건강하게 앞으로 발전시키기 위해 최선을 다해야 할 것입니다. 과거에 여러 번 범했던 높은 지표, 무책임한 지휘, 실효가 없는 착오를 또 범해서는 안 됩니다. 그리고 과거 어지러운 세상을 바로잡아 정상으로 돌리고 농업생산 책임제를 실시하는 과정에서 나타났던 제대로 뒤따르지 못한 교훈을 받아들이는데도 주의를 돌려야 합니다. 조건이 있음에도 불구하고 처리하지 않거나 아예 손을 놓고 관계하지 않거나 심지어 '개혁'을 빌미로 국가와 집체재산을 사사로이 나눔으로써 소비자들이 손해를 보는 행위에도 경각성을 높여야 합니다.

(19) 위의 개혁은 반드시 상층경제 영도부서 특히 중앙 여러 경제부서와 성·시가 영도방법과 영도기풍에 대한 개혁을 진행하도록 추진할 것입니다. 일부 동지들은 늘 국영경제와 집체경제의 경영관리가 단지 기업의 일이라고만 여기는데, 사실 이는 불공평한 견해입니다. 전반적인 경제관리 체제에 대한 개혁은 규모가 크고 복잡한 '체계적인 프로젝트'인만큼 중국공산당 제12차 전국대표대회에서는 "향후 한시기 동안 기구개혁과 경제체제 개혁을 반드시 체계적으로 완수해야 한다."라고 제기했습니다.

현재 우리가 말하는 '개혁의 총 방침'이 바로 중국공산당 제12차 전국대표대회의 이러한 요구를 구체화 한 것입니다. 이 대회에서는 제7차 5개년 계획기간 경제관리 체제개혁을 점차 전개하기로 결정했습니다. 1982년 말 저는 올해 업무에 관한 연설에서 경제의 전면적인 개혁은 하루아침에 실현되는 것이 아니라 오랜 과정이 필요하다고 언급했습니다. 그러나 중국공산당 제12차 전국대표대회에서는 6차 5개년 계획기간 동안에 "경제관리 체제 부분에서 이미 실행한 초보적인 개혁을 공고히 하고 보완할 것"을 명확히 제기했습니다. 만약 현재 이미 전개했거나 효과가 있다고 증명된 개혁에 소극적인 태도를 취한다면, 7차 5개년 계획 기간의 개혁이 어찌 하늘에서 뚝 떨어질 수 있겠습니까? 최근 몇 년간, 다수의 경제 전문가들이 경제규칙에 따를 것을 꾸준히 호소해왔습니다.

그러면 경제규칙에 따른 일처리라는 것은 무엇입니까? 곰곰이 생각해 보아야 하는 부분입니다. 기존의 경제규모는 작았기 때문에 통일적으로 받아들이고 지출하는 방법으로 재정을 관리하는 한편, 통일적으로 구입하고 판매를 도맡는 방법으로 자본주의 상공업을 관리했으며, 생산재에 대한 사유제를 실시해 사회주의를 개조했는데, 그 과정에서 뚜렷한 성적을 거두었습니다.

현재 우리는 10억 인구를 가진 대국을 대상으로 하고 있을 뿐만 아니라, 경제규모와 사업규모가 예전보다 훨씬 방대해지고 생산재 공유제와 계획경제가 이미 절대적인 우세를 차지하는 상황에 직면해 있습니다. 다른 한편으로는 자산계급 혁명으로 일찍이 해결한 통일된 국내시장 문제를 우리는 아직도 해결하지 못했고, 여러 지방에는 경제적으로 각자 분할하고 서로 봉쇄하는 현상이 여전히 존재하고 있습니다. 따라서 중앙과 지방의 적극성을 충분히 끌어올리고 통일된 계획·정책·법규·기율 하에 차등을 두어 책임을 지는 체제와 통일된 영도 하에서 당정 및 기업의 분공 책임체제를 열심히 그리고 점차적으로 추진해 나가야 할 것입니다.

이러한 상황에서 상급의 경제부서는 업무의 핵심을 잘 파악해야 합니다. 핵심에는 전반적인 계획과 조율업무, 중대한 프로젝트 건설과 중대한 기업 생산 경영 조직 업무, 사상과 정책 지도업무, 경제입법과 감독업무, 과학기술 보급 및 응용 업무, 경제정보 수집, 분석과 전파 업무, 깊이 있는 조사연구, 독촉검사와 선진전형의 보급업무 등이 포함됩니다.

기타 부분 개혁

(20) 앞에서 언급했다시피 우리가 직면한 개혁은 전면적이고도 체계적인 개혁입니다. 때문에 기구와 경제개혁 외에도 정법·외사·노동·인사·홍보·과학기술·교육·문화·신문·출판·보건·스포츠, 그리고 개인 인민단체 등 온갖 부서는 4가지 기본원칙을 견지한다는 것을 기반으로 개혁 임무를 실시해야 합니다. 여러 부서가 개혁에 대해 치중하는 점이 다소 차이는 있겠지만, 개혁여부에 대한 문제는 따르지 않습니다.

개혁이야말로 새로운 국면을 개척하고 새로운 경험을 창조하며, 간부의 사상수준과 영도재능을 빠르게 향상시킬 수 있는 방법입니다. 기타 부분의 개혁을 설명하기 위해 사람들이 보편적으로 주목하는 두 가지 문제를 얘기하고자 합니다.

(21) 과학기술·교육·문화·보건 분야는 지식인이 집중된 곳입니다. 지식인에 대해 우리는 오랜 세월 동안 착오적인 방침과 수많은 극좌 정책을 적용했습니다. 현재는 이미 총체적인 지도사상 차원에서 바로잡았습니다.

그러나 다수의 지방은 아직도 제대로 실행하지 못하고 있고, 다수 동지들의 사상이 막혀 있어 지식인 간부를 상대로 한 관리와 임용 등 면에서 아직도 해결해야 할 일부 구체적인 정책과 제도에 대한 문제들이 있습니다.

우리는 반드시 전 당과 전국의 여러 민족 인민들 가운데서 당의 지식인 정책 교육을 깊이 있게 진행하고, 이 부분의 정책 실행 상황에 대한 검사를 엄하게 해야 합니다. 지식인의 대오는 사회주의 사업을 위해 봉사하는 것인 만큼 조직성이 있도록 집체적이고도 계획적으로 사회주의 국가의 분배에 따라 업무(개인 노동방식을 주로 하는 작가·미술가·작곡가 등은 제외함)를 진행하며, 각자의 일자리에서 헌신적으로 일해야 합니다.

업무의 성격과 필요성에 따라 그들의 노동은 늘 고정된 시간과 지점에만 국한되어 있지 않습니다. 그들의 노동은 대체로 정신구동에 속합니다. 그리하여 그들의 노동을 일반 물질상품을 위한 생산노동 종사자와 동일시해서는 안 되고, 그들이 종사하는 정신 생산조직도 일반 기업조직과 동일시해서는 안 됩니다. 이러한 기본 상황은 향후에도 바뀌지 않을 것입니다.

그들의 가장 절박한 요구는 필요한 업무조건과 적당한 생활조건을 보장받음으로써 총명과 재질을 당과 국가를 위해 충분하고도 효과적으로 이바지하도록 하는 것입니다. 우리는 그들의 이러한 요구를 만족시키기 위해 최선을 다해야 합니다. 그러나 우리는 일정한 조건 하에 일부 사업 단위들이 대내 혹은 대외에서 정도의 차이가 있는 도급을 실시하거나 일부 지식인들이 본업에 지장이 없고 본 단위의 동의를 거친 상황에서 여가시간을 이용해 어느 기업이나 개인을 위해 계획 외의 봉사를 진행할 수 있다는 점을 부정해서는 안 됩니다.

그들의 업무성과가 사회주의 경제문화 사업에 수입을 창출해 줬거나 계획 내 업무를 완수한다는 전제 하에 생산부서와 대중에게 여가 교육·문화·보건 등 부분에 대한 양질의 서비스를 제공했거나 생산부서와 노동인민들이 그들의 여가시간을 이용한 노동에 대해 대가를 지불하려 할 때, 우리는 정책과 제도 차원에서 그들이 적당하고도 합리적인 보수를 받을 수 있도록 보장해 주어야 합니다. 이는 사실상 우리가 노동자와 농민을 상대로 실시한 노동에 따른 배분원칙을 일부 지식인들에게 적용하는 방식 가운데서의 하나입니다. 이 또한 개혁성질을 띤 업무이기도 합니다. 지식인이 많은 부서와 지역은 실제 수요와 가능성에 따라 이 부분에서 일부 시범시행을 진행함으로써 실사구시적으로 이러한 성질의 개혁업무에서 성적을 거둘 수 있도록 유리한 조건을 마련해야 합니다.

(22) 사회질서와 사회치안의 대폭적인 호전 여부는 중국공산당 제12차 전국대표대회에서 요구한 3가지 근본적인 호전의 중요한 내용이자 인민들이 보편적으로 관심을 갖는 큰 문제이기도 합니다. 3중전회 이후로 우리는 정법부분에서 대량의 업무를 추진했고 뚜렷한 성적도 거두었습니다. 정법부서, 특히 공안부서에서 장기간 인민민주정권과 사회주의제도, 인민의 안전과 이익을 보위하기 위해 헌신해왔는데 인민들은 절대로 잊지 않을 것입니다. 그러나 사회치안이 여전히 불안합니다. 살인사건은 물론 강도 · 도둑 · 강간 · 사기 등 형법위반사건도 꾸준히 발생하고 있습니다. 매년 범죄율이 자본주의 나라보다 훨씬 낮고 지난해보다 대폭 떨어졌다고는 하지만, 우리는 여전히 비율이 아주 높다고 생각되며, 체포되고 수감되고 노동개조에 참가한 자들이 상당하다고 봅니다.

이는 우리로 하여금 머리를 쓰고 정법 업무에도 개혁이 필요한 부분이 있는지를 열심히 고민해보도록 이끌고 있습니다. 건국 초기 마오쩌동 동지는 처벌과 관대를 서로 결부시키는 일관적인 정책에 따라 한편으로는 반혁명과 기타 불량배들을 진압하는 위대한 투쟁을 영도했고, 다른 한편으로는 현행 죄를 범하지 않는 모든 적대분자, 그리고 비록 현행 죄를 졌지만 가히 구제할 수 있는 범죄자를 새 사람으로 개조시키기 위해 최선을 다했으며, 이 부분에서 큰 성과도 거두었습니다.

마오쩌동 동지가 처음으로 사형판결, 2년 유예 집행, 범법자나 잘못을 저지른 사람들을 관대하게 처리하여, 앞으로 개전(改悛)의 모습이 있는지 없는지를 관찰하는 처벌 방법을 제기한 것 외에 노동개조 · 노동교양, 그리고 기층조율 등 일련의 탁월한 효과가 있고, 세계 사법 사에서도 한 획이 될 만한 전에 없던 방법을 적극 제창했습니다. 사회주의 개조가 기본적으로 마무리된 이후인 1957년 2월 그는 인민내부의 모순을 정확히 처리해야 한다는 중대한 과제를 제기했습니다. 그러나 6 · 70년대의 위와 같은 정확한 방법과 사상이 혼란스러워졌습니다. 현재 중국의 정치상황이 전국 초기에 비해 근본적으로 달라졌습니다.

계급으로서의 착취계급이 사라지고, 다수가 인민의 범주에 속하게 되었으며, 당의 정책이 갈수록 진심이 어린 인민의 옹호를 받고 있습니다. 또 반혁명 자와 사회주의를 적대시하는 자들의 규모가 갈수록 줄어들고 활동범위가 점차 좁아지고 있습니다. 당연히 계급투쟁이 일정한 범위에서 여전히 존재하고 대외개방 · 대내 경제 활성화를 추진하는 과정에서 여러 가지 외부 적대세력의 침투와 내부 사회 찌꺼기들의 교란 현상이 불가피하게 나타나는 것은 어쩔 수 없는 일입니다. 이러한 상황에서 절대로 적대분자들과의 투쟁에 경각성을 늦춰서는 안 됩니다. 때문에 중국공산당 제12차 전국대표대회에서는 '두 마리 토끼(兩手)정책'[253]을 확정 지었습니다.

정법 업무 특히 공안 업무를 이끌어 나가는 과정에서 적대분자 단속에 절대 게을리 하지 말아야 할 뿐만 아니라, 국내의 정치경제 · 사회 상황의 변화에 따라 필요한 전환을 실현해야 합니다. 이것이 바로 종합관리를 적극적으로 강화하고 범죄를 예방하며 착오를 범한 자를 교육 및 구제하는 것입니다. 정법 업무는 당의 홍보부서 · 정부의 교육부서와 인민단체가 긴밀하게 협력해 대중 속으로, 청소년 속으로, 수천수만에 달하는 가정 속으로 들어가 사상 소통 업무나 시의적절한 조율업무와 전환업무를 많이 추진하는 것입니다.

이밖에도 일부 극소수의 엄중한 범죄자를 법에 따라 빠르고도 엄하게 처벌하고, 사형 혹은 즉시 집행해야 하는 자를 제외한 범죄자 특히 노동을 통해 개조시키려는 자에 대해서는 교육개조 업무를 적극적으로 강화해야지 노동개조를 거쳐 석방한 후에 상습범으로 전락되게 해서는 안 됩니다. 다시 말해 소극적이 아닌 적극적인 '치안'을 실행하기 위해 최선을 다해야겠다는 의미입니다. 최근 2년간 정법부서의 다수 단위들에서는 당 중앙 정법위원회의 영도 하에 이미 행동에 옮겼고 괜찮은 효과도 거두었습니다. 현재 문제는 위의 업무를 전략적인 임무로 간주해 적극적으로 한 단계 더 끌어올리는 것입니다. 당연히 이 중대한 임무는 공안부서와 전체 정법부서에서 짊어지고 완성할 수 있는 부분이 아니기 때문에, 사회적으로 협력해서 '종합 관리'를 해야 만이 완성할 가능성이 있는 것입니다.

이는 자본주의 국가에서는 해낼 수 없고 오로지 사회주의에서만 해낼 수 있는 일입니다. 그러면 정법 업무의 새로운 국면을 개척할 수 있고, 사회주의 국가의 치안업무를 추진하는 과정에서 새로운 길도 모색해낼 수 있는 것입니다. 이는 우리가 주의를 기울여 연구해야 하는 문제로 반드시 여러분들의 주의를 불러일으켜야 할 것입니다.

공산당원이 마땅히 가져야 할 과감한 개혁 사상

(23) 공산당원은 세계 개조를 자기의 소임으로 생각하고 있습니다. 기존에 우리는 어두운 중국을 광명으로 이끄는 데 성공했습니다. 현재 우리는 후진 중국을 부유한 중국으로 탈바꿈시키려 하고 있습니다. 이를 위해 우리는 중국의 사회주의 사업 발전 현황에 따라 자체의 길을 걷는 한편, 전면적이고도 계획적이고 절차 있게 사회주의 현대화 발전에 걸림돌이 되는 낡은 사물을 개혁하며 사회주의 경제규칙에 따라 사무를 처리하고 중국 특색의 사회주의를 건설해야 합니다.

우리는 혁명자이기 때문에 사상도 역사의 발전에 따라 발전해야 합니다. 무릇 인민의 이익과 시대 요구에 부합되는 새 사상·새 창조·새 경험을 우리는 적극적으로 받아들이는 한편, 새 역사 임무와 혁명 실천 요구에 부합되지 않는 낡은 틀이나 격식은 과감하게 버려야 합니다. 무릇 진심으로 사회주의 조국의 흥망발전을 위한 논의와 실험은 가령 일부 잠시 국부적인 착오가 있을지언정 실천과정에 점차 바로잡을 수 있도록 허락하고, 논의와 실험을 추진하는 용기에 박수를 보내야 합니다. 과감한 개혁은 혁명자의 품격입니다.

중국의 구민주주의 선행자들이 하물며 오늘날까지도 우리가 감격할만한 개혁 용기와 진취적인 정신을 갖고 있으니 마르크스 · 레닌주의, 마오쩌둥 사상으로 무장된 무산계급 선봉전사, 공산주의자들이 이보다 더 웅대하고 견강(堅剛)한 혁명 용기와 진취적인 정신을 가지지 않아서야 되겠습니까? 새 시기에 우리는 전 당 동지들 가운데서 사회주의사회의 제반 분야에서 진행해야 할 개혁 등 중대한 의미를 지닌 지도사상을 확립해야 합니다.

(24) 1년 6개월 전 중앙은 당의 지도사상 차원에서 어지러운 세상을 바로잡아 정상으로 돌리는 역사적 임무를 완수했고 이는 정확한 것이라고 지적했습니다. 그러나 일부 동지들은 여기서는 단지 '당의 지도사상'에서 정상으로 돌리는 임무를 완수했다고 했지 실제업무에서 완수했다고는 하지 않았을 뿐만 아니라 각항 각 업종의 지도사상을 모두 바로잡았다고도 하지 않았습니다.

이를 감안해 지난해 3월 중앙은 「중국사회주의시기 종교문제의 기본관점과 기본정책」이라는 문서에서 각지와 각 부서 동지들이 2, 3년의 시간동안 정면과 반면의 역사적 경험을 체계적으로 종합함으로써 본 지역과 본 부서의 상황에 어울리고, 이론과 실제를 긴밀하게 결부시킨 일련의 관점과 방법을 형성했습니다. 위의 제시가 보편적인 주의를 일으키지 못했기 때문에 지난해 12월 우리는 또 각 성 · 시 · 자치구 당위서기 좌담회에서 여러 지역·여러 전선·여러 부서는 자체의 역사적 경험을 열심히, 그리고 체계적으로 종합했습니다. 그리고 3중전회 이전 혹은 '문화대혁명'이전의 본 부서 업무 지도사상과 규장제도에 대해서는 어떤 부분이 정확하고 어떤 부분이 그릇되었으며 어떤 부분이 과거에는 옳았지만 현재는 상황이 변함에 따라 시대에 뒤떨어져 적응하지 못하고 있는지를 분명히 해야 한다고 언급했습니다.

현재 우리는 이 부분을 거듭 천명하려 합니다. 사안이 중대한 문제이기 때문입니다. 여러 지역· 여러 갈래 전선, 여러 부서의 지도사상이 정확한지 여부는 개혁에서의 가장 큰 문제입니다. 만약 우리가 역사적 경험을 종합하지 않고 새 상황과 새 문제를 전혀 연구하지 않는다면 새로운 국면을 개척하지 못하면서 자연히 시대에서 뒤떨어지게 되기 마련입니다. 반대로 만약 우리가 과거를 분석하고 현재를 파악한 후 정확한 부분을 견지하고 착오적인 부분을 바로잡는다면 각항의 업무를 활력 있게 발전시킬 수 있을 것입니다.

(25) 일찍이 마오쩌동 동지는 사람들이 객관세계를 개조함과 동시에 자신도 개조해야 한다는 통찰력 있는 말을 했습니다. 우리는 이 문제를 정확히 보기 위해 노력해야 합니다. 우리의 사업이 위대한 사업인 만큼 이토록 복잡한 혁명실천에 직면해서 서로 다른 의견이 존재하는 것은 정상적인 현상이고 의논이 분분한 것도 좋은 일입니다. 민주를 고양하고 많은 사람들의 지혜를 모은다면 우리가 착오를 줄이고 심지어 큰 착오를 범하지 않을 수도 있습니다.

당연히 또 다른 상황이 나타날 수도 있습니다. 바로 일부 지방과 부서의 일부 사람들이 국가와 인민의 흥망과 발달에 전혀 관심이 없고, 오로지 개인의 이해득실만 따진다는 것입니다. 개인 취향에 맞으면 해결해주고 아니면 못 본 체 하며, 개인에게 이익만 된다면 나라에 심각한 손실을 가져다주더라도 겁 없이 함부로 추진하곤 합니다. 그러나 반면 나라와 인민이 절박하게 필요하다고 해도 개인에게 이득이 돌아가지 않는다면 끝까지 서로에게 미루며 책임지려 하지 않습니다. 그들은 당과 인민이 부여한 중임과 권력을 자신이 패권을 쥐고 제멋대로 쥐락펴락하는 자본으로 간주합니다.

간부와 대중들은 이러한 상황에 극도의 불만을 표하면서 "위에서 하달하면 아래서는 바라보고 가장 두려운 건 중간에 걸림돌이 있다는 것이다"라고 비유했습니다. '걸림돌'역할을 하는 자는 극소수에 불과하지만 여전히 여러분들의 주의를 불러일으킬 수가 있습니다.

이러한 형상이 본위주의라며 결국에는 부서 이익이 문제를 일으키고 있다고 여기는 동지들도 일부 있습니다. 사실 이는 진정으로 국부적인 이익을 대표하는 것이 아니라 단지 개인주의가 악성 적으로 팽창한 것으로, 사회주의를 파괴하는 당내에서 위해성이 가장 큰 나쁜 기풍입니다. 이러한 나쁜 기풍에 맞서 다수 훌륭한 동지들이 속수무책으로 손을 놓고 있는데 이래서는 안 됩니다. 이러한 문제에 대해서는 과감하게 부딪히고 바로잡아야 하며 유리한 위치에서 강력하게 추진해야 합니다.

우리는 국면을 개척함에 있어 박력이 있어야 합니다. 여기에는 나쁜 기풍을 대하는 명확한 태도도 포함됩니다. 특히 중앙부서와 성·시·자치구의 당과 국가기구에 나쁜 기풍이 나타났다면 더욱이 과감하게 부딪히고 단속하면서 단호히 극복해야 합니다.

이는 개혁의 큰 문제이자 당의 기풍을 정돈함에 있어 반드시 해결해야 할 큰 문제입니다.

노동자계급이 개혁의 앞장에 서도록 교육하고 동원해야 한다

(26) 노동자계급의 다수는 개혁에 강한 요구가 있는 반면, 극소수만이 의구심을 품고 반대의 견해를 갖고 있다는 점을 우리는 굳게 믿어야 합니다. 두 번째 태도를 가진 자들 가운데서 다수는 어떻게 개혁을 해야 할지 모르거나 개혁에 차질이 생길까 두려워하는 자들입니다.

간부·노동자·대중들은 사회주의에서 '큰 가마'밥을 먹는 착오적인 정책이야말로 소수 노동자들의 후진 사상이 번식하는 토양이라는 점을 충분히 이해하도록 해야 합니다. 사회주의 사업의 근본적인 이익과 사회주의 우월성을 보여주는 사회주의 정책에 결코 부합되지 않습니다. 위의 착오적인 정책을 바꾸면 노동자들의 사회주의 적극성을 불러일으키고 생산발전을 추진하며 국가와 사회의 재부를 늘리고 노동자들의 생활수준을 향상시키는 데 유리합니다. 따라서 이는 노동자계급의 당면 이익과 향후의 이익에 부합이 됩니다.

(27) 우리는 당의 사상정치 업무의 근본적인 목표가 세계에 대한 사람들의 인식과 개조능력 향상이라고 말한 바 있습니다. 전반적인 개혁 과정에서 중앙에서 기층의 각급 당위에 이르기까지 모두 사상정치 업무를 중요한 의사일정에 올려놓은 후 일상의 행정사무에서 될수록 벗어나 충분한 시간을 마련하고, 심혈을 기울여 효과적인 조치로 위의 업무를 강화해야 합니다. 이 또한 당의 건설에서 중요한 개혁으로 되겠습니다.

현재 사상정치 업무의 중요한 임무 중 하나가 바로 전체 당원과 노동자계급이 사회제도의 우월성과 사회주의 경제의 경영관리 방식을 통해 생동적인 교육을 받고 현재의 개혁과 공산주의의 원대한 목표와의 관계를 명확히 하는 것입니다. 우리는 노동자계급이 개혁의 앞장에 서도록 동원하고 조직해야 할 뿐만 아니라 개혁을 지지하고 적극적으로 참여하고 영도해야 합니다. 각급 영도간부와 노동자·대중이 공산주의사상을 고양해 국가이익과 전체이익을 언제나 우선 자리에 놓게 해야 합니다. 아울러 간부들은 국가이익과 전체이익이 인민대중의 미래의 근본적인 이익을 반영한다는 점을 깨닫게 하는 것 외에, 인민대중의 당면 이익에도 관심을 기울여야 합니다.

인민대중의 이익을 이탈해 국가의 이익을 논하는 관점이나 국가의 이익을 이탈해 인민대중의 이익을 논하는 관점이나 국가이익과 인민대중의 이익을 대립시키는 관점은 모두 극히 착오적이고 해가 될 뿐입니다.

(28) 중국공산당 제12차 전국대표대회에서 웅대한 분투강령을 제기함에 따라 힘든 경험을 견뎌낸 1억 이상의 노동자계급 대오의 투지가 더욱 강해졌습니다. 당 중앙에서 위의 분투강령을 실현하기 위해 실행한 모든 절차와 결책을 그들이 이해하고 관장만 한다면 거대한 힘을 방출할 수 있을 것입니다. 노동자계급과 전국의 여러 민족 인민에 의지해야만 우리의 개혁업무가 성공할 수 있고 모든 임무도 순조롭게 실현될 수 있을 것입니다.

마르크스주의의 위대한 진리의 빛은 우리 앞길을 밝게 비춰줄 것이다*

(1983년 3월 13일)

여러분:

오늘 우리는 인류 역사상 가장 위대한 혁명가이고 과학자이자 전 세계 무산계급과 피착취계급, 피압박대중의 위대한 선도자이며 과학 공산주의 창사자인 마르크스 서거 100주년을 기념하기 위해 이 자리에 모였습니다.

마르크스는 19세기의 독일인입니다. 그러나 그의 영향력은 그가 생활한 시대와 지역의 경계선을 훨씬 벗어나 전 세계에 널리 파급되었습니다. 그는 전 세계 무산계급과 모든 피압박 인민, 피압박민족 그리고 진보 인류에게 영향을 주었습니다. 엥겔스가 마르크스 서거 때 했던 말처럼 마르크스는 강대한 사상으로 동·서방이라는 2개 반구(半球)에서 무산계급 운동을 육성시켰습니다. 중국의 공산주의자, 무산계급과 여러 민족 인민은 바로 마르크스 학설의 지도 덕분에 동방대국의 혁명과 해방의 정확한 길로 들어설 수 있었던 것입니다.

중국 인민은 이미 신민주주의혁명과 사회주의 혁명을 무사히 마치고 위대한 사회주의 국가의 주인이 됐습니다. 우리는 현재 사회주의 현대화 건설의 새 국면을 전면적으로 개척하고 사회주의 물질문명과 정신문명을 건설하는

---

* 이는 후야오방 동지가 중공중앙에서 소집한 카를·마르크스 서거 100주년 기념대회에서 발표한 보고서이다.

것 외에도 중국공산당 제12차 전국대표대회에서 제기한 웅대한 강령을 실현하기 위해 최선을 다하고 있습니다. 현재 우리는 마르크스 학설이 없었더라면 오늘도 없었을 것이라는 점을 깊이 깨닫게 되었습니다. 과거에도 그랬지만 현재도 · 앞으로도 우리는 모두 마르크스에게 가르침을 청하고 그의 저술을 열심히 학습하여 지혜와 힘을 얻어야 합니다. 이번 기념대회에서 우리는 세계의 동방에서 영원히 런던에서 잠들어버린 마르크스에게 가장 진심어린 그리움과 감사의 마음을 표해야 할 것입니다.

여러분!

인류 역사상 마르크스의 가장 위대한 기여는 바로 그가 가장 친밀한 전우인 엥겔스와 함께 낡은 세계를 비판하고 새로운 세계를 개척함으로써 전 세계 무산계급과 진보적인 인류가 해방을 쟁취하기 위한 투쟁을 진행하는데 가장 강대한 사상무기인 과학 공산주의를 제공했습니다.

그는 처음으로 유물론과 변증법을 결부시켰을 뿐만 아니라 변증유물론을 인류 사회의 역사를 관찰하고 분석하는데 응용함으로써 인류의 사회생활 · 정치생활과 정신생활의 기반이 궁극적으로는 물질생산이라는 점과 생산력과 생산관계의 모순이 역사발전의 진정한 원동력이라는 점을 제시했으며, 계급투쟁이 인류사회 역사에서의 역할과 그의 생산 · 발전 · 소멸의 조건을 과학적으로 설명했습니다.

그는 처음으로 자본이 노동을 착취하는 비밀인 잉여가치 규칙을 발견해 자본주의가 발생 · 발전을 거쳐 결국에는 필연적으로 공산주의에 의해 교체된다는 역사적 추이를 제시했습니다.

그리하여 처음으로 사회주의가 공상에서 과학으로 전환되게 함으로써 현대 무산계급은 낡은 제도를 뒤엎고 새로운 제도를 건립하는 신흥사회의 역량이라는 점을 증명했는데, 가장 철저한 혁명을 진행한 계급이자 가장 전도가 유망한 위대한 계급이기도 합니다.

그는 역사과학·경제과학과 철학분야에서 가장 위대한 근본적인 변혁을 실현하고 진정한 과학의 우주관과 가장 철저한 사회혁명론을 구축했습니다. 마르크스주의는 탄생부터 역사상 그 어떤 사상체계라도 결국 비교할 수 없는 강대한 위력을 과시했습니다.

마르크스는 청년시절에 벌써 혁명에 뛰어들었습니다. 그가 공산주의자가 된 후 직접 노동자운동을 영도해 그들과 운명을 같이 했으며, 평생의 심혈을 무산계급 해방 사업에 쏟아 부었습니다. 그가 혁명에 뛰어들었을 때는 19세기 유럽사회가 극도로 불안하고 혁명의 폭풍이 가장 세차게 휘몰아치던 시기였습니다.

혁명 폭풍의 위험 아래 특히 1871년 파리공사라는 위대한 투쟁의 준엄한 위험 아래에서 당시 각양각색의 사회주의 유파들은 숨이 끊어질 듯한 모습으로 죽기만을 기다리고 있었습니다. 그러나 유독 마르크스 학설만은 무산계급과 인민의 이익을 진정으로 대변하고 혁명운동의 역사적 경험과 새로운 경험을 날카롭게 종합한 덕분에 신속하고도 광범위하게 전파될 수 있었습니다. 마르크스가 직접 창건한 무산계급 당도 혁명 망명자의 소규모 조직에서 "전 세계의 정부가 벌벌 떠는 강대한 정당"[254]으로 발전했습니다.

마르크스와 엥겔스가 차례로 서거했지만, 마르크스주의는 계속해서 활발하게 발전하고 있습니다. 100년의 역사가 반복적으로 설명하다시피 마르크스주의 역사는 마르크스주의가 꾸준히 다양한 상대 사상조류의 공격과 반대세력의 '포위토벌'을 이겨내는 한편의 역사였습니다. 심각한 굴곡을 겪고 험한 풍랑을 건너와도 그의 혁명의 예봉은 여전히 아주 날카롭습니다. 100년의 역사는 또한 마르크스주의 역사가 마르크스주의 운동 내부의 여러 가지 착오적인 경향을 꾸준히 극복해 꾸준히 앞으로 발전한 한편의 역사라는 점도 반복적으로 증명했습니다.

수정주의와 교조주의는 모두 착오적인 것입니다. 전자는 마르크스주의의 보편적인 진리를 무시했고, 후자는 마르크스주의를 경직된 교의로 간주했기 때문입니다. 수정주의라든지 교조주의 등 그 어떤 주의를 막론하고 모두 주관과 객관이 서로 분리되고 이론과 실제가 서로 이탈되었으며, 마르크스와는 정반대인 길을 걷고 있습니다.

마르크스주의는 발전의 과학이자 혁명으로, 그의 생명력은 실천 가운데서 나타난 새로운 상황과 문제를 꾸준히 분석하고 연구해 여러 시대와 여러 나라의 구체적인 혁명실천과 서로 결부시키는 데 있습니다. 이는 마르크스주의가 꾸준히 풍부해지고 발전할 수 있었던 근원이자 마르크스주의가 영원한 혁명의 청춘을 유지할 수 있는 근본적인 보장이기도 합니다.

레닌과 러시아 볼셰비키 당은 10월 혁명을 성공시켰습니다. 이는 마르크스와 엥겔스가 서거한 이후 마르크스주의의 가장 중대한 발전이었습니다. 그들은 마르크스주의의 보편적 진리를 제국주의 시대 세계정세의 최신 발전, 그리고 러시아의 구체적인 실제와 결부시켜 자체의 노선과 정책을 결정했기 때문에 마르크스주의를 발전시키고 레닌주의가 생겨날 수 있었습니다. 그래서 10월 혁명에 승리하고 사회주의 혁명이 한 나라에서의 승리를 성공적으로 실현할 수 있었던 것입니다. 만약 레닌과 러시아 볼셰비키 당이 러시아의 실제상황에 따르지 않고 무산계급혁명이 반드시 세계 주요 자본주의 나라에서 동시에 승리를 거두어야 한다는 마르크스주의의 개별 결론에만 얽매여 있었다면 결과는 어떻게 됐을까요? 그렇다면 10월 혁명의 승리도 없었을 것입니다.

중국혁명의 승리는 10월 혁명 이후 마르크스주의 발전 역사상 가장 중대한 사건이었습니다. 마오쩌둥 동지와 우리 당은 동방에서 마르크스주의의 보편적 진리를 중국의 구체적인 실제와 결부시키고 농촌에서의 노동자계급의 강대한 동맹군이자 반봉건의 혁명 주력인 농민에 의지해 농촌을 거쳐 도시를 포위하는 정확한 길을 찾았습니다. 그래서 마오쩌둥 사상이 있었고 중국혁명을 승리로 이끌 수 있었던 것입니다. 만약 그렇지 않고 도시 무장봉기가 정권을 빼앗는 근대 유럽 혁명의 전통 모델에만 얽매여 있었다면 결과는 어떻게 됐을까요? 중국혁명은 결코 승리하지 못했을 것입니다.

그렇기 때문에 마르크스주의 발전 역사의 근본적인 경험은 여러 나라 당이 자국의 실제·자국이 처한 국제적 지위와 국내 상황을 기반으로 스스로 자체 노선과 정책을 결정해야 혁명이나 건설에서 성공할 수 있다는 점을 알게 해주었습니다.

2차 대전 후의 세계 공산주의운동은 30여 년의 굴곡적인 발전을 거쳐 거대한 성과와 승리를 거뒀지만 좌절과 실패가 상당하고 동란과 분화가 뒤섞인 복잡한 과정을 겪었습니다. 이러한 복잡한 역사현상을 두고 전 세계의 논의가 분분합니다. 일부는 남의 불행에 기뻐하고 일부는 자신감을 잃어버렸는데 이를 마르크스주의 '위기'라고 부릅니다. 그러나 이른바 마르크스주의 '위기'라는 소란 속에서 다수 국가의 마르크스주의 정당과 조직은 여러 가지 충격의 힘든 경험을 견디면서 용감하고도 침착하게 꾸준히 전투를 이어 갔습니다.

모든 진정한 마르크스주의자와 뜻 있는 인사는 이러한 굴곡적인 발전과정에서 가장 본질적이고 적극적인 요소를 보았습니다. 다시 말해서 갈수록 많은 마르크스주의 정당과 조직이 정치와 사상 차원에서 과감하게 미신을 타파하고 사상을 해방시키며 독립적으로 사고하게 함으로써 독립 자주적으로 마르크스주의 보편적 진리를 본국 혁명의 구체적인 실천과 결부시켰다는 점입니다. 사실이 증명하다시피 각국에서 당과 당 사이의 관계 문제나 각국 혁명의 구체적인 길에서의 문제를 어떻게 정확히 처리할지에 대해 오늘날 각국 마르크스주의 정당의 인식과 실천은 과거보다 훨씬 풍부해졌고 심각해졌으며 수준도 뚜렷하게 제고되었습니다.

이는 근본적인 차원에서 마르크스주의의 더욱 큰 발전을 위해 가장 중요한 조건을 마련해준 셈입니다.

우리 당의 상황을 보면 1978년 11기 3중전회 이후 중대한 의미를 지닌 역사적 전환을 실현했습니다. 10년간의 '문화대혁명'으로 인해 우리당은 심각한 곤경에 빠졌습니다. 그러나 어려움이 있다고 하여 중국 인민은 결코 마르크스주의에 실망을 가진 것이 아니라 오히려 마르크스주의 진리를 따랐습니다.

3중전회부터 1982년까지 즉 중국공산당 제12차 전국대표대회까지의 짧은 4년 동안 우리는 지도사상 차원에서 어지러운 세상을 바로잡아 정상으로 돌리는 과중한 임무를 성공적으로 완성했습니다. 어지러운 세상을 바로잡아 정상으로 돌리는 것이라는 것은 궁극적으로 새로운 역사적 조건에서 마르크스주의의 보편적 진리를 중국의 구체적인 실제와 서로 결부시키는 길을 다시 걷는다는 것입니다. 다시 말해서 이는 마오쩌동 동지가 우리를 위해 개척한 유일하고도 정확한 길입니다.

우리는 직접적인 경력을 통해 마오쩌동 동지가 수십 년간 정확한 이 길을 견지했을 때, 그의 사상과 실천이 얼마나 빛을 발했는지, 우리 당과 인민에게 얼마나 거대한 지혜와 힘을 가져다 줬는지, 그리고 만년에 이 정확한 길을 이탈하거나 심지어 위반했을 때 그처럼 위대한 마르크스주의자도 불가피하게 마음 아픈 잘못을 했는지를 깊이 느꼈습니다. 따라서 우리가 어지러운 세상을 바로잡아 정상으로 돌리는 것은 마오쩌동 사상의 본래 모습을 회복하고 마오쩌동 사상을 견지하며 발전시키려는 것입니다.

세계적으로 아직도 일부 사람들은 우리가 마오쩌둥 사상을 버렸다고 허튼 소리를 치고 있습니다. 이는 그들이 마오쩌둥 사상에 대해 전혀 모르고, 마르크스주의에 대해 전혀 모른다는 점을 말해주고 있는 것입니다.

어지러운 세상을 바로잡아 정상으로 돌리는 과정에서 우리는 사상노선에서 오랜 세월 존재해온 '좌'적 경향과 개인숭배라는 심각한 속박에서 벗어나 실사구시의 원칙을 다시 확립하고 마오쩌둥 사상과 마오쩌둥 동지의 역사적 지위를 과학적으로 평가했을 뿐만 아니라, 당내 생활의 마르크스주의 준칙을 회복 및 발전시켰습니다. 어지러운 세상을 바로잡아 정상으로 돌리는 과정에서 우리는 정치노선에서 심각한 위해성을 초래한 "무산계급 독재정치 하에서의 지속적인 혁명"이라는 착오적인 이론을 과감하게 버리고, 중국 사회주의 사회의 모순을 다시 정확하게 분석하는 한편, 안정되고 단합된 정치 국면을 구축했으며 전 당의 업무 중점의 이전을 실현했습니다. 또한 농업체제에서 오랜 세월 동안 존재해온 사회주의 공유제 경제와 대 생산이 무엇인지 등 문제에서의 심각한 오해를 단호히 타파하고 '큰 가마솥 밥(많은 밥을 한꺼번에 하여 능력이나 크기에 관계없이 먹는 것을 비유한 말 - 역자 주)'을 먹는 평균주의의 심각한 착오를 극복하는 것 외에, 도급 및 조합원 성과별 보수제(개인의 능력에 따라 일을 분담하여 작업한 후 총생산량에 따라 보수를 계산해주는 제도)를 특징으로 한 농업생산 책임제 형식을 마련했으며, 농촌에서 중국의 구체적인 상황에 따라 마르크스주의의 노동에 따른 배분원칙과 국가 · 집체 · 개인 이익을 서로 결부시킨 원칙을 진정으로 실현했습니다.

농업에서의 과감한 개혁으로 8억 농민들이 활개 치며 거대한 노동 잠재력을 충분히 발휘시키고 다종경영을 발전시켜 생산을 확대시키는 한편, 생산재와 소비재의 구매력을 꾸준히 향상시키고 광활한 사회주의 시장의 정확한 길을 개척했습니다. 이는 중국사회주의 현대화 건설의 전반적인 국면에 대해 예전에도 그랬지만 앞으로도 계속해서 거대한 추진역할을 발휘할 것으로 예상됩니다. 일지반해(一知半解, 하나를 들으면 반만 이해하는 것 - 역자 주)한 사람들의 견해와는 반대로 사회주의가 중국 농촌에서 후퇴나 동요된 것이 아니라 크게 발전하고 공고해졌습니다. 그 이유는 다름 아닌 우리가 외국에서 가져왔거나 스스로 형성한 부분들 가운데서 실제상황에 어울리지 않는 낡은 형식을 버리고, 중국의 토양에서 생산되고 현재 중국 농촌 조건에 어울리는 새로운 형식을 찾았기 때문입니다.

현재 우리는 이미 사회주의 현대화 건설의 새로운 국면을 적극적으로 개척하는 단계에 들어섰습니다. 경제와 사회생활의 여러 분야에 중국 상황에 어울리지 않거나 착오적인 관점과 유형이 상당하게 존재하여 오랜 세월동안 사람들의 두뇌를 고정시키고 생산력 발전을 심각하게 속박했습니다. 실제로부터 출발해 이러한 것들을 타파하고 전면적이고도 체계적으로, 또 단호하고도 질서 있게, 그리고 절차 있게 개혁을 실행해야만 새로운 국면을 전면적으로 개척할 수 있고, 마르크스주의 기본원리를 현대화 건설의 구체적인 실제와 더욱 잘 결부시킬 수 있어 과학적 사회주의를 한층 발전시킬 수 있습니다.

4개 현대화를 실현하고 사회생산력을 적극적으로 발전시키려면 생산관계와 상층건축 개혁이 이를 위해 앞길을 개척해주어야 합니다. 4가지 기본원칙과 사회주의 기본제도 견지를 기반으로 생산력발전에 어울리지 않는 생산관계나 경제 기반요구에 부합되지 않는 상층건축의 고리를 조절한다면 중국 특색의 사회주의를 성공적으로 건설할 수 있고 억만 인민들 가운데 숨어있는 무한하고도 풍부한 창조력이 기필코 보다 충분히 발휘될 것이며 사회주의제도 우월성도 더 뚜렷하게 나타날 것입니다.

이는 당연히 꾸준히 발전하고 보완하는 과정인 만큼 결코 짧은 시간 내에 완성할 수 있는 부분이 아닙니다. 그러나 10여 년, 20년의 노력을 거쳐 중국처럼 경제문화가 아직 꽃피지 못하고 10억 인구를 가진 발달하지 못한 나라라도 사회주의제도 하에 현대화 건설의 역사적 돌파를 가져올 것으로 기대됩니다. 이는 본 세기 말, 다음 세기 초 마르크스주의가 동방에서의 또 한 차례 중대한 새로운 승리가 될 것이라 굳게 믿습니다.

여러분!

마르크스는 위대한 혁명가이자 과학자입니다. 그가 과학적 공산주의를 창설할 수 있었던 극히 중요한 조건은 그가 인류문화지식의 우수한 성과를 관장하고 이와 노동자운동을 긴밀하게 연결시켰다는데 있습니다. 레닌이 말했던 것처럼 마르크스주의 사상 근원은 그 당시 세계적으로 존재하는 가장 선진적인 나라의 3가지 주요한 사조였던 독일의 고전철학, 영국의 고전 정치경제학과 프랑스의 공상사회주의를 비판적으로 받아들인데 있습니다.

마르크스 학설이 "혁명계급의 수많은 사람들의 마음을 사로잡을 수 있었던 것"도 "인류가 자본주의 제도 하에 얻은 지식을 견고한 기반으로 간주했기 때문이다"[255]라고 했고, 이러한 지식을 바탕으로 결론을 풍부히 했기 때문입니다. 마르크스는 학문이 박식하고 통달한 분야가 넓고 조예가 아주 깊어 세계 역사상 보기 드문 케이스로, 수많은 과학자·사상가·역사학자들로부터 탄복을 자아내게 했습니다. 낡은 사회의 변호자들은 마르크스를 말살하거나 마르크스 학설이 이미 '시대에 뒤떨어졌다'고 모함하고자 했는데, 사실이는 단지 그들의 일방적인 생각이라는 점이 입증되었습니다.

한 세대 또 한 세대의 학자·청년·노동자·민족혁명가와 개혁에 뜻을 품은 사람들이 마르크스주의를 통해 무궁무진한 힘과 자신감을 얻었습니다. 이러한 상황은 우화처럼 잠깐 나타났다가 바로 사라지는 그 어떤 '새로운 사조'가 결코 따라갈 수 없는 부분입니다. 마르크스의 부지런함과 의지력은 그야말로 놀라움을 자아내게 합니다. 그의 치학(治學) 태도가 엄밀하고 전혀 빈틈이 없어 모든 과학종사자들의 본보기로 불리고 있습니다. 그는 늘 반동정부의 박해를 당해 생활이 어려워 도처를 떠돌면서 외국에 거주했지만 투지만은 갈수록 견고해져 혁명과 과학의 길에서 꾸준히 분투했습니다. 그는 한평생 쪼들린 생활을 해왔습니다. 다만 엥겔스의 도움으로 그나마 조금이라도 생활부담이 조금은 줄어들었고 합니다. 슬하에 아들딸 네 명이 있었지만 모두 어려서 요절했습니다. 그중 한 딸이 요절하자 조그마한 관을 살 돈조차 없었다고 합니다. 그는 모든 심혈과 지혜, 그리고 가장 뛰어난 과학성과를 노동자계급에 바치고 전 인류에게 바쳤습니다.

그의 헌신적인 정신은 그야말로 감격적이고 눈물겹습니다. 마르크스는 확실히 노동자계급 지식인의 최고의 본보기로 인류의 지혜와 양심을 대변하는 가장 완벽한 지식인이었습니다.

이번 기념대회에서 마르크스의 위대한 사업에 대한 인류의 문화성과에 대한 중요성을 얘기할 때, 마르크스가 가장 완벽한 지식인이라고 한다면 저는 이 기회를 빌어 우리 당·중국 노동자계급·노동인민들이 지식과 지식인을 어떻게 정확히 대해야 할지에 대한 문제를 중점으로 얘기하고자 합니다.

우리당이 설립된 지 어언 60여 년이 됐습니다. 이 기간 동안에 우리다운 전국의 여러 민족 인민을 이끌고 두 가지 큰일을 했습니다. 하나는 낡은 세계와 3개의 큰 산⁴²을 뒤엎은 것이고, 다른 하나는 신세계를 건설하고 현대화한 사회주의 강국을 건설했다는 것입니다. 낡은 세계를 뒤엎으려면 지식과 지식인이 필요하고, 신세계를 건설하려면 더더욱 지식과 지식인을 필요로 합니다. 기존에는 경제문화가 낙후된 나라들이 현대 과학문화 지식을 받아들일 수 있을지 없을지의 여부가 건설의 성패를 결정짓는 관건이라고 할 수 있었습니다. 그러나 이러한 관건적인 문제에서 우리는 오랜 세월동안 인식이 부족했고, 일부 마르크스주의를 위배한 착오적인 관점들에 다년간 발목이 잡혀 있었기 때문에, 지식과 지식인의 문제를 어떻게 정확히 대할지가 현재 마르크스주의의 보편적 진리를 중국사회주의 현대화 건설의 구체적인 실천과 효과적으로 결부시킨 중대하고도 절박한 문제로 되고 있는 것입니다.

지식인의 문제를 해결함에 있어 우리당은 뛰어난 성과를 거두었다는 점을 반드시 인정해야 합니다. 우리당의 설립과 발전은 혁명 지식인들과 결코 떼어놓을 수 없는 관계입니다.

1939년 항일전쟁이 보다 힘든 투쟁시기에 들어섰을 때, 마오쩌동 동지가 초안으로 작성한 『지식인 대량 흡수』라는 결정은 바로 마르크스주의가 반식민·반봉건 상태에 있던 중국 지식인의 특점을 통찰력 있게 분석한 후, 지식인을 대량 받아들이기로 결정한 문헌입니다. 이러한 전략적 결책은 항일전쟁과 해방전쟁에서 건국 이후 우리 사업의 승리에 이르기까지 줄곧 중요한 역할을 발휘했는데, 이는 이미 역사적으로 입증된 사실입니다. 건국 초기 상당히 긴 시간동안 우리당은 지식인 문제에서 조심성을 유지했는데 이는 기본적으로 정확한 선택이었습니다.

1956년 생산재 사유제의 사회주의 개혁이 기본적으로 마무리된 후, 마오쩌동 동지의 제의로 소집된 지식인 문제에 관한 회의에서 주은래 동지가 보고서를 통해 지식인 문제와 사회주의 건설의 가속화라는 양자 간의 관계를 체계적으로 논술하고, 중국 지식인의 다수가 이미 노동자계급의 일부분으로 되었다는 점을 처음으로 명확히 지적한 것 외에 '과학을 향해 돌진하자'는 위대한 구호를 제기했습니다. 당의 영도 하에 중국과학교육 문화 사업은 역사상 전에 없던 중대한 발전을 가져왔습니다. 원자탄·수소탄·탑재 로켓·인공위성 등 첨단기술 분야를 비롯한 일련의 과학기술 분야에서 거대한 성과를 거두었습니다.

우리는 낡은 사회에서 온 수많은 지식인을 받아들였을 뿐만 아니라, 4백만 명이 넘는 전문대학 수준 이상의 지식인을 비롯한 새로운 지식인을 대량 육성했습니다. 이로 인해 오늘날 우리가 갖고 있는 지식의 힘의 중요한 기반을 구축하게 됐습니다. 우리의 지식인 대오는 계속해서 성장하고 있습니다. 그들이 노동자·농민과 한 마음이 되어 함께 노력하고 있습니다. 이는 우리가 본 세기 말부터 7·80년대 세계 과학기술이 선진수준에 달할 수 있는 버팀목이자 희망입니다.

그러나 50년대 후기부터 우리가 지식과 지식인을 대하는 문제에서 점차 정확한 방향을 이탈해 심각한 '좌'경 착오를 범했습니다. 주로 지식과 전문업을 경시하고, 사회주의 조국을 열애하고, 사회주의 건설 사업을 위해 주요한 기여를 한 지식인들에게 '자산계급'이라는 모자를 씌우고 그들을 배척·속함으로써 수많은 지식인이 억압을 받고 심지어 억울함을 당했다는 데서 보여집니다. 또한 간부대오의 지식화·전문화라는 전략 임무를 완화하고 취소한데서 나타나는 것입니다.

이러한 경향이 '문화대혁명'에서 황당무계하기 그지없는 수준으로까지 이르러, 나아가 지식과 지식인을 중요시하면 '수정주의를 주장'한 것이라 간주하면서 '망당망국'의 위험성이 있다고도 했습니다. 그러니 지식과 지식인에 대한 문제에서 '좌'경 착오가 10년 동란의 중요한 구성부분으로 발전되었던 것입니다.

장칭 반혁명그룹을 무너뜨린 후, 특히 중국공산당 제11기 3중전회 이후에는 여러 상황이 크게 호전되었습니다. 1978년 덩샤오핑 동지가 지식인의 다수가 이미 노동자계급의 일부분으로 채워지게 되었다는 점을 한층 깊이 천명한 덕분에, 당의 지식인 정책이 점차 마르크스주의의 정확한 궤도로 다시 들어섰다고 말했는데, 이는 여러분들이 모두 볼 수 있는 부분입니다.

그러나 동시에 사상인식이나 사회 여론이나, 아니면 정치·경제·조직에 대한 조치를 막론하고 오랜 세월 존재한 '좌'경의 착오적인 심각한 영향을 근본적으로 제거하기에는 아직 멀었다는 점을 보아내야 합니다.

전국 노동자계급과 노동인민, 전 당 동지는 우선 각급 영도간부들이 위의 중대한 문제에 대해 마르크스주의의 관념을 수립하고, 사회주의 현대화 건설을 대규모로 발전시켜야 하는 절박한 필요성에 적응해야 합니다. 시간이 금이라는 말이 있듯이 시간은 아주 소중한 존재입니다. 현재 추호의 망설임도 없이 결정을 내리고 위의 문제를 철저하게 해결해야 할 때가 되었습니다.

여러분!

지식과 지식인 문제에서 우리는 역사의 굴곡적인 과정에서 어떤 경험과 교훈을 섭취해야 할까요? 어떤 마르크스주의의 진정한 혁명이면서도 과학적인 관념을 수립해야 할까요?

첫째, 마르크스주의와 인류의 문화성과를 떼어놓고 대립시키는 착오적인 경향을 반드시 반대하는 한편, 과학문화 지식을 존중하는 정확한 관점을 수립하고 전 당·전민이 현대화 과학문화 지식을 관장하기 위해 최선을 다하도록 동원해야 합니다.

마르크스주의의 근원은 어디일까요? 근본적인 차원에서 볼 때 당연히 자본주의 사회 모순과 노동자 운동의 산물입니다. 그러나 수천 년의 인류문화 지식을 받아들인 결과이기도 합니다. 만약 노동자 운동만 있고 인류문화 성과를 활용해 과학적으로 역사발전 규칙을 발견하지 않거나 노동자계급의 원대하고도 근본적인 이익을 입증하지 않는다면 형형색색의 생디칼리슴 (Syndicalisme, 국가를 포함한 자본주의 사회질서를 철폐하고, 생산단위로 조직된 노동자 조직에 바탕을 두고 사회질서를 수립하기 위해 노동계급의 직접행동을 주장하는 운동 – 역자 주)·경제주의·개량주의·무정부주의 등이 생겨날 뿐 마르크스주의는 나타날 리가 없습니다. 다른 한편에서 말하자면 동지들은 모두 마르크스주의를 학습하기 위해 반드시 문화를 배워야 한다는 것에 대해 직접적인 체험이 있을 것입니다. 소박한 계급 감정만 운운한다면 마르크스주의의 개별 관점만 받아들일 수 있을 뿐 마르크스주의를 체계적으로 깨닫고 관장할 수는 없습니다.

현재 우리가 마르크스주의의 지도하에 새로운 세계를 건설하고 현대화 건설의 위대한 사업에서 마르크스주의를 성공적으로 운용 및 발전시킴과 동시에 마르크스주의로 사회주의 건설자를 가르치려면 당대 과학문화의 새로운 지식과 성과를 꾸준히 비판적으로 받아들여야 합니다. "지식이 곧 힘입니다", 지식을 존중하고 환영하고 갈망하면서 지식을 새로운 세계를 만들어가는 거대한 힘으로 전환시키기 위해 노력하는 것이 우리 공산당원과 온갖 건설자들이 응당 갖춰야 할 우수한 자질입니다. "지식이 많으면 그만큼 반동사상이 더 많다"는 황당무계한 논리가 '문화대혁명'때 한동안 창궐했습니다.

인류의 지식체계에서 자연과학지식·생산기술지식·역사와 지리지식·당대 마르크스주의 지도하의 여러 가지 사회과학지식·사회화 대 생산의 공동규칙을 반영한 경영관리지식, 그리고 역사상 인류의 진보성과와 진보계급의 요구를 반영한 여러 가지 문화지식에는 인류가 세계를 인식하고 개조하는 오랜 세월동안 축적한 진리가 포함되어 있을 뿐만 아니라, 인류가 성실하게 노동해서 얻은 적극적인 산물이자 인류가 자유를 쟁취하는 일종의 무기이기도 합니다.

이러한 지식은 많을수록 세계를 인식하고 개조하는 사람들의 능력을 향상시키는데 유리하며 이는 사회진보의 상징이기도 합니다. 역사적으로 중요한 역할을 발휘했지만 반동계급의 편견이 녹아든 부분에 대해 마르크스주의자는 분석하고 비판함과 아울러 그 가운데서 유용한 부분을 받아들여야 합니다. 때문에 문제는 지식을 대하는 입장 · 관점 · 방법입니다. 일반적으로 지식이 풍부한 것이 부족한 것보다 낫습니다. 그러니 "지식이 많을수록 반동사상이 더 많다"고하는 말은 맞지 않는 말입니다.

우리는 마르크스주의가 인류문화의 우수한 성과를 기반으로 건립되었다고 말하는데 이 기반에는 자연과학이 포함됩니다. 이 관점을 명확히 하는 것은 온갖 힘을 모아 사회주의 현대화를 건설하는 오늘날에는 특히 중요합니다. 여기서 마르크스와 엥겔스가 어떻게 자연과학을 중요시해왔는지를 특별히 언급하고자 합니다. 그들은 수학 · 자연과학 이론과 기술에 관한 자료를 대량 연구하고, 자연과학의 성과 특히 19세기의 3대 발견[256]을 활용해서 자연계의 상호 연계와 상호 전환의 발전학설을 입증함으로써 마르크스주의 세계관을 수립하는데 든든한 자연과학의 기반을 마련했습니다.

엥겔스의 '자연변증법'과 '반 듀링론'은 이 부분의 연구 성과를 집중적으로 반영해주었습니다. 특히 주의해야 할 부분이라면 마르크스가 과학이 생산력이자 역사적으로 추진역할을 하는 혁명역량이라는 유명한 논점을 제기했다는 점입니다. 그는 선진 생산력을 대변하는 무산계급의 입장에서 사회발전에 대한 과학기술의 추진역할을 높이 평가하고 과학기술의 획기적인 성과를 당시 일부 저명한 혁명가보다 "훨씬 더 위험한 혁명가"[257]라고 형상적으로 비유했습니다.

발전기술이 걸음마를 타기 시작했을 때, 그는 인류가 곧 전기에너지의 서광을 맞이하게 될 것이라는 부분을 예리하게 관찰해냈습니다. 세계 첫 실험성 송전 선로가 막 나타났을 때 마르크스 · 엥겔스는 특히 이에 주목했으며, 전기 에너지가 시골구석까지 통해 "도농 대립을 없애는 가장 강력한 지렛대"[258]가 될 것이라고 내다보았습니다.

마르크스가 낡은 세계를 뒤엎기 위해 투쟁하는 시대에 이미 과학기술에 이토록 관심을 돌렸으니 신 중국을 건설하는 역사적 중임을 짊어지고 있는 우리가 더 자발적으로 과학기술을 중시하고 현대의 과학문화 지식을 자발적으로 학습 및 관장해야 하지 않겠습니까? 자국의 주인이 된 중국의 억만 노동인민들이 마르크스와 현대과학문화로 자신을 무장한다면, 보다 강대하고 활발한 생산력으로 전환되어 천지개벽의 위대한 사업을 일구어낼 수 있을 것이라 믿습니다.

둘째, 지식인과 노동자계급을 분리·대립시키면서 '반대 역량'이라 간주하는 착오적인 경향을 반드시 반대하고, 지식인을 노동자계급의 일부분으로 간주하는 정확한 관념을 수립해 노동자·농민과 지식인의 단합을 증강시켜야 합니다.

사회주의 건설이라는 위대한 사업에서 반드시 지식인을 존중하고 그들에 의지해야 합니다. 우리가 노동자와 농민을 존중하고 의지하는 것처럼 말입니다. 마르크스주의 관점에 따르면 지식인은 단 한 번도 독립적인 계급이 되었던 적이 없습니다. 신 중국 설립 이전에 중국은 반식민지 반봉건사회였습니다. 비록 사회적 지위로 인하여 지식인들의 대다수가 자산계급과 소자산계급에 속했지만, 그들 중의 대다수가 동시에 제국주의와 국민당 반동파의 압박을 받았기 때문에 일부는 직접 혁명에 참가하고 일부는 혁명을 동정했으며, 또 일부는 제국주의를 반대하고 조국을 사랑하는 지향을 품고 있었습니다. 혁명인민의 대립면에 서서 통치계급을 위해 헌신하는 반동 지식인은 당연히 무산계급의 '반대 역량'에 속하지만, 그러나 이 부분은 극소수에 불과합니다.

사회주의 사회에 들어선 후 중국 지식인의 상황에 근본적인 변화가 나타났습니다. 낡은 사회에서 온 지식인 중 다수는 사회주의를 위해 적극적으로 봉사하면서 마르크스주의 교육을 받았으며, 건국 이후부터 오랜 세월의 단련과 힘든 경험을 견뎌냈습니다. 아울러 현재 중국의 지식인 대오 중 90% 이상이 신 사회에서 육성된 자들이고, 그중 다수는 노동자·농민과 지식인 가정 출신입니다. 지식인이 노동방식에서 노동자나 농민과 큰 차이점이 있지만, 총체적인 부분이나 생활내원의 취득 방식과 누구를 위한 봉사인가라는 차원에서 볼 때, 중국의 지식인이 이미 노동자계급의 일원으로 되었다는 점을 명확히 인정하는데 걸림돌이 되지 않습니다. 이는 중국혁명 역사발전의 위대한 성과이자 사회주의 건설의 위대한 성과이기도 합니다.

사회주의 현대화 건설의 새로운 시기에 지식인들은 특히 중요한 역할을 하고 있습니다. 마르크스주의 관점이나 과학과 공업의 최신 발전추세에 따른다면, 체력노동과 정신구동의 본질적인 차이점이 점차 줄어들어 결국에는 없어질 것이고, 체력노동과 정신구동이 더 높은 수준에서 서로 융합된 한 세대 또 한 세대의 신인을 육성해낼 것입니다. 그러나 이는 미래의 청사진인 만큼 오늘날에는 실현될 수 없습니다. 다시 말해 과학문화 지식과 정신구동이 지식인에게 집중되는 현상이 상당히 긴 역사시기에 여전히 존재할 것이라는 얘기입니다. 때문에 지식인은 중국사회주의 현대화 건설에 절대적으로 필요한 지력요소로서 우리나라의 귀중한 재부입니다.

우리는 반드시 지식과 지식인을 존중하는 사회기풍을 조성하고 조치를 취해 그들의 업무조건과 생활조건을 개선해야 합니다. 우리는 이를 '기본건설'로 해야 하고, 그것도 '가장 기본적인 건설'로 간주해야 합니다. 인민을 상대로 해서 사회주의 사회에서는 과학문화 수준이 좀 더 높은 경우나 체력노동 종사자보다 정신구동 종사자가 물질적인 대우가 좀 더 나은 편이라는 점을 명확히 인식하도록 해야 합니다. 이러한 것은 정신구동에 없어서는 안 될 조건이지만, 더욱 중요한 것은 사회생산 발전이나 인민들의 물질문화 수준의 향상과 노동자계급 및 전체 노동자의 지식화, 노동자와 농민 자녀들이 과학과 문화를 배우도록 격려하는데 유리하기 때문에 더 많은 지식인을 육성할 수 있다는 사실입니다. 이러한 정책은 사회주의 발전규칙이나 노동자계급과 전체 인민의 원대하고도 절실한 이익에 부합되는 마르크스주의 정책에 속합니다. 반대로 지난 한 시기 동안 '좌'경적인 착오 정책은 마르크스주의와 사회주의의 원칙을 위배하는 정책이었습니다.

지식과 지식인을 존중한다고 해서 체력노동이나 그 종사자를 무시하고 얕잡아보아도 된다는 뜻은 아닙니다. 이는 사회주의사회가 결코 절대 용납할 수 없는 부분입니다. 무릇 사회에 유익한 노동은 체력노동이든지 정신구동이든 어느 것이나 모두 영광스러운 위대한 사업입니다. 중국에서 노동자가 인구수의 90% 이상을 차지하며 오늘날 제반 분야에서 체력노동에 종사하고 있습니다. 우리의 온갖 재부는 근본적인 차원에서 볼 때 모두 체력노동과 정신구동의 공동 산물입니다.

현대화 건설의 발전에 따라 정신구동이 창조한 성과가 갈수록 뚜렷해지고 정신구동자가 전체 노동자들 가운데서 차지하는 비율도 점차 늘어날 것입니다. 그러나 이 과정에서 체력 노동자의 과학문화 수준이 꾸준히 향상되고 체력노동 가운데서의 정신구동 요소가 꾸준히 늘어나는 현상이 포함되어 있으며, 수많은 체력노동자들이 사회의 수요에 따라 점차 정신구동자로 바뀌고 있습니다. 아울러 노동자·농민 특히 오래된 숙련공과 농촌 기능공의 창조적 생산실천은 과학진보의 무궁무진하고도 풍부한 원천입니다. 정신구동을 체력노동과 분리시키거나 대립시키는 그 어떤 관점과 방법은 모두 착오적인 것입니다.

사회주의사회에서 무릇 지식인의 경우 노동자와 농민을 무시하거나 이탈한다면 진정으로 역할을 발휘할 수 없을 뿐만 아니라, 사회의 시정(糾正)을 받게 될 것입니다. 동시에 생산기술이 어떤 수준에까지 발전할 수 있을

지를 막론하고 인류사회의 노동에서 완전히 체력노동 요소를 배제할 수 없는 것이며, 특히 공예성을 띤 수공업 종사 노동이나 특수한 환경과 긴급 상황에서의 육체노동은 없앨 수가 없는 것입니다. 이러한 의미에서 체력노동은 영원히 존재한다고 볼 수 있습니다. 궁극적으로 사회주의 사회의 체력노동과 정신구동은 단지 분공과 노동의 복잡정도가 다를 뿐이지 우열과 귀천의 차이는 없습니다.

이 부분을 언급한 것은 우리가 지식과 지식인을 존중할 것을 강조하는 이 시점에 체력노동을 무시하고 경멸하는 착오적인 경향이 나타나지 않도록 주의해야 하기 때문입니다. 또 수천 년간의 봉건사회 역사를 지닌 중국은 "머리를 쓰면 지배할 수 있지만 힘만 믿고 설치면 지배당하게 된다"[259]는 부패 등급관념이 뿌리깊이 내려 있기 때문이기도 합니다. 일찍이 엥겔스는 노동을 무시하는 악습을 노예제로부터 잔류되어 내려온 독가시에 비유했습니다. 우리는 이러한 독가시에 경각성을 높이고 수시로 뽑아버리기 위해 노력해야 합니다.

우리가 지식과 지식인을 존중해야 한다고 말하지만 그렇다고 지식인이라고 해서 완벽하고 약점을 극복할 필요가 없다는 뜻도 아닙니다. 중국의 노동자·농민과 지식인은 특수한 역사조건 하에서 형성된 약점과 장점이 있습니다. 사상이나 업무·실천재능에서 볼 때 중국 지식인은 아직도 사회주의 현대화 건설의 새로운 정세가 그들을 상대로 제기한 보다 높은 요구에 완전히 적응하지 못하고 있습니다. 새로운 시기에 우리는 중국의 지식인들이 마르크스·엥겔스와 같은 완벽한 지식인을 숭고한 본보기로 삼아 5.4운동과 12.9운동 이후의 중국혁명 지식인의 영광스러운 전통을 계승하고 고양하기를 바랍니다. 또 펑쟈무(彭加木)[260], 롼푸(欒茀)[261], 장주잉(蔣築英)[262], 뤄젠푸(羅健夫)[263], 레이위쉰(雷雨順)[264], 손쯔팡(孫冶方)[265] 등 동지들의 헌신적인 정신을 따라 배우고 마르크스주의를 학습하기 위해 최선을 다하며 새로운 지식을 참되게 습득할 것을 희망합니다. 또한 실사구시적으로 대중 속으로, 실천 속으로 들어가 조직성과 기율성을 자발적으로 증강시키고 객관세계를 개조하는 위대한 투쟁에서 자신의 주관세계를 개조하기 위해 노력하는 등 사상적으로 건전하고 기술적으로도 우수하기를 기대합니다.

선진 지식인들의 경험이 증명하다시피 그 누구라도 가령 권위 있는 전문학자일지라도 과학발전과 사회진보가 나날이 새로워지고 있는 현재 이미 거둔 성과에 만족해서는 안 되고 반드시 사상과 업무 차원에서 자신의 수준을 꾸준히 끌어올려야 합니다. 온갖 선진적인 지식인들의 경험은 또 노동자, 농민과 마음을 합치고 최선을 다해 인민을 위해 봉사해야만 자신의 재능이나 빛과 열을 진정으로 발휘할 수 있을 뿐만 아니라 자신이 관장한 지식을 진정으로 인민을 위해 봉사하는 거대한 힘으로 전환시킬 수 있습니다.

90년 전, 엥겔스가 국제사회주의자 대학생 대표대회에 편지 한 통을 보내 그들 가운데서 '정신구동 무산계급'[266]이 산생될 수 있기를 간절히 희망했습니다. 정신구동 무산계급이 체력노동에 종사하는 노동자들과 한 대오에서 어깨를 나란히 하고 혁명 가운데서 거대한 역할을 발휘했습니다.

오늘날 중국의 새로운 역사적 조건에서 엥겔스의 이러한 희망은 전국 범위 내에서 현실이 되고 있습니다. 현재 누군가 "첫째(老大)가 옆으로 물러서자 노구(老九, 막내의 의미 – 역자 주)의 지위가 하늘로 치솟고 있다"고 말하는데, 노동자와 지식인을 '첫째'와 '노구'로 구별하는 것은 옳지 않습니다. '노구'의 지위가 하늘을 치솟고 있다고 말하는데, 이는 더욱 객관사실에 부합되지 않습니다. 우리는 노동자·농민과 지식인이 당의 영도 하에 손에 손을 잡고 서로 힘을 합쳐 함께 비상하고 함께 사회주의 현대화라는 새로운 세계로 비상할 것을 주장합니다.

셋째, 당의 영도와 전문 영도를 갈라놓고 대립시키는 착오적인 경향을 단호히 반대하고, 영도라면 반드시 전문적으로 영도를 실행해야 한다는 정확한 관념을 수립하고, 혁명화를 전제로 해 간부 대오의 지식화와 전문화를 적극적으로 강화해야 합니다.

우리는 사회주의 현대화 건설에 지식과 지식인이 필요하다고 말합니다. 이러한 지도사상이 우선 각급 각 부서의 영도기구 개혁에서 체현될 수 있도록 함으로써 간부대오가 혁명화를 전제로 해 젊음화 · 지식화 · 전문화를 실현하도록 합니다. 그렇다면 일부는 과거 간부대오의 지식수준이 높지 않아도 혁명전쟁에서 승리를 거두지 않았느냐며 되 물을 수 있습니다. 그렇습니다. 우리당의 간부대오가 혁명전쟁 시기 오랜 세월동안 농촌 유격전쟁의 환경에 머물러 있음으로 인하여 확실히 현대 과학적 문화지식이 부족하다는 약점은 존재하고 있습니다. 그러나 우리당은 그 당시의 조건에서도 계획적으로 간부와 전사를 육성하는 걸 소홀히 하지 않았습니다.

옌안과 여러 근거지와 해방구에서 다양한 간부학교를 설립하기도 했습니다. 그 당시 우리가 혁명전쟁을 하면서 근거지를 건설하고 백색지구의 업무에서 절박하게 필요한 군사지식 · 사회지식 · 경제문화지식에 대해 열심히 학습하고 연구해 좋은 효과도 거두었습니다.

노동자 · 농민 출신의 간부든지 아니면 지식인 간부든지를 막론하고 수천수만에 달하는 우수한 각급 지도자를 육성해냈는데, 이중에는 군사 · 토지개혁 · 통일전선 · 재정경제 · 홍보문화교육 등 제반 분야에 종사하는 전문가가 아주 많았습니다. 우리의 투쟁을 전반적으로 인솔한 당 중앙의 영도핵심, 당의 우수한 수령들은 높은 이론문화에 대한 자질을 갖춘 분들입니다. 그들은 중국의 혁명문제를 깊이 연구하고 중국사회의 발전 규칙을 종합함으로써 중국혁명에 관한 체계적인 과학 이론 즉 마오쩌동 사상을 형성할 수 있었던 것입니다. 역사가 증명하다시피, 우리당의 간부대오는 단 한 번도 지식이 없고 우매한 대오였던 적은 없습니다. 당시 혁명 투쟁에서 절박하게 필요한 지식을 관장했을 뿐만 아니라 유능하고 노련했기 때문에 적을 무찌르고 승리를 거둘 수 있는 대오로 성장할 수 있었던 것입니다.

다른 점이라면 오늘의 상황에 근본적인 변화가 생겼다는 것입니다. 사회주의 현대화 건설 사업은 새로운 사업으로 규모가 훨씬 크고 성질이 보다 복잡해졌습니다. 게다가 업종이 비교할 수 없을 정도로 많아지고 군사업무도 훨씬 전문화로 나아갔습니다. 이러한 상황에서 과거에 습득한 지식과 경험으로는 더 이상 현재 필요한 수요를 만족시킬 수 없게 되었습니다. 그러니 현대 과학기술 문화지식을 관장하는 것이 현실 투쟁에서 가장 절박한 수요가 됐습니다. 따라서 현재 우리가 지식화·전문화라는 더 높은 요구를 제기하는 것이 더 정확하고 필요하며 완전히 역사발전에 부합되는 선택이 아니겠습니까?

당의 영도는 정치·사상과 조직 차원의 영도이자 방침정책 차원의 영도로 제반 분야의 업무에 대한 검사와 독촉이기 때문에, 여러 가지 구체적인 업무·기술과 행정 업무를 독단적으로 월권해 대신 처리할 수도 없는 것이고 그렇게 해서도 안 됩니다. 그렇다면 당의 각급 영도간부는 왜 굳이 전문화로 나아가고 프로가 되어야만 할까요? 오늘의 사회주의 현대화 건설 사업에서 정확한 정치영도는 바로 제반 분야에서 4가지 기본원칙을 견지하고 당의 방침과 정책을 본 지역·본 부서의 구체적인 실제와 업무와 결부시키는 한편, 제반 분야의 적극적인 요소를 동원 및 조직함으로써 당이 제기한 전투 임무를 효과적으로 실현하는 것입니다. 이를 실현하려면 당의 각급 영도간부들이 일정한 과학문화의 기초지식을 갖춰야 할 뿐만 아니라, 각자 영도하는 범위 내에서 필요한 전문지식을 익숙하게 하고 업무 분야와 관련된 구체적인 상황을 이해하는 것 외에도 그들의 특수한 규칙을 관장해야 합니다. 그렇지 않으면 허울만 좋은 정치가 되어 버리고 실제와는 동떨어져 하는 일이 없거나 제멋대로 지휘하는 현상이 나타나게 됩니다. 이러한 영도자의 지휘를 받는다면 4개 현대화 건설은 분명 물거품이 되고 말 것입니다. 때문에 남을 영도하려면 반드시 프로가 되기 위해 최선을 다해야 합니다.

마르크스주의 보편적 진리를 사회주의 현대화 건설의 구체적인 실제와 효과적으로 결합시키고 당의 방침과 정책을 제반 분야의 구체적인 업무와 결합시키기 위해 인식론 차원에서 일반과 개별의 관계 문제를 정확하게 이해하고 처리해야 합니다. 마르크스주의는 개별과 일반은 서로 연결되어 있고 일반이 개별에 포함되어 있다고 주장했습니다. 개별을 깊이 있게 인식해야만 일반을 더욱 잘 관장할 수 있고, 일반을 인식한 후에는 계속해서 개별을 깊이 있게 인식해야 합니다.

일반과 개별의 변증법적 관계에 대해 마오쩌둥 동지는 변증유물론 인식론의 본질이라 여기면서 우리가 반드시 시시각각 명기해야 하는 사상방법과 영도방법의 중요한 준칙이라고 주장했습니다. 만약 영도들이 일반적인 '정치적 영도'차원에만 머물러 있고, 개별에 깊이 침투하지 않으며, 효과적인 영도를 위해 필요한 전문지식을 관장하지 않거나 심지어 아마추어가 프로를 영도하는 것이 마땅하다고 여기면서 개별에 깊이 침투하고 필요한 전문지식을 관장하는 것을 거부한다면 이는 아주 위험한 행동입니다. 이는 근본적인 차원에서 전문화의 요구를 말살하는 것이며, 인식을 꾸준히 심화시키고 영도수준을 꾸준히 향상시키는 길을 막아버리는 길입니다.

우리 당과 국가 간부대오의 지식화 · 전문화의 문제는 50년대에 이미 제기된 바 있습니다. 1956년 9월 중국공산당 제8차 전국대표대회 제1차 회의 기간에 마오쩌둥 동지는 중앙위원회의 성격이 중국혁명의 과정을 반영했고, 앞으로는 그 성격이 바뀔 것이라면서 중앙위원회에 엔지니어와 과학자들이 더 많아져야 한다고 강조했습니다. 그러나 이 문제는 각급 영도간부의 젊음화 문제와 함께 시의적절한 해결을 보지 못했습니다. 현재 중앙은 이번의 기구 개혁을 출발점으로 하여 신구 간부의 교체를 통해 간부대오의 젊음화 · 지식화 · 전문화 문제를 연결시켜 점차 해결할 것이라는 결정을 내렸습니다. 즉 대규모 노 동지들이 물러난 후 새로운 동지를 잘 이끄는 것 외에도 덕과 재능을 겸비하고 젊고 혈기왕성한 지식인을 선출해 각급 지도부로 보내고 풍부한 영도경험과 정치수준을 갖춘 간부를 격려 및 조직하겠다는 것입니다. 그러나 문화수준이 너무 낮은 중년 간부는 문화지식을 보충 학습할 결심을 내려야 합니다. 우리 당 사업의 활기찬 발전을 보장함에 있어 원대한 의미를 지니는 전략적인 조치이기 때문입니다.

여러분!

마르크스 서거 100주년을 기념하는 이 시각, 우리는 마르크스 · 엥겔스가 개척한 공산주의 운동이 오늘날 중국에서의 중심 임무가 이미 사회주의 현대화 건설의 새로운 국면을 전면적으로 개척하고, 고도의 민주와 문명을 갖춘 현대화한 사회주의 강국을 건설하기 위한 분투 목표가 되었다는 점을 보았습니다. 이는 그야말로 기쁜 일입니다. 이토록 웅대하고 거대한 임무가 동방의 역사에서 나타났고, 그것도 전체 인류 역사에서 가장 위대한 창조성을 가진 프로젝트로 불린다는 점은 아주 기쁜 일이 아니고 무엇이겠습니까?

이 임무를 완수하기 위해 제기한 일부 중대한 과제는 전 세계 마르크스주의자들이 단 한 번도 부딪혀 보지 못했기 때문에 전혀 해결해 보지 못한 부분입니다. 그렇기 때문에 중국공산당의 여러 갈래 전선과 각 업종의 간부들은 새로운 위대한 투쟁을 위해 다시 학습할 것을 요구하고 있는 것입니다.

우리 당은 건국 전야에 재학습 구호를 제기한 바 있습니다. 마오쩌둥 동지가 '인민 민주독재를 논함'에서 "심각한 경제건설 임무가 우리 앞에 놓여 있다. 우리가 통달하고 있는 부분에서는 손을 떼야 할 때가 되었고, 잘 모르는 부분을 부득이 추진해야 할 상황이 다가오고 있으니, 이것이 바로 어려움이다.", "우리는 반드시 어려움을 극복해야 하고 우리가 잘 모르는 부분을 습득해야 한다. 우리는 모든 프로(어떤 분야든지를 막론함)에게서 경제업무를 배워야 한다."[267]고 강조했습니다. 사실이 증명하다시피 그 당시 재학습 덕분에 우리 당이 혁명전쟁에서 전국의 정권을 관장하는 단계에 순조롭게 들어설 수 있었고, 새로운 인민공화국의 확립과 공고한 국면을 보장하게 되었습니다. 그러나 아쉽게도 그때의 학습을 제대로 견지하지 못했고 더욱이 각급 영도간부들이 현대과학문화 지식, 특히 여러 가지 전문지식을 체계적으로 배워야 하는 임무를 명확히 제기하지 못했을 뿐만 아니라, 이를 위해 장기적이고도 강력한 조치도 취하지 못했습니다.

새로운 역사시기에 들어선 현재 사회주의 현대화 건설의 임무를 두고 우리당은 재학습 구호를 다시 한 번 제기했습니다. 건국 이후 재학습 요구를 제기하기는 이번이 두 번째입니다. 여기에는 두 가지 중요한 내용이 포함됩니다. 하나는 마르크스·레닌주의와 마오쩌둥 사상을 더 잘 관장하는 것인데, 이는 우리 사상과 온갖 행동을 지지하는 이론기초입니다. 다른 하나는 여러 사회과학과 자연과학이나 현대기술과 경영관리 과학을 더 효과적으로 관장하자는 것입니다.

이번의 학습은 4개 현대화 건설의 전반 과정을 아우르고 계획적이고도 절차 있게 전개해야 할 뿐만 아니라, 꾸준히 장기적으로 견지해 나가야 합니다. 이번 학습에서 전국 교육문화사업의 계획적이고도 적극적인 발전이 더해진다면, 억만 노동자와 농민, 그리고 지식인을 비롯한 전국의 상하 기구 및, 각 항 각 업종 종사자들이 과학을 향해 위대한 진군을 할 것으로 예상됩니다.

오늘 기념대회에서 우리가 새롭게 학습할 임무를 제기하면서 마르크스, 엥겔스가 이 부분에서도 우리의 위대한 본보기라는 점을 생각하지 않을 수 없습니다. 마르크스는 정치경제학을 연구하기 위해 40세 이후에도 대수(代數, 보통 방정식에서 문자나 기호 뒤에 숨겨진 값을 찾아내는 방법 - 역자 주)를 복습하고 당시 수학발전의 심오한 부분인 미적분을 학습 및 연구함과 아울러, 공예학 교수의 수업을 일부러 수강하러 가기까지 했습니다.

엥겔스는 변증유물주의 자연관을 창설하는 과정에서 50세 이후에도 수학과 자연과학을 체계적으로 학습하기로 결심했습니다. 엥겔스는 재학습 경력을 되돌아보면서 "수학과 자연과학 분야에서 리비히가 말한 것처럼 철저한 '털갈이'를 하기 위해 노력했다."[268]고 말했습니다. 엥겔스가 여기서 인용한 '털갈이'라는 것은 어떤 의미일까요? 이는 19세기 독일의 유명한 화학자인 리비히가 한 말입니다. 리비히는 "화학이 전에 없는 속도로 성과를 거두고 있다. 그러나 이를 추월하려는 화학자들은 꾸준히 털갈이하는 상황에 처해있다, 비상하는 데에 어울리지 않는 깃털이 날개에서 떨어지고 새로운 깃털이 새롭게 생겨나고 있다. 그러면 보다 힘 있고 가볍게 날아오를 수가 있는 것이다."[269]라고 말했습니다.

리비히의 이 말은 새로운 지식을 꾸준히 습득하고 끊임없이 탐구하며 낡은 것을 타파하고 새로운 것을 창설하려는 과학자들의 고귀한 진취정신을 보여주고 있습니다. 중국공산당과 중국 인민은 오늘부터 결심을 내려 재학습하는 것을 리비히처럼 새의 털갈이에 비유할 수 있지 않을까요? 10억 인구를 가진 중국은 "드리운 날개가 하늘의 구름에 닿는다."[270]는 대붕(大鵬)과 흡사합니다. 재학습을 통해 비상에 어울리지 않는 낡은 깃털을 갈아버리고 새 깃털을 바꾼다면 더 가볍게, 더 강력하게 높은 하늘로 날아올라 하나 또 하나의 높은 봉우리를 넘어 결국 우리의 목적지에 도착할 수 있을 것입니다.

여러분!

마르크스가 서거한지 거의 100년이 흘렀습니다. 100여 년간, 마르크스의 학설은 이미 유럽에서 배회하던 '괴영(怪影)'에서 발전되어 세계 역사의 면모를 깊은 차원에서 꾸준히 바꾸는 거대한 힘으로 부상했습니다. 마르크스주의는 탄생부터 줄곧 국제 무산계급의 단합투쟁을 지도하고 전 세계 피압박민족이 정치적 독립과 경제적 독립을 쟁취하기 위한 지침 역할을 해왔습니다. 현재 위 두 가지 역량이 앞으로의 발전 과정에서 극복해야 할 수많은 걸림돌이 있지만 마르크스의 생전보다는 수 천 수 만 배나 더 강대해졌습니다. 마르크스주의로 인해 우리는 전쟁의 기원과 전쟁을 없앨 수 있는 유일한 길을 과학적으로 인식하게 됐습니다. 비록 현재 인류가 대규모 침략전쟁의 위협에 노출되어 있기는 하지만 전 세계 노동자계급 · 피압박민족과 진보 인류의 공동 분투가 뒷받침된다면 광명은 결국 암흑을 이길 것이라고 믿어마지 않습니다. 마르크스, 엥겔스가 제기한 공산주의의 위대한 이상은 전 세계 무산계급과 온갖 피압박인민, 피압박민족이 해방을 쟁취하고 인류가 아름다운 앞날을 쟁취하기 위해 투쟁하도록 격려하고 있습니다. 이러한 투쟁들이 사회진보를 촉진하는 결코 거역할 수 없는 세계 역사의 발전추세에 융합되고 있습니다.

마르크스는 영원한 존재입니다. 마르크스주의의 위대한 진리의 광명이 영원히 우리 앞길을 비추도록 합시다!

단합을 강화하고 승리의 여세를 몰아 전진하자*

(1983년 5월 20일)

여러분들에게 그리고 신장(新疆)의 영도간부와 전체 당원들에게 바라는 것은 단 한 가지입니다. "단합을 강화하고 승세를 몰아 전진하는 것입니다."

최근 2년간, 신장의 업무가 이토록 큰 진보와 뚜렷한 성적을 거둘 수 있었던 것은 단합하여 문제를 비교적 원만하게 해결한 덕분입니다. 신장에서는 만자 여러 민족의 단합을 얘기해야 합니다. 즉 신장 여러 민족 인민들이 남녀노소를 막론하고 모두 긴밀하게 단합되어야 한다는 것입니다. 둘째, 여러 민족 간부 사이의 대단합입니다. 특히 한족 간부와 여러 소수민족 간부의 대단합을 말합니다. 셋째, 군과 지방, 정부와 인민대중 간의 단합을 말하고, 넷째는 생산건설병단과 지방·대중의 단합을 말합니다. 다섯째는 간부들 사이의 단합, 예를 들면 노동자와 농민 출신의 간부와 지식인 출신 간부, 그리고 이 지역 간부와 저 지역 간부 간의 단합을 말합니다. 여섯째, 여러 민족의 남녀 청소년·어린이를 교육해 그들의 우애와 단합을 증진시켜야 한다는 것입니다. 청소년의 교육문제는 특별히 중요하다고 생각합니다.

다음 세대들이 어려서부터 친밀하게 단합하고 형제처럼 가깝게 지내는 관념을 수립하는 것 외에 민족 대단합이 더 나은 연속성을 유지하도록 할 수

---

* 이는 후야오방 동지가 신장 위그르 자치구 당정군 간부대회에서 발표한 연설문의 일부분이다.

있기 때문입니다. 우루무치(烏魯木齊)에 도착한 후 단위 두 곳에서 찾아와 저에게 축사(祝詞)를 써줄 것을 부탁했습니다. 그러나 저는 써주지 않았습니다. 그러나『신장청년(新疆青年)』에서 축사를 부탁했을 때 처음에는 쓰지 않으려고 했지만 청소년의 교육문제가 특히나 중요하다고 생각되어 아래와 같이 축사를 써주었습니다.

"신장 여러 민족 청년들이 긴밀하게 단합하고 공동으로 진보하며 조국을 사랑하고 변강을 건설하는 선봉이 되기를 희망합니다."

민족단합 문제에서 청소년 교육에 특히 힘써야 합니다. 청년단 업무에 종사해왔던 자로써 자치구 청년단위원회(團委)의 동지들이 이 문제를 중점적으로 해결하기를 희망합니다.

예로부터 우리당은 단합을 당 정치의 대사로 간주해왔습니다. 단합 여부가 예로부터 우리 사업의 흥망성쇠를 가늠하는 기준으로 적용되어 왔습니다. 당·국가·민족이 단합할 때 나라가 흥성하게 발전했고, 이와 반대였을 때는 나라가 침체하고 쇠퇴의 길로 나아갔습니다. 우리는 린뱌오와 '3인방'이 처음부터 우리 당과 인민의 단합을 파괴하고 남에게 손해를 끼치는 것을 시작으로 나중에는 자해로 끝을 맺었다는 점을 명기해야 합니다.

우리는 이러한 역사적 교훈을 절대 잊어서는 안 됩니다. 민족 단합과 당의 단합을 주의하는 자여야 각오와 수준·당성을 갖추었다고 할 수 있습니다. 그러나 이를 무시한다면 각성과 수준·당성을 갖추지 못했다고 할 수 있습니다. 단합에 해가 되는 행동을 한다면 정치적으로 큰 착오를 범한 것과 같습니다.

이리(伊犁)에서도 이 문제에 대해 얘기한 바 있습니다. 우리 국가는 다민족 국가로서 56개 민족이 살고 있습니다. 어떤 민족관계여야 할까요? 마땅히 평등하고 단합되고 서로 도움을 주는 관계이자 형제자매 같은 관계여야 합니다.

우리는 한 몸이나 마찬가지여야 하고, 서로 존중하고 도와주어야 합니다. 여기서 명확한 요구를 제기합니다. 어느 민족간부를 막론하고 모두 앞장서서 민족관계를 잘 이끌어 나가야 합니다. 민족관계를 잘 처리하지 못한 간부는 훌륭한 간부가 아닙니다. 민족관계에 주의를 돌리고 민족단합에 힘쓰는 간부는 모두 훌륭한 간부입니다.

단합은 학문입니다. 그러니 잘 단합하려면 정확한 방법이 있어야 하고 무산계급의 넓은 흉금과 웅대한 기백이 있어야 합니다. 저는 아래와 같은 6가지가 포함되어야 한다고 생각합니다.

1. 먼저 남의 장점을 보고 그들의 장점을 이해해야 합니다.

지도부나 민족 간의 단합을 실현하려면 우선 남의 장점에 눈을 돌려야 합니다. 자신이 잘나고 남이 못한다고 생각한다면 어찌 단합을 잘 이끌어 갈 수 있겠습니까?

2. 문제에 부딪히면 함께 속마음을 털어놓고 상의해야 합니다. 혁명대오에 의견차이가 존재하는 것은 허락합니다. 당내·정부부서 내에 의견차이가 있으면 함께 논의하고 평온한 마음가짐으로 상의해야 합니다. 당의 공식회의에서 말을 잘못했다고 하여 억지로 죄를 뒤집어씌우지 말아야 하며, 당의 생활을 건강한 방향으로 발전시켜야 합니다.

3. 상대방에게 어려움이 있으면 적극적으로 지원해야 합니다. 우리는 남을 돕는 것을 즐거움으로 여기는 뢰봉(雷鋒)의 사상을 따라 배울 것을 제창해야 합니다.

4. 결함이 있으면 진심으로 도움을 주고, 서로 간에 속마음을 털어놓고 의견을 나누어야지 걸핏하면 정치 원칙의 입장에서 문제를 보아서는 안 됩니다.

5. 결함이나 착오에 대해서는 마음을 터놓고 얘기하는 방식을 통해 타일러야 합니다. 만약 듣지 않는다면 비판하고 엄숙하게 처리해야 합니다. 현재 일부 동지들은 착오에 대해 과감하게 얘기하지 못하고 호인 역할만 하고 있는데 사실 좋은 것만은 아닙니다.

6. 단합과 큰 국면, 당의 사업을 위해 손해를 볼 마음으로 과감하게 책임을 짊어져야 합니다. 2년간의 자치구 업무에서 새로운 진전을 가져올 수 있었던 것이 단합을 증진시킨 덕분이라고 한다면, 우리는 이 귀중한 경험을 명기하고 단합에 힘써야 합니다. 승세를 타고 전진하여 한 마음 한뜻으로 단합을 실현함으로써 4개 현대화 건설을 잘 이끌어 나가야 할 것입니다.

중국 국내와 대외 관계에 관한 10가지 문제[*]

(1983년 8월 15일)

첫째, 중일관계와 관계되는 문제.

양국관계가 정상화 된지 약 11년이 흘렀습니다. 우리 입장에서 볼 때 11년간 관계가 양호하게 발전했고 전체적으로 만족스럽다고 생각합니다. 그 사이 문제가 발생하긴 했지만 큰 문제는 아니었습니다. 우리가 '교과서'문제[271]를 제기하는 것은 주의를 불러일으키고 역사교훈을 받아들임으로써 일부 사람들이 더는 군국주의를 주장하지 않도록 하기 위해서입니다. 이는 여러분들의 이익이나 향후 중일 양국관계에 영향을 미치지 않기 위해서이기도 합니다. 우리는 이를 출발점으로 했습니다. 국내 일부 친구들이 이 문제에서 양호한 태도를 취하고 있습니다. 양국 인민의 우호가 천여 년의 역사를 자랑한다고 얘기하는데 이는 사실입니다. 그러나 잊지 말아야 할 부분이라면 천여 년 간 굴곡 있는 길을 걷기도 했다는 점입니다.

지난 세기 말부터 1950년대까지 양국관계는 좋지 않았습니다. 다시 말해서 약 50년간 관계가 나빴다는 뜻입니다. 이는 일본 국내의 집권자와 군국주의자들에 의해 초래되었고, 자국 인민들이 따라서 기만을 당했던 것입니다. 이러한 역사가 존재함으로 해서 10여 년간 우리의 우호관계에 이런저런

---

[*] 이는 후야오방 동지가 야마우치 다이스케 일본 매일신문사 사장과의 담화 내용이다.

의구심이 들었는데 이는 불가피한 부분이었습니다. 그리고 정치나 경제관계와 인적 교류에서의 상호 신뢰의 문제도 뒤따릅니다. 우리는 양국관계가 장기적이고도 안정적으로, 좋은 방향으로 나아가기를 희망합니다. 이는 양국 인민의 근본적인 이익과 관계되기 때문입니다. 그리 되려면 서로의 의견을 꾸준히 교류해 서로 간의 의구심을 해소해야 합니다. 우리는 이럴 의향도 있고 자신감도 있습니다. 우리는 이러한 마음가짐으로 일본을 방문할 예정입니다.

둘째, 아시아지역에 관한 형세.

우리의 총체적인 방침은 아시아지역의 평화안정을 희망하는 것입니다. 기타 지역을 대하는 것처럼 우리는 아시아의 평화와 안정을 위해 계속해서 노력하기를 원합니다. 아시아 지역에는 불안정하거나 평화와 안정을 파괴하는 요소가 존재한다고 말할 수 있습니다. 아시아 지역 국가는 이러한 불안정한 요소를 없애기 위해 함께 노력하고 투쟁해야 합니다.

캄보디아 문제에서 우리의 방침은 아주 명확합니다. 베트남이 완전히 군을 철수하기를 희망합니다. 베트남군이 철거한 후 캄보디아가 평화롭고 중립적이고 동맹을 맺지 않는 국가로 탈바꿈해 시하누쿠 왕을 수령으로 하는 민주 연합정부를 건립해야 합니다.

우리는 캄보디아에서 그 어떤 개인적인 이익을 챙기려는 것이 아닙니다. 베트남이 캄보디아에서 철군한 후 우리는 베트남과의 관계를 전면적으로 정상화할 수 있습니다. 우리는 그들의 땅을 한 치라도 요구할 권리가 없고 계속해서 그들을 반대할 의향도 없습니다.

동남아시아 국가 연합 5개국[272]에 대해 우리는 그들의 의견과 주권을 완전히 존중합니다. 동남아시아 국가 연합의 일부 동지들은 우리에게 의구심을 품으면서 자신들을 괴롭힐까 두려워하고 있습니다. 수십 년이 지났습니다. 중국은 결코 두려운 존재가 아닙니다. 우리는 그런 생각을 한 적이 단 한 번도 없습니다.

조선반도 문제에서 우리는 김일성[273]주석이 제기한 연방제 건립을 하자는 건의를 지지합니다.

셋째, 중국과 소련과의 관계에 관한 문제.

일본에서 중국과 소련의 관계 정상화를 희망하듯이 우리도 이를 원합니다. 우리는 세계 각국과의 관계 정상화를 원하고 있습니다.

1950년대부터 60년대 초기까지 중국과 소련의 관계는 아주 원활했습니다. 정상화 수준을 넘어서 우리는 동맹관계였으니까 말입니다. 우리는 그 당시 어쩔 수 없었습니다. 마오쩌동 주석이 말한 것처럼 우리는 '편파적'[274]일 수밖에 없었습니다. 그때 세계적으로 많은 나라들이 우리를 반대했습니다. 미국과 다수 국가들이 우리를 상대로 봉쇄정책을 실시하면서 우리를 비난하고 인정하지 않는 등 '편파적'이 되도록 압박했습니다,

정상화는 양국 인민에 이롭고 세계 평화에도 유리합니다. 일부 친구들은 중국과 소련의 관계 정상화에 우려를 표하고 있는데 이는 전혀 불필요하다고 생각됩니다. 그렇다면 현재 중국과 소련의 관계가 정상화되었다고 할 수 있을까요? 저는 아직은 아니라고 봅니다.

그러나 궁극적으로 정상화에 들어설 것입니다. 한 시기 정상화 되지 않더라도 언젠가는 반드시 정상화 될 날이 올 것입니다. 그러나 우리는 한 나라와의 관계가 비정상화라고 해서 다른 나라와의 정상적인 관계를 바꿀 의향은 없습니다. 우리는 다수 국가와 평화공존 5항 원칙[158]을 기반으로 관계를 발전시키기를 원하기 때문입니다. 우리는 첫째, 무릇 패권주의를 실시하는 자들을 반대하고 둘째, 평화공존 5항 원칙을 기반으로 모든 나라와 정상관계를 건립할 것이며, 셋째, 제3세계와 비동맹국의 편에 서는 태도를 취하고 있

습니다. 이것이 바로 중국 외교정책의 기본점입니다. 이토 마사요시[275]와 만남을 가졌을 때 저는 일본에서 패권주의를 실시한다면 우리가 반대할 것이지만, 우리가 실시할 경우 일본에서도 반대할 수 있다고 말했습니다. 패권주의를 실시하지 않는 것은 이미 중국의 기본국책으로 되었습니다. 향후 우리는 5년마다 인민대표대회와 당대표대회를 소집하고 매번 패권주의를 실시하지 않을 것을 거듭 강조해 이를 대대로 유지해 나갈 것입니다.

넷째, 중미관계에 관한 문제.

닉슨[276]이 중국을 방문한지 11년의 시간이 흘렀고 중미가 수교관계를 건립한지도 4년이 넘는 시간이 흘렀습니다. 전체적으로 볼 때 양국관계는 양호한 편입니다. 그러나 마음속 응어리는 아직 풀지 못했습니다.

비록 풀지 못할 매듭은 아니지만 결코 풀기 쉽지 않은 것이 바로 타이완 문제입니다. 이는 중국의 국가주권과 관계되는 문제입니다. 다수의 친구들은 중미관계에 우려를 표시하고 있습니다. 우려라면 조금은 과할 듯 하고 관심을 보인다고 말하는 편이 더 나을 듯싶습니다. 우려하기보다는 적극적으로 이 매듭을 풀어나가는 것이 더 바람직하지 않을까요. 이토 마사요시와의 만남에서 저는 일본에서 미국 당국을 타일렀으면 한다고 말했습니다. 우리는 해마다 소식을 보내지만 미국의 일부 지도자들은 못들은 체 하고 있습니다.

타이완 문제에서 우리는 절대 양보하지 않습니다. 새 중국은 어린이가 아니라 이미 34세가 되었습니다. 중국에는 "서른이 되면 자립해야 한다"는 속담이 있습니다. 올해 여러 차례의 교류를 통해 중미관계가 약간의 완화하는 움직임을 보이고 있습니다. 우리는 다만 타이완 문제와 경제교류에서 미국과 원만한 해결을 볼 수 있기를 기대합니다. 경제교류에서 우리를 무시해서는 안 되고 일방적으로 우리와 우호관계를 유지하겠다고 하면서 P조의 범위[277]에 포함시켜서도 안 됩니다. 한 마디로 우리는 미국을 상대로 분수에 넘치는 욕망을 품지 않고 양국관계 발전에서도 허튼 수작을 피우거나 주동적으로 관계를 파괴할 의향이 없습니다.

다섯째, 홍콩에 관한 문제.

기존에 홍콩에 대한 조약은 불평등조약이었기 때문에 우리는 단 한 번도 이를 인정한 적이 없습니다. 이 조약은 1997년이 되어야 만기됩니다. 따라서 1997년 6월 30일에 만기되면 주권행사를 회복할 수 있습니다. 이는 인내의 문제가 아니라 우리가 역사를 존중함으로 하여 형성된 결과입니다.

홍콩 번영을 유지하는 문제, 즉 현재부터 주권행사를 회복하기까지 어떻게 점차적으로 과도기를 넘어서야 할까 하는 문제입니다. 이에 대해 우리는 일련의 체계적인 정책을 세웠습니다. 우리는 홍콩의 번영을 유지하는 것이 결코 문제가 되지 않는다고 봅니다. 홍콩에 거주하는 중국인이든 외국인이든 누구나를 막론하고 전혀 걱정할 필요가 없습니다.

우리가 선전(深圳)에서 성공적으로 경제특구를 설립한 대표적인 사례가 있지 않는가 말입니다. 그러니 홍콩에 대한 주권행사를 회복한 후 홍콩의 번영을 유지하지 못할 도리가 어디 있겠습니까? 게다가 아직은 13년 6개월이라는 시간이 남았기에 우리는 경험을 축적할 수 있지 않겠습니까?

여섯째, 타이완에 관한 문제.

덩샤오핑 동지와 한 미국계 중국인의 담화[278]를 본적 있습니까? 비록 덩샤오핑 동지가 말한 것이지만 원칙은 중앙의 동의를 거쳤기에 이는 우리의 일치된 견해이기도 합니다.

마사요시의 귀띔으로 저는 타이완의 외자가 향후 영향을 받을지 여부를 생각하게 되었습니다. 덩샤오핑 동지의 연설에서 이 문제를 명확히 꼬집지는 않았지만 사실상 이미 이 문제를 해결했습니다. 미국과 일본이 타이완에 투자를 많이 했고 홍콩이나 다른 나라도 일정하게 투자를 했습니다. 덩샤오핑 동지는 타이완이 경제 분야에서의 대외교류가 변하지 않을 것이라고 말했습니다. 저는 외자가 분명히 영향을 받지 않을 것이라 생각합니다.

일곱 번째 문제, 중국 경제건설에 관한 문제.

마사요시는 중국의 4배 목표를 높이 평가했는데 이에 감사를 드립니다. 중국의 당과 인민, 특히 경제업무에 종사하는 동지들은 4배 목표에 대한 자신감이 갈수록 향상되고 있습니다. 그러나 4배 목표는 결코 쉬운 것이 아닙니다. 목표에 이르려면 아직도 해결해야 할 일련의 문제들이 많이 남아 있습니다. 첫째, 설비를 갱신하고 기술을 개조해 경제효과를 향상시키는 문제, 둘째, 경제체제 개혁문제, 셋째, 기술과 외자 등을 끌어들이는 문제입니다.

따라서 4배의 성장목표를 실현하려면 다년간 꾸준히 노력하는 것이 뒷받침 되어야 합니다.

마사요시가 농촌에서 새로운 정책을 실행한 후 나타나는 뚜렷한 빈부격차 문제를 어떻게 할 것인가 하는 문제를 제기했습니다. 이에 제 생각을 얘기하려고 합니다. 4년 전에 농촌은 보편적으로 무척 가난했습니다. 지금도 가난한 곳은 여전히 있습니다. 그러나 최근 몇 년간의 결과는 어떠한가요?

보편적으로 모두 부유해졌습니다. 일부는 빨리 부유해지고 일부는 그 속도가 조금 느립니다. 이곳이 부유해지고 다른 곳이 가난해진 것은 아닙니다. 다만 부유해지는 속도에 일정한 차이가 있을 뿐입니다. 우리는 해마다 농촌으로 내려갑니다. 그래서 일본 친구들에게 현재 일부 지역은 베이징 사람들보다 더 잘 먹고 더 잘 입고 다닌다고 자신 있게 말할 수 있습니다. 산동·장쑤·저장·광동이 바로 그러한 곳입니다. 신장의 일부 지역도 마찬가지입니다. 모든 곳이 아니라 일부 지역에서 농민들의 수입을 2배·3배·4배 끌어올리겠다는 것입니다. 중국 특색의 사회주의라는 것은 무엇일까요? 간단히 말하자면 중국의 체적인 실제에 따라 행동하는 것입니다.

왜 이 말을 강조하는가 하면 아래와 같은 두 가지 의미 때문입니다.

1. 당원과 인민이 교조주의와 본본주의(本本主義)를 버리고 정의가 아닌 실제로부터 출발할 것을 알려주려는 것입니다. 2. 사회주의를 실시하려는 기타 국가에 우리의 것을 그대로 베끼지 말 것을 알려주는 것입니다.

여덟째, 당·정·군에 대한 정돈 문제와 교대에 관한 문제.

우리는 당 정비를 진행할 예정입니다. 올 겨울부터 1986년까지 즉 3년 내 완성해야 합니다. 당을 정비하려면 당연히 목적이나 방법 그리고 절차가 있어야 합니다. 우리는 당 정비를 통해 훌륭한 부분을 고양시키고 나쁜 부분을 극복해야 합니다.

최근 몇 년간 우리는 줄곧 정책의 연속성 문제에 대해 주목해왔습니다. 우리는 제3제대(梯隊) 문제를 제기했습니다. 50세 전후, 40여 세, 심지어 30여 세 사람들이 바로 제3세대 후보들입니다. 지도부 성원이 젊고 지식이 풍부하면 당면한 업무에 아주 유리합니다. 정책의 연속성 문제에 대해 재작년에 우리는 역사문제를 주제로 한 결의를 진행하는 등 제반 분야의 문제를 보다 뚜렷하게 얘기했습니다. 비록 당내와 사회에서 일부 동란을 야기 시킬 수 있는 요소가 있기는 하지만, 큰 역할을 일으키지는 못하고 있습니다. 현재 가장 주목하는 문제는 바로 간부의 젊음화와 지식화입니다. 이는 우리 전 당의 한결같은 견해입니다. 혁명화의 전제 하에서 간부 대오의 젊음화와 지식화 문제를 잘 해결한다면, 정책의 연속성 문제를 해결하고 결국에는 4개 현대화 건설 문제도 해결할 수 있을 것입니다.

아홉 번째, 중국 국경지역의 개발에 관한 문제.

얼마 전 저는 서북과 서남의 문제를 중점적으로 언급했습니다. 위 두 곳의 상황을 아직은 완전히 파악하지 못했습니다. 그러나 서북과 서남에서 아래와 같은 3가지 문제를 명확히 했습니다. 첫째, 지역이 넓고, 둘째 인구가 적고, 셋째 자원이 풍부하다는 점입니다. 그러면 어떻게 개발해야 할까요? 30년의 시간이 걸려야 한다고 봅니다.

일부 일본인은 중국인이 이토록 많은데 앞으로 어떻게 해야 할지, 대외확장을 추진하지는 않을지 고민하고 있습니다. 우리는 그들의 이러한 오해를 풀어주어야 합니다. 일본의 토지는 약 38만 제곱킬로미터에 달해 1억여 명의 인구를 먹여 살릴 수 있습니다. 우리는 전 세계에 안민(安民)공지를 발표할 수 있습니다. "우리는 960만 제곱킬로미터에 달하는 땅이 있어 발전의 여지가 아주 큽니다. 대외확장을 할 만한 능력이 없거니와 이는 중국 인민의 이익을 위배되는 행동이기도 합니다."

열 번째 문제, 일본 방문에 관한 문제.

스즈키[279] 전 총리와 나카소네[280] 현 총리는 모두 저에게 방문해 줄 것을 요청했습니다. 이는 우리의 관계가 양호하다는 점을 말해줍니다. 과거에 우리나라 지도자들의 방문은 평화·우의·지식을 추구하기 위한 목적에서 이뤄졌습니다. 현재는 이미 평화를 실현했습니다. 그래서 저의 이번 방문은 우의를 다지고 지식을 추구하는 데 목표를 두었습니다. 한 마디로 일본·영국·프랑스·독일·소련에 대해 우리는 모두 한 가지 원칙을 지킵니다. 바로 인민의 우의를 발전시키고 선진적인 경험을 배우는 일입니다. 이 부분은 영원히 변하지 않습니다. 일본은 위대한 민족으로 우리가 본보기로 삼고 따라 배울만한 것이 아주 많습니다. 우리는 세계의 크고 작은 나라의 우수한 것을 최대한 받아들이자는 생각을 갖고 있습니다. 이 목표를 실현하려면 수많은 어려운 업무를 해나가야 합니다.

마지막으로 '마이니치(每日) 신문'이 꾸준한 발전을 가져오고 상호 신임을 바탕으로 한 우호적인 역사를 개척해 나가기 위해 함께 노력하기를 바랍니다! 신문을 빌어 일본 인민에게 안부를 전하고 싶습니다.

영광스럽거나 수치스럽거나[*]

(1983년 8월 30일)

당 중앙과 국무원은 도농(都農)에서의 집체경제와 개체경제를 충분히 지지합니다. 집체와 개인 노동에 종사하거나 나라의 부강과 인민의 생활에 편리를 도모하기 위해 헌신하는 동지들에게 경의를 표합니다.

현재 사회에 존재하는 일부 부패 관념이 우리의 앞길을 가로막고 있습니다. 사회 여론에서 일부 시비의 기준이 아직은 명확하지 않습니다. 예를 들면 영광과 수치의 기준이 무엇인지에 대해서는 아직 명확하지 않습니다. 그러나 아래와 같은 문제는 자주 부딪치게 됩니다. 전민 소유제는 영광스럽고, 집체소유제는 수치스러운 일이며, 개체 경영을 하면 체면을 구기는 일로 대상을 찾기도 어렵습니다. 간부라도 학교에 가야 영광스럽고 그렇지 않으면 체면을 구기는 일이라는 것입니다. 그렇다면 영광과 수치에는 어떤 기준을 적용해서 구분해야 할까요? 이 문제를 명확히 하지 못하고 강대한 사회 여론을 형성하지 못한다면 일부 시비의 옳고 나쁨을 구분하기가 어려워 보다 나은 발전의 걸림돌이 되고 말 것입니다.

전민 소유제 기업에서 근무하면 좋을까요? 나쁠까요? 당연히 영광스러운 일입니다. 그러나 모든 전민 소유제 기업의 직원이 그토록 영광스러운 것만

---

[*] 이는 후야오방 동지가 전국 집체경제와 개체경제 발전시켜 도농 청년 취직을 배치한 선진표창대회 대표를 접견했을 때의 연설문 요점이다.

은 아닙니다. 출근만 하고 일은 하지 않거나 일을 해도 힘을 들이지 않거나 효율이 떨어지거나 분배에 복종하지 않고 대우나 노임에 불만을 품거나 심지어 탐오하고 절도까지 해서 국가재산을 점하고 있는 자들이 영광스럽다고는 할 수 없는 것 아닙니까? 그렇기 때문에 우리는 문제의 내용이나 본질을 보지 않고 겉모습만 보아서는 안 됩니다. 대학에 가면 좋을까요? 나쁠까요? 당연히 좋은 일입니다.

우리나라는 대학생 수가 늘어난 것이 아니라 오히려 줄어들었습니다. 대다수의 대학생은 훌륭합니다. 그러나 일부 대학생들을 보십시오. 나라에서 수만 위안을 들여 육성했는데 졸업하고 나서는 톈진·난징·상하이·베이징만 고집하고 다른 곳에는 가지 않으려고 합니다. 이러한 행동을 과연 영광스러운 일이라 할 수 있겠습니까? 대학교만 졸업하면 남보다 우월한가요? 그렇지 않습니다. 입당하면 좋을까요? 나쁠까요? 당연히 좋습니다. 그러나 만약 입당 후 표현이 나쁘고 합격자가 되지 못한다면 이는 영광스럽기보다는 오히려 수치스러운 일입니다.

집체노동이나 개체노동 종사자는 모두 영광스럽습니다. 왜냐하면 나라와 인민을 위해 기여했기 때문입니다. 한 자료를 통해 본 사실인데, 1982년 집체 공업생산액이 1천 193억 위안에 달해 전국 공업 총생산액의 21.4%를 차지했습니다. 집체 공업생산액 가운데서 경공업생산액이 68.4%를 차지했습니다. 올 상반기 집체 경제종사자가 2천 81만 명에 달했습니다. 만약 집체 경제와 개체 경제가 인민의 의식을 위해 봉사하지 않는다면 시장과 인민생활은 어떤 모습을 하고 있을까요?

전국의 개체 노동자가 이미 186만 명에 달합니다. 업종에 따라 분류할 경우 상업이 54%를 차지하고 음식서비스업이 9.3%, 수리업이 7.2%를 차지합니다. 수리업 비율이 제일 적은 것은 사람들이 이 분야에 종사하려 하지 않기 때문입니다. 중국은 착취제도를 폐지했습니다. 무릇 국가와 인민에 유익한 노동은 모두 영광스러운 사업입니다. 일부 사람들은 이러한 관점을 인정하지 않거나 심지어 반대하는데 이는 완전히 착오적인 것입니다.

영광과 수치에 적용하는 명확한 기준이 있어야 합니다. 무릇 성실하게 노동하고 국가와 인민을 위해 기여하는 노동자는 모두 영광스럽습니다. 어렵고 위험한 환경 속에서 크게 기여한 동지들이 가장 영광스럽습니다. 범죄자와 싸우고 기술과 재료에서의 어려움을 돌파해 스스로의 힘으로 국면을 개척하고 성적을 거둔 동지들이 가장 영광스럽습니다. 그렇다면 무엇을 수치스럽다고 해야 할까요? 편한 것만을 꾀하고 일하기 싫어하며 노동규율을 위반하는 것이 수치스러운 것이고, 그 중에서도 기율과 법을 어기는 것이 가장 수치스러운 일입니다. 우리는 반드시 낡고 부패한 사상을 없애고 정확한 관념을 수립해야 합니다.

동지들이 돌아가서 이 말을 반드시 전했으면 합니다. 집체경제와 개체경제의 노동자들이 국가에 손을 내밀지 않고도 나라의 부강을 위해, 인민의 생활에 편리를 도모해 주기 위해 크게 기여한 데 대해 당 중앙은 그들에게 경의를 표하고 안부를 전한다고 말입니다.

처음으로 선진대표로 당선된 여러분들의 이름이 이미 영광수첩에 기록되었고, 사업의 역사에 남겨졌습니다. 이는 좋은 일입니다. 그러나 만약 제대로 이끌지 못한다면 나쁜 일이 될 수도 있습니다. 만약 누군가 짐을 지고 더는 노력하지 않으면서 영광을 뒷전으로 한다면, 좋은 일도 나쁜 일로 바뀌게 됩니다. 여러분들이 영광된 전통을 고양시켜 나라의 부강을 위해, 인민 생활의 편리를 위해 집체경제와 개인경제를 발전시키는 선두에 서서 꾸준히 달려나가기를 기대합니다. 직무로 돌아간 후에는 노력에 노력을 더 해 큰 영광을 쟁취할 수 있기를 진심으로 기원합니다.

농촌 상품경제에 대한 적극적인 발전 및 보호[*]

(1983년 12월 22일)

중국의 농업 생산이 해마다 풍작을 거두며 전성기에 들어서고 있는데, 이는 중국의 정책이 옳다는 점을 말해줍니다. 이 길을 따라 계속해서 걸어 나간다면 농업형세가 80년대뿐만 아니라 90년대에도 양호할 것으로 예상됩니다. 농업이 크게 발전하긴 했지만 농업면모의 변화에 대해 지나치게 높게 예측해서는 안 됩니다. 전반적으로 볼 때 아직은 단지 먹고 입는 문제만을 해결했을 뿐이지 농촌의 후진적인 면모를 바꾸지는 못했기 때문입니다. 양식도 기준 미달입니다.

전 당은 농업을 중시하면서 농업을 큰 과제로 간주해야지 이를 잊거나 긴장감을 늦추어서는 안 됩니다. 80년대고 90년대고 모두 긴장감을 늦춰서는 안 됩니다. 농업은 안정과 단합의 기반이자 국민경제 발전의 기반이기도 합니다. 농촌업무에서 각급 정부와 간부들은 백성들의 민력을 아끼고 농민들의 적극성을 보호해야 합니다. 농민들의 부담을 가중시키지 않아야 할 뿐만 아니라 불합리한 여러 가지 배당이나 가렴잡세를 단호히 금지해야 합니다.

우리는 농민수입을 자급과 상품 부분으로 나누어야 합니다. 자급 부분에는 저급·중급·고급에 대한 기준이 있습니다. 어떤 수준이든지를 막론하

---

* 이는 후야오방 동지가 중공중앙서기처회의에서 '1984년 농촌업무에 관한 중공중앙의 통지'를 논의·심의할 때 발표한 연설문의 요점이다.

고 중국의 자연경제를 상품경제로 전환시켜야 하는 문제는 반드시 해결해야 합니다. 사회주의 상품경제를 적극적으로 발전시키고 농민들이 상품경제를 발전시키도록 적극적으로 밀어주어야 합니다. 만약 당의 업무, 경제업무, 재정업무 종사자들에게 농민들이 상품경제를 적극적으로 발전시키도록 도와주고 지원하려는 생각이 없다면, 농민들은 부유해지기 어렵습니다. 이러한 부분이 새 문제이고 새 사물입니다. 3년 전에는 농민들의 먹고 입는 문제를 해결하지 못했기 때문에, 우리는 "상품경제를 적극적으로 발전시키자"는 구호를 제기할 수가 없었습니다. 그러나 현재는 당당하게 제기할 때가 되었습니다. 동지들에게 이러한 지도사상을 전수해야 합니다.

18억 혹은 20억 무(畝, 1무=666.67㎡)의 토지에만 눈길을 돌리고 양식에만 주목해서는 안 됩니다. 농민들이 점차 경작지라는 좁은 범위에서 한 걸음씩 적극적으로 걸어 나와 땅을 떠나도 고향을 떠나지는 않도록 도와주어야 합니다.

경작지를 떠난다면 무엇을 해야 할까요? 첫째, 여러 가지 양식업, 둘째, 개발업, 셋째, 산림업, 넷째, 가공업 특히 사료공업, 식품공업, 다섯째, 운수업, 여섯째, 서비스업, 일곱 번째, 건축업, 여덟 번째, 채광업 등에 종사할 수 있습니다. 출로는 여러 갈래입니다. 20세기 말 혹은 21세기 초에는 재배업 종사자를 3억 명 정도로, 약 30% 정도 축소해야 합니다. 현재 이러한 구호를 제기하지 않아도 우리는 마음속에 생각이 있어야 합니다. 만약 생각이 없다면 방침 차원에서 지도할 방법이 없습니다.

전문 농가를 보호하고 지지하고 발전시켜야 합니다. 이는 우리가 새로운 형세를 바탕으로 제정한 새 정책·새 방침입니다. 실제업무에서 일부 결함이 생겼을지라도 바로잡기만 하면 괜찮습니다. 그러나 이러한 방향은 동요되지 말아야 하는데, 일단 동요하면 성공할 수가 없기 때문입니다. 당연히 전문 농가를 보호하고 발전시킴에 있어 단지 현 수준에 만족해서는 안 되고, 우리의 정책을 꾸준히 보완하는 한편, 정책의 힘을 바탕으로 전문 농가를 꾸준히 발전시키고 수준을 향상시켜야 합니다. 농업 분공이 발전할수록 농민들이 더 빨리 부유해지고 상품경제 발전도 더 빨라진다는 점을 우리는 깨달아야 합니다.

농촌 상품경제를 보호하고 발전시키려면 3가지 사항을 확고히 실행해야 합니다.

첫째, 전문 농가를 보호하고 발전시켜야 합니다. 둘째, 유통 루트를 적극적으로 소통시켜 국가 · 집체 · 개인, 그리고 육 · 해 · 공을 함께 동원해야 합니다. 제품은 유통을 거쳐야 상품으로 됩니다. 만약 유통을 없애거나 유통이 원활하게 돌아가지 않아 상품이 유통되지 못한다면 이때의 제품은 상품이 아닙니다. 따라서 상품과 유통은 자매관계로 쌍둥이 같은 존재입니다. 상품경제를 발전시키려면 유통 루트를 잘 소통하도록 해 주어야 합니다. 셋째, 농민들이 생산과 소비관계를 정확히 처리하도록 도와주어야 합니다. 예금을 적당히 제창해야 하지만 도를 넘는 제창은 생산을 발전시키는 데 불리합니다. 마르크스주의 경제학은 생산과 소비를 서로 촉진시키는 관계로 간주하면서 소비를 지나치게 억제하면 생산을 발전시키는 데 이롭지 않다고 주장했습니다.

올해 초 덩샤오핑 동지가 시비를 가늠하는 가장 중요한 기준이 바로 인민들의 부유여부를 보는 것이라고 말했습니다.[281] 관자(管子)는 "치국의 방도는 백성들이 먼저 부유해지는 것이다."[282]라고 말했습니다. 훗날 사마천(司馬遷)은 『사기』에서 이 말을 "치국의 방도는 백성들이 먼저 부유해지는 것을 시작으로 한다"[283]로 바꾸었습니다. 이러한 전략적 사상은 정확한 것입니다. 소련이 왜 수십 년 동안 부유해지지 못했을까요? 소련 지도부에서 백성을 마음에 두지 않고 다만 강철생산을 추진하고 군비를 확장하고 세계를 제패하는 데만 열을 올렸기 때문입니다. 중국공산당 11기 3중전회[77]가 왜 만 백성의 마음을 얻을 수 있었는지 아십니까? 중국 특색의 사회주의가 백성들이 지혜와 노동을 거쳐 부유해지도록 이끌었기 때문입니다. 나라가 강해지면 불패의 자리에 우뚝 설 수 있는 것입니다.

최고의 추억*

(1983년 12월 26일)

12월 26일은 중국의 여러 민족 인민들이 영원히 그리워할 만한 날입니다. 90년 전 이날 바로 마오쩌둥 동지가 탄생했기 때문입니다.

마오쩌둥 동지가 탄생하기 전의 50여 년간과 탄생 후의 50여 년간을 합쳐 100여 년이 넘는 시간 동안 중국에는 먹구름이 낀 세월이었고, 중국 인민이 외국 제국주의, 자국 봉건주의의 강대한 적들과 반복적으로 겨루고 치열하게 투쟁하는 연대였습니다. 위대한 투쟁 연대에는 반드시 탁월한 인물이 나타나기 마련이며, 이들은 또 역사의 발전을 추진하게 됩니다. 마오쩌둥 동지는 100여 년간 중국에서 가장 위대한 인물이자 가장 탁월하게 기여한 인물이기도 합니다.

세계에서 선진 사상을 가진 자들은 모두 일찍부터 중국 인민의 위대한 투쟁에 크게 주목하고 있었습니다. 1857년 마르크스와 엥겔스가 태평천국 혁명의 흥기와 중국 인민들의 외래 침략자를 향해 완강하게 투쟁하고 있다는 사실을 알게 되었을 때, 몇 년 지나지 않아 중국에 더 큰 투쟁이 발발하게 될 것이며, 이를 시작으로 사람들은 아시아가 새로운 시대에 들어서는 희망을 보게 될 것이라고 예언했습니다.

---

* 이는 후야오방 동지가 1983년 2월 26일 『인민일보』에 발표한 글이다.

1913년 손중산 선생의 영도 하에 중국혁명이 기세 드높이 일어나고 있을 때, 그는 엄청난 세계 폭풍의 새 원천이 이미 아시아에서 용솟음쳐 나왔다고 높이 평가했습니다. 그는 또 아시아의 폭풍이 유럽에도 영향을 미칠 것이라고 말했습니다.

비록 중국의 민주혁명 선구자들이 중국의 운명을 바꾸지는 못했지만, 국제 마르크스주의 선도자들의 예언은 결코 물거품으로 되지 않았습니다. 1921년 중국공산당이 탄생했습니다. 중국공산당은 마오쩌동 동지와 기타 수많은 마르크스주의 혁명가의 영도 하에 새로운 사상과 선인을 초월하는 투쟁규모로 28년 동안 용감하고도 완강한 투쟁을 거쳐 마침내 근대 중국 사상 지사인인(志士仁人)들이 생전에 이루지 못한 염원을 실현했습니다.

중국혁명의 승리는 러시아의 10월 혁명에 이어 인류 역사상 또 한 차례의 비약이었습니다. 전 세계 인구 총수의 4분의 1을 차지하는 나라에서 발생했기 때문에 세계의 역사발전에 거대한 영향을 미칠 수밖에 없었습니다. 중국 2천여 년의 봉건주의 통치와 100여 년간 중국에 대한 제국주의의 압박을 끝냈을 뿐만 아니라, 중국 인민이 아름다운 공산주의 사회로 나아가는 길을 개척해주었습니다. 중국혁명의 위대한 승리로 인해 중국의 여러 민족 인민은 기쁨을 감추지 못했습니다. 이는 피압박 민족·피압박 인민과 전체 인류의 심금을 울렸습니다.

중국공산당과 중국혁명에서 마오쩌동 동지의 지위와 역할에 대해서는 그 누구도 어깨를 나란히 할 자가 없습니다. 그는 우리 당의 창시자이자 영광스러운 중국 인민해방군의 주요한 창조자입니다. 그는 또한 중국혁명이 가장 어려울 때 가장 먼저 혁명이라는 정확한 길을 모색해냈습니다. 그는 전 당의 지혜를 꾸준히 모아 마르크스·레닌주의의 보편적인 진리를 중국혁명의 구체적인 실천과 결부시켜 정확한 전략을 제정했을 뿐만 아니라, 일련의 정확한 이론과 정책을 점차 형성시켰습니다. 이것이 바로 우리가 늘 얘기하는 마오쩌동 사상입니다. 마오쩌동 사상은 중국혁명이 역전승을 거두고 거듭 승리를 거두는 정신적 무기가 되었을 뿐만 아니라, 마오쩌동 사상이 세계를 인식하고 개조하는 입장·관점·방법은 우리가 사회주의 혁명과 사회주의 건설의 승리를 꾸준히 쟁취하는 지침이 되고 있습니다. 마오쩌동 동지의 공적은 천추에 길이 빛날 것이고 그의 사상은 영원히 눈부실 것입니다.

마오쩌동 동지가 이처럼 위대한 성과를 거둘 수 있었던 것은 결코 우연히 아닙니다.

소년시절부터 구국에 대한 포부를 품었고, 청년 시절에는 마르크스주의자로 성장한 후 중국 인민의 해방사업에 헌신했을 뿐만 아니라, 이를 위해 평생을 분투했습니다. 오랜 세월의 혁명전쟁 시기에는 군무에 바쁜 가운데서도 부지런히 조사하고 학습하고 사고하면서 인민·사회·선인들에게서 지식을 추구하는 발걸음을 늦추지 않았습니다. 그는 배우면서 가르치기도 해 학생과 스승 두 가지 신분을 모두 가지기도 했습니다. 우리 당의 우수한 기풍과 학풍을 형성하는 데에도 늘 주의를 기울였습니다. 그의 박학한 지식에 그와 접촉했던 자들은 모두 놀라움과 경탄을 금치 못했습니다. 그의 놀라운 정신력과 체력은 그의 위대한 혁명에 대한 포부와 하나로 연결되어 있었습니다. 마오쩌동 동지의 이러한 혁명정신은 우리가 영원히 따라 배워야 할 부분입니다.

마오쩌동 동지의 과학사상과 혁명사상은 한 세대 또 한 세대를 거치면서 중국의 마르크스주의자를 육성해냈습니다. 현재 우리 당의 각급 영도 핵심들을 보면 그의 과학사상과 혁명사상의 영향과 단련을 받지 않은 사람이 없습니다. 나도 그의 직접적인 지도 아래 성장한 사람입니다.

마오쩌동 동지를 처음 본 것은 1933년이었습니다. 1936년 처음으로 직접 그의 가르침을 받을 수 있었습니다. 1937년 중국인민항일군정대학[284]에서 학습할 때, 그의 「실천론」과 「모순론」의 철학과를 바로 제가 있던 그 학급에서 강의했습니다. 그해 가을에 중국인민항일군정대학 당 총지부 서기직을 저에게 맡길 것을 그는 건의했습니다. 그는 저에게 당의 총지부 업무를 잘 이끌어 나가야 한다고 가르치면서, 그러려면 우선 학교 간행물을 잘 만들어야 한다고 말했습니다.

학교 간행물 제1기를 보고나서 그는 자체적으로 창작한 글이 없다고 비판하고는 자진해서 유명한 전투 격문인 "자유주의를 반대하자"를 지어서 주었습니다. 이 자리에서는 다만 제가 21살 이전에 그와 접촉했을 때의 모습만을 언급한 것입니다. 그 후 저에 대한 꾸준한 가르침이나 간곡한 타이름은 수도 없이 많았습니다. 우리의 경력은 우리 당의 젊은 간부 육성에 관심을 두는 수천수만에 달하는 사례 중 하나에 불과합니다. 우리 당은 미래를 관장하는 당입니다. 우리 당 사업의 연속성을 생각해서라도 노 동지들은 마오쩌동 동지처럼 젊은 간부의 성장에 관심을 기울이고, 이를 자신의 지극히 중요한 역사적 사명으로 간주해야 할 것입니다.

수많은 위대한 역사인물들처럼 마오쩌동 동지도 실수를 했습니다. 그는 만년에 심각한 실수를 하여 우리 당을 극심한 곤경으로 빠뜨렸습니다. 숭고하고 위망이 있는 데다 또 방금 세상을 떠난 위대한 영수의 실수를 우리는 과연 어떤 안목으로 봐야 할까요? 당내 일부 동지들 중 특히 당시의 일부 책임자들은 마오쩌동 동지가 남긴 극히 귀중한 유산을 회복하고 발전시키려는 것이 아니라, 만년의 그의 착오를 계속해서 추진할 계획을 가졌었습니다. 그리고 일부 동지들은 수십 년간 마오쩌동 동지를 따랐는데 이제 와서 그를 비판하려고 하니 마음에 걸린다고 했습니다. 또 일부는 공개적으로 그의 착오를 비판함으로써 우리 당이 혼란에 빠져 당에 대한 신임이 깨지는 위기가 발생할까봐 우려하기도 했습니다.

이밖에 일부 극단적으로 생각하는 자들도 있었습니다. 즉 마오쩌둥 동지의 만년의 착오를 강조하여 그의 위대한 기여를 무효화 하여 당을 기로에 빠뜨리려고도 했습니다.

그러나 우리 당은 다양한 교란에도 넘어가지 않았습니다. 우리 당은 감정으로 혁명의 이성을 절대 대체할 수 없고, 형이상학의 방법이 우리가 견지하는 엄격한 변증유물주의와 역사 유물주의가 아니라는 점을 뚜렷이 인식하게 됐습니다. 우리 당은 원로 일대 혁명가의 계발과 인내성 있는 설득 하에 마오쩌둥 동지에 대해 전면적인 평가를 내리고, 그가 성공하거나 실패한 이유 및 그 교훈을 깊이 있게 분석했습니다. 어지러운 세상을 바로잡아 정상으로 돌리기 위해 수년간 노력한 덕분에 우리는 마오쩌둥 사상의 기존 모습을 회복했고, 새로운 조건 하에서 다소 발전을 가져왔습니다. 현재 전 당·전군·전국의 여러 민족과 정직한 국제인사들은 중국이 그 어떤 풍랑의 어려움도 이겨낼 수 있고, 우리 당에 그 어떤 위기가 아닌 활기로 충만 되어 있다는 점을 모두 보았습니다.

당연히 우리 앞에 놓인 문제도 많습니다. 린뱌오와 '3인방', 그리고 장칭 반혁명그룹이 마오쩌둥 동지의 실수를 이용해 진행한 흉악한 파괴 탓에 우리 당이 심각한 박해를 당했고, 그만큼 더러운 때와 먼지에 오염됐었습니다. 어지러운 세상을 바로잡아 정상으로 돌리는 국면을 기본으로 실현한다는 조건하에서 우리는 시의 적절하게 당을 바로잡는 구호를 제기했습니다. 이는 우리 당의 우수한 전통을 고양시키고 당의 정치생활을 건전히 하며, 아직은 제대로 아물지 않은 상처를 치료하고 아직은 완전히 없애지 못한 더러운 때와 먼지를 제거하기 위해서입니다.

이론과 문예업무 종사자들은 '영혼 공정사'의 영광스러운 책임을 소중히 여기고 사회주의 정신문명 건설과 사상 오염을 제거 및 방지하기 위해 최선을 다해야 합니다. 우리 당은 4천만 명의 당원을 소유한 큰 당으로, 국가정치 생활에서 지도적 지위를 차지하고 있고, 전국 인민들은 모두 당 기풍의 근본적인 호전에 큰 관심을 기울이고 있습니다. 현재 우리는 이미 당을 바로잡는 것에 대해 주도면밀하게 조치했고, 당 내외 대중들의 옹호를 받고 있으므로 3년간의 정돈을 거치고 나면 우리 당이 보다 견강하고 활기찬 자태로 전국 10억 국민을 이끌고 중국공산당 제12차 전국대표대회가 정한 웅대한 목표를 향해 나아갈 수 있을 것이라고 믿어 의심치 않습니다.

우리 앞에 놓인 극히 힘든 임무는 국정에 따라 우리나라를 현대화한 사회주의 강국으로 건설하는 것입니다. 다시 말해서 덩샤오핑 동지가 제기한 중국 특색의 사회주의 건설이 그것입니다. 누군가 '중국 특색이 있는 사회주의'라는 기존의 답안을 제시할 수 없는가 하고 묻기도 했습니다. 우리는 사전에 정해진 기존 답안은 없고 있을 수도 없다고 말하고 싶습니다. 우리는 정확한 이론 지도하에 꾸준한 실천을 통해 우리의 인식을 넓혀야 합니다.

레닌이 말한 것처럼 이론은 실천에 활력을 부여해야 하고 이를 실천으로 수정하고 실천으로 점검해야 합니다. 또 누군가는 답안이 없다고 할지라도 국제상의 한 가지 모델을 기준으로 하면 안 되냐고도 물었는데, 우리는 안 된다고 답했습니다. 각국의 사정이 다르고 국가의 사회주의 건설 사업은 불가피하게 자체의 특점을 갖고 있습니다. 중국처럼 경제문화 기반이 후진적인 나라라면 사회주의 건설에서 일련의 특수한 문제에 부딪히게 되기 때문에 자국의 조건에 부합되는 일련의 특정된 절차를 취하지 않으면 안 됩니다. 일반적인 사회주의 규칙이나 일부 모델에만 의존하면 된다고 여기는 동지들은 "방식과 공동 경험이 많을수록 사회주의 승리가 더 믿음직하고 빨리 실현될 수 있으며, 실천도 더 쉽게 형성될 수 있다. 실천을 통해야만 최고의 투쟁방식과 수단을 창조할 수 있다."[285]는 레닌의 명언을 잊어버린 듯합니다.

실천은 위대한 학교입니다. 실천 가운데서 용감하게 탐색하는 혁명 기풍을 고양하고 마르크스 · 레닌주의, 마오쩌둥 사상의 최고봉에 오를 수 있도록 최선을 다해야 합니다.

마오쩌둥 동지가 수십 년간 가시덤불을 헤치며 세운 위대한 공적은 우리가 감동받고 분발하도록 이끌며 우리는 그가 채 완수하지 못한 사업을 위해 앞으로 나아가도록 노력하고 있습니다. 우리는 마땅히 노력에 노력을 경주하여 기필코 완수해야 할 것입니다.

당을 정비하는데 무엇을 확고히 해야 할 것인가?*

(1984년 1월 17일)

최근 몇몇 성을 돌아보면서 당 정비 업무에 존재하는 일부 문제점들을 이해하게 되었습니다. 아래에서 몇 가지 건의 사항을 말하고자 합니다.

중앙의 당 정비 업무 지도위원회는 3개월의 업무를 거쳐 일부 문건을 하달했습니다. 이에 지방의 반응이 아주 좋습니다. 그들에게 도움이 있다는 것입니다. 요즘 들어 중공중앙 당 정비 업무 지도위원회의 업무에 기본 틀이 잡혔다고 봅니다. 이대로 꾸준히 경험을 종합한다면 반드시 새 길을 개척할 수 있을 것이라 생각합니다.

이번 당 정비를 역사상 그 어느 때부터 더 훌륭하게 완수해야 하고, 또 그럴 만한 조건이 마련되었다고 생각됩니다. 3년이라는 비교적 긴 시간이 있고, 역사적으로 당 정비에 관한 성공적이거나 실패한 경험이 있는데다가 11기 3중전회 이후 어지러운 세상을 바로잡아 정상으로 돌리고 지도부를 정돈하고 경제와 형사범죄를 단속하는 등 전면적인 당 정비를 위해 일련의 준비를 마쳤기 때문입니다.

이번의 당 정비는 우선 문건 학습과 사상 무장을 확고히 한 후 권력을 등에 업고 개인 이익을 도모하거나 관료주의 경향을 보이는 자를 정돈하는 한

---

* 이는 후야오방 동지가 중공중앙 당 정비 업무 지도위원회 제5차 회의에서 발표한 연설문이다.

편 바로잡아야 합니다. 이처럼 정확한 사업은 꾸준히 이끌어 나가야 합니다. 대중들의 의견이 가장 많고 보편적 교육의미를 지닌 사건과 안건을 착실히 조사해 결과를 밝혀냄과 동시에 대표적인 사건은 신문을 통해 공개 발표해야 하는데 이것도 아주 정확한 방법입니다. 그러나 대중들의 의견이 가장 많고 해결이 가장 절박한 문제를 확고히 하는 과정에서 작은 것을 위해 큰 것을 잃거나 세세한 것까지 모두 따지는 현상과 절대적인 평균주의 경향이 나타나는 것은 방지해야 합니다.

이는 역대 당 정비에서 얻은 경험이기도 합니다. 적당한 시기에, 예를 들면 15일 혹은 30일이 지난 후 통일사상 문제를 중점적으로 확고히 해야 합니다. 당 정비 임무에서 반드시 지켜야 할 4가지 조항이 있습니다. 첫 번째 조항이 바로 '사상 통일'입니다. 이른바 '사상 통일'이라는 것은 사람들의 사상을 진정으로 중국공산당 11기 3중전회 이후의 노선·방침·정책으로, 중국공산당 제12차 전국대표대회의 방침과 12기 2중전회의 결정 특히 당 정비가 형식에만 그치지 않는 방침으로 통일시키는 것입니다. 그렇기 때문에 중점을 현재 사상과 정치 노선이 바른지의 여부에 두어야 하는 것입니다.

과거의 일부 문제, 예를 들면 '2개의 무릇'[60], 진리 기준 문제의 논의, 농업 생산 책임제 문제 등은 이미 해결했거나 검토한 부분에는 다시 손 댈 필요가 없습니다. 관건은 현재 사상이 중앙과 일치하는지, 사상과 정치노선이 단정한지의 여부입니다. 이러한 상황은 어떠한가요? 문제점을 본다면 주로 아래와 같은 두 가지 상황이 존재합니다. 한 가지 부류는 중앙의 방침과 노선에 저촉되는 정서가 있는 경우입니다. 실은 찬성하지 않거나 마음속으로는 반대하지만 겉과 속이 다르게 암암리에 중앙에 대한 불신임 정서를 퍼뜨리거나 오랜 세월 동안 완강하게 거부하는 것입니다. 과연 이러한 부류가 있을까요? 저는 있다고 봅니다. 비록 그 수가 적다고는 하겠지만 있는 건 확실합니다. 그리고 또 한 가지 부류는 당의 전체적인 노선과 임무·목표가 물론 4개 현대화·4배 성장·2개 문명 건설의 전반적인 국면을 모두 뒷전으로 하고, 자신이 영도하는 업무가 중앙의 방침과 노선을 이탈한 채 본 부서·본 지역의 국부와 잠시적인 이익의 입장에만 서서 전반적인 이익에 손해를 주면서라도 중앙의 방침·노선·분투목표와 대립하고 있는 경우입니다.

위의 두 가지 상황은 다소 다릅니다. 첫째는 단호히 비판하고 저지하고 엄숙하게 처리해야 하는 상황입니다. 그러나 두 번째는 설득교육을 주로 하고 비판을 부차적인 위치에 놓아야 하는 상황입니다. 당연히 어떤 상황이든지를 막론하고 특히 첫 번째 상황에 대해서는 조사하여 사실을 밝히고 사실과 근거에 따라 사무를 처리하는 한편 해명하는 것을 허락합니다. 그러나 조사하여 확실히 문제점이 확인된다면 엄정하게 처리해야 합니다. 아니면 당 정비를 통해 어찌 사상을 통일시킬 수 있겠습니까?

만약 중앙의 노선·방침·정책을 신임하지 않고, 중국공산당 제12차 전국대표대회에서 제기한 분투목표에 의구심을 품거나 끊임없이 '작은 것을 고집해' 큰 국면을 방해한다면, 어찌 인식을 통일시키고 행동을 통일시킨다고 할 수 있겠습니까? 따라서 이는 당 정비에서 마땅히 착실히 해결해야 하는 큰 문제입니다. 특히 성·시의 영도기관 이상의 사국(청국) 이상 영도핵심에게 지시하는 영도간부까지 합치면, 전국에 총 5, 6만 명에 달하므로 반드시 열심히 잘 해결해야 합니다. 이 문제를 확실하게 잘 해결한다면 전 당의 인식과 업무가 크게 진전될 것으로 예상됩니다. 사상 이론계와 문예계 동지에 대해서는 당연히 덩샤오핑 동지가 12기 2중전회에서 제기한 것처럼 열심히 조사하여 사상 오염을 막아야 합니다.

당 정비는 반드시 정책 실행에 힘써야 합니다. 그렇지 않고서는 어찌 제반 업무에서의 국면을 개척할 수 있겠습니까? 만약 아직도 중앙의 어느 문건이

'좌'혹은 '우'적 경향이 있는지를 의심한다면, 어찌 진정으로 실행에 옮길 수 있겠습니까? 따라서 여기에는 무엇이 '좌'이고 무엇이 '우'인지 하는 문제가 붙게 됩니다. 따라서 아래와 같은 3가지 부분에서 분석해야 한다고 봅니다.

첫째, 11기 3중전회 이후 중앙의 노선·방침·정책을 명확하게 인정하고 중앙에서 하달한 공식 문서가 모두 정확하여 '좌'와 '우'의 문제가 존재하지 않는다고 당당하게 얘기해야 합니다. 둘째, 중앙의 노선·방침·정책을 실행하는 문제는 농촌·간부·지식인·과학기술·통일전선, 교포 업무 등은 대외개방 및 대내 경제 활성화 정책을 막론하고 실행 가운데서의 주요한 편향은 '좌'적 사상의 잔여입니다. 셋째, 사상정치 업무, 사상의식과 당성, 당의 기율 문제에서 특히 나쁜 기풍과 관료주의와의 투쟁에서는 주로 '우'로 치우치거나 연약하거나 해이한 상황이 나타나고 있습니다. 위의 3개 부분에서 우리 태도는 반드시 기치가 뚜렷해야 합니다.

1981년 제가 광둥 쉰더(順德)현에 갔을 때, 그들에게 1985년 1인당 수입이 4백 위안에 달할 수 있을지에 대해 물어보았습니다. 당시 그들은 그러한 임무가 '너무 힘들다'고 했습니다. 그러나 1983년 그들의 1인당 수입이 이미 7백 위안에 달했으니 업무를 확실히 잘 이끌어 나갔다고 봅니다.

그러나 여기에는 교포업무에 대한 정책을 실행하지 않는 문제가 있는데 '좌'적 경향이 말썽을 일으키고 있기 때문입니다. 당 정비에서 정책 실행을 확고히 하는 것이 실은 사상 통일을 확고히 하는 것이나 마찬가지입니다. 아니면 국면을 개척할 수가 없습니다.

'3가지 부류의 사람'[222]을 정리하는 것도 아주 중요하기 때문에 구호보다는 행동으로 옮겨야 합니다. 적게 말하고 행동으로 옮기라는 것으로 업무를 착실히 이끌어 나가야 하지만, 공개적인 홍보는 적절히 해야 한다는 뜻입니다. 신문에서 이 부분의 홍보가 지나치게 많으면 당에 불리하고 외국에 대한 영향도 나쁘게 됩니다. 일부 영도간부들이 자신을 반대했던 그 부분의 '3가지 부류 사람'만 정리하고, 자신의 편에 섰던 '3가지 부류 사람'은 정리하지 않는 현상이 나타나는 것을 비판하고 막아야 합니다.

'3가지 부류의 사람'을 정리함에 있어서 덩샤오핑과 천윈 동지의 말을 바탕으로 반역으로 출세한 자, 나이가 젊고 깊이 숨어 있으며, 당에 대한 위해가 큰 자들을 집중적인 상대로 삼아야 합니다. 나이가 많아지고 이미 조사정리 및 처리를 한 상황에서는 비교적 심각하거나 새로운 문제를 일으키지 않은 간부에 대해서는 옛일을 들추지 않았으면 합니다. 향후 "새로운 빚과 오래된 빚을 함께 청산하자"는 제안을 없앨 것을 주장합니다.

최근 몇 년간 일부 노 간부들에게서 새로운 문제를 발견하지 못했다면 과거에 가볍게 처벌했다고 해도 더는 처벌하지 말아야 합니다. 당연히 일부 사람들이 뚜렷한 착오가 있어도 처벌을 받지 않았거나 중요한 착오를 범한 사실을 숨겼다가 이제야 폭로된 경우라면 실사구시적인 태도를 갖고 처벌해야 합니다. 최근 몇 년간, 표현이 계속 나쁘고 중국공산당 11기 3중전회 이후의 노선을 반대하는 등의 문제가 심각하다면 확실히 처리해야 합니다. 그러나 최근 몇 년간의 문제만 처리하고 과거 이미 처리했던 문제에 대해서는 다시 들추지 말아야 합니다. "새로운 빚과 오래된 빚을 함께 청산하는 방법"은 결코 백성들의 마음을 얻을 수 없습니다.

당 정비에서 기구개혁과 지도부 조정을 계속해서 확고히 해야 합니다. 지도부 성원 가운데서 문제점이 많고 대중들의 의견이 많은 자들에 대해서는 단호히 전근시키고 4개 현대화 건설 조건에 부합되는 간부를 임용하기로 결심해야 합니다. 문화수준이 높지 않은 50세 전후의 지도부 성원에 대해서는 그들이 문화를 학습하도록 배려해 주어야 합니다. 심각한 문제가 있는 경제를 비롯한 기타 부서에 대해서는 문제가 있는 자를 전근시키는 한편, 우수한 청장년 간부를 선발해야만 국면을 개척할 수 있다는 점에 유의해야 합니다. 방금 전 말했던 광동성 쉰더현의 자료에서는 주장삼각주에 경제 업무에 능통한 젊은 간부들이 육성되고 있다고 언급했는데 희망이 있다고 봅니다.

중앙·성·지·현에 모두 존재하는 문제입니다. 바로 '2선과 3선으로 물러난 노 간부들이 업무를 어떻게 추진할 것인가?'하는 문제입니다. 이 부류의 동지들이 당 정비나 조사연구 업무에 참여해도 된다고 봅니다. 인민대표대회 상무위원회의 몇몇 전문위원회 원로 동지들은 모두 조사연구를 많이 하고 사회업무를 많이 추진할 수 있지 않겠습니까? 덩샤오핑 동지는 원로 동지들이 사회 업무를 이끌어 나가야 한다고 제기했습니다. 그렇다면 사회 업무에 무엇이 포함됩니까? 예를 들면, 다양한 부류에 속하는 자들과 담화를 하고 청소년 사상 업무부터 착수하는 것이 바로 당의 사회업무입니다. 퇴직한 노 간부들이 어떻게 업무를 이끌어 나갈지에 대해서는 새로운 출로를 꾸준히 개척해 주어야 할 것입니다.

전 당은 해외교포 관련 업무를 중시해야 한다*

(1984년 4월 20일)

(1) 해외교포 관련 업무는 장기적인 업무로서 매우 중요합니다. 3천만 명에 달하는 해외교포와 외국 국적을 가진 중국인은 대단한 힘입니다. 이를 잘 활용한다면 4개 현대화 건설을 추진할 수 있을 뿐만 아니라, 조국 통일을 실현하고 해외에 대한 영향력을 확장하며, 국제적 친구를 사귀는 중요한 힘으로 작용할 수 있습니다. 우리 당의 해외 업무는 이미 40년을 넘는 역사를 자랑합니다. 토지혁명 전쟁시기와 항일전쟁 초기, 당은 해외업무를 아주 중요시했습니다. 30년대 옌안에 해외업무소조가 있었는데, 주더(朱德) 동지가 팀장을 맡았습니다. 훗날 급별을 올려 해외 중앙 직속기관 노동위원회라 명명하고, 주더 동지가 주임을 겸했습니다.

해외 교포 관련 업무를 취급하는 부서는 새로 건설된 부서가 아니라 베테랑 자격이 있는 부서입니다. 전 당은 관련 업무를 모두 중요시해야 합니다. 문건[286]은 이 부분의 의미를 명확히 하여 해외 교포와 외국 국적을 가진 중국인이 "4개 현대화 건설 추진, 조국통일 실현, 해외 영향력 확대, 국제 친구 쟁취에서 중요한 힘"이라는 점을 명확히 언급해야 합니다.

이는 하나의 전선이고 한 부분이자 하나의 중요한 힘입니다. 누군가는 "교

---

* 이는 후야오방 동지가 성, 자치구, 직할시 교민업무 사무실 주임회의에서 발표한 연설문이다.

민업무사무실 처리하기 실로 힘들다"고 말하기도 합니다. 그러나 저는 교민 업무사무실은 처리하기 위해 노력하고 열심히 또 완강하게 추진해야 한다고 봅니다. 특히 완강한 의지로 처리할 것을 강조해야 합니다. 그리고 '화교 연합회, 실로 가엾도다!'라고도 합니다. 진정으로 연합하고 여러분들이 연합하고 당정 영수가 앞장서서 연합해야 한다고 봅니다. 덩샤오핑 동지는 홍콩에서 온 영향력 있는 인물들을 매번 접견하곤 했습니다.

(2) 해외 교포 중 외국 국적을 가진 중국인 관련 업무에 대해 중시하고 신중해야 하는 종합적인 정책을 적용해야 합니다. 그들에게 어려움을 안겨서는 안 됩니다. 일부 구호는 어떻게 제기해야 고려할 가치가 있을까요? 예를 들면 "조국을 사랑하고 고향을 사랑한다"를 실제업무로 처리하면 더할 나위 없이 좋은 일입니다. 그러나 너무 지나치게 많은 시간을 들여 얘기할 필요는 없습니다. 특히 거주지 국적을 가진 중국인은 해외교포와 일정한 차별을 두어야 합니다. 그렇지 않으면 일부 국가와 지역의 우려를 자아낼 수도 있습니다. 구호를 조심스레 제기하고 문건 작성에도 주의를 기울여 번거로움이 생기지 않도록 해야 합니다. 해외 교포들에 대해서는 현지의 법률에 복종하도록 강조하고 거주지 국적을 가진 중국인들에 대해서는 단합과 우호를 강조해야 합니다. 중시하면서도 손에서 놓을 줄 알아야 하고 조심성도 잃지 말아야 합니다.

(3) 해외 교포 중 거주지 국적을 가진 중국인을 상대로 한 투자 유치도 아주 중요합니다. 현재 중국의 정책 업무 속도가 느린 편인데 이 문제를 반드시 해결해야 합니다. 완화하고 속도를 내는 것 외에도 입법을 통해 해결해야 합니다. 입법에서 화교를 우대할 것만 얘기한다면 국제법에서도 입지를 다질 수 있을 것입니다. 적용할 때는 홍콩 · 마카오 · 타이완 동포와 외국적 중국인을 상대로 해야 합니다. 간편한 정책을 입안하여 5월 인민대표대회에서

통과될 수 있도록 노력해야 합니다. 화교의 투자 세율도 외국인보다 약간 낮게 정해야 합니다.

화교와 화인의 투자 수가 현재는 많지 않습니다. 예로부터 주택건축이 주를 이루었습니다.

금년 음력설 기간 동안 광동에 간 적이 있습니다. 수많은 투자가 여관 건설과 경공업에서 주로 이뤄지고 있었습니다. 현재 경공업 건설이 아직은 부족한 상황이지만 그 중 일부 제품은 언젠가는 포화상태에 이를 날이 있을 것입니다. 그렇기 때문에 투자를 개방성을 띤 건축 프로젝트에 유치하는 것이 좋습니다.

경제부서나 해외 교포의 사상을 해방시켜야 합니다. 향후 자발적 그리고 서로에게 이익을 돌리는 것을 바탕으로 그들의 투자를 새로 건설하는 임업장·아열대 작물장·사육장·중소형 발전소·도로·교량·항구·중소형 광산 등 개발성을 띤 생산 쪽으로 인도해야 합니다. 중국에는 황폐된 산·산기슭·모래사장·수면이 아주 많습니다. 광동의 화교들은 광동지역의 산간지역에서 광산을 개발하고 노동자 고용과 대리인 물색을 허락한다는 조항을 제시할 수 있습니다. 그러면 상당한 규모의 취직문제를 해결할 수 있을 것입니다.

제가 여러 번 언급해왔습니다. 중국의 8억 농민이 19억 무의 토지에만 얽매여 있으니 나라가 부유해지지 못하고 있다고 말입니다. 2·30년의 시간을 들여 8억 농민 가운데서 4·5억 명을 운수업·채광업 등 기타 업종으로 이전시킬 수 있도록 노력해야 합니다. 그래야만 8억 농민들이 부유해지고 나라가 부강해질 수 있습니다.

투자 개발에 의한 생산은 정치와 경제 차원에서 모두 우혜 정책을 실시해야 합니다. 중국 국내에서는 은행에서 개발에 의한 생산에 대해 우대와 우대 대출을 해줄 수 있는지에 대한 여부를 연구해 보아야 합니다. 우대는 몇 등급으로 나누어 기업 · 국적 · 체제 · 집체 · 개체를 떠나 개발에 의한 생산에 종사한다면 대출에서 우대를 해주는 것입니다. 1등급은 무이자 대출, 2등급은 소액 이자 대출, 3등급은 저이율 대출로 정합니다. 1년에 50억에서 100억 위안정도면 되는 일인데, 그렇다고 어떤 위험이 닥치겠습니까? 우혜 대출 방법은 전국을 범위로 공표할 수 있습니다. 우리는 새 국면의 개척을 제기해야 하고, 각항 각 업종에서 모두 연구해야 할 새로운 과제가 있어야 합니다. 무엇이든지 박힌 틀을 기준으로 해결하려 한다면 해결할 수 없습니다.

시대가 달라졌고 상황이 변했습니다. 기존의 경험은 단지 이전 날의 상황에만 적용될 뿐입니다. 가령 훌륭한 경험이었을지라도 현재는 적용되지 않습니다. 이 부분에 대해 중앙서기처는 다수 동지들이 아직은 머리를 쓰지 않고 여전히 중앙지도부에서 하달한 과거 문건만 인정하고 있는 현상에 대해 거듭 언급한 바 있습니다. 중앙지도부의 문건이라도 언제 발표한 것인지를 보아야 합니다. 역사는 발전합니다. 이는 유물주의의 근본적인 한 조항인 것입니다.

(4) 인재를 적극적으로 유치해야 합니다. 이 경우 업무에서 두 가지를 주의해야 합니다. 첫째, 정착을 안정적으로 추진하지만 지나치게 강조하지 말아야 하고, 착안점도 여기에 두지 말아야 합니다. 제반 분야의 업무가 따라가지 못하고 업무조건 · 생활조건 · 정보 · 설비 등 부분에서 아직은 따라가지 못하는데 정착을 강조한다면 영향이 좋지 않아 제창하고 홍보하기에 적합하지 않습니다. 현재는 단기별로 귀국하여 수강케 하고, 단기로 업무를 주로 하도록 해야 합니다. 둘째, 귀국해서 업무에 종사하는 자들에게 교류의 자유를 주어야 합니다. 떠나라고 하면 억지로 붙잡아두지 말고 기쁜 마음으로 보내주고, 슬퍼하지도 말아야 합니다. 언젠가는 다시 만날 날이 있을지

도 모르니까요.

업무상의 착오로 일부 사람들이 이상한 말을 했다고 하더라도 우리는 그 자들에 대해 단정 짓지 말고 말을 해도 조금의 여지를 두어야 합니다. 패권주의와 결탁해 목숨 거는 반동자들은 극소수입니다. 우리는 이 부류에 대해서만 단호한 태도로 그들과 적절하게 투장할 것입니다.

무릇 업무에서의 착오로 남에게 폐를 끼쳤다면 그들이 불만을 토로해도 봐주어야 합니다.

시간이 지나면 화도 가라앉을 것입니다.

(5) 화교 농장과 공장을 잘 건설해야 합니다. 현재 해외교포 업무 부서에서 수백 개 화교 농장과 공장을 운영하고 있으며, 수십만 명의 인구가 여기에 종사하고 있습니다. 이는 큰일이라 할 수 있는데 과연 어떻게 건설해야 할 것입니까? 어려움이 많다고 들었습니다. 수천 만 위안의 세금도 내야 한다고 합니다. 밖에서 상당한 수의 간부를 파견해 관리하도록 했다고도 들었는데 이도 이익보다는 폐단이 더 많을 것으로 보입니다.

저는 이와 관련한 정책 문제를 잘 해결해야 한다고 봅니다. 그러기 위해서는 첫째, 가정도급 등 여러 가지 형식의 생산책임제를 적극적으로 추진해야 합니다. 둘째, 세금을 면제해 농장과 공장에서 생활과 생산조건을 개선하는 데 사용하도록 해야 합니다. 셋째, 밖에서 간부를 파견하지 말고 기업 내부에서 인재를 선발해야 합니다. 또 화교기업에서 자주권을 요구하면 주어야 합니다. 이러한 정책의 뒷받침으로 화교 농장과 공장이 잘 건설되어 나간다면 화교 관련 업무에서 큰 승리가 아닐까요?

(6) 정책을 철저하게 실행해야 합니다. 이는 귀국하는 화교를 상대로 해서 업무를 잘 이끌어나갈 수 있는 훌륭한 방법이자 최적의 홍보이기도 합니다. 주로 아래와 같은 두 가지 부분을 확고히 해야 합니다.

첫째, 현행 정책의 실행을 촉구해야 합니다. 정치 차원에서 예를 들면 입당 · 입단을 소홀히 하지 말고, 업무 배치에서 돌보는 한편, 불합리하다면 조정해야 합니다. 재능이 뛰어나면 생활대우면에서 한 급을 올려주고, 생활습관과 생활방식에서 동일시할 것을 강요하지 말아야 합니다. 이러한 부분은 투자가 필요하지 않습니다. 따라서 우선 명확히 한 후 해결할 수 있는 문제를 제때에 해결해야 합니다. 각 업종마다 자체적 실정에 따라 확고히 해결해야 합니다.

20여 년간 혼잡한 상황이 이어졌습니다. '좌'적 경향을 계속 보다보니 이제는 사상이 마비되었고 이상하지도 않게 여겨지고 있습니다. 일부 문제에 대해 귀국 화교는 자본주의 사회보다도 상황이 못하다고 말하기도 합니다. 근본적으로 제도 차원에서 볼 때 자본주의 사회는 당연히 우리보다 못합니다. 그러나 일부 구체적인 업무 효율을 따질 때는 우리가 확실히 그들보다 못합니다. 습관화 되고 마비된 것이 무슨 대수인가요? 이보다 더 심각한 상황이 훨씬 더 많은데? 하고 이대로 계속해서 마비되어 있어서야 되겠습니까! 이 문제를 잘 해결해야 합니다.

둘째, 역사가 남긴 문제를 해결하는 데 주력해야 합니다. 조상의 가옥과 무덤 등 문제를 적극적으로 해결할 것을 주장합니다. 1 · 2년 안에 안 되면, 3 · 4년이 걸리더라도 분기별로 등급을 나눠 계획적으로 해결해야 합니다. 토지개혁에서 잘못 몰수한 화교의 가옥 문제를 해결할 때 농민들의 심정도 살펴야 합니다. 토지개혁에서 몰수한 가옥은 농민들에게 나눠주어야 하기 때문입니다.

대표성을 띤 인물과 특히 절박하게 필요로 하는 자들의 문제를 우선 해결하고 기타 문제를 점차 해결하면 됩니다. 당사자와 명확히 해결한 후 순서에 따라 목표를 정하고 5년 내 해결함으로써 역사적으로 진 빚을 갚아야 합니다. 계획을 세워 국가에서 어느 정도 보조해주고 농민들도 방법을 모색해 일정부분을 해결해 주어야 합니다. 관련 업무의 중점은 현급에 있습니다. 그러니 현에서 적극적으로 나선다면 일을 잘 처리할 수 있을 것입니다.

현마다 상황을 보고하고 실행에 옮겨야 합니다. 35년이 지났으니 조금은 더 인내심을 가지고 5년 더 기다리도록 화교를 잘 타일러야 합니다. 그들에게 희망을 주어야 하지 않겠습니까!

(7) 외국 해외교포 관련 업무는 누구를 의지해야 할까요? 영사관은 이 부분의 업무를 강화하고 일부 방문을 많이 조직할 수 있습니다. 그러나 현지 화교 · 화인 중에도 활동가가 있어 우리가 그들에게 포스트 등 일부 조건을 마련해주는 것이 가장 중요합니다. 화교 가운데서 인재와 지도자를 육성해 내야 합니다. 그들과 연계를 취하고 그들에게 고문직을 부탁하거나 그들에게 관광을 초청하거나 그들에게 식사를 초대할 수도 있습니다. 식사하는 데는 돈이 얼마 들지 않습니다. 우리 동지들이 작은 이익만 운운하지 말고 크고 핵심적인 문제를 확고히 해결했으면 합니다. 지엽적인 작은 문제만 확고히 해서는 전도가 없습니다. 이는 문제를 고려하는 정확한 방법입니다.

또 외국 화교연합회에 정신적 무기를 쥐어 주어야 합니다. 방침과 정책이 바로 정신적 무기이고 홍보할 만한 부분이 있어야 합니다. 올해 건국 35주년을 계기로 관련 주제의 영화를 촬영했으면 합니다. 그리고 화교단체에 복사하여 보내는 것도 잊지 말아야 합니다. 그들에게 사진이나 비디오테이프도 선물할 수 있습니다. 설이나 명절이 될 때면 교민 업무 사무실, 화교연합회에서 그들에게 기념품이나 위문편지 그리고 축하카드를 보내줍니다. 화가 · 서예가들이 많은데 그들의 복제품을 보낼 수도 있습니다. 선물은 비록 보잘 것 없어도 그 성의가 깊은 것이 아니겠습니까.

교민 업무 사무실에서 해외 화교들과의 감정을 교류할 때 방법을 많이 생각해야 합니다. 그리고 일부 지·현·사·대(隊) 동지들이 함부로 그들을 향해 물건이나 돈을 요구하는 현상을 막아야 합니다. 비록 가난해도 포부는 원대하고 지향이 있어야 하지 않겠습니까.

(8) 국내에서 해외교포 관련 업무는 또 누구를 의지해야 할까요? 해외교포 관련 업무에 종사하는 간부 2천여 명 가운데서 귀국 교포가 70% 이상 심지어 80%를 차지해야 합니다. 아니면 화교의 상황에 대해 잘 알지 못하고 감정이 없어 얘기를 해도 그들이 들으려 하지 않기 때문에 업무를 잘 이끌어 나갈 수가 없는 것입니다. 며칠 전 누군가 저에게 이러한 이야기를 했습니다. 케임브리지(劍橋)대학 졸업생이 귀국한다고 얘기하자 일부 동지들은 어떤 다리를 건축(建橋)해야 하는가 하고 물었답니다. 실로 우물 안의 개구리가 아닙니까! 중국 조직부·노동인사부의 간행물에 통지를 내려 해외교포 관련 업무를 왜 귀국 교포에 의존해야 하고, 그들의 비율이 70% 이상을 차지해야 하는지에 대해 설명할 필요가 있다고 봅니다.

지방의 일부 인사부서는 그들의 수하를 배치하려 하면서 정치적으로는 이들이 믿음직스럽고 귀국 교포는 그렇지 못하다고 하는데, 통지를 통해 이 부분의 문제를 명확히 해야 합니다. 30년 전 해외소조를 결성했을 때 적임자를 주로 귀국 교포 간부들 가운데서 선출했습니다. 귀국 교포 지식인 가운데서 당원을 발전시켜야 합니다. 해외교포 관련 업무를 취급하는 간부를 선출함에 있어 일부 상규적인 규정을 타파해야지 그렇지 않으면 간부가 있어도 임용하지 못하고 더욱이 당원도 발전시키지 못합니다. '해외관계'가 있는 자들을 임용하지 못하는 착오적인 사상을 계속해서 타파하고 신생 역량을 대담하게 받아들여야 합니다.

간부는 젊음화를 실시해 40여 세의 동지들이 주임직을 맡도록 합니다. 해외 교포 관련 업무에 종사하는 간부들이 지나치게 적으면 인사이동을 하면 됩니다. 노 동지들이 물러난 후 그들을 다시 고문으로 초빙해 주로 감정교류의 임무를 맡길 수 있습니다. 각급 교민 업무 사무실에 몇몇 고문을 설치하고 일부 명예 직무를 설립하는 것을 허락합니다. 교민 업무 사무실은 주로 사회 역량을 동원해 업무를 추진하는 곳입니다. 정협이나 인대 그리고 퇴직한 해외 교포 관련 업무에 종사했던 간부들이 적지는 않습니다.

우리나라의 경우 11기 3중전회부터 현재까지 5년 6개월이 채 되지 않는 사이에 상당한 액수의 발전이 우리의 예상을 훨씬 넘어섰습니다. 지난해 중국 공업과 농업의 생산총액이 각각 8천 9백억 위안, 9천억 위안에 달한 것으로 알려졌습니다. 만약 올해 11% 성장한다면 그 수가 1조 위안에 달합니다. 만약 내년에 또 1천억 위안이 성장한다면 1조 1천억 위안이 되는 것입니다. 만약 이러한 성장률이 지속된다면 80년대 말, 1조 6천억 위안에 달할 것으로 예상됩니다.

이는 단지 2배의 성장이 아닙니다. 본 세기 말, 4배의 성장 목표를 실현하는 것이 결코 실현할 수 없는 허황된 목표가 아니고 약간 초월할 수도 있을 것으로 보입니다. 많이 초월한다는 것은 불가능한 일입니다. 초월하려면 우리가 착오를 범하지 말아야 합니다. 우리에게는 아직도 남겨진 문제가 많고 우리 앞에 놓인 어려움도 많습니다. 그야말로 문제가 산더미처럼 쌓여 있습니다. 방금 히말라야산(喜馬拉雅山)에서 내려왔고 이제 강디스산(岡底斯山), 치롄산(祁連山)까지 내려왔는데 아직도 친링(秦嶺) 등 많은 산들이 기다리고 있습니다. 어려움이 아주 많지만 우리에게 희망도 있습니다.

생산 발전에 힘쓰고 생산을 끌어올려야 합니다. 만약 본 세기말까지 4배의 성장률인 3조 위안을, 다음 세기 39년간 또 4배의 성장률을 실현한다면 그 수가 12조 위안에 달합니다. 만약 다음 세기에 또 20년을 들여 4배 성장한다면 24조 위안이 되는 것입니다. 2049년에 이르러 우리나라 건국 100주년이 되는 해에 24조 위안을 실현하는 것도 결코 불가능한 일은 아닙니다. 때문에 자신감을 갖고 과감하고도 완강하게 전진해야 합니다. 한 세대가 안 되면 2세대, 이것도 모자라면 3세대의 사람들이 노력하면 됩니다. 그러니 완강한 정신을 우선 자리에 놓아야 합니다. 해외교포 관련 업무는 전망이 아주 밝습니다. 여러분들이 나라에 대한 기여하는 것 또한 엄청납니다. 그러므로 여러분들은 앞으로의 전도를 똑똑히 보고 강력하게 전진하도록 합시다!

중국의 독립자주적인 대외정책의 실질[*]

(1984년 5월 18일)

중국은 독립자주적인 대외정책을 수행합니다. 이러한 정책의 실질은 무엇일까요?

개괄해서 말하자면 독립자주는 중국이 그 어떤 대국이나 국가그룹에 의존하지 않고 그 어떤 대국의 압력에도 굴복하지 않으며 그 어느 나라와도 동맹을 맺지 않는다는 뜻입니다. 우리에 있어 대국과 동맹을 맺으면 두 가지 불리한 점이 있습니다. 첫째, 중국은 평화공존 5항 원칙¹⁵⁸ 주장을 기반으로 세계 여러 나라와 교류하고 있습니다. 이러한 상황에서 대국과 동맹을 맺는다면 우리가 친구를 널리 사귀는 데 방해가 될 수 있습니다. 그렇지 않더라도 일정한 영향을 받게 됩니다. 둘째, 나타날 가능성이 있는 상대방의 탈선 행위를 억제하는 데 방해가 되거나 심지어 우리와는 우호관계를 맺은 상대방 국가를 반대하는데 우리를 이용할 수도 있습니다. 이는 우리가 지난 수십 년간의 경험을 통해 얻어낸 결론으로 전국 인민들의 지지를 얻은 장기적인 정책입니다.

똑같이 중국은 제3세계와 기타 우호 국가와의 단합 및 협력을 강화하고 자신의 약속을 지키는 국제의무를 수행함과 아울러 제3세계 국가를 비롯한

* 이는 후야오방 동지가 마르코비치 유고슬라비아공산주의자 연맹 중앙주석단 주석을 위수로 한 유고슬라비아공산주의자 연맹 대표단 환영 연회에서 발표한 연설문이다.

그 어떤 나라와의 동맹도 추구하지 않습니다. 특히 중국은 땅이 넓고 인구가 많은 제3세계인만큼 우리는 특히 우리의 독립자주를 소중히 여기고 타국의 독립자주 권리도 충분히 존중합니다. 때문에 우리는 타국이 자체 상황을 기반으로 자체적으로 대외방침을 선택하는 걸 절대 간섭하지 않습니다. 해당국이 각자의 특유 조건을 이용해 충분하고도 자주적으로 세계 평화와 국가 독립을 지키기 위한 투쟁을 진행하는데 더욱 이롭다고 우리는 믿습니다.

공산당과 공산당의 관계 문제에 대해 우리는 우리 당의 제12차 전국대표대회에서 제기했듯이 마르크스주의를 기반으로 건립한 독립자주, 완전 평등, 상호 존중과 내부사무 상호 불간섭 등 4가지 기본원칙을 단호히 준수할 것을 주장합니다. 다시 말해서 각국의 당은 자국 인민을 책임지고 독립 자주적으로 자체 혁명과 건설을 위한 로드맵을 선택하는 것 외에 세계 사무에 대한 주장을 결정지어야 합니다. 한 마디로 각국의 당은 자체와 관련된 모든 사무를 독립 자주적으로 결정지을 권리가 있는 것입니다. 그 어느 당도 최고 대변인으로 자처할 수는 없습니다. 만약 한 당이 뚜렷한 착오를 범했을 경우 다른 당이 우호적인 태도로 내부에서 진행하는 적당한 의견교환은 불가피합니다. 그러나 궁극적으로 그 당이 스스로 교훈을 종합해야만 자체 문제를 철저하게 해결할 수 있습니다.

우리는 도의적 차원에서의 상호 동정과 지지를 마땅히 제창해야 합니다. 자발적으로 서로 학습하는 것 외에 장점을 취하고 단점을 보완해야 합니다. 그러나 레닌이 말한 것처럼 "한 걸음만 더 걸어도…… 진리가 착오로 되고 만다."[287]가 됩니다.

각국 공산당이 모두 마르크스주의를 사상 기반으로 하고 있는 가운데 왜 굳이 상호 간의 독립자주를 강조하는 걸까요? 근본적인 차원에서 볼 때 마르크스주의 기본원리를 응용하는 과정에서 자국 노동인민 가운데서 선진일꾼의 단합과 각오에 의존해야 하고 그 당시의 역사적 조건에 따라 수시로 바꾸어야 하며 자국의 혁명실천과 서로 결부시키고 자국 당에서 정확한 결단을 내리도록 해야 합니다. 그래야만 마르크스주의의 생명력을 진정으로 나타낼 수 있습니다. 각국의 상황은 천차만별입니다. 각국 당의 자체적인 결단을 떠나 마르크스주의의 국제주의를 논하는 것은 의미가 없을 뿐만 아니라 실천을 통해 유해한다는 점도 입증되었습니다. 마르크스주의 원리를 자국의 실제와 창조적으로 결부시키려면 자국 공산당만이 그런 자격과 가능성이 있습니다.

각국 당의 독립자주가 없다면 이른바 국제주의도 있을 수 없습니다. 평생 무산계급 국제 연합을 위해 오랜 세월 투쟁을 해온 엥겔스는 일찍이 "국제연합은 국가 간에만 존재한다. 그러니 이러한 나라의 존재, 그들이 내부 사무에서의 자주와 독립이 국제주의에 포함되어 있는 것이다."[288]라고 말했습니다. 그는 또 "무산계급의 국제 운동은 시기를 막론하고 독립민족 범위 내에서만 가능하다…… 국제 협력은 평등한 자들 사이에서만 가능한 일이다."[289]라고 말했습니다. 100여 년간, 국제 공산주의 운동의 적극적인 경험과 소극적인 경험은 국제주의에 관한 엥겔스의 판단이 얼마나 멀리 내다보고 지혜가 깃들어 있으며 추호의 의구심을 품거나 위배해서는 안 된다는 점을 입증했습니다. 독립자주를 무산계급 국제주의와 대립시키고 '무산계급 국제주의'를 빌미로 기타 당의 독립자주 권리를 박탈하거나 그들의 행동을 단속함으로써 정해진 당에 복종시키려는 대외정책은 마르크스주의 원칙과 국제주의 진리를 위배한 행동으로 단호하고도 철저하게 버려야 합니다.

우리는 타국 당의 내부사무 간섭이나 외국 당의 관계를 이용해 그 나라의 내정을 간섭하는 것도 단호히 반대합니다. 공산당 간의 신형 관계는 광명정대하고 공정하고도 정의로워야 합니다. 그 어떤 음모와 기만도 용납할 수 없으며 겉과 속이 다른 행동을 절대 허락하지 않습니다. 타국의 당을 상대로 침투하고 통제하고 뒤엎으려는 그 어떤 행동도 반드시 비난을 받아 마땅합니다.

장기간 우리 당은 당과 당 사이의 정확한 원칙을 지키고 국제 공산주의 운동에서의 패권현상을 반대하기 위해 단호하고도 정확한 투쟁을 견지했습니다. 그러나 과거에 타국 당과의 관계를 처리함에 있어 우리는 결함과 착오가 있었고 특히 자체 경험과 실천을 바탕으로 편면적으로 타국 당의 옳고 그름을 판단 및 평가함으로써 그들에게 불리한 후과를 초래했다는 점을 이 자리에서 우리는 공개적으로 인정합니다. 우리는 이미 이 부분의 잘못을 착실히 바로잡았고 4개 기본 원칙의 기초 위에서 각국 당과의 우호관계를 적극적으로 발전시켰습니다. 우리는 각국 당이 처한 환경이 다름으로 인해 일부 문제에서 서로 다른 의견과 취하는 방법에 차이점이 있는 것은 정상적이고도 흔한 일이라고 생각합니다. 보편적인 상황에서 일부 의견의 차이는 우호적이고도 평등한 협상이나 상호 기다림 혹은 공동의 실천을 통해 점차 해결할 수 있습니다.

우리 양당은 각자의 경험으로부터 출발하여 국제관계의 다수 기본 문제에서 원칙적으로 일치한 견해를 형성했습니다. 우리 사이의 평등하고 우호적인 협력관계는 바로 양자의 독립 사고를 바탕으로 반복적이고도 굴곡적인 과정을 거쳐 발전된 것입니다. 역사의 발전에 따라 이러한 신형관계가 계속해서 발전 및 성숙함으로써 갈수록 강대한 생명력을 뿜어낼 것입니다.

선전(深圳) 경제 특구를 위한 제사(題詞)

(1984년 5월 23일)

특수한 일은 특수한 방법으로 처리하고 새로운 일은 새로운 방법으로 처리하며 입장을 바뀌지 않되 방법은 새로워야 한다.

'재인식'이 필요한 시기*

(1948년 6월 20일)

우리는 모두 마오쩌동 동지의 『실천론』을 학습했습니다. 저술은 현실 사물을 변혁시키려면 현실 사물을 인식해야 한다고 언급했습니다. 그러나 사물은 쉽게 인식되지 않고 실천을 바탕으로 해 인식이 얕은 곳에서부터 심오한 곳으로 들어가는 발전과정을 반드시 거쳐야 합니다. 감성 인식에서 이성 인식에 이르기까지, 또 이성 인식에서 능동적으로 실천을 지도하고 실천의 발전에 따라 꾸준히 새로운 감성인식을 얻는 것 외에 꾸준히 새로운 이성 인식으로 발전하게 됩니다. 이 같은 실천·인식·재실천·재인식의 순환 왕복과 점차적인 심화가 비로소 우리가 말하는 '재인식'입니다.

이러한 '재인식'에 대해 최근 몇 년간 우리당은 새롭게 깨달은 바가 있습니다. 예를 들면 중국사회주의를 어떻게 이끌어 나가겠는가 하는 문제입니다. 린뱌오와 '3인방'을 무너뜨린 후 우리는 실제로 아주 심각한 '재인식'과정을 겪었습니다. 이 과정이 현재도 계속 진행 중이고 끝나려면 아직도 상당히 긴 시간이 필요합니다. 농촌의 사회주의 문제만을 놓고 볼 때 50년대 마오쩌동 동지의 주재로 편집한 『중국농촌의 사회주의 고조』 선집에만 27만자가 수록되었고, 한 편의 글마다 안어(按語, 자기 견해를 붙인 말 - 역자 주)를 붙

---

* 이는 후야오방 동지가 중공중앙 당교 내부 간행물 '이론동태' 제502기에 발표한 글이다.

였습니다. 그 당시 필독 문건으로 사람들에게 나누어주었습니다. 그러나 20여 년의 실천 점검을 거치면서 11기 3중전회 이후 또 새롭게 인식하게 됐습니다. 만약 모든 부분을『중국농촌의 사회주의 고조』선집에서 언급한 것처럼 처리한다면 11기 3중전회 이후 중국 농촌의 대변혁·대발전은 있을 수 없다는 점입니다. 이러한 사실은 우리당의 사업에 있어 '재인식'문제가 얼마나 중요한지를 잘 설명해주고 있습니다. 그렇기 때문에 우리는 이에 주의를 기울이고 사물을 진정으로 이해하기 위해 꾸준히 새롭게 인식해야 합니다. 동지들은 업무에서 자발적으로 이러한 '재인식'을 진행해야 합니다. 역사는 발전하고 사물은 운동 가운데서 꾸준히 변화 발전하는 만큼 사람들의 인식에도 끝이 없습니다. 이러한 이치를『실천론』에서는 아주 투철하고도 체계적으로 언급했습니다.

'재인식'과정에서의 의견차이가 나쁜 것만은 아닙니다. 한 가지 일을 잘 이끌어 나가려면 다른 의견에도 귀를 기울여야 합니다. 당내에서 일부문제에 대한 인식이나 일부 정책의 제정, 그리고 경험의 종합에 대해 상이한 의견이 존재하는 것은 보편적이고도 정상적인 현상입니다. 반복적인 논의와 비교를 거쳐야만 비로소 의견을 통일시켜 정확한 길로 인도할 수 있습니다. 의견차이가 있다고 해도 충분한 연구와 논의를 거치고 사실을 바탕으로 도리를 따짐으로써 의견을 통일시켜야 합니다. 이러한 과정이야말로 사상 인식의 발전 규칙에 부합되는 것입니다. 우리에게 민주집중제가 필요한 것 또한 이러한 이유에서입니다.

인식론은 중요한 문제입니다. 마르크스주의는 이 문제를 아주 중요한 위치에 놓았습니다. 마르크스의 인식론은 당연히 근본적인 성격을 띤 문제입니다. 우리 당의 역사, 중국혁명과 건설에 대한 실천은 이 문제의 중요성을 입증했습니다. 우리당은 유년시기, 중국혁명의 규칙을 제대로 관장하지 못해 실패를 거듭하게 됐고, 투쟁-실패-재투쟁-재실패의 고통스러운 과정을 겪었던 것입니다. 이 과정에서 우리 당은 꾸준히 다시 인식하고 점차 뚜렷하게 인식했기 때문에 쥔이회의[70]가 있을 수 있었던 것입니다. 그 후부터 14년이라는 시간을 이용해 중국은 인민 혁명의 승리를 거두었습니다. 건국 후 중국에서의 사회주의 건설에 대해 우리는 인식이 따라가지 못했습니다. 건국부터 마오쩌둥 동지가 서거하기까지 26년간 추진하면서 점차 일부 인식을 갖게 되고 경험도 상당히 쌓았습니다. 그러나 여전히 중국사회주의 건설 규칙을 진정으로 파악하지는 못했습니다.

마오쩌둥 동지가 서거한 후 우리는 또 7년간 추진했습니다. 7년 중에서 앞의 2년간에는 별 효과를 보지 못했습니다. 11기 3중전회를 개최한 후의 5년간 인식이 정확해지고 뚜렷해지기 시작했습니다. 따라서 사회주의 건설 사업이 해를 거듭할수록 나아지고 있는 것입니다. 그러나 아직은 인식이 완전히 정확하고 뚜렷하다고 말할 수는 없고, 마오쩌둥 동지의 만년 인식보다는 약간 정확하고 뚜렷해졌다고 할 수 있는 수준입니다. 건설 실천에서 반복과 비교를 거치고, 특히 좌절을 당해 크게 곤두박질을 치고 고생을 하고서야 점차 비교적 정확하고도 뚜렷하게 인식할 수 있게 되었습니다. 때문에 인식문제·사상의 정확여부 문제는 최우선 자리에 올려야 하는 큰 문제로 절대 소홀히 해서는 안 됩니다.

인식에 2개의 중요한 고리가 있다거나 2개의 어려운 임무가 있다고 말할 수 있을까요? 즉 개별에서 일반으로, 또 일반에서 개별로 이르는 문제입니다. 위 두 고리에서 문제를 제대로 해결하지 못한다면 착오를 범하게 되는 것입니다.

첫 번째 고리는 개별에서 일반에 이르기까지, 혹은 구체적인 상황에서 추상적인 상황에 이르기까지 과학적인 추상을 하는 것입니다. 예를 들면 전 세계에 수십 억 인구가 있는데 모두 각자의 특점이 있습니다. 이른바 "사람의 얼굴이 서로 다르듯 사람의 마음 역시 다릅니다."[290] 그러나 그들에게 공통점은 없을까요? 인간과 동물을 구별하는 주요한 특징은 무엇일까요? 이 문제를 수천 년간 명확히 하지 못했습니다. 오로지 마르크스·엥겔스만이 인간은 도구를 만들 수 있다며 차이점을 한 마디로 명확하게 종합했습니다. 또 예를 들면 11기 3중전회는 중국 농업문제를 이렇게 인식했습니다. 바로 중앙의 일부 동지들이 20여 년의 실천을 거쳐 복잡한 현상에서 오랜 세월 농업의 빠른 발전을 가져올 수 없었던 근본적인 원인을 보고 조합원 성과별 보수제와 전문 도급 생산책임제에 착수해야만 문제를 해결할 수 있다는 점을 찾았던 것입니다. "조합원 성과별 보수제·전문 도급"도 과학적인 추상 결과가 아닌가요? 또 예를 들면, 새로운 역사시기에 당의 간부대오 건설문제도 아주 복잡한 듯합니다. 노화·'3가지 부류 사람'[222] 등이 그것입니다. 그러나 덩샤오핑 동지와 천윈 동지가 간부대오를 상대로 혁명화·젊음화·지식화·전문화를 실현해야 한다고 제기했는데, 이도 중심과 본질을 확고히 한 표현으로, 단번에 모든 문제를 간단명료하게 개괄했다고 봅니다.

이 문제도 복잡하고 저 문제도 복잡하다며 일부 동지들이 말하는 것을 우리는 늘 들어왔습니다. 그렇습니다, 사물은 복잡하기 마련입니다. 그러나 마르크스주의 인식론은 우리가 개별에서 일반으로, 구체적인 상황에서 추상적인 상황으로 승화시키고, 과학적인 추상을 거쳐 사물의 중심과 본질을 파악하도록 이끌고 있습니다. 즉 복잡한 사물을 간단명료화 하는 것입니다. 만약 그렇지 않고 복잡한 현상에 미혹된다면, 궁극적으로 그 속에 빠져 걸어나오지 못함으로써 복잡한 사물이 볼수록 더 복잡해져 실마리를 찾지 못하게 됩니다.

사회주의 현대화 건설에서 일부 동지들이 꾸준히 나타나는 새로운 상황과 문제에 대해 결단을 내리지 못하고, 우유부단하게 행동해 결국은 새 국면을 개척하지 못하는 이유는 무엇일까요? 사상방법이 정확하지 않고 복잡한 사물에 미혹되어 개별을 일반으로, 구체적인 상황을 추상적인 상황으로 승화시키지 못함으로써 사물의 중심과 본질을 확실하게 파악하지 못한 것이 가장 중요한 원인입니다. 이는 큰 문제인 만큼 그에 상당하는 예를 들어 설명해야 합니다.

당연히 복잡한 사물을 과학적으로 추상화 하는 것이 결코 간단한 일은 아닙니다. 실천 경험과 풍부한 자료 그리고 엥겔스가 말한 사고력을 바탕으로 해야만 진정으로 실현할 수 있는 것입니다.

두 번째 고리는 일반에서 개별로 혹은 추상적인데서 구체적인 데로 승화시키는 문제인데, 이 고리를 잘 해결하는 것이 더욱 중요합니다. 객관사물은 다양하고 천차만별하여 단일하고도 천편일률적인 존재가 아닙니다. 그러나 일부 동지들은 일반적인 규칙을 인식한 후 개별과 특수로 돌아와야 하고, 일반과 특수를 서로 결부시켜야 한다는 점을 까맣게 잊고 있습니다. 예를 들면, 중앙 문건에 대한 태도가 아주 중요한 문제입니다. 현재 중앙의 위망이 높고 중앙의 문건 하달이 비교적 시의적절하고 성숙되어 있는 데다 정치 차원에서 중앙과 보조를 일치할 것을 강조하고 있기 때문에, 일부 지방과 부서의 동지들은 중앙에서 전면적으로 얘기했으니 자신들은 머리를 쓸 필요가 없이 곧이곧대로 실천하면 된다고 생각하는 경우가 있습니다.

중앙의 것이 체계를 이루면 당연히 이점이 많겠지만 다른 면에서는 결함도 있습니다. "나라가 어려워야 영웅이 나타난다"라는 말이 있듯이 나라가 어려울 때 쉽게 인재가 육성됩니다. 나라가 번창할 때 만약 제대로 이끌지 못한다면 일부 동지들이 머리를 쓰지 않는 현상도 나타날 수 있습니다. 이러한 상황을 듣기 거북하게 얘기하자면 "나라가 번창하면 게으름뱅이가 나타나는 것이다"라고 할 수 있습니다.

때문에 인식의 두 번째 고리에서 일반화나 일률적인 현상이 나타나고 낡은 틀에 얽매여 일을 처리하며 구체적인 시기와 실정에 맞게 적절한 대책을 세우지 않고 창조성도 뒤로 하는 문제가 쉽게 나타나는 것입니다. 그 결과 틀에 박힌 말만 하면 그 어떤 문제도 제대로 해결하지 못합니다. 여기에서는 개별에서 일반, 일반에서 개별로의 문제를 어떻게 처리할 지가 자못 중요합니다. 중앙의 문건을 하달 받은 후 곧이곧대로 따라하고 실제상황과 연결시키지 않는다면 그 어떤 효과도 거둘 수 없습니다.

올해 우리는 두 가지 대사인 당 정비와 경제건설을 확고히 할 예정입니다. 중앙의 노선 · 방침 · 정책, 그리고 중대한 결책을 자체 상황과 잘 결부시켜 창조적으로 업무를 추진하는 한편, 자체 지역 혹은 단위 상황이나 과거의 업무에 대해 다시 한 번 '재인식'을 진행하는 것인데 이는 아주 유익한 일입니다.

국부와 전체, 이론과 실제, 영도와 피 영도의 관계를 처리해야 한다[*]

(1984년 12월 2일)

국부와 전체의 관계

우리의 당이나 국가는 모두 전체입니다. 전체는 국부에 의해 구성된 존재입니다. 이른바 국부라는 것은 이러한 저런 부서, 상·하급 조직, 이 지역 저 지역 조직 등이 포함됩니다.

상하좌우의 여러 국부가 모아져 전체가 형성됐습니다. 현재 우리는 부서 업무만 얘기하는데 국부 업무에서 급별이 비교적 높고 자체로 체계를 이룰 수 있는 업무라 할 수도 있습니다. 부서 업무 종사자가 우리 당과 국가의 전체 직원 가운데서 차지하는 규모가 얼마나 될까요? 상당한 비율을 차지할 것으로 예상됩니다. 그러나 전체 국면의 관리자는 비율이 적을 것이라 생각됩니다. 때문에 부서 업무 종사자가 많으면 전체 국면에 큰 영향을 미치게 됩니다. 부서 업무를 잘 해결하는 것은 의미가 확실히 아주 큽니다.

국부와 전체가 마땅히 어떤 관계여야 할까요? 서로 의존하는 관계여야 한다고 봅니다. 우리 당과 국가를 놓고 볼 때, 국부가 전체를 이탈해서는 안 됩

---

[*] 이는 후야오방 동지가 전국 홍보 부장급 회의에서 발표한 연설문의 일부를 발췌한 내용이다.

니다. 그렇지 않으면 전체가 완전하지 못하고 국부도 생존할 수 없습니다. 반대로 전체는 국부를 배척할 수 없습니다. 그렇지 않으면 국부는 무용지물이 되어버려 전체에 불리한 영향만 미치게 됩니다. 따라서 국부와 전체는 서로 의존해야 합니다. 한편으로 국부는 전체에 복종하고 전체를 위해 봉사해야 할 뿐만 아니라 전체를 에워싸고 활동해야 합니다. 다른 한편으로 전체는 국부에 관심을 갖고 보살피고 지지함으로써 국부에 활력을 불어넣어 주어야 합니다.

이는 알기 쉬운 이치로 여러분들이 쉽게 이해할 수 있을 것이라고 생각합니다. 그러나 최근 몇 년간의 실천 경험이 증명하다시피 이러한 이치를 여러 부서의 구체적인 활동과 진정으로 결부시키기에는 결코 쉽지 않고, 심지어 그 과정에서 늘 문제가 발생하기도 했습니다. 여기에는 여러 가지 이유가 있습니다. 11기 3중전회 이후 우리 당과 국가의 상황에 큰 변화가 발생한 것이 가장 중요한 원인입니다. 새로운 역사적 조건 하에서 우리 당과 국가는 무엇을 해야 하고 어떻게 정확하게 행동하며, 국부가 어떻게 전체에 복종하고 서비스를 제공해야 할 것인지 등에서 모두 근본적인 변화가 발생했기 때문입니다. 여러 부서 업무 종사자들이 사상과 업무에서 이러한 변화에 잘 적응할 수 있을지의 여부가 부서의 업무를 잘 이끌어 나갈 수 있을지의 여부가 근본적인 문제로 되고 있습니다.

11기 3중전회 이전 상당히 긴 세월 동안 우리 당과 전국의 업무 즉 전체 업무는 '계급투쟁을 강령'으로 했습니다. 비록 상이한 단계에서 관련 제기법의 경중이 다소 다르기는 했지만, 근본적인 지도사상 차원에서는 모두 이를 주장했습니다. 당시 조직부서나 홍보부서, 그리고 정부 여러 부서와 군의 정치부서를 제외하고 모두 '계급투쟁'을 에워싸고 업무를 추진했습니다. 하물며 경제부서도 예외는 아니었습니다. 전 당이 중앙과 보조를 맞춰야 했기 때문입니다. "계급투쟁은 확실히 하면 효과를 보고" 무조건 복종하지 않으면 안되었기 때문에 정치운동이 끊이질 않았습니다. 특히 주의해야 할 점이라면 '계급투쟁을 강령'으로 하려면 정치업무·홍보·정법 부서를 비롯한 일부 부서에 의존해야 했기 때문입니다. 그리하여 '문화대혁명' 첫 시작부터 오래된 홍보와 정치부서의 간부들이 단번에 무너져 버리고 말았던 것입니다. 그럼 누구를 바꿨습니까? 캉성(康生)[90], 천뷔다(陳伯達)[85], 장춘차오(張春橋)[86], 야오원위안(姚文元)[87] 등을 교체했습니다. 때문에 우리는 이러한 교훈을 절대로 잊어서는 안 되는 것입니다.

현재 홍보부서의 동지들은 '계급투쟁을 강령으로 한다'가 소속 부서, 그리고 정치 업무부서, 정법부서에 미치는 영향을 잊거나 과소평가해서는 안 됩니다. 당연히 기타 부서에서도 과소평가하면 안 됩니다. 이 부분의 수많은 생각과 행태는 오랜 세월을 거쳐 형성된 것으로, 보이지 않는 '유령'을 과소평가해서는 절대 안 됩니다. 당연히 현재 그런 부서의 간부들이 나쁘다는 뜻은 아닙니다. 다만 오랜 세월을 거쳐 우리 당이나 일부 부서에서 '계급투쟁을 강령으로 하는' 그런 영향이나 행태, 그리고 이에 습관화된 세력에 대해 과소평가하지 말라는 뜻입니다. 이 문제를 명확히 한다면 현재 공장·학교의 정치업무 간부 다수와 홍보간부 다수가 왜 마음을 잡고 업무에 뛰어들지 않는지를 어느 정도 이해할 수 있을 것입니다.

그들 가운데서 일부 동지들의 과거 행태는 이미 시대에 뒤떨어져 있기 때문에 반드시 새로운 방법과 수단을 다시 학습해야 합니다. 그러나 재학습에 습관화 되지 못하고, 이제는 중요시 하는 자가 없다고 생각하기도 합니다. 현재 홍보·정치업무 부서의 일부 동지들이 안심하고 업무를 이끌어가지 않는 데는 여러 가지 이유가 있습니다. 일부 당 조직에서 사상정치 업무를 소홀히 하고, 문제가 있어도 오랜 세월을 해결하지 않고 있는데, 이는 마땅히 중점을 두고 열심히 해결해야 하는 부분입니다. 방금 언급했던 것처럼 홍보 간부 · 정치업무 간부들이 새로운 상황과 임무, 그리고 방법에 제대로 적응하지 못하고 있는 것 또한 아주 중요한 이유라고 봅니다.

그렇다면 현재 우리 당과 국가는 무엇을 하고 있습니까? 4개 현대화 건설에 매진하며 생산력을 발전시키고 4배의 성장목표를 실현하기 위해 노력하고 있습니다. 이는 가장 큰 임무로 전반적인 국면이기도 합니다. 덩샤오핑 동지는 이 문제를 줄곧 강조해왔습니다.

그는 모든 것은 4개 현대화 건설을 중심으로 해야 하고, 4개 현대화 건설에 유리한지 여부를 업무의 옳고 그름을 가늠하는 기준으로 적용해야 한다고 말했습니다. 또한 4개 현대화 추진이 바로 최대의 정치라고도 강조했습니다. 왜 이렇게 말하는가 하면 오랜 세월동안 정치하면 '계급투쟁'을 얘기하면서 '일관적일 것'을 강조해 사람들의 사상을 어지럽혔기 때문입니다.

덩샤오핑 동지는 바로 이러한 문제를 겨냥해 사회주의 건설시기 4개 현대화 건설은 최대의 정치이자 우리의 온갖 업무의 옳고 그름을 가늠하는 기준이라고 명확히 제기했던 것입니다. 우리당의 지도방침 차원에서는 확실히 큰 전환이고, 건당 이후 전에 없는 상황이기도 합니다. 토지혁명 전쟁시기나 항일전쟁시기 아니면 해방전쟁시기를 막론하고 우리의 첫 임무는 모두 반제반봉건의 군사투쟁이었고 경제업무는 늘 그 뒤였습니다. 신 중국 설립 후 처음에는 우리당이 여전히 반혁명 잔여세력에 대한 숙청과 토지개혁[1]을 우선 자리에 놓았다가 후에는 또 3대 개조[29][1]를 가장 중요한 위치에 놓았습니다. 이러한 과정을 거치고 난 후에야 경제문화 건설을 추진해야 한다고 주장했습니다. 이는 필요한 조치입니다.

그러나 문제는 3대 개조를 마친 후 약 20년간 착오적으로 '계급투쟁을 강령으로 함으로써' 우리당을 위험한 경지로 몰아넣었다는 점입니다. 11기 3중전회[77]에 이르러서야 국면이 바뀌기 시작해 진정으로 4개 현대화 건설·생산력 발전을 가장 중요한 위치에 놓고 첫 번째 임무로 간주했습니다.

경제를 발전시켜 4배의 성장률을 실현하고 4개 현대화 건설을 성공으로 이끄는 것이 가장 근본적인 문제라는 점은 의심할 바가 없습니다. 4개 현대화를 추진하지 않는다면 경제수준을 끌어올릴 수가 없어 그 외의 부분은 운운할 필요조차 없다고 생각합니다.

경제를 발전시켜 국가와 인민을 부강으로 이끌어야만 중국의 현 실정이나 중국 인민의 가장 절박한 요구 그리고 중국사회주의 역사의 사명과 마르크스주의에 진정으로 부합될 수 있습니다. 우리 당이 4개 기본원칙을 주장하고 중국공산당 제12차 전국대표대회에서는 4가지 정치보장[292]을 강조했는데, 이는 모두 4개 현대화 건설을 위해서입니다. 그래야만 공산주의의 원대한 이상이 오늘날 실현해야 할 목표를 진정으로 체현해 낼 수가 있는 것입니다. 따라서 4개 현대화 건설은 최대의 정치로, 정치와 경제를 갈라놓는 방법은 완전히 잘못된 것입니다. 따라서 홍보와 여러 가지 사상정치 업무를 4개 현대화 건설, 4배의 성장률 실현과 긴밀히 결부시켜야 합니다. 이 문제를 제대로 해결한다면 홍보업무도 진정으로 새로운 국면을 개척할 수 있을 것입니다.

이론과 실제의 관계

무릇 중대한 업무는 정확한 이론이나 착오적인 이론의 지도를 받게 됩니다. 같은 맥락으로 무릇 중대한 업무라면 기타 업무와는 달리 늘 변화하는 실제문제에 부딪히게 됩니다. 다시 말해서 무릇 중대한 업무라고 한다면, 상이한 상황과 특징이 있을 뿐만 아니라 이러한 상황과 특징이 꾸준히 바뀌기도 합니다. 비슷한 상황이 없듯이 영원히 변하지 않는 상황도 없습니다. 때문에 우리는 부서 업무를 잘 이끌어 나가는 과정에서 이론문제나 일반적인 방침원칙 문제, 그리고 실제 문제에 주의를 기울여야 합니다. 특히 소속 부서의 실제상황과 구체적인 모순 문제를 모두 중요시해야 합니다. 이론 문제나 일반적인 방침과 원칙만 중요시하고 실제문제와 소속 부서의 실제상황이나 모순에 주의를 돌리지 않거나 실제만 중시하고 이론과 일반적인 방침과 원칙을 소홀히 한다면 편편적인 착오를 범하게 됩니다.

마오쩌동 동지는 이론이 없다면 함부로 행동하는 경솔자와 사무주의자가 되고 실제를 모른다면 유명무실한 정치가와 교조주의자가 된다는 훌륭한 말을 했습니다. 이러한 경구는 마땅히 우리의 좌우명으로 삼아야 합니다. 때문에 간부를 상대로 한 사상교육은 마땅히 아래와 같은 두 가지를 강조해야 합니다.

첫째, 이론을 알고, 둘째, 실제도 알아야 합니다. 주지하다시피 마오쩌동 동지의 가장 위대한 기여가 바로 수십 년간 이론과 실제를 긴밀히 연결시킬 것을 제창했다는 것입니다. 『실천론』은 그가 가장 만족해하는 저술입니다. 중국혁명이 실패에서 승리로 역전하고 우리당이 정권을 잡을 수 있었던 것은 이론과 실제를 결부시키는 데 관한 마오쩌동 동지의 위대한 사상지도를 바탕으로 하고 마르크스주의의 보편적 진리를 중국혁명의 구체적인 실천과 서로 결부시킨 덕분입니다. 훗날 마오쩌동 동지가 착오를 범한 근본적인 원인도 이론이 실제를 이탈한 데 있었습니다.

때문에 이론과 실제의 결부는 무궁무진한 힘을 가진 보배이자 당의 3대 기풍 가운데서의 첫 번째 보배입니다. 이론이나 실제를 경시하는 자들은 모두 큰일을 해낼 수 없습니다. 최근 몇 년간 관련 문제에서 늘 편면성이 나타났다는 점을 우리는 유의 깊게 살펴보아야 합니다. 이론만 강조할 때가 있는가

하면 실제만 강조할 때도 있었습니다. 우리는 더는 이 같은 편면적인 착오를 범해서는 안 됩니다. 그렇기 때문에 "이론을 실제와 긴밀하게 연결시키자"가 바로 우리의 구호입니다.

현재 이론과 실제를 연결시키는 문제에 대해 얘기해 보도록 합시다. 이론을 어디서 얻어야 할까요? 당연히 마르크스주의의 대표 저술을 읽어야 합니다. 최근 몇 년간 독서를 제창해 마르크스주의를 학습했는데 참으로 잘한 일입니다. 전 당의 동지들이 모두 독서해야 하고, 실제업무를 영도하는 동지들은 필요한 이론서에 대한 독서를 중요시해야 합니다.

특히 새로 입당한 젊은 대학생이나 사상정치와 홍보업무를 맡은 동지들은 더욱 마르크스주의 저술을 더 많이 독서해야 합니다. 마르크스주의의 대표적인 저술이 너무 많아 그 중 일부를 꾸준히 학습해야 합니다. 특히 마르크스주의 경제이론을 집중적으로 학습해야 합니다. 아울러 현대 과학기술 지식과 경영관리지식을 더 많이 학습하기 위해 노력해야 합니다. 총체적으로 열심히 독서해 이론무기를 관장하는 것은 사회주의 현대화를 건설하는 위대한 사업에서 아주 중요합니다.

마르크스주의의 기본원리, 인류 역사와 자본주의사회에 관한 기본이론은 당연히 정확합니다. 그러나 그 당시 사회주의사회에 대한 마르크스의 여러 가지 가상(假想)은 완전히 이러한 것만은 아니라는 점을 반드시 설명해야 합니다. 마르크스는 미래 사회에 대해 이런저런 설계를 하는 것을 예로부터 반대해왔는데, 이 또한 그의 사상방법의 특색이라 하겠습니다. 그도 일부 가상은 했습니다. 예를 들면 사회주의는 생산재 공유제를 기반으로 건립된다는 등의 말을 했는데 이는 당연히 가상이었던 것입니다. 그러나 그는 사회주의 조건에는 상품경제가 존재한다는 점을 전혀 예상치 못했는데, 이는 현재 우리의 실천과 전혀 다릅니다. 만약 '고타 강령 비판'을 읽었다면 현재 중앙에서 수정주의를 실행하고 있다면서 마르크스는 그렇게 얘기하지 않았다고 말하는 자가 분명히 있을 것입니다. 이는 완전히 틀린 것입니다. 마르크스주의의 기본원리가 정확하다고는 하지만 시대의 발전에 따라 이러한 기본원리도 꾸준히 변화·발전해야 합니다. 마르크스주의가 과학이고 과학은 영원히 정지되어 있지 않기 때문입니다. 사회주의사회에 대한 마르크스의 여러 가지 가설을 교조로 간주해서는 더욱 안 됩니다. 옛 사람들이 훗날의 실천을 해보지 못했고, 그럴 수도 없었기 때문입니다.

마르크스는 사회주의를 직접 체험해보지 못했고, 레닌도 영도한 시간이 아주 짧았기 때문에 그들이 사회주의에 대한 일부 가상은 훗날의 실제에 맞을지 만무했고, 오랜 세월이 흐른 현재 우리의 실제에 더욱 어울리지 않습니다. 때문에 마르크스주의를 학습하는 과정에서 실제와 연결시켜 연구하고 분석하는 태도를 가져야 합니다. 학습은 두뇌를 발달시키고 실천을 지도하기 위한 것이기 때문에, 오늘날에도 여전히 적용되는 부분이 무엇인지 명확히 한 후 계속 견지하는 한편 오늘에 적용되지 않는 부분에 대해서는 창조적으로 발전시켜야 합니다. 이것이야말로 정확한 학습태도입니다. 그렇지 않고 그대로 베끼거나 억지로 적용하려 한다면 그것은 옛것을 현실에 맞게 받아들이지 못하는 교조주의자가 되고 맙니다.

교조주의적 태도로 현재 중국의 4개 현대화 건설 문제를 해결할 수 있을까요? 마르크스주의의 대표 저술이 만병통치약이라 생각하면 오산입니다. 스탈린이 비웃었던 전설 속의 크림공화국 사회민주당 당원처럼 제정러시아 흑해 함대 병사들이 폭동을 일으키려는 순간에도 여전히 회의를 소집해『자본론』과 마르크스·엥겔스의 저술에서 폭동 관련 지시를 찾는 일을 하지 말아야 합니다. 때문에 중앙에서 제기한 것처럼 시대가 발전한 만큼 마르크스주의도 따라서 풍부해지고 발전해야 합니다. 이는 우리들이 결코 전가할 수 없는 역사적 책임입니다. 당연히 우리에게 그럴만한 능력이 있는지, 능력이 어느 정도 되는지는 실제를 통해서만이 입증할 수 있습니다. 그러려면 우리 스스로 노력해야 합니다. 마르크스주의 계승자로써 마르크스주의를 풍부히 하고 발전시키기 위해 노력해야 합니다. 이러한 요구는 필요하고 정확합니다. 하지만 이러한 요구조차 제기하지 않는다면 그것은 잘못된 것입니다.

실제와의 연결에 대해 얘기해보겠습니다. 현재 중국의 가장 큰 실제는 무엇입니까? 바로 4개 현대화를 실현하고 4배의 성장률을 실현하는 것입니다. 무릇 4개 현대화 건설에 뛰어들고 이를 위해 노력하는 자라면 가장 큰 실제를 장악한 것과 같습니다. 그렇지 않으면 반드시 뒤떨어지기 마련입니다. 경제는 범위가 넓어 책에 없는 내용도 많습니다, 그러니 조사연구를 바탕으로 해야 하고 두발로 뛰고 두 눈으로 직접 확인해야 합니다.

일부는 국내에 없는 내용이기 때문에 외국으로 가야만 볼 수 있습니다. 경제상황을 이해하기 위해 이번 회의에서 일부 동지들에게 보고를 하도록 초청했습니다. 그 중 일부 보고는 아주 훌륭했습니다. 그러나 단지 보고하는 것을 듣거나 독서하는 것만으로는 턱없이 부족하다는 점을 여러분에게 귀띔하고 싶습니다. 궁극적으로는 4개 현대화 건설과 경제개혁 실천에 뛰어들고 직접 고찰에 나서야 합니다. 이는 절대로 하루아침에 할 수 있는 일이 아니고 1·2년으로 실현할 수 있는 문제가 아닙니다. 수년간 공을 들이지 않고서는 경제를 발전시킬 수 없습니다. 만약 일부 홍보부서의 동지들이 과거에 경제의 실제 문제에 대한 연구를 중시하지 않아 시기를 놓쳤다고 한다면 지금부터라도 기회를 놓치지 않기를 바랍니다. 결심을 내리고 3·4년 아니면 4·5년의 시간을 이용해 연구해야 합니다. 시간이 짧으면 안 됩니다. 실제를 연구하려면 다른 무언가를 희생해야 합니다. 예를 들면 회의를 많이 소집하지 말아야 합니다. "잡다한 서류와 빈번한 회의"는 그 누구에게도 이렇게 해서는 안 되고 회의 차수와 공문 발표를 대폭 간소화해야 합니다. 그리고 중국의 실제를 보면 범위가 너무 넓고 복잡한 것이 사실입니다.

이럴 때일수록 그의 복잡성을 인정하고 실제상황에 따라 적절한 대책을 세우는 한편, 여러 업무에서 모두 이 부분을 강조해야 합니다. 중국의 실정이 이토록 복잡하고 천차만별하므로 중앙의 정확한 결책과 방침을 필요로 해야 할 뿐만 아니라, 여러 부서와 지방의 동지들이 힘든 노력과 자체 조사연구를 거쳐야만 진정으로 상황을 이해하고 잘 처리할 수 있습니다. 한 마디로 사상방법과 업무방법을 실정에 맞추고 직접 연구하여 지식을 얻어야 합니다. 단지 간접적인 지식으로는 안 됩니다.

영도와 피 영도의 관계

여러 부서에서 일부 단위를 맡아 관리하고 있는데 이들 단위의 업무성질뿐만 아니라 상황이나 직원들 모두에게는 일정한 차이점이 있습니다. 선전부에서 관리하고 있는 단위가 아주 많습니다. 그래서 선전부를 당에서 관리하는 단위가 가장 많은 부서라 할 수 있습니다. 정부에서는 계획위원회, 당에서는 선전부가 관리하는 단위가 가장 많고 업무 범위가 가장 광범합니다.

선전부의 업무에는 이론, 교육, 문예, 신문, 출판, 문물, 대중문화, 대외홍보 등이 포함됩니다. 제반 업무와 양호한 업무관계를 구축하자면 엄청난 정신력과 체력, 그리고 박식한 지식이 뒷받침되어야 합니다. 그러나 보편적으로는 정신력과 체력을 갖춘 대신 지식을 관장하지 못합니다.

활동 범위가 이토록 넓어 그 누구도 모든 분야에 정통할 수가 없으니 그야말로 모순되는 일이 아니겠습니까?

단지 선전부에만 있는 모순이 아니라 기타 다수의 부서에도 이러한 문제가 있습니다. 어떻게 해야 할까요? 뾰족한 방법은 없습니다. 마오쩌둥 동지가 우리에게 가르쳐준 것처럼 스승으로 되었다가 학생으로 되거나, 먼저 학생으로 되었다가 후에 스승으로 되거나 스승으로 있으면서 학생으로 되는 것 외에도 늘 스승이 되거나 늘 학생으로 되어야 합니다.

더욱 중요한 것은 서로 동지나 친구가 된다면 양자 관계가 더 원활해지고 서로 평등한 태도로 이야기를 주고받을 수 있지 않을까 생각합니다. 사실상 인민해방군 간부가 병사에게 이불을 덮어주는 것을 단순히 스승과 학생의 관계로만 말할 수 있을까요? 분명히 동지·친구의 관계가 아닌가요? 따라서 영도와 피 영도의 관계는 동지이자 친구이며 서로 스승과 학생으로 되는 변증관계라 하겠습니다.

간부대오는 반드시 엄격하게 기율을 지키고 피 영도자는 중앙과 각급 영도의 여러 가지 정확한 결정을 착실히 실행해야 하는데, 이에 대해 애매모호한 태도를 취해서는 안 됩니다. 다른 한편으로 영도자는 늘 피 영도자에게서 배워야 합니다. 공자가 말했던 것처럼 "세 사람이 모이면 그 중에는 반드시 스승이 있습니다."[293] 당나라 한유는 "학생이 모든 면에서 선생보다 못한 것은 아니고, 선생도 모든 면에서 학생보다 나은 것이 아니다."[294]라고 명확히 얘기했습니다. 참으로 변증법적인 얘기가 아닌가요?

무릇 영도 직을 맡은 자들은 "하나의 취지, 이중 신분"을 견지해야 합니다. '하나의 취지'라는 것은 마음을 다해 인민을 위해 봉사하고 권력을 이용해 사리를 챙기는 현상이나 여러 가지 나쁜 기풍과 첨예하게 대립하는 한편, 이러한 문제를 대대적으로 언급하는 것입니다. '이중 신분'이라는 것은 영도이기도 하지만, 피 영도자 사이에서는 또 동지관계이기 때문에 그들에게서 배워야 합니다. 영도자의 신분은 태어나서부터 소유하는 것이 아니고 더욱이 평생 가질 수 있는 것도 아닙니다. 단지 당이 필요하고 적당하다고 생각될 때, 일정한 시기 · 일정한 범위 내에서 직책을 맡기는 것입니다. 때문에 영도자는 여러 부분에서 피 영도자보다 못하다는 점을 인정해야 합니다. 이는 결코 떳떳하지 못한 부분이 아닙니다. 그 누구도 영원히 잘할 수 있는 것은 아니기 때문입니다. 모르면 연구하고 특히 접촉하는 업무가 많을수록 자신이 모르거나 잘 알지 못하는 부분에 대해 허심탄회하게 연구하기 위해 최선을 다해야 합니다. 자체의 특색과 규칙을 가진 분야를 하나씩 연구해야 합니다.

첫째, 이러한 분야에서 특수한 기율성을 가진 부분을 관장하기 위해 노력해야 하고, 둘째, 이러한 분야 업무에서 돌출적인 문제와 선진 경험을 관장하기 위해 노력해야 합니다. 이러한 부분에 대해서는 민주적인 논의를 거쳐야 하고 절대 모르면서 아는 체 해서는 안 됩니다. 명확히 논의했으면 해결하고 아니면 인내심을 갖고 기다려야 합니다. 다수의 상황에서 기다림은 문제를 해결함에 있어 결코 빠뜨릴 수 없는 조건입니다.

영도와 피영도의 관계에서 서로 격려하고 서로의 장점을 배우고 단점을 보완하며 마음을 합쳐 서로 돕는 기풍을 형성해야 합니다. 무릇 불화가 있거나 조화롭지 못한 곳이 있으면 단합하여 앞을 바라볼 것을 강조해야 합니다. 누구든 단점이 있고 결함이 있기 마련입니다. 단지 착오와 단점의 차이가 서로 다를 뿐이므로 항상 마음에 둘 필요가 있겠습니까? 이러한 문제는 문화계에만 있는 현상이 아니라 당내 외 여러 부서 동지들에게 보편적으로 존재하는 문제이기 때문에 이 자리를 빌어 말하는 것입니다. 공동 사업의 발전을 위해 우리 함께 마음을 합쳐 서로 돕고 단합하여 미래를 바라보는 것이 아주 중요합니다.

당의 언론 업무에 대하여[*]

(1985년 2월 8일)

1. 언론 업무의 성질 문제

우리 당의 언론 사업은 도대체 어떤 성질의 사업일까요? 가장 중요한 의미를 한마디로 개괄한다면 당의 언론 사업은 당의 후설(喉舌, 나라의 중대한 언론을 담당한다는 뜻 - 역자 주) 같은 존재로 자연히 당이 영도하는 인민정부의 후설이자 인민의 후설이기도 합니다. 그러나 이러한 한마디로 당연히 당의 언론사업의 모든 내용과 역할을 개괄할 수는 없습니다.

예를 들면 당과 인민대중을 연결시키는 유대와 교량 역할을 하는 것 외에도 인민 그리고 당내 외와 국내외에서 정보를 전달하는 수단으로 되고 있는 것 등이 그것입니다. 그러나 우리 당은 한마음 한 뜻으로 인민을 위해 봉사하고 당의 업무 노선은 대중 속에서 얻고 대중을 위해 봉사하는 것이기 때문에 당의 언론사업은 당의 후설 역할을 충분히 발휘해야 합니다. 여기에는 하향식 의사소통과 상향식 의사소통 역할이나 당과 인민대중의 연계를 강화하고 인민대중의 목소리를 반영하는 역할과 제반 분야에서 인민대중이 정보를 얻는 수요를 만족시키는 역할이 포함됩니다.

---

[*] 이는 후야오방 동지가 중공중앙 서기처 회의에서 발표한 연설문이다.

때문에 가장 근본적인 특징으로 볼 때, 당의 언론 사업은 당의 후설 역할을 합니다. 이는 입지가 확고할 뿐만 아니라 조금이라도 동요시켜서는 안 되는 부분입니다.

중국에는 언론단위가 아주 많습니다. 수천 개에 달한다고 들었는데 자연히 차이점이 많습니다. 예를 들면 『해방군보』는 마땅히 중앙군사위원회의 후설역할을 해야 하고, 『노동자일보』, 『중국청년보』, 『중국여성보』는 전국총공회 · 청년단 중앙 · 전국 부녀연합회의 후설 역할을 하고, 각 성의 성보(省報)는 소속 성의 성위와 성정부의 후설이 되어야 하는데 이러한 부분이 바로 차이점입니다. 그러나 해방군 · 총공회 · 공천단 · 여성연합회 · 성위 · 성정부를 막론하고 당 중앙의 통일적인 영도 하에 모두 당의 노선 · 방침 · 정책에 따라 업무를 전개해야 합니다. 그러나 이러한 차이점은 신문이 당의 후설역할을 발휘하는 근본적인 성질에 영향을 미치지 않고 또 영향을 미치지도 말아야 합니다. 만약 반대로 이러한 차이점으로 인하여 신문의 근본적인 성질에 영향을 미쳤다면 이는 방향을 이탈한 것이 아닌가요? 인민정협과 여러 민주당파의 신문, 그리고 일부 업무부서의 전문성과 기술성을 띤 신문의 성질에 차이가 있어 당연히 일률적으로 논할 수는 없고 '당의 후설'이라고도 말할 수 없습니다.

당의 언론 사업의 근본적인 성질 문제는 중요한 문제입니다. 이에 대해 일부 원로 동지들은 기억이 어렴풋해졌고, 일부 새로운 업무와 관련된 기본훈련 참여 경험이 별로 없는 청년들은 아직 이러한 기본관점에 대해 잘 모르고 있을 것입니다. 이럴 때 우리는 인내심을 갖고 그들이 기본 훈련을 받을 수 있도록 도와주어야 합니다.

최근 논의를 거쳐 모든 문예는 반드시 충분한 창작의 자유가 있어야 한다고 입을 모았습니다.

언론 업무에서 이 구호를 그대로 옮겨와도 될까요? 저는 단순하게 그대로 옮겨와서는 안 된다고 생각합니다.

당연히 언론 사업과 문예 사업은 사회주의제도와 헌법이 부여한 자유의 권리를 누려야 한다고 봅니다. 일부 동지들은 최근 몇 년간 언론업무가 전에 없이 활성화되고 번영하게 되었다고들 하는데 나도 실제에 부합하는 얘기라고 생각합니다.

이는 우리가 언론 사업에 대한 영도를 개진하고 언론단위의 마땅한 자주권리를 존중했다는 점을 의미합니다. 그러나 언론과 문예의 성질 및 직능이 서로 다르다는 점을 거듭 강조하고자 합니다. 당의 언론 사업은 당과 정부를 대변해야 하는 것 외에도 당의 노선과 정책을 바탕으로 논의를 발표하고 업무를 지도해야 합니다. 비록 신문·통신사·방송국의 글과 보도마다 지도성을 갖추었다고는 할 수 없고, 다수는 개인의 의견이나 관찰을 대변하는 경우도 있지만 당의 언론기관의 주요한 목소리나 국내업무와 대외관계에 관련되는 중요한 보도는 마땅히 당과 정부의 입장을 대변해야지 편집이나 기자 개인의 생각을 대표해서는 안 됩니다. 그러나 문예는 이와 다릅니다.

문예가의 사회역할은 당과 정부의 후설로써 당과 정부를 대변해 의논을 발표하고 업무를 지도하라는 것이 아니라, 그들이 생활에 대한 깊이 있는 관찰을 바탕으로 한 개인의 문예창작을 통해 인민을 격려하고 교육함으로써 인민들의 영혼에 은연중 영향을 미치게 하라는 것입니다. 이는 덩샤오핑 동지가 늘 인용하는 '인류 영혼의 공정사'역할을 말합니다. 당원 작가뿐만 아니라 당의 노선·방침·정책을 옹호하는 비당원 작가도 작품에서 당성을 표현합니다. 그러나 당은 그 어느 때이든지를 막론하고 작가들에게 반드시 써야 하는 부분을 규정해서는 안 됩니다. 얼마 전 후치리(胡啓立)[252]동지가 중앙을 대표해서 작가협회대회에서 연설할 때 문학창작은 뚜렷한 작가 개인의 특색이 포함되어 있어 작가는 반드시 창작력 · 관찰력 · 상상력을 충분히 발휘해야 한다고 말했습니다. 또 소재와 주제를 선택하고 개인의 사상을 표현할 만한 충분한 자유가 있고, 창작의 자유가 있어야만 감화력이 담긴, 진정으로 교육역할을 하는 작품을 창작해낼 수 있다고 전했습니다,

창작의 자유라고 해서 신문과 출판사의 편집인들이 작가가 보내온 작품이라면 모두 발표하고 출판해야 한다는 뜻은 아닙니다. 사람들의 자유나 권리는 일정한 책임과 의무가 따르기 마련입니다. 책임을 지지 않는 자유나 의무를 지지 않는 권리는 없고 절대적인 자유는 예로부터 존재하지 않았습니다. 그 어떤 시대나 사회 · 개인을 막론하고 모두 그러했고 서로 다른 시대, 사회와 개인에 있어 책임 혹은 의무의 성질과 범위가 다소 달랐을 뿐입니다.

1920년 레닌이 체트킨[295]과 사회주의자가 주장한 창작 자유를 논하면서 "사유제를 기반으로 한 사회에서 예술가는 시장을 위해 상품을 생산하고 있으며, 그에게는 구입자가 필요하다. 우리의 혁명은 예술가를 해방시킴으로써 그들이 저속하기 그지없는 조건과 압력에서 벗어나도록 했다. 혁명은 소비에트국가가 예술가의 보호자와 협찬자가 되게 했다. 예술가와 예술가라 자부하는 사람들은 자신들의 이상에 따라 자유로 창작할 권리가 있다. 그 이상이 어떻든 지를 막론하고. 그러면 그대는 격동되고 시도하고 혼잡한 상황에 부딪히게 된다. 그러나 자연히 우리는 공산당원이다. 따라서 우리는 수수방관할 권리가 없고 혼잡한 상황이 마음대로 퍼져나가도록 놔둬서도 안 된다. 우리는 의식적으로 이러한 발전을 영도해 그에 따른 결과를 형성하고 결정지어야 한다."[296]라고 말했습니다.

레닌은 "예술은 인민에 속한다…… 이로 인해 대중의 감정, 사상과 의지를 통일시킴으로써 그 가운데서 향상을 실현해야 한다."[297]라고 말했습니다. 또 "노동자와 농민은 연예보다 더 나은 것을 누리도록 해야 한다. 그들은 진정

으로 위대한 예술을 누릴 권리가 있다. 때문에 우리는 가장 대중을 상대로 교육과 훈련을 우선 실시해야 한다. 대중을 상대로 한 교육과 훈련은 문화의 토양이다⋯⋯ 이 땅에서 진정으로 새롭게 흥기되고 위대한 공산주의 예술이 자라나고 있으며 내용에 어울리는 형식이 기필코 창조될 것이다."[298]라고 말했습니다. 아쉽게도 레닌이 장편의 연설에서 표현한 일련의 아주 중요한 사상들이 오랜 세월동안 우리 당과 중국 문예계의 중시를 받지 못했습니다. 연설은 우리가 창작의 자유가 어떤 것인지 그 의미를 깨닫는데 큰 도움이 될 것입니다.

현재 사회주의 국가에서 창작하고 있는 작가들은 당연히 완전한 창작의 자유를 누리고 있습니다. 그러나 우리 당은 여전히 필요할 때 그들에게 동지식의 건의와 권고를 제기할 책임이 있습니다. 사회주의 국가에도 출판과 관련된 다양한 법률 규정이 있습니다. 간행물 · 신문 · 출판사의 편집부는 선택할 권리가 있습니다. 어느 한 작품의 발표여부에 권리를 갖고 있다는 뜻입니다. 편집부의 결정에 착오가 있을 수도 있기 때문에 작가는 그들의 결정에 대한 수정을 요구하고 심지어 편집부의 재편성을 요구할 수도 있습니다. 그러나 원칙적으로 작가는 자신들의 자유로 편집부의 자유를 박탈할 권리는 없습니다. 당의 언론 사업이 당의 감독을 받아야 하는데 대해서는 더 말할 나위가 없을 듯싶습니다.

그렇다면 당의 언론 사업을 경제체제 개혁과 한데 섞어 논하면서 기업이 오히려 상대적으로 독립된 상품생산자가 되고 있으니 당의 언론부서도 따라하면 되지 않을까요? 이러한 제기법이 정확하지는 않다고 봅니다. 사실상 경제체제 개혁은 경영관리의 체제 개혁이지 소유제 성질의 근본적인 변화는 아닙니다. 사회주의 기업의 활력을 증강하는 목적은 생기가 넘치는 사회주의 경제체제를 건립하기 위한 것이기 때문에 사회주의 공유제의 성질은 변화를 결코 용납하지 않습니다. 당의 언론기구를 경영차원에서 볼 때 기업이기도 하지만 우선은 여론기관입니다. 그 어떤 개혁이라도 당의 언론 사업 성질을 변화시키고, 이와 당의 관계를 변화시키는 것을 절대 용납하지 않습니다. 때문에 구체적으로 분석하지 않고 경제체제 개혁의 일부 제기법을 곧 이곧대로 언론 사업으로 옮겨온다면 절대로 안 됩니다.

언론 사업이 당과 정부의 후설역할을 하면 좋을까요? 영광스러운 일일까요? 이에 대해서는 "아주 훌륭하고 영광스럽다"고 명확히 대답해야 한다고 봅니다. 당과 정부는 서로 다른 방식으로 전국 인민과 전 세계를 향해 중요한 주장을 발표해야 합니다. 그러려면 모 부서에 대한 위탁 표현을 비롯해 여러 가지 루트가 필요합니다. 언론부서는 그중에서 없어서는 안 되거나 심지어 가장 중요한 루트와 부서가 됩니다. 당을 대변해 발언하는데 어찌 영광스럽지 않겠습니까? 그러나 사상과 정치 수준이 아주 높아야만 능히 감당할 수 있습니다.

해방 초기에 해방군 전사나 공산당원이 될 수 없는 자들이 아주 많았습니다. 그들은 부러운 마음에 간부 복장을 입고 인민해방군과 공산당을 동경하고 있다는 마음을 표명했습니다. 훗날 '문화대혁명'기간에 우리 스스로 자신들의 이미지에 먹칠을 함으로써 일부 사람들에게 공산당원이라는 타이틀이 수치스럽다는 느낌을 가져다주었습니다. 그러나 이는 잠시적인 현상일 뿐이었습니다. 어지러운 세상을 바로잡아 정상으로 돌림으로써 당의 위신이 다시 향상되었습니다.

현재 국내의 인민과 외국 여러 분야의 인사들이 우리의 신문에 높은 구독 열정을 보이고 라디오를 시청하려 하는 것은 당 중앙의 방침이나 정책을 시의적절 하게 알기 위해서입니다. 때문에 우리 당의 언론 사업은 당 중앙과 중앙인민정부의 신망을 세우는 일이고, 그 신망은 당의 언론부서가 중앙의 목소리를 충실하게 전파하는데서 얻게 되는 것입니다. 만약 그렇지 않고 중앙의 주장을 이탈하거나 심지어 위배한다면 당의 언론 사업이 어찌 오늘처럼 높은 신망을 얻을 수 있겠습니까? 이러한 상황이 당의 언론 사업과 당의 관계를 생동적으로 설명해주는 것이 아니겠습니까?

이러한 상황은 또 중국 언론 사업과 자본주의 국가 언론 사업 간의 차이점을 설명해 줍니다. 자본주의 국가의 언론 사업에서 신문의 창작·편집·전파 등 부분의 선진기술과 선진 경영관리 방법을 배워야 하지만, 자본주의 언론 사업의 근본방침은 배우면 안 됩니다. 사회제도가 다르기 때문입니다. 기업에 개체와 개체 공동경영이 있는데 언론에도 그러면 왜 안 되냐고 묻고, 우리나라에는 왜 다른 목소리가 있으면 안 되냐는 의견도 있다고 들었습니다. 여기에 대해서는 정치 차원에서 분석해야 한다고 봅니다.

서방 자본주의 국가에서 정부의 입장을 대변하는 신문은 크게 환영받지 못합니다. 그래서 신문은 '비공식적인 색채'를 띤 '민간운영'의 모습으로 나타나는 것입니다. 사실 상당수의 '민간운영'은 사실 신문업 집단에서 관장하는 것이고, 그 뒤에는 재벌그룹이 든든한 버팀목 역할을 해주고 있습니다. 사회주의 국가에서 당과 정부 그리고 인민의 이익은 일치합니다. 그래서 당보는 인민의 신문으로, 전 당과 인민에 의존해 신문을 만드는데, 그리하여 당의 신문 사업은 대중을 기반으로 건립될 수 있었던 것입니다. 이는 정확한 길입니다. 만약 이 길을 이탈해 개체 경영 혹은 남과 함께 경영하는 것처럼 신문을 만들어야 '민주'라고 한다면 이는 결코 적절하지 않은 포현입니다. 서로 다른 목소리에 대해서는 어떤 문제를 두고 내는 목소리인지를 판단해야 합니다.

만약 국가의 정치방향과 기본정책에서의 문제라면 위에서 언급했듯이 인민의 근본이익은 일치합니다. 당 중앙과 국무원의 정치방향과 기본정책은 인민의 이익을 대변합니다. 이러한 근본적인 문제에서의 동일한 목소리는 필연적이고 자연스러운 것인데 만약 일부러 '다른'목소리를 내려한다면 그것이야말로 부자연스러운 처사입니다. 여러 가지 구체적인 문제에서 여러 가지 다양한 목소리가 있기 마련입니다. 현재 신문이나 간행물에서 자주 서로 다른 목소리를 발표하고 있으며, 다수의 훌륭한 목소리는 당의 격려와 인민의 환영을 받기도 합니다.

만약 현재의 발표가 충분하지 않다고 생각된다면 여러분들이 더 많이 발표하기를 희망합니다. 이는 중국 인민 민주생활이 정상적으로 발전하는 표현이기도 합니다.

자본주의 국가의 민주가 우리보다 많고 정치제도도 우리보다 우수하다고 여기는 사람들이 있다고 들었습니다. 아시다시피 자본주의 국가는 소수 착취자의 이익을 대변하는 자들이 통치하는 반면, 중국은 인민과 그들의 대표가 관리하고 있습니다. 어느 제도가 더 민주적이고 더 나은 지는 굳이 얘기하지 않아도 이미 명확하지 않습니까? 당연히 자본주의 국가 정부에서도 인민에 유리한 일들을 했습니다. 일부는 인민의 수요이자 자본가계급의 수요이기도 하기 때문입니다.

다른 한편으로 당과 정부에서도 일부 착오를 범할 수 있습니다. 경험이 없거나 혹은 당과 정부에 나쁜 사람이 섞여 들어왔을 수 있기 때문입니다. 그러나 이러한 부분이 과연 문제의 본질을 바꿀 수 있을까요? 일부는 자본주의 국가에 서로 다른 목소리가 더 많아 더 '민주'적이라고도 말합니다. 이러한 설은 깊이 있는 분석을 한 결과는 아닙니다. 자본주의 국가에 근본 이익이 서로 충돌되는 계급 즉 착취계급과 피착취계급이 있으며 착취계급은 또 이익이 서로 다른 계층과 그룹으로 분류됩니다. 그러니 그들의 목소리도 자연히 다를 수밖에 없는 것입니다.

사실상 자산계급 민주를 실시하는 국가에 다른 목소리가 있다고 해도 충분히 발표될 수 없습니다. 진보세력이 비교적 강한 일부 국가를 제외하고 자본주의 국가의 노동인민이나 역량이 비교적 약한 자산계급 반대파는 대량으로 발행하는 신문과 출판기구를 소유할 수 없습니다. 그러니 라디오방송국이나 텔레비전방송국 등은 더 말할 나위조차 없지 않겠습니까?

　자본주의 국가의 이러한 상황과는 반대로 우리 당의 신문 사업은 당과 정부의 후설역할을 합니다. 우리 당과 국가는 인민을 위해 봉사하기 때문에 당의 신문 사업은 가장 인민의 목소리를 완전히 대변하고 반영할 수 있습니다. 당의 대변인과 인민대중의 목소리를 반영하는 것은 근본적인 차원에서 볼 때 일치하는 것입니다. 당연히 두 가지 서로 다른 사회제도의 근본적인 성질이 다른데 한해서는 근본적인 경계선을 명확히 구분해서 말해야 합니다.

　우리 당이 굴곡 있는 발전을 겪은 역사의 길에 대해서 볼 때, 중앙의 노선이 정확하면 잘 이끌어 나갈 수 있고, 아니면 실패하게 된다는 점을 잘 보아야 합니다. 예를 들면 '문화대혁명'에서 문제가 복잡하기 때문에 간단하게 중앙의 후설역할을 하는 것과 인민의 목소리를 반영하는 것이 완전히 일치한다고 하면 안 됩니다. 그러나 이는 아주 특수한 예외적 상황입니다. 뿐만 아니라 이러한 특수한 상황에서 문제를 해결하려면 오로지 당과 인민의 분투에만 의존해야 합니다. 이 점도 이미 역사가 입증하지 않았던가요?

　신문 사업이 당의 후설역할을 잘 해나가는 것이 결코 쉬운 일이 아니라는 점도 보아야 합니다. 당 중앙과 국무원의 직접적인 목소리가 매일 있는 것이 아니기 때문입니다. 이른바 직접적인 목소리에는 지도자가 당과 국가를 대표해 발표하는 발언과 연설 외에도 문건도 포함됩니다. 문건을 예로 들어 보겠습니다. 중국공산당 11기 3중전회 이후의 6여 년간, 중앙에서 공식적으로 발표한 문건이 최고로 한해에 90여 개에 달했는데, 지난해에는 20여개에 달했습니다. 국무원에서 지난해 많이 발표했지만 그것도 고작 190개에 달했습니다. 이중에는 개별 문제를 겨냥한 구체적인 규정도 포함됩니다. 중앙의 직접적인 목소리가 많지 않은 반면 신문보도는 매일 심지어 시시각각 인민에게 소식을 전해야 합니다. 이는 언론인들이 반드시 높은 적극성·주동성·창조성 외에도 독립적으로 책임지는 사상이나 당의 정확한 영도 하에 업무의 자각성을 충분히 발휘할 것을 요구하는 원인입니다. 그래야만 꾸준히 대량의 언론과 사실로써 중앙의 주장을 유력하게 홍보할 수 있습니다. 그렇기 때문에 언론 사업은 당의 후설로써 자체의 적극성·주동성·창조성을 발휘하는 것은 근본적으로 볼 때 일치합니다.

당의 후설 역할을 강조하면 언론계의 적극성을 억눌러야 한다고 여기는데 이는 잘못된 생각입니다. 당연히 구체적인 업무를 추진하다 보면 일부 상황에서 모순이 발생하기도 합니다. 예를 들면 당위원회의 간섭이나 비판이 지나치거나 언론인이 기율을 위반하는 것 등입니다. 그러나 이러한 모순은 구체업무에 대한 지도 개선을 통해 해결해야지 당의 언론 사업 성질이라는 근본적인 문제에 앞에서 '규제를 풀어서는' 안 됩니다.

언론 사업은 당의 후설역할을 충분히 발휘하는 것을 바탕으로 언론인의 적극성·주동성·창조성을 최대한 불러일으켜야지, 이들을 속박하거나 신문·라디오·TV의 내용이 완전히 일치할 것을 요구해서는 안 됩니다. 여러 가지 언론 수단인 신문·TV·통신사는 서로 조율하고 협력과 분공을 강화해야 합니다. 일부 중대한 뉴스와 문건은 신화사에서 통일적으로 발표해야 합니다. 아울러 각자의 특색을 살리고 다른 시각·중점·풍격·면모를 대중에게 보여주기 위해 최선을 다해야 합니다.

1955년 마오쩌둥 동지가 「'일률적인 여론'을 반박하자」라는 글을 지었습니다. 이는 후펑(胡風)[299]을 비판할 때 쓴 글입니다. 그때 후펑 동지를 반혁명자로 몰았는데 이는 잘못된 판단이었고, 중앙은 이미 후펑 동지를 평반해주었습니다. 그러나 저는 마오쩌동 동지가 글에서 제기한 여론이 일률적이라거나 그렇지 않다는 주장에 관한 도리에 대해서는 아주 훌륭하게 얘기했고, 오늘에도 여전히 열심히 연구하고 그 뜻을 되새겨보아야 할 의미가 있다고 봅니다. 그러나 그가 여기서 말한 일률적이지 않다는 것은 주로 인민 내부에서 선진 사상을 지닌 자와 후진 사상을 지닌 자들이 신문·간행물·강연장 등을 자유롭게 이용해 경기를 펼치는 상황을 가리킨 것입니다. 그러나 시각·중점·풍격·면모·방식·방법의 다양성에 대해서는 언급하지 않았습니다. 이러한 다양성은 선진적인 부분과 후진적인 부분 사이의 모순과는 큰 차이가 있습니다. 이것으로 다른 것을 억제할 필요는 없는 것이고 오히려 더 적극적으로 풍부히 하고 발전시켜야 합니다.

2. 언론 사업의 임무

언론 사업 성격이 임무를 결정했습니다. 당의 언론 사업의 가장 중요한 임무는 무엇일까요? 바로 대량의 생동적인 사실과 언론으로 당과 정부의 주장과 여러 부분에서의 인민의 의견과 활동을 제때에, 정확하게 전국과 전 세계에 알리는 것입니다.

여기서는 소량이 아니라 대량으로, 무미건조 하게가 아니라 생동적으로, 늦추거나 틀리게 내보내는 것이 아니라 제때에 정확하게 내보내는 것을 말합니다. 언론단위 업무의 수준은 주요 임무의 완수 상황에 따라 가늠하게 됩니다. 잘 완수했으면 업무가 정확한 것이고, 아니면 업무 과정에서 분명히 오차가 생긴 것입니다.

우리 당이 언론계에 부여한 임무는 어떤 목표를 포함하고 있는 걸까요?

인민대중을 불러일으키고 한 마음 한 뜻으로 당의 주장을 실현하기 위해 분투하는 것이 목표입니다. 현재의 역사시기에 국내에서는 한 마음 한 뜻으로 4개 현대화 건설을 추진하고, 국제적으로는 여러 나라 인민과의 상호 이해와 우호관계 그리고 협력을 강화해야 합니다. 여러분 기억을 한번 되새겨 보겠습니다. 건당시기에는 신문이 없었고 라디오는 더더욱 없었습니다. 다만 『향도(向導)』라는 간행물만 있었을 뿐입니다. 잡지 『신청년(新靑年)』 말기에는 한동안 당의 기관 간행물로 간주되기도 했지만 여기서는 언급하지 않겠습니다. 『향도』! 이름도 잘 지었지 않았습니까? '향도'란 길을 안내한다는 뜻입니다. 우리 당의 첫 통신사를 '적색 중화'라 불렀습니다.

사회주의 인민민주 중화를 건설하는 것이 우리의 최종 목표이지, 지주자산계급 독재정치를 실시하는 중국을 건설하는 것이 아니라는 점을 표명했던 것입니다. 잡지 『향도』나 '적색 중화'는 우리 당의 언론전선 성격과 목표·임무를 뚜렷하게 보여주었습니다. 우리 당의 언론 사업은 그 당시 그토록 어려운 상황에서도 이토록 웅대한 혁명 기개를 품고 역사무대로 걸어 올라갔던 것입니다. 우리당이 설립된 그날부터 당의 언론전선은 당의 기타 전선과 함께 인민대중이 중국과 세계를 알아가고 개조하는 임무를 짊어지도록 이끌었다고 말할 수 있습니다. 그렇기 때문에 성질이나 목표·임무 모두 명확하다고 봅니다.

언론전선이 위의 임무를 짊어지는 것이 결코 쉽고 간단한 일만은 아닙니다. 요구 자체가 간단하지 않은데다 위에서 언급했듯이 당 중앙과 국무원의 직접적인 목소리가 많지 않고, 당의 주장을 이해하고 받아들이는데 늘 일정한 과정이 필요하기 때문입니다. 처음에는 이해하지 못하는 자들이 많고 심지어 의구심을 품기도 했는데 이러한 상황은 늘 있었습니다. 이미 받아들인

주장일지라도 그 후 환경 변화로 인해 당이 새로운 주장을 제기한다면 또 이해하지 못하고 의구심을 품는 상황이 나타나기 마련입니다. 게다가 극소수 사람들이 왜곡하고 반대한다면 상황은 더욱 복잡해집니다. 그렇기 때문에 언론인은 홍보와 해석에 능통해야만 인민들을 설득할 수 있습니다. 우리는 인민 가운데에, 그리고 인민의 앞장에 서야 합니다. 무릇 인민의 머리 위에서 압력을 가하는 방법은 모두 극히 황당무계하고 용납할 수 없습니다.

노신은 일찍이 욕설을 퍼부어 모욕을 주고 협박하는 것은 결코 전투가 아니라고 말했습니다. '문화대혁명'을 진행한 여러 해 동안, 협박이나 빈말, 틀에 박힌 말로 백성을 압박하고 괴롭히고 몽둥이로 때린들 무슨 소용이 있었습니까?! 그 당시 대중들이 "문화대혁명이 좋습니다, 좋아"라는 노래를 부르도록 압박했는데 실로 웃음거리라 아니할 수 있겠습니까? 어떤 홍보수단일지라도 '문화대혁명'자체에 착오가 없다고 설득시킬 수 있겠습니까? 아무리 자체가 정확하다고 할지언정 남을 설득시키고 이해시키는 것이 그리 쉬운 일이겠습니까? 아닙니다.

엄청난 노력을 기울여야 하고 높은 사상성과 표현력 그리고 표현 기교도 있어야 합니다. 예를 들면, 당의 11기 3중전회 이후로 일련의 정확한 정책이 효과를 보았습니다. 특히 농촌 생산책임제가 효과를 보았는데 다수의 외국 친구들은 그것이 어떻게 그리 됐는지 모른 채 그저 탄복만 했습니다. 언론인들이 그들을 위해 통속적이고도 생동적인 언어와 기타 형식을 통해 그들이 쉽게 이해하도록 했기 때문입니다. 남을 설득한다는 것은 결코 쉽지 않은 일이라는 것을 알 수 있을 겁니다.

위에서 언급한 것 외에 또 다른 상황이 있습니다. 바로 우리당의 정확한 노선과 주장이 관철과 실행 과정에서 늘 이런저런 걸림돌과 간섭에 부딪힌다는 것입니다. 12기 3중전회에서 경제체제 개혁을 전면적으로 전개하기로 결정한 후로 경제나 개혁 형세는 아주 좋았습니다. 그러나 일부 나쁜 기풍이 나타나는 등 일련의 새로운 문제도 뒤따랐습니다. 나쁜 기풍은 경제나 개혁을 파괴했습니다. 이럴 때일수록 언론계·여론계가 나서서 폭로하고 비판해야 합니다. 진리 앞에서는 누구나 평등하다는 말이 있지 않습니까? 여러분들이 모두 진리를 발견하고 그에 복종하며 시비를 분명히 하고 진선미(眞善美)와 가악추(假惡醜, 거짓, 악함, 추함)를 분별해야 되지 않겠습니까!

당의 언론 사업을 당의 후설로 간주해야 한다고 해서 언론인이 중앙의 기존 문서를 그대로 옮겨와야만 한다는 뜻은 아닙니다. 중앙의 노선과 정책에 부합된다면 언론인은 객관사물에 대한 정확한 이해를 바탕으로 뉴스를 보도하고 의견을 발표할 수 있습니다. 이때는 자신의 적극성과 주동성·창조성을 충분히 발휘해야 합니다. 언론인들이 양호한 정신 상태를 가질 것을 요구합니다. 부지런히 고군분투하고 진취하는 사상이 없으면 안 되는 것이고, 꾸준히 대중 속으로 들어가 그들과 연계를 취하며 진리를 추구하면서 새로운 것을 받아들이고 재능을 연마하고 향상시키려는 사상을 가져야 합니다. 언론계 종사자 여러분! 중국 언론사상 걸출한 대표인 저우타오펀(鄒韜奮)[150]을 생각해보도록 합시다.

그는 평생 부지런히 배우고 열심히 노력했으며 자신에 대해 엄격히 요구했습니다. 그는 늘 "스스로의 학문이 얕다고 생각하면서 배웠으며" 늘 "정신을 집중시켜" 업무에 몰두했습니다. 국민당 반동 통치의 백색 테러 하에서 그는 민주를 쟁취하고 진리를 전파하기 위해 심혈을 기울였습니다. 그는 "생활이 어려워서 도처를 떠돌고 위험이 닥치기도 했지만 이를 기꺼이 받아들이겠다."고 말했습니다. 그는 "나의 사상이 업무와 혼연일체를 이룬 것"이 평생 가장 큰 위안이라고 말했습니다.

"풀을 먹고 젖을 짜내고 있다."는 노신의 이 명언을 아마 아직도 모두 기억하고 있을 것입니다. 이러한 상황이 바로 그의 상황이었는데, "대중을 위해 기꺼이 봉사하는 사상"에 대한 훌륭한 설명이라고 할 수 있습니다. 사회가 노신에게 준 물질적 대우는 보잘 것 없이 아주 적었습니다. 그러나 그가 사회에 기여한 성과는 그 무엇과도 비교할 수 없을 정도였습니다. 노신은 일찍 세상을 떠났는데, 이는 그가 어려운 생활형편에서 극도로 피곤한 생활을 한 것과 연관이 있습니다. 그러니 우리는 오늘의 업무와 생활에서 부딪히는 이런저런 문제와 어려움을 더 정확하게 대해야 합니다.

우리 대오에서 영예는 마땅히 인민의 사업을 위해 최선을 다하고 자신을 헌신하는 동지들에게 돌려야 합니다. 무책임하게 하루하루를 헛되이 보내며 뒤져도 달가워하는 정신 상태를 가져서는 절대 안 됩니다.

3. 언론을 잘 이끌어나가는 데에 관한 기본 요구

언론을 잘 이끌어나가는 데에 관한 기본요구는 언론계에서 오랜 세월동안 논의한 문제이기도 합니다. 전통적이고 모두 인정하는 의견에 따라 신문이라고 한 이상 그 어떤 사회조건에서도 언론 사업은 약간의 요소를 갖춰야 합니다. 이른바 몇 개의 '성(性)'을 가지고 규칙성을 띤 언론규칙을 형성했습니다. 무산계급 정당의 언론 사업은 대체로 위의 규칙을 이어받았습니다. 이러한 위의 몇 개 '성'을 어떻게 보아야 할까요?

첫째, 진실성입니다. 무산계급 정당인만큼 당연히 진실을 얘기해야 하며 사물의 기본 모습을 바탕으로 그 사물을 인식하고 설명해야 합니다. 그렇기 때문에 우리는 예로부터 실사구시를 주장하고 허풍을 경계하면서 허풍을 치는 기풍은 모두 무산계급 정당의 성질과는 어울릴 수 없다고 여겼습니다. 그러나 과연 진실이라는 것이 무엇인지에 대해서는 예로부터 논쟁이 끊이질 않았습니다.

예를 들면, 사회주의 사회의 진실이라는 것은 무엇일까요? 우리는 사회주의 사회의 주동적인 면에 광명정대한 부분이 있지만 어두운 부분도 있다고 여깁니다. 우리는 결코 어두운 부분을 소홀히 해서는 안 되지만, 궁극적으로 이 부분은 부차적인 것입니다. 중국과 같은 대국에서 누군가가 어두운 부분만 모아 매일 신문에 100편씩 보도하려고 한다면, 솔직히 이는 식은죽 먹기로 아주 쉬운 일입니다. 만약 100편의 뉴스를 한 장의 신문에 게재한다면 4개 면을 쉽게 채워 철저하게 암흑화 된 내용으로 도배할 수 있습니다.

비록 모두 진실된 내용이라 할지라도 누구나 다 이러한 부분이 현재 중국 사회주의 사회의 전반적인 모습을 대변한다고 말하지는 않을 것입니다. 만약에 반대로 오늘날 사회에 광명정대한 부분만 있고, 어두운 부분이나 결함이 하나도 없다고 말한다면 이도 결코 진실하지 않은 것입니다. 따라서 지난해 언론계 동지들과 얘기했던 것처럼 신문에 대체로 80%는 성과나 광명정대한 부분이나 찬양하는 부분을 게제하고, 20%는 결함이나 어두운 부분이나 비판해야 할 부분을 다뤄야 합니다. 이는 당을 정비하는데 유리할 뿐만 아니라 우리 사회의 실제에도 부합되기 때문입니다.

이러한 문제는 과거에 일부 작가들과 오랜 세월을 거쳐도 여전히 논쟁이 있는 문제입니다. 일부 작가들은 늘 자신들이 쓴 이런저런 현상이 모두 진실이라고 말합니다. 그러나 그들은 전체적으로 사회의 진실성을 진정으로 파악했는지, 사람들이 새로운 생활을 창조하도록 격려할 수 있는지에 대해서는 늘 생각지 못하고 있습니다. 만약 한 작가가 사회와 인민에게 아무런 희망이나 전도가 없는 것처럼 쓴다면, 역사발전에 부합되는 진실이고 작가가 사회적 책임을 졌다고 말할 수 있겠습니까?

마르크스가 그 당시의 프로이센 군주 정부의 출판물 검사령을 비판하면서 "사상 차원에서 가장 주요한 표현형식은 즐겁고 광명정대한 것이다. 그러나 당신들은 어두운 부분을 정신의 유일한 합법적인 표현형식으로 만들려고 하면서도 정신세계에 검은색 옷만 입히려 하고 있다. 그러나 자연계에는 검은색 꽃이 한 송이도 없다."[300]라고 말했습니다.

마르크스는 프로이센 정부가 전국 출판물에 오로지 정부의 색채만 반영할 것을 요구한데 대해 비난했던 것입니다. 우리 사회에는 마르크스가 말한 정부가 없습니다. 현재 우리당은 백화만발·백가쟁명의 문화방침을 견지하고 있습니다. 다시 말해서 색채가 다양하고 즐거움과 광명으로 넘치는 새로운 생활과 이를 위해 분투하는 색채를 반영할 것을 요구하고 있는데, 이는 당연히 밝고 산뜻하고 풍부한 것입니다. 우리는 광명정대한 부분과 어두운 부분을 언급할 것을 요구하고 있습니다. 어두운 부분을 언급하는 목적은 이러한 어두운 부분을 없애도록 인민을 교육하기 위해서입니다. 우리는 그럴 만한 자신감이 있습니다. 따라서 우리의 글은 어두운 부분을 언급할 때조차 검은색이어서는 안 됩니다.

자본주의 국가의 언론보도에 대해 일부 언론계 종사자들은 자본주의가 우리보다 더 진실하고 더 과감하게 폭로하고 있다고 여깁니다. 그러나 저는 이렇게 말하면 안 된다고 봅니다. 예를 들면, 중국의 정치적 국면은 전에 없이 안정된 모습을 보이고 있습니다. 그러나 서방의 신문이나 라디오 방송국은 중국의 정치 국면이 어떻게 '불안정'하다든지, '보수파'가 '실무파'를 뒤엎으려 한다든지, 군이 중앙의 지휘를 듣지 않는다는 등 늘 근거 없는 헛소문을 퍼뜨리곤 합니다.

가끔 그들은 뚜렷한 자리에서 결코 진실하지 않은 소식을 발표할 때도 있습니다. 그러나 사건이 터져 더는 감출 수 없다고 생각할 때에는 잘 보이지 않는 구석에 아주 작은 크기로 수정을 해서 내보내곤 합니다. 논평에서 퍼뜨리는 편견과 거짓말에 대해서는 전혀 바로잡지 않습니다. 이것이 바로 그들이 주장하는 이른바 공정입니다. 우리의 언론업무 과정에서 진행하는 수많은 엄숙한 비판과 자아비판이 서방 언론계에는 결코 존재하지 않습니다. 과감하게 폭로한다고 하지만 대체 어떤 제목인지를 보아야 합니다. 서방나라도 비밀을 엄수하기는 마찬가지입니다. 누군가 비밀을 폭로한다면 똑같이 책임을 추궁을 받게 됩니다.

따라서 서방나라의 언론이 우리보다 '진실성'이 더 강하다고 생각한다면 이는 결코 사실에 부합되지 않습니다.

진실성 관련 문제에서 주의해야 할 부분이 있습니다. 무릇 공과시비에 관계되는 문제는 각별히 신중을 기해 반복적으로 확인해야지 절대 빨리 내리고 하지 말아야 합니다. 몇 년 전에는 사실을 기본적으로 명확히 하면 된다고 말했습니다. 그러나 현재 다시 보니 정확한 것만은 아니라고 봅니다. 명확히 확인해야만 진정으로 실사구시를 추구할 수 있습니다. 특히 실명을 거론하며 누군가를 비판할 때는 반드시 중앙의 관련 규정에 따라 처리해야 합니다.

신문에 보도되는 순간 전국 심지어 전 세계를 향해 통보하는 것과 마찬가지이기 때문에 당내 통보보다 수준이 심각하고 '문화대혁명'의 대자보 영향보다 훨씬 큽니다. 따라서 이럴 때일수록 신중에 신중을 기해야지 절대 감정적으로 행동해서는 안 됩니다. '문화대혁명'가운데서 먼저 타도하고 후에 성격을 정하는 방법으로 얼마나 많은 억울한 사건을 만들었습니까? 이 부분에서의 교훈은 그야말로 심각하기 때문에 우리는 절대 잊지 말아야 합니다.

둘째, 시간성입니다. 그러면 시간성이 반드시 있어야 할까요? 당연히 있어야 합니다. 저는 실효성에 각별한 주의를 기울여야 한다고 봅니다. 현재 우리는 많은 일에서 속도가 아주 느리고 업무효율도 아주 낮습니다. 덩샤오핑 동지는 "시간은 돈이다"라는 말을 아주 높이 평가했는데 아마도 느낀 바가 있었기 때문일 것입니다.

수천 년간 중국의 대다수 사람들은 "해가 뜨면 일하고, 해가 지면 쉰다"는 전통에 습관화가 돼 있어 분초를 다투는 시간관념은 아주 약합니다. 이는 후진 자연경제와 봉폐침체 상태의 반영입니다. 우리의 현재 사업을 볼 때 여전히 역사가 남긴 무거운 부담이라 할 수 있습니다.

대부분의 사회생활에서 생활리듬이 매우 느립니다. 회의를 소집하고 업무를 처리하고 심지어 길을 걸을 때조차 그러합니다. 우리는 현대화 건설이라는 임무를 짊어지고 있습니다. 그러나 일부 동지들은 소가 낡은 차를 끄는 속도로 나아가고 있는데 이는 시효 추구의 중요성을 전혀 모르는 표현입니다. 언론업무 특히 대외홍보에서 시효를 추구하지 않는 일이 꽤 있습니다. '뉴스'의 시간성이 떨어지고, 늘 남에게 뒤진다면 홍보 효과가 크게 떨어지는 것은 물론 아예 홍보 효과까지 잃어버리게 될 것입니다.

언론업무는 마땅히 시효를 추구해야 하지만, 그렇다고 모든 문제에서 무조건 시효만을 추구해서도 안 됩니다. 시효 추구와 서두르는 것을 혼동하지 말아야 합니다. 일부 중요한 뉴스, 중대한 사건을 충분히 고민해보지 않고 지시를 청해야 함에도 청하지 않은 채 서둘러 발표한다면 당의 위신에 피해를 가져다줍니다. 반대로 일부 대사는 잠시 발표하지 않는 것이 오히려 이롭습니다.

예를 들면 『등소평문선(鄧小平文選)』의 경우, 그중의 일부 중요한 연설은 이미 몇 년 전에 했지만 당시 발표하지 않고 훗날 발표한다면 빅뉴스라 할 수 있겠습니까? 때문에 시효 추구와 서두르는 것은 의미가 다른 개념입니다. 중대한 뉴스의 시간성은 정치 임무에 복종해야 합니다. 빨라야 할 때는 빨라야 하고, 늦어야 할 때는 늦어야 하고, 자제시켜야 할 때는 자제시켜야 할 뿐만 아니라, 일부에서는 내외유별에도 주의해야 합니다. 만약 지나치게 시간성을 강조하거나 심지어 모두 여기에 복종할 것을 요구하면서 기율도 고려하지 않는다면, 이는 순서가 바뀐 것으로 쉽게 착오를 범하게 됩니다.

셋째, 지식과 취미입니다. 4개 현대화 건설은 특히 현대 과학기술지식을 비롯한 풍부하고 다채로운 지식을 필요로 합니다. 그래서 저는 간행물을 통해 현대과학기술 지식, 그리고 역사와 지리, 문학과 경영관리 등 다양한 지식을 소개해야 한다고 주장합니다.

얼마 전 방송된 드라마 '뤄선푸(洛神賦)'가 나쁜 것은 아니지만 대중들이 지식 부분에서 문제점을 여러 개 골라냈습니다. 예를 들면, 조식(曹植)[301]이 조조(曹操)[302]의 셋째 아들인데 어찌 차남이 되었느냐 하는 문제였습니다. '뤄선푸'는 조식이 조조가 죽은 후에야 쓴 것이기에 조조가 어찌 읽을 수 있었겠습니까? 중국의 옛 사람들은 인간의 심장이야말로 사유 기관이라 여기면서 조조가 머리를 치며 자신의 머리가 어찌 이렇게도 쓸모가 없는가 하고 한탄하게 하는 방법이 없을까 하고 생각했습니다.

사실 우리의 대다수 작품은 문예작품만이 아니라 사회과학과 자연과학이나 언론보도와 관련된 부분이 있습니다. 지식이 부족해 오류가 생기는 일이 비일비재해 우리의 주의를 불러일으켜야 합니다. 지식이나 취미가 없으면 안 됩니다. 힘들게 쓴 작품이라도 그 누구의 주목을 끌지 못하고 보려는 자가 없어서야 어찌 되겠습니까? 당연히 지식과 취미를 강조함에 있어 넘지 말아야 한 경계선이 있습니다. 지식과 취미를 표방해 봉건 미신과 자본주의의 부패하고 몰락한 사상을 홍보하는 것을 절대로 용납해서는 안 됩니다. 예를 들면 최근 적지 않은 도시에 형편없는 소형 신문이 범람하여 해가 되고 있습니다.

후치리 동지가 중앙서기처 회의에서 몇 개의 사례를 들었습니다. 이러한 부분에 대해 만약 저지하지 않는다면 청소년의 심신에 해를 주고 노동인민의 투기를 떨어뜨리게 됩니다. 사상오염 반대에 관한 문제도 얘기하겠습니다. 이미 분명히 밝혀진 문제가 현재 일부 사람들에 의해 또 혼잡해졌습니다. 아시다시피 "사상전선에서 사상이 오염돼서는 안 되고"[303], "사상오염의 실질은 형형색색의 자산계급과 기타 착취계급의 부패하고 몰락한 사상이나 사회주의·공산주의와 공산당이 영도한 것에 대한 불신 정서를 퍼뜨리는 것"[304]을 말합니다.

이는 덩샤오핑 동지가 1983년 12기 2중전회에서 제기한 것으로 전체회의에서 만장일치의 찬성을 얻어냈습니다. 그 후 한동안의 과정을 거쳐 1948년 5월 제6기 전국 인민대표대회 제2차 회의의 정부업무보고는 이 문제를 더 자세히 설명했습니다. 여기서 정부업무보고에서 이와 관련된 두 단락의 전문을 인용해 말하겠습니다. 한 단락은 이렇게 말했습니다. "새로운 역사적 조건 하에 자산계급과 기타 착취계급의 부패하고 몰락한 사상의 침습을 막고 극복하며 4가지 기본원칙을 잘 견지하고, 백화만발·백가쟁명의 방침을 정확하게 실행하기 위해 지난해 소집한 제6기 인민대표대회 제1차 회의에서는 사상문화 분야에서 자산계급 자유화 경향을 비판해야 한다고 제기한 바 있습니다.

그 후 중국공산당 제12기 2중전회와 제6기 인민대표대회 상무위원회 제3차 회의에서는 또 사상전선에서 사상오염 현상이 있어서는 안 된다고 중점적으로 제기했습니다."다른 한 단락은 이렇게 말했습니다. "사상문화 분야의 여러 부서는 국가 헌법에서 규정한 원칙, 그리고 당과 정부에서 규정한 정확한 정책을 바탕으로 사상오염을 반대하고 억제하기 위해 많은 일을 해왔고 뚜렷한 성과를 거둠으로써 한시기 동안 극소수자들이 사상오염을 일으키던 나쁜 기풍을 억제하고 음란한 서책을 법에 따라 조사해 금지시켰습니다. 사상오염을 반대하는 과정에서 우리가 시작부터 일부 정책 경계선을 명확히 얘기하지 못한 탓에 일부 지방과 단위에 적합하지 않은 방법이 나타나게 되었습니다. 그러나 발견 즉시 우리는 제때에 바로잡았습니다."[305] 보고서에 언급된 위의 두 단락은 중앙상무위원회의 반복적인 수정을 거쳐 만들어진 것입니다. 여기서 짚고 넘어가야 할 부분은 아래 몇 가지입니다.

첫째, "자산계급과 기타 착취계급의 부패하고 몰락한 사상의 침습을 방지하고 극복해야 한다."는 구호는 중앙에서 줄곧 견지해왔으며 단 한 번도 포기한 적이 없었습니다. 둘째, 덩샤오핑 동지가 제기했고 중앙전회의 한결같은 동의를 얻어낸 사상전선에서 사상오염이 있어서는 안 된다는 방침은 완전히 정확한 것입니다. 셋째, 사상오염 문제에서의 결함을 반대하는 데에도 아주 명확히 얘기했고, 그 방법 또한 명확히 제시했습니다. 바로 "시작부터 일부 정책의 경계선을 명확히 얘기하지 못함으로 인해 일부 지방과 단위에 적합하지 않은 방법이 나타나게 됐다"는 점입니다.

현재 입장에서 위에서 언급한 사상전선에서 해가 되는 소형 신문을 조사해야 할 필요가 있겠습니까, 없겠습니까? 이러한 신문이 청소년의 심신에 독이 되고, 노동인민의 투지를 해이하게 만들도록 방임하게 하는데 이래서야 되겠습니까? 과거 한 때 일부 지방과 일부 동지들이 이와 관련된 문제를 확대화 하면서 대중들의 생활이나 복장 등까지 조사했었습니다. 이는 착오적인 것으로, 일부 사람들의 오해와 왜곡이었을 뿐 이미 바로 잡은 지 오래됐습니다. 신문전선을 비롯한 사상전선에는 말도 안 되는 소형 신문을 만들어서는 안 됩니다. 그럼에도 나타났다면 마땅히 억제하고 반대해야 하지 않겠습니까? 모두 힘을 합쳐 억제하고 반대해야 합니다! 현재 몇몇 성에 소형 신문이 아주 많은데 기차 탑승객들에게 영향을 미치고 있습니다. 왜 이렇게까지 하는 것일까요? 이러한 유형의 문제는 영도사상 차원이나 성위 선전부와 성 문화청, 그리고 기타 신문사가 업무 과정에서 해결해야 하는 부분이지 사회적으로 떠벌이면서 대중을 그 속으로 끌어들여 해결할 수 있는 부분은 아닙니다. 사상오염을 반대하는 문제는 당 중앙과 인민들 사이에서 이미 결론이 났기 때문에 당원마다 모두 이를 떠나 마음대로 행동해서는 안 됩니다.

진실성·시간성·지식성·취미성은 언론업무에 대한 요구입니다. 그러나 우리당이 언론계에 대한 가장 중요한 요구는 무엇일까요? 정확한 입장이나 뚜렷한 계급성과 당성뿐만 아니라 실사구시적인 과학적 태도가 있어야 한다고 봅니다.

마오쩌동 동지는 이렇게 말했습니다. "우리는 무산계급과 인민대중의 입장에 서 있습니다. 공산당원은 당의 입장에 서고 당성과 당 정책의 입장에 서야 합니다."[306] 마오쩌동 동지는 여기서 '다시 말해'라는 단어를 사용해 '당의 입장'과 '인민대중의 입장'이 완전히 같다는 점을 표명했습니다. 모든 언론업무에서 정확한 입장을 견지하고 온갖 언론과 보도가 진정으로 국가와 인민, 그리고 전 세계 인민의 근본이익에 부합되게 하려면 실사구시의 과학적인 태도를 견지해야 합니다. 이러한 과학적인 태도는 당성, 당의 입장과 서로 모순되지 않을 뿐만 아니라 당성의 요구이기도 합니다. 과학적인 태도가 없으면 당성이 없거나 당성이 완전하지 않다고 말해야 합니다.

그렇기 때문에 우리는 언론보도를 할 때, 확신하는 사실만 보도하고, 제대로 파악하지 못했다면 제대로 파악한 후에 보도해야 합니다. 어느 날 세계에 대형사건이 터졌다고 가정합시다. 우리는 아직 상황을 제대로 파악하지 못했고 내막도 잘 모르는데 다른 나라에서는 이미 보도했습니다. 그럼 우리는 어떻게 해야 할까요? 먼저 객관적인 보도를 한 후, 진실을 분명히 밝히는 수준에 따라 점차 경향성을 보인다면 이도 뚜렷한 입장을 가진 것이라고 할 수 있습니다. 뚜렷하고도 정확한 입장과 마르크스주의의 기본관점과 당 중

앙의 정확한 주장, 실사구시적인 과학적 태도를 견지하는 것이 가장 근본적
인 요구인 것입니다.

4. 대오문제

일은 사람이 하는 것으로, 사람과 일은 긴밀한 관계가 있습니다. 예로부터
일을 논할 때 사람과 간부 · 영도핵심을 논하곤 했습니다. 현재 우리는 약 30
만 명에 달하는 언론대오를 형성했습니다. 전체적으로 대오는 양호한 편입
니다. 당연히 신문전선뿐만 아니라 여러 전선의 간부들이 몇 년간 업무에서
모두 크게 기여했고, 사상정치 수준이 크게 향상되었으며, 기풍이 뚜렷하게
개선되거나 심지어 호전되기 시작했습니다. 또 연령과 지식구조가 크게 개
선되고, 인민대중과의 연계도 크게 강화됐습니다. 이 모든 부분은 우리 당의
정치노선과 조직노선, 그리고 간부노선이 정확하다는 점을 말해줍니다. 그
러나 간부대오에 아직은 문제점이 많아 더 많은 심혈을 기울여 더 많은 조치
를 취하고 시간을 들여야만 간부대오 상황이 더 많이 개진되어 형세 발전의
수요에 적응할 수 있습니다.

간부문제에서 당연히 일부 부서의 인원증가를 고려할 수 없는 것은 아닙
니다. 여러 부서의 인원수가 늘어난 것은 맞습니다. 인원이 필요한 곳에도 세
대교체의 문제가 뒤따랐습니다. 일부 간부가 제 직책은 제대로 수행하지 못
하면서 다른 직무가 그들에게 더 잘 어울린다면 결심을 내리고 교체를 해야
합니다. 간부대오의 기본상황을 볼 때 가장 중요하고 보편적인 큰 문제는 다
름 아닌 최선을 다해 간부대오의 자질을 향상시키기는 것입니다. 이는 부서
의 지도자들이 가장 중요한 문제를 열심히 고민할 것을 요구합니다.

자질을 향상시켜야 할 뿐만 아니라 적극적으로 노력하여 보다 큰 진보 발전을 가져와야 합니다. 현재 일부 부서에서 이 문제를 언급하고는 있지만 전반적으로 볼 때 조치가 제대로 추진되지 못하고 효과도 미미합니다. 그렇다면 간부대오의 자질을 향상시키기 위해 대체 어떤 방침을 취해야 할까요? 저는 당성과 업무능력, 동지 사이의 단합을 증강시켜야 한다고 생각합니다.

당성 증강이라는 것은 전당의 동지, 특히 먼저 당원간부들이 성심성의껏 인민을 위해 봉사하고, 국가의 부강과 인민의 부유를 위해 봉사하는 것을 말합니다. 과거 중국 공상단원은 중국의 해방을 위해 용감하게 분투했습니다. 현재는 국가의 부강과 인민의 부유한 생활을 위해 분투하고 부지런히 일하고 있습니다. 당원들마다 가장 중요한 체력과 정신력을 국가의 부강과 인민의 부유한 생활을 쟁취하기 위해 분투하는데 둬야 할지, 아니면 온갖 방법과 수단을 동원해 개인의 이익을 위해 분투하고 개인의 수입을 늘리는데 두어야 할지 선택해야 하는 이 문제는 큰 문제입니다.

공산당원은 대체 무엇을 하는 자들일까요? 당내에서 대체 무엇을 제창하고 허락하거나 반대하고 허락하지 말아야 할까요? 당 정비 과정에서 반드시 뚜렷하게 제기해야 합니다. 이토록 중대한 원칙문제에서 뚜렷한 언급이 없으면 안 됩니다. 당연히 당성 증강을 강조함에 있어 과거 몽둥이로 때리는 그런 방식을 반복해서는 안 됩니다. 하지만 그렇다고 해서 비판해야 할 것을 비판하지 않고 처분해야 할 것도 처분하지 말아야 한다는 말은 아닙니다. 업무능력 향상이라는 것은 학습을 제창하고 능력을 향상시킴과 동시에 상과 벌을 분명히 하는 것입니다.

우리당 역사상 유명한 기자들이 대량 나타났습니다. 현재에도 계속 노력해서 더 많은 우수한 기자를 육성시켜야 합니다. 인재를 중요시하고 적절한 방법을 모색해 언론간부의 업무 능력을 점검하고 평가해야 합니다. 상과 벌을 분명히 하는 가운데 사상정치, 지식과 기예에서 표현이 우수하고 성적이 뛰어난 자를 장려해야 합니다.

단합 증강을 중점적으로 얘기하고자 합니다. 이는 언론전선 심지어 전반 사상전선에서 비교적 돌출적인 문제이기 때문입니다. 현재 오래된 매듭을 아직 완전히 풀지도 못했는데 또 새로운 매듭을 늘리는 것은 아닌지 하는 문제가 있습니다.

과거에 "문인들끼리는 서로 경시한다"는 말이 있었습니다. 현재는 이 말을 인용하고 싶지 않지만 이 말에 확실히 경각심을 높여야 한다는 점만은 인정하겠습니다. 일부 동지들의 문제는 '서로 간의 경시'가 아니라 '스스로 경시'하는데 있다는 점을 말하고 싶습니다. '스스로 경시'한 결과는 자신에게 손해만 가져다 줄 뿐입니다. 몇 년 전 누군가가 저에게 우리 당내에는 예로부터 일을 고민하고 깊이 생각하는 것이 아니라 어떻게 하면 사람을 괴롭힐까 하고 궁리하는 자들이 있었다고 말했습니다.

현재 이 부류 사람들이 있을까요? 저는 바진(巴金)[199]동지에게 탄복합니다. 올해 81세 고령임에도 작가들은 심혈을 기울여 창작을 해야 한다고 늘 얘기하고 있습니다. 만약 모두 이렇게만 한다면 유언비어나 근거 없는 말들은 설 자기가 없게 되고 단합문제도 따라서 해결된다는 것입니다. 저는 이 말에 일리가 있다고 봅니다.

당연히 우리가 얘기하는 단합은 무원칙의 단합이 아니라 당의 정확한 노선을 기반으로 한 단합을 가리킵니다. 동지들에게 착오와 결함이 나타났다면 어떻게 할 것입니까? 당사자와 허심탄회하게 얘기하면 됩니다. 현재 중앙은 한 마음 한 뜻으로 4개 현대화 건설을 추진하자고 호소하고 있습니다. 우리는 단합해야만 입지가 확고해지고 당의 사업에도 이롭습니다. 누구나 결함이 있고 착오를 범합니다. 단위나 개인을 막론하고 일관적이고 절대적으로 정확할 수는 없습니다. 단합하여 앞을 내다보아야 합니다.

우리 당은 이미 전국과 세계를 향해 웅대한 분투 강령을 발표했습니다. 바로 4배의 성장률을 실현하고, 4개 현대화를 건설하며, 중국을 현대화하고 고도의 문명과 민주를 실현한 사회주의국가로 건설하는 것입니다. 우리의 이토록 위대한 사회주의국가 건설은 옛 사람들이 개척한 기반을 바탕으로 해서 전진하는 것입니다. 그러나 우리는 그들이 거둔 성과를 훨씬 초월했습니다. 우리가 진정으로 이 목표에 이른다면 전 세계에 막강한 영향을 미치게 될 것으로 예상됩니다. 우리는 반드시 분발 노력하고 모든 힘을 보아 이 목표를 실현해야 합니다.

언론전선의 동지들은 위대한 역사적 의미를 지닌 경쟁에서 반드시 영광스러운 역할을 발휘해야 하고 또 발휘할 수도 있습니다. 이는 제가 언론전선의 동지들에 대한 희망입니다.

위대한 사업에서 문학예술의 역할을 중요시해야 한다[*]

(1985년 4월 11일)

우리당은 예로부터 문학예술의 역할을 아주 중요시했으며 수십 년간 줄곧 이를 견지해왔습니다.

옌안시기 마오쩌동 동지는 문예가 인민을 단합시키고 교육하는 무기라고 말했습니다. 1980년 저는 노신의 말을 인용해 문예는 국민사상이 발한 빛이자 국민사상의 앞날을 이끄는 등불이라고 말했습니다. 우리의 국가와 민족은 사상자질 향상에 각별히 중점을 두고 정신 역량을 고양시켜야 합니다. 우리 사업에서의 정신 역량 역할을 결코 과소평가할 수 없습니다. 이상이 있고, 도덕이 있고, 문화가 있고, 규율을 지켜야 한다는 덩샤오핑 동지의 4마디 말은 전 민족의 정신자질을 향상시키는 데 대한 요구를 아주 정확하게 개괄한 말이었습니다.

수천 년의 문명역사에서 중화민족은 수많은 우수한 사상소질을 형성시켰습니다. 100여 년간, 특히 당 창건 후의 수십 년 동안 중국 인민은 수많은 우수한 사상소질을 육성시키고 발전시켰습니다. 이러한 부분이 파괴당하지 않도록 소중히 여겨야 합니다. 세계적으로 사상소질이 아주 우수한 민족이 여러 나라 있는데 그중에 중화민족이 포함되어 있습니다.

---

[*] 이는 후야오방 동지가 문예종사자와의 담화내용 일부이다.

그렇기 때문에 우리당은 신시기에 사회주의 물질문명과 정신문명을 건설할 것을 제기했습니다. 사상계나 문예계, 언론계나 이론계 모두 사회주의 정신문명의 공정사(工程師)·설계사가 되거나 인류 영혼의 공정사가 되어야 합니다.

전국 인민의 도덕 기풍이 좋아지고 누구나 할 것 없이 이상이 있고 도덕을 강조하고 기율을 지키고 학습하는 면에서 분발한다면 4개 현대화 건설이 훨씬 쉬워질 것입니다. 따라서 사상 업무나 정신문명 건설을 절대 소홀히 해서는 안 됩니다.

얼마 전 일부 동지들과 논의해 본 적이 있는데, 내년 12기 5중전회에서 전문 토론을 거쳐 사회주의 정신문명 건설에 관한 결정을 통과시킬 필요가 있다고 느꼈습니다. 올해와 내년 상반기에는 시간이 없습니다. 개혁과 당 정비에 바쁠 뿐만 아니라, 사회주의 정신문명 건설을 어떻게 추진해야 할지에 대해 아직도 열심히 조사연구를 진행해야 하기 때문입니다. 만약 내년 5중전회에서 이러한 결정을 내리고 충분한 도리를 설명할 수 있다는 것 외에 분석을 거쳐 방침·정책·방침을 갖춘 지도문건을 작성한 후 5, 6년의 관철과 실행을 진행한다면, 사회주의 정신문명 건설이 큰 진보를 가져오고 상황에도 더 큰 변화가 생길 것으로 예상됩니다. 때문에 우리의 머릿속에서 사회주의 정신문명 건설의 관념이 희미해지는 현상을 막아야 합니다.

사회주의 정신문명 건설의 임무는 문예계 동지라면 당원이든 비당원이든 사회주의 정신문명을 건설하는 영광스럽고 신성한 직무에 있다는 점을 잊지 말고 중대한 책임을 짊어질 것을 요구하는 바입니다. 이러한 영예감과 책임감이 있어야 구체적인 업무를 쉽게 잘 추진해 나갈 수 있습니다. 영예감과 책임감이 구체적인 업무에서 체현되는 요구는 아래와 같은 두 가지 부분이라고 생각합니다.

첫째, 문예계 동지들이 창작을 할 때 시시각각 우리 민족과 인민의 최대 이익을 위해 봉사해야 합니다. 당면한 상황에서의 최대 이익은 사회주의 현대화를 건설해 국가의 부강과 인민의 부유한 생활을 실현하는 것입니다. 문예업무는 바로 이러한 최대 이익과 긴밀하게 결부시켜 이를 위해 봉사하는 것입니다. 인민을 단합시키고 인민 특히 청소년을 격려해 민족과 인민의 최대 이익을 실현하기 위해 노력하고 적극적으로 나아가며 걸림돌을 물리치고 꾸준히 분투해야 합니다.

우리가 작가의 창작자유를 제한해서는 안 되지만 작가들마다 위에서 말한 최대 이익을 생각할 수 있기를 희망합니다. 이를 잊는다면 저는 옳지 않다고 봅니다. 최근 한동안 문예계에 나타난 훌륭한 부분이 많다고 말하는 일부 동지들도 있지만, 확실히 일부 작품은 수준이 낮고 품격이 조잡합니다. 다시 말해 중국인민이 4개 현대화 건설을 기세 드높이 추진하고 조국의 부강과 인민의 부유한 생활을 위해 분투하는 아름다운 모습이 문예창작에서 제대로 반영되지 못하고 있다는 뜻입니다.

오늘 여러분에게 여러 개의 문건을 하달했습니다. 그중 하나가 바로 재미 중국 유학생들이 중앙에 보내온 집체 편지입니다. 그들은 편지에다 국내에서 미국에 수출해 상영된 영화들이 사상수준이 높지 않다고 언급했습니다. 그들은 국경절 열병식, '비바람이 중산에서 내리다(風雨下鍾山)', '서안사변(西安事變)', '장쉐량장군 전기(少帥傳奇)'등 혁명과 애국 감정으로 넘치는 영화를 가장 보기 좋아한다면서 밤잠을 자지 않고서라도 보고 싶지만 이러한 유형의 영화 수가 너무 적다고 적었습니다. 이와 유사한 의견과 요구를 가진 화인과 화교들이 아주 많습니다.

현재 세계적으로 다수의 엄정한 논설위원들은 모두 중국의 4개 현대화 건설이 본 세기 내 세계적으로 가장 큰 일이라고 말하고 있습니다. 그러나 일부 사람들은 4개 현대화가 자신들과 관계가 없는 것처럼 여기는데 이래서야 되겠습니까? 누군가 현재 일부 문예작품들이 사랑 이야기를 다루고 배우가 우스갯말이나 동작으로 사람을 웃기고 있다고 말했습니다. 약간의 사랑 이야기를 다루는 것은 찬성하지만, 만약 전부 이러한 내용이라면 어찌 되겠습니까? 1980년 저는 이러한 말을 한 적 있습니다. 훗날 "이분법을 견지하고 한 단계 업그레이드하자"라는 연설에서 헝가리의 페퇴피[195]의 시구를 특별히 인용했습니다. "생명은 귀하고 사랑은 더 숭고하지만, 자유를 위해서는 이 둘을 포기할 수 있다." 그들은 민족의 독립을 위하여 사랑과 생명을 모두 희생할 수 있다고 했습니다.

영원한 사랑이 모든 걸 능가해서야 되겠습니까? 한마디 더 보충하고 싶습니다. 역사 소재 작품이 없어서는 안 될 뿐만 아니라 문예작품에서 가장 중요한 일부분이 되도록 해야 합니다. 그러나 이러한 유형의 작품도 사상수준과 예술기교의 향상을 똑같이 요구해야 하고, 현실생활과도 완전히 이탈해서는 안 됩니다. 전반적으로 다양한 소재에 대해 작가는 선택할 자유가 있지만, 사회주의 현대화 건설을 위해 봉사해야 한다는 궁극의 목표를 잊지 말아야 하며, 이러한 가장 큰 주제를 반드시 명기해야 합니다. 열정적으로 인민을 위해 봉사하고 사회주의 정신문명 건설을 위해 봉사하는 문예업무 종사자들은 인민들이 현재 무엇을 하고 있는지, 시대가 우리에게 어떤 요구를 제기했는지 고민해 보아야 합니다. 이러한 것들을 잊어버려서는 절대로 안 됩니다.

대중들의 사상 경지를 향상시키려면 문예가들이 먼저 높은 사상 경지를 가져야 합니다. 그렇지 않고서야 어찌 남의 수준을 향상시킬 수 있겠습니까? 격조가 현저히 떨어진 부분에 대해서는 도리를 따져가며 비판해야 합니다. 단지 문예계 동지들만을 겨냥한 말은 아닙니다. 현재 각계에 모두 이러한 동지들이 있습니다. 하급만 비판하고 동급은 눈감아주고 남만 비판하고 자신을 비판하지 않으며 더욱이 자신을 관찰하지도 분석하지도 않습니다. 우리는 타인의 수준을 향상시키는 것과 자신을 관찰하고 분석하는 것을 통일시켜야 합니다. 남의 사상 경지를 향상시키려면 우선 자신의 사상 경지부터 향상시켜야 합니다.

둘째, 인민 특히 청소년을 보호하는데 각별히 주의를 기울임으로써 그들이 자본주의와 봉건주의 부패사상의 침습을 받지 않도록 해야 합니다. 우리의 사회 환경이 아주 깨끗한 것만은 아닙니다. 아직도 낡은 사회의 독성이 남아있습니다. 게다가 현재 실행하는 개방정책은 외국의 선진기술과 선진 관리경험을 끌어들이는 과정에서 자본주의 부패사상도 불가피하게 일부 따라 들어올 수 있습니다. 이러한 부패한 사상은 '바이러스'같은 존재로 질병을 전염시킬 수 있을 뿐만 아니라 아주 빠르게 번식할 수도 있습니다.

우리는 우연한 좌절을 겪고 실패가 거듭되는 것이 두려워서 해야 할 일을 하지 않거나 다시 봉쇄정책을 실시할 수 없지만, 낡은 사회의 독성과 자본주의의 부패한 사상에 대해서는 늘 경각성을 높여 이러한 사상의 침습을 방지하고 반대해야 합니다.

당 중앙은 줄곧 위의 방침을 견지해왔으며 단 한 번도 포기한 적이 없습니다. 중앙기율검사위원회는 늘 이렇게 얘기했습니다. 동지들에게 자산계급의 부패사상은 전염병 같은 존재로, 경각성을 높여야 한다고 명확히 얘기해야 합니다. 일부 동지들은 뭐가 그리 대수라고 별 것도 아닌 일을 크게 떠벌이는가 하고 말하기도 합니다. 저는 이러한 견해가 잘못되었다고 봅니다. 경각성을 늦추면 심각한 나쁜 결과가 초래됩니다. 당연히 자본주의 부패사상에 대해 자세하게 감별한 후 적절한 방법으로 극복해야지 단순히 조잡한 방법으로 난투극을 벌이거나 확대하도록 두어서는 안 됩니다. 이는 문예전선의 영도간부들이 세심하게 이 문제를 대할 것을 요구합니다.

최근 여러 가지 일이 발생했습니다. 첫째, 국제영화제 참석입니다. 우수한 부분을 시합에 내놓지 않고 오히려 별로 우수하지 않은 부분을 시합에 내놓고 있습니다. 둘째, 외국영화에 대한 회고전시입니다. 여기에 일부는 사랑이야기가 아니라 엉망진창인 내용도 있습니다. 주관기구에서 보지도 않고 내놓는다는 것은 아주 잘못된 것이 아닙니까? 다른 사람에게 간음·절도 따위의 나쁜 짓을 하도록 가르치는 내용은 반드시 금지해야 합니다. 그리고 내용이 건전하지 못한 소형 신문이 한꺼번에 수천 가지가 발행됐습니다. 또 음란테이프와 기타 저속한 테이프도 만들어졌습니다. 이러한 문제를 각급 당위에서는 관리하지 않는 겁니까? 문예계 동지들이나 언론단위에서 관리하지 않습니까? 현재 일부 동지들은 관리해오면서 착오를 범했나요? 아마도 두려워서 위에서 관리하는 것이 낫겠다고 생각하기도 합니다. 이러한 사상 상태를 가져서야 되겠습니까? 정치적 책임감과 자발적인 사상, 그리고 독립적인 감별력을 강조해야 합니다.

에 몸을 담근 지 수십 년이 되었는데 아직도 요만큼의 감별력조차 없어서야 어찌 되겠습니까? 그리고 일부 동지들은 저속한 취미의 내용을 쓰면 독자가 있고, 그들의 흥미를 불러일으킬 수 있을 것이라 생각하고 있는데, 저는 이러한 어리석은 생각을 버려야 한다고 봅니다. 사람마다 흥미도 각양각색입니다. 그러니 경지가 다르면 흥미도 다른 법입니다. 일부 사람들은 도박을 하고 아편을 피우는 것이 흥미일 수 있는데, 그렇다고 그들의 구미에 맞춰야 한단 말입니까? 때문에 취미를 없애는 것이 아니라 어떤 취미인지를 보고 정확하게 인도해야 합니다. 남에게 끌려가거나 저속한 취미를 홍보해서는 안 되며, 일부 후진적 사상을 정확한 것으로 간주해서도 안 됩니다. 외국을 따라 배울 것을 강조하는데 이는 그들의 선진 경험을 본받으라는 얘기입니다. 그러나 현재 일부 지방을 보면 맹목적으로 받아들이기만 하고 있습니다. 우리 좀 더 머리를 씁시다. 무릇 국가라면 선진적이고 후진적인 두 가지 부분의 관리 경험이 있습니다. 일부 동지들은 이에 대해 전혀 분석하지 않고 있는데 이는 잘못된 것입니다. 만약 청년들이 싸움을 하도록 이끈다면 단번에 싸움이 날 것입니다. 공산당원과 혁명의 문예종사자들은 대중들이 좋은 방향으로 발전하도록 이끌어야 하는 책임이 있음을 명기해야 합니다. 우리가 적극적으로 인도함으로써 정면적이고, 적극적인 부분이 많아진다면 소극적인 부분은 자연히 줄어들 것입니다.

TV에서 스포츠경기를 더 방송하더라도 엉망진창인 내용을 방송하지 않았으면 합니다. 스포츠경기를 선호하는 시청자가 많을까요? 아니면 패션쇼 프로그램을 선호하는 대중이 많을까요? 일부 동지의 이른바 '대중 관점'은 아주 협소하거나 심지어 후진 대중의 관점만을 반영해 문제가 되고 있습니다. 도덕이나 흥미를 육성시켜야 하고 사회주의 발전에 필요한 흥미를 육성시키는 것 외에도 인민 특히 청소년들이 자본주의 부패한 사상에 침습 당하는 것을 막는 능력을 향상시켜야 합니다. 아울러 행정과 법률을 비롯한 여러 가지 적절한 조치를 취해 대중들의 심신건강에 해가 되는 신문·간행물·테이프 등을 단속해야 합니다.

이는 우리 민족의 진흥과 발전을 위한 것으로 그야말로 대사가 아니겠습니까? 당연히 구체적인 업무를 파악함에 있어 자본주의의 부패한 사상에 따른 영향이 어떤 것들인지에 대해서는 자세하게 감별해야 합니다. 중앙서기처 동지와 홍보부서는 일련의 정책 계선을 명확히 하는데 각별히 주의해야 한다고 건의하고 싶습니다. 우리는 업무를 더 세밀하게 추진해야 합니다. 사상문제나 도덕문제 아니면 흥미문제나 기타 여러 가지 사회현상에 대해 모두 분석하고 인도해야지 자연스레 발전하도록 방임해서는 안 되고 당의 영도를 중요시함과 아울러 강대한 힘을 발휘해 무의식 중에 영향을 미쳐야 합니다.

　문예에는 무의식중에 영향을 미치는 역할이 있습니다. 혹은 좋은 방향 혹은 나쁜 방향으로 나아가도록 영향을 미칠 수도 있는데, 이를 좋은 사람을 가까이 하면 좋게 변하고, 나쁜 사람과 가까이 하면 나쁘게 변한다고 합니다. 이는 우리가 마땅한 주관능동성을 발휘해 선전적이고 정확하고 건강한 사상관점과 감정으로 대중들에게 무의식중에 영향을 미치고 감화시킬 것을 요구하는 바입니다.

형세 · 이상 · 기율 · 기풍*

(1985년 7월 15일)

첫 번째 문제는 형세를 관찰해야 한다는 것입니다.

형세 관찰은 마르크스주의의 큰 학문으로 마르크스주의 이론과 책략에서 큰 문제입니다. 동지들은 마르크스 · 엥겔스 · 레닌 · 마오쩌둥 동지의 저술에서 형세에 관한 통찰력 있는 분석을 대량으로 찾을 수 있습니다. 오로지 형세를 정확히 관찰해야만 분투방향과 방침과 정책을 정확하게 결정할 수 있습니다. 혹은 당의 노선 · 방침 · 정책을 정확하게 제정하려는 형세에 대한 정확한 분석이 뒷받침되어야 합니다.

그렇다면 당면의 중국의 형세를 어떻게 보아야 할까요? 국내외로 의논이 분분한 가운데 두 가지 극단적인 견해가 존재합니다. 하나는 중국의 형세가 더할 나위 없이 좋다는 부류입니다. 일부 외국인들은 중국인들보다 더 훌륭하게 평가하고 있습니다. 다른 하나는 중국의 것이라면 모두 엉망이라고 보면서 뒤떨어지고 진흥시키기에는 전혀 희망이 없다고 할 뿐만 아니라, '수정주의', '민족주의', '자본주의'등도 있다고 여기는 부류입니다. 더할 나위 없이 훌륭하다고 하거나 이보다 더 엉망일 수는 없다는 게 그들의 견해입니다. 그렇다면 우리의 형세는 대체로 어떤 모습일까요? 그러려면 변증법적인 방법

---

* 이는 후야오방 동지가 중공중앙 당교 수강생 학위수여식에서 발표한 연설문이다.

으로 분석해야 합니다. 우선 형세가 괜찮다는 점은 인정해주어야 합니다. 최근 몇 년간은 신 중국 설립 후로 가장 좋은 시기중의 하나였다는 예측에 저는 찬성합니다. 가장 좋은 시기중의 하나였다고 하는 것은 건국 초기와 비교할 때 그렇다는 것입니다. 이러한 부분이 없고, 이에 대해 긍정하지 않는다면, 결국 방향을 잃어버리게 될 것입니다.

그러나 다른 한편으로는 여러 가지 문제와 어려움이 확실히 존재한다는 점도 명확히 보아야 합니다. 전체적인 부분에서 최근 몇 년간이 가장 좋은 시기중의 한번이라는 점을 인정하지 않는다면 자신감을 어디에서 얻겠습니까? 문제와 어려움을 보지 못한다면 오만한 정서가 머리를 들면서 경솔함으로 인한 착오를 범하게 됩니다.

극단적인 논의에 우리는 두 가지 방침을 실행할 수 있습니다. 첫째는, 우리를 엉망이라고 논의하는 외국인에 대해 우리는 반박할 필요가 없습니다. 우리가 해야 할 일이 너무 많아 이러한 것조차 반박한다면 해야 할 일이 더 많아지기 때문입니다. 둘째, 우리는 성공 경험을 남에게 억지로 주입시키거나 그들에게 추천하지 않습니다. 외국친구들과 얘기를 나누면서 우리 사회주의 사회는 러시아 '10월 혁명'부터 계산할 경우 고작 60여 년의 세월 밖에 흐르지 않았기 때문에, 사회주의를 어떻게 건설해야 할지에 대해서는 장기적인 실천을 통해야만 대답할 수 있다고 거듭 말했습니다. 사회주의 실천 과정에서 그 누구도 자신이 완벽하고 결점이 없다고 말할 수는 없습니다. 사회주의 기본원칙을 바탕으로 탐색하는 것을 허락하고 격려하는 것이야말로 마르크스주의 태도이고 실사구시적인 태도이니까 말입니다.

4배의 성장률을 과연 실현할 수 있을까요? 저는 당연히 실현할 수 있고 앞당겨 실현할 가능성도 없지 않다고 봅니다. 그러나 여기에는 큰 착오를 범하지 말아야 한다는 전제조건이 있습니다.

지난해 중국의 공업과 농업 총생산액이 1조 4백여 억 위안(1980년 불변가에 따라 계산함)을 실현했습니다. 올해 공업과 농업 성장률이 16%라고 가정할 때 총생산액은 1천 6백 60여 억 위안이 증가된 1조 2천여 억 위안에 달할 것으로 예상됩니다. 그러면 10년 전에 2배의 성장률을 실현하는 예상목표였던 1조 4천여 억 위안에 거의 이르게 됩니다.

당연히 중앙과 국무원은 속도를 지나치게 강조하지 말고 우선 효과를 강조해야 한다고 거듭 지적했습니다. 중국공산당 제12차 전국대표대회에서 제기한 4배 성장률 실현 목표에는 경제효과를 꾸준히 향상시켜야 하는 전제조건이 붙습니다. 때문에 우리의 75계획은 속도를 7%안팎으로 정했는데 바로 이러한 부분을 염두에 두었기 때문입니다. 현재 문제는 올해 공업 총생산액 성장률이 상반기에 이미 23%에 달해 지난해보다 한 배 가까이 빨라졌다는 점입니다. 이러한 상황은 구체적으로 분석해야 합니다. 한편으로, 정책이 역할을 발휘해 적극성을 불러일으킨 덕분입니다. 다른 한편으로는 '초고속'이라는 비정상적인 요소도 작용했습니다.

외국인들은 우리에게 '생산 과열'혹은 '경제 과열'이라는 이름을 지어주었습니다. 이러한 '과열'상태가 지속되다가는 언젠가 곤두박질칠 날이 옵니다. '초고속'에는 인프라 규모·소비기금·신탁·외화 소모가 지나치게 많은 비정상적인 현상이 포함됩니다. 인프라 규모가 지나치게 크면 자연히 신탁 규모도 따라서 커지게 되어 공업 원자재를 다투어 구입하게 될 것입니다. 소비기금이 지나치게 크면 소비재를 다투어 구입할 수도 있습니다. 전반적으로 볼 때, 생산액 성장률의 빠른 성장을 요구하면 자연히 공급과 수요의 불균형을 초래해 물가와 금융에 영향을 미치게 됩니다. 만약 경제 형세에 존재하는 문제를 꼽으라면 이러한 부분이 가장 중요하다고 봅니다. 비정상적인 속도를 발견했을까요? 1월에 이미 발견했습니다.

2월 10일 중앙은 성장급 회의를 소집해 통제에 주의할 것을 요구했습니다. 통제하려다 보니 여기저기서 고함소리가 들렸습니다. 훗날 다시 생각해보니 지나치게 통제하고 여울목을 지나치게 빨리 돌아도 안 될 듯싶었습니다. 이토록 큰 중국에서 여울목을 급히 돌아 6개월 만에 문제를 해결하려는 것은 안 될 듯싶습니다. 이는 마치 빠른 속도로 바다 위를 내닫는 대형 선박이 뱃머리를 한꺼번에 돌릴 수 없는 것과 같은 맥락입니다. 선박의 큰 관성 때문입니다. 그래서 또 결심을 내려 여울목을 돌지 않고, 천편일률적으로 요구하지 않으며 서서히 머리를 돌릴 수 있는 시간을 주기로 했습니다. 그러나 발전 속도와 투자규모·신탁규모와 소비기금 규모를 통제하고 특히 외화 사용을 제약하는데 주의를 기울여야 합니다.

재정경제와 각급 여러 부서 국가기관 업무의 기율성을 강화하려면 권력을 하급기관에 넘겨줌과 동시에 여러 부분의 거시적 통제를 강화하고 큰 문제에서 통제력을 잃는 것을 막아야 합니다. 현재 경제발전 속도문제가 바로 발전에서의 문제입니다. 이 부분에 주의를 돌리면 해결할 방법도 생기게 됩니다.

며칠 전 덩샤오핑 동지는 개혁 방향이 정확하다고 말했습니다. 또 만약 결코 길지 않은 시간 내에 여러 가지 관계를 원활하게 처리한다면, 단순히 다음 10년의 경제 발전뿐만 아니라 다음 세기 국민경제의 지속적이고 안정적이며 건강하게 발전하는데도 견고한 기반을 마련해 줄 수 있을 것이라고 말했습니다. 때문에 덩샤오핑 동지는 개혁은 시기를 확고히 잡아야 한다고 강조했습니다. 시기를 잘 장악하여 개혁을 잘 이끌어 나가는 것은 현재뿐만 아니라 향후 수십 년과도 관계되는 일입니다. 그러니 더더욱 개혁방향을 확고히 견지해야 합니다.

경제형세 문제 외에도 정치 형세, 당의 기풍과 간부 기풍에도 여러 가지 문제가 존재하는데 이제 언급할 예정입니다. 그러나 전체적으로 볼 때 경제 형세나 정치 형세나 모두 양호한 편입니다. 중국은 활력 있게 발전하고 있습니다. 일부 문제가 존재하고 나타났을 때 전체적으로 분석하지 않는다면 앞으로 발전하는 전반적인 국면의 전체적인 추세를 볼 수가 없습니다. 국부적인 현상만을 보고 부분으로써 전체를 판단하거나 실제가 아닌 일부 추상적인 개념에서 출발한다면 객관 형세를 정확하게 판단할 수 없습니다.

당교의 동지들은 사회현상을 어떻게 관찰해야 할 것인지에 대한 레닌의 논술을 통독했을 것입니다. 여기서 1921년 레닌이 쓴 「공회의 현재 정세 및 트로츠키와 부하린의 착오를 다시 논함」이라는 글에서 제기한 관점을 집중적으로 소개하겠습니다. 레닌은 거기서 4분야를 언급했습니다.

첫째, 그는 변증법적 논리를 언급하면서 "사물을 진정으로 인식하려면 그의 모든 부분, 모든 연계와 '중개를 파악하고 연구해야 한다.'"[307]라고 말했습니다,

그는 "우리는 완전히 이대로 똑같이 할 수는 없다. 그러나 전면적으로 요구한다면 우리가 착오를 방지하고 사상이 경직화되지 않도록 막을 수는 있다."[308]고 말했습니다. 다시 말해 형세를 관찰할 때 한 부분만 틀어쥐거나 심지어 풍설만 듣고서 바로 판단을 내리고 통지를 하달해서는 안 됩니다. 현재 이러한 상황이 우리에게 상당히 보편적으로 존재합니다.

둘째, 그는 변증 논리가 "사물의 발전을 통해 '자신의 운동', 변화로부터 사물을 관찰할 것"[309]을 요구해야 한다고 강조했습니다. 다시 말해, 역사는 발전하기 때문에 발전과정에서 사물을 관찰해야 한다는 것입니다.

셋째, 그는 "사람의 모든 실천과 진리를 점검하는 기준으로 간주하고, 사물과 사람의 연계를 필요로 하는 실제 확정 자가 되어야 한다. 사물의 완벽한 '정의'도 포함되어야 한다."[310]고 말했습니다. 이는 객관사물을 관찰할 때

실천 활동도 추가해야지 실천요소를 떠나 형세를 논해서는 안 된다는 점을 말해줍니다.

넷째, 그는 "추상적인 진리는 없고 진리는 늘 구체적이다"[311]라고 말했습니다. 이는 구체적인 문제는 구체적으로 분석해야지 추상적인 개념으로부터 출발하지 말 것을 요구하고 있습니다.

레닌이 말한 위의 4마디 말은 아주 훌륭하게 종합 됐다고 봅니다. 그의 저서를 읽으면서 바로 이러한 분석방법을 따라 배워야 합니다. 사물의 전체를 파악해 편면성을 피하는 한편 사물사이의 연계와 모든 실천을 파악함으로써 고립적이고 정지된 안목으로 문제를 보는 방법을 피하자는 것입니다.

우리는 마오쩌둥 동지의 관련 논술도 잊어서는 안 됩니다. 마오쩌둥 동지가 「작은 불씨가 온 초원을 태울 수 있다」는 글에서 "표면만 강조하고 실질을 포기하는 관찰"을 심각하게 비난했습니다. 그는 "사물은 반드시 본질을 보아야 한다. 현상은 단지 입문하는 향도로 보아야 하며, 입문하는 순간 실질을 확고하게 장악하는 것이야말로 가장 믿음직한 과학적인 분석방법이다"[312]라고 말했습니다. 그는 「중국혁명전쟁의 전략 문제」라는 글에서 "형편없고 쓸모없는 것은 버리고 훌륭하고 유용한 것을 취하며, 거짓된 것은 버리고, 진실 된 것은 남기며, 여기서부터 저기까지 겉부터 속까지"[313]라는 아주 훌륭한 말을 남겼다. 그는 "지휘관의 정확한 배치는 정확한 결심에서 오고, 정확한 결심은 정확한 판단에서 오며, 정확한 판단은 주도면밀하고도 필요한 정찰과 여러 가지 정찰 자료를 연결시킨 사고에서 온다."[314]라고 말했습니다.

마오쩌둥 동지의 이러한 말들은 자료를 얻은 후 사고하고 연결시켜 생각해야지 한 부분만 보고 판단과 결론을 내리지 말 것을 요구하고 있습니다. 만약 표면적이고 사소한 자료만 보고 체계적이고도 조리 있는 사고를 하지 않거나 나무만 보고 숲은 보지 못하는 태도로 형세를 판단하고 결론을 내린다면 이는 결코 믿음이 가지 않아 속임수에 넘어갈 수도 있습니다.

제가 이 제목을 얘기하는 것도 동지들이 각자의 위치로 돌아간 후 소속 지방과 부서에서 형세에 대해 정확하게 분석함과 동시에 전체 국면을 연결시켜 관찰하기를 바라는 마음에서입니다.

이 부분이 아주 중요합니다. 이는 당 중앙의 정확한 노선·방침·정책을 실행하는 과정에서 업무를 잘 이끌어 나가는데 없어서는 안 될 조건입니다.

두 번째 문제는 이상에 대한 홍보 문제입니다.

몇 년 전 덩샤오핑 동지가 이미 이상·도덕·문화·기율이 있어야 한다고 제기한 바 있습니다. 올해에도 여러 차례 연설을 통해 이상과 기율을 유달리 강조했습니다. 우리당은 당원·간부·인민·청년 특히 청년에 대해 반드시 이상을 홍보함으로써 이상에 대한 교육을 열심히 그리고 열정적으로 진행해야 합니다.

이상은 우리나라와 민족에 있어 아주 중요한 정신적 지주입니다. 만약 이상이 없으면 무엇을 해야 하고, 어떤 방향을 따라 나아가야 하는지 조차 모를 것입니다. 이래서야 어찌 되겠습니까? 서방 자본주의 나라에서 다수의 사람들은 사상이 공허해 어디로 가야 할지 모르고, 앞으로 어떻게 해야 될지 조차 모르고 있습니다. 한 사람·한 민족이 만약 눈앞의 '작은 혜택'만 보고 원대한 이상이 없다면 진정으로 무언가를 해낼 수가 없습니다.

이상이라는 것은 무엇입니까? 일반적으로 이상은 공상이나 환상이 아니고 분투목표와 서로 연결된 실행 가능한 신념으로 해석하고 있습니다. 우리 민족은 이미 사회주의 역사단계에 들어섰습니다. 우리의 최고 이상은 무엇일까요? 바로 공산주의입니다. 중국공산당이 설립된 후로 공산주의를 실현하기 위해 분투하기로 결심을 내렸습니다. 오늘에 이르러 우리는 갈수록 많은 전국의 인민과 청년들이 이러한 이상을 수립할 수 있도록 이끌어 주어야 합니다. 이를 절대 버려서는 안 됩니다. 이를 버린다면 어찌 공산당이라 할 수 있겠습니까? 우리의 행동에 영혼이 없고 머리를 쓰지 않는 꼴이 되는 게 아닙니까?

몇 년 전 덩샤오핑 동지는 '4가지 견지'를 강조했습니다. 훗날 덩샤오핑 동지는 또 자산계급의 자유화 사상흐름이 범람하도록 놔둬서는 안 된다고 강조했습니다. 이른바 자산계급의 자유화라는 것은 자본주의의 실행을 말합니다. 일부 동지들은 자본주의를 동경하면서 우리에게 자본주의의 길을 걸으라고 합니다. 여러분! 우리가 이러한 의견에 따라 만약 원대한 이상을 버린다면, 나쁜 길로 들어서게 되어 우리의 혁명사업도 결국 실패로 돌아가고 말게 될 것입니다.

당연히 공산주의 사회가 어떤 모습일지에 대해서는 현재 방향이나 대체적은 부분만 얘기할 수 있습니다. 오랜 세월의 역사시기를 거치고 여러 대 사람들의 꾸준한 노력을 거쳐야만 궁극적으로 실현할 수 있는 것입니다. 그러나 공산주의는 향후의 사회제도일 뿐만 아니라 낡은 사회를 개조해 과학적이고 현실적인 미래사회로 나아가는 혁명운동이기도 합니다. 따라서 우리는 공산주의 이상을 홍보함에 있어 2갈래 원칙에 주의를 기울여야 합니다.

첫째, 기본원칙과 기본사상을 반드시 강조하고, 공산주의 사회의 최종 목표를 이탈해서는 안 됩니다. 덩샤오핑 동지가 여러 번 명확히 언급했고, 천원 동지도 며칠 전 재차 강조했는데, 우리가 사회주의 4개 현대화 건설을 추진하고 있다는 사실을 말입니다. 이는 완벽한 개념으로 우리의 근본적인 입장을 대변합니다. 둘째, 반드시 실제로부터 출발해 우리의 이상과 현실 투쟁 목표를 긴밀하게 연결시켜, 이 시각 이 지점에서 어떻게 나아가야 대중들이 우리의 최종 목표를 향해 나아갈 수 있도록 이끌 것인지를 늘 고민해야 합니다. 향후 수십 년간 중국의 사회주의 현대화 건설은 3부분으로 나눠 추진할 것이라고 얘기한 바 있습니다. 첫 부분은 본 세기 말까지입니다. 공업과 농업의 총생산액을 1980년보다 4배 성장시켜 중국의 사회주의 '샤오캉(小康, 중등 발전수준)의 집'으로 건설할 것입니다. 두 번째 부분은 다음 세기 첫 2·30년 동안에, 다시 말해 우리당이 설립된 100주년 후에는 중국을 중등수준의 발달한 사회주의 국가로 건설하겠다는 말입니다. 마지막 부분은 다음세기 중엽, 즉 건국 100주년 이후의 중국을 사회주의 물질문명과 정신문명이 고도로 발전하고, 경제발전 수준이 세계 최고인 선진국에 접근하는 최고 수준의 번영되고 부유하며 현대화된 사회주의 강국으로 건설하겠다는 것입니다.

중국사회의 생산력이 꾸준히 발전함에 따라 사회주의 생산관계가 꾸준히 보완되고 있으며, 사회주의 도덕품격·교육문화·과학기술도 세계 최정상을 향해 힘차게 나아가 중국이 세계 평화와 인류의 진보발전을 쟁취하는 강한 역량으로 성장할 수 있다고 전망합니다.

저는 위 3단계가 우리의 최고 이상을 건국 100년 내에 실현해야 할 분투 목표와 연결시켰다고 봅니다. 무릇 공산주의자라면 반드시 가져야 할 이상이어야 할 뿐만 아니라, 애국자마다 마땅히 가져야 할 이상입니다.

이러한 역사적 조건에서 우리의 사상정치 업무의 중심 임무는 전체 당원과 노동자·농민과 지식인을 동원해 사회주의 현대화, 나라의 부강과 인민의 부유한 생활을 위해 분투하고 공훈을 세우고 업적을 쌓는 일입니다. 이러한 차원에서 이상을 얘기한다면 현실과 긴밀하게 연결시킨 것으로 피와 살이 되고, 전당의 통일된 구체적인 분투목표로 간주되어 인민을 동원하고 교육하며 우리의 후손과 후대를 가르칠 수 있을 것으로 예상됩니다.

이상을 위한 분투를 부서나 단위 심지어 개인까지 구체적으로 실행해야합니다. 왜 분투해야 하는지, 어떤 공훈을 세우고 업적을 쌓아야 하는지를 말입니다. 시기에 따른 현실적 사상 경향을 확고히 인식하여 개인과 소규모 단체의 편협한 개인 이익만 보고 국가와 인민의 이익은 안중에도 없는 착오적인 언행을 반대해야 하며, 헌신하는 정신을 고양시켜야 합니다. 사회주의 현대화는 나라를 부강으로, 인민을 부유의 길로 이끄는 것을 말합니다. 이는 전반적인 국면으로 여기에는 개인 이익을 보살피고 개인 이익을 집체·사회·국가의 이익과 서로 결부시키는 것이 포함됩니다. 그러나 만약 머릿속에 온통 자신이 속한 단위만을 생각하거나 개인 이익만 생각하고 국가와 인민의 이익에 피해까지 준다면 어찌 이상이 있다고 할 수 있겠습니까?

현 상황으로 볼 때 이는 큰 문제가 아닐 수 없습니다. 우선 당원 대오에서 일부 방향을 잃은 자들이 사회주의 방향마저 잃어버리고는 자본주의제도에서 사용된 일부 방법들을 사용하려 하고 있습니다. 국민과 인민의 이익은 일찍이 뒷전으로 한 채 개인주의를 고집하고 있는 것입니다. 하나는 자산계급의 자유화이고, 다른 하나는 행동에서 나타나는 각양각색의 개인주의입니다. 이러한 부분은 우리의 이상과는 정반대 방향입니다.

자금까지 저의 말은 완전히 다 한 것이 아니라 단지 문제만 제기했을 뿐입니다. 그저 어떻게 이상을 홍보하고 어떤 입장으로 이 문제를 보며, 어떤 자세나 언어로 이 문제를 홍보함으로써 인민을 이끌고 격려할 것인지에 대해서만 말한 것입니다. 여러분들이 이 문제를 잘 생각해보고 열심히 고민해 보기를 바랍니다.

세 번째 문제는 기율 강화에 대한 문제입니다.

덩샤오핑 동지는 이상과 기율을 연결시켜서 제기했습니다. 이상만 얘기해서도 안 됩니다. 만약 공동의 이상을 위한다고는 말하지만 실제로는 제각기 할 일을 하고 생활이 혼잡하고 행동이 어수선하며 사회가 흩어진 모래알과 같다면 어찌 이상이 있다고 말할 수 있겠습니까? 이상에 대한 풍자에만 그치는 것입니다. 그렇기 때문에 우리의 당 정비 결의[315]에서 사상을 통일시키고 기풍을 정돈하며 기율을 강화하고 조직을 깨끗이 하자는 4분야의 요구를 제기했던 것입니다. 첫 단계인 당 정비면에서는 큰 성과를 거두었습니다. 그러나 당 정비가 아직은 끝나지 않았고 꾸준히 노력해야 합니다. 여러분! 현재 당내에서는 사회적으로 기율 상황이 좋지 않고 문제도 많다는 말이 떠돌고 있습니다. 문제는 해결할 수 있지만 반드시 열심히 하는 태도를 가져야만 비로소 해결할 수 있습니다. 우리는 너무 비관적일 필요가 없고 엄숙하게 대해야 합니다.

아래에 소극적인 표현을 열거하려고 합니다.

예를 들면, 외사활동 부분을 얘기하고자 합니다. 외사부서만 가리키는 것이 아니라 외사활동을 뜻합니다. 이 부분의 나쁜 기풍이 꽤 많은 편입니다. 일부는 앞 다투어 출국하고는 일을 제대로 처리하기는커녕 오히려 일에 지장만 주면서 자신을 위해서는 '몇 가지 일을' 성사시키곤 합니다. 그리고 일부는 외사활동에서 국가의 존엄은 안중에도 없거나 심지어 국가의 존엄과 개인의 존엄을 버린 채 외국인에게 구걸하기까지 합니다.

그리고 생산부분에도 문제가 있습니다. 다수의 기업은 효과를 따지지 않고, 상품 질이 평범하며, 함부로 가격을 올리는 상황이 아주 심각합니다. 심지어 일부는 모조품을 팔거나 가짜 약을 팔아 백성에게 피해를 주고 있습니다. 사람의 목숨과 관계되는 큰일을 어찌 형법에 따라 엄히 다스리지 않을 수 있겠습니까?

또 교통운수 부분에도 문제가 많습니다. 고객에 대한 태도가 야만적이고, 물품을 거칠게 싣거나 내리고 있습니다. 몇 년 전에 이미 이러한 문제를 발견해서 지적한 바 있고, 일부 지방은 많은 노력을 기울여 바로잡기도 했습니다. 그러나 전국 범위에서 볼 때 여전히 제대로 해결되지 못한 실정입니다.

그다음은 재정부분의 문제입니다. 재정 부서를 비난하려는 것이 아니라, 각급 각 부서·각 단위에 함부로 할당하고 가격을 올리거나 심지어 뇌물을 주거나 여러 가지 '사례비'를 요구하는 현상이 상당히 많이 존재하여 인민과 기업의 부담을 과중시키고 있을 뿐만 아니라, 인민생활의 개선과 기업의 정상적인 활동을 심각하게 방해하고, 당과 정부의 위신에 크게 영향을 미치고 있습니다.

정법 부분에도 문제가 있습니다. 최근 몇 년간, 펑전(彭真)[235]동지와 중앙정법위원회에서 확고하게 집행하는 덕분에 큰 진보를 가져왔습니다. 그러나 일부 오랜 세월을 거쳐 잔류된 문제가 여전히 존재합니다. 예를 들면, 일부 대중을 이탈하고 기만하고 압박하는 현상, 인민 보호와 관련된 업무를 제대로 이끌어 나가지 못하는 현상, 새로운 억울한 사건과 허위적인 사건, 그리고 착오적인 사건을 조성하는 현상이 존재합니다. 이러한 현상이 지방별로 정도는 다르지만 존재하고 있습니다.

그리고 조직 업무에도 문제가 있습니다. 인정만 보고 원칙을 보지 않는 문제에 대해서 1년 전에 이미 제기했습니다. 허위로 날조해 영예를 편취하는 행위가 끊임없이 나타나고 있습니다. 지방으로 업무 고찰을 갔을 때, 지방에서는 제대로 된 정보를 알려주지 않거나 허위적인 대표사례를 꾸며내 속이곤 합니다.

위에서 열거한 사례들이 완전하지는 않지만, 이러한 것만으로도 충분히 여러 업종과 전당의 주의를 불러일으키기에 충분합니다. 이러한 부분이 이미 우리 업무의 주류가 되고 있으며, 어느 부서가 어떻다고 꼬집어 얘기하려는 것이 아니라, 제반 부분에서 기율이 엄하지 않은 문제의 심각성을 얘기하는 것입니다.

여러분! 당·민족·국가에 만약 강력한 기율이 없다면 되겠습니까? 기율이 있다고 하는 것은, "어떻게 해야 하는 것인지를 정했다면, 반드시 그대로 따라야 한다"는 뜻입니다. 그 누구라도 허락되지 않은 일을 했다면 끝까지 철저하게 조사해야 합니다. 비판해야 하면 비판하고, 처분해야 하면 처분하고, 면직시켜야 하면 면직시키고, 법에 따라 처벌을 내려야 하면, 반드시 그렇게 해야 합니다. 경제 범죄자와 기타 형사범죄자에 대해서는 단호하게 처벌해야 합니다.

몇 년 전에 두 차례 단속을 하긴 했지만 아직도 근본적인 차원에서 문제를 해결하지 못해 기회만 생기면 다시 머리를 들고 있습니다. 대형 형사사건이 아직은 줄어들지 않았고 경제범죄사건 수와 규모가 계속해서 늘어나고 있는 추세입니다. 일부 지방과 부서는 당내에서 경제범죄와 기타 형사범죄에 대해 처벌하지 않을 뿐만 아니라 오히려 감싸주고 있습니다.

최근 모 지방에서 6천여 명의 대중이 연합 사인해 은폐되어 있는 범죄자에 대해 사형을 내릴 것을 요구했습니다. 이런 것을 보면서 당의 기풍과 사회 기풍에 왜 근본적인 변화가 나타나지 않았는지에 대해 열심히 생각해 보아야 합니다. 현재 심각한 기율 위반사건이 나타나도 다수 영도간부들이 입 밖에 내지 않고 있습니다. 위에서 조사관을 파견하면 또 객관적인 어려움을 호소하거나 심지어 젊은이들(조사관)에게는 이런저런 단점이 많다고 비난하기에 급급합니다. 당신에게는 과연 책임이 없는지 묻고 싶습니다.

지도부에 기율을 위반하지 않았는지, 기타 부패현상이 없는지에 대해 묻고 싶습니다. 당이 국가를 영도하고 당신이 속한 지방과 부서도 영도합니다. 그러니 심각한 문제가 나타날 경우 우선 영도자부터 조사해야 하지 않겠습니까?

우리는 아주 엄중하게 이 문제를 대해야 합니다. 옛 사회에서의 경험담을 우리는 결코 잊지 맙시다! "윗사람이 모범을 보이면 아랫사람이 본을 받는다", "윗물이 맑아야 아랫물이 맑다"고 하지 않는가 말입니다. 만약 영도자가 친근하고 거리를 두는 소원한 관계를 중시한다면, 아래에서는 파벌을 형성하게 될 것입니다. 만약 영도자가 인정이 많아 봐준다면 아래에서는 대책을 마련해 원칙을 무시할 것입니다. 영도자가 특수화를 거론한다면, 아래서는 심각한 법을 위반하고 규율을 위반하는 현상이 나타날 것입니다. 영도기구가 열심히 노력하지 않는다면, 아래에서는 자연히 자유롭고 산만한 상태가 형성될 것입니다. 그렇기 때문에 영도간부가 만약 솔선수범하지 않고 남만 비난한다면 어찌 뒷심이 강할 수 있겠습니까! 최근 취샤오(曲嘯)[316]동지가 TV라디오를 통해 한 연설이 청년들 가운데서 큰 반향을 일으켰습니다. 그의 일치하는 언행에 청년들은 가장 큰 반향을 보이고 있는 것입니다.

위치우리(餘秋裏)[160]동지도 한 회의에서 이상이 있는 자가 이상을 강조하고, 기율을 지키는 자가 기율을 강조해야 남의 마음을 움직일 수 있다고 말했습니다. 저는 위치우리 동지가 아주 훌륭한 말을 하였다고 봅니다. 각급 당위는 솔선수범을 보이고, 어떤 일에서든지 모두 자신부터 시작하는 데에 대해 명확히 인식해야 합니다. 기율 정돈은 당위부터 시작해야 하며, 희생양을 찾지 말아야 합니다. 일부 지방은 몇몇 나쁜 사람을 체포한 뒤로 사회 기풍이 크게 호전되었다고 하는데, 이는 거짓말이고 사람을 긴장시키려는 수작입니다.

두 번째 단계의 당 정비를 시작한지 6개월이 채 되지 않았습니다. 첫 단계보다도 더 효과를 보지 못할 위험성이 있지는 않은지 생각해 보길 바랍니다. 일부 동지들은 현재 몇몇 지방의 기층 당 조직이 마비 혹은 반 마비 상태에 처해 있다면서, 관리자는 없고 모두 '치부'하려고 떠났다고 말했습니다.

이 문제를 중시해야 합니다. 위로부터 아래에 이르기까지 근본적인 부분이나 당헌에서 규정한 원칙을 확고히 견지해야 합니다. 즉 당 조직의 정상적인 생활을 건립 및 건전하게 하여 각급 당 조직에서 지부의 정상적인 생활까지 건립 및 보완을 하도록 해주어야 합니다. 만약 당지부에서 이 부분까지 해내지 못한다면, 그 당지부를 재조합하거나 심지어 해산시켜야 합니다.

업무만 얘기하고 정치사상을 언급하지 않아서야 되겠습니까. 최근 2년간 우리는 당 정비에서 업무 지도사상을 바로잡는 데 대해 강조해왔습니다. 이는 우리가 여러 전선의 업무를 진정으로 사회주의 현대화 건설을 위해 봉사하는 궤도로 끌어올리는데 큰 의미를 지니고 있습니다. 그러나 많은 지방과 부서는 단지 고립적으로 업무 지도사상을 바로잡는 것만 언급하고 이를 당성 증강과 연결시키지 않았습니다.

당의 관념을 바로잡지 못한다면 업무지도사상도 바로잡기 어렵습니다. 당 조직이나 지도부 내부에 의견차이가 생겼을 때 당성의 원칙에 따라 처리하지 않은 문제는 무엇인지, 법과 기율을 어긴 문제는 무엇인지, 4가지 기본 원칙을 위반한 언행은 무엇인지에 대한 의견교류가 왜 상시적으로 이뤄지지 않고 있습니까? 당의 생활이 건전하지 않으면, 아무리 훌륭한 노선·방침·정책이라도 물거품이 되거나 심지어 모양이 흐트러지게 됩니다.

그렇다면 기관당위에서는 대체 무엇을 해야 할까요? 여기서 말하는 기관당위는 중앙급과 성시급 기관당위를 가리킵니다. 만약 기관당위에서 대중들의 생활복리 문제만 중요시하면서, 연극이나 운동경기 입장권만을 발급해서야 되겠습니까? 대중의 복리 문제에 당연히 주목해야 하지만 우선 사상을 관리하고 당내의 시비 문제를 명확히 해야 합니다. 기관당위는 나쁜 기풍을 과감하게 논의하고 비판해야 합니다. 예를 들면 중앙 직속 당위에서 모 부서의 부부장·부장 혹은 기타 책임자의 나쁜 기풍을 발견했다면, 관련 상황을 그 부서의 당위로 보고해 그들이 논의하고 해결하도록 해야 합니다. 기관당위에서 사상이나 당성을 장악하지 않는다면 이는 근본을 확실히 장악하지 못한 것이나 다름없습니다.

그러니 반드시 당의 기풍과 기율을 잘 처리해야 합니다. 만약 향후 2·3년 사이에 당의 기풍에서 근본적인 호전을 가져오지 못한다면, 우리는 백성을 대할 면목이 없고 동란이 생길 가능성도 없지 않습니다.

당의 기풍과 기율에 대해서는 두 가지를 중점적으로 얘기하고자 합니다. 첫째, 당의 기풍을 잘 처리하고, 둘째, 위로부터 아래에 이르기까지 철저하게 실행해야만 잘 처리할 수 있습니다. 당연히 일부 동지는 각자의 위치로 돌아가서 성위업무에 참여하지 않는 경우가 있을 것입니다. 위에서부터 아래에 이르기까지라고 하니 위의 상황을 기다려 보겠다고 생각하는 일부 동지들도 있을 것입니다. 이러한 생각은 잘못된 것입니다. 우선 나 자신부터 관리해야 하지 않겠습니까! 만약 지부서기라면 그 지부에서는 당신이 바로 '위'이고, 만약 현위서기라면 그 현에서는 당신이 바로 '위'입니다. 그러니 또 다른 위를 기다릴 필요가 왜 있는 것입니까?

'나부터 하자'는 구호를 제기하지 않았습니까? 바로 위에서부터 아래에 이르기까지, 솔선수범하자는 것입니다. 그러니 스스로에게 다짐하는 요구를 높여야 합니다.

다시 말하지만 경제범죄자와 기타 형사범죄에 대해 반드시 엄하게 처벌해야 합니다. 우리 당내의 심각한 관료주의 상황은 잠시 존재할 뿐 오래 지속될 수는 없습니다. 그 누구라도 관료주의를 바람막이로 간주한다면 결코 얼마 버티지 못할 것입니다. 당의 기풍을 진정으로 바로잡는다면 사회 기풍도 자연히 좋아질 것입니다.

마지막으로 기풍을 개혁하는 문제입니다.

얼마 전 덩샤오핑 동지가 "빈말을 적게 하고 구체적인 일을 많이 할 것"을 제기했습니다. 간부대오의 기풍 문제 핵심이 바로 여기에 있습니다. 특히 중앙급·성시급 기관의 빈말이나 틀에 박힌 말, 그리고 일반적인 호소가 너무 많습니다. 중앙 일부 기관의 부·국·처·과는 모두 '원칙'을 강조하면서 아래에 하달한 문건은 모두 '중앙문건'인 듯 얘기하고, 일부 성·시의 기관도 여전히 이 '원칙'을 강조합니다. 현재 전국에 중앙이 하나뿐이 아니라 수백 개에 달합니다. 모두 '중앙문건'을 발표하고 있기 때문입니다. 저는 자주 현으로 내려가는데 그때마다 현 동지들에게 이런저런 문제를 물어봅니다. 그러면 그들은 늘 '중앙문건'과 '중앙정신'에 따라 처리했다고들 합니다.

저는 어떤 '중앙정신'인지를 묻곤 합니다. 찾아보면 어느 부나 국에서 하달한 문건도 아니고 국 이하 어느 단위의 문건이 아니면 여러 해 전의 문건이었습니다. 현재 '표창'대회가 지나치게 많고 사람마다 메달을 획득하고 있습니다. 가짜 약은 그대로 팔면서도 메달을 목에 거는 꼴입니다. 필요한 경축대회·표창대회·평가대회·전시회는 적절하게 개최할 수 있지만 현재는 지나칠 정도로 너무 많습니다. 일부는 완전히 형식에만 그쳐 인력과 재물을 낭비할 뿐만 아니라 모두 각 부서 최고 지도자의 제사(題詞)를 요구하고 있습니다. 여러분 앞으로는 스스로를 기만하는 일을 하지 맙시다. 목표가 있어야 하지 않겠습니까? 우리는 제한된 체력이나 정신력을 끝없는 빈말이나 틀에 막힌 말에 소모할 수는 없지 않겠습니까?

다수의 젊은 동지들은 아직 임용되지 않았을 때는 성실하게 일한다고 하고도 조사를 거쳐 임용된 후에는 가는 사람 배웅하고 오는 사람 맞이하느라 바쁘기만 합니다.

이러한 기풍을 놔두어서야 되겠습니까? 표면적인 부분을 강조하면서 위 영도자들의 눈을 피해갈 생각만 해서야 어찌 되겠습니까? 만약 훌륭한 동지들이 이러한 업무 방법으로 4개 현대화 건설을 대한다면 우리의 4개 현대화는 전혀 희망이 없다고 봅니다.

얼마 전 중앙서기처에서 교육업무 문제를 논의했을 때였습니다. 저는 일부 동지들이 레닌의『청년단의 임무』를 잊어버린 것 같다고 말했습니다. 레닌은 위 글에서 낡은 학교들이 "90%는 쓸모없고, 10%는 왜곡된 지식으로 청년들의 두뇌를 채우고 있다"[317]라고 썼습니다. 그는 '쓸모없는 쓰레기'들로 청년들의 두뇌를 채워서는 안 된다고 말했습니다. 레닌의 이 연설에서 표현한 사상대로라면 여러 가지 간행물 · 서적 · 기타 출판물은 무엇으로 청년을 교육해야 할지가 아주 엄중한 문제입니다. 현 이상 각급 당위는 간행물 출판부서의 당원과 비당원 간부를 잘 이끌어 그들과 함께 이 문제를 열심히 대함으로써 청년의 성장에 오로지 나쁜 점만 있는 소형의 신문 · 간행물 · 책자를 확실하게 정돈해야 합니다.

인민을 위해 봉사하려면 실사구시적인 태도를 가져야 합니다. 이러한 태도를 바탕으로 담략과 견식이 있는 간부로 성장했으면 합니다.

"견식이 있다"라는 것은 무슨 말일까요? 첫째, 정확한 방향이 있고, 둘째, 과학적인 지식이 있으며, 셋째, 실제상황을 철저하게 이해하는 것을 말합니다. 담략이라는 것은 무엇일까요? 정확하면 과감하게 견지하고, 잘못됐으면 과감하게 얘기하며, 법과 기율을 어길 경우 과감하게 바로잡는 것을 말합니다. 그러나 현재 당내의 위법 위규 현상과 투쟁하고, 당의 이익을 위반한 현상과 투쟁함에 있어 모두 담략이 부족합니다. 그리고 일부 당원들을 보면 특수화를 부리고, 나쁜 기풍을 성행시키거나 권력을 등에 업고 개인의 이익을 도모하는 데에는 그 누구보다도 담략이 큽니다. 이래서야 되겠습니까?

적지 않은 간부들이 대중들과 심각하게 이탈되어 있는데 아랫사람들의 사정을 잘 모르거나 진정으로 알지 못하고 있습니다. 그렇기 때문에 현재 특히 간부들을 기층으로 내려 보내 문제를 발견하고 해결하도록 해야 합니다. 우선 중앙, 성 · 시 · 구, 지, 현 4개 급별의 지도간부들을 모두 기층으로 내려 보내야 합니다. 개개의 촌·공장·학교·가정에까지 내려 보내 상황을 이해하도록 해야 합니다.

최근 몇 년간 중앙의 1선 업무에서 뛴 동지들은 많은 곳을 다니면서 봤습니다. 나도 일부 지역을 돌아보았고, 후진적인 산간지역도 여러 군데 가 보았습니다. 그런 곳에 가면 감동을 받아 눈물을 흘리는 백성들도 있습니다. 이러한 상황을 얘기하는 것은 우리의 업무를 잘 했다고 자랑하려는 것이 아니라, 그런 곳에 우리가 너무 적게 갔다는 걸 얘기하기 위해서입니다.

여러분 현재 개개의 성마다 1만 명이 넘는 간부들이 있습니다. 29개 성이니 간부만 약 30만 명에 달합니다. 게다가 중앙기관 간부 10여 만 명까지 합치면 40만 명을 넘어섭니다. 만약 간부마다 매년 2개 촌이나 공장으로 간다고 가정할 때, 1년에 80여 만 개의 촌과 공장을 돌아볼 수 있습니다. 만약 한 해에 백성 10명과 얘기를 나눈다고 가정하면, 4백여 만 명에 달하는 대중과 만남을 가질 수 있는 것입니다. 이렇게 직접 방문하고 서로 이야기를 나누다 보면 진실한 상황을 많이 이해할 수 있지 않겠습니까? 그러나 현재 대다수 동지들은 내려가지 않고 가령 내려간다고 해도 첫째, 중앙에서 잘 보살펴주고 있고, 둘째 지역의 실정에 맞게 산간지역을 개발하고 있으며, 셋째, 간부 기풍을 바로잡아야 한다는 등만 조목조목 보고서로 작성할 뿐입니다. 사실 이러한 부분은 문건에도 있으니 더 얘기할 필요가 있겠습니까? 문제는 구체적인 문제를 해결하는데 도움을 주고 간부들이 진보하도록 이끌어 주어야 한다는 것입니다. 간부에게 문제가 있으면 대중과 조직을 통해 바꿔야 합니다. 구체적인 일을 해야 하니까 말입니다. 만약 '원칙'만 강조한다면 이는 틀에 박힌 말이 됩니다. 현재 가장 큰 문제는 기층으로, 대중 속으로 깊이 들어가지 않고, 실제로 문제를 발견 및 해결하지 않는다는 것입니다.

현재 우리는 기풍 전환을 큰 소리로 외쳐야 할 때입니다. 그리고 일부 조치도 취해야 될 듯싶습니다. 중앙기구에 인원이 너무 많은데 재작년 기구를 간소화할 때보다 인원수가 더 늘어났습니다. 며칠 전 5만 명을 선정해 후진 지역으로, 후진 기업과 향촌으로 보내 2년간 그곳에서 업무를 도와주면 어떨지에 대해 일부 동지들과 논의한 바 있습니다. 이에 응해 기층으로 내려간 동지는 본인 호적지나 직무를 여전히 그대로 두게 하고 해마다 일정한 휴가도 주기로 했습니다. 일부 고위기구는 늘 구호를 우렁차게 외칩니다. 분발 노력하자 느니, 개척 전진해야 한다느니 말입니다. 그러나 실제로 이렇게 하고 있습니까? 사회주의 현대화를 추진하는 것처럼 활력 있는 모습을 보여주고 있습니까? 적지 않은 지방과 단위는 그렇지 않다고 저는 생각합니다. 방법을 강구해서 빈말만 하고 구체적인 일을 하지 않는 현상을 바로잡아야 합니다.

이러한 기풍을 바로잡아야만 제반 분야의 업무도 한걸음 크게 발전할 수 있습니다. 그해 마오쩌둥 동지는 당시의 중앙지도자들에게 "댜오위타이(釣魚台)에 낚을만한 물고기가 없다"라고 경고했습니다. 우리가 그의 만년의 잘못을 비난하긴 하지만, 그에 대해 일률적으로 부인하는 것은 단호히 반대합니다. 그는 위대한 역사적 공적을 세웠고, 우리에게 귀중한 정신재부를 남겨주었습니다. 이는 그의 일생에서 주요한 부분입니다. 그는 다수의 저술에서 마르크스주의 진리를 발전시켰고, 많은 경구를 남겼는데, 현재까지도 우리에게 좋은 점을 많이 주고 있습니다. 궁극적으로 우리가 진정으로 실사구시를 해야 하고, 진정으로 대중과 연계를 취하며 대중들 속으로 들어가야만 진정으로 성적을 거둘 수 있는 것입니다.

우리 당과 국가에는 분명히 희망이 있습니다. 만약 우리가 형세를 정확하게 분석하고 이상을 생동적으로 홍보하는 것 외에, 기율을 잘 이끌어 나가고, 스스로 솔선수범해 기풍을 좋은 방향으로 이끈다면, 우리나라 · 우리당에 어찌 희망이 없겠습니까? 저는 낙관적으로 봅니다. 6 · 7년간의 실천은 우리나라에 희망이 있다는 점을 입증해 주었습니다. 만약 우리가 잘 못하는 곳을 잘 해 나가기 위해 노력한다면, 우리나라의 전망은 반드시 갈수록 밝아질 것입니다.

이 자리에 참석한 다수의 젊은 간부들은 30·40여 세 밖에 안 됩니다. 저는 늘 왜 희망을 젊은 간부, 30·40여 세의 사람들에게 걸어야 하는지에 대해 자주 얘기하고 있습니다. 향후 그들이 노 세대의 배턴을 이어받아 21세기까지 당을 이끌어 나가야 하기 때문입니다. 위에서 향후 수십 년 내 걸어야 할 3개 단계를 언급했습니다. 여기에 있는 분들은 첫 단계뿐만 아니라 두 번째 단계까지 걸어야 합니다. 여러분은 국가와 민족의 기둥입니다. 어려움 앞에 방법이 없다고 말할 수 있겠습니까? 린뱌오와 '3인방'을 무너뜨리고 산산 조각난 강산도 다시 일으켜 세웠는데 하물며 나쁜 기풍 하나를 극복할 수 없단 말입니까?

저는 믿지 않습니다. 동지들에게 담략이 있는지, 공산주의와 사회주의 인민의 이익을 위해 용감하게 전진하는 정신이 있는지의 여부를 보겠습니다. 개인의 이익만을 위해 내일 비난받고 훗날 면직 되는 일이 두려워 스스로조차 작은 범위에서 뛰쳐나오지 못하고 있다면 어찌 당과 인민을 위해 힘을 이바지 할 수 있겠습니까? 때문에 궁극적으로 인민이 젊은 간부들에게 거는 기대는 아주 큽니다. 여기서의 핵심 문제는 한 세대 한 세대의 젊은이들이 분발 노력해야 한다는 점입니다.

마지막으로 젊은 간부들에게 "담략과 견식이 있어야 하고, 나라와 인민을 위하자!"라는 글을 전해주고 싶습니다. 담략은 우리 당의 이익을 위해 헌신적으로 분투하는 것을 가리키고, 견식은 방향·지식·상황을 이해하자는 것을 뜻합니다. 여러분들이 담략과 견식이 있고, 당을 위해 새로운 기여하기를 희망합니다.

여러분!

오늘 국가교육위원회와 중앙직속기구 당위, 중앙국가기구 당위가 이곳에서 대회를 소집해 초등학교와 중학교 교사 양성에 도움을 주려고 22개 성으로 내려가는 중공중앙 직속과 국가기구의 3,250명 동지들을 환송합니다. 저는 오늘 중공중앙과 국무원을 대표해 이 회의에 참석했고, 여러분들을 열렬히 환영하는 바입니다.

교육체제 개혁에 관한 중앙의 결정에 중대한 결책이 있는데, 바로 결코 길지 않은 시간 내에 9년제 의무교육을 보급하는 것입니다. 여기서 직면하게 되는 긴박하고도 예리한 문제는 바로 초등학교와 중학교 교사 인원수가 극히 모자라고 업무수준이 높지 않다는 것입니다. 그러니 어떻게 해야 할까요?

중앙은 일련의 조치를 제기하기로 결정지었는데, 그중 하나가 바로 당정기구 중에서 조건을 갖춘 일부 간부를 동원 및 조직해서 초등학교와 중학교 교사업무를 양성하는데 참석시키는 것입니다. 그러면 초등학교와 중학교의 교사문제를 효과적으로 해결할 수 있을 뿐만 아니라 교육에 대한 각급 당위와 정부의 중시를 충분히 불러일으켜 각 업종에서 교육에 지원하도록 추진

---

* 이는 후야오방 동지가 중공중앙 직속기구와 중앙국가기구 초중등학교 교사 강사단 환송대회에서 발표한 연설문임.

할 수 있습니다. 이는 당연히 정확한 것으로 아주 좋은 일입니다.

중앙에서 이미 결정했으니 마땅히 실시하기 위해 최선을 다해야 할 뿐만 아니라 중공중앙 직속과 국가기구에서 앞장서야 합니다.

중앙과 국가기구에서 원래 3천 명을 내려 보내기로 정했지만, 5월부터 신청이 활발하게 이어지면서 3개월도 되지 않는 사이에 명액(名額)을 초과 완수했습니다. 현재 3,250명 동지들 가운데서 다수는 당원과 단원이며, 젊은 친구들이 주를 이루고 있습니다. 이 사실은 중앙의 결정에 대해 간부 · 당원 · 단원 · 젊은 동지들이 적극적으로 호응했다는 점을 말해줍니다. 또한 현재 중앙의 중대한 결책마다 인민의 현재와 미래의 이익을 고려했기 때문에 간부 · 당원 · 단원들이 충분히 이해하고 단호히 관철 · 실행한다면 그 어떤 중요한 임무라도 실현할 수 있다는 점도 알려주고 있습니다.

여러분들은 높은 열정으로 평범해 보이지만 실제로는 중대하고도 원대한 의미를 지닌 일자리에 자발적으로 내려가려는 것입니다. 여러분들은 '인재 유동'을 이유로 편안한 지방이나 대도시 아니면 고급기구로 가는 것이 아니라, 자발적으로 환경이 어렵고 긴박하게 인재를 필요로 하는 곳으로 내려가려는 것입니다. 여러분들은 좋은 본보기를 보여줬고 훌륭한 기풍을 몰고 왔습니다. 여러분들의 솔선수범이 중국의 교육 개혁사에 영광스러운 한 페이지를 남기게 될 것입니다. 중앙은 여러분들의 이러한 각오와 행동을 매우 높게 평가하고 있습니다.

이번에 지방으로 내려가는 것은 고급기구에서 기층으로, 대중 속으로, 실제 업무 속으로 깊이 침투하는 것입니다. 이로부터 저는 현재 중국 젊은 지식인들이 어떻게 해야 더 나은 방향으로 성장할 수 있을지에 대한 문제를 떠올리게 됐습니다.

여러분들도 아시다시피 중앙의 동지들은 이미 여러 번 강조해왔습니다.

현재부터 향후 수십 년 내 중국사회주의 현대화 건설의 분투목표는 대체로 3가지 단계를 거칠 것이라고 말입니다. 첫 단계는 본 세기 말까지 공업과 농업에서 연간 총생산액을 4배 성장시켜 '샤오캉 수준'에 이르게 한다는 것입니다. 두 번째 단계는 다음 세기 20년대까지, 즉 건당 100주년이 되는 2021년에 중등 정도로 발달한 나라의 수준에 이르는 것이며, 세 번째 단계는 다음세기 중엽, 즉 2049년으로 건국 100주년이 되는 해에 조국을 사회주의 물질문명과 정신문명이 고도로 발전하고, 세계적으로 최고 수준에 이르는 번영하고 부강하며 현대화한 사회주의 강국으로 건설한다는 것입니다.

우리는 4가지 기본원칙을 견지하는 한편, 공산주의의 원대한 이상을 결코 잊지 않을 것입니다. 공산주의의 원대한 이상은 수십 년을 거쳐 실현할 3가지 단계의 분투목표와 완전히 통일되어 있습니다. 우리처럼 나이가 있는 사람들은 첫 단계만 걸을 수 있고, 아니면 그나마도 걷지 못할 수 있습니다. 그러나 오늘 이 자리에 참석한 많은 동지들을 비롯한 젊은 동지들은 첫 단계뿐만 아니라, 두 번째 단계까지 걸어가 다음세기 20·30년대까지 분투해야 합니다. 그래서 저는 중국의 젊은 세대 지식인들이 보다 훌륭하게 성장하는 데 가장 중요한 길이 바로 원대한 공산주의 이상을 현실생활의 분투목표와 긴밀하게 결부시켜 착실하게 실제 업무에 매진하는 것이라고 생각합니다.

수십 년 사이에 중국을 사회주의 강국으로 건설하는 것은 결코 쉬운 일이 아닙니다. 3대를 거치는 사람들의 피나는 노력이 있어야 할 뿐만 아니라 심혈을 기울이고 힘들고 어려운 상황을 거쳐야 하며, 엄청난 어려움을 극복해야만 가능한 일입니다. 우리 당과 국가의 정책은 나라의 부강과 인민의 부유한 생활을 출발점이자 목표점으로 간주하고 있습니다. 우리는 정책 차원에서만 사회 이익을 강조하고 개인의 이익을 부인하거나 말살하려는 것이 아니라 사회이익과 개인 이익을 골고루 돌보고 이를 서로 결부시키려는 것입니다. 그러나 공산당과 국가 사업일꾼 즉 중국 인민의 선진일꾼은 시시각각 국가와 인민의 이익을 먼저 고려해야 하고, 한 마음 한 뜻으로 인민을 위해 이익을 도모해야 하며, 개인이익을 사회이익에 복종시켜야 합니다. 개인이익과 사회이익이 모순될 때, 자발적으로 개인이익을 희생시켜야 합니다. 무릇 공산당원이고, 국가 사업일꾼이라면 천하의 고민을 먼저 고민하고, 후에 천하의 기쁨을 즐겨야 합니다. 그러나 현재 일부 당원과 국가 사업일꾼의 생각은 다릅니다.

그들은 먼저 개인이익을 생각하거나 심지어 개인이익을 위해 국가와 인민의 이익에 손해를 가져다주는 것조차 서슴지 않습니다. 법과 기율을 어기는 행위와 퇴화되고 변질된 현상이 나타난 중요한 사상 기반이 바로 개인의 사적인 이익을 위하는데 있습니다. 당을 정비하는 과정에서 반드시 이 문제를 해결하기 위해 최선을 다해야 합니다. 능욕당하고 재난이 심각했던 낡은 중국을 수많은 혁명 선열들이 용감하게 목숨을 바치고, 앞 사람이 쓰러지면 뒤에 있는 사람이 돌진하는 정신이 있었기에 뒤엎을 수 있었던 것입니다.

중국의 젊은 세대들이 혁명 선열들의 이러한 위대한 포부를 계승하고 고양한다면 활개를 펴고 번영하고 부강한 신 중국을 반드시 건설할 수 있을 것입니다. 그래서 저는 중국 젊은 세대 지식인들이 보다 훌륭하게 성장함에 있어 두 번째로 중요한 문제가 바로 개인의 이익을 따지지 않고 조국을 위해, 인민을 위해, 사회주의 현대화 건설을 위해 분투하고 공을 세우려는 헌신정신을 가지는 것이라고 봅니다.

현재 우리에게는 천만을 단위로 하는 젊은 지식인들이 있는데 이는 우리나라의 중요한 재부이자 4개 현대화 건설을 실현하는 중요한 조건이기도 합니다. 전반적으로 볼 때 여러분들이 서책에서 배운 지식이 아직은 부족하고 실제지식도 모자란다고 생각합니다. 모종의 의미에서 볼 때 실제로 지식이 더 모자라는 실정입니다. 우리 당의 정면과 반면의 역사 경험은 우리에게 서책지식만 있거나 혹은 실제지식만 있어서는 일을 제대로 처리할 수 없고, 인재로도 될 수 없다는 점을 알려주고 있습니다. 우리 당의 우수한 간부들이 탄생된 경로는 예로부터 아래와 같은 두 가지 부분이었습니다. 첫째, 기존에 과학문화지식을 가지고 있었고 훗날 실제 투쟁을 거쳐 여러 해를 거치면서 연마한 경우입니다. 둘째, 기존에 과학문화지식은 약간 떨어졌지만 훗날의 혁명투쟁을 실천하는 과정에서 학습한 경우입니다. 이러한 경우를 통해 탄생된 우수한 간부들은 서책을 통한 지식과 실제 경험을 통해 얻은 지식을 결부시키고, 마르크스주의 기본원리를 중국의 실제와 결부시키기 위해 힘썼다는 공통점이 있습니다.

오늘날 우리가 중국을 부강으로 이끄는 과정에서 상황이 복잡한 실제로 깊이 파고들지 않고, 복잡한 실제 문제 해결을 통해 재능을 키우지 않으며, 세계 어느 곳에서도 진리로 통하는 마르크스주의 보편적 진리와 인류의 현대 과학기술의 최신 성과를 중국의 정치 · 경제 · 과학 · 문화발전의 국정과 하나로 융합시키지 않고서 어찌 일을 제대로 처리할 수 있겠습니까? 또 어찌 중국 특색의 사회주의를 건설할 수 있겠습니까? 현재 우리는 전면적인 개혁을 진행하고 있는 가운데 개혁은 우리 개개인과 긴밀하게 연관되는 일입니다. 우리는 여러 가지 체제를 개혁함과 아울러 시대에 뒤떨어진 사상과 사고방법, 그리고 정신 상태를 변화시킴으로써 인식능력과 업무수준을 당과 인민의 수요에 더 어울리게 해야 합니다. 따라서 저는 현재 중국 젊은 세대 지식인들이 더 훌륭하게 성장함에 있어 세 번째로 중요한 문제는 바로 학습하고, 학습하며, 또 재학습하는 것이고, 실천하고, 실천하며, 또 재실천하는 것이라고 봅니다. 그리하여 마르크스주의 기본원리와 현대 과학문화지식을 중국사회주의 현대화 건설의 실제와 긴밀하게 결부시키는 것입니다.

이번에 지방으로 내려가는 것은 여러분들에 있어 단련이자 힘든 경험이 될 것입니다. 이번 기회를 소중히 여겨 업무를 더 잘하기 위해 최선을 다해야 합니다. 여러분들이 어느 수준에까지 할 수 있을지는 결국 실천을 어떻게 할 것인가 하는데 있으므로, 이는 여러분들 자신이 결정할 것입니다. 그렇기 때문에 여기에는 업무에 대한 태도 문제가 뒤따르게 되는 것입니다.

이 자리에서 3가지 바람을 제기하겠습니다.

첫째, 여러분들은 자신들만의 장점이 있고 일정한 지식수준도 있기 때문에 자신감을 가져야 합니다. 그러나 우리는 단점도 보아내야 합니다. 다수의 동지들은 이 분야의 업무를 취급해본 적이 없기 때문에 허심탄회하게 배우고 현지 동지들과 잘 어울리기 위해 노력해야 합니다. 현지 동지들의 지식수준이 여러분들보다 낮을 수 있지만, 그들은 상황을 익숙히 알고 일정한 경험도 있습니다. 여러 성에서 여러분들이 오는 걸 열렬히 환영하고 기층일수록 더 환영하고 있다고 들었습니다. 때문에 허심탄회하게 상황을 살피고 그들과 잘 논의한다면 그들을 인재로 양성하고 수준을 제고시키는데 도움이 될 뿐만 아니라, 여러분들도 교육전선에 대해 더 많이 이해함으로써 개혁해야 할 부분이라든지, 개혁 방향이라든지, 아니면 향후 고위기구에서 더 효과적으로 교육 사업을 지원할 수 있는 방법을 모색해낼 수 있을 것입니다. 그러면 교육업무와 관련된 지식과 경험을 많이 축적할 수 있어 여러분들의 일생에서도 아주 중요한 역할을 하게 될 것입니다.

둘째, 지방이나 기층으로 내려간 후, 여러분들은 여러 지역에서 사회주의 현대화 건설이 고조된 생활을 직접 느낄 수 있을 것입니다. 대중들과 가까이 하고 부지런히 사고한다면 지역별로 새로운 생활을 건설하는 독특한 경험이 있다는 점을 발견할 수 있을 것이며, 고위기구에 앉아 있을 때에는 결코 알 수 없었던 부분도 이해하게 될 것입니다. 그러면 여러분들도 자신을 수천

수백만에 달하는 기층 대중들의 실천 활동과 더 효과적으로 연결시킴으로써 두뇌를 한층 더 풍부히 할 수 있을 것입니다. 이는 향후 중앙기구에서 자체 건설을 강화하고, 당 정비 성과를 발전 및 공고히 하며, 기구의 기풍을 개선하는 한편, 기구의 활력을 증강시키는데도 중요한 의미가 있습니다. 당연히 여러분들도 일부 지방과 단위에 존재하는 중앙의 방침정책을 따르지 않는 나쁜 현상을 발견할 수 있을 것입니다. 이에 대해서는 정확하게 이해한 후 조직성을 갖고 당의 영도기구에 반영해야지 무책임하게 함부로 논의해서는 안 됩니다. 그러면 원칙을 견지하는 결연성 뿐만 아니라 조직을 통해 문제를 해결하는 기율성도 배울 수 있습니다.

셋째, 그룹이니만큼 영도자가 있어야 합니다. 각 성의 인솔자들은 열심히 책임지고 당원과 단원들은 모범역할을 잘 해서 서로 돕는 정신을 고양시킴으로써 정상적인 조직생활을 건전히 해야 합니다. 훌륭한 경험이 있으면 제때에 교류하고, 우수한 표현이 있으면 제때에 칭찬해야 합니다. 반대로 결함이나 착오가 있으면, 제때에 마음을 나누면서 비판하고 도움을 주는 등 문제를 발견하는 즉시 해결해야 합니다.

여러분! 중국 인민의 위대한 미래는 인민들이 스스로 개척해 나가야 합니다. 우리 개개인들마다 위대한 업적에 어느 정도 기여할 수 있을지는 자체 노력에 달려 있습니다. 여러분들이 새로운 업무 가운데서 새로운 성적으로 위대한 시대를 위해 영예를 빛내주길 바랍니다!

마지막으로, 여러분들을 열렬히 환송합니다. 여러분들이 임무를 성공적으로 마치고 다시 베이징으로 돌아오기를 기대합니다. 그때 소집하는 종합평가대회에는 나도 반드시 다시 참석할 것입니다.

단합하여 분투하는 웅대한 구상을 다시 펼치자[*]

(1985년 9월 18일)

여러분!

당의 전국대표대회가 오늘 개막했습니다.

중앙위원회 위원과 후보위원 343명, 중앙 고문위원회 위원 161명, 중앙기율검사위원회 위원 126명, 그리고 위에서 언급한 3개 위원회 성원이 아닌 성·자치구·직할시·군구·중앙당정군 각 부서와 군중단체의 주요 책임자 35명, 여러 전선의 당원 대표 326명을 비롯한 총 992명이 이번 회의의 대표로 참석할 예정이었지만, 실제로 참석한 대표자는 933명입니다.

11기 3중전회가 개최된 이후 몇 년간 당 중앙의 정치노선은 민주집중제의 원칙에 따라 엄격하게 실행해왔습니다. 이는 아주 정상적인 현상입니다. 당 중앙의 중대한 결책은 모두 노 세대 혁명가들이 방향을 잡고 반복적인 고민과 의견 수렴을 거쳐 내린 것입니다.

일부 문제는 민주당파와 무당파 애국인사의 의견을 수렴하고 나서 당헌에서 규정한 제도에 따라 중앙전회와 대표대회를 비롯한 중앙의 회의를 소집한 후 집체로 결정을 내렸습니다. 그러면 많은 사람들의 경험과 지혜를 모아 중대한 문제의 방침과 정책에서 비교적 주도면밀하게 고려할 수 있기 때

---

* 이는 후야오방 동지가 중국공산당 전국대표해외에서 발표한 개막사.

문에, 인식이 일치하고 전반 업무의 절차와 리듬을 잘 이해해 큰 실수를 범하지 않을 수 있습니다. 이는 아주 중요한 경험입니다. 최근 몇 년간 업무와 사회주의 현대화 건설사업이 비교적 빠른 진전을 가져올 수 있었던 것은 바로 이 덕분입니다.

이번에 소집한 당의 전국대표대회는 12기 3중전회에서 당헌의 관련 규정에 따라 개최하기로 결정된 것입니다. 중국공산당 전국대표대회의 이러한 제도는 우리 당의 역사상 오래전부터 이미 있었습니다.

7차 전국대표대회의 수정을 거친 당헌은 중앙에서 전국대표대회를 소집해 중대한 문제를 해결함과 아울러 중앙위원회 일부 성원을 보충할 수 있도록 규정했습니다. 8차 전국대표대회의 수정을 거친 당헌은 대표 상임제를 실시하기로 규정해 전국대표대회를 소집할 필요가 없게 되었습니다. 12차 전국대표대회의 수정을 거친 당헌은 대표 상임제 실시에 대해 규정 짓지 않은 반면, 5년에 한 번씩 전국대표대회를 소집하기로 결정했습니다.

2차례 대표대회가 소집되는 사이에 일부 중대한 문제를 제때에 해결해야 하는 점을 감안해, 필요할 때 대표대회를 소집할 수 있다는 규정도 세웠습니다. 12기 3중전회는 7차 5개년 계획의 건의가 국가의 발전과 민생에 관계되는 대사라는 점과 중앙위원회 성원 등 조직사항 추가선출이 중앙위원회 및 중앙고민위원회·중앙기율검사위원회 성원을 상대로 상당하게 조정하는 것과 관계되며, 특히 더 큰 범위에서 당내민주화를 고양시켜야 한다는 점을 감안해 이번 중국공산당 전국대표대회를 소집하기로 결정지었던 것입니다. 12기 4중전회는 모든 준비 업무상황을 심사하고 나서 위 회의를 올해부터 소집하기로 결정했습니다.

7차 5개년 계획을 제정하는 데에 관한 건의에 대해서는 이미 준비해온지 오래되었습니다. 정치국과 서기처에서도 여러 번 논의한 바 있습니다. 7월에는 각 부서·각 지역·몇몇 큰 공장과 광산 책임자, 그리고 일부 자연과학자·사회과학자 약 2백 명이 참석한 회의를 소집하고 의견을 수렴했습니다. 현재 4중전회에서 원칙적으로 통고한 후에 대표대회의 심의에 제정한 상황입니다. 이 건의는 주로 '7차 5개년 계획'기간의 경제업무 방침과 방향에 대한 문제를 해결하는 데에 관한 것입니다. 대표대회에서 통과된 후 국무원은 건의에 따라 7차 5개년 계획을 제정한 후 내년 봄에 소집되는 제6기 전국인민대표대회 제4차 회의에 제청해 심의 통과시킬 예정입니다.

중앙 전체회의는 위에서 제기한 건의의 지도사상과 일련의 방침과 정책이 정확하고 목표와 임무가 적극적이면서도 합리적이라고 여겼습니다. 7차 5개년 계획을 정확하게 제정하고 경제관계를 계속해서 원활하게 하며, 향후 5년 심지어 더 긴 시간 내에 중국 국민경제의 지속적이고 안정적이며 조화로운 발전이나 경제체제 개혁의 순조로운 발전을 보장하는데 중요한 지도적 역할을 발휘할 것으로 믿습니다.

조직 사항에 대해 중앙은 올 5월부터 정치국 상무위원회의 결정에 따라 후야오방·시종쉰(習仲勳)[318]·보이보(薄一波)[106]·송런총(宋任窮)[98]·위치우리(餘秋裏)[160]·차오쓰(喬石)[319]·왕허서우(王鶴壽)[52] 동지들로 구성된 업무소조를 설립하고, 관련부서를 지도하는 것을 통해 주도면밀하고도 세밀한 고찰과 준비를 대량으로 진행하는 한편, 반복적인 의견수렴 업무를 진행하고 중앙영도기구 성원의 신구 교체에 관한 결의를 초안 작성했습니다. 또한 일부 원로 동지들이 중앙 3개 위원회 성원을 맡지 않을 것을 요구하는 보고와 예젠잉·황커청(黃克誠)[145]동지에게 보내는 존경하는 마음을 담은 서신(致敬信)에 동의함과 아울러 중앙 3개 위원회에서 새 성원으로 선출할 후보 명단을 제출했습니다.

이러한 부분은 정치국·서기처의 수차례에 걸친 논의를 통해 12기 4중전회에 제출한 것입니다. 전회는 논의를 거쳐 위의 결의와 보고서, 그리고 존경하는 마음을 담은 서신 2통을 통과시킴과 아울러 후보 명단에 대해서도 충분히 논의했습니다. 현재 대표대회에 제청해 심의하고 선출하는 일만 남았습니다.

최근 2년간 다수의 노 동지들이 중앙위원회 · 중앙고민위원회 · 중앙기율검사위원회에서 물러나는 문제에 대해 계속 제청하고 있습니다. 현재 일부 원로 동지들이 물러나면서 그들이 영도직무 종신제를 폐지함과 동시에 중앙영도간부 퇴직 제도를 구축하고 중앙영도 성원의 젊음화를 추진하는 역사적 의미를 지닌 대사에서 모범역할을 하게 하는 등 당에 새로운 기여를 했습니다. 노 동지들 가운데서 다수가 물러난 것은 당 사업의 필요성 때문입니다. 일부분만 물러난 것도 당 사업의 필요성 때문입니다. 우리 당은 중국과 같은 사회주의 대국의 큰 당을 영도합니다.

장기적인 투쟁 실천에서 풍부한 경험을 쌓았고, 당 내외와 국내외에서 숭고한 위망을 세운 노 혁명가를 대량 배출했습니다. 노 혁명가들 가운에서 몇몇 동지는 건강상태가 양호합니다. 이러한 노 혁명가를 당의 최고 지도부에 남게 해 지속적으로 결책을 내리게 하는 것은 전 당과 전국의 여러 민족 인민의 공동 염원이자 당과 인민의 근본적인 이익을 보장해줄 수 있는 조치입니다. 이밖에 일부 동지들은 이미 나이가 많지만 당은 여전히 그들이 한시기 동안 계속해 어느 한 부분에서 전국적으로 주관할 것을 필요로 하기 때문에 그들을 중앙영도기구에 남게 하는 것은 아주 필요한 것입니다.

12기 4중전회의 논의를 거친 후보는 명단에 따라 이번 회의에서는 중앙위원회 성원 56명, 후보위원 34명을 추가 선출할 예정입니다. 추가 선출할 중앙 위원 가운데서 일부는 기존의 후보위원이고 일부는 최근 몇 년간 일정한 힘든 경험을 한 비교적 우수한 동지들입니다. 이밖에 중앙고문위원회 위원

56명, 중앙기율검사위원회 위원 33명을 추가 선출할 예정입니다. 여러분들이 리스트를 자세히 논의하고 의견을 충분히 교류한 후 선출하기 바랍니다.

덕과 재능을 겸비한 지도부의 젊음화 문제는 중앙에서 1979년에 이미 제기한 부분입니다. 그 후 위로부터 아래에 이르기까지 2차례의 비교적 큰 조정을 진행했습니다. 한 차례는 1982년 2월 중앙에서 노 간부 퇴직제도를 건립하는 데에 관한 결정을 제기하고부터 같은 해 9월의 12차 전국 대표대회에 이르기까지입니다. 또 한 차례는 올해 연 초부터 이번 회의까지입니다. 두 차례의 조정을 거쳐 중앙과 국가기구 각 부위 · 성 · 자치구 · 직할시 · 인민 해방군 각 단위, 그리고 군급 · 사급 지도부는 덕과 재능을 겸비한 기초 위에서 젊음화의 요구에 따라 일정한 조정을 진행했는데 이제 곧 마무리될 전망입니다.

이번 대표회의를 거쳐 중앙위원회의 젊음화 문제가 많이 해결될 것으로 보입니다. 이번 회의 이후에 소집되는 5중전회에서는 정치국 · 서기처 구성원의 젊음화에 대해서도 해결방안을 수립할 예정입니다. 전반적으로 볼 때 1982년부터 4년이 되지 않는 사이에 각급 지도부의 젊음화 업무가 이미 중대한 성과를 거두었습니다. 그러니 관련 업무가 비교적 순조롭게 진행되고 있다고 말할 수 있습니다. 이는 우리당과 국가의 각급 지도부가 사회주의 현대화 건설의 요구에 더 효과적으로 적응해 당의 마르크스주의 방침정책의 연속성을 유지할 수 있도록 보장하는데 아주 중요한 의미를 지닙니다.

여러분! 11기 3중전회부터 현재까지 약 7년이라는 시간이 흘렀습니다. 7년간은 건국 이후로 경제와 정치의 형세 발전이 가장 훌륭한 시기였습니다. 이번 대표대회는 당의 12차 전국대표대회와 13차 전국대표대회 소집을 사이 두고 개최한 회의입니다. 12차 전국대표대회에서는 사회주의 현대화 건설의 새 국면을 전면적으로 개척하는 데에 관한 전략적 임무를 제기했습니다.

12차 전국대표대회가 소집된 후의 3년간 전반적인 국면을 볼 때 전당의 업무를 잘 이끌어왔고 성과도 아주 뚜렷했습니다. 이는 사실입니다.

국민경제의 성장이 예상을 초월했고, 인민의 생활수준도 뚜렷하게 개선되었습니다. 도시를 중점으로 하는 경제체제 개혁이 점차 전개되고 있고 추세도 양호합니다. 국가 재정과 경제 상황의 근본적인 호전을 쟁취하는 임무를 기본적으로 실현했습니다.

당의 기풍과 사회 기풍도 호전되긴 했지만, 여전히 문제점들이 많고 특히 새로운 상황과 조건 하에서 새로운 문제들도 많이 나타났습니다. 그러나 진정으로 파악하고 업무를 잘 이끌어 나간다면 이러한 문제는 말끔히 해결할 수 있습니다. 회의가 끝날 무렵 덩샤오핑 동지 · 천윈 동지 · 리셴녠 동지가 일부 중대한 문제를 두고 의견을 발표했기 때문에 이 자리에서 더 언급하지 않겠습니다.

전 당과 전국 인민들이 크게 주목하고 있는 이번 당의 전국대표대회에서 우리 당에 놓인 임무는 바로 단합 분투하여 웅대한 구상을 다시 펼치는 것이라는 느낌을 받았습니다. 여러분의 노력을 거쳐 이번 회의가 12차 전국대표대회에서 제기한 임무를 더 효과적으로 완성하고 사회주의 물질문명과 정신문명을 추진하는 과정에서 중대한 역사적 역할을 반드시 할 것이라 저는 굳게 믿습니다.

장시(江西) 공청(共靑) 간식장(墾殖場) 동지에게 보내는 편지

(1985년 10월 15일)

친애하는 공청 간식장 여러분!

여러분들이 조국의 진흥을 위해 황무지 개간에 심혈을 기울여 온지 30년이 되는 해에 저는 기쁜 마음을 안고 여러분들, 그리고 가족들에게 열렬히, 그리고 진심으로 축하를 보냅니다.

30년 전 여러분들 가운데 원로 세대 동지들은 "어려움을 향해 돌진하자"는 당의 기치 아래 강한 의지와 어려움을 참는 황무지 개간정신을 고양하여 조국에서 가장 필요로 하는 곳으로 과감하게 내려갔습니다. 30년간 여러분들은 파양호반(鄱陽湖畔)의 황폐한 모래사장과 황산야령(荒山野嶺)에 터를 잡고 가정을 일궈 자신의 성실한 노동으로 활력 있고 번영되고 부유한 공청성(共靑城)을 개척했습니다. 이는 사회주의 건설 시기 중국청년들이 일궈낸 교육 의미를 지닌 전에 없는 최초의 사업이었습니다.

오늘 우리당이 10억 인민을 이끌고 자신의 운명을 바꾸는 사회주의 현대화 건설의 위대한 실천에 뛰어드는 과정에서 여전히 이토록 귀한 황무지 개간정신을 적극적으로 고양시켜야 합니다. 이상이 있고 포부가 있고 발전성이 있는 당대의 중국청년이라면 자신들의 분투 여정에서 영원한 진리를 깨달아야 할 것입니다.

중국 청년의 미래는 스스로의 두 손으로 개척해야 하고 중국 인민의 밝은 앞날도 자신들의 두 손으로 열어나가야 한다는 점입니다. 우리 함께 옛 사람의 사업을 이어받고 앞길을 개척하여 웅대한 구상을 다시 펼치면서 공산주의의 장엄한 사업을 위해 용감하게 분투합시다!

공청성의 창업자들이 계속해서 분발 노력해 공훈을 세우고 업적을 쌓기를 진심으로 기원합니다!

후야오방

1985년 10월 15일

중일 우호관계를 발전시키는 데에 관한 4가지 건의[*]

(1985년 10월 18일)

(1) 중국과 일본의 우호관계를 다지고 발전시키는 것은 양국 인민의 장기적이고도 근본적인 이익과 관계되는 대사이자 아시아와 세계의 평화 및 안정과 수호와 관계되는 대사이기도 합니다. 중국과 일본에서 양국의 우호관계를 자국의 기본국책으로 간주하는 것은 정확한 처사입니다. 양국의 장기적이고도 우호적인 사업을 경시하거나 과소평가하는 생각과 행태는 모두 통찰력이 없는 표현으로 당연히 착오적이라고 생각합니다. 양국 정부와 인민들이 계속 노력해 중일 우호관계를 소중히 여기는 자각성을 꾸준히 기를 것을 희망합니다.

(2) 양국의 우호관계를 발전시키기 위해 양국 정부와 인민은 양국에서 심각하게 대항하던 역사를 정확히 대해야 합니다. 장장 50년 지속된 양국 간의 대립은 일본의 극소수 군국주의자에 의해 초래된 것인 만큼 일본 국민과 현재의 여야인사들이 그 책임을 져서는 안 됩니다. 일본의 극소수 군국주의 두목들이 계획한 중국에 대한 침략전쟁과 기타 침략전쟁은 중국과 아시아 그리고 태평양지역의 여러 나라에게 극심한 재난을 가져다주었을 뿐만 아니라, 일본 국민들에게도 엄청난 재난을 안겨주었습니다. 양국 국민과 후손들

---

[*] 이는 후야오방 동지가 중일 우호 21세기 위원회 제2차 회의에 참석한 양측 전체 위원을 접견했을 때의 연설문이다.

은 이를 엄중한 역사적 교훈으로 간주하고 거울로 삼아야 합니다. 전쟁 도발자들 가운데서 일부는 이미 세상을 떠났고, 일부는 국제법의 정당한 제재를 받은 가운데 그들의 자녀와 후대들은 결코 연루되지 않았습니다. 우리가 중일 양국의 우호관계를 발전시키기 위해 최선을 다하는 과정에서 역사적으로 발생한 대항이 오늘날의 협력에 영향에 미치지 않도록 하는 한편, 중일 대항을 초래한 장본인에 동정을 가진다거나 극소수 인간들이 군국주의를 부활시키려는 무모한 활동을 눈감아 주어서는 더욱 안 됩니다. 그렇지 않으면 중일 우호관계에 불가피하게 그림자가 드리우게 되고 심지어 심각한 후과를 가져다줄 수 있습니다.

(3) 중일 양국의 장기적인 우호관계를 유지하는 장엄한 임무를 실현하려면 양국 정부와 인민의 피나는 노력이 뒷받침되어야 합니다. 양국은 위에서 아래에 이르기까지 모두 양국 정부에서 체결한 '중일 공동성명'[320]과 '중일 평화우호조약'[321]을 엄중히 지키고 양자에서 의견을 같이 한 평화우호 · 평등 · 상호 이익 제공 · 서로 간의 신뢰 유지 · 장기적인 안정 등 4가지 기본원칙을 확고히 지켜야 합니다. 양국의 역사 · 현황 · 이익과 관점이 다소 상이하여 교류에 어려움을 겪을 수 있습니다. 이럴 때일수록 양자는 전반적인 국면에 입각해 신중한 태도로써 양자의 우호적인 건의와 합리적인 요구에 귀 기울이면서 상대 인민의 마음을 상하게 하는 그 어떤 일도 일어나지 않게 해야 합니다. 양국이 높은 데 서서 멀리 내다보고 생각을 깊이 해야만 양국의 장기적이고 우호적인 전망이 밝을 것으로 기대됩니다.

(4) 대대손손 우호관계를 이어나가는 것이 양국의 우호를 실현하는 최고 목표입니다. 이처럼 숭고한 목표를 실현하기 위해 우리는 우선 유리한 적극적인 요소를 발전시키고, 불리한 요소를 타당하게 처리해 21세기 양국의 지속적인 우호관계를 쟁취해야 합니다. 이는 대대로 이어온 우호관계에 든든

한 기반을 마련하게 되는 셈입니다. 중일 우호 21세기 위원회는 중대한 임무를 짊어지고 있습니다. 여러 위원들은 업무과정에서 이런저런 모순을 극복하기 위해 방법을 강구해야 합니다. 이 때문에 양국 국민의 큰 기대를 받고 있는 위원회의 직책은 특히 영광스러운 것이 아니겠습니까? 위원회의 업적은 중일 우호 역사의 한 페이지에 기록될 것입니다. 여러분들이 끝까지 최선을 다하기 바랍니다.

중앙기구는 전국의 본보기 역할을 해야 한다*

(1986년 1월 9일)

80년대 전반기 5년은 이미 지나갔고, 후반기 5년은 제7차 5개년 계획기간 인데 이미 시작됐습니다. 우리는 반나절을 두 번 이용해 이번 회의를 소집했 는데 아주 큰 의미가 있다고 저는 생각합니다.

톈지윈(田紀雲)[322]동지가 경제 형세와 경제체제 개혁에서의 문제점을 설명 하고 왕자오궈(王兆國)[323]동지가 중앙기구의 기율과 기풍 정돈문제를 설명했 으며, 양상쿤(楊尚昆)[166]동지가 군사위원회를 대표해 군의 상황과 당의 기풍 을 바로잡는 데에 대한 문제를 얘기했습니다. 그들의 설명은 아주 훌륭했고 중앙의 의중도 충분히 전달했습니다.

80년대 전반기 5년 동안 우리는 어떤 성과를 거두었습니까? 두 가지 부분 은 확실합니다. 첫째는 새 국면을 확실히 개척했다는 겁니다. 진흥시기에 들 어섰고 최소한 그런 추세를 보이고 있습니다. 둘째는 중국 특색의 사회주의 를 건설하는 길을 확실히 찾았으며 최소한 대략적인 윤곽을 보이고 있습니 다. 비록 아직은 문제와 어려움이 많고 발전 과정에서 더 많은 새로운 문제 에 부딪힐 것이지만, 위대한 조국의 사회주의 현대화 건설은 이미 찬란한 발 전전망을 펼쳐보였습니다.

---

* 이는 후야오방 동지가 중앙기구간부대회에서 발표한 연설문이다.

우리는 80년대 전반기 5년을 겪은 자들로 이 5년간의 성과와 승리는 결코 쉽게 얻은 것이 아니라는 점을 잘 알고 있습니다. 1978년 말에 개최된 11기 3중전회부터 당 중앙은 일련의 중대한 결책을 내렸습니다. 주로 아래와 같은 9가지 부분이 포함됩니다.

첫째, 계급투쟁을 강령으로 하는 착오적인 방침을 부인하고 중국 국정에 어울리는 발전전략을 취하는 한편, 본 세기 말 공업과 농업의 연간 총생산액을 4배 성장시키는 분투목표를 확정했습니다. 둘째, '문화대혁명'을 근본적인 차원에서 부인하고, 건국 이후의 역사경험을 종합하는 한편, 마오쩌둥 동지를 정확하게 평가했습니다. 셋째, 대외개방과 대내 활성화를 실시하고, 단호하고도 절차 있게 농촌의 경제체제 개혁과 도시를 중심으로 한 경제체제 개혁을 추진할 것입니다. 넷째, 새로운 역사적 조건에 적응해 국방건설 방침을 재 확정할 것입니다.

다섯째, 대외방침을 조정하고 독립자주와 평화적인 외교정책을 단호히 실행할 것입니다. 여섯째, 애국통일전선을 다지고 확대하는 한편 '일국 양제'를 적용해 조국통일을 실현하려는 과학적인 구상을 확정지었습니다. 일곱째, 간부제도 개혁을 단호하고도 절차 있게 추진하며, 각급 지도부 성원의 신구 교체를 대폭 추진할 것입니다. 여덟째, 사회주의 물질문명과 정신문명을 함께 확고히 수립하는 데에 관한 전략방침을 확정짓고, 고도의 민주와 문명을 실현한 사회주의국가를 건설할 것입니다. 아홉째, 당 조직을 정돈해 우리당의 사회주의 현대화 건설을 영도하는 견강한 핵심으로 성장시킬 것입니다. 이러한 부분은 모두 심각한 변혁을 가져다 줄 중대한 정책입니다.

전 5년에 새로운 국면을 개척할 수 있었던 것도 이러한 정책 덕분이었습니다. 다수의 문제를 처음 제기했을 때는 의견이 분분했지만 결국에는 여러 지방·부서·대중들의 실천경험을 통해 다수 동지의 찬성을 얻어내면서 국면을 개척할 수 있었기 때문에 상황이 점차 좋아지게 됐습니다. 그렇기 때문에 80년대 전반기 5년의 기본 경험을 종합한다면 바로 4가지 기본원칙을 견지하고 당 중앙의 확고한 영도와 사상해방 · 실사구시적인 노선 · 방침 · 정책 덕분이며, 전 당 · 전 군 · 전국의 여러 민족 인민이 단합해 분투한 덕분이라고 생각합니다.

80년대 후반기 5년은 어떻게 해야 할까요? 지난해 당의 전국대표대회에는 이미 7차 5개년 계획 대강을 확정 지었고, 현재 국무원은 관련 초안 작성에 박차를 가하고 있으며, 올 3월 개최되는 6기 전국인민대표대회 제4차 회의에 제출해 심의 통과시킬 준비를 하고 있습니다. 후 5년은 경제건설을 지속적으로 계속하는 한편, 경제체제 개혁과 사회주의 정신문명 건설을 지속하고 일정한 성과를 거둠으로써 사회주의 현대화 건설 사업이 제반 분야에서 지속적이고 안정적이며 조화롭게 발전할 수 있도록 보장해 주어야 합니다.

위의 요구를 달성하는데 필요한 유리한 조건을 우리는 이미 상당히 갖추었다고 할 수 있습니다. 전 당 · 전국의 사상이 더욱 일치해지고 정책이 보다 뚜렷하고 명확해지고 풍부해졌을 뿐만 아니라, 재력이 막강해지고 간부대오 구조가 보다 합리적으로 되었습니다. 거기에 더해서 외교형세도 중국이 온 마음을 다해 사회주의 현대화 건설을 추진하는데 보다 유리해졌습니다.

정확한 노선 · 명확한 로드맵 · 일련의 유리한 조건까지 갖춘 상황에서 극히 중요한 문제는 바로 당원 · 간부 · 억만 인민대중을 분발시키는 것입니다.『인민일보』의 양력설 논평 제목은 「우공이 산을 옮기는 정신이 온 천하에 퍼지도록 하자」는 것이 아니었던가요?

우공의 정신을 널리 알리자는 것은 바로 80년대 후반기 5년을 단결해서 분투하는 5년, 착실하게 분투하는 5년, 완강하게 분투하는 5년으로 되게 하자는 것입니다.

단합 분투를 얘기하는 것은 여러분들이 당 중앙의 정확한 노선 · 방침 · 정책을 중심으로 긴밀히 단합해 전반적인 국면을 돌보면서 행동하라는 것입니다.

착실하게 분투할 것은 말하는 것은 여러분들이 근면성실하게 실제 효과를 강조하고 긴장을 풀거나 경솔하게 행동을 하지 않음으로써 심각한 실수나 풍파를 많이 겪는 것을 피하라는 것입니다.

완강한 분투를 강조하는 것은 중앙의 정확한 노선 · 방침 · 정책에 따라 단호하고도 확고부동하게 밀고 나가며, 그 과정에서 꾸준히 보완하고 발전시키자는 것입니다. 우리가 필요로 하는 이러한 정신이야말로 우공이 산을 끝까지 옮기려는 정신입니다.

40년 전인 1945년에 열린 당 제7차 전국대표대회에서 마오쩌둥 동지가 전당에 우공정신을 발양할 것으로 호소했습니다. 그 당시는 중국 인민을 억누르고 있는 '3대 큰 산'[42]을 뒤엎기 위해서였습니다. 현재 우리는 7차 5개년 계획의 건설 목표를 완성하고 덩샤오핑 동지가 당 중앙을 대표해 제기한 본 세기 내로 완수해야 할 3가지 임무[324]를 실현하기 위해서라면 보다 넓은 범위에서 우공정신을 더 효과적으로 고양시켜야 하지 않을까요?

사회 생산력을 발전시키고 체제개혁을 추진하거나 사회주의 정신문명 건설을 강화함에 있어 모두 우공정신을 필요로 합니다. 나쁜 기풍을 바로잡기 위해서는 단호하고 장기적인 태도가 있어야 하는데, 이때에도 우공정신이 필요합니다. 우공정신은 중화민족의 귀한 정신재부이자 우리 혁명대오의 우수한 전통이기도 합니다. 우공정신을 고양한다면 이미 개척한 새로운 국면을 더 나은 국면으로 꾸준히 발전시킬 수 있을 것입니다.

우리의 위대한 사업을 적극 발전시키기 위해서는 중앙기구가 특수하고도 중대한 책임을 짊어지고 있습니다. 제가 말하는 중앙기구에는 중공중앙 직속기구, 전국 인대와 국무원 직속기구, 전국 정협과 여러 인민단체의 직속기구, 그리고 중앙군사위원회 각 본부·각 군 병종의 영도기구에 포함됩니다. 전반적인 사업에서 중앙기구는 중추 역할을 일으키고 있습니다. 중추의 양호한 운행 여부가 우리 사업의 흥망성패를 가름할 열쇠를 쥐고 있습니다. 그렇기 때문에 반드시 중앙기구에 일련의 중대한 정치 임무를 예리하게 제기해야 합니다. 다시 말해서 고상한 정신 면모와 우수한 업무 기풍으로 전국의 본보기가 되어야 한다는 것입니다.

중앙기구의 다수 동지들은 훌륭하거나 비교적 훌륭한 분들입니다. 80년대 전반기 5년 동안에 거둔 성과와 승리는 중앙기구의 노력이 있기에 가능한 일이었습니다. 그러나 다른 한편으로, 중앙기구에는 단점이 많고 일부 어두운 부분도 없지 않습니다. 이로 인해 중앙기구의 일부 단위와 동지들이 사회주의 현대화 건설의 요구에 적응하지 못하고, 마땅히 짊어져야 하는 중임을 잘 맡지 못하고 있습니다.

오랜 세월동안 습관화된 세력이 존재했습니다. 문제가 발생하면 우선 영도기구에서 그 원인을 파악하는 것이 아니라 늘 단순하게 아래에 책임을 추궁했습니다. 다수의 상황에서 이는 거꾸로 된 처사입니다. 거꾸로 된 시비를 우리는 바로 잡아야 합니다.

그렇다면 80년대 전반기 5년이 지난 이후에 중앙기구는 어떤 문제에 주의를 돌리고, 어느 부분에서 본보기 역할을 해야 할까요? 저는 주로 아래와 같은 4개 부분이 포함된다고 생각합니다.

첫째, 효율을 향상시켜야 합니다. 현재 우리는 업무 효율을 따져야 하는 중요한 관념을 수립해야 합니다. 지방의 효율만 강조할 것이 아니라, 중앙기구에서 먼저 효율을 따져야 합니다. 그러려면 드높은 책임감이 필요합니다. 전체적으로 볼 때, 중앙기구의 다수 동지들은 착실하고 성실하게 업무에 임하고 있지만, 질질 끌며 업무를 제때에 처리하지 않거나 서로 미루며 책임을 지려 하지 않거나 효율이 저하되어 있거나 관료주의가 심각한 문제가 일부 부서 동지들에게 존재하는 것은 사실입니다.

따라서 중앙기구의 여러 부서는 관료주의를 극복하고 조사연구를 강화하고 실제와 긴밀히 연결시키는 것 외에도, 맡은바 업무를 착실히 완수하기 위해 최선을 다해야만 진정으로 중앙의 유능한 보조자가 될 수 있습니다. 무릇 중앙에서 이미 확정 지었거나 부서의 세밀한 고려를 거쳐 확정된 부분에 대해서는, 아래 동지들이나 당 외 인사들과 많이 의견을 주고받아야 합니다. 정책 실행과정에서 부딪치게 되는 새로운 상황과 문제는 제때에 반영해 연구함으로써 방법을 제시하도록 해야 합니다. 무릇 전반적인 국면에 관계되는 중대한 조치는 아무리 확신이 있다고 해도 중앙에 보고해야 합니다. 우리가 이대로 열심히 한다면 업무 효율을 향상시키고 관료주의를 상당부분 없앨 수 있어 지방 각급 영도구기에 큰 영향을 미치게 될 것입니다.

둘째, 학습에 최선을 다해야 합니다. 4개 현대화 건설의 발전에 따라 우리의 사업규모가 갈수록 방대해지고 있는 가운데 해야 할 일도 점차 복잡해지고 새로운 사물도 꾸준히 용솟음쳐 나오고 있습니다. 이는 중앙기구 동지들이 학습을 강화해 자신의 지식을 풍부히 하고 수준을 향상시킬 것을 요구합니다. 변화와 발전이 빠른 사회주의 현대화 건설 사업을 추진하는 과정에서 우리는 자신들의 지식과 경험, 그리고 사상수준이 여기에 적응하지 못하고 있다는 점을 솔직히 많이 느꼈습니다. 기존의 지식과 경험에 만족하면서 기존의 수준에 안주하려는 태도는 완전히 틀린 것입니다. 따라서 우리는 마르크스주의, 현대과학기술 문화지식과 경영관리 지식, 그리고 기타 필요한 전문지식을 학습해야 합니다.

우리는 마르크스주의, 공산주의 이상과 애국주의 이상을 확고히 견지해야 합니다. 우리는 마르크스주의를 부인하면서 이미 "시대에 뒤떨어졌다"고 여기는 자산계급의 자유화 경향뿐만 아니라, 마르크스주의를 경직화한 교조로 간주하는 착오적인 경향도 반대해야 합니다. 마르크스주의 정수를 정확히 대하려면 마르크스주의의 입장 · 관점 · 방법을 적용해 사회주의 중국이 직면한 현실 문제를 연구 및 해결해야 합니다.

다시 말해서 마르크스주의의 기본원리를 중국사회주의 현대화 건설의 구체적인 실제와 더 효과적으로 결부시키는 것입니다. 번창하게 발전하는 사회주의 현대화 건설과 여러 부분의 체제개혁 덕분에 우리는 상당한 경험을 쌓았습니다. 아주 귀중한 경험들이지만 이것만으로는 부족합니다. 우리는 개혁을 깊이 있게 추진하는 과정에서 사회주의 현대화 건설에 필요한 지식을 더 많이 받아들이고 관장해야 합니다. 만약 중앙기구의 동지들 특히 여러 부서의 책임자들이 마르크스주의 사상무기는 물론 현대과학 문화와 경영관리 지식을 관장한다면, 갈수록 수준이 향상되어 당과 인민이 우리에게 준 직책을 더 멋지게 해낼 수 있을 것이라고 믿습니다.

셋째, 기율을 엄히 해야 합니다. 방금 말했듯이 중앙기구 동지들 가운데는 훌륭한 분들이 많습니다. 이들은 기율도 잘 지킵니다. 그러나 자본주의 사상 침습과 '문화대혁명' 파괴 탓에 다수 부서의 기율 집행이 제대로 이뤄지지 못하고 있으며, 상당한 문제점을 드러내고 있습니다. 정치적으로 자유주의 문제가 있는데 무책임하게 함부로 논의하고 '루머'를 마음대로 퍼드리는 경우입니다.

사상적으로는 개인주의 문제도 있습니다. 모든 것은 개인의 이익만을 위하고 인민을 위해 봉사해야 하는 근본적인 취지는 뇌리에서 잊어버린 지 오래되었거나, 심지어 권력을 등에 업고 사리를 챙기거나 법과 기율을 어기면서 범죄의 길로 들어서는 경우입니다. 또 단체주의와 집단 이기주의 문제도 있습니다. 단체와 집단의 이익을 위해서라면 전반적인 국면의 원대하고도 근본적인 이익은 전혀 고려하지 않는 경우입니다. 이밖에 인재 채용에서 '관계'만 중시하는 문제도 포함됩니다. 인정으로써 봐주고 원칙을 지키지 않으며 공정한 태도가 전혀 없는 경우입니다. 그리고 외교교류에서 인격과 나라의 존엄을 잊어 국제 망신을 당하는 경우도 없지 않아 있습니다.

이러한 문제들이 비록 극소수 사람들에게서만 나타났지만 사상을 크게 타락시켜 정치적 영향이 극히 컸습니다. 그렇기 때문에 우리는 중앙기구의 모든 부서를 상대로 위에서 아래에 이르기까지, 그리고 아래에서 위에 이르기까지 감독을 강화해야 합니다. 아울러 법제건설을 강화해 법은 반드시 지켜야 하고 법 집행은 반드시 엄해야 하며, 법을 어기면 반드시 추궁해야 합니다. 기구가 높을수록 인민이 부여한 권리도 많기 때문에 당의 기율과 국법을 더 착실히 지켜 공산주의의 원대한 이상과 엄한 기율사상을 지닌 모범으로 진정 거듭나야 합니다.

넷째, 마땅히 당성을 증강시켜야 합니다. 중앙기구의 당정비가 이미 끝났지만 당성을 증강시키는 임무는 아직 완수하지 못했습니다. 중앙기구의 동지, 특히 각급 영도간부들은 한마음 한뜻으로 인민을 위해 봉사하는 근본적인 취지를 명심하고 당성을 꾸준히 증강시켜야 합니다. 중앙기구의 당 조직과 여러 부서의 당위·당 조직은 당내 생활을 건전히 하고 해이하고도 연약한 사상을 극복하는 한편, 건강한 비판과 자아비판을 전개하고 인민대중의 목소리에 귀를 기울이는 것 외에 하급 기구를 비롯한 인민대중의 감독을 받아야 합니다. 무릇 기율과 업무 상태가 해이해지고 나쁜 기풍이 성행하는데다 실제로 바로잡지 못하고 있는 단위를 상대로 영도 책임을 엄하게 추궁해야 합니다.

저는 중공중앙을 대표해 정중히 선포합니다. 성실하고 정직한 당내 외 동지들은 당규와 당법에 따라 우리당의 급별에 관계없이 조직 심지어 중앙의 책임자에 심각한 독직행위, 법과 기율 위반 행위가 있을 경우 당 중앙에 사실대로 보고할 권리가 있습니다.

위의 4가지 요구를 열심히, 그리고 꾸준히 행동에 옮긴다면 머지않아 중앙기구의 기풍도 크게 바뀌고, 전국 2천여 만 국가 사업자도 우리를 본보기로 하여 따라 배울 것이기 때문에 여러 민족에게 모두 영향을 미치게 될 것으로 예상됩니다.

중앙기구 동지 여러분! 역사에 의해 우리는 현재의 자리에 오르게 되었습니다. 새로운 역사 조건에서 전국의 본보기로 거듭나는 것은 당 중앙과 전국의 여러 민족 인민이 우리에 대한 간절한 희망이자 결코 전가할 수 없는 우리의 진정한 의무이기도 합니다. 우리는 높은 자각성을 갖고 실제 행동으로 중앙기구가 우리에게 맡긴 영광스러운 사명을 짊어지기에 전혀 손색이 없다는 점을 증명해야 할 것입니다.

당의 기풍을 바로잡아야 한다[*]

(1986년 3월 15일)

일부 단위가 중앙문서를 실행하는 과정에서 본래의 모습을 잃었습니다. 중요한 이유가 바로 머리를 써서 문제를 연구하지 않고 열심히 일을 처리하지 않았기 때문입니다. 문서를 하달했다고 하여 간부대중들이 모두 명확하게 알게 된 것과는 엄연한 차이가 있습니다. '3대 기율 8가지 주의사항'을 날마다 노랫말처럼 입에 달고는 있지만, 계속해서 위반하는 자들이 있습니다. 인민을 위해 봉사하자고 수십 년 외쳤지만, 늘 그렇게 해온 것만은 아닙니다. 항일전쟁시기, 해방전쟁시기 우리당은 여론 업무를 크게 중시했습니다. 새 국면을 개척하던 시기, 똑같이 매일 여론업무에 주의를 기울이고 사상정치 업무에 주목했었습니다.

홍보업무 추진 과정에서 실제문제를 연구해야 합니다. 중앙 판공청은 경상적으로 『인민일보』, '신화사'와 연계를 취하고 문제에 부딪혔을 경우 논의하는 방법으로 해결책을 내놓고 논평을 발표하곤 했습니다. 우리의 신문을 왜 '일보(日報)'라고 하는 겁니까? 라디오 뉴스는 왜 하루에도 수차례씩 방송을 하는 겁니까? 사람들의 사상이 꾸준히 바뀌고 날마다 여론업무를 확실하게 주입시켜야 하기 때문입니다.

---

[*] 이는 후야오방 동지가 당의 기풍을 바로잡는 것에 대한 중앙기구 영도소조 책임자의 보고를 청취했을 당시의 연설문이다.

덩샤오핑 동지는 당의 기풍을 바로잡기 위해서는 2년간 엄하게 실행해야 한다고 제기했습니다. 우리는 착실하게 실행해야 합니다. 방침은 명확합니다. 크고 중요한 사건을 엄중하게 파헤쳐야 할 뿐만 아니라 업무에서 오차가 생기는 것을 막는 등 이 일을 잘 해나가기 위해 최선을 다해야 합니다. 당의 기풍을 바로잡는 것을 과연 견지할 수 있을지에 대해 인민은 지속적으로 지켜보고 있습니다.

현재 저는 아래와 같은 몇 가지 중요한 문제를 말하고자 합니다.

첫째, 현재 우리가 대처하고 있는 큰 사건이나 중요한 사건은 대다수가 경제 사건인데 이는 현재의 실제상황과 서로 어울립니다. 향후에도 여전히 경제사건을 방지하는 덕을 중점 방침으로 하는데 대해 저는 찬성합니다. 그러나 그 과정에서 중점적으로 무엇을 단속하고, 현재 어떤 여론이 형성되어 있으며, 무엇을 방지하고, 어떤 문제에서 구체적인 규정을 수립해야 하며, 일부 사람들이 어떤 문제에서 우려를 표하고 있는지에 대해 곰곰이 생각해 보아야 합니다.

경제에 대한 중요안과 대책안을 수립하는 것은 정상적인 경제교류를 보호하기 위해서입니다. 경제적 중요안과 대책안을 수립한다고 하여 처리해야 할 일을 감히 처리하지 못하는 경우가 초래되어서는 안 됩니다. 이러한 상황이 나타날 가능성은 없을까요? 나타나는 것이라면 또 어떻게 해야 할까요? 우리가 알고 있다고 하여 지방 간부들도 안다고 할 수 없고, 또 지방 간부들이 이해하고 있다고 하여 대중들이 알고 있다고 장담할 수는 없습니다. 제가 한 가지 방법을 생각해냈는데 바로 여러분들이 논평을 꾸준히 발표하고 담화도 발표해 구체적인 지도를 강화함으로써 지방에서 나타날 수 있는 오해와 의구심을 경제적 중요안과 대책안을 세우는 과정에서 해결하는 것입니다. 이를 테면, 일부 단위는 도표를 나누어주어 누구나 모두 뇌물수수

행위 여부에 대해 기입하도록 하는 것입니다. 당정기구에서 기업 건설을 금지하는 문서[325]를 발표한 후 일부 단위에서는 사회를 상대로 개방했던 예식장·식당·유치원 등 서비스 항목을 더는 추진하지 못하고 있습니다. 일부 과학기술 단위들은 대외적으로 실시하던 기술서비스· 자문서비스도 제공하지 못하고 있습니다. 이러한 부분에 대해서는 새로 발급한 문서와 기존의 관련 문서 규정이 일치한다는 점을 거듭 강조할 필요성이 있습니다.

기율검사부서·정법부서·영도소조는 제때에 상황을 이해한 후 일부 방법을 내놓아야 합니다. 실제로부터 출발해 지방에서 실제문제를 해결하도록 도와주어야 합니다. 이론과 정책은 대중과 사회에 맡겨 인민들이 이해하도록 해야 합니다. 정책도 꾸준히 보완해야 합니다. 대중들이 이해할 수 있도록 해야 하는데 이는 결코 쉬운 일이 아닙니다.

둘째, 경제적으로 중요한 안이나 대신하는 안을 중점적으로 세움과 아울러 당의 기풍을 심각하게 파괴하는 사건에도 주의 깊게 해결책을 마련해야 합니다. 우리는 높은 위치에서 당의 기풍을 파괴하고 당과 대중의 혈육관계를 파괴하는 부분이 어떤 것들인지를 명확히 보아야 합니다. 저는 주로 아래와 같은 몇 가지 부분이 포함된다고 생각합니다. 첫째, 인사문제인데, 이는 능력에 관계없이 가까운 지인을 임용하고 패거리를 짓는 자들이 있는데, 이들 가운데서 상황이 극히 악랄한 자를 전형으로 뽑아 처리해야 합니다. 둘째, 당위의 논의를 거친 결정이나 정법부서에서 내린 결정에 전혀 따르지 않고 개인의 권력만 믿고 사건을 판결해 억울한 사건을 만들어 내거나 나쁜 사람을 감싸고 처리해야 할 사건은 처리하지 않고, 오히려 처리하지 말아야 할 사건을 처리 했거나, 사람으로 법을 대신하고 목숨을 들풀 취급하는 자들에 대해서는 엄하게 처리해야 합니다. 그리고 모함하거나 오랜 세월동안 남을 해치는 짓을 많이 했다면 똑같이 처벌해야 합니다. 셋째, 심각한 독직행위가 있는 경우입니다. 오랜 세월 관료주의를 발휘하고 직무를 소홀히 함으로써 국가가 경제와 정치 차원에서 심각한 손해를 본 경우에도 처리해야 합니다. 관료주의와 나쁜 기풍은 중요한 안과 대신하는 안에서 자주 성행합니다. 새롭게 선출된 간부들이 콧대를 세우고 함부로 행동하고 온갖 나쁜 짓을 일삼으며 권력을 등에 업고 사리를 챙기고 도덕이 문란하고 품질이 악랄하다면 단호하게 이임시키고 처벌해야 합니다. 마오쩌둥 동지는 정직한 좋은 사람이 되어야 한다고 말했습니다. 우리는 당의 기풍이 전면적으로 호전되기를 희망합니다. 여러 전선 · 여러 지역과 부서는 자체의 실제상황을 기반으로 움직여야 합니다.

셋째, 대신하는 안과 중요한 안을 확고히 실행함과 아울러 방법을 모색해야 합니다. 당내 생활의 정치화를 실현하려면 원칙을 견지하고 진실을 말해야 합니다. 옹졸함을 보이지 말고 너도 나도 모두 무난하게 지내려는 생각을 버려야 합니다. 앞에서는 입을 다물고 있다가 뒤에 가서는 함부로 입을 놀리고, 주어들은 풍문을 함부로 퍼뜨리는 자유주의를 실행하지 말아야 합니다. 당내 생활의 사상성 · 정치성 · 원칙성을 향상시켜야 합니다.

당내 생활의 정치화를 실현하고 당내 생활을 건전히 하는 것은 당의 기풍을 호전시키는 근본적인 기준입니다.

일을 대신하는 안(代案)이나 중요한 안(案)을 해결하는데 자백케 하는 정책을 확고히 함으로써 범죄자들이 스스로 문제점을 자백하도록 너그럽게 처리해야 합니다. "솔직하게 자백하면 관대하게 처리하고, 항거하면 엄하게 처리한다"는 말은 앞으로 적용하지 않을 예정입니다. "항거하면 엄하게 처벌할 경우" 착오 사건이 쉽게 생겨나기 때문입니다. 제대로 자백하면 관대하게 처리하는 것은 법률 정신에 부합됩니다. 대신하는 안과 중요한 안을 확고히 해결하는 과정에서 사건처리를 담당하는 요원은 꼬임에 빠지지 않도록 주의해야 합니다. 그 다음으로 중요한 사건은 너무 강력하게 틀어쥐지 않도록 의식적으로 주의해야 합니다.

현재 고소하는 자들이 많고 상황이 아주 복잡한데다 진짜와 가짜가 섞여 있어 처리하기가 힘듭니다. 자칫 훌륭한 동지들이 연루될 수 있어 철저하게 조사해야 할 범위가 늘어났습니다. 그저께 안보부서 동지에게 고위간부 자녀를 자기편으로 끌어들이는 외국 정보요원을 발견했을 경우 그 고위 간부와 그 자녀들에게 빨리 알려 꼬임에 넘어가는 것을 막아야 합니다. 그렇기 때문에 사건처리 요원은 사회 경험과 사회 지식을 풍부히 해야 합니다.

어떻게 하면 사건을 정확하고도 빠르게 처리할 수 있을까요? 그러려면 경험을 쌓는 과정이 있어야 하고 꾸준히 지방과 소통하여 경험을 전수해야 합니다.

넷째, 처리하는 사건은 여전히 정법부서·기율검사부서에서 체계적으로 지도하도록 해야 합니다. 무릇 당의 기율문제에 속하면 중앙기율검사위원회에서 통일적으로 처리하고, 형법과 경제 법률을 어기면 정법부서에서 처리합니다. 그러나 그 과정에서 조율과 상호 협력에 주의를 기울여야 합니다. 여러분들의 영도소조는 비록 중앙기구와 베이징시만 관리하지만, 횡적으로 연계를 갖고 지역별로 경험을 교류할 수 있습니다. 이번에 우선 중앙기구를 상대로 하면서 여러 지역에 양호한 영향을 미쳤고, 일부 새로운 영도 경험도 쌓게 되었습니다.

마지막은 홍보보도 문제입니다. 홍보보도도 아주 중요합니다. 대체안과 중요한 안을 실행하는데 대한 홍보가 전 당의 당성·당의 기율·당 기풍의 실제적인 교육이라고 간주하는 것은 전 세계 인민과 전국의 인민에게는 훌륭한 홍보이자 그들이 중국공산당의 본 모습을 이해하는 좋은 홍보기회가 될 것입니다. 홍보 과정에서 방법·규모·분량·경계선을 명확히 해야 합니다. 정면적인 홍보를 주로 하고, 정책 경계선이 명확하지 않거나 의구심이 생기는 문제에 대해서는 제때에 확실히 해야 합니다. 홍보 과정에서 인민을 위해 봉사해야 하고 광명정대하며 공평무사한 공산당의 근본적인 취지와 긴밀히 연결시켜야 합니다. 중국공산당의 위대한 이미지와 본래 모습을 되찾는데 목표를 두어야지, 단지 보도를 위한 보도를 해서는 안 됩니다.

홍보보도는 아무리 정면적인 내용이라도 지나치게 과대 홍보하지 않도록 주의해야 합니다. 현재 찬양하는 글이 너무 많은데, 이러한 상태로는 그 누구라고 교육할 수 없습니다. 정면적인 대표 사례를 정확히 선택하고, 일반적인 찬양과는 차별화를 두면서 보다 엄격하게 선택하여 특별한 보도를 만들어야 합니다. 따라서 전형적인 보도를 쓸 때 더욱 신중을 기해야 하는 것입니다.

당 내의 두 가지 상이한 모순을 정확하게 처리하는 데에 관한 문제*

(1986년 4월 9일)

당내 두 가지 상이한 모순을 정확히 처리하는 문제는 우리 당 건설에서의 큰 과제라고 저는 생각합니다.

우리는 절대 잊지 말아야 합니다. 마오쩌둥 동지가 마르크스주의 이론을 발전시키던 절정기에 쓴 위대한 이론서인 『모순론』을 저술해 내어 세계의 온갖 사물을 인식하는 근본적인 방법을 제시했습니다. 그는 세계의 온갖 사물은 모순으로 충만 되어 있다고 말했습니다. 온갖 사물은 자체의 모순 운동과정에서 발전하는 것입니다. 그러니 모순이 없으면 세계도 존재하지 않습니다. 우리 당도 모순 가운데서 발전하고 전진하고 있습니다. 만약 당내에 모순이 없고 모순을 해결하려는 사상투쟁이 존재하지 않는다면 당의 생명도 거기서 끝입니다.

일부 동지, 특히 일부 젊은이들은 세계를 인식하고 개조하는 근본적인 문제에서 구체적인 실천에 부딪혔을 때 늘 제자리를 찾지 못합니다. 그들은 모순이 두려워 이를 회피하려 하거나 심지어 숨기려고 합니다. 그러니 이러한 동지들은 늘 피동에 빠지고 어떻게 해야 할지 갈피를 잡지 못하는 것입니다.

50년대 마오쩌둥 동지는 또 다른 이론 저술을 통해 사회주의 사회 모순을

---

* 이는 후야오방 동지가 당의 기풍 바로잡기 업무 좌담회에서 발표한 연설문의 일부이다.

두 가지 유형으로 나누었습니다. 이 또한 위대한 사상입니다. 그러나 첫째, 이 저술에서 정확한 방법으로 당내 모순을 성공적으로 해결한 역사 경험만 얘기했을 뿐 새로운 역사조건에서의 당내 모순을 어떻게 해결할지에 대해서는 더 나아가 언급하지 않았습니다. 둘째, 비록 마오쩌동 동지가『모순론』때부터 당내 모순에 대항성과 비대항성이 포함되어 있다고 제기했고, 그 후에도 거듭 강조했지만, 만년에는 서로 다른 성질의 모순, 특히 당내의 상이한 모순을 심각하게 혼동하거나 심지어 다수 문제에서는 완전히 뒤바꿔 놓았습니다. '문화대혁명'이 발발하면서 당과 국가는 피할 수 있었던 큰 재난에 휘말리게 되었습니다.

보편적인 차원에서 말하자면 당내 모순문제에 대해서는 진솔한 태도를 가져야 합니다. 특수한 차원에서 말하자면 일련의 개혁정책을 실행하는 상황에서 마오쩌동 동지의 사고방향을 바탕으로 현재의 실제와 결부시키는데 주목해야 합니다. 모순 내용과 표현형식 차원에서 볼 때 당내에 늘 존재하는 많은 모순을 이러한 두 가지로 분류하는 것이 어떨까요? 첫째, 업무와 인식 차원에서 의견이 서로 달라 생기는 모순이고, 둘째는 개인 이익과 당 · 인민 이익 간의 모순입니다.

현재 당내 첫 번째 모순인 업무와 인식 차원에서 의견이 서로 달라 생기는 모순을 먼저 말하고자 합니다. 혁명은 극히 힘든 공정입니다. 전반적으로 볼 때 오랜 세월의 투쟁에서 서로 다른 주장과 의견이 모순되는 일은 늘 있었고, 업무 과정에서도 실수를 피하기 어려웠습니다.

사회주의 건설은 더욱 어렵습니다. 성공적인 기존 경험이 없기 때문입니다. 이는 우리 당이 전 당의 지혜를 모아 정확한 방침을 확정하고, 정확한 정책을 제정하는데 능해야 할 뿐만 아니라, 업무와 인식차원에서의 상이한 모순을 처리하는데 능할 것을 요구하고 있습니다.

마오쩌둥 동지는 만년에 바로 당내 이러한 모순을 제대로 처리하지 못했습니다.

이 때문에 서로 다른 의견에 귀를 기울이지 못했을 뿐만 아니라, 자신의 주장을 찬성하지 않거나 완전히 찬성하지 않는 훌륭한 건의를 '우경'이라 주장하고 "자본주의 길을 걷고", "당을 반대하는 사상"으로 간주했습니다. 우리 당은 이러한 실수에 따른 심각한 교훈을 진심으로 받아들이고 전혀 다른 방법으로 업무와 인식에서 필연적으로 나타나게 될 서로 다른 의견에 따른 모순을 해결했습니다.

(1) 무릇 중대한 결책마다 사전에 거듭되는 고민을 거친 후에야 결정을 내린다. (2) 당의 회의에서 당원이 자유롭게 건의를 발표하고, 그 누군가를 비판할 수 있도록 보호하며, 설령 착오가 있다고 해도 보호를 받을 수 있도록 허락한다. (3) 최선을 다했다면 업무과정에서 이런저런 오차가 생겨도 바로잡을 수 있도록 허용해야 한다. (4) 만약 당 중앙의 방침과 정책을 찬성하지 않는 경우라도 업무과정에서 어기지 않고 실행하기 위해 노력을 기울인다면 의견을 잠시 보류하는 걸 허용한다.

당내 업무나 인식 차원에서의 서로 다른 의견에 따른 모순은 보편적으로 대항의 관계가 아닙니다. 그렇다면 대항 성질을 띤 모순으로 전환할 가능성은 있을까요? 당연히 있습니다.

(1)당 중앙의 방침과 정책에 대해 사상적으로 보류하고 있을 뿐만 아니라, 업무과정에서 저촉되는 정세까지 갖는다. (2) 당 조직의 범위를 벗어나 당 중앙과 대항하는 주장이나 정책을 퍼뜨린다. 그러면 당 조직 원칙은 물론 당의 기율도 파괴하는 것이다. 이상의 두 가지 상황의 모순에 대해 대항해야 하며, 이러한 부류의 자들을 엄히 처벌하거나 심지어 당적에서 제명할 수가 있는 것입니다.

이어 당내 또 다른 모순인 개인 이익과 당·인민 이익 간의 모순은 어떤 상황인지 말해보겠습니다.

우리는 무릇 당원이라면 개인 이익을 무조건 당과 인민의 이익에 복종시킬 것을 요구하고 있습니다. 이는 당원과 비당원인 대중을 구별하는 근본적인 경계선입니다. 공산당원이 무산계급의 선진 자가 되기에 전혀 손색이 없다고 얘기하는 것은, 그들이 당과 인민의 이익을 개인의 이익보다 더 중히 여길 뿐만 아니라, 필요할 때면 자발적으로 개인의 이익을 희생시키는 것을 통해, 당과 인민의 이익을 지키기 때문입니다. 그러나 다수의 당원 특히 일부 당원간부들은 이러한 힘든 일을 이겨내지 못하고 있습니다.

그렇다고 당 조직이 당원의 개인 이익에 대해 전혀 관심을 갖지 말아야 한다는 뜻은 아닙니다. 가능하다면 당 조직은 당원의 개인 이익에 관심을 갖고 보살핌으로써 개인 이익을 당·인민의 이익과 적절하게 결부시켜야 합니다. 일부 당원은 당과 인민의 이익에 전혀 관심이 없거나 별로 관심을 두지 않다가도 개인의 이익에 대해서는 시시콜콜 따지곤 합니다.

그리고 일부 당원들의 개인주의 현상이 극히 심각합니다. 개인의 이익을 당과 인민의 이익보다 훨씬 중요하게 생각하는 것은 물론 심지어 기율과 법률을 심각하게 어기면서까지 권력을 등에 업고 개인의 사리를 챙깁니다. 이는 공산당원의 근본적인 입장을 버린 악랄한 표현입니다.

이 부분의 모순에 대해서도 당연히 구체적으로 분석해야 합니다. 보편적이고 양이 많으면 대항하는 성질에 속하지 않습니다. 약간의 착오를 중대한 착오로 간주하거나 일시의 착오를 결코 구제할 수 없는 착오로 보아서는 안 됩니다. 그러나 명확히 해야 할 점이라면 심각한 기율과 법률 위반 행위나 권력을 등에 업고 사리를 챙기는 행위든 아니든 어느 것이 나를 막론하고, 개인의 이익이나 개인이 속한 단위와 부서의 이익을 위해 당과 인민의 이익에 심각한 손해를 주는 당원이라면, 그들과 당의 모순은 대항하는 성질을 띤다고 볼 수 있습니다. 이것이 분계선입니다. 이 분계선을 잘 파악해야만 대항하는 성질을 띤 문제를 업무와 인식 차원에서 상이한 의견이나 실수와 구별할 수 있습니다.

현재 당내에서 두 번째 모순을 심하거나 지나치게 대하는 것이 아니라, 위의 모순에 대한 인식이 떨어지고 뚜렷한 입장이 없으며, 이미 대항하는 성질을 띠고 있거나, 심지어 이미 첨예하게 대항하고 있는 모순을 해결하지 못하는 경향이 있습니다. 이 또한 덩샤오핑 동지가 제기한 나약한 표현입니다. 우리는 나약한 상태를 극복하기 위해 최선을 다해야 합니다.

중앙기구에서 앞장서서 각급 당 조직의 정치생활을 건전히 하고 민주집중제를 보완하며, 당의 기율을 엄히 하는 것이 우리의 나약한 현황을 극복할 수 있는 방법입니다. 현재 일부 당 조직에서 건강한 정치생활이라고 언급할 수 없을 정도로 관계학이 성행하고, 정치적 분위기가 박약해졌습니다. 혹은 저속한 기풍이 짙어 정치 원칙을 찾아보기 힘들기 조차 합니다.

위에서 언급했듯이 당내에서 발생한 당에 대항하는 모순은 당의 취지 · 조직 · 기율과 근본적으로 어울리지 못하는 것을 가리킵니다. 만약 바로 잡지 않는다면, 계속 당내에 그대로 놔둘 수는 없습니다. 그중에서 국법을 어긴 경우라면 법에 따라 처벌해야 합니다. 그러나 대항성을 띤 모순이 바로 적아모순이고, 이들이 적이라는 뜻은 아닙니다. 이 부분에 대해서는 명확히 해 둘 필요가 있습니다.

전에 마오쩌둥 동지는 중국에 "집중과 민주가 있고, 기율과 자유가 있으며, 통일된 의지와 개인의 즐거운 마음, 그리고 활력 있는 분위기가 담긴 정치국면을 조성해야 한다."[326]고 요구했습니다. 과거의 실수로 이러한 국면은 오랜 세월동안 실현되지 못하다가 11기 3중전회 이후이야 마침내 근본적인 변화를 가져왔습니다. 그러나 이러한 국면의 실현과 발전은 결코 쉽게 이루어질 수 없는 것입니다. 발전의 길에 나타나는 어려움을 극복하고 위대한 사업의 승리를 거두는 것은 이러한 국면과 긴밀한 연관이 있습니다. 우리는 이를 위해서 당연히 계속적으로 노력에 노력을 기해야 할 것입니다.

중국의 미래 동향을 인식하는 열쇠*

(1986년 6월 11일)

국제적으로 높은 명성과 권위를 자랑하는 국제문제 연구기구를 방문하고 뛰어난 국제사무 전문가·학자들과 만남을 가져 너무나 영광이고 진심으로 기쁘기 짝이 없습니다.

일부 서방나라의 친구들에게 있어 중국은 "결코 감을 잡을 수 없는 신비한 존재"입니다. 서로 간에 너무 멀리 떨어져 있고, 각자의 문화와 언어·풍속·습관이 서로 다른데다, 역사적으로 특히 근대 역사에서 상이한 사회발전 과정을 겪었기 때문입니다. 이전에 중국은 오랜 세월동안 쇄국정책을 실시했습니다. 100년이 넘는 시간 동안 해방을 쟁취하는 천지개벽의 투쟁을 진행했습니다. 신 중국 설립한 후의 30여 년간, 엄청난 진보를 가져오긴 했지만 수많은 곡절과 변화도 뒤따랐습니다. 그리하여 '신비한' 색채가 더욱 짙어지게 되었다고 봅니다.

그럼 중국은 도대체 어떤 방향을 향해 발전해야 할까요? 20세기부터 21세기까지 중국의 기본국책은 두 마디로 개괄할 수 있습니다. 첫째는, 개혁과 개방정책으로 중국 경제의 지속적이고도 안정된 발전을 추진하는 것입니다. 둘째는, 독립자주적인 외교정책을 바탕으로 건설이 중단되지 않도록 보장

---

* 이는 후야오방 동지가 영국 방문 당시 영국 황실 국제사무연구소에서 발표한 연설문이다.

하는 것입니다. 이러한 두 가지 단서만 파악해도, 중국의 미래 동향을 인식하는 열쇠를 쥔 것이나 다름없습니다. 제가 이 열쇠로 중국을 인식하는 문을 열 수 있도록 허락해 주길 바랍니다.

첫 번째는, 중국의 개혁 개방과 연관되는 문제입니다. 우리는 우여곡절을 겪고 나서야 새로운 사회제도를 확립할 수 있었는데, 이후 가장 근본적인 임무는 사회생산력을 발전시키고 인민의 물질문화생활을 점차 개선하는 것이라는 점을 깨달았습니다. 국민경제의 지속적이고도 안정된 발전을 보장하려면 대외개방은 필수조건입니다. 지나치게 집중되고 행정방식으로 경제를 관리하고 있는 경직된 체제를 반드시 개혁하는 한편, 공유제를 기반으로 한 계획적인 사회주의 상품경제를 발전시켜야 합니다.

최근 6·7년 동안 우리는 한편으로 대외개방정책을 실행하였고, 다른 한편으로는 대담하게 개혁을 모색했습니다. 개혁은 우선 농촌에서 시작됐고 현재는 이미 전면적으로 전개되고 있는 상황입니다. 경제·과학기술·교육 등의 체제뿐만 아니라 정치분야도 포함되어야 합니다. 또 물질분야는 물론 사상분야에서도 전개되어야 합니다. 최근 몇 년간 국민경제가 전면적이고 안정적인데다가 비교적 빠른 성장을 가져와 인민들의 물질문화생활이 뚜렷하게 개선되었습니다. 이는 개혁과 개방이 이미 초보적인 성과를 거두었다는 점을 말해주는 대목입니다. 이에 인민은 만족감을 표하고 있습니다.

중국의 개혁개방에 찬성하지 않는 일부 외국인들은 우리의 방침이 "이단 아설"이라고 의심하면서 "전통사상이나 행위규범을 위배할 위험성"이 있다고 여겼습니다. 최근 몇 년간 그들의 이러한 의구심이 줄어들었을 뿐만 아니라, 오히려 우리를 새로운 안목으로 보고 있습니다. 심지어 일부 사람들은 중국의 개혁개방이 서방나라의 모델에 근접하고 있다면서 나중에 서방사회와 어깨를 나란히 할 것으로 바라보고 있습니다.

지난 30여 년간 엄청난 변화가 나타났습니다. 사회주의를 통해 중국은 '동아병부(東亞病夫)'의 모자를 벗어버리고 세계에 우뚝 섰습니다. 세계인구의 4분의 1을 차지하는 인민은 이미 먹고 입는 문제를 초보적으로 해결했고, 앞으로 6·70년의 노력을 거쳐 경제적으로 선진국 수준에 근접할 가능성도 없지 않습니다.

중국 특색의 사회주의 건설은 중국 인민이 오랜 세월의 고통스러운 경력을 거쳐 종합해낸 자체 경험을 바탕으로 모색해낸 정확한 길입니다. 이는 이미 10억 중국 인민의 근본적인 신념이 됐습니다. 현재 중국이 걷고 있는 길을 바꾸려고 하면 중국 인민들이 반대할 것입니다. 더욱이 기존의 불안한 상태로 다시 돌아간다면 세계의 안정과 안보에도 불리할 것입니다.

개방 덕분에 중국이 '잘못된 길'에 들어서지 않았고, 개혁 덕분에 중국의 사회주의 제도가 꾸준히 보완되고 있다는 점을 갈수록 많은 사람들이 정확히 보고 있습니다. 개혁과 대외개방을 단호하게 추진하고, 업무에서의 실수를 최대한 줄이기 위해 노력하며, 여러 세대의 꾸준한 노력을 바탕으로 중국을 고도의 문명과 민주를 실현한 현대화된 사회주의 국가로 건설하는 것은 결코 동요될 수 없는 기본 국책입니다.

두 번째는, 중국의 대외정책과 연관된 문제입니다. 누군가 중국이 실행하는 독립자주와 평화 외교정책의 기본은 무엇이고, 장기적으로 견지할 수 있을지에 대해 질문했습니다.

중국의 외교정책과 관련된 주요한 내용에 대해서는 얼마 전 열린 제6기 인민대표대회 제4차 회의의 정부 업무보고에서 '10개 조항'[327]으로 종합했습니다. 간략해서 말하자면 위 10개 조항의 내용에는 3가지 기본 부분이 포함됩니다. 첫째는 세계의 평화와 안정에 유리한 일이라면 중국은 지지할 것이, 무릇 패권주의 행위에 속한다면 어느 나라든지, 어떤 형식으로 나타나든지를 막론하고 우리는 단호히 반대할 것입니다. 둘째로 중국은 그 어느 슈퍼대국에 의존하지 않고 그 어느 나라와도 동맹을 맺지 않으며, 평화공존 '5항 원칙'[158]을 바탕으로 세계 여러 나라와 우호관계를 발전시킨다는 것입니다. 셋째는 중국이 제3세계의 편에 서서 공평과 정의를 주장하는 것입니다.

평화 속에서 발전을 추구하는 것은 세계 여러 나라 인민들의 공동 요구이자 10억 중국 인민들의 가장 근본적인 염원이기도 합니다. 중국에 필요한 것은 투쟁이 아니라 평화입니다. 100여 년의 시간동안 중국은 외래 침략과 끊이지 않는 전쟁 피해에 시달렸고, 현재까지도 근본적인 차원에서 가난하고 후진 국면에서 벗어나지 못하고 있습니다. 역사적으로 초래된 선진국과의 격차를 줄이려면, 수십 년 심지어 100년의 평화적인 건설이 없이는 불가능한 일입니다. 그래서 우리는 세계 인민과 함께 전쟁이 더는 20세기에 발발하지 않고, 21세기에도 발발하지 않도록 노력하기로 결심했습니다. 전쟁이 없는 영원한 평화가 우리의 염원입니다.

병력을 남용하여 전쟁을 일삼는 정책은 중국공산당원의 신념이나 원칙과는 정반대입니다. 무력만을 믿고 패권을 쟁탈하며, 다양한 빌미로 대외를 향해 침략 확장을 하거나 심지어 군사를 파견해 타국을 점령한다면, 결국에는 피투성이가 되고 실패로 끝나고 말 것입니다. 그래서 우리는 자손후대들에게 앞으로 중국이 부강해졌다고 해도 영원히 평화정책을 실행하고 패권을 잡지 말 것을 가르쳐야 합니다.

만약 중국이 그 어느 대국에 의지하거나 혹은 동맹을 맺는다면 그들의 제약을 받아 자체의 운명을 관장하지 못할 뿐만 아니라, 자체 발전은 물론 세계의 평화와 안정에도 불리할 것이라는 점을 경험이 우리에게 알려주고 있습니다. 때문에 우리는 대외교류 과정에서 독립자주를 견지하고 평화공존 5항 원칙에 따라 세계 여러 나라들과 사이좋게 지내야지 사회제도와 의식형태의 차이로 친근함과 소원함, 그리고 좋고 나쁨을 결정해서는 안 됩니다.

독립자주와 평화적인 외교정책은 중국의 평화건설에 이로운 국제환경을 최대한 쟁취하는데 도움이 되며, 10억 인구를 가진 대국이 국제 정세와 세계의 평화 및 안보를 수호하는데 더 크게 기여할 것으로 기대됩니다. 중국 인민과 세계 인민의 근본이익에 부합되는 중국의 대외정책은 국제 풍운의 일시적인 변화에 따라 바뀌지는 않을 것입니다.

세 번째는 국방과 건설에 관한 관계입니다. 경제건설은 대량의 투자가 필요하고 군사실력의 확장은 경비 증가를 필요로 하므로 양자는 서로 모순되는 존재입니다. 이 두 가지를 동일하게 중요시 하지는 못합니다. 솔직히 말하면 현대화 경제건설에 투자할 자금이 모자라는 현 상황에서 대량의 자금을 군사실력 확충에 투자한다는 것은 현실적으로 불가능한 일입니다. 우리는 오로지 힘을 모아 경제건설을 추진하고 인민생활을 점차 개선하는 것을 기반으로 하여 자체적으로 방어력을 차츰 증강시켜야 합니다. 이는 우리가 다년간 심사숙고해서 내린 결론입니다.

우리는 결코 군비 경쟁에 참여하지 않습니다. 오히려 군비 경쟁을 반대하며, 특히 핵무기 경쟁을 반대합니다. 핵무기·화학과 생물무기·우주무기의 전면적인 금지와 철저한 폐기뿐만 아니라 군비를 대폭 감축할 것을 주장합니다.

당연히 우리는 현실주의자입니다. 우리는 새로운 세계 전쟁의 위험성이 아직은 없어지지 않았기에 외래로부터의 습격을 막아야 한다는 점을 충분히 인식하고 있습니다. 그러나 현재 우리의 능력만으로는 두 가지 일 밖에 할 수 없습니다. 첫째는 적절한 방어력을 유지하는 것이고, 둘째는 세계의 선진 방어수단을 추종 및 연구하는 것입니다. 당연히 우리도 일부 선진적인 군사기술을 끌어들여야 하는데, 이는 오로지 방어력을 강화하기 위해서입니다.

우리는 제한되어 있는 외화를 무기 구입에 대량으로 투입하지는 않습니다. 만약 누군가 전쟁을 강압적으로 우리에게 뒤집어씌우려 한다고 해도 우리는 결코 겁먹지 않을 것입니다. 중국은 땅이 넓어 융통성이 크고 인구가 많아 침략에 대해 방어할 수 있는 각오와 힘도 있습니다. 따라서 침략자들이 자기들만의 속셈이 있다면, 우리도 자신만의 방어방법이 있어 조국을 지킬 능력도, 자신감도 있습니다. 이러한 신념을 바탕으로 지난해 6월 중국 정부는 군 정원 백만 명을 축소하기로 결정했습니다. 중국 국방경비가 국가 예산에서 차지하는 비율이 최근 몇 년간 줄곧 줄어들고 있는 추세입니다.

네 번째는 중국의 기본국책이 바뀌지 않을 것이라는 점입니다. 여러분들에게 중국의 기본국책을 소개하고 나면 향후 수십 년간 기본국책이 바뀌지 않는다고 장담할 수 있느냐며 물어보는 사람들이 있을 것입니다. 중국의 미래 발전방향과 연관되는 중요한 문제이자 최근 몇 년간 줄곧 해결하기 위해 노력해온 문제인 것만은 확실합니다. 중국 기본국책의 기반이 든든하고 강한 생명력을 갖고 있다는 점만은 자신 있게 얘기할 수 있습니다. 이유는 다음과 같습니다.

현행의 방침과 정책은 이미 인민대중들에게 엄청난 이익과 이점을 가져다주었습니다. 이 때문에 전국 인민들의 옹호와 지지를 받아 대중 속으로 깊이 뿌리를 내렸기 때문에, 그 누구라도 쉽사리 대중들의 뜻을 거스르면서 위의 정책을 근본적으로 포기하지는 않을 것입니다. 당연히 그 어떤 구체적인 정책에도 시간의 국한성이 있어 실제의 발전에 따라 변화해야 하는 건 당연한 일입니다. 만약 이러한 발전도 '변화'라고 생각한다면, 우리의 정책 변화는 갈수록 더 완벽해질 수밖에 없습니다.

현재 중국에서 실행하는 일련의 중대한 결책은 실천 경험을 열심히 종합하고, 여러 민주당파 · 무당파 · 각계인사의 건의를 광범위하게 청취한 후 내린 결정입니다. 원로 세대 지도자들이 조타수 역할을 한 것만은 사실입니다. 그러나 중국의 정책은 어느 개인의 결정이 아니라 모든 사람들의 지혜가 모여진 산물입니다.

우리는 계속해서 사회주의 민주를 발전시켜 제도화와 법률화를 실현하고, 인민대중의 주인공이라는 정신을 고양시켜 정치 · 경제 · 문화 · 사회 여러 분야의 생활에서 민주권리와 효과적인 감독을 보장할 계획입니다. 그러면 일련의 정확한 방침과 정책이 사회주의 민주와 법제의 궤도에서 지속적이고도 안정적으로 관철 및 실행될 것입니다.

최근 몇 년간 중앙에서 지방에 이르기까지 각급 지도자의 젊음화 문제를 해결하는 과정에서 훌륭한 성과를 거두었습니다. 혈기왕성하고 실력과 혁신력을 갖춘 젊은이들이 영도직무에 부임했습니다. 이는 왕성한 혈기와 정책방침의 지속성을 유지하는데 아주 중요한 의미를 갖습니다.

이상과 같은 4가지 이유가 있기 때문에, 중국의 기본국책이 결코 지도자의 교체문제로 바뀌지는 않을 것이라고 확신하고 있습니다. 중국은 오늘의 정확한 방향에 따라 21세기로 순조롭게 나아갈 것입니다.

귀국은 저의 서유럽 방문의 첫 출발지입니다. 사흘 동안 저는 마가릿 대처[328] 총리를 비롯한 정부 지도자들과 회담을 가지고 각계 인사들과 만남을 가졌는데, 중국에 큰 도움이 될 것이라고 생각합니다. 양국에는 "한 결 같이 잘 해야 한다"는 아주 좋은 비슷한 뜻의 속담이 있습니다. 귀국에 대한 순조로운 방문이 이번 서유럽 방문의 훌륭한 시작이 될 것이라 믿습니다. 순조로운 이번 방문이 중국과 영국의 우호관계 및 중국과 서유럽 기타 국가의 친선관계를 장기적이고도 안정적으로 발전시키며, 세계의 평화와 안정을 유지하는데도 도움이 될 것으로 예상하는 바입니다.

정치체제 개혁은 사회주의 제도의 자체 보완과정이다[*]

(1986년 8월 18일)

우리가 말하는 정치체제 개혁은 정치제도가 아닌 지도자 체제의 개혁을 뜻합니다. 사회주의제도는 중국 인민의 수십 년 노력과 분투, 그리고 수천만 명의 목숨과 바꿔온 것으로 인민의 선택에 의해 확립된 것입니다. 정치체제 개혁은 위의 개혁에 대한 부정이 아닙니다. 정치체제 개혁을 제기한 것은 올해가 처음이 아닙니다. 1978년에 덩샤오핑 동지가 말했고 훗날 저도 언급한 적이 있습니다. 그런데 왜 오늘에 와서 이 문제를 중요한 위치에 놓고 강조하는 이유는 무엇일까요? 경제체제 개혁이 정치체제와 연관이 있어 정치체제 개혁을 추진하지 않는다면 경제체제 개혁도 이끌어 나갈 수 없기 때문입니다. 사회주의 정체 체제의 개혁이 경제·문화·교육·과학기술 등 제반 분야를 제어하고 통솔하는 역할을 하고 있습니다.

중국 경제가 서방국과는 엄연히 차별점이 있습니다. 서방경제는 독립되어 있어 정부가 다만 세수와 법률 차원에서만 제어를 합니다. 그러나 중국의 경우는 기업을 정부 여러 부서에서 직접 관리하고 있습니다. 정치체제를 개혁하지 않는 한 경제체제 개혁은 결코 해결할 수 없는 수많은 문제에 부딪히게 될 것입니다.

---

[*] 이는 후야오방 동지가 토머스·헤드릭어 독일연방공화국 독일-중국 우호협회 주석의 인터뷰를 접수했을 때 발표한 연설문의 일부이다.

정치체제 개혁의 역할·목적·방법을 전문적인 문제로 간주해 연구하는 것이 마땅합니다. 현재 우리에게는 경제체제·교육체제·과학기술체제 개혁과 관련한 3가지 문건[329]이 있습니다. 우리는 약 1년의 시간을 들여 정치체제 개혁의 목적과 방법 등을 철저하게 연구해야 합니다. 정치체제 개혁이 아우르는 범위를 약간 확대해야 합니다.

첫째는 상·하급 관계의 문제가 대두하는데, 덩샤오핑 동지는 중앙에서 일부 문제를 지나치게 간섭한다는 의견을 내놓았습니다. 이것은 중앙과 지방의 관계문제를 언급한 것입니다. 둘째는 정부와 경제부서의 관계 문제입니다. 현재 대다수 기업은 정부부서에서 직접 영도하고 있어 경영자주권이 너무 적다보니 활력을 잃었습니다. 셋째는 당·정부와 인민대표대회의 분공문제가 대두합니다. 서방나라의 방법대로 완전히 분리해서는 안 되고, 적당한 분공은 있어야 한다고 봅니다. 당위나 정부에서 구체적으로 무엇을 관리해야 하는지 그 직능을 명확히 해야 합니다. 넷째는 인민대표대회·민주당파의 역할 문제가 대두합니다. 이는 사회주의 민주를 고양시키는 문제와도 긴밀한 연관이 있습니다. 당과 정부의 직원은 모두 인민의 감독을 받아야 합니다. 당원과 영도간부가 대중의 감독을 받지 않으면 안 되고 수시로 탄핵되고 폭로당할 각오를 해야 합니다.

종합적으로 볼 때 사회주의를 발전시킨 지 이제 수십 년 밖에 안 되기 때문에 인류 역사상의 새로운 시도에 속한다고 할 수 있습니다. 우리가 추진하고 있는 정치체제 개혁은 사회주의 제도에 자아 보완을 하는 과정이지 뒤엎어 버리려는 것은 아닙니다. 제반 분야의 업무를 활성화하고 관계를 원활히 하며 동란을 줄인다면, 정치 차원에서의 단합이나 장기적인 안정과 태평성세를 이루는데 도움이 될 것입니다.

중국이 거둔 성과 및 직면한 3대 임무

(1986년 10월 14일)

롤프 사부랭스키

최근 몇 년간 중화인민공화국은 사회주의 건설에서 뛰어난 성과를 거두었습니다. 귀국 인민들의 창조적인 노동성과가 가장 뚜렷하게 나타난 분야는 어떤 것이었나요?

후야오방

1978년 말 우리당은 11기 3중전회[77]를 개최하고 업무중심을 사회주의 현대화 건설로 이전시켰습니다. 이는 역사적인 대전환입니다. 그때부터 현재까지 8년이라는 시간이 흘렀습니다. 이때가 우리나라 건국 이후로 경제와 정치 발전이 가장 좋은 시기였다고 할 수 있습니다. 최근 몇 년간 우리는 아래와 같은 몇 개 부분에서 중요한 진전을 가져왔습니다.

첫째 정치 차원에서 볼 때, '문화대혁명'으로 초래된 사회 동란을 끝내면서 정치 형세에 근본적인 변화가 나타났습니다. 여기에는 사상해방 · 실사구시의 사상노선 재확립 · 안정과 단합된 정치국면의 형성 · 민주와 법제의 보완 · 사회주의 정신문명 건설의 강화 · 당과 국가의 각급 지도부 조정 및 강화가 여기에 포함됩니다.

둘째 경제 분야에서는 전면적인 개혁과 대외개방의 총 방침을 확정 지었습니다. 개혁과 개방은 국민경제의 발전을 촉진시켰고 이미 양호한 효과도 거두었습니다. 개혁을 통해 우리는 중국 특색을 갖춘 사회주의 길을 모색함과 아울러 그 길을 따라 걸어 나가고 있습니다. 그 덕에 중국의 국민경제에 지속적이고 안정적이며 조화로운 발전의 새로운 국면이 나타났습니다. 지난 5년간 공업과 농업의 총생산액이 매년 평균 11%나 성장했습니다. 10억 인구가 양식의 자급자족을 해결했고, 도시와 농촌 인구의 소득도 상당한 폭의 성장을 실현했습니다. 따라서 올해 중국의 국민경제가 지속적이고도 안정적으로 발전해 예정계획을 실현할 수 있을 것으로 예상됩니다.

중국의 외교정책도 이에 상응하여 조정되고 보완도 됐습니다. 우리는 독립자주의 평화 외교정책을 실행하면서 더 많은 국가·정당과의 관계를 구축 및 회복하거나 발전시켰습니다. 특히 만족스러운 성과라면 우리가 전에 없는 규모와 속도로 여러 나라와 경제·기술·문화 교류와 협력을 발전시켰다는 점입니다. 이는 세계의 평화를 수호하고 공동 발전을 추진하는데 뛰어난 적극적인 역할을 일으키고 있습니다.

발전의 길에 수많은 어려움이 도사리고 있는 것만은 사실입니다. 중국은 여전히 개도국인 만큼 중국을 발달한 사회주의 강국으로 건설하기에는 아직도 장기적이고도 힘든 분투 과정이 필요하며 국제적인 협력과 지지도 있어야 합니다.

에른스트 베르너 미커
현재 중국공산당에게 주어진 가장 주요한 임무는 무엇입니까?

후야오방
우리 앞에는 3가지 중요한 임무가 놓여 있습니다.

첫 번째 임무는 경제를 발전시키고, 최선을 다해 현대화 건설을 추진하는 것입니다. 우리는 두 가지 단계로 나눠 완성할 계획입니다. 첫 단계는 20세기 말에 1인당 국민생산총액을 8백~1천 달러로 끌어올려 중국의 경제를 중등의 발전나라 수준에 이르게 하는 것입니다. 두 번째 단계는 21세기 중엽 즉 건국 100주년을 즈음하여 세계의 선진국 수준에 이르게 할 예정입니다. 이 임무를 완수하려면 개혁개방 정책을 견지하고 전국 인민의 성실한 노동과 떼어놓아서는 생각할 수 없는 일입니다.

두 번째 임무는 세계의 평화를 지키는 것입니다. 전쟁의 위험이 여전히 존재하므로 이에 대한 경각심을 높여야 합니다. 그러나 평화를 주장하는 힘이 점차 강해지고 있어 세계의 평화를 지킬 가능성은 충분합니다. 세계 인민은 평화를 희망하고 중국도 평화를 지키기 위해 평생 노력할 것입니다.

세 번째 임무는 국가의 통일을 실현하는 것입니다. 이는 해협을 사이에 두고 있는 타이완과 중국 대륙 인민의 공동적인 염원입니다. 우리는 우선 교역(通商)·운항(通航)·우편교류를 진행하다가 궁극적으로는 평화적인 협상을 통해 '일국 양제'의 방법으로 타이완 문제를 해결할 것을 주장합니다.

3가지 임무가 상호 연관성을 갖고 있는 가운데 첫 번째 임무가 가장 근본적인 것입니다. 중국이 발전하면 세계 평화 수호에 더 큰 역할을 발휘할 수 있고, 조국의 통일이라는 위대한 사업을 추진할 수 있지 않겠습니까?

참고

1 토개 : '토지개혁'을 말함. 신중국 설립 후 중국공산당이 영도하는 농민은 봉건 토지소유제를 폐지하고, 농민 토지소유제의 개혁운동을 실현했습니다. 1950년 6월 중앙인민정부에서 '중화인민공화국 토지개혁법'을 반포했습니다. 같은 해 겨울부터 새 해방구에서 토지개혁 운동을 계속 전개했습니다. 1952년 겨울에 이르러, 타이완성과 일부 소수민족 지역을 제외하고는 전국의 토지개혁을 기본적으로 마무리 지음으로써 소유한 토지가 없거나 소량의 토지를 갖고 있던 약 3억 명의 농민(이전의 해방구 농민도 포함됨)이 7억 무(畝)의 토지와 기타 생산 자료를 얻게 되었음. 제1, 195, 211, 511, 548, 564쪽.

2 마오쩌둥의 『우리의 학습개조(改造我們的學習)』를 참고. (『모택동선집(毛澤東選集)』제3권, 인민출판사 1991년 판, 제796-797쪽)

3 마오쩌둥의 『당내 착오사상 수정에 관하여(關於糾正黨內的錯誤思想)』를 참고. (『모택동선집』제1권, 인민출판사 1991년 판, 제92쪽)

4 마오쩌둥의 『<농촌조사>의 머리말과 후기(<農村調查>的序言和跋)』를 참고. (『모택동선집』 제3권, 인민출판사 1991년 판, 제790쪽)

5 마오쩌둥의 『중국공산당, 민족전쟁에서의 지위(中國共產黨在民族戰爭中的地位)』를 참고. (『모택동선집』제2권, 인민출판사 1991년 판, 제522쪽)

6 마오쩌둥의 『연합정부를 논함(論聯合政府)』을 참고. (『모택동선집』제3권, 인민출판사 1991년 판, 제1096쪽)

7 마오쩌둥의 『연합정부를 논함』을 참고. (『모택동선집』 제3권, 인민출판사 1991년 판, 제1080쪽)

8 당의 제1기 3중전회는 1952년 8월 25일부터 9월 4일까지 베이징에서 열린 중국 신민주주의청년단 제1기 중앙위원회 제3차 전원회의를 가리킴.

9 「춘경 생산에 대해 중국공산당 중앙위원회가 각급 당위에 내린 지시(中國共產黨中央委員會關於春耕生產給各級黨委的指示)」 [건국 후의 중요한 문헌 선집(建國以來重要文獻選編) 제4권, 중앙문헌출판사 2011년 판, 제77쪽]

10 「농업생산의 상호 협력에 관한 결의 초안을 정식 결의로 바꾸는 데 관한 중공중앙의 통지(中共中央關於農業生產互助合作的決議草案改爲正式決議的通知)」 [『중공중앙 문서 선집(中共中央文件選集)』 (1949.10-1966.5) 제11권, 인민출판사 2013년 판, 제154쪽]

11 「농업생산의 상호 협력에 관한 결의 초안을 정식 결의로 바꾸는 데에 관한 중공중앙의 통지」 [『중공중앙 문서 선집』 제2권, 중앙문헌출판사, 2011년 판, 제452쪽]

12 중공중앙 문서 선집』 제2권, 중앙문헌출판사 2011년 판, 제459쪽]

13 민주청년연합회는 중화 전국민주청년연합회를 의미함. 1949년 5월, 북평(北平, 현재의 베이징)에서 설립됨. 1958년 중화 전국의 청년연합회로 개칭함.

14 중국사회주의청년단은 1922년 5월 광저우(廣州)에서 설립됨, 1925년 중국 공산주의청년단으로 개칭함.

15 유소기, 주은래, 덩샤오핑 동지가 각각 중국공산당 제8차 전국 대표대회에서 발표한 「중국공산당 중앙위원회가 제8차 전국 대표대회에 전하는 정치보고서(中國共產黨中央委員會向第八次全國代表大會的政治報告)」, 「국민경제의 두 번째 5개년 계획을 발전시키는 데에 관한 건의 보고서(關於發展國民經濟的第二個五年計劃的建議的報告)」, 「당 규약을 수정하는 것에 대한 보고서(關於修改黨的章程的報告)」를 뜻함.

16 1949년의 단 설립 결의라는 것은, 1949년 1월 1일 중공중앙에서 발표한 「중국 신민주주의 청년단을 설립하는 데에 관한 결의(關於建立中國新民主主義青年團的決議)」를 뜻함.

17 이는 마오쩌둥 동지가 1953년 6월 30일 중국 신민주주의청년단 제2차 전국대표대회 주석단 성원을 접견할 때의 연설에서 언급된 내용임.

18 사해(四害)라는 것은 쥐, 참새, 파리, 모기에 의한 피해를 말함. 1960년 후 참새를 빈대로 바꿈.

19 마오쩌둥의 『「중국농촌의 사회주의 고조(中國農村的社會主義高潮)」머리글에서 발췌』(『모택동선집』제6권, 인민출판사 1999년 판, 제462쪽)

20 마르크스의 『자본론(資本論)』참고. 새로운 역문 내용: "노동자 개인의 수요를 초월하는 농업노동 생산율은 모든 사회의 기반입니다."(『마르크스엥겔스전집(馬克思恩格斯全集)』제46권, 인민출판사 2003년 판, 제888쪽)

21 마오쩌둥의 『「중국농촌의 사회주의 고조」머리글에서 발췌』(『모택동선집』제6권, 인민출판사 1999년 판, 제457쪽)

22 레닌의 「러시아 공산당 단 회의에서 양도문제에 관한 보고서(在俄共(布)黨團會議上關於租讓問題的報告)」를 참고, 새로운 역문 내용: "낡은 경작 습관을 철저하게 타파하고 경작지를 확대하는 가장 중요한 수단입니다."(『레닌전집(列寧全集)』제40권, 인민출판사 1986년 판, 제113쪽)

23 마오쩌둥의 『당내통신(黨內通信)』(『모택동선집』제8권, 인민출판사 1999년 판, 제49쪽)

24 싱옌쯔(邢燕子), 1940년 생, 허베이(河北) 바오디(寶坻, 현재의 톈진)출신. 1958년 중학교 졸업 후 중공중앙의 부름에 호응해 앞장서 고향으로 돌아와 농사를 지음. 청년학생이 농촌으로 돌아와 농업생산에 뛰어든 선진적인 대표로 됨. 수차 마오쩌둥, 주은래 등 중앙 영도자의 접견을 받았음. 제35쪽.

25 마오쩌둥의 「중국공산당 제7기 중앙위원회 제2차 전체회의에서의 보고서(在中國共產黨第七屆中央委員會第二次全體會議上的報告)」를 참고. (『모택동선집』제4권, 인민출판사 1991년 판, 제1439쪽)

26 '8자헌법(八字憲法)'은 1958년 마오쩌둥 동지가 농작물 증산과 관련해 제기한 8가지 조치를 말함. 즉, 토(土), 비(肥), 수(水), 종(種, 우량종 보급), 밀(密, 합리적인 밀식), 보(保, 식물 보호, 병충해 예방), 관(管, 논밭 관리), 공(工, 도구 개혁)이 포함됨. -제37쪽.

27 자오화(照華), 즉 왕자오화(王照華, 1921~2009)를 가리킴. 산동(山東) 페이성(肥城) 출신. 당시 공청단 중앙서기처 서기직을 맡았음.

28 중앙 업무확대회의라는 것은 1962년 1월 11일부터 2월 7일까지 베이징에서 열린 중공중앙 업무확대회의를 뜻하는데, 7천 명 대회라고도 부릅니다. 회의에는 중앙, 성, 지, 현위의 주요 책임자, 그리고 중요한 공장과 광산기업 당위, 군 책임자 등 총 7천 여 명이 참석했습니다. 회의에서 유소기 동지가 중공중앙을 대표해 보고했습니다. 1958년 '대약진운동'이후 업무에서 거둔 경험과 쌓은 교훈을 종합하고 몇 년간 업무에 존재해온 주요한 결함과 착오를 분석했으며, 전 당에 주어진 현 단계의 주요한 임무가 조정업무를 잘 이끌어 나가는 것임을 밝혔습니다. 마오쩌둥 동지도 회의에서 중요한 연설을 발표했습니다. 그는 민주 집중제 문제를 중점적으로 서술하고, 당 내외에서 민주를 충분히 고양할 것을 요구하는 한편, 긍정적·부정적 두 가지 부분의 경험을 종합한 기초 위에서 사회주의 건설규칙에 대한 인식을 심화시키는 것에 대해 강조하였습니다. '대약진'이후로 업무에서 나타난 착오에 대해 마오쩌둥 동지는 책임을 지고 자아비판을 했습니다.

29 인민대표대회라는 것은 1962년 3월 27일부터 4월 16일까지 베이징에서 열린 제2기 전국 인민대표대회 제3차 회의를 뜻함.

30 마오쩌둥의 「중앙 업무 확대회의에서의 연설(在擴大的中央工作會議上的講話)」(『모택동선집』제8권, 인민출판사 1999년 판, 제290~291쪽)

31 주은래의 「국내 형세와 우리의 임무(國內形勢和我們的任務)」(『건국 이후의 중요한 문헌선집』제15권, 중앙문헌출판사 2011년 판, 제255쪽)

32 마찌(馬季, 1934~2006), 허베이 바오디(현재의 톈진) 출신. 그 당시 중앙인민라디오방송국 소리단(說唱團)의 만담 전문 배우였습니다. 제45쪽.

33 사회주의 교육운동을 '4청'이라고도 합니다. 1963년부터 1966년 5월까지 일부 농촌과 소수 도시의 공장과 광산기업, 그리고 학교 등에서 전개한 정치, 경제, 조직, 사상 숙청 운동을 가리킴.

34 1964년 12월 15일부터 1965년 1월 14일까지, 중공중앙정치국이 베이징에서 전국업무회의를 소집하고 농촌 사회주의 교육운동 문제를 집중 논의하였습니다. 1965년 1월 14일, 중공 중앙은 이번 회의에서 논의할 기요 「현재 농촌 사회주의 교육운동 과정에 제기한 일부 문제(農村社會主義教育運動中目前提出的一些問題)」를 하달했습니다. 기요 내용이 총 23항목이어서 '23조'라 약칭함.

35 '쌍개(雙開)'라는 것은 당적과 공적에서 제명하는 것을 뜻함.

36 리창(李昌, 1914-2010), 후난(湖南) 융쉰(永順) 출신. 1975년 7월부터 중국과학원 업무에 종사함. 같은 해 10월 중국과학원 당의 핵심소조 부팀장으로 승진함.

37 왕광위(王光偉, 1914-1996), 산둥성 이수이(沂水) 출신. 1975년 7월부터 중국과학원 업무에 종사함. 같은 해 10월 중국과학원 당의 핵심소조 부팀장으로 승진함.

38 중앙 부주석 두 분은 중공중앙 부주석 예젠잉과 덩샤오핑을 가리킴.

39 '3가지 이탈'이라는 것은 무산계급 정치, 생산실제, 노동자와 농민, 병사와 대중으로부터의 이탈을 가리킴.

40 마오쩌둥의 「음악 종사자와의 담화(同音樂工作者的談話)」를 참고. (『모택동선집』제7권, 인민출판사 1999년 판, 제78쪽)

41 마오쩌둥의 「음악 종사자와의 담화」(『모택동선집』제7권, 인민출판사 1999년 판, 제83쪽)

42 3대 큰 산이라는 것은 낡은 중국에서 중국의 인민을 압박한 제국주의, 봉건주의, 관료자본주의를 뜻함.

43 3대 혁명운동이라는 것은 생산투쟁, 계급투쟁과 과학실험을 뜻함.

44 보고 개요는 「중국과학원 업무 보고 개요(中國科學院工作彙報提綱)」를 뜻함. 1975년 7월, 중공중앙은 중국과학원을 정돈하는 데에 관한 국무원의 보고를 비준하고 후야오방 동지를 중국과학원에 파견해 업무를 주재하도록 함. 후야오방 등 동지들이 중국과학원에 온 후로 여러 가지 좌담회를 소집하고 과학기술 정책과 지식인 정책을 실행하기 시작함. 조사연구를 기반으로, 후야오방 동지가 「과학기술 업무에 관한 몇 가지 문제(보고 개요)(關於科技工作的幾個問題)」초안을 작성했으며, 훗날 제목을 「중국과학원 업무보고 개요」로 바꿈. 같은 해 11월부터 시작된 '덩샤오핑 반대, 우경 반격의 번안풍(翻案風)'운동에서 「중국과학원 업무 보고 개요」와 국무원 연구실에서 초안 작성한 「전 당 전국의 여러 업무 총칙(論全黨全國各項工作的總綱)」, 국가계획위원회에서 초안 작성한 「공업발전을 추진하는 데에 관한 약간의 문제(關於加快工業發展的若幹問題)」가 '3인방'에 의해 '3대 독초'로 모함되어 비판을 받음.

45 덩샤오핑 반대는 '덩샤오핑 반대, 우경 반격의 번안풍운동'을 가리킴. 1975년 덩샤오핑 동지의 지지 하에 중앙의 일상 업무를 주재하기 시작함. 그가 다수 분야의 업무를 정돈한 덕분에 국내 형세에 뚜렷한 호전세를 가져옴. 그러나 덩샤오핑 동지가 '문화대혁명'의 착오를 체계적으로 바로잡는 걸 용납할 수 없었던 마오쩌둥 동지는 같은 해 연말, 덩샤오핑 반대, 우경 반격의 번안풍운동을 일으킴. 1978년 12월 중공 11기 3중전회에서 '우경 반격의 번안풍운동'과 관련된 중공중앙의 착오적인 문서를 철회하는 데 대한 결정을 내렸으며, 덩샤오핑 동지에 대해 제대로 평가할 것을 정중히 선포함.

46 중공 11기 3중전회가 1977년 7월 16일부터 21일까지 베이징에서 소집됨. 7월 21일 덩샤오핑 동지가 회의에서 연설함. 연설문의 일부 내용은 『등소평문선(鄧小平文選)』 제2권에 수록되었으며, 제목은 「마오쩌둥 사상을 완전하고도 정확하게 이해하자(完整地准確地理解毛澤東思想)」임.

47 1974년 1월 22일 마오쩌둥 동지가 카운다 잠비아 대통령을 회견했을 당시 3개의 세계를 구분하는 데에 관한 관점을 제기함. 위의 관점에 따라 제1세계에는 미국과 소련이 속함. 이들 국가는 가장 강한 군사와 경제 실력을 갖췄으며 세계 범위에서 패권주의를 실행하고 있는 슈퍼대국을 가리킴. 제3세계는 아시아, 아프리카, 라틴아메리카와 기타 지역의 개도국을 가리킴. 제2세계는 양자 사이에 처한 선진국을 가리킴.

48 만톤 급 화물선은 풍칭(風慶)호 화물선을 가리킴. 1964년 9월 말 중국에서 자체적으로 설계하고 제조한 만 톤급 원양 화물선 풍칭호가 유럽까지 원양 항해를 하고 다시 상하이에 도착함. 훗날 '3인방'이 풍칭호 화물선의 원양 항해 성공을 왜곡해 여론몰이를 함. 그들은 국무원과 교통부가 국내 조선업을 지지하지 않고 선박 구매에 열을 올리는 행위는 '맹목적으로 외국의 것을 숭배하고', '투항해 매국하는 표현'이라고 모함하면서 총구를 주은래 동지에게 돌려 풍칭화물선 사건을 조작함.

49 반우파는 1957년부터 전개된 자산계급 우파 반대투쟁을 뜻함. 1957년 4월 중공중앙은 전당 범위에서 관료주의, 종파주의와 주관주의를 반대하는 정풍운동을 진행하기로 결정함. 극소수의 자산계급 우파분자들이 기회를 틈 타 공산당과 막 형성된 사회주의제도를 공경함으로써 공산당의 영도를 대체할 망령된 생각을 함. 6월 중공중앙은 우파의 공격에 반격하기로 결정함. 당시 극소수 자산계급 우파분자의 공격에 대한 반격은 필요한 것이었음. 그러나 투쟁과정에서 심각한 확대화 착오를 범함. 1978년 중공중앙은 우파분자로 구분된 자를 상대로 재조사를 진행해 잘못된 구분을 바로잡기로 결정함.

50 덩 부주석은 덩샤오핑 중공중앙 부주석을 가리킴.

51 『조공통신(組工通訊)』은 후야오방 동지가 중공중앙 조직부 부장에 임명된 후의 1978년 6월에 창설된 내부 간행물임.

52 왕허서우(王鶴壽, 1909-1999), 허베이 탕현(唐縣) 출신. 1933년 8월 국민당에 체포됨. 판결을
받고나서 난징(南京) 감옥에 수감되었으며 적들과 단호한 투쟁을 진행함. 전국적인 항일전
쟁이 발발한 후 당 조직의 구출로 출소함. '문화대혁명'에서 '주자파', '반혁명분자'로 모함
되어 오랜 세월 동안 수감생활을 함. 1978년 중공중앙 조직부에서 철저하게 평판하는 것에
관한 결론을 내림. 1978년 12월 중공중앙 기율검사위원회 부서기직을 맡음. 1982년 9월 중
공중앙기율검사위원회 상무서기직을 맡음.

53 '61명 사건': 1936년 전국 항일구국운동이 전국을 달군 가운데 중공중앙 북방국은 업무를
전개하고 간부가 부족한 문제를 해결하기 위해 중공중앙의 비준을 서면으로 초청하고, 보
이보 등 61명의 동지를 상대로 적들이 규정한 출소 수속을 실행하는 것에 대해 지시할 것
을 제기함. 이에 대해 중공중앙은 일찍부터 결론을 내렸지만 크게 관심을 기울이지 않았음.
그러나 '문화대혁명'이 시작된 후 린뱌오와 '3인방', 그리고 캉성(康生)과 장칭 등은 당과 국
가의 영도권을 찬탈하기 위한 목적으로, 1967년 3월 보이보 등 61명의 동지를 '반혁명자 그
룹'이라 정함. 이는 중대한 착오 사건임. 1978년 2월 16일 중공중앙은 「'61명 사건'에 관한
조사보고(關於 "六十一人案件"的調査報告)」를 비준해 위의 착오사건을 근본적으로 평판함.

54 궈뭐사(廖沫沙)(1907-1990), 후난 창사 출신. 전 중공 베이징 시위 선전부 부부장, 교육사업
부 부장, 통일전선부 부장으로 활약함. '문화대혁명'기간, '삼가촌 반당 그룹'성원으로 모함
을 당해 심각한 박해를 받음. 1979년 8월 중공중앙의 비준을 거친 후 중공 베이징 시위
는 '삼가촌 반당 그룹'의 억울한 사건을 근본적으로 다시 판정하기로 결정함. 훗일 베이징
시 정협 부주석 직을 맡았음.

55 예핑(野蘋)은 즉 천예핑(陳野蘋, 1915-1994)을 가리킴, 쓰촨 맨닝(冕寧) 출신으로 현재 중공
중앙 조직부 부부장직을 맡음.

56 지(季), 즉 지톄중(季鐵中, 1916-1985)을 가리킴. 지린(吉林) 빈현(賓縣, 현재의 헤이룽장)
출신. 전 중국인민해방군 동북군구 정치문화 간부학교 교장, 공정병부(兵部) 정치위원으로
활약했음. 1960년 우경 기회주의자로 잘못 지정되어 당내 외 온갖 직무를 철회 당함. '문화
대혁명'기간 박해를 받음. 중공 11기 3중전회 후 다시 평판을 얻음. 훗날 석유공업부 당조직
성원, 정치부 부주임직을 맡았음.

57 류안(劉案)은 '문화대혁명'기간 린뱌오와 '3인방'과 강청 반혁명그룹이 당과 국가의 최고 영
도권을 찬탈하기 위해 유서기를 '반혁명자, 첩자, 노동운동의 배신자'로 모함하고 잔혹하게
박해함으로써 결국에는 그가 억울함을 안고 죽게 만든 사건을 가리킴. 유소기 사건의 연좌
영향으로 잘못된 판결을 내린 사건이 2천 6백여 건에 달하고 연루자가 2만 8천여 명에 달
함. 1980년 2월 중공 11기 3중전회에서 유소기의 억울한 사건을 철저하게 재평가함.

58 1978년 5월 11일 「실천은 진리를 점검하는 유일한 기준(實踐是檢驗真理的唯一標准)」이 『광명일보(光明日報)』에서 공개 발표된 후, 이 글은 정치적으로 마오쩌동 사상의 깃발을 끊어 내려는 것이라고 비난한 자도 있었음.

59 『이론동태(理論動態)』는 후야오방 동지가 중공중앙 당교 업무를 주재하는 동안인 1977년 7월 창설된 내부 간행물임.

60 '두 가지 무릇'은 1977년 2월 7일 『인민일보』, 『홍기(紅旗)』잡지, 『해방군보(解放軍報)』에서 논평한 「문서를 잘 학습하고 개요를 틀어쥐자(學好文件抓住綱)」에서 제기한 "무릇 모 주석이 내린 결정을 단호히 수호하고 무릇 모 주석의 지시는 끝까지 지켜야 합니다"는 것을 가리킴.

61 「타어살가(打漁殺家)」는 「경정주(慶頂珠)」 2절로, 「토어세(討漁稅)」라고도 불리는 희곡의 전통적인 레퍼토리임. 주요 내용은 샤오언(蕭恩)과 그의 딸 구이잉(桂英)이 물고기 잡이로 생계를 유지하는데 현지의 악질 토호 딩쯔세(丁自燮)가 관부와 결택해 어업 종사세를 강탈하고 형장을 함부로 휘두름. 살길이 없게 된 부녀는 억압에 반항해 악질 토호로 온 가족을 살해하고 타향으로 멀리 떠난다는 이야기.

62 "실천은 진리를 점검하는 유일한 기준"이라는 것에 관한 논의는 1978년 중공 11기 3중전회 전에 진행된 전국적인 마르크스주의 교육운동과 사상 해방운동을 말함. '3인방'을 무너뜨린 후 중공중앙 업무를 주재한 주요 책임자가 '두 가지 무릇'의 잘못된 방침을 실행하면서 제때에 바로잡지 않았고, '문화대혁명'의 착오적인 이론, 정책과 구호를 계속해서 인정함. 1978년 5월 10일 중공중앙 당교 내부 간행물 『이론동태』는 후야오방의 심사를 거쳐 결정된 「실천은 진리를 점검하는 유일한 기준」이라는 글을 발표함. 5월 10일 『광명일보』에서는 특약 논설위원의 명의를 빌려 위 글을 공개 발표함. 글은 진리를 점검하는 기준이 사회실천 밖에 없고 이론과 실천의 통일은 마르크스주의의 가장 기본적인 원칙이라고 강조함. 실은 '2개 무릇'의 착오적인 방침을 비난한 것임. 위 글은 신화사를 통해 전국 범위 내에서 전재되어 간부와 대중들 사이에서 강한 반향을 불러일으켰으며, 진리 기준문제와 관련한 논의를 야기 시킴. 덩샤오핑 동지 등 중앙 지도자의 적극적인 영도와 지지 하에 논의가 전국 범위에서 점차 전개됨. 위 논의는 오랜 세월 지속된 '좌'경의 착오적인 사상 속박을 타파했으며, 중공 11기 3중전회의 소집을 위해 이론과 사상 차원에서 준비함.

63 '사청(四清)', 주33을 참고.

64 11호 문서라는 것은 1978년 4월 5일 중공중앙에서 중앙 통일전선부, 공안부에 비준 전달한 「우파분자에 씌운 모자를 모두 벗겨버리는 것에 관한 지시 보고서(關於全部摘掉右派分子帽子的請示報告)」를 가리킴.

65 55호 문서라는 것은 1978년 9월 17일 중공중앙에서 중앙 조직부, 중앙 선전부, 중앙 통일전
선부, 공안부, 민정부에 비준 전달한 「우파분자 모자를 모두 벗겨버리는 것에 대한 중앙의
결정을 관철시킬 것에 관한 실시 방안(貫徹中央關於全部摘掉右派分子帽子決定的實施方
案)」을 가리킴.

66 '이중 타격'은 계급의 적에 대한 파괴활동과 자본주의 세력의 창궐한 공격에 타격을 가하는
것을 가리킴.

67 이 문서는 중공중앙 조직부에서 1978년 11월 3일 하달함.

68 1939년 12월 1일 중공중앙에서 「지식인을 받아들이는 데에 관한 결정(關於吸收知識分子
的決定)」을 하달함. 이 결정은 마오쩌동 동지가 초안으로 작성한 것임. 『모택동선집』 제2
권을 참고, 인민출판사 1991년 판, 제618-620쪽.

69 소작료와 이자 인하는 중국공산당이 항일전쟁시기 실행한 토지정책임. 주요한 내용은 소
작료는 보편적으로 25% 인하함. 즉 어떠한 소작 형식이든지를 막론하고 기존 소작료에서
25%를 삭감함. 대차(貸借)는 연 이율을 1전 5리 이하로 통제함. 해방전쟁시기와 신 중국 설
립 초기, 새로 해방된 지역에서 위의 정책을 실행한 적이 있음.

70 쮠이회의(遵義會議)는 1935년 1월 장정 도중 중공중앙 정치국이 궤이저우(貴州)의 쮠이에
서 개최한 확대회의를 가리킴. 이번 회의에서 군사와 조직에서의 착오를 집중적으로 논의
하고 바로잡아 중공중앙에서의 왕명 '좌'경 교조주의의 영도지위를 끝내고, 마오쩌동 동지
를 위수로 하는 새로운 중앙의 정확한 영도를 확립함. 이로써 가장 위급한 시각에 홍군을
구하고 당을 구해냄.

71 마오쩌동, 「인민민주 독재를 논함(論人民民主專政)」을 참고. (『모택동선집』 제4권, 인민출
판사 1991년 판, 제1480쪽. 제104쪽.)

72 하오젠시우(郝建秀), 1935년 생, 산동 칭다오(靑島) 출신. 1949년 칭다오 궈진(國棉) 제6공장
에 노동자로 취직함. 그 후 모색해 낸 일련의 과학적인 업무방법을 '하오젠시우 작업법'이
라 명명함. 1958년에 화동방직공학원에 입학해 학습함. 그 당시 방직공업부 부부장직을 맡
았음.

73 전국 과학대회가 1978년 3월 18일부터 31까지 베이징에서 개최됨. 3월 18일 덩샤오핑 동
지가 개막식에서 연설함. 연설 내용은 『등소평문선』 제2권에 수록됨. 제목은 「전국 과학대
회 개막식에서의 연설(在全國科學大會開幕式上的講話)」임.

74 왕런중(王任重, 1917-1992), 허베이 징현(景縣) 출신. 당시 중공 산시성위 제2서기, 산시성
혁명위원회 제1 부주임직을 맡았음.

75 당의 이론 업무 토론회는 1979년 1월 18일부터 4월 3일까지 중공중앙의 결정에 따라 베이징에서 소집됨. 회의에 중앙과 베이징시 이론 홍보 단위의 100여 명 인사를 비롯해 각 성시, 자치구의 연락원이 대거 참석해 회의 규모가 4백여 명에 달함. 주요 임무는 이론 홍보전선의 기본 경험과 교훈에 대한 종합이고, 근본 임무는 전 당 업무의 중심이 이전된 후의 이론 홍보업무를 연구하는 것임. 회의 참석자는 '두 가지 무릇'의 착오적인 방침을 비판하는 한편, 주의를 기울여 연구해야 할 문제를 제기함. 3월 30일 회의가 곧 끝날 때 덩샤오핑 동지가 중공 중앙을 대표해 중요한 연설을 발표함. 4개 현대화 건설에서 반드시 견지해야 할 4가지 기본원칙을 제기 및 서술하고 사상 이론업무에 새로운 임무와 요구를 제기함.

76 1978년 5월 「실천은 진리를 점검하는 유일한 기준」이라는 글이 발표된 후 전국 범위에서 진리 기준에 관한 문제를 논의하는 열풍을 일으킴. 9월 '입장을 밝히지 않고,' '개입하지 않습니다'는 태도를 취하던 『홍기』 잡지에서 「<실천론>을 되새기자 – 실천기준이 마르크스주의 인식론의 기초임을 논합니다」라는 제목의 글을 작성해 1978년 12기에 발표할 준비를 함. 글에서 이론에 대한 실천의 지도역할을 강조하긴 했지만, 비판 의심론 · 불가지론과 해외의 기담을 빌려 진리의 기준문제에 관한 논의를 비판하거나 빗대어 말하는 등의 문제를 마르크스주의-레닌주의, 마오쩌둥 사상의 궤도를 이탈한 방향으로 인도함.

77 3중전회는 1978년 12월 18일부터 22일까지 베이징에서 개최된 중국공산당 제11기 중앙위원회 제3차 전체회의를 가리킴. 회의의 중심 의제는 전 당의 업무 중심 이전문제를 논의하는 것임. 전회는 '두 가지 무릇'의 착오적인 방법을 비판하고 마오쩌둥 사상을 완전하고도 정확하게 이해하는 데 대해 충분히 긍정함. 실천이 진리를 점검하는 유일한 기준문제라는 것에 관한 논의를 높이 평가하고, 사상해방 · 실사구시 · 단합해 앞을 내다보는 지도방침을 확립함. 사회주의 사회에 어울리지 않는 "계급투쟁을 강령으로 하자"는 구호의 사용을 과단성 있게 중지하고 업무 중심을 사회주의 현대화 건설로 이전하는 데에 관한 전략적 결책을 내림. 농업발전을 추진하는데 관한 결정을 제정함. 사회주의 민주와 사회주의 법제를 건전히 하는 것에 관한 임무를 제기함. 당의 역사상 일련의 중대한 억울한 사건, 오심사건과 잘못된 사건, 그리고 일부 중요한 지도자들의 공과시비 문제를 심사 및 해결함. 영도업무에서 중대한 의미를 지닌 전환은 당이 마르크스주의 사상노선과 정치노선 · 조직노선을 새롭게 확립했음을 의미함. 11기 3중전회는 신 중국 설립 후 중국공산당 역사상 깊은 의미를 지닌 위대한 전환점 임.

78 '옌안정풍'은 중국공산당이 1942년 봄부터 1945년 봄까지 전국 범위에서 전개한 마르크스·레닌주의 사상교육운동을 가리킴. 주요한 내용은 주관주의를 반대해 학풍을 정돈하고, 종파주의를 반대해 당의 기풍을 정돈하며 당팔고를 반대해 문풍을 바로잡기로 함. 이 운동을 거쳐 전 당은 마르크스·레닌주의 보편적 진리와 중국혁명의 구체적인 실천의 통일이라는 기본 방향을 한층 굳건히 함.

79 마오쩌둥의『<헤겔법철학 비판>머리글(〈黑格爾法哲學批判〉導言)』을 참고. 새로운 역문: "이론이 한 나라에서의 발전 수준은 이론이 그 나라의 수요를 만족시키는 수준에 의해 결정됩니다."(『마르크스엥겔스선집』제1권, 인민출판사 2012년 판, 제11쪽)

80 엥겔스의『루트비히·포이에르바하 독일 고전철학의 종결』을 참고. 새로운 역문: "이곳에서 직무나 개인적인 이익을 챙기거나 상사의 은혜에 대해 아무런 고려도 하지 않습니다."(『마르크스 엥겔스선집』제4권, 인민출판사 2012년 판, 제265쪽).

81 펑더화이(彭德懷, 1898-1974), 후난 샹탄(湘潭) 출신. 일찍 중공중앙 정치국 위원, 중앙군사위원회 부주석, 국무원 부총리 겸 국방부 부장 등 직을 역임함. 1959년 7, 8월 사이 중공중앙 정치국 확대회의와 8기 8중전회에서 마오쩌둥 동지가 착오적으로 펑더화이에 대한 비판을 주도하고 「펑더화이 동지를 위수로 한 반당그룹의 착오에 관한 결의(關於以彭德懷同志爲首的反黨集團的錯誤的決議)」를 통과시켰음. '문화대혁명'에서 펑더화이는 린뱌오와 '3인방', 그리고 장칭 반혁명그룹의 박해를 받아 치사(致死)됨. 1978년 12월 중공 11기 3중전회에서 펑더화이에 대해 내린 과거의 착오적인 결론을 바로잡고 당과 인민에 대한 그의 크나큰 기여를 높이 평가하기로 결정함.

82 3선이라는 것은 3선 지역을 가리킴. 1960년대 초기 중공중앙과 마오쩌둥 동지는 전시에서의 필요성에서 출발해 전략위치의 차이에 따라 중국 여러 지역을 1, 2, 3선으로 구분할 것을 제기함. 3선 지역은 전국의 전략적 대후방을 말함.

83 푸안시우(浦安修, 1918-1991)- 장쑤(江蘇) 자딩(嘉定, 현재 상하이에 속함) 출신. 펑더화이의 부인. 그 당시 중공중앙 기율검사위원회 위원직을 맡음.

84 8기 12중전회는 1968년 10월 13일부터 31일까지 베이징에서 열린 중국공산당 제8기 중앙위원회 제12차 확대 전체회의를 가리킴. 이번 회의는 극도로 비정상적인 상황에서 소집되었음. '문화대혁명'의 충격으로 8기 중앙위원 97명 가운데서 사망한 10명을 제외하고는 고작 40명이 회의에 참석함. 회의 중 후보 중앙위원에서 10명을 보충해서야 표결인수가 합법성을 갖게 됨. 이번 회의는 「반역자, 첩자, 노동운동의 배신자인 유소기의 죄행을 심사하는 문제에 관한 보고서(關於叛徒, 內奸, 工賊劉少奇罪行的審査報告)」를 비준하고 유소기에 대해 완전히 착오적인 정치결론과 조직처리를 진행함.

85 천보다(陳伯達, 1904-1989), 푸젠 훼이안(惠安) 출신. '문화대혁명'기간, 중공중앙정치국 위원, 상임위원, 중앙문화혁명소조 팀장 등의 직무를 역임함. 린뱌오와 '3인방', 그리고 장칭 등과 당과 국가의 최고 권력을 찬탈하는 음모 활동에 적극적으로 가담함. 1970년 중공 9기 2중전회 이후 격리 심사를 받음. 1981년 1월 중화인민공화국 최고 인민법원 특별 법정은 그에게 18년의 유기도형과 5년 정치권리 박탈의 처벌을 내림.

86 장춘차오(張春橋, 1917-2005), 산동 쥐예(巨野) 출신. '문화대혁명'기간, 중공중앙정치국 위원, 상무위원, 중앙문화 혁명소조 부팀장 등의 직무를 역임. 장칭과 '3인방' 반혁명그룹을 조직 및 영도해 당과 국가의 최고 권력을 찬탈하려는 음모활동에 적극적으로 참여함. 1977년 7월 중공 10기 3중전회는 결의를 통해 그를 당적에서 제명하고 당내 외 모든 직무를 철회함. 1981년 1월 중화인민공화국 최고인민법원 특별법정에서 사형을 선고하고 2년 유예 후 집행하며, 정치권리 종신 박탈을 선고 받음. 1983년 1월 최고인민법원 형사 재판 법정은 법에 따라 무기도형으로 형량을 줄였으며, 정치 권리의 종신 박탈 판결은 원심을 유지함. 1997년 12월 법에 따라 무기도형을 유기징역 18년으로 감량하고 정치권리 종신 박탈을 10년 정치권리 박탈로 다시 판결함.

87 야오원위안(姚文元, 1931-2005), 저장 주지(諸暨) 출신. '문화대혁명'기간, 중공중앙정치국 위원, 중앙문화혁명소조 성원으로 활약함. 장칭, 장춘차오, 왕훙원(王洪文)과 '3인방' 반혁명그룹을 결성하고 당과 국가의 최고 권력을 찬탈하는 음모 활동에 적극적으로 참여함. 1977년 7월 중공 제10기 3중전회는 결의를 통해 그를 당적에서 제명하고 당내외의 모든 직무를 박탈함. 1981년 1월 중화인민공화국 최고인민법원 특별법정은 그에게 유기징역 20년, 정치권리 5년 박탈의 판결을 내림.

88 관펑(關鋒, 1919-2005), 산동 칭윈(慶雲) 출신, 『홍기』 잡지사 철학팀 팀장, 중앙문화혁명소조 성원, 『홍기』 잡지사 부총편집 역임. 1967년 격리 조사받은 후 당적에서 제명됨.

89 치번위(戚本禹), 1931년 생으로 산동 웨이하이(威海) 출신. 중공문화혁명소조 성원, 중공중앙판공청 비서국 부국장, 『홍기』 잡지사 부총편집을 역임. 1968년에 격리 조사 받음. 1983년 베이징 시 중급인민법원에서 18년의 유기징역에 정치권리 4년 박탈을 선고받음.

90 강생(康生, 1898-1975), 산동 자오난(膠南, 현재 칭다오시 황다오구 출신. 중공중앙 부주석에 임용됨. '문화대혁명'기간에 린뱌오와 '3인방', 그리고 장칭 등이 주도하는 당 최고 권력 찬탈의 반혁명 음모활동에 직접 참여해 심각한 죄행을 저지름. 1980년 10월 16일, 중공중앙은 강생의 추도사를 철회하고 당적 제명을 결정함.

91 후차오무(胡喬木, 1912-1992), 장쑤 앤청(鹽城) 출신. 1978년 12월 중공중앙 부비서장, 마오쩌둥 주석 저술 편집출판 위원회 판공실 주임, 중국사회과학원 원장 직무를 역임함. 1982년 9월 중공중앙정치국 위원, 중국사회과학원 고문직을 맡음.

92 1978년 12월 「농업발전을 추진하는 데에 관한 약간의 문제에 대한 결정(關於加快農業發展若幹問題的決定)」이 중공 11기 3중전회에서 원칙적으로 통과된 후 여러 성, 자치구, 직할시에 하달되어 논의 및 시행됨. 1979년 9월 중공 11기 4중전회에서 공식적으로 통과되고 발표 및 실행됨.

93 엥겔스의『자연변증법(自然辯證法)』을 참고함. 새로운 역문 : "하나의 민족이 과학의 최고 봉에 올라서려면 일분일초라도 이론사유를 떠나서는 안 됩니다."(『마르크스 엥겔스선집』 제3권, 인민출판사 2012년 판, 제875쪽). 제119쪽.

94 주자청(朱自淸, 1898-1948), 저장 사오싱(紹興) 출신. 현대 문학가이자 교수임. 항일전쟁 결속 후 장제쓰 통치를 반대하는 학생운동을 적극 지지함. 1948년 6월, 일본을 부축하는 미국에 항의하고 '미국에서 지원하는'밀가루에 대해 수령을 거부하는 선언에 서명함. 같은 해 8월 12일 질병을 앓다가 북평(北平)에서 사망함.

95 원이둬(聞一多, 1899-1946), 후베이 시수이(浠水) 출신. 시인이자 교수임. 1943년 이후, 국민당정부의 반동과 부패를 극도로 증오한 그는 민주 쟁취의 투쟁에 적극 참여함. 항일전쟁 결속 후 국민당과 미제국주의와 결탁해 인민을 반대하는 내전을 일으키는 것을 적극적으로 반대함. 1946년 7월 15일 쿤밍(昆明)에서 국민당 특무에 암살됨.

96 톈안먼(天安門) 4.5운동은 톈안먼사건을 가리킴. 1967년 4월에 발발한 '3인방'을 반대하는 전국적인 대중 항의 운동임. 1975년 덩샤오핑 동지의 지지 하에 중앙의 일상 업무를 주재하고 전면적인 정돈을 전개함으로써 국내 형세의 뚜렷한 호전을 가져옴. 그러나 덩샤오핑이 체계적으로 '문화대혁명'의 착오를 바로잡는 걸 용납할 수 없었던 마오쩌둥 동지는 '덩샤오핑 반대. 우경 반격의 번안풍'운동을 발동함. 1976년 1월 주은래 동지의 서거는 전 당과 전국의 여러 민족 인민에게 큰 슬픔을 안김. 같은 해 4월 청명절 전후 베이징, 난징과 전국의 여러 도시에서 주은래 동지를 추도하고 '3인방'을 반대하는 대중운동이 발발함. 그때 '3인방'이 대중운동을 극력 저지함. 이 운동의 실질은 덩샤오핑 동지를 대표로 한 당의 정확한 영도를 옹호하기 위한 것임. 4월 5일 베이징 톈안먼광장에서 대중들이 항의함. 중공중앙정치국과 마오쩌둥 동지의 이번 항의를 착오적으로 '반혁명사건'으로 판단하고 덩샤오핑 동지의 모든 직무를 철회함. 1978년 12월 중공 11기 3중전회는 중공중앙에서 하달한 '우경 반격의 번안풍운동'과 톈안먼사건의 착오적인 문건을 철회하기로 결정하고 덩샤오핑 동지에 대한 평반과 톈안먼사건 평반을 정중하게 선포함.

97 이는 1979년 3월 16일부터 덩샤오핑 동지가 중공중앙에서 소집한 중국-베트남 국경 자위 반격전 상황 보고회에서 발표한 보고서임.

98 송런치옹(宋任窮, 1919-2005), 후난 류우양(瀏陽) 출신. 1978년 중공중앙 조직부 부장, 정협 전국위원회 부주석 역임. 1982년 중공중앙정치국 위원으로 활약함.

99 1979년 9월 29일 예젠잉이 중공중앙, 전국인민대표대회 상무위원회, 국무원을 대표해 중화인민공화국 설립 30주년 기념대회에서 연설을 발표함. 신중국 설립 30년간의 여정을 전면적으로 되돌아보고 사회주의 혁명과 사회주의 건설의 기본경험을 종합. 위의 연설은 『예젠잉선집(葉劍英選集)』에 수록됨.

100 자위반격전은 중국-베트남 자위반격전을 가리킴. 즉 1979년 2, 3월 사이 중국 국방군이 베트남 침략자에 대항해 진행한 자위 반격, 국경 보위의 작전임.

101 1979년 9월 17일 『인민일보』에 발표된 논설위원의 글 「민원 문제를 절실하게 해결하자(切實解決上訪問題)」를 가리킴.

102 '서단벽(西單牆)'은 당시 사람들이 베이징 서단거리에 대자보를 붙이는 곳임. 훗날 일부 딴속셈이 있는 자들이 이를 이용해 사회질서와 사회치안을 파괴하는 행동과 위법활동을 전개함. 1979년 12월 6일 베이징시 혁명위원회에서 '서단벽'에 대자보를 붙이는 것을 금지한다고 선포함.

103 '삼로(三老)'라는 것은 혁명 사업에서는 성실해야 하고 솔직하게 말해야 하며, 실제 의미가 있는 일을 해야 하는 것을 가리킴. '사엄(四嚴)'이라는 업무에 대해 엄격한 요구, 엄밀한 조직, 엄숙한 태도, 엄명한 기율이 있어야 하는 것을 가리킴.

104 『스탈린선집(斯大林選集)』하권, 인민출판사 1979년 판, 제569쪽. 제153쪽.

105 스탈린의 「소련사회주의 경제문제(蘇聯社會主義經濟問題)」를 참고(『스탈린선집』하권, 인민출판사 1979년 판, 제597쪽.)

106 보이보(薄一波, 1908-2007), 산시 딩샹(定襄) 출신. 1979년 7월 국무원 부총리직을 맡음. 1082년 9월 중공중앙 고무위원회 부주임직을 맡음.

107 구무(穀牧, 1914-2009), 산동 룽청(榮成) 출신. 1975년 1월 국무원 부총리직을 맡음. 1980년 2월 중공중앙서기처 서기, 국무원 부총리 역임.

108 판원란(範文瀾, 1893-1969), 저장 사오싱 출신. 역사학자. 일찍 중국과학원 철학사회과학부 학부위원, 근대사연구소 소장 역임. 저술로는 『중국통사(中國通史)』등이 있음.

109 쌍위에(尚鉞, 1902-1982), 허난 뤄싼(羅山) 출신. 역사학자. 중국과학원 철학사회과학부 역사연구소 학술위원, 중국인민대학 사학과 주임을 역임. 저술로는 『중국역사강요(中國歷史綱要)』, 『중국통사강의(中國通史講義)』등이 있음.

110 재정위원회는 1979년 3월 설립된 국무원 재정경제위원회를 가리킴. 천원이 주임, 리셴녠이 부주임직을 맡음. 1980년 3월 중앙재정경제영도소조 설립 후 철회함.

111 마르크스의 『<정치경제학 비판(政治經濟學批判)(1861-1863년 친필 원고)>발췌』를 참고. 새로운 역문: "해마다 이어지는 생산 확대는 아래와 같은 두 가지 이유에서입니다. 첫째, 생산에 투입된 자본이 꾸준히 늘어났고, 둘째, 자본 사용 효율이 꾸준히 향상되었기 때문입니다. 재생산과 축적을 진행하는 과정에서 소소한 개진이 매일같이 꾸준히 축적되면서 결국 전반적으로 규모의 완전한 변화를 실현할 수 있었습니다."(『마르크스 엥겔스선집』 제2권, 인민출판사 2012년 판, 제812-813쪽)

112 마르크스의 『<정치경제학 비판(1861-1863년 친필 원고)>발췌』를 참고. 새로운 역문: "자본은 간단한 재생산이 아니라 확대 재생산을 위해 투자하는 것이며 동그라미가 아니라 나선형을 그리기 위한 것입니다."(『마르크스 엥겔스선집』제2권, 인민출판사 2012년 판, 제813쪽)

113 '두 가지 참가, 한 가지 개혁, 세 가지 결합'이라는 것은 1960년 안산(鞍山)강철회사에서 종합한 기업관리 경험을 말함. '두 가지 참가'는 간부가 집체 생산노동에 참가하고 노동자와 대중이 기업 관리에 참가하는 것을 말함. '한 가지 개조'는 기업에서 불합리적인 규장제도를 개혁하고 합리적인 규장제도를 건립 및 건전히 하는 것임. '3가지 결합'이라는 것은 기업 영도간부, 기술 혹은 관리자와 노동자의 상호 결합을 말함.

114 중앙업무회의는 1979년 4월 5일부터 28일까지 중공중앙이 베이징에서 소집한 업무회의를 가리킴. 회의에서는 주로 경제문제를 논의함. 과거의 경제업무 가운데서 '좌'경의 착오적인 영향과 국민경제의 심각한 비율 불균형문제를 감안해 회의에서는 3년간 국민경제에 대해 조정, 개혁, 정돈, 향상의 방침을 실행하기로 결정함. 국민경제가 안정 속 성장을 실현해 향후의 발전에 든든한 기반을 마련할 것을 제기함.

115 경영권 보유제도라는 것은 한 나라의 정부가 일부의 토지 · 자원 · 권리를 일정한 조건에서 정해진 시간에 다른 나라의 정부 · 단체 · 개인 혹은 본국 단체 · 개인의 개발 사용에 교부하는 제도임. 1929년대 초 소련에서 신경제정책을 실행하던 시기, 레닌은 국가 자본주의 형식인 경영권 양도제도를 바탕으로 외국의 자본, 기술과 설비, 관리 경험을 빌려 소련의 경제기능을 회복 및 발전시키려고 함. 그러나 당시 국내외 정치 · 경제상황의 제한을 받아 위 제도가 실제로는 큰 발전을 가져오지 못함.

116 샤옌(夏衍, 1900-1995), 저장 항저우 출신. 극작가임. 당시 중국 문학예술계연합회 부주석, 중국 영화가 협회 주석을 역임함.

117 차오위(曹禺, 1910-1996), 후난 첸장(潛江) 출신. 극작가이자 연극교육가임. 당시 베이징시 인민예술극장 원장을 맡음.

118 7천명 대회는 주 28을 참고.

119 노신의 『눈을 뜨고 바라보겠습니다를 논함(論睜了眼看)』(『노신전집』제1권, 인민출판사 2005년 판, 254쪽.)

120 예팅(葉挺, 1896-1946), 광동 궤이산(歸善, 현재의 훼이저우[惠州]시 훼이양[惠陽]구) 출신. 북벌전쟁시기 국민혁명군 제4군 독립단 단장, 제24사 사단장, 제11군 부군장 등 직무를 역임함. 그가 영도한 국민혁명군 제4군 독립단은 전쟁에 능하고 기율이 엄명하며 강적을 여러 차례 물리침으로써 제4군이 '강철군'의 칭호를 따내는데 중요한 역할을 함.

121 조일만(趙一曼, 1905-1936), 쓰촨 이빈(宜賓) 출신. 1926년 중국공산당에 가입. 1931년 9.18 사변 후 동북에 파견됨. 당시 중공 주허(珠河)현 테베이(鐵北)구위 서기, 동북인민혁명군 제3군 제2단 정위를 맡음. 1935년 11월 일본군에 포로로 체포됨. 1936년 8월 용감하게 싸우다가 적에게 살해됨.

122 화궈펑(華國鋒, 1921-2008), 산시 자오청(交城) 출신. 당시 중공중앙 주석, 중앙군사위원회 주석, 국무원 총리직을 맡음.

123 1979년 4월 중공중앙위원회 업무회의에서 국민경제를 상대로 제기한 조정, 개혁, 정돈, 제고의 방침을 가리킴. 3년간 국민경제 비율관계가 심각하게 불균형하던 상황을 바꿔 향후의 발전에 튼튼한 기반을 마련할 것을 요구함.

124 『모택동선집』제4권, 인민출판사 1991년 판, 제1480, 1481쪽.

125 이스광(李四光, 1889-1971), 후난 황강(黃岡) 출신. 지질학자, 중국지질역학의 창시자임. 중국과학원 부원장, 지질부 부장, 중국과학기술협회 주석을 역임.

126 축가정(竺可楨, 1890-1974), 저장 사오싱(紹興) 출신. 기상학자, 지리학자, 교육가. 중국 근대 지리학과 기상학의 창시자. 저장대학 교장, 중국과학원 부원장 겸 생물학 지리 전공 주임, 중국과학기술협회 부주석을 역임.

127 저우페이위안(周培源, 1902-1993), 장쑤 이싱(宜興) 출신. 물리학자, 교육자임. 당시 중국과학기술협회 주석, 중국과학원 부원장, 베이징대학 교장 역임.

128 이는 1916년 9월 손중산 선생이 저장 하이닝(海寧)에서 첸탕강(錢塘江) 대조(大潮, 해수의 수압에 의해 강물이 역류하는 현상 – 역자 주)를 관람하고 상하이로 돌아온 후 쓴 글임.

129 1980년 4월 후야오방이 주재한 중공중앙서기처 회의에서 베이징 건설 방침 때 제출한 4가지 건의를 논의함. 첫째, 베이징을 전 중국, 전 세계적으로 사회질서, 사회치안, 사회기풍과 도덕풍모가 가장 훌륭한 도시로 건설함. 둘째, 베이징을 전국에서 환경이 가장 깨끗하고 가장 문명적이며 가장 아름다운 최고의 도시로 건설함. 셋째, 베이징을 전국 과학, 문화 기술이 가장 발달하고 교육수준이 가장 높은 최고의 도시로 건설함. 넷째, 베이징 경제를 꾸준히 발전시키고 인민생활의 편리와 안정을 도모함. 관광업과 서비스업, 식품공업과 첨단 소형공업, 그리고 전자공업을 중점적으로 발전시킴.

130 1979년 11월 13일 「중공중앙, 국무원의 <고위간부 생활 대우에 관한 약간의 규정>과 덩샤오핑 동지 보고서 발표에 관한 통지(中共中央, 國務院印發〈關於高級幹部生活待遇的若幹規定〉和鄧小平同志報告的通知)」

131 1980년 2월 중공 11기 5중전회에서 「당내 정치생활에 관한 약간의 준칙」을 통과시킴. 총 12개의 내용이 포함됨. 1. 당의 정치노선과 사상노선을 견지함. 2. 집체영도를 견지하고 개인 독점을 반대함. 3. 당의 집중 통일을 수호하고 당의 기율을 엄히 준수함. 4. 당성을 견지하고 파벌성을 근절함. 5. 진실을 얘기하고 언행이 일치해야 함. 6. 당내 민주를 고양하고 상이한 의견을 정확하게 대함. 7. 당원의 권리가 침범되지 않도록 보장함. 8. 선거는 선거인의 의지를 충분히 체현해야 함. 9. 착오적인 경향과 나쁜 사람, 나쁜 일과 투쟁해야 함. 10. 착오를 범한 동지를 정확히 대해야 함. 11. 당과 대중의 감독을 받아들이고 특권을 행사해서는 안 됨. 12. 열심히 학습해 사상적으로 건전하고 기술적으로 우수해야 함.

132 4가지 부류의 사람이라는 것은 1978년 8월 13일 중공중앙에서 하달한 「무산계급 문화대혁명에서 때리고 부수고 빼앗는 문제를 신중하게 처리하는 데에 관한 통지(關於慎重處理無產階級文化大革命中打砸搶問題的通知)」에서 언급한 4가지 부류의 사람을 가리킴. 여기에는 폭력을 휘둘러 살인한 형사범죄분자, 계급복수를 진행하는 지주, 부농, 반혁명자와 불량배, 원한을 품고 보복해 후과가 심각하여 처리하지 않으면 백성들의 분노를 가리 앉힐 수가 없는 자, 때리고 부수고 빼앗는 것을 일삼으며 상황이 악랄하고 수차례 교육해도 바로잡지 않는 자가 포함됨.

133 「건국 이후 당의 약간의 역사문제에 관한 결의(關於建國以來黨的若幹曆史問題的決議)」는 1981년 6월 27일부터 29일까지 소집된 중국공산당 제11기 6중전회에서 심의 및 통과됨. 「결의」는 신중국 설립 32년간 당의 중대한 역사사건에 대한 과학적으로 종합하고, '문화대혁명'과 '무산계급 독재정치에서의 지속적인 혁명'이론을 근본적으로 부정함. 그리고 마오쩌둥 동지의 역사적 지위를 긍정하고 그의 사상을 체계적으로 논술함. 「결의」가 형성되기 전과 후에 이론계는 위 문제를 두고 일련의 논의와 연구를 전개하고 홍보를 진행함.

134 『엥겔스가 윌리엄·리프크네히트에 전하는 글(恩格斯致威廉·李葡克內西)』을 참고. 새로운 역문: "우리가 오늘의 국면을 이룩할 수 있었던 것은 ……그의 이론 활동과 실천 활동 덕분입니다. 그가 없었더라면 우리는 현재도 암흑 속에서 배회하고 있을 것입니다."(『마르크스 엥겔스선집』 제4권, 인민출판사 2012년 판, 제558쪽.)

135 덩샤오핑의 「<건국 이후 당의 약간의 역사문제에 관한 결의>의 초안을 작성하는 데에 관한 의견」을 참고. (『등소평문집』 제2권, 인민출판사 1994년 판, 제297쪽.)

136 린뱌오(林彪, 1997-1971): 후난 황강(黃岡) 출신. 중공중앙 부주석, 중앙군사위원회 부주석, 국무원 부총리 겸 국방부 부장을 역임. 1959년 9월부터 중앙군사위원회를 주재함. '문화대혁명'기간 반혁명그룹을 조직해 당과 국가의 최고 권력을 찬탈할 음모를 세우고 반혁명 무장 정변을 획책함. 음모가 폭로되자 나라를 배신하고 1971년 9월 13일 항공기를 이용해 외국으로 도망치다가 몽골 은드르 항에서 추락사함. 1973년 8월 중공중앙은 그를 당적에서 제명하기로 결정함.

137 주무즈(朱穆之), 1916년 생, 장수 장인(江陰) 출신. 당시 중공중앙선전부 부부장직 맡음.

138 『모택동선집』 제1권, 인민출판사 1991년 판, 제295쪽. 원문은 "유심론과 기계유물론, 기회주의와 모험주의는 주관과 객관이 서로 분열되고 인식과 실천이 서로 이탈한 것이 특징"입니다.

139 루딩이(陸定一, 1906-1996), 장수 우시(無錫) 출신. 당시 중공중앙 선전부 고문, 정협 전국위원회 부주석을 역임.

140 『논어·위령공(論語·衛靈公)』을 참고.

141 마오쩌둥의 『나의 약간의 의견(我的一點意見)』을 참고. (『모택동저술특집자료(毛澤東著作專題摘編)』(상), 중앙문헌출판사 2003년 판, 제157쪽) 원문은 "유심론의 선험론이든 유물론의 반영론이든 우리는 오로지 마르크스·레닌주의 입장에 설 수 밖에 없습니다."

142 왕명(王明, 천사오위[陳紹禹], 1904-1947), 안훼이(安徽) 리우안진쟈자이(六安金家寨)[오늘의 진자이(金寨)현]출신. 1931년 1월 중공 6기 4전 회에서 중공중앙 위원, 중앙정치국 위원, 중앙정치국 위원으로 선출됨. 회의 후 중앙정치국 상무위원으로 보충되면서 중공중앙의 영도권을 얻게 됨. 그 후부터 1935년 1월 준이회의 전까지 왕명을 대표로 한 '좌'경 교조주의 착오가 당내에서 영도지위를 차지해 당과 혁명사업에 중대한 손실을 가져다줌. 주요한 착오는 아래와 같은 부분에서 주로 표현됨. 1. 정치에서 민주혁명과 사회주의 혁명 경계선을 혼동하고 반자산계급과 반제국주의 반봉건을 병렬관계로 간주함. 9.18사변 후 국내계급관계에 나타난 뚜렷한 변화를 부인하고 중간세력을 '가장 위험한 적'으로 간주함. 계속해서 '도시중심론'을 추진하고, 홍군이 중심도시를 쟁취해 한 개 성 혹은 여러 성에서 우선 승리를 거둔 후 전국에서의 승리를 이뤄낼 것을 주장함. 2. 군사에서 종파주의를 실행하고 그들의 착오적인 주장을 반대하는 자에 대해서는 '잔혹한 투쟁, 무정한 타격'을 가함. 1935년 1월 중공중앙저치국이 준이에서 확대회의를 소집하고 마오쩌둥 동지를 대표로 한 새로운 중앙의 정확한 영도를 확립했으며, 중공중앙 '좌'경 교조주의에서의 왕명의 착오 영도를 끝냄. 1937년 11월 소련에서 귀국한 후 중공중앙정치국 12월 회의에서 참가했으며, 회의 후 중공중앙 정치국 서기직을 맡음. 그 기간에 우경 착오를 범함. 오랜 세월동안 그는 당의 비판과 도움을 거절함. 1956년 이후로 줄곧 소련에 체류됨.

143 톈안먼사건, 주 96을 참고할 것.

144 1980년 폴란드 단합공회가 파업 등 방식을 통해 자신들의 합법적인 지위를 인정해 줄 것을 요구하며 정부에 압박을 가함. 사실상 정부와 대립한 반대파 조직임.

145 황커청(黃克誠, 1902-1986), 후난 융싱(永興) 출신. 1981년 중공중앙기율검사위원회 상무 서기직을 맡음. 1982년 중공중앙 기율검사위원회 제2서기직을 맡음.

146 장충(張沖, 1900-1980), 윈난 루시 용닝(瀘西永寧)향 사오부칸(小布坎)[현재의 미러(彌勒)에 속함] 출신. 윈난성 인민정부 부주석, 전국인대민족위원회 부주임위원, 정협전국위원회 부주석을 역임.

147 장칭(江青, 1915-1991), 산둥 주청(諸城) 출신. '문화대혁명'기간, 중공중앙정치국 위원, 중앙문화혁명소조 부팀장으로 있으면서 린뱌오와 '3인방' 반혁명그룹을 조직 및 영도하고 당과 국가의 최고 권력을 찬탈하는 음모 활동에 적극 참여함. 1977년 7월, 중공 제10기 3중전회는 결의를 거쳐 장칭을 당적에서 제명하고 당내 외 모든 직무를 철회하기로 함. 1981년 1월 중화인민공화국 최고인민법원 특별법정에서 사형을 선고한 후 2년 유예 뒤 집행과 정치권리 종신 박탈을 선고받음. 1983년 1월 최고인민법원 형사 민사법원은 법에 따라 형량을 무기도형을 줄였으며, 정치권리 종신 판결 원심을 유지함.

148 1980년 8월 18일 덩샤오핑이 중공중앙정치국 확대회의에서 발표한 연설문임. 연설내용은 『등소평문선(鄧小平文選)』제2권에 수록되었으며, 제목은 「당과 국가 영도 제도 개혁(黨和國家領導制度的改革)」임.

149 1979년 11월 25일 석유공업부 해양석유탐사국의 '보하이(渤海) 2호'굴착선이 보하이만에서 가스전 위치를 이전하다가 전복사고를 당해 72명이 사망, 직접적인 경제손실이 3천 7백여 만 위안에 달함. 1980년 8월 25일 국무원은 '보하이 2호'전복사고를 엄히 처리하기로 결정함.

150 자우다오펀(鄒韜奮, 1895-1944), 장시 위장(餘江) 출신. 신문기자, 정론가, 출판가임. 『생활주간(生活周刊)』, 『대중생활(大眾生活)』주간, 『생활일보(生活日報)』, 『항일전쟁(抗戰)』, 『전민 항일정쟁(全民抗戰)』 등 간행물 총편집으로 활약했으며, 장제쓰 반동정책을 반대하는 정치투쟁에 적극적으로 참가함.

151 궈모뤄(郭沫若, 1892-1978), 쓰촨 러산(樂山) 출신. 작가, 시인, 역사학자, 고고학자임. 일찍 중앙인민정부 위원, 정무원 부총리, 전국인민대표대회 상무위원회 부위원장, 정협 전국위원회 부주석, 중국과학원 원장, 중국문학예술계 연합회 주석을 역임.

152 마오둔(茅盾, 선옌빙[沈雁冰], 1896-1981), 저장 퉁향(桐鄉) 출신이며 문학자임. 당시 정협 전국위원회 부주석 중국 문학예술계 연합회 명예주석, 중국 작가협회 주석직을 맡음.

153 천두시우(陳獨秀, 1879-1942), 안훼이 화이닝(懷寧) 출신. 중국공산당의 주요 창시자 한 사람으로 공산당 설립 후 첫 6년간 당의 주요 영도자로 활약함. 제1차 국내혁명 전쟁 후기, 농민대중, 도시 소자산계급과 중등자산계급에 대한 영도권 특히 무장 역량에 대한 영도권을 포기하고 공산당과 인민을 반대하는 국민당 우파의 음모활동에 타협정책을 실시함. 이로 인해 대지주, 대자산계급의 대표인 장제스, 왕징웨이가 차례로 배반혁명을 일으켜 인민을 갑자기 습격했을 때 중국공산당과 인민은 조직적으로 효과적인 저항을 조직할 수 없었습니다. 그리하여 첫 국내 혁명전쟁은 실패로 돌아감. 1927년 8월 7일 중공중앙은 한커우(漢口)에서 긴급회의를 소집하고 대혁명 실패의 경험과 교훈을 종합했으며 중공중앙에서의 진독수의 우경 착오 영도를 끝냈음.

154 장궈타오(張國燾, 1897-1979), 장시 핑향(萍鄕) 출신. 중공중앙정치국 위원, 상무위원, 중공 어위완(악예환; 후베이 · 허난 · 안훼이 지역을 말함)중앙분국 서기, 중화 소비에트공화국 임시 중앙정부 부주석 등의 직을 역임. 1935년 6월 홍군 제1, 제4방면군이 쓰촨 마오궁(懋功)[현재 샤오진(小金)]지역에서 합류한 후 홍군 총 정치위원직을 맡음. 그는 홍군 북상에 관한 중앙의 결정을 반대하면서 당과 홍군을 분열시키고 또 다른 '중앙'을 설립함. 1936년 6월 부득이하게 두 번째 '중앙'이 취소되었으며 그 후 홍군 제2, 제4방면 군과 북상했다가 12월 산베이(陝北)에 도착. 1937년 9월부터 산간닝[산시, 간쑤, 닝샤(寧夏)]변경지역의 부주석, 대리주석을 맡음. 1938년 4월 황제릉에 제사를 올리는 틈을 타 산간닝 변경지역에서 도망쳐 국민당 특무그룹에 가입해 중국혁명의 배신자가 됨. 그 후 당적에서 제명됨.

155 까오강(高崗, 1905-1954), 산시 헝산(高崗) 출신. 일찍 중공중앙정치국 위원, 동북국 제1서기, 중앙인민정부 부주석을 역임. 1953년 중앙으로 전근해 국가계획위원회 주석을 맡은 후 당을 분열시키는 음모활동을 적극적으로 진행함. 1954년 2월 중공 7기 4중전회에서 그의 이러한 음모에 대해 폭로하고 비판함. 1955년 3월 중국공산당 전국 대표대회에서는 결의를 통해 그를 당적에서 제명함.

156 라오수스(饒漱石, 1903-1975), 장시 린촨(臨川) 출신. 중공중앙 화동국 제1서기, 화동행정위원회 주석 역임. 1953년 중공중앙 조직부 부장으로 전근된 후 가오강과 함께 당을 분열시키는 음모활동에 적극 가담함. 1954년 2월 중공 7기 4중전회에서 그에 대해 폭로 및 비판함. 1955년 3월 중국공산당 전국대표대회는 결의를 통해 그를 당적에서 제명함.

157 마오쩌동, 『당의 기풍을 바로잡자(整頓黨的作風)』참고. (『모택동선집』제3권, 인민출판사 1991년 판, 제812쪽)

158 1953년 12월부터 1954년 4월까지 중국 정부대표단과 인도 정부대표단이 베이징에서 중국 시짱(西藏)지역에서의 양국관계 문제를 두고 협상을 진행함. 1953년 12월 31일 협상 첫날 주은래 중국 총리가 인도정부 대표단을 접견하고 나서 주권과 영토 보장을 서로 존중하고, 서로 침범하지 않고, 서로 내정을 간섭하지 않으며 평등하게 서로에 이익을 돌리고, 평화 적으로 공존한다는 5항 원칙을 제기함. 그 후 5항 원칙을 공식적으로 「중국 시짱 지역과 인도 간 무역거래와 교통에 관한 중국-인도의 협상」머리글에 기입함. 1954년 6월 주은래 동지가 인도, 미얀마를 방문하는 기간인 6월 28일과 29일 차례로 네루 인도 총리와 우누 미얀마 총리와 공동성명을 발표하고 평화공존 5항 원칙을 나라 간의 관계를 처리하는 기본 준칙으로 적용하기로 공식 제의함.

159 완리(萬裏, 1916-2015), 산동 동핑(東平) 출신. 당시 중공중앙서기처 서기, 국무원 부총리직을 맡음.

160 위치우리(餘秋裏, 1914-1999), 장시 루링(廬陵, 현재 지안[吉安])출신. 1980년 2월 중공중앙 정치국 위원, 중앙서기처 서기, 국무원 부총리를 역임. 1982년 9월 중공중앙정치국 위원, 중앙서기처 서기, 중국인민해방군 총정치부 주임을 역임.

161 야오이린(姚依林)(1917-1994), 안훼이 궤이츠(貴池) 출신. 당시 중공중앙 부비서장, 중앙판공실 주임, 국무원 부총리 겸 국가계획위원회 주임을 역임.

162 덩샤오핑의 「사상전선 문제에 관한 담화(關於思想戰線上的問題的談話)」(『등소평문선』 제2권, 인민출판사 1994년 판, 제389쪽.)

163 『모택동선집』 제7권, 인민출판사 1999년 판, 제231, 232쪽.

164 1956년 8월 22일 마오쩌둥 동지가 중공 7기 7중전회 제1차 회의에서 8대 기본방침을 제기함. 주요내용은 마르크스·레닌주의와 중국의 실제상황을 서로 결부시키고 당내, 국내, 국제의 모든 단합할 수 있는 힘과 마땅히 단합해야 하는 힘을 모아 위대한 사회주의 국가를 건설하기 위해 분투하자는 것이었음.

165 『모택동선집』 제3권, 인민출판사 1991년 판, 제1096쪽.

166 양상쿤(楊尚昆, 1907-1998), 쓰촨 퉁난(潼南, 현재 총칭[重慶]에 속함)출신. '문화대혁명'에서 타도됨. 1978년 12월 다시 업무로 복귀해 중공 광동성위 제2서기에 임용됨.

167 '7.1'연설은 「중국공산당 설립 60주년 대회에서의 경축 연설」을 참고할 것.

168 마오쩌둥 「연합정부를 논함」을 참고. (『모택동선집』 제3권, 인민출판사 1991년 판, 제1096쪽)

169 보구(博古, 친방셴[秦邦憲], 1907-1946), 장쑤 우시(無錫) 출신. 1931년 9월부터 1935년 1월까지 중공 임시 중앙 주요 책임자와 중공 6기 5중전회 후 중앙 주요 책임자로 활약함. 그 기간에 왕밍 '좌'경 교조주의 노선을 적극적으로 실행함. 준이회의 후 당과 홍군의 최고 영도권을 박탈당함. 훗일 옌안에서 신화통신사 사장직을 맡았고, 중공중앙기관보인 『해방일

보』를 창설 및 주재함. 1945년 중공 제7차 전국대표대회에서 자아비판을 행하면서 다시금 중앙위원으로 선출됨.

170 1980년 9월 27일 중공중앙에서 발표한「농업생산 책임제를 한층 강화하고 보완하는 데에 관한 몇 가지 문제-1980년 9월 14일부터 22일까지 각 성, 시, 자치구 당위 제1서기 좌담회 기요(關於進一步加強和完善農業生產責任制的幾個問題 — 一九八〇年九月十四日至二十二日, 各省, 市, 自治區黨委第一書記座談會紀要)」를 가리킴.

171 중앙업무회의, 1980년 12월 16일부터 25일까지 중공중앙이 베이징에서 업무회의를 소집한 회의를 가리킴. 회의에서는 경제 형세와 경제조정 문제를 중점적으로 논의하고 경제에서 진일보 조정하고 정치에서 한층 안정시키는 방침을 실행하기로 결정함. 회의는 당의 정치사상 업무와 사회주의 정신문명 건설을 강화하고 4가지 기본원칙을 위배한 착오적인 사상을 비판하는 것 외에 사회주의 사업을 파괴하는 반혁명 활동을 단속해 정치의 안정과 단합을 한층 강화하기로 함.

172 파카산(法卡山)과 커우린산(扣林山)전투는 1981년 5월 중국 국방군이 베트남군의 광시 파카산, 윈난 커우린산 지역을 침범하는 적에 대해 반격하는 중국 국방군의 전투를 가리킴.

173 『모택동선집』 제2권, 인민출판사 1991년 판, 제527쪽.)

174 노신의 『<이심집> 머리글(〈二心集〉序言)』을 참고. (『노신전집』 제4권, 인민문학출판사 2005년 판, 제195쪽.)

175 노신의 『<무덤>의 뒤(寫在〈墳〉後面)』를 참고. (『노신전집』 제1권, 인민문학출판사 2005년 판, 제300쪽.)

176 손중산의 『건국방략(建國方略)』을 참고. (『손중산선집(孫中山選集)』(상), 인민출판사 2011년 판, 제120쪽.)

177 「타이완 동포에 전하는 글(告台灣同胞書)」은 「중화인민공화국 전국인민대표대회 상무위원회의 타이완 동포에 전하는 글(中華人民共和國全國人民代表大會常務委員會告台灣同胞書)」을 가리킴. 1978년 12월 6일 제5기 전국인대상무위원회 제5차 회의의 통과를 거쳐 1979년 1월 1일에 보냄. 「타이완 동포에 전하는 글」은 타이완이 하루빨리 조국의 품으로 돌아와 건국 대업을 공동으로 발전시킬 것을 간절히 희망함. 약 30년간 타이완과 조국의 분리는 인위적인 것으로, 우리 민족의 이익과 염원을 위반했으며, 중국의 통일은 민심이 향하는 곳이자 전반적인 추세라고 지적함. 통일문제를 해결할 때 타이완 현황과 타이완 각계 인사의 의견을 존중하고 합리적인 정책과 방법을 취해 타이완 인민에게 피해를 가져다주지 말아야 함. 타이완 당국에서 인민의 이익을 중히 여겨 조국의 통일 사업에 기여하기를 희망함. 타이완과 대륙이 협상을 거쳐 군사대치 상태를 끝내고 직항로 개설과 서신교류 실시 그리고 양 지역의 학술문화교류를 하루 빨리 실현해 상호 무역을 발전시켜야 함. 전국 인민의 염

원을 대표한 「타이완 동포에 전하는 글」은 조국의 통일대업을 실현하는 데 중요한 역사적 의미를 지닌 문헌임.

178 1981년 9울 30일 예젠잉이 대륙과 타이완의 평화통일에 관한 방침정책을 천명함. "(1) 중화민족의 분열된 국면을 하루빨리 끝내기 위해 우리는 중국공산당과 중국국민당의 양당 간 평등한 협상을 진행하기를 희망함. 제3차 협력을 추진함으로써 조국 통일대업을 함께 완성할 것을 건의함. 양자는 먼저 인원을 파견해 의견을 충분히 교환할 수 있음. (2) 해협 양안의 여러 민족 인민은 상호 서신교류를 하고 가족들이 한 자리에 모이고 무역을 전개하고 이해를 증진시킬 것을 간절히 희망함. 양자가 서신교류를 실시하고, 무역거래, 직항로 개설, 친척방문, 관광 및 학술, 문화, 스포츠 교류에 편리를 도모하는데 관련한 협의를 달성할 것을 건의함. (3) 국가가 통일된 후 타이완은 특별행정구로 고도의 자치권을 행사하고 군을 보유할 수 있음. 중앙정부는 타이완의 지방 사무를 간섭하지 않음. (4) 타이완 현행 사회, 경제제도, 생활방식이 변하지 않으며 외국의 경제, 문화관계도 변하지 않음. 개인재산, 가옥, 토지, 기업소유권, 합법적인 계승권과 외국 투자가 침범을 받지 않음. (5)타이완 당국과 각계 대표 인사들은 전국적인 정치기구의 영도직무를 맡아 국가관리에 참여할 수 있음. (6) 타이완 지방 재정에 어려움이 있을 때 중앙정부에서 사정을 보고 일정하게 보조해줄 수 있음. (7) 타이완 여러 민족 인민, 각계 인사 가운데서 조국 대륙으로 건너와 안착하려는 자는 적절히 배치하고 차별대우를 받지 않도록 보살피며 자유로운 교류를 보장해 줌. (8) 타이완 상공업계 인사가 조국 대륙에서 투자해 여러 경제 사업을 발전시키는 것을 환영하며, 그의 합법적인 권리와 이윤을 보장해 줌. (9) 조국 통일은 누구에게나 책임이 있음. 우리는 타이완 여러 민족, 각계인사, 민중단체가 여러 가지 루트와 방식을 동원하여 건의를 제기하면서 나라 일을 함께 상의하는 것을 열렬히 환영함."

179 장징궈(蔣經國, 1910-1988), 저장 펑화(奉化) 출신. 당시 중국국민당 주석, 타이완 '총통'에 임명됨.

180 셰둥민(謝東閔, 1908-2001), 타이완 펑화(奉化) 출신, 당시 중국국민당 중앙상무위원, 타이완 '부대통령'에 임용됨.

181 손원쉬안(孫運璿, 1913-2006), 산동 펑라이(蓬萊) 출신, 당시 중국국민당 중앙상무위원, 타이완 당국 '행정원 원장'에 임명됨.

182 장옌쓰(蔣彦士, 1915-1998), 저장 항저우(杭州) 출신, 당시 타이완 '외교부 부장'직을 맡음.

183 가오쿠이위안(高魁元, 1907-2012), 산동 자오좡(棗莊) 출신, 당시 중국국민당 중앙상무 위원, 타이완 '전략고문'에 임명됨.

184 장웨이궈(蔣緯國, 1916-1997), 저장 펑화 출신, 당시 타이완 '함참총사령'직을 맡음.

185 린양강(林洋港, 1927-2013), 타이완 난터우(南投) 출신, 당시 중국국민당 중앙상무위원, 타이완성 '정부주석'에 임명됨.

186 송메이링(宋美齡, 1897-2003), 광둥 원창(文昌, 지금의 하이난[海南]에 속함) 출신, 장제스의 부인. 당시 미국 뉴욕에 거주함.

187 옌자간(嚴家淦, 1905-1993), 장수 우현(吳縣, 지금의 쑤저우 우종구[吳中區]에 속함) 출신, 1975년부터 1978년까지 타이완 '총통'에 임명됨. 당시 중국국민당 중앙상무위원, 타이완 '중화문화부흥운동추진위원회'회장을 맡음.

188 장췬(張群, 1889-1990), 쓰촨 화양(華陽, 지금의 쌍류우[雙流]) 출신, 중국국민당 원로임. 당시 중국국민당 중앙평의위원회 주석단 주석을 맡음.

189 허잉친(何應欽, 1890-1987), 궤이저우 싱이(興義) 출신. 중국국민당 원로.

190 천리푸(陳立夫, 1900-2001), 저장 우싱(吳興, 지금의 후저우[[湖州]])출신. 당시 중국국민당 중앙평의위원회 주석단 주석직을 맡음. 제326쪽.

191 황제(黃傑, 1903-1996), 후난 창사(長沙) 출신. 당시 타이완 당국 '전략고문'을 맡음.

192 장쉐량(張學良, 1901-2001), 랴오닝 하이청(海城) 출신. 중국국민당 애국 장령임. 1936년 12월 양후청(楊虎城)과 함께 서안사변을 일으키고 장제스에게 내전을 중지하고 함께 항일할 것을 요구함. 훗날 장제스에 의해 오랜 세월 구금됨. 당시 타이완 당국에 의해 타이완에 연금됨.

193 손중산의 『건국방략』을 참고. (『손중산선집』(상), 인민출판사 2011년 판, 제200쪽.)

194 1981년 2월 25일 전국 총공회, 공청단 중앙, 전국 여성연합회 등 9개 단위에서 사회주의 정신문명 건설을 강화하는 데에 관한 중공중앙의 호소에 부응하기 위해 공동으로 발표한 「문명 예절활동을 전개하는 데에 관한 창의」에서 '오강사미'활동을 전개할 것을 제기함. '오강사미'라는 것은 교양, 예의, 위생, 질서, 도덕을 중시하고 마음, 말, 행동, 환경을 아름답게 하는 것을 뜻함. '오강사미'활동을 전개하는 과정에서 중앙은 일부지역에서 전개한 조국, 사회주의 중국공산당을 열애하는 활동 경험을 종합했음. 1983년부터 '오강사미'와 '3가지 열애'를 통일시켜 '오강시미, 3가지 열애'활동을 전개함.

195 페퇴피는 페퇴피 샨도르(1823-1849)를 가리킴. 헝가리의 애국주의 시인이자 민족문학 창시자임.

196 왕차오원(王朝聞, 1909-2004), 쓰촨 허장(合江) 출신. 문예이론가, 미학가임. 당시 중국 예술연구원 부원장을 맡음.

197 고리키는 막심 고리키(1868-1936)를 가리킴. 소련 작가이자 소련사회주의 문학의 창시자임. 주요 작품으로는 산문시 『매의 노래』, 『갈매기』와 소설 『어머니』 등이 있음.

198 『좌전·양공25년(左傳·襄公二十五年)』

199 바진(巴金, 1904-2005), 저장 자싱(嘉興) 출신 작가. 1981년 중국작가협회 주석, 1983년 6월 정협 전국위원회 부주석, 중국 작가협회 주석을 맡음.

200 차이어어(蔡鍔, 1882-1916), 후난 바오칭(寶慶, 지금의 사오양[邵陽])출신. 신해혁명 때 윈난 쿤밍(昆明)에서 봉기를 일으켰으며 총지휘관으로 선출됨. 1915년 12월 윈난에서 군사를 일으켜 위안스카이를 토벌함. 호국군 제1군 총사령을 맡음.

201 위안스카이(袁世凱, 1859-1916), 허난 딩청(項城) 출신. 청나라 말기 산동 순무, 직예총독 겸 북양대신 등을 역임했으며 북양군벌 총상령으로 됨. 1911년 신해혁명 때 청 정부 내각 총리대신에 임명됨. 1912년 영국, 미국, 일본 등 제국주의 국가의지지 하에 중화민국 임시대통령 직무를 갈취해 대지주, 대매판계급을 대표하는 첫 북양군벌정부를 조직. 1915년 5월 중국을 멸망시키려는 일본의 '21조'조항을 받아들임. 같은 해 12월 황위에 올랐다가 1916년 3월 전국 인민의 반대로 부득이하게 황제제도를 취소함.

202 후쥐원(胡厥文, 1895-1989), 장쑤 자딩[嘉定, 지금의 상하이]) 출신. 당시 전국인대상무위원회 부위원장, 중국민주건국회 중앙위원회 주임위원직을 맡음. 후쯔앙(胡子昻, 1897-1991), 쓰촨 바현(巴縣, 지금의 충칭 바난[巴南]) 출신. 당시 정협 전국위원회 부주석, 중화 전국 상공업연합회 주임위원을 맡음. 한 편의 훌륭한 의견이라는 것은, 1981년 12월 후쥐원, 후쯔앙이 후야오방에게 올린 편지를 가리킴.

203 후야오방, 펑충(彭沖), 시종쉰(習仲勳), 송런충(宋任窮)을 가리킴.

204 리웨이한(李維漢, 1896-1984), 후난 창사 출신. 당시 중공중앙통일전선부 고문, 정협 전국위원회 부주석직을 맡음.

205 랴오청쯔(廖承志, 1908-1983), 광둥 궤이선(歸善, 오늘의 훼이저우[徽州] 훼이양구)출신. 당시 전국 인대상무위원회 부위원장, 국무원교무판공실 주임, 홍콩·마카오 판공실 주임을 맡음.

206 우란푸(烏蘭夫, 1906-1988), 네이멍구(土默特左旗) 투머터좌치(土默特左旗) 출신. 당시 중공중앙정치국 위원, 중앙통일전선부 부장, 전국인대상무위원회 부위원장, 정협 전국위원회 부주석 등을 역임.

207 류란타오(劉瀾濤, 1910-1997), 산시 미쯔(米脂) 출신. 당시 중공중앙 통일전선부 고민, 정협 전국위원회 부주석 겸 비서장을 맡음.

208 펑충(彭沖, 1915-2010), 푸젠 장저우(漳州) 출신. 당시 중공중앙정치국 위원, 중앙서기처 서기, 전국인대상무위원회 부위원장, 정협 전국위원회 부주석 역임.

209 양징런(楊靜仁, 1918-2001), 간쑤 란저우(蘭州) 출신. 당시 중공중앙 통일전선부 부부장, 국무원 부총리 겸 국가민족사무위원회 주임, 정협 전국위원회 부주석 역임.

210 마르크스의 『<정치경제학 비판>머리글』을 참고. (『마르크스 엥겔스선집』 제2권, 인민출판사 2012년 판, 제709쪽.)

211 『관자·지수(管子·地數)』

212 자희 즉 엽혁나랍씨(葉赫那拉氏, 1835-1908)를 가리킴. 청나라 함풍황제의 후궁임. 그의 아들 재순(載淳, 퉁쯔[同治]황제)가 즉위한 후 자희태후로 존봉됨. 그는 동치, 광서 2개 조대의 실제 통치자였으며, 청나라 말기 완고세력의 총대표로써 대내적으로는 잔혹한 통치를 실시하는 한편, 대외적으로는 타협하고 투항하면서 제국주의 국가와 일련의 상권매국 조약을 체결함.

213 『육선공집·봉천청파경림대잉이고장(陸宣公集·奉天請罷瓊林大盈二庫狀)』

214 1982년 1월 13일 덩샤오핑이 중앙기구 간소화 문제에 관한 중공중앙정치국 논의회의에서 기구의 간소화는 혁명으로 체제를 겨냥한 혁명이라고 지적함. 이 연설은 『등소평문선』 제2권에 수록됨, 제목은 「기구 간소화는 한 차례의 혁명」임.

215 류쏘이(劉帥) : 류보어청(劉伯承, 1892-1986)을 말함, 쓰촨 카이현(開縣, 오늘의 총칭에 속함)출신. 당시 중공중앙정치국 위원, 중앙군사위원회 부주석, 전국인대상무위원회 부위원장직을 맡음.

216 차입니다제(蔡大姐) : 차이창(蔡暢, 1900-1990)을 말함. 후난 쐉펑(雙峰) 출신. 당시 중공중앙 위원, 전국 인대상무위원회 부위원장을 맡음.

217 1982년 1월 11일 중공중앙은 「긴급통지」를 발표해 일부 간부들의 밀수판매, 탐오와 뇌물수수 그리고 대량의 국유자산을 개인소유로 하는 등 심각한 규율 위반 범죄 행위에 대해 긴급조치를 취하는 데에 관한 중앙정치국 상무위원회의 지시를 전달하고 당의 위신을 심각하게 떨어뜨리고 당의 생사존망과 관계되는 큰 문제에 대해 당은 반드시 해결해야 한다고 강조함. 이로부터 경제분야 범죄활동을 단속하는 투쟁이 빠르게 전개됨.

218 '3가지 반대'라는 것은 1951년 말부터 1952년 10월까지 전국 국가기관, 군과 국영기업 등 단위에서 전개한 탐오, 낭비, 관료주의 반대 투쟁을 가리킴,

219 '5가지 반대'라는 것은 1952년 전국 자본주의 상공업 가운데서 전개한 뇌물 수뢰, 탈세누세, 국가재산 절도 및 편취, 인건비 도둑질과 재료 절감, 국가 경제 정보 절도를 반대하는 투쟁을 가리킴.

220 『모택동선집』 제2권, 인민출판사 1991년 판, 제533쪽.

221 트로츠키 : 레프 트로츠키(1879-1940)를 말함. 러시아 사회민주공당(볼셰비크)중앙위원, Petrogradskiysovet 주석을 역임. 10월 혁명 후 외교인민위원, 육해군인민위원, 혁명군사위원회 주석, 공산국제 집행위원회 위원 등 직을 맡음. 1926년 10월 러시아 사회민주공당(볼셰비크) 중앙전회는 그의 중앙정치위원, 중앙위원직을 철회하기로 결정함. 1927년 11월 당에서 제명됨. 1929년 1월 소련에서 쫓겨남. 1940년 8월 멕시코에서 암살당함.

222 '3가지 종류 사람'은 '문화대혁명'에서 린뱌오와 '3인방', 장칭 반혁명그룹을 따라 반역을 꾀해 가업을 일으킨 자, 파벌사상이 심각한 자, 때리고 부수고 빼앗는 자를 가리킴.

223 뤄겅(羅庚) : 화뤄겅(華羅庚, 1910-1985)을 말함. 장쑤 진탄(金壇) 출신임. 수학자임. 당시 중국과학원 부원장을 맡음.

224 팡이(方毅, 1916-1997), 푸젠 샤먼(廈門) 출신. 당시 중공중앙정치국 위원, 중앙서기처 서기, 국무원 부총리 겸 국가 과학기술위원회 주임을 맡음.

225 루쟈시(盧嘉錫, 1915-2001), 푸젠 융딩(永定) 출신. 당시 중국과학원 원장을 맡음.

226 『모택동선집』 제1권, 인민출판사 1991년 판, 제296쪽.)

227 마오쩌둥의 『실천론』을 참고. (『모택동선집』 제1권, 인민출판사 1991년 판, 제296쪽.)

228 마오쩌둥의 『실천론』을 참고. (『모택동선집』 제1권, 인민출판사 1991년 판, 제296쪽.)

229 『모택동선집』 제2권, 인민출판사 1991년 판, 제511쪽.

230 1929년 12월, 중공 홍군 제4군 제9차 대표대회가 푸젠성 상항(上杭)현 구톈(古田)촌에서 열림. 회의는 마오쩌둥 동지가 초안 작성한 「중국공산당 홍군 제4군 제9차 대표대회 결의안(中國共產黨紅軍第四軍第九次代表大會決議案)」을 통과시켰으며 구톈회의 결의라고도 부름. 이는 중국공산당과 홍군 건설의 강령성 문헌은 당과 군 건설에 중요한 역할을 발휘함. 위 결의의 첫 부분이 『모택동선집』 제1권에 수록되었으며 제목은 『당내 착오 사상을 바로잡은 데 관하여(關於糾正黨內的錯誤思想)』임.

231 마오쩌둥 「인민내부 모순을 정확하게 처리하는 데에 관한 문제(關於正確處理人民內部矛盾的問題)」를 참고. (『모택동선집』 제7권, 인민출판사 1999년 판, 제226쪽.)

232 마오쩌둥 「중국공산당 전국 홍보 업무회의에서의 연설(在中國共產黨全國宣傳工作會議上的講話)」를 참고. (『모택동선집』 제7권, 인민출판사 1999년 판, 제282쪽.)

233 쉬샹첸(徐向前, 1901-1990), 산시 우타이(五台) 출신. 당시 중공중앙 정치국 위원, 중앙군사위원회 주석을 맡음.

234 녜룽전(聶榮臻, 1899-1992), 쓰촨 장진(江津, 현재의 총칭에 속함) 출신. 당시 중공중앙 정치국 위원, 중앙군사위원회 주석을 맡음.

235 펑전(彭眞, 1902-1997), 산시 취워(曲沃) 출신. 1980년 1월 중공중앙 정치국 위원, 중앙정법위원회 서기, 전국 인대 상무위원회 부위원장직을 맡음. 1983년 6월 중공중앙정치국 위원, 중앙정법위원회 서기, 전국 인대상무위원회 위원장직을 맡음.

236 덩잉차오(鄧穎超, 1904-1992), 허난 광산(光山) 출신. 당시 중공중앙정치국 위원, 중앙기율검사위원회 제2서기직을 맡음.

237 10갈래 경제건설 방침이라는 것은 1981년 12월, 제5기 전국인민대표대회 제4회의에서 통과된 「정부업무보고」에서 제기한 10갈래 경제건설 방침을 말함. 1. 정책과 과학을 바탕으로 농업 발전을 추진함. 2. 소비품 공업의 발전을 중요한 위치에 놓고 중공업의 서비스 방향을 한층 조정함. 3. 에너지의 이용 효율을 높이고 에너지 공업과 교통 운수업의 건설을 강화함. 4. 기술개조를 중점 있고 절차 있게 추진하고 현유 기업의 역할을 충분히 발휘함. 5. 기업을 상대로 전면적인 정돈과 필요한 개조를 차례로 진행함. 6. 재물을 창출하고 모으고 사용하는 방법을 강구해 건설 자금을 늘리는 한편 절약하기도 함. 7. 대외개방 정책을 견지하고 중국의 자력갱색 능력을 증강함. 8. 경제체제 개혁을 적극적이고도 안정적으로 추진하고 제반 분야의 적극성을 충분하고도 효과적으로 동원함. 9. 전체 노동자의 과학문화수준을 향상시키고 과학연구 난관을 적극 극복함. 10. 모든 것을 인민을 위하는 사상으로부터 출발해 생산건설과 인민생활을 통합적으로 배치함.

238 마르크스의 『<정치경제학 비판(1857-1858년 친필원고) 발췌〈政治經濟學批判(1857-1858年手稿)〉摘選)>』 참고. 새로운 역문: "생산자도 바뀌고 있습니다. 그는 새로운 품질을 연마해 내 생산을 통해 자신을 발전 및 개조하면서 새로운 역량과 관념이나 새로운 교류방식, 새로운 수요와 새로운 언어를 만들어냈다."(『마르크스 엥겔스선집』 제2권, 인민출판사 2012년 판, 제747쪽.)

239 마오쩌둥의 『실천론』을 참고. (『모택동선집』 제1권, 인민출판사 1991년 판, 제296쪽.)

240 마르크스, 엥겔스의 『독일의 의식형태(德意志意識形態)』를 참고.(『마르크스 엥겔스문집』 제1권, 인민출판사 2009년 판, 제539쪽.)

241 마오쩌둥의 『신민주주의론(新民主主義論)』을 참고. (『모택동선집』 제2권, 인민출판사 1991년 판, 제686쪽.)

242 마오쩌둥의 『신민주주의론』을 참고. (『모택동선집』 제2권, 인민출판사 1991년 판, 제686쪽.)

243 마오쩌둥의 『신민주주의론』을 참고. (『모택동선집』 제2권, 인민출판사 1991년 판, 제686쪽.)

244 마오쩌둥의 『위대한 사회주의 국가를 건설하기 위해 분투하자(爲建設一個偉大的社會主義國家而奮鬥)』을 참고. (『마오쩌둥문집』 제6권, 인민출판사 1999년 판, 제350쪽.)

245 마르크스, 엥겔스의 『폴란드 연설에 관하여(關於波蘭的演說)』를 참고. 새로운 역문: "한 민족이 아직도 다른 민족을 압박하고 있을 때에는 자유를 얻을 수 없습니다."(『마르크스 엥겔스선집』 제1권, 인민출판사 2012년 판, 제314쪽.)

246 건설공보는 1978년 12월 16일(베이징시간), 베이징과 워싱턴에서 동시에 발표한 「외교관계를 건립하는 데에 관한 중화인민공화국과 아메리카합중국의 연합공보(中華人民共和國和美利堅合眾國關於建立外交關系的聯合公報)」를 가리킴. 공보는 양국이 1979년 1월 1일부터 외교관계를 인정 및 건립하고 3월 1일부터 대사를 서로 파견함과 아울러 대사관을 건립하기

로 선포함. 공보는 상하이공보에서 양자가 의견을 같이 한 여러 가지 원칙을 거듭 천명함. 미국은 중화인민공화국정부가 중국의 유일한 합법 정부라는 점을 인정함. 위 범위에서 미국 인민은 타이완 인민과 문화, 상무와 기타 비정부측 관계를 유지하고 있음.

247 「타이완과의 관계법(與台灣關系法)」은 카터 미국대통령이 1979년 4월 10일 체결해 효력을 발생한 입법임. 1979년 1월 1일, 중미 양국은 공식적으로 외교관계를 구축함과 아울러 미국 정부는 타이완 당국과 외교관계를 끊고 미국과 타이완의 '공동방어조약'을 중지하는 것 외에 타이완에서 미국군을 철수할 것이라고 선포함. 1월 26일, 카터가 「타이완과의 관계법」 의안을 제기함. 미국 국회 하원과 상원은 각각 3월 28일, 29일에 의안을 통과시킴. 「타이완과의 관계법」은 "미국이 중국과 외교관계를 건립하기로 결정한 것은 타이완의 전도를 평화적인 방식으로 결정하기 위한 염원을 기반으로 했습니다. 평화적인 방식 외의 다른 방식으로 타이완 문제를 해결하려는 시도는 서태평양지역의 평화와 안보에 위협을 줄 것이기 때문에 미국이 큰 관심을 불러왔습니다,"고 언급했음. 아울러 타이완에 '방어성 무기'를 제공해 "타이완 인민의 안보나 사회, 경제제도에 위협을 주는 그 어떤 무력 행위 혹은 기타 강제 형식의 능력을 유지하도록 합니다"고 제기함. 이 법안은 타이완을 계속해서 '국가'로 간주했기 때문에 주미 양국 수교 때 양자가 동의한 원칙 및 미국의 약속에 어긋나는 것으로 중국 내정에 대한 공공연한 간섭임.

248 연합공보라는 것은 1982년 8월 17일, 중미 양국 정부가 미국이 타이완에 무기를 판매한 문제를 두고 발표한 「중화인민공화국과 아메리카합중국 연합공보」를 가리킴. 817공보라고도 함. 공보는 중미 상하이공보와 공보 확정에 필요한 여러 가지 원칙을 거듭 천명함. 공보는 주권의 상호 존중, 영토완정, 내정 상호 불간섭은 중미관계를 지도하는 근본적인 원칙이라고 강조함. 미국 정부는 중국의 주권과 영토완정을 침범하고 중국 내정을 간섭하며 '2개 중국'혹은 '한 개 중국, 한 개 타이완'정책을 실행할 의향이 없다고 거듭 천명함. 미국정부는 성명을 발표해 장기간 타이완에 무기를 판매하는 정책을 실행하지는 않을 것이고 타이완에 판매하는 무기가 기능과 수량에서 중미 양국 수교 후 최근 몇 년간의 공급수준을 초월하지는 않을 것이며 타이완에 대한 무기 판매를 점차 줄일 준비를 하는 것 외에도 일정한 시간을 거쳐 궁극적으로는 문제를 해결할 것이라고 밝힘.

249 개도국의 다수가 선진국의 남쪽에 위치해 있어 사람들은 개도국 간의 경제 협력을 습관적으로 '남남협력'이라 부름.

250 '3불주의'라는 것은 약점을 잡지 않고 오명을 뒤집어씌우지 않으며 몽둥이로 때리지 않는 것을 가리킴.

251 마르크스-엥겔스의 『엥겔스가 프리드히리・아돌프・조들게에게 보내는 글(恩格斯致弗裏德裏希・阿道夫・左爾格)』을 참고. 새로운 역문: "그들도 직접적인 경험에서 배우고 자신이 범한 착오의 후과에서 배운다."(『마르크스 엥겔스문집』 제10권, 인민출판사 2009년판, 제576쪽.)

252 후치리(胡啟立), 1929년 생으로 산시 위린(榆林) 출신. 당시 중공중앙서기처 서기, 중앙판공청 주임을 맡음.

253 '양손(兩手)'정책이라는 것은 한 손으로는 대외개방과 대내의 경제 활성화 정책을 견지하고 다른 한 손으로는 경제범죄 활동을 단속하는 것을 뜻함.

254 엥겔스의 『1893년 8월 12일 취리히국제사회주의 노동자대표대회에서의 폐막사(《1893年8月12日在蘇黎世國際社會主義工人代表大會上的閉幕詞)』를 참고.(『마르크스 엥겔스전집』 제22권, 인민출판사 1965년 판, 제479쪽.)

255 레닌의 『공청단의 임무(靑年團的任務)』를 참고. 새로운 역문: "인류가 자본주의 제도 하에서 얻은 모든 지식이라는 견고한 기반에 의존했습니다."(『레닌선집(列寧選集)』 제4권, 인민출판사 2012년 판, 제284쪽.)

256 19세기 자연과학의 3대 발명이라는 것은 세포학설, 다윈의 진화론, 에너지 보존 법칙을 가리킴.

257 마르크스의 『<인민보>창간 기념회에서의 연설(在〈人民報〉創刊紀念會上的演說)』을 참고.(『마르크스 엥겔스선집』 제1권, 인민출판사 2012년 판, 제775쪽.)

258 『엥겔스가 에두아르트・베른슈타인에 전하는 글(恩格斯致愛德華・伯恩施坦)』을 참고.(『마르크스 엥겔스선집』제4권, 인민출판사 2012년 판, 제556쪽.)

259 『맹자・등문공상(孟子・滕文公上)』

260 펑자무(彭加木, 1925-1980), 광둥 판위(番禺) 출신. 과학자임. 중국과학원 상하이 생물화학연구소 연구원, 신강분원 부원장직을 맡음. 1980년 5월, 종합 고찰대를 인솔해 신장 뤄부보(羅布泊)로 들어가 과학적인 고찰을 진행합니다가 6월 17일 실종됨.

261 롼퍼(欒茀, 1926-1981), 산동 펑라이(蓬萊) 출신. 산시 화공학원 물리화학교연실 주임, 타이위안(太原)공학원 교수, 산시석탄화공대학 준비소조 성원임. 암을 앓을 때에도 여전히 업무에 몰두함. 1981년 4월 국무원과학기술간부국은 롼퍼를 따라 배울 것을 호소함.

262 장주잉(蔣築英, 1938-1982), 저장 항저우 출신. 일찍 중국과학원 창춘(長春) 광학 정밀기계연구소 부연구원, 제4연구실 대리주임 역임. 중국 첫 광학 전송 함수 테스트 장비를 연구제조함. 1982년 6월 지나친 과로로 병세가 악화돼 사망함. 1983년 2월 국무원은 장쭈잉을 따라 배울 것을 호소함.

263 뤄젠푸(羅健夫, 1935-1982), 후난 샹샹(湘鄉) 출신. 일찍 우주공업부 산시 리산(人民報) 마이크로 전자회사 엔지니어로 지냄. 도형 발생기 연구제조에 성공해 중국우주전자공업 발전에 크게 기여함. 암 말기로 진단을 받고도 여전히 업무를 견지함. 1983년 2월 국무원은 뤄젠푸를 따라 배울 것을 호소함.

264 레이위쉰(雷雨順, 1935-1983), 산시 통촨(銅川) 출신. 일찍 국가기상국 기상과학연구원 부연구원직을 맡음. 에너지 기상학분석 예보방법을 연구하는 데 성공해 폭우, 우박에 대한 예측에 정확률을 향상시킴. 1983년 1월 국가기상국은 레이위쑨을 따라 배울 것을 호소함.

265 손예팡(孫冶方, 1908-1983), 장수 우시(無錫) 출신. 경제학자임. 일찍 국가통계국 부국장, 중국과학원경제연구소 소장직을 맡음. 마르크스주의 경제학을 홍보 및 발전시키는데 주력해 신중국 경제 건설과 경제이론 발전에 크게 기여함.

266 엥겔스의『국제사회주의자 대학생 대표대회에 전하는 글(致國際社會主義者大學生代表大會)』을 참고.(『마르크스 엥겔스문집』제4권, 인민출판사 2009년 판, 제446쪽.)

267 『모택동선집』제4권, 인민출판사 1991년 판, 제1480, 1481쪽.

268 엥겔스의『<반두링폰> 3개 판본의 머리글(〈反杜林論〉三個版本的序言)』참고.(『마르크스 엥겔스전집』제26권, 인민출판사 2014년 판, 제13쪽.)

269 유스트수 폰 리비히의『농업과 생리학에서의 화학의 응용(化學在農業和生理學中的應用)』에서 인용한 글. 새로운 역문: "화학이 예사롭지 않은 속도로 발전하고 있습니다. 그러나 이 속도를 따라잡으려는 화학자들은 꾸준한 탈모 상태에 처해 있습니다. 비상에 어울리지 않는 깃털이 날개에서 떨어져 나가고 새 깃털이 자라나고 있어 하늘로 날아오르기에 더 쉽고 힘도 더 많아질 것입니다."(『마르크스 엥겔스전집』제26권 해석 10, 인민출판사 2014년 판, 제805쪽.)

270 『장자·소요유(莊子·逍遙遊)』

271 1982년 봄 일본 문부성이 중·초등학교 역사교과서를 심사 결정할 때 일본군국주의의 중국 침략 역사를 사사로이 바꿔 '동북 침략'을 '화북 진입'으로, 중국에 대한 '전면적인 침략'을 '전면적인 진공'으로 고쳤음. 심지어 난징대학살의 원인을 "중국군이 치열하게 저항한 탓에 일본군이 심각한 손실을 보았고 이에 분노한 일본군이 수많은 중국 군민을 살해했습니다"고 적었는데 이 모두 군국주의의 죄행을 회피하려는 것임. 중국 정부는 일본 정부에 엄정한 교섭을 진행했고 일본 정부가 문부성에서 심사 결정한 교과서 내용을 수정할 것을 희망함. 일본 정부는 교과서에 대한 중국 측의 비판에 귀를 기울였으며 정부가 책임지고 수정할 것이라고 표함. 과도적인 조치로 문부대신이 발표한 견해대로 교원이 수업과정에 정부의 인식을 관철하도록 함.

272 동맹 5개국은 인도네시아, 말레이시아, 필리핀, 싱가포르, 태국을 가리킴.

273 김일성(1912-1994), 당시 조선노동당 중앙위원회 총서기, 조선민주주의공화국주석.

274 1949년 6월 30일 마오쩌둥 동지는 역사 경험과 당시의 정세를 기반으로『인민민주 독재를 논함』이라는 글에서 '편파적인'외교방침 즉 사회주의 국가로 치우치는 방침을 논함.

275 이토 마사요시(伊東正義, 1913-1994), 일본 자유민주당 중의원 의원임. 일찍 일본 외무대신에 임용. 1983년 8월 중국 방문 당시 후야오방의 접견을 받음.

276 닉슨 : 리처드 닉슨(1913-1994)을 말함. 전 미국 대통령, 공화당 출신임. 대통령을 맡은 기간, 1971년 7월, 키신저 대통령 국가안보사무 보좌관을 파견해 비밀리에 중국을 방문하게함. 이로 오래 세월 단절됐던 중미 양국의 국면을 바꿈. 1972년 2월 첫 중국 방문에 상하이에서 중국과 중미연합공보를 발표함으로써 중미관계를 정상화로 이끔.

277 1940년대 말 미국 등 서방나라들이 사회주의 국가에 냉전을 발동하고 경제 봉쇄와 운항음지 정책을 실시함. 1949년 미국은 '수출통제정책'을 제정해 사회주의 국가에 대한 군사용 제품과 기술 수출을 막고 국가별로 미국과의 관계 및 그들의 실력 등 요소를 고려해 통제 수준을 총 7조-Z조, S조, Y조, W조, Q조, T조, V조 나눔. 중화인민공화국 설립 후 중국과 소련은 똑같이 Y조에 편입됨. 조선전쟁 때 중국은 통제가 가장 심한 Z조에 편입됨. 닉슨정부 기간, 중국은 다시 Y조에 편입됨. 1980년 5월 카터정부는 중국을 위해 특별히 P조를 내와 소련과 차별화를 둠. 중국 정부 특히는 덩샤오핑의 반복적인 교섭을 거쳐 1983년 6월 레이건 정부는 중국의 통제등급을 V조로 조절하기로 함. 미국 기술 수출 통제가 가장 약하고 우호관계를 가진 나라지만 동맹국 팀은 아님.

278 1983년 6월 26일, 덩샤오핑이 양리위(楊力宇) 미국 시턴홀대학교 교수를 접견했을 때의 담화내용을 가리킴.『등소평문선』3권에 수록됨, 제목은 「중국 대륙과 타이완의 평화 통일에 대한 가상(中國大陸和台灣和平統一的設想)」.

279 스즈키 : 스즈키 젠코(鈴木善幸, 1911-2004), 1980년부터 1982년까지 일본 총리를 맡음.

280 나카소네 : 나카소네 야스히로(中曾根 康弘)를 가리킴. 1918년 생, 당시 일본 총리를 맡음.

281 1983년 1월 12일 덩샤오핑이 국가계획출산위원회, 국가경제위원회와 농업부서 책임자와의 담화에서 여러 가지 업무는 중국 특색 사회주의 건설에 유리해야 하는 것 외에도 인민의 부유와 행복에 유리한지, 국가의 흥성과 발달에 유리한지를 옳고 그름을 가늠하는 기준으로 적용해야 한다고 지적함. 덩샤오핑의 「여러 가지 업무 중국 특색 사회주의 건설에 유리해야 함(各項工作都要有助於建設有中國特色的社會主義)」을 참고. (『등소평문선』제 3권, 인민출판사 1993년 판, 제22-23쪽)

282 『관자・치국(管子・治國)』

283 『사기・평진후주부열전(史記・平津侯主父列傳)』

284 항대(抗大), 중국인민항일꾼사정치대학의 약칭임. 1936년 6월 1일 산베이(陝北) 와요보(瓦窯堡)에 설립되었으며 중국인민항일전쟁홍군대학으로 명명됨. 1937년 1월, 중국인민항일대학군사정치대학으로 개칭하고 학교 주소를 옌안으로 이전함. 선후로 총 8기를 진행했으며, 산간닝지역과 화북, 화중 등 적후 항일전쟁근거지에 14개 분교를 설립해 중국공산당 및 그가 영도하는 인민군에 대량의 혁명 간부를 육성함. 1945년, 항일전쟁 승리 후 학교는 운영중지를 선포함. 535쪽.

285 레닌의『경기를 어떻게 조직해야 하나?(怎樣組織競賽?)』를 참고. 새로운 역문: "방식이 많을수록 좋고, 방식이 많을수록 공동의 경험이 더 풍부해지며 사회주의 승리가 더욱 확고해지고 더욱 빨리 다가올 것이며 실천도 더 쉽게 창조될 것입니다 – 실천이야말로 최고의 투쟁 방식과 수단을 창조해낼 수 있기 때문입니다."(『레닌선집』제3권, 인민출판사 2012년 판, 제383쪽).

286 1948년 6월 8일 중공중앙에서 하달한「후야오방·시종쉰 동지가 성, 자치구, 직할시 교민업무사무실주임회의에서의 연설 발표에 관한 통지(關於印發胡耀邦, 習仲勳同志在省, 自治區, 直轄市僑辦主任會議上的講話的通知)」를 가리킴.

287 레닌의『공산주의 운동에서의 '좌파'유치병(共產主義運動中的 "左派" 幼稚病)』을 참고. 새로운 역문: "이제 여기서 한 걸음만 더 걸어 나가면……진리가 곧 착오로 됩니다."(『레닌선집』제4권, 인민출판사 2012년 판, 제211쪽)

288 엥겔스의『로라·파라로그에 전하는 글(致勞拉·拉法格)』을 참고. (『마르크스 엥겔스전집』제39권, 인민출판사 1974년 판, 제84쪽)

289『엥겔스가 카를·카우츠키에 전하는 글(恩格斯致卡爾·考茨基)』을 참고. 새로운 역문: "무산계급의 국제운동은 독립 민족 범위에서 만이 가능한 일이고……평등한 관계에서만이 국제 협력을 추진할 수 있습니다."(『마르크스 엥겔스전집』제10권, 인민출판사 2009년 판, 제472쪽)

290『좌전·양공 31년(左傳·襄公三十一年)』을 참고. 원문 내용: "사람의 마음이 서로 같지 않음은, 마치 얼굴이 서로 같지 않음과 같습니다."

291 3대 개조라는 것은 1956년 기본적으로 마무리한 농업, 수공업과 자본주의 상공업에 대한 국가의 사회주의 개조를 가리킴.

292 4가지 정치 보장이라는 것은 기구개혁과 경제체제 개혁을 체계적으로 완수하고 사회주의 정신문명에 적극 참여하며 사회주의 경제와 기타 사회주의 제도를 파괴하는 심각한 범죄 활동을 단호히 단속하고 당의 기풍과 조직을 반드시 정돈하는 것을 가리킴.

293『논어·술이(論語·述而)』를 참고.

294『창려선생집·사설(昌黎先生集·師說)』을 참고.

295 체트킨, 클라라 체트킨(1857-1933)을 말함. 독일사회민주당과 제2국제 좌파 영수, 독일 공산당 창시자중 일원임. 일찍 공산국제주석단 성원, 공산국제여성서기처 서기 역임.

296 클라라 체트킨,『레닌을 회억하며(回憶列寧)』를 참고. (『레닌을 회억하며』제5권, 인민출판사 1982년 판, 제7쪽.)

297 위의 책, 제8쪽.

298 위의 책, 제11쪽.

299 후펑(胡風, 1902-1985), 후베이 치춘(蘄春) 출신. 문예 이론가이자 시인임. 일찍 중국 좌익작가연맹 선전부 부장, 행정서기, 중국작가협회 이사, 중국문학예술계연합회 전국위원회 위원 등 직 역임. 1955년 '후펑반혁명그룹'사건에서 반혁명자로 찍혀 1965년에 판결 받음. 1980년 9월, 법률절차를 거친 후 중공중앙에서 통지를 발표하고는 '후펑반혁명그룹'과 후펑에 대해 평반하기로 함. 1981년 후, 정협 전국위원회 상무위원, 중국 작가협회 고문 등 역임.

300 마르크스의『프로이센 최근 출판물 검사령 평가(評普魯士最近的書報檢査令)』를 참고. 새로운 역문 : "사상의 가장 주요한 형식은 기쁨, 광명입니다. 그러나 당신들은 암흑을 사상의 유일하고도 합리적인 표현으로 되게 하려 하면서 사상에 검은색 옷만 입히라고만 합니다. 허나 꽃밭을 보라. 검은색 꽃이 한 송이라도 찾아볼 수 없습니다."(『마르크스 엥겔스전집』제1권, 인민출판사 1995년 판, 제111쪽.)

301 조식(曹植), 동한 말년 초(譙)현[현재 안휘이 하오저우(亳州)] 출신. 문학가임.

302 조조(曹操), 동한 말년 초현(현재 안휘이 하오저우) 출신. 정치가, 군사가이자 시인임.

303 덩샤오핑의「조직전선과 사상전선에서의 당의 절박한 임무(黨在組織戰線和思想戰線上的迫切任務)」를 참고. (『등소평문선』제3권, 인민출판사 1993년 판, 제39쪽)

304 덩샤오핑의「조직전선과 사상전선에서의 당의 절박한 임무」를 참고. (『등소평문선』제3권, 인민출판사 1993년 판, 제40쪽)

305 『중국공산당 12차 전국대표대회 이후의 중요한 문헌 선집(十二大以來重要文獻選編)』(상)을 참고. 인민출판사 1986년판 제476쪽.

306 마오쩌둥의『옌안문예좌담회에서의 연설(在延安文藝座談會上的講話)』을 참고(『모택동선집』제3권, 인민출판사 1991년 판, 제848쪽)

307 새로운 역문: "사물을 진정으로 인식하려면 반드시 그 사물의 모든 부분, 모든 연계와 '중개'를 정확히 파악하고 연구해야 합니다."(『레닌선집』제4권, 인민출판사 2012년 판, 제419쪽)

308 새로운 역문: "우리는 이 수준까지 달할 수 없습니다. 그러나 전면성이라는 요구는 우리가 착오와 경직화를 막는 데 도움이 될 것입니다."(『레닌선집』제4권, 인민출판사 2012년 판, 제419쪽)

309 새로운 역문: "사물의 발전, '자체 운동'(가끔 헤겔이 말했던 것처럼) 변화에서 사물을 고찰합니다."(『레닌선집』 제4권, 인민출판사 2012년 판, 제419쪽)

310 새로운 역문: "사람의 온갖 실천을 진리 점검의 기준으로 적용하고 사물과 사람이 수요로하는 그 부분과의 연계에서의 실제 확정자로 되어야 합니다. 여기에는 사물의 완전한 '정의'도 포함되어야 합니다."(『레닌선집』 제4권, 인민출판사 2012년 판, 제419쪽)

311 『레닌선집』 제4권, 인민출판사 2012년 판, 제419쪽.

312 『모택동선집』 제1권, 인민출판사 1999년 판, 제99쪽.

313 『모택동선집』 제1권, 인민출판사 1999년 판, 제180쪽.

314 『모택동선집』 제1권, 인민출판사 1999년 판, 제179쪽.

315 당 정비 결의라는 것은 1983년 10월 11일, 중국공산당 12기 2중전회에서 통과된 「당 정비에 관한 중공중앙의 결정(中共中央關於整黨的決定)」을 가리킴. 「결정」은 당내에 존재하는 사상, 기풍, 조직이 심각하게 어지러운 상황을 분석하고 당 정비의 중요성과 긴박성을 서술함. 또 당 정비의 기본임무를 명확히 제기함. 사상을 통일시키고 기풍을 정돈하며 기율을 강화하고 조직의 어지러운 현상을 바로잡을 것을 요구함. 「결정」은 각급 당 조직에서 1983년 겨울부터 3년의 시간을 이용하여 당의 기풍과 조직에 대해 한 차례 전면적인 정돈을 진행함과 아울러 당 정비의 기본 방침, 정책과 방법에 대해 구체적으로 규정함.

316 취샤오(曲嘯, 1932~2003), 랴오닝 진(金)현(지금의 다롄[大連]시 진저우[金州]구) 출신. 당시 중공중앙 선전부 조사연구실 연구원으로 활약함.

317 『레닌선집』 제4권, 인민출판사 2012년 판, 제285쪽.

318 시중쉰(習仲勳, 1913~2002), 산시 푸핑(富平) 출신. 당시 중공중앙정치국 위원, 중앙서기처 서기.

319 차오쓰(喬石, 1924~2015), 저장 딩하이(定海)출신. 당시 중공중앙서기처 후보서기, 중앙정법위원회 서기.

320 「중일공동성명(中日聯合聲明)」, 중일 양국 정부가 1972년 9월 29일 베이징에서 체결함. 성명 내용은 아래와 같음. 성명이 발표된 날부터 중일 양국 간의 현재까지의 비정상적인 상태가 결속됨. 일본 측은 과거 전쟁으로 중국 인민에게 가져다 준 심각한 손해에 대한 책임을 뼈저리게 느끼고 심각하게 반성할 것을 표함. 일본 정부는 중화인민공화국 정부가 중국의 유일한 합법적인 정부라는 점을 인정함. 또 타이완이 중화인민공화국 영토에서 결코 갈라놓을 수 없는 일부분이라고 거듭 천명함. 일본 정부는 중국 정부의 위 입장을 충분히 이해하고 존중함과 아울러 「포츠담공고(波茨坦公告)」제8조의 입장을 견지 및 지킬 것이라고 밝힘. 중일 양국 정부는 1972년 9월 29일부터 외교관계를 건립하기로 함. 중화인민공화국 정부는 중일 양국 인민의 우호관계를 위해 일본에 대한 전쟁 배상요구를 포기하기로 선포함.

321 「중일평화우호조약(中日和平友好條約)」, 중일 양국이 1978년 8월 12일 베이징에서 체결함. 조약에서 확인한 내용은 아래와 같음. 중일 양국 정부가 1972년 9월 29일, 베이징에서 발표한 공동성명은 양국 간 평화우호 관계의 기반으로 체결된 만큼 공동성명에서 표명한 여러 가지 원칙은 마땅히 엄하게 준수해야 함. 조약은 아래와 같이 규정함. 조약을 체결한 양자는 평화공존 5항 원칙을 바탕으로 양국 간 지속적인 평화우호관계를 발전시켜야 함. 조약을 체결한 양자는 상호 관계에서 여러 가지 무력과 무력 위협이 아닌 평화수단으로 모든 논쟁을 해결할 것을 확인함. 그 어느 한 쪽이라도 아시아-태평양지역 혹은 기타 지역에서 패권을 도모하지 말아야 하며 그 어떤 나라나 국가그룹이 패권을 건립하는 것을 반대하기 위해 노력해야 함. 조약 체결 양자는 선린우호의 사상을 갖고 양국 간의 경제관계와 문화관계를 한층 발전시키며 양국 인민의 교류를 추진하기 우해 노력해야 함. 1978년 10월 23일, 당시 덩샤오핑 중국 국무원 부총리가 일본 도쿄에서 「중일평화우호조약」비준서 상호 교환식에 참석해 조약이 공식적으로 효과를 발생함.

322 톈지윈(田紀雲), 1929년 생, 산동 페이청(肥城) 출신. 당시 중공중앙정치국 위원, 중앙서기처 서기, 국무원 부총리 겸 국무원 비서장 역임.

323 왕자오궈(王兆國), 1941년 생, 허베이 펑룬(豊潤) 출신. 당시 중공중앙서기처 서기 겸 중앙판공실 주임, 중앙직속기관 당위서기 역임.

324 3가지 임무라는 것은 덩샤오핑이 중국공산당 제12차 전국 대표대회 개막사에서 제기한 1980년대 중국 인민의 3가지 임무를 가리킴. 즉 사회주의 현대화 건설을 다그치고 타이완을 포함한 조국 통일을 실현하며 패권주의를 반대하고 세계 평화를 수호하는 것임.

325 1986년 2월 4일 중공중앙, 국무원에서 발표한 「당정기관과 당정간부의상업종사와 기업설립을 한층 저지하는 데에 관한 규정(於進一步制止黨政機關和黨政幹部經商, 辦企業的規定)」을 가리킴.

326 마오쩌둥의 『1957년 여름 정세(一九五七年夏季的形勢)』를 참고. (『마오쩌둥저술 특집 발췌(毛澤東著作專題摘編)』(상), 중앙문헌출판사 2003년 판, 제1050쪽.)

327 1986년 3월 제6기 전국 인민대표대회 제4회의 「정부업무보고」에서 제기한 중국 독립자주의 평화외교 정책의 주요내용과 기본원칙은 다음과 같음. 첫째, 대외업무의 근본 목표는 패권주의를 반대하고 세계 평화를 수호하며 여러 나라와의 우호 협력을 발전시키고 공동한 경제 번영을 추진하는 것임. 둘째, 세계 모든 국가의 일률적인 평등을 주장함. 셋째, 독립자주를 견지함. 넷째, 그 어느 슈퍼대국에 절대 빌붙지 않고 그 어느 측과도 동맹을 맺지 않으며 전략적 관계도 구축하지 않을 것임. 다섯 째, 평화공존 5항 원칙을 지킴. 여섯 째, 중국은 제3세계에 속하고 제3세계 나라와의 단합과 협력을 강화 및 발전시키는 것은 대외업무의 한 가지 기본 입장임. 일곱 번째, 군비 경쟁이나 이러한 경쟁을 우주 공간에까지 확장하는

것을 반대함. 여덟 번째, 대외정책을 장기적으로 견지함. 아홉 번째, 유엔 헌장의 취지와 원칙을 지키고 당헌 사상에 따라 유엔조직이 진행한 여러 가지 업무를 지지하는 것 외에 유엔 및 여러 전문기구에서 전개하는 세계 평화와 발전에 유리한 활동을 적극 전개함. 열 번째, 중국은 여러 나라 인민 간의 교류를 중요시함.

328 마가릿 대처(1925-2013), 영국 보수당의 일원. 당시 영국 총리.

329 1984년 10월 20일의 「경제체제 개혁에 관한 중공중앙의 결정(中共中央關於經濟體制改革的決定)」, 1985년 3월 13일의 「과학기술체제 개혁에 관한 중공중앙의 결정(中共中央關於科學技術體制改革的決定)」, 1985년 5월 27일의 「교육체제 개혁에 관한 중공중앙의 결정(中共中央關於教育體制改革的決定)」을 가리킴.